文学の力とは何か

漱石・透谷・賢治ほかにふれつつ

佐藤泰正
Sato Yasumasa

翰林書房

文学の力とは何か——漱石・透谷・賢治ほかにふれつつ◎目次

V

I

漱石における〈文学の力〉とは何か

一

漱石の文学を貫く力と言えば、その原点は作家以前の『人生』（明29・9）と題する一篇にあり、その要点は次の如き言葉に見ることが出来よう。

「吾人の心中には底なき三角形あり、二辺並行せる三角形あるを奈何(いかん)せん」と言う。底なき三角形と言えば残る二辺を手放せば無限の奈落に落ちるほかはあるまい。この残された二辺の対立する矛盾、これを手放さず生き抜くことこそが、この矛盾に満ちた人生を生き抜く力であろう。この言葉に出会った時、人生の何たるか、またこれを生き抜く力の何たるかに、眼をひらかれる想いがあったことを忘れることは出来ない。そうしていまひとつは次の末尾の言葉である。

「不測の変外界に起り、思ひがけぬ心は心の底より出で来る、容赦なく且乱暴に出で来る、海嘯と震災は、啻(ただ)に三陸と濃尾に起るのみにあらず、亦自家三寸の丹田中にあり、険呑なる哉」。すでにこの一文の背景の何たるかは見えて来よう。これは『坊っちゃん』の舞台となる四国松山の中学から転じて、熊本の第五高等学校（熊本大学の前身）の教師となった明治二十九年の九月、学生に読ませる校友会誌に書かれた一文であり、漱石の文学を一貫する若者への熱いメッセージの何たるかが伝わって来よう。

またこの一文の背景に何があるかと言えば、この年の六月二十六日に東北三陸の地に大津波が起こり、死者の数は二万七千人にも及ぶと言われ、漱石はこの驚きをドイツに留学中の友人大塚保治に宛てた手紙の中でも「夫は〳〵

大騒動山の裾へ蒸気船が上つて来る高い木の枝に海藻がかゝる抔人畜の死傷抔は無数と申す位実に恐れ入り」云々と述べているが、同時にここから漱石特有の若者への強いメッセージと転じて一文が閉じられていることは先に掲げた一節にも明らかであろう。こうして、これが後の作品になるとすれば、まさに『こゝろ』一篇にほかなるまい。「遣つたんです。遣つた後で驚ろいたんです。さうして非常に怖くなつたんです」と先生は言う。「平生はみんな善人なんです、少なくともみんな普通の人間なんです。それが、いざといふ間際に、急に悪人に変るんだから恐ろしいのです。だから油断が出来ないんです」とも言う。また先生は「理屈」では片づかぬ人生の「事実」と言う言葉も繰り返す。先生を慕う若者の〈私〉も先生の思想の底には「自分自身が痛切に味はつた事実、血が熱くなつたり脈が止まつたりする程の事実が、畳み込まれてゐる」ことを知る。まことに「思ひがけぬ心は心の底より」「容赦なく」理不尽に現われてきて、「只一気の盲動」に人を追い込んで行く。「私は私の出来る限り此不可思議な私」を伝えんとして、その「叙述で己れを尽した」とは、己れの（さらには人間の）はかりがたい矛盾、また「狂気」の正体を語りつくさんとしたことにほかなるまい。先生の叔父の財産をめぐる裏切りも、先生自身のKに対する背信も、またその故のKの自殺も、すべてはこの「自己の意思を離れ、卒然として起り、驀地に来る」「不可思議」なるものに発するかにみえる。いや、最後に至って、先生を不意に捉えた「明治の精神」への「殉死」という想念の発動さえも、すべてこれらと無縁ではなかったと見える。

　まさしく『こゝろ』一篇こそは、先の『人生』の一文にみる人間の孕む矛盾、また狂気への認識の具現にほかなるまい。これを岩波書店から刊行するに当って、「自己の心を捕へんと欲する人々に、人間の心を捕へ得たる此作物を奨む」という自負心に満ちた言葉も、この『こゝろ』一篇に注いだ作者漱石の並ならぬ自負の熱意を語るものであろう。また「私は何千万とゐる日本人のうちで、たゞ貴方丈に、私の過去を物語りたいのです。あなたは真面目だから。あなたは真面目に人生そのものから生きた教訓を得たいと云つたから」ですと言う。こうして、この先生の遺書に込めた核心ともいうべき想いは、遺書の一節終末にみる、あの言葉であろう。

「私は今自分で自分の心臓を破つて、其血をあなたの顔に浴せかけ」る。そうして「私の鼓動が停つた時、あなたの胸に新らしい命が宿る事が出来るなら満足です」というこの言葉こそ、『こゝろ』一篇にこもる作者漱石の並ならぬ熱意の所在を示すものであろう。

然しさらに踏み込んでみれば、この人間の示す〈告白〉自体とは何であろうかと問いつめつつ語る漱石の独自の見解であろう。実は『こゝろ』に先立つ前年大正二年の十二月十二日に、漱石は自分の母校である第一高等学校の学生たちに『模倣と独立』と題した講演をしている。模倣はイミテーション、独立はインデペンデントだが、日本人は絵であれ何であれ、ヨーロッパのものを輸入して真似ている。然しもはやそんな時代ではない。イミテーションは捨ててもっと独立すべきだ。自分自身、また日本人独自のものを表現すべきだと、若者への励ましの言葉を送っているが、途中でちょっと妙なことをここで言いますがと言って突然人生における〈告白〉の問題にふれている。人間が罪を犯す。その罪を犯したことも洗いざらい本当に心の底から告白して、それを人の心に印象づけるとしたら、そこでその人は法律的には裁かれ、刑務所に入る、処刑されるかも知れない。でも洗いざらい本当に告白すればその罪は許されると思う。これを三たび繰り返して述べている。この時漱石の中には間近な期日として、明らかに『こゝろ』の先生の告白の構想はあったと思われ、この真剣な告白についての漱石の語りは、明らかにカトリックの〈告解〉そのものである。然し残念乍ら告白すべき神を持たぬ日本人にそれは有りうるか。残念乍ら告解すべき神なき風土に於てそれは不可能というべく、漱石がここで語らんとしたものはあろうことか、人生の何たるかも知らぬ一青年を相手にしたもので、これはこの神なき風土というものに対する痛烈な批判、〈告解〉のパロディともいうべきものではないかとすぐれた論者（西成彦）は語っている。これは『こゝろ』の先生の告白にこもる深い熱意をまさに〈告解〉そのものに類するものだと言いつつ、やはり神なき風土におけるパロディに終ったという所に、この批判の功罪はあろう。こうして、ここに見るものもまた神なき風土における告白とは何たるかを問いつめんとする漱石の真剣な意識の所在であろう。

さてここで今少し『こゝろ』の語る課題についてふれれば、先生はKを裏切り、自殺せしめた罪の意識の果てに、最後は死ぬほかは無いと問い詰めつつ、その自決とは「明治の精神」への「殉死」だと言っているのは何故か。この作品に注目する多くのすぐれた評家がそろって、これはおかしい。ここでは明治の精神の何たるかを先生は語っていない。いや背後の漱石と言ってもいいが、何故〈明治の精神〉の何たるかを語りえずしてこう言うのか。これは注目すべきこの作品の最大の疑問ではないかと諸家は問う。たしかに、先生は遺書の中で「自由と独立と己れとに充ちた現代」を生きる我々はこの淋しさを耐えてゆくほかはないと語っている。然しその背後にあるもの、作者漱石自体のかかえていた問題は何かを問うことこそ、肝心な所であろう。

先ずさかのぼって言えば、新聞小説に漱石の初期最後の作品としての『野分』（明40・1）の主人公白井道也は「文学は人生其物である」と言い、その熱い文学者たる心の熱意を語っているが、同時に「明治四十年の日月は、明治開化の初期」であり、「今日の吾人は過去を有たぬ開化のうちに生息してゐる」。「則とるに足るべき過去は何にもない。明治の四十年は先例のない四十年である」と言う。さらにその背後の作者漱石は明治三十九年の「断片」の中で「明治ノ三十九年ニハ過去ナシ。単ニ過去ナキノミナラズ又現在モナシ、只未来アルノミ。青年ハ之ヲ知ラザル可カラズ」と述べている。

然しまたさらに問えば漱石にとって明治とは何であったか。「維新の革命と同時に生れた余から見ると、明治の歴史は即ち余の歴史である」（『マードック先生の日本歴史』）と漱石は言う。また「斯の如き人間に片付いた迄と自覚する丈で」あるとも言う。然しまた「歴史は過去を振返つた時始めて生れるもの」だが、「悲しいかな今の吾等は刻々に押し流されて、瞬時も一所に低徊して、吾等が歩んで来た道を顧みる暇を有た」ず、「歴史を有せざる成り上りもの〻如くに、たゞ前へ前へと押されて行く」、「吾等は渾身の気力を挙げて、吾等が過去を破壊しつゝ、斃れる迄前進するのである」と言う。すでに「則とるに足るべき過去」を持たぬとは、同時に「過去」を「蹂躙」して踏み進んで来たことでもあった。しかし今、明治という一時代の終焉を機として、その踏み棄てられた「過去」は、消し難く重い相貌をもって彼の前に立ち現われる。Kの死は、またKの死を包む「明治の精神」への「殉死」とは、この「過去」の喪失と復元をめぐる時代と作者漱石との内に横たわるアンビバレンツな関係をぬきにして、語りうるものではあるまい。

こうして見て来ると、先生の「明治の精神への殉死」の言う、その背後の重層的な重さは伝わって来よう。こうして明治の精神への「殉死」が殉死ならぬ、明治という時代への訣別を語るものでもあったことが見えて来よう。ここにはすでに先生ならぬ背後の作者漱石の並ならぬ決意の勁さが見られ、彼は自己の分身たる先生の自決を語ることを通して、一転して大正という時代を新たにひらかれた眼を通して語ろうとする。こうして新時代を生きる男女の葛藤その他を通して、最後の未完の作品となった『明暗』一篇を語ろうとする。その未完の何たるかはこれを描く背後の漱石の並ならぬ作家としての勁い想いを語るものだが、すでに『こゝろ』一篇を語るに予想以上の枚数にもなったので、ここで一転して作家としての原点たる「人生」に続く、いまひとつの〈原点〉ともいうべき所にふれてみたい。

二

言うまでもなくあの〈修善寺の大患〉と呼ばれる漱石自身のまぬがれえなかった〈不測の変〉であり、思いがけざる事態は意識ならぬ肉体そのものにも起こり、これを「忘るべからざる八月二十四日」「三十分の死」と漱石自身語っているが、『門』の脱稿後、胃潰病の疑いのためひと月ばかりの入院後、転地療養のため修善寺温泉の旅館で過ごしていたが、この年（明43）の八月二十四日、大吐血のあと人事不省となり、一時は危篤を告げられたが、この時の体験を自分は全部覚えていると思っていたが、妻からあなたは金盥一抔の血を吐いて三十分間完全に死んでいた、意識を失っていたと言われ愕然とするが、この体験を漱石自身は次のように語っている。

「俄然として死し、俄然として吾に還るものは、否、吾に還つたのだと、人から云ひ聞かさるゝものは、たゞ寒くなる許である」と言う。彼は生き還ったことを神の恵みなどとは言っていない。漱石は人間の命とは意識の連続だ、それ以外の何物でもないと言う。まさにデカルトの言うあの〈我思う故に我有り〉の一句につながるものであろう。然し今その意識さえもが勝手に消え、また勝手に覚めた。こうして最後のものと思った意識さえ自分のものではないと知った時、人間の生きている存在の根拠とは何かと思えば何も無い。ただ寒くなる。魂が凍りつくような寒さだという。

　こうして漱石は人間としての〈存在の寒さ〉を抱え乍ら、再び作家生活に戻って行くが、その決意の何たるかを語るものは、この療養期に書いた漢詩中の〈帰来命根を覓む〉の一句であろう。はじめは〈命根何処来〉（十月十六日）とあり、続いては〈命根何処在〉（十七日）と書き、さらには〈命根何処是〉（十八日）と修正を続けているが、最後に〈帰来命根を覓む〉の一語に定まった所に病後の再起を目指す漱石の並ならぬ決意のほどが見えて来よう。この〈帰来命根を覓む〉の一句こそ、以後の後期文学のすべてを貫く力となるものであろう。この漱石の並ならぬ覚悟の勁さは翌年の正月東京の病院に帰った時、病院の院長も、ウイリアム・ジェイムズという病中に愛読したアメリカのすぐれた哲学者、心理学者も死んでいたことを知り、自分だけはこうして生き還ったことを知りつつ正月をめでたく迎えたことを喜ぶとは言わず、正月の雑煮を口にくわえてグイと喰いちぎったと語っている所にも、作家漱石のしたたかさを見ることが出来よう。こうして退院後執筆活動はしばらく休んだ後、ようやく後期文学が始まるが、これを貫く新たな漱石文学の力の何たるかはまた改めて探索することが肝要であろう。

さて、漱石後期の三部作『彼岸過迄』（明45・1〜4）『行人』（大1・12〜2・11）『こゝろ』（大3・4〜8）を貫くものは、どの主人公も徹底した内向的人物であり、わけても『行人』の長野一郎が、妻のお直が弟の二郎を愛していると思い、その心を探ろうとして苦労する所が中心だが、その苦しみの姿を、「血と涙で書かれた宗教の二字が、最後の手段として、躍り叫んでゐる」のではないかと友人（H）は言うが、一郎自身は逆に「僕が難有いと思ふ刹那の顔、即ち神ぢやないか。山でも川でも海でも、僕が崇高だと感ずる瞬間の自然、取も直さず神ぢやないか。其外に何んな神がある」と言う。これは彼を支える〈独我論〉の極みを訴えるものだが、その矛盾を語る背後の作者そのものの声は熱い。これはまた続く『こゝろ』一篇にあっても、その切実な告白は神ならぬ他者の、隣人の魂にひびき、インプレッス出来れば、その罪は消えるという所は先にもふれたが、ここでもあえて〈神への告白〉と語りえぬ作者の熱い想いは伝わって来よう。

三

これら後期文学の主人公たちの内向的な性格は明らかだが、作者の語りはいずれも男性の主人公達の内面に集約され、その伴侶ともなる女性の側はいずれも存分に語られていないと見え、正宗白鳥などは、女性をついに書きえなかった漱石がやっと『明暗』のお延に至ってはじめて見事に書きえたことを評価しているが、これはやや表面的な解釈に終るものであろう。背後の作者漱石の眼はいつも女性の存在の勁さ、またそのあざやかな魅力に熱く注がれていることを見逃してはなるまい。今これらを端的に拾って行けば、「恐れない女」と「恐れる男」と『彼岸過迄』の主人公須永市蔵に語らせているが、確かにその相手の千代子は自在な意識を持つ魅力的な存在であり、これらのはじまりはあの『草枕』の那美さんに見ることが出来、私はこれを読んだ時、思わず浮んだのはあのドストエフスキイの『白痴』の中のナスターシャのイメージとつながるものを感じ、それを言うと、あのドストエフスキイの研究会の会長の木下豊房さんも、自分も全く同感だと言われたのを想い出す。主人公ムイシュキンと野生の男ラゴージンと、二人の男のはざまで揺れながら、最後はラゴージンの手にかかって死ぬのだが、このナスターシャにつながる那美さんの魅力を漱石は「開化した楊柳観音」と呼び、その勁い気性と、もてあます自意識の葛藤などもかかえ、文明開化の波をいやおうなくかぶり、しかも結婚という制度の下にたわめられた女性の受ける抑圧の中を生き抜く近代女性の矛盾を描き続けた、漱石の女性像を貫く素型とも言える存在が、この那美さんであろう。

　こうして志保田那美像の線上に『虞美人草』の藤尾や『三四郎』の美禰子以下の人物が描かれるわけだが、新聞小説の第一作『虞美人草』はかなり通俗仕立てで、ヒロイン藤尾も虚栄心の強い悪女風に見られているが、然し最後の藤尾の死をめぐる描写では、「凡てが美くしい」「驕る眼は長へに閉ぢた。驕る眼を眠つた藤尾の眉は、額は、黒髪は、天女の如く美くしい」と漱石は語っている。死こそは道義への目覚めならぬ、生の乃至いっさいの矛盾と苦しみからの解放であり、お前は今こそ、その宿命や苦しみのすべてからはじめて解き放されたのだという痛切な想いの、熱いひびきを聞きのがすことは出来まい。さらに『三四郎』の美禰子の魅力はもとより、続く『それから』のヒロイン三千代を見れば、これこそ漱石における理想の女性ではなかったかと見える。

　人妻となった三千代をゆずってくれと頼むが断られ、親からは勘当され、もやは三千代と抱きあって死んでゆくほかはないと不安におののく代助に対し、もう覚悟しましたという三千代は「微笑と光輝とに満ちてゐた。春風はゆたかに彼女の眉を吹いた」と漱石は描く。続いては『行人』の終末で主人公の長野一郎は「何んな人の所へ行かうと、嫁に行けば、女は夫のために邪になるのだ。」「幸福は嫁に行つて天真を損はれた女からは要求出来るものぢやないよ」という。これが彼のいう作品終末の最後の言葉だが、これに耐えるお直は弟の二郎との仲を疑われているが、その二郎に向かって、私は何時だって死んでみせると言い、女は所詮親の手で植えられた鉢植の木のようなもので、立枯れになるまで待つほかはないと言う。二郎はそこに「測るべからざる女性の強さ」を感じひやりとする。ここにあの時代を支配した〈男性原理〉への挑戦者としての漱石を見るとは、かつてフェミニズムの女性解放運動の中心として活動した文学者の一人駒尺喜美さんの言葉で、いたく感銘し、電話もしたことを想い出すが、このように作品背後に佇つ漱石の女性観の何たるかを見落してはなるまい。これを漱石の自伝的作品の言葉の背後に見ようとすれば、あの『道草』末尾の健三の言う人生に片付くものなんてありやしないとは、かつての義父島田老人への約束を果たすために原稿料を得んとして執筆に疲れ果てた健三の最後の言葉だが、赤子を抱き上げながら「お、好い子だ〱。御父さまの仰やる事は何だかちつとも分りやしないわね」と言い乍らわが子の赤い頬に接吻するお直の姿で終っている。すでに漱石の眼が何処に向けられているかは明らかであろう。これを自伝性の作品の中の言葉としてみれば、処女作『吾輩は猫である』での、あの苦沙彌先生の細君が夫に向かって吐き出すように言う痛烈な言葉にも、漱石の語らんとする女性像の勁さは明らかであろう。

こうして見て来れば、最後の未完の作品『明暗』で主人公のひとりとして、津田と並ぶお延というヒロインの登場の意味も明らかに見えて来よう。『猫』の終末で登場人物のひとり迷亭先生は言う。これからの新時代ではもはや妻は男の従属物ではない。女学校で行燈袴をはいて牢乎たる個性を鍛えた女性たちはもやは独立した賢妻として夫と対立し、果ては天下の夫婦はみな別れる。これがおれの言わんとする〈未来記〉だと迷亭は言う。こうして見て来れば、最後の『明暗』におけるお延のもはや妻を夫の従属物と見せてはならぬという決然とした姿も明らかに見えて来よう。以上、漱石の女性観の何たるかを語るにいささか長い紙幅を弄したが、然しこの〈女性の勁さとは何か〉を見届ける漱石の女性観の核心にふれずしては、漱石の文学を貫く力の何たるかを語ることは出来まい。

四

さてもはや紙幅も尠くなったので最後は漱石の存在を貫く根源なるもの、その〈ひらかれた宗教観〉ともいうべきものの核心にふれてみねばなるまい。先ず漱石における〈神〉と言えば、我々の心を搏つのは、あの『文学論』（明40・5）中の「神は人間の原形なりと云ふ聖書の言は却つて人間は神の原形なりと改むべきなり」という言葉であろう。然しここに見るべきは、神の存在の否定ならぬ、この背後にひびく作家の凛たる覚悟の声であろう。この矛盾に満ちた人生をいかに生き抜くか。神の審きとか、救済という安易な概念は持ち出さず、人間の確たる意識そのものの力によって、いかに生き抜くかという覚悟であろう。こうして彼は安易に〈神〉という言葉や概念を持ち出そうとはしない。然しこのような漱石の眼をひらいたものこそ、あの自伝的作品『道草』の一篇に見る所であろう。

「彼は神といふ言葉が嫌であつた。然し其時の彼の心にはたしかに神といふ言葉が出た。さうして若し其神が神の眼で自分の一生を通して見たならば、此強慾な老人の一生と大した変りはないかも知れないといふ気が強くした」（第48節）という。周知の通り主人公の健三が繰り返し金の無心に来る養父であった島田老人の哀れな姿に、「斯うして老いた」が、自分はどうであろうと思う。この時思わずして不意なる光が彼の心をひらく。斯うして思わず〈神〉という言葉が出た。その〈神〉の眼で見れば、この強欲な老人も自分も変りはないのではないかという。これはあの北村透谷が『内部生命論』（明26・5）で語った〈瞬間の冥契〉につながるものではないか。神との〈瞬間の冥契〉によって再造された心の眼をもって見る時、世界は一変して根源の真実をひらいてみせると透谷は言う。こうして次作『明暗』（大5）における宗教性とは、まさにこの神の眼から問われれば、みな平等な存在だという。ここに漱石の行きついた宗教性の何たるかを見るとは、筆者と対談した『漱石的主題』の中で吉本隆明の語る所だが、然しまたこの未完に終った作品の目指す所は何であったか。漱石の親しい若い禅僧（鬼村元成）への手紙の中で、「十月頃は小説も片づくかも知れませぬ」（大5・8・14）と語っているが、だとすればそのはじめの構想は何であったか。改めてこの作品の冒頭で津田にいう医師の「まだ奥があるんです」とはまた漱石のかかえた問いの深さでもあろう。あのV・H・ヴィエルモの『私の見た漱石』の中では、「漱石の中にはキリスト教信仰のあらゆる要因がある」という指摘があり、いまひとつは作家古井由吉の吉本隆明との対談『漱石的時間の生命力』で語る、漱石が「一神教という存在の中にあったら、もっとあの資質は救われたんじゃないだろうか」「漱石という人の気韻、あるいは業の質みたいなものは、むしろキリスト教臭いものがあるという感じ」だという。これらの指摘は筆者が終始こだわって来た、その作品の背後に見る真摯な宗教性の深さを共に語るものでもあり、その閉じられた幕を開いて見せたものと言えよう。これは漱石の生涯を貫くものが〈ひらかれた宗教性〉の世界であったという一事に尽きるものでもあり、これにふれずして漱石における〈神〉の何たるかを語ることは出来まい。

さらにこの〈ひらかれた宗教性〉の何たるかを示すものとしては、次の如き場面もある。あのイギリスへの留学の途次の同行者芳賀矢一の『留学日記』に言う「夏目氏耶蘇宣教師と語り大に其鼻を挫く、愉快なり」の言葉通り、上海から乗り込んで英米人の宣教師一行との烈しい論戦が見られるが、この時期に書かれた英文「断片」に彼らもまた「偶像崇拝」ではないかと断じる漱石の背後の〈ひらかれた宗教観〉ともいうべきものが、最も端的に現れた言葉が次の一節ではあるまいか。

「私の宗教をして、すべての宗教をその超越的偉大さのなかに包含するようなものたらしめよ。私の神をして、あのなにものかであるところの無たらしめよ。私がそれを無と呼ぶのは、それが絶対であって、相対性もそのなかに含む名辞によって呼ぶことができないからだ。それはキリストでも聖霊でも他のなにものでもないもの、しかし同

時にキリストであり精霊でありすべてでもあるようなものである。」（江藤淳訳）

この〈ひらかれた宗教観〉が晩期まで一貫するものであることは、次の漢詩の一節にも明らかであろう。〈非耶非仏又非儒〉〈耶に非ず仏に非ず又た儒に非ず〉と起句に唱い、〈打殺神人亡影処／虚空歴歴現賢愚〉〈神人を打殺して影亡き処／虚空歴歴として賢愚を現ず〉（無題、大5・10・6）と結句にしるす所にも、そのすべては明らかであろう。この〈ひらかれた宗教観〉を晩期に至るまで、その根源より語らんとした所に、漱石の宗教的意向の何たるかもまた明らかに見えて来よう。

ここで晩期の漢詩についても少し述べれば、『明暗』執筆なかばから午後には漢詩の、それも絶句ならぬ七言律詩の型で七十五首も続けた所には、漱石が『明暗』執筆で少し俗了された気分を癒すためになどと言っているが、断じてそうではあるまい。俗に添うという気分があったとしても、漢詩へ、それも絶句ならぬ七言律詩という形に納めた内容の深さ、また勁さというものの只ならぬことは、先に掲げた一篇にもすでに明らかであろう。もはや逐一とりあげる余裕は無いが、これが母の死後の一年間（明14～15）二松学舎で好きな漢詩、漢文を学ぼうとして、月に三度は漢詩、漢文の記述を続け、さらに陽明学を中心として学んだ所からも、あの晩期に唱えた〈則天去私〉の由来がここから取り上げられたことが見えて来よう。これは筆者が、かつて二松学舎専門学校に学び、後に学長ともなった佐古純一郎氏との対談『漱石・芥川・太宰』（朝文社）の中で示されたことであり、王陽明の教示を伝える『伝習録』の中の〈天理に純にして人欲の私を去れ〉という言葉がずっと漱石の心の中に残り、これを集約して使いはじめたのがあの〈則天去私〉の一句であることを教えられ、深い感銘を受けたことを今も忘れることは出来ない。晩期の漱石はあの『明暗』の中で大正という新時代をなかば流されているように生きて行く男女の矛盾の姿を徹底して書きとろうとしつつ、一面、その心に残り、一度は捨てたはずの漢詩、漢文に見る東洋的志向に身をひたして来た少年時の体験の深さは再び甦り、やがて晩期の漢詩の世界に集約されるが、これは『明暗』を貫く志向と並行するいまひとつの漱石の根底を貫く根源的志向の回復の一面として読みとらねばなるまい。

　こうして漢詩執筆時は『明暗』なかばの大正五年八月十四日から始まるが、まさに二者合体とも言うべき『明暗』との一体観を語るものとしては、しばしば引かれる次の一篇を挙げることが出来よう。

〈尋仙未向碧山行／住在人間足道情／明暗双双三万字／撫摩石印自由成〉（仙を尋ぬるも未だ碧山に向かって行かず／住みて人間に在りて道情足し／明暗双双三万字／石印を撫摩して自由に成る）（大5・8・21）。ここで注目すべきは〈住みて人間に在りて道情足し〉の一節であろう。かつて弟子の和辻哲郎に宛てた手紙で（大2・10・5）、『行人』を書いていた頃のものだが、ここでは「私は道に入ろうと心掛けてゐます」と言い、『道草』の執筆直前の若い禅僧（鬼村元成）への手紙の中では「道に這入ることは出来ません」（大4・4）と語っているが、いま晩期の『明暗』執筆のさなかでは「私は五十になつて始めて道に志す事に気のついた愚物です」（大5・11・15）と、いまひとりの禅僧（富沢敬道）宛の手紙の中で述べている。この三者を並べて正、反、合ともいうべき心境の深まりを見て行けばこの言葉の、変化は『明暗』一篇の背後に佇つ漱石の作家としての最後に達した心境の何たるかをあざやかに語るものであろう。「住みて人間に在りて道情足し」とはいかなる宗教的概念に堕するものでもなく、こうして渾身の力を込めて、〈人間〉の交わりの中を生き抜こうとするこの人生其物の孕む矛盾の根源の何たるかを問いつめんとする、作家究極の志向と努力の中に〈道情〉の何たるかはあるのではないか。自分には今、その根源の何たるかがまさに見えて来たというのが、あの五十にして始めて「道に志ざす事」の何たるかに眼が開いたという、言葉の背後の意識そのものを語るものではあるまいか。こうして〈明暗双双〉の一語に転じて、まさにこの言葉に迫り、明と暗、光と闇の二者交錯の人生の矛盾を問いつめんとする心境に至りついたと語っているのではあるまいか。この心境はさらに三日後の八月二十四日の芥川、久米正雄宛の手紙に見るあの周知の言葉にもつながるものであろう。漱石は言う。「うん／＼死ぬ迄押すのです。」「何を押すかと聞くなら申します。人間を押すのです。文士を押すのではありません」と言う。これは特に芥川に宛てたと思われる言葉だが、また漱石の自身を問いつめる勁い言葉のひびきとも聞こえて来よう。文士の才ならぬ人間の矛盾を押せ、死ぬまで押せと言う。これは漱石自身の作家としての力を鼓舞する言葉でもあろう。

さて、さらに問うべきは晩期の漱石が繰り返し語る〈則天去私〉の語らんとする〈天〉とは何を指すかという所であろう。まず『明暗』作中に見ればどうか。「天がこんな人間になつて他を厭がらせて遣れと僕に命ずるんだ」とは作中のドストエフスキーかぶれの小林の言う所であり、「他の好意に感謝する事の出来ない」あなた方は「人間らしく嬉しがる能力を、天から奪はれたと同様」と津田の妹のお秀は言い、この天に向かって反問するお延は、叔父（岡本）や叔母や従妹の縫子の「彼等三人を無心に使嗾して、自分に当擦りを遣らせる天に向つては怒りの心情を「叩き付ける」「外に仕方がなかつた」と言う。こうして〈天〉が私にそう命ずると小林が言い、お延は〈天〉が彼等を「使嗾」すると言う。すでに語り手は小林やお延の直截な情念を通して〈天〉を相対化してみせる。こうして〈則天去私〉とは『明暗』をつらぬくひとつの基本的な概念とも見られているが、しかしその〈天〉も漱石晩期の作中では極めて恣意的であり、主人公たちの真の覚醒の契機たりうるものではなく、これは前作『道草』にあっても兄からゆずられたはずの時計を奪いとられ、この怒りは自分が許しても〈天〉は許さぬと健三に言わせ、健三自体の怒りをおさめるどころか、その怒りの情念そのものを増幅させる即自の存在として語られている。こうして晩期の作品において〈天〉がすでに恣意なる多義性のなかに置かれているとすれば、『明暗』執筆の晩期に唱えた、その〈則天去私〉なる一語はいかなる意義を示すものか。

先ず身近に聞いた漱石の言葉として紹介している代表的な論は、あの松岡譲の語る「宗教的問答」なる一文の中の言葉であろう。自分が此頃達したひとつの境地を「『則天去私』と自分ではよんで居るのだが」、これは「普通自分自分といふ所謂小我の私を去つて、もつと大きな謂わば普遍的な大我の命ずるまゝに自分をまかせるといつたやうな事」で、この眼でみれば「すべてが一視同仁だ」ということになると漱石は語る。さらにその前に語る所では人々を驚かせた言葉として、たとえば「今ここで唐紙をひらいて、お父様おやすみなさいと言つて娘が顔をだすと、なんと無残やめつがちになつて居たとする」。これは世間の親にとっては大変なことだが、「しかしいまの僕なら、多分、あゝ、さうかといつて、それを平静に眺める事が出来るだろうと思ふ」と言い、その場にいた弟子たちは驚いて「そりや、先生、残酷ぢやありませんか」と言うと、漱石は「なほも静かに、『凡そ真理といふものはみんな残酷なものだよ』」と答える。これはしばしば引かれる興味ある場面だが、漱石の言葉にこもるものは「小我」ならぬ「大我」に立って、一切の人生の矛盾に驚くなという主体性の勁さを語っているわけで、この〈大我〉に立つということが果して〈則天去私〉なるものにつながるものであろうか。すでに『明暗』作中にも見た通り〈天〉とは所詮自我の主張を背後から支える力としては語られてもそれ以上のものではない。これはこの避け難い人生の矛盾とは何かを問いつめる力というよりも自我の力のしたたかな主張とも聞こえるものではあるまいか。こうして見た時に漱石が晩期に到達した最後の心境を果して〈則天去私〉なる一語で片付けることが出来ようか。ここには人生の矛盾を見逃すということではあっても、漱石が一貫して語り続けた、この人生の矛盾の何たるかを最後まで問い続ける力こそ真の〈文学の力〉だという所とは、余りにも離れたものと見える。

こうして最後に問われるものは、作家漱石の裡にこもる真の力とは何かということだが、この松岡譲の語る「宗教的問答」木曜会一夜の最後の問いは次のような所で終っている。「先生は死んだらどうなるとお思ひですか」という問いに、漱石は次のように答える。「死後の生活といふやうな事は深く考へて居ない」。肉体は亡びるだろうが「しかし精神がそのまゝ一緒になくなるとは、どうしても感情上からも考へたくないね」。「心霊学者などのように霊がこの空中にふらついて」いると考えるのはどうかと思うが、「とにかく死んだら、その瞬間から一切の自分が何もかも無くなつていると考へられようかねー」と語る。

ここで一夜の語りは終るが、やはり一番心に深く残る漱石の言葉であろう。最後に自分は何故先生に「五十年の一生をもつて登りつめたその『則天去私』なる境地を先生の筆によって宣表し鮮明せしめなかつたかといふ事に、ある恐れをさへ感じてゐるのだ」と語っているが、これは矛盾であろう。受けとめるべきはあの死によって、この人生の何たるかを問いつめんとする自分の意識も何もかも消え去るとは思いたくないという言葉にこもる、漱石内面の核心とも言うべきものの何たるかを問いつめる所にこそ、漱石の遺した〈文学の力〉そのものを受けとめる、我々自身の力もまた生まれて来るのではあるまいか。

宮沢賢治の生涯をつらぬく闘いは何であったか

一

「宮沢賢治の切り拓いた世界は何か」というこの論集の題目に即して問えば、それは賢治が切り拓いた近代詩の世界の独自な形であり、彼自身これを詩と言わず、〈心象スケッチ〉と呼んでいるが、この独自の表現にいたく感銘した中原中也は次のように語っている。

「彼は幸福に書き付けました、とにかく印象の生滅するまゝに自分の命が経験したことのその何の部分をだつてこぼしてはならないとばかり。それには概念を出来るだけ遠ざけて、なるべく生の印象、新鮮な現識を、それが頭に浮ぶまゝを、――つまり書いてゐる時その時の命の流れをも、むげに退けてはならないのでした。（略、傍点筆者以下同）

要するに彼の精神は、感性の新鮮に泣いたのですし、いよいよ泣かうとしたのです。」

この中原の言葉にこもる傾情の深さにはなみならぬものがあり、賢治はあえて〈心象スケッチ〉と名付けてはいるがその核心に迫って、これ以上の言葉はあるまい。賢治にとってはまさに知己の言ともいうべきだが、「感性の新鮮」に泣いたのは賢治自身であり、また中也自身でもあったと言えよう。

ここで賢治は「新鮮な現識」を退けなかったという、その「現識」とは何か。中也はさらに賢治の詩法について次のごとく言う。

「人性の中には、かの概念が、殆んど全く容喙出来ない世界があつて、宮沢賢治の一生は、その世界への間断なき恋慕であつたと云ふことが出来る。／その世界といふのは、誰しもが多かれ少かれ有してゐるものではあるが、未だ猶、十分に認識対象とされたことはないのであつた。私は今、その世界を聊かなりとも解明したいのであるが、当抵手に負へさうもないことであるから、仮りに、さういふ世界に恋著した宮沢賢治が、もし芸術論を書いたとしたら、述べたでもあらう所の事を、かにかくにノート風に、左に書付けてみたいと思ふ。」（『宮沢賢治の世界』）と言い、次のごとき箇条を書きつけてゆくが、その冒頭の一節では次のように語っている。

「一、「これは手だ」と、「手」といふ名辞を口にする前に感じてゐる手、その手が感じてゐられゝばよい。／一、名辞が早く脳裡に浮ぶといふことは、尠くも芸術家にとつては不幸だ。名辞が早く浮ぶといふことは、『かせがねばならぬ』といふ、二次的意識に属する。（略）／一、芸術を衰褪させるものは、固定概念である。（略）」

これはそのまま中也の『芸術論覚え書』の冒頭部分と重なるが、以下この「名辞以前の作業」としての「芸術」と、「諸名辞間の交渉」ともいうべき「生活」との二元相克の機微が種々述べられてゆく。中也はそこでこの「名辞以前」の世界を「直観層」「純粋持続」などという言葉でもあらわし、「芸術は、認識ではない。認識とは、元来、現識過剰に堪られなくなつて発生したとも考へられるもので」、「生命の豊富とはこれから新規に実限する可能の豊富でありそれは謂はば現識の豊富のことである」ともいう。

すでに「現識」なるものの何たるかは明らかであろうが、これを仏教の言葉でいえば「阿頼耶識」に当たるものであり、感性の最も原質的な部分を意味することになろう。賢治はまさにこの「新鮮な現識」「感性の新鮮に泣いた」という時、それはまた賢治論の核心のすべてを語ったことにもなろう。

以上は賢治と中也を一体化したものとも見えて来るが、この賢治の詩のすばらしさに感銘した、さらなる論のひとつとして鎌田東二の語る次の一節がある。

「わたしは、宮沢賢治を日本最高の詩人であると思っている。世界を見渡しても、一二を争う詩人であると確信している。
その卓越したすごさは、まず詩語が他のどの詩人にも見られぬユニークさと超越性と深さと陰影を持っていること。そこにはポエジーの源泉から放たれる光線がきらきらと煌き、万華鏡のように輝き、言葉が相互に映発しあっている。その言葉は、音楽であり絵画であり映画であり舞踊である。言霊がうねり、身も心も魂をも撃ち、天地を貫いて飛翔する。その言霊の運動の中に科学も宗教も、未来も過去も仏も地獄もある。言霊曼陀羅の海。その比類ない透明と消し去ることのできない澱み。言葉の一つ一つが独自の分子運動をしてぶつかり合い、響き合い、変幻自在な音楽を奏でているのだ。このような言葉の使い手は、宮沢賢治以前にも以後にも日本文学の歴史に登場してこなかったと断言できる。その言葉の妙と深みに読者は埋没して陶然となる。」（「宮沢賢治　超越への飛翔」『霊性の文学誌』）
いささか長い引用となったが、これはひと息に書かれたもので、中也に劣らぬ論者の感銘の深さが読みとれよう。私はかつて俳諧における自由律というべき新たな世界を切り拓いた、あの種田山頭火が、ノートのメモに自由律即ち〈生命律〉と述べていることに感銘し、以来しばしばこの一語を使っているが、鎌田氏の賢治に対する感銘を語るこの一文こそ、まさにそのあふれる感動をひと息に書いた〈生命律〉そのものの律動を伝えるものであろう。
以上はすべて賢治の詩の核心とその一端にふれたもので、もはや賢治の詩の数々にふれる余裕はないが、その〈生命律〉の背後に生きる賢治自体の、その生涯をつらぬく根源的なモチーフの何たるかを読みとってみたいと思うが、その前に『春と修羅』自体をこれらは到底詩というべきものではなく、「何とかして完成したいと思って」いる「或る心理学的な仕事の仕度に」「書き取って置く、ほんの粗硬な心象のスケッチ」（大14・2・9森佐一宛書簡）ですと語る賢治の言葉だけはつけ加えておきたい。

二

さて、この一文の題名ともした〈宮沢賢治の生涯をつらぬく闘いは何であったか〉を問えば、それはしばしば繰り返される〈おれはひとりの修羅なのだ〉という、あの一句に尽きよう。修羅とは仏教で言う〈六道〉の中のひとつで、天上、人間、修羅、畜生、餓鬼、地獄と続く、言葉の中にも見られるように、天地の間を無限にゆらめき動く、人間存在の矛盾そのものの動態をあらわすものであろう。賢治はその詩集の第一巻、二巻、三巻とすべてを『春と修羅』と名付け、特にその第一巻に見る代表作『春と修羅』一篇をみれば、まさにこの〈修羅〉の一語が繰り返されている。いまその冒頭の一節をはじめとして、以下重要な部分のみを切りとって挙げれば次の通りである。

心象のはいいろはがねから
あけびのつるはくもにからまり
のばらのやぶや腐植の湿地
いちめんのいちめんの諂曲模様
（正午の管楽よりもしげく
　琥珀のかけらがそそぐとき）
いかりのにがさまた青さ

四月の気層のひかりの底を
唾し　はぎしりゆききする
おれはひとりの修羅なのだ

※

　　まことのことばはうしなはれ
　雲はちぎれてそらをとぶ
ああかがやきの四月の底を
はぎしり燃えてゆききする
おれはひとりの修羅なのだ

※

草地の黄金をすぎてくるもの
ことなくひとのかたちのもの
けらをまとひおれを見るその農夫
ほんたうにおれが見えるのか

※

（まことのことばはここになく
修羅のなみだはつちにふる）

さらには妹トシの臨終を前としたその代表作『無声慟哭』の中でも、自身の〈修羅〉の姿を切なく唱う賢治の声はひびいて来る。

〈こんなにみんなにみまもられながら／おまへはまだここでくるしまなければならないか／ああ巨きな信のちからからことさらにはなれ／また純粋やちいさな徳性のかずをうしなひ／わたくしが青ぐらい修羅をあるいてゐるとき／おまへはじぶんにさだめられたみちを／ひとりさびしく往かうとするか／信仰を一つにするたつたひとりのみちづれのわたくしが／あかるくつめたい精進のみちからかなしくつかれてゐて／毒草や蛍光菌のくらい野原をただよふとき／おまへはひとりどこへ行かうとするのだ〉と唱い、トシと語る母親とのやりとりを聞きながら、〈どうかきれいな頬をして／あたらしく天にうまれてくれ〉と言い、おまえの存在の気高さを語りたい言葉は数々あるが、〈ただわたくしはそれをいま言へないのだ／（わたくしは修羅をあるいてゐるのだから）〉と言う。こうして〈わたくしのかなしさうな眼をしてゐるのは／わたくしのふたつのこころをみつめてゐるためだ／ああそんなに／かなしく眼をそらしてはいけない〉という言葉で終っているが、ここにも最愛の妹の臨終の姿を前にしながら、内面の修羅の世界を歩み続ける自身の切ない想いを語っている。こうして人生の最愛の道づれとの別れを悼む賢治の、切なる心の痛みが聞こえて来よう。

三

さて、ここから問うべきは賢治が繰り返し「おれはひとりの修羅なのだ」と言う、その〈修羅〉の内容の何たるかを先ず概念ならぬ生活的現実の只中にすえて読みとってみたい。彼は先ずこの故郷を離れ東京に出たいと言うが、「お前は長男だ。この家は古着商と質屋だが、それを継げばいい。東京などへ出ることはない」と父親の政次郎から強くたしなめられ、それでも彼はしばしば上京すると、浅草オペラとか歌舞伎とか、いろんなものを覗いたり、時にはセロを持って出かけ、上野図書館やＹＭＣＡタイピスト学校に通い、またオルガンやセロの教習やエスペラント語の勉強なども試み、さらには自分の力で人造宝石を作って販売したいとまで願い、実にさまざまな欲求を示しているが、それらの夢はことごとく父親から抑えつけられてしまう。さらには盛岡の中学を出ても上の学校へ行くことも許されず、悶々たる生活を続けることになる。

然し彼が十八歳の時、ある決定的な転機が訪れる。それが父親がこれでも読めといって与えてくれた一冊の法華経の経典（島地大等『漢和対照妙法蓮華経』）であり、これが彼の内在的な意識の只中に火をつけるようになる。

法華経は数ある経典の中でもかなり古いものだが、その独自の教えのひとつは宇宙的ビジョンというか、壮大な宇宙観が説かれ、いま一つはひとたびその信仰に入れば、己れひとりの救済ではなく万人のために身を献げるという、極めて実践的な宗教であり、この実践的信仰と宇宙的ビジョンの二つが、まさに賢治の中に眠っていた心の核心に火をつけることになり、その魂の昂揚こそは、彼の生涯をつらぬく根源の力として生き続けることとなる。

以来彼は父親に屈することなく、家族もおびえるほどの熾しい論争を繰り返して父を折伏しようとするがこれは成らず、親友保阪嘉内に対しても同様、失敗して絶交状態ともなる。父の政次郎は元来浄土真宗の熱心な信者で、東京からすぐれた講師なども呼び、しばしば講習会なども開いていたほどで、この両者、父と子との葛藤の熾しさは、やがておさまって行くように見えるが、賢治の内面では生涯続く孤立感のひとつの原点ともなる。

賢治は家業を継げという圧迫を振り切るようにして、在家仏教の田中智学の国柱会に入って奉仕のわざを続けようとするが、これもその上京中のなかば妹トシの病気のため帰郷することになりそのまま終ってしまう。その後花巻農学校の教師となるが、五年ばかりで退職し、以後は故郷郊外（下根子桜）の小さな別宅に独居し、羅須地人協会を設立し、その間は肥料設計、稲作指導などに奔走し、農民のために無料で作った設計書は二千枚をも越すという。然しこの羅須地人協会の存在もやがて消え、最後に東北砕石工場の技師となり、この工場の要請により宣伝販売のため上京するが、上京後再度の発病のため、死を覚悟して家族宛の遺書も書くが、間もなく帰郷することとなり、最後の病床生活を続けることとなる。この時期あの「雨ニモマケズ」の詩篇は手帳に書かれ（昭6・11・3）、さらに童話としては最後の完成作品、文字通り「雨ニモマケズ」と表裏一体ともいうべき「グスコーブドリの伝記」（昭7・3「児童文学」第2号）の発表。最後はその詩篇の終結というべき文語詩稿五十篇、同一百篇が完成（昭8・9・22）。こうしてこの年九月二十一日、病状（急性肺炎）は急変して、その三十七年の生涯を終えることとなる。

以上は簡略に書き付けた賢治の生涯の跡だが、いずれも一貫しえなかった賢治の現実生活を貫く、その根底の心のはたらき、その志の何たるかこそ、賢治文学の詩篇、童話作品の背後にまわって読みとらねばなるまい。

四

こうして我々が再び賢治作品の核心ともいうべき部分に眼を向ければ、やはり妹トシの死をめぐる詩篇の数々、また童話の代表作ともいうべき完成作『グスコーブドリの伝記』と、ついに未完のままに終ったとみえる代表作『銀河鉄道の夜』、さらに加えて言えばあの「雨ニモマケズ」一篇の中にも読みとることが出来よう。そこで先ず「雨ニモマケズ」をどう読むかということになれば、あの中村稔と谷川徹三のこれをめぐる論争の何たるかが問われることとなろう。賢治研究の第一人者とも言うべき中村氏は、これはあの病床にある死に近づいた賢治が「ふと書きおとした過失のように思われる」と言い、さらには「宮沢賢治のあらゆる著作の中でもっとも、とるにたらぬ作品のひとつであろうと思われる」と言い、これに対し谷川徹三はこの詩を「明治以来の日本人の作った凡ゆる詩の中で、最高の詩であると思ってい」ると言う。これは余りにも極端な発言の対立と見えるが、いずれもやや詩的表現の巧拙という概念に捉われ過ぎたものではあるまいか。これはあの〈おれはひとりの修羅なのだ〉と言い切った賢治内面をつらぬく数々の矛盾と困憊の果てにふと、ひと息にあふれ出た、賢治の全生涯をつらぬく根源的な志向、また自省の念の行きついた究極の姿を語るものではあるまいか。

先に掲げた『春と修羅』一篇の中で〈けらをまとひおれをみるその農夫／ほんたうにおれがみえるのか〉という賢治に、果たして対する農夫自体のかかえた苦悩や不安の姿が見通せていたのか。ここに見る〈ほんたうにおれがみえるのか〉と言う言葉のひびきは、自身の悩みの発言ならぬ、一種昂揚した賢治自体の意識の昂ぶりが見えて来るのではないか。賢治の性格というか、その生涯をつらぬくこの意識の昂ぶりこそ、賢治自身がしばしば繰り返した内省の核心のひとつとも言えるものであろう。こうして晩年の彼の意識は反転して、〈おれがみえるのか〉と言った自分に、果たしてあの農民たちの苦しみの根源がどれだけ見えていたのかという自省の念に反転し、これがこの『雨ニモマケズ』一篇をつらぬく根底のモチーフともなるものであろう。

彼は死の十日前に教え子に与えた手紙の中で、「私のかういふ惨めな失敗はたゞもう今日の時代一般の巨きな病『慢』といふもの」のためであったと語る。ここには「僅かばかりの才能とか器量」で村が明るくなると思ったりした自身の自負と傲岸へのきびしい内省。自身の夢想と現実の、農村との埋めがたい距離。その前に立ちふさがる〈まっくらな巨きなもの〉に対する深い挫折感。この、他者の苦痛をそのまま自身の苦痛と感じる深い資質、献身にも拘らず、結局は貧しく困窮のうちにある農民に対して、自分は選ばれた特権者であるという、したたかな負い目。ついに何事をなそうとも、彼らとは一体になりえぬものであったという、その裂け目。そこにこそ彼の渾身からの祈りと深い願いが、あの一句にしたたり落ちていったのではないか。

〈ヒデリノトキハナミダヲナガシ／サムサノナツハオロオロアルキ／ミンナニデクノボートヨバレ〉――この裂け目をふたぐことができぬならば、せめて彼らの痛みを自身の痛みとし、自分の負い目として担いたい。この特権者である自己、傲岸な心をいだく自己がうちくだかれて、否、この自己をうちたたき、たたいて、彼らの痛みや苦しみのなかにのめりこんで行きたいと言う。この深い根源的な祈りの念をここに聴きとりえねば、むなしいことだ。彼は死の前日、辞世の言葉ともいうべき一首の歌を遺している。〈いたつきのゆえにもくちんいのちなりみのりにすてばうれしからまし〉と。ここにも彼の深い想いは現れているが、ここに個性的なひびきはない。然し〈ヒデリノトキハナミダヲナガシ——〉というあの詩句には、賢治の全生涯を一瞬に集約する熱い現実感がこもり、まさに賢治の語る世界をつらぬくあの〈生命律〉そのもののひびきをそこに聴きとることが出来よう。

さらに加えて言えば、見逃しえぬものに、あの〈野原ノ松ノ林ノ蔭ノ／小サナ萓ブキノ小屋ニヰテ〉という一節があり、このさり気ない言葉の奥にこそ、あの亡き妹トシへの深い想いが込められているのではあるまいか。〈松ノ林〉と言えば、妹トシがどんなにか熱く慕っていた場所であり、あの『永訣の朝』に続く『松の針』一篇にもトシのその気持が繰り返し唱われている。〈さつきのみぞれをとつてきた／あのきれいな松のえだだよ〉と言うと、〈おお　おまへはまるでとびつくやうに／そのみどりの葉にあつい頰をあてる〉〈そんなにまでもおまへは林へ行きたがつたのだ〉〈ああいい　さつぱりした／まるで林のながさ来たよだ〉というおまえの寝る〈緑のかやのうへにも／この新鮮な松のえだをおかう〉という。これはさらにトシの没後の翌年に書いた、あの「オホーツク挽歌」の中の一篇「噴火湾（ノクターン）」の中でも、《おらあど死んでもいゝはんて／あの林の中さ行ぐだい／うごいで熱は高くなつても／あの林の中でだらほんとに死んでもいいはんて》と言うトシの熱い願いを思い出しながら、賢治が今は亡きトシと、あの松の林の中の小屋で最後を過ごしたいという、ひそかな熱い願望を語っていることも見えて来よう。

ただここでも賢治にからむ矛盾のかげは見える。この一篇を書いた「雨ニモマケズ手帳」とも呼ばれる、その手帳の冒頭には、次のような言葉が述べられている。

「大都郊外の煙ニマギレントネガヒ　マタ北上峡野ノ松林ニ朽チ埋レンコトヲオモヒシモ　父母共ニ許サズ　廃

躯ニ薬ヲ仰ギ　熱悩ニアヘギテ唯　是父母ノ意僅ニ充タンヲ冀フ」という所にも、その挫折と深い諦念は読みとれるが、さらにこの手帳（3～9頁、10月28日）に続いて語られる次のような言葉「快楽もほしからず名もほしからずいまはたゞ　下賤の廃躯を法華経に捧げ奉りて一塵をも点じ　許されては父母の下僕となりて　その億千の恩にも酬へ得ん、病苦必死のねがひ　このほかになし」と語る所にも、さらに続いては晩期文語詩篇の次のごとき一篇をみればどうか。

〈われのみみちにたゞしきと、ちちのいかりをあざわらひ、／ははのなげきをさげすみて、さこそは得つるやまいゆゑ、／こゝはむなしく息あへぎ、春は来れども日に三たび、／あせうちながしのたうてば、すがたばかりは録されし、／下品ざんげのさまなせり。〉もはや手帳随所にみる、みずからの「高慢」を警する自戒の言は逐一あげるまでもあるまい。その生涯を貫く献身無私の営みにも拘らず、家業をつがず、定職を持たず、理想に走った自身の驕慢を許し、深く包んでくれた父母への謝念は、「廃躯」をその膝下に横たえつつ、愈々深まるものがあったと思えるが、このように語りつつ、また敢てその父母のもとを離れて、あの妹トシの慕った〈松ノ林ノ蔭ノ小サナ萱ブキノ小屋〉に棲んでその生涯を閉じてみたいと念う、この賢治の生涯をつらぬく矛盾の数々を見ずしては、賢治の作品を根源的に理解することは出来まい。

五

このトシとの交わりこそは賢治の詩や童話はもとより、その〈ひらかれた宗教観〉とも言うべき側面をも見届けるためにも、極めて重要な世界であろう。すでにその一端は『無声慟哭』などの詩篇や『雨ニモマケズ』などの中にも読みとって来たが、トシの死後の翌年、大正二年八月二日の日付けを持つ、拾遺詩篇『宗谷挽歌』の一節にもあざやかに読みとることが出来よう。

〈とし子、ほんたうに私の考へてゐる通り／おまへがいま自分のことを苦にしないで行けるやうな／そんなしあはせがなくて／従つて私たちの行かうとするみちが／ほんたうのものでないならば／あらんかぎり大きな勇気を出し／私の見えないちがった空間で／おまへを包むさまざまな障害を／衝きやぶつて来て私に知らせてくれ。／われわれが信じわれわれの行かうとするみちが／もしまちがひであつたなら／究竟の幸福にいたらないなら／いままつすぐにやつて来て／私にそれを知らせて呉れ。／みんなのほんたうの幸福を求めてなら／私たちはこのまゝこのまつくらな／海に封ぜられても悔いてはいけない。〉

ほかにも『青森挽歌』などの詩篇もあるが、ただひとりの同信の伴侶としての妹トシへのこれほど熱い想いと願望を勁く語ったものはあるまい。同時にトシへの想いに一種エロス的な感触のにじんでいることも否めまい。言わば〈信〉とその変態としての〈恋愛〉という、このアガペエとエロスの濃密な相関は、また賢治にとっては引き裂かるべき相克でもあった。しかも引き裂かんとして引き裂きえざるエロスとアガペエの葛藤こそ詩人賢治の生涯をつらぬく〈分立〉ともいうべき、いまひとつの側面でもあった。我々はその凝縮されたドラマの一端をこの『宗谷挽歌』の一節にあざやかに読みとることができよう。〈みんなのほんたうの幸福を求めて〉という、そこに〈信〉への倫理的な希求のうめきをみるとすれば、〈私たちはこのまゝこのまっくらな／海に封ぜられても悔いてはいけない〉というところにエロス的ともいうべき、ひそかな〈共棲願望〉の熱く、また暗い倍音ともいうべきものを聴きとることができよう。からだを〈けがれたねがひにみたし〉つつ〈挑戦〉しようという。そこに敢てこの相克にまるごと身をゆだねようとする詩人のエロスへの、〈普遍〉ならぬ〈個〉としての欲望への執着をみるとすれば、やがて晩期文語詩稿などにみるエロスの消滅、さらには〈おれ〉や〈わたくし〉という〈個〉の消滅の影をどう読みとればいいのか。然しここではひとまず転じて、賢治の童話世界のさらなる一端に眼を転じてみたい。

六

もはや残る紙数も尠なく、童話の世界もその一端にふれるとすれば、賢治童話をつらぬく軸は処女作『双子の星』に始まり、賢治がこれだけは完成作として発表し、読者につよく語りかけようとした作品とした、あの『グスコーブドリの伝記』一篇を挙げ、続く未完の大作『銀河鉄道の夜』に至る一筋の道を辿ってみたい。『双子の星』は生前未発表の作品だが、大正七年夏『蜘蛛となめくぢと狸』と共に家族に読み聞かせたという処女作で、題名通り双子の星チュンセ童子とポウセ童子は天の川の西の岸、小さな水晶の宮に向かいあって坐り、毎夜星めぐりの歌に合わせて、銀笛を吹くのが役目だが、この無垢なる存在は何ひとつ疑うことを知らず、さまざまな危険やたくらみにさらされながら、たとえば戦い合う大烏（星）や蠍（星）の争いにまきこまれれば、共に傷つけあう両者の苦しみを、自身も死ぬほどの痛みにたえながら助けてやろうとし、このためにいくたびか危機にさらされるが、最後は無事に救われ天上界に還る。こうしてすべては天帝のめぐみのなかに納められ、明るく自足の内環を閉じる。

これを評してあるすぐれた評者は「この底抜けの明るさは、内面の修羅相に悶える詩人が心の底で希求した対極点のそれであろう」（天沢退二郎）と言い、この指摘をふまえて別の評者は、「この作品の楽天性・甘さが、いかに止揚されて『銀河鉄道の夜』へと熟していったかの考察が、賢治童話の骨格をどう捉えるかに関わる重要な問題であろう」（小沢俊郎）と言う。これらのすぐれた指摘にすべては尽くされているとも言えるが、付け加えて言えば、「二人は青ぐろい虚空をまっしぐらに落ちました」「二人は落ちながらしっかりお互いの肱をつかみました。この双子のお星様はどこ迄でも一諸に落ちやうとしたのです」という一節にこそ、あの妹トシと共に何処までも生きようとした賢治の熱い想いが伝わって来よう。このチュンセとポウセという名前はそのままトシへの想いを語るあの自伝的小品『手紙四』（大12の下旬～大13の初旬か）の中でもそのまま使われている。

病いで横たわる妹のポウセに「雨雪をとつて来てやろうか」と言うと、「うん」とポウセはやっと答える。「チュンセはまるで鉄砲丸のやうにおもてに飛び出し」「松の木の枝から雨雪を両手にいつぱいとつて」来てポウセにたべさせるが、やがて「ぐたつとなつていきをつかなく」なる。「おつかさんはおどろい」て泣きながらポーセの体をゆすぶるが、「ポーセの汗でしめつた髪の頭はたゞゆすぶられた通りうごくだけ」で、「チュンセはげんこを眼にあてて、虎の子供のやうな声で泣きました」という。ここにはあの詩篇「永訣の朝」以上に、トシの臨終と賢治の悲痛な姿をまざまざと伝えるものがあろう。さらに「私にこの手紙を云ひつけたひと」は、「あらゆる虫も、みんな、みんな、むかしからのおたがひのきやうだいなのだから。チュンセがもしもポーセをほんたうにかあいさうにおもふなら大きな勇気を出してすべてのいきもののほんたうの幸福をさがさなければいけない」と言う。

我々はここで、あの『銀河鉄道の夜』初期形の最後の「セロのやうな」不思議な声を想い出す。「おまへはもうカムパネルラをさがしてもむだだ。」「みんながカムパネルラだ。おまへがあふどんなひとでもみんな何べんもおまへといつしよに苹果をたべたり汽車に乗つたりしたのだ。だからやつぱりおまへはさつき考へたやうにあらゆるひとのいちばんの幸福をさがしみんなと一しょに早くそこに行くがいい、そこでばかりおまへはほんたうにカムパネルラといつまでもいっしょに行けるのだ」。この声は主人公のジョバンニの耳に熱くひびくが、こうしてチュンセとポーセは、ジョバンニとカムパネルラに転化し、賢治内奥の根源のモチーフは重層しつつ、さらに深まってゆく姿が見えて来よう。

さてここで〈銀河鉄道〉の中の一挿話として見逃しえぬものがあり、それがあの〈蠍の火〉をめぐる一場面である。

「川の向ふ岸が俄かに赤くなりました。楊の木や何かもまつ黒にすかし出され見えない天の川の波もときどきちらちら針のやうに赤く光りました。まつたく向ふ岸の野原に大きなまつ赤な火が燃されその黒いけむりは高く桔梗いろのつめたさうな天をも焦がしさうでした。ルビーよりも赤くすきとほりリチウムよりもうつくしく酔つたやうになつてその火は燃えてゐるのでした」と言う。あれは何の火かとジョバンニが訊くと、〈蠍の火〉だとカムパネルラが地図を見ながら言い、同席の女の子が父から聞いた話だといって、蠍の火の話をする。

むかしパルドラの野にいた蠍は、小さな虫などを殺して食べていたが、ある日いたちに追いつめられ、井戸に落ちこんでしまう。死を前にした蠍は苦しみつつ神に祈る。「あゝ、わたしはいままでいくつのものの命をとつたかわからない」。だが今度は自分がこうなった。どうしてこの命をいたちに呉れてやらなかったろう。「どうか神さま。私の心をごらん下さい。こんなにむなしく命をすてずどうかこの次にはまことのみんなの幸のために私のからだをおつかひ下さい」。このように祈っていると、いつか蠍は「じぶんのからだがまつ赤なうつくしい火になつて燃えてよるのやみを照らしてゐる」のを見る。こうしていまもその火は燃えつづけているが、やがてその〈蠍の火〉も遠くなり、姉弟たちとの別れが来る。再び車内はがらんとなり、とり残されたジョバンニが「カムパネルラ、また僕たち二人きりになつたねえ、どこまでもどこまでも一諸に行かう。僕はもうあのさそりのやうにほんたうにみんなの幸のためならばそしておまへのさいはひのためならば僕のからだなんか百ぺん灼いてもかまわない」と言うと、「僕だつてさうだ」とカムパネルラも涙ぐみつつうなずく。やがて〈石炭袋〉と呼ばれる「大きなまつくらな孔」がみえる。「僕もうあんな大きな暗の中だってこわくない。きっとみんなのほんたうのさいはいをさがしに行く。どこでもどこまでも僕たち一諸に進んで行かう。」「あゝきつと行くよ」とカムパネルラも答える。さらに繰り返し「カムパネルラ、僕たち一諸に行かうねえ」と言いつつふりかえると、もうカムパネルラの姿はない。ジョバンニはここであの「まるで鉄砲丸のやうに立ちあがり」「窓の外へからだを乗り出して力いっぱいはげしく胸をうつて叫びそれから咽喉いつぱい泣き」だす。「もうそこらが一ぺんにまつくらになつたやうに思」う。

ここでジョバンニの夢は醒めるが、ジョバンニの夢のこの終末の一連の展開に、この作品に注いだ賢治のすべてはあると言っていいが、ただ注目すべきはあの〈蠍の火〉の描写に残る矛盾の一端であろう。それは「ルビーよりも赤くすきとほりリチウムよりもうつくしく酔つたやうになつて」燃え、「まつ赤なうつくしい」「音なくあかるくあかるく燃え」る火だという。しかしその冒頭には、その火とともに「その黒いけむりは高く桔梗いろのつめたさうな天をも焦がしさうでした」という。〈銀河鉄道〉をめぐる天上界は、周知のごとく美しいキリスト教的イメージで彩られ、白い十字架が円光をいただいて立ち、ハレルヤや讃美歌の声が聞こえ、車中にはカトリック風の尼や多くのキリスト教徒たちが乗り込み、すべては青白く透きとおるまでに敬虔な情景が纏綿するが、その中に燃える〈蠍の火〉は、その「桔梗いろのつめたさうな天をも焦がしさう」に燃えているという。

ここには宗教的世界の敬虔への共感と同時に、そのとりすました〈つめた〉さ、言うならば既成の宗教への作者のつよい違和感が込められ、〈つめたさうな天〉を焦がす〈黒いけむり〉とは、賢治自身の矛盾を語るものでもあろう。『銀河鉄道の夜』の原稿はいくたびか書き直されているが、このつめたい天を焦がす〈蠍の火〉の姿は三たび改変される原稿の中で繰り返し、そのまま残っている。この矛盾に満ちた熱いイメージこそ、賢治が自身を〈おれはひとりの修羅なのだ〉と呼んだそれと、熱く一体化しているものではないか。

七

ここで最後に『グスコーブドリの伝記』一篇にふれてみたい。もはやその内容については述べる余裕もなくなったが、ジョバンニに語らせた「あのさそりのやうにほんたうにみんなの幸のためならば僕のからだなんか百ぺん灼いてもかまはない」と言う、この祈りが作品に具現化したものこそこの一篇ではないか。周知のごとくブドリは冷害からイーハトーブ地方を救うために、カルボナード火山島を爆破し、自身の身を灼いてその生涯を閉じる。これが〈ありうべかりし賢治〉を描いた完結作とすれば、『銀河鉄道の夜』はなお未定稿として遺る。『銀河鉄道の夜』のジョバンニがカムパネルラ（＝トシ）との痛切な別れと、祈りつつなお〈修羅〉の炎をもやす主体の夢を宿しつつ、地上に帰還する物語とすれば、逆にブドリは己れの〈夢〉を燃やしつつ天上へと帰還する。

私が「いま爆発する火山の上に立つてゐたら」、それがみんなの役に立ったら「何といふ愉快でせう」（前掲「グスコーブドリの伝記」）とブドリは言う。これは献身の情熱という以上に、一種エロス的な心情の昂揚というほかはなく、このブドリの〈はね上り〉の背後に何があるかと言えば、さらに初型の『ペンネンネンネンネン・ネネムの伝記』（生前未発表執筆は大正10年かあるいは11年）にあると言えよう。これは過剰なまでにあふれる化物の世界で、これを語る賢治のペンは、書くという〈力学〉自体のエロスに溢れ、背後の筆者賢治自体の才能を動かす一種独自のエロス的な昂揚の韻律的展開がみられるが、これも一変して最後は、「私のやうなものは、これから沢山できます。私よりもつともつと何でもできる人が、私よりもつと立派にもつと美しく、仕事をしたり笑つたりして行くのですから」という『グスコン』ならぬ『グスコー』終末のブドリの言葉こそ、賢治自体を深く自省させた、あの表現者としての意識の昂ぶりを裏返して行くものであり、こうしてブドリは二重の意味でジョバンニの〈夢〉をみたし、天上界へと飛翔する。

これを代償とするかのごとくジョバンニは〈わが痛き夢〉を抱いて帰還する。思えば、はじまりの時を語るあの『双子の星』から『グスコーブドリの伝記』、さらには『銀河鉄道の夜』への展開は、詩人のしいられた〈夢〉の幾曲折かを経た、ひとつの帰還の物語であり、これをつらぬくものがエロスとアガペーの織りなす未完のドラマであったことは、もはや再言するまでもあるまい。後期形ではカムパネルラの消えたあと、夢から醒めたジョバンニは母のための牛乳を需めて帰って行く途中、河に落ちたザネリを救わんとして犠牲となったカムパネルラの死を知り、さらにカムパネルラの父から彼の父親の帰還の報告を受ける。北海の涯で労役に苦しむ父の姿を想い描く場面は最終型では省かれているが、この未完の作に続くものがあるとすれば、父親の帰還はまたジョバンニの、この地上での現実世界の新たな展開を暗示するものであろう。

八

すでに紙数も尽きたが、最後に賢治における〈ひらかれた宗教性＝観〉の何たるかにふれれば、ジョバンニが対話をかわした姉弟を連れて、この銀河鉄道の車内に現れたキリスト者の青年とジョバンニの、あの対立する会話の場面に見ることが出来よう。「ほんたうの神さまはもちろんたつた一人です」という青年に対し、「あゝ、そんなんでなしにたったひとりのほんたうのほんたうの神さまです」と語るジョバンニの熱いこの言葉にこそ、背後の賢治の心にひそむ〈ひらかれた宗教性〉の何たるかへの、熱い心熱の叫びとも言えるものがひびいて来よう。

この賢治の心の眼をひらいたものこそ、ほかならぬ妹トシであり、彼女が学んだ日本女子大学の学長成瀬仁蔵の講義の中の〈大宗教〉なる一語は彼女の心に深く残り、晩年病床に横たわる賢治を訪ねたあの詩人黄瀛が聞いた言葉の中で、繰り返し語るこの賢治の言葉こそ、賢治の裡なる最後の宗教性をひらいたもので、賢治生誕百年の記念講演で共に語った黄瀛氏と同席となり、この〈大宗教〉とは何ですかと訊ねても、分らなかったと言われたが、これがほかならぬ妹トシが賢治に残した言葉であることを知り、ここでも賢治とトシの並ならぬ心の交わりを感じたものである。

かつて花巻の弟清六さんを訪ねたこともあるが、それ以前にもらった書簡の中で、「あなたの言う通りだ。賢治は若い学生時代に聖書も読んでいる。教会にも時に顔を出している。なによりも内村鑑三のものを真剣に読んでいる。

あなたの仰言る通りだ」と言われ、また内村の愛弟子で賢治とも交わりの深かった斉藤宗次郎さんの宅も訪ね、「賢治をみちびき、範を示されし」斉藤先生という言葉を示されたが、これは清六氏が送った賢治著作集の一巻にしるされた言葉で、その忘れえぬ賢治との精神的交流の深さをしみじみ語られたものである。

あの臨終直前、床の上に坐って〈南無妙法蓮華経〉と高々とお題目を唱え、父親にはあの十八歳の時読んだ法華経経典一千部を知人に与えてくれと願った賢治の中には、並ならぬ彼の意識の昂揚がみられ、しかもこれはそのひらかれた宗教観となんら対立するものではなく、賢治の溢れる宗教的、また倫理的意識の共なる昂揚の姿をここにみることができよう。また最後は父親に、あの押入れの中の数々の原稿をどうするかと問われ、これはすべて「私の迷いの跡ですから適当に処分して下さい」と言い、父親を感服させるが、また一面、弟の清六に対しては「おれの原稿はみんなおまえにやるからもしどこかの本屋が出したいといってきたらどんな小さな本屋でもいいから出版させてくれ」と言い、さらに母親には「この童話はありがたいほとけさんの教えをいっしょうけんめいに書いたものだんすじや、だからいつかは、きっとみんなよろこんで読むようになるんですじや」とこの母への言葉は内田朝雄氏の紹介する所だが、この三者三様の答えの中にこそ、賢治の精神をつらぬく矛盾の只ならぬひびきが伝わって来よう。

また晩期の病床で妹に手伝ってもらいながらかきとめた「文語詩稿一百篇」「同五十篇」の存在については、妹になんと言うても「これがあるもや」と語る賢治の言葉には「春と修羅」三巻をつらぬく只ならぬ意識と言葉の昂揚への否定、また批判の想いが述べられているようだが、これもあの肉親への言葉同様、賢治の仕事、またその意識の一面を語るものであり、改めて賢治の残した〈生命律〉のひびきの何たるかは、繰り返し問い返してゆく必要があろう。この賢治の生涯をつらぬく矛盾、またその意識の激しい変現の只中にこそ、賢治の中の敬虔な宗教的心情、また他者への徹底した倫理的志向と同時に、反面その只ならぬ詩人としての意識のつよい昂ぶりを見るものだが、これら一切の矛盾を捉えてこそ、賢治の独自の世界を読みとることが出来、そこにこそ我々にとっての〈文学の力〉の何たるかの根源の意味を読みとることが出来るのではあるまいか。

〈文学の力〉の何たるかを示すものは誰か

――漱石、芥川、太宰、さらには透谷にもふれつつ

一

近・現代文学をめぐるすべての概念を切断して見えて来るものは何か。その何たるかが見えてこそ、はじめて〈文学の力〉の何たるかも見えて来よう。〈時代を問う文学〉の第二弾として、再び漱石・透谷などをめぐるいくばくかの問題を問いつめてみたい。既成の概念をとっぱらえば、そこにこそ切迫した文学者たちの姿が見えて来よう。

以上は今回語ってみたい主題の要約だが、まずは再び漱石から始めてみたい。作家の原点をその処女作に見るとすれば、『吾輩は猫である』の語る所は何か。先ずは『吾輩は猫である』下巻の序を引いてみたい。要点は文中の傍点をつけた部分にあるが、実はこの序文の流れがいかにも生々として『猫』にふさわしい一文なので、少し長くはなるが、まずは全文を引いてみたい。

『猫』の下巻を活字に植ゑて見たら頁が足りないから、もう少し書き足してくれと云ふ。書肆は『猫』を以て伸縮自在と心得て居るらしい。いくら猫でも一旦甕（かめ）へ落ちて往生した以上は、そう安つぽく復活が出來る譯のものではない。頁が足らんからと云ふて、おいそれと甕から這ひ上る様では猫の沽券にも關はる事だから是丈は御免蒙ることに致した。

『猫』と甕へ落ちる時分は、漱石先生は、巻中の主人公苦沙彌先生と同じく教師であつた。甕へ落ちてから何ヶ月の經つたか大往生を遂げた猫は因より知る筈がない。然し此序をかく今日の漱石先生は既に教師ではなくな

つた。主人公苦沙彌も今頃は休職か、免職になつたかも知れぬ。世の中は猫の目玉の様にぐる〳〵廻轉してゐる。僅か数ヶ月のうちに往生するのも出來る。月給を棒に振るものも出來る。暮れも過ぎ正月も過ぎ、花も散つて、また若葉の時節となつた。是からどの位廻轉するかわからない、只長へに變らぬものは甕の中の猫の中の眼玉の中の瞳だけである。（傍点筆者以下同）明治四十年五月　漱石

いかにも『猫』の紹介にふさわしい一文だが、この諧謔味たっぷりの語り口にとらわれてはなるまい。文の眼目はその傍点の部分にあろう。すでに文中にもあるごとく、この明治四十年五月という時、漱石は東大講師などの職をやめて朝日新聞専属の作家となり、入社第一作『虞美人草』の原稿をかきはじめようとしていた。新聞小説たる以上、めまぐるしく動いてゆくこの文明社会を舞台とすることとなるが、しかしこれを書く作家の眼はこれに捉われぬ、不退転の勁い覚悟を込めて書き抜いてゆかねばなるまい。先の文中の結末に見る世の中はどのように変ろうとも、「只長へに変わらぬものは甕の中の猫の中の眼玉の中の瞳だけである」という時、この文明社会を中心とした世相を描くにとどまらず、これを生み出す人間存在の矛盾を根源からえぐりとる作家の眼こそが、いま作中の猫と一体となって描かれていることが見えて来よう。

この作中の猫の眼と一体となった作家の眼とは、こちらの勝手な読みとりに終るものであろうか。そうではあるまい。これを語るものの何たるかは、文中なかばに見る「『猫』と甕へ落ちる時分」の漱石先生は云々という所にあざやかに読みとることが出来よう。

岩波の全集の中などでは、すべて「『猫』の甕へ落ちる時分」はとなっているが、たまたま復刻版を手にして見ると、それは「『猫』と甕へ落ちる云々」となっており、これは未だに改訂されていない。原稿が残っていないとすれば、次は「復刻版」などによるほかはあるまい。これを見た時、かねて作中の猫と作家漱石の眼との一体化を深く感じていた自分は、改めて眼のひらく想いがしたものである。こうして、この文明社会がどんなに変ろうと、その

矛盾の孕む様態を根源的に見据えて行こうとする作家漱石の、新聞小説の作家としての底にひそむ、不退転の覚悟をそこに読みとることが出来よう。

ここで明らかになることは作者は作中に語り手と一体となっているが、作家はその背後に立って居り、我々が真に文学作品の何たるかを読みとるとは、この作家と作品を串刺しにして読む所となろう。

ちなみに言えば、このモデルとなった飼い猫は無名のままに、あの『三四郎』が書かれていた時期のなかばに亡くなるが、その亡骸を庭の片隅に埋めた時、家族に頼まれて小さな墓碑の裏側に、〈此下に稲妻起る宵あらん〉という追悼の句を書いているが、ここにもまた、極めて意味深いひびきがこもっていよう。衰弱した猫は夕暮にはおとろえた体を縁側の隅に横たえ、夕闇の中にその眼がきら〳〵と輝いている姿がしばしば見られたという。墓の下に眠るあの猫の目は、今も闇の中で折にふれ、稲妻の如く光る時もあろうという時、これが『三四郎』『それから』と続く時期に見えて来る、作品背後の作家たるものの覚悟の何たるかを語るものとも見えて来よう。ここに見る作品背後に立つ作家の力のありようは、続く『坊つちやん』の一作にもまた見ることが出来よう。

二

さて、『坊つちやん』の背後に立つ作家漱石の眼は何を語ろうとしているのか。この作品の舞台は四国の松山で、そこの中学校教師となった主人公坊っちゃんが、先輩の教師山嵐と一体となって、傲慢なふるまいを続ける教頭の赤シャツをこらしめて、この中学校を去るまでの痛快な奮闘ぶりを語っているように見えるが、作家としての漱石の語らんとした本来のモチーフとは何か。

先ず端的に言えば、作品の舞台は松山ならぬ、何処であってもよかったはずで、事実そのなま原稿を読めば分かるが、はじめは〈中国〉と書いて、消して〈四国〉と書いている。実は舞台は何処でもよかったのだが、漱石自身、明治二十八年から一年間勤めたこともあり、言わば勝手知ったる松山だということになったといえよう。ならば真の舞台とは何処か。それはほかでもない。この『坊っちゃん』を書いていた時期の文明都市東京であり、さらに言えば勤めていた東京帝国大学自体であろう。

漱石の手紙をみれば、あの大学の持っているお屋敷風、御殿風、御役人風な権威主義の塊のようなところが、自分には我慢ならず、堪らなかったという。漱石は講師でも下っ端だから、日頃は教授会にも出られない。そのくせ、手が足りないとなれば、英語入試の審査に出てくれと言われるから、上司に御免蒙りますと書面ではっきりことわっている。このような権威主義的な所をひどく嫌っていた。その溜りに溜まっていた憤懣をぶっつけたのが『坊っちゃん』で、実は漱石の外孫にあたる人（半藤一利）で、その『昭和史』などの名著で、日本は時代の勢いに、流されてはいけない、国民のひとりひとりがもっと主体的であれと力強く言いながら、時代の歴史の何たるかを深く論じ尽くそうとしている方だが、ある座談の中で、「いやー、僕の考えですが松山は仮の舞台で、本当は東大の中の権威主義的なものに憤懣をぶっつけたんです」と語っている。これを読んだ時、改めてわが意を得たと思ったわけだが、事実、この東大、またこれを支える、ともすれば文明社会の底にひそむ権威主義や様々な矛盾に対する、漱石の批判の眼は深く、その痛切な想いがいかに激しいものであったかは、『坊っちゃん』を書いている間は、その痛烈な怒りや憤懣を生々しいまでに友人宛の手紙の中でくりり返していた、その言葉が、『坊っちゃん』執筆中の間だけはぴたりと、とまっていることにも、『坊っちゃん』の語ろうとしたものの何たるかは明らかであろう。

このように見て来ると、時代の矛盾と危機は、これを生み出す人間自体の只中にひそむものであり、これを問わずして何の文学たるかとは、漱石の中に一貫するものであり、この漱石の文学をつらぬく力と問いは、形は変えながらもすべての作品を貫くものであり、その端的なしるしは、晩期の彼が弟子の芥川と久来正雄宛に書いた書簡中に見る、あの一語に尽きるものがあろう。すでに周知の通り、作家たるもののいかにあるべきかを問い、それは「人間を押すのです。文士を押すのではありません」という、書簡の中味をつらぬく一語であり、この宛先は連名とはなっているが、要は最愛の弟子芥川の将来を想いつつ述べたものであることは明らかであろう。

三

さてここで、漱石と並んで近代文学の〈御三家〉とも呼ばれる芥川と太宰についても少し語ってみたいと想う。〈文学の力〉の何たるかを問うこの一文の中で、あえて自決ともいうべき悲惨な最期を遂げた、この両者をとりあげることに対して疑問は当然起るであろう。然し〈文学の力〉の根源なるものとは何であらう。

ここで再び漱石の言葉にふれてみたい。漱石があの松山中学校から転じて、熊本の第五高等学校の教師となったのは、明治二十九年の春だが、この年の六月二十六日に、東北三陸の地に大津波が起こり、死者の数は二万七千人に及ぶと言われ、まさに我々にとっては、あの東北の一昨年の〈三・一一〉の大災害を想わせるものがある。漱石が着任早々にして、学生に与えた、あの『人生』（明29・10）と題した一文の背後にも、あの大災害の印象はつよく残っているが、しかしここで彼が語ろうとしていることの核心は、その災害の何たるかを説くに終ってはいない。人生の外界に起こる不時の災害や危機にいかに大きなまぬがれがたい危機、災害ともいうべき矛盾が内在するかに眼を向けるべきだと、痛切な想いを込めて語っていることに注目すべきであろう。

「不測の変外界に起り、思ひがけぬ心は心の底より出で来る、容赦なく且乱暴に出で来る」
「海嘯と震災は、啻（ただ）に三陸と濃尾に起るのみにあらず」
「亦自家三寸の丹田（たんでん）中にあり、険呑なる哉」

これが『人生』と題した一文中の結びの言葉だが、これに先立って、漱石は注目すべき次のような言葉を述べている。

「吾人の心中には底なき三角形あり、二辺並行せる三角形あるを奈何（いかん）せん」

これを想えば、「若し詩人文人小説家が記載せる人生の外に人生なくんば、人生は余程便利にして、人間は余程ゑらきものなり」と言い切るほかはあるまいと、痛烈な文芸批判の言葉を投げつけるように語っている。もはや説明するまでもあるまいが、ここで漱石の語ろうとする所は、〈底なき三角形〉ともいうべき人間存在の孕む根源的な矛盾であり、我々はこれをみつめつつ、残された〈二辺並行〉ともいうべき、この根源的な矛盾の実体をかかえて進むほかあるまい。ならばこの「二辺並行」ならぬ、〈二辺対立〉ともいうべきこの人間存在の矛盾の実態をかかえて生き抜くほかはあるまい。この矛盾の苦しみに耐えつつ、これを問いつめて行く所にこそ〈文学の力〉の何たるかは見えて来よう。漱石の言う〈人間を押す〉とは、まさにこの作家たるもののあるべき根源の課題を語るものであり、この言葉を与えられた芥川の生涯をつらぬく問いもまた、この文学者たるものの核心的な一事にかかっていたと言えよう。

芥川は一見知性と技巧につらぬかれ、多くの読者の眼をひく花形作家のひとりとも見られて来たが、彼の根底にもひそむ〈二辺並行〉の矛盾は、生涯その営みの根底にあって、たえず彼自身を問い続けたはずである。その最も明らかな姿は晩期の自伝的短篇『年末の一日』（大15・1）に明らかにあらわれていよう。明け方の夢に崖の上を歩いている。新年号の仕事もうまくゆかぬ。不安な一日が始まるが、午後なじみの新聞記者が来る。漱石先生の墓に案内してくれという。ところが雑司ヶ谷のあの墓地で迷ってしまう。やっとそこにいた婦人に聞いて墓参りをする。別れての帰り、夕暮れ時の八幡坂の下に箱車がいる。肉屋の車かと思うと「東京胞衣（えな）会社」とある。後から声をかけて押してやる。北風が梢を鳴らして吹きおろすなかを「妙な興奮を感じながら、まるで僕自身と闘ふやうに一心に箱車を押しつづけて行つた」という。胞衣とは胎児を包んだ胎盤などであり、当時はこのような会社の車が集めて処理していた。つまりは生命の抜けがらを積んだ車を押していたということだ。

「人間を押す」のだと言われながら、人間ならぬ、自分の今までの文学的ないとなみは、その命の抜けがらを押していたのではなかったか。先生の墓にも迷ったという。

既に諷意は充分に利いている。これは自嘲というには、はるかににがく、重い。勿論、漱石ゆずりのあの全人的、倫理的な眼が消えていたわけではない。いや、そこにはふたりの芥川がおり、両者の相剋が彼を追いつめる。かつてゴッホやゴーギャンの野生美に魅かれた自分が、いつのまにか都会風のルノアールの洗練に傾いていったという。

そうして、いま再び、あのゴッホの「糸杉や太陽はもう一度僕を誘惑する」。その「何か切迫したもの」「僕等の魂の底から必死に表現を求めてゐるもの」（「野生の呼び声」）（『文芸的な、余りに文芸的な』昭2）が、いま深く自分の心を捉えてやまぬという。しかしまたこの矛盾は、はじめにしてすでにあった。いま自分が求めているのは日の光を受けてのびゆく「草のような生命力の溢れてゐる芸術」で、芸術の為の芸術には不賛成（大・3・11・4、原善一郎宛書簡）と言う。すでに初期以来、芥川の中をつらぬく、この両者の対立、矛盾は明らかであろう。

然し、ことは〈野生の力〉云々にとどまらず、その倫理的側面に於ても、芥川自身の作家的内面を問いつめて行くものであった。その最も明らかなしるしは、あの「ピエル・ロティの死」という一文であった。ピエル・ロティと言えば、あの芥川の秀作のひとつに数えられる代表作『舞踏会』の原話的素材ともなった『江戸の舞踏会』の作者で、芥川の『舞踏会』でも主人公の少女明子の相手となる、魅力ある海軍将校のモデルとして描かれている。こうして芥川は新聞社からのピエル・ロティの追悼文の依頼を受け、その清新な抒情と感覚はいまも我々の心を搏つものがあると言いつつ、その一文（「ピエル・ロティの死」時事新報、大12・6・13）の末尾では、次のように言っている。

「我々は土砂降りの往来に似た人生を辿る人足である。だが、ロティは我々に一枚の合羽をも与えなかった」と断じている。これは追悼の一文の言葉としては、いささか大胆な批判ともいうべきであり、このロティを批判する背後には、ともすれば自分の才能に溺れんとした芥川自身の痛切な自己批判の想いも込もっているのではないか。これは明らかに芥川晩期の、自身をクリストにかさねて語らんとした『西方の人』の、あの痛切な一節にもつながるものであろう。彼はクリストの十字架上の最後の姿に自身をかさねつつ、次のように語る。

「それは天上から地上へ登る為に無残にも折れた梯子である。」

これは地上から天上へ登ると書くべき所を誤った芥川の間違いだと多くの評家は語って来たが、この一節に込められた熱い芥川の想いを思う時、これは断じて誤記ならぬ、芥川がその人生の最後を迎えんとして、万感の想いを託した痛切な一句ではないか。これは先にふれた天上から地上へ登らんとして折れた梯子云々という言葉に続き、「薄暗い空から叩きつける土砂降りの雨の中に傾いたまま。……」と述べているのを見れば、この一節の語らんとするすべては明らかに見えて来よう。この「土砂降りの雨の中に傾いたまま」という時、これはあのロティ批判の言葉にその苦難と矛盾に満ちた人生を辿るお互いに、せめて〈一枚の合羽〉ともいうべき、人生の力を与えるものでありたい。しかし今は、もはやそれもかなわず、この人生もここで終るほかはないという痛切な痛みを託したもので「36クリストの一生」と題した一章も、ここで終るが、これはそのまま〈芥川の一生〉をつらぬく闘いの何たるかを語り尽くしたものであろう。

こうした芥川の才気と技巧、また知性に満ちた活動の背後に、これを問い直すいまひとりの作家の自己批判があり、この両者の葛藤こそが、芥川独自の〈文学の力〉となり、これを深く理解して、受けついだものが太宰治という存在ではなかったか。「芥川龍之介の枕頭から聖書をとりあげたのは太宰治であった」とは佐古純一郎の名言だが、その『人間失格』と並行して語られた評論『如是我聞』こそは、芥川の苦闘の何たるかを受けつぎ、さらにそれを超えて〈文学の力〉の何たるかを語らんとしたものと言うべきであろう。

四

『如是我聞』が太宰晩期の死を賭した捨て身のプロテストであったことは疑いあるまい。たしかにこの一文が『新潮』誌上にあらわれた時、我々はなみなみならぬ太宰の覚悟を感じた。それは〈荒野〉に呼ばわんとする声とも聞こえた。

周知のごとく批判の矢は、既存の文学の代表的存在としての志賀直哉に向けられるが、『暗夜行路』を目して「何処に暗夜があるのか」「自己肯定のすさまじさだけ」ではないかという。ついにお前たちは「芥川の苦悩」「日陰者の苦悶。／弱さ。／聖書。／弱者の祈り。」これらのいっさいが「解ってゐない」という時、すでに指さんとする所は明らかであろう。

徹底した負の相を帯び、破滅への道を辿る、あの『人間失格』の主人公大庭葉蔵が「われに、怒りのマスクを与え給へ」という時、この怒りのモチーフが発動すれば即ち、最後の評論『如是我聞』（昭23・5～7『新潮』）となる。怒りのマスクとは、ほかならぬ背後の太宰の声であり、『人間失格』における徹底した負の側面も、これと並行した『如是我聞』という代償なくしては語りえなかったものであろう。その〈怒りのマスク〉の背後から聞こえて来るものは、これは〈反キリスト的なものへの戦ひ〉だという旧来の文壇に対する批判、反撃の声であり、おまえたちは「愛する能力」もなく、「愛撫するかも知れぬが、愛さない。」そこにあるものは「自己肯定のすさまじさだけ」だと言い、「文学者ならば弱くなれ。柔軟になれ」、他者への痛みを知れと言い、おまえたちは「ひさしを借りて母屋をとる」もの、おれは「本流の小説を書かうと努め」るものだという。その本流とは何か。

『如是我聞』とはまさしく太宰が〈主の道〉ならぬ、文学のあるべき本流、その道を直くせんとして、己をあの荒野に呼ばわるバプテスマのヨハネに擬して遺さんとした、肺腑の言ともいうべきものであろう。さらに言えば、内村鑑三の書に魂を震撼されたという太宰が、後に内村の弟子塚本虎二に傾倒したこともまた必然であろう。

「西洋の思想は、すべてキリストの精神を基底」とし、すべては「聖書一巻にむすびついてゐる」「日本人は、西洋の哲学、科学を研究するよりさきに、まづ聖書一巻の研究をしなければならぬ筈」が、これを排したことこそ、「日本の大敗北の眞因があつた」(『パンドラの匣』昭20・10・12)と太宰はいう。これはまた塚本の強く説く所であり、この塚本の「聖書知識」を太宰は戦中・戦後(昭16〜21)にかけて購読していたが、その塚本の集会に一度出かけてみたいと言いつつ、その願いを実現しなかった。一時期その塚本の東京丸の内であった集会に出ていた私には、時にふと、その不在の太宰の姿が浮かんだものである。

「聖書一巻によりて、日本の文学史は、かつてなき程の明解さを以て、はつきりと二分されてゐる」(『HUMAN LOST』昭12・4)。この言葉が先程から挙げて来た晩期の太宰ならぬ、あのパピナール中毒で東京武蔵野病院の入院中の体験を語った作中の言葉であることをみれば、これがすでに〈HUMAN LOST〉即ち〈人間失格〉という題名を付したものであることと共に、すでに太宰の中期、晩期をつらぬくその鮮烈な精神的戦いの何たるかは、すでに明らかであろう。ただこれを見れば、いかにも聖書一辺倒とも聞こえて来るが、勿論そうではあるまい。太宰の問いは、日本文学史はかつて、文学なるものの根源を問う言葉を持っていたか。要はこれを根源から問い返そうとする太宰の切なる想いを語るものであり、聖書の世界にみずからを託して語らんとした太宰の視点には、一種錯綜した魅力ある姿を示されている。

〈ユダにしてキリスト、あるいはバプテスマのヨハネ〉、これはある雑誌の寄稿に〈太宰治と聖書〉という課題を与えられ、あえて題名としたものだが、太宰を評して、ユダにしてキリスト、あるいはバプテスマのヨハネといえば、いささか奇矯に過ぎようが、そうではあるまい。彼はまさにユダを演じ、また時に受難の人キリストに己を擬し、さらにその終末には荒野に呼ばわるヨハネのごとく、旧来の文壇の弊を鋭く糾弾した。キリストにあこがれつつ、ユダを演じ続けることは、その秀作『駈込み訴へ』（昭15・2）の主題でもあった。彼はあのダヴィンチの描いた画面にあらわれる十二使徒にふれ、「ユダ、左手もて何やらんおそろしきものを防ぎ、右手もて、しつかと金嚢を摑んで居る。君、その役をどうか私にゆづつてもらひたい」と語っている。

ユダの、同時に太宰の内面に生きる「何やらんおそろしきもの」とは何か。それがユダの錯乱を描く『駈込み訴へ』作中に生きえたかと問えば——否であろう。これが太宰鍾愛の一作であったことは疑いないが、しかしそのドラマは「何やらんおそろしきもの」、その闇の内面をえぐるドラマならぬ、ユダのキリストへの愛憎をめぐるエロスの纏綿をかたるに終った。

これは太宰の口述筆記だが、夫人の証言によれば盃を含んでのひと息の語りであり、殆どあとの修整もなかったという。語りの名手としての太宰の手腕のうかがわれる所だが、これをひと息にとはその裡に熟するモチーフのたしかさ、深さを語るものでもあろう。金嚢をしっかとにぎる現実家ユダは同時に、無垢なる「精神家」キリストの美しさに魅かれ、それが叶わずと知り、加えてキリストに香油を注ぐマリアと、これにこたえるキリストの気配にただならぬものを感じた時、激しい嫉妬にかられ、どうせ叶わぬ想いならば、誰にも渡さぬ、「いづれ殺されるお方」、いや「無理に自分を殺させるやうに仕向け」る気配さえ見えるとすれば、「私の手で殺してあげる」「あの人を殺して私も死ぬ」と、ついに銀三十枚でキリストを売り渡すユダの、愛憎あいからむ饒舌な語りは見事というほかはない。〈想世界〉と〈実世界〉に生きるキリストとユダ、この両者の対立、葛藤はすでに多くの文学者の語る所だが、これを纏綿するエロスの、〈対幻想〉のドラマともいうべき、つややかな作品に仕立てあげたことは、まさに太宰の独創というべきであろう。

こうしてキリストの前にユダを演ずるという初源のモチーフは、確かに生きた。しかしこれは情念のドラマではあっても、ついに思想の混然を語るドラマではない。その〈何やらんおそろしきのもの〉という、その闇の、思想のドラマは手つかずに残る。

ここには漱石の言う、あの「吾人の心中には底なき三角形あり、二辺並行せる三角形あるを奈何せん」という。人間存在の底にひそむ根源的な闇を意識しつつ、なお残された二極の対立を手放さず、どう生きるかという問いは、ここでも太宰の語らんとする世界の只中で、彼をみつめる核心の問いであり、〈何やらんおそろしきもの〉として終生、彼を問い続けたはずだが、ついに彼もまた芥川同様、この裡なる矛盾の〈闇〉を意識しつつも、これを問いつくし、語りつくすことは出来なかった。これはまた漱石の課題でもあり、この矛盾の塊ともいうべき人間存在の根底にひそむ〈闇〉を問い尽くさんとする姿勢そのものこそ、たとえそれが挫折に終ろうとも、我々に訴える〈文学の力〉とは、これ以外のものであるまい。

太宰はこの人生の矛盾を〈難解〉の一語で語ろうとした。この一語はすでに初期の一文（「もの思ふ葦」その一、昭10・11）の中に見るものだが、こうして文学というものは、「その難解な自然を、おのおの自己流の角度から、すぱっと斬ったふりをし」て、その斬り口のあざやかさを誇ることに潜んで在るのではないかと言い切っている。これは文学一般ならぬ、太宰自身をみつめる痛切な自己批判の一語でもあろう。彼は『人間失格』でもこの〈難解〉の一語をくり返しているが、一面、太宰はこれをどう作家として乗り切ろうとしたのか。これを解く鍵としてはあの名作『津軽』作中の「信じる所に現実はあるのであつて、現実は決して人を信じさせることは出来ない」という言葉を、自分はこの故郷の津軽への旅の途中、二度くり返して呟いたものだという。

おそらく太宰文学の正と負、またその文学のすべてを解く鍵はこのなかにあり、まさに太宰文学の何たるかを解くキーワードと言ってよかろう。「信じるところに現実はある」という、この一点に賭けて彼は書き、また生き抜いてみせた。生身の現実は常に自分を裏切り、傷つけ、信じさせぬが故に、あえて信じる所にあらわれる〈現実〉に自分を、作家としての己れを賭けるのだという。もとより切り棄てられた現実はやがて向きなおり彼にきりかかって来る。しかしあえて彼は一切に眼をつむり、裡なる〈現実〉にすべてを賭けてみようという。この〈夢〉と〈現実〉とのたえまない往還、反復こそ、太宰の文学を貫通する〈力学〉そのものであった。その仔細を語れば、切りもなく、もはや紙数も尽きかかって来たので、一応打ち切り、最後に、この国の〈近代文学〉の出発をあざやかに告げた透谷の存在にふれてみたい。

五

「……その惨憺とした戦ひの跡には、拾つても拾つても尽きないやうな形見が残つた。彼は私達と同時代にあつて、いいいい最も高く見、遠く見た人の一人だ」（『北村透谷二十七回忌』）とは透谷を評した藤村の言葉として、我々の心に深く残るものである。最も高く見とは言わば立体的に、その独自のひらかれた宗教観を指すものだが、最も遠く見たとは、言わば水平的、時間的に、この文明社会の推移の何たるかを根源的にみつめたということでもあろう。だとすれば透谷没後すでに百二十年を迎えることとなるが、彼のこの文明社会を見据える眼は、この百年後を超える現代社会の矛盾をつらぬくものであり、あの晩期の評論『漫罵』にいう、一夕銀座街頭の人込みのなかを歩きながら、この錯雑した文明社会をいろどる新旧の交錯とはまさに「移動にして革命にあらず」という痛烈な言葉にもあらわれていよう。これを漱石の初期断片に見る「開化は無価値なり」と言う言葉とかさねれば、すでにその言わんとする所は明らかであろう。いま、一切の概念を切りはらって言えば、真の〈近代文学〉とは透谷に始まるものであり、これを受け継ぐものが漱石であったとも言えよう。

いまその仔細にふれる余裕はないが、そのいくばくかについて語ってみたい。先の「彼は最も高く見、遠く見た」

云々とは、彼の存在自体が、またその遺した言葉自体が、我々の前にひらかれたひとつの〈場〉であるということではないか。たとえば彼は東洋的な宗教観を論じて、老荘、陽明派、また禅僧らの説く「心と真理と殆一体視するが如き」とは違って、「心を備へたる後に真理を迎ふるものこそ」が、ひらかれた〈信〉なりという時、彼が〈心〉を固定の実体ならぬ、ひとつの〈場〉として捉えていることが見えて来よう。これは現代のすぐれたカトリック作家小川国夫などのいう所にもつながるものだが、〈心〉を場として捉えるとは、これが徹底的にひらかれたものであり、固定した実体的なものではなく、たえず変化し続けてゆくダイナミズム、その揺動そのものに心のリアリズムを見るとは、透谷の〈心の経験〉の何たるかに尽きる。彼は言う。

「眞正の勸懲は心の經驗の上に立たざるべからず、即ち内部の生命(インナーライフ)の上に立たざるべからず」(『内部生命論』)という時、〈内部の生命〉とは、いかなる固定の実体でもなく、まさに瞬時にして動き続ける〈心の経験〉そのものにほかならず、しかも心とは、人間自造の物ではなく、「宇宙の精神即ち神なるもの」の、「内部の生命なるものに對する一種の感應」、即ち「瞬間の冥契」によって、これを「再造」するものだという。

「この感應は人間の内部の經驗と内部の自覚とを再造する者」にして、「この感応によりて瞬時の間、人間の眼光はセンシュアル・ウオルドを離る丶なり」。しかもこの「再造せられたる生命の眼を以て観る時に、造化萬物何れか極致なきものあらんや。然れども其極致は絶對的のアイデアにあらざるなり、何物にか具体的の形を顯はしたるもの即ちその極致なり」という。すでに語る所は明らかであろう。これは「絶對的のアイデア」ならぬ、具体の相そのものであり、ここに述べる所は「不肖を顧みずして、明治文学に微力を献ぜん」とするものだという。ここに語ろうとするものは、すでにいかなる観念論でも哲学的思弁でもない。すべては〈文学〉という具体の相を語らんとしたもので、〈内部生命〉とは固定の実体ならぬ、念々刻々に動きつつある〈心の経験〉、心の動きそのものだという。

すでに言わんとする所は、明らかであろう。新たな時代に対応して、これに立ち向かう〈信〉の基盤とは、いかなる宗教的規範、典礼、また教義などの類いではない。あくまでも〈心〉を主体として、これをひらいて受け入れること。またひらくとは、主体の拡散ならぬ、凝縮であり、我は「地上の一微物」なりという被造の感覚を通して、一切を受感すること。この透谷のひらかれた〈信〉の課題はまた後代に、また今に生きる。

〈ゆふがた、空の下で、身一点に感じられれば、万事に於て文句はないのだ〉(『いのちの声』)とは、中原中也が詩集『山羊の歌』の最後に置いた詩篇終末の一句だが、これはまた中也自身の〈一夕観〉ではなかったか。〈身一点〉とはまた、透谷が晩期の詩的散文『一夕観』にいう、我は〈地上の一微物〉という感覚そのものではないか。これはまた『内部生命論』にいう、あの〈瞬間の冥契〉なるものと無縁ではあるまい。

「然れども其は瞬間の冥契なり、若しこの瞬間にして連続したる瞬間ならしめば、詩人は既に詩人たらざるなり、」それが連続すれば、「組織的学問」となり、「哲学」となるという。これが詩人批評家の透徹した認識を語るとすれば、これはまた作家のものでもあろう。漱石晩期の自伝的作品『道草』(四十八)に、すでに縁を切った養父の無心をことわれずしてみつめる主人公(健三)の内面が語られるが、漱石は次のように語る。

「彼は神といふ言葉が嫌であつた。然し其時の彼の心にはたしかに神といふ言葉が出た。さうして、若し其神が神の眼で自分の一生を通して見たならば、此強慾な老人の一生と大した変りはないかも知れないといふ気が強くした」という。これはまさしく〈瞬間の冥契〉そのものを語るものではないか。すでに漱石の語る所がそのまま透谷につながるものであることは明らかであろう。またこれは作家のみならぬ後代の批評家のものでもあろう。小林秀雄初期の一文に、「眞理といふものがあるとすれば、ポールがダマスの道でキリストを見たといふ事以外にはない」(『測鉛』昭2・5)という言葉がある。これもまた〈瞬間の冥契〉なくして、真の批評の、魂の覚醒はあるかという問いであろう。それが漱石の語る如く晩期であれ、小林秀雄の語る如く文壇登場以前の最初期のものであれ、これをつらぬくものはひとつであろう。これが連続したる瞬間となれば、それはすでに「組織的学問」や「哲学」となるものであり、もはやそこに生きたる詩人の、また〈文学〉の存在はないと透谷は言う。

この透谷にしてわずか満二十五歳の時の自決があり、下っては芥川、太宰の生涯も、また、同様の終末を迎えたことをみれば、真の〈文学〉の存在とは、また〈文学の力〉とは何かが、改めて問われて来よう。

私は十六歳の時、ドストエフスキイと出会い、その霊肉二元の葛藤と矛盾をそのままにダイナミックに描きとっている所にいたく魅かれ、以来読みついで行く裡に、この矛盾の魂ともいうべき〈人間存在〉の何たるかを問いつめる所に〈文学〉なるもののすべてはあると思い、続いては作家たる以前の漱石の『人生』（明28・9）と題した一文に出会い、あの〈吾人の心中には底なき三角形あり、二辺並行せる三角形あるを奈何せん〉という言葉に再び眼を開かれることとなり、爾来この底辺なく、底なき内面の闇にひそむ霊肉のさらなる葛藤に、すぐれた文学者たちの苦悶の跡を読みとって行くこととなり、さらにはキリスト教入信をめぐっては、閉ざされた宗教の枠にとらわれぬ、ひらかれた宗教と文学の統合こそ、自身の目指す文学探究の核心と思うこととなった。

こうして文学探究の何たるかを問えば、文学作品を真に読むとは、作品をつらぬいて背後に立つ作家内面の様々な矛盾、葛藤を摑みとり、再び作品をくぐって還ることであろう。この往相ならぬ還相の営み、言わば作家と作品を串刺しにして読む所にこそ、文学探究の根源があるとすれば、我々は芥川の内部に何を見届けることが出来るかとは、最近書いた芥川論冒頭にしるした言葉で、「芥川の生涯をつらぬく闘いとは何であったか」とはその題名として名付けた言葉だが、我々の文学探究とはすべて、この作家内面の探究に始まるものであろう。

たとえば晩年の芥川は様々な病苦にあえいでいたが、わけても彼の不安の根底には彼を生んで、わずか七ヶ月後に発狂した母のことがあり、彼はそれを長く隠していたが、晩年、死を決した時、はじめて「僕の母は狂人だつた」と、その自伝的作品『点鬼簿』の冒頭にしるしている。この狂気の遺伝のため、いつか自分も発狂するかも知れぬとは最後まで彼を苦しめた最大の不安であったが、然し彼は最後まで書き続け、作家たるものの生涯を全うしようとした。これは、この芥川の矛盾と不安の数々を見届けつつ、これを受けつごうとした太宰の場合も同様であり、長く病身の母から離れた孤独な体験を持ち、自分の本当の母とは、幼い時から添い寝をしながら自分を支えてくれた叔母ではなかったかと疑い続け、この不安が晩期に至るまで彼の心に遺っていたことは、やはり幼少の時期、彼を守ってくれた子守の越野タケの証言する所でもある。

この人生発足の原点ともいうべき〈母子体験〉の不足とは、また、この〈近代文学御三家〉の筆頭ともいうべき漱石の場合も例外ではない。やはり幼い頃に養子に出され、帰って来ては再び別の養家で十歳の時まで孤独な生活を送った漱石の念頭にもそれがいかに彼の心に深く残るものであったかは、その晩期の自伝的作品『道草』にあますなく語る所でもあろう。

さて、最後は透谷に再びふれることで終わりたいと思うが、彼の場合も先の〈御三家〉の作家たちとそう変るものではない。彼は本名は門太郎、明治三年の生まれだが、父母は生まれたばかりの弟を連れて上京し、五年間は父母から離れるが、その母を評しては「生の母は最も甚しき神経質の恐るべき人間なり」と言い「生の過敏なる悪質は之れを母より受け」と語る彼はまた、その母の愛も弟のみに注がれていると信じ、この母と子との齟齬(そご)は、生涯にわたって彼を苦しめ、明治十四年上京するや、当時の自由民権運動にかぶれるが、これもまた後に先輩の大矢正夫らが朝鮮革命運動のための資源調達に強盗決行に参加を求められ、彼等と訣別するが、一転して、この精神的危機から彼を救ったものは、三歳年上の石坂ミナであり、やがて結婚するが基督教徒であったミナの影響もあって、数寄屋橋教会で受洗するが、その型にはまった指導にあき足らず、やがてフレンド派との交流からその会員となり、これを中心として日本平和会の機関誌「平和」の主宰ともなって、宗教活動を続けるが、やがて独自の文学活動を展開して行くこととなる。山路愛山などとの論争をめぐっては『明治文学管見』（明26・4〜5）に言う「人間は實に有限と無限との中間に彷徨するもの」にして、「文學は人間と無限とを研究する一種の事業なり」という周知の一節などは、先にもふれた〈文学〉とは、人間存在の根源性を問う、水平志向ならぬ〈垂直志向〉の所在を示す言葉として、いくたびか私の心をうつものがあった。また劇詩『蓬莱曲』中で主人公のいう〈わが世を捨つるは紙一片を置るに異ならず、唯だこのおのれを捨て、このおのれを――このおのれてふ物思はするもの、このおのれてふあやしきもの、このおのれてふ満ち足らはぬがちなるものを捨て、去なんこそかたけれ〉とは、あの芥川や太宰の晩期の葛藤につながるものであり、また〈見よや、われを納むべきは天は眺るが内に高きより高きに、蒼きより蒼きにのぼりのぼりて、わが入る可き門はいや遠み。／見よやわが離る可き地は、唯だ見る、蛟龍の背を樹つる如く怒涛の湧く如わが方に近寄り近寄り、埋めんとす、呑まんとす、その暗き墟に〉と唄い、続いては〈琵琶よ汝を伴なふて何かせん、／始を頼みて何かせん。／わが精神の、わが意情の誠實の友なりしわが琵琶よ〉とは、まさに死と共に訣別するほかはない文学的営みへの万感の想いを託したものとも見える。作中の主人公（柳田素雄）に託したこの独白はまた、すでにして初期透谷の根底にひそむ生理と思弁の葛藤ならぬ、それらをも超えたこの稀代の詩人批評家の生涯をつらぬく問いの何たるかを告げるものであろう。

すでに紙数も尽きたが、最後にひと言、諸家の多くの誤解の只中にある、あの晩期の『一夕観』（明26・11・4）の終末の一句にふれてみたい。「悠々たる天地、限なく窮りなき天地、大なる歴史の一枚、是に対して暫らく茫然たり」とは、諸家の多くが指摘するごとく、悠々たる天地と一体となる汎神論的充足の喜びではなく、この天地の間にあって、ついに〈地上の一微物〉たる己れとは何かを問う、具体の感覚を伝えるものであり、『一夕観』の背後に時代の疲弊を衝く『漫罵』（明26・10・30）の痛烈なる文明批判のあることを忘れてはなるまい。彼はこの「襤褸の如き」近代の現実に対して、ついに認識者としての眼を閉じることはなかった。

「彼の生理はしばしば彼を裏切ったが、その認識の透徹はみじんの狂いもなかった」（『透谷と近代日本』発刊の辞）とは、かつて論じた所だが、我々はここに一切の旧弊を切断して時代に立ち向かった、この国の最初の詩人批評家を見ることが出来よう。もはや付言するまでもあるまい。この透谷のひらかれた眼とはまた、漱石、芥川、太宰という近代文学御三家と呼ばれる存在のすべをもつらぬくものであり、この論集の題目に言う〈文学の力〉の所在とは何かという問いのすべてに応えるものでもあろう。

文学における女性の勁さとは何か——漱石の作品を中心に

一

今回は〈日本女流文学の潮流〉をテーマとしたものだが（梅光学院大学公開講座論集第62集）、すでに締切の時期もかなり過ぎて、未だに届かぬ原稿もあるので、ここではひと先ず、かねて用意していた〈女性の勁さとは何か〉と題したあとがきをかねた一文を草してみたい。寄稿された諸家の論に先ずふれるべき所だが、時間もないので、この一文をあとがきの前に置くことでお許しを戴きたい。

たしか漱石の次男の伸六の幼い時、父と連れ立って歩いていて、思わずころんで痛みに泣き出した時、起きろ、泣くのをやめろ、泣くと女の子に笑われるぞ。女の子の方がよっぽど勁いんだと言われたという回想の一節がたしかあったと思う。

これはたしかに漱石の実感で、女は男より勁いとは、実は漱石の作品をつらぬく一貫した女性像の多くで、その発端は、まずあの『草枕』の那美さん（志保田那美）のイメージから始まったと言っていい。

語り手の画工は那美さんとの出会いで、ことごとにその奔放なふるまいに驚かされる。月の光の下で歌う女の声が聞こえたり、廊下を夜の夜中になにか振り袖姿で歩いたりする。そうかと思えば、風呂場に突然裸で入り込んでくる。また私が身を投げて浮かぶ、その水に漂う自分の姿を描いてくれと言うかと思えば、鏡が池の水面にその姿をかさねて思い浮かべていると、突然目の前の嶺頭から身をひるがえして、飛び込むかと思えば、その下の大地にすかっと飛び降りてみせる。とにかく奇矯な振る舞いで画工を驚かせる。近所の人は出戻りで、可哀相な女だ、「キ印」だなどと言っているが、その不思議な振る舞いは画工の心を魅きつけるものがある。その矛盾に満ちた態度は一見、人を侮り、軽蔑しているようにもみえるが、その裏側には逆に、人に縋りたいという様子がみえる。また人を馬鹿にしたような態度の底には、慎み深いものが見えて来る。また、もし自分の才気や力に任せてやれば、百人の男も物の数とも思わぬ位の力があるという。しかしまた、その下からはおとなしい情が見えて来る。つまりこういう強いものと弱いもの、突っ張って行くものと、人にふっと同情を受けたいような、そういうものも見えて来る。この矛盾のかたまりと言っていいふるまいの向こうに見えるものは何か。

私はこれを読んだ時に、思わず眼に浮かんで来たのは、ドストエフスキイの『白痴』の中に出て来る、あのナスターシャの姿だった。彼女は無垢な魂を持った主人公ムイシュキンと、野生の男ラゴージンと、このふたりの男のはざまで揺れながら、最後はラゴージンの手にかかって死ぬのだが、この女にはとてつもないプライドがあり、絶えず人に反撥し侮辱する、そういう表情がみえる。かと思えば何か非常に信じやすいような、驚くべき純粋、純朴なものがある。人を軽蔑しているように見えながら、何かスーッと純真な気持ちで人を信じてゆくような想いもみえる。この二つのコントラストが、見るものの心を魅きつける。ムイシュキンは、ひと目この女を見た時に心惹かれ、この女を救いたいという熱い憐憫の情が湧いて来る。

こうして見るとナスターシャと那美さんは、いかにも似た存在と見えて来る。どちらも非常にプライドがあり、そうかと思うと人に縋りたいようなものがあり、その純粋さと言ったものも見え、こういう自己矛盾をかかえ乍ら勁く生き抜こうとしている。実は木下豊房さんという日本のドストエフスキイ研究会の会長も長くつとめて来られた方も全く同じ事を感じていて、ナスターシャと那美さんとは自分の中で深く繋がっていると言われ、二人で深くうなずきあったものである。

実はこの那美さんのモデルは前田卓子といって、父親は前田案山子という政治家。その別荘が小天温泉で、作中の那古井温泉の舞台となっている。父親は自由民権説を唱え、明治二十三年、第一回の衆議院議員でもあったが、その下で生まれた前田卓子という非常に気性の強い、しかし大変魅力のあったこの女性は、この家の次女で、妹（槌子）はあの宮崎滔天と恋愛結婚をしており、そのこともあって、前田一家が中国革命の支援活動にもかかわっており、卓子もそのひとりであった。熊本の五高にいた時、漱石は二度この小天温泉に出かけており、そこで出会った卓子につよく惹かれる時もあったようで、自分が友達と入浴していると、突然彼女が入って来て驚いたという、この小説と同じ経験もあったようである。

この前田卓子は上京後も政治活動にかかわり、その勁い気迫の一端を終始見せているが、この女性が那美さんの背後に佇つモデルであることをみれば、那美さんの奔放な行動と、つよい気迫のあらわれに頷くことも出来よう。ただ作者漱石が那美さんの魅力を評して「開化した楊柳観音」（傍点筆者、以下同）と言い、またこの女の「表情に一致」がなく、「顔に統一の感じがないのは、心に統一のない」、つまりは「此女の世界に統一がない証拠」だと言い、「不幸に圧しつけられながら、其不幸に打ち勝たうとして居る顔だ。不仕合せな女に違ない」と言っているが、その不幸とはただ結婚に失敗した出戻りの女だというのみではない。その烈しい気性の底には自分自身をもてあます自意識の葛藤がある。加えて「開化した」云々とは、文明開化の波をいやおうなくかぶった近代女性像への作者の認識がこもる。これら開化の刻印、自意識の相克、さらには結婚という制度の下にたわめられた女性の受ける抑圧、これらは漱石の女性像をつらぬく基層の側面であり、那美さんはその素型ともいえる。

これはモデル（前田卓子）などの問題を超えた漱石の基本の認識であり、この志保田那美像の線上に『虞美人草』の藤尾や、『三四郎』の美禰子以下の人物が生まれる。たとえば勧善懲悪的な手法の故に藤尾などは悪女仕立てとなってはいるが、ひと皮むけば藤尾もまた、那美さんと通じるものがある。漱石は実は藤尾が好きなのだとは、女性としての自分の直感だと作家河野多恵子もいう。事実、「あれは嫌な女だ」「あいつを仕舞に殺すのが一篇の主意である」（明46・7・10小宮豊隆宛書簡）などと、藤尾に魅かれる弟子たちをたしなめてはいるが、藤尾の死をめぐる描写はどうか。

「凡てが美しい。美しいもの、なかに横たはる人の顔も美しい。驕る眼は長へに閉ぢた。驕る眼を眠つた藤尾の眉は、額は、黒髪は、天女の如く美しい」という。もはやこれは断罪に値する。憎むべき女を描く文体ではあるまい。嫌った女の死を、かくも美しく語るという。これは矛盾とみえて、そうではあるまい。死によってひとは道義に目覚めるとは作者の分身ともいうべき藤尾の義兄甲野に託して語った最後の言葉だが、しかし作品の底にひそむ作者本来の想いは、死こそは道義への目覚めならぬ、生の孕むいっさいの矛盾と苦しみからの解放であり、お前は今こそ、その宿命や苦しみのすべてからはじめて解き放たれたのだという痛切な想いの、熱いひびきを聞きのがすことは出来まい。

二

この文明開化の波をかぶった志保田那美や藤尾や、さらには『三四郎』の美禰子などの存在は、そのいずれも自在にして華麗な色をにじませるが、そのふるまいの底にひそむ女性独自の勁さといったものが感じられる。しかしさらに一転して『それから』のヒロイン三千代を見れば、これこそは漱石にとって理想の女性ではなかったかと見えて来る。

『それから』の主人公代助は父の押しつける政略結婚をことわり。かつて友人にやむなくゆずり、今は人妻となった三千代と結ばれる以外に、今の自分の孤独と不安を救う道はないと思い、その夫の平岡にゆずってくれと頼んでことわられ、ついには自分の想いを聞きとどけてくれた三千代と抱き合って焼け死んで行くほかはないとさえ思いつめる。こうして親からは勘当され、今はただ落ちぶれ果ててゆくほかはない落魄の不安におののいている代助に対して、彼の前に現れ、もう覚悟しましたと言った後の三千代は「微笑みと光輝に満ちてゐた、春風は豊かに彼女の眉を吹いた」と漱石は描いている。ここに至っては、もう代助のものではない。もはや代助の眼を超えた語り手の中に、この三千代の爽やかな姿がある。さらに言えば語り手を超えて、その背後にいる作者漱石の想いの高まりが見えて来る。漱石はある友人への手紙の中で、どうもあれを書いている漱石は代助と重なって見えると言われたが、結構だ。そしてあの代助は姦通したがって困っている。元々自分にもその気はあるから別に厭なことじゃないなどと言っている。これは勿論なかば冗談ともみえるが、つまりこの三千代という女性は文字通り漱石の中に生きる理想の女性で、「古版の浮世絵」のようだと語っているが、同時に我々の胸を搏つ彼女の姿は、あの不安な運命の前に立つ毅然として「微笑みと光輝に満ち」た姿であり、ここにはまぎれもなく「女性の勁さとは何か」という問いへの見事な答えが見えて来よう。

さらにこれを延長すれば、後期文学の出発点ともいうべき『彼岸過迄』の中で主人公の須永と千代子にふれて、〈恐れる男〉と〈恐れない女〉と語っている作者の言葉にすべては尽きると言ってもよかろう。然しまたここで注目すべき所は、当時の多分に封建的な抑圧性を含んだ結婚制度の中で苦しんでいる女性の苦悩、またそれに耐えんとする女性の勁さに注がれる、作家漱石の眼差しの深さであろう。次作『行人』終末で、主人公の長野一郎の呟く言葉は次の通りである。「何んな人の所へ行かうと、嫁に行けば、女は夫のために邪(よこしま)になるのだ。さういふ僕が既に僕の妻を何(ど)の位悪くしたか分らない。自分が悪くした妻から、幸福を求めるのは押(おし)が強過ぎるぢやないか。幸福は嫁に行つて天真を損はれた女からは要求出来るものぢやないよ」（五十一）――これが一郎の最後の言葉である。これをみれば漱石が結婚した女性の何処をみつめて、女性の勁さなるものを語っているかはすでに明らかであろう。

一郎から弟の二郎との仲を疑われた妻のお直が二郎に向かって旅先の宿で痛切に言う「死ぬ事丈は、何(ど)うしたつて心の中で忘れた日はありやしない」。「嘘だと思ふなら」和歌の浦へ行って「浪の中へ飛込んで死んで見せる」と繰り返し言う。このお直の苦悩の告白は家を出た二郎の下宿を訪ねた時の「男は厭になりさへすれば」「何処へでも飛んで行ける」が、「女は左右は行」かぬ。「妾なんか丁度親の手で植付けられた鉢植のやうなもので一遍植えられたが最後、誰か来て動かしてくれない以上、とても動けはしません。凝としてゐる丈です。立枯になる迄凝としてゐるより外に仕方がない」という言葉にもつながる。二郎はその訴えをはかりかねながらも、そこに「測るべからざる女性の強さ」を感じ、「此強さが兄に対して何う働くか」を思い、「ひやりとした」という。

『行人』を読み直して、このような言葉にふれた時、ここにはあの時代を支配した〈男性原理〉への挑戦者としての漱石を見ると語ったのは、かつてフェミニズムの女性解放運動の中心となって活動していた文学者のひとり駒尺喜美さんで、すでにすぐれた漱石論や芥川論の著作もあるすばらしい人だったが、私はこの漱石を評して〈男性原理への挑戦者〉と語った言葉に感銘して電話したことを想い出すが、あの『暗夜行路』の中で主人公の時任謙作に、「男は仕事、女は産むこと」と卒然と言い切らせている作者志賀直哉の表現をふりかえれば、まさに〈男性原理〉のまかり通る時代の中で、漱石がいかに文明社会の矛盾やその中にある女性の痛み、またこれに耐える女性の勁さに熱い眼差しを向けていたかが分かるであろう。これはさらに後の自伝的作品『道草』で「あらゆる意味から見て、妻は夫に従属すべきものだ」と想う。「夫婦二人が衝突する大根は此処にあつた」と建三に語らせている所にも明らかであり、その週末に建三のいう「世の中に片付くなんてものは殆どありやしない。」と言う「吐き出す様に苦々しい」言葉に、赤子を抱き上げながら「おゝ好子だ。〱。御父さまの仰やる事は何だかちつとも分かりやしないわね」と言い乍らわが子の赤い頬に接吻する細君の姿で終っていることをみれば、やはり作者漱石の眼が同時に何処に向けられているかが、改めて意味深く感じられて来よう。

こうして最後の未完の作品『明暗』をみれば、主人公のひとりとして津田と並ぶお延というヒロインが、どのように描かれようとしているかはすでに明らかであろう。一口で言えば先にふれた〈男性原理〉が依然とまかり通る、あの大正の始めに、これに対する意識的挑戦者としての女性が、初めて登場したと言い切ってもよかろう。妻は夫に従属するものではなく、お互いが、対等の他者として向かい、妻を従属物と見させてはならぬという決然とした姿がお延の中に見えて来よう。すでにこの両者のふれ合いを説くには紙数も尽きたので、仔細は省くが、これは論者のいうごとき「津田の精神更生記」（唐木順三）などではなく、作品のなかばから語り手の視点がお延に移り、両者の内面が交互に語られて行く処にも、作品冒頭で医師が言う「まだ奥がある」。「今度は治療法を変へて根本的の手術を一思ひに遣るより外仕方が」ない。そうすれば「割かれた面の両側が癒着して」「本式に癒るやうになる」というごとく、津田とお延の両者の心がひらかれて合体する所に、作者のねらいのすべてはあったとみえるが、ここでかねてからひとつの疑問は作者漱石が東京での全国大会に出席しようとしている親しい若い禅宗の僧侶への手紙の中で、私の家に泊まるがいい。今書いている仕事も「十月頃は小説も片づくかも知れませぬ。さすれば私もひまです。よければ私の家に泊まりなさい」などと語っているが、これはたしかに今迄研究者の誰もがまともに論じていない所で、この最後の発想が十月どころか、未完ながら翌年なかば位までは続くと思われる所をみると、改めて作品なかばから変った構想の変化の底に何があったか。おそらくは津田を中心として始めながら、なかばからお延への言及に力を入れようとした、なみならぬ作家内面の気迫が見えて来よう。

三

さて漱石の描いた女性の勁さの印象にふれているうちに、もはやほかの作家のそれにふれる余裕も無くなったが、ただひとつ私の印象に最も強く残っているものに、あの太宰治の晩期の傑作『ヴィヨンの妻』の末尾の一句がある。

ヴィヨンの妻ならぬ文学者大谷の妻は、「自分の無頼も放蕩も、果ては行きつけの店から大金を摑みとっての乱行も、結局はそれを妻や子供によい正月をさせたかったからで、「人非人でないから、あんなことも仕出かすのです」と弁解がましく言い立てる夫のすべてを見通して、「人非人でもいいぢゃないの、私たちは、生きてゐさえすればいいのよ」と言い切る、この末尾の一句は夫大谷の行為や弁解のいっさいをしたたかに打ち砕くと共に、なおその矛盾のすべてを許そうとしての決然たる姿を示すものであろう。さらに言えば、家を捨ててかえりみぬ夫と、痩せこけて肥立ちもわるいおさな子をかかえ、夫の不始末の身代わりに料理屋で立ちはたらき、果てはその店に来た客の若い男に犯されてしまう。しかし翌朝、子供を背負って店に出てみれば、すでに夫はそこにいる。「中野のお店の土間で、夫が酒のはひつたコップをテーブルの上に置いて、ひとりで新聞を読んでゐました。コップに午前の光が当つてきれいだと思ひました」という。ここで彼女が見たその〈陽の光〉とは、まさしく無垢なる生そのものの象徴ともいうべく、終末のあの一句の予期される見事な伏線ともみえる。

　作家坂口安吾は太宰の死にふれて、あれは「フツカヨヒ的衰弱」の果ての事件であり、「人間は生きることが全部」であり、「生きることだけが、大事である、といふこと」と語っているが、これはまさにあの『ヴィヨンの妻』末尾の一句と照応するものだが、坂口は何故かこの作品にはふれていない。ただ太宰自身は「ぼくはあの小説で新しい筋をつくつた」「古くさい筋には二日酔いがある」がこれはかえって人の気をひきやすいもので、「そこにゆくと、まつたく新しい筋はそのおもしろさが、なかなかわかつてもらえないんだなあ」と、その発表の直後洩らしていたという（菊田義孝『終末の預見者太宰治』）。また今度は「本気に『小説』をかこうとして書いたものです」（昭22・4・30　伊馬春部宛書簡）とも語っている。これはすでに心身ともに衰えてきた晩期太宰の、ひらかれた他者の眼から問い直し、いま一度作家として真剣に生き抜いてみたいという、覚悟の一端を示すものともみえるが、やはり『ヴィヨンの妻』のあの最後の一句こそ、そのすべてを語るものであり、漱石同様〈女性の勁さ〉の何たるかを見事にあかしえたものであろう。

もはや紙数も尽きたので、作品からの論評をはなれ、作家の夫人自体の、ここでも見届けることの出来る〈女性の勁さ〉の一端にふれてみたい。まず遠藤周作夫人（遠藤順子）の気性のおおらかさ、また勁さであり、いま大学院の講義と生涯学習センターの講義も併せて、遠藤周作から堀辰雄、芥川、漱石と子弟の系譜を逆に辿って、作品背後の作家内面の課題を問いつめようとしているが、ここでも多くは多病な体質で執筆活動に追われ、加えて厄介な女性関係などもかかえている、こうした作家たちを見て行くと、その伴侶としての夫人たちの並ならぬ苦労の姿が見え、改めてその女性たるものの勁さを見逃すことはできない。あの堀辰雄夫人の多恵子さんからもらった書簡ひとつを見ても、作家の背後に立つ夫人たちの苦労と、これを耐え抜こうとする独自の気迫の影がにじんで来るのが見える。またさらに文学研究者としての身近かな方にふれれば、同じ梅光学院の同僚だった女流文学者としての目加田さくを、伊原昭の両先生が居られ、共に今年で九十五歳という同年の方たちだが、惜しくも目加田さんは昨年九十四歳で亡くなられたが、多くの大作の中でも最後に戴いた『世界小説史論』と銘打った大著は圧倒的なもので、またその人柄の大らかさ、勁さは、まさに我々の生きんとする意欲の核心を搏つものであり、またいまも健在な伊原先生は古代万葉から江戸後期に至るまでの文学作品にあらわれた色彩表現を徹底的に分析され、五十年もかけて作られた、カードの数は五十万枚に及ぶという。その業績は第一回ビューティサイエンス賞ほか、いくつかの賞も受けられたが、すべて『日本文学色彩用語集成』（笠間書院）全五巻に収められ、なおこの研究を達成するには百五十位までは生きるんだと言ったように雑誌に書かれましたと笑い乍ら言われた電話の声は、今も変わらぬ若々しいひびきがあり、時々の電話のやりとりでは、いつもその若々しい声には圧倒されるものがあった。目加田、伊原両先生と私は全く同年生まれで、生まれた月のいちばん遅い私は末弟ともいうべく、これが女であれば、まさに三人姉妹ですねとよく笑って話し合ったものである。

またこの伊原さんの友人として染織の研究者として重要無形文化財保持者として知られる志村ふくみさんは、すでに八十八歳だが営々として仕事をなお続けつつ、一面熱心な文学や思想書の愛読者としても過ごされ、仕事の合間には十七歳の時から読み始めたドストエフスキイの愛読者として今も読み続け、かたわら同じく若い時からの詩人リルケの愛読者でもあったことを近著『晩祷――リルケを読む』を一読して圧倒されるものがあった。ドストエフスキイやリルケと染織の研究とは一見無縁ともみえるが、そうではあるまい。すべては、ひとつのわざをつらぬきつつ、なお根源的に生きるということの眼を拓いてくれるものは、やはりすぐれた文学者の存在であろう。

さてもはや紙数も尽き、語るべき多くのものから離れるほかはないが、以下残されたわずかな紙数の中で寄稿者の労作については、その一端に簡単にふれることになったことをお許し戴きたい。前回の『時代を問う文学』では、あの昨年三月の東北の大震災を受けて巻頭には、これを語るにもっともふさわしい存在として、辺見庸氏のすぐれた巻頭エッセイを戴き、今回はまた〈日本女流文学の潮流〉ということで、これを語るに最もふさわしいひととして川上未映子さんに巻頭エッセイを戴いた。川上さんは詩人としては中原中也賞の受賞者であり、小説でも芥川賞の受賞はもとより、『ヘヴン』や『すべて真夜中の恋人たち』などの秀作で深く注目を浴びるものがあった。川上さんから辺見さんへと中原中也賞受賞の方々が続くことになったが、いまの時代同様、平板で、概念的な表現に終る多くの文学作品の中で、川上さんや辺見さんのような、従来のリリシズムやモダニズムのひびきを一掃して、真に我々の心をゆすぶる詩作品が生まれるべきだとは、たしか荒川洋治さんの発言であったと思う。辺見さんの場合は、病後のまだ不安な状態の中で、昨年〈三・一一〉の東北の大災害のあとを受けて、巻頭評論は辺見さんならではと切望し寄稿して戴いたが、このたびも〈女流文学を読む〉と題した巻頭に、その過去・現在・未来をつらぬく、あるべき展望と言えば川上さんこそが最も適任者であろうとお願いしたが、恰度出産直後の大変多忙の時期だったが快諾して戴くことが出来た。巻頭エッセイとしてそう長いものではないが、〈女流文学〉とは何かという概念をはなれ、また女性男性という区別を超え、本来あるべき文学とは何かを展望ならぬ、根源的な認識と探究の中にさぐりとってゆかねばなるまいという、川上さんらしい意欲と熱気の伝わるものがある。私は御礼の言葉の中で次のようなことを述べてみた。戴いた新詩集『水瓶』（高見順賞受賞・追記）に「私の赤ちゃん」という作品があったが、これは辺見さんが新詩集『眼の海』でしばしばくり返している〈私の〉という言葉とひびき合うものがあり、〈私の〉という言葉、それは一切の概念的区別を排した根源なるものへの眼差しであり、〈存在〉とは何かということが根っこから問われているのではないか。

ここで私の忘れがたい言葉にふれれば、今は亡き吉本隆明さんが学生時代に太宰を訪ねた時、君は本当の男らしさとは何か分かるかと問い、それは「マザーシップ」だよと語ったという。吉本さんはこれを忘れがたい言葉としていくたびかくり返し語っていた。真の男らしさとはマザーシップだという言葉にふれた時、私の心に浮かんだのは、あの『ヴィヨンの妻』の末尾の言葉、非人情も何もない「ただ生きていればいいのよ」という、あのヒロインの語る言葉と、それは深く通底してはいないか。これが「女性の勁さ」とは何かという課題に対する根源的な答えであろう。このたび出産されたあなたは、一層多忙の中、この言葉を心にきざんで生きて下さい。またこれを土台として、さらに広く、大きく、深い作品を書いて下さい。このような駄弁を礼文に交えて語ってみたが、『水瓶』の大胆な実験的な手法、文体にふれて、川上さんが「次に書く長い小説は大きく変わるような気がする」と、山城むつみさんは書評の中で述べている。全く同感だが、そこにさらに広くひらかれた〈マザーシップ〉の展開こそは、我々の心から期待するものである。

さて次は巻頭論文として山田有策氏の『大人になるは厭な事——『たけくらべ』の表現技巧——』と題したものだが、『たけくらべ』の少女美登利の美しさと、その「お俠（きゃん）」な性格に心魅かれる信如という少年との微妙な関係をふくめ、いくつかの名場面にひびく一葉独自の闊達な文体と語りの見事さをあざやかに切りとって語ってみせ、演劇や映画では到底表現できぬ、文学としての独自の表現の妙とこれを描く作家一葉自体の裡にひそむこれも女流作家としてのしたたかな勁さを見事に語りとってみせている。その独自の文体の語りの妙を、いくたびか聴いたというあの幸田弘子氏の口演から受けた感銘にふれつつ、すぐれた作家の時代を超えた力と、文学自体にあって言葉のひびきというものがいかに微妙にして大切なものであるかを、限られた紙数の中で見事に語りとってみせた一文でありおそらく女流文学者の独自の勁さといったものを一葉ほどあざやかに語ってみせた作家は尠く、一葉ファンのひとりとしての私のみならず、改めて多くの読者に一葉再読の興味を提起するものであろう。

続く板坂耀子氏の「土屋斐子『和泉日記』の魅力とは」と題された論攷は一般の読者にはまだなじみのうすい江戸時代の「女流紀行」の中でも最もすぐれた魅力ある紀行文の紹介で、すでに中公新書『江戸の紀行文』(二〇一一)という著書の中でも一章を設けて紹介されているもので、土屋斐子は堺奉行であった夫の任地堺で、生まれ故郷の江戸を離れて三年間を過した、その滞在記である。江戸時代という、あの時代の中で一見慎ましく生きながら、実は本来の勁い個性の魅力を充分に発揮してみせる、この女流日記の魅力は見逃しがたいものだという、多くの読者の感想も寄せられたので、先の『江戸の紀行文』では書けなかった部分を中心に、この作品の豊かな魅力を紹介したものだという。もはや内容をくわしく紹介する余裕はないが、この『和泉日記』という六巻本の序文の説明をはじめ、「作者像」や「奉行の妻の日常に関する事」など多様な章を通して内容は多岐に亘る紹介文となっているが、やはり江戸期という時代に生きる役人の妻として悩みや苦労の数々もとりあげ、この時代を生き抜こうとした女性の苦闘の跡もありありと見えて来る。この論攷の奥にある板坂さんの緻密な研究業績のあり方を思わせるもので、先にふれた中公新書『江戸の紀行文』を改めて読んでみようという読者の関心をつよく誘うものがあると言ってよかろう。

以上紙幅の関係もあり、学内の方々のすぐれた論攷の紹介はひとまず省くことで御諒承戴きたい。

透谷と漱石の問いかけるもの——時代を貫通する文学とは何か

一

〈時代を問う文学〉と題した時、まず念頭に浮かんだのは、透谷と漱石の両者であった。だが、やはり今も心に熱く残るあの東北の三・一一の大災害を想う時、これにふれずしては、何事も語りはじめることは出来ないと思った。あの天災、また人災に巻き込まれた人間の矛盾とは何であろう。絶望すれば切りもない。しかしまた希望する力にも限界はない。ならば、この世界の地上の〈一微物〉として存在する人間の矛盾そのものを、極限まで問い続けて行くことこそが、真の〈文学〉というべきものではあるまいか。

これはこの講座が北九州であった同じ六月、〈文学が人生に相渉（あいわた）る時〉と題して語ったささやかな自伝的講義を、同じ北九州で出版業を始め、『これが漱石だ』という本を出してくれた出版社（櫻の森通信社）から出した小冊子の、あとがきの一文の最後の言葉であり、再度くり返さねばおられなかった念いの何たるかはお分り戴けるであろう。

あの東北の大災害が天災であると同時に、また人災でもあったことの次第は説明するまでもあるまい。この文明の進化と共に人間の生み出すであろう人災の何たるかを深く予見し、これをくり返し鋭く追及したのは漱石であった。

「開化は無価値なり」とは漱石初期の文中の一節である。ロンドン留学時、あの目覚ましい産業革命の進展の只中にあった漱石は、その生み出す矛盾の何たるかを予見しつつ、これをやみくもに追わんとする日本国家のありように対して、これを半鐘の音に驚いて駆け出すかに見える日本人の姿にたとえ、きびしい警告をしばしば放っている。

ただここでも注目すべきは『吾輩は猫である』（明38〜39）と同時期の、いまひとつの処女作ともいうべき短篇『倫敦塔』（明38・1）の一節であろう。

> 塔橋の欄干のあたりには白き影がちら〳〵する。大方鴎であらう。見渡した処凡ての物が静かである。物憂げに見える、眠つて居る、皆過去の感じである。さうして其中に冷然と二十世紀を軽蔑する様に立つて居るのが倫敦塔である。汽車も走れ、電車も走れ、苟も歴史の有らん限りは我のみは斯くてあるべしと云はぬ許りに立つて居る。（傍点筆者以下同）

この最後のフレーズなどは、筆者年来の愛誦の一節でもあるが、あのそそり立つ倫敦塔をあたかもわが分身であるかのように見立てた表現は、歴史の流れに対し一種の詠嘆と批判を含むが如く、漱石一流の文体の流れのなかにあざやかに生きている。しかしさらに見るべきは、あのポーシャン塔の内部にあって、死を予期しつつ、獄舎の壁に刻んだ囚人たちの文字の強烈な印象を語る部分であろう。

> 一度び此室に入るものは必ず死ぬ。生きて天日を再び見たものは千人に一人しかない。彼等は遅かれ早かれ死なねばならぬ。去れど古今に亙る大真理は彼等に誨へて生きよと云ふ、飽く迄も生きよと云ふ。彼等は已を得ず彼等の爪を磨いた。尖がれる爪の先を以て堅き壁の上に一と書いた。一を書ける後も真理は古への如く生きよと囁く、飽く迄も生きよと囁く。彼等は剝がれたる爪の癒ゆるを待つて再び二と書いた。斧の刃に肉飛び骨摧ける明日を予期した彼等は冷やかなる壁の上に只一となり二となり線となり字となつて生きんと願つた。

すでにこの熱い文体の語る所は明らかであろう。そこには語り手自身の熱い脈動が伝わって来る。作者はここに人生そのもの、存在そのものの喩えとしての獄舎を語り、生の営みの極限の姿を伝えんとするかにみえる。避けることのできぬ死を絶望的にみつめる〈存在〉に対し、なお「古今に亙る大真理」、この世界の底にひそむ根源なる真理の声は、くり返し生きよと語りかけるという。〈文学〉なるものが、この人間存在の証と矛盾の根源の何たるかをきわめるわざにほかならぬとすれば、すでに問わんとする所は明らかであろう。

恐らくこの課題は処女作『倫敦塔』に始まり、最後は晩期の自伝的作品『道草』（大4）一編にきわまるものがあろう。次作『明暗』（大5）が未完に終ったことを思えば、『道草』は文字通りその生涯の最後に完成作たると同時に、見事にその初心の語らんとする所を貫通して、描ききった会心の一作というべきであろう。ここでは、あの倫敦塔の獄舎はそのまま主人公の作家健三の宿舎とかさなり、その作家としての営みの矛盾と苦悩の自覚は、そのまま健三のにがい感慨として告白されているかにみえる。みずからを牢に封ずる姿とは、漱石の生涯をつらぬく原像でもあった。それが〈牢獄〉だと知りつつ、その「温い人間の血を枯らす」「牢獄生活の上に」、なお「未来の自分を築かねばならぬとは、『道草』作中の健三の感慨であり、「夫が自分の勝手で座敷牢へ入つてゐるのだから仕方がない」とは妻のお住の言う所である。獄中の囚人たちに人間根源の相を読みとらんとした作者はまたそこに、創作の筆を執り続けんとする、作家としての自己内面の衝迫を感じていたはずである。処女作『猫』の一章を書き終った余燼のなかで『倫敦塔』は書かれ、前者がより遠心的であるとすれば、後者はより救心的な志向を見せる。この両者の交錯を見ずして作家漱石の内面を語りつくすことは出来まい。

二

すでに見る通り、〈時代を問う〉とはまた、これを生み出す人間自体の奥にひそむ内面の矛盾と葛藤の何たるかを問うことであり、時代の矛盾と危機は、これを生み出す存在としての人間自体の中にひそむものであり、これを問う所から〈文学〉の何たるかは始まる。また、すでにこの課題が作家以前の漱石の胸中に深く蔵されていたことは、松山から転じ、熊本の五高の教師となった彼が赴任したその年の秋、学生に与えた『人生』（明29・10）の一文に見ることが出来よう。

「吾人の心中には底なき三角形あり、二辺並行させる三角形あるを奈何(いかん)せん。」と言い、この根本的な矛盾を見ずして、作品世界に人生の何たるかを読みとろうとする安易な読者のあり方に対しては、「若し詩人文人小説家が記載せる人生の外に人生なくんば、人生は余程便利にして、人間は余程えらきものなり」と、皮肉を交えた痛烈な言葉を投げかけている。心すべきは人間内部の孕むこの矛盾の発動であり、「不測の変外界に起り、思ひがけぬ心は心の底より出で来る。容赦なく且乱暴に出で来る」と言い切り、これをたとえては「海嘯(つなみ)と震災は、啻(ただ)三陸と濃尾に起るのみにあらず、亦自家三寸の丹田中(たんでん)にあり、剣呑なる哉」という言葉で結んでいる。

すでに言わんとする所は一貫して明らかだが、「海嘯と震災は、啻(ただ)三陸と濃尾に起るのみにあらず」とは、明治期、漱石の生きていた時期にもしばしばあった災害をたとえての言葉だが、同時にまさに我々の胸中に熱く残る、あの東北の大災害を思わず想起させるものがあろう。問われる所の根源は、時代に応じ、状況に応じて起きる外界の変化や災害もこれに応じる人間存在の底にひそむ矛盾と対決することなくしては、ついに解決しえぬものではないかということであろう。これを見れば「不測の変外界に起り、思ひがけぬ心は心の底より出で来る」云々の課題は、これも作家漱石の内部を貫通して、後の『こゝろ』(大3)一篇の主題として熟したと言ってよかろう。すでに周知の作品としての『こゝろ』の内容については、その仔細を語る必要はあるまい。同じ下宿のお嬢さんが好きだという親友Kの告白を聴いて驚き、Kへの友情は一変して裏切りとなり、死に至らしめることになる。「思ひがけぬ心は心の底より出で来る。容赦なく且乱暴に出で来る」とは、まさにこのような事態の何かを語る作者の深い洞察であろう。同時に作者はここでこれを問いつめ、そこに自分のみならぬ「人間の罪というものを深く感じたのです」と、個人のありようを超えた人間存在の底に横たわる根源的な〈罪〉の何たるかを問いつめようとしている。ならばこれに対する赦しと救済のありかたを我々はどこに求めればいいのか。ここに真の〈告白〉とは何かという問題が出て来るが、注目すべきは『こゝろ』執筆の前年末（大3・12・12）、漱石は母校第一高等学校での『模倣と独立』と題した講演のなかで、日本人はいつまでもこの近代化の中で西欧の文化の跡ばかりを追っていてはなるまい。もっと〈インディペンデント〉（独立）の志をつらぬけと語っているが、このなかでちょっと妙なことをさしはさむようだがと言い、〈告白〉の問題にくり返しふれる。ひとが罪を犯せば処刑され罰せられるのは当然だが、「其罪を犯した人間が、自分の心の径路を有りの儘に現はすことが出来たならば、さうして其儘を人にインプレッスする事が出来たならば、総ての罪悪と云うものはないと思ふ。総て成立しないと思ふ。夫(それ)をしか思はせるに一番宜いものは、有りの儘を有りの儘に書いた小説、良く出来た小説」であり、これをなしとげれば法律では罰されようとも、その罪は「十分に清められる」のだという。この真の告白によって、その罪は消えるという言葉は、文脈の流れを断ち切るようにして、二度、三度とくり返されている。すでに『こゝろ』の「先生と遺書」における告白の問題、方法が作者の心を捉えていたことが明らかにみえるが、ならばこの講演なかばにくり返される〈告白〉の真の意義とは何か。

すでにふれたように自分の犯した罪というだけではない。そこに「人間の罪」という、より普遍的な〈罪〉の何たるかを「深く感じた」と主人公は言う。これは世間への罪でも告白でもない。明治期以来、近代文学の中では〈罪〉や〈告白〉とは、対世間の問題として多く片付けられてきた。たとえば藤村における『新生』（大7）の告白などは、まさにその典型的な一例であろう。姪を犯して、みごもらせた罪をかくし、その苦しみに耐えかねつつ、ついに世間に向かって新聞小説という形で告白することで、作者は自身を作家としても回復させることが出来た。しかしそれは対世間という水平的な視点を示してはいるが、人間存在の奥にひそむ根源的な〈罪〉とは、〈神〉ともいうべき絶対者によって問われ、またその根源よりの告白をもって、それに応えざるをえぬものだとすれば、ここは水平にならぬ、このような垂直的な志向のはたらきともいうべきものは、ついに語りとられてはいない。

先の講演（『模倣と独立』）の語る所は、この根源的、垂直的告白と贖罪のあり方を語っているが、漱石はここでもついに〈神〉という言葉は使っていない。しかしその語る所は対世間ならぬ、まさに垂直的な絶対者ともよぶべきものを仰いでの告白であり、これこそは西欧社会を中心としたカトリックにおける〈告解〉にあたるものではないのか。ならば、先の講演の中でいう〈告白〉が同時に、『こゝろ』作中の先生の告白として語られ、対世間では無いとしても、ひとりの若者への告白に終っているのは何故か。これはまさに〈告解〉的真実を含みながら、しかも告白すべき神なきこの風土を諷して、あえて人生の何たるかも知らぬ未熟な一青年への告白として語ってみせたのは、これは対世間の眼は持っても、根源なるものから問われ、問い返す垂直的志向を持たぬ、この風土のありように対するパロディともいうべき表現ではないのかとは、あるすぐれた論者の指摘であり、これが〈告解〉に値する内実を持っているとは、あざやかな指摘として眼を開かれるものを感じたが、しかしこれが神なき風土へのパロディとして、若者への告白という形をとったとは言えまい。

『こゝろ』作中の先生の、若者への告白の底にひそむものの何たるかは、すでに明らかであろう。先生の「遺書」の第二節の終わりに「私は今自分で自分の心臓を破つて、其血を若いあなたの顔に浴びせかけ」る。そうして「私の鼓動が停つた時、あなたの胸に新しい命が宿る事が出来たら満足です」と語っている。自分の血を注ぐとは、自分がここで語った内面のすべてを、やがて新しい時代を生きるあなたに注ぐのだ、渡すのだということであろう。このなみならぬ熱い表現は、すでに作者の意図する方向のすべてを語るものであろう。これはもはやパロディならぬ根源的な〈告解〉としての要素を持つと共に、次の世代を生きる若者への、いかに人間の矛盾を見すえて生きるべきかという熱いメッセージたらんとする所にある。

これが先に挙げた『人生』の一文が示すごとく、次の時代を生きる若者の眼を開かんとする、初期以来漱石の内部をつらぬくあざやかな志向につらぬかれていることは、あの『三四郎』（明41）や『それから』（明42）以降の作品にも一貫する所であり、〈時代を問う文学〉とは、まさに漱石の存在の何たるかを語るものであろう。

三

しかしまた、時代を問い、これに向ける批判の眼は、同時にこれを問う作家自身の内面の矛盾を問う眼とならざるをえまい。これは先に『倫敦塔』一篇にふれ、冷然と二十世紀文明のありかを見下す巨大な塔の姿に己れを重ねて語った作家の眼が一転して、あのボーシャン塔内部にひそむ囚人たちの悲惨な姿をみつめざるを得ず、そこに人生の苦難と矛盾を見届けんとした、その視点の変換は、まさに時代を問う『こゝろ』一篇の眼が一転して、あの作家内面の苦悩を問いつくさんとした次作『道草』（大4）一篇の自伝的視角に転じた必然をも明らかに示すものであろう。

さて『道草』については語るべき所も多いが、ここではこの作中に繰り返される〈自然〉の一語をめぐって、従来の私小説などとは違った作家漱石の、人間認識の核なるものの何たるかにふれてみたい。これは、かつて一時は高い役職にもついていたが、いまは失職し、事業の失敗から借財にも困って、主人公の健三の所に金の無心にしばしばやって来る義父（中根重一）とのやりとりの場面などを中心にしばしばくり返される、人間の裡なる〈自然〉の一語をめぐる漱石の試みに、その人間認識の独自の核心が見えて来よう。たとえばその対人関係の矛盾は次の一語に始まる。

「父は悲境にゐた。まのあたり見る父は鄭寧であった。此二つのものが健三の自然に圧迫を加へた」という。しかもこの圧迫に耐えかねる健三の態度は人間として時に不自然にみえるが、しかし「彼の自然は不自然らしく見える彼の態度を倫理的に認可したのである」ともいう。しかしまたこの裡なる〈自然〉のあり方を無視することは出来ない。「健三は時々兄が死んだあとの家族を、たゞ活計（くらし）の方面からのみ眺める事があつた。彼はそれを残酷ながら自然の眺め方として許してゐた」ともいう。

彼はこの自身のしばしば感じる他者に対しての嫌悪については、「彼はたゞそれを嫌つた。道徳も理非も持たない彼に、自然はたゞそれを嫌ふやうに教へたのである」ともいう。無論道徳心も理非を見分ける理性のはたらきも無いわけではあるまい。しかもなおすべての理性や感情の動きの底にひそむ、人間存在の裡なる強固なる〈自然〉の存在とその圧迫が強調される。ここには一切の世間的な常識や判断を超えて、人間内部の核心に迫らんとする作家漱石の、なみならぬ情熱が読みとれよう。ここでも世間の眼や判断を意識しつつ描きとってゆく、私小説的な垣根を打ち破って、人間の、また作家である自己自身の、底にひそむ矛盾の根源に迫ろうとする漱石の、なみならぬ意欲が読みとれよう。ならば並の作家はこの根源的な認識を超えて、あるいは無視して語ろうとしているのか。ここであざやかに注目されるのは、たとえば作家太宰が若年にして語る自己矛盾の洞察であろう。太宰初期の『難解』（昭10・10）という一文がそのすべてを語る。

「太初（はじめ）に言（ことば）あり。言は神と偕にあり。言は神なりき……」以下のヨハネ伝第一章冒頭の言葉を引き、これを難解だと思って、「はうばうへ持つて廻つてさわぎたてた」が、「ある時ふつと角度をかへて考へてみたら」、これは「まことに平凡なことを述べてゐるにすぎない」と知った。それから自分は考えた。「文学に於いて、『難解』はあり得ない。『難解』は『自然』のなかにだけあるのだ。文学といふものは、その難解な自然を、おのおの自己流の角度から、すぱつと斬つ（たふりをし）て、その斬り口のあざやかさを誇ることに潜んで在るのではないのか」という。これは小文ながら作家太宰の根源にひそむ〈文学〉の何たるかを問う、革新的な認識の発見であったとみてよかろう。この時太宰は『道化の華』（昭10・5）ほかの初期の秀作を多く発表していた。しかし自分たちのやっていることはその技法や才能の誇示に終っているのではないか。この裡なる人間存在の〈難解〉を無視して終る〈文学〉とはそもそも何かとは、漱石同様の根源的な問いであり、あの漱石初期の「人生」の一文に出会った時と同様、太宰文学の何たるかを解く鍵を与えられた感があった。

これで漱石の『道草』同様、同じ自伝的作品を描いた最後の完成作『人間失格』（昭23）の中で、この認識を告白的に披瀝せんとしている。すでに主人公大庭葉蔵の語る三つの手記の冒頭に近い所から、人間存在の裡なる〈自然〉の何たるかを探ろうとする作業の難解さがくり返される。注目すれば〈難解〉の一語は六回にわたって使われている。まず対人関係では互いに「あざむき合つてゐながら清く明るく朗かに生きてゐる。或ひは生き得る自身を持つてゐるみたいな人間が難解なのです」と言い、父母も難解、また女性に至っては「男性よりも数倍難解」であり、こうしてみれば肉親も友人も、もとより自分自身もすべては〈難解〉な存在だという。

ただここで太宰の問う〈自然の難解〉さとは、漱石の問う人間の裡なる〈自然〉とどう立ち向かうかという、人生の難解さへの問と同時に、この人間存在そのものの矛盾を問い、包む絶対者ともいうべき〈大自然〉と、どう立ち向かうかという問題をも含んでいる。以下太宰のこの問題について語るべき所は多いが、これはいま省くほかはない。ただこれが苦悩の果てに太宰の語る独自の宗教性と結びついて行くことは見逃すことはできまい。ただここで太宰のいう〈難解〉、また人間の根源的な〈謎〉の存在とはまた、まさしく漱石の一貫して問う所であり、「疑へば親さへ謎である。兄弟さへ謎である。妻も子も、かく観ずる自分さへも謎である。」「親兄弟と云ふ解けぬ謎のある矢先に、妻と云ふ新しき謎を好んで貰ふ」云々とは、あの『虞美人草』（明40）の中で甲野欽吾の語る所でもあり、これが『明暗』（大5）にまでつながる漱石の根源的な問いであることが見えると同時に、太宰という作家の人間認識の矛盾との葛藤が、以外にも漱石のそれとつながることが見えて来よう。しかし太宰の問う所はここで終わり、漱石の問いがなお苦渋を湛えつつ続いて行くことは、あの『道草』終末の「世の中に片付くなんてことはありやしない」。ただそう見えるだけだという健三のにがい言葉の中からひびいて来よう。漱石の人間存在の謎を問う旅はなお続いていて、『明暗』（大5）という新たな時代を舞台としての作品につながって行くが、太宰の作家としての旅は、ここでもはや力尽きたというごとく終る。『人間失格』における大庭葉蔵の「第三の手記」が最後は、「ただ、一さいは過ぎて行きます。／自分がいままで阿鼻叫喚で生きて来た所謂『人間』の世界に於いて、たつた一つ、真理らしく思はれたのは、それだけでした。／ただ、一さいは過ぎて行きます」と言う言葉が、深い感慨を込めて残る。これが人間存在の難解を問いつめんとした作者の言葉か。結局は彼もまた、この国の伝統的な無常感の中に流れ込んでいったのかともみえるが、しかし彼はまた『人間失格』の連載と全く同時期、『如是我聞く』（昭23・3〜7）と題した評論を口述筆記として別の雑誌（『新潮』）に連載している。

「われに、怒りのマスクを与へ給へ」とは、『人間失格』の主人公大庭葉蔵の言葉であり、太宰自身の己れを含むこの人生の、人間存在の何たるかへの批判と怒りのほとばしりともみえるが、太宰自身がこの「怒りのマスク」をつければ、そのまま『如是我聞』の展開となる。「弱さ、苦悩は罪なりや」。おまえたちは「苦悩の能力」も無ければ、「愛する能力」もない。身近なものを「愛撫するかも知れぬが、愛さない」という。この批判の矢は旧来の文学の一頂点ともみられる志賀直哉にも向けられ、『暗夜行路』を目しては「何処に暗夜があるのか」と問い、「自己肯定のすさまじさだけ」ではないか。おまえたちは「ひさしを借りて、母屋をとる」もの。己れは「本流の小説を書かうと努め」るものだという。しかしまた太宰自身もまたこれを描きえたとは言えまい。ただ彼は『人間失格』に至って己れの芸を棄て、作中の言葉を借りれば、まさに一枚の〈お化けの絵〉を遺そうとした。少年の頃、ゴッホやモジリアーニの絵を見て、これは〈お化けの絵〉だという友達のうがった言葉に、人間の裡なる矛盾と難解さを読みとった彼等が「それを道化などでごまかされず、見えたままの表現に努力したのだ」。そうして「敢然と『お化けの絵』をかいてしまつたのだ、ここに将来の自分の、仲間がゐる」と信じ、自分もまた「お化けの絵を画くよ」と葉蔵は言って絵の道に進もうとするが、この言葉とはうらはらにポンチ絵の、果ては春画のコピーをして描く迄になりさがって行くが、この戯画的顛末を描く作者自身はまさに芸や技巧を棄てて一枚の〈お化けの絵〉を描こうとしたのだが、この主人公の悲劇的顛末を太宰独自のパロディックな技法を交えて語ったこの自伝的作品の底に、作家のただならぬ肉体的また精神的疲労のあとをみるとすれば、同じく晩期の肉体的、精神的疲労を抱えつつ、最初にして最後の自伝的作品にとりくんだ漱石の場合はどうか。

四

『道草』の終末近く、養父島田にどうしても金を与えずにはおれなくなり、次の仕事の始まる迄の十日ばかりの間を利用して仕事を始め、その稿料で片を付けようとする。「健康の次第に衰へつつある不快な事実を認めながら」「猛烈に働らいた。恰も自分で自分の身体に反抗でもするやうに、恰もわが衛生を虐待するやうに、又己れの病気に敵討でもしたいやうに。彼は血に餓えた。しかも他を屠る事が出来ないので已むを得ず自分の血を啜って満足した。／予定の枚数を書き了へた時、彼は筆を投げて畳の上に倒れた。／「あゝ、あゝ」／彼は獣と同じやうな声を揚げた」。この描写の激しさは只ならぬものと見える。これは作品の時間で言えば初期作品のどれと指定は出来ないが、この文体にこもる懊悩の姿は只事ではない。あえて言えば、これは初期作品を書いている健三ならぬ、この自伝的作品自体に己れを賭けている、漱石自身の晩期の姿を語るものであろう。「健康の次第に衰へつつある不快な事実」とは、到底留学帰りの主人公の姿を語るものではあるまい。

しかも仕事が終り、稿料も払って結着をつけた健三に、妻のお住が「是で片が付いて」とひと安心と言わぬばかりの表情をみせると、「世の中に片付くなんてものは殆どありやしない」と「吐き出す様に苦々し」げに語る健三の姿に、人生の苦渋と矛盾をみつめる漱石の姿はあざやかだが、どこにも片付くものはないという言葉に、なお作家として新たな課題に挑もうとする姿は明らかであろう。『道草』終末の作家としての課題は新たに残ると思わしめる契機は何であろう。それは明らかに天来の啓機ともよぶべき一瞬の体験であったとも言えよう。それはまた対者と向き合う健三の心を不意にひらくものでもあった。これは繰り返し拙稿で挙げた所だが、ここでもこれを抜きにして何事も語れまい。作品なかばの四十八節の語る所である。彼はこの哀れな老人島田を眺めながら、彼は「斯うして老いたが」、自分はどうであろうと思う。この時思わずして不意なる光が彼の心をひらく。

「彼は神といふ言葉が嫌(きらひ)であつた。然し其時の彼の心にはたしかに神といふ言葉が出た。さうして、若し其神が神の眼で自分の一生を通して見たならば、此強欲な老人の一生と大した変りはないかも知れないといふ気が強くした」

という。

たしかに漱石は神という言葉をきらい、たとえば作中、妻のお住のヒステリーに悩む姿に対しては、思わず「跪(ひざ)まづいて天に禱(いの)る時の誠と願もあつた」（五十）と語り、妻が安らかな眠りに入った姿を見ては、「天から降る甘露をまのあたり見る様な気が常にした」（五十二）ともいう。ほかにも例はいくつかあるが、彼は〈神〉と言っていい所を必ず〈天〉という。その彼が思わずここでは〈神〉という言葉が出て、その〈神〉の眼で見たならば此強欲な老人も自分も変りはないのではないかという。恐らくこのひらかれた眼が、次作『明暗』に新時代を迎える人間たちの新たな姿を描きうる契機となりえたであろう。『明暗』にふれて宗教性なるものがしばしば語られるが、真の宗教性とはそこに描かれ、存在する人間が神の眼から問われれば、みな平等な存在というべきだ、ここに漱石の行きついた宗教性の何たるかを見るとは、筆者と対談した『漱石的主題』の中で、吉本隆明氏がつよく語った所である。さてこの健三の、さらにはこれを語る作家漱石の眼を開いた、一瞬の〈インスピレーション〉ともいうべきものを、北村透谷は名づけて「瞬間の冥契」と呼んでいる。

ここで少し透谷にふれれば、彼は若き日、自由民権運動にも参加し、やがて離脱。その心の空白感と葛藤のさなか、三歳年上の石坂美那というクリスチャンの女性と出会い、その影響もあって受洗し、やがてふたりは結婚するが、間もなく教会の教義を絶対とする型にはまった在り方に彼は反撥し、其後独自のひらかれた宗教観を展開しつつ、やがてフレンド派との交流からその会員ともなり、これを中心とした日本平和会の機関誌「平和」の主筆ともなって、宗教的活動を続けたが、やがて独自の文学観を展開してゆくこととなる。その中心として山路愛山などとの論争をめぐって『明治文学管見』（明26・4〜5）と題した未完の文学論を発表し、さらにこれを深め、研究した形として展開したのが『内部生命論』（明26・5）の一篇だが、先の〈瞬間の冥契〉なる一語は、まさにその核心ともなる一語である。無限なるもの、神との〈瞬間の冥契〉によって「再造」された心の眼をもって見る時、世界は一変して根源の真実をひらいてみせる。この瞬時の体験なくして、なんの〈文学〉かと透谷はいう。

さらに、透谷の文学観の核心を語るものは何かと問えば、すでに『明治文学管見』のなかばに言う「人間は実に有限と無限の中間に彷徨するもの」にして、「文学は人間と無限とを研究する一種の事業なり」という言葉の語る所に尽きよう。これが文学なるものを世間的現実を対象とのみする〈水平的志向〉ならぬ、〈人間存在〉の根源性の何たるかを問う〈垂直的志向〉〈垂直軸〉の所在を示すものであることは、すでに見た漱石の、さらにはその延長としての太宰の語る所の一面、あるいは小林秀雄や中原中也などの核心にも読みとることの出来るものであり、こうして〈文学〉の根源性の何たるかを示した透谷こそ、近代文学における批評家としての最初の存在というべきであろう。

五

さて、もはや透谷について語るべき紙数も尽きたが、ただ彼の帰着する所は汎神理論的世界であるという。言わば透谷論の開拓者ともいうべき勝本清一郎や、そのすぐれた文学史観の中で、透谷は「洗礼をうけながら、漠然と汎神論的な内部生命を論じた」云々という加藤周一（『日本文学史序説』）などの誤解には応えねばなるまい。その晩期の名作ともいうべき、あの『一夕観』（明26・11）などがその汎神論的世界への帰着のあかしと見られているが、その時期、彼がしばらく滞在した国府津での晩秋の一夕、広大なる海辺に佇ち、自然の語りかけんとする所を仰げば、「我れ『我』を遺れて、飄然として、襤褸の如き『時』を脱するに似たり」と言い、「吁、悠々たる天地、限なく窮りなき天地、大いなる歴史の一枚、是に対して暫らく茫然たり」とは、その末尾の一節だが、果たしてそこに諸家のいう、悠々たる天地自然への没入、帰着という汎神論的回帰ともいったものを読みとることができようか。恐らくは逆であろう。「暫らく茫然たり」とは、冒頭に語る「地上の一微物」という言葉と呼応するものであり、ここに悠々たる天地と一体となる汎神論的充足といったものはあるまい。それはついに〈地上の一微物〉にして、一被造物たる己れとは何かと問う、具体の感覚以外のなにものでもあるまい。これはすでに作中の文脈自体の流れの中にある。

　先にふれた「『我』れを遺れ」「『時』を脱する」という、この〈我〉と〈時〉とは「自然や天地悠久」のうちに消え入るものではなく、再び還り来る現実の〈我〉、現実の〈時〉を語っているのではないか。であればこそ、この「襤褸の如き『時』」に還れば、全く同時期に書かれた『漫罵』（「文学界」明26・10）の身を嚙むごとき痛切な批判、自嘲ともなる。「一夕友と與に歩して銀街を過ぎ」云々に始まる『漫罵』もまた、いまひとつの〈一夕観〉というべきものであろうが、ひとたびこの「襤褸の如き」現実の「時」に還れば、そこに見えるものはただ時代の皮相、浅薄な変化の姿であり、これに対して、すべては「革命にあらず移動なり」という詩人の批判の一語は、開化の生み出す時代の病態への、烈しい痛罵、痛言のことばともなる。『一夕観』と『漫罵』二篇は盾の表裏ともいうべく、この両者を串刺しにして見えるものこそが透谷の真骨頂であり、『一夕観』終末の一句の何たるかもおのずからに見えて来よう。またここに語る所は漱石が初期以来一貫して語り、後の漱石が「現代日本の開化」にいう、内発ならぬ、

〈外発的外化〉に流される皮相な世相への痛烈な批判にもそのままかさなるものであろう。こうして見て来ると透谷の語る所はしばしば漱石とかさなり、あえて言えばこれに先立つ先駆的な発言とも見えて来る。

透谷の語る所は、ことの真疑を追ってこれを鋭く指す。たとえば「人の聖書に入るや善し、然れども聖書に入って其後(うし)ろに出づること能はずんば、聖書も亦た彼を拘束するに過ぐるなからむ（『単純なる宗教』明26・3）という一節などは、聖書の表面的な読解などという問題を超えて、時代であれ何であれ、すべての対者に対する真の認識、批判の何たるかを示すものであろう。我々もまたこの時代にあって、時代を動かす人間の背部、その内側に踏み込んで、その矛盾の何たるかを問うことこそが必要であろう。また今日も絶えざる、世界各地に於ける宗教的抗争の解決はいずこにあるか。これを問えば透谷の言う、あの「宗教の下に一宗教あり」（『万物の声と詩人』明26・10）の一語の語る所に尽きよう。これらの指摘を拾えば限りもないが、透谷の語る所は〈時代を問う文学〉のいかにあるべきかを深く示唆するものであろう。

漱石は『道草』なかばにしてひらかれた、あの新しい眼を通して、新たな大正という時代の何たるかを問おうとした。『明暗』の冒頭、手術の跡を見て、「まだ奥があるんです」と、主人公津田の主治医の語る所は、漱石自体の人間の矛盾を問い、なおその奥の深さを探ろうとする意欲のあらわれと見てよかろう。しかもこれを問わんとしてそのなかばに仆れた。まだ「死んじゃ困る」と呟きつづけたという漱石の作家としての不抜な姿勢は、我々を搏つものがあるが、逆に透谷の場合は太宰同様、病苦や様々な悩みをかかえつつ悲惨な自決の生涯を閉じた。これもまた人間のまぬがれぬ矛盾といえるが、彼がなおしばらく生きることを許されればどうなったか。その仔細は誰も解くことは出来ぬが、多くの評者はそこに彼のとどめようもない諦念と、太宰同様、その存在自体の底にひそむ体質的な脆弱さを読みとろうとしている。

しかし透谷の最後の病床を見舞った友人たちの言葉には矛盾もみえる。もう「どうにも信じるという心が起こらないからね」とは、藤村（『北村透谷の短き一生』）などが見舞った時の言葉だが、また一面「吾にして若し可なりとせば、将来大に伝道し傍ら文学の評論に従事せん」とは、巌本善治（「北村透谷君を弔ふ」）などの伝える所である。どちらが事実か。あえて言えばいずれも事実であり、そこに人間の揺れ動く矛盾そのものの姿も見えるが、もし彼がいま一度、新たな文学や伝道の道を歩もうとしたとしれば、その彼が今生きていて、たとえば先の三・一一の東北の大災害という現実をどう見たか。どのような批判の眼をこの時代に向け、また伝道者としては、どのようなひらかれた宗教的活動を続けえたか。これは尽きざる問いだが、それも問わせる必然性を思う時、漱石と共に、その存在の何たるかは、改めて問い続けられてゆかねばなるまい。

実は、この稿はこれで終るつもりであったが、なお書き落とした一節のあったことを思い出したので、これにふれておきたい。漱石が熊本の五高に赴任したその年、明治二十九年六月二十六日に、東北三陸の地に大津波が起こり、死者の数は二万七千人に及ぶと言われ、漱石自身もこれにふれて、七月二十八日、当時ドイツに留学中の友人大塚保治に宛てた手紙にも「過日三陸地方へ大海嘯が推し寄せそれはそれは大騒動山の裾へ蒸気船が上つて来る高い木の枝に海藻がかかる抔人畜の死傷などは無数と申す実に恐れ入り」云々と述べている。

これはつい数日前、すぐれた漱石論者のひとりともいうべき方から戴いた『漱石の秘密――『坊ちゃん』から『心』まで』（林順治・論創社）という著作の一節を引いて見たものだが、あの『人生』一篇が、この東北の大災害をふまえた漱石の熱い実感のこもったものであることに改めて気付いた次第である。実は先の「人生」の一文をめぐっては、もっぱらあの「吾人の中心には底なき三角形あり」云々の、あの最後のあたりをくり返し引用して来たために、その少し前の箇所に当時の東北の大災害を念頭におきつつしたためた、漱石独自の熱い一節のあったことを書き落としていた次第で、これは論者の林さんにも早速電話でこれにふれて、お礼の言葉も述べたが、林さん自身も「つい最近起こった」あの東北の大災害の「余震に怯えている筆者（林）にとっても実に身につまされる」所だと言いつつ、漱石特有のあの深い人間洞察の何たるかを熱いひびきで伝える次の一節を以て、「第五章 心」と題した一篇の最後を閉じている。以下は漱石の語る所である。

三陸の海嘯濃尾の地震之を称して天災といふ、天災とは人意の如何ともすべからざるもの、人間の行為は良心の制裁を受け、意志の主宰に従ふ、一挙一動皆責任あり、固より洪水飢饉と日を同じうして論ずべきにあらねど、良心は不断の主権者にあらず、四肢必ずしも吾意思の欲する所に従はず、一朝の変俄然として己霊の光輝くを失して、奈落に陥落し、闇中に跳躍する事なきにあらず、是時に方つて、わが身心には秩序なく、系統なく、思慮なく、分別なく、只一気の盲動するに任ずるのみ、若し海嘯地震を以て人意にあらずとせば、此盲動的動作亦必ず人意にあらじ、……

もはや何も付言するまでもあるまい。この表裏をつらぬく、人間存在の孕む矛盾の何たるかを見ずして、何事も語ることは出来まい。このありようをひらかれた眼を以て問い続けることこそ、〈文学〉なるものの使命であり、〈時代を問う文学〉とは、まさにこの一事に尽きるものであろう。

三島由紀夫とは誰か――尽きざる問いを巡って

一

三島のあの劇的な死の問いかけるものは何か。師と仰いだ川端と、あなたの作品は嫌いだと本人の面前で言い切った太宰と、そうして三島自身と、この三者の自決をめぐる謎を結びつけるものは何か。その華麗に修飾された文体も、ひと皮めくれば何が見えて来るのか。またその国家観、国体観とは何か。問いは尽きないが、そのいくばくかに迫ってみたい。

以上はあらかじめ、この講座の内容の紹介として書いた要旨だが、以下いささかその内容の仔細にふれてみたい。当然ながら綿密な作品分析よりも、作品ならぬ、その背後にひかえる、いまひとつの作家というテキストの内面に迫ってみることとなろう。まず三島の場合はどうか。次に揚げるのは新聞連載で多くの作家、詩人の印象をとりあげたもののひとつだが、短文ながら私の三島観のすべては、ほぼこれに尽きると言ってもよかろう。

三島由紀夫に会ったのは、というよりも見かけたのは、先にもふれた大岡（昇平）さんに誘われての観劇。中村光夫の戯曲『汽笛一声』の楽の日のことで、たしか昭和三十九年晩秋のある日だったと思う。そこには作者の中村さんをはじめ、演出の福田恆存、小林秀雄、三島由紀夫の姿があった。幕間のロビーでとりとめもない役者の評判などに花が咲いていたが、この時の三島の印象は忘れがたい。

意外なほどに小柄な体を包む、いかにも芸能人っぽい白のスーツ、赤みのさした顔、その苛立つような身ぶり。このギラギラがくせものだったとは、数年後の死にして思い知らされたことだ。

三島自身、自分の内面を最もよく語ったものは、長篇の自伝的エッセイ『太陽と鉄』だというが、そのなかで「〝武〟とは花と散ることであり、〝文〟とは不朽の花を育てることだ。」「そして不朽の花とはすなわち造化である」と語っている。その彼が晩年のあるパーティで開高健に、あなたの文体はしばしば「ホンコン・フラワーになってしまう。精巧そのものだけれど何かしらニセモノになってしまう」と言われ、怒るどころか「それは私の根本的なコンプレックスなんだ」と低く答えたという。これは私の好きな挿話だ。三島への違和感をやわらげてくれる何かがある。彼を追いつめたものが何かは明らかであろう。これはまた芥川自身の問題でもあった。昭和二年の芥川の死。二十三年の太宰の死。そうして四十五年の三島の死と、歴史はほぼ二十年で一サイクルをめぐるというか、まさにその周期に応ずるごとく彼らの象徴的な死があった。小林秀雄は三島の『金閣寺』を評して、これは小説ではない詩だ。君がここで描いているのは主人公の「コンフェッション（告白）の主観的な意味の強調だ」。これではドラマは成立せず、生まれるのは一篇の「抒情詩」に過ぎぬと批評している。（対談『美のかたち』）。

これはまた太宰にもあてはまる。芥川を加え三者に共通するものは過剰な自意識と、内面の救いがたい空虚感と、他者の不在であろう。晩年最後の大作『豊饒の海』は、そのすべてを語る。すでに学生時代に一冊の詩集を考え、その題名は『豊饒の海』。これは月の世界の空虚な海、からっぽの海のことだという。その彼が最も畏れ、またあこがれたものが生の渾沌、また根源を意味する〈海〉であり、その〈海〉への恐れとあこがれ、また不在の認識が、すでに十六歳の処女作『花ざかりの森』に語られていることは、いかにも興味深い。

さて、ここでふれなかったことで、いまひとつ述べておきたいのは小林秀雄と三島のことである。十六歳の時ドストエフスキイにふれ、忽ちドストエフスキイかぶれとなったが、やがてドストエフスキイを論じては最高と言っていい小林秀雄の世界にはまり込んでゆくことになった。戦後再び『罪と罰』や『白痴』を論じた小林さんが、何故か代表作ともいうべき『カラマゾフの兄弟』論を未完のままにしていたのは、私のかねてからの深い疑問だったが、たまたまある劇場のロビーで小林さんがいるのを見かけ、そこで仲間からちょっとはなれた所に佇っていた彼に、かねての疑問をぶっつけてみた。何故あの大事な『カラマゾフ』の問題を残しているのですかと訊くと、ニコニコしながら「考えがどんどん変わってゆくからねぇ。まぁ読む人がそこに何かを感じとってくれれば、それでいいんです」とおっしゃる。きっぱりした答えが聞けなかったのは残念だったが、同時に、なるほどこれがやっぱり小林さんだと思ったことだ。

結論がはじめからあって書く人じゃない。疑問があるから書きはじめる人で、考えが行きづまればやめればいい。これが持論で、そう言えば未完の『感想』と題した大作、ベルグソン論も随分永く書き込んだ上で、もう駄目だということで投げ出されている。さらには長い空白期間をおいて最後に短章を書き加えて終った第二の『白痴』論も、やはり未完の打ち切りだというほかはない。また最後の『正宗白鳥の作について』も病気で倒れ、文字通りの終りとなったが、これは作中ふれたフロイトからユングへと書き進んだそのなかば、ユングが『自伝』の仕事になやみ、追いつめられ、この仕事の協力者であったアニエラ・ヤッフェもまた「追いつめられ」、その「解説」を「心の現実に常にまつはる説明し難い要素は謎や神秘のまゝにとゞめ置くのが賢明」という所で終っている。ペンをとめたのはヤッフェならぬ小林自身であり、未完の絶筆はここで終っているが、これはいかにも象徴的であろう。表現しえぬ部分は「謎や神秘のまゝにとゞめ置くのが賢明」だという言葉と対面した時の小林がここでひとまずペンを置いたということは、彼自身の内面を象徴して余りあるものがあろう。

こうした文学観を持った小林の眼に、三島の作品がどう映ったかは明らかであろう。小林とは逆に三島は作品（特に戯曲など）の最後の言葉が決まらなければ、ペンを執ることはできぬという。いかにも明晰に華麗な作品世界を構築しようとする三島らしいが、これは小林とは全くあい入れぬ世界というほかはない。さらに小林は、先にもふれた言葉の出て来る『金閣寺』論の中で、あれを小説ならぬ抒情詩というのは、つまり「小説にしようと思うと、焼いてからのことを書かなきゃ小説にならない。つまり現実の対人関係というものが出て来ない。対社会関係も出て来ない」。「君のラスコリニコフは、動機という主観の中に立てこもっているのだから、抒情詩には非常に美しい所が出て来るわけだ」。しかし「ラスコリニコフには、殆ど、動機らしい動機は書かれていない。やっちゃってからの小説だ」。ところが「君のは、やるまでの小説だ」。これに対して三島は「本来は動機なんかないんでしょうね、あいうことをやるやつは」と言っている。小林はさらに、とにかく「ぼくはあれは小説だとは思わないんだ」と言い、「ええ、ええ、わかります」と三島は答える。ここには反論のかれらもない。あの開高健の場合と同様、自分の文体を見ぬかれた三島自身の鋭敏にして真率な反応があると見てよかろう。

さすが小林は三島本来の自己中心的なモチーフの所在を見抜いていた。三島は対談中で主人公をめぐる資料は色々調べたが、「現実的には大した動機はなかったらしい」。いつの間にか本来の寺院ならぬ観光寺と化した環境の中で、自分は冷飯を食わされて、上に立つ「住職の因業」の下で「自分の青春は台なしになってしまった」という。こんな程度のことで「大した動機はなかったらしい」。「本来は動機なんかないんでしょうね、ああいうことやるやつは」とも言っている。すでに三島はこの事件をになう現実の主人公の悩みなどではなく、己の戦後社会の浅薄な皮相の流れに対する批判を込めて、自身の裡なる切実な理念を展開しようとしたもので、小林の言葉通りやはり散文的現実への目配りならぬ、己の〈夢〉や〈志〉を語りとった一篇の〈抒情詩〉を仕上げたというほかはあるまい。これは私も最初から全く同感で、三島の死後の早い時期に頼まれた一文の中で、自分は次のように読みとっている。

二

永遠にして不壊（ふえ）なる美の象徴ともいうべき金閣は、この作の主人公にとって、あの戦争下にあっては一体のものでありえた。金閣も自分もいつ焼け滅んでしまうかもしれぬという終末感のなかで、その心の深いおののきとふるえのなかで一体たりえた。しかし敗戦によって解放された、いわばアメン棒のように伸び、拡散した時間のなかで、金閣はもはや彼の近寄りえぬ絶対の存在となってしまった。彼は金閣を焼くことによって（いわば戦後社会の火を放つことによって）、再びあの喪われた「時間」を、魂の充実を、得んとする。しかし燃えあがる金閣のなかに飛込もうとして、かたい扉に拒まれる。彼は最後に、炎上する金閣を遠くに見遥かす山頂に憩いつつ、煙草に火をつけ、「生きよう」とねがう。

この要約はいささか大雑把だが、私はこの作に主人公のみを語っているのではない。この作者の心情に、思想にふれようとしているのだ。ここには生活と芸術の、あるいは文学と行動の、二元的な世界の緊張を踏まえた、すぐれた意識と方法がみられる。その二元の緊張、あるいは矛盾が、この作のはりつめた文体を、あるいは内実を、見事に支えているといってよい。しかしこの二元間（かん）の緊張は、やがて三十五年の安保の時期を境として崩れはじめる。ロマンチストにして、またすぐれたナルシストたる彼は、やがて作品の世界に自らを燃やすつくすことのみに飽き足らず、自己をこの人生、あるいは世界という舞台の主人公として燃焼せしめようとする。こうして彼、日本浪曼派の末子、あるいは申し子として出発したその母体の世界へと再び回帰してゆく。彼の死は、こうした彼のいわば本卦帰りであり、それなりの彼の美学あるいは理念の、見事な完結ともいえよう。

いま、これを再び作品とかさねて言えば、どうか。同じ小林との対談の中で、どうして「死ぬまで書かなかった」

のか。「どうして殺さなかったのかね」と言われて「あれは殺しちゃったほうがよかったんですね」と三島は答えているが、そうすると、終末の「生きようと私は思った」という主人公の言葉の持つ意味は重い。これを作者に重ねて言えば、彼（作者）は生きえたか。これも先にふれた拙文の続きを引けばこうなる。

彼は再びみずからの「才能の魔」（小林）をもてあましながら、そのしいられた道をたどる。『豊饒の海』という虚と実と、明暗二双の、きわめてアイロニカルに作者自身と立ちむかう訣別の作を遺して、彼は再び、金閣ならぬ壮大な廃殿の扉を押しひらかんとした。渾身の力を込めて――扉はひらかれ、彼を呑んだ。彼の死はついにその大願成就というほかはあるまい。まったく、ひとりの熱烈な傾倒者、ひとりの女流作家のように――「あの人は、そうしたかった。そして、その通りにした。だからそれでいいのだ」（吉田知子）と言うほかはあるまい。

こうしてその壮烈な自決の印象については、共感はもとより、また数々の批判もあった。しかしこれをどうして簡単に論評して片づけてしまうのか。ここでもあの小林の最後の言葉がひびく。「心の現実に常にまつはる説明し難い要素は謎や神秘のまゝにとゞめ置くのが賢明」という言葉が重くひびく。自身の文体や作品自体の矛盾や欠落を、あれほど鋭く自覚していた三島の、あの壮烈にして華麗とも見える自決のドラマが、彼自身にどう見えていたか。これは稚い行動とも見えようが、自分の夢はどんどん少年時代の原点に向かって進む。これはもうどう止めるすべもないとは、彼のある対談の殆ど一番最後で、ある評者に語った言葉として遺っている。この三島の内面を見通すごとく、これを軽々しく論ずることは出来まい。ただそこには「何か大変孤独なものが、この事件の本質にあるのです」（傍点筆者。以下同）という小林の言葉は、やはり三島のすべてをつらぬくもとして、我々の心に深く残るものがあろう。

さて、ここで次には三島の太宰観にふれる所だが、やはりただひとつの『金閣寺』批判としては、あの水上勉の『金閣炎上』なる一篇を避けることはできまい。私はある切迫した事情があって、担当者の突然の不在を補うために、わずか三ヶ月ばかりの間に水上勉の文学の本質にふれよという依頼を受け、未読の傑作「一休」やその師宇野浩二を語る評伝（『宇野浩二伝』）等の大著まで読み尽くして行くうちに、この無類の語りの名手ともいうべき作家の一篇『金閣炎上』にふれ、その一切の語りの妙味を捨てて対象に立ち向かう、ただならぬ作家としての真摯な努力にうたれたものであった。この『金閣炎上』の何たるかを語るものとしては、その箱書きとして裏面に書かれた端的な一文に、短文ながらすべては言いつくされていると言えよう。

「昭和二十五年七月二日早暁、金閣は燃亡した。放火犯人、同寺徒弟、林養賢、二十一歳。はたして狂気のなせる業か、絢爛の美に殉じたのか?生来の吃り、母親との確執、父親ゆずりの結核、そして拝金主義に徹する金閣寺への絶望……。六年後、身も心もぼろぼろになって滅んだ男の生と死を見つめ、足と心で探りあてた痛切な魂の叫びを克明に刻む問題小説」――以下この長編について詳述する余裕はないが、自身福井県の貧村に生まれ、口ばらしのため九歳で京都、臨済宗相国寺の徒弟となったが、住職の破戒に仏門への幻滅を感じて脱走したことは、その出世作『雁の寺』などにも描かれているが、以後脱走をくり返し七年余りの僧院生活に訣別する。これらの実体験は、この『金閣炎上』の中でも林養賢の不安や苦悩とかさなり、金閣炎上後の調書や供述書その他、手に入る限りの資料を駆使して主人公と事件の全貌を再現せんとする。語りの名手としての技法や主観の混入を排し、資料そのものに語らせんとする、この姿勢は何か。我々はこの作品が一個の厳しい〈倫理の書〉であることを忘れてはなるまい。伽藍仏教の形骸化と頽廃を批判し糺問すること久しい作者が、材を金閣放火の事件にとって積年の課題を問いつめんとしたのがこの一作ではなかったか。養賢の出自にまつわる父の病死、母との違和、吃音者でもあったが故の鬱屈と裏側から見た伽藍仏教の頽廃と観光化した大寺院の腐敗を衝き、分けても「金閣寺の混乱」に悲劇の根因があったのではないかと問う。恐らく『金閣炎上』完成直後かと思われる時期、永平寺管長秦慧玉氏との対談中（「永平問答」）、水上氏は繰り返し「立ち向かうようではございますが」「逆らうよう」ですがと言いつつ、今日の伽藍仏教の矛盾を痛烈に糺問する。しかし作中、作者が立ち向かわんとしたものは、ひとり寺院の腐敗、頽落のみではあるまい。養賢母子の悲劇をしるしつつ、作者はそこに宿業ともいうべき人間の出自と風土にからむ生の実相を彫り込まんとする。そこにみずからの出自を重ねた怨念が重ね合わされていなかったはずはあるまい。つまりこの作品自体の背後に見る、この風土の辺境に生きる農民達の貧苦の実態であり、他者の生活苦の数々の痛みへの想いでもある。

いまこれを三島の世界と比較すれば、両者の隔差は歴然たるものがあろう。尠く三島の眼には貧苦や生活苦にあえぐ、庶民的な他者の痛みへの眼はない。その意味では、先にもふれたごとく『金閣炎上』を一篇の〈倫理の書〉とみれば、三島にこれは欠落する。たとえば「三島由紀夫への質問」と題したある文芸雑誌のアンケート（昭38・12）の中で「歴史上で好きな男性」とはと問われ「二・二六事件の将校たち」と答えていることはいかにも分かるが、彼らが時代の変革への切迫した願いとしてかかえていた背後の、彼ら出自の背景として生きる農民たちの生活苦への想いは、明らかに三島の中では欠落している。三島における倫理観として、武人的捨身への共感はあっても、それ以外のものはない。以下ふれる、あの滑稽なまでの太宰批判の裏側にあるものもまた、これと無縁ではあるまい。尠くとも太宰という作家のかかえた内面の矛盾や痛みは一切ふれられてはいない。

三

ここで太宰との比較となるが、先にもふれた、あの太宰の面前での私はあなたの作品が嫌いですと言い切った、これはあまりにもよく知られる周知の場面で、太宰が『斜陽』を書き終えた昭和二十二年の秋の頃と思われるが、これをさらに強調したものとしては『小説家の休暇』という日記風のエッセイの一節、昭和三十年六月十三頃の所で見る、いささか幼稚とも滑稽ともみえる一文中の太宰批判である。先ず私の太宰の文学に対する嫌悪は猛烈なものだと言い切って、「この人の顔」も「田舎者のハイカラ趣味」もきらいで、「女と心中するならもっと厳粛な風貌をしてゐなければならぬ」、作家として「弱点だけが最大の強味となる」ことぐらい分かっている。しかし「どうにもならない自分を信じるといふことは、あらゆる点で、人間として僭越なことだ」。太宰の性格的欠陥などは、「冷水摩擦や器械体操や規則的生活で治される筈だ」。文学でも「強い文体は弱い文体よりも美しい」。「強さは弱さよりも佳く、鞏固な医師は優柔不断よりも佳く」「征服者は道化よりも佳い」。「その不具者のやうな弱々しい文体に接するたびに」、何かあれば「すぐ受難の表情をうかべてみせたこの男の狡猾さである」という。最後は「セルヴァンティスは、ドンキホーテではなかった」という一語を書き付けている。

以上いささか長い引用を試みたが、これは太宰批判と見えて、裏を返せば実はしたたかな三島自身の自己肯定の強調であり、その倫理観なるものの狭隘さとさえ言いたいほどの限界を示すものであろう。これを裏付けるものは皮肉にも、この同じ作中（『小説家の休暇』）の八月三日の項に見る『葉隠』の示す倫理観への共感である。戦争中から読み出したものだが、折にふれ読みるる心うたれるものがあるという。これは「いかにも精気にあふれ、いかにも明朗な、人間的な書物」であり、「『葉隠』ほど、道徳的に自尊心を解放した本はなく、武勇と云ふ事は、我々は日本一と大高慢にてなければならず」「武士たる者は、武勇に大高慢をなし、死狂いの覚悟が肝要なり。……正しい狂気といふものがあるものだ」「かくて（山本）常朝が、『武士道といふは、死ぬ事と見付けたり』といふとき」、そこには独自の」「自由と幸福の理念が語られてゐるが」我々は今、このような理想国の住人ではない。ただ『葉隠』の語り手、常朝は「行動の原動力としての心しか信じなかつた」「そこでもし外面が、内面を裏切るやうな場合があれば、告白を敢てするよりも粉黛を施したほうが正しい」「武士は、仮にも弱気のことを云ふまじ。すまじと心がけるべきで」あるという。人生の究極に「自然死を置くか、『葉隠』のやうに、斬り死や切腹を置くか」「大した逕庭がないやうに思はれる」が、しかし死がやって来たとき行動家と芸術家にとって、どちらが完成感が強烈であらうか?」。思うに「ただ一点を添加することによって瞬時にその世界を完成する死のほうが、ずっと完成感は強烈ではあるまいか」という。

以上、いささか長い引用とはなったが、すべては先の太宰批判の裏返しであり、太宰批判や『葉隠』への共感を含めて、すべては三島の倫理観、さらには死生観の何たるかを見事に語るものであろう。彼は明らかにその人生の終りに強烈な完成感を求めて、それが彼のあの劇的自決を生んだのではないか。さらに言えば彼は太宰を批判してセルヴァンティス云々を語ったが、彼自身の行きつく所は皮肉にもセルヴァンティスならぬ、そこから抜け出たドンキホーテの夢を果たそうとしたのではなかったか。

いずれにせよ『葉隠』を強く生き抜く人生のすべての規範とした彼にとって、他者の痛みや矛盾、たとえば太宰の場合ひとつとっても、その内面の痛みや願いはついに汲みとられていなかったのではないか。

そこで、三島と逆に太宰にとっての真の男らしさとは何か。これは最近、吉本隆明が学生時代に太宰に会った時、真の男らしさとは何かと言えば、〈マザーシップ〉だよと言った言葉にいたく感銘して、いくたびかふれているのが眼につくが、すべての人間の矛盾をそのままに、おおらかに包みとる〈マザーシップ〉こそ真の男らしさだという。この太宰の言葉は三島と違って、人間自体の矛盾や痛みをそのままに包みとってくれる母親的愛情への太宰自身の願望を語ると共に、人間の倫理の究極がどこにあるかを語るものでもあろう。

また太宰の没後、太宰の何たるかを語るとき、三島自身、果たして彼の遺した言葉や作品の何が見えていたのか。たとえば最後の『人間失格』と並行して語った『如是我聞』で文壇の大御所ともいうべき志賀直哉にかみつき、お前たちのいう〈愛〉とは、己の周辺によりそうものたちへの〈愛撫〉に過ぎないのではないかと言い、あの芥川の生涯をつらぬく「日陰者の苦悶」「聖書」「敗者の祈り」といったものが見えていたのかと言い、この一文は「反キリスト的なものへの問い」として語ったものだとさえいう。この太宰の死を決した声の切迫は、果たして三島には聞えていたのか。太宰をつらぬくその生涯の強弱の矛盾は、たとえばこの『人間失格』と『如是我聞』の両者を串刺しにして読む時、はじめて見えて来るものではないか。

三島の場合とは違って、ついに太宰の生身の姿にふれえなかったのは残念だが、学生時代からの友人で、今は亡き泉鏡花研究家の村松定孝は、学生時代太宰を訪ねた時、聖書を読んでいるかと問われ、思わず読んでますというと、そうかそれはいい、さぁ飲みに行こうと誘われたという。どうしてその時、自分も誘ってくれなかったのかと今は残念だが、太宰が一時感動して読んでいた内村鑑三のことやその弟子塚本虎二の『聖書知識』を愛読していたことはよく知っていたが、その塚本の丸の内のビルでやっていた聖書集会にしばらく通っていた自分としては聞きたいことは山ほどあり、今はただ残念な想いというほかはない。

四

さて最後は三島の師であった川端康成にふれることになるが、これは幸いにも学生時代に一度会うことができた。同人誌仲間の、北条誠の処女出版『春服』にすばらしい序文を寄せられた、その川端さんを迎えた出版記念会で、とにかく川端さんのまわりには友人の妹たち、美少女たちを揃えて迎えると、我々には眼もくれず、すっかりごきげんの上首尾だった。実はある席で新聞社学芸部OBの方から聞いた話で、『雪国』映画化の時、岸恵子、池部良など出演者が打合せの挨拶に行くと、川端さんは男どもには眼もくれず終始、岸恵子の手を握っていたくごきげんだったという。そこで先の学生時代の印象も披露して大笑いになった。ただ先の会の時、自分にも北条君にもいやな所がある。それをどう始末するかが問題だと言われたのが、妙に心に残っている。これも忘れがたい記憶だが、いずれにせよ、この時の川端さんの印象はつよく残っている。

さて、川端の名作といえば、我々は直ちに『雪国』や『山の音』などを挙げたくなるが、山本健吉は自分の好きな作品を三つ挙げれば、『十六歳の日記』と『伊豆の踊子』、さらには『名人』となるという。これは私も全く同感だが、『十六歳の日記』を川端文学の原点としてとりあげられたのはさすがである。川端は稚くして父母を失ない、やがて姉も亡くなり全くの孤児となって、ひとり眼も見えず病の床にいる祖父の世話をすることになる。夕方学校から帰って来ると、待ちかねたように「ししやってんか、ししやってんか。」と叫ぶ。溲瓶をあてがってやると、「『ああ、ああ、痛た、いたたつたあ、いたたつた、あ、ああ』。おしつこをする時に痛むのである。苦しい息も絶えさうな声と共に、しびんの底には谷川の清水の音。／『ああ、痛たたつた』。堪へられないやうな声を聞きながら、私は涙ぐむ」。これは冒頭の一節だが、このような簡潔な文体が五月四日から十六日まで続いている。少年時とはいえぬ生きた文体で、ひとは早熟の才を指摘してくれるが、才能の問題ではない、ただ自分は、写生に徹したものだと言い切っているが、病苦や貧苦にあえぐ人生を張りつめた文体でえぐりつつ、その底にある清冽な〈清水の音〉をひびかせているのは、文字通りその文体の、引いては川端文学自体の精髄の何たるかを語ったものであろう。これは後の名作『名人』などにも一貫するものであり、材を第二一世名人本因坊秀哉名人の引退碁と、その死をめぐる周辺の逸話をとりあげつつ、一切の技巧的粉飾を排し、写実的記録に徹しつつ、ここでこの名人に対するただならぬ畏敬と愛着の念を漂わせている。ここにも作品の底を流れるあの清冽な〈清水の音〉をにじませているのは、文字通り川端文学の原点の何たるかを語るものであり、彼が最初の出版として名作『伊豆の踊子』とこの『十六歳の日記』とを抱き合わせて収録していることも故ないことではあるまい。『十六歳の日記』を彼の人生の何たるかを読みとり、これを活写せんとする原点とすれば、『伊豆の踊子』もまた、川端文学の一作品がまさに作者の人生の、彼が求めた生の核心の何たるかを語る、いまひとつの原型ということができよう。

川端が二十歳の学生時代、ひとり孤独な自分をかかえて伊豆の旅をする。そこで知り合った若い踊子たち一行とのふれ合いの中で、何を汲みとったかを虚飾を捨てた、淡々たる文体の中に見事に書き切った名作であり、彼はこの一篇が後世に残ればあとは何も要らぬとさえ言い切っており、彼の捨て切れぬ〈孤児根性〉を素朴な会いと人情の中に救いとってもらえた、終生忘れえぬ体験を語ったものである。「いい人ね」「それはさう、いい人らしい」「ほんとにいい人ね。いい人はいいね」という、後から来る踊子たちの声が聞こえ、孤児根性で歪んでいた自分には「言いやうもなく有難いことだつた」という。船に乗り込んで、ひとり帰京することになるが、理由もなく涙があふれ、自分のかたわらの少年の学生マントに包まれながら、どんな人の親切もそのまま受け入れられるような「美しい空虚な気持」となり、「涙を出委せにしつつ、頭が澄んだ水になつた」「それがぼろぼろ零れ、その後には何も残らないやうな甘い快さだつた」という。この末尾の言葉を読むと、作者自身の何の粉飾もない言葉の流れの中に、自分自身というものの存在を、そのままにゆだねている文体の、見事な甘美さが感じられて来る。

これは彼の青年時代につかんだ得がたい体験を語るもので、〈孤児根性〉のかたまりで生きて来たという、彼の得がたい体験をなんの飾りもなく見事に写しとったもので、文学にこれ以上の何が要ろうという彼の真率な感情があふれ、これが彼が何よりも若い少女や女性たちにあれだけ、臆面もなく癒しを求めた原点も、このあたりにあったと見ることさえ出来よう。

さて、この若い女性との絶えざる同伴に癒しを求める川端の志向が、逆に運命の反転を生んだことを興味深く語ってみせたのが、臼井吉見の『事故のてんまつ』と題した、興味ある一巻の語るところであろう。もはや紙数も尽きて簡単にふれるほかはないが、川端がたまたま知った地方の庭師の縫子という娘を熱望して自分の秘書のようにして傍に置く。この先生の「気持のわるいほどの執着ぶり」は何だろうと思いつつも懸命に働く。この女性自体を語り手に仕立てて書いた作品だが、何処へ行くにも自分に運転を任せ、約束の期間も半年是非のばしてくれと切望する。くり返し延期を頼まれついに耐え切れず、さらに半年の延期をと切望されるのを押し切ってことわる。こうしてその後間もない時間に、ひとりで出かけた川端の仕事場のマンションの一室でガス管を銜えた自殺の死体が見つかる。その暮れがた、勝手場で働いていた自分の傍に来た奥さまが、自分の耳もとに口を寄せて「縫子さん、あなたが承知してくれていたら、先生は死ななかった。わたしはそう思う」と小さい声でささやかれたという。これはモデルとなった実在の人物から作者の臼井吉見が聞きとった話を小説風に仕立てたものだが、作者の見解はともかく大きな反響を呼んだものであり、「川端の自殺のひきがねとなったと思われる（原因ではない）資料を入手した当時から、これは秘密に葬り去ってはならないと確信した」ものであり、その原因は「もとより川端さんの底なしの孤独像を描きあげようというのが」「そもそもの意図であった」と臼井氏はいう。ヽきヽっヽかヽけヽでヽはヽあヽっヽてヽもヽ原ヽ因ヽでヽはヽなヽいと言いつつ、臼井氏の眼にはやはり川端の女性願望の並ならぬ姿があざやかに見えていたということであろう。

これに対して三島の場合はどうであろう。もはや紙数も付き簡潔にふれるほかはないが、川端のノーベル賞受賞に先立って、むしろ三島の方がさわがれていた。結果は三島のつよい期待と自信に反して川端となったが、受賞の通告の直後、新聞記者たちのいる前でひと息に力のこもった祝辞を書いてみせた三島の内面はどうであったろう。続いては〈盾の会〉の記念の行事への参列もきっぱりと、にべもなくことわられた無念さは、三島との間に、もはや恢復できぬ距離を作ることとなる。川端も三島没後の葬儀の弔辞では、やはりあの〈盾の会〉にも参列すべきであったなどと反省の弁を述べているが、もはや両者の本質的な価値観の違いはどうすることもできまい。礼儀正しく述べている端正な『川端康成・三島由紀夫往復書簡』に見る言葉にも両者の共感を深く伝えるものは余りない。

これは両者の自決の場面を見ても、その違いは明らかであろう。川端の場合は知られる通りひとり離れた仕事場のマンションの中でガス管を銜えて死んでおり、遺書も家族への何の予告もない。このひっそりとした川端の死を見て、その担当でもあったベテランの編集者は、川端さんにはたとえばあの世からふらっと出て来て、またふらっと帰って行くような虚無感が漂って、正直余り驚きはなかったという。また太宰の場合を言えば学生時代の友人のひとりは、やはり太宰の常に死の匂いを感じ、ふっと隣のふすまを開けてあちらの世界に帰って行くという風な、死との親近感ともいうべきものをいつも感じていたと言い、またある友人は太宰の立っている場所は板の上でも、固い畳の上でもない、何かむしろ一枚の上に立っているような危うさを感じていて、彼の自殺や心中未遂には何の驚きもなかったという。これは生の始まりである母胎に包まれ、胸に抱かれて授乳されつつ育った体験が皆無であったことも根本的な原因のひとつではなかったのか。事実、太宰は永く病身の母の代わりに抱いて寝てくれていた出戻りの叔母の存在を、長い間母と思って疑わなかったという。いずれにせよ母胎体験の欠落が彼らの孤独感や生への虚無感を生んだのではないか。いずれにせよ川端、太宰のひっそりとした自決の印象に対して、舞台の上での、あまねく衆人看視の場面を選んだと思われる三島の死とは何か。

五

ここで最後に三島の裡なる夢を託した男の無残な敗北が、海の男の物語として描かれている、『午後の曳船』と題した一篇をとりあげてみたい。主人公の船員龍二は横浜で出会ったひとりの美しい未亡人と結ばれ、海に託した夢を棄てて、平凡な地上の生活に還る。彼に海の男としての夢とあこがれを託していた、女の息子の登は、自分の夢が裏切られた怒りを抑えきれず、過激な仲間の集団と共に彼を殺そうとする。集団の首領の少年は言う。〈血が必要なんだ!人間の血が!さうしなくちや、この空つぽの世界は蒼ざめて枯れ果ててしまふんだ。僕たちはあの男の生きのいい、血を絞り取って、死にかけてゐる宇宙、死にかけてゐる空、死にかけてゐる森、死にかけてゐる大地に輸血してやらなくちゃいけないんだ〉。

こうして主人公の抱いていた午前の〈未知の栄光〉は打ち砕かれ、少年たちに引っ張られながら午前ならぬ〈午後の曳船〉という主体を失った存在として丘に向かう。それが水のない、からっぽのカンドックの傍だというのも皮肉だが、なお彼は想い起す。「あの海の潮(うしお)の暗い情念、沖から寄せる海嘯(つなみ)の叫び声、高まって高まって砕ける波の挫折…」、この「暗い沖からいつも彼を呼んでいた未知の栄光」をくり返し想い起こす。その「夢想の中では栄光と死と女は、つねに三位一体であつた」。こうして「彼はもはや自分にとって永久に機会の失われた、荘厳な、万人の目の前の、壮烈無比な死を恍惚として夢みた」。しかしすべて彼の夢に終り、なんと無残にも彼は少年登の毒薬を仕込んだ紅茶を飲んで死に果てる。その最後はかくして「栄光の味は苦い」という一句を以て閉じられる。こうして「憧憬そのもののメタフォア」であり、また「憧憬を否定するイロニィ」（野口武彦）でもある〈海〉という偏在と虚材の二重性は、この『午後の曳船』一篇に最もあざやかだが、同時にこれが三島の処女作『花ざかりの森』に始まり、悼尾の連作『豊饒の海』の終末に至る三島文学の軌跡の集約であることも注目される。

『花ざかりの森』には数々の古典的存在である女たちの想いが語られる。ひとりの女ははじめて「海のすがたを胸にうつした」時、それは「殺される一歩手前、殺されると意識しながらおちいるあのふしぎな恍惚」を感じ、愛する男とは別れて、ひとり都に帰り尼となる。またひとりは幼い時、海はどこかにと問えば「海なんて、どこまで行つたつてありはしないのだ。たとひ海へ行つたところでないのかもしれぬ」と兄に言われ、その後二人の夫と生別、死別の体験を経て、南の島から日本へ帰って来る。彼女を訪ねた客人が〈海〉の話を求めると、いますべたは消え去ったという言葉を聞いた時、彼女を訪ねたまらうど（客人）はそこに「生(いのち)がきはまつて独楽(こま)の澄むやうな静謐、いはば死に静謐」を感じたという。これがあの連作『豊饒の海』末尾の、もはや引くまでもない周知の、あの見事な静寂とひびき合っていることは明らかであろう。〈豊饒の海〉の意味する現世的な〈豊饒〉の背後には、すべてはまた空虚そのものであるという〈存在〉の本質がみえる。これはまた仏教の言葉で言えば、〈色即是空〉〈空即是色〉という逆説とも無縁ではあるまい。この〈豊饒の海〉の意味する逆説、背理を少年時から抱いていた三島が、たとえいかに輝く人生の終末を舞台で演じようとも、我々はそこに彼の深い虚無感と苦悩の影を感じざるをえない。しかしその彼が同時に『憂国』のように通俗的な一篇を挙げて、自分を知りたいなら、まずこれを読めと言っていることは、今もって頷けぬ所である。この作品の文体、発想のどこに〈憂国〉の切迫した作品の裡なる声を聞くことができようか。「栄光と死と女は三位一体だつた」（『午後の曳船』）。これを「万人の目の前の、壮烈無比な死」（同前）として演じ切ろうとした、このエロティシズムの極限こそが彼のねらいであろう。

　二・二六事件で仲間から取り残された新婚早々の若い夫婦の自決が舞台となるが、たとえば次の一節などはどうか。「自分が憂へる国は、この家のまはりに大きく雑然とひろがつている。自分はそのために身を捧げるのである。しかし自分が身を滅ぼしてまで諫めやうとするその巨大な国は、果たしてこの死に一顧を与へてくれるかどうかわからない。それでいいのである。ここは華華しくない戦場、誰にも勲を示すことのできない戦場であり、魂の最前線だつた」「血は次第に図に乗つて、傷口から脈打つやうに遡つた。前の畳は血しぶきに赤く塗れ、カーキいろのズボンの襞からは溜った血が畳に流れ落ちた。ついに麗子の白無垢の膝に、一滴の血が遠く小鳥のやうに飛んで届いた」。

　これはその一節で、いかにも三島的な文体だが、「雑然と」とか「図に乗つて」とかいう語法には、やはり脆弱な文体のもろさを感じずにはおれまい。「魂の最前線」などとは、批評の文体ではあっても、小説の文体ではありえまい。これらはそのわずかな一端だが、ここに一貫した〈憂国〉というごとき切迫したモチーフも、文体のひびきも読みとることはできまい。あの開高健などのきびしい批判の生まれる所以である。文体のひびきが、そこに作品の背後の作家の心の声を聞かせるものとすれば、ここに聞えて来るものは何か。あの『午後の曳船』の名訳者にして、これも見事な著作というほかはない『評伝三島由紀夫』の著者である、ジョン・ネイスンの次の言葉は、三島文学の本体の何たるかを見事にえぐりとってみせたものであろう。

「私にいえることは、ただ三島の一生の物語から感知するかぎりでは、それが基本的に死へのエロティックな陶酔にかかわっているように見えるということだけである。私が言いたいのは、三島は生涯かけて情熱的に死を欲し、『愛国心』をあらかじめ処方された一生の幻想たる苦痛に満ちた『英雄的な』死の手段として意識的に選択したように見えるということだ。私はかならずしも三島の最後の数年感のあの熱烈なナショナリズムが、ひとを担いでいたのだと信じているわけではない。しかし私には三島の自殺がその本質において、社会的でなく私的であり、憂国主義的でなく、エロティックであったやうに思われるのだ」と言い切っている。これは日本の批評家ではないというハンディをふまえてみても、なお鋭く、見事な指摘だと思っている。『憂国』の示す所もこれを裏切るものではあるまい。

以上、その文体、その他の批評を数々取り立てていったわけだが、私にはもうどうするすべもない。少年時代のあの〈夢〉に駆けもどろうとしたのだという三島の言葉は今も痛切にひびく。数々のナルシスティックな言動や表現の矛盾を読みとるとしても、なおその背後の謎は容易に解けることはあるまい。改めて小林秀雄のいう我々はそこに容易に解くことは出来ぬ、矛盾そのものとしての人間の内面を感じとるほかはない。三島の死の直後、さまざまな論評の中で最も深く心に残ったのは武田泰淳のテレビでの次のような言葉であった。「三島さんは立派な意味のある死に方がしたかったのだろう。しかし人間の死はそれがどんな小さな、人知れぬぶざまな死に方であろうと、同じもの、同じ重さのものだのだ。私は文学者としての三島さんにそのことを知っていてほしかった」という。これもまた三島の意識と行動に対する最も根源的な批評というべきであろう。太宰の死体が引きあげられた時、女（山崎富栄）の顔は苦痛にゆがんで見えたが、太宰の顔は実にしずかな平安に満ちていたと、担当の雑誌記者（野坂一夫）が言っている。川端の場合もその死生観からみて、やはり同じであったろう。しかし一番心に残るのは三島の自決直前に端座した彼の姿を自衛隊のひとりがドアの上のすき間から映しとった写真があり、このように静かな澄み切った三島の顔を見たことはなかったと友人の石原慎太郎が語っているが、これは我々の心の痛みを深く癒してくれるものであろう。

我々は彼の行動をただ狂気の沙汰、烏滸の沙汰と一蹴する前に、この時代にあって真にみずからを投げかけて生きるべき理念を、思想を持ちかえているかを、自身に真剣に問いかけてみねばなるまい。これは三島没後四十年にして、なお我々の深く問われる所であろう。

以上、数々の批判も呈したが最後にフランス人として日本文化の最も深い理解者であったモーリス・パンゲの『自死の日本史』と題した大著の終末の言葉を揚げておこう。「三島一個の死はわれわれを襲い、われわれを捉え、われわれをうなずかせる」。人間の歴史は特に「歴史の身振いとでもいうべきものを」示す時がある。その時「死という虚無」は鋭い刃をもって現われ、存在はその濃密な謎をもって立ち現れてくる。「そのときこそ異常なまでに過激であったひとつの行為が、みずからの死を与えることのできる人間というものの比類なき至上性のもっともすぐれた例証となることであろう」。

松本清張一面――初期作品を軸として

一

田辺聖子は杉田久女の評伝『花衣ぬぐやまつわる　わが愛の杉田久女』（昭62）の中で、松本清張の初期の短篇で同じく久女をモデルとした作品『菊枕―ぬい女略歴―』にふれて、次のように語っている。

かねて私は「菊枕」は俳人小説なのに、俳句が一つも出ないのは欠陥ではないかと思っていたが、実は、この小説では必要ないのだと思い当たったのだった。清張氏は女主人公「ぬい」の伝記を書かれたわけではないのである。「ぬい」や「ぬい」の俳句を愛して「菊枕」を書かれたわけではなく、「ぬい」は松本清張氏の構築する小説宇宙の素材に使われたにすぎないのだ。氏が利用したいと思われたのは、ぬいの人生、ぬいの俳句におけるやみくもな情熱なのであろう。

しかし、これは矛盾であろう。ぬいの伝記を書いたわけでもなく、ぬいやぬいの俳句を愛したわけでもないと言い、ぬいはただ清張の「構築する小説宇宙の素材に使われたにすぎない」（傍点筆者以下同）という。しかも彼が利用したいと思ったのはその人生、その「俳句におけるやみくもな情熱」だったのだという。ならばその「やみくもな情熱」の跡こそが描かれねばなるまい。しかも俳句は一句たりとも引かれてはいない。これは何か。またさらに次のようにも田辺氏はいう。

清張氏はある種の人間悲劇を書こうと意図され、それにふさわしい素材を物色して、やがて「久女」という素材にめぐりあわれた。／取材した限りの、氏の円周の中での久女は、まさに氏の企図されたテーマにうってつけの性格と人生であるかに思われた。その性格も一方的に脚色されてはいたが、その脚色ぶりが、文学者としての期待に叶ったともいえよう。こうして「ぬい」は生れた。

ここにいう一方的に脚色された性格とは何か。それが作家としての清張の期待にいたく叶っていたという。ここでも問題はやはり残るが、それは後にふれるとして、こうして「ぬいは生れた」が、「それは『菊枕』のぬいであって久女の再現ではなかった」という。しかも明らかに久女を想わせる人物像に遺族は烈しい怒りを覚え、両者の烈しい応酬も始まるが、それはいま措くとして、田辺氏はさらに次のように語る。

　その「ぬい」は独りあるきしはじめ、いつか久女の面影がそこへ重ねられしまった。それこそ真実の久女の不幸ではないかという気がする。久女は不利な立場へ、立場へ、と逐われてゆく宿命を持った人である。

作中の人物が独り歩き始めるのは小説の常套であり、別に不思議もないが、そこに「真実の久女の不幸」があったという。その「真実の不幸」とは何か。明らかに問題は作家清張にあると、田辺氏は言いたげである。一方的な「脚色ぶり」が清張の期待に叶ったというが、その一面的な「脚色ぶり」の中に、人物が立たされているとすれば、その一面的な批判、責めつけの背後にあるものは何かと、問いつめてゆくのが作家たるものの責務であろう。しかし作者は逆に、これこそは自家薬籠中のものと言わんばかりに、その脚色ぶりに輪をかけたごとく展開されているのではないか。しかし、ここでこそと田辺氏はいう。

　久女こそ「断碑」の、『或る「小倉日記」伝』の、『啾々吟』の主人公たりうる人である。なぜか運命の賽の目は、久女に苛酷な目ばかりを出す。そのため、いよいよ久女の句は高雅に清艶に冴えわたってゆく。／そのことを、私は長年、久女を書きつづけてやっと発見したのだった。

ここで田辺氏は、久女が世間の眼からたわめられ、苦しめられた故にこそ、これに抗するごとく、その内面の苦悩はおのずからに高雅、清艶な句へと高められていったのだという。この表現者としての内面の機微を見ずして、何を語ったことになろうかと田辺氏は問いかけるようだが、しかしまた、この評伝の終末に近く、俳人内面の葛藤にふれて次のごとく言う所は、どうであろう。

久女の跡をもとめることは怨念と背信、相剋と嫌厭の苦い味を舌頭で転がすことであった。／俳句というものは人の競争心をあおりたて、憎悪にみちびきやすい何かがあるのだろう、そんなことを思ったりした。短い形ながら、その短さゆえに骨身を削る、酷烈な修業が人の心を萎縮歪曲させることになるのだろうか。

しかし、ここで見落とされているのは俳句自体ならぬ、俳壇、結社がおのずからに孕む一種の権威的、権力的構造ともいうべきものではあるまいか。久女の悲劇はいうまでもなく、当時の俳諧の大御所ともいうべき高浜虚子の寵愛と名声を得たいと願いつつ、それが果たせなかったことへの口惜しさが生み出した情念の昂ぶりと、それが彼女特有の性格の烈しさとあいまって奇矯なふるまいともなり、果ては虚子の持てあます所となり、無惨な仕打ちを死後に至るまで受けねばならなかった所にあろう。念願の句集の刊行も虚子の同意を得られず、没後やっと出ることになり、虚子の序文も掲げられているが、しかしその中に掲げられた代表作の十句のありようはどうであろう。〈むれ落ちて楊貴妃桜尚あせず〉〈風に落つ楊貴妃桜房のまゝ〉〈むれ落ちて楊貴妃桜房のまゝ〉と、同じ趣向の句が三句も挙げられているが、これは無作為というか、手当たり次第の選句というほかはあるまい。代表句とあれば、〈花衣ぬぐや纏はる紐いろ〳〵〉の一句こそ挙げられているが、〈谺して山ほとゝぎすほしいまゝ〉〈朝顔や濁り初めたる市の空〉〈夕顔やひらきかかりて襞深く〉〈紫陽花に秋冷いたる信濃かな〉〈鶴舞ふや日は金色の雲を得て〉などの秀句が当然挙げられるべき所であろう。「これらは清艶高華であって、久女独特のものである」という言葉も何故かそらぞらしくひびいて来る。加えて『國子の手紙』など創作と銘打ちつつ、久女の昂ぶった、時に心気の狂乱をさえ思わせる手紙をそのまま掲げているのも、久女を「ホトトギス」から除名したことへの弁明としかとれまい。

すでに久女の悲劇の由来する所は明らかであろう。しかし田辺氏はこれを俳壇・結社の生み出す歪みならぬ、俳句そのものの性格が生み出すものではないかと述べているのは、やはり虚子と久女の葛藤にいまひとつ踏み込もうとしなかった所から来る矛盾ではあるまいか。恐らく清張が何年か後に改めて筆を取ったとすれば、あるいはこの俳壇、結社の孕む矛盾の構造を清張一流の筆致を以て、えぐりとることもできたかと思われる。しかし、だとすれば清張の眼は何処に注がれたのであろうか。ここで久女こそは『断碑』『或る「小倉日記」伝』、さらには『啾々吟』など初期短篇の「主人公たりうる人」だという指摘は生きて来よう。しかしまたここでも、この断定はまた微妙な差異を含むかとみえる。そこで田辺氏が見事に要約してみせた、これら短篇の概要に眼を向けてみよう。

二

田辺氏は語る。

「断碑」という短篇がある。不遇な考古学者、木村卓治なる男の生涯を簡潔に描いた作品である。才能はあるが学歴なく、性質は狷介で人に好かれない。むなしく異才を抱きながら志を果せずに朽ちてゆくのである。これは昭和二十九年十二月発表。

「或る『小倉日記』伝」は昭和二十七年度下半期、第二十八回の芥川賞を受賞した作品で、発表は二十七年九月。

田上耕作は重度の身体障害者であるが、明晰な頭脳に恵まれていた。小倉に住んだ縁で森鷗外の小倉在住時代の調査を思い立つ。鷗外の日記は小倉時代のものだけが欠けていたのである。耕作は不自由な軀を引き摺って鷗外のゆかりを尋ね、研究を重ねてゆくが、戦後の窮乏の中で死んでしまう。死後、鷗外自身の「小倉日記」が発見されるのである。

「啾々吟」は性格的に人に容れられず孤立し自滅してゆく男、石内嘉門の悲劇である。はじめは人に快く迎えられる才気が、やがては疎んぜられてゆく原因となる。嘉門は自分の持って生れた運命に敗北するのである。発表は二十八年三月。

さて、田辺氏はこれらの人物に共通して見られるのは「主人公の烈しい性格と、やりばのない憤懣である」と言い、「ぬいは田舎の中学教師の妻ということで、木村卓治は学歴のないコンプレックスで、田上耕作は身体障害者という鬱屈を抱き、石内嘉門は藩の軽輩の子弟ということで尽きぬひがみと嫉妬になやみ、それぞれ並み以上の才能に恵まれているばかりに、かえってその執念を熱くたぎらせ、燃え尽きてしまう」という。加えて清張自身、「現実にも下積の人生の艱苦を、身をもって知った」が故に、その「呻吟を作品に表現するとき、殊にも生彩を放つ」ことが出来たのであり、「右の作品はすべて初期の傑作群である」という。

一見、妥当な指摘と思われるが、しかしこれらすべてが、初期の「傑作群」ということが出来ようか。あえて言えば、やはり『或る「小倉日記」伝』一篇こそが傑作の名に価するものであろう。また清張作品に最も長く付き合い、高い評価を与えた平野謙も、これらに『笛壺』『装飾評伝』『真贋の森』などを加え、「たとえ作者の厖大な長篇推理小説がほろび去っても、これらの作品群は文学史上に残るだろう」(『松本清張短篇総集』解説)と断言している。いまこれら『装飾評伝』や『真贋の森』など、興趣深い作品にふれる余裕は無いが、やはり一篇をとなれば、『或る「小倉日記」伝』にとどめを指すことになろう。この仔細はまた後でふれることになるが、たとえば清張は『断碑』について、次のように語っている。

森本六爾こそは「当時のアカデミックな考古学への反逆に一生をかけた人」であり、その「学問への直感力と、官学に対する執ような反抗」、「私の作品に多い主人公の原型は、この森本六爾を書いた時にはじまる」という。

この森本六爾が主人公木村卓治のモデルであり、奈良県の片田舎に生まれ、少年時代から考古学に興味を持ち、小学校の代用教員をしながら郷里の遺跡の発掘を続け、学会誌にも次々と論文を発表するまでに至るが、その中学出身という学歴の低さが仇となり、研究者の職につけず、学会からもその仕事は黙殺されることになる。考古学とは遺された遺物遺跡の測定ならぬ、これを生み出し遺した「人間の生活」を考えるべきだという彼の創見に満ちた独自の研究は、「考古学の遺物の背後の社会生活とか、階級別の存在とかいうことにまでおよぶのは論外」だとし、「黙殺と冷嘲が学会の返事であった」。しかし、こうして「木村卓治が満身創痍で死んだと同じように、これらの人々も卓治のための被害者であった」と作者清張はいう。

たしかに主人公木村卓治の怒りはただならぬものがあり、やがて彼は「官学に向かって牙を鳴らす」ようになり、一度は頼みの綱とも思った先輩から出入りを差し止められれば、彼は「大声をあげてふたたび笑った」と言い、その病死が告げられれば、「木村卓治は、げらげら笑った」という。すでに作者の筆の走る所の何たるかは明らかであろう。この『断碑』の主人公こそ「自分の作品に多い主人公の原型」で、ことはこの一篇に始まると作者はいうが、その主人公の性格的な宿命の生み出す悲劇は、すでにこれよりも早い『菊枕』や『啾々吟』にも明らかな所であり、『啾々吟』こそは芥川賞作家清張がまた一面に持つ、直木賞的作家としての筆力を遺憾なく発揮した秀作であろう。

鍋島藩の家老の松永慶一郎なる人物が語り手だが、実は同じ藩の主君の嫡男淳一郎も、また二百俵二人扶持御徒衆のせがれ石内嘉門も、自分を含め共に弘化三年丙午八月十四日という同日に生まれ合わせたものだが、この身分の差は嘉門の宿命的な性格とあいまって不幸な運命を辿らせることとなる。「おれは軽輩の子だ。」しかし「それが何だ。今にみろ、俺は自分の力でおしていく」のだと、「真剣な、侮蔑をうけた者の烈しい語気」で嘉門は言うのだが、たしかに幕末という時代の気運の言わせる所もあったが、しかし「嘉門の宿命的な性格」は大隈重信などの知遇を受けるかとみえつつもそこから離れ、脱藩後は運命的な流転をかさね、果ては政府の密偵となって自由党の中に入り、最後はすべてが露見し、党員の刺客の手にかかって無惨な死をとげる。「どうして、君ほどの人物が、政府の犬などになったのか」と問われ、「宿命だ。こうなるようになっているのだ」と、これが最期の言葉となる。語り手の〈予〉は、「彼自身が自己のどうにもならない性格的な運命に敗北したことを知った。人一倍の才能がありながら、而して、彼自身も努力したであろうが、遂に誰からも一顧もせられなかった」と言い、「いや、当初はいずれも彼を認めたが、途中で離れてしまうのである。彼に欠点も落度もあるわけではない。他人に終生容れられない宿命だった」という。これが結びの言葉だが、彼に欠点も落度もない。すべては彼自身のついに他人に容れられない宿命のせいだという時、主人公の〈宿命〉なるものに注がれる語り手の眼は熱い。

これはまた『菊枕』末尾に近く、精神病院に入院したぬいが、「あなたに菊枕を作っておきました」と言って差し出したのは、しぼんだ朝顔の花がいっぱいはいった布嚢（ふくろ）だったが、これを受けとった夫の圭助は「涙が出た。狂ってはじめて自分の胸にかえったのかと思った」という。やがて、ぬいは死を迎えるが、「看護日誌を見ると、連日『独言独笑』の記入がある。彼女をよろこばすどのような幻聴があったのであろうか」という。これが結びの言葉だが、ここにも作者の〈宿命〉に注がれる眼は熱い。

しかし〈宿命〉なるものは、単にその人間の性格やふるまいからのみ生まれるものではあるまい。主人公の生み出す、その懸命の行為の果てにすべては消え去るという、予期せぬ運命の悲劇ともいうべきものがあるとすれば、それこそは人間という、この有限的存在の受けるべき最終の〈宿命〉ともいうべきものではないか。

三

『或る「小倉日記」伝』の描く所はまさにその急所であり、これを目して〈徒労の美〉と呼ぶことが出来よう。これはある席で直木賞作家の古川薫さんに『或る「小倉日記」伝』の語る魅力の核心は何かとたずねた時、即座に答えられたのが、この〈徒労の美〉という一語であった。言うまでもなくこれは小倉時代の鷗外の行跡を探し求める主人公の物語だが、その終末は、まさに〈徒労の美〉そのものにほかなるまい。しかしここには、この作品独自の抒情性をうらづけるものとして、鷗外自身の存在がある。まず題名の次にエピグラフのごとく掲げられる鷗外作品の一節がある。

（明治三十三年一月二十六日）

終日風雪。そのさま北国と同じからず。風の一堆（いったい）の暗雲を送り来る時、雪花翻り落ちて、天の一偶には却（かへ）りて日光の青空より洩れ出づるを見る。九州の雪は冬の夕立なりともいふべきにや。

（森鷗外「小倉日記」）

この引用は、すでに冒頭からこの作品一篇を流れる情調の何たるかを示し、小倉時代を自身左遷されたものと思い込んだ、失意の状態にあった鷗外の心情と微妙に呼応するものであり、加えて言えば「田上耕作は明治四十二年、熊本で生まれた」という、この生年は清張のそれと重ね合わされ、また耕作が亡くなった昭和二十五年の暮とは、清張の処女作『西郷札』が週刊朝日の懸賞小説に応募し三等となった、言わば作家清張出発の時と重ね合わされているることを思えば、ここで自身と耕作と、また耕作の中に生きる鷗外と、三者を重ね合わせた所に、作家清張の想いの深さの一端は、たしかにうかがいとれよう。

「耕作は小学校に上がったが、口は絶えずあけ放したままで、言語もはっきりとしないこの子は、誰が見ても白痴のように思えた。が、実際は級中のどの子よりもよくできた」。中学にあがっても「ズバ抜けた成績」だったという。この中学時代親しかった江南鉄雄という文学青年の友人から、鷗外の『独身』を読んでみろと言われて読み、その一節は彼に深い感動を与える。

「外はいつか雪になる。をりをり足を刻んで駈けて通る伝便の鈴の音がする」。作中の引用はこの一節に始まり、伝便が辻々に立って客の急ぎの用にこたえる走使（はしりつかえ）のことだと説明し、「伝便の講釈がつい長くなった。小倉の雪の夜に、戸の外の静かな時、その伝便の鈴の音がちりん、ちりん、ちりん、ちりんと急調に聞えるのである」という所で終っているが、耕作はここで「幼時の追憶がよみがえった。でんびんやのじいさんや、女の児のことが眼の前に浮かんだ」。でんびんやの由来も、この鷗外の一文が教えてくれた。こうして鷗外に親しむようになったが、「鷗外の枯渋な文章は耕作の孤独な心に応えるものがあったのであろう」という。ここで想い出される耕作の記憶は、彼の六つくらいのころの思い出として、すでに作中語られている。

小倉の北端、博労町で、響灘の浪の音を聞きながら母と二人で暮らしている。父の残した家作に老人夫婦と幼い女の児の貧しい一家がいたが、毎朝早くから白髪頭のじいさんは柄のついた大きな鈴をもってはたらきに出た。それがでんびんやだった。耕作は床の上で、あのちりんちりんという鈴の音が「幽かな余韻を耳に残して消え」てゆくのを、「枕にじっと頭をうずめて、耳をすませて」いつまでも聞いているのが好きだった。「響灘の浪音に混じって、表を通る鈴の音をきくのは、淡い感傷」でもあった。しかしこの老人一家はとつぜん夜逃げをして居なくなる。「もしかすると、知らぬ遠い土地で、あの鈴を鳴らしているかもしれない」と思ったりする。「この思い出」が「彼を鷗外に結ぶ機縁となる」と述べてこの二章は終り、続く三章の後半で先にふれた鷗外の一文の紹介となる。少年時代の追憶と鷗外の一文と、両者は深く呼応して、耕作の中に生き続ける。

こうして耕作がしばしば母と行を共にする鷗外資料探索の状況は進んでゆくが、時に「そんなことを調べて何になります?」という相手の言葉に、すべてが空しく見えて来る絶望にもおそれながら、彼を励ましてくれるのは母の深い言葉であった。やがて終戦を迎え、「家作の全部は売られ」「住居も人に半分は貸して、母子は裏の三畳の間に逼塞」して過ごす貧苦の生活が続く。こうしてその最後を迎えることとなるのだが、「彼の衰弱はひどく」なり、母の「ふじは日夜寝もせずに看病した」が、ある晩、あの鷗外を教えてくれた江南も来合わせていた時、耕作は枕から頭をもたげ、「何か聞き耳を立てるような格好を」する。「どうしたの？」とふじが聞き、「鈴？」ときき返すとこっくりうなずき、そのまま顔を枕にうずめるようにして、じっときいている様子であったが、「死期に臨んだ人間の混濁した脳は何の幻聴をきかせたのであろうか」。しかし「冬の夜の戸外は足音もなかった」。こうしてやがて昏睡状態となり、十時間後に息をひきとるが、それは「雪が降ったり、陽がさしたり、鷗外が〝冬の夕立〟と評した空模様の日であった」という。ここでも孤独な老人のでんびんやの音と鷗外の一文はかさなり、鷗外を教えてくれた友人の江南が来合せていたことも偶然ではあるまい。いや、作者清張がそう仕掛けたというほかはあるまい。

やがて鷗外の「小倉日記」が発見されたのは翌昭和二十六年二月のことであり、「田上耕作が、この事実を知らずに死んだのは、不幸か幸福かわからない」という。これが末尾の言葉だが、これが「不幸か幸福かわからない」とは、この不条理な人生を辿るほかはない、人間そのものの運命を語るかとみえて奥深いものがある。この『或る「小倉日記」伝』一篇を、あえて初期短篇群中の一傑作と呼ぶゆえんはすでに明らかであろう。ここには田上耕作とい う主人公の影に、小倉時代の鷗外を偲ぶ作者清張の想いが深くにじみ、しかも作中人物の生死の年時に自身のそれを重ねる所にも、この一作に込めた、作者の想いはまた格別のものと思われ、作品の物語的転変ならぬ、作中の底にひそむ作家心情の深さこそは、あえて初期作中、格別のものと言わせる所であろう。

ただここでひと言加えていえば、自分は歴史小説を書く手本として鷗外に関心は持ったが、「それは鷗外の思想や文学に共感したというのではなく、その文体を好個の手本と思ったから」であり、「たまたま田上耕作のことを知って小説化したが、べつに鷗外に私淑したからというわけではない」と言い、また「鷗外流に史実を克明に深々と漢語まじりに書くのが『風格のある』歴史小説ではない。史実の下に埋没している人間を発掘することが、歴史小説家の仕事であろう」とも語っている。事実清張が鷗外に私淑していたなどとは到底思えないが、であればこそ小倉時代の鷗外に向ける清張の想いにまた格別のものがみえる。事実、鷗外との縁はその初期の出世作『或る「小倉日記」伝』に始まり、最後の評伝としての『両像・森鷗外』（平6・11）に終る。この後者の中では「森鷗外は徹頭徹尾官僚人だ。官僚人たるの資格は上昇志向である」と断じ、この鷗外における〈上昇志向〉については幾度かふれている。しかしその鷗外が最後に「森林太郎墓ノ外一字モホル可ラズ」と言い、また「宮内省陸軍皆縁故アレドモ生死別ル、瞬間アラユル外形的取扱ヒヲ辞ス」とも言い残している所をみる時、この「遺言により官吏から訣別したのである」という。しかし、あえて言えば、この俗界からの一切の切断ともみえる一句にこもるものもまた、そう簡単なものではない。いま少しふれてみたい所だが、もはや紙数も残り尠く、あえてここでは省く。

四

さて、ここで初期短篇群についての論はひとまず打ち切るとして、しかしこの短篇作家清張が、後の長篇作家、また推理小説作家、さらには古代史や戦後史にまでいどむ壮大なスケールの作家として変貌してゆくきっかけは何か。彼の腹中の志を大きく動かすひとつの事件があったはずである。私はこれを初期の作品の終末を飾ると言っていい中篇小説『黒地の絵』（昭33・3〜4）一篇に見ると言いたい。『黒地の絵』は言うまでもなく一九五〇年六月、朝鮮戦争の勃発後、北九州小倉にあった米軍キャンプの黒人兵たちが集団脱走して、住民に多くの害を与えた現実の事件を題材としたもので、彼らによって妻を犯された労務者の男が、その生涯を破壊されて、やがて復讐に走る。これが筋書の中心となっているようだが、しかしことの核心は別の所にある。そこに注目してみたい。

この小倉の地で七月十二、十三日は祇園祭の日に当り、そこに鳴りひびく太鼓の音がキャンプに次々に投げ込まれて来た黒人兵たちを一種異常な興奮に捲き込むこととなる。戦時の推移と共に、キャンプに運ばれる黒人兵たちの数はふくれあがって来る。「不幸は、彼らが朝鮮戦線に送りこまれるために、ここをしばしの足だめにしたばかりではなかった。不運は、この部隊が黒い人間だったことであり、その寝泊まりのはじまった日が、祭の太鼓が全市に鳴っている日に一致したことであった」。黒人部隊が到着した日は七月十日で、数日後には北朝鮮共産軍と対戦するため朝鮮に送られる運命にあった。「彼らは暗い運命を予期して、絶望に戦慄していた」ことは充分想像できる。米軍は釜山の北方地区に追い込まれ、「彼らが共産軍の海の中に砂のように投入してゆく運命」の時は、あと五日と余裕はなかった。

到着した十日の日も太鼓の音はひびき、それはあたかも「深い森の奥から打ち鳴らす未開人の祭典舞踏の太鼓」に似て、彼らの心を打ちふるわせ、彼らの「胸の深部に鬱積した絶望的な恐怖と、抑圧された衝動」とが、太鼓の音に撹拌されて、「彼らの祖先の遠い血の陶酔」を呼びさまし、「日本人の解さない、この打楽器音のもつ、皮膚をすべらずに直接に肉体の内部の血にうったえる旋律は、黒人兵たちの群れを動揺させ、しだいに浮足立たせつつあった」。こうしてついに彼らは集団脱走を果たす。数日後の彼らの生命はわからない。「退却する味方と、追ってくる敵との隙間に、彼らは投入されるのだ」。それまでの生命はあと百数十時間か、それ以上か。彼らはその意識を消そうとして、その祈りに近い想いは、太鼓の音に吸い込まれてゆく。闇の中をゆく彼らにはなんらの連絡も命令者もなく、ただ「言えそうなことは、彼らが戦争に向かう恐怖と、魔術的な祈りと、総勢二百五十人の数が統率者であったことだった」。

やがてひとりの労務者の家に飛び込んだ黒人兵たちによって、男の妻が犯される。しかしこれらの場面の描写は常套的な描写に過ぎず、注目すべきは戦犯者たちの死体が次々と運ばれて来る死体処理場面の描写である。

死体は、さまざまな形をしていた。弾丸が一個の人間をひきちぎり、腐敗が荒廃を逞(たくま)しくしていた。目も当てられぬこれらの胴体や四肢をつくろい、生きた人間のように仕立てるのが、この部屋の美しい作業だった。軍医はメスで切り開き、腐敗を助長する臓器をとり出した。台には水が流れ、きれいなせせらぎの音を立てた。せせらぎはいったん水たまりをつくり、それから小川となっている下水に流れた。臓器はその水たまりの中でもつれあって遊んだ。

四肢を合わせるのは困難で、熟練を要する作業だった。軍属の技術者が、部分品を収集し、考古学者が土器の壺を復元するように人間を創った。

死者には安らかな眠りが必要だった。平和に神に召された表情で、本国の家族と対面させることは礼儀であった。それは死者の権利だった。死者は《無》でなく、まだ存在を主張しているに違いなかった。

いささか長い引用となったが、描写はさらに精密に続く。やがて薬水が注射されると、「青白い死人の顔はやがて美しいうす赤の生色」によみがえり、「死者はしだいに生を注入され」る。もはや苦悶の跡はどこにもない。「こうして死者の化粧の工作は完成し」、彼らは豪奢な棺桶に横たえられ、その棺の値段は三百ドルという。こうして「死人はこの贅沢に満足して、軍用機に乗り、本国に帰」ってゆく。もはや付言するまでもあるまい。この一種逆説的なユーモアさえまじえて、すべてを即物的、機能的に語ってゆく、この底にひそむ作者の痛切な反戦の意識と黒人差別への痛烈な批判の介在は明白であろう。

この作品の主体はここにあり、黒人兵たちのしいられた宿命の悲劇は歴然たるものがあろう。『或る「小倉日記」伝』以後の初期作品にふれて、先の死体処理の場面の凄惨な描写にふれては、ここにあるものはまさに「『悪の華』の美」そのものではないかとは中野好夫氏のいう所だが、逆にこれを注目に価するとしながらも、「これは題材それ自体の衝撃的な重さを、まだ十全に処理されていない憾(うら)みがある」とは平野謙氏のいう所である。しかし平野氏は何処を見て言っているのであろう。主題の重さはストーリーの展開としての被害者の男の復讐にあるわけではあるまい。くり返しいうごとく戦争批判と黒人兵差別への強烈な、またそれ故の逆説的表現にある。

被害者の男（前野留吉）は死体処理班の労務者のひとりとして入り込み、知り合いの歯科医から「君は黒人兵の刺青に興味がありそうだね?」と問われ、「探しているんです」（傍点作者）と答える。相手の歯科医とのやりとりの中で、「白人は有色人種を軽蔑しているからね」と言われ、黒人兵の戦死体が白人の倍以上だと知り、彼らは「殺されること」を知っていたのではないかと過激な答え方をする。歯科医のあいまいな返事に対しては『押し返す様子もなく、『黒んぼもかわいそうだな。かわいそうだが――』』と呟きながら別れてゆく。

終末、この男は軍医のナイフを盗みとって部屋の隅にしゃがみこむ。そこには「腕のない、まるみのある黒人の胴体だけが彼の前に転がって」おり、「皮膚の黒地のカンバスには赤い線が描かれている」。「彼の見つめた目には、翼をひろげた一羽の鷲が三つに切り離され、裸女の下部は斜めにさかれて幻のようにうつっていた」が、「彼の後ろにあつまってきた人間には、彼のその尋常ではない目つきがすぐにわかるはずはなかった。／留吉は後ろの騒ぎも聞えぬげにふり返りもしなかった」。これが末尾の部分だが、ここに〈黒地の絵〉という題名はあざやかに生き、それが妻を犯した黒人たちへの復讐のわざであることも明らかだが、この終末の場面も単に復讐の怨念を果たしえたというには、なお残る微妙なものがある。〈黒地の絵〉がどのように切り裂かれようとも、なお課題は残る。

「殺されること」を覚悟して、戦地に狩り出されてゆく黒人兵を「黒んぼもかわいそうだな」と呟く主人公の声は残る。人間のまぬがれえぬ宿命を追いつめてゆく最大の矛盾は戦争にあろう。人間を個人ならぬ、大量に極限の場へと追いつめてゆく権力の影とは何か。こうして作家清張のペンはこれら組織的な権力の批判へと向かう。後に大岡昇平は清張の作品に対し、初期作品以来、余りにも個人的な情念に偏っていることを批判しているが（「常識的文学論」最終回、昭36・12）、大岡氏自身三十五歳にして軍隊にとられ、捕虜となって還った彼は、その連作『俘虜記』の中で、「この時私に向って来たのは敵ではなかつた。敵はほかにゐる」（「レイテの雨」）と語っている。言わんとする所はすでに明らかだが、清張の眼にこれは映っていたであろうか。逆に清張の『黒地の絵』の語る所は、大岡昇平の眼にどう映っていたか。いずれにせよ、ことし生誕百年を共に迎えるこの両者にとって、戦争をめぐる権力の介在こそはその終生をつらぬく課題であり、『黒地の絵』一篇の語る所の重さは、改めて深く汲みとるべきものがあろう。

一葉をどう読むか——『にごりえ』を軸として

一

『にごりえ』（「文芸倶楽部」明28・9）は、『たけくらべ』（「文学界」明28・1～3、8、11～明29・11）と共に一葉の代表作と見られているが、しかし諸家もいうごとく、これをどう読み解くかとなれば、なかなか厄介な作品であり、作品末尾の言葉ではないが、「諸説入り乱れて」云々ということになろう。難所は随所にあるが、まず目につくのは、冒頭のお力と手紙をめぐる場面であろう。

　お高いといへるは洋銀の簪で天神がへしの髷の下を掻きながら思い出したやうに、力ちやん先刻の手紙お出しかといふ、はあと気のない返事をして、どうで来るのでは無いけれど、あれもお愛想さと笑つて居るに、大底におしよ巻紙二尋も書いて二枚切手の大封じがお愛想で出来る物かな、そして彼の人は赤坂以来の馴染みではないか、少しやそつとの粉雑（いざ）があろうとも縁切れになつて溜るものか、お前の出かた一つで何うでもなるに、ちつとは精を出して取止めるやうに心がけたら宜かろ、あんまり冥利がよくあるまいと言へば御親切に有がたう、御異見は承り置まして私はどうも彼んな奴は虫が好かないから、無き縁とあきらめて下さいと人事のやうにいへば、あきれたものだのと笑つてお前なぞは其我まゝが通るから豪勢さ、此身になつては仕方がないと團扇を取つて足元をあふぎながら、昔しは花よの言ひなし可笑しく、表を通る男を見かけて寄つてお出でと夕ぐれの店先にぎはひぬ。

いささか長い引用とはなったが、この部分をめぐって従来の読みは、いくたびかの変転があった。まずこれをめぐって出原隆俊氏の「『にごりえ』の〈彼の人〉」（「文学」第5巻第2号 平6・4）と題した一文がある。従来の諸説の改変を迫ったものだが、ここでお力の朋輩のお高がいう「巻紙二尋も書いて二枚切手の大封じ」の手紙とは、従来の説ではお力の源七への手紙とみる通説があり、これに対し逆に源七からお力への手紙とする説もあった。しかし手紙の相手が源七でないことは、このあとでお高が源七のことにふれ、「手紙をお書き今に三河やの御用聞きが来るだろうから彼の子僧に使ひやさんを為せるが宜い」という所からみても、「先刻の手紙お出しか」という相手が、源七でないことは明らかであろう。ならば相手は誰かといえば、「赤坂以来の馴染」という「彼の人」、即ち源七や後に出て来る結城朝之助ならぬ、第三の男であり、この男性の存在こそがお力の運命を、また決断を支える影の男であるという。

しかしこの第三の男に関しては、すでに戸松泉氏の論（『にごりえ』論のために―描かれた酌婦・お力の映像―」「相模国文」平3・3）があり、この「巻紙二尋」「二枚切手の大封じ」の手紙とは、「お力からいわゆる『宜(い)いお客』に宛てた手練手管の『お愛想』の手紙」であり、この「赤坂以来の馴染」とお力との間になにか「粉雑(いざ)」があって、しばらく足も遠退いていたかにみえる。しかしお力は「そうしたお客に対して、朋輩のお高のまえでは『虫が好かない』『無き縁』になっても構わないとそっけない態度を示し、不興を買うが、その実、裏では長い手紙を書いて、上客をしっかり取り留めようとしている」のだという。すでに出原氏の論の前に、この第三の男の存在は指摘されているが、しかしこれをお力からの手紙とみることが出来るのか。

これに対して高田知波氏の「声というメディア―『にごりえ』論の前提のために」と題した反論（『論集樋口一葉』おうふう 平成8・11）がある。お高のいう「先刻の手紙お出しか」とは返事をお出しかということであり、「あれもお愛想さ」というお力に対し、「二枚切手の大封じ」が「お愛想」で出来るかという反論は、もともと酌婦が客に書く手紙とは所詮「『お愛想』以外の何物でもない」。「『馴染』宛のお力の手紙が、『お愛想』であるか、否かをめぐって」の酌婦同志の言い争いとは、「不自然過ぎる」ことではないか。また「どうで来るのでは無いけれど」というお力の言葉も、これがお力の出した手紙とすれば、「この呼び出し状の効果を期待しない、つまり酌婦としてのおのれの『技倆』に対する自信のなさを表明していることに」なり、それでは「『お前などは其我ま、が通るから豪勢さ』というお高の台詞との対応関係の説明がつかない」ことになるという。

高田氏の指摘は当を得たものであり、これがお力ならぬ、相手の「赤坂以来の馴染」客からの手紙であることは否めまい。戸松氏の論は従来、作者一葉の自伝的内面とかさね合わせて読まれて来たお力像に対し、まず銘酒屋の酌婦として、お力のありようを稠密に読みとってゆこうとしたすぐれた論であり、頷くべき所も多いが、しかしここでは「『菊の井の一枚看板』『年は随一若く』して『客を呼ぶに妙あ』るとびきり腕のよい酌婦としての姿」（以下の傍点は戸松氏がつけたもの）が終始強調され、馴染の客となる結城朝之助とのやりとりも、結城への打ち明け話も「まず何より酌婦としての〈決意〉として読む」必要があり、従来多くの読みが「打明け話の内容にばかり気をとられて来たきらいがあるが、ここでも客に対する酌婦の行為として」読めば、「『今夜は残らず言ひまする』とお力が結城に示した〈決意〉」も、「必ずしも身の上話をするということ自体にあったとは思われない」。その「長い物語の後、『何うでも泊らする』」と、結城を無理やりに泊らせる。そこに「〈決意〉の真の意味」はあり、ほかならぬ「この夜のお力の〈決意〉とは」「菊の井のお力を通して行くことであり、結城を新しい『馴染』とすることであった。ここには、そうした酌婦のお力の強い意志のようなものが感じられる」という。

しかも結城は終始「酌婦お力の〈物語〉を引き出すことに執着」はするが、「最後まで、お力の孤独とは無縁の男」であり、「両者のやりとりもひと皮むけば、「まさに嫖客と酌婦との皮相的な乾いた言葉として浮き上がってくる」という。一面これは頷ける所でもあるが、しかしこれでは「今夜残らず言ひまする」というお力の、なみならぬ想いを込めた、その身の上話の内実は余りにも軽視されたことになろう。酌婦としてのお力の心の深層に、結城を新しい馴染の客としようとする決意がひそんでいたとしても、それがすべてではあるまい。ここで「酌婦お力の強い意志のようなものが感じられる」という言葉をそのまま借りれば、むしろここにはたらくものは酌婦の擬態ならぬお力という存在に託して何事をか語ろうとする語り手、いやその背後の作者、一葉の「強い意志のようなもの」こそ、深く感じとられるところではないのか。

古井由吉氏が漱石の『こゝろ』にふれて言った言葉を借りれば、我々はここでも「作品に声を聴く」(「漱石随想」)べきであろう。言うまでもなくお力の語り、いやこれを語らせる語り手の、さらにはその背後にひそむ作者一葉自身の声をこそ聴くべきではないのか。勿論この論者がこのような点についても見逃しているわけではない。「お力という人間像に関わって、一葉が仮構性の中に入っていった」ことは、お力のまわりの酌婦とは違った「異質性」の強調にもみられるという。お力に見る「自らの生にかかわる熾しい心の振幅や、自己凝視の視線」に、それはあざやかに見られるという。従来「お力の〈もの思ひ〉については、『秘密』とか『謎』、といった言葉で何事か故意に隠されたものとして、その内容が問題にされ勝ち」だが、しかしそれらはすべて「お力の存在そのものの不安から派生してくるもの」だという。

「何やらん考へて居る様子」、「唯こんな風になつて此様な事を思ふのです」「私はどんな疲れた時でも床へ這入ると目が冴へて夫は夫は色んな事を思ひます」「よもや私が何をおもふか夫れこそはお分りに成ますまい、考へたとて仕方がない故人前ばかりの大陽気」「人情しらず義理しらずか其様な事も思ふまい、思ふたとて何うなる物ぞ」と、「〈思ふ〉こと自体にお力のアイデンティティー」はあるが、それらのすべては「何よりも酌婦という己れの現在へのこだわり故に為されるもの」ではないかという。たしかにその一面はあるが、これもまたすべてではあるまい。一葉がお力という人物像、「その仮構性の中に入っていった」とすれば、我々は同時にそこに、一葉自身の肉声といったものを聴きとることこそが他の作品ならぬ、『にごりえ』一篇を読みとる最大の要点であり、これをはずしては、この作品をつらぬく深切なるモチーフの所在は見えて来まい。

二

言うまでもなく『にごりえ』一篇の創作の動機に、川上眉山との出会いがあったことは、一葉の日記にも知られる通り周知の所である。眉山が再度一葉を訪ねて来た時（明28・6・2）のことだが、互いに心をひらき「もろともにかたる事多」きなかに、「我が身の素性など物がた」れば、「君は誠にをとなしくやさしき人におはしけり、思ひかけぬまですなほなる人成けり、さる柔和なるこゝろを持て、かゝるうきよをかくまでにしのび渡り給ふこと、下のこゝろのいづこにかつよき処のあればなるべし、男ごころのまけじ気性にてするも、うきよの波にもまれては終におぼれぬ人少なきを、さるやさしき女性の身として、かくよに立て過し給ふ事、よに有がたき人かな、自伝をものし給ふべし」と言い、さらには「君が為には気のどくなれども、君の境界は誠に詩人の境界なるかな、おもしろき境界なるかな、すでに経来たり給ひし所は残りなく詩にして、すでに〳〵人世の大問題ならずや、ふるひたち給ふべし、君にして女流文学に志し給はんか、後来日本文学に一導の光を伝へて、別に気魄の天地に伝へるものあるべし、切に筆をもて世にたち給へなど」とまで言う眉山の言葉に、「そゝのかし給ふな、さらでも女子は高ぶり安きをとて笑ふに」云々とは日記の語る所だが、この眉山の言葉が一葉を強く動かしたことは、この日記の文体のはずみにも明らかな所であろう。自身の素性を語る所に始まる、この眉山との語らいが、結城を前にしたお力のひとり語りに微妙に、しかしまた強くひびいていることは否めまい。

さて再び戸松氏の論に還れば、「『九尺二間でも極まつた良人に添う』ことを自ら退け、『持たれるはいや』と言い切る」お力の姿に、「自虐的な自己認識と同時に、明治という時代の中で、独立独歩で生きる女性の矜持すら読みとることができる」。言わば「同輩の酌婦との異質性をきわだたせ、酌婦としてのお力の〈自意識〉を強調していくことによって、一葉は、〈酌婦〉の問題を遥かに超えて、明治という時代の中を、己れ独りの力を頼りに生きていく〈女〉としての、言葉にならない悩み、苦しみ、もの思いを描き出すことに成功した」。そこまで「お力の内面にのめり込んで行くことによって、初めて一葉はお力と一緒に泣く事ができたのである。この時、お力は、まさに一葉自身と等身大であった」という。

しかしあえて言えば、ここで作者一葉が「お力と一緒に泣く事ができた」というためには、一葉自身の内面が汲みとられねばなるまい。だがこの論者の言及する所は次のようになる。先の部分に続いて、「しかし、ふと我にかえったお力が『菊の井のお力』を通そうと決意したのと同じように、酌婦・お力の行末に想いをめぐらした作者・一葉は、お力の未来に不幸な死を想定することしかできなかった」。そこに一葉の倫理性がはたらいたという。「一葉には、やはり、酌婦という〈悪業〉の女の未来を、バラ色に描くことはできない倫理観が働いていたと思われる」という。その証拠には続く『わかれ道』（「国民之友」明29・1）一篇でも、いまひとりの「貧しく孤独な女」を登場させ、この女主人公お京は「天性の美貌を武器に、貧しい生活を捨て妾奉公に出ることを決意する」が、この女の決意を「明確に否定する」「天涯孤独の少年を登場させ」ることで、「作者の意志を表明する。つまり、「一葉は、お力やお京の生き方に、深い同情や共感を寄せながらも、本来あるべき人生の道として容認することはできなかったのである」という。

しかしここもあえて言えば、お力とお京の生き方をその人生の選択、決意を同様にみることができようか。ちなみに言えば、「『にごりえ』の構想と成立」（「国語国文」昭55・4）と題して、未定稿に始まる推敲の過程を仔細に検討した山本洋氏は、一葉が『にごりえ』の浄書時の最終段階で加筆した部分についての疑義を呈している。即ち「そもく〳〵の最初（はじめ）から私は貴君（あなた）が好きで好きで、一目お目にかゝらねば恋しいほどなれど、奥様にと言ふて下されたら何うでござんしよか、持たれるは嫌なり他処（よそ）ながらは慕はし〻」という、この「持たれるは嫌」以下十二字の部分は、結城朝之助に対して「正式に結婚する意志のないことを」語った「お力自身による意思表明の科白」だが、これは経済的な事情もあって、とりあえず第七章までを編集者に送ったため、当然後に全体を見渡しての推敲の作業をするにも手許に原稿はなく、「そのまま定稿のなかに残存されることになってしまった」「遺漏と見えざるをえない」部分ではないかという。

　これは論者自身の「お力は心中ひそかに結城の奥様になれるものならなりたい（あるいは、なってもよい）と望んでいた、と解せざるをえないと考えていた」という視点からは、当然文脈上異質の部分であり、「遺漏」と断ずるほかはない所であろう。しかしまたあえて言えば「持たれるは嫌」とは、そこに「一種自由な境遇の女としてお力を描出したいという作者の意図だと解されるとしても」、しかしそれは必ずしも「容色による女の『出世』をなんら否定するものでは」なく、その「出世」とは、その下書稿にもみるごとく〝旦那〟を指すものであり、「『出世』の一つが〝妾〟〝囲われ者〟等を意味する」ことは、「当の構想から『下書稿にごりえ』の最終の叙述まで、ほとんど一貫した作者一葉の考え方」であり、一葉はどうやら、そのような身分の女性に〈一種自由な境遇の女〉を見ていた」ように思われる。これは「現代の道徳的感覚」で「一律に裁断してはならないこと」であろうという。

　山本氏の論に即せば、ここに見えるものはお力ならぬ、作者一葉自身の考えの揺れであり、『にごりえ』に続く『わかれ道』の執筆とは、この一葉自身の揺れを微妙に反映するものであり、戸松氏のいうごとくお力とお京を同様に律することはできまい。また先にもふれたお力やお京に深い同情や共感を寄せながらも、「本来あるべき人生の道として容認することはできなかった」、そこに一葉の強い倫理観を見るという見解もどうか。この論旨は一応分るが、しかし作者の倫理がこれを許さぬとは、どういうことか。この時、作者とはそもそも何か。「等身大」ともいえる自己の分身を倫理的に許せぬという時、それは作者と作中人物の微妙な乖離を思わせる。作者は外にいるのではない。

作者はただ作中に生きる。作中人物と共にある。むしろここににじむものは、自己の切なる分身の宿命を、逃れたい悲運な境涯をわがこととして感じ、生きる作者のあの聴くべき作中の〈声〉ではないのか。

三

「〈制度としての作者〉は死んだ」と言いつつ、ただ自分は作中に、テキストの中に機械仕掛の背後の神ならぬ、まさに作中に生きる作者の〈形象（フィギュール）〉を見ないでおられぬとは、後期に至っての、あのロラン・バルドの発言（『テクストの快楽』）ではなかったか。我々が一葉の作中に読みとるのもまた、作中人物の声のみならぬ、そこにかさなる作者の〈声〉、バルトのいうあの作者の〈形象（フィギュール）〉そのものではないのか。このところをはずして、我々は『にごりえ』を読むことはできまい。作中人物の揺れとは、また作者自身の揺れであり、作中人物の示す多義性とは、また作者のそれにほかなるまい。こう見て来れば、あの出原氏の論のきわまる所はどうか。

お力は宴なかばに突然、店を飛び出してゆく。以下五章後半の部分に至って、作者自身が身を乗り出すような迫真力をもって語ってゆく所だが、恐らく作者の筆がお力という存在自身に最も深くくい込んでいった部分であり、同時に『にごりえ』一篇を解く鍵のすべてもまた、ここにあると言ってよかろう。

これが一生か、一生がこれか、あゝ嫌だ〳〵と道端の立木へ夢中に寄かゝつて暫時そこに立どまれば、渡るにや怕し渡らねばと自分の謳ひし声を其まゝ何処ともなく響いて来るに、仕方がない矢張り私も丸木橋をば渡らずはなるまい、父さんも踏かへして落てお仕舞なされ、祖父さんも同じ事であつたといふ、何うで幾代もの恨みを背負て出た私ならば為る丈の事はしなければ死んでも死なれぬのであらう、情ないとても誰れも哀れと思ふてくれる人はあるまじく、悲しいと言へば商売がらを嫌ふかと一ト口に言はれて仕舞、ゑゝ何うなりとも勝手になれ、勝手になれ、私には以上考へたとて私の身の行き方は分らぬなれば、分らぬなりに菊の井のお力を通してゆかう、人情しらず義理しらずか其様な事も思ふまい、思ふたとて何うなる物ぞ、此様な身で此様な業体で、此様な宿世で、何うしたからとて人並みでは無いに相違なければ、人並の事を考へて苦労する丈間違ひであろ、あゝ陰気らしい何だとて此様な処に立つて居るのか、何しに此様な処へ出て来たのか、馬鹿らしい気違じみた、我身ながら分らぬ、もう〳〵皈(かへ)りませうとて横町の闇をば出はなれて夜店の並ぶにぎやかなる小路を気まぎらしにとぶら〳〵歩るけば、

とあって、語り手の筆はお力の内面から一転し、その心気の昂進を追って、異常な生理の核心へと迫ってゆく。

行かよふ人の顔小さく〳〵、擦れ違ふ人の顔さへも遥とほくに見るやう思はれて、我が踏む土のみ一丈も上にあがり居る如く、がや〳〵といふ声は聞ゆれど井の底に物を落したる如き響きに聞なされて、人の声は、人の声、わが考へは考へと別々に成りて、更に何事にも気のまぎれる物なく、人立おびたゞしき大婦あらそひの軒先などを過ぐるとも、唯我れのみは広野の原の冬枯れを行くやうに、心に止まる物もなく、気にかゝる景色にも覚えぬは、我れながら酷く逆上(のぼせ)て人心のないのにと覚束なく、気が狂ひはせぬかと立どまる途端、お力何処へ行くとて肩を打つ人あり。

肩を叩いたのは結城朝之助であり、我に返ったお力と共にやがて部屋に上がり、結城を前にしてお力のひとり語りとなるが、先の部分なくして、お力の告白は読みとれまい。行きかう人の顔も小さく、すれ違う人も遥か遠く、に始まるお力の病態は離人症の症候ともみられる所だが、その迫真の描写は一葉自身の生理につながるものであろう。事実、「頭痛」「例の脳病」「脳の痛み」などの語は日記のあちこちに見られ、「御持病の脳病」あるいは「脳病におはしますよし」など知人の知る所でもあるが、この『にごりえ』一篇にもお力の頭痛は、論者の指摘するごとく、七回にもわたって繰り返される。お力の錯乱の行きつく所は、「我のみは広野の原の冬枯れを行くやうに」という孤独

の極限であり、これに先立つお力内面の独白もまた、作者一葉の内面のそれにつながるものであろう。

さて、ここで「矢張り私も丸木橋をば渡らずばなるまい」とお力のいう、その〈丸木橋〉とは何か。評家の論は別れるが、それは結局、「『つまらぬ、くだらぬ、面白くな』い菊の井の生活空間から、「人の声も聞こえない物の音もしな」い虚の空間、死の空間へと架けられた橋」だとは前田愛氏の論（「『にごりえ』の世界」「立教大学日本文学」26号昭46・6）であり、逆に〈丸木橋〉をめぐる古歌の伝統的な語意などもふまえて、〈丸木橋〉を渡るとは、「お力が現在の人生から逃避せず、そのまま敢えて生き続けること」、それが「〈落ち〉る＝死の可能性も含むような、危険で、険しく辛いもので」あろうとも、「そのまま踏み進む（前進する）ことを意味するものであろうとは、「『にごりえ』にわたる〈丸木橋〉」と題した愛知峰子氏の論（『論集樋口一葉』おうふう、平8・11）であり、従来の諸説をふまえての目配りのきいた好論であろう。しかし「このように考えてきたとき、『にごりえ』におけるいくつかの問題は解けてくる」。たとえば終末に置かれた「噂によってしか描かれなかった心中の真相」もそのひとつであり、その心中は当然ながら源七と出会ってその家庭の崩壊などを知った時、もはや源七を拒否し、彼を苦しめることの無意味を知ったお力からの合意の心中であったという。源七に心中の意志はなく、その理由もなかった。妻子を離別した彼は、『十三夜』の録之助のように貧苦の中にも、「お力のことだけを思って生きればよかったので」あり、「ただ、お力に死のうと言われれば、同意したのは当然のことである」という。しかしこれは〈丸木橋〉をめぐる先の文脈からは、余りにも飛躍した結論であり、なぜお力が心中を迫ったかという説明とはなるまい。さらには終末の八章で、世間の無情な噂話のなかに二人の無惨な亡骸を放置した、作者の想いも伝わっては来まい。

所詮〈丸木橋〉を渡らずばなるまいとは、この身の「行き方は分らぬなれば、分らぬなりに菊の井のお力を通してゆかう」という、お力の覚悟につながるものであろう。こうして「今夜は残らず言ひまする」と言って、すべてを吐き出すようにお力のひとり語りは続くが、その眼目のひとつは、お力の幼時にまつわる苛酷な体験の回想である。七つの年の冬、米屋に使いに行っての帰り、溝板の上の氷にすべって転び、落とした米は一枚はずれた溝板の隙からこぼれて、溝泥の中に沈んで拾うこともできぬ。「お米は途中で落としましたと空の味噌こしさげて家には帰られず、立てしばらく泣いて居たれど何うしたと問ふて呉れる人もなく、聞いたからとて買つてやらうと言ふ人は猶更なし、あの時近処に川なり池なりあらうなら私は定し身を投げて仕舞ひましたろ、話しは誠の百分一、私は其頃から気が狂つたのでござんす」という。

この部分にふれて注目すべきは、「そのとき、お力は溝の奥に何を視つめつづけたのか」と問い、「このとき『一枚はずれし溝板』はひとつの〈裂けめ〉＝境界線と化し」、「白い米が落ちてゆく『溝泥』＝〈にごりえ〉とは、不毛なものへの〈死のまなざし〉をみごとに具象化したもの」であったとみれば、「其頃から気が狂った」とは、「自己同一性の解体」、「すなわち本来的な意味の喪失の体験であり、言葉を失ってしまった体験」、「『米』＝〈ことば〉がもはや何処にも到達せず、見失われてゆく体験、いわば『神』の死の体験」というべく、お力の狂気の初源というべき、この部分を見ずして、その〈告白〉の実相を読みとることはできまいという。この岩見照代氏の論（「お力伝説──『にごりえ』論」『樋口一葉を読みなおす』学芸書林、平6・6）は、「其頃から気が狂ったのでござんす」という注目すべき一語をめぐっての、見事な考察であろう。

恐らく、このような回想から始まるお力の告白は、裕福な嫖客としての朝之助などのついに理解しうる所ではあるまい。さらに自身の出自の貧苦をくり返すお力に向かって、「お前は出世を望むな」という、しばしば論議の的となる、この一語がすべてを語っていよう。ついに自身の言葉の届かぬ男との距離を感じたお力は、男をひきとめ一夜を共にする。酌婦としてのお力に還った断念ともみるべきだが、以後再びお力の言葉を聴くことはできない。次章（七章）に男と連立って登場するお力は、通りで見かけた源七の子供の太吉に上等の〈かすていら〉を買ってやる。これが源七の心を引こうとするふるまいと見た女房のお初の怒りを買い、投げ捨てた菓子は竹のあら垣をこえて溝の中に落ち込んでしまう。これがまた源七の怒りを買ってお初は子供を連れて家を出てゆくこととなる。このお力の与える〈かすていら〉をめぐっての解釈も色々分かれるが、「抱いて行つて買つて呉れた」という所に、お力の太吉への想いの深さは読みとれよう。溝に落ちた〈かすていら〉とは、もとよりお力の知らぬ所だが、しかしこれを語る語り手の眼には、米を溝に落として呆然とする幼いお力の姿と、溝に母親が投げ棄てた〈かすていら〉をみつめる太吉の幼い姿は、深く結ばれているといってよかろう。言わばお力にとっての源七一家の核心には、この幼い太吉の運命と自身をかさねる、いまひとつの眼があったことを見逃がすことはできまい。

「落ちぶれた源七一家の描写は、一義的にはお力の〈自意識〉としてある」とは、先の戸松氏の論中にみるすぐれた指摘だが、そのかなめは源七、お初をめぐる夫婦の葛藤のみならぬ、幼い太吉を含めてのその貧苦の実相にあり、そこに注がれたお力の想いが太吉を通して、逆に源七一家の離散、解体という悲劇を生むことともなる。「この一家の様子、お初と源七のやりとり（口論）の見事さは」「『にごりえ』は、源七一家の物語だといってもよい」（田中優子「樋口一葉『いやだ！』と云ふ」集英社、平16・7）と言わせるものがあり、源七に想い返させようとするお初の見事な口説は、「まさに浄瑠璃の口説き（くどき）」を思わせるものだが、その故にまた、やや型にはまった常套的な語りに堕しているともいえよう。これに対して、この作品がまさに近代の初発の一点（明治二十年代）における、すぐれて近代的な作品ともいうべきかなめは、やはりお力像に注ぎ込まれた多義的な揺れそのものにあると言ってよかろう。

四

こうして再び先の出原氏の論に還れば、その〈第三の男〉を作中に析出してゆく手際は見事というほかはないが、しかしその行きつく所が、「『彼んな奴は虫が好かない』からと言い切る相手。『玉の輿』に乗ること、『出世を望む』

ことになるような存在」。言わばお力のいう「祖父からの『幾代もの恨み』を抱えている『生れも賎しい身』の対極」ともいうべき存在。しかもお力がこのような相手に「向かつて行動を開始し始めたところで、生を断たれた、あるいは源七に生を断たれることを許したということ」。「だからこそ、『恨は長し』とされるのである」という。これが結語だとすれば、この物語はひとりの酌婦が〈玉の輿〉に乗ることを決断しながら、その希いなかばに生を断たれたという、余りにも単純な、底の浅い作品として収斂されてしまうことになろう。お力の多義的な、しかも作者の自伝的な内面も多分に託して刻み出してゆこうとした、その人物像の解読は何処へ行ったのか。これでは終末の「恨は長し」という一句に託された作者の、深切なるモチーフは全く疎外されてしまったというほかはあるまい。

また戸松氏の論はすでにふれたごとく、作者が織り込もうとした深切なる課題を、ひとまず排除することによって、酌婦としてのお力像を徹底して読み込んでいった、その作業は見事だが、そこで起こった作者と作中人物との微妙な乖離ともいうべき部分は、どうなるのか。先にもふれた作者一葉の倫理観がお力やお京のごとき存在を許さぬとすれば、一葉が最後に描いた未完の『裏紫』や『われから』などにみる、女の情念の噴出ともいうべき部分はどうなるのか。作者の倫理は外にあるものではあるまい。作中にくいいる作者の問いは、『裏紫』にみるお律の姦通や、『われから』にみる美尾や娘お町の女としての情念を審いているのではあるまい。倫理的な是非を超えて、抑圧されたあの時代の女の情念に寄り添うようにして、これらの作品は書きつがれている。この作中に生きる作者の情念や希求を抜きにして、恐らく一葉作品を読むことはできまい。

「かひなき女子の、何事を思ひ立たりとも及ぶまじきをしれど、われは一日の安きをむさぼりて、百世の憂を念とせざるものならず」「わがこゝろざしは、国家の大本にあり。わがかばねは野外にすてられて、やせ犬のゑじきに成らんを期す」(『塵中につ記』明27・3)。さらに晩期に至っては「誠にわれは女成けるものを、何事のおもひありとて、そはなすべき事かは。」「我は女なり。いかにおもへることありとも、そは世に行ふべき事かあらぬか」(『みづの上』

明29・2・29）という。このように一葉の日記の随所にみる想いを、我々は軽く見ることは出来まい。「かゝる世にうまれ合はせたる身の、する事なしに終らむやは。」（『塵中につ記』明26・12）という想いはまたお力のものである。先にも引いた「矢張り私も丸木橋を渡らずばなるまい」「何うで幾代もの恨みを背負て出た私なれば為る丈の事はしなければ死んでも死なれぬであろう」とは、また一葉自身の肉声に、そのままつながるものでもあらう。

「よもや私が何をおもふか夫こそお分りに成りますまい」と言い、結城に「素姓が言へずば目的でもいへ」と責められ、「天下を望む大伴の黒主とは私が事」と笑い捨てるお力は、ついにその素姓はあかしても、目的はあかそうとしない。いや、それは作者一葉自体がついにあかしえぬ所であった。あえて書き込めば酌婦稼業のお力のリアリティを崩すこととなるが、しかしまたそれは一葉自身、確として言いえぬ所でもあった。

「何やらん考へて居る様子」「唯こんな風になつて此様なことを思ふのです」以下、先にもふれたお力の〈もの思ひ〉の数々は、「何よりも酌婦という己れの現在へのこだわり」とは、先の戸松氏の論にもあった所だが、しかしこれもさらに踏み込んでみれば、酌婦云々のみのとどまるものではあるまい。一葉が内田魯庵訳の『罪と罰』（明25・11）を読んでいたことはすでに知られる通りだが、「不知庵に罪と罰をかしまひらしつ時には、いと〳〵悦ばれ復の日に来られて繰り返し〳〵数度読まれしと云はれぬ」（『樋口なつ子女史をいたむ』）という戸川残花の言葉にも、そのなみならぬ感動と共感のほどは知られよう。すでに透谷の『罪と罰』論二篇（「罪と罰」「女学雑誌」明25・12、「『罪と罰』の殺人罪「女学雑誌」明26・1）は、一葉も当然読んでいたと思われる。透谷はラスコリーニコフのいう「考へる事を為て居る」という一語に格別な関心を寄せて再度引用しているが、これは透谷ならぬ一葉の胸にも深くひびいていたと思われる。

一葉が馬場孤蝶に宛てた書簡（明29・5・30）に、「私は日々考へて居り候、何をとの給ふな、たゞ考へて居るのに候」という言葉にも、これは微妙にひびくかとみえるが、しかしこれは評者のいうごとく「自分はなぜ書くのか、何を書くべきなのか」という深い問いに向かい合い、日々「考へていたのではないか」というような指摘に止まるものではあるまい。すでに透谷もいうごとく『罪と罰』一篇を生み出したものは、当時のロシアという「暗黒の社会」「最暗黒の社会」の矛盾に対する主人公の痛切な問いであり、「下宿屋の婢に、何を為て居ると問はれて、考へる事を為て居る」というその答えは、その問いの深さの何たるかを語るものであろう。

これは、透谷自身の問いでもあり、脳を病む透谷の問いはまた、一葉自身のものでもあったとみれば、一葉の作中を流れる問いの何たるかも見えて来よう。『明治の下層社会』などの著作もある横山源之助などとの綿密な関係も、一葉の問題意識の所在を語るものといえるが、一葉の社会変革への意識がどのようなものであったかは具体的に知ることはできない。所詮は「女なりけるものを」という嘆きは、ここでも一葉に深い絶望をしいたとみえるが、尠くとも一葉の問いは一点、抑圧をしいられた当代の女性の苦悩に対する熱い共感へと傾いてゆく。『にごりえ』から始まり『裏紫』『われから』へと行き着いてゆく一葉晩期の作品に、我々はこれを描き、語りとる作者一葉の情念の奔出ともいうべきものを見ざるをえまい。

繰返し言えば、作品に〈声〉を聴き、作中に点滅する作者の影、その〈形象〉を読みとろうとする、その想いの一端を草したのが、この〈一葉小論〉であり、出原氏や戸松氏の論にいささかの疑義を呈したのも、これらが共に一葉作品の解析として、すぐれたものであることを前提としての論で他意あるものではない。作者はただ作品のなかに生き、また作品のなかで死ぬ。だとすれば、『にごりえ』終末の源七、お力の心中も合意のそれか、無理心中かの詮索などは何事でもあるまい。〈源七〉をお力に迫る〈現実〉の逃れがたい、したたかな姿とも、そのひとつの〈喩〉ともみれば、その背後にひそむ、作者の断念の相もまた深い。だとすれば、終章冒頭近くにいう、〈恨みは長し〉とはまた、以後の作品を流れる一葉内面の声を、そのすべてを、ほとんど予感的に先取りしたものとも言い切ることができよう。

最後にひと言。テクスト論以来、ともすれば疎外されて来たかにみえる〈作者〉の問題、さらには〈作家〉の問題に対し、いささかの反論を呈してみたのがこの小論である。『にごりえ』一篇の解読は、その恰好の材料ともみえて、いささかの駄文を弄してみたが、作家と作品の融合ならぬ、両者を串刺しにして読みとってゆく、そのダイナミズムにこそ、新たな〈文学〉復権への道筋が見えて来るのではあるまいか。

『源氏物語』雑感

昨年来〈源氏物語千年紀〉と言ってさわがれているが、千年前に完成していたわけではない。周知のように『紫式部日記』に「このわたりに若紫やさぶらふ」と、御簾の影から女房たちに呼びかけた藤原公任の声がする。時は寛弘五年一一月一日のこと。紫式部が仕えていた中宮彰子が皇子を産み、その五十日の祝いの日のことであり、寛弘五年といえば一〇〇八年。ここから数えればまさに千年紀ともなる。しかし『源氏物語』が完成していたわけではない。せいぜい「藤裏葉」ぐらいまでかと推察されているが、これもさだかではない。

いずれにせよ、公任が若紫を呼んだのはたしかだが、〈我が紫〉と呼びかけたなどという説もある。あえてこれをもじれば〈我が紫〉と呼びかけさせる何ものかが、今も我々読者のなかに生き続けているのではないか。大学を出て最初に勤めた旧制の女学校で、先輩の女性ふたりの教師と共に、源氏の読書会をしばらく続けたものだが、今もって私のなかに生き続けているのは、最後の「宇治十帖」であり、終末の「夢浮橋」の章である。二人の男のはざまにあっての苦悩の末、入水をはかるが失敗し、尼となって出家したその後も最後まで心の葛藤は続く。物語はここらで終ったのかというと疑問もあるようだが、男たちとの恋情を断ち切って生きる浮舟の姿は、物語の完結の是非を超えて、我々の心の中に生きる。これは私の心の中にある宗教的傾情ともいうべきもののせいかも知れぬが、これは各人各様の読みというほかはあるまい。しかし男女の愛情、俗情の数々を書き続けた果てに行きついた究極の一点ともいうべきものもまた、このあたりにあったと言っても過言ではあるまい。

さて、このたびの源氏特集はこの講座では二度目のことで、最初は『「源氏物語」を読む』と題し、第二十五集として一九八九年に出しているが、この『源氏物語の愉しみ』と題した第五十七集が、ちょうど二十年目となる。前回の執筆者であった、今は亡き今井源衛、森田兼吉両氏の名前の無いことは、なんとも淋しいことだが、しかし今回はまた想を改め、秋山虔氏の論を巻頭に、目加田さくを、伊原昭、田坂憲二、武原弘氏など錚錚たる方々をゲストとして迎え、学内からは関一雄、倉本昭、安道百合子などの諸氏の意欲ある論攷も加わり、この多彩にして充実した一巻を編むことのできたことは、望外の喜びというほかはない。

秋山さんは専門こそ違え、多年心より私淑して来た碩学のひとりであり、秋山・今井両氏の連名で戴いた、あの頭注、本文、口語訳と三段に組まれた、小学館、日本古典文学全集の『源氏物語』五巻は、私などにとってはまことに格好の勉学書であった。秋山さんには学会での講演のほか、再度御来学戴き、二日目の福岡での公開講座の会場は満席で、補助椅子もぎりぎりという盛況であった。二日間くり返し語られたことのひとつに、源氏には二度の受難があったという指摘があった。ひとつは周知の通り、戦時中の源氏の歌舞伎公演が時局にふさわしくないとして差し止められたことであり、いまひとつは今日、源氏の口語訳がもてはやされているが、『源氏物語』の真の魅力は原文でなければ読みとれるものではないということであった。今回寄せられた論のかなめも副題通り、まずは原文で読むべしということであり、私たちの訳したもので面白いと思ったら、最後は原文で読むといいという瀬戸内寂聴の言葉への共感をもって閉じられている所にも、その主意の何たるかは明らかであろう。

ここで思い出されるのは下関在住の作家、田中慎弥氏の語る所である（「新潮」平20・10）。すでに三島賞、川端賞の同時受賞をはじめ、芥川賞の候補にもいくたびかなった中堅作家のひとりだが、彼は源氏は原文で二度、口語訳では与謝野晶子訳、谷崎潤一郎訳、瀬戸内寂聴訳など、併せれば五回読んだことになる。それぞれに特色もあり、味もあるが、やはり原文が一番いい。たとえば、「深い御愛寵を得ている人があった」より、「誰よりも時めいている方がありました」より、さらには「帝に誰よりも愛されて、はなばなしく、優遇されていらっしゃる更衣がありました」より、「すぐれて時めきたまふなり」の簡潔な原文のひびきに、理屈なく魅かれるのだという。源氏を原文で読み通したものの率直な感想であり、付け加えるべきものは何もあるまい。

続く目加田氏の論は倍近い枚数をちぢめて掲載したものだが、すでに目加田氏特有の圧倒的な力は伝わって来よう。源氏の主題は何かと問えば、「それは、『人間の生leben・生命・生涯・運命とは何か』という問題である」という冒頭の言葉に、すべては集約されていよう。父藤原為時の指導の下、司馬遷の『史記』の精神を学びとった所から生まれる広大な構想を基盤とし、これに仏教の因果応報思想の影響なども加え、物語は三代姦通事件を軸として展開し、人間の生とはかくのごときものとあざやかに提示してみせたのが『源氏物語』だという。氏の情熱はさらに『世界小説史論・上巻』の年内刊行に向けられ、このなかでも『源氏物語』論はさらに詳述されてゆくという。目加田氏の梅光在任時の熱気を帯びた先生の授業に立ち向かう学生たちの姿が、いま彷彿とよみがえるかと思われる。

続く伊原氏もまた目加田氏に劣らぬ情熱の持ち主であり、古代、万葉から江戸後期に至るまでの文学作品にあらわれた色の表現を徹底的に分析され、五十年以上もかけて作られた、カードの数は十五万枚にも及ぶという。その業績は『日本文学色彩用語集成』（笠間書院）全五巻に収められており、第一回ビューティーサイエンス学会賞なども受けられている。この研究を達成するには、あと五十年位は生きねばならないだろうと言ったら、百五十位までは生きるんだと言ったように、雑誌記者に書かれましたと笑いながら言われた、その電話の声は、今も変らぬ若々しいひびきがあった。数ある作品の中でも『源氏』にかけられる想いは深く、後半ふれられている光源氏のまとう衣服のその色の変化にも、おのずからな人物内面の心の影が映し出されていることへの言及など、その考察の一端は読みとれよう。ただ「『源氏物語』と色―その一端―」という副題通り、紙面の制限もあり、その全容にふれることの出来ぬのは残念だが、興味ある方は是非原著を手にとって見られるとよかろう。余事ながら目加田、伊原両氏と私は同年だが、生まれた月はいちばん遅く末弟ともいうべき所だが、これが女ならまさに三人姉妹という所だとは、私はよく冗談まじりに言ってみたりする。要はこの両氏の旺盛な意欲と元気さに、あやかりたいという念いのあらわれと言ってよかろう。

さて、いささか駄弁を弄してしまったが、「あとがき」で、これ以上の展開は許されまい。以下は簡単な紹介に終るが、田坂憲二氏は再度の登場であり、桐壺院の年齢の推定をめぐる考察は、前回同様鋭い考証と読みを通して極めて説得的な論となっている。また一貫して源氏研究を続けて来られた武原弘氏の考察は、いつもながら正攻法のまっとうな読みを通じて、紫の上の生死をめぐって贖罪論という視点をふまえつつ、自身の独自の論をつらぬかれたものとして感銘深いものがある。また関氏の論は専門の国語学の立場から『源氏』の表現技法を論じたものだが、用語選択と避選択・敬語の使用と避使用という副題通り、『源氏』の文体表現の特性を考察したもので、特に後半の『源氏物語絵巻詞書』との対比への着目などは、論者独自の鋭い考察に眼をひらかれるものがある。

また安道氏の論は『源氏』における禁忌の恋が、さらにはその男性像（ここでは薫がその中心となる）が、以後の物語における男性主人公の像にどのような影響を与えたかを、論者特有の犀利な読みと分析を通して展開され、興味深いものがある。最後に倉本氏の論は題名通り江戸の和学者たちの見た『源氏』の女人像を論じたものだが、論者特有の広い考察と鋭い指摘は随所に見られ、「末摘花」をめぐる秋成や荒木田麗女などの解釈の部分などは実に興味深いものがあり、この論集の悼尾を飾るにふさわしい一篇ということが出来よう。

さて、ひと通り各論の中味にふれては来たが、『源氏』の研究をめぐる問題は多く残る。昨年五月、「『源氏物語』危機の彼方に」という特集が「国文学解釈と鑑賞」であった。『源氏』研究の新たな可能性を問う特集であったと言ってよいが、その巻頭の一文（「特集「源氏物語―危機の彼方に」にむけて」、小林正明）に、まず挙げられていたのが、今は亡き三谷邦明氏の最後の著作『源氏物語の方法―〈もののまぎれ〉の極北』（平19・4、翰林書房）であった。以下、三谷氏の論の紹介に併せて私の若干の感想を述べてみたい。

その「はしがき」と「あとがき」の冒頭の一節に〈絶望〉という言葉を三谷氏はくり返し使っている。「はしがき」冒頭「源氏物語が、全篇を通じて深層に奏でているのは、絶望と虚無の旋律である」と言い、「読みの快楽の果て」にあらわれて来るのは、この「絶望と虚無という感情と思惟」であり、その深層の絶望や虚無をつらぬく物語の軸は、『源氏』が「密通の文学」であり、その一貫した主題が〈もののまぎれ〉（密通）であり、これは「藤壷事件・女三宮事件・浮舟事件として三部に渡って何度も反復されており、「この主題は、反復の脅迫観念としてこの作品に憑依し、源氏物語を終焉に追い詰めている」という。ここで三部構成となる論の最後が「第三部浮舟事件―閉塞された死という終焉とその彼方」と題し、さらに副題としてはいずれも「浮舟物語を読むあるいは〈もののまぎれ〉論における彼方を超えた絶望」とある。

この『源氏物語』の終末に登場する中心人物浮舟が「閉塞された死の彼方、つまり、入水しながら蘇生した後に、どのように彼方を措定したかという問題を極めることが、源氏物語の文学的位相を決定するのではないか」と三谷氏はいう。さらに言えば「私の認識である『文学は〈叛く刀〉だ』という信念の思い通りに、浮舟は、女人往生などの救済を一切拒否して、異郷を現世の中に見出し、他者をありのままに承認しながら、挫折するのを知りながら、〈鬼の共同体〉として実現化しようとしていた。この現世にある異郷としての負の共同体を、一瞬ではあるが読者に垣間見させたテクストは、世界の文学の到達点の一つだ」ともいうべく、「源氏物語は〈書くこと〉を通じて、文学の極北にまで至っていたのである」という。

あえて長々と引用したのは、この「あとがき」の結論的部分に、私自身の〈文学と宗教〉をめぐる課題に問いかけて来る、大きな問題を含んでいるためでもある。三谷氏の論は今日のような社会的、精神的閉塞状況の続く状況の中にあっては、やはり重要な意味を持っているのではないか。「絶望、本書はこの言葉から始まった」が、外的状況もそれとして、やはり内的には現在の源氏物語の批評と研究に「苛立っていたから」（「あとがき」）だという。ことは推論の是非ならぬ、研究主体、批評主体のあるべき根源の姿勢、認識の問題であり、想い出されるのは藤井貞和氏の「バリケードの中の源氏物語」であり、早速とり出して読み返してみたが、藤井氏の問う所もまた、〈学問のありかた〉についての反省などというなまやさしいものではなく、「〈学問のありかた〉の方法論的変革」こそ、東大闘争のなかで、「ラディカルに考えつづけた」問題ではなかったかという。

こうして今我々は「一人の人間になりきって作品と直面する場所まで自分を追いつめてよいのではないか」。「長い闘争のなかで私の眼に源氏物語が、散文の世界であるよりもむしろ、原初的なエネルギーこもる詩的世界に近づいて見えてきたことは事実」であり、「現代における詩の、地獄のような故郷は、日本的な抒情詩＝和歌のようなところにあるのではなく、このような情念のカオス、物語世界にあるのではないかという気がしてならない」という。これが結語の部分だが、この藤井氏の率直な感想、提言は、実はこの現代の、今日の状況にそのままつながっているのではないか。源氏ブームはそれとして、今こそ私共は改めて、すぐれた文学の問いかける深い課題に耳を傾けるべきであろう。

以下、前回にふれた西郷信綱氏の『源氏物語を読むために』（平凡社、昭58）や、幻の章と呼ばれる「輝く日の宮」をそのまま題名とした丸谷才一氏の作品（講談社、平15）や、さらには吉本隆明氏の『源氏物語論』（大和書房、昭57）など、いま手許に置きながら語るべきことは多いが、すでに紙数も尽きた。実はこのように「あとがき」ながら長々と論じ書いてみたのは、執筆予定者のひとり欠けたこともあり、幾分はその余白を埋める想いもあったことであり、妄言の及ばぬ所は読者各自が、より深く読みとって戴ければ幸いである。

II

『こゝろ』から何が見えて来るか――漱石探求一

一

〈探求〉とはいささか大時代な言い方だが、あえてこう題して漱石世界の中に踏み込んでみたい。恐らく漱石の世界をひきしぼってみれば、『こゝろ』一篇に行きつく所がある。作家以前のエッセイ『人生』（明治）にいう「思ひがけざる心は心の底より出で来る、容赦なく且乱暴に出で来る」という言葉を作品に具現化すれば『こゝろ』一篇となる。また続く自伝的作品『道草』を盾の表とすれば『こゝろ』は裏となり、後者を表とすれば前者は裏となる。また『こゝろ』における明治への訣別なくして、晩期最後の『明暗』はありえまい。

『こゝろ』自体は多くの謎に包まれている。先生を死に至らしめたものは何かという問いひとつに取っても、それはKへの裏切りか、先生にすべてを語れと迫る〈私〉という語り手自身か。あるいは〈明治の精神〉への殉死ということか。江川卓ならぬ〈謎解き『心（こゝろ）――先生の遺書』〉という課題にじっくりと迫ってみたい。

以上はこの夏の大学院公開講座で語るための要旨であったが、たしかに『こゝろ』は多くの謎にみたされている。何処からとってもよいが、たとえばKとは誰か。その内的、または外的なモデルともいうべきものがあったのか。Kへの裏切りとは何を指すのか。これをめぐっての極めて魅力的な発言に、高橋源一郎『日本文学盛衰史』の「What is K?」と題した一章がある。高橋氏は端的にのモデルとは、石川啄木にほかならぬという。周知の通り啄木は明治四十三年八月下旬、『時代閉塞の現状』と題した評論一篇を書いている。これが書かれたのは〈大逆事件〉の二ヶ月後のことであり、幸徳秋水ら二十四名に死刑判決が下される五ヶ月前のことである。

「強権、純粋自然主義の最後及び明日の考察」という副題のついたこの評論は、自然主義文学の停滞と矛盾を強く搏ちつつ、「我々は一斉に起つて此時代閉塞の現状に宣戦しなければならぬ。自然主義を捨て、盲目的反抗と元禄の回顧とを罷めて全精神を明日の考察―我々自身の時代に対する組織的考察に傾注しなければならぬのである」という。これは明らかに朝日新聞文芸欄に寄稿の予定で書かれたものだが、ついに掲載されることはなかった。啄木はこれについて「明治四十四年当用日記補遺」として、「前年（四十三年）中重要記事」として、次のようにしるしている。

「思想上に於ては重大なる年なりき。予はこの年に於て予の性格、趣味、傾向を統一すべき一鎖鑰を発見したり。社会主義問題これなり。予は特にこの問題について思考し、読書し、談話すること多かりき。ただ為政者の抑圧非理を極め、予の保護者、ついに予をしてこれを発表する能はざらしめたり」という。ここにいう「予の保護者」とは誰か。啄木は明治四十二年三月から朝日新聞の校正係として入社。二葉亭全集の編集などにもかかわり、また漱石の作品の校正なども手がけていることからも、文学上の先輩として漱石を「保護者」と呼ぶことは不自然ではあるまい。また漱石が長与病院に入院中には見舞ってもいる（四十三年七月五日）。東京毎日新聞に啄木が書いた『弓町より』や『性急なる思想』などに注目していた漱石は、「うちで書く気はないかね」と誘いをかける。やがて啄木はこれにこたえ「心をこめて書かせていただきます」という。

明治四十三年九月、朝日新聞主幹の池辺三山が、転地療養中の漱石を伊豆の修善寺の菊屋旅館を訪ねる。至急相談せねばならぬ原稿があって君を呼んだのだと漱石はいう。啄木の例の原稿だが、一読して三山はこれはすばらしいものだと興奮しつつ、しかしこれを朝日に載せることはできないと言い、漱石も頷く。やがて翌四十四年二月はじめ、退院を前にした漱石を長与病院に啄木が訪ね、入口の近くで二人は会う。今日、病院で検査を受けたが慢性腹膜炎だと言われ、これが結核性であれば長くはない。そこで先生にもう一度ぜひ会いたくて来たのだが、あの原稿はつまりませんでしたかと啄木は訊く。いや、あれは傑作だが、時期がわるい。「きみの原稿が載れば、朝日は大きな痛手を受けただろう」と漱石はいう。

幸徳たちが処刑されたのは一週間前。あの事件はデッチ上げで、幸徳はなにも知らなかった。なのに、新聞は沈黙を守っている。「そんなところで先生はこれからなにをお書きになるのですか」と聞けば、「いままでと同じように書くさ」と漱石は答える。私にはできない。幸徳はただ書いた、「空想しただけです」。幸徳は書いたが故に処刑された。「わたしはもう、先生にお渡ししたあの論文のことなんかどうでもいい」、「でも、幸徳たちの処刑を許すことはできない。そのことは書かれねばならない。想像力を罰することはできない。先生はそのことを書ける場所にいらっしゃる。なのに、先生はなにも書かず、なにもおっしゃらないのですね」「そうだ」「わたしは間違っていますか」「きみは正しい。だが、大切なのはそのことではないのだ」。こうして二人の会話は途絶え、別れが来る。

あえて高橋源一郎の描いた小説的場面をふちどってみたが、高橋氏の筆は漱石、啄木両者のやりとりを通して、切迫した啄木の心情と共に、散文家としての漱石の苦渋をみごとにつたえる。「きみは正しい。だが、大切なのはそのことではないのだ」という。また先の三山との会話では「ぎごちないのだ」という。何がだと問えば「なにもかもだ。そこに、輝く言葉がある。なのに、それを載せることがわたしたちにはできない。」「それがぎごちない。それでも、わたしはまた、なにかを書かねばならない。それも……それも、ぎごちない」と呟く。恐らくここで高橋氏が問いつめようとしているのは、近代における散文の問題であり、ありうべき文体の問題である。高橋源一郎はこの同じ著作のなかで、漱石の文体にふれて次のごとくいう。

『坊っちゃん』はひと息に書かれた。「漱石の頭の中で『坊っちゃん』は音楽のように流れていた。漱石はただそれを写し取るだけでよかった。漱石はその書き方を生涯に一度しかしなかた」。みずからの楽しみと共に、「失われた時を見つめ、その時と共に去った死者を召還するために書いた」。やがて「漱石の中から詩は失われた。正確にいうなら、漱石は自分の中の詩を殺した」。漱石にとって小説は「日々、日課のように書かれ、読まれるものであった」。「詩は死の領域の住人」だが、漱石にとって「小説は生の側に属していた」。「漱石が選んだのは明澄な散文」であり、「その散文の中では、どんな曖昧さも生きることは許されなかった。救済もなく、また希望もなかった。真の絶望もなかった。なぜなら、ふつう人はそのように生涯を送ることしかできないからであった。」

ここには高橋氏自身の漱石という存在、その文体への熱い共感が語られている。しかもその漱石にすべてが「ぎごちないのだ」と語らせる。「戦争と『大逆』の間」という副題を持った絓秀美の『「帝国」の文学』の書評でも、高橋源一郎はやはりこの言葉を使う。「漱石が『大逆』事件について書かなかったのは、そのことを表現できる言葉を持っていなかったから」であり、あえて書けば「たとえば『破戒』のようにぎごちないものにしか」ならず、漱石は「それを選択することはできなかったはずである」という。ならば漱石はついに大逆事件については考えなかったか。いや書きえなかったか。恐らく最後に『こゝろ』の先生が「明治の精神」への殉死を言う時、漱石は何事か語っていた、いや語ろうとしていたはずである。しかしこれについては、いま少し後にふれることとなろう。

二

そこでKのモデルとしての啄木という問題だが、すでにふれた通り漱石はあの一文、『時代閉塞の現状』をあずかっていながら、ついに朝日に掲載することはできなかった。そうして啄木は無念の想いを抱いたまま、明治末年に死を迎える。その漱石の負い目こそが、先生のKへの裏切りというドラマの背景ではなかったかと高橋氏は問う。しかも何故Kかといえば啄木出生時の名は工藤一であり、後入籍して石川となる。即ちその頭文字はKであり、『こゝろ』にいうKが僧侶の子であり、のち養子となって、「Kの姓が急に変つてゐたので驚いたのを今でも記憶」しているという、中学時代をふり返っての先生の回想とも照合する所があるという。

たしかに興味深い解釈であり、Kを幸徳秋水（渡部直己『不敬文学序説』）や夏目金之助（絓秀美『「帝国」の文学――戦争と「大逆」の間』）になぞらえる論に較べれば、はるかに芸は細かいといえるが、しかしこれらは単に恣意なる推測とみるほかはあるまい。ひとりの人間の遺書における回想という、そこに設定された表現的空間、そのホリゾントの深さにおいて、Kというひびきはいかなる実名にも、固有名にも還元できるものではあるまい。Kはまさしく Kたることにおいて生きる。カフカの代表作『城』や『審判』における主人公Kを持ち出すまでもあるまい。むしろ問題は次にある。

先に引いた啄木の「前年四十三年中重要記事」の一部だが、「ただ為政者の抑圧非理を極め、予の保護者、ついに予をしてこれを発表する能はざらしめたり」とあった。しかし啄木の日記中、この「予の保護者」の一句はない。高橋氏がひそかにすべり込ませた部分であり、この一句があるため漱石、啄木両者をめぐる葛藤はあざやかに生きるが、これは明らかに虚構であり、『日本文学盛衰史』が文学史の体をとった小説であり、虚実とりまぜた記述とみればこれを非難する理由はないが、やはり問題は残る。

そこでKのモデルとしての啄木という問題だが、啄木があの一文（『時代閉塞の現状』）を漱石に直接送ったという事実はない。まして漱石が寄稿を促したということもない。すべては虚構というほかはないが、しかしただひとつ、この『時代閉塞の現状』が四十三年八月下旬執筆という年譜の記述を辿れば、その八月下旬、漱石自身修善寺にあって、あの「忘るべからざる八月二十四日のこと」という「三十分の死」を迎えていたことこそ、微妙な伝記的照応というほかはあるまい。漱石はその日金盥一杯血を吐いて意識不明となり、その三十分の死から生き還ることが出来た。啄木の先の一文の執筆がこの時期であったと、後に知った時、漱石の胸にはただならぬものが残ったはずである。

「愈（いよいよ）現実世界へ引きずり出された。汽車の見える所を現実世界と云ふ。汽車程二十世紀の文明を代表するものはあるまい。何百と云ふ人間を同じ箱へ詰めて轟（ぐわう）と通る。情け容赦はない。」「人は汽車へ乗ると云ふ。余は積み込まれると云ふ。汽車程個性を軽蔑したものはない。文明はあらゆる限りの手段をつくして、個性を発達せしめたる後、あらゆる限りの方法によって此個性を踏み付け様（やう）とする」という。言うまでもなく『草枕』末尾に近く画工の語る所だが、この痛烈な文明批判はさらに続く。「一人前（ひとりまへ）何坪何合かの地面を与へて」、この中では勝手にせよと言いながらその周囲には鉄柵を設けて、「これより先へは一歩も出てはならぬぞと威嚇（おど）かすのが現今の文明である。」「何坪何合のうちで自由を擅（ほしいまま）にしたものが、此鉄柵外にも自由を擅（ほしいまま）にしたくなるのは自然の勢である。憐むべき文明の国民は日夜に此鉄柵に噛み付いて咆哮してゐる。」「文明は個人に自由を与へて虎の如く猛からしめたる後、之を檻（かん）穽（せい）の内に投げ込んで、天下の平和を維持しつゝある。此平和は真の平和ではない。動物園の虎が見物人を睨めて、寝（ね）転（ころ）んで居ると同様な平和である。檻の鉄棒が一本でも抜けたら――滅茶（めちゃ）〳〵になる。第二の仏蘭西革命は此時に起るであらう。個人の革命は今既に日夜に起りつゝある。」「――あぶない、あぶない。」「現代の文明は此あぶないで鼻を衝かれる位充満してゐる。おさき真闇（まつくら）に盲動する汽車はあぶない標本の一つである」。

いささか長い引用となったが、この画工の口を突いて出る文明批判はいかにも苛烈であり、文明の矛盾を刺して仮借ない。これが画工の口を借りた諷語に似て、その背後に息づく漱石の痛烈な文明批判の眼のあることは明らかであろう。同様、初期の短篇『趣味の遺伝』の語る所もまたこれにつながる。冒頭の戦争を狂気に始まる惨たる地獄図絵として語る主人公〈余〉の空想は、さらに凱旋の将兵を迎えては、その背後に「満州の大野を蔽ふ大戦争の光景」を想い描き、そこに見る生の極限に狩り立たされ、追いつめられた兵士たちの〈一心不乱〉の、言語を絶した〈玄境〉ともいうべきものを語りつくそうとする。これは評家の言葉を借りれば、ここにあるものは「敵と闘った戦士としてではなく、死と闘った戦士としてのみ見ようとする眼」であり、「戦争にまき込む側でなく、まきこまれる側」から見んとするもの、さらに言えば戦争を国家権力の戦いとみる「客観的な眼」と、どのようにくだらない戦争であっても「それを見ぬくことのできぬ兵士にとっては、天命の如きものとして戦っているのである事を、兵士の場に下り立っている眼とが、交錯している」（駒尺喜美『漱石における厭戦文学――「趣味の遺伝」』）という。言わばこの重層的な作家の眼こそ漱石作品をつらぬくものであり、『草枕』と言い、『趣味の遺伝』と言い、いずれも〈太平の逸民〉ともいうべき主人公の仮構の眼を借りつつ、文明のあやうさ、あるいは国家権力が国民にしいる犠牲の深さが描き出される。

しかも後者（『趣味の遺伝』）について言えば、これが「帝国文学」に発表されたのは明治三十九年一月。書かれたのは前年末、十二月はじめのこと。この時日露戦争後の講和条約の不首尾をめぐって、これを政府の屈辱外交として国民が憤激し、講和反対の国民大会、日比谷の交番をはじめとしてあいつぐ焼打事件が起こり、これを不穏な事態として三十八年九月、政府は東京府下に戒厳令を敷き、これが解かれたのは十一月三十日。『趣味の遺伝』が書かれたのはこの直後である。ただここでも漱石の眼は単に国家権力に対する批判のみではなく、屈辱外交をみて憤激する国民の熱狂も、凱旋将兵を迎えて湧き立つ熱狂も、言わば盾の表裏であって、二なるものではないと見る。この国家意識、いや国民意識の何たるかをその作家としての冷徹な眼は見逃してはいない。

漱石はこれら初期の実験的作品にあって、言わば〈太平の逸民〉たちの諷語という形をとりつつ、作中しばしば激越な言葉を吐露する。彼ら主人公の妄語、妄想という体をかくれみのとし、アリバイとしてと言ってもよい。『坊つちやん』以後、「漱石は自分の中の詩を殺した」とは高橋氏の言う所だったが、実は『趣味の遺伝』も『草枕』も、これら一連の初期作品は言わば同様のものであり、これらはすべて漱石初期の〈うた〉であったと言ってもよい。「『御前が馬鹿なら、わたしも馬鹿だ。馬鹿と馬鹿なら喧嘩だよ』今朝かう云ふうた」を作ったが、「先づ当分は此うた丈うたつてゐます」（明治41・8・11、高濱虚子宛書簡）とは、『草枕』を書き上げた（8・9）直後の言葉だが、すでにふれた『草枕』や『趣味の遺伝』にみる諷語の体は、ここにいう一連の〈うた〉ともみることが出来よう。「個人の革命は今既に日夜に起こりつゝある」という、先の画工にみる激越な文明批判の言う所もまた、ある意味では後の啄木の一文の先取りとも言えなくはあるまい。「時代閉塞の現状」とはまさしく『草枕』の作者が逸民の口吻に託して言う所でもあった。

三

すでに啄木の一文に対する漱石の共感のありかは明らかであろう。しかしそれが『こゝろ』作中にあってKへの負い目へと転移しているとはまた、むやみに言い難い所であろう。他者への裏切り、またその故の負い目という。しかしそれが作中に最も深く、また微妙にひびく所があるとすれば、それがほかならぬ自分自身を、いまひとりの自分が裏切るという事態であろう。それは内部に深く沈潜して容易に消えることはない。恐らくこの問題に深く眼を向けたものとして、桶谷秀昭の『淋しい「明治の精神」――「こゝろ」』と題した一文がある。

「……私は未来の侮辱を受けないために、今の尊敬を斥けたいと思ふのです。私は今より一層淋しい未来の私を我慢する代りに、淋しい今の私を我慢したいのです。自由と独立と己れとに充ちた現代に生まれた我々は、其犠牲としてみんな此淋しみを味はなくてはならないでせう」（上 十四）。桶谷氏はこの一節を引いて次の如くいう。「これはよく引かれる有名な言葉だが、『自由と独立と己れに充ちた現代』が、先生が殉死したあの『明治の精神』の総体を意味するものではない。それは『明治の精神』の一面であり、他の一面は、『自由と独立と己れ』の、いわば『自己本位』の精神の犠牲となり、寂莫に襲われざるをえない淋しい『明治の精神』である」。先生は「この二つの矛盾する『明治の精神』を抱いて淋しく生き、時代の終焉とともに死ぬ」。この「二つの『明治の精神』の演ずる劇」とは何かと問えば、「それは先生とKという親友の間におこった悲劇にほかならない」。「おれは策略で勝つても人間としては負けたのだ」という。この「人間」とは「自由と独立と己れ」の「自己本位」ならぬ、「それを無にする伝統的な倫理観に支えられた人間」である。この「『人間として負けた』という苦痛の感情は、近代がみずからの手で扼殺した過去の日本へのうしろめたい負目を象徴」するものであり、こうして「『こゝろ』のKの悲劇」とは「作者漱石に即せば、ロンドン留学以前と以後の二人の漱石の間の劇にほかなら」ず、「Kの死とともに先生はその前半生をみずからの手で埋葬したかにみえ」るが、しかし時とともにこの「前半生の記憶は、現在の先生の生に侵入し、不可思議な恐ろしい力でおびやかしつづける」ものとなるという。見事な解釈というほかはあるまい。

余談を言えば、この評論の載った雑誌（『文芸』昭45・10）が届けられた時、一読してうなったものである。その半年前、桶谷氏の『道草』論（『自然と虚構——「道草」』昭44・2・7「無名鬼」）にいくばくかの意見を呈したのだが、今度はいささかの想いのこもったものですという言葉を添えて送られたこの一文は、私の日頃のわだかまりを一拭するあざやかな一撃ともいうべく、その読後の感銘は今も忘れがたいものがある。と同時に、桶谷氏のいうロンドン留学以前と以後という図式をいささか遡れば、漱石少年時の二松学舎入学前後ということにもなろう。漱石の年譜を辿れば、明治十四年一月、母千枝の死と共に彼は東京府立第一中学校を中退、漢学塾の二松学舎に入る。「元来僕は漢学が好で」「英語と来たら大嫌ひで手にとるのも厭」（『落第』）だったという彼は、母の死と共に開化の時流に乗る栄達の途を棄て、自己本来の世界へと傾斜せんとしたかにみえる。しかし二松学舎も翌十五年春または夏には𛀁ゃめ、十六年九月には成立学舎に入り、英語の学習に専念、翌十七年九月、大学予備門に入学。この間の漢学と洋学の間を揺れ動く青春彷徨の時期はその生涯を決する一時期であり、あえて漢学を棄てたことはその生涯に深い傷痕を残し、その文明批判の文脈にも微妙な影を落とすこととなる。

このようにその時期を留学以前、以後とみるか、二松学舎入学前後とみるか、若干の差違はあるが、その自己本来の世界を切り捨てた、ひとつの裏切りというか、その傷痕の残る所は深い。ただここにも問題は残る。

このように整理してみれば、ことは明白に片付くかにみえるが、なお問いは残る。Kという人物造型の多義性ともいうべき問題である。先生はKを追いつめ、裏切ってしまう己れの卑劣さを言いつつ、また反面「其男が私の生活の行路を横切らなかつたならば」このような遺書を残す必要はなかったと言い、「私は手もなく、魔の通る前に立つて、其瞬間の影に一生を薄暗くされて気が付かずにゐた」のだという。また「世間は何うあらうとも此己は立派な人間だといふ信念」も、「Kのために美事に破壊されて」しまったと言い、さらにはKのお嬢さんへの恋情の告白とともに、「彼が解しがたい男」「一種の魔物のやうに思へもした」ともいう。

この矛盾はしばしば指摘される先生とKとの同性愛云々という解釈などとは明らかに対立するものである。むしろ作者はここで友情といいつつ、なおその奥にひそむ人間のエゴイズム、いや、エゴイズムなどと言ってもなお足りぬ〈魔の影〉ともいうべきもの。その人間存在の奥にひそむ捉えがたいまでの矛盾と深淵を問いつくそうとしているかにみえる。〈魔物〉とは他者ならぬ、自己自身の深淵にひそむ不可思議な影というほかはあるまい。かつて論者はこの〈私〉という若者の手記は、友人をKなどと頭文字で呼ぶような先生の非人間性を問い、これを差異化せんとするつよいモチーフにつらぬかれていると述べていたが、むしろこれはかつての論でも述べた所だが、差異化しているのはほかならぬ先生自身であり、「私は私自身さへ信用してゐない」「人も信用できない」「自分を呪ふより外に仕方のない」、疑り深くまた執念深い人間だという。Kのお嬢さんへの想いを諦めさせようとしては「狼が隙を見て羊の咽喉笛へ食ひ付くやうに」「残酷な答えを与えた」男だという。しかも「正直な路を歩く積で、つい足を滑らした馬鹿もの」「狡猾な男」だという。Kの死に動転しつつ、なお「私を忘れる事が出来」ず、Kの非難の言葉がないかと遺書に眼をさらす、それが自分だという。自己批判も、差異化も極まれりというほかはあるまい。

しかも先生はこのように自身を問いつめつつ、「私はたゞ人間の罪といふものを深く感じたのです」という。また妻の母の看病に際しては「力の及ぶかぎり懇切に看護」したのも、妻のためだけではなく「もっと大きい意味からいふと、ついに人間の為でした」という。また妻への愛情も「箇人を離れてもつと広い背景があつたやう」だという。このあたりについてはすでに玉井敬之のすぐれた指摘（『「こゝろ」から「道草」「明暗」へ』）があるが、それがついに「人間の罪」であり、「箇人を離れてもつと広い背景があつたやう」だという時、先生の筆が自身の一切を告白しつつ、さらに人間普遍の問題にまで深めんとする意図がみられよう。この告白の深さを論者のひとりはカトリックにいう「『告解』の論理」ではないかという（西成彦『鷗外と漱石――乃木希典の「殉死」をめぐる二つの文学――』）。

四

ここで思い出されるのは作家古井由吉の指摘である。「漱石という人がもしキリスト教圏で生まれていたら、存分に自分の思想をほじくれたんじゃないか。」「唯一の神が人間を罰しもし救いもするという、一神教という存在の中にあったら、もっとあの資質は救われたんじゃないか。」「漱石という人の気韻、あるいは業の質みたいなものは、むしろキリスト教臭いものがあるという感じ」（吉本隆明との対談『漱石的時間の生命力』）だと古井氏はいう。すぐれた指摘というべきだが、しかも告白すべき神なき風土にあって、なお真の〈告白〉とは何か。西氏はその故にこそこれが人生の何たるかを知らぬ未熟な一青年を対者としたことにおいて、〈告解〉のパロディだという。しかし、ここにひそむものはパロディの一語では片付かぬ、より真率なるモチーフの所在である。前年（大正二年）十二月十二日、母校第一高等学校の後輩たちに向けての『模倣と独立』と題した講演は、すでにそのモチーフの何たるかを語ってあまりあるものがある。

ここではすでに後の『こゝろ』の構想は熟しつつあるかにみえるが、その第一は「私は斯うやつて人間全体の代表者として立つて居ると同時に自分自身」を、この「一個の夏目漱石と云ふものを代表して居る」のであり、つまりは普遍的人間と、一個固有の人間と、この両者を共に代表しているのがこの自分自身というものだという。先生が自己の内面を語りつつ、そこに「人間の罪と云ふものを深く感じたのです」という、その発想の根はすでにここにみることが出来よう。またひとが罪を犯せば処刑され罰されるのは当然だが、「其罪を犯した人間が、自分の心の経路を有りの儘に現はすことが出来たならば、さうして其儘を人にインプレッスすることが出来たならば総ての罪悪と云ふものはないと思ふ。総て成立しないと思ふ。夫をしか思はせるに一番宜いものは、有りの儘を有りの儘に書いた小説、良く出来た小説」であり、このように有りの儘を隠さず漏らさず描きうれば、その人はその功徳によって成仏出来、法律では罰されようとも、その罪は「十分に清められる」のだという。この真の告白によってその罪は消えるという言葉は再三繰返され、しかもそれがひとの心を搏つには「根柢」と「深い背景」が必要であると言う。ここで乃木殉死こそはその「根柢」と「深い背景」の故に、即ちその「インデペンデント」たる独自の行為の故に、その「行為の至誠である」ことの故に、「あなた方を感動せしめる」ものがあったのだという。乃木殉死と言い、その「深い背景」への言及と言い、語る所はすでに『こゝろ』一篇にそのままつながるものがあろう。

すでに先生とKにふれ、「明治の精神」の何たるかにもふれた。あとは遺書の告白に向かって追いつめられてゆく先生の必然こそが問われる所であろう。あえて言えば先生を死に追いつめたものはKへの裏切りでも、明治の終焉でもなく、〈私〉という青年自身であったとは松本寛『漱石の実験』のいう所である。これは先の高橋源一郎も作中で深く推賞する所だが、たしかにきわめて説得性の高い論攷である。叔父に裏切られた時も、自身Kを裏切った時も、先生は自分に閉じ込もることで生きて来たが、いま〈私〉という青年が執拗に自分の世界に迫って来た時、もはや拒むことは出来なくなった。〈私〉こそは「無意識のうちに『先生』の自殺を促した重要な作用者であった」。言わば『こゝろ』は「『先生』の前身である『私』という青年が、『先生』にめぐり合うことによって人生のとば口までさしかかる物語と、『先生』という『私』の後身がそのとば口から破滅へと歩まなければならなかった物語とを重ねあわすところに成立していると言ってよい」という。

いかにも明晰な分析だが、しかし先生が「明治の精神」への殉死を持ち出したのは「『私』の接近が『先生』の自殺の直接の契機となっていることを匿そうとした」ものであり、それはKがその遺書に「『先生』を責める言葉を一言も書き残さなかったのと同じ」ではないかという時、「明治の精神」への殉死という、この作品の根幹をなすモチーフは明らかに疎外される。数年前『こゝろ』の研究史を辿ってみたことがあるが、同時代評を含め、大正から昭和へと、この時代の終焉の意義についてふれた論の殆どみられなかったことは不思議であった。いまその仔細にふれる余裕はないが、そのなかにあって「明治天皇の精神とその生の出発を同じくするかれにとって、統一的な明治の精神とその肉体とは、自己の人間的実体を形作ってきた、かけがいのない要因であった」（『「心」における自我の自覚と崩壊』）という猪野謙二の指摘は銘記すべき所であろう。

また『こゝろ』における先生の「贖罪と殉死は全く性質を異にした」ものであり、この「関係のない行為を強いて関係づけたところ」に、「『こゝろ』の分け難い部分、不透明な箇所」（集英社『漱石文学全集』6解説）があるとは荒正人のいう所だが、しかしまた「小説家の発想と技術ということからいえば、『先生』の死を乃木大将の殉死とどう結びつけるかが、いうまでもなくこの小説の根幹である」とは大江健三郎（「記憶して下さい。私はこんな風にして生きて来たのです」）のいう所である。たしかに大江氏のいうごとくあい反する両者をどう結びつけるかに、作者の苦心のすべてはあったと言ってよい。この作品は「悲劇の道筋を通そうとすれば、隙間風が吹く」。しかもこの感動とは何か。ただひとつ「作品の声に聞くべきではないか」。これは「声によって成り立った、悲劇としての近代小説の、おそらく最後のひとつではないか」とは、同じく作家としての古井由吉（『漱石随想』）のいう所である。

その聞くべき〈声〉とは何かと問えば、作品の、テクストの背後にこもる作家の肉声そのものというほかはあるまい。「自由と独立と己れとに充ちた現代」とそこに生きる淋しさとは、ただに明治のひととしての先生の声のみではあるまい。むしろそこには大正という新たな時代にひとり生き残った作者漱石自身の孤独な肉声がひびく。また明治の精神に殉死するとは「自身をかく在らしめた時代と刺し違えること」であり、「そうした自己否定によってのみ、時代はその特殊性を捨てて、精神としての普遍性をもって先生の前に現れてくるのではないか」（越智治雄「こゝろ」『漱石私論』）とは、またすぐれた評者のひとりのいう所である。恐らくこの〈普遍性〉とは、『こゝろ』という作品を、また「贖罪と殉死」というあい反する局面をいかに統合するかという難題を解くひとつの鍵でもあろう。

すでにふれた通り、先生の遺書は己れの罪を語って「人間の罪」という普遍に迫る。同時に語り手の筆は明治という固有の時代のエトスをめぐって普遍の真実に迫ろうとする。先生、私、K、私の父というごとく、主要な人物の一切は固有名を消しとられ、語り手は明治という時代の内面を照射せんとする。「天子様もとう〳〵御かくれになる。己(おれ)も……」と言い、乃木殉死に際しては「乃木大将に済まない。実に面目次第がない。いへ私もすぐ御後(おあと)から」という〈私〉の父の声は同時に庶民の声を語り、これもまたひとつの殉死であることを告げる。先生とKの葛藤が古き明治と新しき明治の相剋であることもすでにふれた。これが『模倣と独立』（大2・12・12）と『私の個人主義』（大3・11・25）という二つの若者へのメッセージとして語られた講演のはざまにあることもまた意味深い。遡れば熊本時代の『人生』に語る「思ひがけぬ心は心の底より出で来る。容赦なく且乱暴に出で来る」「剣呑なる哉」という作家以前の一文にこもる若者へのメッセージを具現化すれば、それが『こゝろ』一篇となる。〈私〉もまた新たな世代をあらわす普遍の象徴者として、先生の遺書の封印者となり、またその故に真の受諾者ともなる。

すでに見るごとく『こゝろ』が他者の不可解性を問い、人間の罪の深さを問い、さらには時代との訣別とは何かを問う、より演繹的発想に立つとすれば、続く『道草』は反転して、より帰納的発想をとる。自伝性という必然もまたそこにある。また『こゝろ』において明治への訣別を語ることにおいて、作者ははじめて『明暗』という大正の時代を描きとろうとすることが出来た。この言葉の由来する〈明暗雙雙〉という古辞が人間内面の相対性をあらわすとすれば、それが同時に一切を相対化してやまぬ大正という新たな時代の価値観を示していることもまた意味深い所であろう。また「明治の精神」という時、それは〈乃木殉死〉と同時に、その対極ともいうべき〈大逆事件〉をも含む。天皇への殉死ならぬ「明治の精神」への殉死という時、漱石が何を語ろうとしたか、なお問いは残る。作品を読むことが同時に、作品に読まれることであるとすれば、我々はこの〈読むということの倫理〉の前に佇ちつくすほかはあるまい。漱石晩期の言葉を借りれば「ころ柿が甘い粉を吹き出す」まで、待ちつくすほかはあるまい。『こゝろ』一篇はなおその謎に値する一作品であったということが出来よう。

『道草』をどう読むか――漱石探究二

一

昨年の『こゝろ』に続いて、今年は『道草』から『明暗』の世界に入ってみたい。『道草』はいうまでもなくはじめにして最後の自伝的作品である。私はこの作品を〈自然〉〈天〉〈神〉の三つのキー・ワードとして論じたことがある。また続いては〈身体論的考察〉なるものを使ってもみた。この方法の基体となるものはメルロ・ポンティの『知覚の現象学』が挙げられるが、漱石は同様の方法をもって『道草』を書いた。しかもメルロ・ポンティの同書より三十年前（一九一五年、大正四年）に書かれていることに、改めて漱石の洞察力の新しさ、鋭さを感じざるをえない。ここから『明暗』へどう展開してゆくか。これを解く鍵としては、いまひとつの〈明暗〉ともいうべき晩期の漢詩七十余篇の制作がある。この漢詩と小説との微妙な交錯を通して『明暗』の秘部、さらには作家漱石の秘部ともいうべきものに迫ってみたい。

以上はこの夏の大学院公開講座の要旨としてあらかじめ用意したものだが、結局は時間切れとなって『道草』（大4・6・3〜9・10）のみで終ってしまった。『道草』終末の言葉を借りれば、「世の中に片付くなんてものは殆どありやしない」ということか。従って今回は『道草』のみを中心として語ることとなるが、しかし今改めて論じようとして、この作品が容易には片付けえぬ、多くの課題を含んでいることが見えて来た。

まず第一に、これが自伝的作品であることを思えば、作者は主人公の幼時の回想を語りつつ、養父母との確執は繰り返し語りながら、ついに実母の存在については何ひとつふれてはいない。これは逆にいえば、前作『硝子戸の中』（大4・1・13〜2・23）が小説ならぬ連載エッセイとして、過去、現在を自在に往還しつつ、最後は実母への感慨深い想い出をもって閉じているが、そこには養父母の影は全くあらわれて来ない。恐らくこの矛盾は何かと問う所から、〈方法としての自伝性〉という問題があらわれて来る。さて、『道草』は次のように始まる。

健三は遠い所から帰つて来て駒込の奥に世帯を持つたのは東京を出てから何年目になるだらう。彼は故郷の土を踏む珍しさのうちに一種の淋し味さへ感じた。

彼の身体には新しく後に見捨てた遠い国の臭がまだ付着してゐた。彼はそれを忌んだ。一日も早く其臭を振ひ落さなければならないと思つた。さうして其臭のうちに潜んでゐる彼の誇りと満足には却つて気が付かなかつた。

彼は斯うした気分を有つた人に有勝な落付のない態度で、千駄木から追分へ出る通りを日に二返づゝ規則のやうに往来した。（傍点筆者、以下同）

恐らくこの冒頭の一節が、すべてを語っていると言ってもよい。まず〈遠い所〉とは何か。東京、駒込と言いつつ、あえてその〈遠い所〉とは何処かはあかされていない。以後随所に繰り返される、一種具象と抽象の交錯ともいうべき叙法に、この作品独自の奥深い象徴性ともいうべきものがあらわれて来る。作者は自伝的具体性を語ると見えつつ、その背後にひそむ普遍の闇ともいうべきものを語ろうとしているかともみえるが、さて〈遠い所〉とは何か。

すでにこの一語をめぐって評家のさまざまな指摘がある。これは必ずしもイギリスやヨーロッパを指すものではなく、「他人から遠くはなれた場所、孤独な自己追求が何ものかをもたらすと信じられた場所」（江藤淳『「道草」と「明暗」』）ではないかと問い、あるいはあの「修善寺の三十分の死を通じて遠い時空のあわいから帰って来た」そのひとりの作家の、「いまあらためて遠いところがらの還路」（越智治雄『道草の世界』）だともいう。さらには「理念の文学」

から「実在の文学」（荒正人『夏目漱石』）への還帰であったという指摘もみられる。
たしかにその帰って行く所は、一切の理念や観念が砕かれ、すべてが相対化されざるをえぬ日常の世界であり、まさしく評家のいう通り、これは「帰って来た男」（江藤淳）の物語だということも出来る。しかしまたこれを作家自身の方法の問題として問えば、還って来たとはまた、より新たな実験の場、方法の場に、自身の分身を引き連れて還って来たということでもあろう。その新たな実験とはすでにふれたごとく、これがすぐれて方法的な自伝的作品であるということであり、恐らくここから自伝性をふまえつつ、作者は何を語り、また何を語らなかったかという問題が生まれ、ひいては作者にとってその自伝的素材とは、そもそも何かという意味が問われて来る。

「帰って来た男」の物語という時、初期の『野分』の白井道也も、『門』の野中宗助もまた帰って来た男だが、しかし彼らは真に「帰って来た男」であったろうか。恐らく彼らの帰って来た場とは、『道草』の問う所とははるかに異なる。しかしその差異を語る前に、まず自伝性の問題を問うことが必要となろう。となれば当然、前作『硝子戸の中』から『道草』への連続、また非連続の問題が問われて来る。先にもふれたごとく、共に幼時の回想にふれつつ、養父母の存在を消した前者と、実母の存在を消した後者との関連はどうなるかということだが、多くの論がこれにはふれていない。しかしこれは見逃しえぬ問題であり、あえてここに踏み込む所から、〈方法としての自伝性〉のさらなる相貌ともいうべきものが見えて来よう。恐らくこれを解く鍵は、すでに『硝子戸の中』終末の部分に含まれているかとみえる。

> 私は今迄他（ひと）の事と私の事をごちや〳〵に書いた。他（ひと）の事を書くときには、成る可く相手の迷惑にならないやうにとの掛念があつた。私の身の上を語る時分には、却つて比較的自由な空気の中に呼吸する事が出来た。それでも私は未だ私に対して全く色気を取り除き得る程度に達してゐなかつた。嘘を吐（つ）いて世間を欺く程の衒気（げんき）がないにしても、もつと卑しい所、もつと悪い所、もつと面目を失するやうな自分の欠点を、つい発表しずに

仕舞つた。聖オーガスチンの懺悔、ルソーの懺悔、オピアムイーターの懺悔、——それをいくら辿つて行つても、本当の事実は人間の力で叙述出来る筈がないと誰かゞ云つた事がある。ま況して私の書いたものは懺悔ではない。私の罪は、——もしそれを罪と云ひ得るならば、——頗る明るい処からばかり写されてゐただらう。其所に或人は一種の不快を感ずるかも知れない。

これは最終章（三十九）末尾に近く吐露される感慨だが、しかし読者は作者のいうほどに〈私の罪〉なるものを感じえたであろうか。恐らくこのようにつよい自責の言を発せしめる背後の眼、その語り手の眼は『硝子戸の中』自体のものというよりも、すでに自己内面の、より根源的な追求を果たさんとする、より深い次元に踏み込んだ、その局所からふり返ってのものではなかったか。あえてそれを〈罪〉という、その〈罪〉とは何か。自分の持つもっと卑しい所、悪い所、面目を失する所を描き切らなかったということか。彼はすでにこれは〈繊悔〉ではないという。ならばその〈罪〉とは、単にひとりの人間ならぬ、まさに作家自体としての方法の必然にかかわるものというほかはあるまい。

二

さて、先の『硝子戸の中』末尾の一節にふれて、さらに注目すべきはその前後にいう所である。この〈罪〉をひとは不快に思うかも知れないと言いつつ、さらに次のような言葉が続く。

然し私自身は今其不快の上に跨がつて、一般の人類をひろく見渡しながら微笑してゐるのである。今迄詰らない事を書いた自分をも、同じ眼で見渡して、恰（あたか）もそれが他人であつたかの感を抱きつゝ、矢張り微笑してゐるのである。

いわゆる〈漱石の微笑〉と言われる部分だが、これと照応するものとして、先の一節をはさむようにして、次のような言葉がすでに語られている。

> 毎日硝子戸の中に坐つてゐた私は、まだ冬だ冬だと思つてゐるうちに、春は何時しか私の心を蕩揺（たうえう）し始めたのである。
>
> 私の冥想は何時迄坐つてゐても結晶しなかつた。筆をとつて書かうとすれば、書く種は無尽蔵にあるやうな心持もするし、彼（あれ）にしようか、是にしようかと迷ひ出すと、もう何を書いても詰らないのだといふ呑気な考も起つてきた。しばらく其所で佇ずんでゐるうちに、今度は今迄書いた事が無意味のやうに思はれ出した。何故あんなものを書いたのだらうといふ矛盾が私を嘲弄し始めた。有難い事に私の神経は静まつてゐた。此嘲弄の上に乗つてふわ〳〵と高い冥想の領分に上つて行くのが自分には大変な愉快になつた。自分の馬鹿な性質を、雲の上から見下して笑ひたくなつた私は、自分で自分を軽蔑する気分に揺られながら、揺籃の中で眠る小供に過ぎなかつた。

すでに語る所は明らかであろう。筆の進むままに、遠心力の赴くままに、自在に書いて来たこれらの断章も何であったかという想いが作者を嘲弄するというが、同時に作家本来の求心力に赴かんとする潜熱のごときものが、このように語らせているともみえる。しかもその自分の馬鹿さ加減を笑いながらも、自分は揺籃の中に眠る幼子に過ぎなかったという。これがその前の二章（三十八・三十九）をさいて語った母の回想とかさなることは明らかであろう。

> 私は母の記念の為に此処で何か書いて置きたいと思ふが、生憎（あいにく）私の知つてゐる母は、私の頭に大した材料を遺して行つて呉れなかつた。
>
> 母の名は千枝といつた。私は今でも此千枝といふ言葉を懐かしいもの丶一つに数へてゐる。だから私にはそ

れがたゞ私の母丈の名前で、決して外の女の名前であつてはならない様な気がする。幸ひに私はまだ母以外の千枝といふ女に出会つた事がない。
　母は私の十三四の時に死んだのだけれども、私の今遠くから呼び起す彼女の幻像は、記憶の糸をいくら辿つて行つても、御婆さんに見える。晩年に生れた私には、母の水々しい姿を覚えてゐる特権が遂に与へられずにしまつたのである。

母の想い出を語る三十七章冒頭の部分だが、すでに語る所は母の〈幻像〉に過ぎないという。「御母さんは何にも云はないけれども、何処かに怖いところがある」と兄は言ったが、それすらも「水に融けて流れか丶つた字体を、屹となつて漸と元の形に返したやうな際どい」「記憶の断片に過ぎない」という。まして「其外の事になると、私の母はすべて私に取つて夢」であり、「途切れ途切れに残つてゐる彼女の面影をいくら丹念に拾い集めても、母の全体はとても髣髴する訳に行か」ず、「其途切れ〳〵に残つてゐる昔さへ、半ば以上はもう薄れ過ぎて、しつかりとは摑めない」という。

こうして最後に忘れがたい挿話があざやかに語られる。昼寝をしていた子供の自分はいつも、夢の中で「変なものに襲はれ」ていた。そのひとつに、自分のものでもない多額の金銭を費い果たし、とても償うことは出来ず、自分は寝ながら大変苦しみ出し、仕舞いに大きな声を揚げて下にいる母を呼んだ。母は私の声を聞き付けてすぐに二階に上って来てくれた。「私は其所に立って私を眺めてゐる母に、私の苦しみを話して、何うかして下さいと頼んだ。母は其時微笑しながら、『心配しないでも好いよ。御母さんがいくらでも御金を出して上げるから』と云つて呉れた。私は大変嬉しかつた。それで安心してまたすや〳〵寝てしまつた」という。

しかし「私は此出来事が、全部夢なのか、又は半分丈本当なのか、今でも疑つてゐる。然し何うしても私は実際大きな声を出して母に救を求め、母は又実際の姿を現はして私に慰籍の言葉を与へて呉れたとしか考へられない。さうして其時の母の服装（なり）は、いつも私の眼に映る通り、やはり紺無地の絽の帷子（かたびら）に幅の狭い黒繻子の帯だつたのである」という。印象深い挿話だが、ここでもそれが夢か、うつつか、もはやさだかではないという。しかしそれが母の〈幻像〉であったとしても、やはりそれは現実であったと思い込みたいという。これもまた水に溶けて流れる形を「屹（きつ）となつて漸と元の形に返したやうな際どい」「記憶の断片」であったというべきか。ここにあるものは、母の側からの熱い肉感ではあるまい。「其所に立つて私を眺めてゐる母」という所にも、その距離の微妙さはあざやかであろう。しかも自分はいま「揺藍の中に眠る子供に過ぎなかつた」という時、終章の語る作者の〈微笑〉に、あの母の〈幻像〉としての微笑が微妙に呼応していることは明らかだとすれば、すでにこの母の〈幻像〉とは、母を語るとみえて、さらに深く作者内奥の熱い希求を語るものといえよう。

　しかしここで冒頭、〈母の記念〉として何事をか語ろうという時、それは母への最初にして、また最後の言及を予示するものかともみえる。これは韓国のある研究者の発表から示唆されたものだが、やはり〈記念〉という一語は重い。言わんとする所は、これで母の記憶にかかわる一切は封印して、次の世界に踏み込んでゆこうということでもあろう。事実、次作『道草』では母の像は一切語られず、逆に『硝子戸の中』に深く封印されていた養父母の像が、刻明に掘り起こされてゆく。恐らくここから〈方法としての自伝性〉の問題は始まる。

　先にもふれたごとく『硝子戸の中』の終末、自分は「他（ひと）の事を書くときには、成る可く相手の迷惑にならないやうに」と配慮し、逆に自分を語る時は「自由な空気の中に呼吸する事が出来た」。しかもなお自身の「もつと卑しい所、もつと悪い所、もつと面目を失するやうな自分の欠点」をついに語らずに終ったという時、すでに先にいう〈罪〉とは道義ならぬ、作家本来の自由と真実を棄ててしまっていたことへの熾しい自己糾問の一拍であり、それが自身のエッセイに対してのいささか不当な言及とみえる所にも、すでに作家としての軸足が、やがて書かるべき自伝的作品へと移されていることを語るものであろう。

三

こうして書き始められた『道草』は、主人公の健三や妻のお住みはもとより養父母、兄、姉夫婦、義父といった係累のすべてが、登場人物としては徹底的に相対化され、仮借なく問いつめられてゆく。そこでは自他を問わず「相手の迷惑にならないやうにとの掛念」は一切払拭され、その「もつと卑しい所」「悪い所」「面目を失する」所が会釈なくえぐりとられてゆく。ここでは養父母の島田もお常も強欲で打算的な人物として執拗に描き込まれ、モデルとなった塩原昌之助と後添のかつ（作中では島田藤）夫婦が『道草』を読んで、あまりにも事実と違うことに唖然とし、その憤懣やる方なき様子が、当時その下宿人であった関荘一郎の『「道草」のモデルと語る記（一名作者夏目漱石先生生立の記）』（「新日本」第七巻第二号、大6・2）に克明にしるされていることは知られる通りだが、『仮りにモデルが真実に善良な人間でなかつたにしろ、先生から見れば、拾数年の恩義をもつた育ての親』であり、『この親のことを、少しの恐れもなく、赤裸々に表現すると云ふことは、道徳の上から、若しくは人情の上からみて、そこに何等か、遠慮と謹慎とがあつて然るべきものではなかつたらうか』とは、この筆者のいう所である。「打明話が真実にしろ、小説が嘘にしろ」、あるいはその逆にしろ、それが「立派な芸術品である『道草』の価値を動かすに足らぬことは云ふまでもないが」、やはり人倫上の問題としては問いが残るという。

勿論これは当の作者自身が当然知る所だが、だとすれば、これはどう解すべきか。あえてこの自伝的素材に踏み込んでゆく作者の心情は、すでにあの『硝子戸の中』末尾の文章にも明らかだが、さらに注目すべきものとして、日時は不明だが大正四年、『道草』起稿時に先立つ時期の日記『断片』に、次のごとき言葉がある。

「○心機一転。外部の刺激による。又内部の膠着力による。／○一度絶対の境地に達して、又相対に首を出したものは容易に心機一転が出来る。／○屡絶対の境地に達するものは屡心機一転する事を得／○自由に絶対の境地に入るものは自由に心機の一転を得」。

またさらには続いて、次のごとき言葉がみられる。

「○general case ハ人事上殆んど応用きかず。人事はparticular caseノミ。其particular caseヲ知るものは本人のみ。／小説は此特殊な場合を一般的場合に引き直して見せるもの（ある解釈。特殊故に刺激あり、一般故に首肯せらる。みんなに訴へる事が出来る）

恐らくこれらの言葉が『道草』執筆の作者の胸中につよく刻まれていたことは疑いあるまい。「外部の刺激」と共に、「内部の膠着力」とは、『道草』の文体、またその展開をみれば明らかな所だが、「心機一転」という四たびくり返される言葉に、作者内面のなみなみならぬ衝迫力の勁さがうかがいとれよう。また「絶対」から「相対」へという、その「絶対」とは何か。これらの言葉を『道草』執筆の重要なモメントとして指摘したものに宮井一郎の『道草』論（『漱石の世界』）があるが、これを『行人』の一郎がHさんの手紙の中でいう「絶対即相対」、あるいは「此境界に入れば天地も万有も、凡ての対象といふものが悉くなくなって、唯自分丈が存在するのだ」などという言葉を想起させるものとし、『行人』『こゝろ』と続いて、さらに『道草』という「劃期的な作品に着手する、創造的な内部昂揚にうながされて、辛うじて到達することのできた境地」であり、「これは漱石が、煩瑣な相対世界を、超剋し解脱するための、のっぴきならない究極地」であったと宮井氏はいう。

貴重な指摘というべきだが、しかしあえて言えば、これを漱石のやがては〈則天去私〉という言葉ともつながる自己超剋の、より精神史的な側面として読みとってしまえば、問題は少しはずれて来よう。ここに言う「絶対即相対」などという言葉は、あの『行人』の一郎における「神は自己だ」「僕は絶対だ」などという〈独我論〉的思考につながるものではなく、逆にこのような独我論的理念や観念を打ち砕くべき何ものかとして語られているはずである。これは作家の方法的必然が呼び求めたものであり、「心機一転」とは、創造的な内部昂揚」ならぬ、あるいは「煩瑣な現実の相対世界」からの超脱ならぬ、まさに伝記的素材という煩瑣な相対世界にどう踏みこみ、これを摑みとって新たな世界を構築してゆこうかという、新たな世界に挑む作家自身の、自己励起の一拍にほかなるまい。

またこれが理念ならぬ、作家としてのとるべき方法そのものに即したものであることは、続く先の「断片」のメモをみれば、さらに明らかであろう。即ち「人事」を描くには「general case」では「応用きかず」、ただ「particular case ノミ」として、その「particular case ヲ知るものは本人のみ」という。すでに作者がさらなる作品世界の開拓、また深化として、自身の体験は、また伝記的事実を素材として取りあげようとした意図が何であったかは、ここに明らかであろう。人間存在を真に描ききるその素材の究極とは「particular case」に即するものであり、それを知るは我のみという。小説とはこの〈特殊〉を〈一般〉に引き直してみせるものだが、「特殊故に刺激」あるも、それが普通の〈一般〉となる時、はじめて読者を首肯せしめることが出来るのだという。

これはそのまま『道草』の意図し、志向する所であり、その〈特殊〉をいかに〈一般〉化し、普遍化しうるかということであり、この時、〈心機一転〉の背後にひそむ〈相対〉とは、すでに唯我論的な独断ならぬ、その自己が徹底的に砕かれた、またその所に現前する何ものかであり、ここにあの『道草』四十八章における一瞬ながら〈神〉の顕現という必然もまた見えて来よう。きょうも金の無心にやって来て容易には帰らぬ、養父島田を前にしての健三の感慨を描く場面である。

> 健三はたゞ金銭上の慾を満たさうとして、其慾に伴なはない程度の幼稚な頭脳を精一杯に働かせてゐる老人を寧ろ憐れに思つた。さうして凹(くほ)んだ眼を今擦り硝子の蓋(かさ)の傍へ寄せて、研究でもする時のやうに、暗い灯を見詰めてゐる彼を気の毒な人として眺めた。
>
> 「彼は斯うして老いた」

> 島田の一生を煎じ詰めたやうな一句を眼の前に味はつた健三は、自分は果して何うして老ゆるのだらうかと考へた。彼は神といふ言葉が嫌（きらひ）であつた。然し其時の彼の心にはたしかに神といふ言葉が出た。さうして、若し其神が神の眼で自分の一生を通して見たならば、此強慾な老人の一生と大した変りはないかも知れないといふ気が強くした。

この〈神〉の眼とは何か。これは所詮「一瞬の顕現」（高田瑞穂）に過ぎぬというものか。いや〈一瞬の顕現〉たることによって、ここで想起されるのは透谷のいう〈瞬間の冥契〉（内部生命論）という言葉だが、これを語る作家の観念ならぬ、生理の必然を語りえているのではないか。あるいは、これに続く場面の転換をみれば、これもつまりは「その場限りの感傷」であり、「自省というより、感想に近い」（秋山公男）ということか。さらには漱石が「健三に託して、神を呼んでいたの」であり、それも「語り手が立ててあり、視点がきまっている以上、安心してできること」であり、「その証拠に、語り手はそのすぐあとで、健三の神を呼んだ者らしくないところを描いているのではないか」（高木文雄）という指摘もある。いずれもこの場面における〈神〉の登場への異和、批判をつよく呈したものだが、しかしここに見られる〈神〉はキリスト教の神でも、またいかなる宗派、教義に属する神でもあるまい。

ことの主眼は神を求めて見出したものではなく、神を否定しつつ、にも拘らず神の一瞬の顕現を見たという所にあろう。つまり生身の作家ならぬ、作品の中に生きる作者の必然がそれを無意識に呼び起したということであり、この〈神〉なるものの眼によって、健三は「此強欲な老人」と「自分の一生」とが、畢竟同じものではないかという自己発見に至る。言わば他者の眼に問われてゆくという、その日常的な他者という水平軸ならぬ、〈神〉とも呼ぶべきものの垂直軸を通してつらぬき、問われることによって人間存在の何たるかを知るという。恐らくこの作品をつらぬく根源的なモチーフが、おのずからに呼びよせた場面であり、この〈神の眼〉とは瞬時に終るかりそめのものではあるまい。

先の一節に続いて「其時島田は洋燈の螺旋を急に廻したと見えて、細長い火屋の中が、赤い火で一杯になつた。それに驚いた彼は、又螺旋を逆に廻し過ぎたらしく、今度はたゞでさへ暗い灯火を猶の事暗くした」と語り手は語る。この日常的情景の瞬時の転変と、一瞬の〈神の顕現〉とをかさね合わせる作者の手法に、我々はここでもまた作者がこの作品に託したあざやかな手法、描法のひとこまを見ることが出来よう。これはまた作者が島田という存在に託した二重の描法と無縁のものではあるまい。

四

さてこの論も終末に近く、あの冒頭の場面にいま一度還らねばなるまい。「遠い所」から帰ってきた「彼の身体には新らしく後に見捨てた遠い国の臭がまだ付着してゐた。彼はそれを忌んだ。一日も早く劇臭を振ひ落さなければならないと思つた」というが、その〈臭〉を振い落としてゆく過程こそが、この作中に推移してゆく時間ともいえよう。同時にここで彼の意識や心と言わず「彼の身体」と言い、「臭」という。この語法はやはり注目すべきものがあろう。また彼はこの臭を一日も早く振い落とさねばと思いつつ、「其臭のうちに潜んでゐる他の誇りと満足には却って気が付かなかった」という。この彼が「気が付かなかつた」という言い方も、作中しばしば繰り返される所である。

さらに進んで、健三が日に二度は往復するというその道のなかば、雨の中に佇み、彼を執拗にみつめる「帽子を被らない」男との出会いが描かれる。この旧知の男こそ言うまでもなく養父の島田のことだが、健三は帰宅後もあえて細君には打ち明けない。「機嫌のよくない時は、いくら話したい事があつても、細君に話さないのが彼の癖であった。細君も黙つてゐる夫に対しては、用事の外決して口を利かない女であつた」。

ここで第一章は終るが、すでにすべては予感的に語られていると言ってもよい。島田の問題は百円の最後の手切金を渡すことで片付くが、島田ならぬ「〈帽子を被らない男〉の問題は片付かないのである」（柄谷行人『意識と自然』）とはすでに評家のいう所だが、同様健三と細君お住の問題も何ひとつ片付いてはいない。終末、これで島田の問題も片付きましたねという細君に対して、「世の中に片付くものは殆どありやしない」と、にがにがしげに呟く健三のことばは、同時に作者自身の肉声でもあろう。片付かぬ、いや容易に片付けてはならぬとは、また作家必然の倫理だと作者は言いたげだが、しかしここでもその健三の言葉自身、細君のお住によって問い返される。「お父さまの仰しゃる事は何だかちっとも分りやしないわね」と、赤子に頬ずりしつつ呟くお住の姿は意味深い。「健三の内なる〈時間〉は、〈類〉として生きるいまひとつの時間によって相対化される」とは先の論攷（『「道草」再論』）でもふれた所だが、すでに作者の視線が、言わば「身体論的視角」ともいうべきものの上に立っていることもまた明らかであろう。

『道草』を身体論的考察から論ずることは、すでに先の論文でもふれた所で再述は避けたいが、一言ふれれば、デカルト的心身二元論ならぬ、心身合一の根源的存在として人間を捉えようとする〈身体論〉は、人間を実体的存在ならぬ〈関係的存在〉即ち、〈対自＝対他的存在〉として捉えんとするものであり、他者とはまさに自己を認識するための条件であり、そこにおのずから対存在の有限性、相対性が問われ、〈知〉の絶対性もまた問われて来る。これらは〈身体論〉の論者（市川浩『精神としての身体』）がすでに語る所だが、『道草』の主題、方法とはまさにこれであろう。しかも身体論的考察の源流ともいうべきメルロ・ポンティの『知覚の現象学』には、次の一節がみられる。「私が人体を認識する唯一の手段は、みずからそれを生きること。つまり、その人体の閲したドラマを私の方でとらえ直し、その人体と合体することだけである」（第一巻第一部「身体」）という。すでにこれはそのまま『道草』一篇のモチーフ、また方法そのものではなかったか。〈方法としての自伝性〉という課題は、まさにここから始まる。問題はこの自伝性の属性としての〈particular case〉としての素材を、いかに万人の首肯する一般性、普遍性に高めてゆくかということであり、これは素材としての体験的事実を自他の判別を超えた、言わば自他一体のものとして、どう描き込んでゆくかということであろう。留意してみれば、相手の特性、欠点を仮借なくえぐりとってゆくかにみえつつ、すべては対者である健三自身にはね返って来るという、この『道草』のとった独自の描法がみられよう。

今は悲境にある養父を前にして、どうしても心を開きえぬ健三を描いて、父の眼からのみではない、全くの「傍観者の眼にも健三は矢張馬鹿であつた」という。島田はもとより養母のお常とも、姉や兄また細君とさえも、こうしてすべての「他(ひと)と反(そり)が合はなくなるやうに、現在の自分を作り上げた彼は気の毒なものであつた」ともいう。しかも姉も兄も島田も「凡てが頽廃の影であり、潤落の色である」にしても、そこに「血と肉と歴史とで結びつけられた自分をも併せて考へなければならなかつた」という。またこれが評者によって「親類小説」と呼ばれるごとく、登場人物のすべてが健三にまつわる、言わばその〈存在〉そのものに血肉としてくい込んで来る係累のみであることも見逃せまい。

終末に近く、島田への金のためにペンを執る健三は、自身の体を鞭打つように書き進める。「彼は血に餓ゑた。しかも他(ひと)を屠(ほふ)る事が出来ないので含むを得ず自分の血を啜つて満足した／予定の枚数を書き了へた時、彼は筆を投げて畳の上に倒れた。／「あゝ、あゝ」／彼は獣(けだもの)と同じやうな声を揚げた」という。このただならぬ文体の衝迫感は何か。ここには作中の健三ならぬ、この『道草』一篇を書き進めて来た作家漱石の肉声が、うめきが、聞こえて来るようである。彼は「他(ひと)を屠る事が出来」ず、己れ自身の「血を啜つて満足した」とは何か。ここから『道草』の真の内面が見えて来るはずである。身体の内部を映す内面鏡のごとく、作者の筆は走ったはずである。彼が仮借なく問いつめていったのは他者ならぬ、自分自身であった。いや両者を串刺しにしてというべきか。

「あらゆる意味から見て、妻は夫に従属すべきものだ」「二人が衝突する大根は此処にあつた」とは、夫婦の確執をめぐって対立する健三の内面にわだかまる声である。彼はまた「心の底に異様の熱塊」を抱きつつ、「索漠たる曠野の方角へ向けて歩いて」行った。しかもそれが実は「温かい人間の血を枯らしに行くのだとは決して思はなかつた」という。親類からは「変人扱(あつかひ)にされ」ながら逆に、「教育が違ふんだから仕方がない」と腹の中で思っていた。「矢っ張り手前味噌よ」とはいつでも細君の解釈だったが、「気の毒な事に健三は斯うした細君の批評を超越する事が出来なかった」という。また養母のお常を迎えては、その後姿を見送りながら「もしあの御婆さんが善人であつたなら、私は泣くことが出来たらう」「零落した昔の養ひ親を引き取つて死水(しにみず)を取つて遣ることも出来たらう」と心の中で眩くが、その「健三の腹の中は誰も知る者がなかつた」という。

こうして例示してゆけばきりもないが、健三の愚直な一徹ぶり、その融通の利かぬ頑固さ、同時にその内面の細君にも見すかされている人間的な脆さや弱さ、そこにこれらを語る語り手の、また作者の、砕かれた主体ともいうべき何ものかの所在を感じとるのは、あながち筆者ひとりのみではあるまい。夏の公開講座での、細かい引用部分を読み解いてゆく時しばしば起った参加者の、あの笑い声もまたこれと無縁ではあるまい。『硝子戸の中』の母はすでに封印され、逆に養父母の影は封印を解かれてあざやかに浮かび出て来るが、しかもあの〈母〉なるものの影は、全く消え去ったわけではあるまい。

「金の力で支配出来ない真に偉大なものが彼の眼に這入つて来るにはまだ大分間があつた」という語り手の背後に作者は立つが、その作者の背後に、彼自身もまた何を感じていたか。世の中に片付くものなどありやしないと呟く健三と、これに赤子を抱いて向き合うお住と。このような場面が、知性の敗北とか日常の勝利などといった評者の批判を超えて、この現実に対する、あるしたたかな肯定感を伝えるとすれば、それは何か。ここにもすべてを安易に片付けてはならぬという作家の誠実を聞くとすれば、すでに『明暗』の作家はほど遠くない所に立っているかとみえる。

『明暗』をどう読むか——漱石探求三

一

言うまでもなく『明暗』は漱石最後の作品にして、しかも未完。その中絶とはなんとも無念なことだが、しかしこの中絶は逆に、漱石文学とは何であったかと、我々に意味深く問いかけて来るかともみえる。「吾人の心中には底なき三角形あり、二辺並行せる三角形あるを奈何せん」と言い、「若し詩人文人小説家の記載せる人生の外に人生なくんば、人生は余程便利にして、人間は余程えらきものなり」（「人生」明29・10）とは、すでに作家以前にして言う所である。

〈人生〉とは常に言葉を超え、表現を超える過剰な何ものかであるという認識。〈小説〉というものの根源的な相対化。すでにして漱石にあって〈小説〉とは絶えざる〈実験〉であり、問い続けること以外の何ものでもなかった。大正という時代に生き残った彼は時代を徹底的に相対化し、さらには女性の意識、無意識をめぐる〈目覚め〉を描く。またこれと並行した漢詩の制作とは何か。遺された課題はなお多いが、ひとつひとつ解きほぐしてゆければ幸いである。

これはこの夏の大学院公開講座のために用意した要旨だが、さてこれを敷衍すればどうか。まず漢詩の問題から踏み込んでみたい。『明暗』執筆期に再開した漢詩の制作は七十五首、全漢詩の二百七首のほぼ三分の一を超える数に当たる。しかも絶句ならぬ、その多くが七言律詩であることをみれば、その制作に賭けた作者の想いは意外に重いはずである。

僕は不相変「明暗」を午前中書いてゐます。心持は苦痛、快楽、器械的、此三つをかねてゐます。存外涼しいのが何より仕合せです。夫でも毎日百回近くもあんな事を書いてみると大いに俗了された心持になりますので三四日前から午後の日課として漢詩を作ります。日に一つ位です。さうして七言律です。中々出来ません。厭になればすぐ已めるのだからいくつ出来るか分かりません。

言うまでもなく芥川、久米宛書簡（大5・8・21）の周知の一節だが、厭になればやめますと言いつつ、最後まで続いたことは、やはりなみならぬ重さが込められていたとみてよかろう。また「俗了」云々というその言葉も、それのみに終るものではあるまい。自分が詩を作るのは彫刻という造型のきびしさに、余分な詩的情緒や主観のはいり込まぬためだと言ったのは、たしか高村光太郎であった。恐らく『明暗』の作者の場合も、この間の機微は微妙にはたらいていたはずである。これはまた逆から言えば、「俗了」云々と言いつつ、その言葉の意味する脱俗的詩境への沈潜といったものとはうらはらに、一種〈激語〉ともいうべき作者本来の心熱のごときものを示しはじめる、この時期の漢詩展開の起伏の機微とも無縁ではあるまい。さらに加えて言えば、「苦痛、快楽」はともかく、「器械的」という一語のひびきとも、おのずから関わって来るものであろう。

さて、『明暗』執筆期漢詩の制作は次の一首、大正五年八月十四日から始まる。

幽居正解酒中忙　　幽居　正に解す酒中の忙
華髪何須往酔郷　　華髪　何んぞ須いん酔郷に住むを
座有詩僧閑拈句　　座に詩僧有りて　閑に句を拈し
門無俗客静焚香　　門に俗客無くして　静かに香を焚く
（読み下しは吉川幸次郎『漱石詩注』による。以下同）

ここに言う〈酒中忙〉については、「次の句の酔払とともに、俗界のわずらわしさにたとえたもの」（中村宏『漱石漢詩の世界』）、「小説の舞台」「名利の葛藤に明け暮れる現実の醜い世界」（飯田利行『漱石漢詩訳』）といった解があるが、吉川幸次郎は一歩踏み込んで「いささか先生の意識の下にたちいって、臆説をたくましくすれば、酒中の忙とは小説であり、酔郷とは小説の国であるかも知れぬ」という。

だとすれば、すでに語る所は『明暗』の楽屋裏であり、自身の作品世界、いや自身の作家としての営々たるはたらきそのものをも問い返さんとする作家主体の所在は明らかであろう。〈座に詩僧有りて、閑に句を拈し〉という、その「主客は詩僧のようでもあり、詩僧をむかえての主人のようでもある」（吉川幸次郎）というが、しかし〈詩僧〉もまた作者自身にほかなるまい。これを連句ならぬ漢詩連作の発句と見立てれば、すでに語り始めんとする所も明らかとみえるが、しかし〈詩僧〉の座はやがていまひとりの分身によって問い返され、ただならぬ不穏な気配はそのまま作家内面の、いまひとつの〈明暗〉ともいうべきドラマを映し出してゆくかとみえる。

ただしばらくはなお、先の『明暗』期第一首の、自身の作家的営みへの問い返しともいうべきモチーフは続く。

天日蒼茫誰有賦　　天日　蒼茫　誰か賦有る
太虚寥廓我無文　　太虚　寥廓　我れに文無し
慇懃寄語寒山子　　慇懃に語を寄す寒山子
饒舌松風独待君　　饒舌の松風　独り君を待つ

連作七言律詩の第三首（八月十五日）後半（頸聯・尾聯）の部分だが、「長篇『明暗』は、先生の『賦』であったろう」と吉川氏はいう。だとすれば〈我れに文無し〉とは、これを問い返す作者内奥のいまひとつの声を指し、〈饒舌の作風　独り君を待つ〉とは、寒山子を諷してなお自身を打つ自問の声ともひびく。こうして、この諷意はそのまま翌八月十六日の第四首につながるかとみえる。

無心礼仏見霊台　　仏に礼して霊台を見るに心無し

山寺対僧詩趣催
松柏百年回壁去
薜蘿一日上墻来
道書誰點窟前燭
法偈難磨石面苔
借問参禅寒衲子
翠嵐何処着塵埃

山寺　僧に対すれば　詩趣催す
松柏　百年　壁を回りて去り
薜蘿　一日　墻に上りて来たる
道書　誰か點ぜん窟前の燭
法偈　磨し難し石面の苔
借問す参禅の寒衲子
翠嵐　何処か塵埃を着けん

言わんとする所は松柏やかずらの如き自然の営みに対し、道書や法偈のごとき人間の言葉は窟前の燈を灯すことも、石面の苔を落とすことも出来ぬ。ならば、参禅中の雲水に問いかけてみたい。あの翠嵐の何処にほこりひとつ着いていますかと。ほぼこのような意味であろうが、問題は首聯の語る〈無心〉云々、また山寺の僧に対して〈詩趣〉云々とは何であろう。殆どの注解は「無心に仏を拝めば、わが心の本体が見えて来るようだ」(佐古純一郎『漱石詩集全釈』)というふうに解し、これを〈無心に仏を礼して霊台を見る〉と読んでいるが、ここにひとり吉川幸次郎のみは、これを〈仏に礼して霊台を見るに心無し〉と読み、「わざわざ仏さまを拝み、それによってわが心を見きわめる。そうした気もちは、おのれにはない」と解している。これはいかにも大胆な読みだが、言わんとする所は何か。「しかつめらしく参禅する坊主どもに、聞いて見たいのだ。ごらんあの翠嵐を。そのどこに塵埃がくっついているかね」とは、その解の結語である。すでに問う所は明らかであろう。この結語からひるがえって問う所に、わざわざ仏を拝んで心をきわめるなどという気もちは自分にはないという、あの激語は生まれる。あえて言えば、これは漱石漢詩を通観して吉川氏の読みとった、言わば漱石の内面に踏み込んだ独自の解ということが出来よう。ならば〈山寺　僧に対すれば　詩趣催す〉という、その〈僧〉の所在とは何か。〈借問す〉云々という〈参禅の寒衲子〉のたぐいではあるまい。〈詩趣催す〉という所をみれば、第一首に〈座に詩僧有りて〉という、その〈詩僧〉を指すものか。ならばこれは対者ならぬ、いまひとりの作者の分身ともいうべく、作者の眼はここで参禅云々というごとき求道の形を撥無して、ひとり裡なる詩人の無垢なる裸型をみつめるかとみえる。〈翠嵐　何処か塵埃を着けん〉とは、ひとり自然の純粋さをのみ指すものではあるまい。

　恐らくここから七言律詩の連作三首を飛んで、あの〈明暗雙雙〉の絶句に至る道は、ほぼ一筋と見えて来る。ちなみに言えば続く連作七言律の五首（八月十六日）、第六首（八月十九日）、第七首（八月二十日）のいずれの詩篇の冒頭も〈行到天涯易白頭〉（行きて天涯に到って白頭なり易し）、〈老去帰来臥故丘〉（過去　帰来　故丘に臥す）、〈両鬢衰来白幾茎〉（両鬢　衰え来たりて　白きこと幾茎）とか老いの到来を嘆じる起句に始まり、第七首作中にみる「『菫蕕臭裡』の詩句の中に、『明暗』の小説世界が暗示されている」（前掲『漱石詩集全釈』）ことをみても、老来自分の求めて来たものは何かという嘆声は深くひびく。

　こうして、あの〈明暗雙雙〉の絶句が来るわけだが、すでに先に掲げた書簡の語るごとく、「明暗」と漢詩のあいかかわる機微をめぐって、その語る所は深い。

二

尋仙未向碧山行　　仙を尋ぬるも未（い）まだ碧山に向かって行かず
住在人間足道情　　住みて人間に在りて道情足（おお）し
明暗雙雙三万字　　明暗雙雙三万字
撫摩石印自由成　　石印を撫摩して自由に成る

この八月二十一日、芥川、久米宛の書簡にみる七言絶句は、「あなた方の手紙を見たら石印云々とあつたので一つ作りたくなつて　それを七言絶句に纏めましたから夫を披露します」といい、またこの詩のあとがきに「『明暗』を艸してゐる時、机上の石印を撫摩する癖を生じたる事を人に話した所、其人転地先より、自分も量に於ては石印を摩して作る位の作はやる積だと云つてくる。それで此詩を作つた」とあり、この絶句一篇の生まれた背景は明らかだが、律詩ならぬ絶句という、より即興のはずみと、律詩ほどのかまえた工夫を取らぬ所に、作者本来の心情はより直截にあらわれているともみえるが、その語る所はどうか。

〈住みて人間に在りて道情足(おお)し〉という、その〈道情〉云々の読みに、この一句にかかわる機微は込められていよう。その評釈の多くは〈道情足(た)る〉と読んで、「超俗の心は満ちそなわっている」（佐古純一郎）、「十分に脱俗の心情を味わっている」（中村完）、あるいは「さわやかな気高いこころにひたっている」（飯田利行）、「俗界を超越した心情」（小村定吉）などと、いずれもがこれを脱俗、超俗の心情と解し、また吉川幸次郎は「哲学的心情、宗教的心情、超越的心情」と読んでいる。しかしこれを「脱俗」あるいは「超越的心情」と解したのでは、この一句に込められた作家不抜の心意は汲みとれまい。

またここに異色の読みとしては高木文雄の『「尋仙」七絶の訓読』の一文があり、これを〈人間ニ住在スレバ　情ヲ道(イ)フニ足ル〉と読む。ここにいう〈住在人間足道情〉とは、人間世界に住んでいるが、しかしなお脱俗の情けは深いというのではなく、「世間に伍して暮らしてゐる。／（だからこそ）／情を述べる資格もあるといふものではないか」と解読することも出来るのではないかという。つまりは「『道草』まではまだ『情ヲ道(イ)フ』と称するに値しなかったが『明暗』ではそれが云へるといふ竝々ではない自信のほどが表出されてゐる」という。

たしかにこう読めば、詩句の〈自由成〉の一語のひびきは生きて来る。しかしまたこの晩期の漢詩制作の流れをみれば、なお漱石自身の心意の蕩揺は深く、〈明暗雙雙〉の語義自体がその矛盾、相剋を語るものではないのか。私はやはりここにいう〈道情〉の一語にこだわってみたい。

作家としての漱石にあって〈道〉とは何か。「私は今道に入らうと心掛けてゐます。たとひ漠然たる言葉にせよ道に入らうと心掛けるものは冷淡ではありません、冷淡で道に入れるものではありません」（大2・10・5、和辻哲郎宛）と、その書簡にいう。「九月中には『行人』の「塵労」脱稿する。（推定）」という荒正人『漱石研究年表』の指摘によれば、この書簡はその脱稿後間もない時期のものだが、『行人』最後の「塵労」の章にあって、一郎の友人Hさんは二郎にあてた書簡の中で、「兄さんを理解するためには」宗教の問題に「触れて来なければなりません」。「宗教に這入らうと思つて這入方が分らないで困つてゐる人」。「考へて〳〵考へ抜いた兄さんの頭には、血と涙で書かれた宗教の二文字が、最後の手段として、躍り叫んでゐる」ではないかという。しかもその世界とは「一度(ひとたび)此境界に入れば天地も万有も、凡ての対象といふものが悉くなくなつて、唯自分丈が存在するのだ」と一郎はいう。

このように自分の一分身ともいうべき一郎の宗教的求道の、その独我論的観念性ともいうべきものの限界を問いつめていった漱石には、その余燼ともいうべきものが残っており、先の書簡はその一端をおのずからに示したものとみえる。しかし『道草』執筆の直前にあっては「法語類（ことに假名法語類）は少し読みました然し道に入ることは出来ません」（大4・4・19、岩村元成宛）といい、さらに『明暗』執筆の晩期に至っては「私は五十になつて始めて道に志ざす事に気のついた愚物です」（大5・11・15、富沢敬道宛）という。自伝的作品『道草』の作者が求道にからむ一切の観念性を排して、自己内面の真実に迫らんとしたことは頷ける所だが、『明暗』執筆の晩期における、いま「始めて道に志す事」に気がついたとは何か。これは単に若い禅僧への会釈のたぐいではあるまい。〈求道〉とは漱石にあって決して晩期に至ってのことではなかったはずである。しかも「始めて」という時、その意味する所は深い。

漱石所蔵の書き込みはしばしば引かれる所だが、「悟ヲ標榜スルヨリ愚ナルハナシ。悟ラヌ証拠ナリ」（懐奘　光明蔵三昧)、「此和尚ハ無ノ方面ヨリ説キ来ル。読ム人誤マラントス」「何ノ念モナキ様ニナッテタマルモノカ。馬鹿気タコトヲ云フ故大衆ヲ迷ハス」(夢窓　二十三問答)、「コンナ意味ナラバ公案ハ茶書ナリ」(永平　假名法語)など、逐一挙げればきりもないが、ここには逆に真の〈求道〉とは何かへの切迫した、熾しい糾問の声がにじみ、先の「法語類は読みました」が、「然し道に入ることは出来ません」と、敢て若き禅僧のひとりに言う、その心意の何たるかを示すものであろう。ならば真の〈求道〉とは何か。作家としての漱石の問いはここにきわまるかと思えるが、あえて〈碧山に向って行かず〉、宗門をくぐらず、営々として筆を執り続ける、そこにあるべき作家としての〈求道〉の真の姿を自得しえたということではないのか。

これは鷗外が『寒山拾得』の作中、〈道〉をめぐる一考察を呈し、世の中には自分の職業のみに専念して「道といふものを顧みない」ものがあるのに対し、「著意して道を求める人」がある。「専念に道を求めて、万事を抛つこともあれば、日々の務は怠らずに、断えず道に志してゐることもある。」「かう云ふ人が深く這入り込むと日々の務が即ち道そのものになってしまふ」という。『明暗』に少しく先立つ大正五年一月、鷗外最後の小説中の一節だが、これはまた晩期漱石のものであったはずである。これを漱石漢詩の中に求めるとすれば、次の一節が挙げられよう。

〈非耶非仏又非儒〉(耶に非ず仏に非ず又た儒に非ず)〈窮巷売文聊自娯〉(窮巷に文を売りて聊か自ずから娯しむ)と首聯に唱い、〈打殺神人亡影処〉(神人を打殺して影亡き処)〈虚空歴歴現賢愚〉(虚空歴歴として賢愚を現ず)と終聯にいう。十月六日、連作七言律詩の第四十九首だが、ここにもまた〈窮巷に文を売〉る作家たることの体認とともに耶蘇教、仏教、儒教のいずれにも属することなく、これら実体的な宗教の説く一義一派の視点や超越や観念を打破して問う所にはじめて、人間の実相、即ち〈賢愚〉(明暗)もまた明らかになるという。〈神人を打殺して〉始めて〈虚空〉と呼ぶ純粋空間はあらわれ、そこに純一無雑に踏み込んでこそ人間の賢愚、明暗の何たるかは明らかになるという。

先の吉川幸次郎の「わざわざ仏さまを拝み、それによってわが心をきわめる、さうした気もちは、おのれにない」という。「いささか先生の意識の下にたちいって」とも言いたげな、過激な評語の由来もまたこれに通ずるものであろう。

三

さて、『明暗』執筆期に集中した漢詩登場とは何か。その必然について今一度問うてみたい。作品自体に下手に作者の主観や主張を持ち込んでは、作品世界を、またその作中人物を徹底して相対化してゆく作家主体の眼をつらぬくことは出来ない。その主情、主張の流露は小説ならぬ、これと並行する漢詩に持ち込んでみる。このような作家の本能ともいうべき意識、無意識の選択を理由としてみたが、これは逆に時代と作品自体の限界をもおのずからに語るものでもあろう。

大正という時代に生き残った漱石は、恐らくこれが最後の作品となるであろうことをひそかに予感しつつ、第二の『虞美人草』ともいうべき本格的な作品にとりかかった。『それから』で日露戦後という時代を描き、諷するために選びとられた戦後の新しい人種としての長井代助は、鋭い文明批判を呈しつつ、またその新たな自己中心的価値観の限界をもあざやかに示していた。そこに漱石の戦後世代への痛烈な批判も込められていたが、しかし一面、多くの弟子達は漱石の、先生のあざやかな分身を見るとも評した。たしかに時代に身を切らせる鋭い文明批判の切り口は代助のものであり、また漱石自身のものであった。しかし新たに大正という時代に踏み込んで、この時代を相対化しつつ批判的に描きとろうとした時、選ばれた主人公たちとは何か。

この作品の魅力の大半は女たちにあると言われる。たしかにお延と津田の妹お秀の両者をめぐっての火花の散るやりとり、津田やお延たちをあやつろうとする吉川夫人の存在。これほど女性たちが自己主張の声を高らかに揚げて論争し、あざやかに対立する小説があったであろうかとは、多くの評者が指摘する所であった。「私は『明暗』まで読んで、はじあて漱石も女がわかるやうになつたと思つた」とは正宗白鳥の指摘する所だが、女がわかったではなく、ここで漱石ははじめて女たちに自己主張の熾しい声を与えたというべきであろう。

初期の『草枕』の那美さん以来、作者漱石の眼はたえず女性たちに注がれて来た。『虞美人草』の藤尾、『三四郎』の美禰子、『彼岸過迄』の千代子、さらには『行人』のお直、『道草』のお住と描いて来たが、いずれにあっても作中の男たちを超えて、はるかに勁い力を持ちつつ時代の必然の故に耐えつつ生きてゆく彼女らの姿がそこにあった。やがて『行人』以後、結婚という制度のなかにたわめられつつ生きてゆく女たちの姿が、あざやかに描きとられてゆく。そのひとり『行人』のお直の、作中の言葉を引けば「忍耐の像」としてのその姿は、夫一郎の弟、二郎の眼を通してあざやかに描きとられてゆくが、注目すべきはその終末の部分であろう。「何んな人の所へ行かうと、嫁に行けば、女は夫のために邪になるのだ。さういふ僕が既に僕の妻（さい）を何の位悪くしたか分らない」「幸福は嫁に行つて天真を損はれた女からは要求出来るものぢやないよ」という、作中、一郎の最後の言葉に、背後の語り手の、いや作者自身の熱い眼が込められていることは明らかであろう。この無言の裡に耐え続けるお直の沈黙に、声を与えれば『道草』のお住となり、さらに新たな声を加えれば『明暗』のお延の声となろう。

「あなたの純潔は、あなたの未来の夫に対して、何の役にも立たない」「あなたは今に夫の愛を繋ぐために、其貴い純潔な生地を失はなければならない」「あなたは父母の膝下を離れると共に、すぐ天真の姿を傷つけられます」とは、お延が心中従姉の継子に向かい呟く所だが、先の『行人』以来の問いを彼女自身がかかえつつ、なお理想の家庭に向かって突き進もうとする。

「彼女にはあらゆる手段をつくして津田の愛を独占しようという鮮明な『個人的』意志」があり、「彼女の目的としているのは、家族制度にも日常性にもけがれていない『絶対の愛』の獲得」であり、かつて「明治以来今日まで、日本の女性が莫然と感じつづけて来た個人主義は人間関係への憧憬の具象化であって、あらゆる『目覚めた女性』はお延のような強烈な意志の所有者になろうとしてきた」、「つまりお延は新しい理想を持った新しい女」であり、作者はその「充分人間的な欲望のすみずみを描くことによって、自分の最も人間的な半面を露呈」さえしている。そのひたすらに自身の幸福と信ずるものを捉えようとする彼女の姿には、「一種の理想主義者の面影すら」あり、まさに真の意味での「heroine の魅力」をたたえた女性であるとは、江藤淳のいう所である。

また柄谷行人もお延を評して「ほんとうの理想家とは彼女のような者をさし」、このような「お延に比べると、津田やお秀ははるかにかすんでしまう」（「意識と自然」）という。この稿のため江藤の『夏目漱石』や柄谷行人の論を読み直し、その文壇登場の画期の注目すべき評論のいずれもが、津田ならぬお延につよい讃辞を与えていることに改めて驚いたわけだが、たしかにこのような女性を選びとって描いたことに、時代の無意識をあらわす作者の先見性といったものをみるわけだが、しかしまた『明暗』の主人公は、お延と津田の両人であることを忘れてはなるまい。このふたりを主人公とする作品の主題が何処にあるかは、すでにその冒頭の場面があざやかに語っていよう。医師は津田を診断して「まだ奥がある」という。あとは「根本的な手術」をするほかはない。つまり「切開して穴を腸と一所」にしてしまえば、「天然自然割かれた面の両側が癒着して」「本式に癒る」という。これをこの作品の主題そのものの喩とみれば、すべては明らかであろう。津田とお延両人の心が切開され、根本的な手術を受ければ、両者の裂かれた心は天然自然に歩みよって癒着し、解けあってゆくという。

この冒頭の場面は、作品のあるべき主題をいささかくっきり切り出してみせ過ぎたともみえるが、しかしそこにある「奥は深い」。その奥に至る道は容易ではないと、作者は言いたげである。「行きどまりの先にまだ奥がある、こうした書き出しのなかに『明暗』のモチーフは言い尽くされている」と、柄谷行人はいう。我々は人間関係の問題を倫理的に解いてゆこうとする。しかし「漱石の小説は倫理的な位相と存在論的な位相の二重構造をもっている」。つまりは「他者（対象）としての私と対象化しえない「私」の二重構造」であり、この後者の〈私〉を「純粋に内側から」「了解しよう」とすれば、〈夢〉という方法にたよるほかはない。これをあざやかに示しているのが『夢十夜』だが、同時にこの〈夢〉こそが「漱石の存在感覚」をあざやかに暗示し、「われわれは漱石のどの作品にもこういう『夢』の部分を、すなわち漱石の存在感覚そのものの露出を見出すことができるのである」と柄谷はいう。

こうして『坑夫』や『それから』、さらには『倫敦塔』を軸とする『漾虚集』などが挙げられるが、しかしこれをいうならばやはり『明暗』終末の、津田が清子を訪ねて温泉場に行く、その途上の闇に「呑み尽され」るかとおびえ、夜となって宿の廊下を迷路のようにさまよう場面などに、その最もあざやかな影を読みとることが出来よう。すべては「宿命の象徴」ではないか。「今迄も夢、今も夢、是から先も夢」かと津田は自身を問う。

漱石作品にあって「倫理的な位相と存在論的な位相」は、「順接」ならぬ「逆接」し、かくして「主人公たちは本来倫理的な問題を存在論的に解こうとし、本来存在論的な問題を倫理的に解こうとして、その結果小説を構成的に破綻させてしまったのである」と柄谷行人はいう。このようにみれば、漱石のシンパシイはより深くお延にあるとしても、その存在論的な課題の〈闇(やみ)〉をになうものはやはり津田であろう。病院からの帰途、「暗い不可思議な力」に問いつめられる自身を感じ、また暗い病院の待合室のなかで、「手を額に中(あ)て」「黙祷を神に捧げるやうな」姿勢を無意識にとる津田の姿にふれて、そこには「何か大きなものの触知の予感」が「宿っている」とは、評者（越智治雄「『明暗』のかなた」）の指摘する所である。

恐らく『明暗』が完成したとしても、この〈倫理〉と〈存在〉をめぐる逆接の構造を解き尽くすことは出来まい。「まだ奥がある」とは、作者自身の嘆声であったとしても津田が漱石的課題をになった最後の人物であったことは見逃しえまい。ここで再度問い返せば存在論的な志向と倫理的志向とが逆接する所に、漱石作品の構造的破綻をみるとすれば、『明暗』の中絶とは何か。また漢詩の集中的登場とは何か。これがこの小論の最後の問いだが、終末に登場する清子の存在とは、津田にになわせた課題の重さからみれば何事でもあるまい。清子の迫らぬ、ゆらぎない自由なふるまいが、津田の心をゆるがすとしても、より深層の、津田のになった存在論的不安への解決とはなるまい。代助の不安とその錯乱的終末にふれて、「あの結末は本当は宗教に持って行くべきだろうが、いまの俺がそれをするとうそになる。ああするより外なかった」とは、作品完成後まもない弟子への述懐であった。また春の訪れを喜ぶ御米に向って「然し又ぢき冬になるよ」とは『門』の宗助の言葉であった。養父への約束の金を払ってこれで片付いたと喜ぶ御住に向って、「世の中に片付くなんてものは殆どありやしない」と吐き出すように『道草』の健三は呟く。こうして代助、宗助、健三の不安の延長上に津田もまたあるとすれば、それは御米や御住ならぬ、お延やお秀はもとより、清子もまたその埒外というほかあるまい。勿論、小林の津田にいう、事実の戒飭によって思い知る時があるという忠告もまた、その倫理的戒告の枠を出るものではあるまい。

この時、漢詩の登場とは何か。八月十四日、漢詩第一首の書かれた当日、若い禅僧（鬼村元成）に宛てた書簡に、上京の際は小さいながら拙宅に泊るがいいといい、「十月頃は小説も片付くかも知れませぬ。さうすれば私もひまです」とある。十月頃とはいかにも早い。だとすれば、その未完ならぬ本来の構想、プロットはどのようなものであったか。あの結末にみる、より存在論的な闇へと傾斜する津田の姿は、すでに用意されていたか。問いは残る。ここでも「まだ奥がある」とは、その結末を予想しての作者の嘆声ともひびく。

この書簡に、格別な好意を寄せていた若い禅僧たちを迎える心のはずみがあったとすれば、これがおのずからなる漢詩第一作の始まりめきっかけともなったであろうか。〈座に詩僧有りて〉という閑雅な趣きは、これをおのずからに反映するかともみえる。しかしこの漢詩の展開がやがて〈閑愁〉ならぬ〈孤愁〉（八月三十日）、〈暗愁〉（九月四日）へと転じ、〈迢遞証し来たる天地の蔵〉（九月六日）と、明暗二相を問い続ける道のはるけさをいい、さらには〈曾つ

ては人間を見　今は天を見る〉〈道は虚明に到りて長語絶え〉（九月九日）、〈文字に依らずして道初めて清し〉（九月十日）と、作家の営みを自明とする姿勢への反問が繰り返され、さらには〈明朝市上に牛屠る客／今日山中観道の人〉ともいうべき矛盾と転変に満ちた人間存在の深淵と面峙しては、〈邐迤を行き尽くして天始めて闊く／峆嶝を踏残して地猶新なり〉（十月十五日）という。またこれと前後して〈古寺尋ね来たれば古仏無く／筇に倚りて独り立つ断橋の東〉（十月九日）、〈怙恃両つながら亡びて広衢に立つ〉（十月二十一日）という時、弟子たちに向かっては己れを捨て、神のごとき公平な方法をもって書け、それが自分のいう〈則天去私〉だと語った、この〈無私〉を語る作家の背後の闇の深さを、同時にそれをかかえてなお問い尽くさんとする潜熱の深さを見ることが出来よう。

またこの心熱の熾しさは、転じては、〈天下何んぞ狂える筆を投じて起ち／人間道有り身を挺んでて之く〉（九月十三日）、〈室中に毒を仰いで真人死し／門外に仇を追いて賊子飢う〉（十月四日）、〈漫りに棒喝を行いて縦横を喜ぶ／胡乱の衲僧は生に値せず〉（九月二十三日）などの激語をも生む。また反面、〈蝶夢を将って吟魂を誘わんと擬し／且つ人生より隔りて画村に在り〉（九月二十四日）など、自身の詩境を実人生よりなおへだたる、ひと時の夢幻の境とみる作家主体の醒めた眼の所在もまたみられよう。これら詩篇の転変を見れば、まさにいまひとつの〈明暗〉とも呼ぶべき作家自身の熱いドラマを読みとることが出来よう。こうして、あの最後の一首が来る。

〈真蹤は寂寞として杳かに尋ね難く／虚懐を抱いて古今に歩まんと欲す／碧水碧山　何ぞ我れ有らん／蓋天蓋地是れ無心／依稀たる暮色　月は草を離れ／錯落たる秋声　風は林に在り／眼耳双つながら忘れて身も亦た失い／空中に独り唱う白雲の吟〉（十一月二十日）。評者はこれを「全詩の課題にして「則天去私」の境を最も端的に又詩的に歌ひ出た」（松岡譲『漱石の漢詩』）ものと言い、諸家のいう所もまたこれに近い。しかしこれはすでに旧稿に述べた所だが、この詩篇にはある微妙な亀裂があり、言わば頭が重く、末尾に至って作者の生理が駈けぬけ、身をよじるようにして心身透脱の境へと舞い上ってゆこうとする。〈依稀たる暮色　月は草を離れ／錯落たる秋声　風は林に在り〉と唱う、「この聯すでに鬼気を感ずる」と言いつつ、また〈眼耳双つながら忘れて身も亦た失い／空中に独り唱う白雲の吟〉と唱う終聯にふれては、「逝去の認識とはなっても、思索者の詩としては、やや舌足らず」だと吉川氏はいう。しかしその生理と志向はあやまたず、己れのすべてを語ったはずである。

この詩篇が〈則天去私〉の境を最も端的にあらわしたものとすれば、その由来は何か。少年時に二松学舎に学んだ漱石が陽明学、特に『伝習録』の根本理念ともいうべきものとして繰り返し教えられたものがその一節、〈純天理去人欲之私〉（天理に純にして人受の私を去る）の一句であり、これを漱石自身がつづめたのが〈則天去私〉ではないかとは、自身二松学舎に学んだ佐古純一郎氏との対談中に教えられた所だが、だとすればその少年時の漢学体験が、その全文業の底にいかに深く潜流するものであったかは、付言するまでもあるまい。彼は結局文明開化の波に取り残されることを恐れて、一年余にして二松学舎を去るが、この「自分一身の趣味に根底を置く生き方をあきらめることが、生涯にわたってどんな苦痛を支払わなければならないかを、十代おわりの青年金之助は知るよしもなかった」とは、また桶谷秀昭（『夏目漱石論』）のいう所である。

しかし作家の生理は不時にして、その本来の生理を発現する時がある。晩期の漢詩製作はまさにそのあらわれだが、あえて絶句ならぬ律詩の重さを選びとった所にも、なみならぬ想いは込められてある。かつて『こゝろ』や『道草』の主人公に託した理念や課題の重さは、もはや『明暗』作中の津田たちに託すことが出来ぬとすれば、その生理・志向の自在な表現は漢詩に託すことによって、はじめて『明暗』という画期の作品の純粋造型を保持することが出来たとみることが出来よう。かくしてそれはいまひとつの〈明暗〉として、『明暗』の底に息づく。この両者を串刺しにしてどう問うかとは、また我々に遺されたなお未了の課題でもあろう。

漱石における空間　序説——初期作品を中心に

一

作家における空間的意識とは何であろう。たとえばすぐれた戦後作家のひとり大岡昇平は『歪空間の彷徨』と題したインタビューの中で、いかにも明晰に、また見事にその文学における空間性なるものについて語り明かしている。スタンダールの『パルムの僧院』などに魅かれたのも、今にして思えば「あの作品の空間性に魅かれたのではなかったか」という。またランボーでいえば「『地獄の季節』よりも『酔どれ船』の方が好き」なのも「空間性が強いから」だという。『野火』は『酔どれ船』ならぬ「酔どれ兵士」、「つまり突撃すべき方向を失った兵士」が「前後に方向づけられた戦場空間」を「日常的に歩行する」、つまり「軍隊という戦場空間の作り手からはじき出された彷徨で、日常的空間とかかわることになる」——これが『野火』における空間的状況であったという。

さらに大岡氏は「一九五四年にピアジェの『幼児における空間の表象』という本をパリで見つけて以来、空間というものが気になるようになった」が、「小児にとって空間はユークリッド的になる前にトポロジックに現われるということは」ない。『野火』は言わば「この小児的で、個人的な戦場空間を描き切ったという気がある」が、また「後につづかないのはそのため」でもあるという。「しかし『レイテ戦記』で、この異常な空間、兵士の一人一人が持つ空間の集合体として、レイテ島という島嶼の空間、そこで行なわれる戦闘を書いた」わけで、これは「『俘虜記』『野火』の当然の帰結として」「どうしても書かれねばならなかった」ものだという。また別の側面からいえば『俘虜記』で追究したのは「戦場における国家権力」であり、「『野火』では権力によって歪んだ空間を描」き、「最後に、『レイテ戦記』で鳥瞰してその空間をとらえようと」したのは「当然」でもあろうという。ならば我々を取巻くさまざまな権力のなかで、「その権力からの救いはある」のかというインタビュアーの問いに対して、「いや、戦争から死にそこなって帰って来た僕は、救いはないと思って」いる。「愛によって日常的な空間と同一化するのが幸福であるとしても、国家権力が加わった以上、もう回復できない。」「一度、戦争にふれた者は再起不能です、永遠に」という。「戦争に行って、国家権力によって歪められた空間の中で生きてきたから、日本的な日常空間には戻れない。」「いくら戦後は終ったといわれたところで、だめ」だという。最後に大岡氏は壁にかかるゴーギャンの『天使と戦うヤコブ』を指さし、「それは『野火』の中の格闘」だ。「宗教的思考が全く僕の中に無いわけではないが、戦後の歪んだ空間にふれてしまった以上、もう楽園に戻ることはできない」だろうという。ここにはまぎれもない戦後作家の刻印がある。『野火』にふれて「小児的で個人的」とは大岡氏一流の含羞ともみえるが、戦場というこの「歪空間」からの帰還はもはや考えられぬという発言は切実であり、作家における空間体験とは何かという問題をかかえて、我々に深く問い迫るものがある。

さて、このすぐれた戦後作家の発言を遡って、わが漱石について問えばどうか。漱石もまたある意味で戦後作家のひとりと呼ぶことができよう。その処女作『吾輩は猫である』第一章（明38・1）や『倫敦塔』（同）は日露戦争末期に発表され、爾後、初期の作品から『三四郎』（明41・9〜12）や『それから』（明42・6〜10）あたりに至るまで、戦後をめぐる文明批評はその主題の中心でもあった。勿論初期の作品のひとつ『趣味の遺伝』（明39・1）などには厭世的、反戦的ともいうべき色合いもないわけではないが、「国家意識に関する限り」作者の分身ともいうべき「〈余〉は一種の仮死の状態にある」という大岡氏の批判（『漱石と国家意識―「趣味の遺伝」をめぐって―』）は、いささか手きびしいものではあるが当を得ぬものではあるまい。むしろ漱石の言わんとする中心は文明批判にあり、その一端は一見これと全く無縁な世界を描くともみえる『草枕』（明39・9）のような作品にさえ、深く底流していることに気づくであろう。

二

文明社会に疲れ「二十世紀に睡眠が必要ならば、二十世紀にこの出世間的の詩味は大切」だと言い「非人情の天地に逍遥したい」と願った『草枕』の画工は山中の湯の宿に仙境を求め、「桃源」のひと時を過さんとしたはずだが、その終末はいやおうなく現実世界に引きずり出されることとなる。宿で知りあった那美さんの従弟久一という青年の出征を駅頭に見送ることとなるわけだが、ここで画工の語りは一変する。「愈々現実世界に引きずり出された。汽車の見える所を現実世界と云ふ」――こうして作者の筆は苛烈な文明批判の様相を帯びて来る。「汽車程二十世紀の文明を代表するものはあるまい。何百と云ふ人間を同じ箱へ詰めて轟(ぐわう)と通る情け容赦はない。」「人は汽車へ乗ると云ふ。余は積み込まれると云ふ。人は汽車で行くと云ふ。余は運搬されると云ふ。汽車程個性を軽蔑したものはない。文明はあらゆる限りの手段をつくして、個性を発達せしめたる後、あらゆる限りの方法によつて此個性を踏み付け様とする。一人前(ひとりまへ)何坪何合かの地面を与へて、此地面のうちでは寝るとも起きるとも勝手にせよと云ふのが現今の文明である。同時に此何坪何合の周囲に鉄柵を設けて、これよりさきへは一歩も出てはならぬぞと威嚇(おど)かすのが現今の文明である。何坪何合のうちで自由を擅(ほしいまゝ)にしたものが、此鉄柵外にも自由を擅(ほしいまゝ)にしたくなるのは自然の勢である。憐むべき文明の国民は日夜に此鉄柵に噛み付いて咆哮して居る」。

やがて出征する青年と並ぶ画工にふれて、「其青年は、夢みる事より外に、何等の価値を、人生に認め得ざる一画工の隣りに坐つて居る」、「運命は卒然として此二人を一堂に会せ」しめたと語る文脈からすれば、これは矛盾というほかはないが、すでに作者の肉声は画工のありようを超えて噴き出してゆくかとみえ、苛烈な語調はさらに続く。

「文明は個人に自由を与へて虎の如く猛からしめたる後之を檻穽の内に投げ込んで、天下の平和を維持しつゝある。此平和は真の平和ではない。動物園の虎が見物人を睨めて、寝転んで居ると同様な平和である。檻の鉄棒が一本でも抜けたら――世は滅茶〳〵になる。第二の仏蘭西革命は此時に起るのであろう。個人の革命は今既に日夜に起りつゝある。北欧の偉人イブセンは此革命の起るべき状態に就て具さに其例証を吾人に与へた。余は汽車の猛烈に、見界なく、凡ての人を貨物同様に心得て走る様を見る度に、客車のうちに閉ぢ籠められたる個人と、個人の個性に寸毫の注意をだに払はざる此汽車とを比較して、――あぶない、あぶない。気を付けねばあぶないと思ふ。現代の文明は此あぶないで鼻を衝かれる位充満してゐる。おさき真暗に盲動する汽車はあぶない標本の一つである。」

いささか引用は長くなったが、文体にこもる作者の異様なまでの昂ぶり、衝迫感が読みとれよう。作者自身「俳諧的文学」と呼び、「非人情」美学の展開だというわけだが、この作品をつらぬき、底流するものは紛れもない苛烈な文明批判の眼である。同時にここには漱石という作家の独自な空間感覚があり、文明という「歪空間」に閉じ込められたものの鬱屈と怒りが噴き出るように表現される。この根源にあるものは言うまでもなく文明をめぐる原体験ともいうべきロンドン留学の体験にほかならない。鏡が池の水面に落ちる椿を描いて――「あの色は只の赤ではない。屠られた囚人の血が、自づから人の眼を惹いて、自から人の心を不快にする如く一種異様な赤である。／見てゐると、ぽたりと赤い奴が水の上に落ちた。」「しばらくすると又ぽたりと落ちた」。かくして「際限なく落ちる」落椿にこの池もいつかは「埋もれて」しまうかと見る画工の幻想の背後に、あの『倫敦塔』一篇に描く「ボーシャン塔」内部の壁にしたたる不気味な血のイメージのあることは間違いあるまい。「壁の上に残る横立ての疵は生を欲する執着の魂魄である。(中略) さう思つて見ると何だか壁が湿つぽい。指先で撫でて見るとぬらりと露にすべる。指先を見ると真赤だ。壁の隅からぽたり〳〵と露の珠が垂れる。床の上を見ると其滴りの痕が鮮やかな紅ゐの紋を不規則に連ねる。十六世紀の血がにじみ出したと思ふ」という。この両者の文体の感触はおのずからにつながるものがあろう。散りゆく椿の朱を「屠られたる囚人の血」にまがうとも見る画工ならぬ作者の眼に、『倫敦塔』一篇の幻想はなおあざやかに息づくかとみえる。

　これはまた冒頭に近く峠の茶屋で、婆さんと馬子との間に女（那美さん）の馬に乗った嫁入り姿が話題となった時、画工の脳裡に「ミレーのかいたオフェリアの面影」、その「合掌して水の上を流れて行く姿」が「忽然」と浮かんで来る場面にもつながる。この狂気と死につながるオフェリアの像は、やがて登場するヒロイン（那美さん）の姿に重なり、画工の描かんとする画題への伏線となる。このオフェリア像がロンドン留学時の漱石の見たテイト・ギャラリーの画像の深い印象と結びついていることはいうまでもあるまい。このオフェリア像は駘蕩たる東洋的詩境に遊ばんとする画工の胸中の「折角の図面」をも「取り崩」させずにはおかぬ異様なイメージとして出現し、以後『草枕』の画図そのものの底深く潜流するかにみえる。私の水死の姿を描いてくれという那美さんの願いは「余が平生から苦にして居た、ミレーのオフェリア」と重なって画工を悩ませる。言わばこの駘蕩たる詩美の世界の底深く潜み、これるゆるがすものとして「歪空間」の残像は存在する。

　無限に散る落椿を背景に「椿が長（とこしな）へに落ちて、女が長（とこしな）へに水に浮いてゐる感じをあらはしたいが、夫（それ）が画でかける」かどうか。「人間を離れないで人間以上の永久と云ふ感じを出すのは容易ではない」と苦慮しつつ、その成否を決するのは「憐れ」であることに画工は気づく。「御那美さんの表情のうちには此憐れの念が少しもあらはれて居らぬ。」「ある咄嗟の衝動で、此情があの女の眉宇にひらめいた瞬時に、わが画は成就するであらう。然し——何時それが見られるか解らない。あの女の額に普段充満して居るものは、人を馬鹿にする微笑（うすわらい）と、勝たう、勝たうと焦る八の字のみである。あれ丈では、とても物にならない」。同時にこの那美さんを評して「開花した楊柳観音」という。それはまたまぎれもない文明の、開化の刻印を帯びた存在ということであろう。すでに主題の孕むところは非人情ならぬ、開化の只中にある自他を含めた存在への熱い救抜的、倫理的志向ともいうべきものであろう。やがて終末に至り、車窓に思いがけぬ先夫の姿を見出した時、「茫然」たる那美さんの顔に「咄嗟」に浮かぶ「憐れ」の情に画工は画像の成就を見ることになるが、しかしそれがまさに文明の象徴たる非常な「鉄車」を背景とする皮肉さを見逃すことはできまい。しかもこの「咄嗟」の無心の情が持続しうる保証は何処にもない。我ひとともに、「現実世界に引きずり出された」という終末転調の一語は重い。

『草枕』の語るところは〈俗〉(現実世界)を離れんとして俗に帰らざるを得ず、〈美〉(非人情)に遊ばんとして逆に倫理に向わざるをえぬ、この二重のベクトルの併在であり、これは殆ど漱石文学の根源の主題を語るものでもあろう。いささか『草枕』にこだわったのはほかでもない、この『草枕』にしてというか、最も離俗的モチーフを含むかとみえるこの作品にして現実還帰の志向はつよく、しかも作者は生理の赴くままに奔放な叙述を示す。生理とは何か。たとえば美に遊び、現実逃避を願う画工が作中なかば、芸術家たるものの「社会の一員として優に他を教育すべき地位に」あること、「正と義と直を行為の上に於て示す」「天下の公民の模範」たることを大いに宣揚し始めるという明らかな叙述の矛盾にも、作者本来の生理の蠢動は明らかであろう。あえて生理の発現という。『猫』(明38・1〜39・8)も『坊つちやん』(明39・4)も『二百十日』(明39・10)も、これら初期作品のすべては作者漱石の鬱屈と憤懣の生理的放出にほかなるまい。これを言えば小説ならぬ〈うた〉ということか。〈うた〉とはもとより筆者の恣意ならぬ、漱石自身のいうところである。この時期の一連の書簡はその由来をあざやかに語りつくしている。たとえば『草枕』執筆前後のあたりはどうか。

「今の世に神経衰弱に罹らぬ奴は金持ちの魯鈍ものか、無教育の無良心の徒か左らずば、二十世紀の軽薄に満足するひやうろく玉に候。/もし死ぬならば神経衰弱で死んだら名誉だらうと思ふ。時があつたら神経衰弱論を草して天下の犬どもに犬である事を自覚させてやりたいと思ふ。」(明39・6・7、鈴木三重吉宛書簡)「天下の犬を退治れば胃病は全快する。是が僕の生涯の事業である。外に願も何もない。」(同6・12、加計直文宛)「犬は殺さゞるべからず、豚は屠らざるべからず、猪子才は頓首せしめざる可からず。」（同6・23、野村伝四宛）「小生は生涯に文章がいくつかけるか夫が楽しみに候。又喧嘩が何年出来るか夫が楽に候。（略）世界総体を相手にしてハリツケにでもなつてハリツケの上から下を見て此馬鹿野郎と心のうちで軽蔑して死んで見たい。」（同7・3、高濱虚子宛）「小生千駄木にあつて文を草す。左右前後に居るもうろくども一切気に喰はず朝から晩迄喧嘩なり此中に在つて名文がかけぬ位なら文章はやめて仕舞ふ考なり。（略）喧嘩をしつゝ、勉強をしつゝ文章をかきつゝもうろくどもがくたばる迄は決して千駄木をうつらずして、安々と往生仕る覚悟なれば……」（同8・6、森田草平宛）。こうして八月十一日、高浜虚子宛の書信に次のごとき言葉がある。

「『御前が馬鹿なら、わたしも馬鹿だ。馬鹿と馬鹿なら喧嘩だよ。』今朝かう云ふうたを作りました。此人生観を布衍していつか小説にかきたい。相手が馬鹿な真似をして切り込んでくると、賢人も己を得ず馬鹿になつて喧嘩する。そこで社会が堕落する。馬鹿は成程社会の有毒分子だと云ふ事を人に教へるのが主意です。先づ当分は此うた丈うたつてゐます。小説にしたらホトトギスへ上げます」。この「ホトトギス」へというのが後の初期作品の結尾をなす『野分』（明39・1）であろうと推測され、『野分』自体果たして〈小説〉たりえたかどうかは問題だが、作者みずから初期作品の多くを〈うた〉と見立てていることは興味深いところである。しかもこの書簡が「九日迄連日執筆」（8・10、小宮豊隆宛書簡）という『草枕』完稿直後にしるされていることも見逃せまい。「喧嘩をしつゝ、勉強をしつゝ文章をかきつゝ」という先の言葉が、まさに『草枕』後半執筆中の言葉としてどう作中にひびいているかは付言するまでもあるまい。

作者が『草枕』にふれて「世間普通にいふ小説とは全く反対の」「唯一種の感じ――美しい感じが読者の心に残りさへすればよい。それ以外に何も特別な目的があるのではない」（『余が「草枕」』）と言い、「草枕の様な主人公ではいけない。あれもいゝが矢張り今の世界に生存して自分のよい所を通さうとするにはどうしてもイブセン流に出なくてはいけない」（明39・10・26、鈴木三重吉宛書簡）などという、これらの言葉に騙される必要はあるまい。『草枕』と『野分』とは美と倫理、現実脱離と現実志向というふうにしばしば対比されるが、すでに『草枕』に底流するところは『二百十日』を経て殆ど地続きに『野分』につながっていると見るべきであろう。同時にまた裏を返せば、『二百十日』から『野分』へとは単に倫理的志向のみをもってつながっているわけではない。たしかに、山里の「澄み切つた空の底に響き渡る」鍛冶屋の音をもってはじまるこの作品もまた、文明の皮を剝くのだと言い、「文明の革命」をやるのだという圭さんの批判、慷慨をもってつらぬかれ、文明という怪物退治の宣言をもって終る。

しかしまた「阿蘇の噴火口を観て」「尤も崇高なる天地間の活力現象に対して、雄大の気象を養つて、齷齪たる塵事を超越するんだ」（傍点著者、以下同）と昂言し、碌さんに「あんまり超越し過ぎるとあとで世の中が、いやになつて、却つて困るぜ」とひやかされる「慷慨家」の圭さんも実は、粉々たる塵界をはなれて「非人情」の世界に遊ぼうとする画工と同根なるもの、言わば〈裏返された画工〉というべき存在かもしれない。作者はここでも、いまひとつの〈非人情の旅〉を楽しんだはずである。この意味では『二百十日』を『草枕』とは対照的な、次作『野分』への橋渡しともいうべきプロローグ、あるいは「イントロダクションのやうなもの」（小宮豊隆）と見る従来の通説的見解は問い直されねばなるまい。言わば離俗の志向の底には現実志向の衝迫が横たわり、現実にかかわる文明批判の衝迫の底には超越的な現実離脱の志向が内在する。しかもこの矛盾の混在に対して、作者が充分意識的であることは注目してよい。

漱石は『坊つちゃん』『草枕』『二百十日』の三作を『鶉籠』（明40・1）一巻に収め、その序に「集中収むる所三篇、取材一ならず、趣旨固より同じからず、著者はただ此三篇によつて、其胸中に漂へる或物に一種の体を与へたるを信ず」という。この「胸中に漂へる或物」の何たるかはすでに明らかであろう。作者のこの現実への鬱屈と批判をいずれも〈旅〉という非日常的空間のなかに放出し、みずからいう〈うた〉をうたいつづけんとする。しかしやがて画工も圭さんも、また坊っちゃんもその〈うた〉の世界から、その〈旅〉から還って来ねばなるまい。こうして『野分』の主人公、白井道也は七年間の旅から東京へ帰って来る。言わば〈うた〉の旅から現実に、この日常の場に還って来ることとなる。道也を〈帰って来た坊っちゃん〉とはすでに評家の指摘するところだが、作者もまたその裡なる〈旅〉から『鶉籠』一巻を提げて帰還することとなる。しかし作中の道也は、また作者はよく帰還しえたか。この問いはそのまま作家における〈空間〉の問題にかかわるところであり、初期作品のみならぬ漱石文学の根源をも問うこととなろう。

三

すでに見るごとく漱石の初期作品をつらぬくものは、その苛烈なる文明体験の残照であり、またその只中にあることの痛みと鬱屈である。彼は作家としてこれをどう受けとめようとしたのか。『猫』の執筆中とみられる時期の「断片」に次のような言葉がある。「開化ノ(ママ)無価値なるを知るとき始めて厭世観を起す。開化の無価値なるを知りつゝも是を免かる能はざるを知るとき第二の厭世観を起す。茲に於て発展の路絶ゆれば真の厭世的文学となる。もし発展すれば形而上に安心を求むべし。形而上なるが故に物に役せらるる事なし。物に役せられざるが故に安楽なり。形而上とは何ぞ。何物を捕へて形而上と云ふか。世間的に安心なし。安心ありと思ふは誤なり」。同じ言葉は『文学評論』中にもあり、「吾人が吾人の生活上に、所謂開化なるものゝ欠くべからざるを覚ると同時に、所謂開化なるものゝ吾人に満足を与ふるに足るもので無いことを徹底に覚つた時」に厭世は生まれるという。「過去」を未練なく切り捨てうるものにも、あるいはまた過去の「自然に帰れば、黄金時代を生ずる」と「確信」するものにも、ともになんらの「悲哀」も「絶望」も生まれはすまい。ただ「開化」の矛盾を知りつつも、なお「その文明なり開化なりを如何ともする能はざる」とき「厭世の文学」は「発生」するという。この行くも地獄、帰るも地獄というほかはない文明のもたらす痛苦からの観念的浮上を拒否するところに文学は生まれるという。言わばこの現実をはなれた形而上的空間に逃げ込むのではなく、まさにその只中に立ちつくすところに真の〈文学的空間〉とも呼ばれるものが生まれるというのである。しかしまた「如何ともする能はざる」を知る時、ひとはなお夢見るほかにあるまい。夢を夢と知りつつ、なお一瞬の夢を已れに許すほかはあるまい。処女作『倫敦塔』（明39・1）に始まる一連の創作――『漾虚集』（明39・5）とは、まさしく漱石のわが〈痛き夢〉ともいうべきものであろうか。〈虚〉即ち〈夢〉に漾（ただよ）うと言いつつ『漾虚集』一巻をつらぬくものは、この〈夢〉と〈現実〉の往復反復の力学であり、『倫敦塔』より終末の『趣味の遺伝』（明39・1）に至る七篇の連環は、一見恣意なる展開と見えつつ、この夢と認識の力学を見事に具現してみせる。たとえば冒頭の二編『倫敦塔』や『カーライル博物館』（明39・1）はどうか。ともに留学時の体験を素材としたものだが、前者の倫敦塔の内部を語る部分において幻想的、詩的であり、後者はより現実的、散文的である。二十世紀を「冷然」と見下す倫敦塔は作者のある渇望、あるいは内面の投影とも見え、逆に街路にさらされ、なんの趣もなく「丸で大製造場の煙突の根本」をぶっ切ってうち建てたような、ひどく散文的な後者のたたずまいは、二十世紀の現実にさらされざるをえぬ――まさに『草枕』終末の「愈々現実世界に引きずり出された」の一節を想わせる――現代人の皮肉な運命の象徴とも読みとれる。

　倫敦塔内部における主人公（余）の幻想的体験は終末に至り、心ない主人の――作者が彼もまた「二十世紀の倫敦人である」とにがく吐き棄てるようにいう男の――一言によって苦もなく打ち砕かれてしまう。『カーライル博物館』の語り手（余）もまた、階下に近づくに従って「冥想の皮」を「剥」ぎとられてゆく。この幻想より現実へ、詩的空間より日常的空間へという志向は、一篇の内部にはたらくと同時に、前作より次作へという展開自体にもはたらく。すでに見たごとく『カーライル博物館』のありよう自体が前作に較べ、より散文的であり、『倫敦塔』における囚人たちが「尖れる爪の先を以て」刻み、「冷やかなる壁の上に只一となり二となり線となり字となつて生きんと願つた」、〈存在〉のあかしとしての表現行為への言及は、『カーライル博物館』にあってはすでに死せるものを偲ぶ記念のくさぐさを、すべて空しきものと見る語り手の眼によってあざやかに相対化される。言わば前者の孕む求心的志向は、後者の遠心的志向によって見事に問い返される。同様の志向は次の『幻影の盾』（明38・4）『琴のそら音』（同5）にも見られる。ヰリアムとクラ丶の悲恋を描き、わずかに死後につながるかとみえる幻想世界における恋の成就を語る『幻影の盾』は、作者自身のいうごとくヰリアムの「一心不乱」を描き、〈霊の感応〉ともいうべきモチーフによってつらぬかれる。終末二人の愛の成就も甘美な場面を語り、「是は盾の世界である。而してヰリアムは盾である」という。しかしその末尾に、百年を一瞬に尽くすかのごとき「此猛烈な体験を嘗め得たものは古往今来ヰリアム一人（いちにん）」であるという時、作者は同時に、この〈盾〉〈夢〉の空間に入りえぬ近代人の不幸をもあざやかに映し出してみせる。

次作『琴のそら音』は材を日露戦争下にとり、戦地の夫の鏡に映る「魂魄」という〈霊の感応〉的エピソードを配し、主人公（余）の婚約者に対する愛と不安を描いたものだが、主人公の抱いた恋人の病死という一夜の不吉な予感が、実は何事でもなかったことを語りつつ、終末の床屋談義のなかで、すべては人間の神経のなせるわざ、「婆（ば）化（か）され様」とする無意識裡の心意のもたらす現象にすぎぬと、裡談義にことをよせた戯文、滑稽化のなかに話柄は収束される。ここでも前作のテーマを裏側から、より散文化しつつ描いてゆくパターンは繰り返され、これらはペアの、即ち二作一組の、あるいは盾の表裏ともいうべき作者の志向によって展開されているかとみえる。これはまた最後の二篇『薤露行』（明38・11）や『趣味の遺伝』にも見られるが、その前に言わばなかじきりともいうべき一篇として『一夜』（明38・9）がある。これは『漾虚集』にあって唯一の俳諧的、南画的趣向を持つ小品だが、女をはさみ、髯のある男とない男――この三人の一夜をすごすとりとめのない談話の展開が中心となる。ここでは髯のある男の語らんとする詩の世界、夢の世界は、悉く邪魔が入って断ち切られる。しかし男は「世の中は凡て是だと疾うから知つて居る。」「画から女が抜け出るより、あなたが画になる方が、やさしう御座しんよ」と女は髯の男にいう。また女自身、動くと崩れると言われ「画になるのも矢張り骨が折れます」という。かくして「夢の話し」は「中途で流れ」「三人は思ひ〳〵に臥床に入」り、「太平に入る」。「百年は一年の如く、一年は一刻の如し、一刻を知れば正に人生を知る」と、『幻影の盾』のごとき言葉が語られ、「彼らの一夜を描いたのは彼らの生涯を描いたものである」ともいう。だが文意はさらに一転して、三人の素姓も性格も、落ち合った理由も知らぬという。ここでは「一貫した事件が発展せぬ?」と問うなら、それは「人生を描いたので小説をかいたのではないから仕方ない」という。「なぜ三人とも一時に寝た? 三人とも一時に眠くなったからである」――これが末尾の一句だが、明らかに『幻影の盾』の示す世界のパロディとも見られよう。〈盾〉の世界、〈夢〉の世界に入らんとして入りえぬ凡々たる人生のひとこまを、作者は写生文特有の素っ気ない洒脱さをもって描きとってみせる。これはそのまま『猫』の世界に地続きともみえる。

『吾輩は猫である』が『漾虚集』の世界の楽屋裏であるとすれば、『一夜』は〈虚〉に漾わんとして常に夢想の世界より押し戻される『漾虚集』一巻の構造的裏面をあざやかに映し出す。『一夜』は『猫』と『漾虚集』のはざまにあって作者内奥の微妙な気息をふと、かいま見せるのだが、作者は『猫』の六章でこれにふれ、「先達ても私の友人で送籍と云ふ男が一夜という短篇を」書いたが、「誰が読んでも取り留めがつかないので」当人に「糺して見たの」だが、「当人もそんな事は知らないよと云つて取り合はないのです」と寒月に言わせている。いかにも漱石一流のアイロニカル扱いだが、「送籍」という語意に漱石自身の明治二十五年、北海道の送籍にかかわる諷意もまたうかがいとれよう。さて『薤露行』はアーサー王伝説を材にとり、王妃ギニヴィアとランスロットの秘められた恋と罪の意識、少女エレーンのランスロットへの報われぬ恋とその果ての死、さらには〈鏡〉の世界に棲むシャロットの女の呪いとランスロットの運命など、いくつかの挿話が織りなされてゆくが、最後に「あらゆる肉の不浄を拭い去つた」かのごときエレーンの亡骸の上に、エレーンの手紙を読み終ったギニヴィアが「美くしき少女」（傍点原文）と言いつつ「熱き涙」を流すところで終る。すでに作者は周到に恋仇ともいうべき少女の存在を知ったギニヴィアが「美くしき少女」と三たび呼ぶ、その微妙な変化を前章で描き、なおその声は「憐を寄せたりとも見えず」としるし、終末の「熱き涙」に至って、これが大岡昇平氏もいうごとく「憐れ」の完成であることを示す。恐らくは大岡氏も言及するごとく「『草枕』終末」の「『あはれ』との関連」が考えられよう。同時にこの「熱き涙」が次作『趣味の遺伝』の終末にしるされる「清き涼しき涙」につながることは明らかであろう。

『趣味の遺伝』もまた前作に対する一種アイロニカルな視点を含む。題材も日露戦争直後にとり、冒頭の語り手〈余〉の幻想にみるごとく戦争を狂気の発想とみる作者の厭戦的視点は、浩さんの戦死にふれて、それでも浩さんは「坑から上がって来ない」と九たびしるす死者への哀惜におのずからにつながる。ただ作者のしばしば繰り返す「鉄片が磁石に逢ふたら」「はじめて逢ふても会釈はなかろ」（『一夜』）という運命的な恋の出会いは、ここでは趣味（愛）の遺伝という一種アイロニカルな視点をともなって展開する。〈余〉の熱意によって、浩さんがただ一度の出会いに想いを残した女と浩さんの母は引き合わされる。しかし「浩さんは塹壕へ飛び込んだきり上つて来ない。」「天下に浩さんの事を思つて居るものは此御母さんと此御嬢さん許りであらう。余は此両人の睦まじき様を目撃する度に、将軍を見た時よりも、軍曹を見た時よりも、清き涼しき涙を流す。」あえてこれを「熱き涙」と言わぬところに写生文的文体の機微というべきか、『写生文』にいう「泣かずして他の泣くを叙するもの」「微笑を包む同情」なるもののあざやかな顕現を見ることができよう。同時に『琴のそら音』の余が〈暗〉より〈明〉への、あるいは〈非日常〉より〈日常〉への通路をひと息に駆け抜けるごとく『趣味の遺伝』の〈余〉もまた冒頭のグロテスクな幻想から、あるいは寂光院の墓場に立つ女人のうつつならぬイメージから、言わばここでも〈非日常〉的空間から〈日常〉的空間への回帰をたどる。「熱き涙」、あるいは「清き涼しき涙」とはこの倫理に即した作者のある和解への、現世的鎮魂への、ひそかな希求を託したものとすれば、この〈涙〉への言及の終るところから、『猫』の狂気への仮借なき諷語（九章）は始まる。

『猫』に欠落するものはこの〈涙〉の志向する世界であり、それは『猫』の文明批判や道義の主張と矛盾するものではない。そこには〈猫〉の眼の仮構の限界が見られ、十章と並行して『坊つちやん』の書かれる理由もまたこれと無縁ではない。『坊つちやん』の末尾、清の死を描き、名もなき庶民として市井の生活のなかに消えゆく坊っちゃんの末路を語る作者の眼底に、あのひそかな〈熱き涙〉が用意されていなかったとは言えまい。かくして『猫』の終章（十一）が書かれ、作者は「所謂写実の極致といふ奴をのべつに御覧に入れ」る。（明39・5・5、森田草平宛書簡）という。即ち苦沙弥以下、迷亭独仙、寒月、東風らと役者はそろい、そこには痛烈な文明批判、人間批判が展開される。作者はこの文明社会に生きざるをえぬ人間の、根源なる実相を見ずしてなんの〈写実〉ぞと言いたげである。「開化の無価値なるを知りつつも是を免がる能はざる」ものの痛苦が、〈形而上〉的空間に逃れんとして逃れざるものの苦悩が狂気の相貌を帯び、一種苛烈な諷語をもって語られる。

四

以上、『倫敦塔』や『猫』の第一章をもって始まる漱石初期文学の世界を瞥見したわけだが、すでに漱石という作家における独自の〈空間〉意識、あるいはその作品自体の孕む〈空間的構造〉の何たるかは明らかであろう。『草枕』に見る文明という〈歪空間〉に在る人間を「鉄車」に閉じ込められた作裂寸前、内的「革命」寸前の存在と見る作者の表現には、生の空間性に対する根源的認識ともいうべきものが読みとれよう。人間が〈世界・内・存在〉、即ち〈空間・内・存在〉として在るとは、この空間に精神的、身体的にどうかかわるかということでもあるが、作者はいみじくもこれを生理の発言そのものとして摑み、表現せんとする。『猫』の狂気と言い、『草枕』や『坊つちやん』その他に見るその鬱屈、憤懣の作裂的表現と言い、文明という〈歪空間〉に置かれた存在の生理そのものの発現として描き出さんとする。

作者は〈猫の眼〉あるいは〈画工の眼〉という仮構の視角を用意しつつ、その仮構の顕在を逆手にとって自己の生理の奔出するままに自由な批評的表現の場、即ち空間とする。かくして『猫』は写生文より出でて素朴自明の写生文の世界に、独自の〈批評的空間〉を創出したものともいえよう。しかしそれはまた〈批評的空間〉なるが故に、先の漱石自身の言葉を借りれば「物に役せらるる事」なき現実浮上、あるいは現実疎外の空間というほかはない。彼はやがてその浮上の空間からこの現実に着地せねばなるまい。作者自身『猫』の終末に、談論果てて苦沙弥邸から分かれ散ってゆく人物たちにふれて「寄席」ははねたという。まさしくそれは文明談義の一場の『寄席』に過ぎまい。文明の逸民たちはかくして散っていったが、作者は九年の後再びこの場に還って来る。言うまでもなく晩期の自伝的作品『道草』である。遠い旅から帰って来た健三を描く『道草』（大4・6～9）が、評家のいうごとく「帰って来た男」（江藤淳）の物語だとすれば、作者はすでに初期の終末を飾るものとして、いまひとつの〈帰って来た男の物語〉を書かんとしたはずである。言うまでもなく『野分』一篇であり、作者は〈うた〉ならぬ小説を呈示せんとしたはずだが、白井道也もまた旅の途上であり、〈うた〉の世界を抜け出てはいない。「現代青年に告ぐ」という趣意を小説化したのが『野分』だが、机に向う道也は「終日木枯に吹き曝されたかの如くに見え」、壇上に立つ道也の上にも「吹きまくる木枯は屋を撼かして去」ってゆくかとみえる。〈野分〉は終始道也の身辺を吹きめぐってゆくが、『猫』の終末に「寄席」は「はねた」としるした作者は、道也と現実の隙間に何を見たであろう。吹きめぐる〈野分〉はその皮膜の間をくぐって道也を包むが、背後の作者は自己の文学観の一面を純粋培養的に吐露し、昇華せしめ、歌わしめることによって、逆に現実へと重く眼をくぐらせてゆく。やがて朝日入社となり職業作家漱石が誕生するわけだが、この入社をめぐる交渉の微細には『野分』背後に佇む作者の、リアリストとしてのしたたかな眼光をかいまみせるものがある。

かくして『野分』一篇をもって漱石の初期、〈うた〉の時代は閉じられるが、その文明体験をめぐる独自の空間的特性、あるいは夢と現実の力学は、より深い実存的視覚をも加えて漱石文学の核をなしへゆくこととなる。その熟成は晩期の『道草』『明暗』（大5・5〜12）などに見られ、『道草』に至って作者は始めて真の「写実の極致」を果たしえたともいえよう。しかしまた文明という〈歪空間〉に生きざるをえぬ人間の宿命、その故にしいられる〈夢〉と〈現実〉の相剋を描く初期作品の示す軌跡のなんとあざやかなことであろう。『漾虚集』の作者は〈夢〉〈虚〉が現実をはなれ、また着地する、その微妙な断続の機微をあざやかに映しえた。それは殆ど作者の生理ともいうべきものであり、〈開化〉に生きる痛苦と矛盾をかかえつつ、あえて「形而上」的空間に「発展」せざる姿勢を已れの作家としての倫理と化した文学者の、その〈夢〉の創出と逆流の見事な図譜と言ってもよい。『猫』や『草枕』その他に見る〈批評的空間〉の自在な描出については再言するまでもあるまい。やがて漱石の歩みはあの「天使と戦うヤコブ」ともいうべき実存的な深みを加え、より深い空間性を獲得してゆくこととなるが、同時にこの文明の孕む「歪んだ空間」にふれてしまった以上、もう楽園に戻ることはできないというある欠落感、文明をめぐる根源的な空間意識ともいうべきものを孕みつづけていたことは後の『行人』（明45・12〜大2・4、9〜11）その他の作品にも明らかなところであろう。

漱石　その〈方法としての書簡〉

〈文学における手紙〉とは、言うまでもなく作中、作外の両様にまたがる。しかも当然ながら作中の手紙、書簡と作者自身の書簡とは別次元でありつつ、また作家にみる書簡独自の味わいは作中にもおのずからに生きる。たとえば漱石はどうか。彼は「人に手紙を書くこと」も「人から手紙をもらふ事」も「大すきである」（明39・1・8、森田草平宛書簡）という。たしかに漱石の書簡は流露感にあふれ、真率にして親しみ深く、我々の心を魅きつけてやまないものがある。よく知られるものに晩年の芥川、久米両名宛のものがある。

「あせつては不可ません。頭を悪くしては不可ません。根気づくでお出でなさい。世の中は根気の前に頭を下げる事を知つてゐますが、火花の前には一瞬の記憶しか与へて呉れません。うん〳〵死ぬ迄押すのです。それ丈です。決して相手を拵へてそれを押しちや不可ません。相手はいくらでも後から後からと出て来ます。さうして吾々を悩ませます。牛は超然として押して行くのです。何を押すかと聞くなら申します。人間を押すのです。文士を押すのではありません」（大5・8・24）いかにも親愛の情にみちた語調だが、また「人間を押」し続けるのだとは、ほかならぬ『明暗』の作者自身のものでもあろう。

この三日前にも同じく芥川、久米両名宛のものがあり、例の〈明暗雙雙〉の漢詩も書きつけられているが、ここでも「新時代の作家」ならんとするもの、「無暗にあせつて不可ません。たゞ牛のやうに」進むのですと言い、さらに次の言葉が続く。

「私はこんな長い手紙をたゞ書くのです。永い日が何時迄もつゞいて何をしても日が暮れないといふ証拠に書くのです。さういふ心持の中に入ってゐる自分を君等に紹介する為に書くのです。夫からさういふ心持でゐる事を自分で味つて見るために書くのです。日は長いのです。四方は蟬の声で埋つてゐます。」（大5・8・21）。
いくたび読み返しても心にしみる一節だが、喝きやまぬ蟬の声に身をひたしつつ、なお営々として大作『明暗』に挑み続ける作家の感慨は深く、また重い。同時にあえて言えば、この手紙が『こゝろ』の先生のものであったとしても、さほど不思議ではあるまい。いや、『こゝろ』ににじむ〈淋しさ〉の忘れがたい感触はそのまま、この晩期漱石の書簡につながるものだと言ってよかろう。手紙を書くことも、もらうことも大すきだという漱石が、その書簡の文体を最もみごとに生かしたものは、言うまでもなく『こゝろ』の先生の「遺書」であろう。

　後期三部作の第一作『彼岸過迄』の須永の告白は、次作『行人』では須永の後身ともいうべき長野一郎の苦悩を語る「塵労」後半のHさんの手紙につながり、この両者をふまえて『こゝろ』の先生自身の語る〈遺書〉となる。『こゝろ』の感銘は、この〈遺書〉という書簡としての究極の形を抜きにして考えることはできまい。この作品の構造を複式能の形式にたとえていえば、〈私〉という青年はワキであり、シテの〈先生〉の在りし日の姿が語られる。やがて中入りともいうべき第二章「両親と私」をはさみ「先生と遺書」に至って、後シテとしての〈先生〉があらわれ、シテの妄執ならぬその内面の苦悩を綿々と語り続ける。恐らく『こゝろ』の感銘が孕む幽玄ともいうべき独自の感触は、この複式能にもかよう独自の構造にあると言ってよい。と同時に、遺書という書簡の形式もまたこれを支えるものであろう。いや、遺書というのっぴきならぬ書簡の、語りの文体こそがその無二なる器と言ってよいものであり、その『文学論』において語る「間隔論」（第四編第八章）なるものもまた、これと無縁ではあるまい。

　即ち、文芸の目的が読者に対する「幻惑の二字に帰着」するとすれば、「浪漫派」なると「写実派」なるとを問わず、その素材、特権の違いはどうあれ、注目すべきもののひとつに「間隔論」なるものがあるという。「間隔論」とは「篇中の人物の読者に対する位置の遠近を論ずるもの」であり、「間隔の幻惑は距離其もの丶遠近に支配」され、人物を配する「位置」そのものにある。即ち作中人物と読者の位置を「接近せしむる」ことこそ「幻惑」の「捷径」

であり、その「間隔」縮小の方法として「彼を変じて汝になる」には書簡体や脚本があるが、さらに徹底すれば「作家が変じて余となって篇中にあらはる丶」ほかはないという。

いま、これが顕在化すれば〈余〉あるいは〈私〉という作中の語り手とかさなり、潜在化すれば一人称のみならぬ三人称や客観描写の背後にひそむ包括的、俯瞰的な語り手の眼となる。〈語り〉がまた〈騙り〉（幻惑）であり、同時にすでに終ってしまった、あるいは見てしまった何事をか語らんとする時間の遠近法の枠組みのなかにあるとなれば、漱石作品の多くが一見現在進行形と見えつつ、常に消えざる過去の総体をにない、その過去そのものを総括して語る話法を取っている必然もまた頷けよう。すでに『坊つちやん』『坑夫』『行人』などが、その話法のなかに語りとられていることはいうまでもないが、そのきわまるところが『こゝろ』の話法と構造であることもまた明白であろう。『こゝろ』の〈先生〉は「遺書」を通して己れの過去を語り、これを包括して〈私〉の手記は〈先生〉の悲劇そのものを語る。さらに言えば、〈私〉の手記もまた見えざる何ものかに向っての、宛名のない〈手紙〉ともいえなくはあるまい。

いや、遡れば漱石の作家ならぬ、作品的出発もまた書簡体であった。いうまでもなく『吾輩は猫である』に先立つロンドン留学半ば、病中の子規に宛てた書簡『倫敦消息』（明34・5・5）であり、処女作『猫』が作家のすべてを語るとすれば、『倫敦消息』もまた作家漱石の精髄となる何ものをか語っていたはずである。さてその話法だが、「僕が倫敦に来てどんな事をやつて居るか」報じようと言いながら、作者が自身を舞台に登場させるや一転して、「吾輩」または我輩という呼称に変わる。この呼称は当然ながら内容、文体の滑稽化につながり、「吾輩」と呼ぶ時、すでに作中の自己劇化（自己戯画化）は始まり、作中の自己の対象を見る視点もおのずからに定まる。即ち「吾輩」という呼称の孕む視点によって相手を対象化するとともに、語り手なる「吾輩」もまた作者によってみごとに対象化される。これはロンドン留学時の漱石の自己の鬱屈よりの解放、さらには病床の子規を慰めんとての戯文めいた滑稽化ともみえるが、それ以上にその資質のもたらす必然の選択と見るべきであろう。

ただ漱石は後にこの文の読張をきらってか、晩期文集（『色鳥』大4・9）に収める時、みずから筆を加えて叙述の誇飾を拝し、「吾輩」も「僕」と改めている。また結尾の一節――「而して我輩は子規の病気を慰めんが為に此日記をかきつゝある」も、「さうして僕は君の病気を慰めるために此手紙を認めつゝある」となる。「吾輩」が「僕」となり、「日記」が「手紙」となった時、作者は舞台から降り、ドーランを落として素顔に帰るかにみえる。この晩期修正の『倫敦消息』こそ本来の写生文のスタイルに還ったというべきであろうが、同時に漱石の当初書かんとしたものが写生文の体をとりつつ、これを踏み出さんとする志向を示していたことも明らかであろう。

さらに言えば、漱石はこれを「今日起きてから今手紙を書いて居る迄の出来事を〈ほとゝぎす〉で募集する日記体でかいて御目にかけ様」と言っているが、その語りの本体は日記体ならぬ書簡体である。書簡体という流露において戯文的な日記を「御目にかけ」ているが、作者はこれを寄席の語りにもなぞらえて第二回の冒頭に、「又『ホトヽギス』が届いてから出直して一席伺はう」ともいう。以下の語りもまたおのずからに戯文の体をとる。

「我輩の下宿の体裁は前回申し述べた如く頗る憐れっぽい始末だが、そういふ界に澄まし返つて三十代の顔子然として居られるかと君方は屹度聞くに違ひない。聞かなくつても聞く事にしないと此方が不都合だから先づ聞くと認める。処で我輩が君等に答へるんだ、懸價のない所を答へるんだから、其積りで聞かなくつては行けない。」これが晩期改変の文体では次のごとくなる。

「僕の下宿の体裁は前便に申述べた通り頗る憐れっぽいものだが、さういふ心細い所に、三十代の顔子のやうな気持で、能く澄ましてゐられるものだと君は不審を起すかも知れないが、僕とても御存じの如き俗物である以上、斯んな窮屈な活計（くらし）をして回や其楽（たのしみ）を改めず賢なるかなと賞められやうなどとは無論思つてゐない。先づ巳むを得ないので厭々（いや〳〵）ながら辛抱してゐるのだとさへ推察して貰へばそれで沢山だ」。以下の引用は省くが、そこにあらわれて来るものは、まぎれもなく漱石におけるロ、ン、ド、ン、の憂鬱であり、この改変はまた『吾輩は猫である』から晩期の『道草』への転移にもつながる。

『猫』の終末、苦沙弥邸から散ってゆく「太平の逸民」たちをとらえて「寄席ははね」たという。しかしそれから十年にして、作者は再びこの場に還って来る。いうまでもなく『道草』の世界であり、『道草』の惨たる世界を評して「『猫』の揚げ底」を取り払えば、「その下にあらはれるのは、こういう凄惨な底である」と評者（桶谷秀昭）はいう。作家の生理は、またその成熟は、このような転移を示したともいえるか、一面その成熟の背後に、『倫敦消息』にみる写生文的日記体と言いつつ、写生の即自ならぬ対自の機軸に立ち、自己をつらぬいて文明の惨たる現実を諷する痛烈な批評の精神はまた、『道草』の成熟をつらぬく、即自の自伝性ならぬ対自の話法の完成に至るまで、深く諸作を潜流していることもまた見逃せまい。

同時に日記的写生の体と言いつつ、その話法を書簡の体にとる独自の流露は、『吾輩は猫である』以下、『坊っちやん』『草枕』から『三四郎』あたりまで続き、さらに最も凝縮、沈潜した形で『こゝろ』の〈先生〉の遺書に至る。『倫敦消息』に主人公の文明下の異郷における孤独を見るとすれば、『こゝろ』の遺書は開化の時代に取り残されたKの死と、Kのあとを追う先生の孤独な死を描く。文明の波動が己れにしいる時代との剥離、それがKを死に追いつめた何ものかであるとすれば（これもまたひとつの〈異郷〉における死ではなかったか）、自身もまたその孤独の道を辿っていることに先生は気づく。先生とKに漱石と子規の交友の微妙な投影をみるとすれば、〈私〉への先生の遺書は二重の陰影を帯びる。

苛烈な文明下の自己諷刺に漱石作品の初発の起点を見るとすれば、Kの死を抱いてその後を追う〈先生〉の死を描く『こゝろ』の遺書は、あるひとつの時代の、同時にこれを描く作家内奥の何ものかの、ひとつの終焉を語るものであろう。作者はその深切な心の色を描くに、〈遺、書、〉という書簡における究極の形をえらびとってみせた。その内奥の流露は、まさに〈方法としての書簡〉というひとつの必然を選びとらせた。このまさに意識、無意識に選びとられた〈方法として書簡〉は、時に顕在化、また時に書簡という形を消した影なき語りとして作品中に潜在化した。すでにそのいくつかの影は、先に短くふれた通りである。「漱石の散文活動は写生文に基づくと言われるが、遮ってみればそれも書簡の泉から湧き出したのであった」（古川久『漱石の書簡』）という評家の言葉は、さらにこれを方法化し、重層化した形で、まさに頷くべきものがあろう。

漱石の文体

〈文体〉とは何かと問えば、その定義はむつかしい、しかも我々は自明のように漱石の文体と呼び、鷗外の文体と呼ぶ。たしかに〈文体〉と呼ぶほかはない個性の刻印、また表現の力がある。三島由紀夫は文体に刻苦し、一面、鷗外の文体を最上のものとした。その彼が『遠野物語』の語る一挿話——死せる老女が通夜の場にあらわれ、長く曳く着物の裾が丸い火桶にふれると、火桶はくるりと廻り、老女はやがて消える——、この怪異にふれて、真の〈文体〉とは、まさにこの火桶を廻す力ということだ。〈虚〉なる存在が〈実〉を動かすという、ここに〈文体〉の力があり、秘儀があるという。しかも皮肉なことには、三島の文体こそ、このような力と無縁なものであったというべきではないか。

「『武』とは花と散ることであり、『文』とは不朽の花を育てることだ」「そして不朽の花とはすなはち造花である」（『太陽と鉄』）とは、これもまた三島由紀夫のいうところである。〈文〉とはついに〈造花〉であるとは、三島の明晰な認識であった。しかも晩年、開高健が酔いに乗じて、あなたの文体はしばしば「ホンコン・フラワーになってしまう。精巧そのものだけれど何かしらニセモノになってしまう」というと、「それは私の根本的なコンプレックスなんだ」と低く答えたという。これはその認識のいまひとつの透徹の故に、私の最も愛する挿話のひとつだが、三島の挫折はまた芥川のものでもあった。

「芸術家は何よりも作品の完成を期せねばならぬ」。そうして「芸術活動」とはすぐれて「意識的なもの」（『芸術その他』）だとは芥川のいうところだが、その彼はまた晩期、次のごとくいう。「芸術家は何時も意識的に彼の作品を作るのかも知れない」。しかし「作品の美醜の一半」、いや「大半」は「芸術家の意識を超越した神秘の世界に存してゐる」。その故にこそ「一刀一拝した古人の用意はこの無意識の境に対する畏怖を語ってはゐないであらうか?・」(『創作』『侏儒の言葉』)。恐らくこの認識の変化は芥川や三島を苦しめたはずだが、彼らはついにこれを超えることはなかった。

〈我鬼〉即ち俳人芥川に、〈兎も片耳乗るる大暑かな〉の一句がある、「破調」と題したものだが、この句もと〈小兎の〉とあったが、佐々木茂索が〈小〉の字無用と言ったことを承けて改作したものという。小手先のリズムならぬ破調のもたらす、より深々としたイメージ、その存在の勁さ。作家ならぬ俳人我鬼は直ちにこれにうなづくことができた。しかし作家芥川の美学はこれを知りつつ、ついに破り出ることはなかった。作品の終末の一句を決めて書きはじめるという三島の作法にも通ずるものだが、すでに両者の挫折の要因は明らかであろう。再び問えば〈文体〉の、ことばの力とは何か。彼らにおけることばの整序に対して、作品とはことばの運動、「精神の運動」に過ぎぬと石川淳はいう。

「作品は常に闇の戸口から始」まり、その終るところもまた「闇の中」(『短篇小説の構成』)。作者はただ何ものかに誘われつつ、未知なる作品という空間を駈けぬける。「作品が終った時」とは、「より高次の段階に乗り上げた時であり、後にはただひとつの〈精神〉の、あるいは〈エネルギー〉の走りさった軌跡の紋様のみがあざやかに残る。もはや作品の底にわだかまる「根底の真実」などという「身許不審の潜入者」「渡りもの」は「放逐」すべきであり、あとには「精神が自分で文章の中に乗りこんで来て、直接にことばと合体し、ともに生動しともに破裂するであろう」(『文章の形式と内容』)という。これはまた石川淳自身を語るとともに、漱石をも語るものであろう。

『吾輩は猫である』や『坊っちやん』における文体の生動とは、まさに文中に乗り込み、「ことばと合体」した〈精神〉の躍動そのものにほかなるまい。〈猫の眼〉と変化(げ)した〈精神〉は言葉と合体して作中に生動し、独自の饒舌体を生み出す。『坊っちやん』の語りもまた然り。ただ作者はこの〈精神の運動〉を繰り出し、加速させる仕掛として、

〈猫の眼〉や〈坊っちやん〉という仮構の語り手を必要とした。漱石の遅い作家としての出発は同時に、すぐれて方法的な出発であり、これはまた石川淳のものでもあった。漱石三十九歳、石川淳三十六歳、英文学と仏文学の違いはあれ、ともに十分な学問的修練の果ての作家的出発は、おのずからに既成の方法への反問となった。

写生文としての『猫』が即目の語り手ならぬ〈猫の眼〉を要したごとく、石川淳の処女作『佳人』（昭10）もまた、もはや自明に語りうる〈私〉というものはなく、個我もまた語るべき己れも、一切が解体したという認識から出発する。〈私〉の底にひそむ「根底の真実」などという、うさんくさいものを追放して、〈精神〉という純粋無雑の、純手たる抽象を突出させれば、そこに徹底した遠心力がはたらくことは自明であろう。爾後、石川淳の作品の描く所は、まさにこの遠心力の展開そのものと言ってよい。およそ小説のモチーフなどというものの「固定してゆく部分」は「読者の心情の中」だけであり、「モチーフという作者のシッポ」（『わが小説』）を探すことは無駄だともいう。このあたりは「語るのは言語活動であって、作者ではない。」「一篇のテキストの統一性はこのテキストの起源にではなく、このテキストの宛て先のうちにある」（ロラン・バルト『作者の不在』）という、今日流行のテクスト理論ともあい通ずるものであろう。

「空間は巡るべきものであって、穿つべきものではない」（同前）とは、これもまたバルトのいう所だか、この理論は作品空間のみならぬ、メタ・テクストとしての現実空間そのものをも串刺にして、何ごとをか示唆する。やがて石川淳におけるある剥落、その奔放な物語世界とはうらはらな、長篇『至福千年』（昭40）あたりからみられる求心のエネルギーの凋落とは、この空間を「穿つべきもの」ならぬ「巡るべきもの」とする認識、あるいは断念のごときものからま生れたものともみえる。

さて、漱石はどうか。彼は根底の真実の揚棄ならぬ、その〈根底の真実〉なるものとは何かという問いを手放そうとはしなかった。言わばここで遠心と求心は交錯し、拮抗しつつ、その作品を貫流するものとなった。言わばこの現実そのものを、さらには〈根底の真実〉なるものの神話、その構造を問いなおし、穿ち続けてゆく所に漱石の求心はあった。以後、漱石にあって求心と遠心、求道と認識は、二者一元のものとしてその世界を貫通した。恐らくその文体の力もまた、これとかかわる。同時にその求心の志向は、様々な方法的実験をも促した。写生文から発した『猫』は写生文の底を踏み抜く大胆な手法をとり、『坑夫』ほかの実験もしばしば新聞小説にして新聞小説の枠を踏み破っているものであった。『こゝろ』ほかの後期三部作における短篇連鎖という新たな手法、さらにはそれらの自閉的人物たちの内向の世界から転じては、方法としての自伝的作品ともいうべき『道草』へと展開し、最後の『明暗』に至っては、最初の〈市民小説〉ともいうべき画期の世界をひらいていった。

しかもこれらの実験は単なる技法的野心ではなく、「たゞ自分らしいものが書きたい丈」（『彼岸過迄に就て』）だという、遠心ならぬ求心の深まりにほかならなかった。いや、そもそもこれらの実験の底には、本来小説とは何か、詩文というもののなかにこの不可解にして多義なる人生、人間存在そのものが収まりうるかという、作家以前に始まる深い問い（『人生』明29）が蔵されていた。〈帰来命根を覓（もと）む〉とは、修善寺大患（明43）における「二十分の死」からよみがえっての感懐だが、その文学はまさに〈命根〉を求めての旅であり、「根底の真実」を求めての探究そのものでもあった。しかもこれを存在の理法を求めての演繹ならぬ帰納の証言として、存在の日常をめぐる「実質の推移」として、描きつくしてゆこうとした。『道草』の次の一節は、その文体にこもる潜熱のありかをあざやかに告げるものであろう。

「健康の次第に衰へつつある不快な事実を認めながら、それに注意を払はなかつた彼は、猛烈に働いた。恰も自分で自分の身体に反抗でもするやうに、恰もわが衛生を虐体するやうに、又己れの病気に敵討でもしたいやうに、彼は血に餓えた。しかも他を屠る事が出来ないので已むを得ず自分の血を綴つて満足した。／予定の枚数を書き了へた時、彼は筆を投げて畳の上に倒れた。／『あゝ、あゝ』／彼は獣と同じやうな声を揚げた」。その自伝性からみれば『猫』の執筆を指すかとみえるが、この文体にこもる力はむしろ『道草』執筆時そのものを語っていよう。『道草』は反古の山を築いたといわれるが、漱石文庫に残る反古の幾枚かに飛び散るインクの跡は、まぎれもなくそれを語っている。火桶を廻す文体の妙があるとすれば、また火桶がまわす文体の力という機微もあろう。すでに漱石の文体の力とその推移の一端はうかがいとれよう。もはやその逐一を例証する余裕はない。この一文もまた巻頭、月村氏の題意にならえば、漱石における〈文体まで〉ということになろうか。

漱石における時間――そのひとつのエスキース

一

「時間とは何か。もしだれも私にたずねないなら私は知っている。たずねられて説明しようと思うと私は知らない」（アウグスティヌス『告白』）とは、〈時間〉というものについて語る時しばしば引かれる言葉である。たしかにこれを説明することはむつかしい。しかも我々は〈時間〉というものの所在をはっきりと体感することができる。時計そのものに時間はない。しかし針の動きを意識する。この意識こそ時間を成り立せるものであり、意識なくしては時計の針とはついに空間の一点にすぎない。即ち意識とは時間であり、時間とは意識である。時間とは意識の刻々の流れにすぎぬ――とは、ベルグソンにおける意識と時間の問題を集約して指摘されるところでもある。これをさらに外（在）的時間と内（在）的（意識的）時間というふうに類別してゆけば、もとより文学における時間とは、この内的、意識的時間の問題にほかなるまい。

さて日本人における〈時間〉とは何か。水草を追うて移動する遊牧民族や砂漠の民族が、その風土と状況のゆえに直線的時間観ともいうべきものを抱いているとすれば、農耕民族である日本人のそれが周期的、循環的なものであることはしばしば指摘されるところである。また仏教の影響による生成流転的な無常観、さらには自然と人間を同根的な存在として、自然の移ろいと人間の生の流れを重ねて読みとらんとする汎神論的志向ともいうべきもの、これらがその時間観に深い影響を与えていることは明白であろう。たしかにひとりの国語学者の説くごとく――日本語の語根を探ってゆけば、とき（時）とは解くという言葉から生まれたものであり、そこには解けて流れてゆくというイメージがある。また永遠を意味するとこしなへとは、床（とこ）（盤石なるもの）の上を意味し、確固として動かざるものの意はあっても、そこに足下（そっか）のこの一瞬を永遠と見る〈垂直的時間〉ともいうべきものの観念はないという。いま手許にテキスト（大野晋『日本語をさかのぼる』）がないので正確な引用とは言いがたいが、しかしここに窺われるものも生成流転的な、自然と人事をともに流れゆくものとして捉える汎神論的志向以外のものではあるまい。

　このようにその文学を生み出す精神的風土が、ある決定的な意味を持つとすれば、近代作家もまたその埒外ではあるまい。さてわが漱石はどうか。漱石もまた一見、その埒内のものかとみえる。その作品（小説はもとより漢詩、小品のたぐいに至るまで）に底流する深いペシミズムや、自然と人事の流転渾融の情感（『門』など）、さらには重く深い運命観の点滅（『彼岸過迄』ほか）など、彼もまたこの風土の刻印を深く帯びているかとみえる。しかし同時にまた、そのすぐれた洞察と認識、生得の強靱な批評的資質ともいうべきものは、独自の文学的気圏を切りひらいていったともいえる。処女作『吾輩は猫である』（明三八〜三九）から『明暗』（大5）に至る作品の軌跡はその見事な証言であり、そのさまざまな方法の背後に、我々は漱石独自の〈時間〉認識、より正確には〈小説と時間〉に関する最も予見的、先駆的な試みを随所に読みとってゆくことができよう。あえていえば、漱石はどこの風土の感性とあらがいつつ、独自の批評的空間を切りひらいていった作家はあるまい。〈時間〉は、この漱石にあって独自の展開を示した。仔細は作品自体があざやかに語ってくれるはずである。

二

　ひとびとは『吾輩は猫である』にふれて、スイフトの『ガリバー旅行記』やホフマンの『牡猫ムルの人生観』などの影響を指摘する。いまその仔細についてふれる余裕はないが、たとえスイフトやホフマンの作がなにほどかの触発材になっていたとしても、根源はほかならぬ、漱石自身の体験と資質に発するものとみてよかろう。むしろこの小論の課題に即していえば、スターンの『トリストラム・シャンディの生涯と意見』との類比こそ注目すべきところであろう。最初、作者みずから「猫伝」と名づけんとした『猫』一篇が、猫の眼を借りた痛烈な諷刺と笑いの文学であり、同時にこれが写生文のなかから生まれた作品であることは周知の通りである、作者は身辺の人物や出来事を巧みに取り入れながら、濶達自在な戯文の一篇を草した。その円転無限の手法をみずから評して「此書は趣向もなく、構造もなく、尾頭の心元なき海鼠の様な文章である」(『吾輩は猫である』上篇、自序)という。

この言葉が、かつて漱石自身の論じた『トリストラム、シャンデー』(明30・3)中の一節――「シャンデーは如何、単に主人公なきのみならず、又結構なし、無始無終なり、尾か頭か心元なき事海鼠の如し」などの評語をそのままひびかせていることはいうまでもあるまい。スターンの作は明らかに『猫』や『草枕』の発想、文体に、微妙にひびくものがあったと思われる。「此累々たる雑談」と言い、その「話頭」の「転じ易過ぎるに驚くのみ」という評語はまたそのまま、『猫』に通ずるものでもある。「題して『トリストラム、シャンデー』伝及び其意見」というも、「主人『シャンデー』は一人称にて、『余が』とか『吾は』と云ふにも係らず、中々降誕出現の場合に至らず、「漸く出産したかと思へば」「話緒」は「転捩」変転、読者はただ鼻綱を引きまわされるのみ。「往時」「大名貴族の御伽に出る」「道化」は「色々の小片を継ぎ合せたる衣裳を着けたるが例なりとか、『シャンデー』は此道化者の服装にして、道化自身は『スターン』なるべし」ともいう。このあたりの機微もまた『猫』につながるものであろう。

「『猫伝』及び其意見」とは、また作者本来の意図であったろうが、〈猫〉のつたえる「累々たる雑談」はついに「道化」の衣裳にすぎず、主体はもとよりその背後に佇む作者自身である。『猫』の饒舌は作者の自己解放、鬱屈の放出ともなるが、生理の必然は、時に彼自身を切りさいなむかのごとく苦沙弥の狂気を描くかと思えば(九)、独仙の語る馬鹿竹の挿話のごとき、自然にして無垢なる存在への憧憬を語り(十)、さらに転じては終末の痛烈な文明批判、人間批判の噴出へと走る(十二)。かくして作品背後の作者は自己の生理を食いつくしつつ、素朴な生理的時間の流れに即してゆくかにみえるが――、逆に作中の人物は見事にその時間性を剥奪される。もとより時の経過は語られる。また猫の死をもって閉じられる終末、さらには当初、読み切り完結の意図をもって書かれた第一章、さらには第二章の末尾が、ともに落寞たる無常感や深いペシミズムをもって閉じられていることは注目に値する。しかしこれもまた作者の素朴な生理的体感の発露にすぎず、作中人物のになう、あるいは人物に内在する時間性は見事に捨象される。

フィールディングの『トム・ジョーンズ』(一七四九)やリチャードソンの『パミラ』(一七四〇)などによって示された、近代写実小説の確立ともいうべき文学史的現象に対して、スターンにおける小説の枠組みそのものの解体、古典的時間性自体の破壊という試みが、まさに文学史家のいうごとく現代小説の源流たりえているとすれば、『猫』の意味するものもまた決して軽くはあるまい。〈猫〉の眼による戯画、その徹底した人間諷刺という方法は、写生文という枠の底を踏みぬき、一種独自の批評的戯文を生み出した。〈猫〉の眼というその方法の独自性は、その仮構の眼の顕在化によって、作中人物との距離を生み、その批評と諷刺はなんらの抵抗物をも伴なわぬ、一種透明無雑な〈批評的空間〉を生み出す。しかし『猫』の矛盾もまたそこにある。

作者は『猫』の執筆と並行して、「断片」の一部に次のようにしるしている。「開化ノ無価値なるを知るとき始めて厭世観を起す。開化の無価値なるを知りつつも是を免かる能ざるを知るとき第二の厭世観を起す。茲に於て発展の路絶ゆれば真の厭世的文学となる。もし発展すれば形而上に安心を求むべし。形而上なるが故に物に役せらるる事なし。物に役せられざるが故に安楽なり。形而上とは何ぞ。何物を捕へて形而上と云ふか。世間的に安心なし。安心ありと思ふは誤なり」。すでに漱石の厭世、鬱屈が、この行くも地獄、帰るも地獄という苛烈な文明批判につながることは明白であり、『猫』の執筆がこの鬱屈、忿懣の吐露、放出であったことは再言するまでもあるまい。しかしこの批評的戯文、一種独自の〈批評的空間〉の創出は、同時にそれが無雑な〈批評的空間〉なるがゆえに、「物」（対象あるいは実在）に「役せらるる事なし」という矛盾を孕む。かくしてこの「形而上」批判の一節はそのまま、作者自身に向きなおって来る問いでもあったはずである。

終末、登場人物が談論の果てに散じ去る時、「寄席」ははねたという作者の感慨のしるされるゆえんであり、あとには落莫たる万物流転のむなしさと、無限に続く日常の果てを象徴するごとく、〈猫〉の死が訪れるほかはない。作者は所詮この文明談義が、道化の衣裳に過ぎず、「寄席」の舞台にも似た戯文、戯態の遊びに過ぎぬことを知っている。小説というものが人物存在の、あるいは実存の重さをかいくぐってのひとつの証言、また認識であるとするならば、「物に役せらるる事なし」とはまさしく、この人間の実存をめぐる時間性の捨象にほかなるまい。かくして「寄席」ははね、逸民たちは散っていったが、十年後に再び作者はこの場に還って来る。「太平の逸民」ならぬ、そこには絶ちがたく、消しがたい日常の時間、また過去の亡霊（時間）を背負って立つ主人公（健三）の姿がある。

漱石十一年の文業とは、まさしくこの処女作『猫』に始まり最後の完成作『道草』（大4）に至る道程であり、『猫』終章執筆にあたっての「所謂写実の極致といふ奴をのべつに御覧に入れ」（明39・5・5、森田草平宛書簡）るという言葉は、『道草』に至って始めて成就しえたともいえよう。その「写実」なるものが単なる日常的描写に終るものではなく、先にもふれたごとく根源的な人間批判を含んでいることはいうまでもないが、しかしそれが単なる批評的アイロニイならざる「極致」としての達成を見るためには、過去、現在、未来をつらぬく内的時間の脈動が、自然過程を老いゆく生と死の課題が、さらには個から類に至る生成発展の経路が――これら時間性をめぐるトータルな人間認識の問題が問われねばなるまい。『道草』はまさしくこのような視角をめぐってのトータルな問いであり、表現であったといってよい。『猫』から『道草』への歩みとは、このような時間性獲得に至るひとつの経路であったともいえるが、もとよりその道筋は単純ではない。『猫』の作者はまた『坑夫』（明41）の作者でもあった。

三

明治四十年春、朝日入社後の第一作『虞美人草』（明40）掲載に先立って発表された『文芸の哲学的基礎』（同5・4〜6・4）なる長大な論が、自身いうごとくその「文芸に関する所信の大要を述べ」、その「立脚地と抱負とを明かに」したものであることはよく知られるところである、漱石は先ずこの世界が「我と物との相待の関係で成立して居る」ことにふれ、しかもこの〈我〉あっての物という、その〈物〉自体が「甚だ怪しいもので」あるという。〈我〉とは何かと問えば――その究極は、ただ〈意識〉という現象のはたらき自体というにつきる。〈私〉とはこの「意識の連続」体への命名にすぎず、〈物〉も〈人〉も、つまりはこの〈私〉なるものの「意識中に現象としてあはし来る」何ものかというほかはない。「煎じ詰め」れば「私もなければ、貴所方もない。あるものは、真にあるものは、只意識ばかりである」。この「意識の連続を称して」「命と云ふ。」

繰り返しいえば「吾々の生命は意識の連続」だが、人間はこの「連続を切断することを欲」せず、されにその「連続」は「特別の意義」ある「命」を欲し、「理想」を求める。この「理想」の内容は知、情、意のはたらきとして真、善、美、壮を求める。今日の文芸が〈真〉を中心として求め、「真の一字が現代文芸ことに文学の理想である」ことは明らかであろう。しかし真のみならず善、美、荘厳のすべてを求めてこそ真の文芸があり、作家なるもの「其作物の奥より閃めき出でる真と善と美と壮に合して、未来の生活上に消え難き痕跡を残す」ことこそ本来の「使命」というべきであろう。――いささか荒っぽい要約だが道筋はほぼこの通りである。この後半の文芸理念が『虞美人草』一篇に具現していることは明らかだが、注目すべきは、その冒頭部分における「意識の連続」なるものへの執拗なまでの記述であろう。

評家もいうごとく「明確な輪郭をもった複数の人物が、ある特定の社会空間のなかでなんらかの関係を結び、その関係が様々に発展してゆく」という「劇的要素」、あるいは「物語性ともいえるもの」が「十九世紀小説の特質」であったとすれば、この自明の枠組みが解体され、このような「小説を可能にする作者の視点」、いわば「神のように、裁判官のように」作品の外部にあって一切を見通す「全能の話者」ともいうべき視角が失われ、崩壊してゆくところに二十世紀小説、あるいは現代文学の新たな課題が生まれて来たことは疑いあるまい。信じうるものは、もはや「自我の内面にしか」ないとすれば、「時間が小説の主人公になる」こともまた自明であろう。「なぜなら自我の内面の意識」(Stream of Consciousness)を支配している原理は時間だからである」。この「『時間』意識の圧倒的な洗礼」、あるいは「呪縛」を受けつついかに「小説空間を創造」するかは、二十世紀作家の大きな課題であったこともまた自明であろう。以上は『現代小説の可能性』と題したシンポジウム中の発題者の発言の要約だが(野島秀勝。小池滋編「シンポジウム英米文学7」学生社刊)、この自我の内面性、時間性という課題に対して、〈意識の流れ〉(『心理学原理』一九〇二)という指摘を最初に提示したウィリアム・ジェイムズの思想が大きな影響を与えたこともまた周知のところであろう。

さてわが漱石が、このウィリアム・ジェイムズからロンドン留学時以来多大の影響を受けていることを思えば、今日、〈意識の流れ〉小説の範型として目される『坑夫』の手法のありようも頷けよう。すでにジェイムズの影響は先にもふれた「文芸の哲学的基礎」の随所に見られ、『虞美人草』が意識の選択による真、善、美、壮の小説的具現とすれば、次作『坑夫』の展開は、その根底たる〈意識の流れ〉そのものへの着目から生まれた実験的試みであったと言えよう。この意識の選択によって生まれる理想の側面から、〈意識の流れ〉そのものへの遡行は何を意味するのか。この転移を『文芸の哲学的基礎』から翌四一年の講演『創作家の態度』(明41・4)への推移と並行させ、後者にもはや「理想」への言及ならぬ、〈真〉を主体とする〈揮身文学〉の強調を読みとり、さらに事態の要因として

『心理学原理』ならぬ、『宗教的経験の諸相—人間性の研究—』（一九〇二）におけるジェイムズの潜在意識への言及に、漱石が深い衝撃を受けたことを指摘する評者の論（重松泰雄「『文学論』から『文芸の哲学的基礎』『創作家の態度』へ—『ウィリアム・ジェイムズ』との関連において—」）は、充分に頷くべきものであろう。

漱石の「James ノ解釈、普通ノ Consciousness ハ意識ノ一種ナリ」という書き込みはその何よりの傍証であり、この潜在意識、意識下の潜伏者への着目が、『坑夫』から『夢十夜』（明41）以下の作品へと関連してゆくことが指摘されているが、しかしいまこの小論の文脈に即していえば、この表層意識と深層意識という両者の点滅、交錯をも含みつつ——、『坑夫』一篇はまさしく〈時間〉を主体とし、〈意識の流れ〉を基軸とした予見的、実験的な試みと言わざるをえまい。『猫』がすでにふれたごとく、十九世紀の小説の枠組みを解体してみせたスターンの作品を横眼に見つつ、写生文より生まれ写生文自体の底を踏み抜き、既成の小説概念を踏み破るすぐれて批評的、実験的な試みであったとすれば、『坑夫』一篇の試みもまた「明確な輪部をもった複数の人物」たちのあいからみ、生成発展をとげてゆく十九世紀小説の典型ともいうべき前作『虞美人草』への見事なアンチであり、言わば作者はこの二作の間（かん）に十九世紀的典型から二十世紀的典型へと見事に架橋してみせたことにもなろう。恐らくこの事態の背後には漱石固有の、しかもきわめてラジカルな小説観（あるいは小説なるものへの根源的な問い）が横たわっていたはずである。

さて『坑夫』一篇の構想、手法はどうか。この主人公は十九歳の青年であり、二人の女をめぐる恋のトラブルから家出をし、ポン引きに誘われ足尾銅山の坑夫となり、五ケ月の後東京へ帰るという物語だが、これがその身上話を漱石のところへ持ち込んで来た荒井某なる青年の体験を素材としたものであることは周知の通りである。作者はこれを主人公の後年の回想とし、しかも叙述はポン引きに出会う冒頭の場面から足尾への道中、さらに坑内めぐりの様子をまさに断続なき〈意識の流れ〉として捉え、この青年をめぐる恋の三角関係に、「是でも小説の主人公になる資格は十分ある」し、「当時の、二人の少女の有様やら、日毎に変る局面の転換や」何やかやを「そつくり其の儘書き立てたら、大分面白い続きものが出来るんだが、そんな筆もなく時もないから、まあ已めに」するとして、あっさりと切り捨てる。そこにはいわゆる小説らしく仕立てたのでは面白くないという、『虞美人草』のうらをゆく作者の意図もうかがわれるが、それのみではない。言うまでもなく作者の野心は、ここで〈意識の流れ〉という手法をつらぬいてみせることであり、冒頭より巻末まで、語り手は主人公の意識の展開に沿いつつ道中一泊、銅山についてからの三泊と、加えて四泊五日の時間の流れを中断なく書き進めてゆく。勿論、回想風の所感はしばしば割り込んで来るが、意識の流れを追う視角は一貫してつらぬかれる。こうしてそこに立ち現れて来るものは意識のたえざる変化であり、感覚と心の、あるいは無意識と意識との微妙な背反乖離ともいうべきものであり、さらにはこの意識のたえざる流動、変現のうちにあって、本来人間の性格などという固定のものがありうるかという疑問である。作者は語り手に託して「本当の事を云ふと性格なんて纏つたものはありやしない」と言い、「本当の事が小説家杯にかけるものじやない。書いたつて、小説になる気づかひはあるまい。本当の人間は妙に纏めにくいものだ。神さまでも手古ずる位纏まらない物体だ」という。

いわゆる〈無性格論〉の提示だが、ただこれが〈意識の流れ〉そのものの追求からおのずからに析出されたものではなく、ひとつの動かざる前提、予断として持ち出されていることは留意してよかろう。あえていえば帰納ならぬ演繹的主題の展開であり、遡れば『人生』（明29）一篇の課題の展開ともいえよう。この作家以前の一文末尾に次のごとくいう。「……人生は一個の理窟に纏め得るものにあらずして、小説は一個の理窟を暗示するに過ぎざる以上は、『サイン』『コサイン』を使用して三角形の高さを測ると一般なり、吾人の心中には底なき三角形あり、二辺並行せる三角形あるを奈辺せん、若し人生が数学的に説明し得るならば、若し与へられたる材料よりXたる人生が発見せらる、ならば、若し人間が人間の主宰たるを得るならば、若し詩人文人小説家が記載せる人生の外に人生なくんば、人生は余程便利にして、人間は余程えらきものなり、不測の変外界に起り、思ひがけぬ心は心の底より出で来る、容赦なく且乱暴に出で来る、……」（傍点筆者以下同）。すでに後の作家漱石をつらぬく課題のすべてはつくされていよう。

『坑夫』の主題もまたこの「思ひがけぬ心」の顕現、点滅をめぐって展開され、終末に近く坑内の八番坑の梯子の場面あたりに、疲労の果ての死と生をめぐってあい反する志向の錯綜、点滅があざやかに描きとられている。しかもこの作品の主題は、この意識の変現のみにとどまるものではなく、〈詩人文人小説家〉の筆をもっては覆いえぬ人生の〈不可思議〉さへの深い問いを底流させる。「此一篇『坑夫』そのものが矢張りさう」だがと言い、語り手は「纏りのつかない事実を事実の儘に記す丈である。小説の様に拵へたものぢやないから、小説の様に面白くはない。其の代り小説よりも神秘的である。凡て運命が脚色した自然の事実は、人間の構想で作り上げた小説よりも無法則である。だから神秘的である、と自分は常に思ってゐる」と作中にいう。すでに作者の志向するところは明らかであろう。文芸などというものをもって包みえぬ矛盾の連続、〈二辺並行〉の矛盾を追いつつ、そこに人生の〈不可思議〉を読みとり、同時に作品の非〈小説〉化という課題を問いつめつつ、〈小説〉という殻を破って生まれ出る何ものかに己れを賭けんとする。漱石はこの作家以前より抱いていた根源の課題を、この『坑夫』一篇のなかで問いつめてみたと言ってもよい。

作品の終末に殆どメモそのままに飯場の帳附となった主人公が、五ケ月間勤めて東京へ帰る顛末をほんの数行で片づけ――「自分が坑夫に就ての経験は是れ丈である。さうしてみんな事実である。其の証拠には小説になつてゐないんでも分る」という言葉で結ぶ。すでに非〈小説〉化の志向は明らかだが、それは単に作者が荒井某から聞きとったメモ――事実への忠実、作為の否定のみを意味してはいない。坑内での安さんという男との出会い、その教訓が青年の転機となる趣向はいかにも漱石的だが、この場面は坑内での金さんとの出会いという素材的事実をふまえている。ただメモでは金さんを再び訪ねたあとに診療場での病気（気管支炎、これが坑内労働が無理であり、当時としては命取りともなる肺病につながり、死の匂いにつなかる）の宣告という場面が来るが、作品では逆に安さんを訪ねたあとに描かれる。ここで主人公の前に自他の一切の現象が、「意味も何もない」のっぺらぼうな存在としてあらわれる。安さんの忠告も、主人公の感動も一切は無化され、時間は一瞬に停止し、すべてが一場の夢、むなしい「一幅の畫と見える丈で」ある。すでに明らかであろう。作者はここで「運命が脚色した事実」の重さそのものをさえ作中で無化し、小説的、劇的時間は解体する。

漱石という作家における問いはいかにも深い。彼のかかえた根源なる問いは〈小説〉そのものの底をさえ踏み破り、作品は常にひとつの方法として相対化される。すでにその作品の展開が、自足の情趣と完成にとどまるはずはあるまい。その問いが最初に、最も実存的な問いとしてあらわれて来るのはいうまでもなく中期の『門』（明43）だが、彼はここで実験的手法ならぬ、最も凡常なる夫婦一対の生活を基盤とし、ある牧歌を唱いあげんとしたかにみえる。しかしここでも作者の問いは、最も日常的な時間の流れそのものに向って突き刺ってゆく。ここでは冒題にふれたこの風土の孕む循環的、周期的時間への収束そのものが問い返されてゆく。

四

『門』の冒頭、秋の温い日射しの下に縁側に寝そべる宗助に、御米が物指の先で字を教える場面がある。いかにも牧歌的な、情趣深い場面だが——そのあと、宗助は「字といふものは不思議だ」「幾何容易(いくらやさし)い字でも、こりや変だと思つて疑ぐり出すと分らなくなる。此間も今日の今の字で大変迷つた。紙の上へちやんと書いて見て、ぢつと眺めてゐると、何だか違つた様な気がする、仕舞には見れば見る程今らしくなくなつて来る」という。なに気ないエピソードだが、すでに主題は重くひびいている。言わば作者のねらいは牧歌的な夫婦愛の情趣を描くとみせて、実はその底に横たわる――自明の日常が不意に不定形なかたちでゆらぎ出す〈存在〉のものの無気味さを呈示する。前作『それから』（明42）を評して、これは〈運河〉のような作品だ、私は〈運河〉よりも〈自然の河〉を愛すると評したのは武者小路（『それから』に就て」明43・4）だが、まさしく次作『門』で漱石が描かんとしたものは、季節の推移とともに〈自然の河〉を流れゆくひと組の凡常なる男女の運命の物語であった。しかし作者の問いは彼らとともに〈自然の河〉を下りゆくと見せて、その〈存在〉の底を掘り起こしてゆくことであり、言わば〈存在の河〉とも呼ぶべきものの河床を穿孔してゆくことであった。

これはまさしくこの風土の上に描かれた一篇の〈罪と罰〉である。友人安井の妻御米と結ばれた宗助は、罪の影をひきつつ世間を棄て、世間から棄てられた日蔭者のごとく、落寞たる生活を続けてゆく。彼らにとって〈罪〉とは何か。『門』は「『罪』の物語ではなく、『罪』の回避の物語で」あり、作者が「『罪』に追われる宗助夫婦の侘び住居を社会から殆ど絶縁された横丁の借家に定めた時、彼は同時に彼の内部にひそむ神秘な愛への希求を悟るidyllの舞台を設定してしまっていたのではないのか」。そこに見る「作者の姿」はすでに「宿命的な『罪』の主題を掲げながらそれを回避しようとして、自からの低音部に暗い牧歌を奏でている傷ついた夢想家の姿」（江藤淳）であるとは、また衆目の帰するところかともみえる。しかしあえて言えば、『門』とはこの罪を「回避」せんとして回避しえざる罪の物語であり、むしろ評家（江藤淳）の指摘する神なき風土にあって、なおかつ一篇の〈罪と罰〉を描かんとした独自の試みではなかったのか。

この作品には、いかにも象徴的に三つの〈門〉があらわれる。いうまでもなくそのひとつは宗助が安井の出現におびえて参禅する禅寺の〈門〉であり、いま二つは赤子を三人まで亡くした御米が不安のゆえにくぐる易者の家の〈門〉であり、また二人の運命的な出会いをあざやかに映す安井の家の〈門〉である。宗助はその回想のなかで、「二人で門の前に佇んでゐる時、彼等の影が折れ曲つて、半分許土塀に映つたのを」、またその時のすべての情景を運命的な出会いの予兆であるかのごとく、あざやかに「記憶してゐた」という。しかもこの三つの〈門〉のいずれもが象徴するところは、己れの「残酷な運命」への低頭であり、その不運を嘆く凡常なる宿命観を抜け出る契機とはなりえていない。

やがて安井は立ち去り、秋から始まった物語は波瀾もなく、やがて春を迎えて収束せんとする。終末、春の到来を喜ぶ御米の声は、また宗助のものでもありえたはずである。しかしうつむきながら「うん、然し又ぢき冬になるよ」と呟く宗助の言葉は、冒頭の場面と呼応して、ある深いひびきをつたえる。それはこの風土の示す循環的、周期的時間――まさに春とともに草木も人間も甦るという汎神論的風土性、時間性に打ち込まれた、作者の深い問いかけの一拍でもあったはずである。ここに藤村、『新生』第一部の末尾の一句――「春が持たれた」を置き、これとあい表裏してフランスへの旅を語る『海へ』冒頭の一節――「草木も活きかへる時だ……春が来て万物は復た新しい。ほんとに、草木の『再生』がやがてわれらの『再生』であるならば……」という詞句を対比させれば、すでに漱石の問わんとするところは明らかであろう。

ついにこの風土は自然と人事を同根と見、周期的時間への収束、回帰に、慰籍と救済の契機は読みとりえても、この足下の一瞬そのものが、永遠なる問いそのものの契機として読みとられる〈垂直なる時間〉は持ちえないのか。『門』作中の言葉を引けば、「只自然の恵から来る月日と云ふ緩和剤の力丈で、漸く落ち付」き、「凡ての創口を癒合するものは時日であるといふ」認識から解き放たれる時はないのか。彼らが、宗助が、この風土的時間の拘束から抜け出ぬ限り、彼らの前から不安の〈冬〉の立ち去ることはあるまい。「それを繰り返させるのは天の事」であり、「それを逃げて廻るのは、宗助の事であつた」と作者は諷する。この宗助自身、なお内在的にはこの終末の一句の孕むところを自覚しえていないとすれば、作者はこれを追いつつ、再び問い返してゆくほかはあるまい。即ち『道草』

終末の一句が呟かれるゆえんである。養父との不幸な金銭関係のかかわりの終熄を喜ぶお住に対して、「世の中に片付くなんてものは殆どありやしない」と呟く健三の言葉は、いかにも重い。ここには日常の、また〈存在〉そのものの重い時間をかかえて立ちすくむ健三の、さらに言えば、小説における〈時間〉というものの最もふかい深所に降り立った作者の色音(こわね)そのものが、重くひびいて来るかのようである。

もはや『道草』の方法、主題について十分ふれる余裕はないが、『道草』の時間は主人公健三の内部にあって過去、現在、未来をつらぬくものとして重く、なまなましく息づく。ウイリアム・ジェイムズを通してベルグソンを知った漱石は、すでにその『時間と自由』や『創造的進化』を読んでいるが、真の時間とは切断できない持続であり、過去、現在、未来が互いに浸透しつつ展開する生動体であり、実在そのものであるとし、この時間的綜合体として人格を捉え、自由とはこの人格的感覚の別名にほかならぬとするベルグソンの純粋持続の観念、また生命観、人格観は、漱石に、とりわけこの『道草』一篇の主題や方法に深い影響を与えているかとみえる。過去の亡霊として健三に迫る養父島田、健三の内部になまなましく息づく幼年時の不幸な記憶――それらは妻のお住との葛藤に終始する日常の時間や、未来への閉塞感あるいは諦感ともいうべきものとあいからんで、重い時間の脈動をつたえる。

ここにベルグソン流の〈自由〉への放出はない。いや作者はその〈自由〉を求めつつ模索し、呻吟し、苦悩する存在そのものの〈時間〉を問いつめざるをえなかったのではないか。あえて〈道草〉と名づけるゆえんであり、終末における健三の、あの苦渋にみちた一句の吐き出されざるをえぬゆえんでもあろう。しかし同時にまた、この健三の一句に続いて、赤子を頬ずりつつ「お〻好い子だ〳〵。お父さまの仰しやる事は何だかちつとも分りやしないわね」と呟く、お住の姿がつけ加えられていることも忘れてはなるまい。生における〈形式論理〉ならぬ〈自然の論理〉を、空疎な理念の展開ならぬ〈実質の推移〉をとは、『道草』起稿後間もない時期の「断片」中の言葉だが、それはまさしく『道草』の方法でもあった。作家漱石はここで始めて意識や理念的位相のみならぬ、自然の過程をすぎゆく生のいとなみを見届けんとしている。兄夫婦や姉夫婦の描写を通しての生の凋落であり、知的労役のなかにみずからを閉じ込めつつ老いゆく健三の問題であり、子供を生みつつ「末枯（すが）れて」ゆくお住の、女の生そのものへの凝視である。

ここに始めて老いの問題が登場し、生命の無気味と誕生の場面が描かれ、個から類へという発想がひらかれてゆく。終末の場面はまさに健三という個の内なる〈時間〉が、類としての〈時間〉へとひらかれてゆく一瞬の光芒でもあろうか。もとより気づいているのは作者であって、健三ではない。かくして『道草』一篇は、〈時間〉というものを日常性のなかに重く、深く捉えつつ、〈実質の推移〉あるいは〈自然の論理〉として展開せしめてみせる。それは存在における当為（ゾルレン）ならぬ実在（ザイン）を描くべき作家必然の課題であり、『猫』の作者はついにこの場所まで行き着いたと、いや還って来たということができよう。『道草』冒頭の「健三が遠い所から帰つて来て……」という一節ににじむ、作者の感慨は重い。もはや次作『明暗』（大五）における新たな〈時間〉の展開についてふれる余裕はないが、ただ『明暗』、漢詩と、二者並行のかたちで展開された漱石晩期における〈時間〉には、注目すべきものがあろう。そこには、東方と西方の二つの〈時間〉がふかく交錯し、またひらかれてゆく、きわめて予見的な世界が新たに展開しつつあったことだけは確かである。

漱石における〈自然〉——そのひとつのエスキース

一

文学における〈自然〉を問うことは、殆ど文学そのものを問うことにほかなるまい。近代日本文学において然り、わが漱石においてもまた同様であろう。先ず漱石の〈自然〉、あるいは自然主義に対するいち早い考察は、その学生時代の最後の論攷ともいうべき『英国詩人の天地山川に対する観念』(明治26年1月、文科大学談話会での講演、「哲学雑誌」明26・3、4、5、6月号に掲載)に見ることができる。

「『ナチュラリズム』即ち自然主義」だが、「此熟字」はいうまでもなく「『子ーチユアー』(ママ)之を翻訳して自然と云ひ、天然と云ひ、時に或は天地山川と訓ず」る。「人工を藉らず有の儘に世界に存在する物か、さなくば其物の情況を指すの語」だが、その「応用するの区域」は「甚だ広く、従つて此字より脱化し来りたる『ナチュラリズム』の範囲も余程曖昧な」るものである。ただこれを文学上にてみれば「人間の自然と山川の自然」(傍点筆者、以下同)とに「限劃する」ことができ、「自然主義なる語」も「矢張り人間の天性に従ふものと、山川の自然に帰する者との二つと区別する」ことができよう。即ち「虚礼虚飾を棄て天賦の本性に従ふ、是自然主義」にして、「功利功名の念を抛つて丘壑の間に一生を送る、是亦自然主義」である。しかも「此両者の間には密接の関係あり」「互に相待つて存在するの傾向」があり、加えて「日本人は山川崇拝と云ふべき国民」でもあるという。以下英国詩人、クーパー、ゴールドスミス、バーンス、ウオーヅウオースなどの「自然主義」の特質が例挙されてゆくわけだが——、すでに漱石のいう「自然主義」、あるいは自然観の何たるかは明らかであろう。

以後、漱石の文学はこの「人間の自然」と「山川の自然」をめぐって展開することとなるが、しかし「人間の自然」、即ち「天賦の本性に従ふ」という志向は独自の屈折と深まりを示し、また「功利功名の念」を棄てて「丘壑の間に」生涯を送るという退隠脱俗の志向もまた、その現実志向や文明批判とからんで独自の転化と矛盾を孕んでゆくこととなる。たとえば初期作品にあって最初の〈自然〉志向を見せるものは、いうまでもなく『草枕』（明39・9）一篇だが、すでにその矛盾の併在は明らかであろう。主人公の画工は「非人情」の旅に出る。彼はこの旅に俗塵をはなれた詩味を求め、「二十世紀に睡眠が必要ならば、二十世紀にこの出世間的の詩味は大切」だという。しかもこの「詩味」を支えてくれるものは眼前の無垢なる自然であり、西欧ならぬ東洋の詩文の世界であり、この旅もまた「淵明、王維の詩境を直接に自然から吸収して、すこしの間でも非人情の天地に逍遥したいからの願いであるという。ここでは「自然」は「睡眠」、「出世間的詩味」、淵明、王維に代表される東洋的「詩境」、「非人情の天地」などと殆ど等価等質のものとして語られている。

　こうして画工はこの塵界を離れた「桃源に遡」らんと切に希求するわけだが同時に、「人の世が住みにくいからとて、越す国は」なく、「あれば人でなしの国」だが、「人でなしの国は人の世よりも猶住みにくかろう」（傍点原文）という。この「人の世」にある以上「非人情の旅はさう長く続く訳には行か」ず、「丸で人情を棄てる訳にはゆくまい」と言いつつ、「どうせ非人情をしに出掛けた旅だから」、人情をはなれえずとも「責めて御能拝見の時位」の「淡い心持ちに」なり、すべてを「画中の人物」と見る姿勢でありたいという。これは『写生文』（明40・1）なる一文の「主張」にいう——写生文のかなめは対象を写す「作者の心的状態」にあり、「泣かずして他の泣くを叙するもの」、泣く子を冷静に見守る顔の「無慈悲」「冷刻」ならぬ、「傍から見て気の毒の念に堪えぬ裏に微笑を包む同情」にもかようものであり、その同じ文中にいう「ゆとり」（傍点原文）の主張、「我を写すにあらず彼を写すという」、「余裕派」「余裕のある小説」の提唱にもつながるものであろう。しかし『草枕』一篇の矛盾、即ち作者の矛盾は、これを見事に裏切ったかたちで進行する。己れをも「画中の人物」と見立てたはずの画工の背後から、作者はしばしば身を乗り出すようにして文明のしいるにがい苦渋の嘆息をひびかせる。

たとえば、まさしく桃源境の人口ともいうべき峠の茶屋で婆さんと馬子との間に女（那美さん）の馬に乗った嫁入り姿が話題となった時、その駘蕩たる画中に「忽然」と浮かんだのは「ミレーのかいたオフェリアの面影」であり、その「合掌して水の上を流れて行く姿」は容易に画工の胸から消えさろうとはしない。画工の胸中の「折角の図面」はみごとに「取り崩」される。このオフェリア像がロンドン留学時、漱石の見たテイト・ギャラリーの画像の忘れがたく深い印象につながることはいうまでもないが、漱石の苛烈な留学体験（同時に文明体験）は処女作『倫敦塔』（明38・1）などのみならぬ、ここでもある深い疼きをもってその胸中によみがえるかとみえる。この狂気と死につながるオフェリア像はやがて登場するヒロインの姿と重なり、画工の描かんとする画題への伏線となる。

私の水死の姿を描いてくれという那美さんの願いは画工の重い課題となるわけだが、ここでも留学体験にまつわる異様なイメージは再び重ね合わされてくる。鏡が池の水面を見つつ画想に思いあぐむ画工の前に、池のすべてを覆うかとみえる椿の不気味な色がひろがる。「あの色は只の赤ではない。屠られたる囚人の血が、自づから人の眼を惹いて、自から人の心を不快にする如く一種異様な赤である。／見てゐると、ぽたりと赤い奴が水の上に落ちた。」「しばらくすると又ぽたりと落ちた」。かくして「際限なく落ちる」落椿にこの池もいつかは「埋もれて」しまうかとみる画工の幻想の背後に、あの『倫敦塔』一篇に描くボーシャン塔内部の壁にしたたる不気味な血のイメージは明らかに重なっている。「壁の上に残る横縦の疵は生を欲する執着の魂魄である。（中略）さう思って見ると何だか壁が湿っぽい。指先で撫で丶見るとぬらりと露にすべる。指先を見ると真赤だ。壁の隅からぽたり〳〵と露の珠が垂れる。床の上を見ると其滴りの痕が鮮やかなる紅ゐの紋を不気則に連ねる。十六世紀の血がにじみ出したと思ふ。」――この両者の文体の感触はいかにも近い。恐らく散りゆく椿の朱を「屠られたる囚人の血にまがうとも見る画工ならぬ作者の眼に、『倫敦塔』一篇の幻想はなおあざやかに息づき、さらに言えばこのところで画工の求める画想、あるいは主題の語るところともそれは無縁ではあるまい。

無限に散る落椿を背景に「椿が長（とこしな）へに落ちて、女が長（とこしな）へに水に浮いてゐる感じをあらはしたいが、夫（それ）が畫でかけるだらうか。」「然し人間を離れないで人間以上の永久と云ふ感じを出すのは容易な事ではない」。ここで画工はその成否を決するものが「憐れ」であることに気づく。「憐れは神の知らぬ情で、しかも神に尤も近き情である。御那美さんの表情のうちには此憐れの念が少しもあらはれて居らぬ。そこが物足らぬのである。ある咄嗟の衝動で、此情があの女の眉宇にひらめいた瞬時に、わが畫は成就するであらう。然し——何時それが見られるか解らない。あの女の顔に普段充満して居るものは、人を馬鹿にする微笑（うすわらひ）と、勝たう、勝たうと焦る八の字のみである。あれ丈では、とても物にならない」。——言うまでもなく「憐れ」を説く周知の一節だが、「憐れは神の知らぬ情」という時、〈神〉という名辞（即ち西欧的神、キリスト教的神のイメージ）に対する異和感は強く、しかも「神に尤も近き人間の情」という時、それは「人間」でありつつ「神に近い」という、一種アンビバレンツな志向の錯綜を見せる。あえて矛盾、錯綜というのは〈神〉の一語にこもる作者内面の微妙な葛藤を見るゆえだが、同時にこの「憐れ」の発見が那美さんという存在の救済につながり、それが「開化した楊柳観音」と評される以上、開化の只中にある自他を含めた存在への救抜的志向を含んでいることも見逃せまい。「わが畫」の「成就」が画工自身の自己救抜をも意味していることはすでに明らかだが同時に、ここに作者根源の課題を見ることもまた許されよう。

たとえば画工は湯ぶねに身を横たえ、「流れるもの、なかに、魂迄流して居れば、基督の御弟子になつたより有難い」と呟く。また観海寺訪問の場面では「余が散歩も亦此流儀を汲んだ、無責任の散歩である。只神を頼まぬ丈が一層の無責任である。スターンは自分の責任を免れると同時に之を在天の神に嫁した。引き受けて呉れる神を持たぬ余は遂に之を泥溝（どぶ）の中に棄てた」という。これを反西洋主義の表現と見ることはたやすいが、しかしこれらはむしろ両刃の剣というべく、「魂迄流し」「魂迄春の湯に浮かし」という韜晦的筆致の背後ににじむ作者の口調はにがい。また「引き受けて呉れる神を持たぬ」が故に「之を泥溝の中に棄て」るというアイロニカルな口調の底ににじむ作者の、ある深い欠落感の所在を見落とすことはできまい。恐らく作者の問いは（西欧的）〈神〉への異和の表白以上に、「神を持たぬ」この土壌、「魂迄流し」「浮かし」てその行衛を問わぬこの風土的心性に対して深く向けられていたはずである。いや、両者のいずれにも片づけえぬ作家主体の動態こそが、『草枕』一篇のモチーフではないのか。これを〈非人情〉美学の展開とは衆目の見るところだが、しかし作家主体の衝迫は、しばしばみずから規制した構想自体を突き破るごとく噴き出てゆく。

たとえば「此度の旅行は俗情を離れて、あく迄畫工になり切るのが主意である」という。また日露戦時下「日ならず出征すべき」「運命」にある青年久一にふれ、この「夢の様な詩の様な春の里」にもすでに「現実世界」は仮借なく「逼る」かと問いつつ――「而して其青年は、夢みる事より外に、何等の価値を、人生に認めざる一画工の隣りに坐つて居る」という。画工を見る作者の眼はいかにも皮肉だが、しかしまた「余は畫工である。畫工であればこそ趣味専門の男として、たとひ人情世界に堕在するも、東西両隣りの没風流漢よりも高尚である。社会の一員として優に他を教育すべき地位に立つて居る。詩なきもの、畫なきもの、芸術のたしなみなきものよりは、美しき所作が出来る。人情世界にあつて、美しき所作は正である。義である、直である。正と義と直を行為の上に於て示すものは天下の公民の模範である」ともいう。すでに叙述の飛躍、矛盾は明らかだが、しかしこの矛盾そのものにこそ『草枕』一篇の面目はあるといってよい。

すでに『吾輩は猫である』（明38・1〜39・8）に〈猫の眼〉という自在の眼を創出した作者は、再びここでも〈画工の眼〉を設定して作者の鬱屈、芸術観、文明批判――それらのすべてを自在に語らんとする。「非人情」と言いつつこれを超え、現実厭離を言いつつ現実に還り、文明よりの逃避と言いつつ否応なく文明社会に引き戻される――

この矛盾の動態こそ『草枕』一篇の真の主題はあり、この作品の終末が一転して――「愈々現実世界に引きずり出された。汽車の見える所を現実世界と云ふ」という久一の出征場面に転じてゆく必然もまた頷けよう。ここで画工の語りは一転して痛烈な文明批判の語調をとる。「汽車程二十世紀の文明を代表するものは」なく、「あらゆる限りの手段をつくして、個性を発達せしめたる後、あらゆる限りの方法によつて此個性を踏み付け様とする」苛酷な文明の象徴を汽車に見るという。「余は汽車の猛烈に、見界なく、凡ての人を貨物同様に心得て走る様を見る度に、客車のうちに閉じ籠められたる個人と、個人の個性に寸毫の注意をだに払はざる此鉄車とを比較して」文明の孕む「あぶな」さを憂うともいう。ここにはまさしく二十世紀の住人に安らかな「睡眠」を与えようとせぬ苛烈な文明の象徴があり、久一を、また那美さんの先夫をもともに拉しさる「鉄車」を背景に、あの結尾の画工の胸中の絵が成就していることを見逃すことはできまい。

　久一を駅頭に送った那美さんは、車中に思いがけず先夫の姿を見、「茫然として、行く汽車を見送る」。「其茫然のうちには不思議にも今迄かつて見た事のない『憐れ』が一面に浮いてゐる。／『それだ！　それだ！　それが出れば畫になりますよ』／と余は那美さんの肩を叩きながら小声に云った。余が胸中の畫面は此咄嗟の際に成就したのである」とは結尾の一節である。この「茫然」たる自失の一瞬に、その過剰なる自意識、あるいは演技意識（他意識）からの透脱を見るわけだが、これを〈非人情〉美学の破綻とも、あるいは勝利ともいうことはできまい。作者も自作を注して「『憐れ』といふのが人情の一部でも」「『憐れ』の表情が感覚的に畫題に調和するか」「美か美でないかといふ点から」「観察」するという「画工が此態度で居れば」「観察の態度は矢張り純非人情である」（明39・9・30森田草平宛書簡）と述べてはいるが、画工のありようが純客観、純審美の姿勢から踏み出たものであることはすでにふれた通りである。しかもなお画工の「胸中の画面」とは、画工の詩美の世界に漂う、水に浮かぶ女の姿とすれば、なお幻想にかかわる〈非人情〉美学の成就ではないかという指摘もあるが、しかし駅頭に向う船中、再び女が私の絵をかいてくれと言い、画工の即興の一句を排して「こんな一筆がきでは」なく、「もつと私の気象の出る様に、丁寧にかいて」くれという女の言葉に対して、「わたしもかきたいのだが」「只少し足りない所がある」「それが出ない所をかくと、惜しい」という画工の答えは明らかに終末の伏線となる。すでに画工胸中のモチーフは翻転して詩美ならぬ倫理の世界、死者のイメージならぬ生者の、現実のそれへと転移していることは明らかであろう。

すでに繰り返すまでもなく、『草枕』一篇の主想が〈非人情〉美学の展開や東洋的詩美への嘆賞に終るものではなく、あえていえば――東方と西方、詩的乾坤と現実、審美と倫理、さらには文明よりの逃避（〈自然〉への志向）と文明自体への還帰の往還反復など――これらあい反するモチーフの対峙相剋、あるいは渾融のダイナミズムを孕んだものであることが諒察されよう。恐らくこれらは漱石文学そのものをつらぬく根源の主題であり、『草枕』一篇は初期作品の持つ自由な超脱あるいは逸脱の下に、近代小説の造型よりもむしろ作者の批評意識の横超ともいうべき自在な手法によって、そのダイナミズムの所在を顕示したものといえよう。即ち「山川の自然に帰」し、しばらくは「功利功名の念を抛つて丘壑の間に過さん」とは画工にゆだねた作者内奥のモチーフであり、その裡なる「人間の自然」の促がしともみえるが、同時にまた一面、その「天賦の本性」は自然への帰一を許さぬ文明の侵触を難じつつ、あえて自然と文明の相剋そのものに身を横たえんとする。あえて『草枕』一篇にしばらくこだわったゆえんでもあるが、ここに見るふたつのモチーフ、あるいは矛盾の混在は、晩期『明暗』（大5・5～12）に至っては漢詩と近代小説の並行示現というかたちをとって繰り返されることとなる。漱石文学における〈自然〉の顕現は、この『草枕』と『明暗』を結ぶ軌跡上に、ある独自の刻印をしるしてゆくはずである。

二

「元来漱石は、『執濃い油絵』のやうな『誠』と『一筆がきの朝顔』のやうな『誠』と、二つの『誠』を自分自身の中に持つてゐた」（小宮豊隆『漱石の芸術』）という評家の指摘は、この小論の文脈に即していえば「二つの『誠』」ならぬ、二つの〈自然〉と言いかえることもできよう。ただこの評者はさらにこの間の消息にふれつつ――「修善寺の大患を機として、漱石は、寧ろ『執濃い油絵』のやうな『誠』を吐露しつつ書いてゐた自分の小説を、『一筆がきの朝顔』のやうな『誠』を吐露しつつ作つて行く俳句によつて調節し、その自分の中で劇しい対照をなすものを、徐々に一つのものに綜合して行かうとし始め」たという。「漱石が修善寺大患以後、年年小説を書く合間合間に、書をかき画をかき漢詩をつくつて行つた事も、同じ意欲から来たもので」あり、「殊に漱石が、最後の『明暗』の執筆に際して、午前中『明暗』の一回分書いては、午後に七言律を一首づつ、日課のやうにして作り、小説を書く事によつて俗化した頭を洗ひ浄めるのだと言つてゐたといふ事実は、最もよく這般の消息を明らかにする」ものだという。また「かうして漱石は、二つのものに、思ふさま自分自身を発揮させつつ、それが自分自身を十分に発揮しうるのを待つて、それらのものを第三の世界に棄揚しようとするのである」ともいう。

しかし果たしてこの「二つのもの」は「綜合」し「棄揚」なしうるものとして、捉えられていたものであろうか。むしろ逆に、これら両者は最後に至るまで容易には綜合しえざるもの、止揚なしえざるものとし、彼の裡に併在しえていたのではなかったか。すでに『草枕』一篇の明示するところもこの矛盾の併在を示し、晩期『明暗』と漢詩の並行もこれと無縁ではあるまい。「英人の文学は安慰を与ふるの文学にあらず刺激を与ふるの文学なり。人の塵虚を一掃するの文学にあらずして益人を俗了するの文学なり」（「断片」明治38～39）とは漱石初期の言葉だが、作家の必然、またその裡なる〈自然〉（先にいう天賦の本性）は、敢て「俗了」の世界へと彼を向わしめた。そのきわまるところは『明暗』の世界であり、「俗了」の故に午後は漢詩を作って心を放つとは『明暗』執筆中の周知の言葉であり、先の論者のふれるところでもあるが、しかしこれは必ずしも二元並行の志向をのみ語るものではあるまい。果たしてその漢詩は創作とは独立した自律の世界たりえたか。その答は然りともまた否ともいえよう。

たしかに晩期の詩篇――『明暗』執筆のなかば、大正五年八月十四日より十一月二十日の間の七十数首の漢詩は、その「俗了」を洗い濯ぐかのごとく、心を悠々たる天地清浄の間（かん）に放ちやる趣のものでなかったわけではない。しかしまたそれ以上に注目されるのは、ひとりの作家としての主体の、したたかな確認ともいうべきものである。それは評家のいうごとき「苛烈な」人間認識の反極としての「自己抹殺の欲求」（江藤淳）というごときものではあるまい。たとえばその詩篇の頭尾にしるして〈耶に非ず仏に非ず又た儒に非ず／窮巷に文を売りて聊か自ずから娯しむ〉〈神人を打殺して影亡き処／虚空歴歴として賢愚を現ず〉（無題、十月六日作、読み下しは吉川幸次郎『漱石詩注』による）という――ここには〈窮巷に文を売〉らんとする作家主体の体認とともに、〈賢愚〉云々を〈明暗〉と置きかえれば、一切の観念的、あるいは超越的思惟を排して（〈神人を打殺して〉）存在そのものの実相に迫られんとする認識者の面目はあざやかであろう。この混沌たる現実とはまた〈邐迤を行き尽くして天始めて闊く〉（無題、十月十五日）ともいうべきていのものであり、〈明暗雙雙〉の未分の世界を探るには、〈仙を尋ぬるも未だ碧山に向つて行かず／住みて人間に在りて道情多し〉（無題、八月二十一日）と言わざるを得ぬ。しかもこの〈人間〉存在の矛盾と面峙しては〈明朝市上に牛を屠る客／今日山中観道の人〉（無題、十月十五日）というほかはない。かくして〈恬恃両つながら亡びて広衢に立つ〉（無題、十月二十一日）と、みずからの存在の原拠たるなにものかの喪失を体感しつつ、なお〈総べて是れ虚無、総べて是れ真〉（無題、十月十五日）というほかはない、この世界の深渕に面峙する認識者としての漱石の深い影を見逃すことはできまい。これら晩期詩篇の示すところは意外に「なまぐさい」という。この「なまぐさ」さ、「人間くさ」さ（吉川幸次郎）こそ、ほかならぬ作家自体の〈自然〉、また作家の〈命根〉にかかわるものであろう。

さて、〈帰来命根を覓む〉とはまた明治四十四年夏、修善寺大患の折、漱石自身いう「忘るべからざる八月二十四日」のこと、その「三十分間の死」を語る『思ひ出す事など』（明43・10〜44・2）第十五章末尾に加えた詩篇中の一句である。この一句は格別推敲を加えたところであり、詞句は〈命根は何処より来たるや〉（十月十六日）、〈命根は何処に在るや〉（同十七日）、〈命根は何処か是れなる〉（同十八日）と変転して、〈帰来命根を覓む〉（同）の一句に定まる。〈帰来〉とはもとより死生の間よりの帰還をさすが、あえて〈命根を覓む〉と言いきった時、その語るところは新たな作家主体としてのひそかな自恃への宣言ではなかったのか。爾後『彼岸過迄』（明45・1〜4）にはじまる後期文学は『行人』（大1・12〜2・4、9〜11）『こゝろ』（大3・4〜8）『道草』（大4・6〜9）と続いてゆくが、その〈命根〉がまさしく作家の〈命根〉たりえたところに、『明暗』の作者の栄光はあったというべきであろう。

さて、先の「二つ『誠』」とは『彼岸過迄』の作中よりとられたものであり、「一筆がきの朝顔」とは「『執濃い油絵』のやうな『誠』」に苦しむ須永市蔵の慰めともなる小間使いの作を評した言葉である。同時に「執濃い油絵」云々とは『明暗』俗了の世界に入り込む漱石の一面であり、〈帰来命根を覓む〉のモチーフは、先ず後期第一作の『彼岸過迄』にあっては「市蔵の命根」をめぐる主想に具現し、漱石後期文学の主題をおのずからに展開してゆく。「市蔵といふ男は世の中と接触する度に内へとぐろを捲き込む性質で」あり、「一つ刺激を受けると、其刺激が夫から夫へと廻転して」「心の奥に喰ひ込」み、ついには「たつた一人で斃れなければならないといふ怖れを抱くやうになる。さうして気狂の様に疲れる」——これが「市蔵の命根に横はる一大不幸」だというのだが、この「内へとぐろを捲き込む」資質は『行人』の長野一郎、『こゝろ』の先生へと引きつがれ、自伝的作品『道草』における「健三の自然」という独自の考察へと彫り込まれてゆく時、作中人物の〈命根〉を探る主題はそのまま、作者内奥の〈自然〉へと迫ってゆくこととなる。恐らく漱石文学の独自性はこの人間、あるいは自己自身の「天賦の本性」とは何かへの独自の考察にあり、『道草』より『明暗』へと続く達成に漱石固有の〈自然〉は示現されてゆくこととなる。

こうしてみれば修善寺大患はひとつの分水嶺であり、『それから』（明42・6〜10）から『門』（明43・3〜6）へと続く〈自然〉の考察はなお漱石固有のそれというよりも、ある文明批判、あるいは風土的心性へのひとつの反問というかたちを取ることとなる。『それから』が代助の裡なる〈自然〉への目覚めと、あえてその〈自然〉に殉ぜんとする自己救抜のドラマをめぐって展開することは周知の通りだが、三千代への愛をその夫平岡に告白しつつ、自分は「余りに自然を軽蔑し過ぎた」、その故に「僕は此通り自然に復讎（かたき）を取られ」ているという時、その「自然」が代助における本然的な愛の促がしという、その裡なる〈自然〉を指すとともに、開化の踏み棄てた〈自然〉（それは「伝統」とも「尊い過去」とも呼んでいいが）をも含むという、その二重の、重層的構造のなかに『それから』一篇のモチーフは重くつらぬかれていると言ってよかろう。

「悲しいかな今の吾等は刻々に押し流されて、瞬時も一所に低徊して、吾等が歩んで来た道を顧みる暇を有た」ぬのみではない、「吾等は渾身の気力を挙げて、吾等が過去を破壊しつゝ、斃れる迄前進するのである」（『マードック先生の日本歴史』）とは漱石のにがい認識である。その「過去」を「破壊」し、蹂躪しつつ踏み進んで来たのが明治の開化であったとすれば、この「投げ出すことのできないほど尊い過去」に捉われつつ精進を重ねながらも、ついにはその果てに「もっと早く死ぬべきだのに何故今迄生きてゐたのだろう」という言葉を遺して死んだ『こゝろ』のKとは、まさしく開化の渦中に踏み棄てられ、蹂躪された犠牲の象徴というほかはあるまい。このKを裏切り、切り棄てた負い目をにないつつ先生は「明治の精神」に殉じてゆくわけだが、同時にそれはK（その意味するもの）への「殉死」であったともいえる。三千代もまた代助に「棄て」られた存在であり、代助の愛の告白に対し「何故棄てゝ仕舞つたんです」と言い、「残酷だ」ともいう。しかも病身の彼女の来るべき死は繰返し暗示される。この後

「君と交渉があれば、三千代を引き渡す時丈だ」と平岡に言われた時、三千代の死を予感した代助は「狂へる」ごとく激しい「発作」を示す。三千代に託されたイメージが「古版の浮世絵に似」た「淋し」さを示し、文明に病む代助に深い癒やしと慰籍を与える存在として描かれていることを思えば、「自然」の「復讎」を受けたという代助の言葉が、二重の重い意味を含んでいることは頷けよう。しかもこれらの悲劇を語る漱石自身に、かつて文明に取り残されざるがために本然の、「天賦の本性」のおのずからに求めた漢学を棄て英文学に走った過去のあることを思えば、漱石文学に纏綿する、ある深いモチーフの底流を見逃すことはできまい。

かつて恩顧を受けた漢学者井上孤堂とその娘小夜子を棄てて学者としての出世を夢みる『虞美人草』（明40・6～10）の小野に、あるいは文学士であり、英文学の徒であり、俳句をたしなみ、「帝国文学とか云ふ真赤な雑誌を学校へ持つて来て有難さうに読んでゐる」というふうに描かれる『坊つちゃん』（明39・4）の赤シャツに、漱石のにがい自己諷刺の翳を読みとることはあながち付会の論とのみはいえまい。周知のごとく明治十四年一月、母千枝の死とともに少年金之助は中学（東京府第一中学校）をやめて漢学塾、二松学舎に走るが、この年十一月には退学。以後二年近くの空白の後十六年九月成立学舎に学んで大学受験に備え、「好きな漢籍さへ一冊残らず売つて」（「落第」）嫌いな英語に打ち込み、翌十七年秋、大学予備門に入る。この青春彷徨期をめぐって、そこに「新旧ふたつの時代の間に佇む「亀裂」」（江藤淳『漱石とその時代』第一部）の刻印を、あるいは「東洋か西洋か――西か東かの戦ひの第一声」（小宮豊隆『夏目漱石』）を読みとる評家の指摘は頷けるところだが、この小論の文脈に即していえば〈自然〉と文明をめぐる相剋はすでにこのところにあざやかであり、大学卒業後も松山、熊本、さらにはロンドン留学に至るまで抱きつづけたという「英文学に欺かれたるが如き不安」（『文学論』序）とは、「余りに自然を軽蔑し過ぎた」が故にいま「此通り自然に復讎を取られ」ているという、あの代助の告白と無縁ではなかったはずである。

三

『それから』一篇にこの文明と〈自然〉（それがすでに二重の含意を持つことはふれた通りだが）の相剋を描いた漱石は、続く『門』にあっては逆に、この風土の孕む〈自然〉の牽引、その負性とは何かを問いつめてゆく。裡なる〈自然〉の赴くままに安井の妻、御米と結ばれた宗助は、以後罪の刻印を帯びつつ日蔭の身を引きずってゆく。彼ら夫婦の深い和合あるいは抱合を描きつつ、しかも二人はともに「人に見えない結核性の恐ろしいもの」の存在を裡に「仄かに自覚しながら、わざと知らぬ顔に互に向き合つて年を過し」て来たという時、作者の問いの所在もまた明らかであろう。彼らが寺院の門をくぐり、また易者の門をくぐろうとも、その落ちこんだ運命を「不合理」と見、「残酷な運命が気紛（きまぐれ）に罪もない二人の不意を打つて、面白半分穽（おとしあな）の中に突き落としたのを無念に思つた」と言い、安井の出現にあたっても、何故運命の「遇然」はかくも執拗に追いつめるのかと「苦し」く「又腹立たしかつた」ともいう時、この一篇の「罪と罰」に託した作者の問いの深さはおのずからに窺いとれよう。彼らの苦悩もまた「只自然の恵から来る月日と云ふ緩和剤の力丈で、漸く落ち付いた」かとみえ、「凡ての創口を癒合するものは時日であるといふ格言」は宗助の信じて疑わぬところでもあったという時、作者は自然のめぐり来る回帰のうちにみずからの生の回復を、再生を望み、自然と人事を同根、同質の存在ともみる汎神論的風土への回帰に主人公たちを託すかとみえつつ――、しかし彼らがかくある限り、その「不安」を「繰り返させるのは天の事で」あり、「それを逃げて回るのは宗助の事で」あると諷していう。同時に参禅した宗助が山門を降ってゆく場面にふれて、「彼は門を通る人ではなかつた。又門を通らないで済む人でもなかつた。要するに、彼は門の下に立ち竦（すく）んで、日の暮れるのを待つべき不幸な人であつた」ともいう。この周知の場面にあらわれる門を〈宗教の門〉のみならぬ、〈存在の門〉

とも見る時、彼らがこの門を開きうる日は何時かと問う作者の深い問いが聴こえて来よう。いや、この問いは読者への問いであると同時に、作者みずからの自己への熱い反問であったはずであり、この「自分の分別を便（たより）に生きてきた」凡常なる人物の、より深い魂への開眼の日をみつめる一種俯瞰的な作者の眼差は、『門』以後にあっては『明暗』のなかに再びあらわれるわけだが――、いまひとつこれを作者内面の衝迫として描き出したのが『行人』終末部の、一郎の苦悶を語る部分であろう。

『行人』「塵労」の章におけるHさんからの二郎への手紙は、二郎が見逃していた一郎の苦悩の核心にふれて「兄さんを理解するためには」宗教の問題に「触れて来なければな」らぬという。兄さんは単なる「思索家」ならぬ、「宗教に這入口が分らないで困つてゐる人」ではないのか、「考へて〳〵考へ抜いた兄さんの頭には、血と涙で書かれた宗教の二字が最後の手段として躍り叫んでゐる」ではないかという。「神は自己だ」「僕は絶対だ」「絶対即相対だ」と言いつつ、しかし「僕の世界観が明らかになればなる程、絶対は僕を離れて仕舞ふ」という一郎に対して、「何もさう面倒な無理をして、絶対なんかに這入る必要はない」。君は「蟹に見惚れて自分を忘れて」いた。つまりは「絶対に物から所有される事、即ち絶対に物を所有する事になる」――ここに目が開けば「神を信じない兄さんは、其所に至つて始めて世の中に落付ける」とHさんはいう。しかし一郎の認識はすでにHさんのいうこれらの一切放下の論理を問いつくして居り、香厳を語る部分にそのことは知られる。一連の宗教論議の最後に一郎は香厳の話を持ち出す。「父も母も生れない前の姿になつて出て来い」と問われた香厳は、「善も悪も投げ、一切を放下し尽し」た果てに、竹藪に鳴る小石の「戛然（かつぜん）」たるひびきに開眼したという。「何うかして香厳になりたい」と一郎はいう。しかし斯く願う一郎の背後の「西洋人の別荘」から聞える「ハイカラな」「ピアノの音」を書きそえる作者の筆はいかにもアイロニカルである。ここにも〈自然〉と文明の相剋は微妙な旋律をかなでているか、作者はこの論議を残された課題として後の『道草』へと引きついでゆく。『道草』の健三とは『行人』終末の眠りから目覚めて日常世界へと還って来た一郎の後身ともいうべく、「健三が遠い所から帰つて来て」云々という『道草』冒頭の一節はいかにも象徴的である。ここで作者はその最も重い分身健三を日常的現実と妻のお住をはじめとする身近かな隣人、他者の眼にさらしつつ、「健三の自然」へと肉迫してゆく。

ここで後期作品における〈自然〉の推移を瞥見しておけば、修善寺の大患を経、末女ひな子をなくした直後の『彼岸過迄』にあっては、〈自然〉はその重い運命観の翳を帯びつつ語られる。千代子と須永を評して「二人の運命は唯成行に任せて、自然の手で直接に発展させて貰ふ」ほかはないと言い、この両人に「自然が生み付けた通りの資格を与へて遣りたい」、しかしまた「自然が持ち掛けて来る迄は」ともいう時、〈自然〉は殆ど運命と同義とみられる。『行人』を経て『こゝろ』ではその主題に即して、〈自然〉はより深い倫理の相を帯びる。Kに対して「良心の命令に従つて」告白せんとしつつ、人の目があるゆえに「私の自然はすぐ其所で食ひ留められてしまつた」と先生はいう。あるいは別の場面では「私の自然が私を出し抜いてふら〳〵と懺悔の口を開かしたのです」ともいう。ここでは〈自然〉は殆ど「良心」と等義であり、漱石作中にあって〈自然〉はかなり多義的なゆれを示しているといえよう。『草枕』や『それから』などにも見たごとく、〈自然〉は各作品のなかにあってその主題に即しつつ微妙な変化を示しているが、その〈自然〉が大患後の後期三部作を経て『道草』に至った時はじめて、生の実相そのものに即した、言わば〈存在〉の核部そのものとして、深く彫り込まれていったといえるのではあるまいか。

作者が「健三の自然」という時、それはもはや運命でも良心でもなく、あるいは文明批判からの逆照射としての〈自然〉回帰の志向でもなく、殆ど〈存在〉そのものの原拠ともいうべきものとして示されていることに注目すべきであろう。たとえば「父は悲境にゐた。まのあたり見る父は鄭寧であつた。此二つのものが健三の自然に圧迫を加へた」と言い、「相手の苦しい現状と慇懃な態度とが、却つてわが天真の流露を妨げる邪魔物になつた」という時、ここにいう「自然」が「天真」、あるいは「天真の流露」を意味していることは明らかであろう。またこの義父に対して「彼の自然は不自然らしく見える彼の態度を倫理的に認可したのである」という時、この「自然」とは外的規範（あるいは倫理）に対峙する裡なる本然のもの、その倫理の基底とも核とも言いうるもの、あるいは不変の気質、性癖にもつながるものだといえよう。しかも注目すべきはこの〈自然〉を〈存在〉の原拠とさえ見るかとみえつつ、これを決して絶対化してはいないということである。「健三は時々兄が死んだあとの家族を、たゞ活計（くらし）の方面からのみ眺める事があった。彼はそれを残酷ながら自然の眺め方として許してゐた。同時にさういふ観察から逃れる事の出来ない自分に対して一種の不快を感じた。彼は苦い塩を嘗めた」という時、「自然」は倫理の根源とみえつつそうではない。「許し」つつなお「一種の不快を」「苦い塩を」という時、「自然」はここで「許し」きることができないとも、またさらに背後の根源なるものによって問われているともいえよう。

言わばここでは〈自然〉は普遍の課題ならぬ、外的倫理や規範や義理人情の世界から見てどうであろうと、ただこうであるほかはない、これをこの男の本髄というならば、まさしくこれを〈自然〉と、彼の裡なる〈自然〉とよぶほかはないものとして掴み出されていると言ってよい。これを健三における「小さな自然」（それはまさに後の『明暗』に見る言葉だが）というならば、これを俯瞰し、包むものは「大きな自然」であり、この両者の対峙、相剋、渾融の問題こそ『道草』から『明暗』へと引きつがれた課題であろう。同時にここで健三という知識人の宿命を語っては、裡に「異様の熱魂」を抱き「索寞たる曠野に向」わざるをえぬもの、それが「牢獄」だと知りつつ、なお「温い人間の血を枯ら」す「過去の牢獄生活の上に」「未来の自分を築き上げねばなら」ぬ男の宿命を描き、またお住に向っては「新しく生きたものを拵へ上げた自分は、其償ひとして衰へて行かなければならない」という彼女の感慨とともに、「自然（じねん）と末枯（すが）れて」ゆく女の性（さが）が、あわれ深くみつめられ、同時に新たな「其生を守護しなければ」ならぬ女のさだめが「天」の命として肯定される。

こうして作者は健三、お住という個の〈自然〉を確認しつつ、〈知〉の宿命を語り、さらには老いや死とともに新たな生の誕生を描きつつ、〈個〉から〈類〉へと課題をひらいてゆく。恐らく、『道草』一篇に至って作者の問いは人間存在の意味をトータルに問いつめる視点を得たというべく、〈精神存在〉としての自意識やエゴイズムの追求は、『道草』に至って他者に問い、また問われつつ自己を発見してゆく〈社会存在〉として存在の課題にひらかれ、さらに基底としての〈自然存在〉へと眼が向けられてゆく時、作者が『道草』執筆への自恃と自負をこめて述べたと思われる「断片」中の「実質の推移」を描くべしという課題は、作中により深い達成を見たと言ってよかろう。もはや次作『明暗』について充分語る余裕はないが、この第二の『虞美人草』ともいうべき未完の大作にも〈自然〉の文脈に即していえば大きな屈折、ひろがりがみられよう。たとえば「手と目より偉大なる自然の制裁を感受して、石火の一拶に本来の面目に逢着せしむるの微意に外ならぬ」とは、『虞美人草』末尾の、藤尾の死をめぐる悲劇的終末にふれての一節だが、もはや『明暗』にあってはこのような倫理的裁断はない。同じくヒロインお延の無意識なる偽善、あるいは技巧ともいうべきものを描きながら、なおも夫である津田の愛を己れに引きつけようとするお延の姿を描いて次のごとく語る。

> 彼女は前後の関係から、思量分別の許す限り、全身を挙げて其所へ拘泥らなければならなかつた。／それが彼女の自然であつた。然し不幸な事に、自然全体は彼女よりも大きかつた。彼女の遙か上にも続いてゐた。公平な光りを放つて、可憐な彼女を殺さうとしてさへ憚らなかった。／彼女が一口拘泥るたびに、津田は一足彼女から退ぞいた。二口拘泥れば、二足退いた。拘泥るごとに、津田と彼女の距離はだん〳〵増して行つた。大きな自然は、彼女の小さい自然から出た行為を、遠慮なく蹂躙した。一歩ごとに彼女の目的を破壊して悔いなかつた。

ここに描かれる「大きな自然」（超越的自然）が「小さな自然」の救抜の根拠たりえぬことは明らかであり、その理由はお延の歪みや技巧性にあるともみられるが、しかし「可憐なお延の」云々という作者の口吻は必ずしもお延を裁いてはいない。作者はこの二つの〈自然〉の融合を求めているのか。たしかに文脈の語るところはそうともみえるが、しかし「実質の推移」をみつめる作者の筆は慎重であり、容易に予断を許さぬものがある。ただ〈邂逅を行き尽くして天始めて闊く〉とはまた『明暗』の方法であったはずである。かくしてお延と同様、津田をみつめる作者の眼もまた熱い。宗助と同様、己れの「分別を便(たより)に生き」「其分別が今は彼に祟(たた)つたのを口惜く思」う津田の前に、〈門〉ならぬ深く大きな闇がひろがる。言うまでもなく吉川夫人にすすめられての温泉行きの場面であり、荒涼たる自然と闇を前に――「あゝ世の中には、斯んなものが存在してゐたのだつけ、何うして今迄それを忘れてゐたのだらう」と呟く。広大な闇の底に「自分の存在を呑み尽された」時、津田は思はず恐れた。ぞつとした」という。ここにあらわれるものは慰籍ならぬ荒々しく深い〈自然〉であり、作者はこの〈自然〉との対面を通して津田の目覚めへの契機を暗示せんとする。

『草枕』におけるような文明に病めるものへの癒しと慰籍としての〈自然〉はすでにここにはない。画工の旅が文明と〈自然〉をめぐる往還反復のドラマを孕んでいたとすれば、『明暗』における津田の旅は〈存在〉への、あるいは認識への旅であったといえるかもしれない。ここにはまた『門』と同様、作中人物のすべてを見下す一種俯瞰的な深い眼があるが、しかし「それを繰り返させるのは天の事」「それを逃げて回るのは宗助の事」というごとき諷意の低徊的筆致はもはやない。作者の筆は自在とみえて、よりにがくまた重い。〈眼耳双つながら忘れて身も亦失い、空中に独り唱う白雲の吟〉(大5・11・20)と最後の詩篇に唱う時、『明暗』の作者の肉体は、いや〈自然〉は何処にあるのかと問うことはすでにむなしい。〈画龍の躍る処　妖雲横たわる〉と言い、〈真龍は本来面目無く／雨黒く風白くして空谷に臥す／通身遍く覓むるも爪牙を失い／忽然と復た活きて魚蝦を侶とす〉(大5・10・8)とはまた、『明暗』の作者の方法でもあったはずである。作家の〈自然〉は作品(同時に文体)そのもののなかに生きたはずであり、〈眼耳双忘身亦失〉云々とは自然への憧憬ならぬ、そのアリバイにほかなるまい。ふたつの〈自然〉の合一とは何か。ただこの〈邐迤を行き尽く〉すほかはないという思いのみが、彼を捉えつくしていたと言ってよい。こうして最後の漱石は作家の〈自然〉と化しつつ、しかしたしかに己れの存在を何ものかにゆだねたはずである。その机上に残った原稿紙——百八十九とナンバーを付したのみの一枚の空白の原稿紙こそは、まさしく作家の〈自然〉の何たるかを明らかに語っていたはずである。

漱石の描いた女性たち

「恐れない女」と「恐れる男」とは、漱石作中（『彼岸過迄』）の言葉だが、女性本来の強さや野性味を最もよく見抜いた作家のひとりが漱石であろう。同時にまた反面、女性への深い憧憬もまたあざやかに書き込まれる。『夢十夜』の第一夜は後者を指し、第十夜は前者を指す。漱石の描いた女性といえば、その個性の刻印は『草枕』の那美に始まり、『明暗』のお延に終る。

『草枕』の画工は那美の美しさを評して「開化した楊柳観音」だという。この女の「表情に一致」がなく、「顔に統一の感じがないのは、心に統一のない」、つまりは「彼女の世界に統一」がない証拠であり、言わば「不幸に圧しつけられながら、其不幸に打ち勝たうとして居る顔だ」という。その不幸とは彼女が結婚に失敗した出戻りの女だというのみではない。その烈しい気性の底には自分自身をもてあます自意識の葛藤があり、加えて「開化した」云々とは、文明開化の波をいやおうなくかぶった存在という、にがい認識がこもる。これら開化の刻印、自意識の相剋、さらには結婚という制度の下にたわめられた女性の抑圧とは、漱石の女性像をつらぬく基底の側面であり、那美はその最初の素型ともいえる。

この那美の線上に『虚美人草』の藤尾、『三四郎』の美禰子以下の人物が生まれ、その勧善懲悪的手法の故に、悪女に仕立てられた藤尾もまた例外ではない。「藤尾といふ女にそんな同情をもつてはいけない。あれは嫌な女だ」「あいつを仕舞に殺すのが一篇の主意である」（明40・7・19、小宮豊隆宛書簡）とは、藤尾に魅かれる弟子たちをたしなめた言葉だが、しかし藤尾の死をめぐる描写などはどうか。

「凡てが美くしい。美くしいもの、なかに横はる人の顔も美くしい。驕る眼は長へに閉ぢた。驕る眼を眠つた藤尾の眉は、額は、黒髪は、天女の如く美くしい」という。到底これは断罪に価いする、憎むべき女を描く文体ではあるまい。「あれは嫌な女だ。詩的であるが大人しくない、徳義心が欠乏した女である」「だから決してあんな女をいゝと思つちやいけない。小夜子といふ女の方がいくら可憐だか分りやしない」（前掲書簡）と作者はいう。にもかかわらず、詩趣を解し、才気にはずむ藤尾を描く作者の筆はしばしば読者を魅了し、その反応は先の小宮宛の書簡ひとつにも明らかであろう。

漱石は実は藤尾が好きなのだとは、女性としての自分の直感だと作家の河野多恵子はいう。逆に「可憐」といわれる小夜子の影はうすい。この構図は『三四郎』の美禰子とよし子の場合も同様であろう。美禰子に心奪われる三四郎に向かって、与次郎はお前にはよし子の方がいいというが、三四郎は眼をくれようともしない。三四郎は最初の出会いで、よし子の表情に「嬾(ものう)い憂鬱と、隠さゞる快活との統一を見出し」、それは彼にとって「最も尊き人生の一片」であり、「一大発見である」という。また「此刹那の感に自己(みずから)を放下し去つた」ともいう。その声の「安らかな音色」は、「純粋な子供か、あらゆる男児に接しつくした婦人」のそれともいうべきものを感じ、「遠く故郷にある母の影が閃めいた」ともいう。

これは『明暗』のお延に対する清子の存在、またその前にある津田のありよう、あの未完の終末の場面を想わせる。たしかによし子は清子像のひとつの素型ともいえよう。「尊き人生の一片」、あるいは「此刹那の感に自己(みずから)を放下し去」るとは初期漱石の残像であり、以後このような言及はない。同時にこの作品自体の展開のなかで、よし子の像も小夜子同様にうすくなる。逆に肉なる誘惑者として三四郎の前に登場する美禰子の像はつよく、濃い。美禰子の呟く〈われは我が愆(とが)を知る。我が罪は常に我が前にあり〉という旧約詩篇の一節（五十一篇三節）が、ダビデの肉の罪をふまえた懺悔の表白であったとすれば、作者の意図する所は明らかであろう。

池のほとりでの美禰子との出会いは、冒頭の汽車の女に重なり、三四郎は〈池の女〉を想うと、その眼付は〈オラプチユアス！〉であり、「正しく官能に訴へ」「官能の骨を透して髄に徹する訴へ」であるという。これがいわゆる〈煤煙事件〉の弟子森田草平の相手、平塚明を意識し、またズーデルマンの作品（『消えぬ過去』）などに触発されたものであることは周知の通りだが、同時に漱石自身の基底の認識に根ざしていることもまた明白であろう。

誘惑者としての意識、無意識のふるまいは、その深度の差はあれ、那美、藤尾、美禰子と続いてお延にまで至る。異性を前にした意識、無意識の女性特有の表現、その技巧に、漱石が魅惑を感じていたことは疑いあるまい。同時にその魅惑は先にもふれた通り、女性への憧憬と畏怖とを含む。広田先生の夢にあらわれる少女が（これも美禰子同様、いまひとつの〈森の女〉だが）、その憧憬を語るとすれば、その直後に語られる彼の母とおぼしき女性の不倫の罪と、その故の結婚への懐疑は、まぎれもなくその畏怖の情を語るものであろう。続く『夢十夜』の一夜と十夜が、その両者を語っていることは、すでに触れた通りである。一夜の夢の甘美さに対して、十夜はまぎれもなく夢から浮上した日常の索漠を語る。この一夜の語る所を押しひらいてゆけば、この夢を包んで『それから』一篇は描かれたと言ってもいい。

恐らく『それから』の三千代は漱石の憧憬を最も深く託した女性であり、その故にまた生きて彼の、代助のもとに帰ることはない。文明に病む代助は三千代に癒しを求めるが、文明が切り棄てた〈自然〉や〈伝統〉が還らぬごとく、三千代もまた再び彼の手に還ることはできまい。理想の愛、永遠の愛がこの地上ではついに遂げられぬとは、漱石世界をつらぬく不抜のテーゼであり、加えてこのヒロインに還らぬ〈自然〉の、〈伝統〉の喩を託していたとすれば、その結末の語る所もまた明らかであろう。

私が死んだら墓の傍で百年待っていてくれと女はいう。この第一夜の構想の底に、描かれなかった三千代の臨終の場面が、ひそかに重ね合わされていたとしても不思議ではあるまい。『それから』の結末が遡っては、『夢十夜』の第一夜に還るとすれば、いまひとつの展開は、続く『門』一篇の構想にかかわるといってよかろう。『門』は『坑夫』とともに漱石の作中、最もモノクローム的な象徴性を孕んだ作品といえよう。その記述は日常の陰影をこまやかに語るとみえて、時に陰府の影のごとき感触を与える。

この世界に佇む御米の姿は「影の様に静かな女」と語られるのみ、容貌もさだかではない。この御米がいいとは小川国夫、吉本隆明の対談で（『漱石が創った女たち』「国文学」昭62・5）両者の語る所だが、しかし、いささか「美しく書き過ぎている」（小川）ようだともいう。（ちなみに、筆者との対談で（『漱石的主題』）、吉本氏は「漱石の描いた女性の中で、ごく自然にいっていちばん魅力的だとぼくが思うのは『虚美人草』の糸子です。」「糸公は学問も才気もないが、よく君の価値を解してゐる。君の胸の中を知り抜いてゐる。糸公は僕の妹だが、こういふ女だ。尊い女だ。糸公は金が一文もなくつても堕落する気遣のない女だ」。だから甲野さんに「連れて行つて遣つてくれ」と宗近君がいう。「これが存外、漱石の本音」で、「お糸が漱石の理想の女性のような気が」するという。興味ある発言だが、いずれにせよ漱石作中の女性は多様に、またみずみずしく生きて、動く）。

二

さて再び『門』に還れば、三千代から御米へと、漱石の夢は最もイデアルな世界へと踏み込んでいったといっていい。ならば、その揺り返しはないか。恐らくこの後〈修善寺の大患〉を経て、その女性像は男と女との対立をめぐって、より深い展開をみせる。その最初のしるしが『彼岸過迄』であり、先の「恐れない女」と「恐れる男」とは、作中須永のいう所であり、これはまた漱石自体の女性観、男性観の骨脈ともいうべきものであろう。

想いのままに直進する千代子を、「感情といふ自分の重みで蹴付きさうな彼女を」、須永は「運命のアイロニーを解せざる詩人として深く憐」み、時に「彼女の為に戦慄する」という。また「彼女の有つてゐる善悪是非の分別は殆ど学問や経験と独立」したもので、「たゞ直覚的に相手を目当に燃え出す丈」だ。時にその純粋さに「稲妻に打たれた様な思ひ」をし、「凄いもので腸を洗はれた様な気持」のすることもある。このような彼女を「あらゆる女のうちで尤も女らしい女だと弁護したい」想いもあるという。恐らくここに漱石の肉声もひびくとみえるが、これは前後に直通して那美からお延にまで波及する。同時に漱石の筆はさらに転じて、この女性の感情、分別、直観さ、さらにいえばその〈天真〉を抑圧し、そこなうものとしての〈制度としての結婚〉とは何かという問題へと向けられてゆく。

『彼岸過迄』に続く『行人』は、その最もあざやかな顕現であり、〈和歌山の一夜〉における二郎を相手としたお直の苦悩の表白は、さらに後年「塵労（じん）」の章でも繰り返される。二郎の下宿を訪ね、あなたは男だから「何処へでも飛んで行ける」。しかし女はそうはゆかぬ。「妾（あたし）なんか丁度親の手で植付けられた鉢植のやうなもので一遍植えられたが最後、誰か来て動かして呉れない以上、とても動けやしません。凝（じつ）としてゐる丈です。立枯になる迄凝（じつ）としてゐるより外に仕方がない」という。二郎はそこに「測るべからざる女性（にょしょう）の強さ」を感じ、〈恐れない女〉の強さともいうべきものが語られるが、しかし二郎の眼のなお届かぬ所にお直の苦しみはある。その認識は一郎の、即ちその背後の漱石のものであり、「塵労」最後の一郎の言葉はそれを語る。君はお貞さんのようなひとと『斯うして一所に住んでゐたら幸福になれると思ふのか」とHさんに問われ、一郎は答える。

「君は結婚前の女と、結婚後の女と同じ女と思つてゐるのか」「今のお貞さんはもう夫の為にスポイルされて仕舞つてゐる」「何（ど）んな人の所へ行かうと、嫁に行けば、女は夫のために邪（よこしま）になるのだ。さういふ僕が既に僕の妻を何の位悪くしたか分らない」「幸福は嫁に行つて天真を損はれた女からは要求出来るものぢやないよ」。「何んな人の所へ行かうと」とは、すでに個人の問題を超えた〈制度としての結婚〉そのものへの問いであり、『それから』以後のこの問いの深まりに、この時代における〈男性原理への挑戦者〉としての漱石をみるという評者（駒尺喜美）の指摘は、また頷（うなず）ける所であろう。すでに『道草』から『明暗』への必然は、この問いそのもののなかにあると言ってよい。〈結婚という制度〉にたわめられる女性の苦悩を描きつつ、そのたわみの底にあらわれる勁（つよ）さ、〈恐れない女〉の本質をも作者は見逃してはいない。〈恐れない女〉のそれを、女の〈野性〉として漱石は描く。『道草』の健三の問いもまたそこにある。おのれの留学帰りの学者という特権意識もひと皮むけば、妻のお住や姉たちの〈野性〉そのものにかなわぬという。終末の「片づか」ぬ日常への痛嘆もまた、お住の「何だかちつとも分りやしない」という言葉によって打ち返される。ここにもすぐれて意識的な〈男〉という存在と、無意識の〈野性〉に生きる〈女〉の対立があざやかに描きとられる。

さて、こうして漱石の描いた最後の女性として、『明暗』のお延が登場する。もはや紙数もつき口早にいうほかないが、津田の愛を引きつけんとして奮闘するお延を、作者は「可憐な彼女」と呼ぶ。しかもかつては女性の〈技巧〉に魅惑とまどわしを見た漱石は、いまお延を批判する読者に向かって、その技巧とは「人を殺すためか、人を活かすためか」（大5・7・17、大石泰蔵宛書簡）と反問し、〈技巧〉と〈誠〉、あるいは〈自然〉と対置した彼が、「技巧ハ己ヲ偽ル者」「飾ルモノ」また「人ヲ欺クモノニアラズ」して、「己レヲ遺憾ナク人ニ示ス道具」にして、「人格即技巧ナリ」（『断片』大正四年一月頃から十一月頃まで）という。お延の造形がこの認識のなかから生まれ出たことは明らかであり、ここに作家の成熟をみるとすれば、この意味でもお延は、やはり漱石の描いた〈最後の女〉であろう。「屹度（きつと）わかれる。天下の夫婦はみんな分れる」。これがおれの「未来記」だと『猫』の迷亭はいう。この認識をふまえつつ、しかし漱石はあえて〈別れぬ夫婦〉の、〈未来記〉ならぬ、現実を描き続けてみせた。そこに作家の誠実を見るとすれば、漱石の描いた女性たちのつややかな輝きもまた、その埒外のものではあるまい。

〈漱石を読む〉とは

一

「漱石をそしらぬ顔でやりすごすこと。誰もが夏目漱石として知っている何やら仔細ありげな人影のかたわらを、まるで、そんな男の記憶などきれいさっぱりどこかに置き忘れてきたといわんばかりに振舞いながら、そっとすりぬけること。何よりむつかしいのは、その記憶喪失の演技をいかにもさりげなく演じきってみせることだ」という。しかもその「漱石たる自分に息をつまらせている人影から」も、「抒情にたわみきった記憶を無理にも奪いとってやる必要があるのだ。顔もなく、声もなく、過去をも失った無名の『作家』として、その人影を解放してやらねばならない。漱石を不意撃ちしてその記憶を奪い、現在という言葉の海に向って解き放ってやること。そして、言葉の波に洗われて、その人影がとことん脱色される瞬間を待つこと」だという。

言うまでもなくこれは蓮實重彥『夏目漱石論』冒頭の一節であり、このあざやかな断定が、いわゆる〈テクスト論〉のみごとな実践であることも明らかであろう。作家漱石という既成の概念を棄てること。作家も読者も共に「記憶喪失の演技者」として、言葉の波をかいくぐる、その運動が「波間に一つの事件をかたちづくる。漱石を読むとはその事件に与えられた仮の名前」に過ぎぬのだという。

テクスト論の提唱者ロラン・バルトは、近代にあって思想史上、学説上「真の断層」ともいうべきものが生じたのは、マルクス主義とフロイト学説であり、以後の変化はすべて断層ならぬ、ずらし、変異、逸脱、放棄といったものに過ぎず、このマルクス主義、フロイト学説、さらに構造主義と、これらがあいまって書き手、読み手、観察者〈批評家〉の関係の一切を相対化し、その流れのなかにおのずから生まれ出たのが〈作品〉ならぬ、〈テクスト〉という存在だという。「テクストとは多次元の空間であって、そこではさまざまなエクリチュールが、結びつき、異議をとなえあい、そのどれもが起源となることはない。テクストとは、無数にある文化の中心からやって来た引用の織物」であり、もはや作家はその起源でも父親でもない。「テクストの統一性は、テクストの起源ではなく、テクストの宛て先にある」。こうして「読者の誕生は、『作者』の死によってあがなわれなければならないのだ」（『作者の死』）とロラン・バルトはいう。

　さて、先の論者のいうごとくテクストを読むとは、その作者の影を「そしらぬ顔でやりすごす」ということか。もはや作者なるものはテクストから排除され、帰るべき場はないというのか。いや、作者がテクストのなかに、「自分のテクストのなかに《もどれ》ないということではない」。ただそのときは「いわば招かれた客としてもどる」のだ。テクストに描かれた「作中人物の一人のように、そこに記名される」のだ。それは「もはや特権的、父性的、真理論的なものではなく、遊戯的」であり、「彼は、いわば紙の作者となる」。

「彼の人生は、もはや彼の創作の起源とならず、彼の作品と競合する一個の創作となる。作品から人生への逆流が起こるのだ」。その逆ではない。こうして「プルーストの、ジュネの作品が、彼らの人生を、一個のテクストとして読むことを可能にする」ように、「《伝記》という語が、語源的な強い意味［人生の記述］をとりもどすのだ」（『作品からテクストへ』）とバルトはいう。注目すべきは「作品から人生へ逆流」して、作品自体が彼の人生を「一個のテクストとして読むことを可能にする」という指摘であろう。つまりは漱石の作品を通して漱石の人生を「一個のテクストとして読む」ということ。しかしすでに、これは語の矛盾であろう。

　さまざまな記述が結びつき、異議をとなえ、そのどれもが起源となることはなく、多次元の空間としてのテクストにあって、その多元的なエクリチュールのすべては「解きほぐすべきであって、解読するものは何もない」。そこではたえず意味は提出されるが、それはまた常に「その意味を蒸発させるため」（『作者の死』）のものであり、こうしてテクストとはまさしく「還元不可能な複数性」としてあり、「意味の共存」ではない。それは「通過であり、横断で」あり、さらに言えばそれは「爆発に、散布に属する」（『作品からテクストへ』）ものだとバルトはいう。

　この過剰な言葉の散乱、爆発のなかから、どうして逆流して作家の人生を掴み、透視しうるというのか。仔細にみれば、先の文脈には矛盾がある。作者が「自分のテクスト」にもどれぬわけではないと言い、また一方では作家の「作品が、彼らの人生を一個のテクストとして読むことを可能にする」という。ここには作品とテクストの混在、混用がみられ、文意もまたあいまいである。バルトのいうごとくテクストなるものが「還元不可能な複数性」としてあるものならば、作者はどうして、その「自分のテクスト」に帰りうるのか。疎外された作者にも一応の留保、保証は与えられているというのか。これではしゃれにもなるまい。

　ならば、〈作者〉はどこにいるのか。彼はまぎれもなく作品のなかにあり、テクストのなかにいる。それ以外のものを我々は作者と呼ぶことはできまい。先の論者の、あの漱石という影をさりげなくやり過ごしてテクストを読むという、その影とは作家漱石ならぬ、漱石という雅号を持つ夏目金之助という一個の存在に過ぎまい。作家漱石と呼ぶとき、彼はただ作品そのもののなかに生き、また作品そのものとともにその終末を迎える。ほかならぬ、漱石自身がそれを我々に告げる。

二

『吾輩は猫である』下篇の序はその意味でも注目に価する。その最後に彼はこう書く。

「『猫』と甕へ落ちる時分は、漱石先生は、巻中の主人公苦沙彌先生と同じく教師であつた。甕へ落ちてから何ヶ月経つたか大往生を遂げた猫は固より知る筈がない。然し此序をかく今日の漱石先生は既に教師ではなくなつた。主人公苦沙彌先生も今頃は休職か、免職になつたかも知れぬ。世の中は猫の目玉の様にぐる〳〵廻転してゐる」。これからも「どの位廻転するかわからない」が、「只長へに変らぬものは甕の中の猫の中の眼玉の中の瞳だけである」。「『猫』と甕へ落ちる」とは、いかにも漱石らしいしゃれのめした言い方だが、岩波版全集などでは今もって「『猫』の」となっている。これでは作者の込めた含意は生きて来まい。

「『猫』と甕へ落ちる」という時、この「猫」はカギ括弧の示す通り作品『猫』を指し、作者は作品と共に往生したのだと言っているわけである。作者が作品と共に往生するとは、作者の生き死にの場所は、この作中以外にはないということであろう。さらにこれが明治四十年五月、職業作家としての新たな転機を迎えんとした時期のものであることをみれば、一見しゃれのめした言い方に見えつつ、これが作家としての不退転の覚悟、また志を語ったものではあることもまた明らかであろう。〈猫〉の眼のように変る世相の変転を読みとりつつ、これを描きとる作家の眼は不変、不抜の相を持つべきだという。すでに甕のなかの〈猫の眼〉が何を指すかは問うまでもあるまい。

「エクリチュールの空間は巡回すべきであって、突き抜けるべき空間ではない」（『作者の死』）とバルトはいう。「いったい、内面に埋もれ、背後に隠された意味を読むことが『文学』だなどといつから本気で信じられてしまったのか。「そこではすべてが表層に露呈されている」。「距離も奥行きもない世界を、中心とか根源とかの周辺に再編成しようとするあつかましい精神から『文学』を救うこと」それこそが「幸福への意志というもの」（『夏目漱石論』）ではないかと先の論者もいう。

こうして「文学のモラルの真の《十字架》だった、言表行為の誠実さという問題は、まやかしの問題となる」（バルト『作品からテクストへ』）という。「言表行為の誠実さ」とは何か。またそれを「まやかしの問題」だとは何か。恐らくここで問われるものは、作家におけるモチーフという問題であろう。テクスト論者は作者なるものを排除する。

同時にモチーフなるものもまた「内面に埋もれ、背後に隠された意味」云々などという指摘とともに抹殺されてゆく。しかしそこに作家が意識、無意識に託したある切実なる希求、情念、志向といったものはどうなるのか。先の甕の底にひそむ〈猫の眼〉に託されたものは、単なる冗語に過ぎぬということか。

このモデルとなった無名の猫は死ぬ。『三四郎』の執筆が始まった時期だが、『永日小品』の「猫の墓」はその消息を描く。痩せおとろえた飼猫は家人からも忘れられた存在となる。眼付きが変り、時に怪しく動くが、「眼の色は段々沈んで行く。日が落ちて微かな稲妻があらわれる様な気がした。けれども放つて置いた」（傍点筆者、以下同）。やがて猫は死に、家人に頼まれて墓標に「猫の墓」と書き、その裏に〈此の下に稲妻起る宵あらん〉の一句をしたためる。いかにもその想いは深いが、〈此の下に稲妻起る〉という時、あの甕中に眠る〈猫の眼〉に已れをかさねた想いはまた、つよく甦えったはずである。これを晩年、やはりヘクトーと名付けた飼犬の墓標に、〈秋風の聞えぬ土に埋めてやりぬ〉としるした感慨に較べれば、〈此の下に〉云々の一句に託した。恐らくは無意識裡の想念、あるいは情念の昂まりはまぎれもなくつたわって来よう。

ここには疎外したものの痛みと、疎外されたものの痛みへの共有がある。テクスト論にあっては、作者もモチーフもみごとに排除される。しかし排除され、抹殺されたものから放たれる、あの〈稲妻〉の光りを彼らは見ることはなかったか。エクリチュールの空間は巡回すべきものであって、うがつべき、突き抜けるべきものではないという。そこにどのような、えたいのしれぬしろものがひそんでいるというのか。恐らくそこでは、作者なるもの、モチーフなるものは一個の実体的なものと見なされているのではないか。

ここで思い出されるのは蓮實氏と吉本隆明氏の対談（『批評にとって作品とは何か』「海」'80・7）である。作品を作家なるものに帰属させることはないという蓮實氏の論に対して、たとえば漱石とは帰属させたら「無であるかというと、帰属させたほうが厖大」であり、「たいへん厖大な無意識を持っている作家」、「作家自身に作品を帰属させてもなおかつ、さまざまな問題を抱えこんでいる作家のように思える」と吉本氏はいう。これはまたドストエフスキイにあっても同様であろう。

『カラマゾフの兄弟』について、彼はこんな風に語る。「自分が今日まで作家として説き得たものより、ずっと多くの秘やかな事柄が、自分のうちにあるのを感じます」という。このドストエフスキイの言葉こそが、書かれざりし『カラマゾフ』続篇というものの「本当の意味」ではなかったかと小林秀雄はいう。「言葉に現れるものよりも内部に残つてゐる方がずつと多い」(『未成年』)、ドストエフスキイは「この事実を、片時も忘れなかつた」。「全作品に盛られた無数の議論は、すべて彼の所謂『内部に残つてゐる方』を振り返り振り返り語られてゐる」。これは言葉をかえて言えば「彼の創造した諸人物は思想の極度の相対性の上に生きてゐる」、生きざるを得なかったということだと小林はいう。

漱石もまた同様であろう。彼もまた「内部に残つてゐる方」を振り返り振り返り語っている。彼の描いた諸人物はドストエフスキイとはまた別様ながら、やはり「思想の極度の相対性の上に生きてゐる」。これらの諸人物を評して、表層の露呈、巡回などと言っても始まるまい。へその緒を切ったつもりでも、彼らもまたしばしば意識、無意識裡にその背部をふり返りつつ、呟き、飛躍し、行動する。たとえば『三四郎』の予告で、作者はこれらの人物を新しい空気のなかに放ち、あとは彼らが勝手に泳ぎ出す。そうして波瀾も生ずるが、そのうちに「読者も作者も此空気にかぶれて是等の人物を知る様」になる。「もしかぶれ甲斐のしない空気で、知り栄のしない人間であつたら御互に不運と諦めるより仕方がない」という。いかにも漱石一流のしゃれた言い方だが、人物たちが作者の手を、その意図を離れて歩みはじめる時、はじめて彼らは作中に躍動し、生き始めるという逆理は、いまさら付言するまでもあるまい。

しかしことの、要所は、恐らくその先にある。彼らが語り手の眼から離れて勝手に泳ぎ出した時こそ、彼らは最も深い意味で作者の無意識に、不可視のへその緒なるものにつながってゆく。作者が「内部に残つてゐる方」を振り返り振り返りはじめる時、人物たちもまたその眼差のなかをうなずきつつ、生き生きと歩みはじめてゆく。たとえば悪女として描かれたはずの藤尾の亡骸が、今にして「天女の如く美しい」(『虞美人草』)とは何故か。これも語るものは語り手ならぬ誰か。あるいはやがて来る落魄の予感におののく代助の前に、すでにその死を予知されているかにみえる三千代は、「微笑(ほゝゑみ)と光輝(かゞやき)とに満ちてゐた。春風はゆたかに彼女の眉を吹いた」(『それから』)という。これもまた語り手ならぬ、作者胸中に生きる三千代像をふり返っての描写ではないか。語り手がどのようにプロットや筋立てを運ぼうとも、背後の作者は胸中の三千代を手放してはいない。

あるいはまた、『三四郎』の美禰子が残そうとした〈森の女〉の絵を解くインデックスは、広田先生の夢にあらわれるいまひとりの森の女、〈森の少女〉の絵姿だと評者はいうが、事態は逆であろう。作者はやがて美禰子を手放すが、その胸中にはあの〈森の少女〉は生き続ける。これを解くインデックスは晩期の『道草』に至るまで随所にある。作中に息づく作者が、その作中にあっていまひとつの夢をつむぎ出す瞬間を我々は見逃すことはできまい。

三

小説を読むとは「『言葉』が事件として生起する」、その瞬時の「事件の現場」にかかわることであり、「一篇の小説を出来事として受けとめる」ことによって、凡百の硬直的な思考や批評が死なしめた〈言葉〉を恢復することだと蓮實氏はいう。しかしその〈現場〉とは何か。それは普遍の読者ならぬ、最初の読者としての作家、その無数にひしめく裡なる声、多様、多層の意識をかかえつつ、言葉を繰り出し、言葉に繰り出されてゆく。言わば作家と作品が生々しく連動し続ける、そのすぐれて多元的な〈現場〉そのものへの参入こそ、〈読む〉ということの勝義の事態であり、作品を作家に還すとはこのことにほかなるまい。テクスト論者はテクストは読者にひらかれるものであって、安易に作者にひらいてはならぬという。しかしそれは読者に向かってと同時に、作者に向かっても徹底的にひらかれるべきものであろう。しかしそれはひらくも、ひらかぬもない。彼自身作中にあって無数にひしめく言葉と共に生き、無数の言葉と共に死ぬものとしてある。

〈小説〉とは何か。それは批評（家）が「解読装置」なるものをもって「解読」するのではない。小説というもの自体が「装置」であり、しかも「何の装置だか使用法」も「わからないものとして小説」は存在しているのだ。その「粗暴」にして「自由」なるもの、これを真に「作動させることが不可避な」批評の使命だとすれば、それはすぐれて「闘争」的であるほかはない。それが自分（達）のしいられた「闘争のエチカ」とも呼ぶべきものだと蓮實氏はいう（柄谷行人との対談『闘争のエチカ』）。これはいかにも魅力的な発言だが、しかしこれが批評家ならぬ、小説家自体の実験的な試みとして発明されたものであればどうか。

漱石の『草枕』はまさにこの粗暴にして自由なるもの、みずからも何の装置だか使用法もわからぬ存在としての〈小説〉なる〈装置〉を実験的に運転し、解体し、なお〈小説〉なるものの未来に向かっての、ひとつの可能体として提起しようとしたものではなかったか。「こんな小説は天地開闢以来類のないもの」（明39・8・28、小宮豊隆宛書簡）にして、「珍も珍」「最珍作」（同・8・31、高濱虚子宛）ともいうべきものだとは、自作『草枕』を評した漱石自身の言葉である。またこれは世間普通の小説と違って、「唯一種の感じ美しい感じが読者の頭に残りさえすればよい」「美を生命とする俳句的小説」であり、この種の小説は西洋にも日本にもなく、「それが日本で出来るとすれば、先づ小説界に於ける新しい運動が、日本から起つたといへるのだ」（『余が「草枕」』）という。しかしその新しさとは単に「俳句的小説」にとどまらぬ、ある決定的なものを孕んでいたと言ってよい。

四

今世紀の最も独創的なピアニスト、またバッハ其他の超絶的な演奏者として知られるグレン・グールドの枕頭の書が、一冊の英訳本『草枕』（アラン・ターニー訳）であったという事実は、今日ようやく広く知られる所となったが、やはり注目すべきものがあろう。グールドの理解はまた、『草枕』の孕む決定的な新しさを直感したものと見てよかろう。無類の電話魔といわれる彼は深夜の長電話で従姉にこれを「二十世紀小説の最高傑作」と吹聴し、全篇を読んで聞かせたという。また彼はすでに試みていた昔のコラージュとしての新しい作品の主題に『草枕』を考え、ヒロイン那美の登場する場面のノートも用意していたという。ついにこれは完成しなかったが、何が彼をとらえていたのか。「私が身を投げて浮いて居る所を」「綺麗な画にかいて下さい」と那美さんは画工にいう。このイメージが画工の、同時にロンドン留学時の漱石の脳裏にやきついた、あのミレーのオフェリアとかさなることは明らかである。こうして漱石の小説にしばしば登場するファム・ファタール（宿命の女）としての那美、そうして〈漂う水の女〉。

「挑発的なバッハの演奏家」と「明治日本のロマン」との奇跡な邂逅。両者を誘う「甘美な水の化身」と、これを紹介した記者（阿部重夫、「日本経済新聞」、平成3・12・21）はグールドの内面を探って、そのロマンチシズムの照合をいう。また両者の関係をめぐっては『「草枕」変奏曲―夏目漱石とグレン・グールド』（横田庄一郎）や『漱石とグールド―8人の「草枕」協奏曲』（横田編）などにみるすぐれた論究の数々もある。その多くは共に気難しく、神経質な両者、この天才的な芸術家をめぐる性向、発想、文明観などの意外なまでの類縁をめぐって興味深いものがあるが、しかし『草枕』の新しさとは何であったかという、ことの核心は必ずしも明らかではない。恐らくことの要所はグールドの演奏と漱石の文体自身のなかにある。

　グールドはある対談のなかで、バッハの音楽を聴いた最も古い記憶は何かと問われ、「私自身の演奏だね、間違いなく」という。十歳ぐらいまでは「ホモフォニー志向で、それが突然啓示を受けたんだ。そのときにバッハが私の世界に入り込み」、以来消えることはなかった。「あれは私の人生でも最大の瞬間のひとつだった」という。そのはじめはモーツァルトのフーガ、K三九四、ハ長調を弾いている最中、十代の始めだったが、突然「そのフーガの触覚的実在が指番号で表されるようにすっかりわかった」。それは「浴槽につかっているときやシャワーを浴びて頭を振り、水が両耳から出ていく時のような音」でもあり、最高にエキサイティングな「栄光に満ちた音だった」。「モーツァルトが充分できなかったことをすべて実現した─私が代りにやった」わけだ。これはバッハ体験的ではなかったが、「最初の偉大な対位法的目覚め」だったという。

　その後ニューヨークのスタジオでバッハのフーガを数曲録音していた時、これらフーガの「明確な内声部の様相」の何たるかが見えて来た。また「バッハとは何か、バロックの表明するものは何か」、さらには「すべてを信じ難いほど包括するバロックの対位法的体験が真に意味するものは何か」（「平均率（ウエルテンパート）グールド」カーディス・ディヴィス）が見えて来たという。バッハの音楽は「言うまでもなく対位法とポリフォニックを特徴とし」、（これはまた「驚くほど強烈にグールドのたどった道と重なり合う」）（エドワード・W・サイード「音楽そのもの─グレン・グールドの対位法的ヴィジョン」）と、評者はいう。「対位法の神髄」とは「声部の同時性」であり、「旋律は常にいずれかの声部で繰り返され」、「あらゆる音の連なりは、無限の変貌の可能性を内包」しつつ、「厳格な法則によって徐々に自己を実現していく」。このバッハにおける対位法とグールドのみごとな再現。それは演奏のみならぬ、彼のつくるラジオやテレビ番組にあっても、その「登場人物の声の対位法的手法」（ジョン・リー・ロバーツ「追憶」）はあざやかに生きると評者はいう。

　もはや明らかであろう。グールドが『草枕』に読みとったものは、このテキスト自体の孕むすぐれて対位法的な発想であり、旋律であったとみてよかろう。先の紹介者の指摘のごとく、グールドは『草枕』にミレーのオフェリアとかさなる甘美な「水の化身」のドラマを見たであろう。しかしそれをひとつのメロディアスな、またホモフォニックな考察とみれば、彼がこれを「二十世紀小説の最高傑作」と呼んだ時、彼の意識、無意識は、その底にふるえる無数の声のひしめきを、多声的な、ポリフォニックなそれを聴きえたはずである。同様に漱石もまたこれを美的な「俳句的小説」と呼び、あえて「天地開闢以来」と冗談めかして言いながらも、これが出来れば「小説界に於ける新しい運動」だという時、彼の無意識は、その底にひそむ多声的な手法の、真の新しさをひそかに感じえていたはずである。

『草枕』の新しさとは、我々がそこに漱石のテクストならぬ、〈漱石というテクスト〉が語りはじめている、そのあざやかな軌跡を発見しうる所にある。「あるテクストにある作者をあてがうことは、そのテクストに歯止めをかけることであり」、「エクリチュールを閉ざすことである」（『作者の死』）とはロラン・バルトのいう所だが、これをふまえて言えば、あるテクストに〈小説〉なる概念をあてがうことは、そのテクストに歯止めをかけ、そのエクリチュールを、記述を閉ざすことになろう。『草枕』はまさに作者の手によって、これに〈小説〉の概念をあてがうことを排除した所からうまれたものであり、ことの必然は『猫』以来のものであり、溯っては『倫敦消息』など最初期一連の〈文〉にこれをみることもできるが、今はまず直截に『草枕』自体の語る所に踏み込んでみよう。

五

「あの『草枕』は、一種変った妙な観察をする一画工が、たまたま一美人に邂逅して、之を観察するのだが、此美人即ち作物の中心となるべき人物」は一切動かず、それを画工が前後左右と「様々な方角から観察する。唯それだけ」のことだから「其処に事件の発展しやうがない」（『余が草枕』）と作者はいう。あたかも画工の観察のみが作品の主題と言っているようだが、作者は明らかに韜晦している。事件は発展しないというが、これも当代の小説趣向に対するいささか皮肉な批判であって、〈事件〉は起らぬどころか、その微妙な機微は別所にある。あえて言えば、画工の語り自体の変幻、時には錯誤、錯落をふくむそれこそが、まさに〈事件〉の名に価するものであり、これを除けばたしかにこの作中、事件なるものはない。

〈非人情〉の旅に出た画工は、「二十世紀に睡眠が必要ならば、二十世紀に此出世間的の詩味」こそは大切だという。その旅の行き着く所は那古井の湯であり、そこで出戻りの女、志保田那美に出会い、この女の奇矯なふるまいに驚きと共感を抱きつつ、この女を画材とし、最後は女の顔に浮かぶ〈憐れ〉に胸中の絵の成就をみるという。これがこの作品の趣向だが、〈憐れ〉も〈非人情〉もこの作品を彩る趣向ではあるが、この作品の真の新しさ、また実験ともいうべきものはまた別所にある。

「山路を登りながら、かう考へた」という、あの冒頭の一句に始まる画工の語りは、彼自身もいうごとく自在に「漂流」しながら展開してゆく。「漂流」とは、まずその場その場のとめ度もない生理の反応を指す。足の下で、雲雀の声がする。「忙(せは)しく、絶間なく」鳴くその声は「方幾里の空気が一面に蚤に刺されて居たゝまれない様な気がする。あの鳥の鳴く音には瞬時の餘裕もない」と言いつつ、あれは「口で鳴くのではない、魂全体が鳴くのだ」と思えば愉快であり、「かう愉快になるのが詩である」という。ここでシェレーの雲雀の詩が思い出されるが、「いくら詩人が幸福でも、あの雲雀の様に思ひ切つて、一心不乱に、前後を忘却して、わが喜びを歌ふ訳には行くまい」。「西洋の詩は無論の事、支那の詩にも、よく萬斛の愁などゝ云ふ字がある。詩人だから萬斛で素人なら一合で済むかも知れぬ」が、してみると「詩人になるのも考へ物だ」という。

さらにはまた、人は「旅行をする間は常人の心持ちで、曾遊を語る時は既に詩人の態度」にあり、この「詩人の態度」より生まれるものを「美化と云ふ」と言いつつ、続いては「詩人とは自分の屍骸を自分で解剖して、その病状を天下に発表する義務を有して居る」と言い、「詩人になると云ふのは一種の悟りである」ともいう。〈詩人〉の一語をめぐるこれらの矛盾は、矛盾とみえてそうではあるまい。

二十世紀の住人に「睡眠」が必要ならば、この眼前の「自然」の与えてくれる「出世間の詩味」は有難いものであり、そのための「非人情の旅」であるともいう。ここでは非人情なる世界とは〈睡眠〉〈自然〉〈出世間〉と同義、即自の体感として語られる。しかしまた「どうせ非人情をしに出掛けた旅」だから、人情は離れえずとも「責めて御能拝見の時位」の「淡い心持ち」になり、すべてを「画中の人物」とも見る、「純客観の眼」をつくりたいものだという。ここには「非人情」の仙境に遊ばんとする志向と、「非人情」なる視点に自己の芸術の完成を賭けんとする芸術家的志向が混在する。

さらには、やがて「満州の野に日ならず出征すべき」「運命」にある青年久一にふれ、この「夢の様な詩の様な春の里」にも、すでに「現実世界」は仮借なく迫るかと問いつつ、「而して其青年は、夢見る事より外に、何等の価値を、人生に認め得ざる一画工の隣りに坐つて居る」「運命は卒然として此二人を一堂のうちに」会せしめたという。しかも出征する久一を駅頭に送るや一転して、痛烈な文明批判を展開する。「愈現実世界へ引きずり出された。汽車の見える所を現実世界と云ふ」と切り出し、「余は汽車の猛烈に、見界(みさかい)なく、凡ての人を貨物同様に心得て走る様を見る度に、客車のうちに閉ぢ籠められたる個人と、個人の個性に寸毫の注意をだに払はざる此鐵車とを比較」して、文明の孕むあぶなさを憂うという。

しかしこれらもまた、画工における突然変異ならぬ、すでにその前提は充分に語り尽くされている。「若し人情なる狭き立脚地に立つて、芸術の定義を下し得るとすれば、芸術は、われ等教育ある士人の胸裏に潜んで、邪を避け正に就き、曲を斥け直にくみし、弱を扶け強を挫かねば、どうしても堪へられぬといふ一念の結晶して、燦として白日を射返すものである」という。さらには「余は画工である」「社会の一員として優に他を教育すべき地位に立つて居る。詩なきもの、画なきもの、芸術のたしなみなきものよりは、美しき所作が出来る。人情世界にあつて、美くしき所作は正である、義である、直である。正と義と直を行為の上に於て示すものは天下の公民の模範である」ともいう。しかしさらに語をついでは、「余自らも社会の一員を以て任じては居らぬ。純粋なる専門画家として、己れさへ、纏綿たる利害の累索を絶つて、優に画布裏に往来して居る。況んや山を水をや他人をや。那美さんの行為動作と雖も只其侭の姿と見るより、外に致し方ない」という。

以上はその一端に過ぎぬが、すでに画工の語りをめぐる錯落、また矛盾の混在は明らかであろう。〈俗〉〈現実世界〉を離れんとして逆に〈俗〉に還り、〈美〉に遊ばんとして逆に〈倫理〉に向かう。この二重のベクトルの混在は、これをただ画工という作中の語り手、さらにはこれを俯瞰する背後の語り手のそれとのみ見ることはできまい。これを語り手があらかじめ用意した語りのコード、ひとつの流れ、測定ということでは律しかねる、ある荒々しい、文体の底から噴き出る力といったものがみられる。〈文体〉とは、その力とは「あの花を開かせる圧力のように、肉体と世界の境界のところで練りあげられる下言語（アンクラ・ランガージュ）から出発する、盲目的で執拗な変身の帰結にすぎない」（『零度のエクリチュール』）とロラン・バルトはいうが、これを少し言いかえれば、作家の肉体、生理と認識世界との境界ともいうべき境位から噴き出る、〈下言語〉の練り出す力ともいうべきものを、我々はたしかに『草枕』の語り、またその文体をつらぬくひとつの脈動として感じることができる。これをこそ〈漱石のテクスト〉ならぬ、〈漱石というテクスト〉の語る力とみたい。

六

「制度としての作者は死んだ」。しかし「テクストの中に紛れて（機械仕掛の神のように、うしろにいるのではない）、いつも他者が、作者がいる」とロラン・バルトは言い、「テクストの内部に、何らかの形で、作者を私は欲する。私は彼の形象（フイギュール）（彼の表象（ルプレザン）でも、投影でもない）を必要とするのだ」（『テクストの快楽』）ともいう。このバルトの言葉は注目してよかろう。「制度としての作者」、「彼の公民的、情念的、伝記的人格は消滅した。王位を失った彼の人格はもはや作品に対して恐るべき父性を発揮することはない」と言いつつ、なおテクストの内部に「作者を私は欲する（傍点原文）という。それは「彼の表象、投影」ならぬ、「彼の形象（フイギュール）」そのものだという。

たしかに我々が作品を（テクストと言っても同じだが）読むとは、そこに刻まれ、点滅し、推移してゆく作家の意識の、精神の呼動ともいうべきものであり、そこにおのずからにあらわれて来るものは、その作家固有の意識の、精神の形姿、形象ともいうべきものであろう。しかもバルトは、私は彼の、作家の形象を必要とするのだという言葉に続いて「彼が私の形象を必要とするように（《おしゃべり》は別として）」ともいう。ここで作家に求められる読者、〈私〉とは何か。かつてバルトはこう言った。

「読者とは、あるエクリチュールを構成するあらゆる引用が、一つも失われることなく記入される空間にほかならない。あるテクストの統一性は、テクストの起源ではなく、テクストの宛て先にある」と言い「しかし、この宛て先は、もはや個人的なものではありえない。読者とは、歴史も、伝記も、心理ももたない人間である。彼はただ、書かれたものを構成している痕跡のすべてを、同じ一つの場に集めておく、あの誰かにすぎない」。こうして「読者の誕生は、『作者』の死によってあがなわれなければならないのだ」（『作者の死』）と。この無名にして集合的な非人格的存在ともいうべき〈誰か〉とは何か。この『作家の死』が、作家論から読者論への新たな転換を目指すひとつのマニフェストであったとすれば、先の『テクストの快楽』における「作者を私は欲する」云々とは、その「終息宣言」として「あまりにも楽観的であるように思われる」と評者（花輪光）は言い、さらなる新たな読者論、読書論こそが必要であろうという。

しかし〈テクスト〉について語る、その言葉自体がすでにまたひとつの〈テクスト〉であるとすれば、本来そこに終息なるものはありえまい。〈テクスト〉とは「バルトにとって欲望を喚起するフェティッシュ」であるとすれば、彼が「『作家の姿（フィギュール）』と呼ぶ者がテクストに登場する」のは必然であり、そこに「従来の『作品』における作家と読者の間の安定した主従関係」といったものはない。「作者は誘惑者であって、読者をテクストのなかに呼び入れるためにみずからを演出し、客席と舞台をへだてる『手すり』のない演劇を上演する」。このようにして作者と読者の間を「還流してゆく欲望」こそが「テクストを生産する」（鈴村和成『バルト―テクストの快楽』）と別の評者はいう。

たしかに「テクストの舞台には、客席との間の柵がない」。そこには語るものとこれを受けとめるものという「主体も、対象もない。テクストは文法的な態度を失わせる。それは、ある驚くべき著述家（アンゲル・シレジウス）の語っている区別できない眼だ。《私が神を見ている眼は、神が私を見ている眼と同じである》」（『テクストの快楽』）とバルトはいう。恐らく〈テクストの快楽〉の何たるかを語る核心的な部分ともいうべき所だが、こうして「テクストが欲望を喚起する舞台装置であるとすれば、そこでざわめくさまざまな声は快楽の声であるはずだ」（鈴村和成）という時、そこに「ざわめくさまざまな声」が、作者のものか、あるいは読者のものかと問うことはあるまい。

先ずは作者が誘惑者である以上、自身を演出し、〈手すり〉のない舞台を用意するほかはあるまい。その〈手すり〉の排除とは既成の概念、手法からの脱却、いや根源的には〈言葉〉そのものの解放であったとすれば、『草枕』の実験とはまさにそのことにほかなるまい。以後、新聞小説開始後は『坑夫』などを除いてその実験性は後退したかにみえるが、そうではあるまい。眼を凝らせば『明暗』に至るまで我々は随所に、漱石のテクストならぬ、〈テクストとしての漱石〉の語り続ける果敢な実験の、その多面的な影を随所に見ることができる。その仔細について語るべき所は多いが、もはや紙数も尽きた。これはそのささやかな序論の一斑に過ぎない。

III

キリスト教文学の可能性――ひらかれた文学と宗教を求めて

一

〈キリスト教文学の可能性〉とは、今年の大会の主題だが、これは私が年来目指して来た〈ひらかれた文学とひらかれた宗教の統合を求めて〉という課題と合致するもので、有難いことであった。十六歳の時ドストエフスキイに出会い、しばらく後に漱石を知ったことが、私の文学への開眼となった。〈吾人の心中には底なき三角形あり、二辺並行せる三角形あるを奈何(いかん)せん〉(「人生」明29)という、初期漱石の言葉はまた、ドストエフスキイの言葉としても不思議はあるまい。矛盾のかたまりともいうべき人間が、〈二辺並行〉という対極的な問いの矛盾を手放さず問い続けて行くのが人生であり、またこれを問う〈文学〉そのものだと知ったが、なおそこに問い尽くせぬ疑問と不安は残った。

この時あの二十世紀のドストエフスキイとも呼ばれ、現実の矛盾を徹底して問いつくしたカフカに、次のような言葉のあることを知った。〈文芸〉は意識の「嗜好品、麻酔剤」にして、〈文学〉こそは逆に我々の魂を覚醒させ、ひらいてゆくものだという。ならば、それは宗教に行くことになるかと問えば、そこまでは言わない。ただ「祈りに傾く」ということだと、カフカは答えている。(『カフカとの対話』グスタフ・ヤノーホ)。これは私が長くこだわって来た疑問と不安への貴重な啓示ともひびいた。〈宗教〉とまでは言わないという時、彼が歴史の中で〈宗教〉なるものが、おのずからに作りあげて来た教義(ドグマ)を絶対化し、教団、教派という制度が生み出した権威と権力による圧制と迫害をくり返して来たことが、多くの心ある文学者たちの〈宗教〉からの離反を生み出して来たことに注目していることは言うまでもあるまい。

〈ひらかれた宗教〉の可能性とは、まさに今も残るこの教義（ドグマ）と教団、教派という制度や組織がおのずからに生み出す権威、権力の強制、圧迫という矛盾を、いかにとり払って行くかという一点にあろう。また〈ひらかれた〉文学とは、この国の伝統的な自然主義や私小説に底流する、世間的現実に対する平面的、水平的にひらかれた眼ではなく、まさに人間存在の根源に対して、〈垂直的にひらかれた眼〉であり、これこそがこの時代の不安や困迷を吹きはらって行く力となるであろう。

〈キリスト教文学の可能性〉なるものもまた、彼がキリスト者であるか否かではない。たとえば漱石と透谷の〈ひらかれた宗教〉をめぐる志向の思わざる一致。あるいは遠藤周作と大江健三郎のこれも宗教的志向のはからざる一致など、数えれば切りもあるまい。「キリストの苦しみは世の終わりまで続くであろう。我々はその間眠ってはならない」という、あのパスカルの言葉は今も生きる。我々人間の矛盾や痛み、苦しみのすべてをになって十字架という極刑を受けたキリスト・人間イエスの存在が、今も我々の魂の中に行き続ける限り、〈それこそがまさに《復活》ということだが〉、〈キリスト教文学の可能性〉は、なお無限に拓かれてゆくことが出来よう。

以上は与えられた主題講演の要旨を述べたものだが、この問題の核心とも言うべき所をさらにひろめ、また深め、なおいくばくかのことを語ってみたい。まず先に引いた〈吾人の心中には底なき三角形あり、二辺並行せる三角形あるを奈何せん〉とは、漱石が松山から熊本の第五高等学校に移って間もなく学生に与えた「人生」と題した一文中の言葉だが、実はこれを書いた直前といっていい時期、即ち明治二十九年六月二十六日に東北三陸の地に大津波が起こり、死者の数は二万七千人に及ぶと言われ、漱石もこの驚きをドイツに留学中の友人大塚保治に宛てた手紙にも「過日三陸地方へ大海嘯が押し寄せそれはそれは大騒動山の裾へ蒸気船が上つて来る。高い木の枝に海藻がかかる抔人畜の死傷抔は無数と申す位実に恐れ入り」（明29・7・28）云々と述べている。

これはまさに今の我々の心に熱く残る、あの東北地方の大災害を想わせるものだが、注目すべきは外界の大惨事のみならず、一転してはこれに対処する人間自体の内部の惨事ともいうべき激しい矛盾の葛藤に、これを語る漱石の熱い眼が向けられていることである。次の一節などはまさにこの熱い実感を語るものであろう。

三陸の海嘯濃尾の地震之を称して天災といふ、天災とは人意の如何ともすべからざるもの、人間の行為は良心の制裁を受け、意思の主宰に従ふ、一挙一動皆責任あり、固より洪水飢饉と日を同じうして論ずべきにあらねど、良心は不断の主催者にあらず、四肢必ずしも吾意思の欲する所に従はず、一朝の変俄然として己霊の光輝を失して、奈落に陥落し、闇中に跳躍する事なきにあらず、是時に方つて、わが身心には秩序なく、系統なく、思慮なく、分別なく、只一気の盲動するに任ずるのみ、若し海嘯地震を以て人意にあらずとせば、此盲動的動作亦必ず人意にあらじ……。（傍点筆者以下同）

いかにも漱石らしい熱情のこもった一節だが、外界の惨事と共に人間の裡なる避けがたい矛盾を見逃してはなるまいという、その熱い想いは、すべてこの「人生」一文に集約される所である。「吾人の心中には底なき三角形あり、二辺並行せる三角形あるを奈何せん」と言い、この根本的な矛盾を見ずして、作品世界に人生の何たるかを読みとろうとする安易な読者のあり方に対しては、「若し詩人文人小説家が記載せる人生の外に人生なくんば、人生は余程便利にして、人間は余程えらきものなり」と、皮肉を交えた痛烈な言葉を投げかけ、心すべきは人間内部の孕むこの矛盾の発動であり、「不測の変外界に起り、思ひがけぬ心は心の底より出で来る、容赦なく且乱暴に出で来る」と言い、これをたとえては「海嘯と震災は、啻に三陸と濃尾に起るのみにあらず、亦自家三寸の丹田中にあり、険呑なる哉」という言葉で結んでいる。

先にふれたあの熱く濃密な、人間内部の矛盾をえぐりとってみせる漱石の言葉は、今も我々の胸中に熱く残る。あの〈三・一一〉の東北の大災害を想起させるものがあろう。問われる所の根本は、時代に応じ、状況に応じて起きる外界の変化や災害も、これに応じる人間存在の内部にひそむ矛盾と対決することなくしては、ついに何事も解決しえぬものではないかということであろう。これを見れば「不測の変外界に起り、思ひがけぬ心は心の底より出で来る」云々の課題は、これも作家漱石の内面を貫通して、彼の『こゝろ』（大３）一篇の主題として熟したと言ってよかろう。すでに周知の『こゝろ』の内面については仔細に語る必要もあるまいが、同じ下宿のお嬢さんが好きだという親友Ｋの告白を聴いて驚き、Ｋへの友情は一変して裏切りとなり、死に至らしめることになる。「思ひがけぬ心は心の底より出で来る、容赦なく且乱暴に出で来る」とは、まさにこのような事態の何かを語る作家の深い洞察ともいうべきだが、見るべきはここに介在する作者の深い宗教性の問題であろう。主人公はここに己れの罪のみならぬ、「人間の罪といふものを深く感じたのです」と、個人のありようを超えた人間存在の底に横たわる根源的な〈罪〉の何たるかを問いつめようとしている。ならばその真の〈告白〉と〈救済〉はどこにあるのか。

　これを問えば『こゝろ』執筆の前年末（大２・12・12）、漱石が母校の第一高等学校で行なった『模倣と独立』と題した講演の中味を見逃すことは出来まい。日本人はいつまでもこの近代化の中で西欧文化の跡ばかり追っていてはなるまい。もっと〈インディペンデント〉（独立）の志をつらぬけと語っているが、不思議なのは、この作品の主題と明らかに矛盾する宗教的〈告白〉の意義について、文脈をしばしば断ち切るようにして、三たびにもわたって語っていることだ。ひとが罪を犯せば処刑され罰されるのは当然だが、「其罪を犯した人間が、自分の心の経路を有りの儘に現はすことが出来たならば、さうして其儘を人にインプレッスすることが出来たならば、総ての罪悪と云ふものはないと思ふ。総て成立しないと思ふ。夫(それ)をしか思はせるに一番宜いものは、有りの儘を有りの儘に書いた小説、良く出来た小説」であり、これをなしとげれば罰せられようとも、その罪は「十分に清められるものだ」という。この真の告白によって、その罪は消えるという言葉は、文脈の流れを断ち切るようにして二度、三度とくり返されている。すでに『こゝろ』の「先生の遺書」における告白の問題、方法が、作者の心をつよく捉えていたことが明らかにみえるが、注目すべては漱石はここでもついに〈神〉という言葉は使っていない。しかしその語る所は対世間ならぬ、まさに垂直的な絶対者とも呼ぶべきものを仰いでの告白であり、これこそは西欧社会を中心としたカトリックにおける〈告解〉にあたるものではないかとは、あるすぐれた評者の指摘であり、これはいかにもあざやかな指摘として眼をひらかれるものがあるが、同時にこの漱石の裡なる〈宗教性〉を論ずる前に、先ず注目すべきは、この〈告白〉にこもる漱石の、次の世代をになうべき若者への熱いメッセージとして語られている所であろう。主人公〈先生〉の「遺書」の第二節の終りに「私は今自分で自分の心臓を破って、其血をあなたの顔に浴せかけやうとしてゐるのです」。そうして「私の鼓動が停つた時、あなたの胸に新らしい命が宿る事が出来るなら満足です」と語っている。

これが先に挙げた「人生」の一文がなすごとく、次の時代を生きる若者の眼を開かんとする、初期以来の漱石の内部をつらぬくあざやかな志向を語っていることは、すでに『三四郎』（明41）や『それから』（明42）以後の作品にも一貫する所であり、常に新たな近代社会の変化に立ち向かう作家たちの姿勢のいかにあるべきかを問う、そのモチーフの熱い一貫性は明らかだが、しかし漱石という存在の近代社会に立ち向かうべき姿勢を問うその背後にある、独自の〈ひらかれた宗教〉のありかもまた、見逃してはなるまい。

二

〈ひらかれた文学と宗教を求めて〉というのが、冒頭にも述べた通りこの文の主題だが、漱石の場合はどうかといえば、すでに彼のイギリスに留学する、その船中でしたためたものとして次のような言葉がある。

　私の宗教をして、すべての宗教をその超越的偉大さのなかに包含するようなものたらしめよ。私の神をして、あのなにものかであるところの、無たらしめよ。私がそれを無と呼ぶのは、それが絶対であつて、相対性をそのなかに含む名辞によつて呼ぶことができないからだ。それはキリストでも精霊でも他のなにものでもないもの、しかし同時にキリストであり精霊でありすべてであるようなものである。（「断片」）

これは船がヨーロッパに近づいた時、上海から乗って来たキリスト教の宣教師の一団が急に勇気づいて、漱石ら日本からの留学生たちに高みから説くようにして、東洋人の無宗教をなじるような議論をしかけて来た時、毅然として立ち向かうように反論を続けた、この時の漱石の姿を見て、傍らにいた友人でドイツへの留学者芳賀矢一は、漱石の態度は実に天晴れで痛快であったと述べている。先の一文はその同じ頃と思われる。日記や断片の中の英文でしたためられた文中の一節だが、すでにその〈ひらかれた宗教観〉なるものをあざやかに語るものであろう。ただこれは普遍的な知性の持ち主としての漱石の一端を表わすもので、これが真の人生における深い実感として漱石の中に生きて来るのは、多分晩年の自伝的作品『道草』以後のことと思われ、これは『道草』自体の中に、あざやかな実感として語られているものである。

漱石という理知的な作家はキリスト教を好かない、いわゆるヤソ嫌いだと言われていたひとりだったが、これにはクリスチャンは日本人の中でも、ちょっとエリート意識を持ち過ぎていて、自分たちだけが真実な信仰を持っているというふうに見えることへの漱石の反撥があった。若い時期の私も一時期これにこだわっていたが、やがて漱石のひらかれた宗教観にふれるに従って、この誤解は一掃された。これをあざやかに語っているものに、日本に留学後、帰ってからは長くハワイ大学の教師をしていたV・H・ヴィリエルモ氏の言葉がある。彼が書いた「私の見た漱石」と題した一文（「臨時増刊　文藝」第11巻第8号　昭29・6）を読んだ時、その熱い共感と理解に深く打たれるものがあった。いまその一節を引けば次の通りである。

漱石が絶えず求めていたのはアガペ即ち聖愛であつた。エロス即ち恋愛でなかつたことを知るに及んで、我々西洋人は驚きはしない。／そういうわけで、漱石の中にはキリスト教信仰の凡ゆる要素がある。即ち深い罪意識、エゴイズムと愛の欠如とが産む地獄の認識、救済と心の平安への殆ど渇望ほどの欲求、無私の又自己犠牲の愛こそそうした救済を齎らしうるものであるという実感など。

＊

慈悲とアガペとは本質的に異るものであること、慈悲は本質的に受身的であり、悩みを凝視しそれに参加しない。アガペは活動的であつて悩みを探究し、その上に自己を投げ出すものであることを指摘したい。

＊

明治日本又は近代日本の未だ成し遂げなかつたことを漱石が成し遂げたといえるのである。彼自身の人格に於いて漱石は、東と西との統合を創造した。東洋が彼を自分のものだと主張すると同時に、私が西洋にも今少し弱い意味で彼を自分のものとすべきだと思う事実は、その融合が殆ど完全である證拠である。漱石は世界の凡ての重要な宗教の合流しているはじめての作家の中の一人であつたと思う。まずその中でも最初であったといえるかもしれない。

吾々は彼がその最後の作家とならない様に希望する。

このヴィリエルモ氏を我々の学院（梅光）は一九八六年七月と、翌年二月と二度にわたって迎え、共に漱石についての講演を聴くことができた。最初は「私の日本文化との出会い——主に漱石を通して」という題目であり、二度目は「漱石文学における『彼岸過迄』の位置」と題したものであったが、共に感銘深いものであり、特に最初の講演の中で、自分は晩期の『道草』や『明暗』で漱石が使っている〈天〉という言葉を、すべて〈神〉と代えて訳した。その方がアメリカ人などには通じやすく、またその中身はまさに〈Heaven〉ならぬ、〈God〉と訳すべきものだったと述べ、それに対する反問もあったが、これは断固として〈神〉と訳すべきものだと強く言い切った。そのヴィリエルモ氏の強い断定のひびきは我々の心に今も強く残るものがあった。

たしかに晩期の自伝的作品『道草』などを見れば、主人公の健三が妻のお住の病状を案じる場面などで、彼女が時に熟睡していることを感謝しては「彼は天から降る甘露をまのあたりにみるやうな気がした」と語り、その病状を案じては「跪まづいて天に祷る時の誠と願もあった」など、その例はいくつも挙げることが出来るが、すべて〈天〉よりも〈神〉と言った方が、我々日本の読者にとっても、はるかになじみやすい所だが、彼はあえて〈神〉ならぬ〈天〉と書く。事実、主人公の健三も「神といふ言葉が嫌であつた」と断じている箇所がある。肯かれる所だが、しかしその後に続く言葉は一変して彼の（同時に作者漱石自身のと言っていいが）内部に起こった、意識の根源的な変化を告げている箇所がある。自伝的作品として精魂込めて書いたと言っていい、この『道草』一篇のかなめともみるべき所だが、先の言葉に続いて次のような想いが述べられる。

「然し其時の彼の心にはたしかに神といふ言葉が出た。さうして、若し其神が神の眼で自分の一生を通して見たならば、此強欲な老人の一生と大した変わりはないかも知れないといふ気が強くした」（四八）という。これはまさに漱石が晩期の自分を問いつめつつ語った核心の一点、作家としての新たな眼を獲得した体験の告白にほかならないが、この天来の啓示ともいうべき一点を漱石にひらいてみせたのは、ほかならぬ明治初期から中期にかけて短期間乍らすぐれた活動を示した詩人・批評家北村透谷そのひとであったと言ってもよかろう。勿論両者には文学史上なんの関係ともいうべきものは見られていない。然し天来の啓示というものは時を超え、空間を越えて、思わざる現象として我々の眼をひらくものがある。この場合がまさにそうであろう。

三

透谷は若き日は自由民権運動にも参加して、やがて離脱。その後石坂美那というクリスチャンの女性と出会い、その影響もあって受洗し、結婚もしたが、間もなく教義を絶対とする協会のドグマチックな在り方に反撥し、其後独自のひらかれた宗教観を持って、フレンド派との交流も始まってその会員となり、その中心的活動を示す日本平和会の機関誌「平和」の主筆として宗教活動を続けたが、やがて独自の文学観を展開して行くようになり、山路愛山などとの論争をめぐる『明治文学管見』（明26）と題した未完の文学論なども発表するが、これをさらに深め、探究して生み出したのが、究極の文学論ともいうべき『内部生命論』（明26・5）の一篇だが、そこで語られる〈瞬間の冥契〉なる一語こそは、その核心ともいうべきものであり、無限なるもの、神との〈瞬間の冥契〉によって、再造された心の眼をもって見る時、世界は一変して根源の真実をひらいてみせる。この瞬時の体験なくして、なんの〈文学〉かと透谷はいう。

この〈瞬間の冥契〉なるものこそが、あの『道草』の主人公健三の眼を瞬時にして開き、すべての人間が平等であるという根源的な認識を彼に与える。ここから新たに生まれたのが次作『明暗』（大5）であり、未完とはなったが作家漱石の〈ひらかれた文学〉としての新たな究極の展望を与えるものとなったとみてよかろう。吉本隆明氏は私と『漱石的主題』と題した対談の最後の所で、もし漱石がひらかれた宗教性なるものを示したとすれば、この『明暗』の作中すべての人間が全く平等なるものとして描かれていることに尽きるのではないかと語っている。すぐれた批評家の明察ともいうべき所だが、たしかに私の眼もまた、新たに拓くものであった。

この〈ひらかれた宗教性〉なるもの、あらゆる人間の存在を平等と見るという一点は、同時にその人間が生み出した様々な宗教の存在もまた、その優劣を区別すべきものではないということであろう。

初期の漱石は先にふれたように、あらゆる宗教を区別する前に、それらすべてを包みこむ名づけがたい、〈無〉とでもいうほかはない普遍的な宗教のあり方を示した。透谷もまたあの明治中期の一時期において、すでに「宗教の下に一宗教あり」(『万物の声と詩人』明26)という根源的な明察を示した。また漱石のいう、すべてを包む〈無〉と名付けるほかはない〈大宗教〉ともいうべきものの存在については、あの宮沢賢治が晩年にくり返し呟いていたという〈大宗教〉の一語がある。

賢治は元来、十八歳の時、たまたま父から与えられた『漢和対照妙法蓮華経』経典に心酔し、以来浄土宗の熱心な信徒である父と激しい論争を続け、その法華経の教えに打ち込む一途な想いは親友との訣別ともなるが、ひとをきびしく改宗させようとする法華経の説く〈折伏〉なる果断な発想の矛盾に気付いてから、再びもとの姿勢に戻った賢治は、彼の肉親の中で最も深く信頼し、愛した妹トシから、宗教をめぐる他宗との対立、抗争のいかにむなしく誤ったものがあるかを知らされ、やがて若くして亡くなったトシの死後もこれを想い起こし、かみしめて行くたびに、彼の宗教観はトシへの想いと共にひろやかに変って来る。

トシの学んだ日本女子大学校の創始者成瀬仁蔵は宗教なるものが本来、一なるものに帰するものであったことを主張して、〈帰一協会〉なるものを発足させて、ひろく世界に呼びかけているが、この成瀬仁蔵の説く言葉に〈大宗教〉の一語があり、これを眼にしたトシは、この根源的な教えへの共感を、兄の賢治にもしばしば説いていたようで、賢治の晩年に口にしていたという〈大宗教〉の一語も、このトシの影響によって生まれたものとみえる。彼の晩期を病床に尋ねた中国人の詩人黄瀛氏が耳にした賢治の言葉の中で不思議に深く残っていたのは、この〈大宗教〉の一語であったという。賢治百年祭の記念講演で、たまたま講演者のひとりとして彼と同席した私も直接尋ねてみたが、その深い意味はよく分らぬが、賢治はこれをくり返し口にしていたと黄瀛氏も語っていた。

ちなみに言えば賢治の晩期の代表作『銀河鉄道の夜』も作品をキリスト教のイメージで彩りつつ、亡き妹トシへの想いを込めたものであることは周知の通りだが、あの『銀河鉄道』の中で出会った、若いキリスト者の青年との対話で、神についての問答が始まり、「ほんたうの神さまはもちろんたつた一人です」と、当然のように言い切る青年に対して、「あゝ、そんなんでなしにたつたひとりのほんたうのほんたうの神さまです」と熱心に問いかけるジョバンニの言葉は、あの透谷や漱石にもつながる宗教を超えた根源なる神に問いかけようとする賢治の熱情が語られ、ここにも〈大宗教〉のひびきは深く残る。このあらゆる宗派の対立や東西の区別を超えた、真に〈ひらかれた宗教〉の存在こそ、この国の風土性にわだかまる宗教なるものへの狭隘な意識を拓いてくれるものであろう。

賢治といえば、あの詩篇『雨ニモマケズ』の中の後半に見る〈ヒデリノトキハナミダヲナガシ／サムサノナツハオロオロアルキ〉という詩句にふれて、これこそはキリスト教の、聖書の教えそのものというべきものとして、私たちの心を打つものですとは、かつて我々の学院での宗教講演に来られたすぐれた伝道者の方から戴いた葉書の中に書かれたもので、今も心に深く残るものがある。これはまさにあのキリスト者遠藤周作の説く〈人生の同伴者〉〈愛の同伴者〉としての〈キリスト・人間イエス〉そのものの姿を示すものであり、賢治こそは詩人・文人という前に、私にとってはまさしくひとりの聖人（セイント）そのものと見えるとは、ある雑誌の中で吉本隆明氏の語っていた言葉である。

四

さて、ここであのカフカの言葉に還ってみよう。真の〈文学〉は私共の魂をひらく、あえて宗教とは言わぬが、〈祈りに傾く〉ようになるのだと言ったカフカは、次のようにも語っている。

祈りと芸術は、熱情的な意志の行為です。祈りと、芸術と、学問の研究と、これは姿こそちがえ、同じ坩堝（るつぼ）から燃え上る三つの焔にすぎないのです。

＊

私は恩寵を正当に期待できる者でありたいと努力を重ねています。私は待ち、そして見つめています。恩寵に来るかもしれない――また来ないかもしれません。この安らかで不安な期待が、すでにその前触れ、あるいは恩寵そのものかもしれないのです。私には分からない。しかし分からぬということは私を不安にはしない。私は時が経つにつれて――私の無知と友情を結んだのです。

＊

神は個人のみが捉えうるものです。人はめいめいの生活と、銘々の神を持っています。その弁護者であり裁き手である神を。僧侶と祭式は、跛となった魂の体験を助ける松葉杖にすぎません。

すでに彼の語らんとする何かは明らかであろう。最後に最も印象深い言葉のひとつを挙げて見よう。カフカを慕って、その傍らで聴いた言葉のすべてを忠実に書きとろうとしたグスタフ・ヤノーホは、また次のような一場面を書きとどめている。

　私はたずねた。「なにが正しいのですか」／「これです」とカフカは即座に答えて、出口の近くにある脇祭壇のひとつの前にひざまずいている老婆を指した。「祈りです」。

私はこれを読んだ時に思わず内村鑑三のことを思い出した。草津かどこかの温泉に入っているときに、それは混浴だったが、老婆が一生懸命お祈りしている。「おばあさん、いいですね」と話しかける。「はい、私はこうして安らかにお救いをお待ちしています」という答えが返って来た。内村はそれを聞いて部屋に帰って来ると、傍らにいた作家の吉田弦二郎（彼もまたクリスチャンだが）に、「あのおばあさんの姿が一番の本物だな、純粋だな」と語ったということを想い出す。

あの弟子のひとり有島などが時に、内村が力強く説く教理、教学の一端にふれて異を唱えると、「破門だ」とくり返してやまなかったという内村にして、この老婆への言葉はどうであろう。ここで想い出すのは評論家小林秀雄の戦前、戦後と続くドストエフスキイ論と、戦後の第二の『白痴』に至って、ついに筆を折り、やはり自分にはキリスト教は分らない所があると言い、翌昭和五十一年から十一年間にわたる『本居宣長』の大作を書き続けた。そこに描かれた日本人として、いまだ本来の自分達の生み出すべき文字も持たず、長く苦労した古代の日本人の姿は我々の心を搏つものがあるが、私はまた別に小林秀雄が短くふれている古代人の宗教性の何たるかを語る所に、ふかく心を搏たれるものがあった。

「神は、人々のめいめいの個性なり力量なりに応じて、素直に経験されてゐた」。「誰の心にも、『私』はなく、ただ『可畏き物』(カシコキモノ)に向ひ、どういう態度を取り、これを迎えやうかといふ想いで、一ぱいだつたからだ。言い代へれば、測り知れぬ物に、どう仕様もなく、捕へられてゐたからだ」という。これは小林自身のひそかな〈信仰告白〉(クレド)とも聴くことができるが、同時に「ただ『可畏き物』(カシコキモノ)に向ひ」云々という一語に、古代人の素朴なアニミズム的発想を読みとるなどという見方は安易に過ぎるものであろう。小林の語る所もまたカフカや内村の語る所につながるものであろう。

さて、この批評家小林の出発の原点は芥川における「逆説的測鉛」なるものをあざやかに分析してみせた、あの『美神と宿命』(昭2・9)を処女評論とみることが、文学史上一般の解釈となっているが、実はこれ以前その初発の原点ともいうべきもののあることを見落としてはなるまい。彼は処女評論と呼ばれる芥川論以前に、『測鉛』と題した小文の評論を二篇書いているが、その中で「真理といふものがあるとすれば、ポール(パウロ)がダマス(ダマスコ)の道でキリストを見たといふ事以外にはない」(『測鉛』昭2・8)と言い、また批評の普遍性とは何かと自問して、「普遍性とは改宗の情熱以外の何物でもない」（『測鉛』昭2・8）というベルグソンの言葉を以て答えている。彼は学生時代、夜になると聖書を風呂敷に包んで教会の集会に通っていたとは妹さんの證言だが、その聖書への心酔もひとかたならぬものがあったと、これも妹さんが證言しているが、先のパウロがダマスコへの途上でキリストの声に搏たれて、迫害者から一変して熱心な伝道者となったその一瞬こそは、まさに透谷のいう、あの〈瞬間の冥契〉そのもので眼をひらかれたということであろう。小林秀雄もこれを通して、真理の発見とは、まさに人間のわざを超えた神の超越的な啓示以外にはないという、根源の真理に眼が開いたはずであり、これを彼の魂の開眼の原点とすれば、彼の最後の言葉、その絶筆ともいうべき一文に、生涯を通じて一貫していたことを證言するものであろう。

小林の絶筆となったのは彼が深く傾倒した正宗白鳥を論じたもの（「正宗白鳥の作について」昭56・1〜58・5）であり、内村鑑三、河上徹太郎、ストレチイ、フロイト、ユングと続き、あと少しで再び白鳥論に還るかとみえた所で未完となる。しかしその終末、ユングの自伝にふれ、その協力者アニエラ・ヤッフェの「解説」を引き「心の現実にまつはる説明し難い要素は謎や神秘のまゝにとゞめ置くのが賢明――」という、ここで筆はとまり絶筆となる。白鳥臨終の信仰告白とは何であったかを問いつめてゆくはずだったと思われるが、それにしてもこの中絶、最後の部分の語る所は、中絶にして中絶ならぬ、小林をつらぬく文学的洞察の何たるかのすべてを語るものであろう。彼はヤッフェのあの言葉を前にして、もはや書きつぐべき何物もないことに深く頷いたはずである。

〈ひらかれた文学〉とは、まさに漱石の言うごとく人間がかかえたあの二辺並行の矛盾を手放さず、矛盾のままに根源的な探究を続けるものだとすれば、すでに人間に与えられた結着はあるまい。しかもなお問い続けて行く所に、文学とは根源的な〈人間学〉だというべきすべてがあろう。ただこの問いが平面や水平ならぬ垂直的な問いにつらぬかねばならぬことは、この風土的心性の上に与えられた根源の問いであり、批判であろう。これを我々の近代文学の最初期に、はじめて示したものは、やはりあの北村透谷であり、すべては『明治文学管見』の中で語るあの言葉――「人間は有限と無限の中間に彷徨するもの」にして、「文学は人間と無限とを研究する一種の事業なり」という言葉に尽きるものであろう。この〈水平的志向〉ならぬ〈垂直的志向〉（垂直軸）の所在を示した透谷の発言は、やがて後代の漱石や小林秀雄さらには中原中也などのすぐれた作家、批評家、また詩人たちの眼をひらくものであったといえよう。

　ただこの透谷の存在が未だに充分な理解を得ていないことは、彼は「洗礼を受けながら、漠然と汎神論的な内部生命を論じた」云々という、加藤周一（日本文学史序説）や透谷論の開拓者ともみられる勝本清一郎などもくり返し述べる所からも見うけられるが、しばしばこの国の多くの評家のいう日本人の特質としての〈汎神論的世界〉への回帰とは、明らかに評家自体の中に残る〈汎神論的発想〉なるものへの誤解の所在を逆に語るものではあるまいか。たとえばしばしば挙げられる、あの晩期の名作『一夕観』で語る透谷の所感の一節、彼がその晩期しばらく滞在していた国府津での晩秋の一夕、広大なる海辺に佇ち、自然の語りかけんとする所を仰げば、「我れ『我』を遺れて、飄然として、艦褸の如き『時』を脱するに似たり」と語っているが、この〈我〉と〈時〉とは、〈自然〉や天地悠久のうちに消え入るものではなく、再び還り来る現実の〈我〉、現実の〈時〉の確たる存在を語るものであり、安易な汎神論的世界の中に消失するものではあるまい。透谷の語る所は、こうしたすべてことの真偽に迫ってこれを鋭く指す。たとえば「人の聖書に入るや善し、然れども聖書に入つて其後ろに出づること能はずんば、聖書も亦た彼を拘束するに過ぐるなからむ（『単純なる宗教』明26・3）という時、〈ひらかれた宗教〉なるものを生み出す主体のいかにあるべきかをあざやかに語るものであろう。まだ透谷については語るべき多くがあるが、もはや紙数も尽きたので、ひとまずここでとどめる事として、最後に冒頭にも述べた遠藤周作と大江健三郎の思わざる一致の何たるかを語ってみたい。

五

遠藤周作の『深い河』を彼の行きついた（ひらかれた宗教）なるものの帰着点とみれば、大江健三郎が六十歳にして、これを最後の作品とすると言って書いたのが三部に亙る大作『燃えあがる緑の木』だが、これが遠藤の『深い河』（平5・6）の刊行後、わずか三ヶ月にして雑誌（「新潮」）に連載されはじめたのは、不思議な両者の主題的な連携所在を想わせるものがあろう。大江が宗教的作家としての遠藤に対してかなり批判的であり、対立的な距離をとっていたことは周知通りだが、しかし両者の行きついたものが、まさに宗教の既成の概念を超えた世界であったことは、たとえば『燃えあがる緑の木』の行き着く所を見れば明らかであろう。主人公はギー兄さんと呼ばれ学生時代は過激な学生運動に加わり、そこから一転して魂のことを問いつめたいと言って故郷の田舎に帰るが、奇跡的にも見えるいやしのわざも身につけていたため、彼をめぐって広い農場や大きな礼拝堂まで作られてゆくが、やがて彼はこれらのことはみなあやまちだと言って、一切を捨てて巡礼の旅に出る。「本当に魂のことをしようとねがう者は、水の流れに加わるよりも、一滴の水が地面にしみとおるように、それぞれ自分ひとりの場所で、『救い主』と繋がるように祈るべきなのだ」という。この主人公の『最後の説教』の背後には、作者の熱い想いがこもる。この言葉はまた彼の亡きあと（彼は巡礼の道中待ち受けていた、かつての過激な闘争中で彼から仲間をあやめられた対立者によって殺されてしまうが）、ひとりの同志によってくり返される言葉。「私はいうまでもなく禅宗の坊主」だ。「私にはイエス・キリストがよくわからない」。「しかし、ギー兄さんがついにあのような姿勢で果敢に死んでいかれたことの意味」はわかる。まさにその言葉通り「他人のかわりに自分が死ぬ、という死に方を達成された」。我々はいま巡礼団として出発するが、「鉄砲水になって突き出し」てゆこう。「黒ぐろとしてまっすぐな線になって！」「世界じゅうのあらゆる人びとへの、愛ゆえの批評として！」。そうして「おのおのが辿りつく場所で、一滴の水のように地面にしみこむことを目指そう！そのような教会になることにしよう」。

この終末の言葉はまさに、あの『深い河』の主人公大津がフランスの教会を追われ、行きついたガンジス川のほとり、ヒンズー教徒の集団の狭い部屋を自分の教会と定め、祈りを捧げては、路傍に横たわり、最後はその亡骸は聖なるガンジス川に葬られることを願う病者たちに救いの手を差しのべようとする。まさにこの遠藤の描く主人公の行き着く教会の何たるかと、見事に一致するものであろう。大江健三郎はこれを最後の小説と考えていたが、やがてノーベル賞受賞のこともあり、再び作家活動を続けてゆくことになるが、小説とはついに〈回心(コンバージョン)の物語〉にほかならないという根源的志向は、この一作に見事に集約されていると言ってよかろう。日本の小説には水平的志向はあっても垂直的志向はない。その論理が魂のこととして垂直的に打ち砕かれ、問いなおされることもない。ならばこの状況を、この風土そのものと揺り動かし、問い続けることこそが文学のわざではないかという。

〈両極の間に／道をさだめて人は走る〉とは詩人イエイツの詩の一節だが、たしかに「ふたつの極の間を走る。それが生きることだ」と『燃えあがる緑の木』の主人公ギー兄さんは言う。しかも「ふたつの極の間の生」とは、「なにより両極が共存しているということが大切なんだ」ともいう。〈垂直的な問い〉を受け、両極のはざまを、そのいずれも共存させつつ走ること、それが〈人生〉そのもの、〈人間存在〉そのものの根源的な姿とは、すでにふれた透谷や漱石の言葉と、まさにそのまま打ち重なるものであり、この時代に立ち向かう〈文学〉のいかにあるべきかのすべてを語るものというべきであろう。

さて、最後に今迄述べて来たすべてを集約して、そのすべてを真に生かす点睛の一句、核心の一句ともいうべきものを書き添えておきたい。すでに述べた如く人生のすべての矛盾を手放さず、問いつつ、また問われつつ生き抜いて行くのが〈ひらかれた文学〉、また〈ひらかれた宗教〉の使命であるとすれば、そのすべてをつらぬく垂直の軸、根源的な真理として聴くべきは、あのパスカルの遺した一句であろう。すでに冒頭にもふれたが、若き日にパスカルに熱中した時期、最も深く心に残り、今もささやかな信仰に生き、文学を生涯の志とする自分にとって、ゆるがぬ一点として生き続けているのが、この一句である。〈キリストは世の終りまで苦しみ給うであろう。我々はその間眠ってはならない〉という。この時代における〈キリスト教文学の可能性〉の軸となる一点とは、まさにこれ以外にはあるまい。

透谷とキリスト教――〈信〉と〈認識〉、その対峙相関を軸として

一

透谷という存在は、近代文学を論じる場合の試金石だと言われるが、これは〈宗教と文学〉を論じる場合もまた同じであろう。いや、さらに言えば我々はそこにひとつの開かれた可能性とも言うべきものを見出すであろう。

明治の作家の多くが若年時の入信から、やがて離反してゆくのは何故か。これをどう考えるか。離れていっても遺るもの、その基層の問題は何か。これらをふまえて透谷の場合を考えてみたいわけだが、まず彼ほど多くの誤解、誤読の眼にさらされたものはあるまい。たとえば『内部生命論』を指しては、「漠然と汎神論的な内部生命」（『日本文学史序説』）を論じて云々とは加藤周一氏のいう所であり、また「あんなものをやられては」（討議『明治批評の諸問題』）とは蓮實重彦氏のいう所である。

また晩期のエッセイ『一夕観』を論じては、そこに「自然や天地悠久への没入を救い」とする、透谷の汎神論的世界への帰着を見るとは、透谷研究の開拓者ともいうべき勝本清一郎氏のいう所である。しかし末尾の、天地の悠久に対し「暫く茫然たり」とは、自然への没入どころか、地上の「一微物」、微小なる被造物としての自身の存在の確認であり、開かれた〈信〉の問題とは、ここから始まることを告げるものであろう。

人間とは「有限と無限との中間に彷徨するもの」にして、「文学とは人間と無限とを研究する一種の事業なり」（『明治文学管見』）という提言の、その内実は続篇ともいうべき「内部生命論」において、あざやかに語られる。無限なるもの、神との、「瞬間の冥契」によって、「再造」された心の眼をもって見る時、世界は一変して根源の真実をひら

いてみせる。その瞬間の体験なくして、なんの〈文学〉かと透谷はいう。

以上は申したいことの一端だが、ここから新たな〈透谷像〉を共に摑みとってゆくことができれば幸いである。これは今年の大会（２００６・５・13、第35回大会）のために用意した講演の要旨だが、以下これを少しく敷衍しつつ語ってみたい。今年の総主題は「明治期におけるキリスト教作家の問題」となっているが、この諸作家の問題と比較しつつ位置づけてみればどうか。近代文学の実質的な出発は明治二十年代の初頭、小説では二葉亭の『浮雲』（明20・6〜22・8）、鷗外の『舞姫』（明23・1）、さらに詩では透谷の劇詩『蓬萊曲』（明24・5）あたりに始まるとみてよかろう。そこでまず鷗外の場合はどうか。その歩みを回顧した作品に『妄想』（明44・3〜4）があるが、彼はこのなかで、自分はかの国の多くの「哲学や文学の書物」にふれ、「多くの師には逢つた」が、ついに「一人の主には逢はなかつた」という。また再度くり返して「辻に立つ」自分は「多くの神には逢つたが、一人の主には逢はなかつた」という。〈主〉とはいうまでもなく聖書から来る言葉であり、敢てこれをくり返す時、西方の文化、思想の底に根ざすキリスト教思想、またその〈信〉なる世界とは、ついに無縁であったということであろう。

同時にこれをくり返しいう時、これは自身を搏つと共に、同時代の多くの作家たちをも指しているのではないか。先にもふれたごとく、若年時の入信から、彼らの多くがやがて離反してゆく事態への、これは痛烈な批判の一拍とも見えて来る。彼はまた西欧の文学にいう、〈自我〉というものが分からぬという。同時にその「自我といふもの」の正体を究めずに生涯を終わってしまうことは、まことに「口惜し」く、「残念」なばかりか、「痛切に心の空虚を感ずる」ところだともいう。この場合も当代の多くの作家たちが〈自我〉の不安や煩悶を口にするが、真の〈主〉との出会いなく、問われることなくして、果たして〈自我〉の何たるかが見えて来るのかという、痛烈な反問とも聞こえて来る。この鷗外の自他への反問、また批評は真率なる告白としてひびくものがあろう。

所詮は、我々は西方の学問、科学に多くを学んだが、ついにその風土のエトスとしてのキリスト教とは、疎遠たらざるをえなかったのではないかという。このような感慨はひとり鷗外のみならぬ、また明治の多くの知識人のものでもあった。二葉亭の語る所などもまた、これと無縁ではあるまい。いや、むしろ痛烈な両者の断絶をも語るものとして、その言葉は熱くひびく。

「彼(あ)の『浮雲』を書いた頃から、漸く社会主義の熱が薄らいで来て、代りに人生観に就ての、非常な煩悶を持つやうになつた」。この時期、哲学書に熱中し「基督教のものを読めば、仏教の教典も読む、神学も」やるといった調子だったが、宗教によることは所詮「対相的の療法」で「根本的」ならずとして、以後十何年か「心理学、医学の研究」に励んだという（『余の思想史』明41）。ただこの「煩悶期」の「苦悶の一端」として、基督教に対するつよい反撥があったという。「当時、最も博く読まれた基督教の一雑誌」をみると、「例の基督教的に何でも断言して了ふ」。その一面的な断定には「胸がむかつ」き、「吐き出しさうになつた」ことさえあった。この時期の精神的「変調」はしばらく続いたが、究極は「其人の心持(メンタルトーン)にある。即ち孔子の如き仁者の『気象』にある」と思い、この「仁」の気質を養えば、「人生を超絶し」「仏者の所謂自在天に入りはすまいかと考へ」「心理学の研究に入つた」。「古人は精神的(メンタリー)に『仁』を養つたが、我々新時代の人間は物理的(フィジカリー)に養ふべきではなからうか」（『予が半生の懺悔』明41）と考えたという。

すでに言う所は明らかであろう。「新時代の人間」として「物理的(フィジカリー)」にと言いつつ、儒教や仏教の教理への異和は尠く、キリスト教的「断言」への反撥は強い。これはひとり二葉亭の資質という以上に、明治の知識人の反応の何たるかを語るものであろう。逍遙の『小説神髄』（明18・9〜19・4）が、「模写こそ小説の真面目」なりと言いつつ、その「模写」によって何を描くかという思想的、理念的内実の欠如を問い、「模写」とは「実相を仮りて虚相を写し出すといふことなり」という、言わば現象（形・フォーム）よりも内在的理念（意・アイデア）を重視し、普遍の真実に迫らんとした二葉亭の論（『小説総論』明19・4）は、近代リアリズムへの貴重な布石として評価されるものだが、しかしその矛盾もまた明らかである。これはベリンスキーの『芸術のイデー』（二葉亭訳『芸術ノ本義』）に多くを学んだものだが、矛盾はその核心にある。二葉亭の訳文に「意匠の由て生ずる所のものは真理なり」とあるが、その原意は「思惟の出発点は神の絶対的イデーである」というところにある。彼は「意（アイデア）」と「形（フォーム）」という基本理念をベリンスキーに学びつつ、そのイデーが「神のイデー」であることを敢て拒否した。

この二葉亭が内なる〈アイデア（意）〉を言いつつ、敢て排除せんとしたイデーの形而上性、超越性の何たるかを、透谷は説いた。二葉亭がその『浮雲』の挫折を代償として手に入れたものは主体の内面、〈私〉なるものの発見であった。しかしそれが鬱屈し、挫折する主人公の心理的ディメンションの発見、追求に終ったとすれば、透谷の求めたものはさらなるディメンションの開示、深化であった。〈文学〉とは「人間と無限とを研究する一種の事業なり」（『明治文学管見』）という時、それはこの風土の特性に対する透谷の新たな挑戦であった。

しかしこの挑戦は同時代、また後代の必ずしも受け入れる所ではなかった。二葉亭、鷗外から少し下った世代に眼をやれば、藤村などはどうか。彼は離教後、数年にして「招かば来り給はざることなき、とつくにの神も、吾山水と吾人情によりては、僅々に其空殿のみを残したまふて、知らぬまに既に遠く帰りたまふこと少なからず」（『聊か思ひを述べて今日の批評家に望む』明28・5）と述べている。ここでも外なる〈自然〉（吾山水）のみならぬ、内なる〈自然〉（吾人情）の故に、キリスト教への異和が語られる。この〈自然〉を対自として捉えず、即自の体感として捉え、その故の〈とつくにの神〉への異和とは、藤村のみならぬ、また多くの作家のものでもあった。徳富蘆花、木下尚江、岩野泡鳴など、若くしてキリスト教に入信した作家の多くが日本的生命主義や自我主義に陥り、仏教や古神道の世界に傾いてゆく必然もまた、この風土、自然のもたらす即自の体感への素朴な肯定に発するものであろう。

その故にまた離教をめぐっても、そこに背教や棄教ともいうべき主体の苦悩、相剋は乏しい。しかしまた終生、〈信〉をめぐる課題を負い目として苦悩したひとりに独歩がある。ついに「余は祈ること能はず」と晩期の病床に嘆じ、「霊性問題」こそは今もなお「処決しえぬ問題」なりとした独歩に、「抜出したる抽斗を其儘にして置くさへ心苦しきものなり。況んや、一度持出したる心の抽斗の永生その儘なるは吾の堪へ得る所なるべしや」(『病牀録』)という言葉がある。開かれたままの〈抽斗〉とはまた、白鳥のものであり、有島のものでもあった。ついにひとりの〈主〉に逢うことなしと嘆じた鷗外の洞察に、ひらかれた〈抽斗〉は無縁のものであった。二葉亭はそこにドグマ驕慢を読みとり、藤村はついにこの風土の心性との異和を語って〈抽斗〉を閉じた。その最後の未完の作『東方の門』の末尾に近く、自身の育った明治の動乱期を回顧し、キリスト教の「めざましい活動」も、所詮は「この国のもの」が、「おのれの伝統と天性とに随つてその導くままに歩み行くことの出来るまで」の一里程に過ぎぬと見ている。

もはや付け加えることもないが、まさしくこのような時代の状況のなかに透谷の闘いは始まり、またそのなかばにして終った。

以上、キリスト教をめぐる明治期の作家たちのありようをめぐって、いささか多くの紙面をついやしたが、このような状況を見ずして、透谷の闘いの何たるかを語ることはできまい。この土壌こそ「耕やさゞる可からざるの地」(『「日本の言語」を読む』明22・7)なりとは、透谷の処女評論にみる一句であり、またその闘いの最初の宣言でもあった。以下は透谷のキリスト教理解、またその〈信〉の内実の何たるかに端的に迫ってみたい。恐らくは〈汎神論〉云々などの言葉にまどわされねば、その核心の所在は明らかに見えて来よう。すべては透谷の言葉自体の語る所である。

二

『一夕観』(「評論」、明26・11)は、晩期の透谷の行き着いた境地を最もあざやかに語ったものだと言われ、藤村なども再度にわたってこれにふれている。

ある宵われ腮にあたりて横はる。ところは海の郷、秋高く天朗らかにして、よろづの象、よろづの物、凛乎として我に迫る。恰も我が真率ならざるを笑ふに似たり。恰も我が局促たるを嘲るに似たり。恰も我が力なく辯なく気なきを罵るに似たり。渠は斯の如く我に徹透す、而して我は地上の一微物、渠に悟達することの甚だ難きは如何ぞや。

藤村は透谷追悼のなかで、しばしばこの『一夕観』にふれているが、『北村透谷二七回忌に』の一文のなかでは、この冒頭の一節にふれ、「万づの象、万づの物、凛乎として我に迫る」というごとく、「彼は何事にもこの透徹と悟達とを期した」が、しかし透徹した「この内観が主我的な瞑想に墜ちて行つた」のが惜しまれると言い、この「主我的瞑想」が「透谷の弱点」であり、その多くの企図、「意象が未完成のままで終つた」のも、この「弱点からだつた」という。また『北村透谷の短き一生』と題した一文では、「あの『一夕観』なんかになると、かう激し易かつたり、迫り易かつたりした北村君が、余程広い処へ出て行つたやうに思はれる」という。こうして、彼は「余程広い処へ出て行つたやう」だというが、しかしその場所とはどこか。

われは歩して水際に下れり。浪白ろく万古の響を伝へ、水蒼々として永遠の色を宿せり。手を拱ねきて蒼穹を察すれば、我れ「我」を遺（わす）れて飄然として、襤褸の如き「時」を脱するに似たり。

評家はこれを目して、そこに「自然や天地悠久への没入」（勝本清一郎）を救いとする究極の志向を読みとり、それが後の多くの作家たちの〈源流〉〈先型〉ともなり、この汎神論的風土の力の何たるかをあかしするものであるという。しかしこれは果たして、悠々たる天地自然への〈没入〉を語るものであろうか。藤村の言うごとく、その〈狂気〉をいやす、開かれた〈広い〉心の境地ともいうべきものを示したものであろうか。語る所はすべて逆であろう。「『我』を遺（わす）れ」「『時』を脱する」という、この〈我〉と〈時〉とは、「自然や天地悠久」のうちに消え入るものではなく、再び還り来る現実の〈我〉、現実の〈時〉を語っているのではないか。であればこそ、この「襤褸の如き『時』」に還れば、全く同時期に書かれた『漫罵』（「文学界」明26・10）の身を噛むごとき痛切な批判、自嘲ともなる。

「一夕友と興に歩して銀街を過ぎ」云々に始まる『漫罵』もまた、いまひとつの〈一夕観〉ともいうべきものだが、ひとたびこの「襤褸の如き」現実の「時」に還れば、時代の皮相、浅薄な変化に対して詩人の言葉は、「革命にあらず移動なり」の一句に凝縮した、熾しい時代批判の痛罵、痛言となる。こうして『一夕観』と『漫罵』二篇は盾の表裏ともいうべく、この両者を串刺しにして見えて来るものこそが、透谷の真骨頂ともいうべき部分であり、『一夕観』終末の一句の何たるかもここに見えて来よう。

「吁、悠々たる天地、限なく窮りなき天地、大なる歴史の一枚、是に対して暫らく茫然たり」とはその末尾の一句だが、果たして我々はここに、悠久たる天地自然への没入、帰着という汎神論的回帰ともいったものを読みとることができようか。恐らくは逆であろう。「暫らく茫然たり」とは、冒頭にいう、先にもふれた、我は「地上の一微物」という言葉と呼応するものであり、ここに悠久たる天地と一体となる汎神論的充足といったものはあるまい。それはついに一微物、一被造物なる己れとは何かと問う、具体の感覚以外のなにものでもない。

「今日の思想界は仏教思想と邪教思想との間に於ける競争なりと云ふより、寧ろ生命思想と不生命思想との戦争なり」と言い、仏教思想を不生命思想とみなし、「吾人は生命思想を以て不生命思想を滅せんとするものなり」（『内部生命論』明26・5）と言った透谷が、「その年の秋、国府津に住むようになつてからできた『万物の声と詩人』や『一夕観』」では、その語る所は一変して、人間から宇宙ならぬ、「宇宙の方から人間の存在を見る態度に移つた」「これが汎神論の究極」であり、「その精神の内量は仏教的虚無思想の香気を持つ汎神論的世界への定着であつた」（『近代の挫折――北村透谷を中心に見た日本近代思想の構造』）とは、これも勝本清一郎氏のいう所だが、果たして透谷晩期の精神的帰着とは、このようなものであったのか。繰り返し勝本氏の論にこだわって来たのも、このような見解が今もって透谷を批判、批評する多くの評家の論の中に生きているためだが、しかし、『万物の声と詩人』（「評論」明26・10）一篇をとっても、そこに語られる「心境」なるものは、後の『一夕観』に至って一層純粋な結晶を示す」といったていに止まるものであったのか。仔細にみれば、詩人の語る所は微妙にして、深い。

文中の一節をとれば、自然は「ひとしく我が心の一部分にして、我れも亦た渠の一部分なり」という。これはまさしく心と自然を一体とみる汎神論的感慨ともみえるが、詩人は続いてまた「渠も我も何物かの一部分にして、帰するところ即ち一なり」という。これはそのまま、少しくあとの部分にみる「宗教の底に一の宗教あり」という所にもつながるものではないのか。自然と人間とが一枚となる境地、この汎神論的充足の、さらに奥に我々は何を見るのか。多くの既成の宗教の実体。しかしそれらのすべてをつらぬくその背後の、あるいはその根底の、根源なるものを見ずして、我々は〈信〉の充足なるものを真に摑みうるのか。この透谷の志向は随所にみられるが、たとえば次の一節はどうか。

「人の聖書に入るや善し、然れども聖書に入つて其後(うし)ろに出づること能はずんば、聖書も亦た彼を拘束するに過ぐるなからむ」（『単純なる宗教』、「平和」明26・3）。既成の宗教の制度、儀礼、教義(ドグマ)、それら一切の向うに突き抜けずして、〈信〉とは何かと問う。これは果たして、恣意なる問いであろうか。

三

ここで透谷入信の経緯についてふれれば、自由民権運動からの離脱、転じては商業上の野望の挫折、まさに「敗余の一兵卒」というほかはない絶望から、今はただ「真理の一兵卒たらん」との、新たな決意へと彼を再起せしめたものが、石坂ミナとの出会いであり、彼女を通しての入信であったことは、すでに周知の通りである。一度はミナの将来を思い、自身の恋情を断たんとして苦悩したこの時、「同時に驚く可き洪水の如き勢力を以て神に感謝し神に帰依する可きを発悟せり」（「父快蔵宛書簡草稿」明20・8下旬）という。この間の苦悩については、「一生中最も惨憺たる一週間」（明20・8下旬）の一文などにも明らかであり、さらには翌二十一年はじめ（1・21）のミナ宛書簡に至っては、ミナの手引きによる入信と再起への喜びが語られる。もはや「己れの権力を弄」び、「我が技量を試みんとする」野望にはあらず、ただ「神意を世に行はんと欲するの至情」に立ち、「神の意に従つて生命を決す可し」という。

ここはかつての自身の驕慢、頑心が問われ、かつての同志、民権壮士の仲間らにふれては「彼等壮士の輩何をか成さんとする。余は既に彼等の放縦にして共に計るに足らざるを知り、恍然として自ら其群を逃れたり」という。この「生そのものの危機」をくぐっての透谷の入信が、「他の『文学界』の同人に較べて遥に本質的であった」（笹渕友二）という指摘は頷くべきものだが、同時に「透谷がほんとうに記録しようとして果たさなかった」のは、「発狂するか白痴になるか」という、あの「精神の奈落だったのではないか」。この「暗黒はかれのキリスト教への回心をうち消すほど強烈で深い」。彼は其後もいくたびか「そこへひきかえしてきては、奈落へ降りてゆき、そこから「二十年代のイデオロギー世界にたいするまったく孤独なたたかいを遂行しながら斃れたといえる」（桶谷秀昭『近代の奈落』）という評家の反論もある。

すぐれた批判だが、恐らく評者の言わんとする所は、〈批評〉が本来、その言葉通り〈クリティック〉という精神の危機そのものをも意味し、そこに立つものだとすれば、その回心とは何か。それはいまひとつのイデオロギーに囚われることではないのかという、根源的な問いであろう。しかし、ことの要所は両者のはざまにあると言ってよかろう。透谷の回心が、その批評本来のダイナミズムを喪ったと言えるのか。彼はその〈精神の奈落〉を記録しなかったが、しかしその〈奈落〉から飛躍奔騰せんとする〈生〉のダイナミズムについては見事な表現を遺したはずである。『心機妙変を論ず』（「女学雑誌」明25・9）がそれだが、彼は文覚の袈裟殺しの一瞬の心機の妙変を論じて次のごとく言う。

文覚が袈裟を害したるは実に彼の心機を開発したるなり、蓮花蕾を破りて玉女泥中に現はれたるは実にこのなり、至善の至悪を仆したるもこのなり、無漏の有漏に勝ちたるも、光明の無明を破りたるも、神性人性も撃砕したるも皆この時に於てありしなり、而して其時間は一閃電の間に過ぎず。

さらに文中「凡てのものを蔑視したる彼は今、女性の真美を感得せり」「恋愛の方向一転して皮膚の愛慕を転じて内部精神の美に対する高妙なる愛慕を興発せり」という。またさらには「仏智はこの一瞬間に彼の中に入り、彼をして照明の心境に対せしめ、慚愧苦憂輾転煩悶せしめ、然る後に自己を寄すところを知らしめたり」という時、「惨憺たる一週間」をくぐってのミナとの相聞、またその苦悩をくぐっての発悟、入信という経緯はあざやかに見えて来よう。

恐らく、この『心機妙変を論ず』を裏返せば、全く同期の『各人心宮内の秘宮』（「平和」明25・9）となる。両者はこれもまた、まさに盾の表裏というべく、『各人心宮内の秘宮』一篇が、そのキリスト教観、さらには〈信〉の核心の何たるかを衝いた代表的評論であることは周知の通りだが、この両者（『各人心宮内の秘宮』と『心機妙変を論ず』）をかさねて、透谷の信仰が初期の〈福音的、正統的信仰〉から、明治二十五、六年の〈生命的信仰〉に傾いたという指摘のあることも事実である。たとえば次のごとき一節はどうか。

「然り斯かる至人の域に進みて後始めて、その秘密も秘密の質を変じその悪業も悪業の質を失ひ、懺悔も懺悔の時を過ぎ、憂苦も憂苦の境を転じ殺人強盗の大罪も其業を絶ちて、一面の白屋只だ自然の美あるのみ真あるのみ」（『各人心宮内の秘宮』）という時、これがそのまま『心機妙変を論ず』の一節であっても不思議はあるまい。その筆の赴く所、この世の善悪、理非を絶した一元的生命観にまで詩人の筆は走るかにみえるが、しかしこれらを以て、その信仰の〈福音的、正統的信仰〉からの逸脱、〈生命信仰〉ともいうべき恣意なる世界への傾斜などと、明確に断じることができようか。恐らくすべては逆であり、その筆の走る所、〈福音的信仰〉の何たるかという、その核心にこれほどつよく迫ったものはあるまい。「心に宮あり、宮の奥に他の秘宮あり」と言い、この「心宮内の秘宮」におけるキリストとの「冥交」の意義を説く彼は、同時に次のごとくいう。

「老荘の、心を以て太虚となし、この太虚こそ真理の形象なりと認むる如き、又は陽明派の良知良能、禅僧の心は宇宙の至粋にして心と真理と殆一体視するが如きは基督教の心を備へたる後に真理を迎ふるものと同一視すべからず」という。すでに言わんとする所は明らかであろう。老荘、陽明派、禅僧らの説く「心と真理と殆一体視するが如き」とは違って、「心を備へたる後に真理を迎ふるもの」こそが、キリスト教の〈信〉なりという時、彼が〈心〉を固定の実体ならぬ、ひとつの〈場〉として捉えていることが見えて来よう。これは現代でいえば、カトリック作家のひとりとしての小川国夫などのいう所にもつながるものだが、〈心〉を場として捉えるとは、これが徹底的にひらかれたものであり、固定した実体的なものではなく、たえず変化し続けてゆくダイナミズム、その揺動そのものに心のリアリズムを見るとは、また透谷の〈心〉なるものの実相に対する、一貫した認識である。

こうしてキリスト教信仰の第一義を「パウロの所謂火の洗礼に遭」うこと、即ち「心の奥の秘宮開かれて聖霊猛火其中に突進したる瞬時」に見んとする所にも、透谷の〈信〉に対する認識の何たるかは見えて来よう。これは恣意なる〈生命的信仰〉どころか、まぎれもない〈福音的、正統的信仰〉そのものを語ったものではないのか。それにしても、この『各人心宮内の秘宮』と言い、『心機妙変を論ず』と言い、両者をつらぬく熱い肉声ともいうべきものは何か。この全く同時期にあいついで書かれた二篇が、あの惨たる挫折、懐疑、苦悩の只中に、不意に迫った〈信〉の到来の、その瞬時の覚醒の何たるかを語っているとすれば、「驚く可き洪水の如」くとはなんの誇張でもなく、〈信〉の到来の何たるかを告げるものであろう。

四

ここで〈透谷とキリスト教〉をめぐる最後の論点に入ってゆくこととなるが、明治二十一年三月四日、日本一致教会所属、数寄屋橋教会の田村直臣牧師より受洗。その後、フレンド派との交流からクェーカリズムへと傾き、二十六年四月には麻生クリスチャン教会に転会。さらにはフレンド派の会員を中心とした、日本平和会の機関誌「平和」が発刊（明25・3）されるや、その主筆としての活動など、すでに周知の事実は記録にとどめ、さっそくことの核心に入ってみたい。もはや繰り返すまでもあるまいが、透谷にあって、すべては〈心の経験〉の何たるかに尽きる。「真正の勧懲は心の経験の上に立たざるべからず、即ち内部の生命（インナーライフ）上に立たざるべからず」（「内部生命論」）という時、〈内部の生命〉とは、いかなる固定の実体でもなく、まさに瞬時にして動き続ける〈心の経験〉そのものにほかならず、しかも心とは、人間自造のものではなく、「宇宙の精神即ち神なるもの」の、「内部の生命（インナーライフ）なるものに対する一瞬の感応」、即ち「瞬間の冥契」（インスピレーション）によって、これを「再造」するものだという。

「この感応は人間の内部の経験と内部の自覚とを再造する者」にして、「この感応によりて瞬時の間、人間の眼光はセンシュアル・ウオルドを離るゝなり」。しかもこの「再造せられたる生命の眼を以て観る時に、造化万物何れか極致なきものあらんや。然れども其極致は絶対的のアイデアにあらざるなり、何物にか具体的の形を顕はしたるもの即ち其極致なり」という。すでに語る所は明らかであろう。これは「絶対的のアイデア」ならぬ、具体の相そのものであり、ここに述べる所は「不肖を顧みずして、明治文学に微力を献ぜん」とするものだという。ここに語ろうとするものは、いかなる観念論でも、哲学的思弁でもない。すべては〈文学〉という具体の相を語ろうとしたもので、〈内部生命〉とは固定の実体ならぬ、念々刻々に動きつつある〈心の経験〉、心の動きそのものだという。この〈心〉のはたらき、経験とは、彼が晩期の評文にくり返し語る所であり、また彼が〈心〉を固定の実体ならぬ、ひとつの〈場〉として捉えんとしていたことは、すでにふれた所でもある。

『心の経験』（「聖書之友雑誌」明26・10）と題しては、「基督信徒の一生は、実に心の経験の繰返にして、能く神に事ふるものは、能く心の経験に聴くものなり」と言い、またそのキリスト教観、また信仰観の集約ともいうべき『各人心宮内の秘宮』においては、次のごとき注目すべき一節もみられる。

「皮相的信仰破れて、心を以て基礎とする思想及び信仰の漸く地平線上に立ち上りて、曙光炳灼たるものある事是れなり。凡ての批評眼を抉り去りて後に聖経を解かむとするは、むかし羅馬教の積弊たりしものを受けて今日の浅薄なる聖経の読者が為すところなり、心を以て基礎とし、心を以て明鏡とし、心を以て判断者となし、以て聖経に教ゆるところを行はんとするは、最近の思想を奉じ自由の意志に従ひて信仰を形くるものなりけり。（傍点筆者）

すでに言わんとする所は、明らかであろう。新たな時代に対応して、これに立ち向かう〈信〉の基盤とは、いかなる伝統的規範、典礼、また教養などの類いではない。あくまでも〈心〉を主体として、これをひらいて受け入れること。またひらくとは、主体の拡散ならぬ、凝縮であり、我は「地上の一微物」なりという被造の感覚を通して、一切を受感すること。この透谷のひらかれた〈信〉の課題はまた後代に、また今に生きる。

〈ゆふがた、空の下で、身一点に感じられれば、万事に於て文句はないのだ〉（「いのちの声」）とは、中原中也が詩集『山羊の歌』の最後に置いた詩編終末の一句だが、これはまた中原自身の〈一夕観〉でもあったのではないか。〈身一点〉とは、透谷のいう我は〈地上の一微物〉という感覚そのものではないか。この主体とはひらかれつつ、凝縮する。いや、凝縮しつつ、ひらかれている。またその初期のダダ詩篇の習作一篇に、〈有限の中の無限は／最も有限なそれ〉という時、これもまた先の〈身一点〉という詩句と、あい呼応するものであろう。『内部生命論』にいう〈瞬間の冥契〉なるものもまた、これと無縁ではない。

「然れども其は瞬間の冥契なり、若しこの瞬間にして連続したる瞬間ならしめば、詩人はすでに詩人たらざるなり」。それが連続すれば「組織的学問」となり「哲学」となるという。これが詩人批評家の透徹した認識を語るとすれば、これはまた作家のものでもある。漱石晩期の自伝的作品『道草』（四十八）に、すでに縁を切ったはずの養父の無心をことわれずしてみつめる、主人公（健三）の姿が描かれる。「彼は斯うして老いた」。ならば自分はどうか。「彼は神といふ言葉が嫌であった。然し其時の彼の心にはたしかに神といふ言葉が出た。さうして、若し其神が神の眼で自分の一生を通してみたならば、此強欲な老人の一生と大した変りはないかも知れないといふ気が強くした」という。これはまさしく〈瞬間の冥契〉そのものを語るものではないか。同時に、これはまた作家のみならぬ、後代の批評家のものでもあろう。

小林秀雄最初期の一文に「真理といふものがあるとすれば、ポールがダマスの道でキリストを見たといふ事以外にない」（『測鉛』昭2・5）という言葉がある。これもまた〈瞬間の冥契〉なくして、真の批評の、魂の覚醒はあるかという問いであろう。

もはや紙数も尽きたが、「〈信〉と〈認識〉、その対峙相関を軸として」と副題を付したゆえんも、あらまし語りつくしたかと思う。要は我々がこの風土における〈宗教と文学〉の課題をどう汲みつくし、論じつくしてゆくかという、その初源の一点が、すでに近代最初期のひとりの詩人・批評家によって提言されていたことの意義を、我々はいま一度、改めて問い直してみる必要があろう。

近代日本文学とドストエフスキイ——透谷・漱石・小林秀雄を中心に

一

近代日本文学といえば、問題は大きくなる。そこで今回は透谷・漱石・小林の三者にしぼって論じてみたい。

まず、内田魯庵訳の『罪と罰』が出たのは明治二十五年十一月。その反響は様々だったが、そのなかで、真にこの核心をつらぬいたものは、ただひとり北村透谷のみであったといっても過言ではあるまい。いまその反響の一斑を挙げれば、「人生の Dark Side は写破して余蘊なき大作」なりと言い、「人間はげに一種の狂人にあらざれば一種の病人にして罪は病疾也憫れむべきものなり悪むべきものにあらずといふ事明著なるが如し」とは、坪内逍遙の礼状（明25・11・20）の一節であり、「斯る沈痛を極めたるものを失望の境にさまよふ書生など読み候ては益々世を厭ふ一種の悪念を養成致し候はずやと気遣中候」と言い、続いては「坪内君も昨朝参られ」「僕も一昨日読んで変な気持になつて其晩うなされたよ恐ろしい筆力だよと申され候」とは、同じく饗庭篁村の礼状（明25・11・21）なかばの一節である。

また雑誌掲載の時評をみれば、「乾燥せる倫理学は此肉あり血ある的一副治画の善く人を動かすに如かず」とは、山路愛山の評（「護教」第七十三号）であり、「冷酷無道なる社会を憤ふり、此社会の継子となりたる罪人を怨む情、全篇の骨髄なり」と言いつつも、「如此き病狂は、不平の世、不平の人、即はち不自然の毒気内に含まれたる時に発するものなり」とは、厳本善治の評（「女学雑誌」第百三十三甲之巻）する所である。

以下逐一の紹介は省くが、たとえば「此書を読むや吾が心は書中の渠と親しみ渠の毒血を吹ふて己れの毒を肥すと覚ゆ。夫れかの淫猥文学が如何に人間淫猥の情を刺撃するかを思はゞこの如き深刻なる罪悪の我が心霊を蝕するもの決して少からざるを知るべし」（「青年文学」第十五号）などの論、果てはドストエフスキイの文学を評して、「余り拗（くど）過ぎて我慢」できぬ、「矢張り外道の喜ぶもので江戸ッ子の読むもんぢや無い」と、魯庵に直接語ったという紅葉の批判などをみれば、当時の評者一般の、ある反応の一面は見えて来よう。一見深刻な内容や文体の力に圧倒されつつ、しかしことの核心は果たして見えていたか。透谷は苛立つように再度ペンを執る。その最初は「女学雑誌」明治二十五年十二月号に発表された『罪と罰』（内田不知庵訳）の一篇であり、彼はその核心にふれてこう語る。

「罪と罰」は実にこの険悪なる性質、苦惨の実況を、一個のヒポコンデリア漢の上に直写したるものなるべし。ドスト氏は躬ら露國平民社界の暗澹たる境遇を実践したる人なり。而して其述作する所は、凡そ露西亜人の血痕涙痕をこきまぜて、言ふべからざる入神の筆語を以て、虚實両世界に出入せり。ヒポコンデリア之れいかなる病ぞ。虚弱なる人のみ之を病むべきか、健全なる人之を病む能はざるか、無学之を病まず却つて学問之を引由し、無知之を病まず、知識あるもの之を病む事多し。人生の恨、この病の一大要素ならずんばあらじ。（傍点筆者、以下同）

さらに続いて言う。

この病者の吐く言葉の中に大なる哲理あり。下宿屋の下婢が彼を嘲りて其為すところなきを責むるや「考へる事をなす」と言ひて田舎娘を驚かし。

この「考へる事をなす」とは、透谷がこの主人公の内面を解く重要なキーワードとして摑みとったものだが、これはまた、再度の論でもふれている。さらに言えば、先の一節の末尾「無知之を病まず、知識あるもの之を病む事多し」と言い、「人生の恨、この病の一大要素ならずんばあらじ」という所には、殆どこの主人公に自身をかさねるごとき口吻が感じられて来るのは何故か。恐らくこの一文に両者をかさねて読みとったのは藤村ではなかったか。言うまでもなく、あの『春』の一節である。

帰って来た細君に何もしないじゃないかとなじられ、「『俺かい』と青木は不安な眼付をして、『俺は考へて居たサ。』」と答える。彼は続けていう。「内田さんが訳した『罪と罰』の中にもあるよ、銭取りにも出掛けないで一体何を為て居る、と下宿屋の婢に聞かれた時、考へることを為て居る、と彼の主人公が言ふところが有る。彼様いふことを既に言つてる人が有ると思ふと驚くよ。考へることを為て居る――丁度俺のは彼なんだね」。言うまでもなく青きとは透谷の一面を写しとったものであり、藤村の、透谷理解の何たるかをあざやかに語るものであろう。

二

さて、この透谷が翌二十六年一月、再度「『罪と罰』の殺人罪」（「女学雑誌」）と題して筆を執ったのは何故か。当時の多くの論への不満もあるが、わけても依田学海の論に対しては、一矢報いざるをえぬものがあった。

論者の多くは社会の矛盾や抑圧がおのずからに生み出す悪や狂気の問題にふれているが、これらの論に対し、依田学海はこれを一篇の勧善懲悪的な作と見る。「作者は奇筆を揮て此殺人罪の事を写すといへども実は此一事をかり来りて二孝女一信友を写して社会の悪風を矯正せんとするものの見えたり。誰れか小説は勧懲を主にせずといふや」とは学海の言う所である。二孝女とはソーニャとラスコリニコフの妹ヅーニャ（ドゥーニャ）を指し、一信友とはラズーミヒンのことだが、さらに続けては老婆殺しはともかく、「その妹の気質はかねてきゝたる正直質樸のものたるにこれをも殺したるはいかにぞや」「是れも一時机上衡狂発して殺したりともさてはのちかへりて大にこれを痛み悔ゆべきに后文更にその事無きは人情事理にあらず」という。

一見、鋭い批判ともみられるが、透谷に言わせれば、論者の眼が「儒教的」、「勧善懲悪的なる」ものによって曇らされ、この作の深層にそそむもの、その根源的なモチーフの何たるかを知らぬものであり、たとえば作者はただこの主人公の犯行後の心理を精緻に写し出し、「己が才力を著はさんとするのみ」と言い、「その原因の如きはもとより心を置くにあらず」というに至っては、この作の真意の何たるかを全く見失ったものではないかという。こうして前回の論旨をくり返しつつ、さらに熾しく問いかける。

　最暗黒の社会にいかにおそろしき魔力の潜むありて学問はあり分別ある脳髄の中に、学問なく分別なきものすら企つることを躊躇（ためら）ふべきほどの悪事をたくらましめたるかを現はすは蓋（けだ）しこの書の主眼なり。而して斯（かく）の如く偶然の機会より偶然の殺戮を見得るが故に、一見して浅薄にして原因もなきもの〻種（たね）なる。この書の真価は実に右に述べたる魔力の所業を妙写したるに於て存するのみ。もしこの評眼をもちて財主の妹を財主と共に虐殺したる一節を読まば、作者の用意の如何に非凡なるかを見るに惑はぬなるべし。

すでに言わんとする所は明らかだが、最後の一節はやはり注目される。知られる通り魯庵訳のこの『罪と罰』は、英文からの重訳であり、それも前半部分が「巻之一」（第十回まで　明25・11・10）、「巻之二」（第二十四回まで　明26・2・25）と続いて刊行。透谷らの評したものはすべて「巻之一」であり、原文の四分の一に過ぎない。訳者魯庵は、さらに第十九及び第二十の両回を読めば、その着想の妙は一段と見えて来ようという。しかも一篇の精髄は後半にあり、「酔漢マルメラードフ死後家族の没落、男主人公ラスコーリニコフと女主人公ソーニャの関係、警官ポルフヰーリイが苦肉の応対、奇怪の人物スウヰドリガイロフの末路等読者をして凄然たらしむるもの多し」と言い、「是等の物語が訳本巻之三として世に現る〻は五月中にありとす。読者此時を俟て此書が全欧を震撼し殆んど詩天地を一変したる所以を悟れ」と述べているが、しかしついにこの訳業は挫折。後改訳を試み、大正二年七月、丸善から刊行されたが、これも初訳と同じ前半部分であり、後半の予告も本年中とあったが、ついに未刊に終った。ひとつには後、大正四年に出る中村白葉のロシア語からの翻訳の準備があると知ったこともその理由のひとつかと言われているが、いずれにせよ、その全訳が果たされなかったことは残念だが、しかしその前半、それも原作の四分の一あまりの部分にふれて、これだけの多くの反応が見られたことは注目に価いしよう。

さて、それにしても先の透谷評文の語る所は何か。老婆の妹リザヴェータ殺害の部分にふれて、作者の用意の非凡さを指摘した透谷に何が見えていたのか。いや、何が予感されていたのか。ラスコリニコフがソーニャに新約聖書のあのラザロの復活の場面を読ませる所は余りにも有名な箇所だが、この聖書はリザヴェータがソーニャに与えたものであり、ラスコリニコフがついにソーニャに犯行を告白しようとした時、そのソーニャの顔にあのリザヴェータの殺される場面がかさなり、リザヴェータならぬソーニャに、殆ど殺意に近いものを感じるラスコリニコフの、心の底にあるものは何か。このあたりはソーニャという存在のしたたかさを含め、改めて問われる所だが、ちなみに、いまこのリザヴェータとソーニャ、さらにはこれにからむラスコリニコフの微妙な心理を、最も微細に問いつめようとしたものに、評論家山城むつみ氏の論があり、これは目下、雑誌（「文学界」）に断続的に連載中である。さて、ことは当然透谷のまだ読みえなかった部分だが、果たして全篇を通して読み終えた時、彼はどう論じえたであろうか。尠くとも透谷はリザヴェータ殺害という場面に容易ならぬものを感じとったわけであり、その鋭い読みの一端はうかがいとれよう。

さて、透谷は二度目の論でも再度、あの「考へる事を致す」という部分にふれて、これを作品解読の急所とみている。恐らく透谷の心を搏ったのは内容と同時に、魯庵訳文の妙と力であり、これが逆に作品のすべてを主人公の内面から捉え直し、照射してゆくひとつの視点、視覚を用意させることが出来たともいえよう。そこでいま、魯庵の訳文の部分を中村白葉のそれと比較してみればどうか。まず魯庵だが、その無骨にして簡勁な訳文の力は、たしかに透谷のみならぬ、我々読者の胸を搏つものがある。

『自己(おれ)だツて為てゐる事がある』無愛想に苦々(にが)しげに答へた。

『何を?』

『何をツて、或る事をサ』

『どんな事?』

暫く黙して躊躇(たゆた)ツてゐたが、思切て威勢能(よ)く『考へる事!』

ナスターシャは吃驚(びっくり)した。此女元来快濶な性質(たち)であるが、笑方(わらひかた)も温和(おとな)しく静で、どちらかと云へば内端(うちは)の方だ。が、卒然此奇快な返答に接して、五臓抱彎(ひきつり)り断れる様であツた。漸く押し静めて、『考へる事ツて、それがお金(かね)子になるンですか』

次は中村白葉訳だが、いかにも平明にして、なだらかな訳である。

『おれはしているよ!……』とラスコールニコフはうるさそうに、荒っぽい調子でこう答えた。/『何をしているの?』/『仕事をさ……』/『どんな仕事を?』/『考えごとをよ』と彼は、ちょっとだまっていてから、真面目に答えた。/ナスターシャはたちまち笑いこけてしまつた。彼女は笑い上戸で、人に笑わせられると、声も立てないで、からだじゅうをゆすつたりふるわせたりしながら、苦しくてたまらなくなるまで笑いこけるのだつた。/『どつさりお金が、考えだせて?』と彼女は、遂にやっとこれだけ言った。

いささか頁をとったが、両者を比べれば、魯庵訳の力の何たるかは明らかであろう。白葉訳の「考えごとをよ」は、米川正夫氏らの訳文と比べても殆ど同じものだが、この言葉に格別の力は無い。しかし魯庵訳の『考へる事!』というこの一語のひびきは、たしかに透谷の心をゆすぶったはずである。専門家に聞けば、これは誤訳ではないという。透谷ならぬ、まず訳者魯庵の心をゆすぶったのは、その英訳文自体のひびきであろう。彼はこれも一八八六年版の英訳本(ヴヰゼッテリィ社印行)より重訳したというが、訳者はフレデリック・ウィッショーとみられている。

ちなみに魯庵訳のこの一語のインパクトは何処から来るかと、これを探索した木村毅氏は、まず大正元年九月、やっと丸善で見つけた英訳本を見ると、「それはひどく私を失望させた」という。

"I am thinking" he answered seriously after a pause. とある。これを何故不知庵（魯庵）は「考へる事」などと名詞に訳したのか。これは「やや誤訳としか思えない」。しかしこれを「正訳してただ『考えているのだ』と訳したら、透谷の受け取ったような深刻な意味も」「わざわざ藤村が『春』にひいたような重要な意味」も生まれては来なかったろうという。ちなみに、これはツルゲーネフの訳などで知られるガーネット女史の訳であったという。この不知庵の訳は長くその後も心にかかっていたが数年後のこと、ある店で古版の『罪と罰』の英訳を見つけた時、「『これだ、これだ！』と思わず叫んだ」という。

"Thinking" replied he gravely after a short silence. このヴヰゼッテリィ版のウィッショー訳は、ガーネット夫人訳の「流麗雅醇」な趣きには及ばぬが、この「ゴツゴツした不熟の訳文をテキストに用いたため、不知庵は知らずして」「大功を立て」（筑摩書房刊、『明治文学全集7　明治翻訳文学集』「解題」）たのではないかという。こうしてウィッショーの無骨な英訳が、おのずからに魯庵の胸を搏ち、その訳文がまた透谷の、さらには藤村の胸を搏ったとすれば、また彼らの属していた『文学界』の同人たちも同様であろう。同じく『文学界』後半期に『たけくらべ』その他を発表し、彼らとの交流も深かった樋口一葉もまた、その例外ではなかったとみえる。

「不知庵の罪と罰をかしまひらしつ時には、いと〳〵悦ばれ復の日に来られて繰り返し〳〵数度読まれしと云はれぬ」とは戸川残花「樋口なつ子女史をいたむ」の語る所だが、あの「考へる事を為てゐる」という語の力はまた、透谷ならぬ一葉の胸にも深くひびいていたかと思われる。一葉が馬場孤蝶に宛てた書簡（明29・5・30）中の「私は日々考へて居り候、何をとの給ふな、たゞ考へて居るのに候」という言葉にも、それはうかがいとることができよう。すでに透谷もいうごとく『罪と罰』一篇を生み出したものは、当時のロシアという「暗黒の社会」「最暗黒の社会」の矛盾に対する主人公の痛切な問いであり、先の一語もまた、その問いの深さの何たるかを語るものであろう。
こうして、これは透谷自身の問いでもあり、脳を病む透谷の問いはまた、同じ病を持つ一葉自身のものでもあったとみれば、一葉の作中を流れる問いの何たるかも見えて来よう。『日本の下層社会』などの著作もある横山源之助などとの親密な関係も、一葉の問題意識の所在を語るものといえるが、その社会変革への意識がどのようなものであったかは具体的に知ることはできない。所詮は「女なりけるものを」という嘆きは、ここでも一葉に深い絶望をしいたとみえるが、少なくとも一葉の問いは一点、抑圧をしいられた当時の女性の苦悩への熱い共感へと傾き、『にごりえ』から始まり『裏紫』『われから』と行き着いてゆく一葉晩期の作品に、我々はこれを描き、語りとる一葉自身の情念の奔出ともいうべきものを見ざるをえまい。

三

こうして一葉、透谷の両者を重ねてみれば、逆に透谷自身の問いの向うにあるものもまたおぼろげながら見えて来よう。自由民権運動からの離脱と、民権運動自体の挫折。この二重の欠落をふまえて、彼の文学的営為への移行は劇詩『蓬萊曲』（明24・5）や『厭世詩家と女性』（明25・2）以下の評論など、画期的成果を生み出してゆくかに見えたが、彼の、ある根源的な挫折の内観は、終生変わることはなかったと言えよう。山路愛山との論争に始まる〈文学〉なるものへの問いは、『日本文学史骨』と題した構想の序章ともいうべき「明治文学管見」（明26・4・5）なかばにして未完となるが、その終末は自由民権運動の何たるかにふれて、これを「吾国の歴史に於て空前絶後なる一主義の萌芽」と言い、これはまた「民権といふ名を以て起りたる個人的精神」なりという。しかもひとたびは沈静したが、しかし「此は沈静にあらずして潜伏なり」という。ここで論は中断するが、これと踵を接して始まるのが

『内部生命論』である。

〈民権〉を論じても、ことの主体は〈個〉の実存にあるという。この〈個〉という主体が内に向かっては何を切断し、外に向かっては何を問い、切断すべきかが、透谷に遺された最大の課題であったが、すべてに外に向かう視界が、なお未程のうちに保留されるとすれば、民権運動を目してあえて〈空前絶後〉という、その外界の変革、切断に賭けた透谷の夢、また認識は一転して、内界の、〈内部生命〉の何たるかを問う所へと、おのずからに行き着いてゆく。すでにその志向は『明治文学管見』にいう所だが、「人間は実に有限と無限との中間に彷徨するもの」にして、「文学は人間と無限とを研究する一種の事業なり」という。また「精神の自在、自知、自動」に対して、「之と相照応するものは他界にあり、他界の精神は人間の精神を動かすことを得べし」という時、すでに『内部生命論』への道は一筋であろう。

「真正の勧懲は心の経験の上に立たざるべからず、即ち内部の生命（インナーライフ）の上に立たざる可からず」と言い、「内部の生命あらずして、天下豈人性人情なる者あらんや」という時、「小説の主脳は人情なり。世態風俗これに次ぐ」（『小説神髄』）という逍遥の文学観は、その鷗外との論争を含めて根底より問い返される。また〈内部の生命〉とは、瞬時にして動き続ける「心の経験」そのものにほかならぬという。しかも〈心〉とは人間自造のものならぬ、「宇宙の精神即ち神なるもの」の「内部の生命なるものに対する一種の感応」、即ち「瞬間の冥契」（「インスピレーション」）によって、これを「再造」するものだという。しかも「この感応によりて瞬時の間、人間の眼光はセンシュアル・ウオルドを離るゝなり」。しかも「この再造せられたる生命の眼を以て観る時に、造化万物何れが極致なきものあらんや。然れども其極致は絶対的のアイデアにあらざるなり。何物にか具体的の形を顕したるもの即ち其極致なり」という。即ちこれは「絶対的のアイデア」ならぬ、具体の相そのものであり、ここに語ろうとするものは、いかなる観念論でも、哲学的思弁でもない。すべては〈文学〉という具体の相として語ろうとするものだという。またこれは「不肖を顧みずして、明治文学に微力を献ぜん」とするものだともいう。

いささか透谷の言葉にふれて長々と語って来たが、ほかでもない。明治二十五年末『罪と罰』が訳され、紹介されて以来、それが日本文学の未来への、新たな出発の契機とも可能性ともなりえたとすれば、その基盤となりうるものは、この透谷一連の文業以外になかったのではないか。「明治文学に微力を献ぜん」とは、またこのことにほかなるまい。透谷の『罪と罰』論は先に掲げた二つの短篇評論で終るが、これに続く明治二十六年なかばの一連の評論は、もし『罪と罰』全篇、さらには魯庵が用意していたと思われる『白痴』など、その代表作が順次、翻訳、紹介されればこれと連動して、魯庵の言葉を借りれば「全歐」ならぬ、この近代日本の「詩天地を一変」する契機とも、可能性ともなりえたであろう。観念と見えて観念論ならず、徹底して具体の相だという時、透谷はあるべき〈文学〉の、より根源の相を見ていたはずであり、その眼は『罪と罰』初見の体験の中にも生きていたはずである。

四

さて、この透谷がもし「小林秀雄の十分の一でもドストエフスキイを知っていたら」とは平野謙のいう所だが、しかしことの深浅は、その読書量、体験量の長短にあるはずもあるまい。透谷の体験が未完に終ったごとく、後の小林の体験もまた未完に終った。いや彼自身、戦中、戦後の長い遍歴を通して、ついに閉じざるをえなかったと言っていい。ここから小林に入ってゆくわけだが、昭和三十九年五月、第二の『白痴』論を書き終り、その翌年から大作『本居宣長』（昭40・6〜51・12）にかかるわけだが、ドストエフスキイ論の終結について、結局自分にはキリスト教が分からなかったと語っている。しかしことは、ここで終ったわけではない。『本居宣長』終結後、数年にして未完の絶筆となる『正宗白鳥の作について』（昭56・1〜11）を遺している。これは彼が最も日本人的な、純粋なクリスチャンだと言って傾倒した白鳥が、臨終の時にアーメンと唱えて信仰を告白したという、その白鳥内面の深奥に迫らんとして、ついに未完のままに果たしえなかったものだが、その終末の言葉は心に残る。

まず白鳥の文体への共感から始まって内村鑑三、河上徹太郎、ストレイチイ、フロイト、ユングと続いた所で、最後に「正宗白鳥に戻って、三回ほどで完結」(郡司勝義「白鳥論覚え書」)というのが残された予定であったというが、ユング自身その内的探究の仕事に追いつめられ、その『自伝』の編纂者にして、協力者アニエラ・ヤッフェもまた「追いつめられ」、その「解説」を「心の現実に常にまつはる説明し難い要素は謎や神秘のまゝにとゞめ置くのが賢明」と、ここまで書いて筆を止めたのはヤッフェならぬ、小林自身であった。これは小林自身を語っていかにも象徴的ではないか。彼のドストエフスキイ論もある意味では、このような形で終ったと言えるのではないか。

小林のドストエフスキイ論は戦前、昭和八年一月(『永遠の良人』)から始まるが、彼が戦後も再度論じた『罪と罰』と『白痴』について言えば、その変容は注目に値しよう。ドストエフスキイの描く人物たちは常に「思想の極度の相対性」を生きていると小林は言い、たとえば『罪と罰』にあっては、「空想が、観念が、理論が、人間の頭のなかで、どれほど奇怪な情念と化するか、この可能性をラスコルニコフで実現した」と、彼は戦前の論(「『罪と罰』に就いて」昭9・2〜7)で言い、このような主人公を終始「道化」と呼ぶ。彼が「ソオニヤの足下に俯伏す」場面も、ソーニャに「ラザロの復活を読むことを強請する」場面もすべて、「道化」「欺瞞」の「頂点に達する」場面であり、「奇蹟の強請といふ恐るべき道化」以外のなにものでもない。「俺はお前に頭を下げたのではない。人類全体の苦痛の前に頭を下げたのだ」という、あのソーニャへの告白も、所詮は「ウルトラ・エゴイストの叫びの上に演じられた悲痛な欺瞞」であり、ソーニャもまた「己れの本性を映すに最も好都合な鏡」としての、彼自身の「創作」に過ぎぬという。このはげしい苛立ちを込めた批判はしかしまた、同時代の知識人に対する痛烈な批判でもあったのではないか。ドストエフスキイの望んだものは「分析ならぬ綜合であった」といいつつ、しかし「綜合する分析が、同情より憎悪が発達した今日の様な世に、文学批評が、その基本的生命である処の、偏頗しない理解を失つて行くのは当然の事の様に思はれる」と言った彼自身が、知らずしてこの時代の勢を、無意識を生きていたのではないか。ここではドストエフスキイの作品自体が評者自身を映す「好都合な鏡」ともなっていたのではないか。

しかし戦後再び筆を執った時、その内容は一変する。あのソーニャの聖書朗読の場面も、もはや「奇蹟の強請」ならぬ、主題の根源にかかわる「退引ならぬ画面」となる。「奇しくもこの貧しい部屋のなかに落合つて、永遠の書物を共に読んだ殺人者と淫売婦を、歪んだ燭台に立つた蝋燭の燃えさしの、ぼんやり照らし出した」だけである。「作者は見たものを見たと言ってゐるだけである。」「蝋燭は消えかかり、五分か、それ以上も経つたと作者は書いてゐるのに、読者は、ここで何故一分の沈黙を惜しむのであらうか」という。しかし沈黙を惜しんだのは多くの読者のみならぬ、かつての小林自身もまた、そのひとりではなかったのか。

こうしてソーニャもまた、ラスコリニコフが創り出した「鏡」ならぬ、「何故世の中には、こんな不幸があるのか、といふ彼の疑問に応ずるもつとも大きな疑問の如く」「眼前に立ちはだかり」「どうする事も出来ない」存在として彼に迫る。もはや「道化」とも、エゴイストの自己「欺瞞」とも言わぬ。「この人は何を言はうと何を為やうと、神様は御存じだ。この人は限りなく不幸な人だ」と「見抜いて了ふ。」「これが彼女の人間認識の全部である。ソーニャの眼は、根柢的には又作者の眼であつたに相違ないと僕は信じる」と、小林はいう。このソーニャの眼とはまた小林のいう、あの〈母親〉の眼ではないか。この世で最も怖いのは母親の眼だ。その子が何をしようと、何を言おうと、すべてを見抜いてしまう、おふくろの眼ほどこわいものはないという。ソーニャを語らんとして、すでに彼自身のこのような体験そのものを語っているのではないか。

「批評とは他人の作品をダシにして自分を語ることだ」とは、小林初期の言葉だが、やがて彼は「批評とは無私に至る道である」という言葉を遺している。〈無私〉とはほかでもない、相手のなかにまるごと自分が入ってゆくということではないのか。戦後の第二の『罪と罰』（昭23・11）論の終末、河岸の丸太に腰をおろし、荒寥とした大河のほとり、ひとり黙想にふける主人公の姿にふれつつ、小林は次のように語る。「僕は確める。そこに一つの眼が現れて、僕の心を差し覗く。突如として、僕は、ラスコルニコフといふ人生のあれこれの立場を悉く紛失した人間が、さういふ一切の人間的な立場の不徹底、曖昧、不安を、とうに見抜いて了つたあるもう一つの眼に見据ゑられてゐる光景を見る。言はば光源と映像とを同時に見る様な一種の感覚を経験するのである」。こうして「この影は、一切の人間的なものの孤立と不安を語る異様な（これこそ真に異様である）背光を背負つてゐる。見える人には見えるであらう。そして、これを見て了つた人は、もはや『罪と罰』といふ表題から逃れる事は出来ないであらう。作者は、この表題についてては、一と言も語りはしなかつた。併し、聞えるものには聞えるであらう。『すべて信仰によらぬことは罪なり』（ロマ書）と」。

これが第二の『罪と罰』論終末の言葉だが、ここに何を読みとればいいのか。「そこに一つの眼が現れて、僕の心を差し覗く」。そうして「光源と映像とを同時に見る様な一種の感覚を経験する」という。語る所は主人公ならぬ、評者自身の感覚である。〈光源〉とは何か。恐らく「すべて信仰によらぬことは罪なり」という終末の一句が、これと呼応するものであろう。小林がこの時、最も聖書の世界に深く入り込んでいたことが感じられよう。これは戦後、昭和二十三年前後の頃からの仕事にしばしば感じられることだが、たとえば「お前にはこんな声が聞えて来ないか―ランボオよ、お前はいつも私から逃げたと考へてゐたか」というクロオデルの言葉を引き、「僕はクロオデルの信仰は持たぬ。然し、往事は拒絶した彼の決断が、今は、僕の心に染み渡る（「ランボオⅢ」昭22・2）」と小林が書いたのは、この第二の『罪と罰』論より一年半ばかり前のことであり、さらにその後のゴッホ論（『ゴッホの手紙』昭26・1～27・2）や『近代絵画』（昭29・3～33・2／特にセザンヌ論）などに至る過程をみれば、ことの次第は明らかであろう。

しかしこの『罪と罰』論から数年後始められた第二の『白痴』論（昭27・5〜28・1、39・5）に眼をやれば、とりわけその終末の語る所は何か。知られる通り、「創作ノート」に書きつけた「キリスト公爵」のイメージは主人公ムイシュキンに託されるが、彼が限りない憐憫の情を注いだナスターシャは、ラゴージンの手によって殺され、ラゴージン自身は狂気となり、ムイシュキンはもとの白痴に還る。こうして「作者は破局といふ予感に向つてまつしぐらに書いたといふ風に感じられる。『キリスト公爵』から、宗教的なものも倫理的なものも、遂に現れはしなかった。来たものは文字通りの破局であつて、これを悲劇とさへ呼ぶ事は出来まい」と小林は言うが、「確かに、聖なるもの、超越者、権威ある者たるイメージは、無惨に打ちくだかれる。然し、まさにその処に於て彼はまさしく『キリスト公爵』たりえているのではないか。人間の外に、上にある超越者としてではなく、この現実の只中に、生の疑わしさと矛盾の只中に、受肉し、内在するものとして（まさに文学が文学たることの次元に於て）『白痴』の終末は動かし難く、そこに置かれる。それがまさしく破局であり、陰画（ネガ）であることによつて、そのことによつてのみはじめて、それは正しく真の陽画（ポジ）たるものをよく示す」。これはすでに私自身論じたこともある一節を引いたわけだが、評者も言う通り、この「『白痴』の終幕に聖性を感じとる感性を持たない読みが、今も日本に続くのはなぜ」かという論者（井桁貞義）の問いは、我々になお遺された重要な課題であろう。

しかし、ことはここで終ってはいない。小林はあの鍾愛の一節、ドストエフスキイ書簡中の「たとえキリストにこの世の真理がないとしても、またそれが証明されたとしても、私はこの世の真理よりもキリストに従う」というあの一節をもじるが如く、「この男を除外して、解決がある事が証明されたとしても、私は彼と一緒にゐたい、解決と一緒にゐたくない」と作者は言ったかも知れないという。この男とはムイシュキンその人を指すものだが、彼を終始謎の存在として描きつつ最後にこう記した時、小林はこの謎、つまりは意識の極限を問い続けるという問題を、批評家としての自分に遺された課題として終生放さぬと宣言しているかとみえる。第二の『白痴』論はまさにこのように、ムイシュキンがある男（それは同時にドストエフスキイ自身の体験とかさなるが）の体験にみる、死刑直前に託された男が生の極限の一点を見、この生の出口から逆にその人生を歩み始める人間の意識とは何かという問題を問い続ける。故にあのドストエフスキイの言葉はまた、「たとへ、私の苦しい意識が真理の埒外にある荒唐無稽なものであらうとも、私は自分の苦痛と一緒にゐたい。真理と一緒にゐたくない」と、ドストエフスキイは考えたに相違あるまいという。これは小林のドストエフスキイ論をつらぬくものであり、彼はこう語る。

「根本をなす問題は、彼の作品について書き始めて以来ずつと僕が意識して、又無意識に、見極めようと苦しんできたところ、即ち彼の全生活と全作品を覆ふに足りる彼の思想の絶対性とも言ふべき問題だ」（『カラマゾフの兄弟』昭16・10〜17・9未完）という。しかしこの「思想の絶対性」は第二の『白痴』論に至って〈意識の絶対性〉の問題へとすり変ってゆく。彼はこれをドストエフスキイの言う所に倣ってというが、「思想の絶対性」という所は、ドストエフスキイのいう「神の絶対性といふ問題」を言いかえたものであり、つまる所は限りなく聖書の世界に近付きつつ、なおそこに無限の距離ともいふべきものを感じざるをえなかった小林の、同時にこの近代日本の多くの文学者たちの避けがたい問題もまたここにあったといえよう。

しかしまた、ここで言い添えておけば、小林における聖書体験の初源の一点とは何か。彼の最初期の『測鉛Ⅰ』（昭2・5）と題した文中に「真理といふものがあるとすれば、ポールがダマスの道でキリストを見たといふ事以外にはない」と言い、「批評の普遍性」とは何かと言えば、ベルグソンの言うごとく「改宗の情熱以外の何物でもない」（『測鉛Ⅱ』昭2・8）という。見るべきはそこに潜流する小林の宗教的情熱の、初源の一点ともいうべきものである。彼が再び封印を解いて、この一点を問い返そうとする所に最後の白鳥論が書かれるわけだが、なおそこに遺された問題は何であろう。

五

ここで最後に漱石が登場するわけだが、すでに残された紙幅はいくばくもない。ただ問題の要所のみにふれれば、漱石のドストエフスキイ体験も『白痴』に始まる。弟子の森田草平は『白痴』と共に数冊を勧めたという。漱石が最も関心を寄せたのは、あのムイシュキンの語る、つまりは作者ドストエフスキイ自身の死刑直前の一瞬であり、周知のごとくこれは明治四十三年八月、あの「忘るべからざる八月二十四日のこと」「三十分の死」という修善寺大患の、あの漱石自身の体験と重なる。自分は金盥一杯に血を吐いたことは覚えている。しかし「あの時三十分許（ばかり）は死んで入らしつたのです」と後で妻から聞いた時、愕然とする。「俄然として死し、俄然として我に還るものは、否、吾に還つたのだと、人から云ひ聞かさるゝものは、ただ寒くなる許である」という。この〈存在〉の〈寒さ〉ともいうべきものは何か。この体験をふまえつつ、病中、彼はくり返しあのドストエフスキイの死刑直前の姿を想い浮べる。「――寒い空、新しい刑壇、刑壇の上に立つ彼の姿、襯衣（シャツ）一枚の侭顫へてゐる彼の姿」、すべては鮮かだが「独り彼が死刑を免れたと自覚し得た咄嗟の表情が、何うしても判然（はっきり）映ら」ず、しかも自分は「たゞ此咄嗟の表情が見たい許に、凡ての画面を組み立てゝ居た」。その体験の違いを思えば当然ながら、なお自分は繰り返し「描き去り描き来つて已まなかつた」という。

　彼の求めんとしたものはドストエフスキイならぬ、自身の「表情」ではなかったか。その一瞬の「表情」こそが生のあかしであるごとく固着し続けるが、なおそれはむなしい。「余は余の個性を失つた。余の意識を失つた。たゞ失つた事丈が明白な許である。」「どうして自分より大きな意識と冥合出来よう」という。すべては『思ひ出す事など』（明43・10～44・4）文中の言葉だが、「神に祈つて神に棄てられた子の如く」という言葉もある。またその「日記」には「昼のうち恍惚として神遠き思ひあり。生れてより斯の如き遐懐を恣にせる事なし。衰弱の結果にや」ともいう。また、自身の「天賚（ブリス）」ともよぶ「縹渺」たる心境をドストエフスキイの「神聖なる病（やまひ）」ともよばれる「癲病の発作」前の至福の状態になぞらえるなど、随所にドストエフスキイの存在が思い浮かべられてはいるが、なお「神遠き思ひあり」という所に、彼我の距離もまた深い。

漱石がこの「三十分の死」を〈存在の寒さ〉、また運命の〈アイロニー〉として捉えた時、彼はこの〈意識〉の内壁から打ち返してゆこうとする。〈自然〉の深潭に身を浸しつつ、しかもなお〈意識〉の根源より問い返してゆく以外に、作家の認識とは何かと問いつつ、やがて後期の『彼岸過迄』『行人』以下の作品が書きつがれてゆく。これはあの小林の『白痴』論終末の問う所と無縁ではあるまい。恐らくこれを透谷に問えば、あの劇詩『蓬莱曲』一篇の語る所が聞こえて来よう。その主人公（柳田素雄）の自問の声は熱くひびく。〈わが世を捨つるは紙一片を遺る（すつ）に異ならず、唯だこのおのれを捨て、このおのれを――このおのれてふ物思はするもの、このおのれてふあやしきもの、このおのれてふ満ち足らはぬがちなるものを捨て、去（い）なんこそかたけれ〉とはまた、透谷自身の熱い自問の声でもあった。こうして透谷、漱石、小林といずれも、その裡なる〈意識〉との葛藤の根は深い。同時に、くり返すごとく、その底にひそむ宗教的潜熱ともいうべきものの存在もまた見逃しえまい。また漱石の作品について言えば、『明暗』における小林という人物の登場に、ドストエフスキイの影響を見ることは周知の所だが、またその構成に明らかに『カラマゾフの兄弟』の影響がみられることなども見逃しえぬ所であろう。

漱石がもしヨーロッパのどこかに生まれていたら、その固有のモチーフ、テーマなどをより深く展開しえたであろうとは、作家古井由吉が吉本隆明との対談で語る所であり、『私の見た漱石』という一文に、漱石研究者のひとりでもある若き日のV・H・ヴィリエルモの語る所をみれば「漱石の全生涯は彼の内なる神の王国の探究」であり、「世界の凡ての重要な宗教の合流しているはじめの作家の中」のひとり、いやその中でも「最初」のひとりではなかったかという。同氏をかつて我々の大学に講演者として迎えた時、『明暗』にみる〈天〉の一語など、すべて〈神〉と訳してはばからなかったという話など、忘れがたいものがあった。

さて、すでに紙数も尽きたが、なお語るべき問題は多く残る。たとえば『白痴』については小林は、漱石とふれて来たが、さらに言えば遠藤周作とドストエフスキイ。とりわけ『白痴』と『深い河』などとの類縁にふれれば語るべき所は多い。いずれにせよ〈ドストエフスキイと近代日本文学〉とは、まだまだ探り続けてみねばならぬ、大きな未知の宝庫ともいうべきものであり、この小論もまた、その一端を限られた紙幅にとどめたものに過ぎない。

あとがき――翻訳の問題をめぐって

〝文学海を渡る〟と言えば、やはり翻訳の問題がひとつあろう。ドストエフスキイの『カラマゾフの兄弟』の新訳が五十万、六十万と売れているという。とにかく若者が多く読んでいるということで、これは嬉しいことだが、しかしそこに問題はないか。とにかく平易で、読みやすいという。若者向けというねらいもあっての工夫だろうが、しかしそこに失われたものはなかったのか。翻訳とは様々なハンディを超えて、いかに原作本来の魅力や本質を伝えるかという所に使命があるとすれば、読みやすいということだけで、ことは片付くまい。ましてドストエフスキイともなれば、その味わいや中味は一筋縄でゆくものではない。

翻訳が分かりやすいということも大事だが、やはり読者をあえて立ち止まらせる部分、時に静かに、時に強く、読者に問いかける強く、深いインパクトともいうべきものこそ、すぐれた作品の読み所ではないか。ここでふれてみたい問題がある。内田魯庵訳の『罪と罰』が出たのは明治二十五年十一月。英訳からの重訳で、四分の一ばかり訳したものだが、その中にラスコルニコフが鬱屈した日々を過ごしていると、下宿の下女が働きにも出ないでぶらぶらしていることをとがめる場面がある。おれだってしていることがあると言い、どんなことと訊くと、一瞬ためらったあと力強く「考へる事！」と答える所である。同時代の批評家北村透谷は再度この翻訳を論じているが、この箇所にふれて、この「病者の吐く言葉の中に大事な哲理あり」として、くり返しこの部分をとりあげている。

しかし、かくも透谷を感銘させた、この「考へる事！」という一句を、後の訳者たちはどう訳したか。「考へてるのよ！」と米川正夫は訳し、最初のロシア語からの翻訳者中村白葉なども「考へごとだよ」とかるく訳している。以下ほかの訳者も殆ど同類だが、これではなんのインパクトもあるまい。これはこの論集に収めた拙稿でもふれているので仔細は省くが、透谷に力強い感銘を与えたこの魯庵の訳は、あながち彼ひとりの手柄というわけではなく、彼のふれた英訳者の訳から得たものであることは留意してよかろう。この部分をツルゲーネフの訳などでも知られるガーネット女史の訳でみると「"I am thinking" he answered seriously after a pause」とある。しかし魯庵が読んだのはヴィゼリッティ版のウィッショーの訳であり、「"Thinking" replied he gravely after a short silence」とある。両者を較べれば違いは明らかであろう。〈I am thinking〉ならぬ、ひと言〈Thinking〉という。この武骨な荒々しい訳が魯庵の胸を搏ち、「考へる事！」という力強い訳となる。言わばウィッショー訳のインパクトが魯庵を搏ち、魯庵の訳がまた透谷を搏ったということである。こうしてみれば翻訳の一語、一句の力の何たるかはあざやかに見えて来よう。しかも専門家に聞けば、これは誤訳ではないという。

尤も翻訳も色々あって、意訳とか直訳とか様々であり、かて遠藤周作氏との対談（『人生の同伴者』）の中で、遠藤氏の訳したモリアックの『テレーズ・デスケルウ』は、まさしく意訳中の意訳、遠藤さんの言葉でいえば正妻訳ならぬ、愛人訳ですねと言って笑いあったことなども、いまなつかしく想い出される。

戦後の小林秀雄――その〈宗教性〉の推移をめぐって

一

戦後の小林における〈宗教性〉の深まりは、第二の『罪と罰』論や『白痴』論はもとより、『ゴッホの手紙』や『近代絵画』（特にセザンヌ）などにも明らかであろう。特に『罪と罰』論における視覚の逆転などは、その最たるものだが、ランボオを論じては〈砂漠への道といふ道を歩み尽した歩行者よ〉〈お前にはこんな声が聞えて来ないか――ランボオよ、お前はいつも私から逃げたと考えてゐたか〉というクロオデルの言葉にふれて、「僕はクロオデルの信仰は持たぬ。然し、往時は拒絶した彼の独断が、今は、心に沁み渡る」と語る所にも、その〈信〉なる世界への傾きはあざやかに見えて来よう。

第二の『白痴』論を終って、自分にはついにキリスト教は分らぬと言いつつ、翌年から大作『本居宣長』を始めた彼は、どこへ回帰しようとしたのか。ことはここで終らず、最後は「あんなに隠しに隠した人はゐない」、彼こそは最も日本的な「ほうとうのクリスチャンだ」と言って敬慕していた、白鳥についての論を書こうとしている。惜しくも未完に終ったが、その真意は何か。逆流すれば、その初源の一点はたしかにある。この彼なりの機微を限られた時間ながら語ってみたい。

これはこの夏の学会（日本キリスト教文学会九州支部、夏期セミナー）での講演のために書いた要旨だが、以下これをいささか敷衍してみたい。

小林のドストエフスキイ論は戦前、昭和八年一月（『永遠の良人』）から始まっているが、戦後『罪と罰』、『白痴』については再度論じている。その第二の『罪と罰』論（『「罪と罰」について』Ⅱ、昭23・11、「創元」第二輯）が、戦前のそれ（『「罪と罰」について』Ⅰ、第一回は昭9・2、「行動」。第二回は「文芸」、同5。第三回は再び「行動」、同7）と大きく変っていることは、我々の眼を驚かすものがある。戦前の論では、ラスコルニコフは終始〈道化〉と呼ばれる。彼が「ソオニャの足下に俯伏す」のも、「ラザロの復活を読むことを強請する」場面も、すべてはその〈道化〉〈欺瞞〉の「頂点に達する」場面であり、「彼はお前に頭を下げたのではない。人類全体の苦痛の前に頭を下げたのだ」という、あのソーニャへの告白も、所詮は「ウルトラ・エゴイストの叫びの上に演じられた悲痛な欺瞞」であり、ソーニャもまた「己れの本性を映すに最も好都合な鏡」としての、彼自身の〈創作〉に過ぎぬとさえ言う。

このはげしい苛立ちを込めた批評の背後にあるものは何か。それは同時代の知識人、文壇人への小林の痛烈な批判とも読めるが、それのみではあるまい。あえて言えば、ドストエフスキイの作品自体が評者自身を映す「好都合な鏡」ともなっているのではないか。「批評とは他人の作品をダシにして自己を語ることだ」とは、周知の小林初期の言葉だが、たしかにここではドストエフスキイの作品自体が無意識裡に己れを語るためのダシだったとも言えるのではないか。しかし小林は後になって、「批評とは無私に至る道である」という言葉を遺している。〈無私〉とはほかならぬ、分析とか批評とかいったものを棄てて、相手のなかにまるごと自分が入ってゆくということではないのか。戦後の第二の論は、まさしくそのあかしともいうべき姿をもって語りとられてゆく。

ソーニャはもはやラスコルニコフが創り出した〈鏡〉ならぬ、「何故世の中には、こんな不幸があるのか、といふ彼の疑問に応ずるもつとも大きな疑問の如く」「眼前に立ちはだか」る。「この人は何を言はうと何を為さうと、神様は御存じだ。この人は限りなく不幸な人だ」と「見抜いて了ふ」。「これが彼女の人間認識の全部である。ソーニャの眼は、根柢的には又作者の眼であつたに相違ないと僕は信じる」と小林はいう。これはその変化の一例だが、こうして、ここに描かれたものは、もはや〈道化〉ならぬ、真率にして無垢なる「無心の子」であり、ニイチエアンになるにはあんまり烈しく無垢であり過ぎた」。「彼が体現したものは、精神の自由な気違ひ染みた無償性であり、これに気違ひ染みた行為の無償性が呼応するところに彼の悲劇が完成する」。これはもはやいかなる「犯罪小説でも心理小説でも」なく、「如何に生くべきかを問うた或る『猛り狂つた良心』の記録なのである」という。

ここにはもはやこれを論じて、ひとつの「空想が、観念が、理論が、人間の頭のなかで、どれほど奇怪な情熱と化するか」、その可能性を試してみたと言い、そこに現れるものは〈道化〉であり、すべては「ウルトラ・エゴイズムの叫びの上に演じられた悲痛な欺瞞であつた」という、あのすべてを〈道化〉と見、喜劇とみる眼は無い。あるものは無垢なる魂の演じる無償の行為が生み出す、喜劇ならぬ、真率なる〈悲劇〉以外の何物でもないという。この戦前、戦後を分つ、余りにも明らかな変化は何か。小林は最初の『罪と罰』論の中でこう語っている。「主観の極限まで行かうとする性向と、客観の果てまで歩かうとする性向とが、いつも紙一重で触れ合つてゐる様な、さういふ危険なリアリズム、二律背反的なリアリズムは、いづれ成熟すべきこの作家の制作方法であつたといふよりも寧ろ持つて生まれたこの作家の精神の相ではあるまいか。精神の身振りではないのか」と。これはこの作品を主人公の告白として語るか、客観的手法で描くかと迷いつつ、作者のしるした「創作ノート」のメモにふれてのことだが、しかしこれは手法の問題を超えた、ドストエフスキイという作家をつらぬく根源的な志向だと、小林は言っているわけである。同時にそれはドストエフスキイならぬ、これを語る小林自身が取ろうとした志向の、「精神の身振り」でもあったのではないか。

小林のドストエフスキイ体験とは、このような自身の奥深く内在する方法と、〈精神の相〉が、〈身振り〉が、やがて挑舞しうる「確然たる場」を得たということであり、それはあのエリオットのいう〈客観的相関物〉をかちえたということでもなかったか。

二

すでに明らかでもあろう。『罪と罰』をめぐって、戦前の論がより「客観の果て」という分析的、遠心的志向を深めたものだとすれば、戦後の論は「主観の極限」まで行こうとする分析ならぬ綜合的、求心的志向のなかに生まれたものであり、勿論これを論者自体のひとつの成熟とみることもできるが、そこで終りうるものでないことは、続いて書かれた第二の『白痴』論の語る所であろう。

しかしここでまず、確認しておきたいのは、戦後の『罪と罰』論末尾の、あの一種異様なまでの主体の昂ぶりである。「ラスコルニコフは、労役の合ひ間、丸太の上に腰を下し、荒蓼とした大河を隔て、遥か彼方に拡がる草原を眺める。太陽は漲り、遊牧民の天幕が点在してゐて、かすかな歌声が聞えて来る。『そこでは、時そのものが歩みを止めて、さながらアブラハムとその牧群の時代が、未だ過ぎ去つてゐない様であつた』」。ここに「一つの眼が現れて、僕の心を差し覗く」（傍点筆者、以下同）と小林は言う。「ラスコルニコフといふ人生のあれこれの立場を悉く紛失した人間が、さういふ一切の人間的な立場の不徹底、曖昧、不安を、とうの音に見抜いて了つたあるもう一つの眼に見据えられてゐる光景を見る。言わば光源と映像とを同時見る様な一種の感覚を経験する」という。

彼の見た〈光源〉とは何か。彼はさらにこう書く。「ラスコルニコフは、監獄に入れられたから孤独でもなく、人を殺したから不安なのでもない。この影は、一切の人間的なものの孤立と不安を語る異様な（これこそ真に異様である）背光を背負ってゐる」という。こうして「見える人には見えるであろう。そして、これを見て了つた人は、もはや『罪と罰』という表題から逃れる事は出来ないであろう。作者は、この表題については、一と言も語りはしなかつた。併し、聞えるものには聞えるであらう。『すべて信仰によらぬことは罪なり』（ロマ書）と」。これが結びの言葉だが、すでに彼のいう〈光源〉の何たるかは明らかであろう。

『罪と罰』の末尾には、寄りそって来るソーニャのひざを泣きながら抱きしめるラスコルニコフの姿が描かれる。彼らふたりの「病み疲れた青白い顔には、新生活に向かう近き未来の更生、完全な復活の曙光（しょこう）が、もはや輝いているのであつた。愛が彼らを復活させたのである」と作者は語っている。しかし小林は〈光源〉の何たるかにはふれてはいるが、男女二人の愛の結末などという所には眼もくれぬごとく、全くふれていない。作者の明言する二人の〈復活〉云々の何たるかについてもまた同様である。小林という批評家の筆の赴く所の、その根源の相の何たるかはすでに明らかであろう。そこには異形な背光を帯びた孤独な青年の姿がとり残され、「彼が求める魂を揺がす様な悔恨」は来ない。いや作者はあえて「それを主人公に送る事を最後まで拒んだ」という。

こうして「すべて信仰によらぬことは罪なり」という一節は、結尾の一句ならぬ、すべてはここから始まる、初源の一句として置かれていることが見えて来よう。この物語の終りは何処か。ラスコルニコフはソーニャにつよく促がされ、自首せんとして警察に向かう。彼は不意に一種の発作に襲われるように地に倒れ、大地に接吻する。よろめく足取りで警察署の階段を上る彼はここで、彼の秘密を知る唯一のライバルともいうべきスヴィドリガイロフの自殺を耳にし、「未だ戦つてみる余地がある」として引返す。しかし「出口のところで、彼の後を見て隠れてつけて来たソオニヤの蒼白な絶望した顔に、バツタリと出会ふ。彼はニヤリと笑つて再び階段を上る――」。こうして「物語は以上で終つた」のだと小林はいう。

「妹は目出度く結婚した。母親は可哀さうに狂死した」。しかし「ラスコルニコフは、――やつぱり駄目だつた」。ついに彼に関しては「決定的な事を遂に書く事が出来なかつた」という。「こゝで、或は読者の為を思つて書き始められたかも知れぬこのエピロオグは、作者自身に向き直り、言はば小説形式に関する極限意識と言ふべき異様な終止符をうつに至つたのである」という。しかしその「異様な終止符」の何たるかについては、小林はついに説明してはいない。むしろ見るべきは彼自身の論の末尾こそ、先の彼の言葉をもじっていえば、それは「評者自身に向き直り、言わば評論形式に関する極限意識と言うべき異様な終止符をうつに至つた」ものではなかったか。すでに小林のドストエフスキイ論を一貫してつらぬくものの何たるかは明らかであろう。彼は作品の物語的分析や評価には一顧も与えず、ただ初源の一点を、その〈光源〉を探り続けてゆこうとする。ドストエフスキイはただ一点に熟する作家だとは小林の言だが、彼のドストエフスキイ論自体が、まさにただ一点に熟するものであった。

こうして、すでに戦後の『罪と罰』論の語る所は見えて来たが、これに続く第二の『白痴』論の語る所はどうか。作者は『白痴』の第一篇を書き終った後、姪のソフィヤ・イヴァーヴァに次のように語っている。「この作の観念は、もう長い間常に私が心引かれてゐたもの」で、「根本の考えは、無条件に美しい人間を表現しよう」というものだ。しかも「こんな難しい仕事は、世の中にない」。さて、「この世に、真に美しい姿がたゞ一つある」。それがキリストだ。「その限りなく魅力的な姿は、勿論、限りない驚きでもある」。ただこれをイメージしつつ描くことは至難のわざだ。「だから全くの失敗に了りはしないかひどく恐れてゐる」という。

また後のある手紙では、これは「自分の全作中最良の作」だと言い、「作品の出来は弁護したくないが、作品の思想は弁護したい」と言っている。さらには「読者は、〈白痴〉の結末に、不意打ちを食つたやうに驚くであらう」。しかし「結末は、結末としてなら成功してゐると思つてゐる」。「物語などどうでもいゝ。大事なのは私の観念(アイデア)です」とも語っている。これらは小林の第二の『白痴』論から拾ったものだが、恐らく小林の共感する所もまた「大事なのは私の観念」だ、思想だという点にあったとみてよかろう。

作者はその「創作ノート」に、くり返しムイシュキンを念頭におきつつ〈キリスト公爵〉と呼んでいるが、しかしその結末はどうか。読者は一読して「あの息を呑むやうな破局の印象を忘れる事は出来ない」が、それはまた、ここで我々は「『キリスト公爵』を理解する一切の観点を遂に放棄しなければならなくなったと感ずる事」でもあらうと、小林はいう。スイスの病院を出てペテルブルグにやって来た主人公ムイシュキンは、まずラゴージンに会い、ナスターシャの写真を一日見て心奪われ、アグラーヤを恋し、彼女を恋しつつも、ナスターシャへの限りない憐憫の情に引き裂かれ、それが恋仇ともいうべきラゴージンの手によって、ナスターシャは殺されるという悲劇を起し、果ては彼女の亡骸の傍でラゴージンは正気を失い、ムイシュキンは再び〈白痴〉となって、スイスの療養所に帰ることとなる。

〈キリスト公爵〉たるイメージはここにみごとに打ちくだかれたと小林の語るごとく、確かに聖なるもの、超越者、権威あるものたるイメージは無惨に打ちくだかれたかにみえるが、しかしまさにこの処において、彼はまさしく〈キリスト公爵〉たりえているのではないか。「人間の外に、上にある超越者としてではなく、この現実の只中に、生の疑わしさの只中に、受肉し、内在するものとして（まさに文学が文学たることの次元に於て）、『白痴』の終末は、動かし難く、そこに置かれる。それがまさしく破局であり、陰画(ネガ)であることによって、そのことによってのみはじめて、それはまさしく真の陽画(ポジ)たるものをよく示す」（「小林秀雄とドストエフスキイ」）。

この最後の部分はすでに筆者自身、四十数年前に書いたものの引用だが、しかしいまこれを再び引きつつ、これが単なる小林の論への批判に終っていないことに、改めて気付く。「ここまで書いてふと思う、小林の批評もまた、そのことを語っているのではないかと」。これもまた先の部分に続く所だが、しかし、ことの急所は、恐らくこの先にある。ここであの破局にふれた小林の言葉を確認すれば、こうある。

「作者は破局という予感に向ってまつしぐらに書いたという風に感じられる。『キリスト公爵』から、宗教的なものも倫理的なものも、遂に現れはしなかつた。文字通りの破局であつて、これを悲劇とさへ呼ぶ事は出来まい。言はば、ただ彼といふ謎が裸になつたのである。人間の生きる疑はしさが、鋭く究極的な形を取つた」と小林はいう。

さらに彼は続けていう。「作者は言つたかも知れない。この男を除外して、解決がある事が証明されたとしても、私は、彼と一緒に居たい、解決と一緒にゐたくはない」と。これがあの小林鍾愛のドストエフスキイ書簡中の一節、「たとへ誰かがキリストは真理の埒外にゐるといふ事を僕に証明したとしても、又、事実、真理はキリストの裡にはないとしても、僕は真理とともにあるより、寧ろキリストと一緒にゐたい」という、彼がシベリア流刑の途次、新約聖書一巻を贈ってくれた女性、フォンビジン夫人に宛てた書簡中のこの一節をもじったものであることは言うまでもあるまい。だとすれば、それは何を語るのか。

三

さて、ここで再び小林の戦前の『罪と罰』論に還っていえば、彼自身最も心に残る場面として、あの犯行後のラスコルニコフが殆ど放心状態で街を歩きつつネヴァ河のほとりに差しかかり、通りすがりにひとりの女が彼をまったくの乞食と見たのか、手ににぎらせてくれた、その手にあった二十コペイカの銀貨をネヴァ河に投げ込み、「彼には、この瞬間に、鋏か何かで自分といふものを、一切の人一切の物から、ぷつりと切り放したやうな気がした」という、あの一節をかなり長々と引き、「これがラスコルニコフの歌」であり、「この歌はいかにも美しい。僕はこゝに殆どボオドレエルの抒情詩の精髄を感ずるのだが」、読者の「諸君はどう思ふであらうか」と問いかける。こうして「ラスコルニコフの肯定的な面は遂に道化に終つてゐるが、その否定的な面は朗々たる歌となつてゐる」と言い、「彼の復活物語はドストエフスキイは省略したばかりか、以後生涯この世界に踏み込んでみせてはくれなかつた」。しかしこの「橋の上のラスコルニコフは」「以来作者の創造する悉くの人物が跳る確然たる場所となつたのである」という。

こうして「殺人の経験は彼に何ものも教へてくれなかつた」が、「彼はたゞ二十コペイカの銀貨をネヴァ河に投げ込む事を学んだ」。「ただ作者だけが、この無垢な動作に罪もなければ罰もない事を理解してゐるのだ」。「彼は孤を抱いてうろつく。そして現実が傍若無人にこの中を横行するに任せるのだ。彼はたゞこれに堪へ忍ぶ。『ある特殊な憂愁』」こそは、「彼の孤独の唯一の正当な表現なのである」という。すでに我々はここで論者の筆がそのまま、『白痴』の世界に踏み込んでいることを感じるであろう。果たして、「「来るべき『白痴』はこの憂愁の一段と兇暴な純化」であり、「ムイシュキンはスイスから還つたのではない。シベリヤから還つたのである」という。これが第一の『罪と罰』論の結語だが、ならばこの予告は果たして実現されたであろうか。ムイシュキンはこの課題に答えるべく、ラスコルニコフの掛けた「小屋の傍に積んだ丸太から腰を上げる」。しかし「世界中にこんな難しい事はない」と言った作者の言葉（創作ノート）に「何んの誇張もない。ドストエフスキイは、この時、十七歳の自分が口走った言葉を思ひ出したであろうか。『私は一つの計画を立ててゐます、狂者となること』」。

この小林の指摘はあざやかだが、ここでも問われねばなるまい。果たして、作者ドストエフスキイはこれを実現しえたかと。同時にこの問いはまた、これを問う小林自身にはね返って来る。小林はかつてこの言葉と対置して、〈心の貧しきものは幸ひなり〉という聖書の言葉を挙げている。これは彼自身、自分の処女評論と呼ぶ「芥川龍之介―美神と宿命」（昭2・9）に引かれているが、彼はこれを芥川批判の言葉として用いている。小林は芥川を目して、大正という「文学的解体期」の「一人の犠牲者」であると言い、彼にあるものは「理智の情熱」ならぬ「経験の情緒」に過ぎぬと断じる。このような芸術家が「現実に肉薄しようとする時に持つ武器は逆説的触覚であり、逆説的測鉛」だが、「彼の発見する様々な逆説的風景」が「豊富」になり「精妙」になるほど「現実は必ず逃げる」。こうして「逆説的測鉛を曳くものは、測鉛の重さによつて不断の罪を受ける」。この時、彼は自身の宿命の「背後に隠れた」「心理的羸弱を意識」し、果ては「道化となり」「狂者となる」。「若年のドストエフスキイは言つた。『今私に唯一なすべき事が残つてゐる。それは発狂する事である』と」。しかし芥川はついにこの「心理的羸弱を嘆じた事」はなく、彼にとって「測鉛は永遠の笞刑」ならぬ、「彼が発明した衛生学」に過ぎなかったという。

この芥川批判の一面性、その負性についてはかつて論じたこともあり、いまここではふれぬが、しかしここに引かれたドストエフスキイ若年の言葉は、その「心理的羸弱」の故に発せられたものではあるまい。それはのっぴきならぬ覚悟として、とことん行くところまで問いつめてみようという初心の発露であり、先の小林のドストエフスキイ論中に引く所もそのことであったはずである。しかしそれはそれとして、この芥川論中、芸術家の、のっぴきならず追いつめられた究極の場所においてしいられた覚悟のいまひとつの一端として、つまりは先にもふれた「逆説的測鉛」を曳くという「人生上の」「不断の引き算」のあとに残る「剰余」という、この「最後の算術的美を如何にして始末しよう」かという決断、それが「最上の作家達の究極の問題」だとすれば、この「算術的美をそのまま一つの逆説に変ずる」ほかはあるまいという。

こうして「この瞬間に於ける言葉がある。『心の貧しきものは幸ひなり』と」。これは「逆説的表現ではない。逆説そのものだ。」「つまリキリストが毒をもつて毒を制する如く、この最後の算術的美を始末した瞬間の一真実の現実性」なのだという。この現実がついに解きえぬ不条理そのものだとすれば、それをまるごと引き受けようという、いまひとつの覚悟であり、これをすぐれて求心的な覚悟、志向とすれば、先の「発狂すること」とは、求心ならぬ、遠心の極致まで歩みつくそうという、いまひとつの選択、覚悟であろう。小林が自身処女評論と呼ぶ一文のなかに、この二つの言葉を引用したということは、その初心の何たるかを示すものであり、この〈遠心〉と〈求心〉の二極に引き裂かれつつ歩みつくし、問いつくしてみようというひそかな覚悟は終生、小林の内面に深く伏在していたものではなかったか。このことを最もあざやかに語っているものが、そのドストエフスキイ論を一貫して流れるものであり、ここで再び戦後の、同時に最後のドストエフスキイ論としての『白痴』論に還れば、ことの核心は『罪と罰』論の場合とまた違って、戦前、戦後と一貫して変らぬものがあるということであろう。

四

まず、戦前の論を引けば、「作者の描きたかつたのは善良性ではない純粋性」であり、「ムイシュキンは意識の極限にはゐないとしても心理の極限にゐるのだ」。その「心理の極限を経験するムイシュキンといふ人間の痛ましい姿が描きたかつたのだ」という。「最も見事な人間」、最も美しい人間を描こうとした作者は、しかし「あらゆる倫理的、宗教的な範疇を無視し、たゞ自分の生活体験に依據して、ムイシュキンのうちに人間の純粋性を追求」しようとした。その「運命そのものの様な姿」に注がれる作者の眼はいかにも熱いという。ここで倫理的、宗教的観念性を排して、ただ「自分の生活体験に依據して」という時、これは言うまでもなく、ドストエフスキイ自身の持病であった癇癪、また、あのセミョーノフ練兵場での処刑をまぬがれた最後の瞬間の意識、さらにはシベリアでの四年間の苦役などが挙げられるが、作者が死刑直前の意識をめぐって、冒頭三度にわたってこれをムイシュキンに語らせていることは見逃せまい。生の極限を体験した果ての、余剰としての人生とは何か。作者が第二の『白痴』論に至って、あの余命はわずかに二週間という、言わばゆるやかな死刑の宣告ともいうべきものを受けた青年イポリットの告白に、長々と言葉をさいていることとひとつにも、それは明らかであろう。

『白痴』終編に近付くに従って、読者は「あの荒涼とした風景のなかで、人間或は生命の概念が、恐しいほどの純粋さに達してゐる事に気が附く筈だ。ドストエフスキイにとつて、この純粋さの象徴がキリストであつた事は、疑ふ余地がない」という時、ドストエフスキイのなかで、極限の死刑囚ともいうべきキリストの像が、いかに深く内面に刻まれていたかが明らかであろう。これはまた先にもふれた第二の『白痴』論のあの言葉ともかさなる。ドストエフスキイのシベリアにおける〈聖書熟読〉の体験とは、死刑を赦されたひとりの囚人が、さらなる「一人の異様な死刑囚に出会つたといふ事であつた」と小林はいう。すでにあのフォンビジン夫人に宛てた周知の書簡をもじった小林の言葉が、何であったかは説明するまでもあるまい。

この世の真理よりもキリストと共にありたいとは、キリストというこの極限の死刑囚の、その苦しみ、その意識と共にありたいということである。これを問いつめれば、第一の『白痴』論でいう、あのムイシュキンの心理の極限という言葉は、第二の論では心理ならぬ〈意識の極限〉という言葉となる。フォンビジン夫人宛の書簡では、「世の中にキリストより魅力ある、深い、思遣りのある、筋の通つた、男らしい、完全な人はゐない」という言葉を受けて、この世の真理よりもキリストと共にとなるが、しかしそのうらには死刑囚の極限を生きたキリストの意識とかさねるごとく、ドストエフスキイ自身の体験が意識されたことは言うまでもあるまい。こうして第二の論ではこれをもじるが如く、「たとへ、私の苦しい意識が真理の埒外にある荒唐不稽なものであらうとも、私は自分の苦痛と一緒にゐたい。真理と一緒にゐたくない」とドストエフスキイは「考へたに相違ない」という言葉となる。これがさらに変容して第二の論の末尾では、この作品の終末、〈キリスト公爵〉とひそかに名付けられたこの男の「謎が裸になつたので」あり、「人間の生きる疑はしさが、鋭い究極的な形を取つた」というべく、こうして「作者は言つたのかも知れない。この男を除外して解決がある事が証明されたとしても、私は、彼と一緒にゐたい。解決と一緒にゐたくはない、と」という、先にもふれたあの言葉が続く。

これが、この第二の『白痴』論の結語といっていい部分だが、同時に小林が十一年の空白を経て、最後の短章を書き加えた意図のすべてを語るものでもあろう。こう見て来れば、彼はこのあと、結局キリスト教は自分には分らなかったと言って、ドストエフスキイの世界からは離れるわけだが、しかし彼が真にドストエフスキイから、またキリストから離れたわけではあるまい。教養としてのキリスト教は分らないと言ったわけで、彼の裡なるキリストは、イエスは生き続けていたはずであり、それが最後の未完の白鳥論となったのではないか。小林は白鳥にふれて、

「たいへん日本的な」「ほんとうのクリスチャン」「内村鑑三以来のクリスチャンじゃないかな」という。「あんなに隠しに隠した人はいない」「自然主義という衣で精神をくるんでいた」が、「外国のすぐれたクリスチャンよりも、非常に純粋なんじゃないか」「キリスト教、宗教の話をまともにするということに関する大変純粋な羞恥の情ともいうべきものがある」「それが私を打つのだ」(「白鳥の精神」河上徹太郎との対談)という。しかしこれはまた同時に、小林自身の内面の一斑を語るものではなかったか。これが白鳥最後の信仰告白に至る前に未完となったことは残念だが、しかしその意図自身がすでに、すべてを語っていよう。白鳥内面に伏流するものが、小林の内部にもなかったかとは、先にもふれた問いだが、すでにその初源の一点は明らかにある。

五

先にふれた小林自身、自分の処女評論と語ったあの芥川論の直前に、短文乍ら注目すべき二篇の評論がある。いずれも「測鉛Ⅰ」「測鉛Ⅱ」と名付けているが、そのⅠに「真理といふものがあるとすれば、ポールがダマスの道でキリストを見たといふ以外にはない」とあり、さらに「測鉛Ⅱ」では、「批評の普遍性」とは何かを訊かれれば、ベルグソンが代って答えてくれると言い、批評の「普遍性とは改宗の情熱以外の何物でもない」と述べている。これは見るべき重要な言葉だが、彼はさらに「測鉛Ⅱ」で、こうも言っている。

「自意識とは何んだ?」と問えば、それは「批評精神に他ならぬ。批評を措いて創造はない」。また「芸術は腹芸だ」と言うが、「腹芸とは最も精妙な自意識である事」をひとはしばしば忘れているという。さらに言えば「絶対とは誠実なる自意識の極限値」であり、「芸術活動が遂に神との協作であるとはかかる自意識の苦痛に堪へた人のみが言へる事」であると。ここで小林の言わんとする所は明らかであろう。〈自意識〉という〈批評精神〉の不断の探究、不断の問いなくして、ついに我々は〈絶対〉なるものにふれることはできまい。しかもそれはただ求めたからではなく、我々の苦しみの果てに、思わざる所から不意にやって来る。求めたから得たのではなく、問いの果て、否定の果てに不意打ちのごとく掴みかかって来るもの。〈だから〉ではなく、〈にもかかわらず〉という逆説において我々に到来するもの。この逆説的機微こそが、小林が「測鉛Ⅰ」中に引いたあの聖書の一節であり、キリスト教徒への激烈な迫害者パウロが、そのダマスコへの途上で受けた一撃ではなかったか。

その故にこそ批評の普遍性とは何かと問い、それが〈回宗の情熱〉以外の何ものでもないことが語られる。〈回宗の情熱〉とは神の存在の有無、その是非を問い続ける自意識の苦悩の連続にほかなるまい。我々はここに批評家小林の生まれる、初源の一点をみることができよう。彼はそれをドストエフスキイに見、また白鳥に見た。

白鳥を内村鑑三以来のクリスチャンと言いながら、しかし小林の眼は白鳥の内面にひそむ、文学者本来の眼の所在を見逃してはいない。白鳥はいう。「パウロの書簡は名文句に富み、内村の解釈は面白いのだが、何処まで突き進んで行つても、私の頭に入ると畢竟夢物語になつてしまふのである」。「ロマ書の如きは真の真に倣してゐるらしいが、これも所詮は「夢の上に立脚して夢の発展を説いてゐる文学書みたいなものだ」。自分は幼い頃、「熱でも出ると、よく『大きな者が来る』と云つて泣いたものだが、老境に至つてもこの戦きから免かれることは出来なかつた」（「冬の日」）と言い、この「茫漠たる大きな者」の影と、同時に常に彼の前にあって抱えがたい「茫漠たる神」（「生きるといふこと」）の影と、この二つの影の重なる所、文学も宗教も所詮は人間の生理の紡ぎ出す〈夢物語〉〈夢の論理〉と見えて来る。内村はキリストの再臨、復活を強調したが、彼自身、それも「心魂に徹して信じてゐたか」「本当に安んじてゐたか」、私はそれを疑うとは、彼のしばしば繰り返す所だったが、この真率な問いはまた、日本人にとってキリスト教とは何かという根源的な問いを含み、小林にも深くひびくものがあったはずである。彼が白鳥を最も純粋な、日本人的なクリスチャンだと言ったのも、単に日本人的含羞をのみ指したものではあるまい。同時にその白鳥論が、ドストエフスキイ論から宣長論へと転じたあとに書かれたこともまた、偶然ならぬ意味深いものだが、いまその仔細にふれるには、もはや紙数も尽きた。

最後にその道筋をやや口早に言ってしまえば、先にふれた〈批評〉の極限が〈自意識〉の絶えざる反問ではないかという初源の一点が、いまこれがそのドストエフスキイ論の最後だと意識した小林の中で、深く反芻されなかったはずはあるまい。こうして第二の『白痴』論までの、この作品の終末、この男（ムイシュキン）の「謎が裸になつた」とすれば、「人間の生きる疑はしさ」が、いま「鋭い究極的な形を取つた」とすれば、「この男を除外して解決がある事が証明されたとしても、私は、彼と一緒に居たい。解決と一緒にゐたくないと」「作者は言つたかも知れない」という時、それはまた作者ならぬ、評者小林自身の批評家としての生涯をふり返っての、不抜の信条の告白でもあったはずである。こうしてさらに終末、「ドストエフスキイの形而上学は、肉体の外にはないのである」という時、それはこの作品にひそむ根源のモチーフを指すと共に、小林自身の中ではすでに次作『本居宣長』の構想が熟しつつあったことを語るものでもあろう。それは「肉体の外にはない」という時、批評家にとってもまた、言葉の肉体とは究極、母国語というもののかけがえのない肉声を指すものともなろう。こうして小林の向かう所は、漢字という外来語を使って母国の文字を生み出そうとする「上代日本人の努力、悪戦苦闘」の姿であり、同時に論は終末に近づくにつれて上代人の生活観へと転じ、その心性、その底にひそむ宗教性のその核心へと向かってゆくこととなる。

彼ら上代人にあって「神は、人々めいめいの個性なり力量なりに応じて、素直に経験されてゐた。」「誰の心にも、『私』はなく、たゞ、『可畏き物（カシコ）』に向ひ、どういふ終局を取り、これをどう迎へようかといふ想ひで、一ぱいだつたからだ。言ひ代へれば、測り知れぬ物に、どう仕様もなく、捕へられてゐたからだ」という。すでに語る所は上代人のみならぬ、小林自身の肉声としてひびくかとみえる。これを小林自身のひそかな〈信仰告白〉として受け入れるならば、この後に書かれた白鳥論の必然もまた見えて来よう。論は内村鑑三から河上徹太郎、さらに河上の愛読したストレイチイの「ヴィクトリア朝の名士たち」や「ヴィクトリア女王」が論じられ、その関連からフロイト、ユングと続いた所で中絶する。あと二回、ユングとフロイトについて書き、そして正宗白鳥に戻って、三回ほど書いて完結」（郡司勝義『白鳥論覚え書』）という予定だったというが、小林の筆はユングに差しかかった所で終る。ユングはその『自伝』の仕事の行き詰まりに悩み、その協力者アニエラ・ヤッフェもまた「追ひ詰められ」、その「解説」のなかば、「心の実現に常にまつはる説明し難い要素は謎や神秘のまゝにとゞめ置くのが賢明」と、ここまで書いて終る。筆をとめたのはヤッフェならぬ小林自身であり、未完の絶筆はここで終るが、これはいかにも象徴的であろう。

　我々はここで恐らく小林が最後に踏み込んだであろう、白鳥の最後の信仰告白、その回心という場面を読むことが出来ぬのは残念というほかはないが、しかしこの未完ということ自体が、まさに小林秀雄という、稀有な批評家のすべてを語るものではなかったろうか。カフカ（『城』）も然り、漱石（『明暗』）も然り、すぐれて批評的な文学者の多くがついに未完の作品を最後に遺したとすれば、もはやこれ以上言及する所はあるまい。ドストエフスキイ、宣長、そうして白鳥とは、まさにいずれも小林が自身を託した〈客観的相関物〉というべき存在であり、改めて小林の批評が、またその底に伏流する〈信〉への渇望が、いかに深いものであったかは再言するまでもあるまい。

　「戦後の小林秀雄」と言いつつ、そのランボオ論や『近代絵画』、わけてもセザンヌ論や『ゴッホの手紙』、さらには最後の宗教的画家ルオーへの、並みならぬ傾情の深さに何を見るかなど、なお論じるべき多くの課題は残っているが、これらのすべてはまた、改めて別稿を期するほかはあるまい。

山城むつみの評論を読んで

――『小林秀雄とその戦争の時『ドストエフスキイの文学』の空白』

山城さんのあの名著『ドストエフスキー』一巻に劣らず、この新著の感銘もまた深い。十六歳の時ドストエフスキイと出会い、文学の何たるかを知った小生は以後八十年の間、その作品はもとより数々の論を読み続けて来たが、やはり小林秀雄の論には最も勁く心打たれるものがあった。そのドストエフスキイと一体化した世界の只中に、山城さんも熱い想いを込めて乗り込み、〈三位一体〉とも言うべき世界を創り出したこの新著には圧倒されるものを感じたが、この限られた短文の中では到底語り尽くせず、その一端を語ることでお許し戴きたい。

その核心と言えば題名通り「『ドストエフスキイの文学』の空白」とは、またその「戦争の時」とは何たるかを問う所にすべてはあろう。小林はドストエフスキイの『伝記』は完成したが、これと共に刊行しようとした『文学』は遂に未完に終った、その根底にあったものは何であろう。かつて小林さんに会った時、あの『カラマゾフ』の続きは書かれないのかと聞くと「いや、人間の考えはぐるぐる変わるからねえ、あとは読む人が自由に考えてくれればいいよ」と、にこやかに笑いながら言われたことがある。然しこの平然たる態度の奥にあるものこそは何であったか。小林はあの日中戦争の頃はしばしば中国に出かけ、その時もドストエフスキイのことだけは忘れずにいたが、やがて第二次大戦で終戦を迎えると、「ほぼ出来上がった本を出すばかりになっていた千枚の原稿を放擲してしまう」。この決然たる態度の背後にあるものこそは何かと山城さんは問い、さらには再び戦後「仕切り直し」となった第一作「罪と罰」論、続いては第二作「白痴」論を書き、こうして戦中、戦後をつらぬいて問い続けた小林の根源にあるものは何であったかと繰り返し問い続ける。

戦後再び立ち向かったドストエフスキイの背後からは〈白色光線〉とも呼ぶ異様な光が射し、『罪と罰』の終末、シベリアに流刑されたあのラスコルニコフが労役の間のひと時、太い丸太の上に腰を降ろし、しばし黙想を続けるその姿の背後に光る、あの〈背光〉とも呼ぶべきものは何か。

ドストエフスキイ自身もまた死刑直前に赦免され、流刑されたシベリア体験から還り、やがて『罪と罰』以下の大作を書きついで行くが、想えば我々もまたすべて、あのドストエフスキイの問う人生そのものの矛盾と闘いつつ各自、自身の〈シベリアから還って来たもの〉ではないかと山城さんは問う。それはひとり小林のみならぬ、彼と深いつながりのあった大岡昇平や武田泰淳、また火野葦平なども、すべては人間の生み出す〈戦争の時〉の矛盾を生き抜こうとしたのではないか。人間世界の中に生きる矛盾の続く限り、もはや戦中、戦後は無く、すべては〈戦争の時〉として生きるほかはあるまいと、小林と一体となった山城さんは問い続ける。〈文学の力〉の何たるかは、まさにこの問いそのものの中にあるのではないか。

あの『蘇州』一篇の検閲で削除された部分の徹底した探索、武田泰淳の『ひかりごけ』についての素晴らしい評論、さらには『白痴』のキリストの背光を帯びたともみえるムイシュキンの「魔性」とも言うべき矛盾など、山城さんの熱く問い続けるすぐれた部分は限りもないが、もはや紙数も尽き、山城さんとの共著『文学は〈人間〉だ』（笠間書院）で共にドストエフスキイの存在を熱く語り合えたことの忘れえぬ喜びと共に、小生よりはるかに若い山城さんの、さらなる仕事の佳き実りを心から祈ってやまないものである。

遠藤周作論二冊を読んで

上総英郎『遠藤周作へのワールド・トリップ』と山根道公『遠藤周作　その人生と『沈黙』の真実』

一

いま、私の前に二冊の本がある。上総英郎『遠藤周作へのワールド・トリップ』（パピルス・あい）と、山根直公『遠藤周作　その人生と「沈黙」の真実』（朝文社）。いずれもこの四月に出たばかりで、著者は共にカトリック。しかも私にとっては極めて身近な、また身近であったひとたちだ。これは書評となっているが、ここではいささかくだけたエッセイ風なスタイルで語ってみたい。私の想いが通るからだ。

まず上総さんの本だが、これは上総さんの長女鵜飼恵里香さんが起こした出版社の数冊目の本であり、彼の本としてはこれで三冊目である。丁度忙しい時に「解説」をという急な注文で無理だとは思ったが、上総さんの娘さんからのたっての注文とあれば、これは弱い。ぎりぎり締切りを延ばしてもらって十二、三枚ばかりのものを書いたが、改めて上総さんとの縁の深さを覚えたものである。以下は「解説」に書いた所とかさなる部分もあるが、その人柄や仕事ぶりがどんなものであったかを、この一冊の新著にふれて語ってみたい。

上総氏は平成十三年夏、七十歳で亡くなったが、最初の一冊『原初の光景』（小沢書店）以後、カトリック文学の研究、翻訳者に加え、歌舞伎の解説書も三冊。さらには『「太平記」幻想』ほか平安期の文学をも論じ、現代作家では三島文学への造詣も深く、また小説、戯曲などにも筆を伸ばすなど、まことに多彩な活動の人であった。

しかし私にとっての上総氏は、一口に言って実に熱い存在だった。お互いに仕事を通して知ってはいたが、互いを知己と感じたのはもう二十年ばかり前になるが、台湾の輔仁大学というカトリックの名門校で、文学と宗教をめぐる国際学会があった時のことである。「遠藤周作や台湾の作家王文興、加えてグリアム・グリーンも参加することになっていたが、直前になって体調不良のため欠席ということで、我々はいたく失望したものだ。ただ大会自体は盛会で、世界の各地からグリーンや遠藤の研究者も参加、このキリスト教文学会の元会長斉藤和明氏や今は亡き武田友寿氏なども同じメンバーであった。これは余談となるが、私も発表者のひとりとして近・現代の日本文学とキリスト教についてしゃべることになったが、私の趣意は外国からの研究者も多くいるということもふまえて、このキリスト教国ではない近代日本という土壌にあっては、むしろキリスト教徒ではないすぐれた作家のなかに見るべきものがあろう。そこで漱石や大岡昇平や大江健三郎の場合はどうかということであった。

ここで忘れがたいのは漱石の『道草』にふれた部分についての反応であった。主人公健三がうとましい養父の島田を眼の前にして、このようにしてこの老人は老いぼれたが自分はどうかと自問した時、〈神〉という言葉を口にするのも嫌いであった自分の心に、不意に〈神〉という言葉が出た。そうしてその神の眼から自分の一生を通して見たならば、「此強欲な老人の一生と大した変りはないかも知れないといふ気が強くした」(四十八)という部分にふれ、この自伝的作品をつらぬく作家の根源的な志向が、水平ならぬ垂直軸として、相対ならぬ絶対者としての〈神〉からの問いを呼び起こした。恐らくこれは作家の意識、無意識の錯綜する重要な部分だが、この〈神〉を否定する、にもかかわらず神の問いに直面するというこの部分にこそ、文学と宗教、〈認識〉と〈信〉をめぐる秘部ともいうべきものがあるのではないかという、年来の持論にふれての発言であったが、帰国後まもなく同じ参加者のひとりであった上智大学のミルワード氏からの長い英文の手紙が届き、あの一箇所、〈神〉を否定する、にもかかわらず神からの不意なる問いかけを受けるという、あの〈にもかかわらず〉こそ大事なポイントですねと、ここだけこの一語をローマ字で綴って強調されていた所に、同学者の知己を得た喜びの深さを覚え、このローマ字で書かれた〈にもかかわらず〉の一語は、いまも私の胸に刻まれて忘れがたいものがある。

この学会では台平のあの丸山大飯店が宿舎となり、広い部屋の同室者がたまたま上総さんだったが、話しているうちにお互いが大の歌舞伎ファンであったこと知るや、芝居談義で一夜を語り明かしてしまった。私は学生時代から見ていた六代目菊五郎や初代吉右衛門の舞台などを語って得意だったが、あとで知ったのは上総さんはファンどころか、歌舞伎批評のプロであったことだ。これが縁で彼の親しい勘九郎の楽屋に案内してもらい、当日父の勘三郎の代役でつとめた「俊寛」の舞台に、祖父の六代目、勘三郎、勘九郎と続く芸の血脈を見、思わず涙を覚えましたと、年来の想いを告げえたのはファン冥利につきるというほかはないが、勘九郎の眼にも涙が光っていましたよと告げてくれた、上総さんの言葉も忘れがたい。

二

さて、私にとって上総氏は熱い存在だと言ったが、それはこの著作の二番目に置かれた『共感と批判―『沈黙』について―』と題した一篇が、何よりもそのあかしとなろう。これは昭和四十二年四月、「三田文学」に発表された言わば処女評論ともいうべきものだが、この論中にこもる圧倒的な批判の熾しさは我々の胸を搏つものがある。『沈黙』といえば遠藤文学を代表するものだが、著者はこれに真っ向から挑み、この作品を覆うものは作者の節度を失った情念の氾濫だという。彼は主人公の「ロドリゴのみをかばい、他の人物を傀儡同然にして」しまっている。その「呪縛的情調」はたしかに魅力的だが、その核心となるロドリゴの踏絵の場面も「真の行為とは言えぬ。言わば思考力の麻痺に近い」ふるまいであり、すべてはこの「踏絵幻想」ともいうべきものから生まれたものではないかという。

遠藤氏が傾倒したモリアックは、小説家とは「最も神に似」た「神の模倣」ともいうべき存在だが、しかし「創造者は被造物に責任を持」たねばならぬ。彼らを「完璧に生かすまでの苦痛を、小説家は堪え忍ばねばならぬ」。しかし『沈黙』の作者にそれを見ることはついにできない。そこにあるものは終始読者を陶酔させ、眠らせる情調の繰り返しであり、真のドラマは起きていない。日本を〈泥沼〉だというが、しかし〈泥沼〉とは、作者自身の「心内」にこそ存在していたのではないかという。

これは余りにも過激で、一面的な批判ともみえるが、しかし『沈黙』という作品の弱点と、その急所ともいうべきものを最も見事にえぐりとったものであろう。事実、これが谷崎賞の受賞作となった時の選考者のひとり伊藤整は、これを高く評価しながらも「読んで酔う気持になったため」他の作品を推したと言い、この作品に矛盾を見るとしても「読んでいるあいだの快感（これは反宗教的なものかも知れない）は、ハッキリと残りうる」とは、同じく武田泰淳の評する所であった。私自身もかつての論に「たえず繰り返される蝿の羽音、蟬の鳴声、鶏鳴、舞い上る土埃、熱い陽光、神の沈黙への詠嘆的な問いかけ、その絶えざるリフレイン、すべてが読者の情念をゆるやかに刺激しつつ展開し、読者はこの文体のうちにとどまって思惟することは許されぬ」。またロドリゴのみが「余りにも擁護され、糺問者井上筑後守との対決すらも「その多くが詠嘆的な両者のモノローグの並列に終っている」ことを指摘し、これは「あえて主題を先取りすることによって自身の文体に復讐されるという創作の機微を語るもの」だと談じた。『沈黙』という作品を高く評価しつつも、なおこのような批判は否めないところだが、それにしても上総氏の言う所は熾しい。

ここには自身カトリック文学研究者としての上総氏の、その故にこそ、この得がたいこの国のカトリック作家に対して求めずにはいられない、熾しい糺問のひびきが見られる。あえて上総氏を熱い存在だというゆえんだが、しかし聡明な作家遠藤氏がこの論者の裡にひそむ、ひたむきな情念と力の所在を見逃すはずはあるまい。こうして半年ばかりの後、遠藤氏から「三田文学」の編集所に呼び出しがあっての対面となるが、すっかり上気しながらも「書き直しているうちに、熱っぽくなりまして」というやりとりに始まり、最後はまた「三田文学」に書いてくれという遠藤氏の温かい言葉に包まれ、意気揚々と帰ってゆくまでの両者の対応は、遠藤という作家のふところの深さと、またこれを受けて感動する著者弱年のういういしい姿をつたえて、心温まるものがある。以来、両者の深い交流が始まってゆくわけだが、実は私自身の遠藤氏とのふれあいにもまた、この場面によく似たものがある。

すでに何度か書いたことだが、遠藤氏の処女評論ともいうべき『堀辰雄覚書』を真っ向から強く批判したことがあり、これが私自身〈近代文学とキリスト教〉を論じたものとしては処女評論集ともいうべき『近代日本文学とキリスト教・試論』に収めた『遠藤周作の「堀辰雄論」をめぐって』の一文だが、この批判に対し、逆に遠藤氏はここで自分は「こっぴどくやっつけられているが、本人の私は、かえって興味と爽快感をもって読んだ」と、ある新聞のコラムに紹介され、私は改めて作家の率直さというものにいたく感銘し、これがきっかけで遠藤さんとの付き合いが始まったわけだが、ここにも上総氏の場合との不思議な縁といったものを感じざるをえない。

三

先の遠藤氏との出会い以来、上総氏はあいついで「三田文学」に評論を発表するようになり、両者の交流も深まってゆくが、遠藤氏は「遊ぶときは徹底して遊ぶが、決して度をすごすことのない人」であり、「純文学に対する考え方は、妥協のないきびしいものがある」と上総氏はいう。「狐狸庵山人のぐうたら礼讃は、あくまでも形而下のことはこだわるまいと決めた態度から生まれたもの」だという。このあたり身近にいたものの鋭い観察というべきところであろう。しかしその反面、純文学の場では「超越者に対する鋭くきびしい反問」となるが、勿論そこに一貫して〈祈り〉の込められていることは言うまでもないという。こうして著者の語るところは単なる遠藤文学の解読に終らず、最も身近にあった真の理解者のみの持つ熱い肉声のにじむものが感じられる。

以下、各章にわたってふれる余裕はないが、遠藤文学にあっては『沈黙』ほかの大作のみではなく、作者が何気なく私小説風に語ってみせる短篇のなかに、この作家の真骨頂といったものが光っていることが指摘される。そのなかで最も愛着深いもののひとつとして短篇『札の辻』がとり上げられているが、一見卑小ともみえる人間存在のなかにひそむ聖なるものへの志向、超脱の可能性といったものを、日常にひそむ非日常性いう形で語る作者の筆はみごとであり、私などもかつて論じたことがあるが、このような短篇群のなかで我々は遠藤文学の地肌といったものにふれてゆくことができよう。また自身カトリックである上総氏の読みは、しばしば我々の蒙をひらくものがある。『海と毒薬』でいえばその終末、戦時中のアメリカ兵士の生体解剖事件にかかわり、罪の意識に悩む主人公の勝呂が、『羊の雲』（立原道造の作品だが）の語句を呟こうとして、口の乾きに呟きえぬ場面にふれて、〈羊の雲〉がキリスト（神の仔羊）を意味し、「〈白い、しいろい綿の列〉とは、ミサ聖餐で行われる無胞子パンをも暗示して」いるとすれば、その乾きとは「罪を告解せずして聖体」を受けんとする乾きに通ずるものではないかという。この部分はこれに先立つ本格的な遠藤論としての著作『遠藤周作論』（春秋社）でもすでに指摘されているところだが、カトリックとしての独自の眼の光っている所であろう。

このカトリック研究者としての著者の眼は、遠藤氏との対談『モーリアック「テレーズ・デスケルウ」と私』でも遺憾なく発揮され、この遠藤氏鍾愛の作品を語りつつ両者の鋭い読みは交錯し、『テレーズ』のみならぬ、遠藤文学の原質ともいうべきものをおのずからに照らし出している。自身モリアックの訳者でもある著者の、互いに原作を読み抜いての鋭い対話をみることができよう。その最後で、ロシア文学を含めた西欧の「罰する神、怒る神」と日本人の問題にふれた遠藤氏の発言を受け、しかしドストエフスキイの『カラマゾフの兄弟』などを読めば、ゾシマ長老の描き方など、「あれはやはり浄土真宗のものじゃないかと思うのです」という上総氏の言葉で締めくくられているが、ここでも遠藤文学の深さを語るとみえて、またこれに対する上総氏の自在な、またひろやかな眼の所在を告げるものであろう。

また注目すべき論としては、遠藤の最初の長篇『青い小さな葡萄』を論じた、『〈悪の遍在〉を凝視する眼』と題した一文がある。これは作者自身の留学体験から生まれたものであり、一九五一年三月二十三日、「フォンスの井戸をみにいく。これはレジスタンスの悲劇のあった井戸」。そこには「虐殺された数十人の死体がある」。何故来たのかと訊く連れの友人に「アンドレよ、文学とはそんなものだ。」「このほの黒い、人の叫びの訴えるような声のきこえる井戸の底に、ぼくは、人生の一つの投影を見に来たのだ」とは、その『作家の日記』にしるす所である。これが『フォンスの井戸』という初期散文となり、これを素材として『青い小さな葡萄』が生まれる。さらに四月二十九日の日記には「午後、ナチの暴虐の展覧会を見に行ったが、それは恐怖すべきものだ。」この印象を『フォンスの井戸』にどう生かすか」とある。この「ナチ暴虐」がアウシュビッツにつながることは明らかだが、これを体現するのはこびと、クロゾヴスキーであり、これはそのまま作品としての『青い小さな葡萄』のなかでも生きる。

フォンスの井戸に誘うのは、ナチの収容所で小さな木箱に入れられて体を変型された犠牲者のこびと・クロゾヴスキーであり、自分はこの体を通してナチの暴虐を人々にあかし続けるのだという。

いまひとり戦争の犠牲者ともいうべきドイツ人は片腕を失い、自分を援けてくれたフランス人の女性スザンヌの姿を求めて、その死を知る。暗い教会にひとり置かれたハンツの祈りを作者は次のように描く。「なぜ、俺をこのような時代に生れさせたのですか。なぜあなたは人々が殺し合い苦しみ合う有様を黙って見ていられるのですか。そして今俺にその罪まで背負え、共犯者になれとおっしゃる。片腕をなくすだけで充分ではないのですか。」「あなたは黙っていらっしゃる。あなたはいつも黙っていらっしゃる……」。この部分を引いて上総氏は、これはそのまま

「『沈黙』の主人公セバスチャン・ロドリゴにも通じる叫びであり訴えである。」「この問いかけはリヨンからも、三百年前の日本からも、作者によって訴えかけられる疑問」ではなかったかという。

こうして我々は〈悪の遍在〉というテーマを「この作品に確認することができる」と言い、『青い小さな葡萄』こそは、「この追求型の作家の発する一つの疑問の『形象化』だという。まさしく〈悪の遍在〉を問い、〈神〉の沈黙を問う」ことは、遠藤文学を一貫する根源のモチーフともいうべきだが、その初源の一点をこの初期長篇にみるとは著者の卓見であり、私の深く共感する所でもある。私もかつてこの作品を論じて、遠藤文学をつらぬく根源のテーマとは、まさしくこの〈アウシュビッツ以後〉ともいうべきものではないかと指摘したが、上総氏の眼がここに注がれている所に、この著者をつらぬく熱い眼の所在を読みとることができよう。

また「遠藤文学をつらぬくヒロインたち」と題した章では、『わたしが・棄てた・女』の森田ミツと共に、『海と毒薬』の上田ノブを挙げ、このマリア的存在とイブ的存在に眼を向ける作者の根底には、女性に対する深い洞察と理解があり、また身近にあって「遠藤周作という人は本当の意味でのフェミニストだ」（「その人柄について――『ほんとうの私を求めて』」）とつくづく思うという。女とは「自分でも自分がよくつかめないほどに混沌としているのですが、男は本来、この混沌に形を支えようと懸命になるのです」という言葉にふれ、これは遠藤氏の本音であり、上田ノブや『スキャンダル』の成瀬夫人などは、まさにこのような作家の洞察から生まれたものであろうという。

こうして最後の二篇、ひとつは本書の題名ともなった『遠藤周作へのワールド・トリップ』と題した一篇であり、「世界文学への志向」以下、遠藤文学の多面性やその方法的、実験的な側面が語られ、最後の『キリスト教文学の視点から読む遠藤作品』と共に、遠藤文学の本質をあざやかに要約してみせる。

著者はいう、作家遠藤周作ほど「小説家であることに徹し、彼ほどにキリスト教徒として己が道を貫き通した人は稀であろう」。またその「一生は病との戦いの一生であった」ことからも、初期作品にみる人間悪をめぐるテーマは、おのずからに弱者への凝視というテーマに移ってゆくが、同時にその作家としての眼は、神への〈何故〉という問いを繰り返してゆく。彼は「根源的には終始疑問の人」であり、「一見軽くみえる作品」でも、たえず「人間の根本問題が扱われている」。彼はたえず反問を繰り返す。フランスの作家ベルナノスは、自分の信仰について「一パーセントの信仰と九十九パーセントの懐疑から成り立っている」というが、遠藤はまさに「一パーセントに賭けて信仰を守るのではなく逆に問い質そうとしたのだ」という。これはまた上総氏自身のものでもあろう。

『深い河』の終末に近く、聖なるガンジスのほとりで黙々と死者を葬る大津は、「あなたの真似を、今、やっていますす」という。あなたとは言うまでもなくイエスのことだが、成瀬美津子も「母なるガンジスに沐浴」しつつ、「これも所詮〈真似〉にすぎない」という。「だが、これが〈模倣〉に終るのであろうか？ここに最大の課題—キーワードが存在している」という。この言葉をもって最終章、またこの一巻は閉じられるが、これは遠藤氏が我々に遺した「最大の問いかけがあった」と同時に、また上総氏自身が我々に遺した熱い問いかけではなかったか。いまこの稿を書きつつ、改めてあの上総氏の熱い肉声がよみがえって来る。かつて私共の大学の宗教講演に招いた時、二日間にわたり、自身の原爆の被爆体験を、また文学への深い想いを、あの早口の口調で、ひと思いに語りかけたその声は、いまも私の胸によみがえる。

上総氏の仕事を語ろうとして、書評ならぬ気儘な感慨に終始した感もあるが、これも彼に対する、変わらぬ惜別の情の故と許して戴きたい。

四

さて、次は山根さんの仕事だが、これは上総さんとは極めて対照的で、動に対する静、いかにも平静にその実証のあやを巡ってゆくかにみえるが、その裡にこもるものはやはり熱い。これは「あとがき」にもある通り、梅光学院大学に博士論文として提出されたものだが、遠藤文学を論じたものとしては画期の一巻ともいうべきものであろう。従来の遠藤研究は作品論が中心で、「作家の人生をその信仰と文学との関連で詳しく調査し、検証した本格的な研究はまだほとんどなされていない」ことに対し、「本論では遠藤周作の信仰と文学に深くかかわる人生の問題を考察し、その問題が最も深く投影されている作品として『沈黙』をとり上げて論じることで、遠藤周作研究において新たな地平を切り拓く研究をめざした」とは、著者がその論文要旨にいう所だが、その言葉通り、いわば作家と作品を串刺しにして精密に論じてみせた所に、この遠藤論一冊の見るべき特色は遺憾なく発揮されていると言ってよかろう。

もう二十年余り、テクスト論の流行もあって、ともすれば作家自身のモチーフや伝記的背景といったものは置き去りにされて来たが、いまその流れもようやくおさまって、本来の姿に還りつつあるかにみえる。作家論か作品論か、あるいは作品論かテクスト論かなどとは何事でもあるまい。要は作品をつらぬいて作家が見え、その意識、無意識がめぐってのモチーフなるものの所在も見え、これが作品表現の技法や展開とどうかかわってゆくかに、作品分析のすべてはかかっていよう。山根氏の仕事はまさにこの作家研究、作品研究の王道に即して、遠藤文学に切り込んでゆこうとする。すでに新潮社版『遠藤文学全集』（全十五巻）の編集にかかわり、全巻の解題、年譜作製を担当し、その解題も単なる解説、紹介に終るものではなく、個々の作品の初出、年譜事項、その他作品生成の背景ともなる多面的な事項を細密に調査したものであり、その実績の上に書き上げられたこの一巻は、今後の遠藤研究の土台ともなる貴重な労作ということができよう。

紙幅の関係もあり、その詳細にふれる余裕はないが、その構成は「序章改題の功罪—『日向の匂い』から『沈黙』へ」、〈第一部　人生と信仰—『沈黙』の背後〉、〈第二部　『沈黙』を熟させるもの〉、〈第三部　『沈黙』を読む—『日向の匂い』の題のもとに〉となっており、最後に〈資料篇〉として「遠藤周作年譜と著作目録」が付けられている。この論の眼目は、当初作者が付けた題名は『日向の匂い』であったが、担当の編集者の提案で『沈黙』と改題されたため、以後論者や批評家からは「神の沈黙を描いた作品」と誤読されて来た経緯にふれ、このため〈神の沈黙〉を問い続けるロドリゴが踏絵を踏む第Ⅷまでが重点的に読まれ、作者が最初『日向の匂い』と題した趣意が稀薄になってしまったいきさつにふれ、作者本来の意向に沿ったロドリゴの踏絵後の姿を描いた第Ⅸに重点を置いて読み直すべきだという所にある。これは従来の読みに対する根本的な問題提起であり、今後の『沈黙』解読に対する貴重な提言であろう。

さらに『沈黙』は「突然に生まれた小説」ではなく、自分が「小説を書きはじめてからの宿題の積み重ねがこの小説」であり、「したがって『沈黙』には自分の過半生をすべて打ち明けなければならない問題が含まれて」おり、その「留学体験、帰国後の病床体験から得たものを含め、それらすべての積み重ね」が自分に『沈黙』を書かせたので、何も〈弱者〉だけが主題のすべてではない」（『沈黙の声』）という晩期にしるした遠藤自身の発言に即し、その生い立ちを含め、遠藤に「信仰を与えた母郁の問題」、また「遠藤と母との精神的指導者司祭であったヘルツォグ神父の棄教の問題」などが綿密にしるされている。この母郁の出自をめぐる詳細な調査を含め、不幸な結婚生活の果て離婚の痛みを抱えた母への同情、にもかかわらず大学入学をめぐって経済的理由から母の手許を離れて父に頼るという、言わば母への裏切りとその負い目が終生遠藤氏の生涯をつらぬき、『沈黙』という作品の背景にも、この屈折した母子体験が深い影を残していることが指摘される。

このあたりは、すでに多くの論で言及されていることではあるが、著者の伝記的事実をふまえた細密な考証は、さらに深い説得性を示すかとみえる。また一九五〇年の留学は、共に四等船室に乗り込んで渡仏し、西欧的キリスト教との深い葛藤をかかえて帰国し、ひとりは伝道者として、またひとりは文学者として、共に日本という土壌にいかにしてキリスト教信仰を根付かせるかという課題のために苦闘した、盟友としての井上洋治神父との交流が熱く語られる。これは井上神父の信仰上の愛弟子でもある著者ならではの、深い理解があってのことであり、この遠藤、井上両者の精神的交流をかくまで語り尽くしたものはあるまい。さらに言えば井上神父門下としての著者の眼がその影響も含めて、今後遠藤文学をめぐる〈信〉の問題、その宗教存在意義といったものをどれだけ論じ尽くしてゆくことができるかは、著者に対するさらなる期待のひとつともいうべき所であろう。

さらに遠藤の転機ともいうべき昭和三十五年から三年間の病床体験が、やがて『沈黙』執筆のきっかけともなる経緯については、『沈黙』と全く同時期に並行して書かれた長篇『満潮の時刻』をどう解読するかという問題がかかわって来るが、この部分も著者の分析は『沈黙』と『満潮の時刻』両者の対応にふれて極めて説得的なものがみられる。この作品（『満潮の時刻』）の主人公明石は平凡なサラリーマンだが結核で入院し、三度の危険な手術に成功し、新たな人生へと踏み出してゆく所でこの作品は終る。これはそのまま遠藤自身の病床体験を再現したものであり、最後は踏絵の中からの〈踏むがいい〉というキリストの声に自身を包む神の愛を知り、新たな魂の再生を得るという主題は、そのまま『沈黙』のそれとかさなるものであり、『満潮の時刻』という言葉が作中語られる通り、「新しい生命の生まれる」時を示すとすれば、この題名に込めた作者の想いは明らかであろう。

ただこの作品に言及するのであれば、後半に繰り返し語る主人公の汎神論的感性とキリストの愛の眼差との錯綜は、作者が章を追って繰り返し執拗に描きつくそうとしている所であり、このあたりの分析は私の論も援用されてはいるが、その文体のリズムに息づく作者の問題意識の深さは、さらに深く汲みとってゆく必要があろう。これは遠藤自身が己れの裡に息づく〈汎神論的感性〉の所在を明らかにしたものであり、この部分への追求は、遠藤的主題を問いつめてゆく、ひとつの急所ともいうべき所であろう。

また〈踏絵〉の部分については、遠藤自身が長崎で踏絵を見た時期は何時かという問題があり、これについての著者の調査は綿密であり、しばしば問題とされる入院以前ではなく、退院後であることが解明され、また素材となる踏絵についても、これが作者のいう長崎の十六番館のものではなく、いくつかの踏絵をかさね合わせた、作者の心象に刻まれた複合的表現であることが解明される。このあたりの著者の作業は綿密をきわめ、すぐれて説得的なものがある。

またロドリゴの棄教という問題にふれては、作者が棄教神父を描いた『黄色い人』（一九五二年）、『火山』（一九五九年）、『黄金の国』（一九六二年）、『影法師』（一九六八年）などの系列のなかに位置づけているが、これもまた貴重な指摘であろう。これが遠藤の少年時、夙川教会で見かけたフランス人棄教神父のイメージに加え、先にもふれた遠藤母子の精神的指導者でもあったペーテル・ヘルツォグ神父がモデルとなっており、繰り返し棄教神父を描く遠藤の作品に、いかに実在の神父が深い影を落としていたかは、やはりこの著者ならではの実証の成果のひとつであろう。

五

こうして最後に、『沈黙』を最初の『日向の匂い』という題名に即して読みとってゆく時、何が見えて来るかという問題だが、これはしばしば引用される最初の〈踏絵〉の場面ではなく、第Ⅸ章以下において生きて来るという。すでに捕らえられたロドリゴをキチジローが訪れる。ロドリゴにあの時のことがよみがえる。彼は再び問いかける。「主よあなたがいつも沈黙していられるのを恨んでいました」「あなたはユダに去れとおっしゃった」というロドリゴの訴えに対し、「私はそうは言わなかった、今、お前に踏絵を踏むがいいと言っているようにユダにもなすがいいと言ったのだ。お前の足が痛むようにユダの心も痛んだのだから」とキリストは応える。

「その時彼は踏絵に血と埃とでよごれた足をおろした。五本の足指は愛するものの顔の真上を覆った。この烈しい悦びと感情とをキチジローに説明することはできなかった」という。この場面こそ最も注目すべき所であり、これが最初の踏絵から五年後の場面である所に、作者の作中に込めた主題のすべてはあるという。同時に作者の胸中に長くあったユダコンプレックスも解かれ、五年という歳月の中で、「あの人」の語ろうとするものが何であったかを知ったという。これを受けて「私がその愛を知るためには、今日までのすべてが必要だったのだ」「そしてあの人は沈黙していたのではなかった。たとえあの人は沈黙していたとしても、私の今日までの人生があの人について語っていた」という、『沈黙』の最後を締めくくるロドリゴの独白はここで生きる。

この最後のロドリゴの言葉、「『私の今日までの人生があの人について語っていた』という傲慢を私は認めることが出来ない」とは、谷崎賞受賞の選評のなかで、選者のひとり大岡昇平氏が批判した所だが、これが出版間際の段階で加筆されたことが最近になって判明した事実を踏まえ、あえて誤解を恐れず加筆したこの部分にこそ、ロドリゴに託した作者の意図は生きていると著者はいう。棄教者という負い目のなかで、ひそかに自身に注がれる神の愛を、〈日向の匂い〉の温かさにかさねて語らんとする所に作者の意図があったことを思えば、この五年間という歳月の意味はまことに重い。こうしてロドリゴが棄教者という負い目をになひつつ、彼の上に注がれる神の恩寵の温かさを知る時、〈日向の匂い〉という題意はみごとに生きる。同時にそれは作者遠藤が終生かかえた深い〈母の匂い〉とかさなって来るという。

このあと第七章、「『沈黙の声』—自然描写の象徴性」と題した章が続くが、この部分の著者の解読には問題があろう。たとえば繰り返される雨の描写に、「神はキチジローに寄り添い、その痛みを母親のように共にしていることが暗に示されている」というが、これはいささか主題的な指摘に過ぎよう。これらはやはりしばしば出て来る海の描写や山鳩や鶏の声、あるいは「白い海の光」など、これらすべてを聖書的な恩寵や救済の象徴とみる読みは、やや一面的に過ぎよう。表現にみる宗教的象徴性とは、文意に即して微細に読みとるべき所であり、どう読むかは作品解読のまさに難所ともいうべき所でもあろう。

続いては第八章に説く「日本人の心性とキリスト教」の問題があり、ロドリゴと対決する宗門奉行井上筑後守が登場するが、彼もまたロドリゴやキチジロー同様、作者遠藤にかさなる人物と指摘されているが、この人物の問題は同時期に書かれた戯曲『黄金の国』にあってはより詳細に描かれ、その内面の苦悩、葛藤の所在は注目すべきものがあろう。かつて三十年前には同じ教えを信じていたが、その無為なることを知ったと彼はいう。私は彼のドストエフスキイの描いた『カラマゾフの兄弟』における「大審問官物語」の、あの老いたる大審問官の姿をかさねて読みとってみた。彼もまた神の救いを求めてきびしい求道者の生活を続けたが、「一朝忽然と語りを開いて」そのむなしさを知ったという。それはかつては切支丹たちと同じ〈信〉の世界に入っていたが、この日本という土壌のなかでこれを説くことのむなしさを知ったという筑後守の姿にかさなって来る。

作者が『黄金の国』の作中、フェレイラと共にいまひとりの主人公として描いたともみえる筑後守は、作者の胸中にあって、あの「大審問官のイメージと重ねあわせてつよく生きていたことは疑いあるまい」と、かつての論で指摘したが、たまたま先にふれた上総氏の著作にみる『モーリアック「テレーズ」と私』と題した対談の中で、筑後守とは『罪と罰』のラスコルニコフと対決するポルフィリーと「非常に共通性を感じたのですが」という上総氏の発言に対し、自分は「むしろ大審問官のことを考えていたな」といい遠藤氏の言葉に出会い、やはりこちらの推測は間違ってはいなかったと、うなずいたものである。

またフェレイラについてはロドリゴと対比して、彼にあるものは「神の沈黙への疑いのみ」であって、ロドリゴに見るごとき「自らの生の現実に根ざしながら感覚的にキリストを愛するという信仰の姿勢」は見出せず、「神の沈黙に耐えきれずに転んだあと」は義なる神への不信となり、「信仰を失うようになった」と著者はいうが、しかし『黄金の国』を仔細に読めば、フェレイラの問題をこのように片付けてしまうことはできまい。遠藤氏の語るあの

『沈黙の声』では、『日向の匂い』とは、まずフェレイラの人生について語ったものであったことも明らかになっている。恐らく『満潮の時刻』と同様、全く同時期に描かれた戯曲『黄金の国』のモチーフも『沈黙』と対応しつつ、微妙な交錯の跡を残している。あえて言えば、まずはじめにフェレイラありきということであろう。

こうして最後はこの労作に対しいささかの注目を呈してみたが、この遠藤論一巻が今後の遠藤研究に対して貴重な一石であったことは疑いあるまい。何よりもひとりの作家の内面の、その多岐にわたる微細な事象にふれずしては、ついにその核心に迫りえぬことがみごとに示されている。また加えて言えば、巻末に付された詳細な年譜では、遠藤の受洗の日付が訂正され、従来の空白であった部分への緻密な考察もみられる。余談ながら私は遠藤の作品であれ、伝記的部分であれ、判らぬことがあればしばしば山根さんに電話する。この間も『悲しみの歌』の原題が、週刊誌連載中は『死なない方法』であったのが、何故改題されたのか。『死なない方法』とは何かなど尋ねてみたばかりだが、それが疑問のままであれ、何であれ、いつも誠実な答えが鄭寧に返って来ることに、山根さんの人柄の温かさを感じ、その研究者としての真摯な姿勢に、改めて深い共感を覚えることが多い。

最初に述べた通り、上総、山根両氏の著作をめぐって書評の枠からはいささかはみ出た駄弁を弄して来たが、私はここでも作者と作品の串刺しならぬ、論著と論者を串刺しにして、その背後に生きるモチーフの所在を、ひいては論者そのひとの核部といったものに、幾分でもふれることができればと思って来た。ついでに加えれば、この「キリスト教文学」をさらに活性化するために、会員各自がもっと自在に胸をひらいて語り、励ましあってゆこうという提案者のひとりとして、いささか長きに失した、かかる駄文を弄したことも諒して戴ければ幸いである。

柴崎聰の石原吉郎論を読んで『石原吉郎　詩文学の核心』

茲に待望の一巻が刊行された。恐らくは著者が渾身の力を注いだと思われる労作である。詩人石原吉郎を論じたものはかなりあるが、これほどその作品の背景、土台となる資料を丹念に、著者自身の言葉をそのまま借りれば、くまなく〈点検〉し、論じ尽くしたものはあるまい。私はかねがねこの石原と伊東静雄の両者を最も魅かれる詩人として、いつか著作として論じてみたいと念じつつ、ついに果たしえなかった。この想いも含めてこの著作を読み通して、いま一度石原という詩人の根源的な核心を探りとろうと読み始めた。至る所に傍線を引き、付箋も山ほどはりつけてみたが、いまこれをそのままふまえて、この著作のすぐれた機微にふれて行くことは、このような短文では到底出来ることではない。そこで勝手乍ら仔細はいっさい省き、私が最も共感し、感銘したことの一端にふれつつ、著者と共に、さらなる石原の根源に迫るべき課題ともいったものにふれることが出来れば幸いである。

そのシベリア体験を中心にして論じたものが多い中にあって、これほどその思想、また詩的発想の核心ともいうべき聖書との交流を微細にとりあげたものはあるまい。これが本書の第一の特色である。その中心ともなる「詩文学の核心」と題した第三章、四章では、キリスト教や聖書との関連を〈直接聖書に取材している詩。エピグラフ（題詞）で聖書を引用している詩。題名にキリスト教的・聖書的用語を用いてる詩。文中にキリスト教的・聖書的用語を用いている詩。詩想にキリスト教や聖書の影響がある詩〉と、この五つに分類し、各節ごとに微細な検証や分析を示している。たとえばその冒頭では、代表作ともいうべき「Gethsemane（その初題は「ゲッセマネの夜」）をとりあげ、これを谷川雁の「ゲッセマネの夜」と比較しつつ、谷川ののびやかな表現の見事さに対し、石原の詩をつらぬく独自の緊迫感や圧搾感を感じさせる表現の背後に、その「聖書の読み込み」の「ただならぬ気迫」と、さらにはその苛酷なシベリア体験が、このような聖書の読みを促した機微を読みとり、またその背後にはカール・バルトの弁証神学からの影響もあると指摘している。これをさらに遡れば若年期における作家北条民雄の作品と出会い、またその彼が影響を受けたシェストフの『悲劇の哲学』、そこからドストエフスキイやカール・バルトの危機神学へと導かれ、さらにそこからバルトの直弟子エゴン・ヘッセルからの受洗という道筋も辿れよう。さらには出征直前の受洗は、その苛酷なシベリア抑留の体験ともからみ、神の沈黙と対峙しつつ、なお現実の不条理を生き抜かんとする所から、〈信〉と〈認識〉のはざまを苛烈にゆれ動く彼独自の存在と表現を生み出すこととなるが、この体験を終始つらぬく確たる信条の一点は、彼がくり返す〈断念〉の一語に尽きるものがあろう。

彼が繰り返し語る、この〈断念〉こそは、人間の生きる基本の姿勢であり、生きるとは「そのままに断念の同義」であり、その深さは「生きる深さであり、その深さに照応するようにして信仰の深さがある」という。ここから彼の生と詩作をつらぬく凛としてゆるがぬ〈姿勢〉のあり方もあざやかに見えて来るが、これを最もさわやかに、また簡潔、素材に示す、私の愛誦の一篇として、著者自身も「第四章、詩文学の核心」の終末に掲げた「麦」と題した一篇を紹介してみたい。

〈いっぽんのその麦を／すべて苛酷な日のための／その証としなさい／植物であるまえに／炎であったから／穀物であるまえに／勇気であったから／上昇であるまえに／決意であったから／そうしてなによりも／収穫であるまえに／祈りであったから／天のほか　ついに／指すものはもたぬ／無数の矢を／つがえたままで／ひきとめている／信じられないほどの／しずかな茎を／風が耐える位置で／記憶しなさい〉。著者もまた「この詩ほど凛とした極を漂わせる詩は少ないのではなかろうか」と述べている。

さて、なお語るべき所は多いが、もはや紙数も尽きた。いま私の机上には分厚い『石原全詩集』一巻が置かれ、書庫から取り出した『北条』『足利』『北鎌倉』などの晩期の詩集、また歌集もある。ここで若干の感想と要望を記せば、晩期の詩篇、詩風には〈断念〉ならぬ、〈諦念〉ともいうべきものもかすかに漂ってはいないか。また〈断念〉とは聖書の語る隣人への、他者の痛みへの、根源的な倫理的志向をどのように含んでいるのか。あの三・一一の東北の大災害を想いつつ、いま石原という稀有なる詩人が生きていたとすれば、何を感じ、また語りえたか。これはいかなる批判でもなく、戦後を生き残り、〈余生〉ともいうべき残りの人生を生きて来た小生ごとき素朴な存在のささやかな問いでもある。〈断念〉とは諦念ならぬ、この生の不条理を前になお、ゆるがぬ〈個〉の核心を抱きつつ、見えざる根源の真理に向かって問われつつ、また問い続けて行くことではないのか。この著作から多くの示唆を受けたものとして、いま一度石原の全作品を読み返しつつ、また多くを読みとって行きたいと念う。最後に改めて敬愛する著者柴崎さんの労作の完成を喜ぶと共に、さらなるお仕事のよき実りを心より願うものである。

中也と賢治――その〈詩的血脈〉をめぐって

ふたりの詩人をめぐる〈詩的血脈〉の深さとは何であろう。賢治の詩について語った中也の言葉がある。『宮沢賢治の詩』と題したその一節。

彼は幸福に書き付けました、とにかく印象の生滅するまゝに自分の命が経験したことのその何の部分をだつてこぼしてはならないとばかり。それには概念を出来るだけ遠ざけて、なるべく生の印象、新鮮な現識を、それが頭に浮ぶまゝを、――つまり書いてゐる時その時の命の流れをも、むげに退けてはならないのでした。（略）要するに彼の精神は感性の新鮮に泣いたのですし、いよいよ泣かうとしたのです。

これはとことん相手に惚(ほ)れこんだ人間の言葉であり、その傾情の深さにはなみならぬものがある。賢治が詩と言わず、あえて〈心象スケッチ〉と名付けた、その核心に迫って、これ以上の言葉はあるまい。凡百の批評や解釈の遠く及ばぬ所で、詩人の言葉は肺腑をえぐって自身に還る。賢治にとってはまさに知己の言というべきだが、「感性の新鮮」に泣いたのは賢治であり、また中也自身でもあった。

これはまた詩人八木重吉にもつながるものではないか。重吉は自身の発語の一点、その詩語の初源の一点を指して次のごとくいう。

わたしでもなく／わたしをうごかすものでもなく／ふしぎなる両生のせかいの／いちばんやわらかな　いちばんはじめの／こゝろおどるいずみからものを言いたい

言葉をいちばんはじめの、やわらかいところから、外皮をまとわぬ、顫えの、そのはじめの姿のままでつかみとってゆくという、その発語の、詩作の初源の一点を指す重吉の詩法の語るところもまた、賢治や中也と無縁なものではあるまい。しかもこの賢治、中也、重吉の三者がともに、この国の近代詩史のなかで最も宗教的な詩人であったことを思えば、ともすれば言葉の彫琢、修辞の粉黛に終始する近代詩の流れにあって、その詩法がある根源的な問いを示していることもまた見逃せまい。

賢治は「感性の新鮮に泣いた」と言い、また「新鮮な現識」を退けなかったという、その〈現識〉とは何か。中也の賢治に対する共感の深さは、その論の一端にもうかがえる。彼は賢治の詩法について次のごとく言う。

　人性の中には、かの概念が、殆んど全く容喙（ようかい）出来ない世界があつて、宮沢賢治の一生は、その世界への間断なき恋慕であつたと云ふことが出来る。／その世界といふのは、誰しもが多かれ少かれ有してゐるものではあるが、未だ猶、十分に認識対象とされたことはないのであつた。私は今、その世界を聊かなりとも解明したいのであるが、到底手に負へさうもないことであるから、仮りに、さういふ世界に恋著した宮沢賢治が、もし芸術論を書いたとしたら、述べたでもあらう所の事を、かにかくにノート風に、左に書付けてみたいと思ふ。

（『宮沢賢治の世界』）

こうして彼は次のごとき箇条を書きつけてゆくが、その冒頭の一節。

一、「これが手だ」と、「手」といふ名辞を口にする前に感じてゐる手、その手が深く感じてゐられゝばよい。／一、名辞が早く脳裡に浮ぶといふことは、尠くも芸術家にとつては不幸だ。名辞が早く浮ぶといふことは、「かせがねばならぬ」といふ、二次的意識に属する（略）。／一、芸術を衰褪させるものは、固定概念である（略）。

これらはそのまま中也の『芸術論覚え書』の冒頭部分とかさなり、ここにいう「名辞を口にする前」の世界とは、『覚え書』では「名辞以前の世界」と名付けられ、この「名辞以前の作業」としての「芸術」と、「諸名辞間の交渉」ともいうべき「生活」との二元相剋の機微が種々述べられてゆく。中也はこの「名辞以前」の世界を「直観層」「純粋持続」などという言葉でもあらわし、「芸術は、認識ではない。認識とは、元来、現識過剰に堪られなくなつて発生したとも考へられるもので」、「生命の豊富とはこれから新規に実現する可能の豊富でありそれは謂はば現識の豊富のことである」ともいう。

すでにいわゆる〈認識〉に対して、〈現識〉なるものの何たるかは明らかであろうが、これを仏教の言葉でいえば〈阿頼耶識(あらやしき)〉に当たるものであり、感性の最も原質的な部分を意味することになろう。賢治はまさにこの「新鮮な現識」「感性の新鮮に泣いた」という時、それは殆ど賢治論の核心のすべてを語ったことになるが、いま一歩踏み込んでゆけば、さらに「感性の新鮮」のみならぬ、賢治、中也二者の詩法をめぐる、より深い倫理の所在といったものが見えて来よう。

いかりのにがさまた青さ／四月の気層のひかりの底を／唾しはぎしりゆききする／おれはひとりの修羅なのだ

さらに詩人は唱う。

まことのことばはうしなはれ／雲はちぎれてそらにとぶ／ああかがやきの四月の底を／はぎしり燃えてゆききする／おれはひとりの修羅なのだ

言うまでもなく賢治の詩篇『春と修羅』の一節だが、中也の『修羅街輓歌』と題した作品にも次の一節がみられる。

まことや我は石のごと／影の如くは生きてきぬ……／呼ばんとするに言葉なく／空の如くははてもなし

恐らくは賢治を意識しての作品だが、〈呼ばんとするに言葉なく〉と嘆じつつ、〈心よ／謙抑にして神恵を待てよ〉というところに、中也をつらぬく倫理の所在は明らかだが、それが同時に砕かれて〈神恵を待てよ〉というところに、中也が身を浸したカトリシズムの影もまた深いといえよう。恐らく我々はここで賢治、中也のふたりをつらぬく宗教性の問題に直面することとなるが、中也における〈信〉の表白を一篇に集約するとすれば、詩集『山羊の歌』

末尾に収められた「羊の歌」冒頭の、『祈り』と題した小詩一篇がすべてだということが出来よう。

死の時には私が仰向かんことを！／この小さな顎が、小さい上にも小さくならんことを！／それよ、私は私が感じ得なかつたことのために、／罰されて、死は来たるものと思ふゆゑ。／あゝ、その時私の仰向かんことを！／せめてその時、私も、すべてを感ずるものであらんことを！

もう三十年近く前のことだが、透谷や湯浅半月から金子光晴まで、四十人ばかりの詩人を選んで、日本近代詩をつらぬく〈信〉の所在とは何かを探索したことがあるが、行きつく所はこの中也の『祈り』一篇にすべては尽きるという感が深かった。〈感じ得なかつたことのために〉とは、詩人失格を指すという説もあるが、そうではあるまい。他者の痛み、人間の痛みを感じえなかった故の罪を言い、その生涯の最後において〈すべてを感ずるものでありたい！〉という。ここには詩法の次元を超えた、〈信〉の究極の姿が唱われている。

これと対応するものを賢治のなかにみれば、〈ヒデリノトキハ／ナミダヲナガシ／サムサノナツハ／オロオロアルキ〉という、あの周知の詩句にすべては尽きよう。これは再度の病魔に倒れ、心身ともにうち砕かれた賢治の〈回心〉から生まれたものであり、もはやここには賢治における仏教、また中也におけるキリスト教などといった区別は何事でもあるまい。両者をつらぬくものは〈まことのことば〉への根源的な希求であり、これをつらぬく〈信〉の所在は再言するまでもあるまい。

＊

最後に残った紙幅を使って、中也における ダダ、賢治における短歌について、少しく言及してみたい。中也が少年時の短歌からダダイズムとの出会いをくぐって、独自の詩風を開いたことは周知のところだが、賢治の場合はどうか。彼は短歌から詩へと直進したかにみえるが、賢治におけるダダ的衝動は、その初期短歌そのもののなかに内在していたのではないかというのが私の持論である。たとえば明治四十五年歌稿から、その一端を拾ってみれば次のごときものがある。

不具となり月ほの青くのぼり来ればからす凍えからすさめてなけり
白きそらひかりを射けんいしころのつちぐりにあかつちうるうるとこゞえ
われ口を曲げ鼻をうごかせば西ぞらの黄金の一つ目はいかり立つなり

これらは単に破調の試みという以上に、その発語、叙述の骨法は散文体の、一種桔屈な体を示す。これを次のそれぞれの草稿、〈第一形態〉のリズミカルな短歌的律調からの改稿の跡とみれば、詩人の志向するところの何たるかは明らかであろう。

〈不具なる月ほの青くのぼるときからすはさめてあやしみにけり〉〈白きそらひかりを射けんいしころのごとくちらばる丘のつちぐり〉〈こぜわしく鼻うごかして西ぞらの黄の一つ目をいからしてみぬ〉。これらが改稿して先のごとくなるわけだが、注目すべきはその短歌的律調、洗練を拝して、これを砕き、解体して積みあげた岩石的形相ともいうべきものを試みんとした詩人の、その内的律動のみならぬ動きであろう。岡井隆氏はこれらは「どうも短歌的でない部分、短歌の特質をむしろ殺してしまう話法が目立」ち、「ことがらを、順直平明に叙述する散文の一片の上に、わずかに音数律の衣をきせたといった印象をぬぐうことは出来ない」(『宮沢賢治短歌考』)という。

しかしこれは逆であろう。「わずかに音数律をきせる」どころか、逆に音数律をきせようとして、きせ得ぬ内的律動にこそ、ことの実相はあろう。これらの極まるところは、たとえば次の――〈雲はいつか、ネオ夏型、おれのからだの熱はとれ、桐の花、かるかるとさいてゆるく〉などの試みをみれば、すでに詩人の向かわんとするところは明らかであろう。これに対し中也におけるダダイズムの展開はどうか。

『道化の臨終』などから晩期の『春日狂想』に至るまで、中也におけるダダ的志向の所在は明らかだが、大岡昇平氏はダダこそは中也の思考が「最も自由に働く」「彼の生の基本的な認識形態」であり、これに身をゆだねる時、彼は「最も手足を伸び伸び」と自由に延ばしているという。これを河上徹太郎の中也にこの国の最もすぐれた宗教詩人をみると言い、カトリシズムこそが彼が最も自由に身をゆだねた世界だという指摘を併せてみれば、中也が身をゆだねた詩圏のありかといったものもまた明らかであろう。

ただ中也の〈有限の中の無限は／最も有限なそれ〉という認識が、彼にダダの身ぶりを、道化をしいる。この〈無限〉と〈有限〉、〈求心〉と〈遠心〉のよじれあう矛盾の点滅は、また賢治にあっても無縁のものではない。とまれ、この中也と賢治における〈演舞〉の意識や独自の韻律性などみるべきものは多々あるが、これらはまた別席にゆずるとして、今回の企画、展示の中から両者のみならぬ結縁の深さを、各自が少しでも汲みとって戴ければ幸いである。

IV

戦争文学としての『趣味の遺伝』

一

戦争というものが国家権力、あるいは国家の暴力の最も露骨な発現だとすれば、「戦争を書いた作品には、その作家の国家に対する考え方、態度」といったものは当然あらわれて来る。『猫』と並ぶ漱石最初期の短篇集『漾虚集』の末尾に置かれた『趣味の遺伝』(明39・1、「帝国文学」)は、漱石の戦争を書いた唯一の作品だとすれば、そこの彼の「国家意識」なるものもおのずからにあらわれて来る。それを問うのがこの一篇の主意だとは、大岡昇平の『漱石と国家意識――「趣味の遺伝」をめぐって――』と題した一文にいう所である。

作者は作中の主人公〈余〉を通して、戦争の狂気なるゆえんを諷し、旅順攻防の惨たる戦闘場面を描き、さらには親友浩さんの戦死への痛恨の情を語り尽くしているかとみえる。しかしあえて言えば、その「国家意識に関する限り、『余』は一種の仮死の状態にある」というべきで、〈余〉が「太平の逸民として、仮死の状態を選んでいる」とすれば、これもまた「漱石の多くの作品同様、死の影の濃い作品」というほかはないという。〈余〉なる主人公を評して「仮死の状態」とは言いえて妙だが、しかしその「仮死の状態」なるものが、あえて作者の選びとった苦肉の策、苦肉の方法であったとすればどうか。〈余〉は『猫』の苦沙弥や迷亭同様の「太平の逸民」として作中に狩り出され、冒頭その奇怪な妄想ならぬ、「例の通り」の「空想」を語りはじめる。

「陽気の所為(せゐ)で神も気違になる。『人を屠りて餓えたる犬を救へ』と雲の裡より叫ぶ声が、逆しまに日本海を撼(うご)かして満洲の果迄響き渡つた時、日人と露人ははっと応へて百里に余る一大屠場を朔北の野に開いた。すると渺々たる平原の尽くる下より、眼にあまる獒狗の群が、腥き風を横に截り縦に裂いて、四つ足の銃丸を一度に打ち出した様に飛んで来た。」「狂へる神が小踊りして『血を啜れ』と言い、「黒雲の端を踏み鳴らして『肉を食へ』」と叫び、果ては「肉の後には骨をしやぶれ」と「恐ろしい神の声」がする。「狂ふ神の作つた犬には狂つた道具が具」わり、そこには惨たる地獄図絵が展開する。

「怖い事だと例の空想に耽りながらいつしか新橋へ来た」という。気がつけばまわりは人と旗の波であり、どうやら凱旋の将兵を迎える群衆の只中にあったと知る。この群衆の只ならぬ熱狂ぶりをみると、「戦争を狂神の所為の様に考へたり、軍人を犬に食はれに戦場へ行く様に想像したのが急に気の毒になつて来た」という。

語る所は以下、写生文的低徊味、滑稽味を帯びて展開するが、すでに作者のたくんだ手法の何たるかは明らかであろう。大岡氏は冒頭のこの部分にふれて、戦場を狂える神の命令によって起こった惨たる屠殺場と見なしている所に、これをひとつの比喩とみることは出来るとしても、「戦争を国家権力のぶつかりあいと見る現実的な立場からすると、少しうかつといえるかも知れ」ず、空想から醒めれば、これが凱旋将兵の歓迎の場であったというのも、「うかつで失礼」なことではないかという。また冒頭の戦場を「一大屠殺場」とみる空想は、「戦場は敵も味方も等しく殺される場所として設定される。幻想的で公平ではあるが、あまり愛国心に富んだ空想とはいえ」まいともいう。『レイテ戦記』や『野火』『俘虜記』などの作者としての大岡氏の眼から見れば、この異和の感も分らぬではない。しかしここで「愛国心」云々といった国民意識、あるいは大岡氏のいう〈国家意識〉なるものからはずれた所に視点が置かれ、言わば〈国民意識〉〈国家意識〉といったものをひとまずはずし、これらを相対化し、対象化した所にこの語り手の、さらには作者の視角が置かれていたとみればどうか。

たとえば、今日は凱旋将兵の帰還の日であるという国民周知の日時さえも念頭にないというこの〈うかつ〉さこそ、作者のたくらんだアリバイ作りであり、「太平の逸民」として狩り出された〈余〉は、妄想ならぬ「例の通り」

の空想癖をはじめとして、これにみごとに応えてみせる。大岡氏はこの「語り手のおしゃべりは『猫』や『坊っちやん』よりふざけていて、それだけ国家に遠慮しているといえ」、究極、「権威としての国家には服しているというほかはない」という。こうして主人公たる〈余〉は「一種の仮死の状態にある」というわけだが、しかし背後の作家の眼は〈仮死〉ならぬ、〈余〉の低徊的、迂回的饒舌をアリバイとして、皮肉にして痛烈な戦争批判を展開してみせる。まず漱石が問題としているのは〈国家意識〉ならぬ、〈国民意識〉の何たるかであり、これはこの『趣味の遺伝』が、どのような時期に書かれたかをみれば明らかであろう。

この作品が、「帝国文学」に発表されたのは明治三十九年一月だが、書かれたのは前年末、十二月三日から十一日の間とみられている。これは日露戦後の講和条約の不首尾をめぐって、これを政府の屈辱外交として国民が憤激し、講和反対の国民大会、日比谷の交番をはじめとしてあいつぐ焼打事件などが起こり、これを不穏な事態として政府は三十八年九月六日、東京府下に戒厳令を敷き、これが解かれたのは十一月三十日。『趣味の遺伝』の執筆はこの直後のことである。戦いは勝利に終ったが、その犠牲もまた大きかった。事実、戦勝によって得たものは四十万の戦死者、傷病者という犠牲であり、樺太の南半のみは得たが、尨大な戦費の賠償はついになにひとつ得ることもなく終った。当時の国民の憤激の昂まりは、新聞紙上の報道にもまた明らかである。

「日露戦争は二三閣臣元老の戦ひにあらずして実に国民の戦ひなり」「閣臣元老は純然たる露国官僚と為りしか」「今回の講和其の責任の在る所昭々炳々たり。国民果して斯の如き条件を忍ぶか、国民果して戦ひに倦みたるか。請ふ之を聴かん、請ふ之を聴かん」（明38・9・1「大阪朝日新聞」）。あるいは「平和は得られた、併し件の如く屈辱極まる平和だ、流石に国旗を立て、之を祝する日本国民は一人もない、但だ昨日木挽町に一戸国旗をかかげた家があつた。是は多分東宮の御誕辰を祝したものであらう」（同9・1「萬朝報」）という皮肉な論調は、「憶へば旅順も落ちず、波羅的艦隊も全滅せざりし昔こそ恋しけれ」（同9・1「東京朝日新聞」）という寸言にもつながるかとみえるが、翌二日の紙上をみれば、「咄、咄、咄、咄、何たるザマぞ、何たる失態ぞ、世界無比の戦捷国をして、世界無比の大屈辱を受けしむ、元老国を売り、閣臣君を辱かしむ。之を国家の大罪人と謂はずんば、天下豈大罪人なるものあらんや」（同9・2「報知新聞」）という熾しい論調が続く。

さらには「白骨の悲憤」と題しては、「あ、五千万の同胞よ、卿等が万歳々々の声の下に、我等の戦死を逼り、奮戦を強ひたるは、この大屈辱の和解を齎らす為なりしか、我等をして父母妻子同胞を棄てしめしは、神洲の歴史に大汚辱を棄てしめしは、神洲の歴史に大汚辱の頁を留むるためなりしか」「若し『否』と言はば、何故一斉に奮ひ起ちて、この非理の和約を寸々に劈き棄てざるぞ」「賊臣国を誤る。ア、我等は売られたるか!!　我等は欺かれたるか!!!」（同9・6「大阪朝日新聞」傍点筆者）と言う。

すでに国民の憤激の昂まりは、これらの紙上にも明らかであろう。戒厳令は敷かれ、また解かれたが、国民の余憤は容易に収まるものではなかった。このような時期に『趣味の遺伝』の書かれた意味は重い。講和条約の結果を屈辱外交として憤激する国民の熱狂も、凱旋将兵を迎えて湧き立つ国民の熱狂も、言わば盾の表裏であって、二なるものではあるまい。この国家意識、いや国民意識の何たるかを作家の冷徹な眼は意識していたはずである。

二

「大和魂！　と叫んで日本人が肺病やみの様な咳をした」「大和魂！　と新聞屋が云ふ。大和魂！と掏摸が云ふ」「東郷大将が大和魂を有つて居る。肴屋の銀さんも大和魂を有つて居る。詐欺師、山師、人殺しも大和魂を有つて居る」「三角なものが大和魂か、四角なものが大和魂か。大和魂は名前の示す如く魂である。魂であるから常にふらふらして居る」「誰も口にせぬ者はないが、誰も見たものはない。誰も聞いた事はあるが、誰も遇つた者がない。大和魂はそれ天狗の類か」。しばしば引かれる『猫』六章の苦沙弥の披露する短文中の言葉だが、これも日露戦争の戦勝気分に酔う国民的熱狂への諷語の一拍とみえるが、これに対して、『趣味の遺伝』の語る所はさらににがく、また痛烈である。

　戦時の熱狂の底に横たわる人間性そのものの実相とは何か。それを問わずして時務の論を言い立てるのは作家の本分ではあるまい。ひとは戦争の悲惨をいうが、そこに見る人間の暴力性、野獣性の発動とは何か。冒頭の妄想とも諷語ともみえる過激な描写の背後にみるものは、この作家としての根源的な問いであろう。「陽気の所為で神も気違いになる」云々とは、人間の裡なる〈自然〉のたがひとつはずれればどうなるかを語る諷語であろう。「人を屠りて飢えたる犬を救へ」という叫びが、「逆しまに日本海を撼かして満洲の果迄響き渡つた時、日人と露人ははつと応へて百里に余る一大屠場を朔北の野に開いた」という時、「逆しまに」とは、高みからの俯瞰の号令ならぬ、大地のもろもろの生命を動かし、その根源を地底の底よりえぐって突き撼かすという比喩にほかなるまい。

　気がついてみれば凱旋将兵を出迎える熱狂的な群衆の只中にあり、「戦争を狂神の所為の様に考へたり、軍人を犬に食はれに戦地へ行く様に想像したのが急に気の毒になつて来た」と言い、「犬に喰ひ残された者の家族と聞いたら定めし怒る事であらう」と恐縮してみせるが、これは作者の〈余〉をめぐる二重の韜晦であり、あえて熱狂的な国民意識の昂まりに水をぶっかける様なこの作品の描写は、この作品発表の時を考えれば注目すべき所であろう。ここにはまぎれもない漱石の根源的な人間認識の一面がみられる。

「不測の変外界に起り、思ひがけぬ心は心の底より出で来る。容赦なく、且乱暴に出で来る、海嘯と震災は、啻に三陸と濃尾に起るのみにあらず、亦自家三寸の丹田中にあり、剣呑なる哉」（『人生』明29・10）とは作家以前の漱石の言葉であり、これが後の『こゝろ』その他の作品の主題を織りなしていることは明らかだが、まずその最初の最も鮮烈なあらわれとも言えるものが、この『趣味の遺伝』冒頭の一節であろう。さらに言えば、『趣味の遺伝』に先立つ明治二十七年はじめの頃とみられる「断片」中に英文の記述があるが、ここにもまたこの裡なる〈自然〉の発動をめぐっての激烈な表現がみられる。

〈Nature abhors vacuum. Either or hatred! Nature likes compensaition. Tit for tat! Nature is fond of fight. Death or indebendence! Nature cauntenances vevenge. Reveuge is ever sweet—〉

「〈自然〉は真空を嫌う。愛か憎悪か！　自然は代償を好む。眼には眼を！　自然は戦いを好む。死か独立か！　自然は復讐を奨励する。復讐はつねに甘美である」。さらに続いては「自然に背く害虫である人間を殺すのは、自分たちの女神である自然の法である。〈復讐！〉と復讐を求めて叫ぶのは自分たちの女神である。彼女は血にかわいている。彼女は彼女の頭を彼等の犬の血で紫に汚すことを求めている。彼女は彼等の骨をかじり骨の髄をしゃぶり彼等の死体を燻製にしてその死體の上で踊ることを求めている」という。「この熾しい言葉は『趣味の遺伝』の冒頭の言葉と全く重なりあっている」と言い、漱石は「戦争にこの神＝自然の復讐を見た」のであり、「戦争に人間のおしかくされた野獣性の爆発、近代の矛盾の集中的爆発を見た」という評者（伊豆利彦『日露戦争と作家への道』）の指摘は卓抜というほかはあるまい。

　すでにふれたごとく、大岡昇平はこの冒頭場面の描写を評して、神が狂って云々とは漱石の「反宗教的な考え方が出て」おり、「戦場を屠殺場と見な」す、その見方も同様にひとつの比喩だとしても、共に「一種の高みから見るような見方」であり、「戦争を国家権力のぶつかりあいと見る現実的な立場からすると、少しうかつといえるかも知れ」ないという。しかしこれらの描写が高踏的、詩的比喩ならぬ、漱石根源の認識から出たものであることは、いまここに見る通りである。

〈It is Nature･s law who is our Goddess〉〈It is our Goddess that cries for reveuge. She is blood-thivsty, thirsty for the blood of the Scum, vatt, and mod dud outcasts〉。〈復讐〉をと叫び続け、血に渇き、屑なる人間どもの

血に餓え、渇く、女神、この女神こそ自然の法であるという。すでに「血を啜れ」「肉を食へ」と叫ぶあの狂神の叫びが、絶対神の高みからの俯瞰の視角ならぬ、人間の裡なる〈自然〉の地底からの無気味な発動であることは明らかであり、作家の問わんとする所は熱く、深い。

作者はその視角を人間存在の根源に据え、その闇の、奈落の只中からやがてこれをつらぬいて、現実に浮上する。気がついてみれば新橋駅頭の凱旋風景であったとはうかつならぬ、作者が周到に用意した作品構造の二重の仕掛けであり、奈落の闇から押し上げられた作者ならぬ〈余〉は、あたりを見廻しながらやがて〈仮死〉ならぬ、二重、三重の韜晦、迂回を繰り返しつつ饒舌的な語りを展開してゆく。

万歳など生まれて一度も唱えたことのない自分も、きょうは唱えてやろうと決心したとたん、胡麻塩髯の将軍が眼の前を通った。それを見た瞬間、万歳がぴたりと止まった。「胸の中に名状しがたい波動がこみ上げて来て、両眼から二雫ばかり涙が落ちた」。将軍の「日に焦けた顔と霜に染つた髯」を見た時、そこにまぎれもない戦争の「結果の一片」を感じ、「満洲の大野を蔽ふ大戦争の光景があり〱と」見えて来た。この万歳の歓呼の声は、あの「満洲の野に起つた咄喊の反響」だと知った。万歳にはその言葉通り意味があるが、咄喊には意味も何もない。人間の音声には色の違いもあれば、ひびきの違いもある。その声をもって発する言葉の大半は意味を持ち、用途を持つ。しかも何の意味もなく、用途もなく、ただ「意味の分からぬ音声を出すのは尋常ではない」「よくせきの事」だ。

咄喊は言うならば「此よくせきを煎じ詰めて、煮詰めて、缶詰めにした声である。死ぬか生きるか娑婆か地獄と云ふ際どい針線の上に立って身震いするとき自然と横隔膜の底から湧き上がる至誠の声である。」「助けて呉れ」「殺すぞ」（傍点原文）とは、まだ意味がこもる。「ワーと鳴る」「咄喊」とは、まさになんの余裕も分別もなく、ただ「一心不乱の至境」「玄境」から生まれるものだ。〈余〉の想いがここに至った時、涙が落ちた。「余が将軍を見て流した涼しい涙は此玄境の反応だらう」という。

語り口は一見写生文的な低徊味、滑稽味を帯びるが、語らんとする所ははるかに、にがく深い。「意味の通ずる言葉を使ふ丈の余裕分別のあるうちは一心不乱の至境に達したとは申されぬ。咄喊にはこんな人間的な分子は交つて居らん。ワーと云ふのである」。このワーには厭味も思慮も、理も非もない。作りも懸引きもない。ただ「徹頭徹尾ワーである。結晶した精神が一度に破裂して上下四圍の空気を震盪さしてワーと鳴る。万歳の助けて呉れの殺すぞのとそんなけちな意味を有しては居らぬ。ワー其物が直ちに精神である。霊である。人間である。誠である。而して人界崇高の感は耳を傾けて此誠を聴き得たる時に始めて享受し得ると思ふ。耳を傾けて数十人、数百人、数千数万人の誠を一度に聴き得たる時に此の崇高の感は始めて無上絶大の至境に入る」（傍点原文）という。

この作中、文体の最も白熱化した所であり、語り手の一点がここに集約されていることは疑いあるまい。〈余〉の語りは低徊を装いつつ、ここに至り直到して戦場の実相に迫る。咄喊の声にこもる、あの「数千数万人の誠を一度に聴」かずして、その「一心不乱」に込められた生の極限を見ずして、何の万歳か、何の戦争かと語り手は問う。つずめて言えば、これは戦争をめぐる〈一心不乱〉の物語であり、思えば『漾虚集』一巻をつらぬく主題もここにあった。すでに作者は戦火をめぐる〈一心不乱〉の物語を書いていたはずである。ひとつは『幻影の盾』であり、いまひとつは『薤露行』である。これは「一心不乱といふ事」を語らんとして材を西欧中世の舞台にとったものだとは、『幻影の盾』の前書にいう所だが、その言葉通りアーサー王の時代を舞台とし、城主の対立の故に引き裂かれた男女の愛、騎士ヰリアムとクララの悲恋を描き、男はその思いつめたる至情の故に、現実ならぬ「盾の中の世界」でクララと再会する至福の時を描いて終る。

「是は盾の世界である。而してヰリアムは盾である」と言い、百年を一瞬に尽くすかのごとき「此猛烈な経験を嘗め得たものは古往今来ヰリアム一人（いちにん）である」という。こうしてヰリアムは盾の向うに消えるが、語り手は残る。ここにヰリアムをめぐる〈一心不乱〉の物語は終るが、作者はひそかにいまひとつの〈一心不乱〉の物語を用意していたはずである。材も同じアーサー王時代にまつわる王妃ギニヴィアと騎士ランスロットの不倫の物語であり、この作品をめぐっては大岡昇平と江藤淳両者の間に熾しい論争があった。王妃ギニヴィアとランスロットの姦通と罪の意識を中心とし、破局に至る道行きにその主想を読みとる江藤氏に対し、これを破局ならぬ、その「回避」の物語として、終末の語る所もギニヴィアが恋仇とも目した少女エレーンへの「憐憫の完成」、「安堵と解放の多声的な構成」こそ、この作品の語らんとする所ではなかったかと大岡氏はいう。

その終末、「あらゆる肉の不浄を拭ひ去つた」かのごとき少女エレーンの亡骸の上に、エレーンの遺した手紙を読み終ったギニヴィアは「美くしき少女」と言いつつ、「熱き涙」を流す。恋仇ともいうべき少女エレーンの存在を知ったギニヴィアは「美くしき少女」（傍点いずれも原文）と三たび呼ぶが、なおその声は「憐を寄せたりとも見えず」という。「これを伏線としてみる時、結末の「熱き涙」が大岡もいうごとく、「憐れ」の完成として描かれていることは明らかであろう。大岡氏はまたここに「『草枕』結末の有名な「あはれ」との関連」も見ているが、同時にこの「熱き涙」は、次作『趣味の遺伝』末尾の「清き涼しき涙」とも無縁ではあるまい。あえて言えばギニヴィアの流す「熱き涙」はまた、語り手自身のものでもあったはずである。

『薤露行』の白眉ともいうべき所は、やはりエレーンの遺書を語る部分であろう。「此世にての逢ひ難きに比ぶれば、未来に逢ふの却つて易きかと思ふ」と、エレーンは食を断ってその想いを遂げようとする。その末期、父に書きとらせた言葉には「天が下に慕へる人は君ひとりなり。君一人の為めに死ぬるわれを憐れと思へ」「基督も知る、死ぬる迄清き乙女なり」と言う。さらに続けては「息絶えて、身の暖かなるうち、右の手に此文を握らせ給へ。手も足も冷え尽したる後、ありとある美しき衣にわれを着飾り給へ。隙間なく黒き布しき詰めたる小船の中にわれを載せ給へ。山に野に白き薔薇、白き百合を採り尽して舟に投げ入れ給へ。——舟は流し給へ」という。すでにこれがエレーンの恋をめぐる〈一心不乱〉の物語であることは明らかであろう。漱石作品をつらぬく〈未了の恋〉という主題はここでもみごとに生きる。しかし未了とはまた恋の情念のみならぬ、この現実の、この生そのものの不条理をも示す。

我々の生がついて〈全体〉として生きえぬ、一箇の〈破片〉に過ぎぬとすれば、我々はその故に切なる夢を紡ぎ、またこれを生きようとする。しかしその夢をも砕き、断ち切るものがこの近代の、二十世紀の現実だとすれば、それを知りつつ、いやそれを主題として夢を語り続けるほかはあるまい。〈一心不乱〉とはこの夢の、生の逆理をつらぬく力学であり、これを夢として語ればヰリアムやエレーンの物語となり、これを生の現実として語れば、破片を破片として生きざるをえぬ生の極限として語ろうとすれば、〈余〉の語るあの戦場の極限の相となる。さらに言えばヰリアムやエレーンにあっては、おのれの夢や願いを託す〈一心不乱〉の物語であったが、後者の語る所は夢も願いもない、いのちそのものが追いつめられた極限の世界であり、ここで肝心なことは語り手の、いや背後の作家の眼が戦う兵士の果敢な勇姿ならぬ、ただ追いつめられた生の極限の相に眼を据えていることである。

評者はいう、ここにあるものは「敵と闘った戦士としてではなく、死と闘った戦士としてのみ、見ようとする眼」であり、いまひとつは「軍人を家族の眼から見ようとする眼」であり、共に「戦争にまき込む側でなく、まき込まれる側」から見んとするものであり、これは『レイテ戦記』の作者大岡昇平にもつながるものである。「戦争をくだらないとみる眼と、勇敢に闘って死んでいった兵士をみる眼と二枚のレンズ」を大岡氏ははなさない。戦争を国家権力の戦いとみる「客観的な眼」と、どのようにくだらない戦争であっても、「それを見ぬくことのできぬ兵士にとっては、天命の如きものとして戦っているのである事を、兵士の場に下り立ってみる眼とが、常に交錯している」。こうして「漱石と昇平が共にこの二重の眼を持つのは、いずれも巻き込まれた側の、内部からみる立場に立っているからである」という。これは駒尺喜美『漱石における厭戦文学――「趣味の遺伝」――』にいう所だが、『趣味の遺伝』をつらぬく作者の視点をよく汲みとった好論というべきであろう。

三

さて、こうして再び語り手としての〈余〉の眼にもどれば、将軍に続く凱旋兵士のなかにひとりの軍曹の姿が眼にとまる。亡友の浩さんにそっくりの所から旅順で戦死した浩さんへの想い出となる。「浩さん！　浩さんは去年の十一月旅順で戦死した。二十六日は風の強く吹く日であったさうだ」。このような第二章冒頭の言葉から始まって、松樹山の突撃隊のひとりとして奮戦する浩さんの姿が、あたかも望遠レンズを覗くごとくあざやかに語られてゆく。「時に午後一時である。掩護の為めに味方の打ち出した大砲が敵塁の左突角に中（あた）つて五丈程の砂烟りを捲き上げたのを相図に、散兵壕から飛び出した兵士の数は幾百か知らぬ。蟻の穴を蹴返した如くに散り〴〵に乱れて前面の傾斜を撃ぢ登る。」

　火桶を中に話す時の浩さんは「大きな男」で、どこへ出しても目に着く「偉大な男」で、「蠢（うご）めいて居る様（など）と云ふ下等な動詞は浩さんに対して用ひたくない。ないが仕方がない。現に蠢めいて居る。鍬の先に掘り崩された蟻群の一匹の如く蠢めて居る。杓（ひしゃく）の水を喰つた蜘蛛の子の如く蠢めて居る。如何なる人間もかうなると駄目だ」「俵に詰めた大豆の一粒の如く無意味に見える。嗚呼浩さん！　一体どこで何をして居るのだ！　早く平生の浩さんになつて一番露助を驚かしたらよからう」。砲煙のなかに旗らしいものが風に押し返されながらなびいている。「あの旗持は浩さんだ」。黒い塊りが敵塁の下まで来ると、その長い蛇の頭はぽつりと切れてなくなる。下から押し上る同勢が同じ所へ来ると忽ちなくなる。「塹壕だ。敵塁と我兵の間には此邪魔物があつた。此邪魔物を越さぬ間は一人も敵に近（ちかづ）く事は出来」ぬ。兵士らは鉄条網を切り開き、急坂を登りつめた最後はこの深い溝の中へ飛び込む。握っている梯子は壁に懸けるため。背負っている土嚢は壕を埋めるため。どのくらい埋ったか分らぬか、先の方から順々に飛び込んではなくなり、飛び込んではなくなって「とう〳〵浩さんの番が来た」。強い風を受けて「旗竿が急に傾いて折れたなと疑ふ途端に浩さんの影は忽ち見えなくなった。愈々飛び込んだ」。敵の砲弾は烈風をつん裂き、山腹に当っては「山の根を吹き切る許り轟き渡る」。「浩さんはどうなったか分らない」。この烟りが晴れたら見えるかと眼をこらすが、浩さんはどこにも見えない。ついに誰ひとり「塹壕から向（むかふ）へ這ひ上る者はない。ない筈である。塹壕に飛び込んだ者は向へ渡す為に飛び込んだのではない。死ぬ為めに飛び込んだのである」。彼らの足が壕底に着くやいなや敵の機関砲は仮借もなく撃ち出されて彼等を射殺す。石を置いた沢庵の如く死骸は積みかさなる。

こうして「二龍山から打ち出した砲烟が尽」きようとも、「寒い日が旅順の海に落ちて、寒い霜が旅順の山に降」ろうとも、「ステッセルが開城して二十の砲砦が悉く日本の手に帰」そうとも、「日露の講和が成就して乃木将軍が目出度凱旋」しようとも、「百年三万六千日乾坤を提（ひっさ）げて迎（むかひ）」に来ようとも、「上がる事は遂に出来ぬ」。「蠢々（しゅんしゅん）として御玉杓子の如く動いて居たものは忽然と此底のない杭のうちに落ちて、浮世の表面から闇の裡へ消えて仕舞つた。旗を振らうが振るまいが、人の目につかうがつくまいが斯うなつて見ると変りはない。浩さんがしきりに振つた所はよかつたが、壕の底では、ほかの兵士と同じ様に冷たくなつて死んで居たさうだ。」「ステッセルは降（くだ）つた。講和は成立した。将軍は凱旋した。兵隊も歓迎された。然し浩さんはまだ坑から上つて来ない。」

すでに語る所に明らかであろう。どのような人間もひとたび非情な戦場に投げ出されれば、一匹の蟻か、一粒の大豆のごとく哀れな存在として押しつぶされ、打ち砕かれて、果ては冷たい闇の底に沈むほかはない。ここにはまぎれもなく戦争に狩り出され、まき込まれる側の人間、敵兵ならぬ、〈死〉という現実の不条理そのものと闘う戦士の姿があざやかに描き出されている。この十一月二十六日、松樹山攻防の激戦の描写は大岡氏もいうごとく「遠景の描写」だが、「印象は淡くはない」。浩さんの後姿を追いつつ「ズームアップされた映像」の語る所はあざやかである。恐らくは作者が新聞、雑誌その他から得た情報に触発されつつ描いたものとみえるが、これを作者ならぬ

〈余〉の語りとみれば、新橋凱旋のその日も知らぬ、浮世に超然たる太平の逸民という設定はいささか矛盾して来よう。しかしこの〈余〉という語り手の輪郭をぼかした、そのアリバイ作りの何たるかはすでにふれた通りである。

四

写生文として始まる漱石初期作品における〈余〉の推移を辿れば、『猫』に先立つ最初期の創作『自転車日記』の〈余〉に始まり、『漾虚集』中の短編『倫敦塔』『カーライル博物館』『琴のそら音』『趣味の遺伝』と続き、『草枕』の画工〈余〉となって終る。しかも初期写生文の終結部をなす『草枕』一篇にあっては、それが最も方法的、遠心的な存在たることによって求心的であるという逆説的構造を示す。「夢みる事より外に、何等の価値を、人生に認め得ざる一画工」と言いつつ、作者の倫理的衝迫が画工の背後から吹き出てゆくことは、終末の駅頭に展開する痛烈な文明批判にもうかがえる所である。作者の独創はこの写生文の骨法をふまえた〈画工の限〉の創出にあるが、これが作中に設けられた観察者、一箇の方法的主体たることによって、作者は己れの主体的衝迫、倫理的希求を自在に託しえたものともいえる。作中の〈余〉をめぐる求心と遠心を併在せしめた画工は、同時にその方法的実験のうちに写生文における〈私〉（余）の解体という事態をも示す。『草枕』を初期作品の実験的終結部と呼ぶ時、同時にそれは漱石における写生文的実験の、ひとつの終結と呼ぶこともできよう。

このように『草枕』における画工〈余〉を写生文としての作中に呼び込まれた、すぐれて方法的な主体なるが故に、〈遠心〉と〈求心〉の両極を共に内在させた視角的存在とみるならば、すでに『趣味の遺伝』の〈余〉こそこれに先立つ、いまひとつの方法的主体としての〈余〉の創出とみることも出来よう。『草枕』の画工のごとく、この〈余〉もまた浮世に超然とした太平の逸民という姿をとり、これをアリバイとして、背後の作家の眼は戦争の、戦場の何たるかを痛烈に語りとってみせる。

冒頭、戦争を狂気の発想としての惨たる地獄図絵として〈余〉の空想裡に宿らせた作者は、凱旋の将軍を迎えては、そこに惨たる「戦争の結集」の「一片」を読みとり、その背後にありありと「満洲の大野を蔽ふ大戦争の光景」を、〈余〉の「脳裏に描出」させる。そこには生の極限に狩り立たされ、追いつめられた兵士たちの〈一心不乱〉の、言葉を絶した〈玄境〉を語り、さらには帰還した兵士、ひとりの軍曹に戦死した浩さんの姿を偲び、その奮戦、戦死の模様を多くの戦死者の姿とかさねて活写しつつ、痛恨の想いを語る。この二段、三段と重ねた語りの重層的な構成は、作者の充分に用意した所であり、そのなみならぬ想いをつたえるものであろう。

言わば戦争文学としての『趣味の遺伝』の側面はここで終る。ただ作者の用意した主題はいまひとつあり、浩さんの想いを遺した女性との〈霊の感応〉をめぐる挿話であり、浩さんは郵便局で一目見ただけの女性を忘れられず、戦地でしばしば夢に見たことを手帳に書き遺している。寂光院の浩さんの墓に参ると、不思議な女がすでに詣でている。この不思議な事態は〈余〉の奔走によって、引き裂かれた二人の先祖の愛の遺伝によるものであることがわかり、女を浩さんの母親に引き合わせる所でこの物語は終る。

寂光院の場面の描写はまことにあざやかだが、これに充分ふれる紙幅はつきた。ただ次の一節などは、やはりふれざるをえまい。

「下から仰ぐと目に余る黄金の雲が、穏かな日光を浴びて、所々鼈甲(べつかう)の様に輝くからまぼしい位見事である。其雲の塊りが風もないのにはら〳〵と落ちてくる。無論落ち葉の事だから落ちても音はしない。落ちる間も亦頗る長い。枝を離れて地に着く迄の間に或は日に向ひ或は日に背いて色々な光を放つ。色々に変りはするものの急ぐ景色もなく、至つて豊かに、至つてしとやかに降つて来る。だから見て居ると落つるのではない、空中を揺曳して遊んで居る様に思はれる。閑静である。」

恐らくこれらの描写は浩さんの死や戦場の場面と無縁ではあるまい。ここには散りゆく、死にゆく自然の姿が、なおあるべき生の充全の輝きとして描きとられている。これはおのずからに鎮魂の想いとかさなる。女は「滴(した)たる許(ばか)り深い竹の前」に美しく立つ。「眼の大きな頬の緊(しま)つた領(えり)の長い女である」とは、言わば漱石好みの女の再来と言ってよい。「銀杏は風なきに猶ひら〳〵と女の髪の上、袖の上、帯の上へ舞ひさがる。時刻は一時か一時半頃である。丁度去年の冬浩さんが大風の中を旗を持つて散兵壕から飛び出した時である」という。すでに鎮魂の想いの深さは伝わって来よう。

さて、〈余〉はそろ〳〵筆を置きたいという。「新橋で軍隊の歓迎を見て、其感慨から浩さんの事を追想して、夫から寂光院の不可思議な現象に逢つて其現象が学問上から考へて相当の説明がつくと云ふ道行きが読者の心に合点出来れば此一篇の主意は済んだのである」という。「実は書き出す時は、あまりの嬉しさに勢ひ込んで出来る丈精密に叙述して来たが、慣れぬ事とて余計な叙述をしたり、不用な感想を挿入したり、読み返して見ると自分でも可笑しいと思ふ位精しい。其代りこゝ迄書いてきたらもういやになつた。今迄の筆法でこれから先を描写すると又五六十枚もかゝねばならん。追々学期試験も近づくし、夫に例の遺伝説を研究しなくてはならんから、そんな筆を舞はす時日は無論ない。のみならず、元来が寂光院事件の説明が此篇の骨子だから、漸くの事こゝ迄筆が運んで来て、もういゝと安心したら、急にがつかりして書き続ける元気がなくなつた」という。

いささか長い引用となったが、この作中の語り手の自己言及は、背後の作者自身の実情をも語るかとみえるが、同時にこの弁明は逆に作品自体の底にひそむモチーフの、あるいは作品の生理そのものの何たるかをあざやかに語るものともみえる。「実は書き出す時に、あまりの嬉しさに勢ひ込んで」云々とは、単にこの物語のプロット、筋立ての妙に対する意気込みとのみは言えまい。むしろ冒頭以後の戦争をめぐる記述のなかに語り手の心意の昂まりがあり、さらに「余計な叙述」「不用な感想」云々とは、写生文的低徊に終始して来たことへの微妙な内省ともみえなくはない。

さらに、「寂光院事件の説明」こそがこの作の骨子だというが、もはや男女をめぐる霊の感応の、その正体を探りとってゆく筋道に、作者を動かす真のモチーフのたしかさがあったとも言えまい。寂光院の場面をすでにふれたごとく、死者への深い鎮魂の描写として語りつくしたとすれば、すでに作者にとって書くべきことの核心は終ったとみてよかろう。

浩さんの死のあとに引き合わされた母親と女、「余は此両人の睦まじき様を目撃する度に、将軍を見る時よりも、軍曹を見た時よりも、清き涼しき涙を流す」とはこの作品末尾の言葉だが、ここにも死者を想う鎮魂の情は深い。前作『薤露行』末尾の言葉が「熱き涙」であったとすれば、作中人物ならぬ、いや作中人物にして同時にこの写生文一篇の語り手として、低徊の妙をつくした〈余〉の最後の言葉はこうあるほかはあるまい。「非人情」の旅と言いつつ、「非人情」が過ぎたとは、『草枕』作中の語り手画工の呟く所であった。末尾に至っていささか低徊が過ぎたとは語り手〈余〉の、さらに背後の作家の呟きであったかも知れない。

戦後文学の問いかけるもの――漱石と大岡昇平をめぐって

一

戦後文学といえば第二次大戦後の、第一次戦後派などと呼ばれた椎名麟三や埴谷雄高、野間宏などが挙げられるが、しかし近代日本には、いまひとつの大きな戦後があったはずである。言うまでもなく明治三十七、八年の日露戦争後の文学であり、漱石や自然主義文学などは、まさしくその戦後文学として登場したものであった。またさらに言えば〈戦後文学〉という時、彼ら作家が戦争自体をどう捉え、これをどう描いたかという問題もまた、重要な視点のひとつとなろう。

ここでまずとり挙げてみたいのは大岡昇平の『漱石と国家意識』（昭48・1～2）と題した評論であり、副題は「『趣味の遺伝』をめぐって」となっている。言うまでもなく『趣味の遺伝』（明39・1）は、漱石が『吾輩は猫である』と並行して書き、『倫敦塔』に始まる七つの短編をまとめた作品集『漾虚集』の掉尾をなす作品である。『吾輩は猫である』が周知の通り、現実を直視する所から生まれた笑いと諷刺に満ちているとすれば、『漾虚集』の諸作はその題名通り、虚に漾う（ただよう）夢幻の情趣をまとったものだが、そこに漱石独自の鋭い批評眼がつらぬかれていることもまた見逃せまい。最後の『趣味の遺伝』はまさにその最たるものであろう。

語り手の〈余〉は、新橋駅頭で凱旋の将兵を迎える。そのなかに旅順の戦いで戦死した友人浩さんによく似た軍曹を見たことから、浩さんの母を訪ね、彼の遺した日記に「郵便局で逢つた女の夢を見る」「只二三分の間、顔を見た秤り（ばかり）の女を、程経て夢に見るのは不思議である」「旅順へ来てから是で三度見た」とあるのを見つけ、その前日浩さんの墓参りをした寂光院で見かけた謎の女のことを想い出し、その後の捜索から、ついにことの次第を発見する。旧紀州藩の家老であった老人に出会い調べてみれば、浩さんと女の祖父と祖母が、その相愛の仲を引き裂かれ、その愛（趣味）が孫子の代に遺伝して、浩さんと女を引き寄せたのだと知り、浩さんの母に女を引き合わせる。こうして実の嫁かとさえ思えるほど親しくなってゆく二人の「睦まじき様を目撃する度に、将軍を見た時よりも、軍曹を見た時よりも、清き涼しき涙を流す」という結句を似て結ばれているが、すでに作者の語らんとする所は明らかであろう。

この物語の圧巻のひとつは、語り手の〈余〉が女に出逢う寂光院の場面であり、化銀杏の下に佇つ女の姿は、この世ならず美しい。

「銀杏の風なきに猶ひら〳〵と女の髪の上、袖の上、帯の上へ舞ひさがる。時刻は一時か一時半頃である。丁度去年の冬浩さんが大風の中を旗を持つて散兵壕から飛び出した時である。空は研ぎ上げた剣を懸けつらねた如く澄んで居る」。無限の感は「こんな空を望んだ時に最もよく起る」。この「無限に静かな空を会釈もなく裂いて、化銀杏が黄金の雲を凝らして居る」。しかしこの「無限に静かな空」ならぬ、〈無限の時〉を引き裂いてあい対するものこそは、死と生を境としてみつめ合う一対の男女の姿ではないかとは、語り手ならぬ背後の作者の問おうとする所であろう。

母親が浩さんの日記を出してみせると、「それだから私は御寺参りをして居りました」と女は答える。「なぜ白菊を御墓へ手向けたのかと問い返」すと、「白菊が一番好きだから」という。浩さんの戦死の当日の日記には「今日限りの命だ。二龍山を崩す大砲の声がしきりに響く。死んだらあの音も聞えぬだらう。耳は聞えなくなつても、誰か来て墓参りをして呉れるだらう。さうして白い小さな菊でもあげてくれるだらう。寂光院は閑静な所だ」とある。まさに〈霊の感応〉という、『漾虚集』をつらぬくひとつの主題は、ここでもあざやかに書き込まれている。すべては自分が今凝っている遺伝学の発想にかかわって来るものだと、語り手の〈余〉はいう。

いかにも〈趣味の遺伝〉とはアイロニカルな命名だが、〈霊の感応〉をめぐる男女相愛のテーマは明らかであろう。評者（越智治雄「『漾虚集』一面」）も言う通り、「確かに余の伝えたいのは『寂光院事件』との出会いに尽きている」ともいえよう。しかし、だとすれば、「こゝ迄書いて来たらもういやになつた。今迄の筆法でこれから先を描写すると又五六十枚迄もかゝねばならん」「元来が寂光院事件の説明が此篇の骨子だから、漸くの事こゝ迄筆が運んで来て、もういゝと安心したら、急にがつかりして書き続ける元気がなくなつた」という。この〈余〉の語る矛盾は何か。この矛盾を衝いて評家はいう。

たしかに女の正体は見届けた。女とも対面した。「しかし最後の詰めであるその女の内的な経験を訊き出そうとして、『かうなるといくら遺伝学を振り廻しても埒はあかん。自ら才子だと飛び廻つて得意がつた余も茲に至つて大いに進退に窮し』てしまった。これは、『趣味の遺伝』という仮説がもともと如何にも無理なものであったということの、漱石における率直な告白と見ることができる。言葉を換えるならば、若い女の口から直かに内的な経験を訊き出す工夫を『余』のために作ってやることができなかった、小説的構想の未熟、不用意の自白である」（傍点筆者、以下同）という。またさらに言えば母親が浩さんの日記を見せた時、「それだから私は御寺参りをして居りました」という。しかし「新橋駅頭の伏線的意図や寂光院の場面の丁寧な描写など、それらと釣合うべき最後の詰めが『それだから』一語で済まされてしまったのは、あまりにもあっけない。『それだから』の内容が、もっと具体的に明かされる必要があった。大岡昇平の、『謎の女についても、同じくらいの分量を書』く予定があったのではないかという推定も、そういうことを指していたのかもしれない。つまり漱石は、さらに書き込むべきところを端折ってしまったのである」（亀井秀雄「戦争における生と死」）。

いささか引用が長くなったが鋭い批判であろう。さらにいまひとつ加えれば、「越智治雄は、『余』が新橋駅頭の万歳から感得した『玄境』とこの場面（寂光院　筆者注）とが『一筋の糸で結ばれている』というが、「『余』が新橋駅万歳に感得した『玄境』を踏まえて『浩さん』の戦死の場面をリアルに想いやる、それとおなじような感応がその若い女にも経験されていたことが証明されるのでなければ、新橋駅頭の『玄境』の伏線的意図は十分に生かされたとは言えないだろう」。ここでも「漱石はその証明を端折ってしまった、と私は解釈する」という。これもまた重要な指摘だが、ここではこの『趣味の遺伝』一篇の構成上の欠陥が批判されている。

二

さて、ここからが本題だが、果たしてこれは構成上の欠陥というべきか。評者が繰り返しいうごとく漱石の、つまりは作者の失敗、挫折というべきか。あえて結論を先に言えば、これは単なる構成上の不備やミスというべきものではあるまい。すべては作者本来の、意図に発するものであり、作中の語り手の、つまりは〈余〉の語る弁解や失敗談をアリバイとして、作者の語ろうとするものは別箇の場所にある。まずは冒頭の一節からみよう。

「陽気の所為で神も気違になる。『人を屠りて餓えたる犬を救へ』と雲の裡より叫ぶ声が、逆しまに日本海を撼かして満洲の果迄響き渡つた時、日人と露人ははつと応へて百里に余る一大屠場を朔北の野に開いた。すると渺々たる平源の尽くる下より、眼にあまる獒狗の群が、腥き風を横に截り縦に裂いて、四つ足の銃丸を一度に打ち出した様に飛んで来た」。「狂へる神が小躍りして『血を啜れ』」と言い、「黒雲の端を踏み鳴らして『肉を食へ』」と叫び、果ては「肉の後には骨をしやぶれ」と「恐ろしい神の声」がする。「狂ふ神の作つた犬には狂つた道具が具わり、そこには惨たる地獄図絵が展開する。

これはほかならぬ語り手〈余〉の妄想であり、「怖い事だと例の空想に耽りながら」来てみれば、そこは新橋駅頭、まわりは人と旗の波であり、どうやら凱旋の将兵を迎える群衆の只中にいるのだと知る。この群衆の只ならぬ熱狂ぶりをみると、「戦争を狂神の所為の様に考へたり、軍人を犬に食はれに戦場へ行く様に想像したのが急に気の毒になつて来た」という。すでにこの写生文的低徊というか、滑稽味を帯びた文体の流れが何を言おうとしているかは明らかであろう。大岡昇平はこの部分にふれて、戦場を狂える神の命令によって起こった屠殺場などと見なしているることは比喩として分るとしても、「戦争を国家権力のぶつかりあいとみる現実的な立場からすると、少しうかつといえるかも知れ」ず、気がついてみれば、これが凱旋の将兵を迎える歓迎の場であったというのも「うかつで失礼」なことではないか。しかも戦場を「一大屠殺場」とみるとは、「戦場は敵も味方も等しく殺される場所」である以上、「幻想的で公平ではあるが、あまり愛国心に富んだ空想とはいえ」ないという。

『俘虜記』や『野火』、さらには『レイテ戦記』などの作者である大岡氏からみれば、この異和感は分らぬではないが、「愛国心」云々などとは、大岡氏らしからぬ、いささか場違いの批判であろう。すべては文体の流れが明らかに語っている所だが、今日が凱旋将兵の帰還の日であるという、国民周知の日時さえも念頭にないという〈うかつ〉さこそ、作者のたくんだアリバイ作りであり、その文体にふれても「語り手のおしゃべりは『猫』や『坊っちゃん』よりふざけていて、それだけ国家に遠慮しているといえ」、作品は「権威としての国家には服しているというほかない」という指摘なども、やはりお門違いというほかはあるまい。どうしてふざけてみえるおしゃべりが「国家に遠慮している」ということになり、果ては「権威としての国家」に屈していることになるのか。さらにこうして語り手の〈余〉とは、国家意識に関しては、まさに「一種の仮死の状態にある」と大岡氏は断定する。

しかしこれがどうして国家への遠慮、屈服、さらには一切の主体的批判を捨てた「仮死の状態」ということになるのか。すべては逆であろう。これがどのような状況下に書かれたかをみれば、大岡氏の問いに対する答えは、おのずから明らかとなろう。『趣味の遺伝』が発表されたのは明治三十九年一月だが、書かれたのは前年末、十二月三日から十一日の間とみられる。当時日露戦後の講和条約の不首尾をめぐって、これを屈辱外交として国民が憤激し、講和反対の国民大会、日比谷の交番をはじめとした焼打事件のあいついだことは周知の通りだが、政府はこれを不穏な事態として九月六日、東京府下に戒厳令を敷き、これが解かれたのは十一月三十日。『趣味の遺伝』の執筆はこの直後のことである。

「咄、咄、咄、何たるザマぞ、何たる失態ぞ、世界無比の戦捷国をして、世界無比の大屈辱を受けしむ、元老国を売り、閣臣君を辱かしむ。之を国家の大罪人と謂はずんば、天下豈大罪人なるものあらんや」（「報知新聞」明38・9・2）、「賊臣国を誤る。ア、我等は売られたるか‼ 我等は欺かれたるか‼」（「大阪朝日新聞」同9・6）。これらは当時の新聞論調の一端だが、国民の憤懣の昂まりは、これらの紙上にも明らかであろう。戒厳令は解かれたが、国民の余憤はなお覚めやらぬ、このような時期に『趣味の遺伝』が書かれた意味は重い。これが果たして国家への遠慮、屈服といったものであろうか。

さらに言えば、ここで問われているのは、大岡氏のいう〈漱石と国家意識〉ならぬ、非常の事態における〈国民意識〉の何たるかという問いであろう。講和条約の結集を屈辱外交として憤激する国民の熱狂も、凱旋将兵を迎えて湧き立つ国民の熱狂も、言わば盾の表裏であって、二なるものではあるまい。この〈国民意識〉の何たるかをみつめる、透徹した作家の眼の所在こそ見逃せぬ所であろう。戦時の熱狂の底に横たわる人間性そのものの実相とはなにか。それを問わずして、時務の論を言い立てるのは作家の本分ではあるまい。ひとは戦争の悲惨をいうが、そこに見る人間の暴力性、野獣性の発動とは何か。冒頭の妄想とも諷語ともみえる過激な描写の背後にみるものは、この作家としての根源的な問いであろう。

ちなみに、大岡氏はあの冒頭にいう神が狂って云々とは、漱石の「反宗教的な考え方が出て」いる所だというが、この神とは聖書などの神ならぬ、ギリシャ神話にみる怒りの神、復讐を呼ぶ女神であり、これが明治二十七年はじめの「断片」に、英文でしるされていることは、すでに評者（伊豆利彦「日露戦争と作家への道」）の指摘する所である。いま訳文で示せば「自然は真空を嫌う。愛か憎悪か！　自然は代償を好む。眼には眼を！　自然は戦いを好む。死か独立か！　自然は復讐を奨励する。復讐はつねに甘美である」。「自然に背く害虫である人間を殺すのは、自分たちの女神である自然の法である。〈復讐！〉と復讐を求めて叫ぶのは自分たちの女神である。彼女は血にかわいている」。

　これは殆ど『趣味の遺伝』冒頭の描写にかさなる所であり、ここから見れば、戦場を「一大屠殺場」と見なすとは、「神の高みから見たような見方」であり、「戦争を国家権力のぶつかりあいと見る現実的な立場からすると、少しうかつといえるかも知れ」ぬという先の大岡氏の発言は、いささか的を外れたものというほかはあるまい。高みからの俯瞰、抽象どころか、〈復讐〉をと叫び続け、血に餓え、渇く女神こそは〈自然の法〉という時、「血を啜れ」「肉を食へ」というあの狂神の叫びとは、人間の裡なる〈自然〉の、その地底からの不気味な発動を指していることは明らかであろう。

「人を屠りて飢えたる犬を救へ」という叫びが、「逆しまに日本海を撼かして満洲の果迄響き渡つた時、日人と露人ははつと応へて百里に余る一大屠場を朔北の野に開いた」という。すでに「逆しま」とは、高みからの俯瞰の号令ならぬ、大地の、生命の、その地底の根源からすべてを突き撼かす不気味な力の発動を促すものであろう。さらに言えば、人間という存在を逆しまに、まるごと摑んでうら返してみせる。そこに見える人間の本性とは何か。人間の裡なる〈自然の法〉とは何か。そこに生まれる「戦場を屠殺場と見な」す、その見方とは、繰り返し問うごとく大岡氏のいう「高みから見るような見方」「うかつ」な認識、表現といえるのか。これが後の昭和十年代であれば、即座に発禁ものであろう。その故に作者は〈余〉といううかつな存在、国民的行事ともいうべき凱旋将兵帰還の日時さえも頭にない、ひとりの〈太平の逸民〉ともいうべき語り手を仕立てて、アリバイ作りをはかり、それを自身のアリバイとして胸中の本音を吐露してみせる。この認識なくして作中、いまひとつの圧巻ともいうべき戦場透視の場面は生まれては来まい。

三

万歳など生まれて一度も唱えたことはない自分も、きょうは唱えてやろうと決心したとたん、胡麻塩髯の将軍が眼の前を通った。それを見た瞬間、万歳がぴたりと止まったと、語り手の〈余〉はいう。「胸の中に名状しがたい波動が込み上げて来て、両眼から二雫ばかり涙が落ちた」。将軍の「日に焦(や)けた顔と霜に染つた髯」を見た時、そこにまぎれもない戦争の「結集の一片」を感じ、「満洲の大野を蔽ふ大戦争の光景がありくと」見えて来た。この万歳の歓呼の声は、あの「満洲の野に起つた咄喊の反響」だと知った。万歳には意味があるが、咄喊には意味も何もない。「意味の分らぬ音声を出す」のは、「よくせきの事」だ。咄喊は「此よくせきを煎じ詰めて、煮詰めて、罐詰めにした声である。死ぬか生きるか娑婆か地獄かと云ふ際どい針線(はりがね)の上に立つて身震ひするとき自然と横隔膜の底から湧き上がる至誠の声である」。「万歳の助けて呉れの殺すぞのとそんなけちな意味は有しては居らぬ。ワー其物が直ちに精神である。霊である。人間である。誠である。而して人界崇高の感は耳を傾けて此誠を聴き得たる時に始めて享受し得ると思ふ。耳を傾けて数十人、数百人、数千数万人の誠を一度に聴き得たる時に此の崇高の感は始めて無上絶大の玄境に入る。——余が将軍を見て流した涼しい涙は此玄境の反応だろう」（傍点原文）と、〈余〉は語る。

これは作中、文体の最も白熱化した所であり、〈余〉の語りの低徊を装いつつ、ここに至り直到して、戦場の実相に迫る。咄喊の声にこもる、あの「数千数万人の声を一度に聴」かずして、その「一心不乱」に込められた生の極限を見ずして、なんの万歳か、なんの戦争かと語り手は問う。大岡氏もまた「これらの部分を省いて、愛の神秘だの感応だのと解説していた人の気が知れません」という。この作品のひとつの主題を戦場の兵士たちへの、なみならぬ作者の共感とみる大岡氏の指摘はさすがだが、ひとつ引っかかって来る所がある。

漱石の場合、その初期作品に於ても語り手は常に「孤立した単独者」だが、あの新橋駅頭の場面では「万歳」という「集団的な叫び」、その「集団的な感動にまきこまれ」ているという。また「吶喊」（漱石作中では咄喊）云々の場面でも、「すべてを忘れてワーというほかはないという現実、それを幾千幾万の人の声と聞いている」。これは「自己本位といって、主に個人的感情を書い」ている漱石としては、「集団的感情を対象とした珍しい例」だという。また別の箇所でも「言葉をなさぬ吶喊の声、つまり国民の集団的感情に共感する」という所は、『猫』などの人物と違って「注目されていい」点だという。

しかし敢て言えば、「万歳」も「吶喊」も同列の、同じ「集団的感情」の表現と言いうるであろうか。「吶喊」とは「万歳の助けて呉れの殺すぞのといつた」（傍点原文）ことと同列のものではないと、語り手はすでに断じている。「万歳」はまさしく「集団的感情」の発現というほかはないが、「吶喊」とは「死ぬか生きるか」という極限上の、まさしく〈個〉としての生の、追いつめられた究極の声ではないのか。その数千数万の声を「一度に聴き得」ようとも、それは集団であって、集団を超えた究極の叫びであり、その故にこそ「一心不乱の至境」であり、言葉をこえた「玄境」と呼ぶほかはないものであろう。

もはや紙数も尠く、浩さんの戦死をめぐる戦場のあざやかな描写にふれる余裕はないが、どのような人間もひとたび非情な戦場に投げ出されれば、「蟻群の一匹」か、「一粒の大豆」のごとく哀れな存在として押しつぶされ、撃ち砕かれて、果ては冷たい闇の底に沈むほかはない。ここにはまぎれもなく戦争に駆り出され、まき込まれる側の人間、敵兵ならぬ、〈死〉という現実の不条理そのものと闘う、戦士たちの姿があざやかに描き出されている。

これは語る〈余〉の、引いては背後の作家漱石の眼であり、この追いつめられた兵士の戦いを焦点とする描写の核心は、そのままこれを論じる大岡氏の戦記ものにもつながるものであろう。ここで、ひとりの評家はいう。ここにあるのは「敵と闘った戦士としてではなく、死と闘った戦士としてのみ見ようとする眼」であり、いまひとつは「軍人を家族の眼から見ようとする眼」であり、共に「戦争にまき込む側ではなく、まき込まれる側」から見んとするものであり、これは『レイテ戦記』の作者大岡昇平にもつながるものである。「戦争をくだらないとみる眼と、勇敢に闘って死んでいった兵士をみる眼と二枚のレンズ」を大岡氏ははなさない。戦争を国家権力の戦いとみる「客観的な眼」と、どのようにくだらない戦争であっても、「それを見ぬくことのできぬ兵士にとっては、天命の如きものとして戦っているのである事と、兵士の場に下り立ってみる眼とが、常に交錯している」。こうして「漱石と昇平が共にこの二重の眼を持つのは、いずれも巻き込まれた側の、内部からみる立場に立っているからである」（駒尺喜美『漱石における厭戦文学――「趣味の遺伝」――』）。

この評者も言う通り、両者の眼をつらぬくものが同質であるが故に、大岡氏の指摘も鋭く、その故にまた、いささか的を外した性急な、きびしい注文ともなる。大岡氏がしばしばふれる「集団的意識」とは、漱石にあっては危機に対する〈国民感情〉のあやうさへの批判ともつながるが、大岡氏はあえて、この〈集団的意識〉なるものにこだわり続ける。これは裏返せば、大岡氏の戦記ものが徹底して、兵士の〈個〉の視点に立つものであるが故の、いささか、性急な批判ともなって来るものであろう。また、その「国家意識」に関する限り、「太平の逸民」としての〈余〉は「仮死の状態を選んでいる」というが、「国家意識」という時、その対者との時代的差異、両者の土台とする時代のエトスの何たるかを抜きにしてもまた、論じることはできまい。

「維新の革命と同時に生れた余から見ると、明治の歴史は即ち余の歴史である」と言い、「斯くの如き社会の感化を受けて、斯の如き人間に片付いた迄と自覚する丈」（『マードック先生の日本歴史』）と漱石はいう。ここでは時代との、のっぴきならぬ関係が吐露されているが、「片付いた」と言いつつ同時に、片付かぬ人間存在の矛盾を問いつづけたのが漱石であり、「明治の歴史は余の歴史である」と言いつつ、維新開国以来の〈外発的開化〉の負性を批判しつづけたのも漱石である。この明治という時代の孕むエトスと、そこに生きる人間の、作家の問題を後の昭和という時代を生きた作家がどう捉えるかとは、そう容易には片付けえぬ難題であろう。

〈国家権力〉と〈個〉の対峙とは、大岡昇平の戦記ものをめぐる基本の構図であり、この立場からの漱石批判についても、その正負二面に則して若干の考察を試みたが、ここで大岡氏の作品に入る前に、なお残された『趣味の遺伝』をめぐる構成上の問題にふれておきたい。語り手の〈余〉が終り近くなって、「寂光院事件」の説明こそが自分の語ろうとする骨子であり、ここ迄書いて来たらもういいと安心して書けなくなったとは、最後の詰めとなって、女にその内的体験、まさに霊の感応ともいうべき部分を〈余〉に訊き出す段取りをつけてやれなかった自身の失敗を語る、「漱石における率直な告白」だという評者の批判は、先にもすでにふれた通りだが、しかし、すべては作者漱石ならぬ、〈太平の逸民〉として登場する語り手〈余〉の告白である。これがすでにふれた通り作者の用意したアリバイ造りの語り手であったとすれば、本来の意図は、国家の意志、権力によって駆り出されてゆく兵士たちへの痛切な鎮魂の想いであり、浩さんの戦死と全く同じ時期に寂光院に佇つ女の姿は、この世ならぬ「霊の感応」の世界そのものを指すものであり、両者はみごとに符合する。女のいう「それだから」という簡明な一語はすべてを語るものであり、その「内的経験」を長々と説明することは、作者本来の趣意ではあるまい。一切の説明を省いた所に、逆に〈霊の感応〉という神秘は生きる。それが、作品が読者にひらかれることの意味でもあろう。もう書くのがいやになったとは、語り手の〈余〉を使った巧妙な仕掛けであり、「清く涼しき涙」という最後の言葉もまた、写生文本来の感触を生かした、微妙な結末の一句というべきであろう。

恐らくここから次作『草枕』（明39・9）へは数歩の距離であり、あの浮世に超然として〈非人情〉の旅を続ける〈余〉、画工が、最後は日露戦争に出征する若者を駅頭に送っては、突然内心の激語を発し続ける。「汽車程二十世紀の文明を代表するものはあるまい。何百と云ふ人間を同じ箱に詰めて轟と通る。情け容赦はない。」「人は汽車に乗ると云ふ。余は積み込まれると云ふ。人は汽車で行くと云ふ。余は運搬されると云ふ。汽車程個性を軽蔑したものはない。文明はあらゆる限りの手段をつくして、個性を発達せしめたる後、あらゆる限りの方法によつて此個性を踏み付け様とする。」「文明は個人に自由を与へて虎の如く猛からしめたる後、之を檻穽の内に投げ込んで、天下の平和を維持しつつある。此平和は真の平和ではない。」「個人の革命は今既に日夜に起こりつゝある。」「余は汽車の猛烈に、見界なく、凡ての人を貨物同様に心得て走る様を見る度に、客車のうちに閉じ篭められたる個人と、個人の個性に寸毫の注意をだに払はざる此鉄車とを比較して、——あぶない、あぶない。気を付けねばあぶないと思ふ」という。

すでに語る所は明らかであろう。この〈文明〉と言い、これを代表する〈汽車〉という言葉に、〈国家〉という言葉をそのまま重ねてみれば、さらに語ろうとする所は明らかとなろう。ここでは〈文明〉と〈個〉の対立と同時に、〈国家〉とは〈個〉にとって何かという問いが、ひそかにかくされているかとみえる。『草枕』の駘蕩たる非人情の旅の背後に、ここでも〈余〉というアリバイとして登場する語り手の背後に、作家の何がひそんでいるかは、すでに再言するまでもあるまい。この感触は大岡氏のものと、そう遠いものではあるまい。時代は違え、国家や文明、権力と対峙する両者の視角はそう遠くはない。

四

さて、アリバイ作りといえば『野火』における語りの、〈狂人の手記〉という設定もまた、その最たるものであろう。しかし作者自身のいう、『野火』（昭26・1～8）は『俘虜記』（昭23・2）（『捉まるまで』）の補遺として書かれたと言い、さらに「主人公の記憶喪失は、『俘虜記』の中で、米兵と向ひ合つた時の自分に見つけた記憶の穴を拡大したもの」だという言葉をふまえれば、我々は先ず『俘虜記』における主人公が、彼の前に登場したひとりの若い米兵に向って、遂に発砲しなかった場面にみる、あの心理の精細な分析に眼を向ける必要があろう。

マラリアに罹り、部隊から取り残された〈私〉が疲れ果ててくさむらに身を横たえる。そこに若い米兵がひとり、こちらに気づかずしてやって来る。思わず銃の安全装置を外すが、ためらっている内に向うで銃声が起こり、ふり返って兵士は立ち去ってゆく。その時の何故射たなかったという心理を、その〈原情景〉を再現しようとして、〈私〉は分析する。その余りにも若くうい〱しい顔立ちに対する父親のような感情のはたらき。「人類愛から射たなかつた」などとは信じないが、この個人的な愛着のためであったことは「これを信じる」という。しかもなお繰り返して問えば、そこにあらわれるものは「様々の動物的反応の連続」しかない。その後レイテの俘虜病院に移っての閑暇と衰弱のなかで、この〈原情景〉の記憶をめぐる分析は繰り返される。その果てにあらわれたものは〈神の声〉であり、「銃声を起らせ、米兵をその方へ立ち去らせたのは『神の攝理』ではなかったか、という観念」であった。しかしこの「神学に含まれた自己愛」の故に、あえて先の作中ではふれなかったが、しかしこの〈少年時の神〉の再来というほかはない、「無稽の観念をもって飾るという誘惑に抗し切れ」ず、〈わがこころのよくてころさぬにはあらず〉という、『歎異抄』の一句をとってエピグラフとしたという。

ちなみに中村光夫はこの一句にふれて、しかし「ここに提出されている本当の問題は『わがこころのよくてころされぬにあらず』」であり、「なぜ全滅した小隊に属しながら自分だけ生命が助かったか、そのために彼が越えなければならなかった細い偶然は何を意味するか、これが恐らく復員以来彼の心底にわだかまる疑問であって、『野火』はその最も直接な現われ」ではなかったかという。同時に「それ（保護者としての神の観念）は僕の少年時代の幻影で、大人の智慧には敵（かな）いそうもないので、それを狂人の頭に宿らせることにしたのです」（『創作の秘密』）という大岡氏自身の言葉を引けば、『俘虜記』と『野火』の二作を貫通する主題のありかはすでに明らかであろう。

同時にあえて言えば先の「わがこゝろのよくてころさぬにあらず」とは、中村氏の指摘の意味する部分のみではなく、『野火』終末にいう、死者の世界の「彼等が笑つてゐるのは、私が彼等を喰べなかつたからである。殺しはしたけれど、喰べなかつたからである」という部分にもかかわって来るものであろう。彼等とは「私が殺した人間、あの比島の女と、安田、永松」であり、「もし私が私の傲慢によつて、罪に堕ちようとした丁度その時、あの不明の襲撃者によつて、私の後頭部に打たれたのであるならば——／もし神が私を愛したため、豫めその打撃を用意し給うたならば——」と言い、〈神に栄あれ〉の一句をもって閉じられる『野火』一篇の展開も、一貫するものは棄てようとして棄て切れぬ〈無稽の観念〉〈少年時の神〉への深い執着を語るものではあるまいか。「レイテの神を少年時の幻影としてしりぞける大岡昇平は、決して神を信じていないはずだ。神を信じない作家がどのようにして、実在者としての神をえがきうるか。狂人の妄想にそれを託した『野火』の方法は、たしかにみごとな処理であった」と評者（三好行雄）はいうが、それが作者本来の意図であったろうか。狂人の夢にやどる神の観念が消えれば、そこに現れるものは惨たる戦場の地獄図絵であり、そこに見るものは作家のニヒリズムというほかはないと評者（三好）はいうが、それが我々の聴くべき本来の〈作品の声〉か。すべては逆であろう。

普通に語れば、ついに現代人の耳を傾けぬ〈神〉の問題。観念ならぬ、自身の根源的な精神生理の問題として打ち消しえぬ課題を、彼は〈狂人の手記〉というアリバイを作ることによってしか語りえなかった。『野火』は私の〈情念〉の解放だとは作家のいつわらぬコメントであり、観念ならぬ情念、生理の解放こそは小説に託されたものであり、それが〈小説〉というものの本来の意義であろう。

最後に再び『俘虜記』に還っていえば、評者のひとりは、ここにはごたごたと射たなかった理由が例示されているが、作者がついに書かなかった問題があると言い、福田恆存の論（『某月某日』平4・1）を引いている。「何より不思議なことは、この撃てば撃たれるという歴然たる事実に、作者が文中一言も触れようとしなかったこと」だが、これは要するに「作者の『理路整然』たる個の目に、作者自身、身動き出来ず虜れの身となってしまったからであろう」という福田氏の言葉を引き、彼は「初めて、『俘虜記』における『そのこと』を問題にしたのである」（坪内祐三「『俘虜記』の『そのこと』」）という。たしかに周囲は敵に囲まれている。射てば忽ち撃ち返されるだけである。この実状をみれば、あの精細な理由の列挙も所詮は「窮して拵へてしまつた一種の『見え』に過ぎぬのではないか」と福田氏はいう。誰もふれなかった「そのこと」を福田氏はずばり指摘していたと評者（坪内）は鬼の首でも取ったように述べているが、しかし「そのこと」はすでに作中で語られているのではないか。

『俘虜記』作中の〈私〉は、あの紅顔の少年兵ともいうべき若い兵士の表情が、一瞬見せた「厳しさ」の背後にあるものを感じる。「それは私を押し潰さうとする厖大な暴力の一端であり、対するに極めて慎重を要する相手であつた。この時私の抑制が単なる逡巡にすぎなかつたのではないかと私は疑つてゐる」という。先の問いに対しては、すでに作品自体が答えているわけだが、しかし作者の言おうとする真のモチーフは、さらにその先にある。すべては「私が国家によって強制された『敵』を撃つことを『放棄』したといふ一瞬の事実しかなかつた。そしてその一瞬を決定したものは、私が最初自分でこの敵を選んだのではなかったからである。すべては私が戦場に出発する前から決定されてゐた。／この時私に向つて来たのは敵ではなかつた。敵はほかにゐる。」（『タクロバンの雨』）。

すでに言わんとする所の究極が何であったかは明らかであろう。戦争をめぐる〈国家権力〉と〈個〉の対峙という大岡氏の根源のモチーフは、ここに極まると言ってよいが、漱石を論じて作中の主人公はいささか腰が引け、「仮死の状態」とも見えるという。いささかきつい批判もまた、この大岡氏の深い問題意識に発するものとみることができよう。

いささか国の内外の状況がきなくさくなって来た現代にあって、漱石や大岡昇平の語る所は貴重な問いかけというべきであろう。〈戦後文学〉の概念をめぐっては、広くも狭くもとることができるが、やはり〈戦争〉そのものが何であったかという問いを抜きにして、すべてを語ることはできまい。福田恒存は先の文章のなかで、何故大岡は敵兵とは書かず、アメリカ兵と書くのかと問い、「大岡だけは『敵』と戦ったのではなく、汝の子らと戦つてゐたのか、アーメンと唱へざるを得ない」と述べている。若い兵士を射たなかったことで、これでアメリカの母親からは感謝されるであろうという作中の〈私〉の感慨にふれての発言だが、〈アーメン〉云々とは、いささか皮肉が過ぎよう。今日の世界の現状をめぐって、改めて我々の真の〈敵〉とは何かが問われねばなるまい。『レイテ戦記』におけるリモン峠の惨たる激闘を描きつつ、しかし「リモン峠で戦った第一師団の歩兵は、栗田艦隊の水兵と同じく、日本の歴史自身と戦っていたのである」という大岡氏の言葉が我々の胸を搏つゆえんを、いま我々は改めて問いなおしてみる必要があろう。

　最後にひと言。半藤一利氏は、その『昭和史』の最後に「昭和史の二十年をふり返っての最大の教訓は、「第一に国民的熱狂をつくってはいけない。その国民的熱狂に流されてしまってはいけない。」「いったん燃え上がってしまうと熱狂そのものが権威をもちはじめ、不動のもののように人びとを引っ張ってゆき、流してゆく」。果てはそれが、〝魔性（ましょう）の歴史〟というべきものさえ生み出してゆくのだと述べているが、これはすでに漱石の語る所である。日露戦争直後の、あの国民的熱狂の昂まりに、あたかも水をぶっかけるごとく語ってみせたのが、『趣味の遺伝』一篇であったことは、すでに再言するまでもあるまい。時務の論ならぬ、真の文学の語る予言的言及の深さの何たるかに、我々はいま、改めて眼を向ける必要があろう。

近代文学とフェミニズム

〝文学におけるフェミニズム、あるいはフェミニズム以後〟という。かなめは〝フェミニズム以後〟にあり、〝文学における〟というところにある。平塚らいてうは『青踏』誌上に一葉を論じ、「我は女なりけるものを」という一葉の言葉を繰り返し引きつつ、ついに一葉は古き女、「過去の日本の女」に過ぎなかったという。「一葉には、一葉自身の思想がない。問題がない。創造がない」と言い、その文学もまた「只々親兄弟を養はむが為」の「一念に過ぎなかつた」ともいう。しかし「誠に我れは女なりけるものを、何事の思ひありとてそはなすべきことかは」という、そのうめきの底から生まれた作品の何が見えていたであろう。お関（『十三夜』）やお力（『にごりえ』）のうめきはもとより、夫を見事にだまし、男のもとにかようお律（『裏紫』）のしたたかな笑みの背後にひそむ作者の眼は見えていまい。「心の鬼や自づと面ぼてりして、胸には動悸の波たかつり」という女体の奥にひそむ業をみつめる作者の眼は熱く、しかも夫をだまして男のもとへ急ぐ女のまどいはいつしか消えて、気も冴え、「冷やかなる笑みさへ浮びぬ」という。この未完、終末の一句にひそむお律ならぬ一葉自身の肉に息づくほてりと、またこれを見返す冷厳な作家の眼のあいからむ作品背後の機微もまた見えてはいまい。同時に、この一句を最後として未完に終り、中絶したところに一葉のまどいも、また時代の子としての作家の限界もみられる。しかしこの限界は同時にまた、時代の肉体を生きた作家の誠実でもあろう。時代の肉体、あるいは肉感とは何か。

ここにひとりの有夫の女があり、家族を持つ年下の中年の男を誘う。そこにはなんの心や言葉の交流もなく、ただ「男全体を性交の対象としてのみ考え」「性以外は無視している」「そのことに、男はいつ反乱を起すだろうか」という。これは富岡多恵子の秀作『波うつ土地』であり、ここには時代の空白感のなかに醒めた〈単独者〉として生きる女の物語、いや物語ならぬ乾いた心の乾板に映る〈風景〉ともいうべきものが展開する。しかもこの熱を抜きとった、裸の文体ともいうべき独自の文体のリズムは（小島信夫の『抱擁家族』とともに、滅多にめぐり合わぬみごとなかろやかさというほかはないが）、まさに時代の無意識な気分そのものをみごとに摑みとっている。

「心静かに気の冴えて色もなき唇には冷やかなる笑みさへ浮びぬ」という一葉未完の一句は、ここに新たな時代の衣装をまとって登場したというべきか。ここに一葉以後百年に近い時代の推移をみるとなれば、男性作家はどうか。『智恵子抄』の背後の光太郎の眼が、『暗夜行路』のヒロイン直子を描く志賀直哉の眼が、さらには直子と同名のお直を描く『行人』の作者漱石の眼が問われるところであろう。しかも「何んな人の所へ行かうと、嫁に行けば、女は夫のために邪になる」「さういふ僕が既に僕の妻を何の位悪くしたか分らない」「幸福は嫁に行つて天真を損はれた女からは要求出来るものぢやない」とは、『行人』末尾の、一郎の最後の言葉である。

『草枕』の那美さんから『明暗』のお延に至るまで、個性的な女性を実に生々と描きえた漱石はまた、女性を真の他者として発見した最初の近代作家であろう。他者としてとはまた憧憬と畏怖とを含む。しかし、この漱石にしてなお女性を充分に理解しえていないとは、富岡氏とともにフェミニズムの立場から今日最も充実した仕事を続けている作家三枝和子氏のいうところである。この両者に上野千鶴子氏を加えた座談『男の変わる時』の冒頭、〈男を変える〉時とこそすべきだと上野氏にいう。痛快な発言だが、たしかに男が変わるとともに、女もまた変わらねばなるまい、女性の解放、自立とはまた、男性の解放、自立でもある。こうして真にひらかれ、自立した男女がともによきパートナーとして生きぬいてゆくことのできる社会。〝女性の時代〟とはひとつのステップであり、真の〝人間の時代〟こそが目指されねばなるまい。

佐多稲子の『夏の栞――中野重治をおくる――』は亡き友中野重治への痛惜の想いをこめた自伝的作品だが、ここには性を超え男女の友愛ともいうべきものがみごとに語られている。もとより男女の機微や中野の妻原泉との微妙な女同志の葛藤にもふれつつ、それを含み、それを超えるある透明な感動がある。中野の死後、その故郷福井での埋葬の帰り、かつて同じ北陸本線で中野夫妻とともに「大きな山形をなして雁の渡ってゆくのを見た」ことを想い起こす。「大き列だね。こんなに大きな列は、なかなか見られないよ。立派なものだ。こういうのを見ると、やはり感動するねえ」という中野の言葉にうなずきつつ、「無心に心を弾ませてその雁の渡ってゆく山形の列を仰ぎつづけた。」「――こういうのを見ると、やはり感動するねえ――中野重治の、こういうときの中野らしいその感動を、再び聴くことはもうない」。そうしてまた折々の自分なりの感動もまた、もはや「受けとめ手なく宙に浮くしかない」という。感銘深い幕切れだが、この作者の〈感動〉はまた、これを読み終った我々自身の感動にもつながる。

最後にひとつ、島尾敏雄の『死の棘』にふれておきたい。自分の不倫から生じた妻の狂気にさいなまれつつ、その狂気の背後に妻の無垢なる愛を見る作者は、斯うしるす。「妻は私にとって神のこころみであった。私には神が見えず、妻だけが見えていたと言ってもいい」（『妻への祈り・補遺』）。もはや紙数もつき、詳述する余裕もないが、この十六年の歳月をついやした作品が、妻の励ましとこれを清書するという両者の共同作業によってなされ、その作業を通して妻の病いもまた癒されたという事実を忘れてはなるまい。神が見えず、妻だけが見えたとは、逆に妻の背後に神を見たということでもあろう。この〈妻〉と〈神〉への二重の祈りこそ『死の棘』をつらぬく根源の主題であり、ことしの話題作となった映画『死の棘』もまた、この主題をよく生かしえていた。〃フェミニズム〃と言い、〃女性の時代〃という。しかしことの根源は〃存在〃そのものへの畏敬の念であり、ことはそこから始まり、そこへ還る。〈文学〉もまたこの一点をはずれては、ない。

文学における明治二十年代

二十代が若さとそれ故の可能性を深く豊かに孕んでいるとすれば、これを時代のそれと結びつければどうなるか。明治二十年代とは、まさにこの両者をふまえた近代文学草創の一時期であった。二十年代初頭、二葉亭の『浮雲』（明20・6〜22・8）、鷗外の『舞姫』（明23・1）、さらに透谷の『楚囚之詩』（明22・4）や『蓬萊曲』（明24・5）と、これらがほぼ横一線に並んだ所に、まさに近代文学の豊かな可能性は予示されていた。しかし、その可能性の萠芽は果たしてよく受けつがれ、開花しえたかどうか。注目すべきは彼らのいずれもが二十代の半ばをもってその実作から離れ、あるいは自裁の夭折をもって姿を消していることである。

二葉亭はその〈言文一致〉の画期的な試みをもって文明開化の世相を諷し、時代の疎外者の鬱屈した眼を通して開化の矛盾を問おうとしたかにみえるが、その筆はやがて主人公（内海文三）自体の内面に下降し、自身の生活的閉塞とともにやがてその筆を折ることとなる。彼がやがて再び小説の筆を執るのは日露戦後、『其面影』（明39）や『平凡』（明40）を書くに至ってである。鷗外もまた『舞姫』ほか『うたかたの記』（明23）や『文づかひ』（明24）など留学記念の三部作ともいうべきものを遺して小説から遠ざかる。彼が作家として復帰するのもまた戦後、明治四十二年（『半日』）のことである。

『舞姫』は二葉亭や山田美妙らの言文一致の試みを横眼にみつつ、敢て雅文体をもって綴られている。恐らく鷗外の美意識または文体観がそうさせたのだと思われるが、その雅文の体が裡に含む勁い緊迫感は、主題の切迫とあいまって見事な文学的成果をみせる。しかもひと先ず小説の筆を離れる鷗外の前に雅文や言文一致ならぬ、あるべき文体の姿はまだ焦点を結びえていなかったとみえる。彼が小説とは「何をどんな風に書いても好いものだ」（『追儺』

明42）という感慨を、あるいは発明を確認するのは、戦後、小説に復帰後のことである。また『舞姫』の文体が『浮雲』のそれにあり対峙するものだとすれば、その主人公太田豊太郎と内海文三もまた同様であろう。お勢という女性をはさむ、体制からの疎外者文三と出世主義者本田昇の葛藤が、『浮雲』をつらぬくひとつの劇的展開とすれば、このドラマを一身に引き受けるものが太田豊太郎であろう。すでに評家も指摘するごとく太田豊太郎とは、裡に本田昇をかかえた文三自身とも言いうる。しかも中絶に終った『浮雲』の作者の創作メモには、文三を捨てて本田に走るお勢もまた棄てられ、発狂するというプロットが遺されていることをみれば、『舞姫』との対応は二重の皮肉を含む。

これに対し透谷の劇詩『蓬萊曲』の試みはどうか。蓬萊山中に分け入った若き修業者（柳田素雄）の苦悩を描きつつ、その〈牢囚〉の意識は――〈われ世の形骸を脱ぎ去らんと願ふこと久し〉、あるいは〈無念、無念、われなほ神ならず霊ならず、／死ぬべき定にうごめく塵の生命なほわれに纏へる〉〈依々形骸あり！　形骸　形骸！〉というごとく、この〈世〉と肉なる繋縛の二重の〈牢囚〉を脱して、霊の世界へと超脱せんとする霊肉二元の葛藤へと展開してゆく。同時にまた――〈わが世を捨つるは紙一片を置るに異ならず、／唯だこのおのれを捨て、このおのれを／――このおのれてふ物思はするもの、このおの／れてふあやしきもの、このおのれてふ満ち／足らはぬがちなるものを捨てゝ去なんこそ／かたけれ〉というごとく、〈肉〉のみならぬ〈意識〉という繋縛をも捨てがたき己れを〈牢囚〉としてみつめ、その断ちがたき苦悩の裡に悶死する。

ここでは霊肉二元をめぐる観念の劇と、〈おのれてふあやしきもの〉をめぐる自意識のドラマが交錯しつつ、独自の劇的世界を展開する。『新体詩抄』（明15）に始まる新体詩の啓蒙は、ここで初めて近代の名に価いする何ものかを生み出しえたはずである。しかしこの余りにも早い実験と作者の野望は明治二十年代という時代のなかでは、なお孤立せざるをえなかった。「歌か、余知らず、詩か、余知らず、戯曲か、余知らず」「定調なければ韻文とも云ひ難し勿論通常の散文にはあらず」（磯貝雲峯）という同時代評にもその一端はうかがわれよう。また明らかに透谷の影響に始まる初期藤村の劇詩の試みも惨たる結果となっている所にも、劇詩を生み出す根源のモチーフ、その内在的理念の何たるかに届きえぬ時代の、同時にまたこの風土の負性は明らかであろう。

藤村がやがてその独自の肉声を展開するのは二十年代も最後の二十九年秋以後の、仙台における『若菜集』の詩篇からである。ここで彼は初めて透谷の影響から脱皮した自身の作品を生み出し、明治の新体詩もようやく真の抒情の肉質をかちえたといえよう。しかし『蓬萊曲』一篇の示した課題は以前として遺った。藤村のみならぬ現代に至るも、誰が自身の『蓬萊曲』を書きえたかとは問われる所であり、これはこの風土自体が問われる所でもある。〈劇詩〉というダイナミズム、その根底に超越者との相剋、反問という劇的葛藤を孕む垂直構造とは、ついにこの風土のものではなかったと言いうるのか。これはまた透谷における批評の試みにもつながり、文学の根源を問う課題でもある。ことは先ず逍遙に対する二葉亭の批判に始まる。言うまでもなく逍遙の『小説神髄』（明18～19）に対して、二葉亭の『小説総論』（明19）の問う所である。

「小説の主脳は人情なり、世態風俗これに次ぐ」として、「人情」「世態」の精密なる「模写」に戯作を超える近代小説の可能性を求めたのが逍遙の『小説神髄』だが、そこに「模写」によって何を描くかという思想的、理念的内実は欠如する。これに対し「模写」とは「実相を仮りて虚相を写し出すといふことなり」と二葉亭はいう。言わば現象（形・フォーム）よりも内在的理念（意・アイデア）そのものを重視し、普遍の真実に迫らんとする二葉亭の論が、より新たな近代リアリズムへの貴重な布石であり、時流を抜きん出た卓抜な認識であったことは言うを俟つまい。しかしここにもまた矛盾、欠落はある。これがベリンスキーの『芸術のイデー』（二葉亭訳『芸術ノ本義』）に多くを学んでいることは知られる通りだが、見逃すべからざる両者の差異もまたそこにある。すでに指摘される所だが『芸術ノ本義』の訳文に「意匠の由で生ずる所のものは真理なり」とある。その原意は「思惟の出発点は神の絶対的イデーである」という所にある。彼は「意（アイデア）」と「形（フォーム）」という基本理念をベリンスキーに学びつつ、そのイデーが「神のイデー」であることを敢て拒否した。ここに「実相を仮りて虚相を写す」という、その「虚」の内実が改めて問われることになる。

二葉亭は「無限絶対」なるものの存在せぬこの現実に、なお「絶対のもの無限のもの」を説く虚妄を難じた。しかし透谷は、その山路愛山との一連の論争（いわゆる〈人生相渉論争〉）のなかで、人間の本質とはまさに「有限と無限の中間に彷徨するもの」にして、「文学は人間と無限とを研究する一種の事業なり」（『明治文学管見』明26）と断じた。透谷はさらに、この論争の帰結として〈内部生命論〉なるものに到達する。「内部の生命あらずして、天下豈、人性人情なる者あらんや」と言い（ここに逍遙に対する批判も込められていることは明らかだが）、神によって「インスパイアド」され、これに「感応」することによって「内部の生命」は「再造」され、この「再造せられたる生命の眼を以て」「造化万物」の「極致」を見出し、これを描破する所に、真の「アイデアリスト」の、「理想派の文学は生まれるという（『内部生命論』明26）。

言わば二葉亭が内なる〈アイデア（意）〉を言いつつ、敢て排除せんとしたイデーの形而上性、超越性を透谷は説く。二葉亭が『浮雲』の挫折を代償として手に入れたものは主体の内面、〈私〉なるものの発見であった。しかしそれが鬱屈し、曲折する主人公の心理的ディメンションの発見、追求に終ったとすれば、透谷の求めたものはさらなるディメンションの開示、深化であった。これは明らかにこの風土の特性、また負性に対する第一の挑戦であった。しかもこの批判、反問の真義は愛山はもとより、同じ「理想派」文学の同陣営ともみられる「文学界」派、「国民之友」派、植村正久の「日本評論」派などのいずれの一派によってもついに理解され、支持される所ではなかった。透谷の挫折のあとを藤村や独歩は「きりひらいていった」が、同時に「彼らは何かを大きく跨いだのだ」（桶谷秀昭）とは、しばしば引かれる評家の指摘だが、これはひとり独歩、藤村のみではあるまい。

透谷晩期の評論『漫罵』（明26）にいう「革命にあらず、移動なり」とは単に開化の欠落を問う状況論のみならぬ、文学自体の根源への問いでもあったはずである。透谷の『漫罵』からほぼ二十年後、その〈移動〉の流態、外発的開化の矛盾、欠落を嘆じたものに漱石の『現代日本の開化』（明44）がある。漱石もまた開化の外発的流態を難じ、真の〈内発的〉変革にあらずとして痛烈な批判を呈した。これを第二の『漫罵』と呼ぶこともできよう。ただそこに透谷自身の身を破るごとき自嘲の口吻はない。透谷の浪漫的気質とは異なる冷徹な醒めた眼が、自他を時流のなかに置いて静視する。それは同時に漱石流にいえば「時勢の推移」のしからしめるところ、あるいは時代のひとつの成熟と言いうるかも知れない。

＊

さて二十年代にあってわが漱石はどうであったか。周知のごとく日露戦争末期に『吾輩は猫である』や『倫敦塔』を以て登場する漱石に二十年代の作品はなく、言わば〈遅れて来た青年〉のひとりというべきかも知れない。ただ我々はわずかな書簡などを通してその一斑を知ることができる。「今世の小説家を以て自称する輩は少しも『オリヂナル』の思想なく只文字の末をのみ研鑽批評して自ら大家なりと自負する者」、「小生の考にては文壇に立て赤幟を万世に翻さんと欲せば首として思想を涵養せざるべからず」（明22・12・31、子規宛書簡）と小説の本義を説き、あるいは鷗外の作にふれては「僅かに二短篇を見たる迄」なるも「当世の文人中にては先づ一角ある者」、その作風は「結構を泰西に得思想を其学問に得行文は漢文に胚胎して私俗を混淆したる者」、しかも「読分子相聚つて」「一種沈鬱奇雅の特色」（明24・8・3、子規宛書簡）ありという。その結構、思想、行文についていう所はまた漱石とも無縁ではあるまい。

鷗外や二葉亭の作家復帰が日露戦後であったごとく漱石の出発もまた戦争末期であり、自然主義文学と共に新たな戦後文学のひとつであった。いま鷗外など先の三者にふれていえば、漱石の復眼的認識は鷗外に近く、その野人的、志士的気質は二葉亭に近い。しかも鷗外や二葉亭とは異なる倫理的、宗教的志向においてはまた透谷に近い。しかし共に外発的開化の矛盾、欠落を衝きつつ、その故に「形而上的世界」に走るは「自己偽瞞」にして迷蒙なりとはまた初期漱石のいう所であった。しかも作家漱石の認識は文明社会に引き裂かれる人間存在の矛盾を問いつつ、やがて〈開かれた宗教性〉ともいうべきものへと深まってゆく。『それから』に文明に病む代助の悲劇と錯乱を描きつつ、これを書き終った後、「あの結末は本当は宗教に持って行くべきだろうが、今の俺がそれをするとうそになる。ああする外なかった」とひとりの弟子（林原耕三）に語ったという。すでにここには透谷のいう「有限と無限の中間に彷徨する」ものとしての存在が、有限を有限のままに己れを開示してゆく道筋が、予示されてはいないか。

詩人透谷はより無限なるものへの吸引に力点を置き、作家漱石はより現実そのものに身を据える。しかし「文学は人間と無限とを研究する一種の事業なり」という透谷的命題の孕むもの、即ち人間と無限をめぐる対峙相関の構図、引いては文学と宗教をめぐる二律相反ならぬ二律相関という構造、これこそはこの国の近代文学が絶えず排除し続けて来たものだが、これを深く押しひらいてゆく形で受けついだひとりに漱石があったのではなかったか。この〈開かれた宗教性〉ともいうべき課題はまた、現代作家としては最近の大江健三郎のいう所にも見ることができよう。彼は「文学とは回心の物語」だという。その〈回心〉とは彼岸への飛躍ならぬ、此岸の水際に立って彼岸へと存在を押し開いてゆくことだという。これは近作『懐かしい年への手紙』や『人生の親戚』などにもみる所である。

いずれにせよ明治二十年代とはその時代自体の若さの故に、またそこに登場する作家、詩人もまたそれ自身の若さの故に、両者は互いに相乗しつつ、また時代の無意識に促がされつつ、多くの試行と実験を繰り返して来た。断ち切られた断面はそのことを我々にあざやかに告げる。〈明治二十年代の可能性〉とは、また〈二十代の可能性〉をも意味していた。その断面のひとつ、透谷を中心に述べて来たが、ことはそのまま現代につながる。たとえば先にもふれた大江健三郎は全体小説という時、それは水平的な意識、認識として問う所はあっても、何故この国の文学は垂直的構造を問わないのか。自分はこの国の風土に〈垂直の軸〉を打ち込むものでありたいという。また何故我々はダンテの『神曲』やブレイクの世界を持たぬのかと問う。『神曲』とはまた現代の『蓬莱曲』をと言うことでもあろう。透谷が自裁をもってその生涯を閉じたのは明治二十七年春、二十五歳であった。彼の遺した課題は今もなおまことに深く、重い。

ドストエフスキイと近代日本の作家

一

日本におけるドストエフスキイの最初の訳者内田魯庵は『罪と罰』からうけた衝撃を、あたかも曠野で落雷に会うものの「眼眩めき耳聾」いたるごとき体験であったという。ドストエフスキイを読むとは、たしかに「人生の一事件」であり、「精神はそこから火の洗礼を受ける」（ベルジャーエフ）。大江健三郎などもその若き日の一文に、少年期より二十八歳の現在までほとんど毎年のように「茫然としてドストエフスキイだけを読む一時期をすごし」、それはひとつの「聖週間」ともいうべき至福の時であったという。

また若き日の芥川はドストエフスキイの感動にふれて、とりわけラスコルニコフがソーニャとランプの下で聖書を読むシーンを実にtouchingだったと思ったと言い、『罪と罰』にしろ『カラマーゾフの兄弟』にしろ、あんなものが「一つでも日本にあったらまゐりさうな気がする」と語っている。また透谷は魯庵の記した『罪と罰』（第一巻は明治二十五年十一月、第二巻は二十六年二月刊行）の読後感として、変革期ロシアの矛盾「苦惨の実況を、一個のヒポコンデリア漢の上に直写」したこの作が、最暗黒の社会にいかにおそろしき魔力の潜めるかを見事に活写したものとして作者の手腕を高く評価しているが（『罪と罰』明25・12）、これなどはこの時期における最もすぐれたドストエフスキイ理解というべきものであろう。

さらには二葉亭四迷の『浮雲』や藤村の『破戒』などがともにドストエフスキイに触発されたものであり、後の漱石の『明暗』なども明らかにその影が深く射していること、また白樺派や萩原朔太郎、山村暮鳥、室生犀星ら大正期の文壇、詩壇におけるドストエフスキイ受容、さらには昭和期の小林秀雄をへて戦後の椎名麟三、埴谷雄高らのドストエフスキイ体験に至るまで、その影響の深さ、広さを挙げてゆけば枚挙のいとまもあるまい。しかも詩人朔太郎が、その人生の一時期の苦悩をドストエフスキイによって救われ、彼が「私をキリストに導」いたと言い、椎名麟三が実にドストエフスキイによって文学に眼を開かれ、キリスト教への導かれたというごとく、ドストエフスキイによる文学開眼、宗教開眼という体験も尠くない。御多分にもれず、私などもそのひとりであり、十六歳の時、新潮社版「世界文学全集」の中村白葉訳『罪と罰』を読んだのがきっかけで、ドストエフスキイ狂いとなり、それが〈キリスト教と日本文学〉を生涯のライフ・ワークとする機縁ともなった。

さて、かくも我々日本人をとらえるドストエフスキイの魅力とは何であろうか。諸家の反応はさまざまであり、そこから椎名麟三のように宗教的福音を読みとるものもあれば、埴谷雄高のように深いニヒリズムを取り出して来るものもある。また小林秀雄のように相対と絶対の、ニヒリズムと宗教性の、稀有なる内的ドラマを読みとろうとするものもある。恐らくドストエフスキイは我々にとってひとつの鏡であり、我々はそこにいやおうなしに、かけねのない己れの姿を映し出すこととなる。たとえば小林秀雄の戦前戦後にわたるドストエフスキイ論の変容などは、その最もよき範例であろう。

ドストエフスキイの描く人物たちは常に「思想の極度の相対性」を生きていると小林秀雄はいう。たとえば『罪と罰』にあっては、「空想が、観念が、理論が、人間の頭のなかで、どれほど奇怪な情熱と化するか、この可能性を作者はラスコルニコフで実現した」のだという。こうして彼は戦前の第一の『罪と罰』論（『「罪と罰」に就いて』昭9）では、このようなラスコルニコフを終始「道化」とよび、彼が「ソオニヤの足下に俯伏す」場面も、ソーニャに「ラザロの復活を読む事を強請する」場面も、「道化」「欺瞞」の「頂点に達する」場面であり、「奇蹟の強請といふ恐るべき道化」以外のなにものでもないという。「俺はお前に頭を下げたのではない。人類全体の苦痛の前に頭を下げたのだ」という、あのソーニャへの告白も、所詮は「ウルトラ・エゴイストの叫びの上に演じられた悲痛な欺瞞」であり、ソーニャさえも、「己れの本性を映すに最も好都合な鏡を見付け出した」、彼自身の「創作」にすぎぬという。

　このはげしい苛立ちを込めた批判が何を指すかは明らかであろう。「道化」とは作中のラスコルニコフのみならぬ、また同時代の知識人に対する痛烈な批判でもある。ただ彼がドストエフスキイの望んだものは「分析」ではなく「総合であつた」。しかし「総合より分析が、同情より憎悪が発達した今日の様な世に、文学批評が、その基本的生命である処の、偏頗しない理解を失つて行くのは当然の事の様に思はれる」という時、しかし彼小林秀雄自身もまた、この時代の弊をまぬがれえてはいない。この『罪と罰』論に見るものもまた、対者を生かす「総合」ならぬ「分析」であり、作品自体もまた読者自身の「本性を映すに最も好都合な鏡」としてえらびとられているかにみえる。

　しかし、やがてこの作品自体の真の主題が彼の前に現われる時が来る。いうまでもなく戦後の第二の『罪と罰』論（『「罪と罰」について』昭23）であり、たとえばあのソーニャの朗読の場面も、もはや「奇蹟の強請」ならぬ、主題の根源にかかわる「退引ならぬ画面」としてとらえられる。或るものはここに「作者の説教」を、また或る者は「作者の恐ろしい皮肉を読みとる」が、それらはみな「幻」にすぎぬという。「奇しくもこの貧しい部屋のなかに落合つて、永遠の書物を共に読んだ殺人者と淫売婦を、歪んだ燭台に立つた蠟燭の燃えさしの、ぼんやり照らし出しただけである。作者は見たものを見たと言つてゐるだけである。」「蠟燭は消えかかり、五分が、それ以上も経つたと作者は書いてゐるのに、読者は、ここで何故一分の沈黙を惜しむのであらうか」という。だが沈黙を惜しんだのは多くの読者だけでもあるまい。かつての小林秀雄自身もまたそのひとりであったはずである。

　この「真率」にして「深く静かな」「画面の色調」を、「そのあるがままの美しさで受取る事」は「非常に難しい」。我々は「客観主義といふ一種のシニスム」を捨て、ただ虚心に、無知なる心をもつて対するほかはないという。恐らく小林秀雄の成熟とは、ただ一筋に、この無私への道につながるものであった。もはやソーニャはラスコルニコフが作り出した「影」ならぬ、一種の動かしがたい他者として見えて来る。「何故世の中には、こんな不幸があるのか、といふ彼の疑問に応ずるもつとも大きな疑問の如く」、彼の「眼前に立ちはだかり」、「どうする事も出来ない」存在として、ソーニャは彼に迫る。彼とはラスコルニコフであり、また評者自身でもある。こうしていま彼ははじめてソーニャの内面に踏み入り、彼女の視点から対者を語ろうとする。

お前にではなく、人類全体の苦痛の前に頭を下げたのだというラスコルニコフの告白を、もはやエゴイストの「欺瞞」や「道化」とはいわぬ。それが道化か真面目か、真実か絶望か、しかしそれらはどうでもよい。ただソーニャは「この人が何を言はうと何を為やうと、神様は御存じだ、この人は限りなく不幸なんだ」と「見抜いて了ふ。」「これが、彼女の人間認識の全部である。」ソーニャの眼は、根抵的には又作者の眼であったに相違ないと僕は信じる」と小林秀雄はいう。これはひとりの日本の批評家が語りえた最も深く、美しいドストエフスキイ理解であり、このソーニャの眼を自己の視点に包みえた時、その内なるドストエフスキイは殆ど十全に生きえたと言ってもよい。彼がここで語ろうとしていることは、ドストエフスキイを読むとはこういうことだという。ひとりの作家を読むことの極意であり、真髄である。

二

さて、小林のドストエフスキイ論は戦後の第二の『白痴』論（『「白痴」について』昭39）をもって終る。これもまたみごとな達成だが、彼はここで意識のドラマを殆ど極限まで追求しつつ、ムイシュキンに託されたドストエフスキイの死刑赦免の一瞬の極限的意識の解明にふれ、「たとへ、私の苦しい意識が真理の埒外にある荒唐無稽なものであらうとも、私は自分の苦痛と一緒にゐたい、真理と一緒にゐたくない」と、ドストエフスキイは考えたに相違あるまいという。これはいうまでもなくシベリア流刑となったドストエフスキイが出獄直後、聖書を贈ってくれた婦人たちのひとり、フォンヴィジン夫人に宛てた周知の書簡の一節をふまえたものである。「誰かが私にキリストは真理の外にあると証明してくれたにしても、また実際に真理はキリストの外にあるものだとしても、私は真理とともにあるよりは、むしろキリストとともにあることを望むでしょう」（小沼文彦訳）と、ドストエフスキイはいう。この「キリストとともに」という所を、この「苦痛（の意識）と一緒にいたい」という時、彼はソーニャの対者としての自身にもどる。言わば認識者としての、この一点に執するということであろう。彼、小林がこの『白痴』論をもってドストエフスキイ論を閉じ、踵を接して『本居宣長』を書き始める意味もまたここにある。彼がこの認識者の眼をもって還ろうとする所が、〈自然〉か、〈歴史〉か、またいかなる〈神〉か。これを問うことはまた別席の問題となる。ただこのドストエフスキイの一主題を、やはり最も深い関心をもって注視したひとりに漱石があった。

修善寺の大患とよばれる明治四十三年夏、胃潰瘍のため吐血し「三十分の死」を経験した漱石は、この意識の無化の体験にふれ、ドストエフスキイに注目している。苦しくなって金盥いっぱいに血を吐いたその前後のすべてを意識していたつもりだが、あとで妻から「あの時三十分許は死んで入らつしたのです」と言われ、かくも「俄然として死し、俄然として吾に還るものは、否、吾に還つたのだと、人から云ひ聞かさるるものは、ただ寒くなる許である」と、漱石はしるしている。これは〈意識〉という蓆一枚をとりはらった底に、無限の奈落と闇をみつめたものの戦慄ともいうべく、漱石の語る所は殆ど〈存在の寒さ〉ともいうべき事態であろう。彼はこの経験にふれたエッセイ『思ひ出す事など』のなかで、さらにドストエフスキイにふれ、彼が「死の宣告から蘇へつた最後の一幕を眼に浮べた。寒い空、新しい刑壇、刑壇の上に立つ彼の姿、襯衣一枚の儘顫へてゐる彼の姿」――それらの「悉く」は「鮮やかな想像の鏡に写つた」。ただ「独り彼が死刑を免かれたと自覚し得た咄嗟の表情が、何うしても判然映ら」ず、しかも自分は「たゞ此咄嗟の表情が見たい許に、凡ての画面を組み立て、居た」。その体験の違いを思えば当然ながらなお自分は、繰返し「死刑壇」上の彼の姿を「描き去り描き来つて已まなかつた」という。漱石の求めんとしたものは、己れの持ちえなかった死を前にした意識の極限のドラマの様相であった。恐らくドストエフスキイの文学と思想をめぐる機微もまたここにある。

かくして死刑赦免とシベリヤ流刑は、殆どドストエフスキイの全生涯とその仕事を決する異常な体験であり、爾後の『死の家の記録』はもとより『罪と罰』以下『カラマゾフの兄弟』に至る大作群のすでてを解く鍵は、この体験のなかから彼がつかみ出した思想と信仰の内実にあると言ってよい。と同時に、我々日本人がドストエフスキイに対する場合の、その思想的、また風土的落差もまた深い。漱石は病後の「天賚（ブリス）」ともいうべき「縹渺」たる感覚を、ドストエフスキイの「神聖なる病」とも呼ばれる。「癲癇の発作」になぞらえつつ、しかも時に「恍惚として神い、遠き思ひあり」（『修善寺日記』）という。また生き帰った嬉しさから日々遠くなる自分に較べ、「ドストエフスキイは自己の幸福に対して、生涯感謝する事を忘れぬ人であった」という。ここには明らかに彼我の違いを想いつつ、神なき風土に佇つものの、ある深い寂寥感ともいうべきものがうかがいとれよう。

また朔太郎の場合も、人妻との恋愛事件にまつわる苦悩の果て一年近い沈黙をしいられた詩人が、再び詩作の喜びをとりもどしたのはドストエフスキイとの出会いによるものであり、彼はドストエフスキイによってキリストに導かれ、罪のゆるめをはじめて体験したという。彼はその喜びを、『罪と罰』のマルメラードフの告白にならった小品にしるして記念しようとさえするのだが、やがてその宗教的体験の痕跡を残しつつも、彼独自の日本的宿命観へと傾斜していったことは周知の通りである。また朔太郎によってドストエフスキイ熱を鼓吹された暮鳥や犀星もまた、その人道主義的共感を詩作の数々に示すこととなるが、なかにも暮鳥一二八一行にも及ぶ近代詩にも稀なる長編『荘厳なる頌栄者の苦悩』（大8）は、その神への批判と糺問のはげしさにおいて彼の『ヨブ記』とも、また『大審問官物語』とも見ることができる。ただドストエフスキイが『カラマゾフの兄弟』の作中、イヴァンによって語らせた『大審問官物語』にあっては、その神への、キリストへの熾しい糺問にもかかわらず、最後にこの自身への糺弾者を抱きしめて無言の接吻を与える囚人キリストを、ドストエフスキイはみごとに描きえた。この時、場面は瞬時にして一転し、陰画は陽画となる。キリストの彼を審かんとする大審問官へのあの無言の接吻は、その論証の肯定でも否定でもなく、その思想や弁証へのいかなる批判や裁きでもない。ただ一切の矛盾を含む存在そのものへの肯定であり、ゆるめであった。しかもそれはまた逆に無限の深い問いでもある。肯定がそのまま否定であり、ゆるめが緊張であり、笑えが問いであり、また同時にすべてが逆でもある。この思弁を絶した場所にキリストは佇つ。恐らくこのディアレクティックは、シベリヤ流刑以来のドストエフスキイの全作品を支えるものであった。いま、この『大審問官』にもまがう近代詩上の稀なる作品が、その熾しい神への糺問にもかかわらず、ついにこれを包みつつ、また深く問い返しうる対者を描きえなかった所に、この風土の孕む矛盾と欠落の相もまた明らかであろう。

モリアックもグレアム・グリーンも大体わかった。ただドストエフスキイの世界だけは「われわれのような作家のおよぶところではないという感じがいつもします」。そこで「すこしずつ世界を縮小し、戦線を縮小しているのが我々現代作家の姿です」とは、遠藤周作氏と筆者との対談中の言葉であった。『悪霊』のスタヴローギン的存在を書こうとしても、その告白を受けとめるチーホン僧正ごときものがないというのが、日本という土壌の問題でしょうといえば頷きつつ、それが日本の実作者の苦しい所だという。

こうして多くの作家がドストエフスキイを意識し、また彼に問われ、様々な試みを繰り返して来た。太宰の『道化の華』などもそのすぐれた試みのひとつだが、ユダを語って「ユダ、左手もて何やらんおそろしきものを防ぎ、右手もて、しつかと金嚢を摑んで居る。君、どうかその役を私にゆづつてもらひたい」と言いつつ、そのユダの苦悩をみごとにエロスのつややかさをもって語りえた（『駈込み訴へ』）彼も、ついに「左手もてなにやらんおそろしきものを防ぎ」という、その「おそろしき」闇はついに描きえなかった。〈ドストエフスキイと近代作家〉という時、この闇と光のダイナミズムこそがなお遺された未了の問いとしてあるというほかはあるまい。

〈文学における仮面〉とは

〈文学における仮面〉とは、いや、そもそも〈人生における仮面〉とは何か。近代人にとって、もはや仮面以外に個性も人格もありはしないと福田恆存はいう。芸術家の、いや人間の「素面などといふものは、眼も鼻もない、まったくののつぺらぼう」で、この世にもはや個性などというものはない。「個性といふものもまた仮面にすぎぬ」と知った時、彼ら近代人は「自己の個性を演戯しようとした」。いや「演戯することによってのみ個性は実在しうるのだ」。これは『芸術とはなにか』から『人間・この劇的なるもの』に至るまで貫通する福田恆存のするどい洞察だ。同時にこれはまた、次のような鷗外の認識とも無縁ではあるまい。

「生れてから今日まで、自分は何をしてゐるか。始終何物かに策うたれ駆られてゐるやうに」あくせくと走り続けている。これは「役者が舞台へ出て或る役を勤めてゐるに過ぎ」ず、「その勤めてゐる役の背後に、別の何物かが存在」するように思われる。いつかこの「赤く黒く塗られ」た顔を洗い、「舞台から降りて、静かに自分といふものを考へてみたい、背後の何物かの面目を覗いて見たいと思ひ」つつ、きのうもきょうもただ「舞台監督の鞭を背中に受けて、役から役を勤め続け」る。「此役が即ち生だとは考えられ」ず、「背後にある或る物が真の生ではあるまいか」と思うのだが、ついにその「或る物は目を醒まさう」(『妄想』)とはしないという。

　福田恆存のいう所と鷗外のいう所、これは盾の表裏であり、鷗外の言葉は仮面の背後の空洞を鋭く刺す。鷗外はこの「赤く黒く塗られ」た顔を洗い、つまりは舞台の仮面をとって、その背後の何物かを掴みとってみたいというのだが、ならば〈仮面〉以外に個性も人格もないという福田氏の発言はどうか。恐らくこの両者のはざまをくぐって、この国の〈近代(文学)〉をめぐる〈仮面〉の意味はあらわれて来る。たとえば芥川は仮面をかぶり通した作家だというが、ついに「作品の仮面はそのまま作者自身の仮面にも化した」（臼井吉見）と評家は言い、また彼の本性は「本当のところ皮肉も冷笑も不似合だったのに、皮肉と冷笑の仮面をつけなければ世を渡れなかった」（三島由紀夫）ともいう。ならば、その背後の〈素面〉とは何か。すでにそれは一個の人格ならぬ、個性ならぬ、〈現象〉そのものと化していたとは芥川の自裁の直後、小林秀雄のいう所であった。

芥川を評して、もはや人格としては解体した。「斯くして彼の個性は人格となることを止めて一つの現象となつた」とは小林秀雄が自身処女評論と呼ぶ『芥川龍之介―美神と宿命』（昭2・9）末尾の言葉である。これは痛烈な批判の声ともみえるが、実は小林自身の自問の声、肺腑の言とこそみるべきであろう。芥川にあって、もはや人格は解体した、一個の現象と化したという時、それがひとり芥川のみならぬ、まさに時代の必然とみえた時、この認識以外に自分たちの踏み出す一歩がどこにあろうと小林はいう。

たしかに昭和文学の本髄とは「人間性の解体」（平野謙『昭和文学史』）にあったと言えよう。この「人間性の解体」がさらに「小説の解体」そのものへとつながれば、昭和十年時、石川淳の『佳人』や太宰の『道化の華』となる。『道化の華』は昭和五年秋、太宰の心中未遂事件を題材としたもので、女は死に、生き残った主人公の運ばれた療養所を舞台として、数日間の出来事が描かれる。彼はこれを最初『海』と題し、「素朴な形式」で書いたものだが、たまたまジイドのドストエフスキイ論に触発されて、これを「ずたずたに切りきざんで、『僕』といふ男の顔を作中の随所に出没させ、日本にまだない小説だと友人間に威張つてまはつた」（『川端康成へ』）ものだという。

言うまでもなく〈僕〉とは背後の語り手の分身であり、随時作中に乗り込んでは物語の展開を切り裂いてみせる。読み終ってこれが主人公大庭葉蔵の物語ならぬ、〈僕〉という語り手の影、言わば作者自身の自意識をめぐるドラマだと納得するわけだが、太宰はここで語り手という自明の〈仮面〉を脱ぎ捨てて、その背後の自意識をつかみ出してみせる。しかしそれもまた作中に仕掛けられた、いまひとつの〈仮面〉だとすれば、これはいくら脱ぎ捨てようとも際限はあるまい。〈仮面〉のうしろにはまた、無数の仮面がかさなる。「私には十重二十重に仮面がへばりついて」（『思ひ出』）とは、その最初期の作中、中学生の自分を語る自伝的記述の一節だが、ここではそれが〈書く〉という作家の営みをめぐる自意識のドラマとして再現される。

やがて来る中期の「安定」なるものもまた、太宰が選びとったいまひとつの〈仮面〉であろう。こうして彼が晩期、戦後に迎えたものは世間という〈仮面〉の底にひそむ無気味な人間性との対峙であり、作家の分身は再び大庭葉蔵の名をまとって鋭く問いかける。現代人は「お互ひの不信の中で、エホバも何も念頭に置かず、平気で生きてゐる」。このように互いに「あざむき合つてゐながら、浅く明るく朗らかに生きてゐる。或ひは生き得る自信を持つてゐるみたいな人間が難解」だと彼はいう。互いの不信のなかで「平気で」「清く明るく朗らかに生きてゐる」という時、〈仮面〉は仮面たることさえも疑われていないのだと作者は問いたげである。

彼（大庭葉蔵）は自身の内面を描くとすれば「お化けの絵」になるほかはないという。しかも一面、世間の〈仮面〉に向かっては、「われに、怒りのマスクを与え給へ」という。彼がこの「怒りのマスク」をつければ、そのまま同時期の『如是我聞』の語り手となる。彼はこの最後の評論をみずから捨身の「反キリスト的なものへの戦ひ」だという。怒りの表現ならぬ、〈怒りのマスク〉とは、いかにも意味深い。ここにいう〈マスク〉とは、いわゆる〈仮面〉を超えた何ものかを指す。ここで〈仮面〉の原義─〈ペルソナ〉とは何かが問われることになろう。

〈ペルソナ〉とは本来、舞台で俳優のつける仮面を意味する言葉であり、それが劇中の役者、人物を指し、さらには役割や行為の主体としてのひと、人格を指すものとなる。またこれがキリスト教神学では神の位格（父・子・聖霊の三位一体）をあらわすものとなり、さらにはこの神の問いかけに応える主体としての人間の根源性を指すものともなる。太宰がこのペルソナ（仮面）の原義を意識して使ったかどうかは分らぬが、〈反キリスト的なものへの戦ひ〉と言い、また「エホバも何も念頭に置かず」という時、神の問いかけに応えるべき主体としての人間性を問わんとしていることは明らかであろう。〈信仰。それは、ただ神の笞を受けるために、うなだれて審判の台に向ふ事ではないか〉という大庭葉蔵の言葉にも、神への応答者としての人間の〈ペルソナ〉が問われていることはたしかだ。「われに、怒りのマスクを与え給へ」という時、それは殆ど神の怒りの代行者たらんとする自恃の言葉とさえひびく。

太宰の奥にひそむ倫理性が、〈仮面〉にいまひとつの意味を与えたともいえるが、これはまた冒頭の福田恆存の指摘とも無縁ではあるまい、我々はこの人生という舞台に立つ以上、その選びとった役割を演じ続けるほかはない。その〈仮面〉を正とみるか、負とみるか。鷗外はこれを負の相において語ったが、これを問おうとすれば鷗外論そのものともなり、いまこれにふれる余裕はない。またこれを正とみれば福田恆存の論となり、またその思想上の血脈ともいうべき小林秀雄にもつながる。これについても仔細を述べる余裕はないが、すべて人格ならぬ〈現象〉と化したという地点から出発したその歩みは、ドストエフスキイ論や古典論などを経て、最後に『本居宣長』に帰着したかにみえるが、さらにそのあとに白鳥論が続く。

この『正宗白鳥の作について』は六回の連載の後、未完として中絶するが、その最後はユングの自伝の編纂者アニエラ・ヤッフェの言葉「心の現実に常にまつはる説明し難い要素は謎や神秘のまゝにとどめ置くのが賢明」と、ここまで書き写して来て中断する。未完の絶筆はここで終るが、これはいかにも意味深い。小林秀雄は彼が最も傾倒した白鳥が最後は〈信〉の世界に帰着したといわれる、その白鳥内面の秘部に迫らんとして、彼の筆はここでとまった。まさに〈仮面〉の奥に何がひそむかは、すでにひとの分析やはからいを超えたものだという。ここから改めて〈仮面〉とは何かが問われることとなろう。〈文学における仮面〉とは——我々もまたその新たな問いの入り口に小林秀雄とともに立ちどまることとなる。〈仮面〉とはすでに人間そのもの、また現代そのものを問うことにほかなるまい。

〈文学における道化〉とは

一

〈文学における道化〉といえば、太宰や椎名麟三（『神の道化師』ほか）の名が浮かぶが、詩人では中原中也独自の道化調が思い浮かぶ。ここでは先ず中原にしぼって考えてみたい。中原における道化は、その初期のダダイズムに始まるとみてよいが、その独自の転調、またねじれはそれのみではあるまい。

たとえば初期の詩篇『春の夜』はヴェルレーヌ風の敬虔とダダ的飛躍を織りまぜたものだが、その一節に――〈あゝこともなし／樹々よはにかみ立ちまはれ〉の一句がある。これは明らかに上田敏訳『海潮音』中の周知の詩篇『春の朝』（ブラウニング）をふまえたものと見てよい。〈時は春／日は朝（あした）／朝は七時／片岡に露みちて／揚雲雀なのりいで／蝸牛枝に這ひ／神、そらに知ろしめす／すべて世は事もなし〉。この終末の部分が初期の未刊詩篇『秋の日』では、〈あゝ天に　神はみてもある〉という詩句となり、『春の夜』では〈あゝこともなくこともなし〉という詩句に転じているが、詩人はここで一瞬身をねじるようにして、〈樹々よはにかみ立ちまはれ〉と唱う。中原独自の含羞と自虐のパロディともいうべく、彼にあった敬虔と道化は、その詩篇をつらぬく二本の柱のようなものだが、それは対極とみえて、実は背中合わせにはりついている。

〈ああ、神様、これがすべてでございます、／尽すなく尽さるるなく／心のまゝにうたへる心こそ／これがすべてでございます！〉（『夏は青い空に……』）と唱い、〈神様、今こそ私は貴方の御前に額づくことが出来ます。／この強情な私奴が、散々の果てに、／またその果ての遅疑・痴呆の果てに、／貴方の御前に額づくことが出来るのでございます。〉（『悲しい歌』）という。この真率な告白体が一転すれば――〈希はくは、お道化お道化て、／ながらへし 小者にはあれ、／冥福の 多かれかしと、／神にはも 祈らせ給へ。〉（『道化の臨終』）という、道化の自画像に転じてゆく。この〈Etude Dadaistique〉と銘うたれた『道化の臨終』の書かれた昭和九年には、『骨』『お道化うた』『秋岸清涼居士』『誘蛾燈詠歌』をはじめダダ調の詩が多作され、「〈道化の臨終〉の季節」（吉田凞生）ともいわれるが、その多くに死のモチーフが深く流れていることが注目される。

〈ホラホラ、これが僕の骨だ、〉に始まり、野ざらしとなった自分の骨と対面する幻想上の〈僕〉という、この世の時間と非在の時間が交錯しつつ、一種不思議なリアリティをかもす『骨』が、「洗練された〈道化の臨終〉（吉田凞生）だとすれば、晩期の詩篇『春日狂想』はまさにその〈道化うた〉の完成であり、その詩作をつらぬく生涯の道化ぶりの頂点に立つものであろう。ここでその詩篇の絶妙な詩句の展開にふれる余裕はないが、〈愛するもの〉を喪った悲しみを〈奉仕の気持〉に生きるほかはないと観じつつ、しかもこの人生との微妙な異和を戯文の体に語り、〈ハイ、ではみなさん、ハイ、御一緒に――／テンポ正しく、握手をしませう〉の結句に至るこの詩篇の展開に、人生との「和解」（中村稔）をみるか、和解ならぬ「当惑の体」（分銅惇作）をみるか、論は分かれるが、いずれにせよ謙抑と自嘲的含羞の道化ぶりの微妙な点滅はあざやかである。

太宰の道化が、その基軸を対人関係に置くとすれば、中原のそれが絶対者の視角のなかに身を横たえる、対神的基軸に立つものであることが注目されよう。あえていえば敬虔と道化とは、中原にあっては二者にして一元なるものともいうことができよう。こうして中原の〈道化〉が神の眼差の下なる含羞と謙抑の身をよじるアクトであったとすれば、神の不在の下にあってはどうか。もとより神の不在とは、この風土のものではない。我々はここで、いまひとつの道化に立ち合うことになる。それは一篇の詩ならぬドラマだが、そこにはいかなる事件もアクトも起りえない。あるものは過渡なる時間のなかに流れる言葉の流動、また顫動そのものであり、ドラマの主体はそれ以外の何物でもない。もはや明らかであろう。そのドラマとはほかならぬあのベケットの戯曲『ゴドーを待ちながら』である。

二

英語にいうfool（道化）の語源は、ラテン語のfollis（ふいご）であり、これは道化の繰り出す無内容な言葉を〈風〉にたとえてのものだというが、『ゴドーを待ちながら』の語る所は、まさにそれ以外の何ものでもない。一九五三年一月五日、これがパリのバビロン座で初演された時、観客の三分の一は第一幕の終わりで席を立ち、三分の二はそのまま残ったが、まさに狐につままれたていであったという。ただそのなかのひとり、劇作家のジャン・アヌイはこれを評して、これはまさに「パスカルの『パンセ』寸劇である」と語ったという。ここでひとりの評家はパスカルとベケット、『パンセ』と『ゴドーを待ちながら』の深い類縁を指摘し、「ベケットの道化はすっかり、『パンセ』の口調にかぶれているではないか」（田辺保『パスカルとベケット――『パンセ』と『ゴドーを待ちながら』をめぐって――』）という。作中の浮浪者にして道化ふたり、ヴラジーミルとエストラゴン。ふたりの対話は繰り返し、すべては「暇つぶし」であり、「気ばらし」だという。

ただ「考える危険はもうない。」「考えるってのは、必ずしも最悪の事態じゃない。」「おそろしいのは、もう考えてしまったということだ……」と、ヴラジーミルはいう。「だが、おれたちに、考えるなんてことがあったかな?」とエストラゴンが問い返す。「じゃあ、みんないったい、どこから来たんだ、この死骸は?」「少しは考えてしまったんだな、やっぱり」とヴラジーミルはいう。ただ問題は「考えてしまったということだ」。それも「ただ、しなくてもすんだろうにということさ」。まさに彼らは『パンセ』の口調にかぶれ、「なにもかも、いっさい底までこの三百年前のフランスの思想家と同じ目で見透し、達観し、諦視してしまっているではないか」と評者（田辺保）はいう。

彼らは無限に空虚な対話を繰り返しながら、ただ〈ゴドー〉を待ち続ける。それでも〈ゴドー〉を待つほかはないという。しかも〈ゴドー〉はついに現われない。いや、その〈ゴドー〉なるものの正体さえあいまいになる。こうしてこのドラマは不在の影ならぬ、その何ものかを待ち続ける、その待つという行為、いや、状況そのものこそが主題ではないかと問いかける。まさに〈存在の劇〉と呼ばれる意味もまたここにある。〈ゴドー〉が〈ゴッド〉（神）のパロディともいうべきひびきを持つことはたしかだが、なお正体は不明だ。いや、作者のベケット自身、「わたしもそれは知らない。知っていたら作品の中に書いておいたはずだ」という。しかもこの不在の〈ゴドー〉は、その舞台に無言の影を深く落とす。

この『ゴドーを待ちながら』が中世以後、現代のクローデルなどまでに至る宗教的演劇の系譜へのアンチ、あるいはパロディだとすれば、すでに現代の古典とも化した『ゴドー』のパロディが現われたとしても不思議はあるまい。ここにその一篇がある。いとうせいこうの『ゴドーは待たれながら』（「海燕」'92・2）は題名通り、あざやかなパロディとして登場する。人物はただひとり、白髪の老人ゴドーである。

「問題は……誰が……いつ……どこで待っているかということなんだが」。いつ、どこで、それをすっかり忘れてしまった。「思い出せ、思ひ出せ。いったい、誰が、いつ、どこで待ってるんだったたか」。ゴドーはまた呟く。「これで誰にも待たれていないとしたら……地獄だ」。「人間が死に、神一人生き残ったとしたら。／待つ者が死に絶えてしまった救世主」。だが待てよ、「今、俺は自分が神だと思いやしなかったか。／だとしたら、俺は危ないぞ。ストレスで神経がやられちまったのかも知れない」。彼はまた自問する。「俺は何も考えていない」。だが待てよ、「何も考えないってことを……俺は……今……考えちゃってた……わけで。／つまり、無について考えたってことに、なりゃしないかな」。こうして「何の実りもない繰り返し」、すべては「茶番劇だ」。彼の自問劇はさらに続く。「果てしない宇宙の中に神がいたと言って、壊れそうな頭を守れるやつは幸せだ。／だが、その果てしない宇宙の中に、たった一人で暮らしてる神はどうする?」。鏡で自分を見れば救われるか。しかし「宇宙そのものを映す鏡なんて」あるわけがない。/絶対の存在は何も認識出来ない」。やがて終末、〈声〉が聞こえる。「アルベールさんになんて言いましょうか」。ゴドーは答える「俺に俺が何かことづてをするべきかね?」。いや、「いつか必ず行く。だから、それまで俺を待っていてくれ」。この伝言を正確に伝えてくれという〈声〉とのやりとりのなかで、「俺を待っていてくれ!」という叫びは反転して、「待つよ。待つ」「俺はお前を待ってる。だから、いつまでも……待たせ続ければいい」という、〈待つ〉ことと〈待たせる〉ことの混迷のなかに自問の呟きは続く。

「何もわからない。/つまり、馬鹿……同然だ」。彼は首をかしげて、「……たぶん」と呟く。ここでは明らかに、「わたしの作品のキーワードは《おそらく》です」というベケットの言葉が下敷となっている。彼のからだがしずかにふるえ、泣いているのか笑っているのか。長い沈黙のあとで「行こう」と呟くが、「そのまま、いつまでも動かない」。こうして幕が降りるが、もはや明らかであろう。これはみごとなベケット劇の裏返し、パロディである。作者は待たれるゴドーの姿と焦燥をあざやかに切りとってみせる。しかしまた〈ゴドー〉の不在の影の孕む不安と、あのかすかな戦慄は伝わって来ない。これが現代のひとりの俊才が切りとってみせた〈無〉の空間に過ぎぬとすれば

——、再び中原の世界に還ってみればどうか。

〈無限の前に腕を振る〉とは、彼の詩篇をつらぬく主旋律ともいうべきものだが、同時にいまひとつの眼は、反語のごとく呟く、〈有限のなかの無限は、最も有限なそれ〉(未刊詩篇)と。恐らくこの詩人にあっても〈信〉と〈認識〉をめぐる〈批評(クリティック)〉の所在こそが、彼にあの身をよじるごとき〈道化〉の身ぶりをしている。かくして現代における〈道化〉の登場とは—、いや、あのヴラジーミルの言葉がすべてを語っていよう。「この広大なる混沌の中で明らかなことはただ一つ、われわれはゴドーの来るのを待っているということだ。」

〈文学における表層と深層〉とは

一

〈文学における表層と深層〉という。これを作品におけるそれととるか、作家におけるそれと見るか。さらには作品自体として、その表層と深層なるものを作者の工夫、仕掛け、たくらみとして見るか。あるいはたくらみならぬ作家本来の、本然自然なるものの滲出とみるか。課題はいくようにもみえるが、要は作品自体の解読を措いては何事も見えては来まい。

たとえば太宰中期の作品に『新郎』（昭17・1「新潮」）という短篇がある。その末尾に「（昭和十六年十二月八日之を脱稿す。この朝、英米と戦端ひらくの報を聞けり。）」とあるのが眼をひくが、この作品自体、戦時下のものとしては異色の作とみえる。

「一日一日を、たっぷりと生きて行くより他はない。明日のことを思ひ煩ふな。明日は明日みづから思ひ煩はん。けふ一日を、よろこび、努め、人には優しくして暮したい」という。冒頭の一節だが、これが聖書の一節（マタイ伝六章二三～三四節）をふまえていることは言うまでもない。以下この言葉通り、一日一日をたっぷりと思いわずらわず生きてゆこうとする主人公や家族の日常が、太宰一流の誇張やユーモアをまじえて淡々と語られてゆく。家族には「じつと我慢して居りさへすれば、日本は必ず成功するのだ」と言い聞かせ、出入りする学生たちにも責任を持った優しさで応待する。叔母からの手紙には「明日の事を思ふな、とあの人も言つて居られます。朝めざめて、けふ一日を、十分に生きる事、それだけを私はこのごろ心掛けて居ります。」「私は文学を、やめません。私は信じて成功するのです。御安心下さい」と応える。

書斎にはいつも季節の花を飾り、身ずまいはすべて清潔に整える。きょうも花を帰って帰る途中、三鷹駅前の広場で古風な馬車が客を待って居り、その鹿鳴館のにおいがなつかしく銀座へ行ってくれるかと頼んでことわられる。しかし「私は此の馬車に乗つて銀座八丁を練りあるいてみたかつた。鶴の丸（私の家の紋は、鶴の丸だ）の紋服を着て、仙台平の袴をはいて、白足袋、そんな姿でこの馬車にゆつたり乗つて銀座八丁を練りあるきたい。ああ、このごろ私は毎日、新郎（はなむこ）の心で生きてゐる」という。これが終末だが、さて作者の言わんとする所は何であろう。とりわけ、この末尾の「新郎（はなむこ）の心」とは何か。これを「権力から押し付けられた『良風俗にマッチ』していくための作品」（小田切秀雄）などと片付けてしまうことはたやすいが、この作品の急所はまた別の所にあると評家のひとりはいう。

これを一見「国策向きの身辺雑誌小説」風にみることは容易だが、しかし「この小説の印象は、まるで別のものである」（桶谷秀昭『太宰治の戦争期』）という。それはしいて言えば、あの「冒頭の文章の感じ」であり、たとえば「アカルサハ、ホロビノ姿デアロウカ」という「『右大臣実朝』の独白につながる太宰治の予感ではないか」ともいえるが、しかしまた「そう言い切ってしまえない大変微妙なものがあるよう」だという。

その微妙さを評者はあれこれ言いかえてはみるが結論はない。ただこの評家の指摘はさらに太宰という作家の核心部にふれてゆくわけだが、いまここで作家論を試みるつもりはない。いや、戦時下の太宰、その中期の安定とは何かという問題はこの作品（『新郎』）の分析を含め、いずれこの論集で予定している『太宰治を読む』で論じるつもりだが、ここではひとまずこの小論の課題である〈表層と深層〉の問題にからめて、終末の部分にひとまずふれてみたい。作中の〈私〉は「このごろ、どうしてだか、紋服を着て歩きたくて仕様がない」と言い、先に上げたあの終末の部分が来る。紋服を着、仙台平の袴に白足袋、そんな姿で銀座八丁を練りあるきたいと言い、「ああ、このごろ私は毎日、新郎(はなむこ)の心で生きてゐる」という一句で結ぶ。

さて、これをどう読むか。この作品を『帰去来』『十二月八日』ほかとともに、故郷や生家や使用人、つまり「封建秩序への、彼のおじぎである」(奥野健男)という批判に対しては、いや、ここに「ささやかながらも一つの自己革命を果たそうとしている作家の声あるを、一度率直にきく必要」があり、それは「危機意識において『一月一日』を生きる、時を大切にする志といったものである」(竹内清己)という反論もある。さらには終末の部分にふれて、この『新郎』一篇の「最大の問題点」は、すべてが結末のあの一節に「収斂してゆくという、作品構造それ自体にあった」のであり、「なぜここで戦時生活への信頼の確立が〈新郎の心〉——それも生家の紋服——の比喩をもって語られねばならなかったのであろうか」(安藤宏『太宰治・戦中から戦後へ』)という指摘もみられる。

つまりここにみられるものは「観念共同体を作中の軸に捉え、中心点と同心円上に連なる自己との距離を自意識する事によって初めて実生活の客体化がはかられてゆくというプロセス——それこそが『新郎』以降、自己を描き出す為に新たに獲得された方法なのではなかったか」という。これがこの論者の結論だが、鋭い批判というべきであろう。この作品の、さらには作者太宰の一面をえぐったあざやかな指摘というべきだが、しかしなお問題は残る。この一側面への指摘の底に、多分かくされた秘部は、ことの急所にあるとみるべきであろう。問題は紋服の白足袋ならぬ、「新郎の心」という一句にある。〈新郎〉の一語に〈はなむこ〉というルビをつけた、その部分にことの核心はある。

「一月一日を、たっぷりと生きて行くより他は無い。明日のことを思ひ煩ふな、明日は明日みづから思ひ煩はん」という冒頭の一節が、マタイ伝六章三三、四節の詞句をふまえていることはすでにふれた通りだが、すでにこの部分が作品の全文脈を、あえていえば主題そのものの何たるかを示唆していると言ってよかろう。〈新郎(はなむこ)の心〉という最後の一句もまたこれを承ける。されに言えば、この一句の背景には次の聖書の一節(マルコ伝二章十八—二十一節)がある。

ヨハネの弟子とパリサイ人とは、断食しゐたり。人々イエスに来りて言ふ「なにゆゑヨハネの弟子とパリサイ人とは断食して、汝の弟子は断食せぬか」イエス言ひ給う「新郎（はなむこ）の友だち、新郎（はなむこ）と偕（とも）にをるうちは断食し得べきか、新郎（はなむこ）と偕にをる間は、断食するを得ず。然れど新郎（はなむこ）のとらるる日きたらん。その日には断食せん。」

「新郎（はなむこ）のとらるる日きたらん」という。その「とらるる日きたらん」とは、この戦時下にあってはまた、軍隊にとられることを意味していたはずである。作中、ひとりの「草田舎の国民学校訓導」との手紙のやりとりがあるが、さむざむとした白い宿直室の壁を見ながら「入営（×月×日）のこと、文学のことなど」考えはじめていたという若い教師に対しては、「入営なさるも、せぬも、一日一日の義務に努力してゐて下さい」と言い、「本当にもう、このごろは、一日の義務は、そのまま生涯の義務だと思って厳粛に務めなければならぬ」という自戒の言葉を洩らす。これはまた先にもふれたあの叔母からの手紙への返信に、「明日の事を思ふな、とあの人も言って居られます。」「いまの私にとって、一日一日の努力が、全生涯の努力であります。」「私は文学をやめません。私は信じて成功するのです。御安心下さい」という言葉にも、そのままつながるものであろう。

「とらるる日」への覚悟はまた、作者自身のものでもあった。もとより「とらるる日」とは、太宰にあっては兵役ならぬ、ペンを持つ手をとりあげられることを意味し、何時まで作家として書き続けることが出来るかという懼れでもあったはずである。それは戦時下における一種緊迫した終末観であったとも言える。いつまでペンを執ることが出来るか。ならばこの一日を「たっぷりと」「十分に生きる事」。ペンにすべてを賭けるほかはあるまい。こうして終末の「このごろ私は毎日、新郎（はなむこ）の心で生きてゐる」という言葉は、一種切迫したひびきをもって迫る。しかもこれが「明日の事を思ふな、とあの人も言って居られます」という言葉通り、聖書的倫理を背面に持ち、また〈新郎（はなむこ）のとらるる日きたらん〉とは、あの聖書の一節をふまえたものだとすれば、戦時下にあってこの秘部はやはりかくされねばなるまい。

評者のいう「なぜここで戦時生活への信頼の確立が〈新郎（はなむこ）の心〉――それも生家の紋服――の比喩をもって語られねばならなかったのであろう」という問いに対する答えは、ここにある。この評者のいうごとく「観念共同体を作中の軸に据え」、これと自身との距離を意識し、「実生活の客体化」をはかってゆくという、「それこそが『新郎』以降、自己を描き出す為に新たに獲得された方法」ではなかったかという指摘は、確かにこの時期における太宰の一側面を照射するものともみえるが、それのみではあるまい。このような機制が作家に働いていたとしても、それはこの作品の文脈、いや文体そのものに息づくより核心的な機制の機微をえぐったものとは言えまい。

こうして〈とらるる日〉という戦中の切迫を聖書そのものの倫理とかさねつつ、不意に転調するごとく最後の一節がひと息に語りとられる。言わば時局に合わせた先祖がえりとみせかけつつ、作者はみごとなアリバイを作ってみせる。聖書的倫理から摑みとった核心部を、生家の紋服をまとった花婿姿という粉黛をまとって、みごとにくるんでみせる。そこに痛烈な太宰特有のアイロニーを読みとらねば、何事も見えては来まい。この小論の主題に即していえば、作品一篇をめぐる〈表層〉ならぬ〈深層〉は、作家のみごとなたくらみ、工夫のなかに覆われている。この『新郎』終末の部分がマルコ伝の一節をふまえていることについては、すでに赤司道雄『太宰治―その心の遍歴と聖書』にすぐれた指摘があるが、ただここにたくまれた作者独自のアイロニカルな仕掛けについての言及はない。

さて、隠された秘部と、これをめぐる作者の仕掛けといえばやはりここで思い出されるのは大岡昇平の『野火』である。

二

『野火』は周知の通り大岡氏の戦場体験をふまえた虚構の作品だが、作者は病兵の主人公を苛酷な敗走行のなかに置き、思わざる無辜の民間人の射殺、されには飢えに追いつめられた仲間同志の殺戮、人肉食という極限的状況の只中に追い込み、果ては彼は何ものかによって後頭部を打たれ、意識を失う。かくして「狂人の手記」と銘うたれた作品の最終章に至って、あのアリア的な、詠唱部ともいうべき一節がしるされる。

もし私が私の傲慢によつて、罪に堕ちようとした丁度その時、あの不明の襲撃者によつて、私の後頭部が打たれたのであるならば――／もし神が私を愛したため、予めその打撃を用意し給うたならば――／もし打つたのが、あの夕陽の見える丘で、飢ゑた私に自分の肉を薦めた巨人であるならば――／もし、彼がキリストの変身であるならば――／もし彼が真に、私一人のために、この比島の山野まで遣はされたのであるならば――／神に栄あれ。

評者はこれにふれて、これが「ことごとく仮定形で語られ」ているとすれば、この「小説の真の主題は、この仮定形に『否』という答えを用意」する所にある。「狂気の妄想をすべてはぎとって」みれば、そこには「狂い、飢えた兵士が、喰うべき人肉をもとめて山野を彷徨している」という、「冷たい石のごとき事実」が残る。彼が人肉を喰わずにすんだのは「偶然の一撃」の故であり、それを彼は「狂気ゆえに、神の思寵と信じた」。しかし「狂気の妄想にのみ神が実在するとすれば、それを裏返していえば、正常な人間にとって神はつねに不在である」（三好行雄『戦争と神――「野火」大岡昇平』）ということにほかなるまいという。

この評者の論は『野火』に対する稠密な論として注目されたものだが、さてどうか。ここで論者はこの仮定形に、作者のアリバイをみようとし、その全的な否定のなかに真の主題は発現するという。しかし事態は逆であろう。たしかに作者はアリバイを用意する。しかしそれは仮定形を否定して見えて来るものではない。仮定形そのものでなくしては語りえぬもの、さらに言えば〈狂人の手記〉という設定そのもののかげに、真の主題にかくされていたと言えよう。

大岡氏には『野火』に先立つ作品として『俘虜記』がある。彼に気付かずその前にあらわれた若い米兵を射たず、やがて俘虜となる顛末は克明に描かれているが、中村光夫はそのエピグラフとして巻頭に掲げられた『歎異抄』の一句、〈わがこころのよくてころさぬにあらず〉にふれて、「ここに提出されている本当の問題は『わがこころのよくてころされぬにあらず』」であり、「なぜ全滅した小隊に属しながら自分だけ生命が助かったか、そのために彼が越えなければならなかった細い無数の偶然は一体何を意味するか、これらが恐らく復員以来彼の心底にわだかまる疑問であって、『野火』はその最も直接な現われ」であるという。これは見事な指摘というべきだが、加えて言えば、この両者をつらぬくものに作者のいう〈少年時の神〉がある。

『俘虜記』は米兵に向かって発砲しなかった、その精緻な心理の分析に中心のあることは周知の通りだが、しかしそのなかで敢て作者の脱落させた部分について、作者は後に『レイテの雨』でふれている。米兵が去ったその後の索莫たる深い空虚感の裡に、その時「神が現はれた」。それは彼が敢て敵兵を殺そうとしなかったその善意の、奇蹟の証人として、保護者としての神の観念であった。あの時敵を討つまいと思ったのは自分が「神の声」を聞いたからであり、「別の方面で銃声を起らせ、米兵をその方へ立ち去らせたのは『神の攝理』ではなかつたか、という観念である」という。然し彼はそれを、この「神学に含まれた自己愛」の故に斥ける。彼はこうしてこの「自己流の神学」を書き入れることは捨てたが、なおこの運命的な事件を「無稽な観念をもつて飾るといふ誘惑に抗し切れ」ず、『歎異抄』の一句をとってエピグラフとしたのだという。

彼は『レイテの雨』のなかで、自分が現在この事件について達した結論として、これをヒューマニティや本能や、神によって色づけることとの無意味を悟り、ことの核心は、自分が「国家によって強制された『敵』を撃つことを『放棄』したといふ一瞬の事実」であり、これを決定したのは「私が最初自分でこの敵を選んだ」のではなかったということである。「すべては私が戦場に出発する前から決定されて」おり、「この時私に向かつて来たのは敵ではなかつた。敵はほかいる」という。この〈敵〉の意味するものが何かは、やがて後の『レイテ戦記』によって明らかとなる。彼はここであのリモン峠の惨たる戦いの跡をしるしつつ、彼ら「第一師団の歩兵は、栗田艦隊の水兵と同じく、日本の歴史自身と戦っていたのである」という。すでに彼のいう〈敵〉の何たるかは明らかであろう。

さて再び『野火』に還れば、彼の裡なるシニシズムがそれを「無稽の観念」「自己流の神学」「その神学に含まれた自己愛」などと呼ぼうとも、なおその〈少年時の神〉の浮上を彼は否定することはできない。〈わがこころのよくてころさぬにならず〉と唱い、これを無稽の観念を排せぬ誘惑と呼んだ彼は、しかし『野火』一篇のエピグラフとして『たとひわれ死のかげの谷を歩むとも』という旧約、詩篇二十三篇の一節を掲げる。いうまでもなくこの詞句に続く部分は〈なんじ我とともにいませばなり〉という言葉である。中村光夫のいう「わがこころのよくてころされぬにあらず」という指摘はここに生き、作者自身のいう〈少年時の神〉は、まさに〈保護者としての神〉として浮上する。『野火』終末の、〈神に栄あれ〉の一句が巻頭の詩篇の一句とあい呼応していることは言うまでもあるまい。

大岡氏はこの自作を註して、この作品の背後には「神の問題」を「外国人と同じ土俵で争うという意図があった」と言い、キリスト教の問題は少年時以来の課題であり、「私は自分なりに真面目に解決したつもり」であり、「『神に栄あれ』という句で小説を結んだことに、ひそかな喜びを感じて」いるという。しかしまた一方では「この句を極東の異教徒の書いた本で見る外国人の顔を見てやりたいという」「敗戦国民のひがみ」もあり、『野火』の主題がその後の作品に現われぬのは、この「愛因的動機から神を陰惨なスリラーによって捉えることに後めたい気がしている」（『わが文学における意識と無意識』）ためであろうかともいう。

またさらには先にもふれた『野火』終末の、〈もし彼がキリストの変身であるならば――／もし彼が真に、私一人のために、この比島の山野まで遣はされたのであるならば――／神に栄あれ〉という部分にふれ、すべては〈私一人のために〉という詞句のなかで「主人公を最後まで倨傲の中におき、信仰に達せしめていないのに注意」（『「野火」の意図』）してくれればよいともいう。この作家独自のシニシズム、その苛酷な認識者の眼は、自己の粉飾、擬態さえもみごとに削ぎとってみせるかにみえる。

『俘虜記』エピグラフに『歎異抄』の一句を採った作者に、弥陀の本願もまた「よくよく案ずれば親鸞一人がためなりけり」という周知の一句が見えていなかったはずはあるまい。〈信〉のエロスはここに極まるかとみえるが、作家のシニシズムはこれを排して、そこにも〈自己愛の神学〉をみるということか。

評者は『野火』に登場する〈神〉を評して、それは「『見る』存在にすぎなかった神」に、作者は「宗教的意味をあたえすぎてしまった」（村松剛）と言い、後半の神の問題が登場するあたりから感心できず、「発狂者も神も道具に終っている」（埴谷雄高）と評し、さらには先の中村光夫もまた狂人の手記という仕掛けは作者の「テレだと思う。」「だから最後の二章はとくによくない。最後の一章はむしろないほうがいいと思う」ともいう。作者のテレとは一歩踏み込んだ指摘ともみえるが、しかしそれを単なる道具立て、仕掛けとみて最終部を否定する所に、文壇一般の〈神の問題〉、宗教的課題に対する冷淡さがみられ、いずれも作品の深部、また作家の背部に届きえてはいない。

十三歳にして聖書に出会い、一時は生涯を賭けて伝道者になろうとさえ決意した少年が、やがて文学との出会いを通してこれを棄てた経緯については、その自伝的作品『少年』にくわしい所だが、しかしこの〈少年時の神〉は戦場にあって再び復活する。それを〈自己愛の神学〉として否定しようとしても、この〈保護者としての神〉の浮上を語る誘惑に作者は抗しきれなかったとみえる。それが「狂人の手記」という作家主体のアリバイを作ることによって提示され、これが同時に狂人の手記であることを前提とした最終部の、一種オクターブの高まりをみせる詠唱部ともいうべき、独自の詩的文体を生み出してみせたともいえよう。しかしまたそこに、多くの論者の異和もみてとれる。

現代にあって、また文学において、宗教を論じ、また神を語ることの困難さ、またその孤独は、すでに太宰、大岡両氏の作品をめぐるその一端にも、明らかに読みとることができよう。この小論のなかで『野火』を論じた趣意はかつて述べた所でもあるが、その折「作者が声を大きくしていへること、こっそり作品の隅にしのばせるほかはなかったことを聞き分けて」もられたこと、「これまで誰からも聞けなかったことを、はじめて聞く」喜びを伝えたいという作者からの私信中の言葉は、むしろ私自身望外の喜びというほかはないものであったが、遠藤氏も嘆じたこの風土にあって〈神の問題〉にふれることの、その孤独の深さはまた大岡氏の場合も例外ではなかったかとみえる。ゾシマやアリョーシャの信仰を論ずるよりも、ラスコルニコフの罪を書いた部分で、ドストエフスキイはより宗教的であるように思われると言い、「現代において宗教的動機は常に隠されている」という大岡氏の言葉はまた頷くべき所であろう。

この小論に与えられた課題は〈文学における表層と深層〉という問題であったが、『野火』一篇の語る所は作品のみならぬ、作家をも含めた、その〈表層と深層〉なるものの核心の何たるかを告げるものであり、先にふれた太宰の場合もまたその例外ではあるまい。加えて言えば、それが特にこの風土における〈作家とキリスト教〉を論じる場合、さらに二重、三重の、言わばより重層的な屈折を孕んでいることはすでに見る通りである。今日テキスト論の多くは言葉の表層のたわむれを分析して、表現自体の豊饒と可能性をひらこうとするかにみえるが、同時に表層のみならぬ深部、深層にひそむ、ことの核心、秘部ともいうべき部分の解明もまた、作品解読のさらなる豊饒と未来を示唆するものであることもまた忘れてはなるまい。

〈文学における老い〉とは

一

〈文学における老い〉とは、時に作家自身を指し、また転じては作中人物とそれとかさなる。荷風の老い、谷崎の老い、また志賀直哉あるいは川端と、それぞれに作中、作外にまたがって、〈老い〉は作品の課題となる。しかし〈老い〉とは単に作家の境涯、心境のみの問題ではあるまい。たとえば漱石の場合はどうか。

彼が〈老い〉を感じたのは、いうまでもなく明治四十三年夏、〈修善寺の大患〉の時である。金だらい一杯の血を吐いて三十分意識を失なう。これを彼自身「三十分の死」と呼び、「忘るべからざる八月二十四日」のことともいう。鏡に映る己れの姿に、明らかに「老頽の徴候」を感じながら、「白髪に強いられて、思ひ切りよく老(おい)の敷居を跨いで仕舞はうか、白髪を隠して、猶若い街巷(ちまた)に徘徊しやう」(『思ひ出す事など』)かとまでは思う余裕もなかったというが、彼は敢て「老の敷居」の境涯に踏み込むことを捨てて、再び作家としての筆を執る。その漢詩にいう〈帰来命根を覓(もと)む〉とは、その作家としての再度の出発の宣明でもあった。

さて、その〈命根〉とは何か。彼は再開第一作の『彼岸過迄』のなかで、その主人公須永市蔵の「命根に横はる一大不幸」とは、「内へとぐろを捲」くことだという。「一つ刺戟を受けると、其刺戟が夫(それ)から夫へと廻転して心の奥に喰ひ込」み、「際限」もなく彼を苦しめる。果ては逃れんとする努力に疲れ果て「斃れ」ねばならぬ。「たつた一人で斃れねばなら」ぬという「怖れ」に、果ては「気狂の様に疲れる」という。かつて、人生の一切を否定し、疑って残るものは意識であり、「真にあるものは、只意識ばかりである」。この「意識の連続を称して」「命と云ふ」

（『文芸の哲学的基礎』）と語った漱石は、いま改めて〈命根〉を探って、その〈意識〉の根源と様態を問いつめようとする。

以後、これに続く『行人』や『こゝろ』は、この主題の継承、深化ともみられるが、ここに描かれる『行人』の長野一郎や『こゝろ』の先生、Kを一口に評していえば、彼らはまさに「内へとぐろを捲」き続ける〈自閉症〉的存在ということができよう。さらなる課題であったと思われる。しかしこの三部作を書き終って、改めて作者に迫ったものは〈命根〉とは何かという、さらなる課題であったと思われる。「命根に横たはる一大不幸」という。しかしこの自意識をめぐる過激な意識のドラマは、やはり『それから』の代助ならぬ〈特殊人（オリジナル）〉の悲劇ではあっても、この現実を尋常に生きる生活者の普遍一般の相ではあるまい。漱石は改めてここで視野をひらいて、普遍実在の〈命根〉とは、その真の様態とは何かを問いつめてゆこうとする。言うまでもなく『道草』であり、冒頭の「健三の遠い所から帰つて来て」というその帰還の場とは、まさにその〈命根〉のありかがトータルに問われる現実の場、自閉ならぬ他者によって問いつくされねばやまぬ、〈生活〉そのものの場にほかなるまい。

こうして主人公健三は妻子を養うために三つの学校をかけ持ち、家族のみならぬ兄や姉など系累の世話にも心をくだき、また縁を切ったはずの、かつての養父からも何かと金の無心を迫られる。作者はこの己れの分身健三を生活そのものの場、人間がまさに〈人―間〉として問われる根源の場に立たしめる。それは自閉ならぬ〈関係の場〉であり、まさに人間が〈関係的存在〉であることが認知される場でもある。同時に〈関係的存在〉の場とはまた、それが〈身体論的な場〉であることをも指す。精神と身体の統一性としての「人体を認識する唯一の手段は、みずからそれを生きること、つまり、その人体の閲したドラマを私の方でとらえ直し、その人体と合体することだけである」とは、メルロ・ポンティがその主著『知覚の現象学』第一巻第一部「身体」の結論としていう所である。

漱石がその分身健三をかかえて帰って来た場とは、まさにこのような場であり、『道草』が漱石が最後にえらびとった自伝的作品であり、それがまさに方法的自伝性ともいうべき意味もまたそこにある。自己という「人体の閲したドラマ」を作家の眼で「とらえ直し、その人体と合体」するとは、まさに『道草』そのものの方法であり、作家がその人生を、〈命根〉のありかをトータルに問いつめんとしてえらびとった方法が、近代のひらいた現象学的主題と一致した必然は、やはり注目すべきものがあろう。こうして、これが身体論的視角をとる所におのずからに現われるものは、生命そのものの消長であり、当然ながらそこには幼年期の回想とともに、〈老い〉の問題が浮上する。漱石はその作中はじめて〈老い〉そのものを、人生の深い感慨として描く。

学校と図書館という「牢獄」のなかに身を浸しながら、こうして「徒らに老ゆる」のかと健三は自問する。同時に細君もまた「子供を生むたびに老けて行」く。そのお住に寄り添うようにして、髪に櫛を入れるたびにからまる枝毛をみながら「新しく生きたものを拵へ上げた自分は、其償ひとして衰へて行かなければならない」という彼女の感慨にふれ、「其感じには手柄をしたといふ誇りと、罰を受けたといふ恨みと、が交つてゐた」ともいう。ここには老いを迎える夫婦の感慨が、この時期の「断片」にいう生の「実質の推移」そのものとして、しぼり出すように描き出されてゆく。同時に〈老い〉をみつめる眼は、おのずからに生の有限性そのものをも引き出してゆく。気にくわぬ養父を前にして「彼は斯うして老いた」と、この老人の「一生を煎じ詰めたやうな一句を眼の前に味はつた健三は、自分は果たして何うして老ゆるのだらうか」と問う。

ここに〈神〉という言葉があらわれる。「彼は神といふ言葉が嫌(きらひ)であつた。然し其時の彼の心にはたしかに神といふ言葉が出た。さうして、若し其神が神の眼で自分の一生を通して見たならば、此強欲な老人の一生と大した変りはないかも知れないといふ気が強くした」という。〈老い〉という人間ののっぴきならぬ生の実相、その有限性がおのずから〈神の眼〉を浮上させ、その〈神の眼〉によって健三は眼をひらかれる。これは『道草』の主題にかかわる最も注目すべき箇所であろう。自閉ならぬ、関係の場に立たしめられた健三が、お住をはじめとする他者の眼に問われることによって、自己の独善性を、エゴをあばかれてゆく。それが言わば横ならびの相対的な他者によって問われる視角であるとすれば、同時に健三という存在が垂直的に問われ、まさに〈個〉としての実存そのものが問われるいまひとつの視角として、この四十八章の描く〈神の眼〉が、の問いがある。

これらのすべてが関係的な存在として問われ、それが同時に身体論的な発想を内在せしめていたとすれば、またその身体論的意識の行きつくところが究極的に「存在者の有限性と相対性、つまり依他性を根源の真理として受け入れる」（市川浩『精神としての身体』）ことであるとすれば、『道草』の語るところもまた同断であろう。しかも漱石はこれが「実質の推移」としての生の実相に迫る方法であるという。恐らくここで摑んだ認識と方法が次作『明暗』につながってゆくわけだが、それが理念ならぬ「実質の推移」であるが故に、健三は、また背後の作者は、その〈推移〉の様相をにじりよるように辿ってゆくほかはない。『道草』終末の「世の中に片付くなんてものは殆どありやしない」と、「吐き出す様に苦々し」く呟く健三の言葉は、その認識を語るとともに、安易に片づけてはならぬという作家の自戒でもあろう。

こうして漱石作品に初めて登場した〈老い〉の主題は、生の実相をトータルに問い返す、その作家自身における、いやおうない〈実質の推移〉としてかかえ込まれることになる。ただ、ここに〈老い〉の実相をふまえた意味づけはない。しかしこれをひとつの理念として意味づけようとすればどうか。恐らく遠藤周作の『スキャンダル』は、その〈老い〉に対する明確な意味づけを打ち出したものとして読みとることができよう。

二

『スキャンダル』はある意味で、作家遠藤周作における『道草』とみることもできよう。『道草』がいわゆる私小説ならぬ、方法としての自伝性に立つものだとすれば、『スキャンダル』もまた、方法としての私小説性をまとってみせる。これを評して私小説のパロディとは、しばしば指摘される所だが、しかし作者はこれを逆手にとって、根源なる〈私〉とは何かという問いに迫ろうとする。パロディならぬ真の私小説性こそ、この作者の核心をなすものであろう。主人公は六十五歳の高名なカトリック作家勝呂であり、彼はある受賞式の夜、自分そっくりの男をかいま見、そこから不安と混乱が始まる。その贋者が歌舞伎町界隈のいかがわしい所に出入りしているとい噂がひろまり、彼はその男の正体を突きとめようとする。これを手引きするのが成瀬夫人という中年の女性であり、遂にホテルで見届けた醜悪な男が、ほかならぬ自分自身の正体ではないかという自己発見に至る。これに彼のスキャンダルをあばこうとする小針というルポライターなどがからみ、表面上の事件は一応落着するが、彼の正体をあばくがごとく深夜の無言の電話は鳴り続け、勝呂の消えやらぬ不安と新たな出発への予感をつたえて物語は終る。

これは遠藤氏がいわゆる〈悪〉の問題に挑戦しようとした作品だといわれる。『侍』までで、一応〈『沈黙』路線〉ともいうべき主題は終った。そこで初期以来かかえていた〈悪〉の問題を観念ならぬ、生身の、実在(ザイン)の問題として問いつめようとしたのがこの作品である。その最初のきざしは、すでに短篇『受賞式の夜』にあった。『侍』の受賞式を想わせる場面を舞台として、その主人公はカトリック作家としての己れの、老いを迎えたその疲れと老頽のおのずからにきざした自身の姿を鏡の中に見出だす。同時に今迄の路線を打ち破った新たな実験を始めようとする衝動に駆られる。彼はイエスに反問する。

「俺はたしかに悪を覗きに覗いたあと、あんたのところに戻ったんじゃない」「たしかに俺の小説のなかには、あんたが救えるような弱虫の罪人は出てくるが、いやらしい暗黒の悪は描かれていない」「あんたはいつも俺がその暗黒の世界のほうに行こうとするのを妨げていた。俺のかいたあんたは優しそうなくせに俺を縛っていた」。いま自分はその「縄を切」り、「突きとばし」「あんたが蔭から出て来てすべてを支配しはじめたような世界をぶちこわしたい」。今のこの世界を「ゆさぶっても、ゆさぶってもお前のイエスがひっくり返らないかためしてみる。その時それが本ものだと思わないか……」。しかしこの衝動はすでに『侍』執筆中にも内部に芽生えていたものであった。いまそれが改めて取り上げられるわけだが、初期の『白い人』や『青い小さな葡萄』などにみる〈悪〉そのものの孕むエロスと陶酔が、なお観念や作為の匂いを払拭しがたいものであったとすれば、その〈肉〉の情念にまつわる〈悪〉が、〈悪〉そのものの腐臭として描きとられねばなるまい。

〈悪〉とは神に絶望することであり、神に背を向けて已れの限りない欲望と快楽に徹底して身を傾けることだが、その〈悪〉の深渕に沈湎する人間にとって、なお救いはあるかということが問われる。作家遠藤氏がかつて傾倒したモリアックもグリーンも、なおこの課題を果たしえてはいないという。これを追求することこそがその野心的課題であり、『スキャンダル』はその第一作となる。作家の工夫はここで、これを『白い人』などにみるような極限的状況でなく、最も日常的な部分、さらにいえば作者自身を想わせるような私小説性、日常性のなかで問いつめてみることにあった。そこには当然ながら老年期を迎えた作者自身の感慨もまたおのずからににじむ。しかし作家の認識はそこをさらに踏み進んでゆく。〈老い〉とは、いやおうなく人間の裡なる醜悪が露呈されて来る苛酷な状況である。

かつて〈肉〉の問題はなお、ひとつの観念であった。モリアックを論じて、もはやあなたに残る問題は「結局『肉(シエール)』の問題だった」(『フランソワ・モーリヤック』)と言った。これを論じた直後、フランス留学に向かう。そこでも自分の学ぶべきことは「肉の問題を徹底的に調べること」「肉欲の中に人間の根源の秘儀を」みること、「罪の根元に遡る」ことであった。いまそれを観念ならぬ、現実の問題として問おうとすれば、〈肉〉の老いと凋落そのものがあらわれる。しかもそれは凋落であると同時に、無残な〈老い〉の腐臭をもまとうものとなる。〈老い〉は人間の裡なる俗臭をも避けえざる人間の現実として露呈させる。いま作家が〈悪〉や〈肉〉の問題を生身の課題として問いつめようとする時、〈老い〉の現実はふかくからむ。しかも作家はこの救いがたい苛酷な現実にたじろぎつつ、なお〈老い〉とは何かと問う。ここに〈悪〉を描かんとする『スキャンダル』の、いまひとつの主題として〈老い〉の問題が浮上する。

遠藤氏ははじめ、これを「老いの祈り」と題してみようとしたが、出版社の反対で『スキャンダル』に変わったという。「しかしどうしても『老いの祈り』だけはつけたかった」。そこで作中にもふれて、いま書いている短篇の題を「彼の老年」にしようかと思うと勝呂は言い、さらに一、二年かかっても書いてみたい長篇は「『スキャンダル』、あるいは『老いの祈り』」という題だという。「老いの祈り」とは単なるくりごとではない。「老いは、大きなもの次なるものに対して自分を向ける年齢」であり、「祈りそのもの」だという。また〈老い〉とは「次なる世界へ向かう死仕度」であり、「ゴシック建築が空に向かって合掌しているのが塔になる。老いというのは結局そういうものではないか」（武田勝彦との対談「知識」昭61・7）ともいう。

さらには若い時には知りえなかったもの、言わば「無意識の底にある大きなコスモスのような、自分を包んで生かしてくれる世界」が、「老いによってますます」強く感じられる。この「意識的生活だけでなく、もうひとつの自分を併せて包んでくれる愛と慈愛に満ちた光というものを書きたい」、それも「私小説の形でなく、スケールの大きい形で書いてみたい」（前掲対談）という。『スキャンダル』はこの原モチーフの、ひとつの過渡なる作品というべきかもしれない。ともあれ、こうしてすべては〈老い〉をめぐる主題に収斂されてゆくかにみえるが、しかしこの作品はまたこれまでの遠藤作品とは違った多くの批判にさらされることともなった。あるものはこれを「キリスト教によりかかった」「老いのくりごと」と片づけ、またあるものは「いまになって」こういうものを書くとは、「キリスト教作家であるとは、ずいぶん辛く難儀なことだ」という。しかしこれらの、あるいはこれに似た多くの批判に対しして、最も深切なる批評と頷けるものに河合隼雄氏のものがあった。

河合氏はこれを評して、勝呂はキリスト教作家として「立派な自我をつくりあげるときに、あまりにも性急に性・死・醜などというものを排除しすぎた」。「彼のたましいの通路には彼の自我の棄て去ったものが溢れており」、これはその回復のための「下水工事」のごときものではなかったかという（「たましいへの通路としてのスキャンダル――遠藤周作『スキャンダル』を読む」）。いまにして、この苦しい作業にいどもうとする作家の誠実への深切なる理解というべく、「下水工事」とはまさに言いえて妙であろう。同時に「真夜中、遠くで鳴る電話の音で眼がさめた。執拗に鳴っている。彼を呼んでいる、目をさまして妻も聞いている……」という末尾の一節にふれて、「『目をさました妻』と共にその声を聞くことを」「たましい」は、深層の声は求めているのではないかという。『道草』に似て欠ける所は、健三にとっての他者お住ならぬ、勝呂の妻という他者からの問いかけともみえる。

母の胎内にも似た暗い仕事場のなかで、勝呂は深いやすらぎを覚えつつ仕事を進める。終末近く夢のなかで切迫した妻の声を聴く。「起きて」「あなたは今、生まれるのよ。そこから外の世界へ押し出されるのよ」「外に出てください。そこにいると死産になるの」。彼はもがきつつ「何かが彼の足を引張って子宮の眠りに引き戻そうとしている一方で、もう一つの力が彼を外に押しだそうとしている」のを感じる。「どうしたんです」という妻の声で彼は目覚める。この夢の意味する所は深い。無への吸引と新生への誕生と、そのあらがいのなかでこのままいれば〈死産〉だという。〈通過儀礼〉としての〈老い〉の苦しみを受けとめつつ、なおその世界に作家として踏み込もうとする。それ以外に作家としての再生はないという。この夢のイメージは、この作品自体の原モチーフの所在をあざやかに語る。仕事場がそのまま母の胎内に似るとは、いかにもにがい自己批評だ。同時にまた真率な再生への希求であり、告白でもある。

『道草』が漱石における最後の成熟、また新たな転機を語っているとすれば、『スキャンダル』もまた、新たな作家新生への志向を示す。ただ『道草』が行きついたひとつの完成であったとすれば、『スキャンダル』はなお過度なる一里程であろう。しかしともに、ザインとしての老いの弱まりをにないつつ、なお、〈存在〉そのものの根源に迫ろうとする。その誠実な歩みは我々の心を搏つ。〈老い〉をめぐる近代作品の多様な展開は、いま問わない。ただそれらの多くが、しばしば〈老い〉の境涯そのものに身を浸し、〈老い〉の感慨そのものの嘆息に終るかにみえるなかにあって、この『道草』と『スキャンダル』の問う所はまことに重い。一見、対極にあるかに見えつつ、両者の赴く所がおのずからに身体論的、関係論的考察のなかに主題をひたし、その背後に独自の神の眼をになっていることも注目にあたいしよう。ここでは〈老い〉の問題が、ともに〈存在〉そのものの根源を問いつめる、その苛酷な営みそのもののなかからしぼり出されたものであることは銘記してよかろう。

〈文学における狂気〉とは

作家における〈狂気〉とはその資質か、宿命の血か、あるいは作品をつらぬく方法としてあるか。〈文学における狂気〉という課題もまたこれにかかわる。恐らく藤村がその自伝的作品『春』のなかで、畏友透谷の狂気にふれんとして、その外延をたどるほかはなかったのも、またこれと無縁ではない。たとえばそのひとつ——自作の詩『雙蝶のわかれ』を吟ずる青木（透谷）の眼に「悽愴とした光」を読みとり、この友と共に狂気ともいうべき「可畏(おそろ)しいところへ引入られるやうな心持がした」というが、ここでも青木の狂気の外貌をなぞってはいるが、ついにその〈狂〉の内実に踏み込みえてはいない。「彼の天才は恐るべき生の不調和から閃めき発して来た」（『北村透谷二十七回忌に』）と言い、しかも何故こうも「彼の病的な人に興味を持つのだらう」と「恐ろしく成ることがある」（『このごろ』）と言いつつ、その「天才の誠実」に殉じた彼への畏れは、同時に怖れでもあった。その〈狂気〉を生来の気質、生理に発するとはみても、〈狂〉の内実に踏み込みえなかった彼がその核心に迫りうるには、彼独自の方法が必要であった。それはほかならぬ、みずからの宿命の血の確認でもあった。「捨吉も年頃だ。そろ〳〵阿爺が出て来たんぢゃないか」という兄民助は、父の〈狂気〉につながる血の怖れを捨吉に見る。狂気の父の手をくぐって座敷牢に入れた想いが民助の胸を走る。恐らくは青木の〈狂気〉に対峙するものとして、作者の胸を走るものもまた父の狂気への想いであった。

　こうして『春』以後の自伝的作品の流れは『家』や『新生』その他をくぐって「夜明け前」に至るが、そこに繰り返し立ちあらわれるものは血の宿業につながる〈父〉の姿であり、この狂死した父への鎮魂の想いは周知の通り、『夜明け前』に至ってきわまる。ただここに至る里程のなかばに、姉そのの狂死を描いた『或る女の生涯』のあることが注目される。藤村とは十四歳違い、その風貌も、勝気で一徹、また学問好きの気性も父親譲りと言われ、少年期の上京以来、母代りの世話を受けたこの姉に対しては格別の愛着を持つだけに、その悲劇の生涯を語る藤村の筆は痛切なひびきを持つ。

作中のおげんは六十歳。夫や息子とも死別し、娘のお新をかかえ最後の「隠れ家」を求めて家を出るが、最後は根岸の精神病院でその生涯を閉じる。夫は女狂いの上、その病毒をうつされ、狂死した父の血脈ともあいまって〈狂気〉がきざす。このおげんの〈狂気〉を追いつめてゆく作者の筆は、おのずからに狂せる父の場面へとかさね合わされてゆく。「晩年を暗い座敷牢の中に送つた父親のことがしきりとおげんの胸に浮かんで来る。」「どうかしてあの父のやうに成つて行きたくない」と逃れ続けて来た。それはおげんの生涯の闘いであったが、いやおうなく父の前に引き出されてゆく。「青い深い竹藪」があり、それを背にして「古い米倉」があり、「木小屋がある。その木小屋の一部に造り付けた座敷牢の格子」がある。おげんを呼ぶ声に近づくと、「父は恐ろしい力でおげんを捉へよう」とする。「腹を抱へて反りかへるやうに」「笑い抜いたかと思ふと」格子に取りすがって泣く父の無惨な姿がある。「お父さま――お前さまの心持ちは、この俺にはよく解るぞなし。俺もお前さまの娘だ。お前さまに幼少な時分から教えられたことを忘れないばかりに――俺もこんなところへ来た」。おげんはかきくどきつつ、さらに怖ろしい狂気の渕に「我知らず引き込まれて行きさうに」なる。おげんの手を取り、引き込む暗い力への怖れはまた作者藤村のものでもあったはずだ。両者は手を取り合うようにして、宿業の血の源泉ともいうべき〈父〉の狂気へと引き寄せられてゆく。『新生』でひらかれた〈父〉の世界へ、いまおげんの眼を通して作者はさらに一歩踏み降ってゆく。いや、夜明けを待ちつつ、「根岸の空はまだ暗かつた」と結ぶ結末こそは、これをいまひとつの〈夜明け前〉と呼ぶこともできよう。〈ある女〉の生涯を語って、その「深い眠り」からの夜明けはいつかと作者は問いたげである。この『ある女の生涯』と同時期に、「婦人の眠りの深かつたといふこと」にふれ、それが「旧い囚はれた思想」や「男の偏見」などのみならぬ、「女性自身の内部に——本能と性欲とに支配され易く見える女性自身の内部に、その深い眠りの源のあることを想像する。」（『婦人の眼ざめ』）というごとき発言のあることをみれば、その〈眠り〉の何たるかは明かであろう。しかも作品の力は宿命の血の暗さを語って、さらに重い。

この『ある女の生涯』を目して、そのの死はひとつの「家系の終焉」であり、おげんの悲劇はその「鎮魂の歌」（和田謹吾『ある女の生涯—家系の終焉』）ともいわれるが、果たしてそれはそのへの鎮魂でありえたか。恐らく真の鎮魂は、『夜明け前』に帰着するともいうべきではあるまいか。ここでは狂せる半蔵の姿はおげんならぬ、若き日のお粂のかいがいしい姿と眼によって描きとられる。「ほんとに、お父さん（半蔵）にそつくりなやうな娘が出来てしまひました。あれのすることは、あなたに似てますよ」と母の民はいう。『夜明け前』に描く青山半蔵の悲劇の生涯が父正樹への鎮魂であったとすれば、その父に深く寄り添うけなげなお粂の姿はまた、そのへの深い鎮魂でもありえたはずである。お粂はやがて〈家〉の崩壊を支えてふかぶかと佇つ『家』のお種として登場し、さらにその後半生としてのおげんの悲劇につながる。このサイクルを逆にひとめぐりすることにおいて、そのへの鎮魂は成就する。

さらには『夜明け前』が半蔵とかさねての透谷への鎮魂であることは明かだが、いまその仔細にふれる余裕はない。半蔵の感慨に『一夕観』の一節を模し、宣長に透谷をかさねつつ、「寛濶」にして已れを破らざる宣長像によって透谷を超えんとするかにみえるが、なおその背後に透谷の狂気という剰余は残る。同時におげんや半蔵の狂気をくぐることによって、透谷における狂気の内実はひとつの焦点を結ぶ。みずからの姿質と血肉をえぐるかにして、はじめて透徹する藤村固有の方法の最も深切なる顕現ともいえよう。

＊

さて、冒頭にしるしたごとく作家における〈狂気〉がしばしばその資質や宿命の血につながるとすれば、ここにいまひとつの〈狂気〉の認識がある。いうまでもなく漱石のそれであり、我々はこれを〈方法としての狂気〉と呼ぶことができる。この〈方法としての〉とはすでに評家のいう所だが（清水孝純『方法としての狂気――「行人」試論――』）、たしかに漱石のそれはこう呼ぶほかはあるまい。いや、それは〈方法〉という以上に、これもまた作家の心肉にくい入る根源の認識といってもよい。いうまでもなく、その最初のしるしは『人生』（明29・10）と呼ぶ作家以前の一文にある。彼は人の心の底に潜む「一種不可思議なるもの」を目して、「世俗之を名づけて狂気と呼ぶ」と言い、「不測の変外界に起り、思ひがけぬ心は心の底より出で来る。容赦なく且乱暴に出で来る」という。後の『こゝろ』に語る所もまたこの認識にほかなるまい。

「遣つたんです。遣つた後で驚いたんです。そうして非常に怖くなつたんです」と『こゝろ』の先生はいう。「平生はみんな善人なんです。少なくともみんな普通の人間なんです。それが、いざといふ間際に、急に悪人に変るんだから恐ろしいのです。だから油断が出来ないんです」ともいう。まさしく『こゝろ』一篇こそは、この〈狂気〉の認識の具現にほかなるまい。しかも文明がこれを人間にしいるという。『行人』一郎の狂気も『それから』の代助の錯乱も、また『吾輩は猫である』の語る所もこれと無縁ではない。『逆上』とは「気違の異名」（この引用語は被差別者側の心象ならびにその生活が理解できていない差別用語である。しかし、論旨を明確にする必要上、抹消あるいは歪曲をせず、あえて原文を引用した。――筆者）だが、「気違にならないと家業が立ち行か」ぬものに「詩人」というものがある。「プレートー」（プラトン）はこれを「神聖なる狂気」と呼んだが、詩人はこれを「インスピレーシヨン」と呼ぶ。しかしその内容は「臨時の気違」である。しかも「筆を執つて紙に向ふ間丈気違」になるのは至難のわざであり、古来多くの詩人、文人はこれに苦しんで来たという。

さて、『猫』のこの諷語が反転すれば、あの『文学論』序の語るにがい表白となる。「英国人は余を目して神経衰弱と云へり。ある日本人は書を本国に致して余を狂気なりと云へる由。賢明なる人々の云ふ所には偽りなかるべし。」「帰朝後の余も依然として神経衰弱にして狂人のよしなり」「ただ神経衰弱にして狂人なるが為、『猫』を草し『漾虚集』を出し、又『鶉籠』を公けにするを得たりと思へば、余は此神経衰弱と狂気とに対して深く感謝の意を表するの至当なるを信ず」という。一見しゃれのめした諷語にみえて、そのいう所は重い。文明は人間を救わず、しかもこれを逃れることができぬとすれば、また形而上や観念に逃れることが偽慢だとすれば、必然そこに生まれるものは「厭世的文学」たるほかはないという。これは『猫』執筆時の『断片』にいう所だが、文明の必然に向かって意識を、認識の眼を眠らせぬとすれば、〈狂気〉とは必然であるという。ここには根源の認識がある。加えて先の『人生』には、さらに次の語がある。

「吾人の心中には底なき三角形あり、二辺並行せるを奈辺せん」という。この「二辺並行」を辿って片づかぬ〈人生〉を問い続けるとすれば〈狂気〉は不可避であり、すでに〈狂気〉とは醒めてあることの、〈見者（ボワイアン）〉たることの別名にほかなるまい。〈病者の光学〉がここに生きる。しかも「若し詩人文人小説家が記載せる人生の外に人生なくんば、人生は余程便利にして、人間は余程えらきものなり」ともいう。この混沌に向かい、闇にむかって彼は書き続けた。同時に〈書く〉ことは慰籍であり、ひとつの治癒でもあった。その『明暗』執筆期にいう、「変な事をいひますが私は五十になつて始めて道に志ざす事に気のついた愚物です」（大5・11・15、富沢敬道宛書簡）とは、まさに書き続け、問い続けることがそのまま、ひとつの慰籍であり、治癒であることの表明でもあろう。

漱石の病跡を分析して、これを分裂症的と言い、躁鬱病的ともいう。あるいはより性格的な「過敏関係妄想」とも見なしうる「人格反応」というべきものともいう。説は様々だが、いまその仔細にふれる余裕はない。ただいずれにせよ、先の『文学論』序にいう、〈狂気〉こそ創造の源泉とみるアイロニカルは発言の底にひそむ、〈狂気〉への飽くなき固執こそ『道草』『明暗』に至る作家の成熟を解く基底の秘部ともいうべきものであろう。あえて〈方法としての狂気〉と呼ぶゆえんである。

なお、此の間の主題よりして、古典作品また近代作品等から引用した原文に差別的とみられる用語もあるが、これは原文通りということで引用したものであり、筆者及び編集はすべての差別的発想、用語については、これを堅く排する姿勢を堅持していることを念の為、付記する。

言葉の逆説性をめぐって

一

小林秀雄を文学における批評、評論を一箇の作品として自立させるという画期の道をひらいたことは周知の通りである。その小林の功績を評して、その第一は彼が評論の世界に言語論を導入したことだと評家（亀井秀雄『小林秀雄論』）はいう。たしかに彼が批評家としての地位を確立した『様々なる意匠』（昭4・9）は、先ず独自の言語観を以て始まる。彼はいう。

神が人間に自然を与へるに際し、これを命名しつつ人間に明かしたといふ事は、恐らく神の叡知であったらう。又、人間が火を発明した様に人類といふ言葉を発明した事も尊敬すべき事であらう。然し人々は、その各自の内面論理を捨てて、言葉本来のすばらしい社会的実践性の海に投身して了つた。人々はこの報酬として生き生きした社会関係を獲得したが、又、罰として、言葉はさまざまなる意匠として、彼等の法則をもつて人々を支配するに至つたのである。そこで言葉の魔術を行はんとする詩人は、先ず言葉の構造を自覚する事から始めるのである。

彼はここでさらに、ひとつの卓抜な比喩を以て論を進める。

子供は母親から海は青いものだと教へられる。この子供が品川の海を写生しようとして、眼前の海の色を見た時、それが青くもない赤くもない事を感じて、愕然として、色鉛筆を投げだしたとしたら彼は天才だ。然し嘗て世間にそんな怪物は生れなかつただけだ。それなら子供は「海は青い」という概念を持つてゐるのであるか？　だが品川湾の傍に住む子供は、品川湾なくして海を考え得まい。子供にとつて言葉は概念を指すのでもなく対象を指すのでもない。言葉がこの中間を彷徨する事は、子供がこの世に成長するための必須の条件である。そして人間は生涯を通じて半分は子供である。では子供を大人とするあとの半分は何か？　ひとはこれを論理と称するのである。つまり言葉の実践的公共性に、論理の公共性を附加する事によつて子供は大人となる。この言葉の二重の公共性を拒絶する事が詩人の実践の前提となるのである。

さて小林は、この認識を、また比喩をどこから得たかといえば、彼が当時手にしていたマルクスの『ドイツ・イデオロギー』や『経済学批判』から摑みとったものであろうという。「言葉は意識と共に古い。——言葉は実用的で、他人にとっても存在し、したがってまた当の主人にとっても存在することになる現実的意識であり、意識と同じく、他の人々と交通しようという欲望ないし必要あってはじめて発生する」とマルクスはいう。

その言葉通り人間は、「あるものについての意識を他人と共有するためには言葉に頼る以外に方法はないので、人それぞれの意識の内的個有性を捨象し、犠牲にしながらも、言葉を共有し合って生きている」。こうして「たとえば海は青いという言葉が私たちの間に残され」る。「母親は子供に、それを教える。ただこのばあい母親が教えるのは、あくまでも海は青いという言葉であって、その前提として実物の青い海、海の青さが二人の眼の前に存在することは、かならずしも必要ではない。」「海は青いと母親が言い、地球は丸いと私たちが言いうるためには、おそらく身近な環境についての感性的意識を捨てなければならない、ほとんど否定するようにしてそれを振り切らねばならない。」

このように言葉は「言葉として正しくとも、間違いを含む。この言葉の逆説性、矛盾性を自覚することが、批評の始まりである」とすれば、小林が「おのれの内なる詩人を転換させ、批評家」となった必然もまた見えて来ようと、先の評家はいう。たしかに小林が詩を捨てた〈詩人〉であるとは、すでに多くの評者のいう所でもあるが、同時に彼の詩人としての本来的資質はそれとして、現実には小説から転向していることは、改めて注目すべき所であろう。

二

小林の最初期の小説に『女とポンキン』（昭2・12）という作品がある。これは〈私〉とポンキン呼ぶ犬を連れた狂女との出会いの物語だが、格別の筋があるわけではない。ある半島の海岸で女に出会う。首から先としっぽの先だけは普通で、あとは五厘刈りに毛を切った背の低い犬を、面白い犬ですねというと、これ狸よと女はいう。ポンキンは女と〈私〉の間に割り込むかと思うと、女と殆ど一体のごとく存在する。まわりからは気狂いと呼ばれる女の眼に光る涙を見ながら、その懸命な横顔を美しいと思う〈私〉の狂女への想いは深い。やがて、ひと月ばかり後の冬近い頃、同じ海岸で女とポンキンが歩いて来るのを見る。気もつかず通り過ぎる女のやつれた姿はいたましく、ポンキンは〈私〉を見上げ、その目はたしかに私の顔を認め、「何か秘密なものを見られた様な気」がする。ポンキン！　と女が呼ぶ。女の跡を追ったポンキンがふと立ちどまってこちらを振り返る。その途端、ポンキンの顔は「笑った様に思はれ、私は、顔を背け」る。こうしてとり残された〈私〉はひとり、「冷たい風の中に慄え」る。

さてこの作品の語る所は何か。鬱屈した自閉に近い〈私〉の横に突然女が来て座る。その間にポンキンが割り込んで来る。ここから二人の対話が始まるわけだが、この「主人公の沈黙を破ったポンキンを、言葉そのものの象徴と解するならば、言葉は誤解を招き、お互いに思うところは伝わらないという苦い結果を、それはもたらしてしまったのである」と評家（亀井秀雄）はいう。こうして言葉は「ポンキンが一方にとっては犬であり、他方では狸であるように、両義的、多義的な形で、人間のあいだに割りこんでくる。しかも、狸が女の内的確信に支えられた絶対言語であり、けっして他人と語り合うことのできない認識だ」とすれば、両者の訣別もまた必然であろうという。

こうして作品の終末、ポンキンは「笑つた様に思はれ、私は、顔を背けた」という時、「『私』は言葉に笑われたと感じ、言葉を厭うたので」あり、「ここにおいて、小林秀雄の小説の試みは、終りを告げざるをえない」という。この論者の指摘は見事であり、卓抜というほかはあるまい。筆者もまた最近、必要あってこの作品を論じた所で、二人の間に割り込んで来るポンキンに、〈言葉〉の問題をひそかに感じたものだが、いま改めてこの論者の指摘のみごとさに脱帽したい所である。

ただ女の狸と言いはる言葉に〈絶対言語〉をみるというのであれば、この作品の前型『ポンキンの笑ひ』（大14・2）で、女の弟が〈私〉の問いにこたえて「ええ、ホントは狸です」という所は見逃せまい。これを『女とポンキン』では、「犬でさあ」と改変した所で、女の狂気はみごとに生き、論者のいう〈絶対言語〉はあざやかに成立する。同時に『ポンキンの笑ひ』の終末、毛も刈ってもらえず、「襟足が段々ぼやけて見え」、それが「如何にも無気味だつた」と言い、これを受けとめるようにその顔が「ニヤリと笑つた様に思われた」という時、この後に省かれるその存在のぼやけた無気味さとニヤリという笑いもまた、何かを語っているはずである。そこに潜在するものはやはり両者ともに、〈言葉〉というものの曖昧さ、存続性というものへの、作者のにがい実感ともいうべきものであろう。

「ここにおいて、小林秀雄の小説の試みは、終りを告げ」る。これを続ければ「言葉が人と人との交渉を生み」、これを「拗(こじ)らせてしまう悲喜劇を、あるがままにとらえるリアリストになって行ったはず」だが、「言葉によって笑われ」た彼にとって、小説とはもはや「魅力に富むジャンル」ではなく、やがて批評の道を選ぶことになる。それは「ポンキンの笑ひの正体を見抜き、その洞察によって言葉を批評する」道であり、彼自身「ポンキンの笑ひを笑う存在」となると、先の評者はいう。小林の小説から批評への転換を語ってあざやかだが、しかし、その〈ポンキンの笑ひ〉をかかえつつ、あえて小説の道を選ぶ世界があるとすればどうか。恐らくそれが、芥川という作家のしいられた道ではなかったか。もはや紙幅もなく、書き急ぐほかはないが、小林のいうあの子供と青い海の比喩は、すでに芥川の語る所である。

三

芥川後期の保吉もののひとつ『少年』（大13・4〜5）に、ひとつの挿話がある。保吉の五、六歳の頃、彼は海は青いものだと思っていたが、ある日彼が大森の海岸の渚に見た海の色は代赭色で、それもバケツの銹に似たあざやかな代赭色であった。母のくれた絵本の塗絵に海を代赭色に塗りつぶす保吉に、母はそんな海の色はないという。いくら言い張っても母は信じてくれない。彼は母との問答のなかで、ひとつの発見をする。「それは誰も代赭色の海には、——人生に横はる代赭色の海にも目をつぶり易いと云ふこと」であった。こうしてこの現実の変革がついに「徒労に畢る」ほかはないとすれば、我々はこの「代赭色の海の渚」に、せめて「美しい貝を発見」するほかはあるまいという。さらにまた、少年は「この代赭色の海に予期を裏切られた寂しさを感じた」と言い、「又同時に勇敢にも残酷な現実を承認した」という時、この記述の語る一種異様な昂ぶりの背後に、我々は芥川の生後七ヶ月にしての実母の発狂という現実を探ることも出来よう。しかし彼がここで強調しようとしていることは、現実と言葉、認識と言葉の乖離という、言葉自体の孕む、あの逆説的矛盾そのものにある。

恐らく先の小林の比喩は、何よりもこの芥川の一文をひそかに踏まえたものと見てよかろう。だとすれば同じ矛盾の認識をめぐっての、批評と小説への二様の道とは何を語るものか。もはやことの微細に踏み入る余裕はないが、ただ芥川の出発以来、それが余りにも寓話的であると評され、その本体は、〈比喩の文学〉（福田恆存）にありという評者の指摘も、そのきざす所は言葉と現実の乖離という認識のにがさに胚胎するものであることは疑いあるまい。芥川以後、昭和期以後の作家たちのしいられた実験の数々もまたこれに発する。

小林が批評家として、この課題の矛盾をどう見たかは、すでにふれた通りである。ひとはその内面的論理を捨て て、言葉本来の社会的実践性の海にとび込む。その報酬として生き生きした社会関係を獲得はしたが、罰としてひとは言葉の魔術の支配下にある。これに対して詩人は、表現者は言葉の構造の何たるかを自覚することから始めるほかはあるまいという。果たして我々はその魔力から、支配から自由たりえたかとは、小林の最初の問いであり、また最後の問いでもあった。同時にひとは「それぞれの意識の内的個有性を捨象し、犠牲にしながらも、言葉を共有し合って生きている」という時、その言葉の共有とは何か。その「社会的実践性」とは、社会的公有性とは何かこそが、いま我々の改めて問われる所であろう。この巻の特集の意味もまたこれと無縁ではあるまい。

〈文学における変身〉とは

〈文学における変身〉といえば、カフカの『変身』や中島敦の『山月記』などが想い出される。しかし〈文学における〉という時、その〈変身〉とは作中人物のみならぬ、〈語り手〉自体のそれをも語っているはずである。〈語り手〉の〈変身〉とは――、いうまでもなく漱石の『吾輩は猫である』は、その最も果敢な実験といってよい。『猫』はいうまでもなく、「ホトトギス」誌上に写生文のひとつとして掲げられたものである。写生文とは字義通り身辺の属目、即自の体験、また体感を軸とするものである。必然、語り手は作者そのもの、あるいはその最も身近かな分身となる。しかし、漱石は敢て〈猫の眼〉を導入し、言わば写生文の底を踏み抜くていの果敢な実験を試みてみせた。そこには即自ならぬ、すぐれて対自的な作家の批評精神がはたらいている。

ロンドンの生活ぶりを「ホトトギス」誌上の日記文のスタイルで書いてみせようといって子規に送った一文『倫敦消息』は、その下宿生活の朝の行事から語りはじめるが、〈僕〉という呼称はまもなく〈吾輩〉となる。この〈吾輩〉の延長上に、『猫』の〈吾輩〉が登場する。〈僕〉が〈吾輩〉に変わる時、語り手は自分の日常を語ると言いつつ、即自ならぬそれを対象化し、対自化した形で語りはじめる。そこに独自の批評がはたらき、ユーモアも風刺も生まれる。この批評精神を徹底化しようとすれば、つまりまるごと人間社会を風刺、批判の対象としようとすれば、語り手はひと皮むけねばなるまい。いや、これを徹底しようとすれば語り手は当然、より別の次元へと飛躍し、変化せねばなるまい。〈猫〉への〈変身〉とは、この語りの方法が呼び出した必然の手法であり、言わば〈方法としての変身〉ともいえよう。

〈猫〉は苦沙弥先生の身近にあって、そのありようを痛烈に風刺する。人間の書く日記なるものが、いかに偽瞞と虚飾にみちたものかを猫の正真正銘、金無垢の純潔に賭けて言い立てる。『猫』の笑いは「揚げ底」であり、これをとっぱらえば、その底には同時期を扱った自伝的作品『道草』の惨たる世界があらわれると評者（桶谷秀昭）はいう。しかし〈揚げ底〉といえば、『猫』一篇こそ実は日記なるもの、写生文なるものの〈揚げ底〉をとっぱらってみせたものであり、いわば写生文でありつつ、また写生文のパロディともいうべきしたたかな批評性を示したものでもある。

さて、これを〈語り手としての変身〉とみれば、語り手の作中への〈変身〉はどうか。その最も有効な方法として〈夢〉があるわけだが、漱石の『夢十夜』はどうか。たしかに〈夢〉のなかで語り手は子供となり、武士となり、古代のひととなり、あるいは開化のひととなる。しかしそのいずれにも、あの夢のひとときの昂揚も、達成感もない。すべての挿話は断ち切られ、不安と痛苦と寂寥のなかに取り残される。〈僕〉は、あるいは〈私〉はという夢の願望を、あの〈吾輩〉の眼が断ち切るということか。すべては不意にとぎれる夢のリアリティ、欠落感を残す。勿論、夢の只中における変身のドラマもない。ならば、より自在な変現の場としての寓話、あるいは童話はどうか。漱石に童話はないが、ここで、〈変身〉の場としての童話を芥川の作品のなかから、一、二取り上げてみたい。

二

芥川の『杜子春』は周知の作品だが、原話としての唐代の作品『杜子春伝』では、主人公は仙人に無言の行を命じられ、唖の娘に変身させられる。しかし、芥川の作品には杜子春自身の変身はない。ただ眼目は彼の父母の、とりわけ母の無残な変身にある。閻魔大王の前に引きすえられ、無言の行を守る杜子春の前に、無残にも馬の姿となった両親が引きすえられ、皮肉も破れるほどに打ちのめされる。鉄冠子の戒めを想い、必死に耐える杜子春の耳にかすかな声でつたわる。「心配おしでない」。私たちはどうなっても、お前さえ仕合せならばそれでよい。大王が何と言おうと、「言ひたくないことは黙つて御出で」。そのなつかしい母の言葉を聞くや、杜子春にまろぶようにその側に駆けより、「両手に半死の馬の頸を抱いて」、「お母さん」と「一声を叫」ぶ。

ここで無言の行は破れ、杜子春の仙人志望の夢は破れるが、鉄冠子はこれをよしとして祝福する。ここで仙人となるよりも人間としてのヒューマンな情愛に生きようとする、その主題はあざやかに生きるが、しかし隠されたモチーフはその裏にある。周知の通り、芥川の母フクは彼を生んで七ヶ月目に発狂する。その狂人となった母について、彼は死を決するまで覆いかくしていた。晩期の『点鬼簿』に至って、「僕の母は狂人だつた」と言い、その狂気の姿をかきとどめる。恐らくその母の頸を抱いて、温かい胸にすがる甘い親子の情愛を断たれた芥川にあって、無残な母の頸を抱いて「お母さん」と一声を叫ぶ杜子春の姿は、作中に生きるいまひとりの芥川の姿ともいえるかもしれない。

この場面に芥川の母の姿のかさなることは、すでに村松定孝氏などの指摘にもある所だが、さらに踏み込んでいえば、「心配をおしでない」、お前が言いたくなければ黙っておいでと杜子春に語りかける母の言葉は、同時に芥川がいくたびか、ひそかに胸にきざんだ言葉ではなかったか。恐らくその秘部は、〈変身〉した無残な母の姿と許しを童話なればこそ、かくも鮮烈に描きえたところにある。遠藤周作の『沈黙』にみる踏絵の場面もまた、これと無縁ではあるまい。拷問に苦しむ信徒たちを救うために、ロドリゴは怖れおののきつつも踏絵の前に立つ。この時、踏絵のなかから「踏むがいい。私はお前たちに踏まれるため、この世に生まれ、お前たちの痛さを分かつため十字架を背負ったのだ」という声を聴く。それはイエスの声とみえて、実は遠藤氏がかつて裏切った母の許しの声ではなかったか。そこに秘められた母子体験を包む作家の秘部をみると、江藤淳はいう。

たしかにあの場面で、踏絵のなかのイエスと母の像はひとつにかさなっていたと言ってよい。そこには青春の一時期、生活上ののっぴきならぬ事情とはいえ孤独な母を棄て、父の許に走った痛恨は深く刻まれ、同時にまた〈母なるもの〉への慕情もまた深い。恐らく芥川にあってもまた母の記憶を消そうとした内面の痛みと母への想いは『少年』その他に点滅するが、通常の散文ならぬ「童話」という形をとることによって、それはよりあざやかに、またひそかに吐露されえたと言ってよい。ならば、いまひとつの芥川内奥の秘部はどうか。その最後の童話『白』もまた、〈変身〉を軸としつつ何事をか語ろうとする。『白』は命惜しさの故に友を裏切り、その罪のために醜い黒犬となった白という犬が、その償いのためのあらゆる善行も救いとはならず、絶望の末ついに死をけっしたその果てに、もとの白い躯をとりもどすという話である。その末尾の、お嬢さんの瞳に映る「米粒程の小ささに、白い犬が一匹座つてゐる」、その「清らかに、ほつそりと」したおのが姿に「唯恍惚」と「見入」る――この終末の描写はいかにも美しい。そこには評家もいうごとく作者の「眼底の涙」(中村真一郎)さえ感じられる。たしかに童話こそは、彼が「甘くなることをおそれる必要」もなく、その「魂のもっとも無垢な部分を盛ることのできた形式だった」(同上)とすれば、芥川はこの一篇の童話にその本来の倫理的、さらには宗教的資質をみごとに流露しえたというべきであろう。

ここに見るものは、まぎれもなく原罪と恩寵というすぐれて宗教的な主題であり、童話なればこそ、これを最もあざやかに、ためらいなく展開しえたといえよう。しかも〈変身〉という仕掛けは、この主題の輪郭をあざやかにふちどってみせる。いかにも理知的な、シニカルな作家とみられる芥川の、それ故にまた深い救済への渇望ともいうべきその内面の秘部は、童話という〈かくれみの〉を使い、〈変身〉という隈取り深い仕掛けによって、あざやかに生きえたというべきであろう。

さらには芥川に続く太宰の『魚服記』『竹青』など、東北のフォークロア、あるいは中国の怪異譚『聊斎志異』などに材を採る〈変身〉のモチーフ、あるいは〈変身譚〉についてもふれる予定であったが、もはや紙数もつきた。ただ〈変身〉とは、物語本来のロマンチシズムや幻想性、寓意性を生かしつつ、また作家内奥の主題をよりあざやかに生かしうる何ものかであり、あえて〈方法としての変身〉と呼ぶゆえんもまたここにある。

〈方法としての戯曲〉とは

太宰に『新ハムレット』（昭16・7）という作品がある。〈新〉というごとく、これは太宰特有のみごとなパロディだが、それのみではない。これは自身の半生への内省の試みでもあるという。「私の過去の生活感情を、すつかり整理して書き残して置きたい気持がありました。その意味では、私小説かも知れません。それから、形式は戯曲に似てゐますけれど、芝居ではなく、新しい型の小説のつもりで書きました」（昭16・8・2　井伏鱒二宛書簡）とは、太宰自身の語るところである。

「劇というものは、いわば、自然に向って鏡をかかげ、善は善なるままに、悪は悪なるままに、その真の姿を抉りだし、時代の様相を浮びあがらせる」ものだとは、『ハムレット』作中の言葉であり、その言葉通り、ハムレットは例の旅役者たちとくんだ芝居を借りてクローディアスの、「あいつの本性を抉りだして見せる」という。太宰もまたほかならぬ『ハムレット』というドラマを借りて己れの半生を、その本性を炙り出してみようということか。

小田島雄志はこの『新ハムレット』を評して、ここには「作者が主人公に感情移入をしながら同時にそれを離れてみる、ゆとり、遊び」、つまりは「このような客観的な姿勢」が根底にあり、「太宰の意図は、悲劇的情緒に没入してカタルシスを体験することではなく、疑惑・苦悩・絶望に傾斜しがちな二十三歳の青年の心理を、三十三歳の作家の微苦笑をもって描くことにあったのだ」（「『新ハムレット』―太宰化の過程―」）という。これはみごとな指摘であり、まさに戯曲という方法が己れの「過去の生活感情」を「整理」し、対象化して表白するという客観的手法を生かしえたということでもあろう。と同時に、戯曲という方法は、その〈鏡〉としての本性は、逆にこれを語る作者自身、つまりは太宰という作家自身の本体をもみごとに映し出してみせる。ここに〈方法としての戯曲〉というものの本性がある。

『新ハムレット』では、入水の死をとげるのはオフィリアならぬ王妃ガートルードであり、オフィリアは狂気どころか、ハムレットの子をみごもって生きぬく。またポローニアスを刺殺するのはハムレットならぬクローディアスであり、終末、ハムレットは剣を抜いてクローディアスを討つとみえて、みずからの頬を切り裂く。みごとなパロディであり、しかもこれらの諸人物によってハムレットは問われ、その本性はあざやかにさらし出されるとみえるが、さてどうか。

ハムレット、君はひとには「ずゐぶん手ひどい事」を言いながら、「自分が何か一言でも他人から言はれると飛び上つて騒ぎたてる」。自分の痛みは見えても、ひとの痛みを「思つてもみないの」かとクローディアスはいう。君の反抗も思いこみも所詮は「生理的感傷」に過ぎぬ。君にあるものはただ「落ちこみたい情熱だけ」だともいう。「あの人は、ニヒリストだ。道楽者だ」。そのくせ「他人の心の裏を覗くのが素早くて、自分ひとり心得顔してにやにやしてゐる。いやな人だ」とレヤチーズはいう。「あの子は、馬鹿な子で」、なによりも「周囲の人気が大事で、うき身をやつし」「根からの臆病者のくせに、無鉄砲な事ばかりやらかして」「さて後の始末が自分では何も出来」ず、「泣きべそをかいて、ひとりで、すね」「さうして内心は私たちを、あてにして」「私たちが後の始末をしてくれるのを、すねながら待つてゐるのです」とは、母のガートルードの言葉である。

オフィリアのいうところもまた、これと別ではない。ガートルードに向っては、あの方は「めめし」く、ひとの陰口ばかりを気にして、いつも、いらいらなさつて居」る。またある時は「僕は世界中で一ばん不幸だ、孤独だ等とおつしやつて」は、髪の毛をむしってせつなそうに呻かれ、まるで「ご自分を、むりやり悲劇の主人公になさらなければ、気がすまないらしい御様子だ」という。またハムレットに対してはずばり、「あなたのおつしやることは、みんな、なんだかお芝居みたい」で「甘つたるい。」「いつでも酔つぱらつてるみたい」で「いやらしい。」「あなたは、いつでも御自分を悲劇の主人公にしなければすまないらしいのね」と言い捨てる。
しかし、これらの痛烈な批判も実は、ハムレット自身の自意識を超えるものではない。おれは「形而上の山師」にして、「心の内だけの冒険家。書斎の中の航海者」、つまりは「とるにも足りぬ夢想家。」「深刻な表情をしてゐながら」所詮は「喜劇のヒロオ」。また言えば「詭弁家」ならぬ「リアリスト」「自分の馬鹿さ加減も、見つともなさも、全部、正確に知つてゐる」。いや「そればかりでは無い。ひとのうしろ暗さに対しても敏感だ。ひとの秘密を嗅ぎつける」のも早く、「これは下劣な習性だ」が、「ひとの悪徳を素早く指摘できるのは、その悪徳と同じ悪徳を自分も持つてゐるからだ。」「僕には高邁なところが何も無い。のらくらの、臆病者」だが、ただあるのは「過度の感覚の氾濫だけだ。こんな子は、これから一体、どうして生きて行つたらいいのだ」（傍点筆者、以下同）。ただ「僕は、愛情に飢ゑてゐる。素朴な愛の言葉が欲しい」のだという。

すでに語るところは充分であり、すべてはハムレット自身の知るところであり、その自意識にすべては収斂する。ここでは他者の批判はこの自意識の変奏に過ぎず、ついに批判は自意識の水面を超えることはない。戯曲という方法は彼に、とはいうまでもなく太宰にだが、何をしいたか、またしいえなかったか。むしろ見るべきはハムレットならぬ、クローディアスとポローニヤスの対決、あるいはガートルードとオフィリアのやりとりであろう。ハムレットらのしくんだ芝居見物のあと、ポローニヤスの策略を見ぬいて責めるクローディアスに、これはむしろ王のためを思ってのこと、先ずわたしが「騒ぎ出して、若い人たちに興覚めさせ、また同情の集まるやうに仕組んだもの」だと弁明するが、逆にこのやりとりのなかでポローニヤス自身のガートルードへの秘めた想いがあばかれ、クローディアスの嫉妬が浮かびあがる。その果てにポローニヤスは刺されるが、その飛びかうせりふ自体がおのずからに両者の内面を見事に炙り出してゆく。ガートルードとオフィリアの場合もまた、オフィリアのただあなたを「おしたひ申して」という言葉の奥に無意識に潜む打算があばかれ、同時にガートルードの醒めた眼が男性自体の奥底を突き刺して、その苦悩の内面が浮上する。

こうして言葉（台詞）がまさに言葉そのものの運動として情念のあやを紡ぎ、深層の意識を掘り起こしてゆく。まさに〈方法としての戯曲〉の真髄は、ここでも太宰という作家を充分に捉え、みごとな成果をみせているといってよい。しかし同時にいまひとつ、小説的ナレーションならぬ、あるいは主体の独白ならぬ、他者としての存在自体がたがいにあい拮抗し、問い返し、〈存在〉そのものの新たな発見へと開示してゆくという、〈方法としての戯曲〉の本性を考えるならば、ここに見るものはどうか。

太宰はこれを「過去の生活感情」の「整理」だという。たしかに整理であり、ひとつの自己確認ではあったが、敢えて戯曲という方法に即しての新たな開示をここに見ることはできまい。他者の声はついに自意識の影、その変奏に過ぎず、異質の他者との対峙という新たな視界をひらくことはなかった。シェイクスピアを模して、その骨太くとどろく「足音」には及ばず、「かすかな室内楽」に終ったとは、この作品の「はしがき」にいうところだが、たしかに目指すべきポリフォニックな、多声的なクリティックは、ついにつらぬかれえなかったというほかはない。太宰はここでも随所に自虐に過ぎる自己批判を繰り返してはいるが、同時にあの方には「いろいろな可笑しな欠点があるにしても、どこやらに、神の御子のやうな匂ひが致します」とオフィリアに言わせるごときナルシシズムもまた、その底に潜流する。

太宰はこれを「謂はばLESEDRAMAふうの、小説だと思つていただきたい」（「はしがき」）とことわってはいるが、しかし同時に形は戯曲に似ているが「新しい型の小説のつもりで書いた」ともいう。この意味するところは深い。戦後の秀作『ヴィヨンの妻』（昭22・3）にふれて、今度は「本気に『小説』を書こうとして書いたものです」（昭22・4・30 伊馬春部宛書簡）と言い、また「ぼくはあの小説で、新しい筋をつくったんだ」（菊田義孝『終末の予見者太宰治』）と語っているが、その新しさとは自己の分身大谷（＝ヴィヨン）ならぬ、その〈妻〉という他者の眼からの徹とも通ずるものであろう。

底した対象化とその問い返しにあったと言ってよい。同じ意識はここでも「新しい型の小説」という言葉に含まれていたはずだが、ついにこれをつらぬくことはできなかった。これはまた『斜陽』（昭22・7〜10）がチェホフの『桜の園』や『やもめ』に触発されつつ、ついに彼のロマンチシズムが、チェホフのリアリズムを超ええなかったこととも通ずるものであろう。

戯曲にあって「肝腎なことは、個人的要素を警戒すること」「人々には人々を与え、自分自身ではなしに」とは、チェホフがその兄アレクサンドルに宛てた書簡にいうところだが、しかし太宰は『斜陽』のかず子や上原はもとより、母にも直治にも自分を与え過ぎた。『桜の園』のラネーフスカヤが無垢なる童心を持った女性でありつつ、自家の没落とはうらはらに、パリに残した若い愛人に心さわぐ生身の女性としてみごとに描かれていることを思えば、これにつながるかず子の母は太宰の夢を託した高貴に無垢なるものの像、その抽象に終ったというほかはあるまい。

作家の資質はあやまたず己れを語ったというほかはないが、同時にそれが〈方法としての戯曲〉であることにおいて、二重にその特性を浮上してみせたというべきか。太宰というこの〈語り〉の名手は、そのせりふの流露においてあざやかであったが、戯曲というものの骨法においては及ばざるものがあった。しかしまた『ハムレット』という作品自体が、多くの作家の関心を誘ったことも事実であり、古くは志賀直哉の『クローディアスの日記』（大1・9）、また小林秀雄の『おふえりや遺文』（昭6・11）、また戦後では大岡昇平の『ハムレット日記』（昭55・9）などがある。小林の『おふえりや遺文』はまさに女人の眼を通しての、ハムレット的自意識とかさね映しての近代的自意識の流態への反問であり、大岡氏の作品もまた自意識をめぐる明晰なドラマと言ってよい。志賀直哉の作品も含めこれらがすべて戯曲としての『ハムレット』、つまりは台詞という表層に浮き出ぬ主要人物たちの内界を日記また は遺書という形で語ったものであることをみれば、太宰の試みの意味するところは深い。同時に志賀の『クローディアスの日記』が、志賀直哉のハムレット的存在への異和と批判を含んだものであることを思えば、太宰がこれをどう意識していたかは興味のあるところである。太宰晩期のエッセイ『如是我聞』（昭23）にも痛烈な志賀直哉批判とともにこの作品が取り上げられていることをみれば、クローディアスと志賀を重ねての太宰の批判、また裡にこもる情念の深さは興味深いところだが、これはまた別のところで述べてみたい。

〈異文化との遭遇〉とは

一

〈異文化との遭遇〉という。その最たるものは留学体験であろう。しかもそれが苛酷な、よりきびしい状況のなかであれば、その影響はさらに深い。今は亡き遠藤周作の追悼の一文で、留学については鷗外タイプと漱石タイプの二つがあるが、遠藤はまさしく漱石タイプであったと三浦朱門は述べている。鷗外のドイツ留学と違って、漱石は「英語というより英国文化圏になじめないことを率直に述べている。同学で自然科学を専攻した仲間が、それなりの業績を上げているのに、英語を手段とする英国の文学を研究することの困難故にノイローゼになった」。遠藤のフランス留学の語る所もまたこれに近いものがあり、彼はフランスで多くを学ぶとともに、「それはまた彼の精神の内部に違和感を起こさせるものでもあった」という。

この漱石と遠藤の留学体験の対比については、筆者などもしばしば論じて来た所だが、しかしその苦しみを通しての作家遠藤周作の〈知的誠実〉を語るこの一文の趣意は、我々の心を改めて深く搏つものがある。「彼の生涯はその違和感と戦うこと、つまり彼が少年時代に受けた西欧のカトリック、そしてその仕上げのような形で体験したフランス留学、それをどのように自己の精神の内部において位置づけるか、が彼にとっての最大の問題」であり、「私はそこに彼の知的誠実さを感ずる」という。

これに対して、たとえばマルキシズムの場合はどうか。「千九百二十年代から日本の知識人を圧倒したマルクス主義だが、これを信奉した人で、果たして、この西欧、というよりは一人のユダヤ人の思想に違和感を覚え、ヨーロッパ精神の根源にさかのぼり、あるいはマルクスの中のユダヤ人的傾向を、ユダヤ教を研究してまで明らかにしようとした人が、どれだけいたことだろうか。彼らはマルクスの教えを金科玉条と考え、日本の現実との矛盾は、日本の歪みとか、マルクス主義者の知的能力の不足であるとする傾向があった。そして日本独自の解釈をしようとする者は、しばしば異端として締め出された」。これに対し「遠藤周作は遙かに知的に誠実であったし、カトリックの神父の中には遠藤はもはやカトリックとは言えない、と批判した人もいたというが、少なくとも教会は最後まで彼を教会の翼の下で守り続けた」という。

いささか引用が長くなったが、さらに続く末尾の一節はやはり引かざるをえまい。三浦氏はいう。「遠藤周作が亡くなった今、私は彼を追悼する意味でも、彼が超剋しなければならなかった。現代フランス人のカトリック作家、モーリヤック、ベルナノスなどを読み、遠藤の彼らへの批評などを通じて、普遍という意味を持つカトリックと、彼がついに脱却することのできなかった日本と日本的信仰のありかたについて勉強して、再び彼と会う日のために、準備をしておきたいと思う。」(『遠藤の留学体験』)。

あえて長々と引用してしまったが、遠藤氏をめぐる追悼のなかでも最も心を搏つもののひとつであり、とりわけ最後の一節には亡友に対する深切なる想いと同時に、遠藤氏ならぬ、これを語る三浦氏自身の〈知的誠実〉の深さが読みとれよう。同時に「普遍という意味を持つカトリックと、彼がついに脱却することのできなかった日本と日本的信仰のありかた」という所に、〈信〉のありようをめぐる三浦氏の共感と微妙な異和の所在もまた感じとれよう。とりわけ彼がついに脱却できなかった〈日本と日本的信仰のありかた〉という所に、ことの核心はあるとみてよかろう。

二

遠藤周作にとって、少年時代以来の〈西欧のカトリック〉、その仕上げとしてのフランス留学であったというが、しかしそれは仕上げならぬ、彼に大きな難題を与えることになる。彼が突き当ったものは漱石における〈英国文化圏〉ならぬ、西欧の〈キリスト教文化圏〉というものに対する異和の体感でなり、その留学体験は彼に大きなダメージを与えることになる。留学以前、彼の抱いた課題は処女評論『神々と神々』（昭22・12）にもいうごとく、自身の内なる「神々の血のざわめき」をくぐり、これと闘うことであった。この時、〈神々の血〉ならぬ〈神の血〉の生きる西欧とは、ひとつの憧憬であり、夢であった。しかしその夢は崩れ、〈神々と神と〉の異和は逆流して、改めてその内なる〈神々の血〉を確認させることともなる。その最初のしるしが処女作『アデンまで』（昭29・11）であり、その末尾の一節はすべてを語るかともみえる。

主人公が帰国の途次、四等船客として乗りこんだ老朽貨物船の船艙には、ひとりの黒人の女が病み伏し、彼は同じ有色人種としての痛みと共感を覚える。彼がフランスの女とのふれあいで、したたかに思い知らされたのも二人の肌の違いであり、その痛みは「君は俺を愛することができ」ても、「俺の黄色い苦しみは君をくるしめることはない」と口走らせる。黒人であるが故に罪あるもの、「罰をうけねばならぬ存在」としてあきらめながら、「死期を予感した老いた獣」のように黒人の女は死んでゆく。亡骸は水葬され、白人の修道女の読經の声もむなしく聴こえ、ただ彼の心をひたすものは、この黒人の女がもはや「それら白い世界」とは無縁な、「死の後にも裁きも悦びも苦しみもない」、一種茫漠たる「自然」そのもののなかに還っていったという事実だけである。

白色と有色、この二種の間に身を横たえる主人公の感慨はいかにもにがく、また重い。あの修道女の唱える「白人の祈禱」も「俺がヨーロッパでたえまなく聞きつづけた人間の慟哭と祈り」も、「もはや俺の耳には乾いた意味のない音としか聞えなかった」という。これは末尾の一節だが、その少し前にはまた、次のような一節がある。船がスエズ運河に入り、眼の前にひろがる黄褐色の砂漠のなかに見た一匹の駱駝の影。それは「主人もなく、荷もおわず、地平線にむかってトボトボと歩いて」ゆく。やがてその影は小さくなり、遂には一点と化す。その姿が「俺の胸をせつないほど、しめつけ」るのは何故か。それはこの「黄色い肌をもった男の郷愁」というほかはない。こうして作品はこの〈神々の血〉の濃さともいうべき郷愁の深さを描き出してゆくが、いまひとつ、作者は『わが小説』と題したエッセイのなかで、自分は甲板にすわりながら「東洋と西洋をわかつ「この一点」に身をすえ、この「黄色い海と黄色い土とをながめつづけ」ていたという。

こうして「東洋と西洋をわかつ」という、「この一点」を己れの身を託すべき初源の一点とする時、すでに『アデンまで』とは、作中の現実を超えて一箇の象徴と化するかとみえる。この黄濁の海と砂漠が深い郷愁につながりつつも「歴史もない、時間もない、動きもない、人間の営みも全く拒んだ無感動」な世界、いわば〈無〉そのものともいうべき負の相をもって語られているとすれば、〈アデンまで〉ならぬ、作家遠藤周作の還りついた場所はどこであったか。それは混沌とした、白色ならぬ有色の風土、ガンジスのほとりであり、言うまでもなく彼の〈最後の小説〉ともいうべき『深い河』（平5・6）の世界である。この処女作『アデンまで』から四十年にして辿りつく『深い河』迄の軌跡こそ、この〈異文化との遭遇〉という一主題をめぐっての、ひとりの作家の〈知的誠実〉のすべてを語りつくしたものともいえよう。

いまふりかえれば昭和二十年七月、戦後最初の留学生として、四等船客となり戦犯国の一員としてフランスに渡り、やがて病いを得て二十八年二月帰国に至る。その留学体験をめぐるさまざまな戦後の傷痕や不安と屈辱、また民族性をめぐる深い疎外感については、遠藤氏自身多くのエッセーなどにも語る所だが、処女作『アデンまで』がその一切を集約する形で描かれていることは、すでにふれた通りである。
白色世界と有色世界、その断絶と異和についてはすでに多く語る所だが、しかもその作品においては初期終末の一頂点ともいうべき『海と毒薬』（昭32・6〜8）に至るまで、なおかつこの風土における真の宗教性の欠落、神の不在を鋭く問う、言わばキリスト教作家としての高みからの裁断ともいうべきものがみられたが、やがてこの作家としての主体が問われ、砕かれる時が来る。これが昭和三十五年から七年にかけての結核の再発による死に瀕する病床体験であり、この時遠藤氏の信徒としての、また作家としてのひとつの〈回心〉が生まれたとみてよかろう。ここからやがて『沈黙』（昭41・3）が生まれるわけだが、その「あとがき」に踏絵に「黒い足指の痕」を残したものたちの姿が「私のなかで生きはじめた」という時、すでに作家としての主体は、これを高みにあって裁断するものではなく、その痛みをともにするものとして砕かれてある。あの作品の高頂部ともいうべき踏絵のなかからの声、「踏むがいい。私はお前たちに踏まれるため、この世に生れ、お前たちの痛さを分つため十字架を背負ったのだ」という声を通奏低音とするかのようにして、以後『死海のほとり』（昭48・6）『侍』（昭55・4）とあいついで〈愛の原像〉〈愛の同伴者〉としてのイエス像が描かれ、この『沈黙』に始まる〈起〉、〈承〉ともいうべき展開を承けて、言わば〈転〉ともいうべき『スキャンダル』（昭61・3）が書かれ、さらに一転してまさにすべての集約、〈結〉ともいうべきものとして書かれたのが『深い河』ということになろう。

三

『スキャンダル』以後七年にして『深い河』は書かれるが、これは本来『スキャンダル』の続篇として意図したものが難渋し、そのテーマともいうべき〈悪〉と〈悪の救済〉という課題を手にあまるものとして棄てた所から生まれたものであり、恐らくその過程のなかで、これが〈最後の小説〉となることを作者はひそかに期し、また予感したものとみえる。作中さまざまな課題をになった人物が配されるが、その中心は若きカトリック司祭大津と成瀬美津子である。大津がフランスを追われるようにして行きつく所は、ガンジス河畔の街であり、彼はヒンズー教徒のなかに身を投じ、最後は不慮の事故によって命を落とす。ひとはその生まれた国の文化や伝統や環境によって、「その信じる神をそれぞれに選ぶ」。あのシャトルの大聖堂もまた、「あの地方の人たちの地母神の信仰を聖母マリアの信仰に昇華させたのだ」というではないか。「神はいくつもの顔をもたれ、それぞれの宗教にもかくれておられる」。今こそキリスト教は対等に「他宗教と対話すべき時代」ではないのかと、大津はいう。しかしこのような考えはすべて「汎神的な感覚」であり、「異端」だとして排される。それは何故なのかと大津は問う。これらがその留学体験を含めて遠藤氏自身の内面を映していることは明らかだが、いまこれらの仔細についてふれる余裕はない。ただこの作品終末部に注目すべき一場面があり、これが処女作『アデンまで』との微妙な照応を示しているかとみえるので、この部分について少しふれておきたい。

かつて学生時代に大津を誘惑し、棄てた成瀬美津子はその後結婚生活にも失敗し、深い魂の渇きのなかに大津との再会を求め、そのインド旅行のなかば、大津と出会うこととなる。こうして美津子の回心への予感を示しつつ作品は閉じられることとなるが、その彼女の帰国直前、空港の近くで不思議な場面を見る。マザーテレサの〈死を待つ人の家〉の修道女たちが、行き倒れの老婆を担架で運ぼうとしている。美津子が「なんのために、そんなことを、なさっているのですか」と問えば、修道女らはびっくりしたような碧い眼を大きくあけて美津子を見つめる。再び「なんのために」と問うと、「修道女の眼に驚きがうかび」、ゆっくりと答える。「それしか……この世界で信じられるものがありませんもの。わたしたちは」という。それが「『それしか』と言ったのか、『その人しか』と言ったのか、美津子にはよく聞きとれなかった」が、「その人と言ったのならば、それは大津の『玉ねぎ』のことなのだ」。そうして、その〈玉ねぎは〉はこの修道女のなかに、大津のなかに〈転生〉したのだと美津子は思う。〈玉ねぎ〉とはキリストを指し、この場面は作中最後の、作者の託した熱いメッセージとも読みとれる。

ちなみに言えば、プロテスタントのすぐれた神学者、また牧師でもあるK氏からの私信に、最近やっと『深い河』を読み、感銘した。わけてもこの最後の、美津子の問いかけに対するあの「びっくりしたように碧い眼を大きくあけて」という。あれこそがこの作品の眼目でしょうという言葉があり、なるほどと深く頷いたものだが、いまひとつ私の眼に残ったのは、このふたりの修道女が「ねずみ色の尼僧服をきた白人と印度人の若い修道女」であったという所である。『アデンまで』を想起するがよい。あの終末部では黒人の女、また黄色い服の自分と白人の修道女たちとの超えがたい断絶が語られていた。いまここではねずみ色（言うまでもなく白と黒を溶かした中間色だが）の尼僧服を着た白人と印度人の若い修道女が二人でという時、すでに作者の言わんとする所は明らかであろう。

作者が勿論この処女作の部分を想い返しつつ、この〈最後の小説〉の終末の場面を描いたことは疑いあるまい。もしそれが無意識であったとすれば、これも遠藤氏流にいえば、その〈無意識〉の部分にこそ生きた力は働いていたということになろう。この場面に読み至った時、『アデンまで』の作者をここまで連れ来たったものは何であろうという、深い感慨の禁じえぬものがあった。ここで作家としての遠藤氏の執跡は、大きな円環を閉じるかとみえるが、同時にまたいまの、この時代に大きくひらかれたものともみえる。

かつてはヨーロッパ体験で揺さぶられた。そこから『アデンまで』以後の作品が生まれたとすれば、こんどはインドで揺さぶられたことになりますかと問えば、もうインドは四回目ですからという言葉がはね返って来た。これは筆者との対談（『人生の同伴者』平3・11、春秋社。のち新潮文庫）中の言葉であり、『深い河』の構想がねられていた時期のことだが、この舞台が何故インドかとは問われるべきひとつの課題であろう。あえていえばこれを解くことつの鍵は、すでにそのフランス留学時の日記中にみられる。そこではカトリック文学への関心とともに、「肉の問題」

への考察が語られ、「人間内部の原初的なものに到達する事」「罪の根源に遡る事」こそが、「やっと見つけた自分の文学方法」であるという。しかもこの存在の始源に見る「混とんとした無秩序」を秩序化し、「人間の全てを視る事」をキリスト教が妨げんとするなら、この宗教的リゴリズムに対しては抵抗しつづけるほかはないという。

作家が一箇の、人間に対する根源的な探究者であるとするなら、この存在初源の混沌そのものを整序せずして、その混沌のままに汲みつくすべきだという。こうしてその行きつく最後の場所、舞台が、まさに〈混沌〉そのものの象徴ともいうべきインドであった所に、作者を引きずる必然の力があったともいえよう。いま、あなたがされようとしていることは、言わばグローバルな世界に向かってということですねというと、「グローバルとは、根源的ということですよ」という言葉がはね返って来た。これも先の対談中の言葉だが、まさに自身の根源の、また初源の一点を問い続けた作家の誠実をここに読みとることができよう。自身の根源を掘りつくすことにおいて、それは真の意味におけるグローバルなものになるという。これはまたこの〈異文化との遭遇〉というテーマをめぐる、最も重要な一視点ともいえよう。もはや用意していた漱石や藤村などについていうべき紙幅もつきたが、遠藤氏のいう〈母なる神〉の提言が余りにも日本的であり、恣意に過ぎるという批判に対しては、あえて確信犯的ともいうべき姿勢をもってこれをつらぬき続けるその姿勢の背後に、あの漱石が留学中、この言葉を摑んだことによって自分は救われたという〈自己本位〉の四文字を見るということも、あながち付会の言とのみは言えまい。

〈癒しとしての文学〉とは

一

〈癒しとしての文学〉という時、それは読むことにおける癒しと同時に、また書くことにおける癒しをも意味していよう。作家における問題は先ず後者となる。彼らはしばしば書くことによってその精神的、あるいは生理的危機を乗り越えようとする。たとえば初期漱石の『吾輩は猫である』や『坊っちやん』、あるいは後期の『行人』なかば、神経衰弱と胃潰瘍による中絶後、再び書き始めた終章「塵労」における主人公（長野一郎）の白熱的な狂気の発現など、その最もあざやかな例だが、『こゝろ』一篇の語る所もまたその例外ではあるまい。

明治というひとつの時代の終った深い喪失感を抱きつつ、漱石はその分身としての〈先生〉を〈明治の精神〉に殉ぜしめることによって、作家としての生身の彼はなお、新たな大正という時代に立ち向かうことが出来た。明治という時代の倫理、そのエトスに、己れの半身を殉ぜしめることなくして、彼は『明暗』という作品を、つまりは大正という新たな時代を描きとることは出来なかったであろう。『明暗』にみる津田やお延の新しさは、『こゝろ』という作品を書くことの代償なくしては描きえなかった所であろう。恐らくこの間の機微を最もよく見抜いていたものに阿部知二の論（『漱石の小説』「新潮」昭11・2）がある。彼はいう。漱石の作品に感じる時代は、「今日の病的な不安、頽廃のなかつた、光栄ある大時代（グラン・シエクル）であった。「『あなたは盛大な御代の人でした。』といへば、漱石は、『何を馬鹿な』と語るかも知れぬ」。しかし『こゝろ』に描かれた「明治天皇の崩御、乃木大将の殉死、あたりの気分には、何かしら彼が、未来の社会への進展の希望もなく寂しがってゐる姿」が強く感じられるという。

しかもこの深い喪失感とは逆に、その最後の『明暗』が描いたものは何かと問う時、漱石は終始エゴイズムを書いてきた。ただ彼らは「エゴイズムと同時に理想主義者」だが、「津田はその理想主義をマイナスしただけの純粋なエゴイストに過ぎぬ」。漱石はここで「文化主義者も底を割ればそんなものさ」と津田を示したわけだが、こうして漱石が最後に踏み込んだ所は、もはや「人と人との座標の関係に秩序などはありはしない。根こそぎ動きまはつてゐる人間が、さらに心理と心理とをぶつけ合つて揉み合つてゐる」世界であった。

『道草』ではまだ主人公健三は「その無秩序の世界の真中に坐つてじつと堪へつつ人間関係の秩序を維持しようとしてゐる」が、もはや「『明暗』にはそんな主人公などない」。そこにあるものは「台座から揺れてゐる人間のもつれ」であり、「若し今日の心理小説が、のつけからこの『明暗』の境地を覗つたとしたら、到底その複雑な錯雑に打ち勝つことは出来ぬ」。こうして「西洋流」では片付かぬ「一種奇異な小説の世界にこの『明暗』は踏み込もうとしてゐる」という。

阿部知二はここで『こゝろ』と『明暗』の関係を論じているわけではなく、ただこれだけのことである。しかしこの「西洋流」では片付かぬ「一種奇異な小説」という時、しかも現代作家がうかつにこれを真似しようとすれば、無残な失敗を繰り返すほかはないであろうという時、彼に何が見えていたのか。『明暗』を論じてこの奇異なる小説という時、その作家の影を透して作中人物ならぬ、作家自身もまた台座を失ったのではないかという、その不可視の内界のゆらぎがかいま見えていたのではなかったか。この漱石を論じた一文の直後、二・二六事件は起こる。当時の知識人の不安と意識のゆらぎを描く『冬の宿』の連載が始まるのも、まさにこの漱石論と同じ時であった。時代のしのびよる危機を感受しつつこの鋭敏な作家の眼は、また時代の転形期を生きる作家内面の変転を、その機微を、なかば無意識裡にも見逃しえなかったはずである。

こうして作家が書くことによってその危機を乗り超え、それ自体がひとつの癒しとなるとすれば、書くことにおける癒しとは何か。もはや縷言するまでもあるまい。それがどのような問題であれ、作家はその危機の、喪失の深さの、その底の底まで掘り進み、そこから一切を振り棄てて、新たな作家主体の眼を摑んで浮上して来るほかはない。この機微にふれずして我々は『こゝろ』から『明暗』への、その作家主体の転回をみることは出来ない。すでに『明暗』の作家の眼は、『こゝろ』のそれと地続きではない。勿論そのなかばには自伝的作品としての『道草』がある。あえて言えば『こゝろ』から『道草』へと続いて、より確固たる『明暗』の作家の新たな眼が獲得されたわけであり、これは明治という時代の終焉に身をひたしつつ、その時代的現実そのものにはあえてふれようとしなかった『行人』を経て、はじめて時代の本質、その終焉を、より深く対象化してゆく『こゝろ』の作家の眼が生まれたという所とも無縁ではあるまい。

この間（かん）の『行人』から『明暗』に至る後期作品の推移については、いまこれ以上にふれる余裕はない。ただ、新聞小説の作家として常に時代と共に生きた作家漱石の眼が、すでに見るごとく時代に刻印されつつ、また時代自体のなかに已れ自身を深く刻みつけえた、その時代と作家をめぐる深い機縁の様態を我々は見逃すことは出来まい。これをさらに言えば、彼はまさしくその時代に自分の、彼自身の「彼だけの印鑑」をしっかりと捺し続けたということが出来よう。この彼だけの、「私だけの印鑑」とはほかならぬ、これから論じようとする小川国夫のいう所であり、その『マグレブ、誘惑として』（平7）という作品は、書くということの癒しの意味を、それは「私だけの印鑑」を捺すことだという独自の比喩をもってあかししてゆこうとする。仔細は作品自体がしずかに語ってくれるであろう。

二

この『マグレブ、誘惑として』はある意味で最も小川国夫的な魅力を持った作品であり、この作家にとって書くことが常に究極の癒したりえたことを最もよく語りえたものであり、その意味でも自伝的要素の強い作品である。マグレブとは地中海に面したアフリカの地名だが、あえていう「誘惑として」という一語に、この作品のモチーフの重みは賭けられていると言ってよかろう。主人公の作家岩原は六十二歳だが、これを書く小川国夫自身が雑誌(『群像』)に連載をはじめたのが、まさに六十二歳の時であった。

この主人公は心臓と精神を病み、医師のすすめで臥褥療法なども試みるが、たまたま彼の子供の頃の姿を六十年前に見かけて、それをずっと覚えて居り、しかも自分は小説を書きたいと思い続けて来たという不思議な老人との出会いがきっかけで、その老人の死を通して、彼は衰弱した体に再び書くことの意欲が湧いて来たことを感じる。しかもその作家としての再起のためには旅に出るほかはないという。旅とは孤独のなかに自分を解放することだが、それは現実という「お仕着せの規制」から離れることであり、「旅は外部に規定された虚像としての自己を葬る機会」であり、つまりは「復活体」ともいうべきものになることだという。その旅の計画を打ち明けながら、「俺は今、言葉を探しに行きたいんだ。観念の冒険に深入りしたいんだ」、そうしてそれが「俺の場合、地理上の旅にもなってしまう」のだという。

つまりは「言葉の修業なんでしょ」という妻の言葉にうなずきつつ、自分は「自分の内面だけに眼を注いで、その日その日の心の在り方をそのまま足跡にしたように移動してみたい」ものだという。彼に臥褥療法をすすめた木下という医師は、「無為と沈黙は窮極の到達点なんでしょうね」という岩原に対して、「臥褥療法はそんなにはげしい誘惑ですか」と聞く。誘惑ではなく、魅力だと岩原は答える。誘惑と魅力はどう違うのかと聞き直すと、「誘惑は逃げようとしても引きずりこみます」。しかし「魅力は、そうなろうと意志させる価値です」と言い、やはり自分は「無為と沈黙に意志しません」。「誘惑に身を委ねることにします。たとえ空しい後味にまといつかれるにしても、言葉、言葉、言葉の世界に没頭します」という。「なるほど、作家ですからな」とうなずく相手に対して、「しかし、遠くに無を信仰しつつです」という。こうして自分が「あこがれているのは無為と沈黙だったが、私を誘惑しているのは、言葉、言葉、言葉だった」と、彼は改めて己れの裡に深く反芻する。

こうして、〈無為と沈黙〉に魅かれつつ、あえて〈言葉〉のいざないに身をゆだねてみるという。すでに〈マグレブ、誘惑として〉という題意の示す所もまた明らかであろう。〈無為と沈黙〉という〈窮極の到達点〉に対して、あえて〈言葉〉そのものに執してゆくという。この二極のはざまに揺れつつ、その〈旅〉は始まる。これが決して〈旅の小説〉でもなければ〈旅からの小説〉でもない。「出発までの心の経緯こそが作品の軸」であり、これは〈旅への小説〉なのだという評者（黒井千次）の指摘もまた頷けよう。あえて加えれば、〈言葉への旅の小説〉ということも出来る。こうして三十五年前、二十七歳の自分が果たせなかったモロッコ再訪、マグレブへの旅が始まる。

旧知の八十を超えた老夫人との再会。また忘れがたい友情を結んだモロッコ出身の若者（マーリク）はすでにこの世になく、今は病床にあるその妻は夫の死後、長い間墓に日参しているうちに、いつか死者の声を聴きとるようになったという。これらのエピソードを交えつつ、その旅は砂漠のなかに世捨て人のごとく、まさに「無為と沈黙」の中に生きるひとりの日本人（佐竹彰）との出会いに到って、一挙に主題の核心へと入ってゆく。

「聖書の中には伝達しようとする意志がある、メッセンジャーとしての激しい情熱がある。」「この認識は私に染みついて、抜け切れないんです」と岩原はいう。「しかし、文学の原型は聖書だけでしょうか」という佐竹の呟くような問いかけに促されるように、岩原はいう。「聖書的表現が想定している読者を生者とするなら」、その次に想定される読者は「死者」であり、死者に読んでもらうためには、もはや説明も描写も、修辞も、それら「よそゆきの表現」は一切無用であり、ただ親密な「仲間意識が、それとなく表現されていれば、それで充分」ということになる。

しかしまたその次に考えられる読者は「自分です」という。「自分に向けて書く」のだから、「掛け値なしに、説明も描写も修辞も不要」であり、それは言わば「自家受精」であり、「産み出す行為」であり、「筆者兼読者はその手応えに向かって進むのです」という。これに対して佐竹はもどかしげに言う。あなたのいう三つの場合は分るが、さらに「第四の表現」があるのではないか。それは「意志だけがあって、存在はしない」。つまり「何も表明しないという立場」であり、それはもはや「読者が存在しないからです」という。何故そうかといえば「自分に絶望したからです」。ただ「この意味の絶望を肯定するには勇気が必要だと思います」という。この佐竹のさりげない口調のなかに、「彼の心中の大事を一気に察知した」と岩原は感じる。そうして「読者の坐るべき場所が空位」だということは、「私の中では神の座も空位」だということだと佐竹はいう。

このふたりの問答を通して、その主題の核心は一挙に開示されるが、その対者、「私にとって稀な人間だった」という佐竹とは誰か。（ちなみに言えば、この作品には多くのモデルがあるが、佐竹はそうではない。フィクションだと小川氏はいう。これは直接筆者が作者に尋ねたことだが、あれだけはフィクションです。だから少し書き過ぎてしまいましたと小川氏はいう。これは創作というものの機微を語って興味深い所だが、その人物が仮空であることによって作者の想念は少し恣意的に走り過ぎたということか。しかしそれはまた逆に対者の、モデルのリアリティにとらわれることなく、自己内面の二極の葛藤を問いつくすことにもなりえたはずである。）

最後に主人公が佐竹に聞く、「あなたは今なぜ生きているのですか」。実は自分が話したかったのはそのことだと佐竹はいう。「僕はいわば泣き寝入りしたのです。無為と沈黙の中に入ることにしたのです」。そうしてこれは「自力でできることではありません。星がそうしてくれたんです」。自分はあの住居の高台から眺めていく、惹きこまれて、「空が渦巻いているように感じ」「自分が変るのを感じ」た。「それが僕の中に地殻変動を起こした」のだという。「自分には〈自然の力〉がないにしても、自然と呼応する感性はある」。ここは「僕にとって記念すべき土地」になり、「僕はあそこにいますと、赤ん坊が母親の胸から乳を吸っているような状態になるのです」という。「佐竹彰の話は私の心を捉え、ゆさぶった」という。続いて「もともと佐竹彰は私にとって稀な人物だったが、その想いがこの会話で決定的になったことを私は感じた」という時、佐竹ならぬ、裡なるいまひとりの自分に向かって、作者が何を問いかけようとしたかは明らかであろう。

この旅のはじめに、「無為と沈黙は窮極の到達点」であり、その「無為と沈黙」にあこがれてはいるが、自分を「誘惑しているのは、言葉、言葉、言葉」だという主人公は、いま、その旅の最後にその「無為と沈黙」の「窮極の到達点」として、佐竹という人物をその極限に置き、その〈言葉〉ならぬ「無為と沈黙」の姿に烈しくゆさぶられつつ、その旅を終ろうとする。この二極の間を揺れる旅の終りに、答えは与えられたのか。主人公は佐竹との水浴のあと、心臓の発作を起こし八日間の間、生死の境をさまよいつつ、やがて現実に還る。退院後、彼は佐竹に付き添われてさらにラバトの病院に向かう。そこで聞こえて来たのはスピーカーからの正午の祈りの声であり「この声が彼らの言葉、言葉、言葉の素であること」が知られる。車はさらに群衆のなかに入ってゆくが、物売りの声や大道芸人の声が、その「肉声が人々を呼び寄せ、磁場を作る」。そこではどんな言葉も「本来の生き方」を示し、「みみっちい言葉さえも、小悪魔のように跳梁している」。これがこの作品の最後の言葉である。

こうして主人公は、この猥雑な言葉のとびかう現実に還る。砂濱の隠者佐竹を対極において、ここには現実を引き裂く生々しいまでの言葉が氾濫する。しかし「人声の半ば以上は言葉」であろうが、「人声はまだ動物の啼声と未分の状態です。素地としての混沌からおぼろげな像が見え始めている程度です。」「言葉はほとんど大自然です。海や山や砂漠のように、時には天体のように存在するのです」とは、佐竹の言葉であった。こうして主人公はその混沌としての、自然そのものとしての〈言葉〉の生命に、いま一度還ってゆこうとする。これがまさしく〈言葉〉への旅であったことは再言するまでもあるまい。

漱石とはまた別様の意味において小川国夫もまた、書くことの癒しの意味を明らかに語りとってみせた。いや、その書くことの癒しの意味をこれほど深く、根源的に問いつめ、それ自体を作家必然の主題として描きとった作品はあるまい。この『マグレブ、誘惑として』の雑誌連載の終った翌九一年の秋から、新聞連載としての『悲しみの港』が始まるが、これが二十八歳の〈私〉の物語であることを思えば、この作品がまさに『悲しみの港』を「築港したよう」にも思えるという評家（黒井千次）の言葉は頷くべきものがあろう。漱石についてはすでにふれたが、ここでも〈書くことの癒し〉が、さらに新たな創作主体の眼を生み出してゆくことの特徴は、たしかにうかがい見ることが出来よう。

三

さて、ここで残った問題は書くことならぬ、読むことにおける癒しの問題だが、ここにひとつ好箇の例がある。それは小川国夫が作家として最も深く敬事した島尾敏雄の代表作『死の棘』である。これもまた自伝的作品だが、主人公のほかの女との不倫がもとで妻は狂気の人となる。この作品はその妻の退院後、妻の回復を願ってその故郷奄美に帰ってからさらに五年の後筆を執り十六年の歳月を要したものである。作者は妻の発病の時期に還り、それを追体験し、仔細にこれを再現しようとする。彼が作家として筆を折る覚悟をし、ただ妻の回復をのみ願って奄美に渡ったのは昭和三十年十月のことであり、妻の故郷奄美の自然が「妻の病みつかれた心を自然にいやしてくれる」（「妻への祈り」）ことをのみ願ったという。その後も一年余り妻の発作は続き、三十一年十二月、彼はカトリックに入信する。そうしてその第一章「離脱」が書かれたのは三十五年二月のことである。

すでに『死の棘』の前駆をなす病妻もの、〈病院記〉ともいうべき一連の作品が書かれているが、彼はここで妻の発病の根因ともいうべき部分にメスを入れようとする。作者は事態の渦中にあって、筆を折ってもいいと思った。作家として生き延びることよりも、妻の快癒こそがすべてであった。しかしほかならぬ彼に筆を執らせようとしたのは妻のミホ自身であった。自分は小説を書くことは諦めていた。「書けば必ず妻の発作をいざなうことがわかって」いた。また小説どころではなく、「小説などということは吹っ飛ん」でいた。「しかし妻のほうがぼくに書かせようという意志を持って」(小川国夫との対談『夢と現実』)いたという。また妻が必ず清書してくれたが、清書と発作を「くりかえしているうちに、だんだん発作がおさま」り、「ぼくの小説を清書するという行為の中に一種の治癒能力といった働きがあったような気」(上総英郎との対談「たまらない自分を負って」)がするともいう。

こうして彼は新たな視点を無意識に獲得しはじめる。それはいま真の他者によって問われるということであり、そこに彼自身「妻は私にとって神のこころみであった。私には神が見えず、妻だけが見えていた」(「妻への祈り・補遺」)というごとく、妻という具体の相と超絶者としての〈神〉という普遍の相はかさなり、彼が抱いた妻への刺戟を怖れつつ、また妻をいたわることはできぬという矛盾、そのジレンマを越えて、いつしか彼は無私なる眼を獲得してゆくこととなる。彼はこの「病者の正しさの前」に、「自分のからだからいつわりを全部しぼり」(「日は日に」)だしてゆくほかはなかったという。

すでに明らかでもあろう。我々はここに書くことと読むことをめぐる、いや、さらに言えば書き手と読み手をめぐる重層的な、最も切迫した状況事態のなかから生まれた、稀有なる癒しの実相を読みとることができよう。もはや作品の中味にふれる余裕はないが、作家はここでも彼だけの、〈私だけの印鑑〉を捺し続けた。そのまぎれもない刻印がまた、我々読者自体をも癒してゆくのだとすれば、先の作家のいう書くとは己れに向かっての〈自家受精〉であり、〈産み出す行為〉そのものだという言葉が、作家ならぬ、また読者自身のものでもあることが思い知られて来るであろう。

V

戦後作家と漱石における夢——「闇のなかの黒い馬」と「夢十夜」を中心に

一

文学における〈夢〉を語るとすれば、戦後作家として埴谷雄高、島尾敏雄、さらには小川国夫などの名を逸することはできまい。しかし、そもそも作家にとって〈夢〉とは何か。たとえば初期の「孤島夢」（昭21・4）「摩天楼」（同12）「夢の中での日常」（昭23・2）などから近作「日の移ろい」（昭51・11）に至るまで特異な夢の世界を語りつづけて来た島尾敏雄は——夢もまたきわめて「現実的な」「経験」であり、「眼がさめているときの経験と」「眠っているときの経験をそれほど区別はしなくてもいいんじゃないか」、夢と現実を「質的に違った二つのもの」「二つの次元の違う世界として」「区別することはない」、それこそが「トータルな自分」であり、「自分が生きてる世界として一つになった姿なんだ」（西郷竹彦との対談「夢の中での日常」、島尾敏雄対談集『内にむかう旅』所収）といえるのではないかという。「だから〈夢〉のもの、何のものというのは」仮りのことであって、「書くほうにとっては別にそういう区別をつけて書いているわけじゃなくて、みな同じに書いている」（つげ義春との対談「内にむかう旅」前掲書所収）わけだという。

この見られた夢への深い執着、偏愛ともいうべき志向（それが捨てがたい夢をそのままにメモした『記夢志』（昭47・12）というユニークな著作の上梓をも許すこととなるわけだが）に対して、逆に〈夢〉をすぐれて文学的方法としてとる立場もある。（もとより島尾氏の作品に〈夢〉への方法意識がないというわけではなく、「眼をあけるとこれらの短篇（作品集『島の果て』に収められた作品—注）となり、眼をつぶると『夢の中での日常』の世界となったと自分で思うが、しかし眼をあけて表現したはずのこれらの作品も『夢の中』へ片寄っていることが不幸である」（『島の果て』あとがき）とは彼自身の語るところであり、〈夢〉への方法意識の所在は明らかだが、しかもなお、現実に見られた夢への過重なまでの執着は見逃すべくもあるまい）。さて、〈夢〉をその存在論的追求へのより有効な文学的方法としてとった作家に、島尾敏雄と資質的には近い小川国夫がある。たとえば彼みずから「半自伝的作品」とよぶ『彼の故郷』（昭49・6）一巻にあっては、〈夢〉はしばしば〈私〉を浸蝕し、押し入り、〈夢〉と現実とはその境界を脱して溶けあい、新たな世界を拓く。いずれも自伝的要素を色濃く持つ作品群だが、そのあるものは後半、〈夢〉の世界の展開のままに終り（「異邦の駅」）、またある作品では明らかに死者の世界への案内人としての〈支配者〉、あるいは〈口利(くちきき)〉と呼ばれる人物たちとの不思議な交感のなかに主人公は誘い込まれてゆくが、全篇が〈夢〉そのものであり、これを縁どる現実の枠はない（「狙う人」）。また別の作品ではすべてが夢とも見え、また現実とも見え、あるいは夢のなかでさらに深い夢を見ているような、不思議な存在感のなかに主人公は漂う。軍隊から、あるいは生死の境からこの娑婆に還ってきたという晶次という男は死者と生者の二重の翳を帯びて彼に語りかける。「足し算や引き算のない世界」「正真正銘の夢が満たされる」そういう〈夢〉への渇望を語りかける（「六道の辻」）。

こうして我々に視えてくるのは描かれた〈夢〉や物語と同時に、これを描く作者の情念の波動であり、〈夢〉に憑かれた作者の手つきである。「生い立ちは光源といわれるが、そうであるよりも、むしろ闇の層に似ていた」とはそのあとがきの言葉であり、かくして作者は少年期前後の体験への回想あるいは追体験という領域をこえ、越境し、さらに深い異域へと踏み進んでゆくわけだが、これを導くものこそ、ほかならぬ〈夢〉という方法である。恐らくこの方法の根底には、〈私〉なるものを場として捉えるダイナミズムがある。「現実は、演繹も帰納も許さない喩え話として、私の前に」あると小川国夫はいう。作家はこの「現実という名の喩え話を写しとる」ものであり、また「〈在るがままのもの〉こそ、〈在るべきもの〉を暗示する力を持っている」（「主観的照明」）ともいう。この現実をひとつの〈喩え話〉と見るという時、同時に〈私〉もまた「ある大きなたとえ話の一環」（「秋山駿との対談『時代と感性』」）ではないかという。また〈私〉なるものが神によって生きられるなどと言ってしまっては「みもふたもない」が、しかもなお「私は何かによって生きられている」（同）ともいう。すでに論理のゆきつくところは明らかであろう。彼にあっても〈夢〉とはひとつの現実であるとともに、彼もまたなにものかによって夢見させられるわけだ。あえて〈半自伝的《作品》〉と呼び、これを浸すに〈夢〉という世界の浸蝕を許さんとしたところに、この作家の独自の方法、またその存在論的志向のありかもまた明らかであろう。

二

さて、この戦後の現代文学、さらには二十世紀文学の主要な課題ともいうべき存在論的主題を一貫して追求した作家が埴谷雄高だが、彼に夢の連作という形をとった『闇のなかの黒い馬』（昭45・6）という作品集がある。その巻頭の作中、語り手はこの「存在をどつぷりとのみこんでまさに動きだそうとしたまま静まりかえっている類の哲学的な闇について書いておこう」（「闇のなかの黒い馬」）という。この作品集をつらぬくものは、この〈闇〉への倦むことのない探索であり、語り手は「夢を唯一の手段として、闇の果て、宇宙の果て」まで「ひそかに」（「追跡の魔」）赴こうとする。

作者はまたその巻中の一篇「宇宙の鏡」にふれて、「そこでは秘密の窖のなかに置かれた鏡の向う側を懸命にのぞいているつもりの『私』が逆に向う側の何ものかから眺められているといった一種の逆事態が描かれているが、そのようにいわば現実の向う側から容易にとらえがたい何ものかによつてこちら側がひたすら眺められ、ある審判をうけているという事態の枠組み」、この「検証不可能な事態について、私達のまわりの『事実』のもつリアリティと殆んど『等価』の架空のリアリティを感じとつてもらうためには」「単なる空想」や思惟ならぬ、言わば「『考える』ことと『想像する』ことが緊密に接着融合した種類の一種の複合体」、即ち「『思索的想像』あるいは『想像的思惟』」ともいうべきもののはたらきが必要だという。かくして〈夢〉は、まさしくこの「架空のリアリティを保証するところの」「思索的想像力」（「存在と想像力」）を託すべき無二なる枠組み、あるいは器となる。作者はさらに〈夢〉とは「白昼」の「抑圧」の「解放」ならぬ、昼夜をつらぬき「ひたすら考えつづけている私達の原始の思惟作用に由来する」（「不可能性の作家」）もの、「昼の思考の限界を恐ろしく明示（「夢について」）するもの——つまりは「現実」の「反映」ならぬ、「逆に、夢こそが私達の現実の在り方を規制し」「私達の精神の姿勢の原型を示している」（「夢と人生」）のだという。

すでに埴谷氏の言わんとするところは明らかであろう——作者がこれら夢の連作において描きたかったものは、その「体験」でも現実に見られた夢でもなく、ただ「私の『精神』のかたち、より細密にいえば、私の『精神』の姿勢がひたすらもとめるある架空のかたちにほかならなかつたのである」（「存在と想像力」）。たとえばこの〈夢〉の連作の終末の一篇「神の白い顔」のなかで、作中の〈私〉が少年時代、友人に胸もとを突かれ連絡船の手すりから「仰向けにのけぞつたまま海へ落ち」てゆく場面がある。「仰向けになつたままおち」てゆく「私の垂直の視界にうつつたのは」「青い穹窿の名伏しがたい深さ」であり、さらには水中の「驚くべきほど平穏な、単一な、均質な仄明るさが果てしなく拡が」る——「すべての場所に光が遍在」するごとき一種「《充実した不思議な空虚》の世界」である。〈私〉はさらに連絡船の「薄暗い底部」の下に漂い、「微光する永劫から永劫へ向つて渡る死の存在の船といつた無気味な印象」を受ける。この印象はさらに〈私〉に「大きな木製のドックの下に潜つた時の、ある「のつぺらぼう」な無気味なものに吸いよせられてゆく時の感触を想起させる。それはひとがしばしば少年時代に、ある「誰にも伝えきれない性質の『何か』」を見た時の怖れにつながる。

ところで、ある読者たちはこれを作者の現実の体験と受けとめたようだが、すべてはフィクションだと作者はいう。自分がここで示そうとしたものは「私の『体験』の具体的な事実などではなく、ほかならぬ私の『精神』のかたち」であり、「私の『精神』の姿勢」が求める「ある架空のかたち」であった。自分はあの作品のなかで「四本の足をくくられたまま橋の上から河面へ向つて仰向けにおとされる猫の姿を提示することによつて、『仰向けに存在を眺めあげる私』もまた仰向けのまま落ちる猫と同じくある種の方法としてこの作品のなかに提示されているにすぎないことを明示したつもりであつた」。すべては「『仰向けに存在を眺めあげる』という作品の主題に応じて案出されたところの挿話」であったが、読者はどうやら「作品の背後に秘められたのつぴきならぬ事実の重味に」興味を感じたようである。しかし「小説におけるリアリティの保証は最初の一語から最後の一語までにわたつて組立てられた小説の構造自体のなかにある」（「存在と想像力」）。（たしかに埴谷氏のいうごとく、〈私〉の落下をめぐる海中の場面や、さかさまに落とされた猫の描写——「一瞬、小さな白い綿毛の総（ふさ）が河面に浮き、揃えてくくられた足裏の厚い肉質が内部から膨らんだ花弁のようにそこからつきでると、それはぼんやりした輪部の中の目と鼻と口の寄り集つた黒い斑らの点となつて上方を覗いたように見えたが、見る見る裡にその白い総は目も鼻も口もなく境界もさだかでない単色の白い影となつて沈みこみ、そして、忽ち河面から消え去つてしまつたのであつた」——と描く作者の文体は、一種濃密な情感を湛えつつ不思議な現実感を滲ませる。）

さてこうして、作者はようやく主題へと押し進んでゆく。「この猫の仰向いた姿勢に、まざまざと自分の精神の姿勢を感じた私は、それ以来、何かに復仇するような凶暴な気持に駆られながら、絶えず存在の裏から夢を見はじめることに専念しはじめたのであつた」と作中にいう時、〈夢〉はまぎれもなき無二なる方法として登場する。「私は、眠りこむ瞬間、例えば、連絡船の底部の薄暗い」感触を「頭蓋の隅の想念のなかにもちあげたまま」「闇の閾をこえた向うの世界の眠りの海面に沈みゆくことができるように」なるが、「私は、そのとき、眠りこむその瞬間に高い枕から上体がはずれ、仰向けのまま後頭部が逆さまにおちる工夫をこら」す。こうして「私は、その予期せぬ夢を」見ることとなる。

やがて〈夢〉の世界はゆらめき、視界に「薄暗い単色のくらげ」のごとき触手がひろがったかと思うと、あたりは反転して白い世界に変容し、「私は、目をとめるべき漠としたかたちも、過ぎゆく影も、ぼんやりした輪部もない夢のなかの一つの奇跡、完璧な純粋空間ともいうべき白い夢をそのときはじめてみたのである」。「存在の裏から薄暗いのつぺらぼうの姿を見上げて、何へともしれぬ苛らだたしい復仇の何らかの手だてをそこに見出そうとしていた」〈私〉は、そこに「目もなく鼻もなく口もない薄暗い奥の奥で薄気味悪い死の薄目をあけている一方ののつぺらぼうではなく、たとえ懸命に腕をのばしてその白い凹所にさしこんだとしてもいかなるかたちの生と死の触手もついに得られぬ種類の他方ののつぺらぼう、神の白い虚無の顔を思いがけず眺めてしまつたので」ある。

巻頭の一篇「闇のなかの黒い馬」の終末に――「絶望と悲哀の混合したなかの限りもない諦念に充たされた、限りもない穏和な眼で前方を眺めている」〈黒馬〉を描き、あの越えがたい「宇宙の境界」《ヴィーナスの帯》を超え、「闇の果て、へまでつれてゆけるのは、暗黒の深い意味を知っているこの黒馬のみであるに違いない」としるした作者は、さまざまなる〈闇〉の世界の探索の果てに――「神の白い虚無の顔」との対面を描いて、この〈夢〉の連作一巻を閉じんとしている。「ここに扱われているのは、私の古くからの主題である『存在』で」あり、長篇『死霊』がその「やや多角的」な追求の試みであつたとすれば、これら〈夢〉の連作は「ただ一つの角度から存在に向つて這い寄ってゆく試み」（あとがき）であるという。たしかに作者は〈夢〉という方法を酷使しつつ、〈存在〉の極限において面持せざるをえぬ〈非在〉の世界へと迫ろうとする。ただ自分は作家であるがゆえに〈非在〉ならぬ《のつぺらぼう》と呼ぶという。即ち〈非在〉が「哲学的思考法によつて論理的に措定されたネガティヴで空虚な何物かである」とすれば、「《のつぺらぼう》は、文学的思考法によつてのみようやくひそかに暗示し得るところの、一種の暗いヴィジョンにつつまれた何物か」(「存在と非在とのっぺらぼう」以下同)であるという。

この《のつぺらぼう》こそは〈存在〉を見返す根源なる対者なのだが、これをかいま見たものはブレークやポオのあと、わずかにドストエフスキイのみだという。しかし、ドストエフスキイもまた「自ら意図することなく、はからずも《のつぺらぼう》の姿をかいま見た」に過ぎず、「この領域に意識的に踏みこんだものはいまだ誰もいない」。ドストエフスキイは「生涯、神の問題に苦しんだ、と自ら公言するが、彼が苦しんだ最大の理由は、彼のかいま見た神の顔が、《のっぺつぼう》であることが彼を納得せしめないことを、彼自身理解しなかったことに由来する。彼は、神の顔は、《のっぺらぼう》でなければならない、という新しい方向に、一歩踏みきつてしまえばよかつたのだ」が、それが「ついに思いよらぬところに、十九世紀の枠のなかで生きた彼の苦悩の理由が」あったのだという。すでに〈夢〉の連作の行きつくところが、「神の白い虚無の顔」――その「のつぺらぼう」であったことの必然は、より早い時期に書かれたこの評文(「存在と非在とのっぺらぼう」「思想」昭33・7)にも明らかであろう。(ただドストエフスキイに言及する論旨に問題はあるが、ここではふれない。)

埴谷氏はさらに――この「《のつぺらぼう》のかたちが、この世紀のあいだにどのような凄まじい徹底性をもった広角度のヴィジョンのなかにどのような暗い巨大な翳となつてうつるのか、カフカやサルトルの数歩ふみこんだ努力にもかかわらず、いままだ予想しがたい」という。ただ「そこには、まつたく新しい飛躍的な語法が必要で」あり、「或る種の憤懣を含んだ絶望と自身の背後に沈むようにもんどりうつて闇のなかへ逆さまに倒れこむ勇気が必要である」ことだけは明白だという。〈夢〉とはまさしくこの主題のゆえに選びとられた、ひとつの「新しい飛躍的な語法」でもあろう。先の小川国夫や島尾敏雄が同じく、その存在論的志向のなかに〈夢〉の領域をしかと捉えていることは明らかだが、しかしこれをすぐれて現代的な方法として駆使したのは埴谷雄高であり、見られた夢ならぬ――方法としての〈夢〉の必然を説くこの作家に、漱石の『夢十夜』への言及のあることは当然であろう。

三

これもまた「考えられた夢であつて、見られた夢ではない」。「夢の話」が「或る切実感なり鮮烈な衝撃力なりを」持つためには「殆どつねに、それは見られた夢でなく、考えられた夢でなければなら」ぬと、埴谷氏は『夢十夜』にふれて言う。自分も「夢の短篇を幾つか書いたとき、それをはじめは均斉のとれた数の十篇として組立てようと思いながら、やがてふと『夢十夜』もまた十篇であることを思い出して、odd と even ふうに、九篇にとどめたのであつた」(「『夢十夜』について」、集英社「漱石全集」月報)とは埴谷氏の語るところである。すでに〈夢〉の方法をめぐる漱石、埴谷両者の関連は明らかだが、しかしその〈夢〉の内質をめぐる両者の、位相の差というべきものもまた見逃すことはできまい。

本多秋五氏に「熱を抜いて見る人」(「埴谷雄高作品集」月報4)という一文がある。埴谷雄高は、その幼年時よりの「異常感覚」と「生れつきの論理癖」ともいうべきものを「永年かかって融合させた」——そこから「現に存在するものの彼方に、無限に、可能なりしもの、今後に『出』を待っている可能性なものがある」という彼独自の「哲学」が生まれたと本多氏はいう。「あるものを見れば、ただちにその限界を読みとり、その背後に無限にひろがる可能の暗い海を思い描く思考方法は、地球の外にまで、宇宙の外にまで拡大される。運動意識を離脱した運動ばなれの意識、熱を抜いた見方は、そこからふり返ったときに生れる」。こうして「そこから見れば、どんな変態的なものも、過激なものも、眼をそらすことなく、あるがままに眺め、これを是認することができる。と同時に、そこから見れば、あらゆる既成事実は一片の『囚われた現実』にすぎず、歴史的必然などはない。もしそれを歴史的必然と呼んだとしても、歴史的必然そのものが『囚われた現実』の連鎖にすぎない」。このような「埴谷作品に、血色豊かな人物を、と望むことは無理」だとしても、「せめて体温の感じられる人物を、と望むことは無理でない。熱を抜く人に、熱の再興を望むわけだが」――しかしそれは必ずしも「不可能」ではあるまいと本多氏はいう。

「熱を抜いて見る人」とは言いえて妙だが、またあえていえば、その〈夢〉の世界に「熱の再興を望む」ことが可能とすれば、そこには恐らく漱石の『夢十夜』（明41・7・25〜8・5）に近い世界が生まれるはずである。「或る種の憤懣に似た絶望と勇気が彼をまったく新しい語法」、即ち方法としての〈夢〉の世界に「駆りやる」と言いつつ、その「憤懣」の孕む熱気をぬぐいとって語るところに、主想と文体をめぐる埴谷氏の矛盾があったと言ってよい。この「憤懣を含んだ絶望」をかかえつつ、「もんどりうって」背後の「闇のなかへ逆さまに倒れこ」んでゆく――それが〈夢〉をつむぎ出す必然の方法だという。しかしそこに展開する〈夢〉の世界は観念と幻想のあいからむ一種独自のひややかな夢幻の世界であり、イメージは無限に自己増殖をはかりつつ、果てるともない遠心的自転の世界を織り出してゆく。この〈夢〉の連作の頭尾をなす――あの「絶望と悲哀の」「諦念」にみたされた〈黒馬〉のイメージと言い、終末に現前する「のっぺらぼう、神の白い虚無の顔」のイメージと言い、その背後に滲むものは、ある深い激情とも〈熱〉ともいうべきものを抜きとられた人の静謐な眼差である。恐らく漱石の『夢十夜』はこれと対極にある。

『夢十夜』の語るところは何か。たとえば第二夜を見るがよい。この夢のなかの「自分」は侍だが和尚の与えた公案が解けず歯がみせんばかりの苛立ちを覚える。悟りえぬ無念さと自分を恥ずかしめた和尚への怒りに、悟ったら和尚の命を取る、「悟らなければ自刃する」と覚悟して「全伽を組む」が、なお答えはえられぬ。この苦しみを描く作者の筆は一種異様な熱気を帯びる。

……自分の手は又思はず布団の下へ這入つた。さうして朱鞘の短刀を引き摺り出した。ぐつと束を握つて、赤い鞘を向へ払つたら、冷たい刃が一度に暗い部屋で光つた。凄いものが手元から、すう〳〵と逃げて行く様に思はれる。さうして、悉く切先へ集まつて、殺気を一点に籠めてゐる。自分は此の鋭い刃が、無念にも針の頭の様に縮められて、九寸五分の先へ来て已を得ず尖つてるのを見て、忽ちぐさりと遣りたくなつた。身体の血が右の手首の方へ流れて来て、握つてゐる束がにちや〳〵する。唇が顫へた。／短刀を鞘へ収めて右脇へ引きつけて置いて、それから全伽を組んだ。——趙州曰く無と。無とは何だ。糞坊主めと歯噛をした。

あるいはまた、次のごとき部分——

それでも我慢して凝と坐つてゐた。堪へがたい程切ないものを胸に盛れて忍んでゐた。其切ないものが身体中の筋肉を下から持上げて、毛穴から外へ吹き出やう〳〵と焦るけれども、何処も一面に塞がつて、丸で出口がない様な残刻極まる状態であつた。

「無念にも針の頭の様に鎮められ」「已を得ず尖つて」云々とは、そのまま「短刀」ならぬ「堪へがたい程切ないものを胸に盛れて忍」び、「其切ないもの」が「出口」を見出しえぬ「残刻極まる状態」にある「自分」を語ることにほかなるまい。ここには自らを圧服せしめんとする何ものかへの熾しい〈否〉があり、〈憤怒〉がある。禅に深く親しんだといわれる漱石には一面、その禅にふれて——「此和尚ハ無ノ方面ヨリ説キ来ル。読ム人誤マレントス何ノ念モナキ様ニナツテタマルモノカ。馬鹿ゲタコトヲ云フ故大衆ヲ迷ハス」「シキリニ自心自性ト云フソンナモノガ離レテ存在スベキニアラズ。芋ヲ食ヒ屁ヲヒリ。人ヲ殺シ。人ヲ扶ク是ガ自心自性ナリ。何ヲ以テ本来ノ面目ヲ云々スルノ要カアル」（「禅門法語集」書込みの短評）などのはげしい批判もあるが、お前のような奴は「人間の屑ぢや」「口惜しければ悟つ」てみろと罵り、「鰐口を開いて嘲笑」うこの夢のなかの和尚は、ただに野狐禅ならぬ、自己を圧するある暗い力の悪意にみちた幻像でもあろう。そうしてこの幻像はそのまま第三夜の「自分」の背負った盲目の子のイメージにつながってゆくかにみえる。

「今に重くなる」と言い、「もう少し行くと解る」と言い、「何が」と問えば、「何がつて、知つてるぢやないか」

と「嘲ける」この子供は、やがて行きついた夜の森の、杉の根の傍で、「御前がおれを殺したのは今から丁度百年前だね」という。たしかに「自分」は「百年前文化五年の辰年のこんな闇の晩に、此の杉の根で、一人の盲目（めくら）を殺した」と、「おれは人殺であつたんだなと始めて気が付いた途端に、背中の子が急に石地蔵の様に重く」なる。第二夜と違い「自分」にとって「もう少し行くと解る」というその何事かは、また解ってはならぬ不安な何ものかなのだ。「自分の過去、現在、未来を悉く照して、寸分の事実も洩らさない鏡の様に光」る、この背中の「小僧」とは何か。ここにも根源なるものの認識から隔てられてある生の不条理の不安が、またその不安につながる原罪感ともいうべきものが語られる。この一個の「自分」という生がこの世に投げ出されて以来、この不安から逃れえた時はついにない。この時、第四夜の――「『深くなる、夜になる、／真直になる』／と唱ひながら」河の中へ消えてゆく「爺さん」と「たつた一人何時迄も待つてゐ」る少年（自分）の姿は、単なる寓意ならぬ、そのままひとつの象徴と化してゆくかにみえる。自分の家は「臍の奥だよ」と言い、「どこへ行くかね」と問われれば、「あつちへ行くよ」と言い、その吹く息は「河原の方へ真直」に流れてゆき、やがて河の中に没してゆく「爺さん」に、「胎内への回帰」（越智治雄）の深い志向を読みとることも誤りではあるまい。と同時にここに作者がみつめているものは、ただ「一人何時迄も」取り残されて待ちつづける孤独な「子供」（自分）の姿であり、それはそのままもはや回帰の道をも絶たれてひとり佇ちつくす己れの生の、不安な影に見入ることでもあろう。

　かくしてこれに続く第五夜終末の一句は、これら根源なるものから自己を隔てる――あの運命の悪意ともいうべきものへの、ついにこの生が〈全体〉としては生きえざることへの、拒絶の熾しい一拍として書きつけられる。即ちその語るところは――「神代に近い昔と思はれる」頃、「自分」は「軍（いくさ）」に負けて「生擒（いけどり）になつて、敵の大将の前に引き据ゑられ」る。「自分」は「死ぬ前に一目思ふ女に逢ひたい」と願い、「夜が明けて鶏（とり）が鳴く迄なら待つ」と許される。しかし闇を衝き白馬を駆って来ようとする女は闇に聞える「鶏（とり）の声」に驚き、馬もろともに谷底へ落ちてしまう。

蹄の跡はいまだに岩の上に残つて居る。鶏の鳴く真似をしたものは天探女である。此の蹄の痕の岩に刻みつけられてゐる間、天探女は自分の敵である。

この末尾の一節は、すでに夢の消えゆく余韻ならぬ、この物語につけられた語り手の注であり、夢の終末ならぬ、ひとつのコメントとも見ることができよう。いや、さらに言えばそれは第五夜のみならぬ、第一夜以後に展開するすべての夢に向って投げかけられた、熾しいひとつの問いかけとも言いうるであろう。それは自己の愛するものから（第一夜もまさしくそうである）、さらには根源なるものから己れを隔てようとする運命の悪意に向って、あるいはかく隔てられてある生の背理そのものに向って発せられる、したたかな否定の一撃とも言えよう。まさしく『夢十夜』は、この〈存在〉への〈憤怒〉を捲き込みつつ、熱い文体で語りかけようとする。闇の背後の「天探女」も、闇のなかに「鰐口を開いて嘲笑」う和尚も、さらには「闇の中」を踏み進む「自分」の背後から「嘲ける様に答へ」る背中の子供も、すべては闇からの悪意にみつた無気味な呼びかけであり、「闇の中を」「鼻から火の様な息を」吐きつつ宙を飛び、ついには岩上より淵へと転落する白馬のイメージは（第五夜）、〈闇の中の黒い馬〉ならぬ、己れの生を切断してやまぬ生の背理への、挫折の象徴にほかなるまい。

かくしてあの第五夜の終末の語るところ――「岩に刻みつけられた」「蹄の痕」は――そのまま生の無限の欠落のあかしとして、彼の眼に焼きつけられる。あえて言えば第五夜は、我々の生がついに全体を生きえぬ、根源なるものから乖離してあることの不安を語りつづける、この夢の連鎖のなかじきりとしてあり、以後一転して六夜にはじまる夢の展開は、五夜に至る〈存在〉の課題を基底としつつ、作者自身の置かれた時代の状況にかかわるものとして、よりアクチュアルな志向性を示してゆくこととなる。即ち第六夜の運慶の彫る仁王の話は――「遂に明治の木には到底仁王は埋つてゐないものだと悟つた。それで運慶が今日迄生きてゐる理由も略解つた」という、開化の外発性を諷する寓意の表現として閉じられる。続く第七夜の「毎日毎夜すこしの絶間なく黒い煙を吐」き「凄じい音」を立てながら西へ進む「大きな船」が、漱石のイギリスへ向う留学途次の体験を映していることは明らかであろう。船上の異人たちへの反撥や異和と生へのむなしさのゆえに海に飛び込むのだが、「自分は何処へ行くんだか判らない船でも、矢つ張り乗つて居る方がよかつたと始めて悟」る。しかしもはや「無限の後悔と恐怖とを抱いて黒い波の方へ静かに落ちて行」くほかはない。この落下の感覚は同時に、次のごとき文体の熱く語るところと無縁ではあるまい。この船の進むところ「波の底から焼火箸の様な太陽が出」、それはやがて「大きな船を追ひ越して、先へ行き、「仕舞には焼火箸の様にぢゆつといつて又波の底に沈んで行く。其の度に蒼い波が遠くの向ふで、蘇枋の色に沸き返る。すると船は凄じい音を立てゝ、其の跡を追掛けて行く。けれども決して追附かない。」

この一種ににえたぎるような文体の熱い感触は、『文学論』序の語るあの留学体験のにがい、苛烈な体感と重なり、まさにその記憶は「焼火箸」のごとく彼の胸に突き刺さって来るのだ。「西へ行く日の、果は東か。それは本真か。東出る日の、御里は西か。それも本真か。身は波の上。檝枕。流せ〳〵」――この船員たちの「囃し」が何を諷しているかは明らかであろう。「西へ行く日の、果は東か」「東出る日の、御里は西か」――西方にまねび、ただがむしゃらに踏み進んで来たこの〈開化〉とは何であったか。西方をめぐって、この東方へ帰りつくという――そのしいられた近代の軌跡は、ついに何であったか。しかもこの外発的な〈開化〉の流れから脱落するとすれば――、あの落下の不安は、遡れば明治十四年、母千枝の死とともに中学をやめて漢学塾に走りながらも、やがて開化の波に取り残される不安から、再び這い上るようにして大学予備門受験へと赴く、数年間の青春彷徨の不安な体験を映すものでもあろう。この留学体験と青春彷徨の時期を二重に映すごとき不安の叙述は、続く第八夜の床屋の場面では、少年期から青年期にかけての漱石をとりまく一種遊蕩的な環境の気分を映し、九夜に至って自己の幼年時の暗い追憶へと重なってゆくかにみえる。父の死も知らず毎夜お百度をふんで祈願する母と幼児の物語は、闇におびえて泣く子供の姿に、漱石の孤独な幼児体験を映し、「こんな悲い話を、夢の中で母から聞いた」という末尾の一句に、母への想いは二重に深い。あたかも晩期のエッセイ「硝子戸の中」が、さまざまな想い出を綴った最後に母の追憶をもって結ばれるように、この〈夢〉の連作もまさしく〈母なるもの〉への哀切な言及をもって閉じられる。すでに〈夢〉は醒め、第十夜は〈夢〉のしらじらと明けた索漠たる現実回帰の情感のなかに語られる。女に誘われた庄太郎はこの「切壁の天辺」から飛び込まねば「豚に舐められます」と言われ、命を惜しむ庄太郎はその言葉通り、自分を目がけて来る無数の豚に悩まされる。その「鼻頭」を「洋杖」で打つたびに「底の見えない絶壁を、逆さになって豚が行列して落ちて行く」。しかし無限に押しよせる豚のために「七日六夜」の果て「精根」つきた庄太郎は倒れる。もやは「庄太郎は助かるまい」という。この戦いを「邪悪な力に弄ばれている生の不安を、無気味にも描きだし」（瀬沼茂樹）たものとみようと、あるいは逆に「豚とは、文字通り世間のブタども俗物たちのこと」であり、これは「そのまま漱石の世間との格闘の図」（駒尺喜美）であるとみようと、この戦いが日常性を生きぬくことのゆえにしいられてある、生そのものの索漠たる散文性を描き出していることは明らかであろう。

死んでゆく女が「百年待つて下さい」と言い残し、女の言葉通り、その墓の傍で無限に近い時を過ごし、やがて咲き開いた一輪の百合の姿に、「百年はもう来てゐたんだな」と「自分」は気づく。この第一夜の語るところに漱石の生涯をつらぬく永遠なる女性の面影が宿されているとすれば、十夜の語るところはまさしく「女性の与える畏怖のモティーフ」（越智治雄）にほかなるまい。女性への憧憬と畏怖と、一夜の描く夢の底にさらに夢見るごとき夢幻の趣と十夜の示す索漠たる日常的散文性と――ここにも漱石文学をつらぬく〈夢〉と現実の往還反復の相は明らかだが、この『夢十夜』の構造自体に〈夢〉から否応ない現実回帰の志向はあざやかであり、そのゆえにこそこの生をついに全体として生きえぬことへの痛恨もまた深い。この『夢十夜』自体がまさしく〈夢〉という文体（同時に方法）の上に「刻みつけられた」「蹄の痕」ならぬ、痛恨の痕跡ともいうべきかもしれない。その頭尾を飾る一夜と十夜が、ともに漱石初期の写生文的低徊味、あるいは「余裕派」的「低徊趣味」をもって語られているとしても、二夜以下にしばしば見る熱い文体の表白は漱石文学の何たるかを示してあまりあろう。認識と求道の二者一元ともいうべきありようこそが、漱石文学をつらぬく基軸であったとすれば、その〈夢〉の孕む熱気の何たるかも明らかであろう。彼が〈熱を抜いて見る人〉ならぬ、熱を捲き込んで書き進む作家であったことは、そのすぐれた倫理的な資質とともに、彼の生きた時代——常にその存在そのものを寸断し、風化してやまぬ〈外発的開化〉のなかに身をさらしつつ流されざるをえぬ状況、時代の流態そのものにもかかわるものであった。

我々は「自然と社会のなかにいるごとく、存在のなかにいる」。この「存在のなかにいる自分を自覚的に規定しようと試みることこそ、二十世紀文学の課題であるとは先の埴谷雄高の評文中の言葉だが、まさしく漱石こそは、この〈存在〉の課題を先取した作家であった。しかし〈存在〉の異和が〈夢〉という発想（あるいは方法）をとらしめたごとく、状況への異和は論理あるいは観念の無限展開ならぬ、逆に現実への無限回帰をこそ彼にしいた。『夢十夜』の先駆的意義は〈存在〉の課題の先取のみにあったわけではなく、むしろ〈夢〉の論理と倫理の、あるいは存在論的課題と倫理的課題のはざまに立ちつくす、作者のしいられた姿勢そのものにあった。我々が「存在のなかにいる」と同時にまた、「自然と社会のなかにいる」こと、我々が自然存在であり、精神存在であり、また社会存在であるという——この存在の構造を殆ど串刺しにしつつ、〈夢〉という異相において——〈存在〉の異和を、ついに破片としてしか生きえぬ人間存在の何たるかを語りつくさんとしたところに、この〈夢〉の連作の試み——『夢十夜』の真の先駆的意味があると言っても過言ではあるまい。

宮沢賢治をどう読むか——「永訣の朝」を中心に諸家の論にふれつつ

一

賢治の〈挽歌〉をどう読むかというのが、さしあたってのこの小論の趣意だが、うまくゆくかどうか。いや、そもそも賢治における挽歌とは何であろう。『春と修羅』第一集に収められた《無声慟哭》と題した一連の詩篇（『永訣の朝』、『松の針』、『無声慟哭』、『風林』、『白い鳥』）、さらには挽歌の第二群として《オホーツク挽歌》の総題の下に示される『青森挽歌』『オホーツク挽歌』『樺太鉄道』『鈴谷平原』『噴火湾』、またこれらに加えて拾遺詩篇としての『青森挽歌　三』『津軽海峡』『宗谷挽歌』などの詩篇が妹トシの死にかかわる挽歌群となるわけだが、果たしてそれらは真の意味における挽歌たりえたのか。またいかような意味において挽歌たりえたのか。『永訣の朝』や『無声慟哭』などを目して近代における挽歌の絶唱とはしばしば評されるところだが、近時これらを作品として（当然ながら）解きほぐし、読みなおしてゆこうという試みが、かなり集中的にみられることは注目されてよい。たとえば最初の詩篇『永訣の朝』ひとつを取っても詩句の語るところは、しかく自明のものではない。

〈けふのうちに／とほくへいつてしまふわたくしのいもうとよ〉——言うまでもなくこの詩篇の冒頭の一句だが、これはいささか異様というほかはあるまい。挽歌とは死者を悼む歌だが、ここに死が語られているわけではない。また愛するものを喪った悲しみが歌われているわけでもない。「今日のうちに妹を亡う悲しみを詠っているので」あり、「この奇怪さ」を語るのは、たしかに評家もいうごとく「容易ではない」（栗谷川虹「未来形の挽歌—『無声慟哭』試論」）。「なぜ〝わたくし〟は愛する妹の死後の浄福だけをいのるだろう。いのるとすれば、なぜ、まず妹の回生をいのらないのだろう。たれが見ても、とし子の回生は不可能だったにちがいないが、それが不可能であればこそ、ひとは愛するものの回生を必死にいのるのではなかろうか」（会田綱雄「『無声慟哭』三部作」）という評者の指摘もまた自然ののであろう。しかしこの、またこれらの詩篇の語るところは「死のうとする、まさに死にかかっている妹への語りかけに終始し」、しかも「妹の死はすでに全く確実なものとして」「殆ど断定的に語られ、まだ死ぬなとか、もっと生きのびるようにがんばれといった類の励ましは一行もない」（天沢退二郎「幻の都市《ベーリング》を求めて―宮沢賢治の〈書くこと〉の方位―」）。この異様さはやはり留意されてよい。

この作品の日付は『松の針』『無声慟哭』と共に「一九二二・一一・一八」となっており、特に二重括弧がついている。これについても解釈の余地はさまざまだが、尠くともこれらの詩篇が「この日付」――トシの死を告げる大正十一年十一月十八日――に「おいてよまれることをのぞんだ」（芹沢俊介「『無声慟哭』ノート」）ことは確かであろう。一見この三篇は現在形で臨終の模様が語られ、同時進行形で展開するその文体には、一種の臨場感にみちたなまましいほどの力さえ感じられるが、詩の推敲を経た完成はいくばくか後のものであろう。死の当日の賢治は、到底このような詩篇を書きつづけうる状態ではなかった。妹トシの看護をしていた細川キヨの語る臨終の模様は――「賢さんが、ぎっしりとしさんの胸と首を抱きかかえて、／『としさん、としさん、キヨさんもいるよ、おどさんもおがさんもいるよ。みんないるよ、としさんとしさん』と、大きな声で叫びました。目はぱっちりとみひらいたままでしたが、としさんは返事しませんでした。きこえるのか、きこえないのかもわかりません。すると賢さんは、押入をあけて、ふとんをかぶってしまって、おいおいと泣きました」（森荘已池『宮沢賢治の肖像』）とある。この現実のはげしい慟哭の終ったところから《無声慟哭》としての、これらの詩篇は書きつがれる。

それはまさに賢治内面の慟哭であり、また〈けふのうちにとほくへいつてしまふ〉妹よとは、もとより当人に向って言いうる言葉ではない。それは二重の意味で〈無声〉の〈慟哭〉であるほかはない。賢治がここで語ろうとしたことは何か。単なる死者への追慕でも、死の場面の再現でもあるまい。ここで評家の論はさまざまに分れる。それはたとえば「賢治が死んだいもうとを、もう一度、いもうとの死がもたらした自己解体の情況を、この死の病床に再現しようとした」（芹沢俊介）ものとみるべきか、あるいは《無声慟哭》という「その題にすでにしめされているようなひきさかれた姿勢を、そのままに定着しようとする熱望につらぬかれ」たもの、「妹の死を目前にしながら、執拗なまでにじぶんを裏切るまいとする決意」（中村稔『宮沢賢治』）――その倫理の表明なのか。あるいはこの詩篇にみなぎる異常なまでに「つよい意力」に注目し、「永眠した妹のなきがらをまえに、南無阿弥陀仏を称するかなしみの声は家内にみちるがひとりとして南無妙法蓮華経を唱えてくれるひとはいない――それでは妹の霊はうかばれない、安心成仏できまい。そのようなおもい」が賢治を「かりたて」あえて「妹の〈導師〉」たらんとし、語の本来の意味で「妹に引導をわたしてやろう」（菅谷規矩雄『宮沢賢治序説』）としたのがこの詩篇ということか。それともトシの死がまさに賢治の「《詩》にとって決定的であった」という、その「文学的事件」を磁場とした〈詩〉あるいは〈詩作〉という行為そのものへの問い、さらには「詩の言語」の「メタモルフォーズへの祈願」（天沢退二郎『宮沢賢治の彼方へ』）を込めた、すぐれて芸術至上的な試みそのものの顕現と見なしうるのか。あるいは「これらのスケッチが、とし子の永眠のその日に書かれたということは、正に『詩鬼の鋭い爪につきさされていた』（草野心平）という」が、「その日にこれらのスケッチを書いたということは、その悲しみを即座に客観化して、詩として結晶させたからではない。悲しみの余り崩壊しようとする自己を、その境界線上に、『詩鬼』の目が必死に捉え続けたということ」（栗谷川虹）なのか。さらには「とし子の死を、死んでしまったことにおいてではなく、死んでゆこうとすることの内にうたうこと。死にゆくとし子の姿から、〈春〉へとゆきつくみちを救いだすこと。そこからおのれのゆくみちをさぐりだそうとすること。『永訣の朝』のモチーフは、それ以外になかった」（平尾隆弘『宮沢賢治』）ということか。さらに評家の論はさまざまだが、もはや逐一挙げてゆくわけにはゆくまい。

いずれにせよ諸家の論が妹トシの死という危機における詩人自身の「自己解体」、あるいは「崩壊」からの自己救抜、さらには〈ふたつのこころ〉(『無声慟哭』)に「ひきさかれた姿勢」、その矛盾と危機の自己確認ともいうべき倫理的志向を指摘していることは見逃せまい。私の論は妹トシの死をめぐって、死そのものの内部から問いつめてゆくという詩人の方法の確認において、またこれを挽歌ならぬ、トシと賢治をめぐる相聞のドラマと見ることにおいて、さらには詩人の裡なる〈修羅〉をえぐる振幅そのもののなかに、これらの詩篇の文体の波動を見ることにおいて、前掲末尾の論者(平尾隆弘)の論に最も近いといえるが、しかし私の感受するところは当然ながら、微妙に交叉しつつまた離れてゆくであろう。恐らく賢治を読むことは同時に、己れ自身を読むことにほかなるまい。

二

けふのうちに
とほくへいつてしまふわたくしのいもうとよ
みぞれがふつておもてはへんにあかるいのだ
　（あめゆじゆとてちてけんじや）
うすあかくいつさう陰惨な雲から
みぞれはびちよびちよふつてくる
　（あめゆじゆとてちてけんじや）
青い蓴菜のもやうのついた
これらふたつのかけた陶椀に

おまへがたべるあめゆきをとらうとして
わたくしはまがつたてつぽうだまのやうに
このくらいみぞれのなかに飛びだした
　　（あめゆじゆとてちてけんじや）
蒼鉛（さうえん）いろの暗い雲から
みぞれはびちよびちよ沈んでくる
ああとし子
死ぬといふいまごろになつて
わたくしをいつしやうあかるくするために
こんなさつぱりした雪のひとわんを
おまへはわたくしにたのんだのだ
ありがたうわたくしのけなげないもうとよ
わたくしもまつすぐにすすんでいくから
　　（あめゆじゆとてちてけんじや）

はげしいはげしい熱やあえぎのあひだから
おまへはわたくしにたのんだのだ
銀河や太陽　気圏などとよばれたせかいの
そらからおちた雪のさいごのひとわんを……

いま『永訣の朝』の前半部を引いてみたが、ここに繰り返される〈あめゆじゆとてちてけんじや〉の一句の持つ重いひびきを読者は忘れることはできまい。この一種主調低音のごとく重くひびく詩句の呼びかけは何か。それは殆ど他界からの呪文のごとく、哀切な祈りのごとく、この詩篇の内部をみたし、読者の耳にいんいんとひびく。いや何よりも〈わたくし〉を引きずり、雪の外界へと連れ出してゆく。「そのときまるで啓示のように妹のことばが賢治の耳を打つ（あめゆじゆとてちてけんじや）。このことばが純粋な方言のまま、うむをいわせず詩人の詩句のあいだへ割り込み定着してしまうのを詩人とぼくらは驚きの目をみはって目撃する。《あのみぞれ取ってきてちょうだい》というとし子の直截な願いは単なる頼みではなくて、詩人の心象状況のまさに要めさへささりこみ、詩の潜在的な言語の絃へ熱い指をのばす、象徴的な影響力を賢治に与えたのだ。それは孤独のまま進行していた賢治の詩の営為へ他者が、それも愛する妹が、はじめて自ら投げ入れてきた参加のブイであった」（天沢退二郎）。この評者のいうごとく「《くらいみぞれのなかに飛びだし》て、この降り来るものをおのれの意識全体に享受せしめること、そしてそのみぞれ――雨とも雪ともつかぬ不定形なこわれやすい無言の言語の素のひとかたまりを、ひとつの作品のきれはしとして妹の死へはなむけすること。そこにそのとき詩人へ啓示された詩作のエサンスを読むことができる」というふうに、この一句の孕む要因を、またこの作品自体を、すべて〈詩作〉という行為の何たるかを示す喩として読みとろうとする、言わばリテラリズムの方へ徹底して引っぱってゆくことには疑義があるとしても、たしかにこの一句の持つ他者的な契機の意味は重い。この一句に導かれるようにして詩人は、ある開眼への深い契機を、その予感を語ろうとする。詩人が導かれて立つ場とは何か。詩篇の語りつぐところをさらに聴かねばなるまい。

　…ふたきれのみかげせきざいに
　みぞれはさびしくたまつてゐる
　わたくしはそのうへにあぶなくたち
　雪と水とのまつしろな二相系（にさうけい）をたもち

すきとほるつめたい雫にみちた
このつややかな松のえだから
わたくしのやさしいいもうとの
さいごのたべものをもらつていかう
わたしたちがいつしよにそだつてきたあひだ
みなれたちやわんのこの藍のもやうにも
もうけふおまへはわかれてしまふ
（Ora Orade Shitori egumo）
ほんたうにけふおまへはわかれてしまふ
あああのとざされた病室の
くらいびやうぶやかやのなかに
やさしくあさじろく燃えてゐる
わたくしのけなげないもうとよ
この雪はどこをえらばうにも
あんまりどこもまつしろなのだ
あんなおそろしいみだれたそらから
このうつくしい雪がきたのだ
　（うまれでくるたて
　こんどはこたにわりやのごとばかりで

くるしまなあようにうまれてくる）
おまへがたべるこのふたわんのゆきに
わたくしはいまこころからいのる
どうかこれが兜率の天の食に変つて
やがておまへとみんなとに
聖い資糧をもたらすことを
わたくしのすべてのさいはひをかけてねがふ。

詩人はいま納得する——それが病める妹の肉の渇きからではなく、残された（残されるではなく）私自身の〈いつしやう〉を〈あかるくする〉ための無償の行為であり、〈永訣〉を告げる聖なるかたみの儀式でもあったことの意味を。すでに語るところは現在ならぬ、過ぎ去ったかけがえのないことがらの追認であり、詩人はまさに書くという行為を通して、ある開眼を告げる。作品の終末の語るところは殆ど宗教的な祈念ともいうべきところであり、すべてはこの倫理的な側面に収束されてゆくかにみえるが、しかしこの詩篇の眼目はこのような論理的側面のみにあるものではない。先の一句の孕むアガペーとも呼ぶべき無償の一面は同時に、エロスともよぶべき肉感の所在をも隠さない。

たとえば、ある評家は「あめゆきとってきてください。賢さ。トシは兄のことを『けんじゃ』と呼んでいた」という詩人（山本太郎）の注記（『宮沢賢治詩集』旺文社文庫）を引きつつ、「〝けんじゃ〟が賢治の愛称だとすれば（あめゆじゆとてちてけんじや）のもつニュアンスは恐ろしいほど濃密になる」と言い、これを「あめゆきとってきてください」という「賢治の原註には明らかに省略があって、それはこの言葉にみなぎるとし子の情感を、結果として薄めてしまったといえるだろう」（会田綱雄）という。しかしあえて原註を無視して〈けんじゃ＝賢治〉と読み込むことは、すでに指摘されるように（宗左近・天沢退二郎対談「無声慟哭から有声慟哭へ―宮沢賢治の歩みと修羅」《「国文学」昭50・4》に、「それは、弟の清六さんをはじめとして当時の状況と花巻方言とに通じた人たちの意見としては、やっぱりそれは無理である、と」云々の天沢氏の発言がある）――いささか強引にすぎよう。しかもなお、あえてこう読み込ませる動因は、やはりこの一句の含む濃密な肉感そのものにある。

この作品の持つ独自の韻律――たとえば〈みぞれは・びちよびちよ・ふつてくる〉〈みぞれは・びちよびちよ・沈んでくる〉〈みぞれは・さびしく・たまつてゐる〉――「これら三つの響きと対応する」ものとして、〈あめゆじゆ・とてちて・けんじや〉という「これ以外の音節の切り方がありえようか」（河島英昭「修羅との別れ」）という評家の指摘も頷くべきものがあろう。こう読んでみれば、〈けんじや〉という言葉ににじむエロスの感触は、やはり見逃しがたい。この倫理と肉感、宗教的祈念と肉なるエロスの所在――この二元の対立・交叉は同時に、この詩篇全体のモチーフそのものを、さらには挽歌群のすべてをつらぬくものであろう。我々はそのしるしを随所に見ることができる。

三

『永訣の朝』で注目すべき部分に〈ふたつ〉と〈ひとつ〉という言葉の交錯がある。青い蓴菜のもやうのついた／これらふたつのかけた陶椀〉という日常のイメージには、賢治ととし子をめぐる兄妹の親和と情と歳月の重さが感じられよう。これが〈雪のひとわん〉、さらには〈雪のさいごのひとわん〉となるところに、評者はある寓意を見出そうとする。「ふたつのかけた陶椀」とは「（あめゆじゆとてちてけんじや）と告げたとし子と、それをそのまま、とし子が雨雪をたべたいのだと考えた賢治の、（欠けた）関係性だともいえる」。しかしそれが〈わたくしをいつしやうあかるくするために〉とし子が頼んだものだと知った時、「ふたつはひとつとなり、『雪のひとわん』となったのである」（平尾隆弘）という。さらにこの評者は深い示唆を受けた論評として、この部分の原型が『手紙四』のチュンセとポーセの話にあるのではないかという説をとりあげる。この『手紙四』は「永訣の朝」よりさらに一年余の後、大正十二年の終りか十三年のはじめの頃、賢治やトシにゆかりのものに人知れず配付されたものだという。妹のポーセをなくしたチュンセの悲しみを描くこの童話が、賢治の体験につながることは明らかだが、「わたくしはあるひとから言ひつけられて、この手紙を印刷してあなたがたにおわたしします。どなたか、ポーセがほんたうにどうなつたか、知つてゐるかたはありませんか。チュンセがさつぱりごはんもたべないで毎日考へてばかりゐるのです」――この「手紙」はこういうかたちで始まる。チュンセは妹に「いつもいぢ悪ばかり」していたが、「十一月ころ、俄かに病気に」なる。

「チュンセが行つてみますと、ポーセの小さな唇はなんだか青くなつて、眼ばかり大きくあいて、いつぱい涙をためてゐました。チュンセは声が出ないのを無理にこらへて云ひました。おいら、何でも呉れてやるぜ。あの銅の歯車だつて欲しけりやるよ。」けれどもポーセはだまつて頭をふりました。息ばかりすうすうきこえました。／チュンセは困つてしばらくもぢもぢしてゐましたが思ひ切つてもう一ぺん言ひました。『雨雪とつて来てやろか』。『うん』。ポーセがやつと答えました。チュンセはまるで鉄砲玉のやうにおもてに飛び出しました。おもてはうすくらくてみぞれがびちよびちよ降つてゐました。チュンセは松の木の枝から雨雪を両手にいつぱいとつて来ました。それからポーセの枕もとに行つて皿にそれを置き、さじでポーセにたべさせました。ポーセはおいしさうに三さじばかり喰べましたら急にぐたつとなつていきをつかなくなりました。おつかさんがおどろいて泣いて、ポーセの名を呼びながら一生けんめいゆすぶりましたけれども、ポーセの汗でしめつた髪の頭は、ただゆすぶられた通りうごくだけでした。チュンセはげんこを眼にあてて、虎の子供のやうな声で泣きました。」

言うまでもなくチュンセとポーセとは、賢治の最初期の童話『双子の星』の名前でもある。双子の星——チュンセ童子とポーセ童子は「乱暴ものの彗星」にだまされて、天の川から海底へと落とされるが、「二人は青ぐろい虚空をまつしぐらに落ち」ながらも、「しつかりお互の肱をつかみ」「どこ迄でも一緒に落ちやうと」する。最後は天帝のめぐみによって「不思議に助か」るという結末だが、この無垢なる童子の名を引き継ぎながら、いまこの兄妹は引き裂かれて永訣の時を迎える。この『手紙』の臨終の場面に『永訣の朝』に重なる部分のあることはすでに見た通りだが、ここに『永訣の朝』の「原型性（前身ではない）を看取する」（芹沢俊介）という評者の指摘がある。

「『これらふたつのかけた陶椀』における『ふたつ』は、なによりもまず〈両手〉でなければならぬ」という。これを「〈両手〉という自己の身体から発想した」とは、『手紙』にいう「チュンセは松の木の枝から雨雪を両手でいつぱいとつて来ました」という箇所から来る。「ただ、ここでの『両手』は、ふたつの手が合わされた。『両手』であるのに対し、『ふたつのかけた陶椀』の場合、ひとつずつの引き離された手の方」が「想定」される。「この片手がふたつという不完全こそ、賢治のまえにある『陶椀』の存在のすがたで」あり、これが「『わたしたちがいつしよにそだつてきたあいだみなれたちやわん』であったとするなら、この日日なれしたしんだ『陶椀』のかけたかたちに、賢治がふたりの存在のかたちを投射させたとかんがえても」「それほど」の「飛躍」ではあるまい。『手紙』の語るところを『永訣の朝』の「原型性」とみれば、「『両手にいつぱい』すくいとった雨雪を皿にのせ、さじで食べさせたという過程とその際使った食器は、『ふたつのかけた陶椀』という関係の集中的な表現に下降的に、鋭く転位されたとかんがえられる。またさらに大切なことは、チュンセがポーセにむかって『雨雪とつて来てやろうか』ときいている点で」あり、「詩は、ここをいもうとの言葉に転換させている」が、「この転換は、もし転換だとして、詩にすさまじい根源性をあたえる契機となったのである」という。また「チュンセはポーセを死にいたらしめたという罪障感にくるしんでいるのではな」く、「ポーセという『小さな妹』との関係そのものが罪障的に受感されているので」あり、この両者の関係の「欠損」ともいうべき表徴は、そのまま兄妹という「対幻想の特異な位相の本質」、さらには賢治と妹とし子の「固有な関係性をかいまみ」せるものでもあるという。

これは先の評者（平尾隆弘）もいうごとく『永訣の朝』その他の挽歌にふれた論中「もっともすぐれたもの」のひとつであり、その鋭く精密な分析には多く肯なうべきものがある。ただあえていえば、『手紙四』に『永訣の朝』の「原型性」を見ると言いうるかどうか。またチュンセの言葉を「いもうとの言葉に転換させ」たというべきか。恐らく事態は逆とも言いうる。〈あめゆじゆとてちてけんじや〉という詩句の示す即時性と肉感のしたたりは、これを否定することはできまい。この言葉の含む〈エロス〉と〈信〉の交錯こそ、この詩篇の「根源性」をなすものであり、詩は殆ど肉感的にあるいは即自的にかかえ込まれたこの一句の意味が翻転し、言わば即自ならぬ対自の問いかけとして発光し、開示されてゆく時、エロスがそのまま倫理（信）に収斂されてゆく過程を示して結ばれる。逆に、チュンセがポーセにむかっていう「雨雪とつて来てやろか」とは、即事ならぬ、その前にこまごまとしるされたポーセに対する心ないふるまいへの痛み、また負い目のなかからおのずからにしぼり出された言葉であり、また「雨雪を両手いつぱいとつて来ました」とは、「完全性」の表徴というのみではなく、より稚い童子的な自然のふるまいのしるしであろう。むしろ見るべきは評者もいう、ある根源的な罪障感にあり、それは『手紙』の後半の部分につながる。

その後チュンセは学校をやめ働くようになるが、ある春の日キャベツの床をつくっていると、「土の中から一ぴきのうすい緑いろの小さな蛙がよろよろと這」い出て来たのを、「かへるなんざ、潰（つぶ）れちまへ」とチュンセが「大きな稜石（かどいし）でいきなり」叩きつけてしまう。「それからひるすぎ、枯れ草の中でチュンセはとろとろやすんでゐましたら、いつかチュンセはぼおつと黄いろな野原のやうなところを歩いて行くやうにおもひました。すると向ふにポーセがしもやけのある小さな手で眼をこすりながら立つてゐてぼんやりチュンセに言いました。／『兄さんなぜあたいの青いおべべ裂いたの』。チュンセはびっくりしてはね起きて一生けん命そこらをさがしたり考へたりしてみましたがなんにもわからないのです。どなたかポーセを知ってゐるかたはないでせうか」。一種幻想風な場面だが、その語るところは深い。恐らく作者の語ろうとするところは原罪ともよぶべきもの、ひとが、存在が殆ど無意識のうちに犯す罪障ともいうべきものの所在であり、この深い幻夢によってポーセはさらに深い混迷のなかに立たされる。こうして叙述は、さらに次のように続く。

「けれども私にこの手紙を言ひつけたひとが云ってゐました。『チュンセはポーセをたづねることはむだだ。なぜならどんなこどもでも、また、はたけではたらいてゐるひとでも、汽車の中で苹果をたべてゐるひとでも、また歌う鳥や歌はない鳥、青や黒やのあらゆる鳥、あらゆるけものも、あらゆる虫も、みんな、みんな、むかしからのおたがひのきやうだいなのだから、チュンセがもしポーセをほんたうにかあいさうにおもふなら大きな勇気を出してすべてのいきもののほんたうの幸福をさがさなければいけない。それはナムサダルマプフンダリカサスートラといふものである。チュンセがもし勇気のあるほんたうの男の子ならなぜまつしぐらにそれに向つて進まないか』。それからこのひとはまた云ひました。『チュンセはいいこどもだ。さアおまへはチュンセやポーセやみんなのために、ポーセをたづねる手紙を出すがいい』。そこで私はいまこれをあなたに送るのです」。これが作品の語るすべてだが、この終末の部分に我々は容易に、あの『銀河鉄道の夜』の末尾にジョバンニに語りかける、「セロのやうな」不思議な声のひびきを重ねて聴くことができよう。

「おまへはもうカムパネルラをさがしてもむだだ」。「みんながカムパネルラだ。おまへがあふどんなひとでも、みんな何べんもおまへといつしょに苹果をたべたり汽車に乗つたりしたのだ。だからやつぱりおまへはさつき考へたやうに、あらゆるひとのいちばんの幸福をさがし、みんなと一しよに早くそこに行くがいい。そこでばかりおまへはほんたうにカムパネルラといつまでもいつしよに行けるのだ」。チュンセとポーセはさらにジョバンニとカムパネルラに変形し、ここでも「みんなのほんたうのさいはひをさがしに行く、どこまでもどこまでも僕たち一緒に進んで行かう」と言いながら、そのカムパネルラさえ、いつか彼の傍から消え去った時、ジョバンニは「まるで鉄砲玉のやうに立ちあがり」「窓の外へからだを乗り出して、力いっぱいはげしく胸をう」ちつつ、慟哭する。「妹の死という事件の傷心は、ここまで尾を引いたのであろうか」（中村稔）という言葉通り、永訣の痛みはもはや〈無声〉ならぬ〈慟哭〉として繰り返し書きつがれてゆく。

こうして『手紙四』は妹トシの死をふまえつつ、詩から散文（童話）への新たな転機を示す。それは「虚構の成立としての詩形式の彼方に虚構の遍在としての童話形式の全面的な開花・深化の世界を、詩人のゆくてに提供」したと言ってもよいし、同時に「とし子の死を決定的契機とする賢治の詩意識進行のドラマが」「『無声慟哭』→『オホーツク挽歌』の系列ではその片面をしか示さず、むしろ他の片面——すなわち未完成の『銀河鉄道の夜』という不定形な深淵に全面的に展開されようと」（天沢退二郎）する、その転換の契機として『手紙四』の試みのあったことが注目されよう。恐らくこの作品の方法上のかなめは作品背後の語り手の視線と、作中のチュンセの間に〈わたくし〉という話者が介在することであり、チュンセが直接あの背後の〈声〉を聴くのではない。チュンセのために〈わたくしが聴き、「いまこれをあなたに送るの」だという。「さァおまへはチュンセやポーセやみんなのために、ポーセをたづねる手紙を出すがいい」という。ここで〈手紙〉という方法から外化されるのはチュンセであり、〈あなた〉とは、逆に作中にいう〈みんな〉にほかならない。かくしてチュンセの悲しみ、あるいは混迷はみごとに対象化され、新たな散文への方法が予示される。この時、《方法としての詩（歌）》とは何か。恐らくその特性と限界を『永訣の朝』以下一連の挽歌は我々に告げる。ここで我々は再び詩篇の世界に還って来ねばなるまい。

四

『永訣の朝』の〈ふたつのかけた陶椀〉から〈雪の〉、さらには〈最後の〉〈ひとわん〉に至る――それは〈ふたつ〉の存在の融合の喩というよりも、この〈雪のひとわん〉という想いを込めた行為そのものの直截性を指すに過ぎまい。むしろここを通って再び〈ふたわんのゆき〉という時、そこにはひとつの転化、あるいは転生ともいうべき事態が表現される。〈ふたわん〉とはすでに指摘されるように「『おまへ』のぶんと『みんな』のぶんとの意味」が込められ、「この『ふたわん』にほとんど儀式的な意味」さえ「与えよう」とされている。即ちその儀式とは「いもうとの罪障をとり払うためのものではなく、罪障をかかえたままで『とほく』へ行くいもうとの『聖い資糧』となってくれることを願うためのものである」という。しかも「なぜ『おまへ』ではなく、『おまへとみんな』であるか」(芹沢俊介)が問題となる。ひとりの評家はこれを『手紙四』の語るところと重ねあわせて、「賢治は、いもうとへの愛を、閉じられた完結的な関係性(=性愛)として内部世界にだきかかえることに、怯えたので」あり、「『みんな』という位相の導入によって、この完結性は破壊されたが、同時にそれだけいもうとは、この『みんな』のなかへ拡散してしまったの」(芹沢俊介)だという。

いまひとりの評家は何故〈雪のひとわん〉が再び〈ふたわんのゆき〉となるかを問い、「もしも、賢治が、『みんな』を基底にすえた信仰においてのみ、とし子と結ばれていると考えていたならば、この『雪のひとわん』に、賢治は『おまへとみんな』との幸福を托してもよかった」。しかし「賢治は、このときとし子を『みんな』のひとりとして考えることができなかった。」「『みんな』のための一椀とはべつに、とし子とじぶんとの関係をかかえた『雪のひとわん』を、賢治はどうしてもまもりたかったのである」(平尾隆弘)という。言わば『永訣の朝』の終結部に我々が見るのは「兄＝妹という関係性をたもったまま、〈信仰〉をつらぬこうとする賢治の祈りであった」とし、ここでも「おびやかされているのは、〈兄〉としての、〈妹〉とし子へのおもい」であり、そこには「ある屈折した罪責感」が抱かれているという。共に鋭い指摘だが、説得性はより後者にあろう。〈いもうと〉の〈みんな〉のなかへの「拡散」でなく、両者が同時にかかえ込まれているということ、この〈エロス〉と〈信〉の併在こそ続く『松の針』や『無声慟哭』以下の詩篇にもつながるモチーフであり、〈そんなにまでもおまへは村へ行きたかつたのだ／おまへがあんなにねつに燃され／あせやいたみでもだえてゐるとき／わたくしは日のてるとこでたのしくはたらいたり／ほかのひとのことをかんがへながら森をあるいてゐた〉（『松の針』）という――その〈ほかのひと〉に『性愛の対象たる、ひとりの異性の存在」（平尾隆弘）を読みとる論者の指摘は頷くべく、さらには〈おら　おかないふうしてらべ〉と〈あきらめたやうな悲痛なわらひやうをしながら／またわたくしのどんなちいさな表情も／けつして見遁さないやうにしながら〉〈けなげに母に訊く〉（『無声慟哭』）妹の姿態に、エロスの匂いのにじむことも見逃せまい。

ここに、賢治自身の信（宗教）と性愛に対する考察を窺わしめるものとしては、しばし引かれるところだが次のような詩篇の一節がある。〈この不可思議な大きな心象宇宙のなかで／もしも正しいねがひに燃えて／じぶんとひとと万象といつしよに／至上福しにいたらうとする／それをある宗教情操とするならば／そのねがひから砕けまたは疲れ／じぶんとそれからたつたもひとつのたましひと／完全そして永久にどこまでもいつしよに行かうとする／この変態を恋愛といふ／そしてどこまでもその方向では／決して求め得られないその恋愛の本質的な部分を／むりにもごまかし求め得やうとする／この傾向を性慾といふ〉（『小岩井農場』パート九）。しかも〈この命題は可逆的にもまた正しく／わたくしにはあんまり恐ろしいことだ〉ともいう。恐らく賢治にあって〈信〉と〈エロス〉とは相反ならぬ相関的な盾の表裏として、存在そのものに喰い入る矛盾、おびえとして感受される。挽歌に見る独自の屈折と肉感もまたこれに由来するものであり、ここに賢治における「修羅と地人化する媒介」としての「宗教的対幻想（地上的には文学的な近親相姦）」の表示を見るという評者の指摘（中村文昭『宮沢賢治』）の生まれるゆえんでもあろう。

かくして作中の言葉をそのまま借りれば〈わたくしはそのうへにあぶなくたち〉、〈雪と水のまつしろな二相系をたもち〉という言葉通り、〈このくらいみぞれ〉と輝くばかりの〈まつしろ〉な〈雪〉の対比がおのずからに示す〈二相〉の世界にあやうく立ちつつ、しかも〈あんなおそろしいみだれたそらから／このうつくしい雪がきたのだ〉と深い祈念をこめて呟かずにはいられぬ。この詩篇終末部の〈わたくしのすべてのさいはひをかけてねがふ〉という〈信〉につながる祈りへの収束を目して軽しとは、また多くの評家の指摘するところでもある。この詩篇の「重さをになう言葉としては〝すべてのさいはひ〟のひびきは、おだやかすぎていて、弱い。先行するすべての詩行の、あの苦しく切ない現在形のリズムと響鳴しないところがある」（会田綱雄）という評家の批判は尤もであろう。この三部作の終末に置かれる『無声慟哭』の末尾に——〈ただわたくしはそれをいま言へないのだ／（わたくしは修羅をあるいてゐるのだから）／わたくしのかなしさうな眼をしてゐるのは／わたくしのふたつのこころをみつめてゐるためだ〉という詩句のしるされるゆえんであり、この亀裂は『青森挽歌』に始まる《オホーツク挽歌》の一群にもそのままつながるところであろう。

妹トシの死の苦悩を想い、まどわしい幻想におびえつつ、『青森挽歌』の終末もまた〈《みんなむかしからのきやうだいなのだから／けつしてひとりをいのつてはいけない》〉というあの超越的な声の出現を語り、〈ああ　わたくしはけつしてさうしませんでした／あいつがなくなつてからあとのよるひる／わたくしはただの一どたりと／あいつだけがいいところに行けばいいと／さういのりはしなかつたとおもひます〉という応答をもって締めくくられる。しかし拾遺詩篇ながら『青森挽歌』に続く翌日の日付（一二・八・二）を示す『宗谷挽歌』は、我々にさらに深い祈りとも、まどいともいうべきパセティックな詩人のうめきをつたえる。

〈私たちの行かうとするみちが／ほんたうのものでないならば／あらんかぎり大きな勇気を出し／私の見えない

ちがつた空間で／おまへを包むさまざまな障害を／衝きやぶつて来て私に知らせてくれ／われわれが信じわれわれの行かうとするみちが／もしまちがひであったなら／究竟の幸福にいたらないなら／いままつすぐにやつて来て／私にそれを知らせて呉れ／みんなのほんたうの幸福を求めてなら／私たちはこのままこのまつくらな／海に封ぜられても悔いてはいけない〉――これを〈信〉への倫理的希求のうめきと読むことはたやすい。しかし同時にまた〈私たちはこのままこのまつくらな／海に封ぜられても悔いてはいけない〉という終末のパッセージに、エロスにつながるひそかな共棲願望ともいうべき暗い倍音を聴きとることもできよう。〈信〉と〈エロス〉――言わば当為（ゾルレン）と実在（ザイン）の相剋をめぐる〈ふたつのこころ〉の葛藤、即ちこの詩集自体に命名していう《春と修羅》の対峙・相反の機徴は、爾後必ずしも融合し、詩人を天上の高みに救抜したわけではない。

たとえば、その最も倫理的な祈念の表白ともみられる『雨ニモマケズ』に見る――〈野原ノ松ノ林ノ蔭ノ／小サナ萱ブキノ小屋ニヰテ〉の一句ににじむ、ひそかなエロスの感触を見逃すことはできまい。〈そんなにまでもおまへは林へ行きたかつたのだ〉《ああいい　さつぱりした／まるで林のなかさ来たよだ》／鳥のやうに栗鼠（りす）のやうに／おまへは林をしたつてゐた〉（『松の針』）という詞句を想えば、ここにもひめられた共棲願望のひそかな流露を感ぜずにはいられない。賢治の挽歌をつらぬくものが、妹トシの死という個の体験や苦悩を超えて普遍の、個人の救いを超えて万人の救いへの、はげしい希求であったことはたしかだが、しかしまた〈信〉と〈エロス〉の相剋とは、まさに文学そのものが永遠に内包する課題であり、賢治もまたそれをまぬがれえているわけではない。その挽歌に相聞のドラマを見るというゆえんでもある。ただこの亀裂が晩期詩篇、とりわけ文語詩（五十篇及び壹百篇）の試みにどうかかわってゆくかは興味ある課題だが、これはまたさらに新たな問いを孕んでゆくことになろう。

遠藤文学の受けついだもの――漱石・芥川・堀・遠藤という系脈をめぐって

一

講座での副題に漱石はなかった。〈芥川以後〉というところにしぼってみたのだが、やはり漱石は加えてみねばなるまい。いや、これを加えることによって、この〈漱石以後〉という系脈は近代文学史上、師弟の系譜を超えてひとつの抜きがたく重い意味を持つかと思われる。しかしひとはまた漱石と遠藤を対比して、そこに両者のつながりはあるかと聞くかもしれない。漱石はヤソ嫌い、キリスト教嫌いではなかったかとは、しばしば言われる所だが、そのキリスト教に対する皮肉や批判も、裏を返せばそのなみならぬ熱い関心の所存を語っているのではないのか。これは私の長くこだわって来た問題でもあるが、作家吉井由吉氏に次のような発言がある。

「漱石という人がもしキリスト教圏に生まれていたら、存分に自分の思想をほじくれたんじゃないか」「漱石という人の気韻、あるいは業の質みたいなものは、キリスト教臭いものがあるという感じ」がするという。これは吉本隆明との対談（「漱石的時間の生命力」）中の言葉だが、さすがに作家の本質をよく見抜いたものだといえよう。またこれはしばしば引かれる周知の指摘だが、漱石の著名な研究者V・H・ヴィリエルモ氏（元ハワイ大学教授）の『私の見た漱石』とは、その若き日のエッセイの題名だが、彼はこのなかで「漱石の中にはキリスト教信仰のあらゆる要素がある」と言い、「深い罪意識、エゴイズムと愛の欠如とが産む地獄の認識、救済と心の平安への殆ど渇望ほどの欲求、無私の又自己犠牲の愛こそそうした救済をもたらし得るものであるという実感」など、我々はそこに並のキリスト教作家の及ばぬ、深い宗教性を見ることが出来ると述べている。

彼は熱心なキリスト教徒で、かつて大学に招いた講演中の「『明暗』を語る時、あえて〈天〉を〈神〉と訳した。〈天〉では漱石文学の底にひそむ宗教性が、アメリカ人や西洋人には通じないからだ」という発言にも、その漱石の宗教性への熱い関心のほどがうかがいとれよう。こうして漱石とキリスト教という問題に眼を向ける時、漱石、遠藤両者における留学体験とは何であったかという問題が、改めて注目されて来よう。

あれはもう三十数年も前のことだが、あるセミナーで、すぐれた椎名麟三論や藤村、漱石に関する著作もある神学者吉村善夫氏が、皆さんはむやみに漱石を持ち上げるが、漱石ってそんなにえらいのか。その留学体験を見ても、彼より遠藤周作のほうがもっと本物で、深いんだという。かなり烈しい反論があった。その時のやりとりはさだかには覚えていないが、しかしこの指摘は強く心に残り、改めて遠藤の留学体験の意義を考える契機となった。吉村氏は漱石についてはその著作のなかでもきびしい批判を加えているひとであり、安易にこの論をうべなうわけにはゆかないが、しかし両者の留学体験が三浦朱門氏も指摘するごとく、近代文学者の多くの留学体験のなかでも、きわだって重い意味を持つことは明らかであろう。

遠藤周作に『アデンまで』という作品がある。いうまでもなく処女作だが、ここにはその留学体験で彼がつかんだ、ある決定的な課題ともいったものが小説という形で描かれている。この主人公はフランス留学中知り合った白人の女と別れて帰国の途につく。彼が乗り込んだ貨物船の船艙には、ひとりの黒人の女が病み伏している。その「熱くさい」「黒褐色の肉体」をみつめながら、「俺もこの黒人女も」「醜い人種に永遠に属しているのだ」と思う。かつてフランスの女とのふれあいのなかで、したたかに思い知らされたのもこの肌の色の違いであった。どうにもひとつになれぬ心の傷が、彼にくちばしらせる。「君は俺を愛することができ」ても、「俺の黄いろい苦しみは君をくるしめ」ることはないと。やがて「死期を予感した老いた獣」のように黒人の女は死んでゆく。亡骸は水葬され、修道女のミサ典書を読みあげる声がむなしく聴こえる。しかし彼の心を浸すものは、この黒人の女が「それら白い世界」とは無縁な、「死の後にも裁きも悦びも苦しみもない」、一種茫漠たる「自然」そのもののなかに還ってゆくという事実だけである。ここにはこの黒い女の世界と「白い世界」とのはざまに立ちつくす主人公の重い感慨がひびく。しかしこの皮膚の色の違いとは何か。かつて芥川は次のように語った。

「我々は皮膚の色のやうにはつきりと東西を分かつてゐない。クリストの、――あるいはクリストたちの一生の我々を動かすのはこの為である。『古来英雄の士、悉く山阿に帰す』の歌はいつも我々に伝はりつづけた。が、『天国は近づけり』の声もやはり我々を立たせずにはゐない」(『西方の人』)と。しかし遠藤の言う所は、はるかににがく、重い。それはすでに見てしまったものの矛盾であり、痛みである。たしかに芥川はここで〈東方〉と〈西方〉に引き裂かれつつ、なおそこに〈西方〉の声を聴かんとする近代人の渇望と苦悩を語っている。しかもその〈東方〉と〈西方〉との両者の、いずれにも深く根ざしえぬ敗北感をついにかくそうとはしなかった。

恐らくこの芥川の苦悩と矛盾を最も深い形で受けついだが堀辰雄だが、しかし彼はその師芥川とは違って、己れの裡なる〈東方〉と〈西方〉の対峙相関の構造を負の相ならぬ、自身の文学的土壌、さらにはこの近代文学自体の土壌を掘り起こし、より豊かならしめる契機として捉えんとした。言わばこの両者の対立を性急に止揚し、また調和、統合してはならぬものとして、深くかかえ込んで行こうとした。彼の最後の小説となる『曠野』(昭16・12)一篇のなかに、我々はその最もあざやかなしるしを読みとることが出来よう。

こうして芥川も堀も〈西方〉よりの問いを真率に自身の課題として受けとめて行こうとした。しかしあえて言えば彼らにあって〈西方〉とは憧憬の規範ではあっても、真の他者としての苛烈な〈西方〉体験とは、ついに彼らのものではなかった。この両者に対し遠藤や漱石にあっては、その苛烈な留学体験こそが、以後の全生涯、全文学を制するひとつの原体験であったことを見逃すことは出来まい。

二

『アデンまで』（昭29・11）は船上の白人（漱石の場合は異人）、さらには〈西方〉の神への異和と距離を語って、漱石の語る『夢十夜』「第七夜」の夢につながるかとみえるが、しかし〈アデン〉という一点を捉えてみれば、両者の向かうベクトルの違いもまた明らかであろう。船はスエズ運河に入り、眼前にひろがる砂漠、その「黄濁した砂の海」「歴史もなく、時間もなく」「無感動な砂の中」を、「主人もなく、荷もおわず、地平線にむかってトボトボと歩いて」ゆく「一匹の駱駝」に、かくも苦しいほどの郷愁を覚えるのは何故かと『アデンまで』の主人公が問う時、それはこの作者特有の深い詠嘆の声をにじませるが、同時に彼は別のエッセイのなかでは、この同じ状況を次のように語る。

船はスエズ運河から紅海をわたる。自分は「東洋と西洋をわかつこの一点」に身を横たえて、「黄色い海と黄色い土とをながめつづけ」（『わが小説』）ていたという。言わば「この一点」から身を起こし、その「郷愁」の行動を見届けんとするところから、帰国後の遠藤の新たな探索は始まった。『沈黙』（昭41・3）から『深い河』（平5・6）に至るに及んで、この風土におけるその果敢な闘いの軌跡は、まさしく漱石のいう〈自己本位〉以外の何ものでもなかった。その歩みを促がした深い源泉が〈留学体験〉に発していたとすれば、漱石の場合はどうか。ここでも〈アデンまで〉の一語は、深い表徴として我々の眼に映って来る。いや、それはより正確には〈アデン以後〉というべきかも知れない。その〈東方〉から〈西方〉へ向かう途次、明治三三年十月八日夜、船はアデンに着く。「十月九日（火）Aden ニ泊ス／見渡セバ不毛ノ禿山巑岏トシテ景色頗ル奇怪ナリ十時頃出帆始メテ亜弗利加ノ土人ヲ見ルロシヤナ仏ノ頭ノ本家ハ茲ニアリト信ズ」と日記にあり、その夜 Babelnandeb 海峡を過ぎて紅海に入り、十月十二日（金）

に至って「秋気漸ク多シ、然レドモ船客未ダ白衣ヲ脱セズ『スエス』以北ニ至ラバ始メテ寒カラン夜 Sinai ノ山ヲ右岸ニ見ル」とある。

この十二日、同行した芳賀矢一の『留学日誌』には、「夏目氏耶蘇宣教師と語り大に其鼻を挫く、愉快なり」とある。上海から乗り込んだ英米人の宣教師一行と、どのような烈しい論戦があったかは不明だが、「この一向が急に元気を出しはじめたのは、聖書に出て来るシナイ山が右手に見えだしたからかも知れない」とは江藤淳（『漱石とその時代第二部』）のいう所である。たしかにこれがシナイ山の見える彼らの心の原郷ともいうべき〈西方〉圏に帰って来たということであれば、その心気の高揚もまた頷ける所であろう。その宣教師たちとの応酬がどのようなものであったかはさだかではないが、これも江藤氏のいうごとく、この時期に書かれた英文「断片」に、ことの核心は明らかであろう（以下江藤淳訳）。

「この愛すべき人々は偶像破壊者をもってかたく自任し」「同時に彼らはためらうことなくキリストは神の化肉だという」。「キリストを通じての神、化肉としてあらわれた神」こそが、「彼らを安心立命させるために必要なのだ。しかしある意味では、これもまた偶像崇拝ではないのか」。しかしここで江藤淳は、漱石があえて「神と人との仲介者としてのキリストという考え方を許せないのは、それがもうひとつの『偶像崇拝』だからというより」、彼が「かつて仲介者というものの存在を感じとることができないままに成長して来たからで」あり、「四谷の古道具屋に里子に出されて夜店の籠のなかで泣いていたころから、いつも世界に露出され、その謎と記号とを自分の力で解きながら生きることを迫られて来た」からではないのか。「もし神がいるとすれば、彼はその前にひとり佇立し、その意志に自己をのこりなくさし出すほかはない。そしてその神は、エホバというよりは」、彼にとってはむしろあのアデンに着く、一両日前に書かれたと思われる英文「断片」にいう「『絶対の王国……、透明の領域』をほうふつさせる『生を奪われた静寂』――自然に近いものとして感じられて」いたのではなかったかという。

それは「無限と永遠とが、人の存在の唯一性のなかに呑みこむ、空白と虚無の場所」。この「絶対の王国」、また「透明の領域」とは「真の活動の世界」でもある。「この真の活動の世界とは、運動も休息もない活動の世界、そこからわれわれがやって来、そこにむかいつつあり、この人生と呼ばれるかりそめの存在のなかでさえ、実は現在そのなかで生きている世界」なのだ。しかしそれが「母の胎内の安息」にも似た世界であったとすれば、彼がこの一瞬に身をひたす時、「彼はすくなくとも『有用の人』への努力から解放され、インド洋の水に舷側をひたしているプロイセン号のように、生の源泉が彼をひたひたとひたすのを感じていたはずである」と江藤淳はいう。

これら一連の解釈は江藤氏一流の解釈というべきだが、しかし問いは残る。漱石における神と人との仲介者、神の化肉としてのキリストそのものの否定、またそれへの熾しい畏敬とも拒否感ともいうべきものは、彼が「かつて仲介者というものの存在を感じとることができないままに成長して来たから」か。恐らくこう言い切ってしまえば、ことは漱石自体の出自や生理につきすぎたものとなる。恐らくこの「神と人との仲介者」「神の化肉」としてのキリストという問題は、この国の近代文学者の多くがつまずいた問題であり、ひとり漱石のみのものではあるまい。いまこれについて敷衍する余裕はないが、見るべきはこの英文「断片」の後半部分にいう所である。

「いずれにせよ宗教とは信仰であって、議論や理性ではない。概念がどれほど壮大であり、理論がどれほど深遠であっても、それはみてくれのよい玩具というだけで」なにものでもない。「セント・ピーターはローマの教会を岩の上にきずいた。岩とは信仰である。」「信仰のあるところに宗教があり、幸福と、安息と、救済がある。呪物崇拝もキリスト教も少しも変りがない。」「信仰がなければ、仏教も回教もキリスト教も、聖者が幻想を昂揚させ、観照力にふけってつくりあげた巧妙な仕掛けにすぎぬものになる。人々に、その眼に善であり真であると映ずるものを信ぜしめよ、その知的発達段階に応じ、それによって満足と幸福が得られるようなかたちで」。すでに言わんとする所は明らかだが、次の終結部に至って、彼の求める〈神〉の概念の何たるかが宣明される。

私の宗教をして、すべての宗教をその超越的偉大さのなかに包含するようなものたらしめよ。私の神をして、あのなにものかであるところの無たらしめよ。私がそれを無と呼ぶのは、それが絶対であって、相対性もそのなかに含む名辞によって呼ぶことができないからだ。それはキリストでも精霊でも他のなにものでもないもの、しかし同時にキリストであり精霊でありすべてであるようなものである（傍点筆者、以下同）

恐らくここで披瀝された漱石の宗教観は留学時の「文学論」ノートなるものにも見られ、以後晩期に至るまで変る所はなかったようである。すでにここにいう〈無〉なるものが、〈東洋的無〉といったようなローカルな概念に納まるものではなく、〈名辞〉以前のもの、一切の〈名辞〉によって名付け、呼ぶことのその向うにある根源なるもの、その故の相対ならぬ絶対、普遍の相を指していることは明らかだが、ここでは一切が相対の故に否定されてはいない。

その結句のいう所は、相対的存在、〈名辞〉以後なるものを絶対化してはなるまい、いや、それを絶対化しないことによってこそ、相対はそのまま生きうるということであり、彼をキリスト教の否定者、禅的世界への共感者などと簡略に片付けることは、なによりも漱石自身の否定する所であろう。その晩期の詩篇はこれを明示する。

〈非耶非仏又非儒／窮巷売文聊自娯〉（耶に非ず仏に非ず又た儒に非ず／窮巷に文を売りて聊か自ずから娯しむ）と起句は言い、〈打殺神人亡影処／虚空歴歴現賢愚〉（神人を打殺して影亡き処／虚空歴歴として賢愚を現ず）

（大正五年十月六日）

と結句にいう所に、その一貫する所は明らかであろう。起句にいう耶蘇教、仏教、儒教、いずれにせよ宗教の説く超越者とは所詮人間の生み出した観念的な存在であり、これらの一流一派の観点や超越的観念を打破せずしては、ついに人間の実相はつかみえぬということであろう。

三

どうやら私のペンはいささか進み過ぎたようだが、ここで再び〈アデンまで〉に還れば、アデンに至る漱石の想念はあの「絶対の王国」「透明の領域」ともいうべき〈無〉の想念に呑み込まれていたようだが、アデンを過ぎシナイ山の見える西方圏に踏み込んだ時、あの宣教師たちとの論争は、彼の胸中にわだかまる新たな想念を一気に噴出させた。

「英文学に欺かれたるが如き不安」とは、しばしば引かれる所であり、余は大学卒業時以来のこの『不安の念の消えぬうち倫敦に来れり』とは、その『文学論』序にいう所である。以後ノイローゼになるまでの、その苛烈な闘いが始まるわけだが、その煩悶、焦燥の、真の要因とは何であったのか。少時より親しんだ漢学と英文学が到底「一括し得べからざる異種のもの」なりという「局所」に直面した時、もはや「根本的に文学とは如何なるものぞと云へる問題を解釈」するほかなしと決意したというが、この〈不安〉とはひとり文学のみに終るものではなかったはずである。

「漱石の課題は、東洋文学と西洋文学を比較することでもなければ、その差異を実感することでもない。彼には、英文学が英文学だというアイデンティティが耐えがたかった」。言わば漱石はヨーロッパ的普遍を相対化し、西洋と東洋という両者の「『質的差異』を『量的差異』に還元」せんとしたのだとは、柄谷行人が『漱石と「文学」』と題して語る所だが、これを〈文学〉をも包むより普遍の問題とすれば、遠藤周作の留学体験のかかえた課題もまたそこにあった。彼もまた西欧のキリスト教が即ちキリスト教そのものだという彼らの「アイデンティティが耐えがたかった」。彼は「ヨーロッパ的普遍を相対化」しようとして闘った。これが遠藤が留学体験を通して持ち帰った終生の課題であった。遠藤の問う所もキリスト教をめぐる〈文学〉の問題であった。こうして漱石、遠藤の両者は共にヨーロッパ思想、文学、宗教とのいやおうない対決を迫られ、それを終生の課題とするほかはなかった。遠藤の留学は漱石から数えて恰度五十年後となる。一見キリスト教文学という軸からみれば、両者はまさに対極にあるかにみえるが、そうではあるまい。遠藤氏との対談（『人生の同伴者』）のなかで、私はしばしば漱石にふれ、あなたと漱石とはそんなにエンドーイ存在ではないですよと言って笑わせたが、これはジョークならぬ私の本音でもある。

ヨーロッパから追放された若き司祭（大津）が、最後はインドでヒンズー教徒の群に身を投じてその生涯を終る『深い河』の語る所が、もはや『神々と神と』（昭22・12）あるいは汎神論と一神論の対決という構図を超えて、よりグローバルな、普遍の宗教圏を描きとってみせたとすれば、それは漱石の語る所とそれほど遠いものではあるまい。いや、漱石と遠藤、あるいは漱石と椎名麟三とは、私のさらに深めてみたい課題のひとつでもある。

四

さて、漱石を語るに過ぎて与えられた紙幅も尠くなったが、続く芥川、堀については、やや足早に語ってみたい。芥川の切支丹ものをめぐる作品は、遠藤も深く推服する所だが、ここでは切支丹もののころびの問題をめぐって『尾形了斎覚え書』（大6・1）と『おぎん』（大11・6）の二作をとりあげてみたい。芥川の切支丹ものとしては『奉教人の死』（大7・9）や『神神の微笑』（大11・1）などが代表作として多くとりあげられるが、私は年来先の両作品を切支丹もののなかでも、最も真率なる作品の一面を表わしたものとみて来た。

まず切支丹ものの第二作『尾形了斎覚え書』だが、医師了斎は切支丹宗徒の篠に対して、娘の大病について検脈を乞うとならば、そなたの信仰を捨てて来るほかはないという。篠は「切支丹宗門の教には、一度ころび候上は、私魂軀とも、生々世々亡び申す可候。何卒、私心根を不憫と思召され、此儀のみは、御容赦下され度候」と切願するが、了斎は聞き入れぬ。

……篠、何とも申し様なき顔を致し、少時私顔を見つめ居り候が、突然涙をはらはらと落し、私足元に手をつき候うて、何やら蚊の様なる声に申し候へども、折からの大雨の音にて、確と聞き取れ申さず、再三聞き直し候上、漸、然らば詮無く候へば、ころび候可き趣、判然致候。なれどもころび候実証無之候へば、右証明を立つ可き旨、申し聞け候所、篠、無言の儘、懐中より、彼くるすを取り出し、玄関式台上へ差し置き候うて、静に三度まで踏み候。其節は格別取乱したる気色も無之、涙も既に乾きし如く思はれ候へども、足下のくるすを眺め候眼の中、何となく熱病人の様にて、私方下男など、特に気味悪しく思ひし由に御座候。

ここでは了斎がことの次第をしたためた公儀への文書の体をとっているが、その抑制された文体のひびきは一種沈痛な気配を刻みつつ、読者の肺腑に迫るものがある。以下娘の死と篠の発狂、さらにばてれんによる奇跡的な娘の蘇生など、後半切支丹趣味への傾斜や趣向の変転に主題のやや散漫なひろがりも感じられ、芥川白身江口渙宛書簡のなかで、「ミラクルはもつと長く書く気でゐたん」だが、時間的余裕もなく「あんな風に圧搾してしまつた」、「あれは仄筆の罪です」と述べているが、むしろ「仄筆の罪」によって主題の拡散はやや押しとどめられたともいえよう。この作意が篠のころびに続いての娘の死、さらにはばてれんの呪術による蘇生などという趣向の展開に賭けられていたとしても、しかし作者のえらびとった文体の妙は逆に、篠自身のころびの苦悩を、秘められた真の主題として浮き上らせたといえよう。いや、さらに言えば文体の妙にとどまらぬ、作者胸中の真率なるモチーフそのものこそが、この力を生み出したものと言うことが出来よう。

　このころびをめぐる主題は、後の『おぎん』に至ってはさらに作者の真の自覚的な問いとして再びとりあげられる。ここでもまたその主題の重さが、文体の平明さを超えて独自の緊迫した力を生み出してゆく。

　異教を信じたがゆえに地獄に堕ちたと教えられた実の父母を捨てて、ひとり殉教の死につくことはできぬと言い、「お父様！　いんへるのへ参りませう。お母様も、わたしも、あちらのお父様やお母様も、――みんな悪魔にさらはれませう」と、養父孫七に迫るおぎんの眼にやどるものは、もはやかつての童女の心ならぬ、「『流人（るにん）となれるえわの子供』、あらゆる人間の心である」という。

　おぎんは養親の孫七、おすみ夫婦と共に捕えられ、火炙りの刑に処せられようとするがその処刑直前となって、教えを棄てるという。おまえには悪魔がついたのかと驚く親たちの前に跪づきながら、おぎんは言う。私が教えを棄てるそのわけは、あの墓原の松のかげに眠っている両親のことを想ったからで、異教への信心の故にいんへるの（地獄）に堕ちたという実の親を捨てて、自分ひとりはらいそ（天国）の門に入ることは出来ぬからだという。先の言葉はその終末の部分だが、ここで作者は殉教と棄教、さらには宗教の土俗化の問題をめぐって、最も重く深い問いを投げかけているかとみえる。フィレイン―この肉につながる深い恩愛の情を断ち切らずしては、また異端の宗教に殉じた死者を（また生者をも）切り棄てずしては成就されぬものならば、その信仰とは、殉教とは何かと、作者は問う。

　おぎんの孫七を見あげて訴えるその「涙に溢（あふ）れた眼には、不思議な光を宿し」、その「眼の奥に閃めいてゐるのは、無邪気な童女の心ばかりではない。『流人（るにん）となれるえわの子供』、あらゆる人間の心である」という。おぎんの眼にやどる「不思議な光」に、「あらゆる人間の心」をみるという時、すでに作者の問わんとする所は明らかであろう。

まい。

「あらゆる人間」の、その普遍につながる救済なくしてなんの宗教かと問う時、おぎんの眼にやどる「不思議な光」は、あの『沈黙』における「踏むがいい」と呼びかけるキリストの眼差につながるものではないのか。おぎんの訴へに孫七もまたころぶ。おぎんをして棄教せしめたそのものは、またロドリゴをころばしめたそれと無縁ではあるまい。

芥川という人は「いろんなものを残してくれた人だ」「一番さいしょの石をパチンと置いて去って行ったような気がする」とは、『神神の微笑』にふれての遠藤氏の言葉だが、文学と宗教をめぐる芥川の先駆的な意味は、通常挙げられる。『神神の微笑』以上に、『おぎん』のごとき作品においてこそ注目されるべきであろう。さらに言えば『沈黙』同様、棄教者のみならず、異端者の救いという根源的な問いをもからめて提示した所に、『おぎん』というこの一短篇の含む課題は深く、重いということが出来よう。

五

堀辰雄はかねてから芥川の切支丹ものを超えるものを書きたいと願い、その資料もかなり用意していたようだが、ついにそれは果たされずに終った。しかしもし彼が「キリシタンものを書き上げることが出来たならば、キリスト教徒になれたのではないか」「そして主人自身もそんな事を考えていた時期があったことを確信しているのです」とは、かつて多恵子夫人から戴いた手紙の言葉であり、私の心に今もなお深く残っているものである。遠藤周作もまたもしそれが書かれていたら、小生のものと「どんなに重なり合ってたか、あるいはどのように違ってたか」、いずれにせよ「あれはほんとうに書いていていただきたかった」ものだと対談（『人生の同伴者』）のなかで語っている。

しかし彼は自身の切支丹ものは遺さなかったが、その最後の小説『曠野』（昭16・12）こそは、堀の遺した最も宗教的な作品ということが出来よう。さらに言えばこれに先立って書かれた『菜穂子』（昭16・3）をもこれに加えることが出来よう。しかしこのフランスのカトリック作家、フランソア・モリアックのつよい影響下に書かれたこの作品に対して、遠藤周作の評価は辛い。彼が下敷にしたモリアックの『テレーズ・デスケルー』と較べれば、「いわゆるキリスト教の本格的な作家と、キリスト教でない日本人の作家が同じテーマを取り上げると、このようにうすっぺらな変容もしくは屈折するんだということ」がわかると遠藤氏はいう。これもいささかきつい言葉だと思いつつ心に残っているものだが、恐らくある時期から遠藤氏の心のなかには、この『テレーズ』を超える作品をという野望があったのではないか。それがあえて言えば最後の作品『深い河』における、あの成瀬美津子のテレーズに魅かれつつ、これを超えんとする生き方にあらわれているのではないか。

モリアックの描いた、世俗的な夫（ベルナール）と結婚したテレーズという渇ける女の欲望と苦悩は堀の描く菜穂子にかさなり、また遠藤氏の描いた成瀬美津子にかさなる。ただモリアックは渇ける女テレーズを救わんとして、さらに続篇ともいうべき『愛の終り』を書いたが失敗に終った。テレーズの魂を救うべく、すぐれた司祭を見出すことが出来なかったからだとモリアックは言う。遠藤はテレーズの物語に深く傾倒し、世俗的な夫との結婚生活に失敗したテレーズ同様渇ける女としての成瀬美津子を描きとろうとしてゆくが、作者はそこに魂の救済者ともいうべき大津という若き司祭を配し、彼女の魂の覚醒を暗示しつつ作品の幕を閉じる。ここには明らかにモリアックを超え、堀の作品をも超えようとする、カトリック作家としての作家的野心を明らかに読みとることが出来よう。

堀の失敗、また挫折とは何か。彼は『菜穂子』において、初めて〈本格小説〉に挑もうとした。それ迄の私小説的抒情の世界を超え、自分にとっては苦手な人物、堀自身の言葉でいえば「厭な人間を書けなければ、本当の小説にはならない」（中村真一郎『ひとつの感謝』）という、その新たな、異質な他者として菜穂子の夫黒川圭介なる人物を配し、母ひとり子ひとりの家庭で、全く母の支配裡に屈服していた圭介と菜穂子との心の交流を描きとってみようとした。菜穂子は発病して信州のサナトリウムに入り、その「孤独のただ中でのふしぎな蘇生」を覚える。しかも離れることによって菜穂子と圭介とは改めて微妙な心の交流を覚えるが、結局はすれ違いのまま物語は終る。ここで問われているのは圭介のみならぬ、菜穂子自身のエゴイズムでもあるが、「創作ノート」の一節は、作者がそこに何を描き込もうとしていたかをあざやかに伝える。

「絶望視せられてゐた荒地からの真の夫婦愛の誕生。空しけれども匂なけれども、誇らかに美し。――このあたりより Rembrandt-Ray を与えよ」という。すでにその中心的主題の所在は明らかだが、作品はこれを完全に語りえずして終った。これは作者のみならぬ、この風土の、また時代の抑制のためともみられるが、ここで思い出されるのは、かつて遠藤氏に初めて会った時の言葉である。もう四十年近くも前のことだが、秋も深まった空を見上げながら、こうした都会の夜の孤独を描いても、フランスの読者ならその向うに神の息吹といったものを感じるだろうが、我々の世界ではそうはゆかない。こういうなかでおたがい、〈宗教と文学〉といった課題をになってゆくのは、ほんとうにしんどいことですなあという、その重い呟きは今も耳に残るが、しかしこれはまたかつての、堀辰雄自身のひそかな呟きであったのではないか。

恐らく『菜穂子』に野心的な主題を託しつつ、ついにそれを果たしえなかった堀の嘆きは、私にはあざやかに聴こえて来るようである。『菜穂子』執筆の構想になやんでいた頃の堀の自筆年譜には、モリアックの「『蝮のとぐろ』を読み、レンブラントの画集に親しむ」とあるが、この『蝮のとぐろ』の主人公については、このいつも自分自身の外にばかりいて、周囲の人間を苦しめ、憎しみのみを生きがいのようにして来た老人が、ある日目覚める、「本当の自分自身に目覚める。」「その最後の三章ほどの、レンブラントのある種の絵にそつくりな荘厳な美しさ！」。自分もまたこのような「レンブラント光線」をもったすばらしい作品を書こうとしては「力及ばざることを知つて、自分から壊してゐた」という。すでに先の「創作ノート」の語る所の何たるかは明らかであろう。

ならば彼はついにこれを果たしえなかったのか。このいつも自分自身の外にばかりいた人間が、ある時目覚める「本当の自分自身に目覚める」。それは真の他者への愛の目覚めといってもいいが、そういう時はついに訪れえないのか。この至難な、しかし自身にとっての不可避の問いを堀自身が描こうとしたのが、あの最後の小説『曠野』一篇ではなかったか。これは材を『今昔物語集』にとったもので、苛酷な運命に弄ばれた女が最後は近江の郡司の館の婢女として、たまたまかつての夫、今は近江の守となった男の腕に抱かれて死んでゆく。その末尾の部分に至って、不意に作者の筆は一変し、視点人物は女から男へと移る。「男は女とおもはず目を合はせると、急に気でも狂つたやうに、女を抱きすくめた。／『矢張りおまへだつたのか』／女はそれを聞いたとき、何やらかすかに叫んで、男の腕からのがれようとした。『己だといふことが分かつたか』男は女をしつかりと抱きしめた儘、声を顫はせて言つた」。こうして男は「漸つといま自分に返されたこの女――この女ほど自分に近しい、これほど貴重(だいじ)なものはないのだといふことがはつきりと」わかる。この不幸な女、前の夫を行きずりの男だと思い込んで身をまかせていたこの惨めな女。「この女こそこの世で自分のめぐりあふことの出来た唯一の為合せであることをはじめて」男は悟る。「しかし女は苦しさうに男に抱かれたまま、一度だけ目を大きく見ひらいて男の顔をいぶかしさうに見つめたきり、だんだん死顔に変り出してゐた。……」。こうしてこの物語は終るが、この女の「いぶかしさうに」男をみつめてゆく姿に、ついに男の愛は届かなかったという、救いのない「荒涼」たる悲劇的結末を見るとは多くの評家のいう所だが、しかし、このいぶかし気な眼とは何か。

　作者はこれを書き上げたあと倉敷の大原美術館に赴く。「こんどはどうあっても僕はエル・グレコの絵を見て来ねば」ならぬ。何故だかわからぬが「僕のうちの何物かがそれを僕に強く命ずるのです」という。彼は後にこのグレコの描く「受胎告知図」の強烈な印象を、「その天使のほうを驚いて見上げてゐる処女の顔も何かただならぬやうに見える」と語っている。この天使を見上げる処女マリアのただならぬ驚きの眼差こそは、あの自分を抱きしめる男を「いぶかしさうに」見上げる『曠野』の女の眼とかさなるものであり、恐らくこの『曠野』終末の場面を描く作家のなかには、あの複製や画集でみたグレコの「受胎告知」が想起され、その確認の旅こそが、あの大原行きではなかったのか。

もはや明らかなように女の「いぶかしげ」な眼差とは絶望ではなく、不意にまことの愛に目覚めた男の姿への、何が起こったかという驚きであり、作者はこれをいかなる人間の想いも超えた、不意なる〈神の人間世界への訪れ〉という年来のモチーフの実現として描こうとした、いや描きえたのではなかったか。この〈人間的なものへの神的なものの侵入〉、あるいは〈闖入〉とは、彼自身いうごとく『風立ちぬ』中断の一時期に構想し、またこの『曠野』の生まれた昭和十六年の大和への旅にあっても構想して果たしえなかった流失のテーマであり、これをついに書きえたことは、彼自身に不意に訪れた恩寵的な出来事というほかはあるまい。

堀の最後の小説はこの『曠野』だが、その最後の小説ならぬ作品は『雪の上の足跡』（昭21・3）である。この作者を想わせる主人公と学生との対話のなかに、聖書のペテロの背信とそれを包むイエスの眼差にふれつつ、最後はすべてを無常感のなかに包みとろうとするこの風土のなかで、しかし「まだまだ踠がけるだけ踠がいてみるよ」という主人公の述懐がみられるが、この対話の相手をあえて野村英夫ならぬ遠藤ともみれば、この「踠がけるだけ」云々とはまた、遠藤自身のその後の戦いを象徴するものとも見えて来る。

さてこの稿は漱石に始まり、芥川、堀、遠藤と師弟の系譜を辿りつつ、その受けつがれた宗教的テーマの流れをつかみとってみようとしたものだが、ついにその一斑を語るに終り、しかも遠藤自身の仕事については多くを語りえなかった。しかし漱石以後の流れの行きつく所が、遠藤にあって大きく受けとめられ、そのさらなる達成を見た、その一端にはなにほどがふれることが出来たであろう。遠藤の『神々と神と』に始まる汎神論と一神論との対峙相関の構図が、最後は『深い河』にみる、よりグローバルな、普遍の世界にひらかれた道筋に、実は彼の意識、無意識を超えて多くの先人の、ひそかな営みのあったことを見逃すことはできまい。漱石の留学から五十年、遠藤が〈この一点〉といったその場所こそは、我々が容易に手放してはならぬ、未了の一点であり、「グローバルとは根源的ということですよ」という、彼の遺した言葉の強さと、重さもまた、我々に遺された貴重な提言として受けついでゆくべきものであろう。

『沈黙』の終わりをどう読むか——闘う作家遠藤周作をめぐって

一　漱石と遠藤——〈二辺並行〉の矛盾をめぐって

作品の〈終わり〉を読む。これがこの特集の課題だが、さて文学作品の終わりとは何か。なるほど、小説で組み立てた物語的展開、言わばそのストーリーの運びはやがてひとつの結末を迎えるかにみえるが、果たして、その根源の意識、無意識をめぐる作者内奥の秘めたる意図からして、それは真の結末、終わりを迎えたものだと言えるのか。ここで想い出すのは、あの漱石の作家以前、熊本時代の「人生」と題した文中の一節である。「吾人の心中には底なき三角形あり。二辺平行せる三角形あるを奈何せん」。さらにはこうも言う。「若し詩人文人小説家が記載せる人生の外に人生なくんば、人生は余程便利にして、人間はえらきものなり」と。熊本の第五高等学校着任早々、学生たちに与えた人生論の一端だが、これはまた期せずして、漱石自身の文学論の一端を語るものでもある。

すでに明らかであろう。〈二辺平行〉せる〈底なき人生〉を描きとり、問いつめんとする文学作品もまた当然ながら、底なく、結着なきものとならざるをえまい。新聞小説第一作としての『虞美人草』では、読者を意識してかなりの通俗的趣向、結着を示した漱石も、次作『坑夫』以後は一貫して、〈底なき人生〉の一端を書き続ける。「人生に片付くものなんてありやしない」と吐き棄てるように言う『道草』の健三の最後の台詞など逐一持ち出すまでもあるまい。

小説の〈終わり〉なるものをぐって、与えられたテキストは遠藤周作の『沈黙』であり、ここに漱石を持ち出すのは、いささか迂遠の策ともみえるが、必ずしもそうではあるまい。まず師弟の系譜を辿ってみても遠藤―堀辰雄―芥川―漱石と続くものがあり、この中で留学体験のあるものは漱石、遠藤の二人のみ。しかもこの両者の留学から持ち帰った課題は重く、近代作家の数ある留学の中でも刮目すべきものだとは、遠藤の友人三浦朱門の言う所である。一見宗教的作家と普遍的知性の作家の対比とみえるが、そうではあるまい。両者の宗教観が最後には、共に、真に〈ひらかれた宗教観〉に行き着く過程の様相、またその苦闘の並ならぬ姿を見逃すことはできまい。まず漱石は自身の宗教観を次のように語る。「私の宗教をして、すべての宗教をその超越的偉大さのなかに包含するようなものたらしめる。私の神として、あのなにものかであるところの無たらしめる。私がそれを無と呼ぶのは、それが絶対であって、相対性もそのなかに含む名辞によって呼ぶことができないからだ。それはキリスト教でも精霊でも他のなにものでもないもの、しかし同時にキリストであり、精霊でありすべてであるようなものである」。

これは漱石が留学途次に記した英文の「断片」だが、このような漱石の宗教観をふまえて、ハワイ大学教授で漱石のすぐれた研究者でもあったヴィリエルモという人は、「私の見た漱石」という一文の中で、漱石の宗教性に対する実に広く深い洞察を示している。漱石の書くものには欧米のいろんな作家が書くキリスト教的な問題がすべて出て来る。罪の問題、回心、懺悔、エゴの問題、救済を願う深い思い、あらゆるキリスト教的な問題が出て来るが、しかも彼は日本人である。つまり、漱石の文学を見て行くと、西の宗教と東の宗教を綜合して行こうとする、あるひとつの大きなテーマが見えて来る。この問題を抱え始めた人が漱石であることを思えば、これが漱石こっきりで終わらないことを自分は心より願うものであるという。この西の宗教と東の宗教の綜合という大きな課題を受けつぎ、統合させようとしたのが、ほかならぬ芥川や堀辰雄を経てつながる、遠藤周作という存在ではなかったのか。

ただここで注意すべきは、あの漱石留学途次の発言、〈ひらかれた宗教観〉なるものは、彼の普遍的にひらかれた理性の認識が語らせたものであり、これが彼の心性の根源の問題として把握されるには、なお幾多の苦闘があり、後期の『行人』『こゝろ』『道草』と続く途上に、その苦闘の跡をはっきり読みとることが出来よう。これは遠藤の場合も同様だが、ただ見るべきは両者の根源的な宗教性に至るひとつの〈回心〉とも呼ぶべき体験は、共にその死に瀕する病床体験にあり、漱石の場合は言うまでもなく明治四十三年夏の〈修善寺の大患〉であり、遠藤の場合は昭和三十五年から三十七年にかけての入院体験であり、このように見れば遠藤の『沈黙』（昭41・3）こそ新たなキリスト教作家としての主体的な第一歩を示す画期の作といえよう。

しかしまたここで漱石との対比の中で興味ある一側面を見ることが出来よう。それは現代作家の中でも独自の宗教観を持つ古井由吉氏の吉本隆明との対談中の、次のような発言である。

漱石という人がキリスト教圏に生まれたら、存分に自分の思想を掘り起こせたんじゃないだろうか。唯一の神が人間を罰しもし、救いもするという「一神教という存在の中にあったら、もっとあの資質は救われたんじゃあないだろうか」「漱石という人の受難、あるいは業の質みたいなものは、むしろキリスト教臭いものがあるという感じ」だと述べている。これは我々の眼を思わずひらかせてくれるものだが、しかしこの課題は、ここではひとまず措くとして、遠藤の場合はどうか。遠藤の存在こそこの古井氏の発言にそのまま符号するものとみえるが、実は全く逆である。

二　遠藤初源のモチーフ〈神々と神と〉

漱石の言う〈二辺並行〉の底なき矛盾は遠藤にもあるが、それは一元的な西欧的資質のみに傾くものではなく、すでに処女評論「神々と神と」（昭22・12）という題名自体が示す。遠藤自身、その並みならぬ苦しみについては次のごとく語っている。「この裡なる汎神論と一神論の相剋は、容易にはまぬがれえざる課題」となり、我々は「カトリシズムを知れば知るほど」「神々の子としての血液がざわめき叫ぶのを聴かねばならぬ」（傍点筆者、以下同）と痛言し、自分はここで、「『神の世界』への旅には、『神々の世界』に誘惑させられ苦しまされる事なしには行けないことを書きつけたかった」のだとも語っている。実に、この一神論的世界と汎神論的世界との対峙相剋こそは、遠藤文学をつらぬく根源の課題であり、これは戦後の同時代の宗教的作家椎名麟三にも、小川国夫にも、また島尾敏雄などにもついに見ることの出来ぬ矛盾であった。その一端はたとえば、同時代のキリスト教作家としては畏敬の対象であった先輩作家椎名に対して、日本でキリスト教徒であり、しかも作家であることの「困難」さが、「この一神論である、基督教と、彼をとりまくすべての汎神論的な誘惑との問いにあるから」だとすれば「このような批評も障碍もなく、その疑問さえ回宗以後の氏（椎名）に全く浮かばなかったことを私はどのように解してよいかわからない」と言い、もし「我々、椎名氏の後につづく世代が、その大きなローラの跡の地ならしをする役目ならば、私は『黄色い人』を幾度も書くより仕方がない」（「椎名麟三論―微笑をとりまくもの」昭33・11）という。見るからに先輩作家に対しても、あえて言わずにはおれなかったという、この批判のきびしさに、遠藤をつらぬく不抜の初心のありかは明らかであろう。

ならば遠藤自身、この裡なる矛盾と、どう闘ったか。「私とキリスト教」（初出誌不詳だが、『沈黙』執筆以前のもの）と題した一文こそは、これを最も端的に告白したものとして注目すべきものがあろう。遠藤は言う。私たち日本人には「基督教の歴史も伝統も感覚も文化の遺産もありません」。しかし「もっと怖しいことはこの日本人の感覚には基督教をうけ入れない何ものかがあることなのです。私は青年期のはじめ頃からこの日本人の謎のような感覚を自分の周囲のなかに、いや自分の中にさえ発見して愕然としはじめました」という。しかもさらなる疑問は明治以来の文学者たち、たとえば島崎藤村、正宗白鳥、北村透谷、国木田独歩などが、いずれも若い頃基督教に帰依しつつ、その殆どすべてがこの信仰から離れ、そのことになんの苦痛も罪悪感も持っていないということ。これはすべて「自分の中にひそんでいる、日本人としての反基督教的な感覚に気づかずに洗礼をうけたため、信仰がついに本ものとはならなかったのです」。しかしこの矛盾はまた、自分自身にはね返って来るという。「幼年には何も考えず洗礼をうけた」自分には、この問題をどう考えて、処理すべきか分らなかった。こうして最後には「本質的に異教徒としての、普遍の日本人としての感覚が最後にものを言うのではないかという不安にたえずつきまとわれたのでした」という。

しかしまたこの矛盾と不安は「かえって私の信仰に刺激を与えてくれた」。それは「幾度も基督教を捨てようとしながら、結局、捨てられない自分を発見したからで」、「カトリックは日本人の私にぶつかり、それと闘いながら、しかし私から決して離れようとは」しなかったという。先ほど「基督教とは回宗の連続だ」という、ある司祭の言葉にふれたが、「やがて私は信仰とは決して安住や眠りの場所ではなく闘いの場所だということを知り」「眠りの世界ではなく目覚めの世界だということを知った」という。そうしてこの矛盾が教えてくれたことは、「日本人はやはり日本人として基督教の伝統も歴史も遺産も感覚もないこの風土を背おって基督教を摂取していくこと」、その試みがさまざまの抵抗や不安や苦痛を受けるとしても「それに眼をつぶらないこと。なぜなら、神は日本人に、日本人としての十字架をあたえられたに違いない」のだから。

この結語の語る所はすでに明らかであろう。この告白こそは遠藤文学の歩みを最後までつらぬくものであり、『沈黙』の語らんとする所もまたこれに尽きる。

三　作家というテキストをめぐって――〈三つの沈黙〉

さて、ここから本題の『沈黙』というテキストの分析に入ってゆくわけだが、大事なことは作品というテキストの背後には、さらに広大にして錯雑した内容を持つ作家といういまひとつの生きたテキストがあり、この両者を串刺しにして読むことによって、作品本来の孕む裡なる深い〈声〉の何たるかは見えて来る。その意味でも、この『沈黙』という作品の語らんとする所の根は深い。かつてこの作品の発表後間もない時期に『二つの沈黙』と題した小論を草したことがある。ひとつは現実の不条理に対する神の沈黙であり、いまひとつは弱さの故にころび、カトリック教史の汚点として歴史の裡に沈黙せしめられている、その沈黙のなかから彼らを呼び起こすことであり、本来のモチーフは後者にあったのではないか。こうして〈二つの沈黙〉と題してみたが、実はその後、これが二つならぬ〈三つの沈黙〉とも呼ぶべき作者の熾しい問いを孕んでいることに気づいた。

それは初版本を読みながら、見落としていた箱の表の上書に次の言葉を見つけた時である。「数年まえ、長崎ではじめて踏絵を見た時から、私のこの小説は少しずつ形をとりはじめた。長い病気の間、私は摩滅した踏絵のキリストの顔と、その横にべったり残った黒い足指の跡を、幾度も心に甦えらせた。転び者ゆえに教会も語るを好まず、歴史からも抹殺された人間を、それら沈黙の中から再び生き返らせること、そして私自身の心をそこに投影すること、それがこの小説を書き出した動機である」という。これがその全文だが、〈それら沈黙〉とは、ころんだ人間と、これを教会史の汚点のごとく抹殺した教会自体の沈黙を指し、神の沈黙には、あえてふれていない。このような所にも人間の生み出した共同体が、国家であれ、宗教であれ、ある絶対的な権威、権力を振るう時、そこに何が起こるかを問う、闘う作家としての遠藤本来の声を聴くことが出来よう。これらすべてはイエスという存在の活動に、すでにその原点を見ることが出来るが、あえて教会、教団という組織からしめ出されるであろうことも覚悟しつつ、この『沈黙』一篇を書いた作家遠藤の姿勢は、やはり我々の心を深く搏つものがあろう。

さて『沈黙』の概要については、すでに多くの読者の知る所だが、ポルトガルの司祭ロドリゴはその師フェレイラの背教の噂をたしかめんとして日本に潜入し、キチジローという男にうらぎられて捕えられる。最後は拷問に苦しむ信徒たちを救うために踏絵を踏むことを強いられ、ついに踏絵の前に立つが、この時、踏絵の中から「踏むがいい。私はお前たちに踏まれるため、この世に生れ、お前たちの痛さを分かつため十字架を背負ったのだ」という声を聴き、ついに神は沈黙し給わなかったことを知り、〈母なる神〉と対面する。この後、彼は岡田三右衛門と名のらされ、苛酷な運命を生きることになるが、その後もいくたびかころびと立ち直りを繰り返しつつ、その六十二年の生涯を閉じる。

ここで、この作品の終わりをどう読むかという問題となるが、これを読み解くには全く同時期、昭和四十年の一年間に並行して書かれた戯曲『黄金の国』と一年間雑誌「潮」に連載された長編『満潮の時刻』の存在を見落とすことは出来まい。いや、あえてこの三作を同時に読み進めることによって、作品背後の、作家本来の〈声〉を聴きとることが出来よう。（ただ紙数の制限もあり、『満潮の時刻』には殆どふれないことを諒承されたい。）ここで『沈黙』執筆後の作者の心境や状況を語るものとして、『沈黙の声』と題した、晩期に書かれたとみられるやや長い一篇のエッセイがあり、まず冒頭、はじめて長崎の十六番館で見た踏絵についた大勢の人間の黒い足指の跡が心に深く残り、それは戦中派の自分の仲間や先輩、また多くの戦争の犠牲となった人たちへの想いとかさなり、〈自分の生き方や思想・信念を暴力によって歪められざるをえなかった気持〉を考えれば、その痛みは誰にでも痛いほど分かる問題」であり、「踏絵の足指の痕は、他人事ではない。」「それが、私を小説へのスタート地点に立たせたのである」と語っている。すでに『沈黙』の生まれる初源の一点が何処にあったかはここに明らかであろう。

こうして取材のための長崎への旅が始まり、まず彼の心を最も深く捉えたのは殉教者ならぬ圧政の犠牲者となった棄教者クリスヴァン・フェレイラ（沢野忠庵）であり、作家の直感がこの人物を選ばせたという。一六〇九年（慶長十四年）入国以来その苦悶は続くが、寛永十年（一六三三）、時の宗門奉行、井上筑後守によって潜伏中の彼は捕えられ、穴吊りの拷問を、五時間受け、ついに棄教することとなる。その後は日本人死刑囚、沢野某とその妻子とを押しつけられ、その名も沢野忠庵と名乗り、幕府の通詞を勤めることになる。其後その天文学や医学を日本人に教えるなどすぐれたはたらきもしているが、一面『顕偽録』などキリスト教の偽瞞を語るような著作なども命じられ、その苦悩の生涯は一六五〇年一月、閉じられることとなる。

四　井上筑後守と大審問官

このフェレイラの棄教に至る苦悩を描いてみせたのが遠藤の最初の戯曲『黄金の国』(昭41・5)で、芥川比呂志の見事な演出で注目されることともなったが、ここで作者内面の課題を最も深く語っているのは、主人公のフェレイラならぬ、彼を審く宗門奉行井上筑後守という存在であることに注目する必要があろう。

実はこの人物こそ今までふれて来た作者遠藤の内面の屈折、矛盾を最もつよく語るものであろう。たとえば彼は言う。「余は切支丹の教えに一度は芯から惚れた」。しかしいま自分が多くの信徒に棄教を迫るのは、「これはこの日本の土に合わぬ苗と思うからだ」。「この日本と申す泥沼には神の苗は育たぬぞ。むかし、余もあの宗教に帰依しようとした。だが、この泥沼に少しずつ裏切られた」。また自分が踏絵を考えたのも「日本という泥沼に気づかぬ者、日本という泥沼に知らぬふりをする者にたいする余の復讐だ」。これは随所でくり返し彼の語る所だが、さらには次のような自問の告白の言葉も聞こえて来る。

「フェレイラを捕える。転ぶか。転ばぬか。フェレイラを捕える。転ぶか転ばぬか。それは余が己れのためにやらねばならぬ……賭だ、余は、フェレイラを通してこの己れを拷問にかけるのだ」と。その呟き、告白こそは、むしろ作者遠藤が彼に託した問いであり、告白ではなかったか。さらに彼はこうも言う。「余とて切支丹の教えが邪教だとはつゆにも考えてはおらぬ」。「だが余が切支丹を拒むのはな、二つの理由がある。一つはそこもとたちが自分勝手な夢を我等に押しつけすぎることだ」。「そこもとがこの国にこれ以上残ったとて迷惑するのは憐れな百姓たち。あの者は我等につくか、そこもとたちにつくべきか、戸惑っておるのだ。そこもとがいなくなれば、あれらも安心して我々の言うところに従うであろうに」。「この日本国はパーデレがどのような夢を持とうと、決して切支丹にはむかぬ国だぞ。余はこの日本と日本人をそこもとよりよく知っている。どうしても日本人がなじむことのできぬものがある。それはそこもとたちの切支丹の教えだ」。いささか長い引用となったが、これらがすべて、先にふれた近代作家たちの離教を語る遠藤自身の思いにかさなることは再言するまでもあるまい。

あえて言えば、これはまさしくドストエフスキイの『カラマーゾフの兄弟』における囚人キリストを前にした、あの大審問官の台詞と同じではないか。十六世紀のなかば熾しいキリシタンの迫害が繰り返されたイスパニア、セヴィリアの町にあらわれた復活者キリストは囚えられ、老いたる大審問官のきびしい糾問の言葉を聴く。何故、お前はここにあらわれて〈自由〉を説くのか。真の自由とはひとにぎりの魂のひらいた人間の持ちうるものであり、あとの幾百万という人間にとっては、ただ「不安と混乱と不幸」をもたらすだけであり、彼らには〈奇蹟〉と〈神秘〉と〈権威〉を与えればよい。こうして多くのものは救われる。かつては自分もお前に選ばれた仲間に入ろうとも思ったが、やがて目が醒めていまの世界に還った。「今に我々のなさんとする王国は築かれるであろう。明日はお前もその従順なる羊の群を見るだろう。彼らは自分がちょっと手をふれれば、我れ先にとお前を炬くべき炬火へと炭を掻き込むであろう。お前が我々の邪魔をしに来たからだ。我々の炬火に価するものがあるとすればお前なのだ。明日はお前を烙き殺して呉れる。DIXI」。

語り終わった大審問官は答えを待つが、囚人キリストはただしみ入るように静かに彼をみつめたまま、なにひとつ答えようとしない。老人はその沈黙に耐えかね、たとえにがく恐しい言葉でもよい。答えてほしいと願う。だが、囚人は突然無言のまま老人に近づいて、無言の接吻を与える。それが答えの全部であり、老人はぎくりとなり、緊張のあまり唇の両端がぴくりと動く。彼は獄舎の戸を開けて、「出て行け、二度と来るな」という。引用は省いたが、この場面の大審問官の理の整然として長々と続く言葉は、一面我々の心を打つものさえあるが、やはり心にしみるものは、あの終始何ひとつ答えず、最後に老人に無言の接吻を与えるキリストの姿であり、この無言の接吻を、老人に対する励まし、許しとみる論もあるが、もとよりそうではない。「その接吻は彼の胸に燃えたが、しかし老人は依然としてもとの理念を捨てようとはしなかった」という。それはこれが無言の許しとみえて、また無言の重い問いでもあるということだ。その故に老人の心はゆれるが、なお彼は自分の使命を変えようとはしなかったという。

お前がどのような種を蒔こうとここに生え育つものはない。ただ多くのものを逆らわせるだけではないかとくり返し問いかける筑後守の言葉の背後に、あの大審問官の論理をかさねて感じることは、理のないことではあるまい。事実ある対談の中で遠藤氏があのモデルは大審問官だと語っていることを知って、なるほどやはりそうであったかと、深くうなずくものがあった。しかしここにいる相手はフェレイラであって、キリストではない。だが、ここでキリストに対していえばどうであろう。私にはあたかも自分の面前に立つキリストに向かうかのごとく、筑後守に託した作者遠藤の言葉を聴く想いがする。

「切支丹の救いとは慈悲にすがるだけのものではない。人間が力の限り闘いぬきその心の強さとデウスの慈悲とが結びあうのが切支丹の申す救い」とある司祭から聴いた。ただ、「フェレイラだけにはころんでほしくなかった」と言い、「なぜ転んだ、フェレイラ。余はそこもとだけを責め苛んだのではないのだ。余は二十年前に転んだこの身を、この泥沼の国とをともども責めておったのだ」。これらのすべてもまた筑後守の肺腑をえぐる自問の声だが、この背後にはまぎれもなく作者遠藤の身をえぐる自問の声を聴くことが出来よう。こうして、遠藤の〈神々と神と〉に始まる初心の葛藤は、なお未完のままに続き、ロドリゴという外国の司祭に託したが故に、問いつくしえなかった、未完の課題をその姉妹篇ともいうべき、この『黄金の国』一篇に、また筑後守の尋問と自問のからむ告白の背後に、なお〈終り〉なき問いを託そうとしたのではなかったか。同時に大審問官を筑後守に重ねることによって、囚人キリストならぬ踏絵の中のあの「踏むがいい」というキリストの声は単なる許しならぬ、また無限の問いを含むものであることも見えて来よう。

五　原題『日向の匂い』をめぐって

さて最後に残るのはこの『沈黙』の原題がはじめは『日向の匂い』であり、それが編集者のつよい要請で変わったというわけだが、その最初の意図は何か。あのころんだ後のフェレイラが、いわば屈辱的な日々を送っていたが、「あるとき自分の家のひなたのなかで腕組みをしながら、過ぎ去った自分の人生を考える。／そういうときの〈ひなたの匂い〉があるはずだと思った。言いかえれば〈孤独な匂い〉だろうが」「これをタイトルにしたかった」「つまり光を描かずに影をひそかに描く」。その点で『黄金の国』では書きえなかった所を再度くり返して見ようとしたが、編集者のつよい要請もあって『沈黙』という題目になってしまったのは残念だという。すでに語る所は『黄金の国』と『沈黙』が二つにしてひとつというべき一体の作品であることが、領けよう。同時にこの原題の意図はどこに生かされるべきか。それが『沈黙』本文終末の次に付録の如くつけ加えられた、棄教後のロゴリゴの生涯の一端を、暗示的に簡略に示した、「切支丹屋敷役人日記」の記録であろう。実は『沈黙』の続篇としてロドリゴのモデルにしたジョゼフ・キャラの後半生を別の小説に書く予定もあり、名前もあえてロドリゴという仮名にしたという。しかし『沈黙』執筆後、疲れ果てていたという作者は、もはや述べて作らずということで、代わりに『切支丹屋敷役人日記』をつけ加えたわけだが、ここであの書かれなかったフェレイラならぬロドリゴの〈日向の匂い〉が描かれる可能性もなかったわけでもあるまい。しかしこの記録の抜粋の一端にも「岡田三右衛門儀、宗門の書物相認め申し候様にと遠江守申付けられ候」などと、キリスト教を棄てた誓約書を書けと命じられた記録がいくたびか見られ、ここでも棄教と回宗をめぐる主人公のドラマは続き、これは同時に回宗をめぐる作者遠藤周作自身の〈二辺並行〉の内面をうかがわせるものでもあろう。たとえば、戦時下の問題にふれた先の遠藤の言葉に即せば、戦死した多くの同胞に対し、生き残った自分の想いは、ロドリゴで言えば、棄教者ならぬ殉教者への悲しみや負い目ともかさなって来よう。またこの遠藤の想いは『満潮の時刻』の明石という人物を通じ、自身の病床体験を語ってみせた主人公の内面にも明らかにうかがうことができる。こうして作品のドラマの背後に作家自体の言いがたく深いドラマが内在することをみれば、主人公ロドリゴの最後までの〈二辺並行〉の魂の揺動を暗示した『沈黙』の終わりをどこに読むかは、読者自体が問われる未完の重い問いでもあろう。

『沈黙』『黄金の国』再読――〈神の沈黙〉をめぐって

一

〈神の沈黙〉について遠藤周作を主体として語れということだが、〈神の沈黙〉といえば、まず浮かぶのがマックス・ピカートの『沈黙の世界』である。彼は言う――「神の沈黙は人間の沈黙とは異っている。神の沈黙は言葉と対立してはいない。神においては言葉と沈黙は一体なのである。言葉が人間の本質をなすものであるように、沈黙は神の本質なのである。しかし神の本質のなかではすべてが明瞭なのだ。それは言葉であると同時に沈黙なのである」と。

ならば、我々は〈神の沈黙〉をどう理解することが出来るのか。ピカートはこれに応えていう。「愛によって神の沈黙はことばへと転換するのである。神のことばはおのが身をぎせいに供する沈黙、人間に献げられた沈黙なのだ」と。これはもう殆ど遠藤の『沈黙』自体を、その主題のすべてを語るものではないのか。言うまでもなく、あの踏絵の場面にかかわる所だが、お前が転ばぬ限り穴吊りの無惨な刑を受けている農民たちを助けることは出来ぬと言われ、またフェレイラの「お前は彼等のために教会を裏切ることが怖ろしいからだ。このわたしのように教会の汚点となるのが怖ろしいからだ」。しかし「それが愛の行為か。司祭は基督にならって生きよと言う。もし基督がここにいられたら」「たしかに基督は、彼等のために、転んだだろう」という言葉に問いつめられつつ、ついに踏絵の前に立つ。この時、彼は「踏むがいい」というキリストの声を聴く。

「踏むがいい。お前の生の痛さをこの私が一番よく知っている。踏むがいい。私はお前たちに踏まれるため、この世に生れ、お前たちの痛さを分つため十字架を背負ったのだ」。すでに語る所は、あのピカートの言葉にそのままかさなる。まさしく「愛によって神の沈黙はことばへと転換」され、そこには「おのれ自身をぎせいに供する沈黙」「人間に献げられた沈黙」があかしされる。

しかし多くの評家はこれを難じて、最後までキリストをして沈黙せしめるべきではなかったか。神は沈黙をやぶるべきではなかったと言う。またこれはいかにも感動的な場面だが、あの踏絵の声はロドリゴが踏んだあとにこそ聴かるべきであったともいう。そこにロドリゴ自身の、また人間自身の〈自己義認〉のあやうさと昂ぶりをみるという。しかしそのあやうさも、これをあえて書く作家としての昂ぶりも、すべては彼自身が承知の上で踏み込んだ、そこにこそこの作品の眼目ともいうべきものがあるといえば、どうか。

私はこの『沈黙』が刊行された直後、『ふたつの「沈黙」』と題した小文を草したことがあるが、そこでこの〈沈黙〉とは神の沈黙のみならぬ、いまひとつの〈沈黙〉。その棄教、背教のためにカトリック教史の汚点として排除され、歴史の底に排棄された、その沈黙のなかから彼らを呼び起こすこと。転んだが故に教団の歴史から抹殺され、切り棄てられてしまった、その名もなきものの復権こそ、あえて作者の踏み込んだカトリック教史への、糾問の一拍ではなかったかとしるした。この神ならぬ、弱者のしいられた沈黙への問いこそ、この作品の、いまひとつの重い主題ではなかったかと問いかけた。あえて〈二つの『沈黙』〉と題したゆえんだが、しかしこれはすでに作者自身が語っていたことを見落としていた。作者はすでにこの作のモチーフについて熱く言及していた。初版『沈黙』の函の表には、次のようにしるされている。

「数年まえ、長崎ではじめて踏絵を見た時から、私のこの小説は少しずつ形をとりはじめた。長い病気の間、私は摩滅した踏絵のキリストの顔と、その横にべったり残った黒い足指の跡を、幾度も心に甦えらせた。転び者ゆえに教会も語るを好まず、歴史からも抹殺された人間を、それら沈黙の中から再び生き返らせること、そして私自身の心をそこに投影すること、それがこの小説を書き出した動機である」。以上がその全文だが、前半は「黒い足指の痕」を残した者たちの姿が、「私のなかで生きはじめていった」という、あの「あとがき」の言葉とかさなるが、見るべきは後半であろう。

「転び者ゆえに教会も語るを好まず、歴史からも抹殺された」ものたちを、「それら沈黙の中から再び生き返らせる」ことこそが、「この小説を書き出した動機」であったという時、すべて明らかであろう。沈黙をしいられたものたちのみではなく、「転び者ゆえに」これを排除して語らなかった教会そのものの沈黙に対しても、熾しい作者のプロテストは突きつけられている。「基督がここにいられたら」「たしかに基督」もまた「彼等のために、転んだだろう」という。この「神の沈黙」ならぬ、教会の沈黙に対する熾しい糾問のひびきこそ、この作品をつらぬく基底のモチーフとみるべきであろう。「踏むがいい」という言葉を、「後に入れることはとてもできなかった」「書いているときの心情の高ぶり」からも、それはできなかったとは、筆者との対談（『人生の同伴者』）中の遠藤氏自身の言葉でもある。事実、「『これは神の沈黙を描いた作品』と錯覚され」ているが、「私の意図は『神は沈黙』しているのではなく語っている」ということであり、「そういった『沈黙の声』という意味をこめての『沈黙』だったのである」（『沈黙の声』カミユ文庫、平4・11）とはまた、遠藤氏自身のいう所でもある。

　ことの主題は〈神の沈黙〉への切迫した実存的、あるいは存在論的な問いにあったのではなく、その神の言葉をあえて差しとめ、排除した教会の沈黙とは何かと問う所に、作者自身の根源的な問いがあったとすれば、「たとえあの人は沈黙していたとしても、私の今日までの人生があの人について語っていた」という、作品末尾の言葉に託した作者の思いもまた明らかであろう。これを評して、この「傲慢を私は認めることが出来ない」とは大岡昇平のいう所であり、「『あの人は沈黙していたのではなかった』という主題の転換には、なお疑問が残る。神の沈黙を沈黙のまま描いて突っ放すのが文学ではないのか？」とは三島由紀夫のいう所だが、あえてこれらの批判を押し返そうとする、作者自身の情念の深さもまた疑うことは出来ない。

二

すでに『沈黙』の問う所に〈神の沈黙〉ならぬ、かくれ切支丹の悲劇をめぐる抑圧するものとされるもの、その両者の沈黙への熾しい糾問と救済への希求をめぐる、作者の深い情念の所在をみるとすれば、その題名の初案が『日向の匂い』であったとは、どういうことか。しかしこの初案は出版社側の反対で実現をみなかったが、今にしてなお捨てがたいものがあると作者はいう（前掲『沈黙の声』以下同）。『沈黙』とは「いかにも大げさで恥ずかしい」。「できるだけ抑制の効いたタイトル」で、「そのなかで小説のテーマを読み取ってもら」う。それも「ダブル・イメージ」で、たとえば「〈わたしが棄てた女には〈わたしが、棄てたイエス〉の意味が含まれ」、「〈侍〉とは〈さぶらふ〉――つまり〈だれかに仕える〉。だれかを頼みとする〉という意識が含まれ」る。「そういうダブル・イメージを持つ題が私は好き」で、はじめに付けた『日向の匂い』も「次のような想いをこめた」ものだ。「人生がすべて裏目に出てしまったフェレイラ――彼は死刑囚であった日本人の女房子供を押しつけられ」、幕府方の通詞として、「自分を迫害したものの手先」として働くこととなる。

このような「屈辱的な日々を送っている男が、あるとき自分の家のひなたのなかで腕組みしながら、過ぎ去った自分の人生を考える。そういうときの〈日向の匂い〉「言いかえれば〈孤独の匂い〉。そのようなイメージを私はタイトルにしたかった。これを抑制したタッチで描いてみる。「つまり光を描かずに影をひそかに描く。その点で『沈黙』というタイトルは大上段に振りかぶって、『さあ見ろ』という感じがしてどうも気に入らない」。その結果は内外の批評家の多くが『沈黙』というタイトルに惑わされ、その批判の多くはこれを「『神は沈黙している』と解した人びとからのものだったようだ」という。

語る所はフェレイラの人生だが、「その点で『沈黙』というタイトル」は気に入らぬという。すでに文意の矛盾は明らかであろう。作者自身気がついたかどうか、言わばこのなかで無意識に語られた所に『沈黙』を解く鍵は秘められている。先の言葉を借りれば、ロドリゴのドラマはその師フェレイラのドラマ、その悲劇とそのままかさなり、先の言葉を借りれば、まさに両者は「ダブル・イメージ」で描かれていると言っていい。さらに言えば司祭のころびをめぐる劇的な転変、その熾しいドラマの起伏はロドリゴ以上にフェレイラにあったと言える。恐らく作者遠藤周作のなかには、何よりもつよくフェレイラの悲劇があり、その延長上に、いやこれとかさね合わせるようにしてロドリゴのドラマが、『沈黙』が書かれたと言ってよかろう。

注目すべきは、このフェレイラを描いた戯曲『黄金の国』が『沈黙』執筆と全く並行して書かれていることであり、さらにこれも同時期に雑誌（『潮』昭40・1〜12）に連載された自伝的作品『満潮の時刻』とかさね合わせれば、作者がえらびとったモチーフは互いに錯綜しつつ、作者回心後の最も重い主題を語りはじめていることにある。あえて言えば、はじめにフェレイラありきということであり、ことの消息は作者自身が明らかに語っている。

三

遠藤のあの踏絵との対面は、劇団「雲」からの戯曲執筆の依頼がきっかけであった。彼はかねて用意していた明治初期のキリシタン迫害の物語を素材として考えていたので依頼を受けるや、「すぐ長崎に飛んだ」。「長崎に行くのは初めてで」あったが、そこであの踏絵に出会った。「私は十六番館という家で踏絵をみた。踏絵をはめこんだ木にはそれを踏んだ者の黒い足指の痕がついていた」。その「黒い足指の痕をみながら、私は私の戯曲の主人公もまた、あの日、それに足をかけたのだと思った。その時、彼の足の下で摩滅し、凹んだ基督が訴えた言葉まで私には聞えるようであった」(「私の書こうとしている戯曲」)。

しかし、この時のはじめの構想は見送られ(これは後に『女の一生、一部・キクの場合』で実現する)、踏絵の衝撃はまずフェレイラのドラマ(『黄金の国』)となり、続いてこれとかさなるようにしてロドリゴのドラマ(『沈黙』)となる。

さらにはこの時彼の、また彼らの「足の下で摩滅し、凹んだ基督が訴えた言葉まで私には聞こえるようであった」という想いはそのまま、作者の病床体験を描いた『満潮の時刻』の終末に近く描かれる。「私は……、お前の足の痛みを知っている。お前がそれに耐えられぬなら踏みなさい。私の顔に足をかけるのだ。もし、お前を愛する者が私と同じ立場にいたならば、その人は私と同じことを言うだろう。踏みなさい。足をかけなさい」と。こうしてその「硝子ケースに両手をあてたまま長い間」黙して動かない主人公明石のなかで、病床体験のさまざまなものが「今、ようやく焦点を結びつつある……」と作者はしるす。恐らくここで「焦点」を結びつつあったものとは、ほかならぬ『沈黙』や『黄金の国』の作者が、いまようやくにしてその主題の達成を迎えようとする、その深い感慨ともかさなるものであろう。作中にも語るごとく、「満潮の時刻」が新たな生命の誕生をあらわすものだとすれば、この題名の由来する所もまた明らかであろう。

作者はこの作中、自分の分身としてひとりの平凡なサラリーマンを主人公に選んだ。その明石という人物を通して、作者は自身の病床体験をつぶさに語りつくそうとしているが、その眼目は彼が三度目の手術後、夢にかつてみた長崎のあの踏絵のキリストを見、その眼が何を語ろうとしていたのかを執拗に問い続ける所にある。こうして彼は退院後再び踏絵のキリストに対面し、一切を理解する。人間を、その人生をとりまき、みつめる非情な事物、自然、さらにはもの言わぬ鳥や犬の眼、それらすべてがその背後にあるキリストの眼と一体となって生きているという事である。彼のなかにある平凡な日常人としての〈汎神論的感性〉と、その背後に息づく何ものかへの開眼にある。これを作者自身に置きかえれば、その〈汎神論的感性〉と「カトリック信仰」がもはや二律相反ならぬ「二律相関」として、あえていえば「二者一元」のものとして捉えられたということであろう。『沈黙』を書き終った作者が、これでやっと「日本人のなかへ入ってゆく」ことが出来たとは、『沈黙』ならぬ、この同時期に書き進めていた『満潮の時刻』の作者としての強い感慨でもあろう。

しかしまた、この主人公をカトリック作家ならぬ、ひとりの世俗的な人間としてえらびとった時、終末の「踏むがいい」という踏絵からの声は、その必然性を失っているというほかはあるまい。この主題の分裂ともいうべき矛盾をあえて作者がえらびとったとすれば、これは先にもふれた日本的風土に根ざす〈汎神論的感性〉のなかに、キリスト教信仰がどう根ざし、生きうるかという作者根源の問いが引き出した矛盾というほかはあるまい。

四

しかも作者内面の問いは一方にその反極として、ひとりの強力な人物を配し、この課題を問いつめようとする。言うまでもなく、この同時期のいまひとつの作品『黄金の国』の、フェレイラならぬ、いまひとりの主人公ともいうべき井上筑後守という存在である。宗門奉行としてフェレイラを捕えた彼は問いつめる。

「思えばそこもとは決して余に負けたのではない。この日本と申す泥沼に負けたのだ。だがこの日本の泥沼も決して悪いものではないぞ。それに体を浸しておればやがては泥の心地よい温かさにもなれる。切支丹の教え、あれは炎だ。炎のように人を焼きこがす。だが、この日本のぬるさはやがて、そこもとを眠らせようぞ」。この「泥沼」という言葉は、また別の場面でも使われる。かくれ切支丹に踏絵をふませるとは自分の考え出したことであり、それは「日本という泥沼に気づかぬ者、日本という泥沼に知らぬふりをする者にたいする余の復讐だ」ともいう。

しかしまたついに踏絵を踏むフェレイラを見ては「パーデレ。余はそれを見たくなかった。せめてそこもとは余に勝つと思いたかった。そこもとだけは余に勝つと思いたかった。そこもとだけは切支丹の教えがこの日本国にも根をつけるのだと身をもって言いつづけてもらいたかった」と言い、さらに引き立てられてゆくフェレイラを見送っては、「なぜ転んだ、フェレイラ。余はそこもとだけを責め苛んだのではないぞ。余は二十年前に転んだこの身と、この泥沼の国とをともども責めておったのだ」という。すでに語る所は明らかであろう。私はここであの『海と毒薬』における戸田を、またさらには後の『死海のほとり』に登場する、いまひとりの戸田を想い浮べる。

作者は『海と毒薬』にふれて「ぼくはあのなかでいちばん興味があるのは、戸田です。戸田は、私ですから。勝呂よりも」（三好行雄との対談「文学―弱者の論理」）という。作中、他者の死や苦しみに対する無関心さにふれ、「ぼくはあなた達にもききたい。あなた達もやはり、ぼくと同じように一皮むけば、他人の死、他人の苦しみに無感動なのだろうか。」「そしてある日、そんな自分がふしぎだと感じたことがあるだろうか」と、戸田はいう。すでに問いは作者の肉声そのものであり、戸田とは私であり、あなた方であり、「日本のインテリ」そのものですという（前掲対談）作者の言葉はやはり重い。さらにまた『死海のほとり』にふれても「極言すると『戸田』と『イエス』がいる」ので、「あとは要するに」この両者を『照らし出している照明』に過ぎない（江藤淳との対談「『死海のほとり』をめぐって」）という発言もまた見逃すことは出来まい。

このふたりの「戸田」が両者ともに作中にあって、作家内面の問いをとらに問い返す重い対立者とみれば、『黄金の国』における井上筑後守もまた、作中いまひとりの「戸田」的存在とみることも出来よう。「余は二十年前に転んだこの身と、この泥沼の国とをともども責めておったのだ」というその言葉に、私はあのドストエフスキイの描いた「大審問官物語」を想起する。『カラマゾフの兄弟』にあって、あのイヴァンの語る劇詩に登場する大審問官は囚人キリストに向かって、もはやお前は再びこの世に現れて、人間に対し良心の自由や愛などというたわごとを伝える必要はない。それは人間にとっては到底にない切れぬ重荷だ。「われわれはおまえの事業を訂正」し、「新たな掟を作り上げたのだ」とはげしく問いつめてゆくが、しかし注目すべきは彼（大審問官）のひそかな苦悩をあかしてイヴァンの語る所であろう。「彼は荒れ野で草の根を食いながら、自己を自由な完全なものとするために、肉を征服しようと気ちがいじみた努力をしたが、人類を愛する念は生涯かわりなかった。ところが、一朝忽然と悟りを開いて」、彼はそのむなしさを知った。たとえ自分ひとりがその意志を全うした所が、「その余の数百万の人間」にはなんの救いもない。「彼らは、自分の自由をどうしまつしていいかわからないのだ」。こうして彼は「賢明なる人々に投じた」のだという。イヴァンの言葉に、弟のアリョーシャは問い返す。「兄さんの老審問官は神を信じていや」しない、「それが老人の秘密の全部」だという。イヴァンは答える「その通りだ」。「しかし、それは彼のような人間にとっても、はたして苦痛でないだろうか。彼は荒れ野の中の苦行のために、一生を棒に振ってしまいながら、それでも人類に対する愛という病を、いやすことはできなかった人なんだ」。こうして大審問官のキリストへの熾しい糾問は続くが、終始無言のまましみ入るような眼でみつめていた囚人キリストは、無言のまま老人に接吻する。老人はぎくりとして、おののきつつ突き放すように扉をひらいて二度と来るなという。「で、老人は?」とアリョーシャが問うと、その「接吻は、胸に燃えていたが、依然としてもとの理想にふみとどまっていた」とイヴァンは答える。「そして、兄さんも老人といっしょなんでしょう、兄さんも?」と、アリョーシャはうれわしげに叫ぶ。

ドストエフスキイの問う所はもはや繰り返すまでもないが、恐らく『黄金の国』の作中、井上筑後守という存在は作者の胸中に、この大審問官のイメージと重ねあわせてつよく生きていたことは疑いあるまい。フェレイラやロドリゴやキチジローと同様、「井上筑後守も私なのである」（前掲文）という。彼（井上筑後守）のいう「泥沼」とは「当時のキリスト教を指して言っているので」あって、「ヨーロッパのものの考え方を土台として成立し、その思考方法で育てられたキリスト教をそのまま日本に持ちこもうとしても駄目だと言おうとしている」ので、つまりは「あなたたちの思考方法で鍛えられていないキリスト教を、もう一度考えなくてはいけないのではないか」ということだという。

これはすでに遠藤周作の終生問い続けんとしたモチーフであり、これを問う井上筑後守の言葉の語る所は重い。あえて『黄金の国』にあってフェレイラと並ぶ、いまひとりの主人公と呼ぶゆえんだが、しかし『沈黙』にあってはフェレイラも、筑後守も後景に退く。この両者をめぐるドラマは、すでに骨太く、この戯曲一篇に描きとられたと言ってもよかろう。「あなたは黙っているのではなかった」と繰り返し、筑後守に向かっては「よく見られるがいい、フェレイラは、ただ今……この通り主のお顔に……足をかけます。」「踏んだとて決して基督はお怒りにならぬ。それが、このフェレイラにやっとわかったのだ。やっと……やっと……」という。このフェレイラの踏絵の場面も、『沈黙』のロドリゴの場合と較べて、はるかに勁いひびきをもって描きとられる。

遠藤氏の言う通り、戯曲は「登場人物の思想や観念のたたかいこそが劇をつくっていく」のであり、そこにあるものは「彼らの観念のたたかいだけであり、」「彼らと超越的なものの関係だけなのである」という時、彼が聖書の骨法にならって描いたという、この戯曲一篇の語る所が何なのかは明らかであろう。すでにドラマは終った。彼が描かんとしたドラマの本髄は、極言すれば『沈黙』の達成を待たずして描きとられたと言っても過言ではあるまい。『黄金の国』の終末、筑後守のもとに、筑前大島に「四人の南蛮人パーデレ」が夜の闇にまぎれて上陸したという知らせが届く所で幕は降りる。そのひとりをロドリゴと見立てれば、続くロドリゴのドラマは、フェレイラを問いただすとみえて、すでにフェレイラのドラマに収斂されてゆくものとみえる。

「神の沈黙」への問いは、たしかに『沈黙』『黄金の国』ともに、いくたびか繰り返されてはいるが、しかしその根源のモチーフとしてひびくものはやはり、「神の沈黙」ならぬ、人間が選びとり、また選びとらされた「沈黙」をめぐるドラマへの作者の熱い批判と希求の声であろう。「神の沈黙」を人間の言葉として、文学として、どう語りうるかは、我々に与えられたなお未完のアポリアというべきだが、しかしまたその故にこそ、作家自身の問いの切実さこそが、その〈信〉の所在とともに改めて問われる所であろう。

『西方の人』――マリアの原像を軸として

一

臼井吉見の『大正文学史』が芥川をもって終り、続く平野謙の『昭和文学史』が芥川の死をもって始まっていることはきわめて象徴的である。芥川という存在がまさに大正と昭和を架橋するものであったとすれば、その遺稿『西方の人』は芥川が己れの生涯と文学に付した最後の索引であるとともに、また時代そのものを総括し、予見するなにものかを含んでいたはずである。だがこれらの批評家あるいは文学史家の論ずるところは、果たして芥川のいう「ぼんやりした不安」の内実をよく摑みえたものであろうか。たとえば臼井の引く佐藤春夫の文に、次のような一節がある。

彼は一個の人間の蛹(さなぎ)、老文学青年として、昭和二年三十六歳で、〝ぼんやりした不安〟のなかで死んだ。しかし明治以来六十年の近代日本文学のすべて――その外国文学からの影響も、古典からの摂取も、新しい文体の成熟も、明治大正を一時代とするこの時代の文学は、芥川龍之介のなかに見事に結実を示し完成した。明治に発芽し開花したものは、大正で結実して芥川の一身とともに地に墜ちた。芥川が〝ぼんやりした不安〟と称したものは、夙(つと)にその兆顕著に、直ぐ彼の時代の後に起らうと待ちかまへて彼の身辺にゐた有為な青年、中野重治や窪川鶴次郎などのプロレタリヤ文学にも関聯しては居なかつたらうか。芥川はその鋭敏な時代感覚と博学とによつて、彼の直後に起らうとしてゐるものが、彼とは全く絶縁体の新文化である事に気づいて、それに対する不安なども、その〝ぼんやりした不安〟の重要な一部分をなしてゐたのではないだらうか。

臼井はこれをもって数ある芥川論中、その「透徹した理解と批評」において最も「卓抜してものである」という。そうして、その近辺にいた新世代のひとり「中野重治のすがたが、おそらく一種の圧迫感と信頼感をまじえて映っていたと考えられる」という。これを受けつぐかのように平野謙もまた「死を目前にした芥川龍之介が、もっとも心にかけていた青年文学者は堀辰雄だったにちがいない。しかし、『玄鶴山房』の最後にリープクネヒトを読む青年を点描せずにいられなかった芥川龍之介は、堀辰雄とちがった意味で中野重治という若い文学世代にも注目しなければならなかった」と言い、「芥川龍之介の不安をうけつぎ、乗りこえようとする方向は、すでに早く中野重治と堀辰雄によって文学的に定着されていたのである」と述べている。「中野におけるマルクス主義文学の方向と堀における西ヨーロッパの前衛文学の方向」がそれだというのである。

こうして平野は「リープクネヒトを読む青年」や『蜃気楼』の「『新時代』の青年男女のすがた」の点描、中野重治への言及、さらには——〈誰よりも民衆を愛した君は／誰よりも民衆を軽蔑した君だ／／誰よりも理想に燃え上つた君は／誰よりも現実を知つてゐる君だ〉と、「レーニンのことを、そう歌わずにはいられなかった」芥川にふれつつ、「『新時代』に対する芥川の理解と共感は、ある得体の知れぬ脅威と恐怖に裏づけられ」、「家族制度の軛からのがれられぬみじめな自己を憫笑しながら、しかし、『新時代』と無条件に抱合することもできぬところに、当時のインテリゲンツィアの危機意識」の「表白」があり、そういう芥川の「『ぼんやりした不安』は、遺稿『歯車』や『或阿呆の一生』などにもっとも具体的に語られてある」が、「そのような芥川の不安といかに対決するか、が新しい文学世代の出発点」であったと述べている。

すでに評家のいうところは明らかであろう。「ぼんやりした不安」とは、芥川の生理や精神のすべてを含む複合的なものであったとしても、なお彼をとりまく新たな時代への漠たる不安こそが、そのひとつの核部をなしているというのである。しかしその不安とは何か。その「直後に起らうとしてゐるもの」が、「彼とは全く絶縁」したものでであるということか。そういう「新時代」なるものに対する「脅威と恐怖」という疎外感からか。あるいはついにそれを「抱合」しえぬという深い乖離感からか。恐らく事態は逆であろう。「社会主義」を歴史の「一つの必然」（『澄江堂雑記』）と見た芥川は同時に、「人間獣の依然たる限り」（『小説作法十則』）「如何なる社会組織のもとにあつても、我々人間の苦しみは救ひ難いものと信じ」（『文学的な、余りに文学的な』）ていた。『玄鶴山房』の末尾にリープクネヒトを読む青年を点じた芥川に、若き日『リープクネヒトを憶ふ』の一文を草した男の索漠たる落伍感を描いた『或社会主義者』の一文のあることも見逃しえまい。『宣言一つ』の作者有島の暗澹たる終末もまた彼にとっては、「人間獣」をめぐる一挿話と見えたはずである。芥川にとって〈新時代〉とは〈絶縁体〉ならぬ継続体であり、〈不安〉の増幅体ではありえても、その〈不安〉自体を止揚しうるものではなかった。彼はその認識を殆ど予感的に、遺稿『西方の人』正続二篇にあざやかに語っている。

二

ひとつのテキストがまさにその言葉通り、ひとつの織物であり、その本質において多義的なものであるとすれば、芥川がその最後に遺した「比喩の文学」（福田恆存）としての『西方の人』ほど、その多義性をみごとに発現しえたものはあるまい。評家もいう通り、そこには昭和文学史を覆う「すべての課題」即ち「精神と肉体」「超越性と日常性」「知識人と大衆」「芸術と実生活」などの課題が問われ、これらはそのまま「現代においてもなお意味を問いかける文学論上の課題」（大久保典夫）でもある。昭和初年より三十年代末に至る代表的評論の多くを収めた『昭和批評大系』（昭43、番町書房）第一巻の巻頭に、「昭和文学史の起点」を示すもの、また「昭和批評史上最高の批評作品」として『西方の人』が置かれていることはいかにも象徴的だが、先の言葉はその編者のひとりの発言である。またいまひとりの編者磯田光一もまた、その巻頭に据えた「日本的近代の逆説」なる評文のなかで、『西方の人』に昭和文学史の十年代に至る道行きの基軸を見出そうとしている。

周知のごとく芥川はこの作中、「聖霊は必ずしも『聖なるもの』ではない。唯『永遠に超えんとするもの』である」、また「マリアは『永遠に女性なるもの』ではない。唯『永遠に守らんとするもの』である」と述べているが、『聖霊』が、人間の精神における『超越的機能』を意味し、マリアが大衆意識の土俗的な部分を象徴していることは、ほとんど疑う余地がない」とし、この「『超越』の場」がかつての「国家」から「『個人』の内在的な空間のうちに転位した」時、この「超越」志向の行きつく果ては何かというところに、大正期より昭和にかけての知識人を捉えるひとつのアポリアが顕在するとは磯田氏のいうところである。また有島の「『宣言一つ』の根柢」にも「芥川のいう『聖霊』への信仰の自己空転の自覚とともに、痛切に『マリア』を渇望する衝動」があり、「有島が『宣言一つ』でぶつかった問題は、芥川が『或阿呆の一生』および『西方の人』でぶつかった問題と、ほとんど瓜二つであるといってもよい」ともいう。

この評者の認識は以後「芥川龍之介と昭和文学」（昭43・12「国文学」）、「『西方の人』再読」（昭52・3「ユリイカ」）と続き、今月の新稿「『革命』という外来思想——鹿鳴館の系譜（9）——」（昭57・12「文学界」）にも及んでおり、ここでも〈革命〉の字義や、この外来思想としての〈革命〉への「忠誠」が、いかにこの「風土の奥ふかく根ざした心情にもとづくもの」かを解明しつつ同時に、この「同時代の理想主義のゆくえについて、もっとも予見的な洞察力を持っていたのは」芥川であり、遺稿『西方の人』こそはこの「外来思想への忠誠が、あるいは政治革命への情熱が、何に耐えざるをえなかったかを予見的に語りつくしている」という。

クリストの母、美しいマリアはクリストには必しも母ではなかつた。彼の最も愛したものは彼の道に従ふものだつた。クリストは又情熱に燃え立つたまま、大勢の人々の集つた前に大胆にもかう云ふ彼の気もちを言ひ

放すことさへ憚らなかつた。マリアは定めし戸の外に彼の言葉を聞きながら、悄然と立つてゐたことであらう。（A）

我々は我々自身の中にマリアの苦しみを感じてゐる。たとひ我々自身の中にクリストの情熱を感じてゐるとしても、――しかしクリスト自身も亦時々はマリアを憐んだであらう。かがやかしい天国の門を見ずにありのままのイエルサレムを眺めた時には。……（B）

磯田氏はこの『西方の人』の一節（A、17背徳者）にふれては「『革命』という外来思想を運命の星としてえらんだ昭和のキリストたちは、マリアをひそかに侮蔑しながら、『彼の道の従ふもの』だけを『最も愛した』」が、「こういう理想主義が、ディレンマを生まずにいるであろうか。このときマリアはどうなるのか」と問い、これに続く一節（B、同前）にふれては「理想主義のたどるこういう普遍的な構図は、はからずも昭和初年の『転向』が何であったかを暗示」するものであるという。以下文脈は「多くの転向者がえらんだ自己救済の道」が「自分を裏切者として断罪することを通して、逆説的に聖なる理想の正しさを証明すること」であったとしても、なお「精神的な自己救済の問題と、政治的な有効性とは次元が異なるという観点」に立てば、転向の苦悩を語る主情的な告白は〝歌のわかれ〟ならぬ、「〝歌〟への退行」にすぎぬではないかという批判へと続いてゆくが、その基軸は『西方の人』の語るところにあろう。

たしかに『続西方の人』に至って、マリアへの言及にひそむ想いは深く、「マリアを〈クリストの母〉と呼んだとき、その聖なる母の像は、龍之介が無意識の深層に秘めつづけてきた〈願望の母〉のイメージと、おそらくぴったりと重なっていたはずである」（三好行雄）と言い、「芥川は、無意識のうちに、はげしく〈母なるもの〉への傾斜をしめし」（鈴木秀子）ていたという評家の指摘は頷くべきものだが同時に、聖霊の子キリストをわが子として胸に秘めつつ（8或時のマリア）、「永遠に守らんとするもの」としての忍従の道を歩むマリアへの共感は、〈母なるもの〉を超えた何ものかへの共感であり、また低頭でもあったはずである。わが子に疎外されて「悄然と」戸外に佇む「美しい」マリアを語り（『西方の人』17背徳者）、いままたわが子の語るところを「暁」りえぬままに「凡ての事を心に蔵」（「ルカ伝」二章五二節、芥川愛用の『元訳聖書』の記述による）つつ生きるマリアに、まさに聖霊の子供たちから永遠に疎外されつづける多くの〈マリアたち〉への痛みを語る芥川の筆に、『歯車』の終末、己れの芸術家としての悪夢のごとき葛藤を描きつつ、その究極においてすべてを一瞬、妻という他者の眼から捉え返さんとした作者の眼を想起せぬわけにはゆくまい。

　キリストに託して己れの、あるいは「ジヤアナリズム」の頂点に立つ「超えんとするもの」の孤独、あるいは「孤身」の嘆声を描いた芥川は同時に、あるいはそれ以上に、「超えんとするもの」を裡に含むマリアの存在に「我々を動かす」何ものかを見出そうとする（続・8或時のマリア）。「弟子たちの足さへ洗つてやつたクリストは勿論マリアの足もとにひれ伏したかつたことであらう」（続・11或時のクリスト）という、聖書の文脈（『ヨハネ伝』一三章四〜五）からおよそ飛躍した一句の挿入もまた、彼の内心のひそかな吐露とみることができよう。〈マリアたち〉とは恐らく彼が聖霊の子として、切り棄てたすべてのものの総称にほかなるまい。たしかに芥川の複眼は聖霊の子供たち――多くのクリストたちのしいられた宿運とマリアたちの運命を見ることにおいて引き裂かれ、その「ぼんやりした不安」とは来るべき時代をなお断絶ならぬ、「人間獣」の繰り返さざるをえぬ悲喜劇として見る認識が、すでに死の淵に立つ存在をふちどるかすかな暈光ともみえる。その〈不安〉の影は評者もいうごとく『或阿呆の一生』や『歯車』などの遺稿にあざやかともみえるが、彼が最後にしるした『西方の人』正続二篇は、その〈不安〉の構造の何たるかを、いや、より正確にはその〈不安〉の背後にひそむひとつの精神、あるいは感性の構造の何たるかを、いささかの詠嘆をまじえつつシニカルに、あるいは真率に、つまりは〈クリスト〉という存在の比喩において見事に対象化しえた。

これを〈超えんとするもの〉の軸において見るか、〈守らんとするもの〉の軸において見るか、評者の視角によってこのテキストは多彩な文彩をみせるが、疎外されたマリアを語る認識者の眼とは別に、その終末の一句に「我々はエマヲの旅びとたちのやうに我々の心を燃え上らせるクリストを、求めずにはゐられないのであらう」（続22）としるした彼の、マリアの原像をひきずりつつもなお己れを「クリストたち」のひとりに擬せんとする、その深い渇望をも見逃すことはできまい。「いま『西方の人』の言葉の一つ一つが私の心に迫る」（堀辰雄『エマオの旅びと』）と言い、「芥川の苦悩」「日蔭者の苦悶／弱さ／聖書／生活の恐怖／敗者の苦悩」——これらを知らずして文学の王道とは何かと問う（太宰治『如是我聞』）、芥川の遺志をひそかにつがんとするこれら昭和作家の言葉をみれば、芥川の遺したものがマルクシズムかモダニズムか、社会意識か自意識かという視角を超え、まさに〈存在〉の根源を問う実存の相において、昭和文学に架橋せんとする何ものかであったことを知ることができよう。

漱石・芥川・太宰をつらぬくもの

漱石・芥川・太宰と言えば、近代文学の御三家と呼ばれるほど人気は高いが、未だこの三人の名を揃えて論じた本はない。そこで此度の再刊（『漱石、芥川、太宰』朝文社）はまことに嬉しいことだ。しかも今日のような、読者の心をそそる興味本位の刺激的な本の氾濫の中で、この三人の作家の問いかけるものの意味は、まことに大きいものがあるのではあるまいか。幸い年来の知己ともいうべき佐古さんと共に深く共感しつつ、これらの作家の本質に迫り、その緊密な関係を深く掘りさげてみた本書の意義は、あえていささかの自負を込めて言えば、そう些細なものではあるまい。

さて一読されれば分かることだが、本書の三分の二は漱石に割かれている。それほど我々の熱はこの漱石に込められ、時を忘れて語り尽くしたものである。いささかアンバランスにも見えるが、そうではあるまい。実は漱石の播いた種が芥川に、また太宰にも受け継がれ、改めて漱石の存在の大きさに目をみはるものがある。〈則天去私〉につながる漱石の根本的志向は、すでに少年時の二松学舎時代に植えつけられたことは、後の二松学舎に学び、さらにこの学舎に教鞭をとり、さらには学長の職も果たして来られた佐古さんの言葉に多く教えられるものがある。

しかし同時にまた漱石が学んだものは、陽明学や禅を根底とした東洋的志向にとどまらず、ある意味では留学体験などを通して批判的に捉えた西欧的志向の、その根底にあるキリスト教思想の核心にも眼を開いていたことは見逃せまい。これを何よりも明らかに証ししていることは、晩年の長篇『明暗』と並行して書いた七十数首にも及ぶ漢詩の存在であろう。山本健吉や大岡信などは、これは漢詩の概念に捉われずに見れば、近代詩としてもまさに出色のものであろうと評している。これがいわゆる漢詩の概念も踏み抜いたものであることは、その晩期漢詩の一説に〈耶に非ず仏に非ず又儒に非ず〉と言い、〈神人を打殺して影亡き處、虚空歴々として聖愚を現ず〉という所にもあらわれ、さらに本来自分は耶蘇教でも仏教でも、また儒教でもない。それら人間の創り出した〈神人〉を打ち消した所に、人間本来の姿が見えて来る。それを追求することこそが〈文学〉本来のはたらきではないかという所にも、〈ひらかれた宗教〉、また〈ひらかれた文学〉を終生求め続けた漱石の面目は明らかであろう。

同時に漱石の期待は新たな世代に向けられ、弟子の中でも最も注目していた芥川に向けてのあの言葉。文士を押すのではない、人間を押せといった、これはまた後代に向けての漱石の期待の何たるかを明らかにするものであろう。この言葉は芥川の一生荷い続けた大きな課題であったが、晩期の一篇『年末の一日』語る所は意味深い。訪問者を久しぶりに漱石の墓に案内しようとして迷い、別れてからの帰り道、八幡坂という坂の下にさしかかり、何か箱車を押している男に、おれも押してやると言い、それが胎衣（えな）会社の車であることに気付きながらも、木枯らしの中を妙な興奮を感じながら、何かと闘うような気持ちで一心に押し続ける姿は、そこに芥川が何を込めて語っているかは明らかであろう。胎衣（えな）とは赤ん坊を産んだ時に出て来る胎盤その他で、言わば命の抜け殻ではないか。漱石先生は人間を、人間の命を押せと言った。しかし自分のやって来た仕事の中身は、まさに命の抜け殻ともいうべきものではなかったか。もはやお分かりであろう。ここに語られる、芥川が半生を振り返っての切迫した心情には、なお我々読者の胸を搏つ熱いものがあろう。

芥川はさらに、これを「折れた梯子」という比喩を通しても語ろうとしている。これはこの対談ではふれなかったが、あの最後の作品『西方の人』の一節である。「それは天上から地上へ登る為に無慙にも折れた梯子である」という。「それ」とはクリストを指すが、一面芥川自身をも重ねて語っているとみれば、すでに語らんとする処は明らかであろう。「天上から地上へ登る」とは誤記ではないかと言われ、これをめぐる論議は今も続いているが、これを芥川に重ねてみれば、まさに「地上へ登る」という誤記ならぬ逆説的比喩に、すべては語り尽くされているであろう。文士の才を押し、「人工の翼」を張って来た自分は、今こそ地上の現実に降り立って、生きた人間の存在を押し続け、問い続けて行くほかはあるまい。しかしこの道が険しく、まさに一歩一歩を踏みしめながら、登りつめて行くほかはない。だが、もはや自分の力は尽き果てた。これは挫折というほかはないが、逆にまた、自分の求めた文学の、その本分の何たるかもここに汲みとってほしいものだ。この想いは、さらに続く「薄暗い空から叩きつける土砂降りの雨の中に傾いたまま。……」という言葉に見ることができよう。

かつてピエル・ロティの『江戸の舞踏会』を下敷きにして華麗な『舞踏会』一篇を草した芥川は、同時にロティの死にふれては「ロティは新しい感覚を与へ」「新しい抒情詩を与へた」が、しかし「我々は土砂降りの往来に似た人生を辿る人足である。けれどもロティは我々に一枚の合羽をも与へなかった」と述べている。これは芥川の裡なる論理の、全人的志向の言わせる痛烈な批判でもあろう。いま再び「土砂降りの雨」という時、たとえその中に傾く「折れた梯子」であろうとも、なお、「一枚の合羽」に象徴される根源なるもの、全人的なるものを求めんとしての戦いであったことをも、おのずから証しするものであろう。ここで最後のあの言葉が来る。

「我々はエマヲの旅びとたちのやうに我々の心を燃え上らせるクリストを求めずにはゐられないのであろう」。これが芥川のこの地上に遺した最後の言葉であり、彼はこの直後死の床につく。「エマオの旅びと」とは聖書ルカ伝二十四章の語る所である。復活のクリストに出会った弟子たちの感動を伝えるものだが、芥川の語らんとする所もすでに明らかであろう。芥川の枕頭にひらかれた聖書の箇所は、恐らくこのルカ二十四章の場面であったろうと言われる。「この芥川の枕頭に開かれた聖書を取り上げて歩みだしたのが太宰だ」とは佐古さんの言葉で本書でも再度ふれたが、けだし名言というほかはあるまい。

しかも太宰は『人間失格』と並行して語った評論『如是我聞』の中で、文壇の代表者ともいうべき志賀直哉にかみつき、芥川のあの苦悩がおまえたちにわかるかと言い、「日陰者の苦悶」「弱さ」「聖書」「生活の恐怖」「敗者の祈り」と芥川の内面の苦悩をとりあげて行くが、これはそのまま太宰自身を語るものとさえ見える。しかもこの評論の問わんとするものは「反キリスト的なものへの戦ひ」とさえ主張している。太宰のこの『如是我聞』が彼自身の文学的理念を語っているとすれば、『人間失格』は自分の分身ともいうべき主人公に託して負の側面を綿々と語るかとみえる。しかしこれは人生の日陰者の側面をただ情熱的に語り通しているのか。そうではあるまい。

太宰初期の短文的エッセイに『難解』と題した一篇がある。太宰が聖書にふれて書いた最初のものだが、ヨハネ伝冒頭の「太初に言あり、言は神と偕にあり、言は神なりき」「光は暗黒に照る。而して暗黒は之を悟らざりき。云々」などの語を挙げ、これはいかにも難解だとさわぎたてたが、あるときふっと気がついたら、これはまことに平凡なことを述べている。そこで自分はこう考えたという。「文学に於いて『難解』はあり得ない。『難解』は『自然』のなかにだけあるのだ。文学といふものは、その難解な自然を、おのおの自己流の角度から、ずばっと斬っ（たふりをし）て、その斬り口のあざやかさだけを誇ることに潜んで在るのではないのか」と語っている。

これは太宰の文学を考える上でも、かなり重要な問題ではないのか。当時としては画期の実験的作品ともいうべく、これを以て第一回の芥川賞をとさえ自負していた初期の代表作『道化の華』一篇は、発表こそ遅れたがすでに書かれており、その外面上の自負とはうらはらに、彼の内心は我々のやっていることは、人間の裡なる〈自然〉の難解さを掘りつくして、人間存在の何たるかを問おうとするものではなく、ただ外見上の技法や表現の巧みさなどをのみ誇っているのではないかという、作家内面を突く鋭い自己批判の眼を蔵していたことが注目されよう。そこで〈難解〉という言葉に注目すれば、『人間失格』では、自分はもとより親も兄弟も友人も、また女性なるものも含めて、人間すべてが〈難解〉だということが、数え立てれば六回も繰り返されていることが注目されよう。この〈難解〉なる人間の真実に迫ろうとしてやったことは何か。主人公はゴッホの自画像などに圧倒され、これこそは人間の真実をえぐったものだ。〈お化けの絵〉だ。自分を〈お化けの絵〉とも言える真実を追求したいと願いつつ、しかしその結末は哀れな漫画家、ついには春画のコピーをかくような悲惨な生活にまで転落する。これは痛烈なパロディというほかにはないが、しかし逆にいえば『人間失格』こそが道化調、戯画調で描いた、太宰自身の一枚の「お化けの絵」ではなかったか。『人間失格』はしばしば言われるように、いささか痩せた、骨ばった小説だが、これは彼が性急に観念そのものを語り急いだということではない。彼はあえて芸を棄て、道化を棄てて、書き急ぎ、生き急ぐかのごとく、いささか粗笨な線描で何事かを語りつごうとする。同時に彼はそれを陰画として、パロディとしていささか性急に描きとってみせた。陰画とは、この語り手大庭葉蔵自体の心性、また感性がネガのごとき機能を果たしているということであり、葉蔵という乾版に、この人間世界は陰画として焼きつけられる。作者はあえてこれを陰画のままに読者に呈示する。あの数々の言葉のアント遊びのなかで、あえて〈道化〉のアントは語られなかったが、そのアントはこの人物を含むふかぶかとした闇のなかにある。

彼もまた、あの〈難解〉をめぐる初心に還り人間内部の〈自然〉なる闇に迫ろうとしたかにみえるが、その当否はもはや彼自身答えることはなく、彼自身もまたしずかに裡なる〈自然〉という闇の中に消えて行く。芥川も太宰もあれほど深く聖書にかかわりつつ、ついにこれを福音書として読みとることが出来なかったのは、まことに惜しいと佐古さんは言われるが、その通りである。しかしまた彼らが難解なる裡なる〈自然〉という闇を突き抜けて、光を摑みえなかったと見える所に、逆にまた作家必然の矛盾を、彼らの誠実さをみることが出来るのではあるまいか。

*

さて最後に漱石はどうか。彼はキリスト教にあまり関心はなく、ヤソ嫌いとさえみえるとしばしば言われるが、このような偏見は解かねばなるまい。現代にあって独自の宗教性を持つ作家古井由吉氏は、吉本隆明との対談の中で、こう言っている。漱石という人は日本に生まれたからつらかったんだ。彼がキリスト教国に生まれていたら、彼は本来持っている資質をとことん根っこまで掘り込んで行くことが出来たはずだ。つまり彼の気質というもの、精神的なものの、その根本には非常にキリスト教的なものがあるのだと言っているが、これは実に深い理解というべきであろう。

またヴィリエルモという人は、ハワイ大学の教授を長く勤め、敬虔なクリスチャンだが、彼がハーバード大学に出した論文は、漱石の宗教性は『門』から始まるというもので、『明暗』まで論じて学位論文ともなっているが、彼が二十九歳の時書いた「私の見た漱石」という一文があり、漱石の宗教性に対する実に広く深い洞察を示している。漱石の書くものには欧米のいろんな作家が書くキリスト教的な問題が全部出て来る。罪の問題、回心、懺悔、エゴの問題、救済を願う深い思い、あらゆるキリスト教的な問題が全部出て来る。しかも彼は日本人である。つまり漱石の文学を見て行くと、西の宗教と東の宗教を綜合して行こうとする、あるひとつの大きなテーマが見えて来る。この問題が抱えて始めた人が漱石じゃないか。そうして、これが漱石こっきりで終わらないことを自分は心より願う、という意味の言葉で結んでいる。

このヴィリエルモ氏をかつて我々の大学に迎えた時、自分の訳した『明暗』の問題にふれて、漱石はしばしば〈天〉という言葉を使っているが、自分はあえてこれを〈神〉と、ヘヴンならぬゴッドと訳した。そうでなければ漱石が〈天〉という言葉に込めた意味が欧米人には伝わって来ない。あえて自分はそうしたと言い、これには疑問の声もあったが、彼は断乎として自分の訳を主張し続けた。並ならぬ理解というべきだが、漱石のひらかれた宗教性なるものへの実に深い理解だと感銘したことを覚えている。

さて、まだまだ語るべきことは多いが、もやは紙数も尽きた。あとは本書の中の我々の発言を通して読みとってほしい。近く『これが漱石だ』（桜の森通信社刊）と題した一冊を刊行の予定だが、いまその校正を読み返し乍ら、漱石の存在の深さ、大きさ、また新しさといったものを痛感し、これが芥川、太宰のみならぬ、今日の時代状況に対しても受けとめるべき多くのものを孕んでいることを強く感じている次第である。聖書やキリスト教の問題も多く出て来たが、これも制約された制度や教義（ドグマ）に立つものとのみ理解してはなるまい。今こそ〈ひらかれた文学〉また〈ひらかれた宗教〉という問題が多く問われるべき時ではあるまいか。これがその一助として多くの読者の方々の理解をえれば幸いである。

VI

芭蕉・蕪村と近代文学――龍之介・朔太郎を中心に

一

「芭蕉・蕪村と近代文学」といえばいささか問題は大きくなるが、ここではさしあたって芥川と萩原朔太郎を挙げてみたい。帰するところはこのふたりに共通する蕪村・芭蕉に対する志向、そのベクトルの反転ともいうべき問題だが、まずは芥川からとりあげてみたい。

芥川ほど誤解されている作家もあるまい。その切支丹ものひとつをとってみても、その知に走り技巧に走る才能は、ついに〈信〉の何たるかの核心に迫るものではないといった言葉で片付けられるが、彼を知的、技巧的作家とみる偏見は、その句作や俳諧観に対してもまた例外ではない。

「芥川の句は、彼が理解したところの芭蕉のあらゆる優秀性を摂取し尽さうと試みながらその外形を模索するにとどまり、辿つてゆく道は、反撥を感じつつもいつしか、蕪村の視覚的、絵画的、趣味的の世界に近づいてゆかざるをえなかつたやうに思はれる」（『俳人としての芥川龍之介』）とは中村草田男のいうところであり、その画法においても「芥川君は悪く云ひながら矢張り大雅より蕪村に近いんだつたのではないか」（『沓掛にて』）とは志賀直哉のいうところである。これらはすでにしばしば引かれる所だが、芭蕉を指して及ばず、その資質、技法において蕪村に近いとは、また多くの評家のいうところである。しかし果たしてその芭蕉理解は「外形を探索」することにとどまり、赴くところは蕪村的な「視覚的、絵画的、趣味的」世界であったと言いうるのか。

漱石没年の大正五年の頃からその句作は始まり、翌六年末の頃から我鬼の俳号を用い、句作も盛んとなるが、しかしこの六、七年頃は、〈牡丹切つて阿嬌の罪をゆるされし〉〈春雨やお関所被り女なる〉（大6・8・29、恒藤恭宛）、あるいは〈蟻地獄隠して牡丹花赤き〉（大7・3・15、池崎忠孝記）など、いかにも蕪村句の影響は明らかだが、やがて〈凩や目ざしに残る海の色〉（大8・10・27、小島政二郎宛）、〈竹林や夜寒の路の右左〉（大8・11・13、滝田淳介宛）など、いかにも芥川らしい冴えのある佳句が生まれて来る。しかしその句風もこのあたりに止まらず、大正九年あたりから一段と深まり、〈曇天の水動かずよ芹の中〉（大9・3・26、小島政二郎宛）、〈炎天や上りて消えぬ箕の埃〉（大10・9・20、佐々木茂索宛）などの秀句もみられ、やがて〈元日や手を洗ひ居る夕心〉（大10・12・2、小穴隆一宛）や、さらに〈乳垂るゝ妻となりつも草の餅〉（大13・6・23、小沢忠兵衛宛）、〈朝寒や鬼灯垂るゝ草の中〉（同10・8、滝井孝作宛）などに至っては、その才気をてらわぬ句境の沈潜と技法の透徹がみられる。これはまさに蕪村ならぬ、芭蕉的・蕉風的世界への深まりではないか。この芭蕉への傾斜の根源にあるものは何か。

　俳句とは〈しらべ〉がすべてだと芥川はいう。つまりこの器の持つ文体の稠密、深まりということであろう。芥川の芸術観の核心ともいうべきものを最もよく語ったものに中期の評論『芸術その他』（大6・11）がある。芥川はここで「芸術は何よりも作品の完成を期せねばならぬ」と言い、その「作品の内容とは、必然的に形式と一つになった内容」であり、「形式は内容の中にあるのだ」という。また「芸術における単純さと云ふものは、複雑さの極まった単純さであり、「〆木をかけて、絞りぬいた上の単純さなのだ」という。言わば〈内容〉は〈形式〉という〆木によって「絞り」ぬかれた所に現前する何ものかであり、彼はそれをこそ真の芸術と呼ぼうとしている。ならば彼はその究極の規範を当代の小説に求めえたか。いや、なによりも自分の作品にあらわしえたかと問えば、答えは否であろう。

　　小説はあらゆる文芸中、最も非芸術的なるものと心得べし。文芸中の文芸は詩あるのみ。即ち小説は小説中の詩により、文芸の中に列するに過ぎず。

とは、その遺稿（『小説作法十則』大15・5・4）中の言葉であり、自分が「長詩形の完成した紅毛人の国に生まれてゐたとすれば」「或は小説家よりも詩人になつてゐたかも知れ」ぬが、それもかなわず、自分が小説を書いているのは、「唯僕の中の詩人を完成する為に作つてゐるのである」（「野性の呼び声」『文芸的な、余りに文芸的な』）という。しかし、この潜熱のごとき〈詩人〉たることへの希求は、小説という雑駁な形式の中にあっては、ついに果たされることはなかった。

ただ晩期の彼が周知の通り谷崎との「話らしい話のない小説」をめぐる論争に於て、いま自分の求める「話らしい話のない小説」とは、「あらゆる小説中、最も詩に近い小説である」と述べ、その遺稿をも含む晩期の作品に『蜃気楼』『悠々荘』『歯車』『ある阿呆の一生』正続『西方の人』、さらには一種超現実的な映画シナリオの表現を試みた『誘惑』『浅草公園』などその一連の試みに、ストーリーやプロットなどの時系列的な展開を脱した心象風景の独自の描法を示したことは、その満たされぬ希求の熾しい揺動の軌跡かともみえて来る。

そこではもはや小説的規範なるものは解体し、脱構築し、新たな何かを探ろうとするかにみえるが、しかしその希求、また夢はついに果たされたとは言いえまい。あの内容が形式を、また形式が内容を〆木にかけて絞り抜くという、ありうべかりし真の芸術の現前はついに果たしえぬ夢に終ったかにみえるが、しかしその未了の夢を果たしえたものこそが、ほかならぬ俳諧という形ではなかったか。作家としての果たしえなかった夢を代償として、余技なる俳諧は彼にそれを許した。いや、それは余技なるが故に摑みえた至福であり、彼はそこにやすらかに身を横たえることができた。そこに冒険はない。

龍之介は古調を尊ぶ余り、奔放自由な表現やユーモアを俳諧に取り入れていない。晩年の句には、即興句さえなくなっている。龍之介は小説でもそうだが、俳句でもスタイリストであった。清らかな古調を愛する潔癖がそうさせたのであり、性格的なものであろう。

とは、芥川俳句の最もよき理解者ともいうべき村山古郷（『我鬼殊玉―芥川龍之介の俳句―』）の言う所だが、しかし芭蕉的古調への傾斜とは、ひとり彼のスタイリスト的潔癖さとのみ断ずることはできまい。問題は芥川の、ことば、わけても伝統的な和語、修辞へのなみならぬ傾斜の深さにあると言ってよかろう。先にふれた自分が「長詩形の完成した紅毛人の国に生れ出てゐたとすれば」という言葉は、同時にこの国の言葉が長詩的完成ならぬ、逆に短詩的完成へのすぐれた遺産を遺してくれていたということの、深い体認につながるものでもあろう。

芥川は晩期の『発句私見』の一文において無季論を述べ、「発句は必ずしも季題を要しない」「季題は発句には無用である。しかし季題は無用にしても、詩語は決して無用ではない」という大胆な意見を述べているが、村山古郷はこれに対し、「十年の作句年月を経、俳句を発句と称しつづけたほどの古調派の龍之介が、どうしてこんな幼稚な無季論を吐いたのか、不思議である」。しかも彼の句作をみれば無季の句はまことに少く、「龍之介の句は、無季的でなく、極めて季節味の豊かな種類に属するものである」。その彼が「無季をいうことにはある矛盾をすら感じさせる」という。しかしこれはあながちに「幼稚な無季論を吐いた」と言い捨てうるものではあるまい。彼は俳句の核心を〈しらべ〉そのものに見た。暴論にもみえる無季論もまたここに発するものであり、芭蕉への傾倒もまた、この一点につきる。彼は蕪村と芭蕉を比較して次のごとく言う。

蕪村の春の俳句〈春雨やものがたりゆく蓑と笠〉〈春雨や暮れなんとしてけふもあり〉など十二句ばかりを挙げてみても、その「目に訴へる美しさ」、のびやかさはあるが、「耳に訴へる」のびやかさはない。これに対して芭蕉の句〈春雨や蓬をのばす草の道〉〈無性さやかき起されし春の雨〉などには、前者の「気品の高」さはもとより、後者の「『無性さや』に起り、『かき起されし』にたゆたった『調べ』には、柔媚に近い懶さ」が見事にあらわされているという。またさらには〈秋深き隣は何をする人ぞ〉のごとき、「かう云ふ荘重の『調べ』を捉え得たものは茫茫たる三百年にたつた芭蕉一人である」(『芭蕉雑記』)という。ここでも芭蕉独自の〈しらべ〉への傾倒こそが、その芭蕉観、また俳諧観の核心をなしていることは明らかであろう。

芥川の和語の持つ独自の〈しらべ〉への傾情の深さは先にもふれた所だが、大岡信はこれにふれて次のごとくいう。芥川の詩歌全般に眼をやれば「旋頭歌二十五首からなる、『越びと』の連作こそ」注目すべきものであり、芥川の「詩心が最も高い燃焼度をしめしている」のが、「旋頭歌という最も古風な詩形においてであったこと」に、現代に対する芥川の「逆説的な表情」をみると言い、そこでは「芥川の詩心が最もはげしく膨らみ、鼓動し、なまなましく燃え、しかも内に屈して」、彼のいう詩歌独自の「『微妙なもの』を露わにしている」(『芥川龍之介における抒情―詩歌について―』)という。この指摘はいかにも頷ける所であろう。

この『越びと』連作をつらぬく相聞の情は、さらにこれを解き放てば―〈また立ちかへる水無月の/歎きを誰に語るべき。/沙羅のみづ枝に花さけば、/かなしき人の目ぞ見ゆる。〉(相聞三)など、周知の今様体の試みともなるが、その短歌、旋頭歌、今様体など、さまざまな試みをくぐって、ついに帰着するところは、俳諧―〈発句〉そのものの世界であろう。上代歌謡、長歌の世界から連歌、連句とくだって、ついに〈発句〉そのものの最短詩型にきわまる詩歌の歴史は、また芥川の文学の本随そのものと深く照応するかとみえる。〈あはれ、あはれ、旅びとは/いつかはこころやすらはん。/垣ほをみれば「山吹や/笠にさすべき枝のなり。」〉(「山吹」)―この周知の詩篇が、のびやかな詞調の流れに始まりつつ、芭蕉の古句にきわまり、収斂してゆくところに、そのすべては象徴されていると言ってよかろう。まさに己れの文業、また文体の回帰すべきやすらぎの場は、作家芥川ならぬ俳人我鬼の世界であったかと思われる。

二

芥川同様、芭蕉への深い傾倒を示した作家に、盟友ともいうべき室生犀星があった。少年時の句作から出発した犀星の俳諧観、また芭蕉観は独自のものがあるが、彼は芥川への深い理解を示して次のごとくいう。芥川があえて「元禄の古詞にならうてゐる所以」は、「単に古きしらべに従いてゐるのではなく、巍然たる元禄の流れを汲んでゐる」のであり、「今更蕉風に低迷しなくてもよいのではないか」という声もあろうが、「ただ叮嚀に蕉風のねらひを今人の彼の心に宿してゐるだけ」であり、「彼は元禄人が引いた弓づるをその的を最も引いてゐるに過ぎない」（『芥川龍之介氏の人と作』）という。共に同題の『芭蕉雑記』（犀星の場合は『襍記』）があるが、芥川同様、犀星もまた芭蕉の無類の新しさをいう。「今にして念ふことは元禄時代に住んで居て、芭蕉が絶世の新しさを有つてゐたことである」とは、『芭蕉襍記』冒頭の言葉であり、「比類なきその時代一大新人」にして、「前代未聞の新しさ」がそこにあるという。

また『小説道の芭蕉』と題しては、「芭蕉もまた小説道の何物かを持つてゐる」と言い、〈髪生て容顔青し五月雨〉の一句を評しては、これは「如何なる芭蕉の像」にもまさって、「気魂面を打つ底の自画像」であり、そこには「端然と坐つてゐる彼が実に何物かを、喧噪な人生や騒々しい自然を手をもつて抑圧してゐる大量の態が見える」。つまり芭蕉の人生そのもののすべてが、いかなる小説的表現にもまさって、この一句に凝縮されているという。

こうして〈白髪ぬく枕の下やきりぎりす〉〈おとろへや歯に喰あてし海苔の砂〉〈不性さやかき起されし春の雨〉〈此秋は何で年よる雲に鳥〉などの秀句から、さらに「『秋ふかき隣は何をする人ぞ』の大極、『此道や行く人なしに秋の暮』の寂寞に至れば、「日本の文学で此のあたりに行きついてゐたことには、いまさら驚くより外はない」という。これらはすでに「小説道の全幅を抉り立ててゐる」ものだというべく、その「自伝小説」ともいうべき句の凝縮は、万人普遍の真実に迫るものがあるという。この犀星の芭蕉への傾倒の深さは、しかしまた芥川とはおのずから違った姿を示し、一句の凝縮、透徹に〈小説道〉のすべてを見るが故に、これを極北とし、これに対する傾倒の深さを代償とし、〈小説道〉の本来の雑駁を逆手にとって、その表現の、文体の自在に己れを生かしえたのが犀星独自の表現世界ではなかったのか。

犀星の眼は芥川への深い理解と共に、またその弱点をも見逃してはいない。芥川の「好んでつかふ古調は時に発句に皮かぶりの古さをつけないことも無いではない」と言い、芥川の即吟の一句〈尻立てて這ふ子思ふや雉子ぐるま〉を、後に「訂塗再考して『ひたすらに這ふ子おもふや笹ちまき』としてゐる」が、これでは「『尻立てて』の即情即景」が死んでしまうのではないか。その即時即情の景を彼独自の修辞学が逆に殺しているのではないかという。これは俳句のみならぬ、芥川の全文学に対しての犀星の批判でもあろう。

芥川自選の『発句』（大15・12『梅・馬・鶯』所収）の大尾をなすものに、「破調」と題した〈兎も片耳垂るる大暑かな〉の一句がある。この句「最初、上五『小兎も』と書かれていた」が、「『小』無用といった」のは佐々木茂索であり、「作者はたちどころにそれに従ったという」（三好達治『芥川龍之介の詩歌』）。これに対し小島政二郎は偶然この場に来合せ、両者の盛んな「論判」を目撃したが、ついに芥川はこれをゆずり、しかも彼の「修辞学」は一字の不足にこだわり、あえて「『破調』とことわらずにはいられなかった」（小島政二郎『俳句の天才―久保田万太郎』）という。即座か、あるいは盛んな論議の末かは別として、あえて「破調」の一語を加えた所に、芥川の俳句は〈しらべ〉がすべてだという、そのこだわりの深さが読みとれよう。

〈小兎も〉という初発の一句にみるものは、いかにもあざやかな蕪村的、絵画的イメージであり、小兎の可憐な姿態が彷彿とする。しかし〈小〉の字無用とこれを排した時、そこに忽然と浮かぶものは小兎ならぬ、〈大暑〉そのものの立ち込める氳気であり、このふかぶかとした茫洋たるイメージの深さへの転換こそ、俳句のみならぬ芥川文学のすべてにかかわる可能性を孕んだものであったが、我鬼ならぬ作家芥川はついにこれを成就しえなかった。あえてこれを〈破調〉とこだわる所に芥川の文体、美学を制する功罪のすべてがあった。ついに〈破調〉の作家たりえぬ所に芥川の悲劇があったとすれば、その対極には破調の作家としての犀星というものが、ひそかに意識されていたのではなかったか。いや、さらに言えばその背後に佇つものは〈小説道〉の何たるかをふまえて「巍然」たる芭蕉自体の姿ではなかったか。芥川が再度にわたって正続二回にわたる『芭蕉雑記』を遺している所にもその気息の所在は明らかであろう。

その裡なる〈蕪村〉を封じ込めてまでも、あえて辿ろうとした芭蕉的世界への沈潜は多くの秀句を生みえたが、それもまた芭蕉俳諧の持つダイナミズムともいうべきもの、その強靭な張力にはついに及ばなかった。しかしこの稀代の鑑賞家の眼にはすべてが見えていたはずである。俳人我鬼の辿る芭蕉的句境への沈潜は、逆に余剰としての芭蕉像を、その詩人としてのしたたかなダイナミズムともいうべきものを、彼の前に立ちはだかせる。それは文人龍之介に対する裡なる〈詩人〉の叛逆と言ってもよい。その『芭蕉雑記』二篇は彼の裡なる〈芭蕉〉を語って痛切である。

俳諧さえ「生涯の道の草」と呼びつつ、また「芭蕉の俳諧に執する心は死よりもなほ強かつたらしい」という。「芭蕉の中の詩人は芭蕉の中の世捨人よりも力強かつたのではない」か。自分はこの「世捨人になり了せなかつた芭蕉の矛盾を」「その矛盾の大きかつたことを愛してゐる」ともいう。その「やぶれかぶれの」「不具退転（ママ）の一本道」と言い、「恐しい糞やけになつた詩人」（『続芭蕉雑記』昭2・8）と呼ぶ時、我々はそこにいまひとりの「芭蕉に近い或詩人の慟哭」を読みとることができよう。「やぶれかぶれ」の〈糞やけ道〉を、その〈不具退転〉の〈一本道〉をしたたかに踏み進んだ詩人芭蕉という時、ついに〈破調〉の人生を生きえなかった悔恨の情は深く、「彼は実に日本の生んだ三百年前の大山師だつた」という痛烈な一句もまた芭蕉を諷するかとみえて、これをつらぬく自身の美学への裏返された諷語にほかなるまい。ついにその〈破調〉の人生を、また文学を生きえなかった芥川の悔恨はいかにも深い。すでにその芭蕉への傾倒の深さが、何を語っていたかは再言するまでもあるまい。

三

以上、芥川を語っていささか長きにわたったが、作家ならぬ詩人朔太郎の場合はどうか。彼もまた蕪村を語って、行きつく所は芭蕉であった。その蕪村観は子規の蕪村論への批判に始まる。

子規は本来真の抒情詩人ではなかつたのだ。彼はそのヒイキにした蕪村でさへも、単なる写生主義の名人としか解さなかつた。彼には蕪村の詩情としてゐる本質のリリックが解らなかつた。況んや一層純一な抒情詩人であるところの、芭蕉を理解できなかつたのは当然である。(「芭蕉私見」『郷愁の詩人　与謝蕪村』)

とは、彼の子規に対する根本的な批判である。この子規の否定した蕪村独自の抒情なるものを汲みつくしてゆこうとする所に、その画期の論ともいうべき蕪村論(『郷愁の詩人』)は始まるわけだが、しかも蕪村を名付けて〈郷愁の詩人〉と呼ぶ時、その〈郷愁〉なるものの含む意義は意外に深い。〈遅き日のつもりて遠き昔かな〉〈春の暮家路に遠き人ばかり〉〈陽炎(かげろう)や名も知らぬ虫の白き飛ぶ〉〈妹が垣根三味線の花咲きぬ〉〈愁ひつつ丘に登れば花茨〉〈花茨故郷の道に似たる哉〉〈凧(いかのぼり)きのふの空の有りどころ〉――これら多くの句をとりあげながら、その独自の〈郷愁とロマネスク〉の所在を語る詩人の筆はいまこれを引用する余裕はないが、それ自体一箇の散文詩の態をなす。これら蕪村の句作の中、春、夏、秋の部は「生理」誌上、昭和八年六月、八月、十一月にそれぞれ発表され、冬の部のみが『氷島』序文の記された九年二月より遅れて、同年五月に掲載されている。されには『氷島』の大半の詩が昭和六年のものであることを思えば、『氷島』一巻に意志的な抒情の極みを唱い、その意志的な闘いと痛みを嚙みしめ、その傷口を現実の索漠たる風にさらしつつ、さらに自らをさいなんでゆくかのごとき烈しい姿勢を示した詩人が、いまその闘いの果ての鎮静と反動の時期に身を置きつつ、ひとりの詩人に託して、己れの詩の遠い〈家郷〉について語ろうとしたものがほかならぬ、この蕪村論（『郷愁の詩人──』）の営みではなかったか。それは蕪村句を媒介としつつ、自身に残る詩の残響を確かめんとするかにみえる。『生理』誌上では「芭蕉は『秋の詩人』で蕪村は『春の詩人と言ふべき』だろうと語った彼が、『郷愁の詩人──』では逆に「むしろ蕪村の本質は冬の詩人とさへ言はるべきだ」と訂正している所にも、詩集『氷島』の残響をかかえつつ、彼が夢みた〈家郷〉の、その感触の何たるかは明らかであろう。

彼が蕪村に託してくり返し語ろうとする〈家郷〉への思慕、あるいは渇望ともいうべきものは何か。それは彼自身いうごとく「魂の故郷」「人の心の古い故郷」への思慕、「ノスタルヂア」ともいうべきものか。いささか飛躍していえばそれは魂ならぬ、喪われた〈ことば〉そのものへの渇望ではなかったか。

「私等の仕事は、正に荒寥たる地方に於ける流刑囚の移民の如きものであつた。私達はすべてを開墾せねばならなかつた。」「既に在る一切の物を根本からくつがえして、新しき最初の土壌を地に盛りあげねばならなかつた」（『月に吠える』再版序）という通り、近代詩上画期の詩集ともいうべき『月に吠える』において、日本の近代詩は新しく開墾され、ひとつの深い楔が打ち込まれた。また続く詩集『青猫』は自身最も「なつかしく自信と愛着」を持つものであり、「私の最も奥深い哀愁（ペーソス）が歌はれた」ものだという。その言葉通り、それは近代詩における『口語詩型のみごとな成熟、完成を示し、その頂点に立つものとなったとも言えよう。彼には口語の持つ「ふわふわしてしまりがなく薄弱で、微温的で、ぬらぬらして、さうして要するに、全く散文的である」、その弱点を逆手にとって、詩的言語としての口語の機能を、その襞に密着しながら深化し、拡大し、独自のイマジスティックな世界を切りひらいていった。

しかしこの〈口語自由詩〉の完成が、その自由と散文性の故に、やがて飽和的な停滞を示しはじめた時、これに最もきびしい反応を示したのもまた、朔太郎自身であった。すべての「美しいものは諧音的」であり、そこには「必ず本質上に諧音的なメソッドと型態がある」「詩が本来自由主義の放縦な精神に出発しながら、芸術上に於て避けがたく形態主義に結ばれるのは、それが美を意欲して居るからである。そこで詩がもし美を意欲しない場合があるとしたら、その文学は必ず散文的自由主義に解体する。日本のいはゆる自由詩といふものが、その最も好適な実例であつた」「馬鹿馬鹿しいことの限りであるがそれは『詩』で無かつたのだ」（『詩の本質性に就て』昭10・11）と詩人はいう。これが『氷島』の詩を「すべて漢文調の文章語で書いたといふことは、僕にとつて明白に『退却』であつた」と言い、「新しい日本語を発見しようとして、絶望的に悶え悩んだあげくの果、遂に古き日本語の文章語に帰つてしまつた僕は、詩人としての文化的使命を廃棄したやうなものであつた」ともいう一文（『氷島の詩論について』昭10・7）とほぼ同時期に書かれていることは見逃しえまい。

これを矛盾とみれば、『氷島』前後における朔太郎の矛盾的言辞は尠くない。彼はその詩論の集約としての『詩の原理』（昭3・12）において、「詩的精神の本質」とは、「非所有へのあこがれ」であり、「現存しないものへの憧憬」であり、さらに言えば「詩とは実に主観的態度によつて認識される、宇宙の一切の認識である」という。しかし先にもふれた『氷島』以後の一文（『詩の本質性に就て』）では、「詩人とは、単なる素朴な感情家やパッショネートな主観人を意味するものではない」「詩人とは『美』への追及者」であるという。しかし現代の口語自由詩における詩人たちは「目的性を美に求めないで、素朴的な用法の自然主義的表出に求めた」。すでに「それは『詩』ではなかつたのだ」という。ここにいう〈美〉とは、すぐれて造型的な張力と凝縮された求心力によって構築された内画的、求心的な形象美を指すものであることは明らかであろう。

しかし『氷島』の詩人は、この「『美』への追求者」たるべき詩人としての自分が、いまここに表現したものは「純粋にパッショネートな詠嘆詩であり、詩的情熱の最も純一な興奮だけを、素朴直截に表出した」ものだとすれば、これは明らかに「すべての芸術的意図と芸術的野心を廃棄」したものというほかはない。しかもこれを「すべてを漢文調の文章で書いた」のは、明らかに〈退却〉であったという。しかしこれは〈退却〉というべきものであったのか。恐らく彼はここでいま一度、初源の一点に還ろうとしたというべきではなかったのか。

我々はだれも、今日の詩が芸術としての完成さで和歌俳句に及ばないことを知り切つてゐる。しかし、我々の求めるものは、美の完成でなくして創造であり、そして実に『芸術』よりも『詩』なのである。

とは、かつて『詩の原理』に記された言葉ではなかったのか。〈美〉の完成か、〈詩的創造〉か。詩人はこの矛盾の前に立つかにみえるが、これは矛盾とみえて矛盾ではあるまい。詩人は『氷島』における詩想が「エゴの強い主観」の烈しい表白である以上、「文語体漢詩体を選ぶ外に道がなかつた」と言いつつ、同時に、「新しい日本語を発見しようとして、絶望的に悶え悩んだあげくの果、遂に古き日本語の文章語に帰つてしまつた」という。しかし「新しい日本語」とは、実は詩における新しい〈様式〉ということではなかったか。芥川のいう〈内容〉が〈形式〉を、また〈形式〉が〈内容〉を、共に〆木にかけてしぼりつくしてゆくという、あの〈形式〉が〈内容〉であり、〈内容〉がまた〈形式〉であるという、両者不可分の〈様式〉なるものの喪失こそ、詩人が意識、無意識に渇望していたものではなかったか。

「形式と内容との内的融合、その根本的不可分性を最もよく保証するもの」（ウェイドレ）としての様式。しかし喪われた時代と来らざる時代の中間期にあって、詩人を危うく支えうるものは何か。「いまや芸術的創造にとつて必要な諸条件は茫漠としたひとつのノスタルジアの対象ということになつた」（ウェイドレ）とは、そのままこの詩人朔太郎に与えられた言葉ともみえて来る。あの『氷島』序文の一節は、まさしくそれをあざやかに語るものであろう。「芸術としての詩が、すべての歴史的発展の最後に於て、究極するところのイデアは、所詮ポエヂイの最も単純なる原質的実態、即ち詩的情熱の素朴なる詠嘆に存するのである」と言い、さらに詩人はなかば呟くように次のごとくいう。「（この意味に於て、著者は日本の和歌や俳句を近代詩のイデアする未来的形態だと考へて居る）」と。活字も一段と小さく落として括弧に入れ、なかば口ごもるように付け加えられる、この一節の含む所は重い。それがたとえ「まづしき展望」を語るものであろうとも、詩人の語ろうとするところはにがく、また重い。言わばこの延長上に『郷愁の詩人与謝蕪村』は書かれたとみてよかろう。もはや本格的な詩の歌口は閉じたかにみえる詩人は、やがて蕪村句に重ねるようにして己れの夢を語る。そのくり返し語る〈家郷〉への思慕、また渇望とは、あの「茫洋としたひとつのノスタルジアの対象」ともいうべきものの影であり、あるべき、あるいは来たるべくしていまだ掴みえぬものへの渇望であり、〈様式喪失〉の痛みはいかにも深い。こうしてあの芭蕉の一句への想いが語られる。

〈何にこの師走の町へ行く鴉〉――「年暮れて、群鴉何の行く所ぞ！　魂の家郷を持たない芭蕉。永遠の漂泊者である芭蕉が、雪近い冬の空を、鳴き叫んで飛び交いながら、町を指して羽ばたき行く鴉を見て、心に思つたことは、一つの『絶叫』に似た悲哀であつたらう。芭蕉と同じく、魂の家郷を持たなかつた永遠の漂泊者、悲しい独逸の詩人ニイチェは歌つてゐる。鴉等は鳴き叫び／翼を切りて町へ飛び行く。／やがては雪も降り来らむ／――／今尚、家郷あるものは幸ひなる哉。／／東も西も、畢竟詩人の嘆くところは一つであり、抒情詩の尽きるテーマも同じである。」

すでに我々はここにまぎれもなく『氷島』にひびく、あの声を聴く。『氷島』一巻のすべては、この芭蕉の一句に尽きるとさえ詩人は語ろうとするかにみえる。この〈家郷〉への渇望が東西をつらぬく普遍のそれを語ろうとするものだとすれば、『郷愁の詩人与謝蕪村』の最後に置かれた『芭蕉私見』終末の一文はどうか。〈この秋は何で年よる雪に鳥〉の芭蕉晩期の句にふれて最後に、詩人は次のごとくいう。

　かうした複雑で深遠な感慨を、僅か十七文字で表現し得る文学は、世界にただ日本の俳句しかない。これは翻訳することも不可能だし、説明することも不可能である。ただ僕等の日本人が、日本の文字で直接に読み、日本語の発音で朗吟し、日本の伝統で味覚する外に仕方がないのだ。

この一節を以て『芭蕉私見』を含んだ『郷愁の詩人与謝蕪村』は閉じられる。すでに詩人の言わんとする所は明らかであろう。「僕等の日本人」という時、詩人の想いはいかにも深い。「自由詩の特色はその『旋律的な音楽』にある。心内の節奏と言葉の節奏の一致、情操に於ける肉感性の高調的な表現、これが自由詩の本領である」（『自由詩のリズムに就て』）と詩人はいう。散文的に解体し、拡散した口語自由詩の頽落に対しては、格調のある、堅固な詩的韻律の造型を、また解体と拡散に対しては緊縮したきびしい韻律的なフォルムを、その求心的なモチーフのなかに生み出してゆこうとする詩人の志向は、『氷島』一巻のなかに、これは明白に〈退却〉だと言いつつも実現されんとした。しかしその「心内の節奏と言葉の節奏とその一致」といえば、これを最も凝縮した形で実施しえたのは、ほかならぬ俳句という究極の短詩形ではなかったか。朔太郎のいう「旋律的な音楽」とは、つまりは言葉における究極の〈しらべ〉であろう。彼が近代詩の未来型を和歌、俳句にみるという呟きも、またこれにつきよう。

蕪村、芭蕉とならべて同じ五七五という外在律によりながら、芭蕉にその〈しらべ〉をみるとは、すでに芥川の言うところであったが、いままた、朔太郎という〈心内の節奏と言葉の節奏〉との比類のない一致とはまた、芭蕉に対して詩人がひそかに頷くところではなかったか。こうして芥川、朔太郎共に帰するところは蕪村をつらぬいて芭蕉へということであったが、蕪村復興を掲げて俳句の革新を唱えた子規の場合はどうか。もはやこれについて詳述する余裕はないが、ひと言でいえば子規の俳句革新もまた蕪村ならぬ、その核心ともいうべき初源の一点は、彼の独自の芭蕉体験に発するものであることは言っておかねばなるまい。これはその『芭蕉雑記』(明26・11〜27・1)ならぬ、その後に書かれている『古池の句の弁』(明31・10〜11)をみれば明らかであろう。

芭蕉が蛙の上に活眼を開きたるは、即ち自然の上に活眼を開きたるなり――芭蕉の俳諧は此一句を限界として一変せり。従って当時の俳諧界も亦此一句を中軸として一転せり。

という。しかもここで子規のいう〈自然〉への開眼とは、対象としての自然に対してと同時に、工夫を排した〈自然の妙〉、表現の自然さへの開眼につながるものであり、この二重の開眼、言いかえれば対象世界に対し、また表現の伝統的な技法に対する真の〈感性の解放〉ともいうべきものを意味しているものであろう。だとすれば芭蕉における〈感性の解放〉ともいうべきこの機軸を自身の〈俳諧革新〉のそれとも重ね合わせんとしたところに、子規の目指した革新、変革の何たるかは明らかであろう。「子規が芭蕉を排し、」「蕪村の絵画的客観的手法による極めて印象明瞭な句風の斬新さを鼓吹し」（大野林火）云々とは諸家もまた多く口にする所だが、芥川同様、子規もまたこのような、誤解、偏見の只中にあった。もはや縷言するまでもあるまい。近代の文人、詩人にあって、彼らがことばの伝統をかみしめつつ、なお新たな変革を目指す時、蕪村の新しさを超えて芭蕉の新しさとは何かが、繰り返し問われて来たこと。そこに芭蕉や俳諧の問題をも超えたこの邦の詩歌をめぐる根源の、また未了の問題が遺されていることを、我々はいま一度ふり返ってみる必要があるのではなかろうか。

あとがき

今回は『俳諧から俳句へ』と題して、多彩にして、また充実した一巻を編むことができた。俳諧の歴史といえば貞門、談林、蕉風と続いて、きわまるところは芭蕉であり、その行き着いたところに俳道のみならぬ、求道のすぐれた達成を人々は読みとろうとして来た。これは日本人好みと言ってもよいが、ひとつの求心的な志向とも見ることができよう。

しかしまた一方では、求心ならぬ遠心のはたらきとして、俳諧という言葉自体の語る通り、その原点ともいうべき言葉のたわむれ、遊び、滑稽といったものを求める流れもある。しかも個（性）のきわまりというよりも、座の文芸としての凝縮ならぬ開放、言葉を外に向かい、他者に向かって開いてゆこうとするところに、俳諧の可能性を受けつがんとする動きもある。現代史における連詩の試みもまた、これと無縁ではあるまい。

これは時代の無意識というべきか、現代の小説や詩の動きをみても、時代の停滞、閉塞を打ち破ってゆこうとして、時に猥雑とも無頼ともみえる言葉の実験もまたしばしばみられる。この凝縮と開放とは何か。明治期の文語定型詩の枠を破って、口語自由詩の道を拓き、これを完成した萩原朔太郎は、しかしやがてまた口語自由詩の不定型なるが故の恣意なる言葉の流れ、より厳密にいえば外形やフォルムならぬ、表現の根源の問題としての、内面的〈様式〉を持たぬが故の口語自由詩の頽落、拡散を批判し、今日にあって和歌や俳句こそ「近代詩のイデアする未来的形態」（『氷島』序）ではないかと、ひそかに呟くごとくしるしている。

定型を破ってこれを開放し、いままたその拡散の故に新たな凝縮を求めんとする、この詩人の矛盾はまた、ほかならぬ我々の、現代のものでもあろう。この一巻が俳諧の多面的な展開を見んとする読者に、同時にその背後に生きる、言葉と時代をめぐる文芸表現の、このダイナミズムといったのをも読みとって戴ければ幸いである。

近代詩と〈故郷〉——透谷・朔太郎・中也を中心に

一

文学にあって〈故郷〉とは何であろう。これを狭義にも広義にもさまざまに解釈することはできるが、先ず第一に詩歌であれ、物語あるいは広く散文の世界であれ、それらが常にひとつの精神的土壌や民族的言語という、すぐれて風土的、また表現的制約の下にあるとすれば、ひとつの作品の孕む民族的心性のありかとは、やはり逸することのできぬ重要な課題というべきであろう。しかも仔細に見れば、その根ざすところは意外に深く、我々はしばしばそれを時代的粉黛や趣向のかげに見失いがちである。いまここにふれんとする透谷の劇詩「蓬萊曲」（明24・5）の場合もまたその例外ではない。

「……その惨憺とした戦ひの跡には、拾つても拾つても尽きないやうな光つた形見が残つた。彼は私達と同時代にあつて、最も高く見、遠く見た人の一人だ」（「北村透谷二十七回忌に」）とは、透谷を評した藤村の言葉だが、たしかに近代文学草創期にあって透谷は遠くを予見しつつ、評論に試作に、独自の世界を創出した人であった。なかにも劇詩「蓬萊曲」は草創期詩壇における最も先駆的な、貴重な試みのひとつというべきものであろう。

その概略をいえば——柳田素雄という蓬萊山中に分け入った若い修業者が、亡き恋人〈露姫〉の幻を追いつつ山中で道士に会うが、その仙術も彼の苦悩を救いえず、さまざまな試練を経つつ最後に蓬萊山上で大魔王に出会い、わが権力に服せよと言われ、従わずしてついに命を絶つ。以上を前篇とし、これに続く別篇「慈航湖」（未定稿）においては、露姫が失神した素雄をのせた弘誓（ぐせい）の船を彼岸に進め、やがて琵琶の音に目を覚ました素雄は、もはや肉の隷縛をはなれ、永遠なる「和平」の世界に至りえたことを知る。

以上がその概要だが、この「慈航湖」の一齣にみるごとき仏教思想の影響、さらには作中随所にキリスト教思想の投影をみることは、すでにしばしば指摘されるところである。またこれに先立つ長詩「楚囚之詩」（明22・4）がバイロンの「シオンの囚人」につながるごとく、この作においてもまたバイロンの「マンフレッド」、ゲーテの「ファウスト」、さらにはシェリーの「アラスター」などの影響があげられる。しかしここには何よりも先ず透谷自体が、そのすべてが、矛盾と混在のままに示されていることを見逃してはなるまい。たとえば作中しばしば繰り返される――〈われ塵の児なり〉〈憖然塵の子かな〉などの語は、そこに自身を神の被造物と律する「聖書的人間観」（笹淵友二）を見るとも評されるところだが、また一面仔細に見れば次のごとき用法もある。

〈このわれ、塵のわれ、ひとやの中のわれ、／くらさ、さびしさ、やましさ、かなしさを／知らず顔なる造りぬしや誰れ？〉、あるいはまた――〈朽ち行き、廃れはつる味き無き世に／ほろびの身、塵の身を〉――など、ここではもはや〈塵の身〉とは、みずからを造りしものの何者たるかを知らざる絶望感のうちに、あるいは朽ちゆき、滅びゆく無常感のうちにあるものとして語られている。さらにはまた次のごとき詩句にみるもの――〈神かわれ？　われ神か　咄！／咄！　いかでこのわれ！／依々形骸あり！　形骸、形骸／塵の形骸！　昨日の儘の塵の／形骸！　咄、なほ人なる〉〈無念、無念、われなほ神ならず霊ならず、／死ぬ可き定にうごめく塵の生命なほわれに纏へる〉――もはやここでは〈塵の身〉とは被造物ならぬ、一転しては肉の緊縛を脱し、霊の解放により神ともなるべきものとして示される。またこの二つの詩句が、この詩篇の中心をなす大魔王との対決の場面の前後にあることを思えば、魔王の試練とは素雄をして〈塵の子〉たる被造の意識へと導くものではなく、〈われなほ神にあら〉ざることを、またほろびゆく〈塵の身〉たることを、したたかに思い知らしめえた試練にすぎぬこととなる。かくしてみずからを容れることなき〈世〉にも還りえず、彼は深い虚無感のうちに〈来れ死！〉と叫びつつ悶死する。この矛盾はまた、作中キリスト教的人間観を最も濃く映すものとしてしばしば引用される、次のごとき詩句にも明らかに窺うことができよう。

〈おもへばわがうちには、かならず和らがぬ両/つの性のあるらし、ひとつは神性、ひとつ/は人性、このふたつはわが内に、/小休なき戦ひをなして、わが死ぬ生命の尽/くる時までは、われを病ませ悩ますらん〉――この近代的自我の苦悩と分裂を語る、恐らくは作者自身、無量の想いを込めたこの詠唱とも呼ぶべき部分が、聖書の語る悪魔のイエスに対する誘惑、試練の場面を想わせる大魔王との対決という劇的設定のうちに語られていることは意味深い。この自我への内観、霊肉二元の相剋というモチーフが、透谷のキリスト教体験（入信は明治二十一年三月）に発することは明らかだが、しかしまたこれも仔細に見れば、先のごとき無矛盾は残る。ここに見る神性と人性、霊肉二元の相剋は、たしかにキリスト教的志向に発するものではあるが、たとえばその評文中の――「神の如き性、人の中にあり、人の如き性、人の中にあり、此二者は常久の戦士なり、九竅の中にこの戦士なければ枯衰して人の生や危ふからむ。（中略）この両性の相闘ふ時に精神活きて長梯を登るの勇気あり」（「心機妙変を論ず」）とか「文覚が袈裟を害したるは実に彼の心機を開発したるものなり、（中略）神性人性を撃砕したるも、皆この時に於てありしなり」（同）などの語をみれば、その「神の如き性」あるいは「神性」なるものも、聖書的神観あるいは人性観を超脱して、「牢獄」にもひとしいこの現実世界、肉の隷縛下に安易に眠らんとする「人の如き性」「人性」に対し、目覚めたるものとして、その緊縛を打ち破らんとする霊の飛翔（さらには詩神あるいはデーモンのそれとも言えようか）への切なる志向ともよみとれよう。

　このキリスト教的志向にまつわる矛盾はまた、仏教思想のそれとも無縁ではない。たとえば――〈暗の源なる死の坑よ！/人世の凡ての業根を焼尽くして、人を/善ならしむると聞ける死の坑よ！〉と言い、人の〈限なき情緒を断切り〉、すべての人を〈一様平等に安寂なる眠に就かしむる〉〈死の坑よ！〉と呼ぶ――ここには明らかに「死を涅槃とする」「寂滅思想」（笹淵友一）とよぶべきものがあるとみられ、作中におけるキリスト教思想との矛盾、混在がしばしば指摘される。しかしまた――〈われをのまんとする／菩提所のみぞ待つなるべし〉と言い、〈彼方の御山の底の無き／生命の谷に魂を投げ入れん〉という――ここには単に仏教的思想とよぶ以前の、死の世界への古代人の、ある深い恐れにも似たものがある。これはまた古代日本人の〈トコヨ〉の思想とも無縁ではあるまい。〈トコヨ〉は古くは〈常夜〉〈常闇〉、すなわち本来死者の棲む暗黒世界を指していたが、後に理想化された〈常世〉すなわち〈不老不死の国〉〈蓬萊の国〉などの義に転じてゆく。この「常世の国を理想化するに到ったものは、藤原の都頃からの事で」「道教信者の空想化した山には不老常成の楽土」であり、「其上、帰化人の支那から持ち越した通俗道教では、仙境を恋愛の理想国とするものが多」く、「常世が恋愛の無何有郷と言ふ風に考へられ」（折口信夫）るに至る。

ここで「蓬萊曲」が本来一個の神仙譚として意図されたものであることが注目される。すなわちその先行作として「天香君」という劇詩の試みがあり、天香君という貴人が神仙界にあって仙女の愛をえるという、言わば「神仙と高貴の人との媾遇」「神女人間婚合の物語」（折口）をなすものであり、この先行作の行きづまりからやがて「新蓬萊」なる新しい着想を得（これもまた山姫なる仙女との媾遇を中心とする神仙譚的色彩の濃いものである）、さらに転じて「蓬萊曲」となる。この言わば一個の神仙譚に発する劇詩を、後に見るごときすぐれて近代的な詩篇へと転化せしめたものは何か。「彼は情熱を余りある程に持ちながら、一種の寂滅的思想を以て之を滅毀しつつあるなり、彼がトラゼディの大作を成さゞるは、他にも原因あるべけれど、主として此理あるべし」（「情熱」）とは露伴への批判だが、「我邦文学の他界に対する美妙の観念を代表する」（「他界に対する観念」）ものと彼みずから言う「竹取物語」「羽衣」にも擬すべき神仙譚の構想より一転して、ゲーテ、シェークスピア、バイロンなどの作にみるデーモンの世界を見据えつつ、「遠大高深なる魔神」の跳梁、人間存在を圧する魔力との戦いのうちに、近代人たる自我の苦悩と希求を描かんとする「蓬萊曲」への転移こそは、わが国の文界における未聞の「トラゼヂィの大作」へのひそかな野望を示すのもとみることができよう。

また透谷にあって仏教的寂滅思想なるものが、人の真の生命と自由への情熱を「滅毀」し、彼のいう「地平線的思想」――すなわち一切の現実の変革に身を起こそうとせぬ、あしき現実主義につながるものとして批判されていることも注目されよう。とするならば、たとえば作中しばしば繰り返される――〈死こそ帰ると同じ喜びなれ〉〈知らずや『死』するは帰へるなるを〉〈……死は帰へるなれ〉などの詩句もまた、しばしば指摘されるごとき仏教的寂滅感を示すものというよりも、古代日本の呼んだ、あの「根ノ国」「妣ノ国」への思慕にもつながるものであろう。「それは死界でないと共に……仙境でもない」「放たれて自由になった魂が祖先や神々の住む故土を恋ひ慕って復帰する」（松村武雄）ところであるとするならば、この劇詩一篇の〈心の色〉を託したものともいうべき――〈狂ひはせず、静かに家に帰るなれ〉という一句の示すところもまた、この「本つ国」への深い回帰の情と無縁なるものでないことは明らかであろう。かくして「蓬萊曲」一篇は神仙譚的発想より踏み出し、魔界との対決葛藤のうちに「自責の書」たるまでに、みずからの内面をえぐり、同時に翻ってそれは神仙譚の原郷たる根源の世界に、民族的心性の核ともいうべきものにふれうるものとなった。おそらく、ここにこの劇詩の孕む逆説的性格があり、これを矛盾とも分裂ともいうならば、その矛盾の混在はそのまま透谷のものであり、また彼を生んだ近代自体のものというほかはあるまい。と同時に近代文学草創期に立つ透谷にあって、「蓬萊曲」をめぐる「トラゼヂィの大作」への野望にせよ、またこれに先立つ「禁囚之詩」における叙事詩への新たな試みにせよ、まだそこには詩語の肉質や詩の様式への自覚的な問いかけや、文学における近代化、あるいは西欧化への反問ともいうべきものはなかったと言ってよい。恐らくこの課題を近代詩における〈故郷の問題〉として、最も鋭く問い返したものは萩原朔太郎という存在であろう。後期「氷島」の詩篇やこれに続く古典詩への傾斜は、その微妙な消息をつたえ、その詩風の変遷や詩型に対する独自の考察は、文学における故郷の問題をただに民族的心性や精神風土の側面にとどまらぬ、詩語の肉質や詩における様式そのものの課題として、我々に深く開示するものがある。

二

朔太郎の「氷島」（昭9・6）はその後期詩篇を代表するものであり、しかもかつての第二詩集「青猫」（大12・1）にも見るごとく、口語自由詩の確立者ともいうべき彼が一転して文語調スタイルに還ったことは、その激越な抒情の展開とともに深く注目されるものがあるが、その「氷島」序文（昭9・2）にやはり見逃しがたい一節がある。詩人は「芸術としての詩が、すべての歴史的発展の最後に於て、究極するところのイデアは、所詮ポエヂィの最も単純なる原質的実体、即ち詩的情熱の素朴なる詠嘆に存するのである」と言い、続いて「（この意味に於て、著者は日本の和歌や俳句を、近代詩のイデアする未来的形態だと考へて居る）」（傍点筆者、以下同）としるしている。すでに「郷愁の詩人与謝蕪村」（昭11・3）がその個人詩誌「生理」に書きつがれていた（昭8・6〜9・5）ことを思えば、その想中に蕪村俳諧を中心とする古典詩の世界はあざやかに息づいていたはずである。

しかも詩人が続いて自分はここに「すべての芸術的意図と芸術的野心を廃棄し、単に『心のまま』に、自然の感動に任せて書いたのである」という時、「感覚に偏重し、イマヂズムに走り、或は理智の意匠的構成に耽つて、詩的情操の単一な原質的表現を忘れてゐる」詩壇の傾向への反立的意識は疑うべくもないが、なお「すべての芸術的意図」と「野心」の「廃棄」という言葉の含むにがさは見逃せまい。果して詩人はこれを裏書きするかのごとく――「氷島」の詩を「漢文調の文章語」で書いたことは、「月に吠える」以来常に「古典的文章語の詩に反抗し、口語自由詩の新しい創造と、既成詩への大胆な破壊を意表して来た」自分にとっては、「明白に『退却（レトリート）』であつた」。その序文に「一切の芸術的意図を放棄し」云々と書いたのも「『退却』を、江湖の批判に詫びたのである」。「新しい日本語を発見しようとして、絶望的に悶え悩んだあげくの果、遂に古き日本語の文章語に帰つてしまつた僕は、詩人としての文化的使命を廃棄したやうなものであつた」という。これは先の「氷島」序より二年余の後に書かれた「氷島の詩語について」（昭11・7）という一文中の言葉だが、しかもなお「文章語以外の他の言葉では、あの詩集の情操を表現することが不可能だつた」という。あの意志的な抒情——怒り、憎悪、不安、寂寥、それら「一切の烈しい感情」を表わすに、現代の口語が全く不適格であり、この「空無の中から新しい詩語を創造」することが、いかに苦しみにみちたものであるかを詩人は語っている。

しかもまた彼は一面、「氷島」一巻をつらぬく「素朴なる詠嘆」の純一なる詩美の提唱とはうらはらに——「詩が実に歌はうとするものは、単なる、素朴的の感情ではない。詩が真に意欲する表現は、ただ一つの『美しきもの』でしかない。詩の目的は『美』を表現することの外になく、『美』が一切のものなのである」ともいう。これは「詩の本質性に就て」（昭10・10）という、先の評文と「氷島」序の間に書かれたものだが、さらに続いて「詩人とは単なる素朴的な感情家や、パッショネートな主観人を意味するものではない」と言い、「すべて美しいものは諧音的である」「そこで詩がもし美を意欲しない場合があるとしたら、その文字は必ず散文的自由主義に解体する。日本のいわゆる自由詩というものが、その最も好適な実例であった。彼等の詩人は、詩の目的性を美に求めないで、素朴的な感情の自然主義的表出に求めた。馬鹿馬鹿しいことの限りであるが初めからそれは『詩』で無かつたのだ」ともいう。

すでに「氷島」序と矛盾するところは明らかであろう。「素朴なる詠嘆」の純一を言い、次にその「素朴的な感情」の表出の「詩」ならざるを言い、さらに「素朴なる詠嘆」の文語的表現への退行の矛盾をいう。この詩集序より二つのエッセイへと屈曲する志向の展開は、しかし矛盾と見えて矛盾ではあるまい。恐らくこの軌跡を逆にたどれば、これをつらぬく志向の核はあざやかであろう。即ち、多くの詩人がそのモチーフを「素朴的な感情の自然主義的表出に求めた」その「馬鹿馬鹿」しさ、——そのことのうちに自由詩の解体の運命をよみとった詩人がいま、自身ほかならぬ素朴な感情の表出のうちに、そのモチーフを求めようとする——この矛盾をつらぬくものは詩的造型への、詩の堅固なフォルムへのあくなき渇望であり、先にいう「美」や「諧音」もまた審美的希求ならぬ、きびしい詩的律調への求心的志向を示すものと見るべきであろう。かっての口語自由詩の確立者朔太郎自身の言葉を借りれば、口語とは「ふわふわしてしまりがなく薄弱で、微温的で、ぬらぬらして、そうして要するに全く散文的である」（「自由詩のリズムに就て」）という、この特性をこそ逆手にとって、詩的言語としての口語の機能を、その襞に密着しながら深化し、拡大し、独自のイマジスティックな世界をきりひらいた詩人は、同時にまたその欠陥と頽落を鋭く予見し、その散文的な解体、拡散に対して、純乎たる詩型創出への求心を語ろうとする。かくして、あの伝統詩への回帰的志向が語られてゆくのだが、しかしその背裡に、ある痛切な故郷喪失の想念がうずいていることもまた見逃されてはなるまい。

「今になつて、私が漸く始めて知つた一つの事は、私の過去に受けたすべての文学的教育が、根本的に皆ウソであつたといふことである。明治以来の日本の文壇が、私に教えた一切のことは、すべてに於て『西洋に追従せよ』といふことだつた。……馬鹿正直に私はすべてこれ等の指令を忠実に遵奉した。そしてしかも遵奉することによつて文壇から除外され、日本の文学から縁の遠い世外人にされてしまつた。現実してゐる日本の文学には、どこにもそんな舶来種のリズムは無かつた。すべては遺伝的な国粋精神で固まつてゐた。／今になつてから、私は漸くそれを知つた。日本の風土気候に合はないものが、日本に於て生育し得ないといふことを。……彼等は私を欺いたのだ。或はまた、馬鹿正直にも私が彼等に騙されたのだ。私はそれが口惜しいのだ」。——この「絶望の逃走」一巻の「巻尾言」としてしるされた一節が、昭和十年十月刊行の、なにほどか前の言葉であることを思えば、蕪村論につづいて

「芭蕉私見」（「コギト」昭10・11）が（これもまた「郷愁の詩人11」の巻末に収められているが）発表される、蕪村、芭蕉への沈潜のさなかにしるされていることが注目されよう。しかも詩人は、かつて次のように語ったはずである。

「……けれども時がくる時、いつかは文壇にもイデアが生まれさすがに現実家なる日本人も、何かの夢を欲情する日が来るであらう。我々はその日を待たう。そしてこの新しい希望の故に、尚且つ我々の未熟な詩を書いてゐるのだ。もしさうでなかつたら、今日のやうな国語による、西洋まがひの無理な自由詩など作らないで、芸術としてずつと遙かに完成されたる、伝統詩形の和歌や俳句を作るだらう。我々はだれも、今日の詩が芸術としての完成さで和歌俳句に及ばないことを知り切つてゐる。しかし我々の求めるものは、美の完成でなくして創造であり、そして実に『芸術』よりも『詩』なのである」。この「詩の原理」（昭3・12）末尾の言葉から、先の「氷島」序、さらには「絶望の逃走」巻尾言への屈折が何を示すかはすでに明らかであろう。「美の完成」ならぬ「創造」を、「芸術」ならぬ「詩」をという時、しかしそのあるべき新たなる「詩」の「創造」を支えるものは、まさしくあの「詩」への保証人としての様式――「形式と内容との内的融合、その根本的不可分性を最もよく保証するもの（ウェイドレ）としての様式そのものにほかなるまい。ここに、この様式喪失の最も深い自覚者としての詩人が佇つ。それはまさしく詩人にとって、根源なる故郷喪失の痛覚ともいうべきものであろう。

詩人はその「郷土望景詩」中の一篇「小出新道」を注して――「小出の林は前橋の北部、赤城山の遠き麓にあり、我れ少年の時より、学校を厭ひて林を好み、常に一人行きて瞑想に耽りたる所なりしが、今その林皆伐られ、楢、樫、橅の類、むざんに白日の下に倒されたり、新しき道路ここに敷かれ、直として利根川の岸に通ずる如きも、我れその遠き行方を知らず」（「郷土望景詩の後に――Ⅳ小出松林」）としるしているが、この故園喪失の痛嘆は、詩人の生涯を象徴してあまりあるかとみえる。すでに明らかでもあろう――詩人における〈故郷〉なるものが究極において、現実の故園ならぬ、その詩と生の総体をつらぬく根源なるなにものかを指し示しているとするなら、近代日本という風土が詩人にしいた欠落の相もまた深い。詩人はこれを諷して次のごとくいう。かつて「西洋は僕等にとつての故郷」であり、浦島のごとく「僕等もまた海の向うに、西洋という蜃気楼をイメージした」が、もはやその『幻想』も「消えてしまつた」。「過去七十年に亘る『国家的非常時』の外遊から、漸く初めて解放され、自分の家郷に帰省」してみれば、そこには「日本的なるもの」のすべては消え失せ、残されたものはただ、あの海彼の蜃気楼の「拙劣な描写」だけである。かくして「僕等は一切の物を喪失した」（「日本への回帰」昭12・12、以下同）。

しかし詩人はこの深い喪失感とともに、また次のごとく言う。だが「僕等が伝統の日本人で、まさしく僕等の血管中に、祖先二千余年の歴史が脈拍してゐる」ことを想えば、「僕等は何物をも喪失しては居ない」。〈我れは何物をも喪失せず／また一切を失ひ尽せり〉とは、かつての詩の一節だが、「まことに今日、文化崩壊した虚無の中から、僕等の詩人が歌ふべき一つの歌は、かかる二律背反によつて節奏された、ニヒルの漂泊者の歌でしかない」。しかもなお「西洋的なる知性は、遂にこの国に於て、敗北せねばならない」のではなく、まさしく「西洋的なる知性の故に、僕等は新日本を創設することの使命を感ずる」。「今も再度我々は、西洋からの知性によつて、日本の失はれた青春を回復し、古の大唐に代るべき、日本の世界的新文化を建設しようと意図してゐるのだ」。こうして詩人はその結尾の一節になお「日本的なものへの回帰！　それは僕等詩人にとつて、よるべなき魂の悲しい漂泊者の歌を意味するのだ」と言う。すでに点滅、並行する明暗二相の想念の流れは明らかであろう。

この一篇の評文は「氷島」詩篇の見事な脚註であるとともに、「日本へ、の、回、帰」という題名自体が、ある痛烈なアイロニーを含んでいることを示す。我々の回帰すべき〈故郷〉は何処にあるのかと問いつつ、しかし詩人の問うところはすぐれて文明批判的である。これをさらに遡行すれば――伝統とは殆んど〈自然〉そのものであろう。この評文の発表に先立つことひと月（昭12・10・23）、その三十年の短い生涯を閉じた詩人中原中也は、このひとりの先輩詩人のいうところをさらに遡行し、伝統にからんで次のごとくいう。「芸術家にとつて先生はゐないといつていい。

あれば、それは伝統である――私は伝統から学べる限り学びたい」。「精神といふものは、その根拠を自然の暗黒心域の中に持つてゐる。……精神の客観性を有するわけは、精神がその根拠を自然の中に有するからのことだ」（「芸術論覚え書」）。彼は自己の精神が、生が、歌が――その〈自然〉にふかく身を浸していること、浸すべきであることを真率に深く体感しえていたはずである。これはまた彼が「現識」なるものについて語ることとも無縁ではない。「生命の豊かさ熾烈さだけが芸術にとつて重要なので」「芸術は、認識ではない。認識とは、元来、現識過剰に堪へられなくなつて発生したとも考へられるもので」「生命の豊富とはこれから新規に実現する可能の豊富であり、それは謂はゞ現識の豊富のことである」と中原は言う。「現識」とは仏教語であり、「仏教大辞典」によれば「阿頼耶識の異名。有情根本の心識にて、其人の受有すべき一切の事物を執持して没失せざる義。一切の事物の種子を含蔵する義」とある。中原はこれを言わば感性の最も原質的な意味において使っているようだが、彼はさらにこの言葉を使って、先の朔太郎のいうところを次のように語っている。「つまりドヤドヤと現われた西洋文学は、そのフォルムを迄了得する余裕を我々に与へなかつたのである。云ひ換れば、それらの西洋文学は、我々自身の現識或ひは我々の従来の文学が云つてゐたことの如何いふことに該当するか、その相関関係が十分に納得出来ないうちに、西洋文学の筆法だけを採用し、ともかく、我々は筆を執つたのである」（「撫でられた象」）。「我々自身の現識」という時、すでに朔太郎における〈故郷〉喪失の痛みはない。しかし、この詩人における〈故郷〉は、当為（ゾルレン）ならぬ実在（ザイン）の、よりフィジカルな課題として、終生彼を苦しめつづけた。「芸術といふのは名辞以前の世界の作業で生活とは諸名辞内の交渉である」（「芸術論覚之書」）とは中原の言葉だが、〈故郷〉は「名辞以前」ならぬ世界として彼を問いつづけた。その詩篇の多くは、この「名辞」以前と以後のねじれをめぐって生まれた。その生家に近い詩碑の碑面に刻まれた「帰郷」の一節もまた例外ではない。

三

〈これが私の故里だ／さやかに風も吹いてゐる／心置なく泣かれよと／年増婦の低い声もする　あゝ　おまへはなにをして来たのだと……／吹き来る風が私に云ふ〉――言うまでもなく「帰郷」後半の部分だが、〈心置なく〉云々の二行を省いて詩碑にしるされている。恐らく中原を語るに最もふさわしい詩句と思われるが、終末の詩句二行は、はじめ詩誌「四季」昭和八年夏季号掲載時には次のようになっている。〈庁舎がなんだか素々として見える／それから何もかもがゆつくり私に見入る／あ、何をしてきたのだと／吹き来る風が私に言ふ……〉。ここでは〈故郷〉とは自身がゆっくり見入る何かではなく、〈私に見入る〉何かなのだ。この〈私に見入る〉故郷の眼はほぼ同時期の詩篇のなかでは次のように唱われる。〈なにが悲しいたつてこれほど悲しいことはない／草の根の匂ひが静かに鼻にくる／畑の土が石といつしよに私を見てゐる――竟に私は耕やさうとは思わない！／ぢいつと茫然黄昏の中に立つて／なんだか父親の映像が気になりだすと一歩二歩歩みだすばかりです〉（「黄昏」）。

〈竟に私は耕やさうとは思はない〉――この不肖の長子、耕やさざる白い手の意識の上に、ここでも〈土の眼〉ともいうべきあの〈故郷〉の眼は注がれる。恐らく彼を問いつめるこの〈故郷〉の眼（あるいは〈土の眼〉）が作品上に最初に自覚的に定着されるのは、彼が詩人として自己を定立せしめんとした「朝の歌」執筆の頃であろう。「大正十五年五月『朝の歌』を書く。七月頃小林に見せる。それが東京に来て詩を人に見せる最初。つまり『朝の歌』にてほぼ方針は立つたが、たつた十四行書くために、こんなに手数がかかるのではとガツカリす」（「詩的履歴書」）とは後年彼のしるすところだが、故郷を出てからこの頃までの三年間は詩人にとって、まさしく青春擾乱の時期であったともいえる。

山口県湯田の医師の家に長男として生まれ、幼年時代の神童は中学に進むとともに学業を怠り三年の時落第、これを機に京都の立命館中学に転校。この秋（大12）「ダダイスト新吉の詩」を読みひとつの詩的開眼を体験する。翌大正十三年四月長谷川泰子と同棲。翌十四年春泰子とともに上京。京都時代の友人富永太郎の紹介で小林秀雄を知るが、この年の末泰子は小林のもとに去る。両親を偽って学業も捨て、詩作一念の想いはこの年の夏頃よりかたまっていたが、泰子を失ったことは彼に大きな衝撃を与えた。彼はこの時の自分を評して――「私が女ににげられる日まで、私はつねに前方を瞶めることが出来たのだ。つまり私は自己統一ある奴だつたのだ。」「然るに私は女に逃げられるや、その後一日一日と日が経てば経つ程、私はただもう口惜しくなるのだつた。」「とにかく私は自己を失つた……私はただもう口惜かつた。私は『口惜しい人』であつた」（「我が生活」）と語っている。この深い喪失感から「朝の歌」が書かれるまでの半歳余りは、中原における詩人誕生のひめられた苦闘と模索の時期ともいえるが、この頃の習作詩篇に注目すべき一篇がある。

〈……自らを恕す心の／展りに女を据えぬ　／緋の色に心休まる／あきらめの閃きをみる　／静けさを罪と心得きざむこと善しと心得　明らけき土の光に　浮揚する／蜻蛉となりぬ〉――これは十四年より十五年に至る「朝の歌」に先立つ一連の習作詩篇のひとつであり、〈緋のいろに心はなごみ〉という詩句ではじまる無題詩篇の後半の部分だが、すでに〈自らを恕す心の〉以下の詩句には、事件後失われた「自己統一」を恢復しようとする詩人の姿勢が、あざやかにうかがいとれよう。恐らく言葉をきざむ以外に、救いは彼にはない。しかし〈きざむこと善しと心得〉というその告白には、にがい何かがある。彼にとって詩作とは究極的にえらびとられた必然の行為であったはずだ。しかも彼はただに言葉をきざむことのみに晏如たることを許されない。何かがたえず彼を駆り立て、彼をみまもる。あの〈土の眼〉がたえず彼を捉えてはなさぬ。彼はこの時、みずからを〈明らけき土の光に／浮揚する／蜻蛉〉のごとき存在と見立てる。この家郷への負い目は中原という詩人の生涯をつらぬき、そこには朔太郎の唱ったごとき愛憎あいからむ故郷への、あの一種アンビバレンツともいうべき屈折した表現はない。〈いかなれば故郷のひとはわれに辛く／かなしきすもの核を噛まむとするぞ。〉〈われを嘲けりわらふ声は野山にみち／苦しみの叫びは心臓を破裂せり。／かくばかり／つれなきものへの執着をされ。／ああ生れたる故郷の土を踏み去れよ。〉とは、朔太郎がその「郷土望景詩」の一篇（「公園の椅子」）にしるすところであり、〈嗚呼また都を逃れ来て／何所の家郷に行かむとするぞ／過去は寂寥の谷に連なり／未来は絶望の岸に向へり。砂礫のごとき人生かな！〉〈いかんぞ故郷に独り帰り／さびしくまた利根川の岸に立たんや〉とは、「氷島」詩篇（「帰郷」）のなかに唱うところであった。この朔太郎の人生への噴怒と悔恨をこめた抒情が、究極においては――〈わが草木とならん日に／たれかは知らむ敗亡の／歴史を墓に刻むべき。われは飢ゑたりとこしへに／過失を人も許せかし／過失を父も許せかし――父の墓に詣でて――〉（「物みなは歳月と共に亡び行く―わが故郷に帰れる日、ひそかに秘めて歌へるうた―」、詩集「宿命」昭14・9所収）という、老いの感慨に収斂されてゆくとしても、なおその生涯をつらぬく抒情の背後には深いニヒリズムとともに、ある苛烈な文明批判ともいうべきものが底流していた。恐らく〈砂礫のごとき人生かな〉と唱う詩人の眼に、この乾いた近代の文明は、また〈上州の空の烈風に寒き〉（「監獄裏の林」）は、あいかさなって映じていたはずである。この乾いた、また痩せた〈故郷〉遠望の情は、望郷の想いを述べつつ「関東の自然はやつぱり僕にはつまらない」「どうも肉感が足りなくて仕方がない」（昭12夏頃日時不詳、河上徹太郎宛書簡）と言った中原とはへだたるものがある。中原にとって故郷とは、終生断ちえなかった負い目（父の墓前に〈過失を父も許せかし〉と呟く朔太郎の言葉は、そのまま中原のそれであったとしても不思議はない）にもかかわらず、より肉質豊かな、揺籃にも似た何ものかであったかとみえる。しかし、同時にまた、このふたりの詩人が希求し、またその故に烈しく難じ、その欠落を嘆じたものは、一にして二なるものではなかった。

　中原もまた現代（さらには近代）における「全体性の恐ろしい欠乏」（昭10・8・31日記）を指摘し、我々が西洋のみに学んだことの結果生ずる困惑は、十年後に改めて問われ、そこから「初めて問題らしい問題」（同9・19）が生れるであろうという。また「何度云つても同じだが、フォルムに就ての理念のないといふことが、当今文学人をして彷徨不安ならしめてゐる第一の事だと思ふ」（「撫でられた象」）という。かくして我々近代人が、あの精神（さらには文化）の普遍の保証者たる〈自然〉――「手をさし伸べしもないが手を退きもしないもの」「人間の裡にあっては思愛的な作用をつとめる、その作用を「忘失」したこと、「恐るべき近代病の根本性質はそれである」（「詩に関する話」）という。すでに詩人の言わんとするところは明らかであろう。ここでは近代（詩）における〈故郷〉喪失の意味が、その根源より問われている。それは近代の詩人たちが、何を失い、また何をかちえねばならなかったかという問いであり、透谷以後問いつづけられて来た課題であった。

透谷における自裁の死と言い、朔太郎における「宿命」の深いニヒリズムへの収束と言い、また中原における「在りし日の歌」の晩期抒情にみなぎる深い永訣感と言い、彼らは中原のいう「名辞」以後の現実――即ち故郷なる語の示す、より形而下の現実、あるいは明治、大正、昭和と続く近代日本という状況――のなかにあっては、ぬぐいがたい、挫折と敗北の情に身をゆだねるかにみえたが、なお彼らはその時代と文化に対する鋭い直感と認識において、またその詩法の独自の試みと展開において、よく近代の欠落の相を衝き、近代（詩）における根源なる〈故郷〉の何たるかの意味を示しえたと言ってもよい。恐らくここからは伝統の問題とともに、詩語における肉質とは何かという近代詩をめぐる根源的課題が問われねばならぬが、これはまた稿を期して改めて問うほかはあるまい。

近代詩のなかの子ども——八木重吉と中原中也

一

この特集に即して〝近代詩のなかの子ども〟と題してみたが、近代詩のなかに唱われた子どもたちということではない。〈子どもの眼〉そのものを詩法の根源として詩人の問題にふれてみたいということである。子どもといえば朔太郎や白秋その他、いくばくかの詩人たちの作品が想起されるが、これを詩法の問題とすれば限られて来よう。恐らくこれをその主題、方法の問題として取り上げたのは中原中也であり、八木重吉であろう。宮沢賢治の童話もこれを詩的散文、あるいは一種の散文詩とみれば賢治の作品、また暮鳥晩期の『雲』の詩篇なども取り上げられるが、ここではひと先ず中也、重吉のふたりにしぼって考えてみたい。

八木重吉は自分の詩の理想は「究極においては、子供のような詩をのぞんでいる。だがそれは五十を越してからのことであろう」と語ったという（北田昌一「ひそやかな経験」）。彼の詩の転機、またその独自の詩風確立の奨機ともなった「鞠とぶりきの独楽」の前書にも、「これ等は童謡ではない。むねふるえる日の全もてうたえる大人の詩である。まことの童謡のせかいにすむものは、こどもか、神さまかである」と述べているが、すでにその詩法の核心がいずこにあるかは明白であろう。これを「幼児期退行性」（本郷隆）とみることも頷けぬではないが、しかしこれが単なる過去への退行ではなく、この一瞬、一時を生きてあること、生かされてあることへの驚きと目覚め、言わば過去と未来の中間時の深い緊張感に支えられていることも見逃しえまい。まことに「むねふるえる日の全」が、そこに賭けられていると言ってもよい。いま「鞠とぶりきの独楽」から、二、三の詩を挙げてみたい。

ぽくぽく
ぽくぽく
まりを　ついてると
にがい　にがい　いままでのことが
ぽくぽく
ぽくぽく
むすびめが　ほぐされて
花がさいたようにみえてくる

○

川をかんがへると
きっと　きもちがよくなる
みるより
かんがへたほうがいい
いまに
かんがへるように
みることができてこよう
そうなれば　ありがたい

この「鞠とぶりきの独楽」（大正十三年六月十八日の編とあり、五十七篇を含む）のあたりから初期詩篇のまだ何処かかまえた、たくみのあとの見える詩風の硬さがほぐれ（まさにその詩にいうごとく〈むすびめがほぐされ〉）のびやかな独自の詩体を割り出してゆくあとがみえる。さらに次のような詩はどうか。

きりすとを　おもひたい
いっぽんの木のように　おもひたい
ながれのようにおもひたい

○

おほきな河のうへを
夜の汽車でとほる
むこうのほうにも
橋があるらしく
いちれつの灯がかわにうつって
ひとつびとつ
ながい　ながい　ひかりになってゐる

前者は重吉の詩をつらぬく〈信〉の世界にかかわり、後者には子供の眼と一体化した重吉詩独自の世界が映し出される。しかもこの両者は詩人の内部では、不可分のものとして深く融合してゆく。
〈きりすとさまをおがんで／こどもの／ふところにゐれば　まちがいはない〉〈おもちやに／かかってると／なん

でもかでも／はじめてといふものが　わかってくる／天に　神さまがおいでなさるといふても／ほんとうだとおもへてくる。〉これらの素朴な表現が、やがて〈一念称名〉とも呼ばれる独自の信仰詩へと貫流してゆく姿もまた、我々は容易に読みとることができよう。「千九百二十五年／大正十四年二月十七日より／われはまことにひとつのよみがへりなり」という前書を付して次のような詩がある。

〈おんちち／うえさま〃おんちち／うえさま／と　とのうるなり〉〈てんにいます／おんちちうえをよびて／おんちちうえさま／おんちちうえさまととなえまつる／いずるいきによび／入りきたるいきによびたてまつる／われはみなをよぶばかりのものにてあり〉。これをまた口語詩調にくだけば、次のごとき詩となる。

〈天というのは／あたまのうえの／みえるあれだ／神さまが／おいでなさるならばあすこだ／ほかにはゐない〉、あるいは〈神様あなたに会いたくなった〉という、ほんの一行の短詩など、ここにもその発想と言い、語法と言い、素朴な農村の、庶民の、あえていえば〈一念念仏〉の発想につながるものがあるとさえいえる。事実、彼はその詩のなかで〈なぜわたしは／民衆をうたはないか／わたしのおやじは百姓である／わたしは百姓のせがれである／白い手をしてかるがるしく／民衆をうたふことの冒瀆をつよくかんずる〉と言い、また別の詩では〈百姓の伜ということを忘れないように！〉ともいう。東京府下南多摩郡の農家の次男に生まれた彼は、のち鎌倉師範、東京高等師範と進み、卒業後は英語教師となり、師範時代から教会や聖書にふれ、東京高師の学生時代に入信（大正八年三月）。また詩人としてはキーツを愛したが、これらの経歴にもかかわらず、この〈百姓の伜〉であるという意識は、彼の信仰や詩法の素朴をつらぬく根源のものであった。

「日本の基督に関する詩は、八木重吉の詩をもって私は最高としたい」（草野心平）あるいは「われわれがなりよりも感動しなくてはならないことは、八木氏において初めて、信仰告白が日本の詩といわず、日本の文学的言葉となったということである」（井上良雄）という、これらの指摘もまた先のことと無縁ではあるまい。その信仰と詩法は土着の根において、ことばの本体、その母性において深くつらぬかれるものがあったと言ってよい。「子供のような詩」をもって究極とするという彼の詩観の核心もまたこれと深くかかわる。〈こどもの／ふところにゐれば　まちがいはない〉という、その〈ふところ〉とは単なる童心への回帰ならぬ、ことばというものの根源に、つまりはことばというもののいちばん底のふところにということでもあろう。これはまた〈存在〉そのもののふところということでもある。言わばそのこころを、感性を〈天〉（＝神）に向かってのみでなく、〈存在〉そのものの闇に向かってもということである。重吉の詩を童心などという手垢のついた言葉で片づけることはできまい。

二

別役実の戯曲『赤い鳥の居る風景』の終末近くに、盲目の女主人公が雨のなかにつぶやく次のような台詞がある。〈雨が降つてゐる。いろいろなものをぬらしてゆく。こうして雨の中に立つてゐると、雨というものが目の前に現はれて、お前は、そう悪いものではないと、云つてくれそうな気がする……〉。――言うまでもなく別役氏の創作ではなく、八木重吉の詩である。別役さんはこの詩が好きで、どうしても作中にいつかは使つてみたかつたのだという。また別役さんは別の――〈ただまつすぐに街のほとりがつつぱしっているのもかなしいが／ふとしたまがりかどへきたとき／そこになにかしら／ひとだまのように／ぬらりとさびしいものが／ふらついているのをかんずることがある〉というような作品を引いて、これはまさにカフカの世界につながるものであり、重吉はこの「自己と『ぬらりとさびしいもの』との関係の上に、たましいの住まいを探つたので」あり、これが詩人の「たましいの方法」ともいうべきものであつたのだという（「八木重吉氏について」）。

これはいかにも鋭い着目である。たしかに重吉の世界を素朴な信仰詩の側面からのみ見たのでは、何ものも見えて来まい。いま別役氏の引いていない別の詩でいえば――〈じぶんが／どうしても自分であった／わたしのほかのものではないという／そのことがぬらりときみわるい〉と言い、また〈これがいのちか／これがいのちか／ぬらぬらとおぐらいともしびのもとにみる／おのれの生活。つまよ児よ／このようにくれ、またあしたをむかへる／これだけがいのちのあじはいなのか〉という。その日常性の底によこたわる深淵、生の不条理ともよぶべきものへの詩人の眼の所在を見逃すことはできまい。

〈わたしの詩よ／ついにひとつの称名であれ〉とは詩人の真率な叫びだが、同時にたとえば――〈ながい日かず／死をおもへば／きようは／よみがえりの日のごとくさびしい〉というような詩に出会う時、あるひやりとしたものを感じざるをえまい。キリスト教詩人という八木重吉を我々はとかく信仰の側からのみ見やすいが、別役氏のいう側からの闇、この〈ぬらりとしたもの〉をどう受けとめ、両者をどうかかえ込んでゆくかということが、キリスト教と文学という問題を考えるひとつのかなめでもあろう。

これはまた重吉の幼児性をいう場合もまた例外ではない。「子供のような詩」、つまり子どもの眼とは、すべてを見てしまう眼である。〈息を　ころせ／いきを　ころせ／あかんぼが　空を　みる／ああ　空を　みる〉と唱い、〈あかつちの／くづれた土手をみれば／たくさんに／木のねっこがさがってゐた／いきをのんでとほった〉という、息を殺して空を見ているのは赤ん坊でありまた詩人である。同じように〈いきをのんでとおっ〉てゆくのは詩人の眼であり、また子どもの眼である。このような素朴な子どもの眼を安易な童心主義に還元してはなるまい。またさまざまな技法の果ての簡素への帰着とみてもなるまい。たとえば次のような詩はどうか。

〈そこらに／みそさざいのやうな／口笛をふくものが／かくれてゐるよ／なあんだ／あんな遠くの桑畑に／なんだか、ちらり／見えたりかくれたりしてゐるんだ〉A、〈ちいさい童が／むこうをむいてとんでゆく／たもとをひろげて、かけてゆく／みてゐたらば／わくわくと、たまらなくなってきた〉B、〈木蓮の花が／ぽたりとおちた／まあ

／なんといふ／明るい大きな音だったらう／さようなら　さようなら〉C、〈柿の葉は、うれしい／死んでもいいといってるふうな／みずからを無みする／そのようすがいい〉D。このAとCは山村暮鳥、BとDは重吉である。暮鳥は周知のように『聖三稜玻璃』（大4）というきわめて実験的な詩法から出発して、人道主義的な作風（『風は草木にささやいた』大7）を経て、晩期の『雲』の枯淡な詩境へと帰着した。晩年の暮鳥は「詩と人との一致」を説き、『雲』の序では「それのみが芸術をして真に芸術たらしめる」その「何か」を「芸術における気稟」に求めた。言わば曲折の果ての無飾であり、簡素である。これは大正期の心境小説の境地にもつながるものだが、またきわめて日本的な、汎神論的な理法でもあろう。ある評家の言葉を借りれば「叙情詩というのは、私たちの民族の伝統では汎神論的感受性の陶冶しかないのだから」（安西均）ということになる。

重吉はこの暮鳥の『雲』の詩風からたしかに影響を受けた。しかしまたよく見れば、暮鳥には曲折の果ての表現に対する放胆さや、ある種の饒舌があり、重吉には一個の作品への凝縮と抑制への志向がある。しかもこの凝縮とはまた汎神論的感性の陶冶云々というものとは違う。たとえば次の詩はどうであろう。

〈桜を見にきたらば／まだ少ししか咲いてゐず／こまかい枝がうすうす光ってゐた〉〈落葉の沈んでゐる池を見てゐたらば／泡が一つ浮いてきて／消えていつた〉。ともに一見八木重吉風だが、後者は草野天平である。この両者は暮鳥とは違って、深く似かようものがある。しかしその簡素への過程には大きなへだたりがあり、またここからのひろがりもまた異なる。実は先の「汎神論的な感受性の陶冶」云々とは評者が草野天平の詩を論じての言葉である。

三

草野天平を私は八木重吉とともに近代詩人中、最も求道的な詩人と思っている。重吉の没後にして二十五年、昭和二十七年春、四十三歳の生涯を終ったが、その晩年の二年近くは比叡山の無住の僧庵にこもり、詩の精進を続けた。彼が詩と人格の一如を求めて、密教の本山たる叡山にこもったことは意味深い。

〈更に自分は、はつきりと行く／人の造つた形に別れ／喜怒哀楽の情にも別れ／全き人間となるために／此処で、きつぱり皆と別れる／何が本当の音声であり／何が本当の言葉であるか／どしどし雨に打たれ／如何にも俺は俺らしく／本当でしかもいい声を／どうしても／さうだ／どうしても出さなければならぬ（「詩人の旅」）。こうしてその〈本当の音声〉〈本当の言葉〉をつかむために、「人に会ひ自然を見て外に詩を発見するといふよりは、人を離れ厳格にこの身をこらしめて、その厳しさの寂しさから一層澄み透った内の詩を作らう」と志ざすに至る。叡山にこもって二年近く、終りを詩作についやして、なお定稿わずかに二篇であったという。

梅乃夫人の語るところによれば、八木重吉の詩は高く評価し、「似ている。しかし、全く違うよ」と言っていたともいう。世阿弥を好み、芭蕉や蕪村を愛し、国訳大蔵経とともに聖書は旧約の詩篇、雅歌、箴言のたぐいを好んで読んでいたという。「本物という時」、それは「動かせば動く機微をもちながら動かさない態度をさし」「又そこから生まれる詩を意味して」いたという。また「桜の枝の乱れの美しさを表現するのにはやはりこれから十年の練磨が必要」だと語りあったともいう。また落葉の表現については「散るとは何かといふことを摑みさへすれば落葉は書ける」（遺稿「比叡山記」）と言い、「一体落葉といふものは何を指すのだろう。朽ちたために散る或は死滅のために枝を離れる感じといふものは到底こんなものではない。枯れた葉の動き始め、散りつつある容子等は何を意味するか。之れを適確に摑めたら落葉は間違なく造れる」（遺稿「覚え書」）ともいう。また「体がまだまだナマだ。もっと〳〵叩かなければならない。触れゝばおのずから散る、と云つた具合の鈴敏さと微妙さと沈着さと、自然さ、そうしたものが身につくまで叩かなければならない」（「比叡山記」傍点筆者以下同）とも語る。

つまりはこの自然の機微、摂理、その万象をつらぬく根本の理法をつかめば「落葉は書ける」、「いや間違なく造れる」という。

その「造る」とは何か。この自己という存在自体が樹木にも似、落葉にも似て、「触れればおのずから散る」といった「鋭敏さ微妙さ、沈着さ」を備えた、天然の一片と化することではないか。必然も偶然も遠く及ばぬ「自然の機微」のうちに、みずからもつらぬかれることではないか。そこまでを「叩かねばなら」ぬ。人を離れ「厳格にこの身をこらしめ」ねばならぬ。「自然を見て外に詩を発見する」よりは、この「厳しさと寂しさ」から「一層澄みい透つた内の詩を作ら」ねばならぬという。この透徹した内観に即する詩、これが彼の根本的な理法であることを思えば、彼の叡山行がどのような意味を持っていたかはおのずからに明らかであろう。確かに彼は「天台の背景をつかもうとして松禅院にゐたのではなく、松禅院はむしろ偶然の借家にすぎなかった」とは、天平の実兄草野心平の語るところである。

この内観への一筋道こそは、まさに日本の詩歌をつらぬく「態度の美学」（本郷隆）の一極限であり、みずからが天然の一片と化するとは、「汎神論的感受性の陶冶」の果ての必然の帰着でもあろう。と同時にその簡素の美の究極は世阿弥のいう「せぬひま」に匂う妙味というところにもおのずからに通ずるものであろう。「このせぬひまは何とて面白きぞと見る所、是は、油断なく心をつなぐ性根也。舞を舞ひやむひま、音曲を謡ひやむ所、そのほか、言葉、物まね、あらゆる品々のひま〳〵に、心を捨てずして、用心を持つ内心也。此内心の感、外に匂ひて面白きなり。／かやうなれども、此内心ありと、よそに見えては悪かるべし。もし見えば、それは態になるべし、せぬにてはあるべからず。無心の位にて、我心をわれにも隠す安心にて、せぬひまの前後をつなぐべし。是則、万能を一心にてつなぐ感力也。」「惣じて、即座に限るべからず。日々夜々、行住座臥に、この心を忘れずして、定心につなぐべし。かやうに、油断なく工夫せば能いや増しになるべし。」（「花鏡」）

天平の詩法、詩の姿、これらのすべてに世阿弥の芸論に深く通ずるものがあろう。彼の極めて簡潔な詩の骨法は独自の詩境が生まれる。

「内心の感、外に匂ひて面白」しの境地に通ずるものであり、その根底にはあの「万能を一心につなぐ感力」ともいうべき異常なまでの緊張感のあることを見逃すことはできまい。高村光太郎が天平の詩を評して「シテ柱の前に立ったシテの風姿が連想される」と語ったところもまた、この本髄を深く言いあてたものであろう。こうしてあの天平独自の詩境が生まれる。

〈手に粗末な器を一つ持ち／米を欲しいでもなく／欲しくもないでもなく／ぼうつと広く／そして優しく一つところを見て／この地の土に黙つて立つてゐる〉（「無着菩薩像」）。臼井吉見は「好きな一篇ということであればこの菩薩の詩」であり、「この簡素でやさしい詩は、芸術と生活とを一つにつかみとった、天平氏の世界そのものの表現」であり「『レオナルドの最後の晩餐』も、直ちにこれに通ずるもの」だという。

〈何処か知らない遠いところを思ひ／ただそつと坐つてゐるキリスト／来るものは来る／形のあるものは無くなる／善も悪もない／何処か知らない遠いところを思ひ／ただそつと坐ってゐるキリスト〉――これもまた、いまひとつの菩薩像というべきであろうが、定本詩集の巻頭近く、見開きの頁の左右にこの二篇が置かれる。このキリスト像はユニークだが、またいかにもスタティックである。これを重吉の唱う――〈基督になぜぐんぐん惹かれるか／基督自身の気持が貫けてゐるからだ〉、あるいは〈からだが悪いままに春になつてしまつた／だが基督についての疑ひはまつたく消え／何か寄りつくと／すぐ手のうちの火火となげつけるような／するどい気持がある〉という、これらの詩篇をつらぬく熱い脈動とは余りにも異なるものがあろう。この違いはまた一見深く似るところがあるとみえて、その根源の大きなへだたりを映すものであり、「似ている、しかし、全く違うよ」という天平の指摘は、また重吉の側からも言えることである。

ここで先に掲げた二つの詩が思い出される。〈梅を見に来たらば〉と言い、〈落葉の沈んでゐる池を見てゐたらば〉という。この詩法は同じ詩人のものと見まがうほどだが、すでに見たごとく天平の詩が内観のきわみにおける素朴な表現とすれば、重吉の唱うところは幼な子のごとき無垢なる感受をもって仰ぎ、目を瞠り、驚こうとする。あるいは幼な心の流露への、より自然な姿勢に身を任せんとするものである。天平の詩法に見るあの「せぬひま」に匂う内心の感ともいうべき極度の圧搾、意識の多様な屈折をくぐった果ての単純さへの到達に比し、重吉にみるものは初源の感性の享受ともいうべきものである。

わたしでもなく
わたしをうごかすものでもなく
ふしぎなる両生のせかいの
いちばんやはらかな　いちばんはじめの
こころおどるいずみからものを言ひたい

あるいはまた、〈こころは／うごいておれよ／なまなましく／かんがえておれよ〉と言い、〈にくしみというものが／いきもののようにあるいてる／ひくひくあるいてる〉ともいう。それは天平のいう「触るれば散る」という、あの機微に至るまで自らを叩き、こらしめての修道ではなく、ただ、いま創られて生あるものとしてある、そのいのちの初源に立つということである。言葉をいちばんはじめの、やわらかいところから、心を生まれたままの、外皮をまとわぬ顫えの、そのはじめの姿のままで、そこから彼は自らの魂の顫動をあるがままに書きとめてゆこうとする。ここに彼の独自の詩風が生まれた。暮鳥につながりつつ、暮鳥の『雲』にみる文人趣味や彽徊とは無縁なゆえんであり、天平に似て、似ぬゆえんでもある。草野天平にふれていささか長く語ったようだが、天平を下に引き写すことによって、一字一句に執するその無類のきびしさを写すことによって、重吉の詩の無垢なる流露と、そのいのちの初源に発する魂の顫動はあざやかである。天平詩の登りつめんとする絶嶺が時にふと、言いがたいあやうさを感じさせる時、重吉の詩もまた生々しいまでに生命の源初に密着した、真率なる表白であるが故に、時にふと次のごとき詩句を滴らす。

〈ながい日かず／死をおもえば／きようは／よみがえりの日のごとくさびしい〉。先にもふれたところだが、純一たるキリスト教詩人たることをもって、これを矛盾とするにはあたるまい。彼がまさしく真の詩人たることによって、〈自然〉という〈暗黒心域〉に深く身を浸すが故の滴りでもあろう。子供の眼、その初源の眼とはまたすべてを見、すべてを感受するものの謂である。〈暗黒心域〉とはまた中原中也のいうところだが、中也の詩法の語るところもまた重吉のそれと無縁ではない。〈いちばんやわらかな　いちばんはじめの／こころおどるいずみから〉とはまた、中也自身の語るところでもあった。

四

「これが『手』だと『手』といふ名辞を口にする前に感じてゐる手、その手が深く感じられてゐればよい。」「芸術といふのは名辞以前の世界の作業で生活とは諸名辞内の交渉である。」「生命の豊かさ熾烈さだけが芸術にとつて重要なので」「生命の豊かさそのものとは、畢竟小児が手と知らずして己が手を見て興ずるが如きものであり……」。これは言うまでもなく中原の詩論の集約ともいうべき『芸術論覚え書』の一節だが、その詩法の根本にはこの〈名辞以前〉の思想があった。彼はこれを「直観層」「純粋持続」「生命の豊かさ」などという言葉でもあらわしたが、またこれを〈現識〉の世界とも呼ぶ。「芸術は、認識ではない。認識とは、元来、現識過剰に堪えられなくなつて発生したとも考えられるもので」「生命の豊富とはこれから新規に実現する可能の豊富であり、それは謂はゞ現識の豊富のことである」という。この〈現識〉とは仏教本来の字義に即していえば「阿頼耶識の別名、有情根本の心識にて、其人の受用すべき一切の事物を執持して没失せざる義。一切の事物の種子を含蔵する義」（『仏教大辞典』）ということになり、感性の最も原質的な部分を意味することになろう。

この認識以前の〈現識〉とは即ち〈名辞以前〉の世界であり、この〈名辞〉以前と以後の対立は、当然ながら詩人と生活者との対立という構図をとる。また芸術家がその本来の営みのなかにある限り「他に敵対的ではなく、天使に近い」（『芸術論覚え書』）ともいう。こうして芸術の根源たる「生命の豊かさ」とは「畢竟小児が手と知らずして己が手を見て興ずるが如きもの」という時、中原の詩観、また詩人＝観の底にひそむ詩人＝天使に近きもの＝小児という等価の構図は明らかとなる。同時にその構図を砕き、あやうくするものの遍在こそ、中原の詩そのものを浸蝕してゆく影（＝死）のモチーフであった。重吉にあっても、中也にあっても、名辞以前の世界に棲む無垢なる〈子どもの眼〉を詩法の根源とすることにおいて、両者は深く通ずるものであった。しかしまた詩人における〈子ども〉とは何かと問う時、その詩的位相は殆ど対極とさえみえる。誤解をおそれずいえば、〈子ども〉とは中原にあっては負の相、影の部分であり、その喪失感のいたき代償、その負の影像でもあった。また晩期の昭和十一年秋、（十一月十日）三歳にも満たぬ長男文也を亡くした痛嘆、その亡児への痛切な想いもまた晩期詩篇の多くに明滅するところである。しかしそれは単に伝記上の事実の問題のみではない。その詩に登場する子どもたちがしばしば、いやおうない不安の影にさらされるのは何故か。彼はその無垢なる存在のありようを、たとえば次のように唱う。

菜の花畑で眠つてゐるのは……
菜の花畑で吹かれてゐるのは……
赤ン坊ではないでせうか？

いいえ、空で鳴るのは　電線です電線です
ひねもす、空で鳴るのは、あれは電線です
菜の花畑で眠つてゐるのは、赤ン坊ですけど

走ってゆくのは　自転車々々々
向ふの道を、走つてゆくのは
薄桃色の、風を切つて……

薄桃色の、風を切つて……
走つてゆくのは菜の花畑や空の白雲
――赤ン坊を畑に置いて（『春と赤ン坊』）

いかにも中原らしい軽快なスケッチ、またリズムだが、菜の花畑や風や雲を唱いつつ、そののどかな情景とはうらはらに、ある予感的な喪失感、疎外感がにじむ。〈いいえ、空で鳴るのは〉という二連をはじめの転調など無類の見事さだが、ここでも見えざるものとの応答はある微妙な不安の影をよぎらせ、〈ひねもす、空で鳴る〉〈電線〉のイメージは、ある予感的な顫えを示す。やがて自転車の影とともに雲が走り、菜の花畑が走り、情景は一挙に浮上して幻想世界を織りなすかとみえ、あとには畑に置かれた〈赤ン坊〉のイメージが残されるが、この存在感はいかにも透明で、また勁い。それは具体の実感よりも、透脱した抽象感というか、無垢なるものの普遍の象徴のごとく

そこに置かれる。そこには不思議な明るさと不安が同居している。これはのちの秀作『六月の雨』などにも通ずるものだが、そこには無垢なる幼児をめぐる充足感、浄福感という以上に、欠如感、疎外感ともいうべきものが深い。この不安のなかにさらされ、取り残される幼児のイメージは、やがて文也の死という現実として起こる。しかしまたあえて言えば、愛児の死はいたましいが、その死は詩人自身の陰画としての生の完成でもあった。恐らく次の一篇こそは、詩人と幼児と、この両者の不離なる融合の姿を最もみごとに映しとったものということができよう。

いとしい者の上に風が吹き
私の上にも風吹いた

いとしい者はたゞ無邪気に笑つてをり
世間はたゞ遙か彼方で荒くれてゐた

いとしい者の上に風が吹き
私の上にも風が吹いた

私は手で風を追いのけるかに
わづかに微笑み返すのだつた

いとしい者はたゞ無邪気に笑つてをり

世間はたゞ遙か彼方に荒くれてゐた（『山上のひととき』）

この未刊詩篇は文也の誕生後凡そ一年近く後のものだが、この詩の構図は詩人と〈子ども〉をめぐる生の原型のすべてを語るものであろう。すでにこの無垢なる幼児は詩人の生をふちどるかすかな暈光、あるいは微光のごときものであり、やがて来る死は詩人の生の、いまひとつの剝離として詩のなかに顕前することとなる。こうして、いまは他界にある〈こども〉の眼によって自らの生を問い返す時、詩人のいう〈在りし日〉、即ち陰画としての生はみごとに成就することとなる。中原の死後刊行された第二詩集『在りし日の歌』の詩篇の多くに、この現実に対しては異邦の人、他界（ある根源なる世界）を背にしてこの世を見返すごときその眼の所在をみるとすれば、〈在りし日〉とはまた〈過ぎし日〉を超えて、〈在りうべかりし日〉からの挽歌とも読みとれなくはあるまい。いずれにせよ詩人＝天使に近きもの＝子どもという等価の構図はその代償として、常に無垢なる存在としての何ものかへのつきざる挽歌たらざるをえまい。

いま重吉と対比しつつ、中原における負の相のいくばくかを語って来たが、また反面、この〈子どもの眼〉をめぐって深く通底するものも見逃せまい。時代の「修辞的」風化を批判し（「詩と現代」）「芸術とは、自分自身の魂に浸ることいかに誠実にして深いかにあるのだ」（「詩論」）と言い、「精神が客観性を有するわけは、精神がその根拠を「自然の暗黒心域の中に有するからのことだ」（「芸術論覚え書」）という中原の認識、またその詩観が象徴詩以来の修辞的彫琢やモダニズムの流態に対して、詩語の独自の肉質を生み出し、彼があえて「低い調子」で語る一種プリミティヴな語り口の底に潜流する魂の渇望は朔太郎以来の、いまひとつの魂の抒情詩ともいうべき詩圏を切り拓いてみせた。この中原のありようはまた八木重吉のそれとも深く通ずるものであり、その詩法、詩観のゆきつくところ、「つまり詩人とは、衆生の代表たるべきであつて、特定の個人であつてはならない」（「千葉寺雑記」）という中原の言葉が、そのまま重吉のものであったとしても不思議はあるまい。

こうして〈近代詩のなかの子ども〉という題目を詩的実体ならぬ、詩的変革への視角、そのひとつの視点としてみる時、そこに我々はこの詩的土壌そのものを超え出てゆく貴重な契機のいくばくかを読みとってゆくことができよう。その究極は「子供のやうな詩」と語った重吉を評して、「その詩は、一見あえかにみえながらじつは、日本語による詩のひとつの極相に立」ち、「日本の詩に対きあうものを差し出している」（田中清光『詩人八木重吉』）という評家の指摘もまた、これと無縁ではあるまい。

（付記—八木重吉独自のかなづかいは『八木重吉全集』（筑摩書房）による）

〈批評〉の復権、〈文学〉の復権――〈近代文学の終り〉という発言をめぐって

一

少し乱暴に語ってみたい。いや、きわめて素朴に言ってもいい。かなり前から〈近代文学は終った〉などということをよく聞く。最近出た柄谷行人氏の『近代文学の終り』などはその代表的な例だが、しかしこれはどういうことか。それを言うなら、ずばり〈文学〉ってなんだということから問われねばなるまい。漱石にこんな言葉がある。

小生の考にては「世界を如何に観るべきやと云ふ論より始め夫より人生を如何に解釈すべきやの問題に移り夫より人生の意義目的及び其活力の変化を論じ次に開化の如何なる者なるやを論じ開化を構造する諸元素を解剖し其聯合して発展する方向よりして文芸の開化に及す影響及其何物なるかを論ず」る積りに候

言うまでもなく、ロンドン留学時に義父（中根重一）に宛てた長文の手紙（明35・3・15）の一節であり、いわゆる〈原（ウル）「文学論」〉なるものの原構想を語ったものだということも知られる通りである。だが彼はここで〈文学〉とは言わず、〈文芸〉の何たるかを問おうとしている。ならば〈文学〉と〈文芸〉とはどう違うか。いや、それを言う前に、これはどこかで耳にした言葉に似ていないか。きわめて簡潔にしたためた言葉だが、これを引き伸ばしていえば、まさに今日いう所の〈カルスタ〉流の論法そのものではないか。

「開化を構造する諸原素を解剖し其聯合より発展する方向よりして文芸の開化に及す影響の何たるか」を問うとは、まさに今日いう〈カルチュラル・スタディーズ〉なるものの問う所だ。たしかに両者はいかにもよく似ている。

しかしまた、どこか違う。その違いとは何か。たしかに今日流行の〈カルスタ〉流の論文、考察の多くは、開化の諸元素の中に〈文芸〉なるものを据え、それら文明、文化の諸現象の交錯を通して、その時代的特性の何たるかを照射してみせる。勿論周到な考証の跡もみられ、工夫も見られる。しかしそこには何かこちらを搏つインパクトといったものが乏しい。作品本来の持つ力、その新たな発現といったものが感じられぬ。すべてとは言わぬが、これは一体なんだ。本来作品研究とはどのような方法であれ、それによって作品自体が、その根源から新たに発光して来ることが前提だ。その肝心な力の欠乏とは何か。あえて言えば、そこに作品をとりまいて並列され、対置される諸現象の数々を水平軸とすれば、それら一切を、作品もろともにつらぬき、問い返す〈垂直軸〉ともいうべきものが欠落しているのではないか。これを単に観念的、抽象的批判と言い棄てることはできまい。

恐らく、ここに〈文学〉とは何かという問いが浮上して来る。先の漱石書簡に〈文学〉という言葉はない。しかし問うべきは世界の何たるかであり、そこに生きる〈世界内存在〉としての人間とは何かという根源の課題があり、この初源の一点を問わずして、なんの文明論か、なんの〈文学論〉かという、その〈声〉の所在はたしかに聴きとることができよう。つまりは世界は何かという問いに始まり、人間の生み出す〈文芸〉の何たるかに及ぶ。その問いそのものが、〈文学〉にほかならぬのではないか。漱石の問いはそこにあるとみられる。

ここでカフカのいう、あの言葉を想い出してみてもいい。彼は『カフカとの対話』と名付けられたあの対話のなかで、真剣に問い求める若者（グスタフ・ヤノーホ）に向かって、〈文芸〉とは「現実からの逃亡」であり、「没意識の生活を容易にする嗜好品、麻酔剤」に過ぎぬという、これに対して〈文学〉とは人の魂を「覚醒」させるものであり、ならば「文学は宗教に傾」くかと問えば、そこまでは言わぬ。「ただ確かなことは、祈りに傾くということ」（傍点筆者、以下同）だという。〈文学〉の何たるかを指して、これほど簡明、率直なことばはあるまい。〈祈りに傾く〉とは、世界に向かって真率に問いかけるということであり、また問われるということだ。

恐らく漱石の問う所もまたここにある。ただ彼は厳密に、〈文芸〉と〈文学〉とを使い分けているわけではない。たとえば先の言葉に近い趣意の発言として、『文芸論』序のなかでは、次のように述べている。

余は心理的に文学は如何なる必要あつて、此世に生れ、発達し、頽廃するかを極めんと誓へり。余は社会的に文学は如何なる必要あつて、存在し、隆興し、衰滅するかを究めんと誓へり。

問う所は同じだが、ここでは〈文芸〉ならぬ、〈文学〉という。しかしあえて言えば、ここにいう〈文学〉をそのまま〈文芸〉と置き代えても、問う所は同じであろう。この一節のはじめには「余はここに於て根本的に文学とは如何なるものぞと云へる問題を解釈せんと決心したり」と言い、これもまたよく引かれる所だが、「余は下宿に立て籠りたり。一切の文学書を行李の底に収めたり。文学書を読んで文学の如何なるものなるかを知らんとするは血を以て血を洗ふが如き手段たるを信じたればなり」ともいう。すでにこの文体の異常なまでの切迫の何たるかは明らかであろう。ここに言う「社会的に文学は如何なる必要あつて、存在し、隆興し、衰滅するか」とは、まさに今日のカルチュアル・スタディーズの問う所であろう。しかしまた「心理的に文学は如何なる必要あつて、此世に生れ、発達し、頽廃するか」という時、ことは論者自体の問われる所でもある。いま〈文学〉なるものの〈衰滅〉の背後に、いかなる〈頽廃〉があるかとは、作家、評家、また読者がともに問われる、今日の事態そのものを突き刺すものでもあろう。

柄谷行人はこれらの言葉を引いて、「もしかすると、漱石は文学の終りを念頭においていたのではないか」（「文学の衰滅―漱石の『文学論』」）という。ならば、もはや「文学と縁を切ったと述べた」自分もまた、「少なくとも『近代文学の終り』について考える義務がある、と考え直した」所であるという。しかし漱石の念頭にあったものは〈近代文学の終り〉という前に、人間の生み出した文明、即ち「開化のいかなる者なりや」という根源の問いではなかったか。〈開化は無価値なり〉とはまた、その初期「断片」に言う所でもある。恐らく次の言葉は、漱石にあって、この二十世紀における〈文学〉の何たるかを、そのすべてを語るものであろう。

開化ノ無価値（ママ）なるを知るとき始めて厭世観を起す。開化の無価値なるを知りつゝも是を免かる能はざるを知るとき第二の厭世観を起す。茲に於て発展の路絶ゆれば真の厭世的文学となる。もし発展すれば形而上に安心を求むべし。形而上なるが故に物に役せらる事なし。物に役せられざるが故に安楽なり。形而上的とは何ぞ。何物を捕へて形而上と云ふか。世間的に安心なし。安心ありと思ふは誤なり。

開化の矛盾を知りつつ、形而上的世界に走ることも、宗教的世界の逃げこむこともなく、あえてすべての退路を断って、この開化の何たるかを問い続けるほかはない。それが我々に課された、〈文学〉というもののはたらきではないかという。

勿論〈文学〉なるものの概念を歴史的に辿れば、〈文学〉の語は中国では『論語』以来、秦、漢の文にもみられ、学問、文化全般をあらわすものとして使われている。また近代ヨーロッパにあっても〈literatuae〉とは文芸全般を指すが、パスカルやミシュレなど、哲学者や歴史家の著述をも含む。こうしてみれば〈文芸〉に対して、〈文学〉がこれを含む、より広義の概念であることは明らかだ。しかしここで問う所は、これらの史的概念の何たるかではなく、より切迫した事態に即しての問いであり、史的概念において〈文学〉が〈文芸〉をも包むものだとすれば、より求心的、垂直的な問いとしては、〈文学〉は逆に〈文芸〉の底にひそみ、これが核となって作品自体を問い返す。この時〈文芸〉は、即ち〈文学〉となる。こうして〈文学〉は開化の一元素にして、また〈開化〉のなんたるかを打ち返すもの、ひとつの爆薬ともなる。その封を切るものが、ほかならぬ読者だとすれば、今日問われる〈近代文学は終った〉などという断言はなんであろう。改めて漱石のいう、初源の一点から問い返されねばなるまい。

二

先の一文（『近代文学の終り』）のなかで、柄谷氏はこう述べている。〈文学〉は宗教に対しては時に、「〈制度化〉した宗教よりも宗教的」であり、またそれは「虚構」でありつつ、時に「真実といわれているものよりもっと真実を示すものだ」ともみられて来た。また「政治と文学」をめぐっては一見「文学は無力で、無為であり、反政治的にも見えるが、（制度化した）革命政治より革命的なものを指し示すのだ」とも言われて来た。しかしもはやそのような時代は終った。今日、人々は「文学を非難」もせず、「そこそこ持ち上げるが、本当は児戯に類すると思っている」。そもそも自分は「倫理的であること、政治的であることを、無理に文学に求めるべきではない。」「はっきりいって、文学より大事なことがある」と思っている。同時に「近代文学を作った小説という形式は、歴史的なものであって、すでにその役割を果たし尽くしたと思っている」という。

また最後にいえば、「今日の状況において、文学（小説）がかつてもっていたような役割を果たすことはありえない。」「ただ、近代文学が終っても、われわれを動かしている資本主義と国家の運動は終らない。それはあらゆる人間的環境を破壊してでも続く」であろう。「しかし、その点にかんして、私はもう文学に何も期待していません」という。これが結語であり、二〇〇三年一月の講演を土台としたものだが、すでに言わんとする所は明らかであろう。

この最後の部分をみれば、「開化は無価値なり」と言った漱石の言葉はそのまま生きる。こうして〈近代文学の終り〉とは、その終結宣言から何かが生まれねばならぬという、熱い希求の宣言とも聴こえて来る。求められるのは

〈文学〉における真の〈批評〉の覚醒であろう。

漱石が未完の絶筆『明暗』冒頭に遺した、「まだ奥があるんです」とは、我々にまた新たな問いへの出発を促すものであった。こうして漱石を近代文学における、最もすぐれた批評的作家だとすれば、いまひとり近代文学における最初の詩人批評家ともいうべき透谷の存在を忘れることはできまい。彼もまた漱石同様、我々に多くのものを遺した。藤村の言葉通り、その惨たる戦いの跡には、拾っても拾いつくせぬ光った「形見」が残り、その時代にあって「最も高く見、遠く見た一人」であった。漱石もまた、その時代にあって最も遠くを見たひとりであったが、ここにいう「最も高く見」たという所に、透谷という批評家独自の存在意義があろう。

三

漱石に先立つこと十年、明治二十年代半ばにあって、彼もまた漱石同様素手で、この風土における〈近代文学〉の何たるかを問い続けてゆこうとした。その問いは『明治文学管見』(明26・4～5)、『内部生命論』(明26・5)と続くが、まず彼は、人間とは「有限と無限の中間を彷徨するもの」にして、〈文学〉とは「人間と無限とを研究する一種の事実なり」と断じている。さらにこの人間と無限の問題をめぐっては、続く『内部生命論』で、〈内部の生命(インナーライフ)〉などといえば、極めて固定的な観念論ともみられるが、それはいかなる観念論でも、抽象論でもない。まさに瞬時にして動き続ける〈心の経験〉、〈心〉の動態そのものを指すものであり、しかもその〈心〉とは人間自造のものではなく、「宇宙の精神即ち神なるもの」の、「内部の生命なるものに対する一種の感応」、即ち「瞬間の冥契」によって「再造」されるものであるという。しかも「再造せられたる生命の眼を以て観る時に、造化万物何れか極致なきものあらんや」と言い、しかも「其極致は絶対的のアイデアにあら」ず、「具体」の相そのものをあらわすものだという。

もはや明らかであろう。彼がここで語ろうとするものは、念々刻々に動き続ける〈心の経験〉、〈心〉の働き、言わば〈心のリアリズム〉そのものというべきものであり、いかなる観念論でも、哲学的思弁でもない。しかもここに述べる所は「不肖を顧みずして、明治文学に微力を献ぜん」ためであるというごとく、これが純乎たる〈文学論〉であることを見誤ってはなるまい。この『内部生命論』を目して、晩期の『一夕観』（明26・11）などと共に汎神論への帰着とは、透谷研究の開拓者ともいうべき勝本清一郎をはじめ、多くの評家のいう所である。彼は「洗礼を受けながら、漠然と汎神論的な『内部生命』を論じて」（『日本文学史序説』）云々とは、加藤周一のいう所であり、蓮實重彦なども「あんなものをやられては……」（討議『明治批評の諸問題』）などとまでいう。恐らくこれらの評家の眼には、透谷の拓こうとした〈文学〉の新たな可能性といったものは、全く見えていなかったというほかはあるまい。

多くの評家は透谷を目して〈汎神論〉云々というが、透谷の問う所は逆に、この汎神的風土の故にしばしば見られる安易な現実主義、現実の表層を見て、その根源を読み抜こうとしないこの土壌の矛盾を、鋭く問い返そうとしたものであった。「真正の勧懲は心の経験の上に立たざるべからず、即ち内部生命（インナーライフ）の上に立たざる可ならず」と言い、「内部の生命あらずして、天下豈、人性人情なる者あらんや」という時、「小説の主脳は人情なり、世態風俗これに次ぐ」（『小説神髄』）という逍遙の文学観はもとより、その鷗外との論争や、逍遙の説の思想的欠落を修正した二葉亭の論（『小説総論』）を含め、それらとは全く別次元の、この土壌を目しての根底よりの問題提起であったが、衆目の顧みる所ではなかった。

〈内部生命〉と言い、人間の無限（神）との〈瞬間の冥契〉という。これらを観念論と軽く言い捨てることはできまい。真実はむしろ細部に宿る。たとえば漱石の『道草』（大4）をみればどうか。ここで漱石を持ち出すことは意外にもみえるが、そうではあるまい。この晩期の自伝的作品のなかで、作者漱石の最も重い分身ともいうべき健三は、幼少時に養われた養父から金の無心を受ける。その折も彼はこの零落した老人の姿をうとましく見ながら、彼はこうして老いたが、自分はどうかと自問する。この時、不時なる衝撃が心を走る。

彼は神といふ言葉が嫌であつた。然し其時の彼の心にはたしかに神といふ言葉が出た。さうして、若し其神が神の眼で自分の一生を通して見たならば、此強欲な老人の一生と大した変りはないかも知れないといふ気が強くした。（四十八）

これはまさしく〈瞬間の冥契〉ならずして、なんであろう。彼が求めたのではない。拒否していたにもかかわらず、神は不意打ちのように問いかける。これこそが〈信〉というものの内実であろう。しかし多くの評家はここを軽く通りすぎる。〈神〉という言葉とまともに向き合うのは、やばいということか。またある評者はこれは「一瞬の顕現」に過ぎず、それ以上のものではないという。また別の評者は、これは〈語り手〉のいう所であり、「そのすぐあとで、健三の神を呼んだ者らしくないところを描いている」ともいう。これらの批判にはすでにふれたこともあるので再言は省きたい所だが、くり返せば、健三が呼んだのではなく、不意打ちのように神の前に呼び出されたということであり、〈瞬間の冥契〉とは、常にこの不意打ちのごとき問いかけであり、それ以上のものではない。

これをより原理的に語れば、小林秀雄最初期の評論中に、「真理といふものがあるとすれば、ポールがダマスの道でキリストを見たといふ事以外にない」（「測鉛」、昭2・5）という言葉がある。また「批評の普遍性」とは何かといえば、ベルグソンのいうごとく「改宗の情熱以外の何物でもない」（「測鉛」、昭2・8）ともいう。キリスト一派の迫害者であったパウロはダマスコへの途上、不意に復活のキリストの光に打たれて、その衝撃のあと回心するわけだが、これもまた〈瞬間の冥契〉の最たるものであろう。この不意打ちの啓示なくして、〈批評〉の真実とは何かと小林は問う。小林の最初の出発に、このような発言のあったことは銘記しておいてよかろう。彼はドストエフスキイ論のなかで、そのなかにキリストの存在を見ずしてなんのドストエフスキイ論かと断じているが、やがて戦後、その最後の論として第二の『白痴』論（『白痴』について）を書き上げたあと、転じて『本居宣長』に移る。しかしまたそれが終って、最後の仕事は白鳥論（『正宗白鳥の作について』）となったが、そのなかばで仆れる。

小林が求めんとしたものはどうやら、若年時にキリスト教に入信しつつ、やがてその信仰を否定したかにみえた白鳥が、最期に再び〈信〉の世界に還ってこれを告白したという一事である。未完のためその肝心な最後の部分については書かれぬままに終ったが、ひとりの文学者の軌跡の底に何があるか、それをどう見届けるかこそは〈文学〉研究における最大の関心事たるべきだが、どうやらテクスト論やカルチュラル・スタディーズなどの流行以来、このような表現主体にかかわる〈探究〉は、顧みられなくなって来た。しかしここにこそ〈批評〉の復権、〈文学〉の復権の拠点があるとすれば、この作家の底にひそむ、その内面の、作品にまさる多様な意識のひしめきを捉えずして、何事も語ることはできまい。言わば作品と作家を串刺しにしてこれを問う時、はじめて時代と対峙し、これに問い、問われる作家の仕事の振幅、そのダイナミズムの何たるかを読みとることができよう。

四

そのいくばくかを最後に読みとってみたいわけだが、ここではその一斑として作品はやや遡るが、大江健三郎、遠藤周作両氏の初期、中期の長篇をめぐって、その作品の深部に迫ってみたい。ひとつは大江氏の『洪水はわが魂に及び』（昭48・9）であり、いまひとつは遠藤氏の『青い小さな葡萄』（昭31・12）である。まず大江氏の作品だが、主人公の大木勇魚はこの世界での最も善きもの「鯨と樹木の代理人」と称し、過去の一切を清算して知恵遅れの息子ジン（五歳）と核シェルターに隠遁生活を送るが、「自由航海団」と称する反社会的な青年グループと知り合い、その内部のテロ事件などがきっかけで機動隊に包囲されるが、最後は投降した仲間数名とともに救われた無垢なるものジンに未来の夢を託し、彼は核シェルターのなかで絶命する。

すでにここには、例の連合赤軍事件などが下敷になっているなどと言われる通り、極めてアクチュアルな部分を含んでいることは明らかだが、しかし見るべきはこれを描く作家内面の葛藤であろう。その根底のモチーフは題名通り、旧約の詩篇やヨナ書などからやって来たという。〈神よねがはくは我をすくひたまへ　大水ながれきたりて我たましひにまでおよべり〉とは詩篇の語る所であり、〈水われを環(めぐ)りて魂にも及ばんとし〉とは、ヨナ書の語る所だが、作者はこの作品の根底のモチーフは、まずこの詩篇の一節からやって来たと言い、その「救いへの希求の鮮烈さにうたれ」、その「嘆きの音声そのものに魂をひたされる思い」で、自分はこの主人公を「そのような嘆きの音声にみちた希求のただなかにおいて」「書きはじめ」、以来この詩篇の一節は、「内面の音楽」として鳴り続いていたという。しかしこの小説の終末近くに至って、同じ言葉が別の箇所からやって来るのに気づいた。その「新しい声」がヨナ書だったという。

ヨナとは一度は「エホバの面（かお）をさけて逃げだした人間」だが、再度の神の命令に対しては「大いなる邑にその滅亡を告げにゆくことをためらわぬ男」であり、しかも「滅ぶべきであった者らが悔いあらためることによって神に許されると、今度はその許したエホバにむけて烈しく怒り、くってかかる不屈のデモクラットである」と作者はいう。こうしてこの神への信従と抵抗と、ここには「ふたりのヨナ」がいるというが、むろんそこにヨナならぬ作家自身の姿を見ていることは明らかであろう。やがて作品の主人公は最後のカタストロフに突入するが、その耳にするものは詩篇ならぬ、ヨナの声であったという。〈水われを環(めぐ)りて魂に及ばん〉とするも、なお神は〈わが命を深き穴より救ひあげたまへり〉〈我は感謝の声をもて汝に献物(ささげもの)をなし　又わが誓願をなんぢに償(はた)さん　救はエホバより出るなりと〉。—鯨の腹中にあってのこの凛たる祈りの声を、遠くからの声のように主人公はかすかに聞きとっているだけだが、あるいはその響きはこの小説を書いた「作家たる僕の肉体=意識にのみ、かろうじてつたわりうるもの」であったかも知れぬ。しかしこの「微細ではあるが確実な声を聴きつつ」「この小説を書いてすごす永い月日がなかったなら、決して自分の肉体=意識はこの響きのうちの真実を聴きつけることはなかった」であろうという。

こうしてここに書きつけたことは、作家としての作業渦中の「自分自身を分析した臨床報告」であり、その「仕事独自の khaos」ともいうべきものの記録」だという。この作品背部に渦巻くカオスの所在は、これらをしるした『文学ノート』の最後に揚られる異稿ひとつにも明らかであろう。作品では主人公は頭上の爆発音とともに溢れる水にひたされつつ、「コノ大イナル水」が人類終末の水のしるしならば、「人類ノ兇暴ヲ告発」して来た自分もまた「人間ラシク生得ノ兇暴サ」をもって抵抗しよう。そうして「最後ノ人類タルオレノ肉体=意識ハ、宙ブラリンノママ爆発シ、ソシテ無ダ」と呟く。こうして「かれは最後の挨拶をおくる。すべてよし！　あらゆる人間をついにおとずれるものが、かれをおとずれる」。

この終末部分の異稿では、機動隊員が男の髪をつかんでひきずりあげながら「こいつは気狂いで、そのうえ無知なのか?」という。その声を聞きとりながら男はあのノアの方舟を想い、「大洪水後ノ再生スラ信ジヌ者ラガ、オレヲ殺シニキタノダッタカ……」と呟く。機動隊員は男の頭を流水のなかに踏みにじりながら、大声でいう。「このようにしておれたちがなにより無礼な気狂いどもから、伝統の世界を守るのだ！」と。この異稿の部分には、男の呟きや想念は現実の側から徹底して相対化され、突き放される。しかし「大洪水後ノ再生スラ信ジヌ者ラ」という所に、作者のすべての想いは賭けられていよう。〈ヒロシマ〉や〈アウシュビッツ〉をくぐって来たとは、まさに〈大洪水〉そのものではなかったのか。しかも終末にひびく絶望の声は深い。ここにも作者の裡なる〈ふたりのヨナ〉

の声はかさなる。

それにしてもこの作品の終末、そのカタストロフに込められた作者の意力は強い。ここで思い出されるのは同じく大江氏の最新作、『さようなら、私の本よ！』（平17・9）の終末である。いまその仔細にふれる余裕はないが、これは明らかに〈9・11〉以後という状況を見据えた作品であり、主人公の作家古義人と組んだ友人のアメリカ帰りの建築家椿の提案する、東京都内の高層建築にテロを仕掛けて破壊するという計画が進行する。言うまでもなくアメリカなどの持つ巨大な原爆という破壊的な権力への問いかけとしてだが、この計画は失敗して結局古義人自身の北軽井沢の別荘を爆発するという、言わばアンチ・クライマックスという形で終る。これを作家の現代社会への絶望の故のペシミズムとみるか、アイロニイならざるアイロニイとも呼ぶべき滑稽な結末とみるか。老いの仕事とは結合ではなくて、「失われた全体性」カタストロフィーだとは友人サイードの言葉だが、自分のやろうとしていることも、「幻滅と快楽」といった両者の矛盾を解決することなく提示すること、言わばこのような「両極の一瞬にあらゆるものを照らし出すカタストロフィー」をめざして、とりくんでいるんだという。むしろ「老人の愚行が聞きたい」とは、この作品第一部の題名だが、自分は「晩年」というものが超越することも克服することもできず、「ただ深めることしかできない」とすれば、自分が小説家としてできることは「ただ深めることだけ」であり、同時にたえざる推敲を繰り返して深めてゆけば、「その深みの底から微光とでもいうほかはないものが見えてくる」、それこそが「書くこと」の「不思議な秘密ではないかと」考え、この後期の、あるいは最後の作品であるかも知れないこの小説の最終部に、その微光が見えてくるようであれば」（講演「われわれは静かに静かに動き始めなければならない」）という。

町田康は大江との対談（「二つのカタストロフィと二つの『おかしな二人組』」）で、この作品の最後のカタストロフィーをどう思うかと訊かれて、「小説の古義人はただ本を読んでいるだけで、何も動かない。」「破局どころか、ただずっと本を読んで感想をいっている」と言い、「本当だ。それは鋭い批評だなあ」と大江氏は応じる。このやりとりが作者にどう響いたかは別として、この作品に描かれる高層ビル破壊のテロ工作を、作者はどう自己批評の対象として見ているのか。それはこの閉塞的な現実に対する絶望か。ペシミズムか。さらには世界そのものの終末へのニヒリズムか。狂気への欲動か。またこれを単なる倫理と言わず、吉本隆明の言葉を借りれば〈存在倫理〉といった側面からどう受けとめるか。しかもこの作品をめぐるいくつかの論評からは、このような根源的な問いは聴きとることはできず、また作者自身の言う所も老いの深まりをめぐる、一種静穏な心境の吐露に終っている。あえて問えばかつての、あの〈ふたりのヨナ〉の葛藤はどう生きていたのか。我々はここでそこの作品をめぐる、あの〈臨床報告〉を、作家内面のカオスを聴きとりたいと思う。それこそがこのような時代における〈文学〉なるものの、〈批評〉なるものの、存在のあかしではないのか。

五

もはや紙幅も尽き、最後に用意した遠藤の『青い小さな葡萄』（昭31・12）についてふれる余裕はなくなったが、この最初の長篇は作者自身の留学体験から生まれたものであり、その『作家の日記』一九五一年三月二十三日に、「フォンスの井戸をみにいく。これはレジスタンスの悲劇のあった井戸」。そこには「虐殺された数十人の死体がある」という。また何故来たのかと訊く連れの友人に「アンドレよ、文学とはそんなものだ」。ぼくはこの井戸の底に、「このほの黒い、人の叫びの訴えるような声がきこえる井戸の底に、ぼくは、人生の一つの投影を見に来たのだ」という。それはこの体験を下にしたエッセイ風の短編『フォンスの井戸』の語る所だが、やがてこれを土台とした『青い小さな葡萄』のなかでは、作中人物のひとりで共にフォンスの井戸に同行する、こびとのクロソヴスキイの存在が大きくクローズアップされ、彼はいう。あのニューエンベルグの収容所で「小さな木箱に入れられ」た、「ぼくのような目にあわなかった」君たち、拷問や虐殺も受けなかった君たちが、それを忘れないために「ぼくはこうして現れる」のです。あの「殺された数十万人の人間たちがこの闇の中に集まって呼びはじめたら」、「あの収容所で受けた恐怖や拷問や死を償ってくれ」と叫びはじめたらどうするのですか。

「生き残った連中は戦争裁判や未来の平和ですべてを始末したつもりか知らないが、死んだ人間の苦しみはそれだけじゃ、もとへ戻らない」。ぼくは「何処までもついていきますよ。この小さな体をみてもらい、君たちにあれを思い出してもらう為に」という。彼の叫びは主人公伊原（それは作者自身の深い分身でもあるが）の覗き込む、あの「巨大な怖しいもの」の何たるかを象徴する。最後に主人公は呟く。〈青い小さな葡萄〉、即ち真の平和とは、救いとは探すものではない。「創るもの」だ。しかし「何によって創るのだ。」「書くことか、その時、書くことはあのフォンスの闇の井戸も、もはや犯すことのできない一つの世界を創ることだろう」と。この終末の言葉に作者の問おうとする〈文学〉の何たるかは賭けられている。この最初の長篇は若書きのせいもあって、やや観念に走るかとみえるが、その問う所はいまも深く、鮮烈である。「今日、虐殺されるものは、明日は虐殺者、拷問者に変わる」とは、『白い人』冒頭の言葉であった。以後、遠藤の作品をつらぬく〈アウシュビッツ以後〉という問いは、後の『死海のほとり』などはもとより、一見無縁ともみえる『沈黙』などにも深い影を落とすかとみえる。迫害するものと迫害されるもの。強者のおごりと弱者の痛み。これら歴史がくり返して来た矛盾を見据えつつ、自身、組織（カトリック教団）のなかに身を置きつつ、あえてその組織の犯した罪を、破門を覚悟で糾問する。このような姿勢を措いてなんの〈文学〉かとは、いささか古風な談義と聴こえようが、やはり言い切ってみねばなるまい。

六

さて、この一文もようやく終りとなるが、今日問われる所は題名にもしるす通り、〈文学〉の復権、〈批評〉の復権の一語に尽きよう。キルケゴールに〈反復〉という言葉がある。〈反復〉とは回顧でも追憶でもない。ふり返って初源のいのちをつかみ、これを未来に向かって打ち返すこと。その初源の一点を漱石や透谷に見るとは、この一文でくり返し言おうとして来たことである。今日の状況が、啄木のいう「時代閉塞の現状」にあるとすれば、その末尾の一節「時代に没頭してゐては時代を批評する事が出来ない。私の文学に求むる所は批評である」という言葉こそ、いま我々が最も深く、また熱く求めるべき所であろう。

最後に一、二を付言すれば、今日の文芸作品に対する批評、研究で、作家という主体、またその根源的なモチーフの何たるかが余り問われず、作家自体の疎外、あるいは作品を語る作者の疎外ともいったものが感じられるのは何故か。テクスト論に対して言えば、テクストは読者に対して開かれると同時に、作者に対しても徹底して開かれるべきではないのか。最近手にした『グレン・グールド発言集』のなかで、彼はこう言っている。

「重要な作曲家の大半にとって、ピアノは代替物であった」。ピアノは「本当は弦楽四重奏や、合奏協奏曲の編成や、大管弦楽などの形で演奏されるべき音楽を響かせるために存在してきたのです」。「脳裡に別の音響体系を持たずにピアノ曲を書いた作曲家に一流のひとはほとんどいない」という。恐らくこれを比喩として使えば、作家の脳裡にひそむ〈音響体系〉ならぬ、〈意識〉の無数のひしめきを思わずして、演奏ならぬ〈作品解読〉とは何であろう。この作品と作家を串刺しにして読む、その批評行為の、あるいは解読行為のダイナミズムこそが、いま改めて問われねばなるまい。

いまひとつは、透谷のいうごとく、〈文学〉とは〈人間と無限〉という問題に対して徹底して開かれてゆくべきものだとすれば、もはや〈宗教と文学〉の二律背反などといった図式は無効であろう。我々が真に対峙すべきものは、制度となった、あるいは〈制度としての宗教〉ではなく、〈個〉における〈信と認識〉の問題であり、これはもはや〈対峙相反〉ならぬ、〈対峙相関〉の問題であろう。その見事な例証として、ここに再び遠藤、大江両作家の〈最後の作品〉を挙げることができよう。ひとつは遠藤周作の『深い河』であり、いまひとつは大江健三郎の『燃えあがる緑の木』である。共に〈制度としての宗教〉を解体して、〈個〉としての〈信〉をつらぬこうとするわけだが、前者の主人公（大津）は、カトリック司祭の身でありながら教団をはなれ、ガンジス河畔のヒンズー教徒の群に身を投じ、また後者の主人公（ギー兄さん）は、みずからの作った教会や会堂を棄てて巡礼の旅に出、最後は犠牲と贖罪の死をとげる。時代の流れにそうのではなく、「一滴の水が地面にしみとおるように」それぞれがその行きついた場所で主に出会い、自身の教会を作るのだという。

しかもこの二つの作品は、後者が前者に踵を接するようにして、ほぼ同時期に書かれていることも注目されよう。（『深い河』の刊行後、三ヶ月にして『燃えあがる緑の木』の連載は始まる）。時代の力が、問いが、このふたりの作家にはたらいたということか。〈最後の小説〉が何故教会かとは、ある評家（小田切秀雄）の率直な批判だが、〈最後〉だと一度は思い定めたその覚悟こそが、作家深層のモチーフを促がしめたのではなかったか。こうしてカフカの、あの言葉を俟つまでもあるまい。

〈認識〉は認識の徹底の果てに、〈信〉に傾き、〈祈り〉に傾くという。透谷のいう〈宗教の底に一の宗教あり〉（『万物の声と詩人』明26・10）とは、またこれを指すものでもあろう。こうして、この〈信〉と〈認識〉をつらぬく、新たな〈批評〉の覚醒こそが、いま求められる〈文学〉の復権につながるものではないか。

中原中也をどう読むか——その〈宗教性〉の意味を問いつつ

一

中原の〈宗教性〉と言えば、その最も良き理解者は河上徹太郎であろう。私が「中原のことをわが近代で殆ど唯一の宗教詩人だ」という意味は、彼によって初めて「キリスト教的世界観といふものをその厳密な形で体験出来た」(「中也とヴェルレーヌ」)ということであり、さらに言えば、「観念としてではなく、イメーヂそのものに宗教的なものの見方のはいった詩人は、近代日本では中原が典型的なもの、或ひは極論すれば、嚆矢であり、唯一であるといえよう」。(「詩人との邂逅」)とまで言う。

この河上の言う所は頷けるが、しかし詩人における〈宗教性〉とは何か。その内実を探るとなれば、ことはそう簡明ではあるまい。ましてこれを日本近代詩史という流れのなかにおいてみれば、見えて来るのはひとり中原のみならぬ、この近代日本という風土の語りかける微妙な〈内的風景〉であり、その矛盾というか、正負二相の織りなす影は、一種独自にして深いものがある。

いま恰度、透谷晩期のエッセイ『一夕観』(明26・9)について短い一文を草した所だが、恐らく近代日本文学における〈宗教性〉とは何かと問う時、まずその始まりは透谷であろう。近代日本文学を語る時、透谷とはその試金石とも言われて来たが、しかしまた彼ほど多くの誤解、誤読の眼にさらされたものもあるまい。

透谷という詩人は「洗礼を受けながら」「漠然と汎神論的な『内部生命』を論じた」云々とは、加藤周一(『日本文学史序説』)のいう所であり、またその『内部生命論』(明26・5)にふれては、「あんなものをやられてはたまらない」

〈討議「明治批評の諸問題」〉とは、蓮實重彦のいう所である。また『一夕観』にふれては、そこに「自然や天地悠久への没入を救い」とする、透谷の汎神論的世界への帰着を見るとは、透谷研究の開拓者ともいうべき勝本清一郎のいう所であり、藤村などの見る所もまた同じである。

しかし『一夕観』末尾の、天地の悠久に対して「暫らく茫然たり」とは、自然への没入どころか、その冒頭にもいう「我は地上の一微物」にして、微小なる被造物なりという自身の存在の確認であり、開かれた〈信〉の世界とは、ここから始まることを告げるものであろう。私がいま、この『一夕観』と共に想い浮かべるのは、中原の第一詩集『山羊の歌』終末の詩句である。

ゆふがた、空の下で、身一点に感じられれば、万事に於て文句はないのだ。

言うまでもなく『山羊の歌』最後の詩篇「いのちの声」末尾の一行だが、これがこの詩集の最後に置かれた意味は深い。これはまさしく、中原における「一夕観」ではないのか。〈身一点に感じられれば〉とは、透谷同様、自身もまた地上の一微物、微小なる被造物たることの確認、また覚醒であろう。すべてはここから始まるという。これは中原という詩人の詩法、またその根源的倫理のすべてを語るものである。恐らくこれと呼応するものとして、同じ『山羊の歌』最後のパート、「羊の歌」冒頭の同題詩篇の第一章に、「祈り」と題した小詩篇がある。

死の時には私が仰向かんことを！
この小さな顎が、小さい上にも小さくならんことを！
それよ、私は私が感じ得なかつたことのために、罰されて、死は来たるものと思ふゆゑ。
あゝ、その時私の仰向かんことを！
せめてその時、私も、すべてを感ずるものであらんことを！

これが特に「祈り」と題されていることは注目すべき所であろう。「ここに、中原という詩人の信仰告白の核心が、その最も見事な告白がある」とは、すでに四十数年前、最初の中原中也論のなかで述べたことだが、この想いは今に至るまで変ることはない。またこれも三十年ばかり前のことだが、湯浅半月から金子光晴までの四十人の詩人を挙げて、そこに選んだ百十八篇のなかでも、最も真率な〈告白〉の、〈祈り〉の声を感じえたのはこの一篇であり、いまもこの想いは残る。

しかし、これを文字通り詩人のすべてを賭けた〈信〉の表白、また〈祈り〉として受けとめた解釈は意外に尠い。たとえば、中原の最もすぐれた研究者のひとり吉田凞生氏なども、これを詩人としての脱落、挫折を語る「自責の歌」だという。羊を神に選ばれたものとする聖書の思想から言えば、自分は山羊であって羊ではない。しかも詩人とはまた神に選ばれたものだとすれば、「羊の歌」とは「神から選ばれた人間の歌」となるが、しかしここでは「『羊の歌』とは、挫折した『羊』、すなわち神の代行者たりえなかった詩人の自責の歌」（『鑑賞日本現代文学⑳　中原中也』）ということになるという。吉田氏のすぐれた論は私の推服するところだが、しかしこの解はどうであろう。中原は「あごが細いから、おれはだめ人間なんだ」と言っていたという。中原は自分の顎は一番いやしい部分だと言っていたとは、大岡昇平氏から私なども聞いたことだが、すでにこの詩篇が何を語ろうとしているかは明らかであろう。

このいやしきものが卑小なる上にも卑小ならんことを念じ、感じえぬことの罪の故に死は来たるものならば、せめてその時自分もまた〈すべてを感ずる者〉でありたいとは、感性の全解放ならぬ、魂のすべてを開いて神に問い、また問われようとする、根源の倫理を語るものではないのか。さらにはその根源の倫理、〈信〉において卑小の極みまで砕かれ、そこから摑み出された何ものかにおいて、はじめて詩人は真の〈詩〉の何たるかを唱いうるという。大岡氏はこの『山羊の歌』最終部に置かれた「羊の歌」こそ、中原の〈志〉を唱ったものではないかというが、まさしくここには挫折ならぬ、中原の詩法の究極の姿が語られているのではないか。この地上の卑小なる一微物として〈神〉に対するという。『修羅街挽歌』とは、『山羊の歌』とは別に詩人が用意していた、いまひとつの詩集と題名であったというが、その同題の詩篇の一節、〈心よ／謙抑にして神恵を待てよ〉とはまた、その詩法の根源に介在するものの何たるかを明らかに語るものであろう。

もはやここまで書いてくれれば、中原の〈宗教性〉については語り切ったようにも見えるが、しかしことはそう簡明ではあるまい。ひとりの詩人の発想、志向、思想、どのひとつをとっても問うべきは、その〈基層〉ともいうべき部分の何たるかであろう。これを解くひとつの鍵としては、たとえば中原の次のような言葉がある。

> 精神といふものは、その根拠を自然の暗黒心域の中に持つてゐる。……精神の客観性を有するわけは、精神がその根拠を自然の中に有するからだ（『芸術論覚え書』）
>
> 自然――手を差伸べもしないが、手を退きもしないもの――が人間の裡にあつては恩愛的な作用をつとめる、その作用……（『詩に関する話』）

中原は〈自然〉というものをこのように深く見ていた。同時に自身の〈精神〉が、〈生〉が、また〈歌〉が、その〈自然〉に深く身を浸していること、浸すべきであることを真率に感じていた。つまり中原にとって伝統とは、土着性とは、この〈自然〉の属性の一面にほかならなかった。これは最初の中原論でも記したことだが、これは中原という存在を全的に、根源的に論じようとする時、その基底の認識として、私のペンを常に動かしたものであった。恐らくここから中原の発想の、その詩法の〈基層〉ともいうべき部分に入ってゆくこととなるが、ここではまず逆に、中原におけるカトリシズムについての問題から入ってみたい。

二

中原を近代日本における最も宗教的な詩人だと河上はいうわけだが、そこにはカトリシズムに結びつけ、またヴェルレーヌの深い影響を語る、河上独自の理解がある。この正負二面の問題は、まず見届けておく必要があろう。河上はヴェルレーヌとの関係について次のように言う。

自分がヴェルレーヌの訳詩集『叡智』を出すと聞いて、周囲の友人や読者は呆れたようであるが、その非力をも顧みず、あえて訳そうとしたのは、自分の「青春の最も決定的な時期」、「如何なる読書によつても救はれなかつた魂の寂寥をただこの一巻によつて癒すことができた時の記念」（「ヴェルレーヌ」）のためだという。自分がヴェルレーヌに惹かれたのは一九二〇年代の終り、「わが国に最初のマルキシズム襲来の頃」だったが、この非情な政治思想に同じえなかった自分を救ってくれたのが、ヴェルレーヌとの出会いであり、自分のなかにあった「『心の貧しさ』に関する理論」を、〈心貧しきもの〉たれという倫理、あるいは認識の体系を支えてくれたのが、ヴェルレーヌであったという（「わがキリスト」）。

言うまでもなくヴェルレーヌの回宗は、ランボオを狙撃したあのスキャンダルな事件後に投獄され、その獄中にあっての見神体験にあるのだが、その回宗とは「理論も何もなく、かのダマスの途上ポールが見た神の如くに電撃的」（同前）なものであったという。ちなみに小林秀雄もまた最初期の評論（「測鉛」昭二・五）のなかで、「真理といふものがあるとすれば、ポールがダマスの道でキリストを見たといふ事以外にない」と述べている。キリスト一派の迫害者であったパウロはダマスコへの途上、不意に復活のキリストの光に打たれ、その衝撃のあと回心するわけだが、この不意打ちの啓示なくして、〈批評〉の真実とは何かと問う。この問いが小林の最初期のものであったことは銘記しておいてよかろう。

さて中原とヴェルレーヌについて言えば、「中原の詩は実に多くのヒントをヴェルレーヌから得ている」と言って、河上は中原の「夏」と題する詩篇の一節――〈血を吐くやうな、倦うさ、たゆけさ／今日の日も畑に陽は照り、麦に陽は照り〉といった詩句を挙げ、これはヴェルレーヌの――〈美しの徒し（あだし）陽（ひ）はひねもす輝きて、／丘の葡萄に注ぎ、谷間の収穫に溢る。／わが哀れなる魂よ。眼を閉ぢて内に入れ。〉という詩句と通じる詩想から成り立っているのだが、仔細にみると「ヴェルレーヌの血色に輝く落日は、むしろ自我の外にあってこれを侵す邪しまな被造物だが、「中原の場合は自分の血液の中に燃えたぎる生命と同化したもの」である。ここに両者の違いがあり、「結局それは中原が、『異邦人』だといふことなのだらうが、彼の場合罪の意識がヴェルレーヌ程厳しくなく、中原にとつては神が「畏るべき」ものであるより、もつとその慈愛の方を多く感じたといふべきであらう」という。しかも自分にとっての「カトリシズムへの親近感」は「中原を通じてその気持は非常にはつきりして来た」（「詩人との邂逅」）のだという。

勿論中原における〈宗教性〉の下地は幼児期の、カトリックであった祖母などの影響もあるが、「要するに彼が詩人としてのヴェルレーヌの『弱さ（フエブレス）と単純（カンプリシテ）』という素質に惹かれて、その改宗の一歩手前まで随いていつたといふことで大体意を尽くしてゐる」と言えようという。ただ中原にとってヴェルレーヌは「まづ救ひのない、つまり背光を持たない聖像であつた」が、「彼は一途にこれに縋つて、それによつていはば彼の不幸を自分の中に温めた。そしてこの不幸が彼の詩神だつたのである」。ところが自分にとっては逆に、「中原を通じて得たヴェルレーヌ的カトリシズムは、一つの健康な、合理的な世界観の図式であった」(同前)という。

恐らく問わずして、河上はよく中原とヴェルレーヌ両者の違いを言い当てており、同時に自身の向日的なカトリシズムへの親近感を明らかに語っている。恐らく我々が河上の語る中原におけるカトリシズムなるものに、なおいくばくかの保留すべきものを感じえているとすれば、この両者、つまり中原とカトリシズムの問題がいささかすっきりと語られ過ぎているということであり、中原に残る余剰ともいった部分がまた、我々に遺された問題となる。しかしまた一面、このすぐれた批評家の眼は、中原とヴェルレーヌの類縁を語りつつ、なお中原が担わざるを得なかった負荷ともいうべきものの所在を、あざやかに語りとってみせる。

「全く中原にとって、人生という重荷は彼が生きているということと寸分違わぬ代替物だった。彼の詩がつまりその一時預けの預かり証だが、この預かり証が品物と同一物なのであった」「中原が人生の重荷を感じる時、彼が即ちこの重荷自体なのだ」(「詩人は辛い」)という。身近かにあっての、最も深い知己の言ともいうべきだが、またこれに加えて言えば、河上の語り残した問題としての、〈信〉をめぐる彼我の差、あえて言えば〈信〉をめぐるエロスの介在といったこともまた、これと無縁ではあるまい。

河上も言う通り、『叡智』第二部第四歌は、「神と我との対話の形でできた最も美しい長詩」だが、ここでは「神はいと高きにあり、我は最も低く卑しきものであるのに、これが如何にして一つの聖き抱擁の中に合体し得ようか」と問いつつ、〈御身神を愛すとは！　われ如何に低くあるを見給へ〉という〈我〉の希いに対して神は、「己が神性をあくまで保持しつつ、しかもこの世の低く卑しきところへ普く遍在するものであることを、執拗に、感覚的条理をつくして説得する。この神の口説の中に現はれるものが、ヴェルレーヌの見神の二重作用である」と河上はいう。〈おお、光普(あまね)き御身よ、／ただ鈍き接吻がその眼瞼を閉す眼を除きては〉といえば、〈われは普き接吻なり、／われこそは、汝がいふその眼瞼、その唇なり〉と神は応える。ここに見る「肉の逸落と聖なる歓喜、これが寸分違はぬ、背中合せに貼りつけられた同一物である」こと。それは「カトリックの教義の始源的状態まで逆上れば含まれてゐるのであらうか」。それがいま「現代的感覚の下に歌ひ出されて」いるのを、「我々はまざまざと感じる」という。この祈りと官能の交錯するエロスの所在は、しかし我々の、この邦の詩人の、また読者の到底感じうる所ではあるまい。

三

かつて金子光晴は、その詩篇『IL』のなかで、これを次のように語っている。

教へてください。主よ。僕たち日本人はあなたの神について、ほんたうは、なに一つ知らないのです。……木つ端のやうに燃えやすい日本人は、見境なくどんな神にでも帰依しますが、木や竹でつくつた家とおなじで、灰しかあとにのこらないのです。自然に服従する習慣しか、もともともつてゐないのです。僕たち日本人には、神を理解できるとしても、神の肌であたためられてじんわり汗ばむやうな抱擁感は、まつたく味はつたおぼえがないのです。

この末尾にいう、我々日本人は〈神〉を理解し、感じるとしても、ついに〈神〉の肌であたためられて、汗ばむ抱擁感を持つことはなかったとは、これ以上の適言はあるまい。金子光晴は明治三十八年、十一歳の時、いわゆる〈洗礼志願式〉なるものを受けているが、その理由は「多分に少年のセンチと虚栄からのものだつたが、その他に西洋へのあこがれがあつた」。同時にこの「『西洋崇拝』、キリスト教入信の背後に、日本人に対する、いや己れ自身そうであることへのある深い異和」を感じていたという。日本人の持つ「索莫たる実利」性、「明治の不毛磽角」、大正人の「自個」のふたしかさ、すべては日本人であることの根の深さに発するとして、たしかに「なにかが出発点でまちがっている。なにかのひどい犠牲になって、じぶんがここにいる」という感じは、「二十才のはじめからずっと僕の心をしめていた観念であった」（「詩人」）という。先の長詩『III』の序詩に――〈神を志す身が、骨董商の手代となつて海をわたつたりして、二度とない青春を、うることもなく無駄づかいした一日本人、それが僕だ〉という。すでに詩人における詩の倫理の、宗教的志向の何たるかは明らかであり、さらに言えば我々はここに中原につながる、ある志向の影を見るともいうことができよう。

ひとはしばしば金子光晴を評して、そこにまぎれもない〈異邦人の眼〉を見るという。たえて「異邦人の目をもたなかった」日本文学のなかで、「金子光晴という詩人は、正真正銘異邦人でしかありえなかった唯一の存在である」（安東次男）という。これに類した指摘はしばしば眼にするが、肝心なことはこの異邦人の眼は、東西両洋に向かってきびしく向けられていたことである。先に引用した『III』の部分では省いたが、〈教えてください。主よ。僕たち日本人はあなたの神について、ほんたうは、なに一つ知らないのです〉という詞句のあとには、次のような言葉がしるされている。〈知つてゐることは、あなたの神が、西洋人の福祉利益のまもり神で、彼らに優越感と勇気を与へ、開明と自由主義の名で、わがまま勝手に世界を荒しまはるやうになつた非理非道の共犯者だということだけです〉。

詩人の眼は、〈このくに〉の汎神的風土における〈神〉の欠落を問うとみえて、同時にその〈神〉を説く西欧的キリスト教の傲慢さを痛打する。こうして〈制度としての宗教〉のドグマや政治性を衝く詩人の眼は、宗教とは何かと問われれば、「その中で、いちばん清らかな奴は何かというと、その下っ端にいて、それをほんとうに信じこんでいる奴、そいつがいちばんきれいなんだ、そういうことですよ」（「宗教の周辺」）という、座談の端的な発言ともなる。

〈このくに〉にあっては、常に詩人のひそかな信仰告白とは、またひとつの〈倫理〉にほかならぬということでもあろう。こうして詩人の描くキリストは、神と人との仲裁者ならぬ、逆に人間の無慈悲な理想が壟断せんとする〈神〉から、人間をかばうものとして、彼の前に現れる。その故にキリストは神から追放された孤独な永遠の放浪者となり、時に彼に向って、「言葉をかけられて魅入られぬよう、なるたけ神などに近よらないやうにすることですよ」とさえささやきかける。この永遠の反逆者キリストの姿は『人間の悲劇』その他に描かれつつ、きわまる所は『IL』の語る所となる。

〈日本に上陸したとき、キリストは、わざと跛（びつこ）をひいてみせた。／一目みてすぐ、僕は、やつこさんだな、と見やぶつた。／サンダルを突つかけた、なまつ白いその素足の甲に、釘で打ちぬいた、ふるきづのあとがあつたからだ〉という冒頭の部分にはじまる『IL』の、一種言いがたい柔らかさと、ギニョール風なおかしみとのからみあった、この独自なキリスト像の、ついには海をみつめつつ〈茫洋として草箒（くさぼうき）のやうに立〉ち、吹き来たったつむじ風の渦中にまぎれ、〈海のむかうへきえて〉ゆく、この結果は、きわめて象徴的と言えよう。これほど〈いたましい肉体のなれの果てを、この目でながめたことはなかつた。〉〈キリストよ、あなたは、頭から足先まで、変形であり、病患の巣なのです〉と言い、しきりにもがいて起き上がろうとするキリストを押さえつけ、やっと注射を終った詩人〈語り手〉は呟くように言う。

〈神の子よ。／だが、これは、僕のやうな異教徒でなければ、してあげられないことなのだ。／西洋を改宗させるやうなものを、東洋は、麻薬以外に、なにももつてゐないのではあるが〉。さらに〈隠退したはづの「東洋」にも／一つだけ、やることがのこつてゐた。／人類が終つたあとで／幕をひく役だ〉。〈そのときは死ぬよりほかない神の顔に、どんな歯朶の歯をかぶせたものか。〉（「歯朶」、『IL』所収）という言葉をかさねてみれば、あのキリストへのやさしいふるまいの背後に、自然となかば同化した東洋のニヒリズムの影を見逃すことはできまい。

こうして「日本と西洋と、東洋と西洋との、両面批判を通じて、金子はついに人類普遍の立場に立つのである」（満田郁夫）と評家はいうが、果たしてこれを東西両世界、あるいは民族の差異を止揚しえた、〈普遍の眼〉ということができようか。

〈自然がやっとのことで人間と、その偏見から解放される日、キリスト教徒は、その日を、『最後の審判の日』と名づけてゐる〉（「人間の悲劇」）と詩人はいう。なんとも逆説的な言い分だが、つまりは詩人にとって〈神〉ならぬ〈救済者〉とは、人間の裡なる〈自然〉の解放者ということか。たしかに詩人の眼は〈このくに〉の汎神論的風土における〈神〉の欠落を問いつつ、その〈神〉を説く宗教、キリスト教自体をも徹底して相対化するものであった。しかし『IL』から最後の未完の詩篇『六道』（ここには詩人の意図した『神曲』的構想も込められていたようだが）に至る迄の道行きをみれば、そこに見出しうるものは何か。

〈『生は寄なり、死は帰なり』と叫んだ者のことばのむなしいことよ〉、行きつく所は〈生れる以前も、死んだあともそれはあなたのものではない。／そこには絶無といふほかに、塵ほどのひつかかりもないのだが〉（『六道』）という。この〈絶無〉と名づけるほかはない虚無の風景に、詩人は存在究極の相を見ていたということか。恐らく詩人の否定する所は一切の観念論、抽象論であり、詩集『塵界』一巻はこれをあざやかに語るものであろう。

〈浄界を司（つかさど）るものを／神、仏、と呼ぶが、／誓約（ちかい）の固いもの共は、／太古から一度ももらしたことはない。／そこでこそ浄界がいつも浄いばかりでなく〈兇悪無惨な〉人間なるものもまた〈爽快（すこやか）〉にして、〈恐怖をしらないでゐられる〉のだ。しかし〈浄界〉ならぬ〈塵界〉に棲む人間とは何か。『塵界』一巻はことの次第を直截、簡明に語ってみせる。

おまえは何物だと聞かれれば〈人間よ、金子光晴といふ名がついてゐるが、要するに、歴史の塵芥で蜈蚣（むかで）の繁殖の場だ〉。所詮は自分でさえもその実態は分らず、〈窶（やつ）しにすぎない〉というほかはあるまい。しかしそれも〈終末にちかい人間は、足もとからあがつてきて、沁みこみながら、全身を涵(ひた)してしまふ腐臭にだけ、自分のふる里をみる〉わけで、最後は〈公平な『無』の焼却、終りの野辺送りをするより他の方策はあるまい〉という。ここから『六道』へは殆ど一筋道だが、その終末の言葉は意味深い。〈塵界のない人生とは、汚れていない日々とは、つまり、／真実のことだ。生きられる条件をもたぬ架空の世界のことだ〉。恐らく詩人の言わんとする所は、ここに尽きる。

以上、いささか長々と金子光晴について述べたのはほかでもない。このあとに来る高橋新吉との対比のためである。中原にもどれば、高橋のダダイズムによって詩人の眼を開かれたという、その〈ダダ体験〉とは何か。そこに何を見たのか。しかも一時は高橋に深く傾倒しつつ、やがて別れが来る。それも何か。中原の『山羊の歌』から次の『在りし日の歌』へと見てゆけば、そこにまず河上徹太郎も言う通り、すぐれて形而上的欲求のつよい、稀なる宗教的詩人をみるということになるが、『山羊の歌』をその往相とみれば、これに続く『在りし日の歌』とは、往相から還相への道筋ともみえる。つまりゾルレンへの熱い希求から、ザインへの醒めた眼への移行ということにもなるが、この〈信〉と〈認識〉をめぐる、中原の裡なる葛藤とは何か。これもまず、その〈ダダ体験〉、高橋新吉との出会いが何であったかを問うことから始めねばなるまい。

四

中原の詩がダダイズムとの出会いから始まったことは周知の通りであり、縷言するまでもあるまい。京都に出た大正十二年の秋、丸太町橋際の古本屋で「『ダダイスト新吉の詩』を読む。中の数篇に感激」（『我が詩観』、附「詩的履歴書」）と中原は書いているが、「昭和二年の中也の日記に、『見渡すかぎり高橋新吉の他、人間はをらぬか』と書いている」のをみれば、「中の数篇に感激しただけでは、このような発言は、発せられるものではない」（「中原中也の生涯」）と高橋は言う。ことの真偽はともかく、この出会い以後の高橋に対する共感は、また格別のものがあったようである。

中原が高橋を訪ねたのは昭和二年十月七日だが、高橋によれば以後両者の親交は続き、その後八年の間に十数回は逢っているだろうという。これに先立って中原は自己紹介の手紙を出しているが（同年九月十五日）、どうも手紙は苦手だからその代わりに「貴兄についての論文」を送ることにしたというのが『高橋新吉論』で、その共感と理解の深さがうかがわれる。彼は高橋を評して次のように言う。

「こんなやさしい無辜（むこ）な心はまたとないのだ。」「高橋新吉は私によれば良心による形而上学者だ。」「彼の詩のモチーフはヒューマニティではなく、言はば『俺は全てが分つてゐるのに、人々は分らないで俺と同一平面上にゐる』といふことのやうだ。彼の詩が扱つてゐるものは何時も普遍的なものだが、それを扱ふ効力は私的感情だ」という時、それは高橋を語ると同時に、実は中原自身を語るものでもあろう。さらにまた「彼が考へることは彼の良心を自覚的にするだけで、だから彼はその自覚的になつた良心でする経験、即ち修得物を詩にすればよいのだが、彼は余りに美事に考へたので、考へたことをその侭詩の中に持ちだしたいといふ欲望があるようだ」とう時、それは自戒を含めたその技法への保留、また批判ともみえる。しかし、いずれにせよ「彼は行為の前に義務——認識——の上で実に目覚ましい詩人なのだ」という時、中原はそこに得難いひとりの先覚者を見ていたはずである。

しかしまた、両者の別れの時がやがて来る。その亀裂の底に何があったかは不明だが、高橋の書いたものをみれば、そこに見えて来るものがないわけでもない。彼は中原について数篇の回想記を遺しているが、そのひとつ『春風匝地』と題した一篇は、両者の宗教観をめぐる機微を伝えて、興味深いものがある。

冒頭、少年時の中原が南天棒と号した禅僧の全国行脚の途次、これと出会い「汝這裏（しゃり）より入れ」と一喝されたというが、「その時の衝撃が、よほど強かつたらしく面白、可笑しく話し」ていたが、「この一喝が、中原の身心に及ぼした影響は、無視できぬ」と言い、これが晩年、千葉寺療養所にいた時期、多くの禅の書物を読了していたことにつながっているのではないかという。「勿論、キリスト教に対する激しい喘ぎも、平行して開かれる」のだが、精神治療の方法としては「仏教の方が彼の身についていたよう」だという。

要するに「中原は最後まで、キリスト教の桎梏から脱出できなかった。このキリスト教と仏教の、二元的な分裂が、中原の最大の苦悶であったようだ」。「中原の狂気は、いわば、キリスト教と仏教との相剋ともいえよう」という。彼がもし「明眼の師について、坐禅をやり、肉体的な禅の習練を積んでいたら」、あのみごとな『エレジー』は生まれなかったろう」が、「しかし、彼の求めた悟境を手に入れたかもしれぬ」とは、その結語としていう所だが、しかしいま、この春風のなかでは「恨みも罪も、雪のように消え」「斬られるものも」「斬る人もおりはしない」「春の風を斬ったところで血は出ない。斬られた春の風は、とこしえに吹き渡つて、尽きることはない」という。この一文をみれば「春風匝地」と題したごとく、すでに六十七歳の老境を迎えた詩人の、心境の一端もうかがえる所だが、同時に斬るも、斬られるもというあたりに、両者にあった乖離、葛藤の影をかいま見ることもできよう。事実「新宿の或るバアで、中原に暴言を吐いて、彼を怒らせ、向って来る可憐な彼の肉体を顛倒させたことがあるが、この暴行に対する私の痛恨は、切なるものがある」が、「それ以来私は中原にあっていない」とはまた、この一文に語る所でもある。

それにしても、中原を苦しめ、また狂気にまで追いやったものが、キリスト教と仏教の二元的分裂だと言わしめたものは何か。言いかえれば中原のなかに深くひそむ仏教的志向なるものの強調は、どこに由来するのか。恐らく彼はふれていないが、中原のダダ体験、高橋のダダ詩へのなみならぬ共感、傾倒の底に、それを深く感じとっていたのではないか。南天棒の一喝ならぬ、中原が数篇どころか、おれの詩篇の殆どを読み尽くしての共感ではないかという、その思い込みの底には、高橋自身くり返しいう、おれのダダ詩は「仏教の擬装」だ、「仏教の出店」だという、その仏教思想自体への、中原の意識、無意識の共感を感じとっていたのではないか。これは『ダダイスト新吉の詩』冒頭の一篇（「断言はダダイスト」）をみても頷ける所であろう。

〈ＤＡＤＡは一切を断言し否定する〉〈ＤＡＤＡは一切のものに自我を見る／空気の振動にも細菌の憎悪にも自我と言ふ言葉の匂いにも自我を見るのである〉〈一切は不二だ。仏陀の諦観から、一切は一切だと云ふ言草が出る。／一切のものに一切を見るのである。〉〈ＤＡＤＡは滞る所を知らない／ＤＡＤＡは一切を抱擁する　ＤＡＤＡは聳立する〉〈ＤＡＤＡは一切に拘泥する　一切を逃避しないから〉〈ＤＡＤＡは一切のものを出産し分裂し綜合する　ＤＡＤＡの背後には一切が陣取つてゐる〉――この〈ダダ宣言〉が、少年中原にとっての自己解放の契機になったことは明らかだが、この、ＤＡＤＡは一切を断言し否定する、ＤＡＤＡは一切を分裂し綜合するなど、禅問答にも似た発語の根本に、少年中原が仏教的志向の介在をはっきりと読みとったとは言い切れまい。しかしまた、中原の思考をつらぬく、ある直観的な根源性ともいうべきものの萌芽を、切り拓いていったことは間違いない所であろう。

高橋新吉が故郷の八幡浜に近い古義真言宗の金山出石寺の小僧として勤めたのは、彼が二十歳の大正十年の二月から九月迄のことだが、この間（かん）寺にあった『国訳大蔵経』などを読みふけり、それまで読んでいたニーチェやドストエフスキイ、ダダとは異質なものを感じたが、「仏教の無我の真理が、私の柔らかい頭脳にも、突き刺さつてくるものがあつた」（『虚無』）という。これが『万朝報』の記事を通してダダと出会った大正九年八月から半年ばかり後のことであったことを思えば、私のダダは仏教の出店だ、仏教の擬装したものだという発言の由来も頷けよう。ちなみに、出石寺に詩人の残した痕跡は何かないかと訊いてみたが、予期した通り全くないという。しかし寺には残さなかったが、その体験の痕跡は爾来詩人の胸深く生きていたわけであり、以後彼が深く傾倒した足利柴山などとの出会いもあって、彼の禅的思考は深まってゆく。当然ながらその詩風も知られる通り禅的風姿をつよく帯びてゆくこととなるが、その何たるかは、次の一篇を通してみても明らかであろう。

〈雀の目はガラスである／何も見えない／雀がうつむくと／山も海も消えてしまう／そんなものはあっても／雀は見えないのだ／見ても何とも思わぬのだ／何もない庭に雀は遊んでいる／ここは誰も来ぬ／この庭へは誰も入れぬ／雀はこれでいいのだ／何もないから／見る必要はないのだ／雀は一歩歩むことによって／どこもかしこも歩いてしまった／一目見ることによって／何もかも見てしまった／一切は塵埃に過ぎぬ／終りがないということは／いつでも終っているということだ／死ぬことがないということは／いつでも死んでいるということだ／雀は不図空を見上げた／空には何もなかった／雀の目には塵埃もかからぬ〉（「塵埃」）。

この〈雀〉が詩人の喩であることは当然ながら、すでに言わんとする所は明らかであろう。〈この庭へは誰も入れぬ〉と言い、〈一切は塵埃に過ぎぬ〉が、〈雀の目は塵埃もかからぬ〉という。

しかし、これは先にふれた金子光晴の否定した所ではなかったか。〈塵界のない人生とは、汚れていない日々とは、つまり、／真空のことだ。生きられる条件をもたぬ架空の世界のことだ〉とは金子光晴のいう所だった。これは換言すれば、高橋のいう所は禅的無とか〈虚無〉とかいうが、所詮は〈他者〉とまみえぬ〈独我論〉の世界だということであろう。高橋のいう所が〈虚無〉なる空間への移行、〈ゾルレン〉への飛翔だとすれば、すべてはやつしの仮の姿に過ぎず、行きつく果ては塵界のこの世の果ての、〈無〉の焼却だと金子はいう。

こうして金子、高橋の両者にいささか長くこだわったのも、中原をはさむ両極に、この両者を配してみたいということであった。さらには河上と高橋、あるいは河上と金子のはざまに中原を置けば、またどうか。恐らくここで見えて来るものは、中原のすぐれた〈批評性〉ということであろう。初期のダダ詩篇の一節に〈有限のなかの無限は、最も有限なそれ〉とあるが、まさしく彼は〈有限〉と〈無限〉の両極をみつめ、そのはざまにあっていずれをも手放そうとはしなかった。

河上は中原をカトリシズムの方に引き寄せてみたが、なおこれでは片付かぬものがあり、高橋は仏教とキリスト教の二元相剋を中原の悲劇とみたが、これもまた片付けえぬ所であった。河上は中原の臨終にあってカトリックの秘蹟を授けてはどうかとさえはかっているが、もとよりこれも中原の望む所ではなかったであろう。ことの真実は恐らくこれも病床の場にかけつけた友人関口隆克（「幻想と悲しみと祈り」）のいう、「入院の急報によって馳けつけたとき、きれぎれの言葉の内に、『二つの教を同時に信ずること……同宗同神云々』という呟きが聞きとれた」という証言にあろう。これを裏付けるものとして、佐々木幹郎氏のいう中原の「キリスト教帰依」も、晩年の精神病院に入ってからの「仏教帰依」も、どちらも「あまり信用していない」。そこにあるものは「もっと原型的な原始信仰、原始的な宗教感情みたいなもの」ではないか。「だからキリスト教とか仏教とかで中原中也を割って行こうとすると、必ずデッド・ロックにぶつかる」と言い、「あんないいかげんな人はいませんから」ともいう。これは座談の中の言葉（吉田凞生との対談「中原中也の魅力」）だが、多分に頷ける所であろう。ただ「いいかげん」という言葉は微妙で、私はその「いいかげん」さ、その不決定、保留という所に、逆に批評家としての中原の誠実さを見ると言いたい。

恐らく中原の〈宗教性〉を探ろうとすれば、『山羊の歌』から『在りしの歌』へと、言わば往相から還相へと歩を進めて行かねばなるまい。〈ゾルレン〉と〈ザイン〉、〈無限〉と〈有限〉の両者を手放さず、真率なる魂の〈歩行者〉、また〈労働者〉（これは秋山駿のいう所だが）として歩み続けた中原における〈宗教性〉の刻印とは、その全詩業を辿りなおさずには解明できまい。これをまず外堀から埋める形で河上、金子、高橋と引き寄せてみたのがこの一文の試みだが、溯れば朔太郎、暮鳥、八木重吉から、周辺の小林秀雄、大岡昇平ほかにふれてゆかねばなるまい。しかしもはや紙数も尽きた。あとは続篇として、中野重治流に言えば、〈この項続く〉としてひとまずこの稿を終りとしたい。

あとがき

いま、中原の人気は高い。新全集も見事な形で完結し、すでに十一回目を迎える中原中也賞も、現代詩における新人登龍門としての位置を占め、ことしもまたひとりの大型新人を生み出した。また〈中原中也の会〉も会員数は四百人を超え、毎年充実した活動を続けている。

中原中也記念館も開館以来十二年を迎え、毎年魅力ある展示企画を打ち出しているが、恐らく全国でこれほど充実した多彩な展示を、次々と続けている所はほかにあるまい。来年は中原中也生誕百年で、〝小林秀雄と中原中也〟といった大型展示が予定されているが、関係者は宮沢賢治生誕百年祭に劣らぬ充実した内容を用意してゆきたいと言っている。いささか宣伝めいた言い方になって来たが、我々の中原に対する想いは熱い。

この論集もこの中原人気の追い風のひとつとなればと願っているところである。このたびは執筆者のゲストとしては新全集の担当者でもある佐々木幹郎、宇佐美斉の両氏、また記念館からは館長の福田百合子氏、副館長の中原豊氏にもお願いをし、これに我々学内からは北川、中野、加藤、佐藤が加わったものである。目次を見て戴ければわかる通り、多彩にして充実した内容を編むことができたと思っている。執筆者各位には心から感謝申し上げたい。

新全集ができたので、我々もこれからはじっくりと安心して仕事ができると、全集作りのかなめであった佐々木さんに言うと笑って頷いておられたが、しかしこれから中原研究はどうなってゆくかといえば、課題はいかにも広く、重い。中原という詩人のすごさは、たとえば戦後詩を代表する鮎川信夫や田村隆一など三人位が束になってもかなわない、そういうものだとは、吉本隆明氏との雑談のなかで聞いた言葉だが、また何処かで同じ言葉を書いておられたかと思う。いま手許の資料が見当らず先に挙げた詩人の名もさだかではないが、その言い方には強烈なものがあった。これは中原に対する好悪の問題を超えて、かなり大きな問題である。詩人としての技法ならぬ、その根源性、全体性ということか。これは現代詩が問われる、のっぴきならぬ重要な問いでもあろう。

また加藤典洋氏は、自分の批評の根っこは小林秀雄ならぬ、中原への深い共感であったという。秋山駿氏はまた、小林の文体で中原の本質を論じうるかと問うている。小林、中原を考える時の、ひとつの急所でもあろう。小林における〈意識〉、中原における〈無意識〉という問題もまた、この両者の語る場合のひとつのかなめであろう。河上徹太郎氏は中原に近代にあって最も宗教的な詩人というものを見ると言っているが、この〈宗教性〉なるものも厄介な問題で、これは中原のみならぬ日本近代詩そのものにあっても、いまだ論じつくされていない大きな課題のひとつでもあろう。

これはまたあるシンポジウムでの大岡信氏の発言だが、中原を単なる近代詩人とのみ見るのではなく、ひとりの〈うたびと〉として見るべきではないかという。この〈うたびと〉という大岡氏の指摘は、いまもつよく耳に残るものがある。そこには朔太郎とは別の意味で、詩人における〈日本と西欧〉の問題を読みとることもできよう。こうして挙げてゆけばきりもないが、恐らく中原を論じ、考えることは、日本近代詩の全体を論してゆくひとつの試金石であり、また、合わせ鏡だと言ってもいい。

以上いささか蕪言を弄して来たが、いずれも中原への格別な想いの故と思って、お許し戴きたい。要は〝中原中也〟という、この稀有なる存在に向かって、改めてその魅力を汲みつくしつつ、おのがじし、その裡なる中原像を新たにし、深め、またさらにひらいてゆくことができればということである。

〈語り〉の転移——水上勉と芥川龍之介

一

「文芸」即ち「芸であって、これは語りといいかえてもいいかと思う」とは作家水上勉の言葉だが（水上勉・柳田聖山対談集『人生と宗教と文学と』まえがき）、たしかにこの作家は現代における最もすぐれた語り手のひとりであろう。この国の土着の心性に発したその優婉なる語りの世界の魅力は、読者のよく知るところでもある。しかし作家水上勉の一頂点ともみられる近時の作品、たとえば短篇『寺泊』（昭51・5）・『壺坂幻想』（昭52・1）、さらには長篇『金閣炎上』（昭52・1〜53・12）あたりになると、そこには微妙なある変化があらわれて来ている。

中上健次は、この作家特有の〈語り〉のリズムにふれて「語りは同時に騙りで」あり、『寺泊』でいえば「語りだけが、沈黙の、つまり、性と生と聖、死と死穢と賤の混合したところを、主人公の〈ぼく〉を離れて、一人歩きしている」（「短篇小説の力—水上勉『寺泊』『壺坂幻想』をめぐって」）という。「短篇小説は、謳うこと、語ることより、むしろ黙る事なのである。だが語りは黙らない」という時、評者が水上文学の根底に深い〈語り〉の構造を見ていることは明らかである。たしかに水上勉の世界は語りそのものの世界ともみえる。しかしいま、これらの近作には〈語り〉の構造と言っただけではすまぬ、ある微妙な転移がみられる。それは〈語り〉のより成熟した独自の歩み、「一人歩き」ともみえるが、むしろ、そこにあらわれているものは、〈語り〉の往相から還相への過程ともいうべきものではないのか。

たとえば『寺泊』や『壺坂幻想』などに見る自然や人事を描く作者の彫り深く、勁い眼の所在は何か。『金閣炎上』の主人公の出自と風土を描く、自然の襞そのものに喰い込むていの勁い筆致は何か。そこではもはや作者自身の抒情ならぬ、〈自然〉そのものが語りはじめるかとみえる。〈自然〉とはもとより風物、風土のみならぬ人事、歴史、万般の謂である。恐らく評伝『一休』（昭49・4〜11）はその微妙な転機にあったと言ってよい。水上氏は『蓑笠の人』や『越前一乗谷』を書き、「歴史小説への興味」、つまりは「『事実』らしいものを資料にあたりながら、架空の人物をそこにまぶしこむ楽しさ」を知ったという。「『事実』らしい資料をあたっていながら生ずる空想を、そのまま、そこに」おき、「やせた『事実』より、ゆたかな真実が出せたらという願いはいまも」あり、「この試みは、のちの『一休』に到って、殆どその方法を私に固定させた」（「歴史の詩と真実」）という。要するに、歴史とは、それを見るこっちの心であり、「これが『事実』だと一枚の紙をみせられても、瓦をみせられても、ただの紙切れや瓦塊をみる心なら、歴史は向うで口を閉じる」という。「人は忘れることで生きてゆく。忘れないように書き残そうとしても、手が思うとおりうごかなくて、嘘でしめくくる」（同上）ともいう。

ここにはまぎれもなくしたたかな〈語り〉（騙り）手の顔があり、歴史という〈自然〉に対する作者の表情が明らかにうかがわれる。たとえば仕事の取材でわざわざ調べにゆくこともあるが、「もう一人のぼくが歩かないと」「風景も人間も毛穴から入って来ない」（司馬遼太郎との対談「旅の話」）という。「もう一人の」自分とは「漂泊者」としての旅情に生きる己れ、すべてを作家という「毛穴」に吸い込む〈語り手〉（騙り手）のそれであろう。『一休』は作家におけるこのふたりの所在を語って見事である。一休を描くにあたってこの室町末期という乱世を生きた異端の禅者の、教団住まいをきらい、「自力の本領を以て飢餓民の接見に没頭し」たそのありようにつよく魅かれるものがあったが、とりわけ「最大の関心」は盲目の遊芸人、森女の存在であったという。しかも学者、史家の多くは森女の実在を否定する。その根拠は「墨斎『年譜』にない、『確かな一次資料』がない」ということだが、「確かな一次資料」とは彼みずからがしるした「『狂雲集』『続狂雲集』であって、一休自身が告白している森女との交情を、なぜに『事実でない』とするか不思議でなら」ぬという。我々は「真の一休像をえがかんためには、墨斎『年譜』の行間からこぼれた事実を想像し、拾いあつめるしかな」く、その材料とは「一休自身が書き残した詩、法語、道歌」しかあるまい。なるほど「森女の登場だけは、『続狂雲集』のみで、一休自身の口から語られる以外」にないが、「一年ぶりに再会」しては、〈木は凋(しぼ)み葉落ちて更に春を回(かえ)す〉と唱い、「出家の垣根をこえて、肉体のまじわりをもち」、〈森女が深恩若し忘却せば、無量億劫畜生の身〉とまで告白する、これを単なる「文芸上の誇張として『事実でない』とする史家」の眼とは何かと問う。

すでに作家の裡なるひとりは年譜や資料などという〈自然〉をかいくぐり、この異端の中世詩人みずからを唱う詞句の背後に、纏綿たる盲女との交情の顚末を読みとらんとする。文明二年仲冬十四日、七十七歳の一休は「住吉の薬師堂に野宿して、艶歌をうたう鼓うちの盲女」に出逢い魅かれる。その交情の深さは一休の詞句にまぎれもないが、しかもみずからの住居の名を「瞎驢」などと称しつつ、町にうごめく盲女たちの「地獄」が見えていたかと問い、「一休は盲女をどこかで差別している」と作者はいう。さらに「ひたすら、己れの陶酔と悦楽を語るだけで」、ついに「女の胸心へ入ってゆかない」ともいう。すでに作者の視点は森女の側へと転じていることが知られるが、一休臨終の場面を語るその終末もまた、森女の眼をもって閉じられる。

「……十六日ひるは秋風のたちはじめて、南園の萩に小ぶりなる紫花のさきそめれば、ことしは花のいと小ぶりなり、そなたにみせたけれど詮なしとも眼に涙をためたまふも気よわきふぜいなりければ、森侍者、ひねもすりおきし硯石など枕べの灯もとにかたづけたまひてわき近くにはべり、看護つづけたまふに、和尚ここちよく眠りたまひてありしが、卯の刻にふと眼をあけたまひ、さしとむるもきかばこそいかが思されけん、半身起したまひて、みよ森よ、そなたのすりおきし硯池に虫のおちてをるわ、みよ、秋虫の灯を恋うてきて墨汁に身をひたして果てたる姿のあはれよのと申さるるも、みえぬ森女にはわかりもあへぬことなり。」「息ひきとられたまひしはこれよりまもなきこととといへり。えみえぬ闇をさきに歩みゆかれしと森侍者のいひしに、弟子の感じ入りたりといふ。げに此岸は闇なれば盲者は和尚をもみてあらざりしなり。死とは何ぞやと弟子にとはれてさきをいそがるる人のことなりといひしもむべなり。」

作者はこの戯作者磯上清太夫なるもののしるす『一休和尚行実譜』の一節を引き、すでに「つけ足すことはない」という。「一休臨終の床のわきに盲目の森女が孤独にすわっていたけしきを想像すれば足りる。盲者にみえた人の死のあろうはずもない」という。そこにあるものはただひそやかな「森女の闇世界である」。やがての弟子たちのざわめきや泣き声も「眼あきの狼狽し悲しむすがたであって、じつは、森女の眼には一休は生きていた。いくらよんでも声をかえしてくれないので、森女はいざって手をのばしたが、弟子の誰かがそれをとどめた。秋虫の羽音がしなくなったのと同様に、森女の世界から一休は遠ざかった」。末尾の一節だが、すでに説明の要はあるまい。作者の裡なるいま〈ひとりのぼく〉が戯作者の一文とあいまって、見事な鎮魂の譜をかなでる。一休の世界が盲者の世界から捉え返され、史実なるものの世界が詩の世界によって包みとられる。さらにはこの『行実譜』なる戯文自体が作者（水上勉）の虚構であってみれば、ここに〈語り〉〈騙り〉の世界は見事に成就するわけだが、これを『壺坂幻想』にならって〈森女幻想〉と呼ぶことも許されぬわけではあるまい。しかし同じく盲者の世界を扱いながら、『一休』から後の『壺坂幻想』への道は、この作家の〈語り〉がようやく抒情の往相から、〈自然〉凝視の還相への還路を辿りはじめていることを告げる。

二

『壺坂幻想』というが、ここに見るものはいかなる〈幻想〉でもなく細密な現実の紀行的描写であり、回想のなかに佇む風景の確たる臨在感である。〈私〉は盲目の祖母の手引きをして歩いた幼時を回想し、祖母をつれて叔父がかつて参詣した楊谷寺を訪れ、また盲者にゆかりの壺坂寺を訪ねる。そこでは一種濃密の自然の深さが盲者にまつわる暗い世界を包みとる。楊谷寺の堂内にうごめく人々の大数珠をたがいに手渡してゆく不思議な儀式の情景、さらには楊谷寺の谷の百倍もあるかと思われる大谷を抱く壺坂山の、「深い森に埋まる巨大な穴」ともみえるところに据えられた寺の台地、百人を超える盲人たちの棲む収容所の生活風景、そこには盲人たちの生活を織りなす「不思議な平穏」さえ感じられるが、その突き当りの部屋にベッドが五つばかりならび、「毛布をかぶって人が寝ているけはいだが」「この部屋に入れられると、一ヶ月ぐらいで死んでゆきます」、死だけを待つ人たちの部屋だと案内の主任はいう。「北窓に近い」「うす陽のさしこ」む部屋に「五つの毛布の山はぴくともせず」、日の光だけがやさしくそれを包む。すでに生は死と溶けあい、すべては〈自然〉のなかに寂(しず)かに吸いとられてゆく。

恐らく〈幻想〉とはここでは、現実そのものの示す仮現の相貌ともみえる。ただ残るものは盲目の祖母を取りかこむ幼時の肌に刻んだ暗い記憶であり、「根雪のように解けずにある貧の、凍て雪のような苦しみ」の「数々」である。「根雪」のごとき貧苦の刻印とは作者の繰り返す言葉であり、この一篇も含めてすべては作者の心の底に沈む、この〈根雪〉の発掘の作業ともみえる。同時にまた「磨の根雪ともいうべき夏に、仏門時代の約十年近い修業の屈折がつめこまれて」（前掲、柳田聖山との対談集まえがき）いるともいう。この二つの〈根雪〉のあいからむ「屈折」を梃子(てこ)として描いたものが、ほぼ同時期に書かれた長篇『金閣炎上』にほかなるまい。もはやこの長篇について詳述する余裕はないが、自己の出自と風土に深い類縁を持つ主人公林養賢の悲劇を描く作者の筆は、養賢の生立ちとそれをとりまく風土の特性を語って精細である。作者はいくたびか若狭、成生の地を訪ね、生存者からの聞き書、金閣炎上後の調書や供述書その他、手に入る限りの資料を駆使して主人公と事件の全貌を再現せんとする。恣意や主観の混入を排して、資料そのものに語らせんとするこの姿勢は何か。我々はこの作品が一個のきびしい〈倫理の書〉

であることを忘れてはなるまい。伽藍仏教の形骸化と頽廃を批判し糺問すること久しい作者が、材を金閣放火の事件にとって積年の課題を問いつめんとしたのがこの一作ではなかったか。養賢の出自にまつわる父の病死、母との異和、吃音でもあったが故の鬱屈と裏側から見た伽藍仏教の頽廃と観光化した大寺院の腐敗を衝き、養賢の「精神鑑定書」の記述が何故か「追跡を放棄した」部分の闇――を彼を育てた寺院そのものの腐敗、「金閣寺の混乱」に悲劇の根因があったのではないかと問う。同時に養賢母子の悲劇をしるしつつ、作者はそこに宿業ともいうべき人間の出自と風土にからむ生の実相を彫り込まんとする。そこにみずからの出自を重ねた怨念が重ねあわされていなかったはずはなく、「土着の問題、自分の根ということをもう一ぺん問いつめ直さなければならない」（池島信平との対談「菊池寛賞をめぐって」）という年来のモチーフもまた、深く介在していたはずである。

「自分を断罪するつもりで、『寺泊』や『壺坂幻想』は書いてきたつもりである」（全集二十四巻あとがき）というが、たしかに『寺泊』一篇は作家の孤独と業を描き、父として夫としてのエゴを語る作者の眼は苛烈である。重症の障害児の娘と妻と東京に置き信州の仕事場に居すわる主人公は、わが骨を娘に移植した母と子の濃密なかかわりから疎外された寂しさと負い目を感じ、わが子への薄情さも己れの生い立ちからのものと観ずる。これは作中の圧巻ともいうべき北陸の海辺、寺泊のカニ屋の店先の人々がカニをむれ喰う場面にあらわれ、カニを手渡しては男にくらわせ、再び男を背負って走りはじめる女の描写と微妙に照応しつつ、主人公自身の一種蕭条たる内部風景を炙り出す。言わばここにはいかなる心象風景も孤独の感慨めいた告白もしるされているわけではない。すべては良寛取材の旅の属目の光景のみである。荒涼たる北陸海辺の町の風物も人事もすべてがきわめて即物的に描きとられているわけだが、その蕭条たる光景そのものが、そのまま作者内部の光景とみえて来る。

ここでは〈もうひとりのぼく〉は消えたのか。いやそうではるまい。作家の裡なるふたりはいまおのずからに同化し、風景そのものが語りかけて来る。言うならば真の対象性の発現であり、〈語り〉（騙り）の虚構は〈自然〉の発現によって浸透され、〈語り〉はまさしく対象によって語らしめられるものとなる。あえて〈語り〉における往相ならぬ還相というゆえんであり、『寺泊』『壺坂幻想』、さらには『金閣炎上』などにおける描写の彫りの深さは、この〈語り〉の微妙な推移を示すものであろう。〈倫理〉とは対象そのものによって打ち据えられ、歩みはじめるところに始まる。三島由紀夫の『金閣寺』がまさに三島固有の美学の顕現ともいうべき「金閣」幻想であったとすれば、水上勉の『金閣炎上』はまさしくその〈炎上〉の意味を、作者美学の往相ならぬ、還相においてつかみとらんとしたものであり、作者はその過程において自身の裡なる〈養賢〉を問いつめんとしたはずである。あえて〈倫理の書〉というゆえんだが、ここでも『金閣炎上』外伝ともいうべき『五番町夕霧楼』（昭37・9）一篇の優婉なる語りの世界は、再び養賢登楼のきわめて即物的な記述そのものに収斂される。

これはまた『越前竹人形』（昭38・1、4、5）の世界が戯曲となるに及んで、第十七章、宇治川渡し場における不義の子を宿した玉枝流産の悲傷の場にあって、柔和な船頭の外貌を一転して「黒い男」――仮面の「シャレコーベの面」をかぶったともみえる象徴的人物と化して、運命の苛酷を強調する脚色にもつながるものであろう。評者はこれを作家における過度なる抒情を「断ち切ろうとする衝動」の噴出であり、劇化に際してしばしば見られるところだという（木村光一「抒情とその破壊―水上戯曲の基調音」）。恐らく抒情の過多と〈語り〉への傾斜はこの作家特有のものだが、しかしまたその『宇野浩二伝』（昭45・8〜46・9）に次の言葉がある。

「モデルは作者の借着に過ぎない。言い換へると、作者はモデルを借りて、彼の心或いは霊の経験を現す手段と見るべきである」とは宇野浩二の言葉であり、「『絶対に嘘を書いてはならない』という事は『絶対に嘘を書けるものでない』こととなる」ともいう。これは『宇野浩二伝』を書くにあたっての「一つの救い」であったと水上氏はいうが、それはまた水上氏自身における〈詩と真実〉でもあったはずである。「事実は伏せても、作者の『心』を伝えたい、物語の芯は事実にあるのではない」とは宇野浩二晩期の姿勢でもあったというが、そもそも作品におけるモデルとは、事実とは何か。事実を伏せることでも、事実をそのまま語ることでもなく、まさしく事実の〈芯〉を語らしめるところに〈語り〉の芯もまたあったはずである。作家水上勉がこのような〈語り〉の還路にさしかかってきたことはすでにふれた通りであるが、さてわが芥川の場合はどうか。恐らくこれを語ることは芥川文学自体の本髄を語ることであり、この作家の不幸と栄光もまたそこにきわまるということができよう。

三

芥川の多くの作品をひとつの〈近代説話〉として見ることに、大方の異存はあるまい。芥川登場の時期、『鼻』については「此の作は要するに『寓話』に過ぎ」ず、「一寸とした思ひつきに過ぎない」が、「併し、軽快な、飄逸な書き方がいかにも内容にふさはしく、渾然とした小品になつてゐる」（青頭巾「読んだもの」「新潮」大5・4）という同時代評の、いわばこれを一種の作家離れの寓話的秀作とみる見方は、続く『芋粥』を評して「新奇なものを求める時代の機運に「最もよく投じ得た」のが芥川だが、その作品がさらに深まっていくためには「理知」による裁断ならぬ「君のフィロソフィはもつと力強く、君の批評はもつと深切にならなければならない。その時君の作品が寓話の領域から遠く離れて立つであらう」（加藤武雄「芥川龍之介氏を論ず」「新潮」大6・1）という指摘にもつながるものであり、爾後もその作品の多くが才気に満ちた〈寓話〉、あるいはよく出来た〈話〉というかたちで遇されていたことは明らかであろう。

事実、芥川自身、一見歴史小説のごとき形をとった作品についても、自分がしばしば「昔から材料を採るのは」「或テエマを捉へ」、これを「芸術的に最も力強く表現する為には、或異常な事件が必要になる」、これを不自然ならぬものとして描く手段として「舞台を昔に求めたので」あり、「『昔』の再現を目的(エンド)」とするいわゆる「歴史小説」

とは本来的に異なるものだと述べている（『澄江堂雑記』三十一、昔）。かくして彼の描くところは「鷗外に見るような、歴史の内面的法則、もしくは、歴史的真実に迫ろうとしたものではなく、むしろ歴史を寓意化し、歴史上の人物によって、彼自身の主観的思想の具象化を試みているのである」（吉田精一）と指摘され、また芥川自身のいう「古人の心に、今の人の心と共通する、云はばヒユマンな閃きを捉へた、手つ取り早い作品」（『澄江堂雑記』九、歴史小説）とは、ほかならぬ彼自身の作品を指すものではないかという批判を受けることともなる。

たしかにこれは芥川に対する一般妥当の批判ともみえるが、しかしどうであろう。果たして彼に歴史の「寓意化」という意図があったであろうか。あるいは「古人の心」に現代人とあい通ずる人間性の閃きを読みとるというていの姿勢があったであろうか。彼が歴史小説を評して一時代の風俗、人情のみならぬ「道徳上の特色のみを主題としたものもあるべき」だが、いまだ日本に「この種の作品を見ない」として、「日本のは大抵古人の心に」云々と評し、「誰か年少の天才の中に、上記の新機軸を出すものはゐないか？」という時、芥川は恐らく「この種の作品」に自身を数えてはいなかったはずである。また結果的に彼の作品がそうであったということでもあるまい。むしろ芥川が描かんとするところは「古人」ならぬ、歴史の新解釈ならぬ、人間普遍の相を現代に生きる作家の課題として問わんとしたにすぎまい。たとえ「昔の事を小説に書」こうとも、「その昔なるものに大して憧憬（しょうけい）は持つてゐない」という。「平安朝に生れるよりも、江戸時代に生れるよりも、遙に今日のこの日本に生れた事を有難く思つてゐる」（『澄江堂雑記』三十一、昔）ともいう。

再びいえば、芥川の課題は大正という時代に生きる作家の認識の徹底にあった。あえて時代の（同時に自己の）認識に徹するところに現代作家としての栄光を見んとした。恐らくここから〈語り手〉としての彼の方法が生まれる。あえて言えば芥川の文学は自然主義文学台頭以来の〈告白〉や〈私小説〉のありように対する本質的な疑いから出発した。そもそも〈告白〉とは何か。「もつと己れの生活を書け、もっと大胆に告白しろ」とは諸君の注文だが、

「僕も告白せぬ訳ではない。僕の小説は多少にもせよ、僕の体験の告白である」。ただあえて「告白小説」なるものを否定するのは「もの見高い諸君に僕の暮らしの奥底をお目にかけるのは不快で」あり、「告白を種に必要以上の金と名を着服するのも不快である」（『澄江堂雑記』十六、告白）からだという。また「完全に自己を告白することは何人にも出来ることではない。同時に又自己を告白せずには如何なる表現も出来るものではない。／ルッソオは告白を好んだ人である。しかし赤裸々の彼自身は『懺悔録』の中にも発見出来ない。メリメは告白を嫌つた人である。しかし『コロンバ』は隠約の間に彼自身を語つてはゐないであろうか？所詮告白文学とその他の文学との境界線は見かけほどはつきりしてゐないのである」（『侏儒の言葉』告白）という。また遺稿『或阿呆の一生』では「嘘」（四十六）と題して「ルッソオの懺悔録さへ英雄的に嘘に充ち満ちてゐた。特に『新生』に至つては、――彼は『新生』の主人公ほど老獪な偽善者に出会つたことはなかつた」ともいう。彼が〈告白〉あるいは〈告白小説〉なるものをどう解していたかは明らかであろう。

すでに〈告白〉自体に〈騙り〉の構造を見ていたとすれば、〈語り〉とは何か。彼が〈物語〉という枠を必要とするのはこの時である。「人間の醜悪を見ぬき、しかも人間の善良を信じ、頑としてその中間の真空地帯を形象化しようとした」時、もはや「私小説的な告白形式や現実描写によって描け」ぬが故に、「真空を保つためのガラス壁として物語の枠」を必要としたのであり、その主体の如何を問わず、「どの作品にもこの真空地帯を往き来する人間の空虚なうしろ姿の映像」（福田恆存）を見るという評家の指摘は頷くべきものがあろう。芥川の生きた大正という時代が、まさに有島武郎の宣したごとく〈相対〉的時代の始まりであったとすれば、この理念に殉じたのはむしろ有島ならぬ、芥川であった。有島はその信仰離反の、さらには文学的出発の〈宣言一つ〉ともいうべき『二つの道』（明43・5）において、「人は相対界に彷徨する動物である」と言い、人の前には厳たる「二つの道」があるという。人はこれを「アポロ、ディオニソス」「ヘレニズム、ヘブライズム」「霊、肉」「理想、現実」などさまざまに呼ぶが、どのような名を用いようとなお言いつくしえぬものであり、人は「一つの道を歩む時」もはや「人でなくなる」という。人間がついにこの人生という複雑な問題に対して、論理を「結着(クローズ)する程の能力」(『も一度「二つの道」に就て』)を持たず、信仰もまた「遂に相対事相の特殊な変態と見るの外はない」とすれば、我々は「此の矛盾こそ人間本来の立場だと云ふ事を覚つて、其の中に安住し得るを誇るべき」であり、「先づ我々は先祖伝来の絶対観念に暇乞をして、自己に立ち帰らねばならぬ」という。

しかもこの相対、二元の葛藤をふまえつつ、ついに一元の生に執せざるをえぬところにあまりにも倫理的な作家有島の悲劇があったとすれば、あえてこの相対、二元の立場を初心と、その内的亀裂を現代に生きる作家の栄光とせんとしたのは芥川であり、遺稿『歯車』や『西方の人』はそのまぎれもないあかしであろう。『二つの道』が有島文学の起点であり、また或る意味で大正文学の起点であったとすれば、『西方の人』によって芥川の文学は閉じられ、また大正は終ることとなる。「現世の日本に生まれ合せた」が故の「無数の分裂」をいう芥川は、『西方の人』にあっても〈永遠に超えんとするもの〉と〈永遠に守らんとするもの〉、あるいは〈西方と東方〉の対峙相剋を軸としつつ、「霊、肉」「理想、現実」の二元、相対のドラマをあざやかに語ってみせた。有島の語った初心は『西方の人』において、いま一度新たな刻印を帯びて語られ、昭和文学へと受けつがれてゆくこととなる。『西方の人』が編者によって昭和文学史、あるいは昭和批評史の〈起点〉として、その巻頭に据えられる(『昭和批評史大系』第一巻、番町書房)のも故なきことではあるまい。

四

すでに大正文学の帰趨にかかわる芥川文学の軌跡は明らかだが、その〈語り〉の、方法の転移、変容とは何か。たとえば評者は、芥川の挫折が大正という「時代の私小説的理想に屈服し」たものであり、死の直前の谷崎との論争も、もはや「小説の『話』あるいは仮構を信じられなくなった」芥川の「芸術の崩壊」（中村光夫）を告げるものであると言い、多くの評者もまたこれに同ずるかのようである。中期のいわゆる〈保吉もの〉に始まり晩期に至る私小説的、あるいは自伝的作風への転換にふれての批判だが、しかし〈保吉もの〉自体が一見私小説風にみえてその本質の然らざることは、すでにしばしば指摘されるところであり、素材の転換はどうあれ、その〈仮構〉の意識に変化があるとはみえない。すでに〈告白〉、あるいは〈告白小説〉なるものに〈騙り〉の本質を見る作家にとって、そもそも〈私小説〉という概念自体なにものでもあるまい。

芥川は私小説論議にふれて、久米正雄のいう「散文芸術の本道は『私』小説である」、また宇野浩二の「僕等日本人の文芸的素質は『本格』小説よりも『私』小説に適してゐる」という説を駁して、本来文芸上に「詩と散文」「『本格』小説と『私』小説」などとは「本質的に存在する差別ではない」という。単なる自叙伝ならぬすでに「『私』小説」たる以上、ことはそれが根源において真に「自由」なるべき「文芸」、即ち芸術上の課題であり、作家の「嘘ではない」告白を含むか否かの問題ではない。問題は彼がその裡なる真実、即ち「内部的『私』小説」なるものを、いかに「十分に外面化」「或は表現」しえたか否かにあり、「芸術の本道」はこの裡なる〈私〉を対象化しつつ、内発性に深くつらぬかれた真の表現に到達しえたかどうか、即ちそれがついに一個の「傑作」たりえたか否かにある。かくして自分が「異議を唱えるのは決して『私』小説ではない、『私』小説論である」（「『私』小説論小見―藤沢清造に―」大14・11）という。

すでに芥川にとって〈告白小説〉あるいは〈私小説〉なる概念の何たるかは明らかだが、この「安価なる告白小説体のものを高級だとか深刻だとか考える」「弊風を打破する為めに特に声を大にして『話』のある小説を主張する」のだという谷崎潤一郎に対し、「『話』らしい話のない小説」こそ「あらゆる小説中、最も詩に近い小説」であり「最も純粋な小説である」と芥川は言い、この両者の間にいわゆる〈筋のない小説〉論争がなされたことは興味深いものがある。文壇登場以来、その趣向や構成に短篇作家としての妙をつくした芥川の、この後期における変貌は何か。これを単に創作力の衰退や時流への埋没という風に片づけることはできまい。もはや紙数もつき、端的にいうほかはないが、芥川の不幸はその作家としての資質そのものにあり、彼はその本質において批評家であり、詩人であった。あるいは学芸、人生万般にわたる第一級の玩賞家であったと言ってもよい。短篇小説の名手として、その〈語り〉の世界は読者の眼をひく趣向や構成の妙を発揮したかにみえるが、それは機智的あるいは理智的均衡の妙であって、〈語り〉そのものの紡ぎ出してゆく豊饒さではない。これはたとえば、その人物像や主想において多分に共通性を示す初期の作「ひよつとこ」（大5）と谷崎の「幇間」（明44）を比較しても明らかなように、谷崎の持つ人物造型の豊饒さと肉感はなく、芥川にみるものは作者自身の批評精神のいささか骨ばった直截な表白にすぎまい。

芥川の饒舌は『河童』のごとき寓話や『侏儒の言葉』その他のごとき断章において遺憾なく発揮され、人間と言い歴史という、このしたかな〈自然〉の豊饒を掘り起こし肉づけうるものではなく、これを裁断する機智や批評精神の擦過においてよく饒舌たりえた。同時にその見えすぎる眼が認識の機微を造型的に定着しようとする時〈物語〉という枠組が必要となり、しかも理智的裁断の歯止めは彼に長篇的流露を許さなかった。『邪宗門』や『路上』の中絶はもとより、『偸盗』一篇のロマン的展開をかつてない失敗と見る自己批判にも、その資質の由来するところは明らかであろう。彼の本質はみずからいうごとく「情熱」と「理智」にあった。自分のなかのこの「冷やかな理智に富んだ一面」がルソオならぬヴォルテエルに近づかせ、そこから「人工の翼」を得たという。「彼はこの人工の翼をひろげ、易(やす)やすと空へ舞い上つた。同時に又理知の光を浴びた人生の歓びや悲しみは彼の目の下へ沈んで行つた。彼は見すぼらしい町々の上へ反語や微笑を落しながら、遮るもののない空中をまつ直に太陽へ登つて行つた。丁度かう云う人工の翼を太陽の光りに焼かれた為にとうとう海へ落ちて死んだ昔の希臘人も忘れたやうに。……」（『或阿呆の一生』十九、人工の翼)。

同じ文脈は遺稿『歯車』にも見られ、「人工の翼」がある深い挫折と敗北の体感のなかに語られていることは明らかであろう。芸術とは常に「意識的なもの」であり、「芸術家とはいやが上にも技巧を磨くべきもの」「何よりも作品の完成を期せねばならぬ」(『芸術その他』)と言った彼は、同時にやがて「芸術家の意識を超越した神秘の世界」「無意識の境に対する畏怖」を語り、「魂の奥底」に棲むべき「野蛮人」への希求を語りはじめるようになる(『侏儒の言葉』)。中期以後の自伝的素材へのひろがりや晩期の「筋のない小説」の提唱、さらには死を前にしてのルノアールの洗練ならぬ、ゴーギャンやゴッホにみる生命的なものへの渇望(『文芸的な、余りに文芸的な』三十、野性の呼び声)や『今昔物語集』の野性味への共感(『「今昔物語」に就いて』)も、またその挫折の体感を「天上から地上へ登」らんとして「折れた梯子」(『西方の人』)にたとえていうところにも、〈人工の翼〉の奥にひそむ全人的志向ともよぶべきものの所在に明らかであろう。

自身を「生活的宦官」(『或阿呆の一生』)、あるいは「表現的陰萎」(未定稿『大導寺信輔の半生』)とも呼ぶ彼の前に、ようやく人生あるいは人間という〈自然〉の混沌と豊饒は大きくのしかかって来たかにみえる。芥川はついに彼固有の文体を持ちえなかったとは、その弟子堀辰雄の語るところだが、〈語り〉というものの本来的に孕む固有の文体の欠落は彼を苦しめた。「表現的陰萎」という自嘲の語に誇張はあるまい。ただ彼が一種擬古的な文体に自身を仮託する時、『奉教人の死』や『きりしとほろ上人伝』のごとき抒情の流露をよくなしえた。あるいは同じ切支丹ものの初期作品『尾形了斎覚え書』なども、その書簡の古体を借りることによって理智的視角の介入を排し、棄教の悲劇をめぐる緊迫感をよく伝えている。

冒頭にもふれたごとく、〈文芸〉即ち芸にして、所詮〈語り〉の芸につきるという時、このひとりの現代作家のみずからの資質と才への自恃は深い。「やせた『事実』より、ゆたかな真実」をと言い、事実らしいものに架空の存在を「まぶしこむ楽しさ」を言い、事実を語らんとしてなお〈語り〉の手は「思うとおり」にうごかず「嘘でしめくく」ってしまうという時、語り手（騙り手）自体の充足感はなにひとつ疑われてはいない。『一休』の作中に仮構の評伝なるものを資料として取り込む作者の手つきは、まさに「架空の人物」ならぬ素材を「まぶしこむ楽しさ」に満ちている。しかし芥川にあってはたとえば『奉教人の死』にも明らかなごとく、架空の資料とは己れの文体そのもののリアリティを保証するアリバイ作りとなり、これによってわずかにその〈語り〉の抒情を浮上させることができる。しかも〈語り〉の無限の可変性を信じ、〈語り手〉をあやつる意識の分裂を離れえぬ時、〈語り手〉は作中の某氏がさらに某氏から聴きとった〈話〉という二重、三重の枠入れ操作を繰り返すか、〈語り〉の様々な可変性にこだわってみせるほかにない。もはや逐一例示する余裕はないが、これらは芥川が作中しばしば繰り返すところであろう。

水上勉というこの豊かな〈語り〉の才を持った作家が、抒情の往相から〈自然〉凝視の還相へと赴く姿は、この国の作家の示す最も自然なひとつの還路であり、この土壌に根づくおのずからな帰路ともみえる。しかも「物語の芯」は〈事実〉になく〈心〉にありとし、「『絶対に嘘を書いてならない』といふ事は『絶対に嘘を書けるものでない』ことになる」という、わが師の言葉は「一つの救い」であったという時、この往相から還相への径路は殆ど一筋道ともみえる。

しかし嘘ならぬ「絶対に真実を書けるものでない」と観じつつ、なお作家としての存在認識を造型せんがため、あえて〈物語〉という枠をえらびとり、〈語り〉の芸を試みんとした芥川にあっては、〈語り〉とは語りのエロス〈陶酔〉と、これを剝ぎとらんとする理智（覚醒）とが背後に交叉し錯綜する仮現の場にほかならなかったはずである。我々が芥川の〈語り〉から文体の彫琢の美を感じつつも、なお深い充足感を汲みとりえぬゆえんであり、彼の作品がしばしば〈説話〉の肉感ならぬ〈寓話〉の相貌を帯びて来るゆえんでもあろう。

かくして彼の赴くところは詩的燃焼への志向となり、構築の美ならぬ断章的表白へと傾いてゆく。彼の最晩期の内面を語る遺稿群が『歯車』を除いては『十本の針』『闇中問答』『或阿呆の一生』『西方の人』『続西方の人』と、すべて断章的表現となっていることは意味深い。いや『歯車』さえもがその内的構造において、心象風景の断章的配列と本質的に異なるものではあるまい。しかもその筆のきわまるところ、正続『西方の人』が、わがクリストを語ることにおいて自己を語らんとする〈比喩の文学〉(福田恆存)としての見事な達成を示しえていることは注目に値しよう。みずからの悲劇をクリストに重ねつつ、「天上から地上へ登」らんとして「折れた梯子」という比喩をもって己れの挫折の体感を語らんとした時、彼は自身の往相ならぬ還相を、ひとつの還路の必然を語ったはずである。〈語り〉の母胎なる大地の、あるいは〈自然〉の豊饒の欠落こそ芥川の最大の悲劇であったとしても、その欠落への覚醒こそが、またこれを即自ならぬ対自の契機へと転移せしめてゆくことこそが、この土壌に新たな、なにものかを生み出すことを彼は予感しえていたはずである。

三島由紀夫における〈海〉

一

ここに掲げた題目は〈三島由紀夫における海〉ということだが、この〈海〉とは言うまでもなく括弧づきの〈海〉であり、三島における〈海〉を語るとはそのまま彼の文学と思想の総体を語ることでもあろう。処女作はすべてを語るというが、三島十六歳の処女作『花ざかりの森』（昭16）ほど作家の生涯のすべてを予感的に語っているものはあるまい。ここには海への畏れとあこがれが語られ、「海なんて、どこまで行つたつてありはしないのだ。たとひ海へ行つたところでないのかもしれぬ」という。三島にあって〈海〉が混沌たる生の、存在の深さそのものの象徴であったとすれば、無限に遠のく〈海〉とは、三島という作家の底にひそむ、ある深い空洞、欠落の相を語ってあざやかである。

彼がその最後にすべてを賭けて完成したといわれる四部作『豊饒の海』（昭40〜45）の題名が、すでに二十歳の頃構想され、夢みられた未刊の詩集につけんとした題名であり、その由来にふれて「この詩集には、荒涼たる月世界の水なき海の名、幻耀の外面と暗黒の実体、生のかがやかしい幻影と死の本体とを象徴する名『豊饒の海』といふ名を与へよう」（昭21・1・9、斎藤吉郎書簡）と語っていることをみれば、この題名にこめた作者のイロニイ、〈豊饒〉がそのまま〈不毛〉につながるという作者の意識の底にひそむ欠落感が、いかに彼の生そのものを浸食していたかは明らかであろう。恐らく三島文学のすべては、この処女作と結尾の作をつなぐところにあり、そのさまざまな変奏を含めてすべてはこの路線上に収斂されてゆくかとみえるが、三島自身この事態の由来をどう見ていたのか。

その最もあざやかな内面的自画像ともいうべき『太陽と鉄』（昭40〜43）は、このあたりの機微をみごとに語っているが、わが生にあっては世の人とは逆に、「肉体の記憶」ならぬ「言葉の記憶」が先ずあり、肉体はすでに言葉という〈白蟻〉に「蝕まれてゐた」という。しかも言葉は現実を腐蝕するとともに、「言葉自体をも腐蝕してゆく危険を内包してゐる」が故に、「言葉の純潔性を保持」せんとして自分は、「言葉によつて現実に出合うことを」「裂け」んとしたという。すでにここには倒錯した論理がみられるが、しかし彼はこうして無垢なる自然、現実としての〈肉体〉にあこがれ、この〈言葉〉と〈肉体〉へのフェティシズムは二元的に深まり並行していったという。この二元的世界の統合こそ彼が切に希求したものであり、「文武両道」などと唱え、『豊饒の海』終末稿を託してそのまま死地へ赴くという劇的な生涯を閉じてみせたが、これが真の統合ならぬ、画然たる分離以外のなにものでもなかったことは明らかであろう。いや、こう言ってはすでに結論的部分に踏み込んだことになる。いま少しゆっくりとその事態の由来をたどってみねばなるまい。

『花ざかりの森』のなかば、第三の挿話（その三上）の語るところは豊饒なる海、死と生を背中合わせにはらむ海の秘密に魅せられた女の物語である。平安の昔、女は幼なじみのひとりの修道僧と恋に落ち、男の故郷、紀伊の海辺へと辿りつくが、二人を引き裂いたものは、この女に〈海〉が棲みついたためだという。女がはじめて「海のすがたを胸にうつした」時、それは「殺される一歩手前、殺されると意識しながらおちいるあの不思議な恍惚」をもって彼女を包んだ。やがて女の男への気持はひえ、ひとり都に帰って尼となる。この物語を作者は注して、「『前もって男にみた』海のすがた、はじめて海をみることによっての其の感情の海への転帰、あるいは海の象徴（しるし）の役わりを失った男のむなしさ」（傍点筆者、以下同）、そこに破局のすべてはあったという。またこれに続く作品の終結部（その三下）もまた、ひとりの海に魅せられた女人の物語である。

時は明治初期の頃でもあろうか。女の幼い日、海はどこかと問えば、「海なんて、どこまで行つたつてありはしないのだ。たとひ海へ行つたところでないのかもしれぬ」と言った暗い兄の言葉が思い出され、やがて二人の夫と死別、生別の転変を経て、南の島から再び日本へ帰って来る。あこがれた熱帯の島もついに彼女の夢をみたすことはなく、ひとりしずかな山荘に老後の身をすごすこととなる。ひと日、夫人を訪ねた客は〈海〉の話を求め、夫人はいま、すべては消え去ってしまったという。「まらうどはふとふりむいて、風にゆれさはぐ樫の高みが、さあーつと退いてゆく際に眩ゆくのぞかれるまつ白な空をながめた、なぜともしれぬいらだたしい不安に胸がせまつた。『死』ととなりあはせのやうにまらうどは感じたかもしれない。生(いのち)がきはまつて独楽(こま)の澄むやうな静謐、いはば死に似た静謐ととなりあはせに。……」――すでにこの結尾の一節と『豊饒の海』末尾とのあまりにも深い類縁はしばしば指摘されるところである。言うまでもなくその最終巻『天人五衰』の月修寺における本多繁邦と門跡との対面の場面である。

第一巻『春の雪』以来、認識者としての役割を演じつづけた本多繁邦は八十一歳の老人となり、友人松枝清顕との悲恋の末、清顕の死後は仏門に入り、いまは月修寺の門跡となっている綾倉聡子との対面に、その生の結末のすべてを賭けんとするが、何ひとつ覚えぬという門跡の言葉に「今日の面晤(めんご)にかけた六十年の本多の夢」はみごとに打ち砕かれる。門跡は松枝清顕などという名は知らぬという。「そんなお方は、もともとあらしやらなかつたのと違ひますか?」――清顕の存在が否定されるとは、またその転生ともみられて来た勲が、ジン・ジャンが、そうして本多自身が否定されることである。物語をつらぬく〈輪廻〉の時間はみごとに断ち切られ、いっさいは〈無〉なる時間に帰する。

「これと云つて奇巧のない、閑雅な、明るくひらいた御庭である。数珠を繰るやうな蟬の声がここを領してゐる。／そのほかには何一つ音とてなく、寂寞(じゃくまく)を極めてゐる。この庭には何もない。記憶もなければ何もないところへ、自分は来てしまつたと本多は思つた。／庭は夏の日ざかりの日を浴びてしんとしてゐる。……」――すでに語るところは『花ざかりの森』終末の、あの「死」と「となりあはせ」の「静虚」へと収斂し、円環はみごとに閉じられる。ここでも〈豊饒の海〉ならぬ〈虚在の海〉がすべてを包むとみえるが、これを余りにも「静謐」な終結とよぶならば、作者の詩法が、早くしていかなる命題と理法につらぬかれているかを、いまひとつの作者年少期の作にみることができよう。

「大きな混沌のなかで殺人はどんなに美しいか。」「殺人者の魂にこそ赫奕たる落日はふさわしいのだ。」「かくて彼こそ投身者――不断に流れゆくもの」「恒に彼は殺しつつ生き又不断に死にゆくものである。」「海であれ、殺人者よ、海は限界なき有限だ。」「一つの薔薇が花咲くことは輪廻の大きな慰めである。これのみによつて殺人者は耐へる。」（『中世に於ける一殺人常習者の遺せる哲学的日記の抜萃』昭19）――この「殺人者」なるものが詩人の別名と知れば、すでにその理法がやがて『豊饒の海』を生み、また三島自身の来たるべき終焉をみごとに予言していることに驚くべきであろう。こうして若き詩人の断言的命題は続き、作者は終末の一句をしるす。「殺人者は理解されぬとき死ぬものだと伝へられる。」「使命、すでにそれが一つの弱点である。意識、それがひとつの弱点なのだ。こよなくたおやかなものとなるために、殺人者は自らこよなくさげすんでゐるこれらの弱点に、奇妙な祈りをささげるべき朝をもつであらう。」

ここでも詩人はおのれの宿命を語ってあざやかである。ここにも〈海〉への投身というモチーフはつよく、しかも託すべき〈海〉の不在の想いもまた深い。「投身の意志さえも候鳥のように濶達だから、意志は憧れとしかみえぬであろうと言い、「鎧を着て傷つかぬものは鎧だけだと、誰ひとり呟いたものはなかつたのか」（同上）としるす。すでに彼にとって「言葉」が「感情の元素」（『詩を書く少年』昭24）であったとするなら、この作家の不幸も栄光も、その〈言葉〉の投身と倨傲をついに超えるものではなかったかとみえる。いや、さらにいえば〈言葉〉がついに「豊饒」なる〈海〉たりえぬことを知った時、その投身はある「奇妙な祈り」のごとく虚無への供物として捧げられたのではなかったか。

恐らく三島由紀夫における悲劇の屈折とは、このひとりのロマン主義者における生の混沌の象徴ともいうべき〈海〉への畏れとあこがれをめぐる、その一種アンビバレンツな志向の屈折と無縁のものではあるまい。「私は生来、どうしても退治しがたいところの、ロマンチックの病ひを病んでゐるのかもしれない」（『私の遍歴時代』）と言いつつ、同時にその夢への投身と夢からの剥離の点滅を語りつづけたこの作家の内的光景を、根源なる生の象徴としての〈海〉をめぐって最もあざやかに語ったものとして『午後の曳航』（昭38）がある。いま暫らくこの作品の語るところを聴きとってみたい。

二

『午後の曳航』についてひとりの評家は「この小説は、海に生き、『暗い沖からいつも彼を呼んでいた未知の栄光』を求める主人公」が、「海を裏切り、その海に報復されて死ぬ物語である」（野口武彦、講談社刊、現代文学秀作シリーズ『午後の曳航』解説）という。同時にまたこれは「ロマン主義的人間を廃棄した人物がそのロマン主義に報復されて死ぬ物語である」（同『三島由紀夫の世界』）ともいう。三島文学にあって〈海〉が根源なる生の象徴であるとともに、ロマン主義と同義の、いやそのロマン主義的志向自体をつつみ、ひたす、あるふかぶかとした寓意と象徴の媒体であることは明かであろう。〈海〉を裏切ることによって〈海〉に報復されて死ぬ男の物語という。作者はこの主題の展開をふたりのロマン主義者の登場によって展開してゆく。

ひとりは二等航海士の龍二であり、彼は「海が好きだから」というよりも「陸がきらひだから船員になつた」男であり、いつしか「陸にも海にも属さない船乗りのふしぎな性格ができあが」る。かつて二十歳の彼は「彼のためにだけ用意され」た「光栄」を夢み、「あの海の潮の暗い情念、沖から寄せる海嘯の叫び声、高まつて砕ける波の挫折……暗い沖からいつも彼を呼んでゐた未知の栄光」を、「世界の闇の奥底に一点の光りがあつて、それが彼のためにだけ用意されており、彼を照らすためにだけ近づいてくることを」「頑なに信じてゐた」。しかし彼は舶来洋品店主の未亡人房子と知り、海を棄てる。しかしその故に、あるべき〈英雄〉の座をくだり、いまひとりの稚いロマン主義者として登場する十三歳の少年登とそのグループ（この怖るべき子供たち！）によって処刑される。「人生でただ一度だけ会ふ無上の女との間に必ず死が介在し」、しかもそれと知らずして「宿命的に惹きつけられる、といふ彼の甘美な夢想」は、皮肉にもまさしくみずからの運命として成就する。一方、登にとってこのたくましい海の男龍二と母房子との情事の最初のかいま見もまた、この世ならぬ甘美な至福の一瞬であった。「あの海そのものの叫び声」ともいうべき汽笛の一声によって、さだかならぬ男女の絵図は一瞬に「奇蹟の時間」へと変幻し、少年と母と男と海をつなぐ「のつぴきならぬ存在の環」を登はかいま見ることとなる。これは登にとって永久に壊されてはならぬ奇蹟の一瞬だが、しかし少年の夢はその母と結婚を決意した龍二が海を棄てることによって、無残に砕かれてゆく。

すでに三十四歳という壮年期のさかりを迎えようとする龍二は「もう醒めなくてはならぬ。」「もう永すぎた夢想は捨てなくてはならぬ。この世には彼のための特別誂への栄光などの存在しないことを知らなくてはならぬ」。だが「あの大洋の感情」「あの常ならぬ動揺がお前の心に絶えず与へてゐた暗い酔ひ心地」「厚い胸にひそむ死への憧れ」「彼方の光栄と彼方の死。」「何でもかんでも『彼方』なのであり、是が非でも『彼方』なのだつた。それを捨てるか?」。すべてを「海に託けてきた」その「晴れやかな自由をお前は捨てるか?」。しかし自問の果てに彼は〈海〉がすでに彼を倦ませ、「栄光はどこにも存在しなかつた」ことを見出す。こうして陸に帰った龍二は少年にとって「贋物」めいて来、「忌はしい陸の日常の匂ひがしみついた」男の姿に、彼ら（少年たち）は「自分たちの共通の夢の帰結と、おぞましい未来を読」む。「この世界には究極的に何事も起らないのかもしれぬ！」。だとしたら、この地上に顚落したみじめな男を「もう一度英雄にして」やるほかない。そのただ「一つ」の「方法」をいつかは遂げねばならぬ。

こうしてこの怖るべき子供たちによって、終末の無残な処刑は用意される。「ころがり落ちた歯車」はもとのところへはめ込まねば、「世界の秩序」は保てぬ。「世界が空っぽだ」と知りつつ、「その空っぽの秩序」を保ってゆくほかはない。「僕たちはその見張人」であり、「執行人」だと首領の少年はいう。「刑法四十一条」にいう「十四歳ニ満タザル者ノ行為ハ之ヲ罰セズ」とは、大人たちが我々に与えた「青空の一トかけら」「絶対の自由の一トかけら」だ。これが「僕たち全部にとつて」「最後の機会なんだ」と彼はいう。「人間の自由が命ずる最上のこと、世界の虚無を塡めるため」のこれが最後のチャンスだという。「血が必要なんだ！　人間の血が！　そうしなくちゃ、この空つぽの世界は蒼ざめて枯れ果ててしまうんだ。僕たちはあの男の生きのいい血を絞り取つて、死にかけてゐる宇宙、死にかけてゐる空、死にかけてゐる森、死にかけてゐる大地に輸血しなくちやいけないんだ」と首領の少年は叫ぶ。すでに作者の肉声はその背後にある。

緻密な計画の下に龍二は少年たちに連行され、やがて山陰の乾船渠（ドック）の空地に着く。龍二は小柄な少年たちとの道中を、これはまるで「六艘のタグ・ボートが、一隻の貨物船の曳航に手こずつているやうな具合だ」と見立てながらも、彼らのはしやぎぶりにひそむ「一種の熱狂的な不安」を知るよしもない。龍二は少年たちにとりかこまれながら、しだいに自分の語る海の話に酔ってゆく。彼はようやく登の求めたもの、少年のなかに「描かれた自分の像」を理解しはじめる。だがすでに、あの〈海〉のよびかける「暗い情念」も「未知の栄光」も、彼のものではない。「彼はもう危険な死からさへ拒まれてゐる。栄光はむろんのこと。感情の悪酔。身をつらぬくような悲哀。晴れやかな別離。南の太陽の別名である大義の呼び声」、これらは「すべて終つたのだ」。彼は深い喪失感のなかで「もはや自分にとつて永久に失われた、荘厳な、万人の目の前の、壮烈無比な死を恍惚として夢みた。世界がそもそも、このような光輝にあふれた死のために準備されてゐるものならば、世界は同時に、そのために滅んでもふしぎはない」。すでに背後の肉声は昂まり、我々は殆どいまこれを作者自身の運命の予見として聴きとることができる。

「龍二はなお、夢想に涵りながら、熱からぬ紅茶」を一息に飲む。「ひどく苦(にが)」い。「誰も知るように、栄光の味は苦(にが)い」。これが終末に作者の用意した一句だが、常に末尾の一行を定めて筆を執るという三島にあって、この一語もまた周到にえらびとられたとどめの一句というべきであろう。〈午前の栄光〉ならぬ〈午後の曳航〉とは、すでに評家もいうごとくまことににが味のきいた命名ではある。同時に、少年登の夢を託した龍二の失墜を描き、作者内奥へのロマンチシズムの屈折を描くとみせたこの書下し一篇が、また作者三島のある決定的な転機への一歩をあざやかに示していることも見逃すことはできまい。三島はこの時期『午後の曳航』（昭38・1・22起稿、同5・11脱稿）と並行して、『私の遍歴時代』（昭38・1・10〜5・23、「東京新聞」に連載）と『林房雄論』（昭38・2、『新潮』掲載）を発表している。彼は『遍歴時代』のなかで自己の生死も国家の運命も明日を「占ひがたい」戦争末期とは、「自分一個の終末観と時代と社会全部の終末観とが、完全に適合一致した、まれに見る時代」、至福の一時期であった。しかし「不幸は、終戦と共に、突然私を襲つてきた」という。

『午後の曳航』の構成に即していえば、あの至福の絶頂ともいうべき「夏」（第一部）は去り「冬」（第二部）の季節がやって来ることとなる。しかもなお新時代の混沌は、彼に「最初の小説」とみずから呼ぶ『仮面の告白』（昭24）を生ましめることとなる。「青春の特権」とは常に無知の特権であり、「青年は自分の特殊事情を世界における唯一例のやうに考へる」。これは〈詩〉にふさわしく〈小説〉に適せぬ志向だが、『仮面の告白』は「それを強引に、小説といふ形でやらうとした」ものであり、それをなさしめたのはまさしく「時代の力」であったという。しかし『仮面の告白』と「数年後の最初の世界旅行」とで「私の遍歴時代はほぼ終つ」た。「『仮面の告白』のやうな、内心の怪物を何とか征服したやうな小説を書いたあとで」は、「何としてでも、生きねばならぬ」という決意と、「古典主義への傾斜」と、「認識こそ詩の実体だ」という自覚が生まれた。自分のなかの「化物のような巨大な感受性への嫌悪」が、おのずからに「古典主義者」へと向かわしめたと思われるが、しかしいま、その「古典主義などといふ理念」をも、「もう心の底から信じてはゐない」。もはや「若さ」も「青春」も信じがたく「老い」の楽しみも期しがたい。「そこで生まれるのは、現在の、瞬時の、刻々の死の執念」であり、「これこそ私にとつて真になまなましく、真にエロティックな唯一の観念かもしれない」という。こうして終末に至り、「その意味で、私は生来、どうしても根治しがたいところの、ロマンチックの病ひを病んでゐるのかもしれない」というあの自己の痼疾たるロマン主義への自認の言葉が呟かれる。

もはや明らかであろう。これはまさしく『午後の曳航』一篇の楽屋裏であり、『金閣寺』（昭31）を評家もいうごとく第二の〈仮面の告白〉とするなら、『午後の曳航』はまさしく第三の〈仮面の告白〉とも言いうるであろう。『金閣寺』にあって、永遠にして不壊（ふえ）なる美の象徴ともいうべき〈金閣〉は、この作の主人公にとってあの戦争下では一体のものたりえた。〈金閣〉も自分もいつ焼け滅んでしまうかもしれぬという終末感のなかで、その暗いおののきと顫えのなかで一体たりえた。しかも敗戦を迎え、戦後のアメン棒のごとき風化し、拡散した時間のなかで、〈金閣〉はもはや彼の近よりえぬ絶対の存在となる。彼は〈金閣〉を焼くことによって（ここでも評家《野口武彦》のいうごとく主人公の生の根源、「あらゆる不幸と暗い思想の源泉」「あらゆる醜さと力との根源」である暗い「裏日本の海」、由良の海が、「放火の決意」を蝕発していることが注目されるわけだが）、いわば戦後社会に火を放つことによって、再びあの喪われた〈時間〉を、至福の一瞬をかちとらんとする。さらに、燃えあがる〈金閣〉のなかに飛び込まんとして、かたい扉に彼は拒まれる。彼は最後に炎上する〈金閣〉を遠くに見遥かす山頂に憩いつつ、煙草に火をつけ、「生きよう」と願う。しかし彼は、いや主人公ならぬ作者はどのように生きえたか。皮肉にも『金閣寺』を絶頂とする作家としての至福の時は、やがて消え去ってゆくかにみえる。その生得の気質がそのまま認識となり歌となり、また美学となり思想と化する。あるいは書くことがそのまま生きることであったとも言いうる。この二元にして一元の緊張、あるいはディアレクティックは、やがて三十五年の安保の時期を境として崩れはじめる。もはや彼は作品の世界にみずからを燃やしつくすことのみに飽きたらず、自己をこの人生、あるいは世界という舞台の主人公として燃焼せしめんとする。こうして彼は日本浪漫派の末子、あるいは申し子として出発したその母胎の世界へと再び回帰してゆく。三島の死は、こうした彼のいわば本卦帰りであり、それなりの彼の美学、また理念の見事な完結ともいえよう。

『午後の曳航』はまさしくこの危険な踏み出しの一歩であり、恐らくはこれと並行して書かれた『林房雄論』中の言葉を引けば、三島もまたこの作中に危険な「時限爆弾」を「仕掛け」たのであり、その「奇妙に明るくて、奇妙に不安な特質の中」で、「永久に告白して倦まないものこそ」ひとつの「抽象的熱熱」とも呼ぶべきものであったとは、また三島自身を語るものであろう。彼はまたこの論中、林房雄のしるした「維新の心」のなかで「不気味に迫る一行がある」という。この「一九六〇年代における現代日本の泰平の息苦しさと、その不安のすべてを、民族心理の深層から説き示す一行」とは、「『維新の心』といふものは非常時の心ではありません。日本人の平常心でありますす」という一句であるといいう。彼はここでもこの輪中にひとつの「時限爆弾」を「仕掛け」たわけだが、さらに終末に近く、その裡なる林房雄像を集約して、「しぶとく生き永らへるものは、私にとつて、俗悪さの象徴をなしていた。私は夭折に憧れてゐたが、なお生きており、この上生きつづければならぬことも予感してゐた。かくて、林氏は当時の私にとつて必須な、二重影像（ダブル・イメージ）をなしてゐた」という。「すなわち時代の挫折の象徴としてのイメージと、私は範とせざるをえぬしぶとく生きつづける俗悪さのイメージと。言いかえれば、心もうづく自己否定の影像と、不合理な、むりやりの、八方破れの、自己肯定の影像と」であったという。彼はここでも充分に己自身を語りつくしたはずである。

「青年といふものを自分の痼疾にしてしまつたものは、林氏の独創だつた」とは、三島由紀夫がこの論のために用意した結語ともいうべきものだが、それはまた三島自身の〈痼疾〉でもあったのではなかったか。夭折か俗なる世界への沈湎か。しかしこの問い自体の背後に彼の〈痼疾〉はしぶとく生きていたはずである。ロマン主義とは、すでに「根治しがたい」痼疾であったと彼は言ったはずである。「そこで生まれるのは、現在の、瞬時の、刻々の死の観念だ」と言い、「これこそ私にとつて真になまなましく、真にエロティックな唯一の観念かもしれない」と言いきった時、彼は新たな「遍歴時代」の帰結をおのずからに見通していたはずである。この死の肉感をふまえたエロティシズムこそは『午後の曳航』一篇をつらぬくひきがねであり、この「世界の虚無を填めるため」の血のあかしを、「荘厳な、万人の目の前の、壮烈無比な死」への「恍惚」たる夢想を龍二に抱かしめながら、背後からの思わざる処刑の死を予示しえた時、作者のイロニーは殆ど完璧に生きえたのではなかったか。

龍二の処刑の計画があの無気味な「空のプール」の傍でなされ、いま処刑の場が「山の上の乾ドック」で執行されるとは、いかにも皮肉なことだ。もはや龍二の夢想を託すべき〈海〉は欠落し、山上の「乾ドック」に曳航された龍二の死を予示しつつ、「栄光の味は苦い」という結尾の一句をしるす時、それは殆ど作者自身の来たるべき〈栄光〉ならぬ〈曳航〉の、つまりは己れを曳きずる宿命ともいうべき暗い力の、あざやかな予感でもあったはずである。かくして「憧憬そのもののメタフォアでありつつ、また「憧憬を否定するイロニイ」（野口武彦）そのものとして存在する〈海〉という、その遍在と虚在の二重性は、この『午後の曳航』一篇に最もあざやかだが、同時にこれが処女作『花ざかりの森』に始まり『豊饒の海』の終末に至る三島文学の軌跡の集約であることにも気づかざるをえまい。三島由紀夫におけるこの〈海〉の遍在と不在――その奇妙な透視の構造を思えば、あの「山上の乾ドック」における龍二と登の不思議な処刑の儀式は、〈詩は認識である〉と知りつつ、ついにその固有の病疾を生きぬいたこのひとりの作家における〈海〉の何たるかを充分に、不足なくあかししえていたはずである。

しかしまた同時に〈詩は認識である〉という認識が、作品固有の世界に凍結されればどうなるか。『海と夕焼』（昭30）はまさにひとつの認識あるいは覚醒が、永遠に不壊なるものとして凝固しつつあざやかに醒現する姿をかいま見せる。作中の老人安里（アンリ）がかっての少年時代、「聖地（エルサレム）を奪ひ返す」ものとして「マルセイユへ行くがいい。地中海の水が二つに分かれて、お前たちを聖地へ導くだらう」というお告げを聴き、しかしついに奇蹟は成就しなかった往時を回顧する場面に、〈海〉は一種黙示録的な輝きをもって現前する。

「安里は自分がいつ信仰を失つたか、思ひ出すことができない。ただ今もありありと思ひ出すのは、いくら祈つても分れなかつた夕映えの海の不思議である。奇蹟の幻影より一層不可解なその事実、何のふしぎもなく、基督（キリスト）の幻をうけ入れた少年の心が、決して分れようとしない夕焼の海に直面したときのあの不思議……。」「信仰を失つた安里は、今はその海が二つに割れることなどを信じない。しかし今も解（げ）せない神秘は、あのときの思ひも及ばぬ挫折、とうとう分れなかつた海の真紅の煌めきにひそんでゐる。／おそらく安里の一生にとつて、海がもし二つに分れるならば、それはあの一瞬を措いてはなかつたのだ。さうした一瞬にあつてさへ、海が夕焼に燃えたまま黙々とひろがつてゐたあの不思議……。」——ここでも〈海〉はその切なる認識をそのまま〈詩〉的光耀と化しつつ、無限の沈黙をもって詩人の前に現前する。三島は後にこれを回想して、この作品は『詩を書く少年』や『憂国』（昭36）とともに「私にとってもっとも切実な問題を秘めたものであり」「どうしても書いておかなければならなかったもの」だという。またこれは「奇蹟の到来を信じながらそれが来なかったという不思議、いや、奇蹟自体よりもさらにふしぎな不思議という主題を、凝縮して示そうと思ったもの」であり、「この主題はおそらく私の一生を貫く問題になるものだ」（「解説」新潮文庫『花ざかりの森、憂国』昭43・9）とも語っている。

すでに〈海〉をめぐる、あるいは〈海〉に託したその主題が、まさに三島の生涯をつらぬく不変の課題であったことは明らかだが、彼はこれが詩人のしいられた不変の主題のみならぬ、よりアクチュアルな時代の影を帯びたものであることをも語ってみせる。先の文脈にそのまま続いて「人はもちろんただちに、『何故神風が吹かなかったのか』という大東亜戦争のもっとも怖ろしい詩的絶望を想起するであろう。なぜ神助がなかったか、ということは、神を信ずる者にとって終局的決定的な問いかけ」だが、しかしこれは「私の戦争体験そのままの寓話化ではない」。逆に「もっとも私の問題性を明らかにしてくれたのが戦争体験だったように思われ」るという。何故我々が「ただちに」神風を想起せねばならぬかは措くとして、しかし彼の描いた世界のすべては、まさにひとつの〈寓話〉ではなかったか。

「言葉の純潔」をあえて守らんがために「言葉によつて現実に出合ふこと」を「避け」た彼が、言葉ならぬ現実、即ち真の他者と面々あい対したのは評家もいう通り、あの市ヶ谷台上にあって自衛隊員らの弥次と痛罵を浴びた時ではなかったのか。あらゆる猥雑さと汚濁を包み込んだ〈全人間性の海〉（『豊饒の海』）とは、彼がひそかに深く希求したものであったが、ついに〈海〉はその投身を拒むかとみえた。いや、その投身自体が〈海〉ならぬ、言葉の、夢の領界を超え出ぬものであったとすれば、〈海〉の遍在と虚在を、あたかもわがたどるべき生の透視図のごとく語った彼の少年時の予感のたしかさに驚くほかはあるまい。同時に三島ならぬ、わが〈海〉を何処に見るかとは今日の文学の、また我々ひとりびとりの問わるべき重い課題のひとつでもあろう。

堀辰雄のこと、「四季」のこと

「四季」と中原と言えば、やはり創刊者として終始これを支えていた堀辰雄について語ることとなろう。まず季刊誌として発刊された第一次刊行の「第二冊」（昭8・7）に、すでに中原はあの「帰郷」を含む三篇を寄せ、やがて月刊となった第二次の刊行以後も多くの作品を発表し、その追悼号でも「中原君は、昭和九年四季創刊から、実によく四季のために書いてくれた」と、編集者の津村信夫も語っている。

「四季」の存在は日本古来の優雅な抒情性と、モダンな近代詩の知性を渾然と一体化した近代的抒情のすぐれた典型とみなされて来たようだが、そこに中原の強烈な個性は不足を感じとったのか、その盛んな発表とはうらはらに同人たちとの親密な交流は殆ど見られない。

この矛盾とへだたりを受けとめ、大きく支えていったのが、ほかならぬ堀辰雄の存在だと言ってよかろう。彼は病身のため編集の実務からは遠ざかっていることが多かったが、しかしその終刊に至るまで有形無形にこれを深く支えていたのも堀辰雄自身であり、彼がいかに「四季」の活動に深く心を注いでいたかは、次の一文にも明らかであろう。これは当時編集の実務をになっていた神保光太郎への長文の書簡（昭12・2・11）の一節だが、次のように語っている。

「中原君がこんど出したやうに、四、五篇堂々と発表するしかた、大いにわが意を得たものだ、毎月、誰かが代り番こにでも、かうやつて四、五篇纏めてか、或は堂々とした長篇を発表してほしい」という。こういう所にも堀の「四季」にかける情熱と共に、なみならぬ中原への熱い期待と理解のほどがうかがわれよう。

さて、ここでちょっと話題を転じて言えば、これも「四季」の中心のひとり萩原朔太郎を囲む「パノンの会」という集会が、丸の内のビルの地下の喫茶店で昭和十四年の七月から十一月にかけて十回ばかりあった。詩人の林富士馬君に誘われて参加したが、目前には三好達治をはじめ丸山薫、神保光太郎、津村信夫など「四季」の錚々たる面々の顔が見え、思わず心の昂ぶりを覚えたものであり、時には保田與重郎などの顔も見えた。これは〈詩の研究講義の会〉ということで、学生たちの質問や発言も活発だったが、終始会の流れはおだやかで、突然「西鶴はやっぱり詩人だよ」と朔太郎が言う。誰も問い返しはしないが、そこには晩年のおだやかな朔太郎の姿があった。いかにも「四季」を中心とした会らしいものだったが、ただここでもあの立原道造の亡くなったばかりの時で、学生たちの話題と質問の中心は終始立原の存在に向けられ、私も学生仲間のひとりとして立原ファンだったが、しかしここにも病身の堀の姿はたえて無かった。

しかしここで「四季」と中原といえば、「別離」（第37号　昭13・6）と題した立原の、あの過激な中原批判の一文が想い起こされる。中原の没後間もなく『山羊の歌』『在りし日の歌』の二冊を神保、津村、立原と三人で論評したものだが、これは文字通り過激な中原への訣別の辞ともいうべく、その仮借なき批判はさすがに我々の心を驚かすものがあった。

たとえばあの「汚れつちまつた悲しみに……」の全文を揚げ、これは〈詩〉ではあるが、決して〈対話〉ではない。また「魂の告白ではない」。ここに中原との〈別離〉の一切があるという。ならば日本近代詩をつらぬく唯一の魂の絶唱ともいうべき、あの『山羊の歌』末尾に近い「祈り」（「羊の歌」）と題した一篇の存在は見えてはいなかったのか。〈それよ、私は私が感じ得なかつたことのために、／罰されて、死は来たるものと思うゆゑ。／／あゝ、その時私の仰向かんことを！／せめてその時、私も、すべてを感ずる者であらんことを！〉。これはその後半の一節だが、しかし皮肉にも「四季」が中原の没後設定した〈中原中也賞〉の第一回受賞者は、ほかならぬ立原自身となった。この時すでに重い病床にあった立原にとって、この受賞はどのような想いで受けとめられたであろうか。

しかしまた、この微妙な中原、立原両者の関係をおおらかに受けとめてみせたのも、やはり堀辰雄であり、彼はこの受賞記念号（第45号　昭14・2）にユーモラスな筆致も加えて両者の比較を述べている。堀は言う。数年前はじめての「四季」同人会で、少し酔った中原が立原にからんで、あるフランスの詩人とからめて皮肉っていたのをとりあげ、残念乍ら立原は断じてそうではない。彼は中原と違い、「独逸のロマンティク直系の詩人」で、彼の「詩人としての強みは、むしろその詩の脆い美しさにあると信ずる」と言い、その背景にある立原の詩人としての強い信念の所在を指摘している。

ここにも中原と立原というこの両者の違いをみとめつつ、共に寛大に両者をかかえ込んで行こうとする堀辰雄独自の存在がみられ、ここで河上徹太郎の言葉を借りれば、彼こそは「わが二十世紀文学の起着分岐の要衝の地点を占めてゐた人で、鉄道でいへば大宮や高崎駅の構内のやうにレールが錯綜してゐたのだつた。彼がゐなかつたら我々は他にどんな形をとつただらう?」という言葉はまさに堀辰雄の面目を見事に語りとったものとして見えて来る。「そのレールは、多くの車輪に踏まれて、夜眼にも鮮やかに光つてをり」云々と語っているが、立原も中原も、まさにこのレールを走ったひとりであり、かくいう「四季」会員の末輩にともいうべき私も三回ばかりの投稿のうち、まさに稀ともいうべき堀自身の編集号（第55号　昭16・2）に、拙作二篇をとりあげてもらった時、そこに堀辰雄の眼差しと息吹きを読みとるような喜びを感じたことは今も忘れがたい。さらには当時東大生で堀の愛弟子のひとり小山正孝が早稲田仲間の我々の同人誌に加わったことや、堀が生涯の大半を過ごした追分で中村真一郎と出会い、堀や「四季」のことなどを語り明かした一夜のことや、想い出せば限りもないが、すでに紙幅も尽きた。エッセイ風に、自由に「四季」の会員であった頃の想い出を語ってみろという言葉に甘え、いささか駄弁も弄してみたが、中原ともからめて、堀辰雄の遺した世界のひろやかさや、またそのなみならぬ勁さといったものを、いささかでも感じとってもらえば、何よりの幸いだと思っている。

私のなかの中原

〈中原中也とわたし〉という注文だが、これを言えば、やはり私にとっての決定的な印象のひとつは、あの昭和四十年六月、詩碑の除幕の日のことである。これはつい最近、地元の新聞にも書いたばかりだが、やはりこれを抜きにして語ることはできまい。夜来の雨にあらわれた黒御影の碑面を眺め、混声合唱で唱われた「帰郷」の歌声を聴きながら、不覚にも私は涙のにじむのを禁じえなかった。

　これが私の故里（ふるさと）だ／さやかに風も吹いてゐる／あゝ　おまへはなにをして来たのだと……／吹き来る風が私に
　云ふ

あの「帰郷」の最後の一節が、小林秀雄の筆であざやかに刻まれている。ただこの最後の連ははじめ、〈庁舎がなんだか素々（しらじら）としてみえる／そうして何もかもがゆつくりと私に見入る／あゝ　なにをして来たのだと／吹き来る風が私に云ふ〉となっていた。これが内海誓一郎の作曲の時、いまの形になったのだが、それを思えば、私がその時この詩碑の背後に、何を見ていたかは明らかであろう。中原にとって故郷とは、自分が見つめるものではなく、自分をきびしく見つめ返す何ものかであった。これを抜きにして、中原の詩を理解することはできまい。

同時期の詩篇「黄昏」でも、〈なにが悲しいつたつてこれほど悲しいことはない／草の根の匂ひが静かに鼻にくる、／畑の土が石といつしよに私を見てゐる〉という。ここでも詩人をみつめ、見返す〈土の眼〉は、中原の生涯を圧する何ものかであった。さらに続いて〈――竟（つい）に私は耕やさうとは思はない！／ぢいつと茫然（ぼんやり）黄昏（たそがれ）の中に立つて、／なんだか父親の映像が気になりだすと一歩二歩歩みだすばかりです〉という時、〈土の眼〉はそのまま、〈父の眼〉とかさなり、父の期待を裏切った長子としての負い目は、さらに彼を圧するものとなる。

中原が「朝の歌」（昭3・5）をもって、詩人としての本質的な出発としていることは周知の通りだが、それは同時に自分から長谷川泰子が小林秀雄のもとへ去ったという失意の体験から、どう立ち直るかという自己恢復の問題でもあった。しかしここでもあの彼を見返す〈土の眼〉は微妙にはたらく。そのゆらぎは、たとえば次のような習作詩篇（「無題」）に、あざやかに語られていると見ることができよう。

自らを恕（ゆる）す心の／展（ひろが）りに女を据えぬ／／緋の色に心休まる／あきらめの閃（ひらめ）きをみる／／静けさを罪と心得／きざむこと善しと心得／／明らけき土の光に／浮揚する／蜻蛉（あきつ）となりぬ

ここには彼の言葉でいえば〈口惜しき人〉となった詩人が、失われた「自己同一の平和」をどう恢復してゆこうとしたかという機微がうかがいとれよう。言葉を〈きざむ〉こと、詩作こそが唯一絶対の行為でもあったはずだが、ここでも詩人として改めて再出発しようとする自身の姿を、〈土の光〉に反照されつつ、〈浮揚する／蜻蛉〉のごとき存在と見る時、ここでもまた〈土の眼〉〈土の光〉の見返される詩人の想いは深く、またにがい。

いまは亡き母堂のフクさんや、弟の思郎さんが元気な時は、いくたびか伺ったものだが、兄貴は本当にえらいんですかとは、思郎さんからくり返し訊かれたことだが、それも先の角川版旧全集が出はじめた頃から、この問いは思郎さんの口からは全く出なくなった。あの子の寄こした手紙や葉書は、どれも金の催促ばかりで、これはあの子の恥だと、あとでみんな焼いてしまいましたと、フクさんは言われる。しかしあの除幕の日、ひとりフクさんは位牌の前で、ほんとうはお前が一番親孝行だったのかもしれないと、涙しつつ呼びかけられたという。

詩人をみつめる眼の正と負は、ここにきわまるかともみえるが、しかしあの除幕の日を中原の栄ある〈帰郷〉とみれば、さらに四十年後、詩人はまた新たな〈帰郷〉の日を迎えようとしている。言うまでもなく、ことしは詩人の生誕百年。十年前の宮沢賢治に劣らぬ盛大なイベントや行事をと、関係者は大いに意気込んでいるが、賢治の時、関わったもののひとりとしては、いささか感深いものがある。

恐らく新全集の完結を受けての、この〈生誕百年〉とは、我々が改めて〈中原中也とは誰か〉と問う、恰好の時でもあろう。河上徹太郎は中原を評して、近代第一の宗教的詩人だと言ったが、河上氏のいう所を突き抜けて、なお問うべきものがあろう。中原はその訳した『ランボオ詩集』のあとがきに、ランボオの洞見したものは、結局〈生の原型〉であり、〈生の原理〉であったというが、これはまた中原自身を指するものでもあり、これを問いつめることは、中原のみならぬ、日本近代詩の何たるかを問う、根源的な問いともなろう。いま「中原中也論集成」といったものの稿を進めている所だが、四十数年来のひとつの決算として、より新たな〈私のなかの中原〉を発見できれば幸いだと思っている。

吉本隆明さんのこと

吉本さんとのお付き合いはかなり長いものだったが、その想い出と受けた数々の影響の一端を簡略に述べてみたい。吉本さんとの交流は、『蕪村と近代詩』（一九六二）と題した私の処女評論に対し、吉本さんからのこの一枚の葉書は、俳諧関係はともかく、いたく私の心を搏つものがあった。これは自分がいま考えている近代詩歌の源流は何処にあるかという問題にふれて、これほど精密に論じたものは無い、さらなる深まりをという熱い文面で、私の心を痛切にゆるがすものがあった。しかし私の本来の課題はむしろ翌年刊行した『日本近代文学とキリスト教・試論』が語るごとく、〈文学と宗教〉をめぐる数々の問題であった。しかしここでも吉本さんの発言からは多くのものを受け、以来吉本さんとの交流は一段と深まり、上京の度毎に終列車の出るまでの二時間ばかりは、いつも吉本家を訪ね、熱い想いの数々を語り合うことが出来た。

最初はあの本郷の団子坂にあった家で、奥さんの病気のせいか、行くたびに近所で買ったケーキや、時には大きく切った西瓜をお盆に乗せて吉本さん自身が、二階の手狭な書斎に運んで下さった。またある時は中学生ぐらいの女の子が上って来て、「パパ、お小遣い頂戴」とおねだりすると、吉本さんは実に嬉しそうな笑顔でポケットから小銭をひねり出して渡していた。その少女が実は次女で、後に小説家となった、あの吉本ばななさんだったことを想えば、まことになつかしい。しかしこうした対面も熱が入ると、自分の根源的な熱い想いをくり返し語られ、時にはこちらもいささか疲れ気味ながら、やはり圧倒されるものがあった。

これらの雑談も数々あったが、やはり眼目は、『漱石的主題』と題した長短二つの対談であり、最初の短い方（「国文学」一九七九・五）は、後に講談社文芸文庫の『吉本隆明対談選』にも入り、その目次であのミシェル・フーコーの名と並んでいたことなどは、やはり嬉しいことであった。ただフーコーとの吉本さんのやりとりはすばらしく濃密なものであったが、こちらの漱石論の方はいささか私の発言に徹底しないものがあり、たとえば『明暗』論で、あなたは各人物のしたたかなエゴイズムを深く指摘しているが、これはむしろ徹底した各人物の相対化であり、人間のすべてを広く平等と見るところに、あなたが問いつめようとしている漱石の、真の宗教性があるのではないかという吉本さんの指摘などは、いたく私を搏つものがあった。

これに続く長編の『漱石的主題』（春秋社、一九八六、再刊は二〇〇四）では、冒頭近く、漱石の語るところは〈生活苦〉ならぬ〈文明苦〉とも言うべき一点だと吉本さんは指摘し、この〈文明苦〉なる一語こそは、〈漱石的主題〉を論じる眼目の一点として心に深く残るものがあり、またあの『夢十夜』の素材として語る、漱石の幼時の〈母〉という存在から離れた孤独な苦しみが、いかにその作品の底深くうずいているかは、あの『心的現象論』などの著者ならではの鋭い分析で、殆ど圧倒的な力で、こちらの眼を開いてくれるものがあった。こうして漱石をめぐる課題にふれれば切りもないが、ここでいま一つ、私の最も魅かれてくり返し愛読したものに、吉本さんの遺した最高の名著の一つと言っていい、あの『最後の親鸞』（春秋社、一九七六）がある。これは私のささやかな仕事の最高目標としている〈ひらかれた文学〉と〈ひらかれた宗教〉の統合という課題にあっては、言わばその根源的基盤ともなるものであろう。「最後の親鸞を訪れた幻は、〈私〉を放棄し、称名念仏の計いと成仏への期待を放棄し、まったくの愚者となって老いた自分の姿だったかもしれない」という。この〈最後の親鸞〉像はまた、最後の吉本隆明像を語るものとも見え、かつて吉本家を訪ねた時、この『最後の親鸞』に何か一筆をと願うと、その扉裏に記された一節に「若し也此の廻疑網に覆蔽せらるれば、更りて必ず曠劫多生を逕歴せん」（浄土文類聚鈔）とあった。これは親鸞に身を重ねつつ、なおそれをも超えんとする不抜の詩人思想家吉本隆明の、不退転の宣言、一つの信仰告白（クレド）とも見えた。

ここで想い出すのは私共の大学での三たびに及ぶ最初の講演が、「シモーヌ・ヴェイユの意味」（一九七六）と題したもので、当時はまだ彼女の存在が語られることは尠く、しかも吉本さんがはじめて語ってみせたシモーヌ・ヴェイユ論であったことは、吉本さんの彼女への格別な愛着を示すものと思われた。哲学者アランのすぐれた弟子ながら、むしろ関心は専攻哲学的理念ならぬ庶民の貧苦にあえぐ姿であり、その深い宗教性を知る神父からのつよい受洗の要請もことわり、私が受洗するとすれば、それはまさに臨終の時であり、それこそ私のまぎれもない究極の渇望であり、私は教会の門ならぬ、門の外側に佇って生涯この人生の労苦にあえぐ多くの人々と痛みを共にしたいと、くり返し語っていたヴェイユこそ、また親鸞のそれにつながるものであり、一昨年なかば入院中であった私は、この年が彼女の生誕百年の記念の年であることを覚えつつ、新たな活字も大きくなった再版の著作三冊を改めてとりよせ、くり返し読みふけっていたが、いま思えばこのヴェイユの存在は、あの〈最後の親鸞〉と重なり、さらに言えば、彼は詩人でも文士でもなく、私にとってはまさに聖者（セイント）とも呼ぶべき存在だと言って、その深い傾倒を示した宮沢賢治像を加えれば、この親鸞、ヴェイユ、賢治、さらにはやはり独自の宗教観を抱いていた漱石と、この四者の存在を深くかかえた吉本隆明という存在は、すでにあの世の人とはなったが、これからもなお我々の歩みを鼓舞し、さらに深い問いを投げかけてくれる、かけがえのない存在として、さらに深く生き続けてゆくことであろう。

吉本隆明さんから受けたもの

吉本さんとのふれあいは、私の処女評論集『蕪村と近代詩』（昭37）に熱い共感の言葉を戴いた時からだから、受けた影響も大きいが、ここでは硬軟とりまぜ、そのいくばくかを語ってみたい。まず初めは講演だが、我々の大学（梅光学院大学）には三度来て戴いた。その最初は〈シモーヌ・ヴェイユの意味〉（昭54）と題されたもの、これはちょっと驚いた。ヴェイユは根っからの深い宗教性を持つ人だが、その人生も徹底してラジカルに生きた人で、親しい神父からいくたびか受洗を勧められたが常に固辞し、私が受洗するとすれば、それは人生の最後の臨終の時だ。私は終生教会の門の外に立って、この人生の苦難を生きた人と、その痛みを共にしたいと言い切っていた。学生時代その師アランも驚くほどの秀才だったが、哲学者として成功するなどとは微塵も考えず、終始大衆の苦しみと共に生きようとし、しばしば哲学教師としての勤めを休んでは工場で女工たちと働き、またスペインで内乱が起これば義勇兵として参加し、第二次世界大戦末期にはロンドンの病床で、故国フランスの人々の苦難を案じつつ、最後は食を絶って殆ど自殺に近い死を遂げて、四十二歳の生涯を終っている。ここにはミッションで教えるものも、学ぶものも、もっと宗教性の何たるかを根源から汲みとれという意図の明らかに感じられるものがあった。しかし、続いての第二回はカトリック作家としての遠藤周作について語られ、ここでは逆に作家遠藤氏をいささか型にはまった伝道的使命観に佇つ作家として、終始痛烈な批判の言葉が続いた。これには驚き、あとで修正の意見を学生たちに語らねばなるまいなどと想いつつ聴いていた。我々は遠藤さんの歩みをどう見るべきか。ここで想い出されるのは大江健三郎さんの言葉である。

これは大江さんが、遠藤さんと私の対談『人生の同伴者』（講談社文芸文庫［初版＝春秋社］）を読んで、自分は随分誤解していたが、遠藤さんはこの日本という風土の中で「重荷をになって邁進」された、その「孤独な熾しい文学者としての生涯」は自分の心を強く搏つものがあったと言い、同時にこうは言っても自分の宗教観は、あのヴェィユの世界にとどまるものだという言葉を、ある時戴いた書簡の一端でうかがい、従来遠藤、大江の両者の対立と、大江さん独自の宗教性に深く関心を持っていた私には、実に嬉しく、また身にしみるものがあった。ひとりのカトリック作家に深く共感すると同時に、ヴェィユの世界にとどまるとは、ここに〈ひらかれた宗教〉の何たるかを明らかに語るものがあろう。

さて、三度目の講演は現代文学の問題を少し論じられたもので特別の印象はないが、ただひとつ心に残ったのは講演の後の質疑の時間に、会場の前にいたひとりの老年の婦人が、実に素朴な質問を発した時、その声が小さく聴きとれないのか、吉本さんはステージの端から階段を二段ばかり降りた所で腰かけ、じっくりとその婦人の言葉に耳を傾け、諄々と答え続けておられた。そのおだやかな姿に吉本さんのいう、あの〈大衆の原像〉に近づくということの何たるかを示す、吉本さんならではのやさしさを、そこに見ることが出来た。実は、この講演は娘の吉本ばななさんと一緒に来てほしいという学生たちの願いもあったが、「やっぱり彼女は講演がきらいで行かないよ。しかし僕は喜んで行くよ」という言葉は実に嬉しく、ここでも地方の小さな大学で教え、また学んでいるものたちへの吉本さん独特の思いやりというか、温かい気持ちを読みとることが出来た。ばななさんといえば、あの本郷の団子坂の下町風の家に居られた時も、しばしば訪ねたが、ある時中学生ぐらいの女の子が二階の手狭な書斎に上って来て、「パパ、お小遣頂戴」と言うと、実に嬉しげにポケットから小銭をひねり出して渡された時などにみる、あの格別なやさしさの一面はやはり忘れがたく、これは上京の度毎に終列車が出る前の二時間ばかりを訪ねての雑談をくり返していた時も感じたことだが、ただ時に話題が思想的な核心などにふれて来ると、一転して、その熱気はこちらの胸を深く搏つことがしばしばあった。

さて、講演の印象は数々あるが、わけても忘れがたいのは、あの富士山麓の東山荘という所で学生のＹＭＣＡ主催の講演会があった時のことである。実は私のいる下関には長府教会というプロテスタントの教会があり、そこの牧師が、私が知ってから三代にわたって、いずれも熱心な吉本ファンであり、わけてもその初代の小林平和さん夫妻とは格別な親しみもあり、共にこの東山荘に出かけた時のことだが、これは吉本さんの講演の中でも、最も感銘深いものがあった。第一はイエスが「故郷の会堂で説教をしている時、母親や兄弟姉妹が聴きに来ていたことを知らされ、血のつながりがあるから兄弟姉妹だということもないし、自分を産んだから母親ということでもない。ここにいる聴衆が私の父母、兄弟だという箇所だ。」「第二は弟子たちとゲッセマネで祈っている時、鶏が三度鳴くまえに貴方たちは自分を拒むだろうとイエスが言う場面だ。」「最後の三番目は、十字架にかけられたイエスが『わが神、わが神、どうしてわたしを見捨てるのか』と大声で叫ぶ場面だ。これは人間がいかに肉親や近親と背反するか、また信の共同体を背反するか、そして最後にいかに人間は自分自身と背反することがあるかという新約書の人間性に対する洞察を語るもので、新約書はこういう個所の描き方で優れていると、新約書の主人公は偉大だといえる。こんな主旨のことを不信者である自分をむきだしにして、喋った。」と吉本さんは語っている。

さて、「会が果てて、三三五五に散っていった時、小林平和さんは『信』のあるなしについての微妙な差異を除けば、僕の考えも吉本さんと変らないんですよと話しかけて来られた」。これは「『信』と『不信』の問題にふれて、私に語りかけた唯一の機会であった」。しかし今にして「これは小林平和さんが残した遺言だと思っている」と吉本さんは語っている。

これは吉本さんが「小林平和さんの死を悼む」と題した追悼文の語る所だが、同時にこれは吉本さん自体が私共に遺された遺言とも聞こえてくる。これはまさに人間のいう〈信〉なるものの核心を裏側からえぐりとってみせたもので、まさに吉本さんならではの認識であろう。

＊

さて、以上で講演から対談に移れば、吉本さんとの雑談、対談は多く繰り返されたが、その集約は『漱石的主題』と題した長短二つの対談であろう。ここでも吉本さんから多くの示唆を得たが、たとえば『明暗』にふれては、あなたは各人物の徹底したエゴイズムを指摘しているが、ここにあるのは人物の徹底した相対化であり、そこに漱石の行きついた宗教観の何たるかが語られているという。これは『吉本隆明対談選』（講談社学芸文庫）にも収められた短篇中の最後の言葉だが、日本の作家でひとり選べば漱石だと言われる吉本さんには、さらにたっぷりと語って戴こうといったことで、長い方の対談が同じく『漱石的主題』と題して春秋社から刊行され、これは漱石の研究者たちにも随分読まれたものである。ここでは冒頭近くに、漱石が生涯直面した最大の問題は〈文明苦〉なるものであり、この〈文明苦〉と〈個人苦〉の両者をかかえて生ききったのが、漱石の人生の真骨頂ともいうべきものではないかと言われ、この〈文明苦〉なる言葉は、「開化は無価値なり」と言い切った漱石の初期の言葉を想わせるものだが、やはりこちらの眼を大きくひらいてくれるものがあり、さらには『夢十夜』の分析の所では幼少年時に母親の慈愛から切り離された孤独な体験が、漱石文学の底をいかに深く流れているかを、あの『心的現象論』などの著者ならではの鋭く克明な分析で論証しておられる所あたりは、まさに吉本流の真骨頂を示すものと言えよう。

さて最後にこれは対談ではないが、私の最も愛読したものに、吉本さんのあの『最後の親鸞』がある。これは吉本さん自身「私にとってもっとも愛着の深いもの」だと言い切っているように、まさにその宗教観の何たるかを直截に言い切ったものであろう。ここでは宗教なるものの観念性、党派性、その教義（ドグマ）、その状況とあいわたらずして自己の理念そのもののなかに上昇してゆく矛盾は、みごとなまでに粉砕され、解体される。その問う所はひとえに〈知〉の宿命にあり、思想の原理にある。〈知〉の宿命の最後の課題とは、その頂きを極め、人々の蒙をひらき、「その頂きから世界を見おろすことでもない」。「頂きを極め、そのまま密かに〈非知〉に向かって着地することができればというのが、おおよそ、どんな種類の〈知〉にとっても最後の課題」であり、〈最後の親鸞〉とはまさに「この課題を果たした、ただひとりの思想家ではないか」という。こうして「親鸞は、教義を全部うしなっても思想家でありうる、というように存在した」という時、これはそのまま吉本氏の思想的〈自立〉へのしたたかな宣言とも読める。この「異質の同朋」ともいうべき〈衆生〉との同化こそ親鸞の根源のモチーフと見る時、これはそのまま吉本隆明自体の〈思想〉なるものに対する根源の姿勢を示すものであり、あえて言えばこれはあのシモーヌ・ヴェイユや宮沢賢治を語る吉本さんの認識と変ることなく、その根源において、まさに同一のものであろう。私は十六歳にしてドストエフスキイを読むことで真の文学なるものへの眼が開き、やがて漱石を知り、たとえばその初期の「人生」と題した文中の「各人の心中には底なき三角形あり、二辺並行せるを奈何せん」という言葉などによって、人間とはこの底なき存在の闇の上にあって、ついにむすばれぬこの矛盾の両極をかかえつつ、問いつめ、生き抜いて行くのが人間存在の究極の課題であり、それを問いつめて行くのがまた、真に〈ひらかれた文学〉というべきものであり、この〈ひらかれた文学〉と〈ひらかれた宗教〉との統合なるものを最終の課題として、問いつめて行こうとしているものだが、親鸞が語り、また親鸞を語る吉本さん自身の中に、宗教や民族や時代の違いを超えた人間存在の究極の課題を見る時、私の心に残るのは、ある時吉本さんに持参の『最後の親鸞』に何かひと言と願った時、その扉裏にしるされた一句に「若し也此の廻疑網に覆蔽せらるれば、更りて必ず曠劫多生を逕歴せん」（浄土文類聚鈔）とあった。これはまさ親鸞に身を重ねつつ、それをも超えて問い続けんとする吉本さんの文学者、また思想家としての真髄の何たるかを教えられたと身にしみて感じた。これは吉本さんから受けた最大の問いであり、課題であり、吉本さん亡きあともくり返し私の、この〈余生〉ともいうべき人生に与えられたかけがえのない〈遺言〉として、いつまでも生き続けて行くことであろう。

佐古純一郎さんのこと

今は亡き佐古さんと言えば思い出は色々あるが、ここには紙幅の制限もあり、最も印象に残った二つばかりのことを簡単に述べてみたい。佐古さんは戦後の早い時期からすぐれた作家たちの宗教と文学の問題をめぐる数々の論を語られ、同じ関心に立つ我々の心を見事に開いてくれるものがあった。その中でも最も関心の深かった芥川については、我々の大学（梅光学院大学）での二度目の講演で取りあげられた。

この時も例のごとく広いホールの壇上を自在に歩きながら語り尽くしておられたが、その聖書体験もいま一歩という所まで来たのにと言いながら、思わず絶句して壇上に立ちどまられた姿は我々の心を深く搏つものがあった。これがプロテスタントの牧師であり、すぐれた伝道者でもあった佐古さんの対者に対する批判云々の問題ではなく、まさに自身も芥川の矛盾の深さ、その痛みのふちに立ちつくす姿であり、まさに一心同体ともいうべきものであった。

これはずっと長く印象に残ったものだが、その後佐古さんからの誘いもあって『漱石・芥川・太宰』（朝文社）と題した対談の論著を出した時、再びあの熱い想いのよみがえるものがあった。芥川がその最後の作品『続西方の人』の終末で語る所だが、佐古さんはこれにふれ、次のように語っている。「ゲエテは婉曲にクリストに對する彼の軽蔑を示してゐる。丁度後代のクリストたちの多少はゲエテを嫉妬してゐるやうに」と。ここでペンを置いたと思われるが、芥川はここでもう一度ハイフンを引いて、「我々はエマヲの旅びとたちのやうに我々の心を燃え上らせるクリストを求めずにはゐられないのであらう」と書き、これがまさに芥川が地上に残した最後の言葉となるが、ここで芥川は文字通り最後のピリオドを打って、睡眠薬をしかも日頃と違った致死量の睡眠薬を飲んで死の床につく。彼はあの『ルカによる福音書』二十四章のエマオのキリストのところをふまえて、語ったものと思われるが、ここを

「私は大変重く見るんです。太宰の問題にはそれがつながっていくと思うんです」と語り、「あれはやっぱり聖霊が言わせたんじゃないですかね。私にはそう思えてしようがないんですよ」と語っている。これはまさに壇上で絶句しつつ語ったあの印象と強くつながるものではあるまいか。私には改めて佐古さんのまさに文学と宗教を串刺しにして語らんとする深い熱気を感ぜずにはいられないものがある。

同時にこの対談の中で、いまひとつ私の心を深くとえらたものに、漱石が晩期に唱えたあの〈則天去私〉の一句があるが、この由来を何たるかを、佐藤さんに説明してあげましょうかと言い、語ってくれたのが次の貴重な所である。これは何処から生まれたかと言うと、中国の古典などの何処にもないものだが、これは漱石が少年時代に学んだあの二松学舎で学んだ王陽明の『伝習録』にある、あの「天理に純にして人欲の私を去る」という言葉からとられたもので、原文では「純天理」と書き、続いて「去人欲之私」とあるが、「純天理」とは天理に即してということであり「人欲の私を去る」はまさしく〈去私〉となり、こうして〈則天去私〉とは「確かに漱石の造語だと思います」と述べている。こうして少年時代漱石が十五歳の時から一年余り学んだ二松学舎での並ならぬ王陽明の教えなどからも、このままでは取り残されはしないかという思いもあって、ひとまずこの貴重な体験から離れ、一転して大学入学を目指すこととはなるが、実は後のイギリスへの留学体験なども含めた上で、最後まで漱石の中に残った熱い理念であったことは、晩期最後の『明暗』執筆なかばから午後には漢詩を七五首書き続けた漱石に見る、まさにその生涯を貫く〈文学の力〉の何たるかを示す一端ではあるまいか。かねて漱石の漢詩に注目し、最初の『夏目漱石論』（筑摩書房）末尾の『明暗』論でもかなりの紙幅をさいて漢詩を論じ続けた私などにとっても、自身二松学舎の後身二松学舎専門学校に学び、後には二松学舎の学長とまでなった佐古さんの残してくれたこれはまことに得がたい記念の宝でもあったと念っている。

いささか予定以上に乱筆をふるって長く語ってしまったが、佐古純一郎さんという存在はまことに得がたいものであり、私は今も続けている大学院の授業や社会人講座で漱石にふれれば、いつもこの佐古さんの数多の言葉を土台として語っているもので、今、改めてこの恵みを深く感謝しつつ、御冥福を心から祈っているものである。私の思いは今も熱く、与えられた紙幅を大分超えたことも、佐古さんへの想いの熱さと思ってお許し戴ければ幸いだと念っている。

中也のこと、透谷のこと——イヴ＝マリ・アリュー氏の書評に応えて

一

四十数年来書いて来た中原中也論の集成として、この春『中原中也という場所』という本を出したが、一段落ついた所で、その後の展望といったものでも何か是非書いてくれませんかという突然の注文が、福島泰樹さんからあった。年来福島さんにはなみならぬ知己を感じている自分としては、一応引き受けたものの、さて何を書いたものかと思った時、ふとひらめいたのはイヴ＝マリ・アリューさんのことだった。言うまでもなく、すぐれた『中原中也詩集』の翻訳があり、日本の近・現代詩にも深く精通し、その紹介者としてはまさにフランスにおける草分け的存在として知られ、文字通り中也研究の第一人者でもある。

そのアリューさんがあなたの本を書評し、私が翻訳を引き受けたのだが、なかなか実のある、いいものですよと、当の宇佐美（斉）さんから声をかけられたのは、毎年恒例の〝中原中也の会〟の大会が、この九月のはじめ山口で行われた、その会場でのことだった。その直後に福島さんからの依頼が同じ会場であったわけだが、これは何かの縁でもあろうと、まだ雑誌（『現代詩手帖』一〇月号）の発刊前だったが、早速その書評のゲラを送ってもらった。なかばの期待と、なかばの緊張感とで受け取ったのだが、一読して眼を開かれるものがあった。

〝到達不能のもの〟というのが題名だが、この言葉を含んだ短詩が三たびにわたって引かれている。〈あのひとはもはや到達不能のものを望むことなど出来なかった／あのひとはただそれを待っていた〉。中原のあの名篇『言葉なき歌』にふれて、「一体だれが詩人の運命をこのようなことばで要約することが出来たであろうか」。書中引かれる

批評家の誰の言葉でもなく、また著者自身の言葉でもない。『山羊の歌』終末の『いのちの声』の「あの息せき切った今なお性急な追跡」と、『言葉なき歌』の「あの澄み切った諦念との間の、重大な亀裂を印象づけるかのような待機を、一体だれがこのようなことばで強調してみせることが出来たであろう」と、アリュー氏は言う。

　こうして、この詩句を主調低音のごとく繰り返し引きつつ、実はこの作者は批評家どころか、中原の名も知らぬ圏外の人であり、あかせば、ピルネー山麓の小さな修道院に棲むイマクラータというひとりの修道女の言葉だという。彼女は多くの短詩を試みているが、そのすべては「詩と自然への愛を自身の信仰と融合させた」ものだという。しかしアリュー氏はここで詩と信仰の融和、融合などということを、一元的に言おうとしているわけではあるまい。逆に私の論を引きつつ、「こと詩に関しては、宗教的感情を教義や規律や伝統に照らして問うことは問題ではなく」、まして「キリスト教の詩や文学がいかなるものであるかを定義しようと試みることなどは論外」で、肝腎なことは『詩＝真理の研究』（傍点筆者、以下同）という方程式が、時と場合によっては明かしてくれるはずの普遍的な値を探求する」ことであり、「世界と自然と自我」をめぐって、「それらのもっとも奥深い襞の中において具現されつつも、なおかつそれらを超越するところの真理」を探索することこそが肝要なのだという。

　すでに言わんとする所は明らかであろう。この「到達不能のもの」という言葉こそは、この中原を論じた本の著者が「中原中也において、そしてより一般的には日本近代詩の底流において、追求し続けているあの『何か』」と、「完全に符合することばなのではないだろうか」とアリュー氏はいう。筆者のねらいは「おそらくキリスト教が日本近代詩におよぼした影響力を測定することにあると思われる」が、これはまた「日本的な土着性が超越性なるものをどこまで理解し受け入れることが出来るかと問うものであろう」。これに対し我々「西洋人の側からすれば、自らの信仰心とまでは言わないにしろ、少なくとも西洋の詩の意味そのものを問うことにつながるに違いないのである」という。これがアリュー氏の結語だが、こちらの拙い仕事の真っ芯を捉えてみごとな指摘であり、もはやつけ加えるべき何ものもあるまい。

二

さて、ここでこれからの展望といえば、アリュー氏も指摘するこの風土の〈土着性〉と、これが対峙する〈超越性〉の問題だが、これはなお未了の課題として、問い続けてゆくほかはあるまい。〈土着〉と言い〈超越〉、さらには〈普遍〉という。しかし中原の遺したものに、次の言葉がある。

「精神といふものは、その根拠を自然の暗黒心域の中に持つてゐる。……精神が客観性を有するわけは精神がその根拠を自然の中に有するからのことだ」（『芸術論覚え書』）と中原はいう。彼はこのように〈自然〉というものを深く受け止め、その故にこそ彼は自身の精神が、生が、詩（うた）が、その〈自然〉にふかく身を浸すこと、浸すべきことを深く感じて来た。これは中原を知って以来、くり返しふれて来た言葉だが、土着性、普遍性、あるいは超越性というが、伝統も歴史も、所詮はこの〈自然〉の一属性であり、この〈暗黒心域〉ともいうべき根源に自身を浸す時、はじめて普遍性の、超越性の何たるかも見えて来ようという、これが中原という詩人の根源的な視角である。たとえばあの『在りし日の歌』の終末の一篇『蛙声』の一節、〈よし此の地方（くに）が湿潤に過ぎるとしても、／疲れたる我等が心のためには、／柱は猶、余りに乾いたものと感（おも）はれ、〉という所ひとつを取っても、詩人の眼の所在の何たるかは明らかであろう。

この〈地方（くに）〉とは日本か、関東か。恐らくここでも中原の眼は土着的な局部を貫いて、普遍的な全体を刺す。あえて〈くに〉にルビならぬ〈地方〉という文字を当てる所にも、それはあざやかに見えて来よう。さらに言えば〈湿潤〉と〈乾き〉のはざまに身を横たえる詩人の思考ならぬ感性のはたらきの深さは、〈感（おも）ふ〉という一語の表記にも明らかであろう。〈時間〉と言い、〈空間〉という。中原の立つ所は〈時間〉の垂直性にあり、〈空間〉の垂直性にあった。〈空間〉が垂直にひらかれれば、あの『悲しき朝』の〈知れざる炎、空にゆき！〉の詩句にきわまり、〈時間〉が垂直的に切りとられれば、あの『羊の歌』冒頭の『祈り』の一篇となる。いや、あえて『祈り』と題したこの一篇こそ、〈時空〉のすべてを凝縮し垂直的に切りとった、究極の一篇というべきであろう。

死の時には私が仰向かんことを！／この小さな顎が、小さい上にも小さくならんことを！／それよ、私は私が感じ得なかつたことのために、／罰されて、死は来たるものと思ふゆゑ。／／あゝ、その時私の仰向かんことを！／せめてその時、私も、すべてを感ずる者であらんことを！

いくたびこの詩篇を引いたか分からぬが、やはり中原という宗教的詩人のすべてを集約した究極の一篇であろう。〈せめてその時〉という、〈その時〉とは何か。それは冒頭では〈死の時〉と呼ばれる。しかし〈死の時〉とは、ここでは単に肉体的、あるいは水平的なそれをのみ指すものではあるまい。この〈有限〉な存在が問われる最後の時であり、これが垂直的に切り取られれば、始まりの、初源の時となる。いや、そうでなければ近代詩の新たな、真の展望は生まれて来まい。「すべてを感じる」とは、詩人として与えられた特権を、その詩的感性を焼きつくすことのみではあるまい。この有限な〈存在〉が、その〈有限〉の極みにあることを知る時、我々はまたはじめて〈無限〉の何たるかを知る。

　これを詩作の初源の、また根源の姿勢とみれば、やはり初期の『我が祈り』と題した一篇が挙げられよう。〈神よ、私は俗人の奸策ともない奸策〉が、この世のすべてを織りなしていることを知っていますと言いつつ、しかしそれらの一切を知らぬがごとく、〈私は此所に立つてをります〉という。もはや私は〈歌はうとも叫ばうとも、描かうとも説明しようとも致しません〉。しかし〈やがてお恵みが下ります時には、／やさしくうつくしい夜の歌と／櫂歌(かいうた)とをうたはうと思つてをります〉という。小林秀雄の、あの文壇登場の出世作ともいわれる『様々なる意匠』(昭4・9)が発表されて三ヶ月の後に書かれ、あえて〈小林秀雄に〉と題名わきに付記されている時、すでに詩人の立とうとする場所の、何たるかは明らかであろう。

ただ〈私は此所に立つてをります〉と言い、恵みの到来を垂直的に見上げつつ、待つばかりという時、これが後の『言葉なき歌』に深く通底するものであることは明らかであろう。〈あれはとほい処にあるのだけれど／おれは此所で待つてゐなくてはならない〉と、冒頭に唄う。これがこの詩をつらぬく主想であり、主旋律ともいうべきものであり、その〈あれ〉の何たるかが常に問われるが、同時に注目すべきは〈此処で待つ〉という、〈此処で〉という言葉がくり返し、四たびも使われていることは注目すべきであろう。

あの『我が祈り』の〈此所で〉と同様、ここでも詩人のしいられた必然の〈場〉、〈垂直の場〉としてくり返される。これは私もふれ、アリュー氏もふれている通り、『いのちの声』の、あの性急な焦燥感とは逆に、「澄み切った諦念」というべきものかにみえるが、同時にあえて言えば、〈諦念〉ならぬ、〈断念〉ともいうべき、ある切断的な、切迫したものとも見えては来ないか。戦後の最も宗教的な詩人のひとりというべき石原吉郎は、宗教の何たるかを語ってそれは〈断念〉であるという。ひとは〈断念〉によってこの現実の、また自己の〈存在〉の何たるかをはじめて知るという。この〈有限〉なる存在の、まさに〈有限〉なるゆえに眼をひらくことが出来る。それこそが、我々が〈宗教性〉と呼ぶものの初源の姿ではないかと、石原吉郎はいう。これは長く苛酷なシベリア体験をふまえた詩人ならではの発言ともみえるが、これはまた、アリュー氏の挙げた〈到達不能〉なるが故に、ただ〈待つ〉という。そこに人間本来の〈宗教性〉の何たるかをみるという指摘と、深く、あい呼応するものがあろう。

ここで中原が初期の習作詩篇にいう〈有限のなかの無限は／最も有限なそれ〉という詩句に眼を向ければ、これはいかなる断定でも認識でもあるまい。これに続いて、〈集積よりも流動が／魂は集積ではありません〉という詩句が続く。この無限に流動してゆく、過度なるものとしての〈存在〉への認識、いやその認識そのものもまた、過度なるものととらえる〈詩人の眼〉とは何か。

　これを遡れば、そこに明治二十年代なかばにして生涯を閉じた、透谷という存在が見える。人間とは「有限と無限の中間に彷徨するもの」にして、〈文学〉とは「人間と無限とを研究する一種の事業なり」（『明治文学管見』）とは、中原のいうあの〈有限のなかの無限〉云々という詞句と共に、くり返し引いて来た言葉だが、「人間と無限とを」と言った透谷の、垂直的にひらいてみせた、近代文学、また近代詩における新たなホリゾントの、文学空間の可能性は、藤村以下ついに受けつがれることは殆ど無く、わずかに中原の志向、表現のなかにそれを見出すことが出来るのではないか。

　透谷は〈無限〉なるものは、この〈有限〉なる存在にたえず問いかけている。それが〈瞬間の冥契〉と呼ぶものであり、それによってこの世界の、人間存在の何たるかが見えて来る所、またこれを表現する所に、〈文学〉なるものの本体はあるという。また彼は従来の七五、五七の定型律も破って自由律の叙事詩『楚囚之詩』（明22）を書き、続いては近代にあってただ一篇というほかはない劇詩『蓬莱曲』（明24）を書いた。

　彼は〈切断〉のひとであり、伝統的な韻律や発想を断ち切った所に、〈近代〉の何たるかをかい間みせた。中原のなかにもまた、この根源的な批評性、〈切断〉の相が見えているのではないか。小林秀雄も言うごとく、この邦の近代にあっては現代に至るまで、〈宗教〉あるいは〈宗教性〉の一語は殆どタブーであり、宗教的発言をすれば、まわりは殆どしらけてしまう。彼が批評家としてただひとりこれを認め、推服したのは白鳥だが、しかし彼は若くしてキリスト教に入信しつつ、これを隠しに隠した人だ。そこに最も純粋な日本人らしいクリスチャンの姿を見るとは、小林のくり返しいう所だが、小林自身もまた若年時以来の聖書熟読の体験を明らかに語ろうとはしなかった。

これに反し、中原はこのような状況の中で、ひとり手放しに〈神〉の存在を広言し、〈神〉の問いかけと恩寵に心を開かずして、ついに真の詩は生まれぬという。これはまた、この風土の心性、また土着性なるものに対する、ひとつの〈切断〉であろう。すべては裡なる〈自然〉という〈暗黒心域〉をくぐって根源なるものを摑むこと。即ち「自分自身の魂に浸ることいかに誠実にして深いかにあるのだ」（「詩論」）という。この彼が晩期、詩人における〈他力〉的志向を強調していることは注目される。その〈他力〉とは自力を捨てることでもなければ、自身の主体性を放棄することでもあるまい。その由来、また必然はすでにふれた所に明らかであり、再言するまでもあるまい。

『中原中也論集成』の著者北川透氏の、長い間の中也論の集成も「ここで最後は、それを中也の〈他力〉の姿勢、〈無私〉への希求として見極めておきたかったのである」という言葉は、いま私の心を深く搏つものがある。アリュー氏の真率なる問いかけに対し、いささかの答えを用意したつもりだが、課題はなお深く残る。最後に最近話題となったもので、吉本隆明氏の『日本語のゆくえ』（平成20、光文社）があり、現代の若手の詩をまとめて読み、そこに未来、過去さらには現在自体に対しても〈無〉というほかはない、発想、志向の深い欠落を感じ、この閉塞感をどう切り拓いてゆくかという、根源的な発想の所在がいま深く問われているのではないかと、苦言が提されている。〈無〉と言い切れるか、どうかは別として、現代詩の閉塞感の深さは否めまい。中原のいうごとく、表現者としてはいまこそ、〈呼気〉ならぬ〈吸気〉が必要であり（「詩に関する話」）、中原が同時代の詩人に対しては、哲学者西田幾多郎の著作の講読をつよく勧めていることなどが、改めて注目される。

「かねて哲学の終結と考へてゐる宗教」とは、西田が「善の研究」（明44）の中で語っている所だが、詩であれ、散文であれ、〈文学〉の行きつく所も、哲学や宗教をもつらぬいて、人間存在の何たるかを問いつめる所にあろう。ここでアリュー氏のいう「『詩＝真理の探究』という方程式」の存在こそ銘記すべき所であろう。日本近代詩の初源の一点としての透谷の世界に仔細にふれる余裕はなくなったが、私は今〈すべては透谷から〉という題目で公開講座を続けているが、ここでふれた一文の趣意もまた、この流れの一端として読みとって戴ければ幸いである。最後にイヴ＝マリ・アリュー氏の真率な問いかけに対し、またその翻訳の労をとられた宇佐美斉氏に、心からの謝意を表して、ひとまずこの稿を閉じさせて戴くことにしたい。

VII

共に生きて、生かされて

今日はこの会にお招きいただきまして、共々にこのメモリアルデイを守ることができまして、大変嬉しく思います。このメモリアルデイはその名前の通り、梅光で教えられた先生方やあるいは同窓生の方々、そういう方々が亡くなられたことを偲び、記念する会であります。私共はこうして共に生きています。しかし、私共が本当に共に生きているのは、こうして生きている者同士だけではありません。亡くなった方々と共に生きている。このことを覚えて生きたい。亡くなった方は、消えてしまったのではない。私共の心にしっかりと生きている。そういうことではないでしょうか。また、生かされていること。これは、梅光に学ばれた皆さんなら、クリスチャンであるなしに関わらず、本当に体験してきたことだと思います。ここに命を与えられている、生かされているということを、私共の日々の生活でひしひしと感じます。

「共に生きて、生かされて」とは、亡くなった方々とも共にということだと申しましたが、そのことを最近強く実感したことがあります。実は、斉藤和明先生という大変親しくしていた国際基督教大学の副学長で、我々のキリスト教文学会の会長を兼ね、その後は自分の母校である明星学園の理事長をつとめられていました先生が、私より年下で、七十四歳で亡くなられたのですが、私と非常に気持ちが通っていて、梅光にも何度か来ていただきました。学問的にもすぐれ、またお人柄も温かく、素晴しい先生でした。この先生が、もう二週間ばかり前です。私は朝、新聞を読みながら箸をとりあげてふと見ると、斉藤先生がお亡くなりになったと知りました。びっくりしました。正直呆然としました。ご病気だったのを全然知らなかったので、だから、あぁ……と言葉も出ない感じでした。

でも、そうだ弔電を打とうと思いました。さぁお葬式はいつか。ひょっとしてもう遅いかもわからない。見ると、告別式は今日の午後四時。場所は、国際基督教大学の付属の教会ですね。わぁ、間に合うかなぁと、急いで電話をかけました。弔電を頼んだのですが、どうにか間に合いました。そういう時ですから、あれこれ考える間もない。感じたままの電文を即座に打ちました。「斉藤先生の突然のご逝去に呆然といたしました。先生のすばらしいお人柄、先生の優れたお仕事は、私共の心の中に長く生き続けることであろうと思います」。あとは型通りに、「先生の上に、またご家族の上に、とこしえの平安がありますように」という言葉を添えました。呆然としたのはその通りで、しばらく箸もとめて考え込みました。あぁ、この先生のことは一生忘れないなぁ。いつも心の中に先生のことは生き続けてゆくなぁと、しみじみ思いました。

これは前にも触れたことがあるかもしれませんが、この斉藤先生という方は英文学でもすばらしい力を持っておられましたが、同時に日本文学についても大変詳しい方でした。「春ごとに花のさかりはありなめど　あい見んことは命なりけり」。古今集巻二の詠み人知らずの歌ですが、これはどういうことかといいますと、普通はこう解釈します。来る春ごとに花を見ることができるのは、命があるからだ。あぁ、今年も命があってよかったなぁと、まずこう解されているのですが、それだけでしょうか。斉藤先生は違う。「あい見んことは命なりけり」というのは、ただ生きながらえていてよかったなぁということか。違う。「あい見んこと」とは、花の素晴しい命と自分の命が触れ合うこと。その深い感動を詠ったものだというのです。

八木重吉は皆さんもご存知のように、三十歳で亡くなった日本で最高の宗教的詩人です。この人の詩に〈桜の花を見ていると　そのひとすじの気持に打たれる〉という言葉があります。桜の盛り。あぁ、やがて散ってゆくけれども精一杯に咲いているその様子に触れた時に、その桜の命、その輝きに打たれる。精一杯生きているその姿に心打たれると八木重吉は詠っています。

また、この古今集の歌に触れて言いますと、大江健三郎さんが梅光の大学祭に来られました。平成元年秋のことですが、お引き受けいただいたお礼に、ちょうど上京の機会があったので、お宅を訪れました。それは四月一日の桜の頃、成城学園の駅を降りますと、ずっと桜並木です。で、大江さんが駅前まで迎えに来てくださったのですが、帰りに一時間ばかりお話した後、大江さんが一冊の本をくださった。『キルプの軍団』という非常に宗教的な小説です。そうして、この本の扉に大江さんが書いて下さったのが、実はこの古今の歌なんです。お子さんの光さんが障害を持ってうまれた時、大江さんは非常に絶望した。いっそ死んでくれたらとも思った。でもその直後広島を訪ねた時、被災者の痛ましい姿と共に自身被爆者でありつつ、献身的に看護にあたっている病院長の姿を見た時、自分は何という間違いをしていたのだろう。この子なんていなくていいと思ったそのエゴ。それから心を入れかえた。これからこの子と一緒に生きてゆこう。これからの自分はこの子と共に生きてゆくんだ。この子と共に生きてゆくことが、これからの自分の文学的主題の中心になるんだと。こうして大江さんの文学は大きく変わってゆきます。人間の本質というのは、生かされているということなんだ。そしてどんなことがあろうと共にあるということ。命と命はあい対面し、感動しつつ生き続けてゆくということ。

これで思い出すのは、私の好きな芭蕉です。その芭蕉の句に、〈命ふたつの中に生たる桜かな〉という句がありました。京都の近くの宿場で十九年ぶりに会った若者が、（これが後の弟子のひとり、服部土芳です）ここで待ち受けていました。ぜひ弟子にしてくださいと願った。そのことに感動した時の一句です。〈命ふたつの中に生たる桜かな〉。床の間に桜がさしてありました。それを季語としての取り合わせの言葉だから〈生けたる〉と詠む解釈もありますが、これは正しくはそうではない。まさに〈生きたる〉でしょう。十九年ぶりに彼と出会って、ぜひこの道で精進したいという。その命をかけての願いに対する芭蕉の感動が、この〈命ふたつ〉という言葉に、まさに生けたるではなく、〈生きたる〉という言葉として生きているわけです。

私共はつくづくこのような歌や句を読んで、深い感動を覚えるのですが、ことは桜ですが結局花ではなく命と命です。命と命が触れ合うことが人生にはある。そういう風に思うわけであります。そう思うと非常に深い。そして私などは戦中派でありますが、ずっと生き残ってきた。私共と同輩、あるいは後輩の多くは、軍隊にとられ、また学徒出陣などで多くが戦争の犠牲になりました。私たちの同人誌仲間の一人は海軍の特攻兵として、壮烈な戦死をとげ、私はたまらず拙い追悼の一篇の詩を捧げたものでした。また、戦後も行方不明のままで、満州の奥地で命果てたと思われる友人もいました。

私は兵士としての戦地での体験はしていません。しかし、国のため我々のために命を投げ出した人たちのことを思うと、私のように同じ世代でありながらこうして生き残っていることは、何とも申し訳ないことです。これを思えば、我々生き残った者は、全て余生です。彼らが命をかけて我々を守り、日本を守ってくれたということを思うと、これは一生忘れないことでしょう。「共に生きる」とはまさにそういうことです。我々戦中派は身をもってそのことを知っている。戦争で死んだ多くの人たちのことを、共に生きたと偲ぶんじゃなくて、今も心の中に深く生き続けていることを忘れることができないと思います。

ここで話はいささか私事になりますが、この春から家内がずっと入院していました。その病院の正面玄関から見て真ん前に梅光の大学の校舎があるんです。そして毎日のように、私は家に帰る時に、その方向を、梅光の校舎を見ていました。あれはちょうど目の前に建っているのが体育館です。その向こうに寮があります。右の方を見ると、この建物、下関の景観賞をとったほどはあります。見事なものです。亡き広津先生が心を注いで造られた建物です。ある時言われました。あぁ、僕の残したものはこの建物だけじゃないかなぁと。ぽつんと寂しそうにおしゃった。私はそれを聞いた時に、何を言ってるんですか！先生はそんなに謙虚におしゃるけれども、先生の残されたものは建物だけどころか素晴しいものがあります。たとえばあの梅光の建物の瓦ですね。あれは広津先生が選ばれたんです。建築業者の方は、たくさんの色を使って華々しくやりたかった。先生は「これはいらない」とぎりぎりにけずりとってあいう色になった。非常に華やかな中にも品格がありますね。もちろん梅ヶ峠にあった大学の建物も素晴しい。特にマケンジーホールにあったステンドグラス。これを何とか丸山に持って来たいなぁと思っております。素晴しい。フランスで代表的なステンドグラスの製作者の見事な作品。これを造るのに随分お金を使ってしまったとおっしゃる。何を言われるんですか！お金があろうとなかろうと、本当に良い物は造るべきです。そして私共の心に残るんですと、私はその時も強く申し上げたことがあります。

こうやって梅光のことを話すと、きりがありません。私が梅光に参りましたのは、終戦直後の昭和二十年秋。まずお会いしたのは、初代院長の広津藤吉先生。あの白いひげの藤吉先生を見た時、これこそまさにミッションスクールのシンボルだと思いました。そして、よく来てくれたね。しっかり梅光のために尽くしてくれとおっしゃった。その言葉は、私の中に今も生き続けています。

次に院長として来られたのが、皆さんご存知のように福田八十楠先生です。お会いしました。あの焼け残った院長宅の応接間で待っていると、玄関から大きな声がして、「かぁちゃん、かぁちゃん、帰ったよ！」と子供が帰ったようにすぐに奥の部屋に入って行かれました。子供の頃に「かぁちゃん、帰ったよ!帰ったよ！」と、すぐにお母さんの所へ行きますね。全くそれと同じです。やがて奥から出て来られて、「梅光の福田です」と言われた。その何の飾りも構えもない端的な挨拶とお顔を見た時、あぁ、この先生がこれからの何もかも焼けてしまった梅光の復興のために命をかけてゆかれるのだなと感銘しつつ思いました。とにかくまっすぐな方です。そして本当に梅光のために尽くされた方です。戦後梅光が復興の緒についたところで、先生は転じて東京、また広島の大学に行かれ、梅光に大学ができると、集中講義のためにまた梅光に帰って来られました。そして集中講義を二日か三日される。そして数年後の最後の授業があって帰られる時に、私が最後に学校を出ようとしたら、玄関に靴がない。靴箱を見ると、ボロボロの履きつぶしたような靴がひとつある。事務の人に聞いても知らないと言う。私は急いで帰らないといけない用事がありましたから、これを履いて帰りました。これは福田先生が間違えて私の靴を履き、残して行かれた自分の靴だったのです。その後何の連絡もないので、私はずっとその靴を履いていましたが、これを履いているると、まるで先生と一緒に歩いているような感じがしました。人の靴を履くというのは面白いですね。その人とひとつになった感じです。

靴といえば、私は広津信二郎先生の靴も二度履きました。丸山の校舎でクリスマスの礼拝の後ですが、みんな帰ってしまった後、急いでいたものですからぱっと玄関にあった靴を履いて急いで帰った。帰ってちょっと何だかぶかぶかすると言うと、家内が「これ、間違えたんじゃないの?」「あぁ、そうか!」。じゃあ後に残っている人というと広津先生のだからと、また返しに行った。

それから一週間ほどして、会議があってまた靴を間違えて帰った。さて、三度目は誰か。今の学長の中野新治先生です。非常に学問的にも優れた仕事をしておられ、宮沢賢治、漱石、北村透谷などを私と同じ方向でやっておられる。その中野先生の靴を間違えて履いて帰った。誰の靴かわからない。困ったなぁと思っていると、お正月に挨拶をしにうちにいらっしゃった。「ついこの間帰ろうとしたらね、僕の靴がないんですよ。あとの残っているのはボロ靴で、新婚早々で僕は上等の靴を履いていたんだが」とおっしゃる。そこで私は恥をしのんで「それは僕の靴です」と申し上げて一件落着となりましたが、この靴の話は何とも滑稽なことです。

福田先生が私の靴を履いて、私が広津信二郎先生の靴を履いて、今度は私が中野新治先生の靴を履きました。本当の順序から言えば、中野先生が私の靴を履かなければならなかった。ところが私が先に中野先生の靴を履いてしまった。私は早すぎたなぁ。しかし私はここで思い出しながら、これはまたなかなか面白い、意味のあることだなぁと思いました。藤吉先生、信二郎先生、福田先生、もちろんマッケンジー先生もそのお一人ですが、これらの先生方の残されたその志を中野先生に岡崎院長と共にしっかりと受け継いでもらいたい。思えば靴の履き違いは面白い。

皆さんも靴をとりかえてみてください。親しくなれ、まさに兄弟のちぎりを結んだような気持ちになりますよ。この深いつながりは、これからも大事に汲みつがれてゆかねばならないでしょう。ここでも〈共に生きる〉という言葉は生きています。

私はもうすぐ九十一歳です。梅光に終戦直後から勤めて六十三年になります。まさに梅光と共に生き、生かされてきたことを心からの感謝をもってかみしめています。おそらく同窓生の皆さまも今、梅光と共にあること、多くの懐かしい先生方のことなど深く思い浮かべておられることと思います。この神の御名によってつくられた学校につながっている、その根本にあるものは何でしょうか。私は〈共に生きる〉という時思い浮かぶのは、聖書にある復活ということです。復活って何ですか難しく考えないでください。本当に愛した人が、自分たちのために命を投げ出してくれたという人がいたら、その方は亡くなった後も私たちの心の中によみがえって生き続けるんです。それがよみがえりです。弟子たちはイエスが十字架にかかった時バラバラになりました。逃げ散ってしまいました。ところが、その後でだんだん引き返して来て、ひとつになった。あのイエスという方のすさまじい生き方が彼らの心によみがえって来たのです。あの時代、貧しい者、疎外されている者を、時の権力者たちは、その宗教的権力や政治的権力のもとに圧倒的に押さえつけ踏みにじってきました。イエスという方は、この権力者たちに向かって果敢に立ち向かって行かれた。民衆もついて行った。これは危険だということで、ついにとらえられ処刑となった。そして十字架です。死刑ということで申しますと、これほどむごい死刑は歴史的にもないですね。あっという間じゃない。何時間も、何十時間も、果ては何日間もはりつけにされて苦しんで苦しんで息が絶える。それほどむごい極刑を受けていたイエスを自分たちは裏切った。けれどもイエスという方は、我々のために、貧しい者のために、虐げられた者のために、命を投げ出された。疎外された者や病める者の痛みを我が痛みのように引き受けられた。そして最後は十字架にかけられた。そのイエスの姿が弟子たちの心によみがえった時、イエスは弟子たちのもとに帰ってきた。そしてそれが千年も二千年も続いて、ひとつの宗教的制度となり、世界的な宗教として力を持つようになってきた。我々が忘れてはならないことは、この世の痛める者、病める者、貧しい者のために身を捧げて十字架という極限の死を受けとめられたイエスの姿。キリスト教の初源の一点はまさにここにあるということ。私はあのドストエフスキーの言葉を思い出します。「たとえこの世の真理はキリストにないと言われ、そのことが証明されたとしても、私はこの世の真理よりもキリストに従う」というあの言葉です。シベリアに流刑されて四年、ただ新約聖書一巻をこそ生きがいとしたドストエフスキーの言葉は、今こそ生きているのではないでしょうか。

こういう時代であればこそ、私たちは梅光で学んだ一員として、また教師として、この時代に生かされている者として人の痛みを知る者でありたい。梅光の戦後の復興のもととなった、あの丸山の本館、講堂その他の校舎は、その費用の半ば以上は、アメリカの信徒たちの献金だった。日本のために。日本の学校、ミッションスクールはどうなるのか。日本の子供たちのために、多くの信徒の人から献金が奉げられた。その陰には帰国しておられたマッケンジー先生などの力も大きなものがありました。

やっぱりキリスト教の精神というものは、国を越え、戦いを越えてお互いに助け合う。その痛みを担う。私は今日は、このような時代であればこそ、痛切に思い浮かべます。国を越え、民族を越え、すべてを越えて他者の痛みを知ること。これこそ〈共に生きる〉ということの根源でしょう。同時に、ひとりびとりが人間の力を超えた大きな力によって生き、生かされていることを思います。

今、老人の医療のことで前期高齢者、後期高齢者などというのがありますね。それを言えば私などは末期高齢者です。私はこれを洒落っぽく言っていますが、この人生の末期とは何かということをすごく考えます。それはある作家の言う〈末期(まつご)の眼〉にもつながるものでしょうが、しかし単なる断念ではなく、まさに生かされているという思いをもって、くもりなき澄みきった眼でこの人生の最後を受けとめることができれば素晴しいことだと思います。

多くの先人たちへの深い思いを込めつつ、そのことを思います。お互い、この与えられ、生き、生かされている人生をこのような心からの感謝をもって受けとめたいものです。梅光につながり、梅光に学んだことの意味もまた、そこにあるのではないでしょうか。

宮沢賢治の遺したものは何か

佐藤でございます。今日は皆様方本当にお忙しい中をありがとうございました。又発起人の皆様方は特別ご繁忙の中をありがたく思います。このためには準備委員の皆様方には随分お骨折りをいただいたと聞いておりますので心からお礼を申し上げたいと思います。

この度特に申し上げたいことは、私どもの大学が既に三十年経つわけですが少しでも地域の皆様方のためにお役にたてばと色々やってきたわけですが、市の皆様がこういう形で一つの大きな会を催していただきましたことを誠にありがたく思っています。特に私は管理職という身にありながら細々と研究を続けてまいることができましたことは、私どもの学院の院長を始め我々大学の全スタッフ多くの先生方の心からの協力、支えがありまして私は大変研究者としてのわがままを通していただきながらできたことは、偏に我々の親しい同僚の皆様方の協力であり支えであるということをこの席を借りまして改めて心から感謝申し上げるところでございます。

実は、私の家内も出席のお誘いを受けまして、是非参上するところですが、二十年来の喘息でそれもかなり重症で、調子の悪いときも良いときも色々ありますが、この度はありがたいことですが休ませていただくということで、皆様にはありがたいと心から申しております。

ここでちょっと小さい声で言いますと、私の研究ができましたことも同僚の方々の支えもありますが、妻が病床の中にありまして外には出ないのですが、家事に勤しみまして、ただ私の健康管理に一生懸命尽くしてくれているんで、私もこの年になりまして、どうにか元気にやれると思っています。実は家内が

「こういうことをいうな」

と言ったのですが……。だから私は小さい声で、どうしても心から申し上げたく敢えて私事ではございますが申させていただきます。

さて、本当に感謝は尽きませんけれども、この度細々とやってまいりましたことが思いがけずこういう賞をいただきました。この賞は今までの方は一回無い時もありましたので六回でございますが今までいただかれた方は一生、賢治に献げられたすばらしいお仕事の方々ですので私などはそういうことではないので、いただいたことは望外のことでございます。そこで限られた時間が二十五分ということですので駆け足であまり味のある話もできないかと思いますが……。実は、花巻で受賞の時の記念講演は二十分位でした。私は一時間くらい話を用意していました。しかも時間が来ると紙がくるんですネ。あと何分という。そこで仕方がないので猛スピードでやりましたら、後で係のものが「先生、先生はいつもあれくらいのスピードで講義をしておられるのですか」と聞かれるんで、「いやそんなことをやったら学生はついてこれない。今日は特別ですよ。」と言ったのですが、大体早口です。今日も相当意識して二十五分で頑張ってやらなければなりません。言いたいことは山ほどあるのですが、つめればこういうことです。

実は賢治の百年ということで、昨年は大変なフィーバーで、日本の文学者であれほどテレビやあらゆるメディアで騒がれた人はないと思います。騒がれる理由はあるのですが、あまり騒がれますと、いささか苦々しく思う人「水でもぶっかけろ！」と言う人も出てきて、これは、なかなか面白いことです。例えば、荒川洋治さんという私の大変好きな個性的な詩人がいます。この方はこう言っております。

賢治、賢治と言う。しかし、賢治は〈世界を作ったが世間は作れなかった。いまとは反対の人である。そのいまの目に詩人が見えるはずがない〉とその詩の中で言っています。騒いでいるけれど賢治の世界が本当にわかっているのだろうか。彼は、世間を渡ることのできない無器用なそういう人間だった。しかし彼は大きな世界を作ろうとしたんだ。それは今と反対だ。今の我々は世間ばかりをウロウロ見ている。そういう今の人間が本当にわかっているのかということです。もし、賢治が生きておればどう言うでしょうか。

賢治の初期の『春と修羅』と言う作品に、

〈けらをまといおれを見るその農夫／ほんとうにおれがみえるのか〉

……と言う言葉があります。けらと言うのは［蓑］のことです。蓑をまとって向こうからやってくる農夫に向かって本当におれが見えるのか。彼はお百姓さん達と一緒にいろんなことをやった。でも俺は詩を書く。童話を書く。いろんな問題を抱えている、その本当の俺が見えるのか。これは若いときの昂ぶりです。しかし、その彼が晩年二度の病気でボロボロになった時に始めてみえてきた。つまり俺が見えるのかではない、俺に本当に東北の農民の苦しみが見えるのか、見えていたのか。これが私の言葉で言いますと賢治における〈回心〉ということです。〈回心〉の回はめぐると言う字です。本当に生きることの根源なるものに向かって目が開かれた、こころが、魂が砕かれたということです。その中から生まれたのがあの『雨ニモマケズ』という詩です。あのなかに、

〈ヒデリノトキハナミダヲナガシ／サムサノナツハオロオロアルキ〉

という言葉があります。今までは自分の力で、科学的な技術で、東北の農民を援けてやるんだといって、無料で肥料の設計書なんかを作ってやった。今でもその設計書は、何千枚も残っていると言われますが、しかし自分が救ってやるんだという時、自分だけは高みに立って、彼らの苦しみが見えてはいなかった。しかし今本当にその痛みが見えてきた。つまり自分はこの花巻で宮沢家という、彼の晩年の言葉でいえば、この地方ではまさに財閥といわれる〈社会的被告〉ともいうべき家に生まれたものだ。そういう自分にいろんなことがあっても、宮沢家という後盾がある。しかし凶作で米が穫れなければ、娘も売り飛ばさなくてはいけないような、そういう人たちの苦しみがいま始めて見えてきた。二度の病気に倒れたときに始めてその痛みがわがことのように感じられた。こうして、いま

一度やり直すことができるとすれば、彼らと痛みを共にするものでありたいという。あの〈ヒデリノトキハナミダヲナガシ／サムサノナツハオロオロアルキ〉とは、まさにこのような思いの中から絞り出すようにして生まれたものであります。

さて、賢治といえば、いろいろあります。私は鹿児島県の高校の国語の先生方の講習会に五年ばかり毎年でかけたことがあります。そこで私が一人選べば、漱石、二人選べば賢治と言いますと、一人の先生が「先生はそうおっしゃるが、私は一人選んで賢治です。」と言われる。後で聞くとそういう人が自ら志願して種ケ島のような離島に、赴任して若い子供たちのために努力しておられる。そういう賢治の志を生きる方がおられるんですね。この度のイーハトーヴ賞を受けられた人にも、これは、〃賢治の志をもって〃ということでインドで四十年教育や農業の開発のために尽くしておられる牧野さんという方がおられました。賢治を生きるということはそういうことです。

ただ残念なことは、賢治があまりにも神聖化されすぎて、また、もっと等身大の、我々に身近なもっと生身の賢治をみることが必要ではないでしょうか。生身の賢治とは何か。彼は東京に出たいのです。けれども政次郎という父親が「お前は長男だ、この家は古着商と質屋だ。だからそれを継げばいい。東京へ出ることはない」といって許さないわけです。その彼は東京へ出ると、いろんなことが好きですから、浅草オペラ、歌舞伎とかいろんなものを覗いたり、できれば自分の力で人造宝石を作って販売したいとか、そんないろんな夢がことごとく父親から抑えつけられるわけですね。もしこの時父親が許したら別の賢治が生まれていたでしょう。あれほどの人ですからいろんなことをやったでしょう。しかし、我々が考える賢治ではないんですね。私は人間のなかに眠っている可能性というものは、複雑なもので、だから不思議ですね。しかし後の賢治になったということは、もう一つの可能性があったということだろうと思います。それは彼が盛岡の中学を出まして上の学校へも、なかなかやってもらえず、悶々としている時に父親に「これを読め」といって与えられたのが、法華経の経典なんです。これを読んだときに彼は大きな衝撃を受けるんですね。政次郎さんは大変熱心な浄土真宗の信者です。そして東京から色んな人を呼んで講習会なんか開いたりする。だから小さいとき彼は『歎異抄』とか、そういうものを胸に畳み込んで、これで一生行くんだといっていた。それが十八の時に法華経と出会った。法華経は数ある経典のなかでもかなり古いものですが、その特徴は二つあります。一つは宇宙的ビジョンというか、壮大な宇宙観が説かれている。いま一つは自分一人が『南無阿弥陀仏』で救われるのではない、一度信仰に入ったら万人の、総ての人のために身を献げるという実践的な信仰です。この実践的信仰と、宇宙的ビジョン。これがまさに賢治のなかに眠っていたものに火をつけたので、彼の童話の中にある、あの宇宙的なビジョン、これはそこに触発されたものの一つであります。同時に彼は信仰面でも実践的になり、まず親父さんと論争して折伏しようとするがそれはできない。保阪嘉内という親友に対しても同様です。結局彼は童話を以てということになる。しかし大事なことは彼の書いたものは、決して仏教くさくない。それは賢治の天才的なところだといえます。また彼は在家仏教の田中智学の国柱会に入ったのですが、最後は国柱会はだんだん右傾化して行くんです。この中から石原莞爾とかいろんな人が出てくる。テロリストも出てくる。しかし賢治は最後はこういう国柱会的なものを抜けて、賢治独得のひらかれた信仰世界に入っていったのだと思います。

私の賢治論で、採るべきものがあるとすれば実は、キリスト教サイドから少しみたということです。私は今までずっと永い間みておりますと、賢治を論ずる時みんな仏教や、日蓮宗の面ばかり論じている。

私は『銀河鉄道の夜』というあの有名な童話を読みまして、これは違うぞ、これはキリスト教、聖書のイメージが溢れている。若いころにきっとキリスト教の体験があると思いまして、今もご健在の八才年下の弟さんの清六さんにお手紙を出しました。

「あなたの言う通りだ。賢治は若い学生時代に聖書も読んでいる。教会にも時々顔を出している。なによりも内村鑑三のものを真剣に読んでいる。あなたの仰る通りだ。」

というお返事です。

これはもう三十年以上も前のことですが、それで私も確信を得ました。そうしてみていきますと『銀河鉄道の夜』と言う有名な作品は、実は未完の作品です。未完というのは、賢治は書きたいことが一杯ある。例えばその中で出てくる一人のクリスチャンの青年がやはり作中に出てくる『白衣のひと』つまりキリストとパウロについて語り合う構想がある。そしてもう一つは『開拓功成らない義人に新しい世界現はれる』というメモも残っている。義人と言うのは仏教には出てこない。聖書に出てくる言葉です。彼が愛読した内村鑑三の「羅馬書の研究」の中に「義人は信仰によりて生くべし。」と言うロマ書の言葉が出てきます。こういうところを見ると、ああ賢治はまさに聖書から触発されているということがわかる。この他挙げればきりもないことで、これは確証が沢山ございます。そこのところを私は皆さんにお話したいのです。賢治は最後は仏教だけではない。キリスト教からも触発されている。そこからああいう作品が生まれたんだということです。さてこの賢治ですが、最後はどうなったか。

実は昨年百年祭の時に東京で国際講演会がありました。アメリカから、インドから、中国から、日本からは私ということで、東京の有楽町の朝日ホールで講演会がありました。その時私が一番楽しみにしていたのは、中国の黄瀛さんと言う九十一才の方です。この方はお父さんは中国人でお母さんは日本人、国籍は中国です。文化学院でいろんなことを学ばれて、その後日本の陸軍士官学校に入ったんです。これは歴史的にみてもおもしろいですね。あの時代に中国人が何十人か陸軍士官学校に入っていたんです。彼は卒業して帰るときに活字の上で詩人として知っている、宮沢賢治を、どうしても訪ねたい、そこで賢治のいる花巻に行きました。賢治は晩年のことで既に重い病床にあった。会わずに帰ろうかと思っていたら、「まあ上がれ」と言うことで二時間ばかり話し込んだ。いろんなことを話した中で耳に残った言葉はただ一つ「大宗教」、大きな宗教ということですが「大宗教」ってなんだろう、わからない……。そのことがエッセイに書かれている。そこで黄瀛さんにお会いした時に、私は嬉しくて「私は貴方にあえて光栄です」と洒落の一つも言おうと思っていたのですが初対面ですのでちょっと失礼して講演のあとのレセプションで隣の席でしたのであらためて「黄瀛さん、貴方に会えて本当に光栄です。時に賢治のあの大宗教はなんですか?」「わからない。わからない、けれども何度もくり返して言った。その言葉が耳に強く残っている」というんです。

私はこれを思うのにいろんな宗教を取り集めて混合的な宗教を作る、いわゆるシンクレティズムというようなものではありません。賢治の言葉の中に「すべての天才が共に侵さずして並び立つ世界をこそ、求める」という意味の言葉があります。その天才とは宗教的な天才、科学的な天才、また芸術的な天才をいうわけですが、宗教にあってもそれが自分を絶対とせず、真実なるものとして、開かれた宗教として、共に並びたって行くそういう世界をこそ賢治は『大宗教』と言ったのだと思うのです。

例えば彼が最も大きな影響を受けた内村鑑三という人は非常に厳格な宗教家でしたから、門下生の有島武郎であれ、誰であれ、何かあればすぐに破門してしまうような人ですが、この彼が晩年こういうことを申しています。「僕は宇宙の教会というものを考えているんだ。一つの宇宙を大伽藍とすれば、あちらに仏陀がいる、こちらにルターがカルバンがいる、また日蓮がいる、法然がいる、親鸞がいる。そういう大きな大枷藍のような『宇宙の教会』を考えている。」というのです。内村にして本音でそういうビジョンを持っている。この内村さんがいっているのも『大宗教』でしょう。私はそういう意味で共に天才が並び立つ、ひらかれた宗教的世界をこそ賢治は強く求めていたのだと思います。

ついでに黄瀛さんでの面白いことを言えば、陸軍士官学校を出て中国に帰った。やがて日中戦争が始まる。そうすると日本の部隊長とは陸軍士官学校でお互いに同輩で作戦なんか共に学んでいたわけで、日本の部隊がどう攻めてくるかという手の内がみんなわかるんですネ。こうして情報部の中心で彼は大変な功績を挙げました。陸軍を辞めるときは、陸軍中将の一つ下の位で辞めたんです。そうしてやがて文化大革命が起こった。彼は陸軍を辞めてから郷里の重慶で大学の教師をし、指導的な活動をしていたのですが、文化的なリーダーの一人だということでこの文化大革命でねらわれた。しかし戦争中、国家に功績のあった人だから政府は何とかしなくてはならない。そこで思案して彼の故郷の重慶の刑務所に入れた。刑務所だったら文化大革命の手も届かない。刑務所ですから薄い煎餅布団一枚ですが、彼は煎餅布団三枚くらいを重ねて厚遇された。そして終わったときに再び重慶を中心にして、四川の大学でいろんな芸術的活動を続けた。これは非常に面白いことです。私はこれを聞いたとき「『黄瀛回想録』を書いて下さい。」と申しました。「文化大革命、日本と戦ったこと、賢治のこと、戦前日本で詩人として活動していたときのことなど、ぜひ書き残しておいて下さい。」とお願いをしました。これは余談ですが、黄瀛さんのこの『大宗教』ということは賢治と宗教を考える上で私に大きなヒントを与えてくれたように思います

次に賢治と言う人を考えるときに、彼は夢多き人で好奇心も強く東京に出ていろんなことをしたかった。だが父親が許さなかった、そういう我々と同じ等身大の賢治というものをもう一度考えて見る必要があるので、あまり賢治、賢治といって、奉るのは可笑しいじゃないかと思うのです。私は賢治の最後に残るものは何かと申しますと、それは彼の童話であれ、詩であれそのすばらしい表現だと思うのです。私は十六才のときにドストエフスキーに出会って文学と宗教の世界に入りました。そして漱石、その他沢山の文学者に触れました。しかし私はものを読んで胸が打ち震えるほどの感動を覚えたのは、ドストエフスキーです。もう一つは賢治です。賢治の童話です。童話ではありますが読んでいると漱石や他の作家たちとは違った、言葉そのものが息づいている。震えている。きらめいている。それが我々と胸に触れてくるわけです。童話とは何か。子供でも読める、それが賢治の童話だとある人が言いましたが、これは彼はアドレッセンス、中葉といって、青春前期の高校生くらいの若者たちに訴えたかった。しかしこれは子供が読んでも我々大人が読んでもいい。そこに深い感動がある、私はこれは〝言葉の勝利〟だと思いま

す。

どういうことかと言えば例えば宮崎駿さん、最後は「もののけ姫で俺はもうアニメは、やめるんだ。」といい、また「俺はアニメの職人だ。」とも言った世界的なアニメ作家です。私は〝もののけ姫〟を見に行きました。夏休みは大変だと思って九月の平日に行きました。窓口で「チケット一枚下さい。」すると相手の人が「ああお子さんですか、お一人ですか。」「あの……僕ですが」「ああ、そうですか」と慌ててくれました。たぶん、孫の二、三人かに買ってやると思ったのでしょう。これは見て、残念ながら迫力はありましたが、あまりにも大きなテーマに突っ込んでいましたので不消化のまま終わってしまいました。しかし宮崎さんは並みの人ではない。どういうことかと言えば、アニメの職人とは言われたが一つのポリシーと志を持っておられる、このアニメの職人が言いました。「宮沢賢治の作品だけは、めったにアニメにすべきではない。できるものではない。」これは宮崎さんの見事なところで、あのアニメの天才にして賢治の描いたその世界をアニメの線になんかできるものではないという。それは言葉そのものが例えばモーツアルトか、バッハの音楽の、その旋律のように息づいている、きらめている。本当の文学とはそういうものです。言葉が息づき、きらめいている。それはアニメなんかに表せるものではない。私はこれは〈言葉の勝利〉だと思います。だから最後にそういう形で残るのは賢治だと思います。井上ひさしさんは、賢治の大変なファンで「二一世紀に残るのは誰でもない賢治だ。」と言っております。

またここにおられる私たちの同僚の北川透さんの友人で菅谷規矩雄さんというすばらしい詩人は、最初は「賢治って何だ、幼児的だ」と厳しく批判して、でもすばらしい「宮沢賢治序説」という本を書いた。その波が晩年に言われたことはもはや、現代において小説の命運は尽きた。むしろ賢治が描いたすばらしいあのビジョンは、宇宙に解き放たれている。この賢治の文学こそ未来に解き放たれたすばらしいものだ。もう一度読み直し論じ直してみたいという、そのとば口のところで彼は病に倒れました。

私は彼の言ったことは面白いと思いますね。その宇宙的なビジョン。童話という形だけれどもその想像力は宇宙に向かって、未来に向かって解き放たれている。じゃなぜ童話かということですが、賢治は生きとし生けるものは皆兄弟だと思っているわけですから、仏教で言う輪廻転生の思想です。さらに科学的にいえば、ライプニッツなどが説いたように、あらゆるものは死ねば全部消滅するようにみえるが、しかし本当に消えるのではない、モナドになる、分子になる。しかもその分子がモナドがあらためてまた集まって結晶して、新たな存在になって行く。だから、賢治の詩の中には〝風のモナドはひしめき〟と言った言葉がしばしば出てくる。見えない風の中にも、モナドはひしめいているんだ、新しい命の可能性が渦巻いているんだということです。これを賢治は思想ではない、頭ではない、丸ごと信じていこうとした。そうであればこそ、彼の童話には動物が出てきますが、例えば『なめとこ山の熊』の猟師と熊。熊を捕らなければならない猟師とその猟師に撃たれる熊、しかしその中には熱い心の交流がある。ある弾みで猟師の小十郎は殺されるけれども、熊たちが小十郎の亡骸を囲んで祈りを捧げる最後の場面があります。これは並の作家では書けません。やっぱり心底生きとし生けるもの、みんな同じ命だという、彼の生命感から生まれたもので、まさに今の、この時代の地球の生命そのものが問われ、あらゆる生物の共存が問われる時代に、賢治が書いた世界、問いかけた問題は生きている。賢治が騒がれるというのはそれなりの意味もあるし、そこにあるのではないか。受賞式のあとの花巻での会合で、世話役の皆さんがおしゃいました。「もうお祭りは去年で終わった。これからはやっぱり賢治の作品がもっともっと読まれるようにしてゆきたい。」私は『モモ』を書いたミヒャエルエンデとかもすばらしいが、賢治が描いた作品がもっともっとすばらしい翻訳で紹介されたら、それこそ昔のアンデルセンにも劣らぬ世界的なすばらしい童話作家として、世界の各地でもっともっと読まれていくんじゃないかと期待しているものです。

最後に妹トシとのことを、少しお話したいと思います。賢治という人は東北の農民たちのためにその一生を献げた人ですが、その生涯をつらぬくものは、無償の愛、絶対の愛ということですね。世界の万民が救われなければ自分は決して救われない、本当の幸いのためには自分の命を喜んで焼き尽くしても構わない、献げてもいいという、これはアガペーです。しかし生身の賢治にはエロスがある。彼は生涯をなにかに献げるために『妻を娶らず、酒は食らわず』つまり結婚はしない、酒は飲まないと言う心条を貫いた。その彼にとって二つ違いのトシこそは、最愛の妹であって恋人なんですね。人間は、男と女は死ぬまで互い魅き合うのですが、賢治の場合は格別です。ある人がうまいことを言っている。優れた文学者は一人の見えざる妹に向かって何かを語りかけるというのです。ところが現実に賢治にはすばらしい妹がいたということです。家の中では日蓮宗で、一人孤立している、彼を励ましたのはこの妹のトシです。この妹が大正十一年十一月二十七日に亡くなる。賢治の嘆きは『永訣の朝』その他の詩でよく知られているところです。彼はその翌年大正十二年の夏には北海道から樺太までその旅の中でも妹のことをうたっています。そのエロスとアガペーの相剋というか、それを最も強くあらわしたものが、この大正十二年の八月二日、宗谷海峡を渡るときのことをうたった『宗谷挽歌』で、この中で賢治は妹トシに向かって、今俺は一生懸命やっている。しかし俺の生き方が間違っているならば妹よ、その死者の闇の世界から帰ってきて俺を助けてくれ。みんなの本当の幸福のためならば、私たち二人はこのまっ黒な宗谷の海に封ぜられても、閉じ込められても悔いることはないと言います。これをある人は、すべてのものの幸いのためというのは、これこそ絶対的な愛、つまりアガペーそのものじゃないかと言っています。しかし私はそれだけじゃない。妹よ、もし俺が本当に間違っていたらお前がその死者の闇の世界を破ってきて、助けてくれ。そのみんなの本当の幸いのためなら、お前と俺が抱き合って、この暗い宗谷の海に閉じ込められても悔いることはないという。これはまさにエロスです。生々しいほどの思いです。ここではまさにアガペーとエロスがひとつになって交錯します。これが『銀河鉄道の夜』では主人公の少年ジョバンニが、僕たちどこまでも一緒に行こうねと言った親友のカムパネルラを失った悲しみにダブっていくわけです。そうすると賢治の晩年の思いを託した『雨ニモマケズ』はどうかということですが、これは彼が二度目の病気で昭和六年九月に倒れたときの詩ですが、この中に、

松ノ林ノ蔭ノ

小サナ萱ブキノ小屋ニイテ

と言う詩句があります。この病気がもう一度治ったならば自分はこの家を出て松林の蔭の萱ぶきの小屋に住んでということですが、これは妹と共にということです。かって詩人・高村光太郎は戦災で東京の家が焼けて宮沢家を頼って行き、花巻郊外の山の中腹に粗末な家を借りて数年を過ごしました。この彼は既にあの気の狂った智恵子さんを失っていました。彼がその孤独な小屋住まいの生活をうたったものに『元素となった智恵子』という詩があります。もはやモナドになった元素になった見えない智恵子、しかし彼女はまさに自分と共に生きているということなんです。賢治はいま、

松ノ林ノ蔭ノ

小サナ萱ブキノ小屋ニ

というけれども、あの妹は死ぬる時に熱に喘ぎながら『松の針』という詩にもうたったように、あの松のにおいを嗅ぎたい、風のにおいを嗅ぎたいとあれほど言った。だから松の葉を採ってきて病める妹の頬に当てた。お前が本当にそう願っていた松の林の蔭の小屋に今は元素となり、モナドとなったトシと共にあることができればという、一緒にいてくれ、そういう痛切な思いが込められているとするならばこの『雨ニモマケズ』もまた、非常にアガペー的な無償の愛、献身的な愛をうたったと言われていますが、同時にそこには妹トシへのひそかな思い、秘めやかなエロスの影といったものがにじんでいるのではないかということです。

そして彼は昭和八年九月二十一日、その三十七年の生涯を閉じます。その日の朝、二階で突然『南無妙法蓮華経』と言うお題目を唱える声が聞こえる。驚いて家族みんな二階へ上がっていく。賢治は床の上に起き直って法華経の題目を凛々と唱えている。父親が、これは最後だなーと思い、すぐに硯と墨を持って来させ「何か言い残すことはないか」と聞くと、「私が十八の時に出会ったあの法華経の経典を千部印刷してお世話になった方々に贈って下さい。」という。そうして、家族が下へ降りるときにお母さんを呼び止めて「ぐい呑みを下さい。のどが渇いた」と言い、呑み終わって「ああ、さっぱりした」と言って横になった。母親が階段を降りようとして、ふっと振り返ってみると、床の上に横たわって体を清めていた賢治の右手からオキシフルがポトリと落ちた。これが賢治の最後です。まさにその自分の三十七年の生涯を覚悟しての閉じ方であったというのが賢治の生涯です。

私は大変かけ足で喋りましたが、つまり言いたいことは、最後は賢治の表現は童話なんだけれども、そういうものを超えて彼のすばらしいビジョン、その思想、その生命感、それらすべてが実に見事な言葉をもつて、表現されている。これは言葉の勝利とも言うべきものです。そうしてやはり賢治という存在を神聖化し、偶像化するのではなく、勿論賢治にふれ感動した人たちが離島や、いろんなところに行って賢治の精神を生きておられる。これも賢治の残してくれた、かけがえのないものじゃないかと思うわけですが、しかしまた、一面、賢治を決して賛美して聖化するのではなく彼も人の子で、彼も生々しいほどに人の子であったということを見逃してはいけないのではないでしょうか。私もまた改めて賢治をさらに読み直して行きたいと思っています。もっともっと言いたいこともあるのですが時間になりましたので、終わらせていただきます。時間の制限もあり、大変早口で恐縮しておりますが、私の思いの一端を申させていただきました。お集まりの方々が、それならば改めて、もう一度読み直してみようかと試みて下さればありがたいことです。

今日は本当にありがとうございました。

宮沢賢治とは誰か——その生と表現を貫通するもの

佐藤でございます。今日は、このような意義のある会にお招きいただきまして、賢治についてしゃべることができることを大変嬉しく思います。

講演が三つ続きまして四つ目で、皆さんも少しお疲れであるだろうと思いますので、少し軽いところから入っていきたいと思います。今年は一〇〇年目ということで、格別な賢治フィーバーということになっております。この春もある所で聞いたんですが、花巻に行かれた方が、もうすでに大変なフィーバーで、花巻の駅に下りると「賢治寿司」というのがあるんですね。隣に、ついでに「啄木寿司」もある。それで、「賢治寿司」だから普通のにぎり寿司の上に、何か草の実か木の葉がのっているのかと思ったらそうでもない。ただの寿司だということでした。それから、さらには「よだかの星煎餅」あるいは「なめとこ山饅頭」。いろいろあるんですね。私はずっと前に参りまして最近は行っていないんですが、そのフィーバーぶりがよく分かるような気がいたします。

しかし、こういうフィーバーに対して、少し苦々しく思っている人があるかもしれません。そうするとリアクションが起こるわけですね。「賢治、賢治」となんだと。花巻のお金持ちのぼんぼんでいろいろなことをやった。学校の先生もやった。それから農村でのいろんな実践活動もした。どれも完結していないじゃないか。挫折じゃないか。しょせん金持ちの坊っちゃんが自分の夢を追った。そういうことではないのか。例えば、彼が国柱会に入った。国柱会というのは、最後はだんだん怪しくなって、ファシズムというか右傾化していった。賢治もうかうかして長生きしているとそっとの方へいったかもしれない。こういう論評などを最近目にしたこともあります。

しかし、そういう論評が、果たして賢治の作品を徹底的に読み切った上で、好き嫌いは別としてどう思っているか。そういうものが見えてこないわけですね。そこで、改めて、私どもが、今日のような賢治フィーバーは別として、今の時代の中で賢治を読むとは何かということが、もう一遍問われていると思うんです。

例えば、私はよく言うんですけれども、一人選べば漱石だ。二人選べば賢治だ。するとー人の先生が「違います。私は鹿児島の方に五年ばかり続けて、高校の先生方の研修に参りました。そして、賢治のことを話した時に、私は一人選んで賢治です」とおっしゃる。そういう方がいる。そういう方が、南方の離島に自分から志願して行っておられる。そういう熱い志をもった先生方が賢治のファンである。そういう方が、おそらく小中高の先生方にもたくさんおられるだろうと思います。

私はかつて、戦前は学校の教師をしておりました。残念ながら、その教師になる前は賢治を知らなかった。松田甚次郎の『宮沢賢治名作選』というのを読んで、こんなすばらしい人があるかと思った。そこで、昔の女学校でありまして、ミッションですが、今の高校に当たるでしょうか。そうすると進度なんてどうでもよいんですね。ここには高校の先生が中学校の先生がおられるかもしれませんが、とにかく進度なんかそっちのけで、毎日せがまれると賢治の童話ばかり読んでいました。それで、後になって私はよかったと思う。ろくな授業をするよりも、賢治のすばらしい作品を一つでも二つでも、そういう若い胸の中に打ち込んでいくことができたのですばらしかった。ですから、卒業した人たちが「やっぱり先生から聞いた賢治はすばらしかった」ということを言っております。

ただ、そういう教師として志を持って生きるということはよいんですけれども、同時にそれをどんどん、どんどん偶像化していくと、いわゆる賢治は聖者である。聖人である、献身的に生きたとなってしまう。これは、かえって賢治の像を貧しくしてしまいますね。

賢治も人の子です。たくさんの矛盾を抱えております。私は、最近、ある雑誌に頼まれまして、賢治特集で「賢治という混沌、あるいは始まり」という文章を書きました。賢治はカオス、様々な矛盾の渦巻きですね。そういうものを抱えて生きているわけです。そして、そこから何かが始まろうとしているわけです。賢治は三七歳の生涯を終わりましたが、その賢治の中に渦巻いていたもの。そのカオス。しかし、そこから何かが始まろうとしている。それを、私どもがまともに受け止めなければいけないのではないでしょうか。

ついでに申しますと、こういう賢治フィーバーに対しまして、やはりちょっと水をぶっ掛けようというものもある。荒川洋治さんという、大変私の好きな詩人がいる。この方が二、三年前に「美代子、石を投げなさい」という大変評判になった作品を書かれた。これは大変おもしろいんですね。お読みになった方もあると思います。それは、「賢治は世界をつくったが、世間はつくれなかった人だ。だから、今の時代とは全く反対の人だ。そういう今の目に、詩人の本当の姿が見えるわけがない」と、こういう言い出しなんです。我々は賢治を見ているだろうか。賢治は世界はつくったが、世間はつくれなかった。今の時代は、皆、世間を相手にしているのではないでしょうか。政治家も、いろんなことをやっている連中も、あるいは教育の場でも、とにかく世間、世間ですね。そういう中で、本当に彼は世界をつくろうとした。それで、そういうことを言った後で、この荒川さんはなかなか上手い詩人ですから、大変おもしろい、絶妙な語り口で言っている。それをちょっと、詩の一節から引いてみたいと思いますが、こう書いてある。

宮沢賢治は世界を作り世間を作れなかった
いまとは反対の人である
このいまの目に詩人が見えるはずはない
彼が岩手をあきらめ
東京の杉並あたりに出ていたら
街をあるけば

へんなおじさんとして石の一つも投げられたであろうことか
近くの石　これが
今日の自然だ
「美代子、石、投げなさい」母。
そういうようなおもしろい書き方をしている。それからしばらくいきますと、
ぼくなら投げるな　ぼくは俗のかたまりだからな
だが人々は石を投げつけることをしない
ぼくなら投げる　そこらあたりをカンパネルラかなにか知らないが
へんなことをいってうろついていたら
世田谷は投げるな　墨田区立花でも投げるな
所沢なら農民は多いが
石も多いから投げるだろうな
ああ石がすべてだ
時代なら宮沢賢治に石を投げる
それが正しい批評　まっすぐな批評だ
それしかない
こういう言い方をしています。そして、
詩を語るには詩を現実の自分の手で　示すしかない
そのてきびしい照合にしか詩の鬼面は現れないのだ

よい詩ですね。これはもうお聞きになって分かるでしょう。大変おもしろいんですが、決して賢治を批判しているのではないんですね。何だか賢治を本当に真っ芯から受け止めないで、ただ賢治、賢治だと言っている。そういう今の我々に、本当の賢治の姿が見えているかと、問い掛けているわけです。

賢治自身が「春と修羅」の中で、

けらをまとひおれを見るその農夫
ほんたうにおれが見えるのか

と問い掛けた。ちょっとこの時の賢治には、後でも触れますが、少し傲慢な言い方もあった。しかし、「ほんたうにおれが見えるのか」とあえて賢治は言った。おそらく賢治は謙遜な人ですから、現代人の我々のフィーバーに向かって、「ほんたうにおれが見えるのか」とは言わないにしても、そういう思いはあるかもしれない。つまり、賢治を今のこの時代の中で、どういうふうに真っ芯で、真正面から受け止めるか。それが、今日、賢治一〇〇年という時を迎えている我々に与えられた、一つの課題ではないかと思うわけであります。

私は、極論すれば漱石が好きです。そして、賢治が好きです。もう一人、ドストエフスキーが好きです。漱石と賢治とドストエフスキーがいたらもうあとはいらないと、極論すればそういう気持ちでずっと生きてきた人間です。もちろん明治の北村透谷以来、あるいは詩人の中原中也であれ、朔太郎であれ、作家の芥川、太宰、その他、皆好きだし、いろいろ論じてはきました。しかし、極論すれば漱石であり、賢治であり、ドストエフスキーであると言いたいところがあるんです。彼等が相手にしたのは世界なんです。世間じゃないんですね。

ドストエフスキーの文学でいえば、当時の一九世紀からずっと、人間の心理分析、いろんなことをやった小説は山ほどある。しかし、彼は、神と人間の問題。もし神がないとすれば、人間はどう生きたらよいのか。こういう問題を抱えて六〇年を生きた人なんです。

漱石はどうか。彼はロンドンに渡った。文明の凄まじい姿を見た。この文明社会を生きる。文明は人間を救わない。開化は無価値だ。しかも文明社会から逃れることができないとすれば、どう生きたらよいのか。これが漱石の課題だったわけですね。文明社会をどう生きるか。あるいはドストエフスキーのように、もし神がないとすれば我々はどう生きるのか。こういう大問題ですね。

宮沢賢治もその一人ではないでしょうか。漱石が文明を相手にしたとすれば、もっと大きな意味で、この地球の中で我々が人間だけではない、生きとし生けるものと共に共存していく。共に生きていくというのは何なのか。自然と共に、あらゆる生き物と共に、人間が共に生きていく、共存していく。そういう大きな問題を、やっぱり彼は抱えていたんです。

そういう賢治を世間知らずだ。世界を相手にしているけれども世間知らずだ、観念的だと、そういう言い方はできるでしょう。漱石だって、やっぱりあの当時は学者上がりで、書生っぽい、青臭いと言われた。しかし、その漱石の作品が、今、生きているというのは、やっぱり彼が相手にした大きな問題があるわけですね。賢治の場合もそうでしょう。そういう賢治ということを、少し考えていきたいと思うわけです。

さて、私は、文学とは何かと言われれば、それは認識であり、態度であり、表現であると言います。まず認識です。彼がどういう立場の人間であれ、全く自由な目でとことん人間を見つめる、世界を見つめる。認識ですね。しかし、その認識を抱えてどう生きるかという倫理。これが態度ですね。どう生きるか。そして最後は、もちろん文学は同時に文芸でもありますから、その言葉の表現という問題でしょう。優れた作家は、いつでもそういう世界に対する認識、そしてそれをどう生きるかという一つの態度、そして誠にすばらしい言葉の表現というものを持っているわけで、賢治もその一人であります。

私は、文学というものはいろんな語り方がある。しかし、言葉が生きていなければ駄目だということを申したいわけです。私は賢治の作品を読んでいると心が震えます。漱石も好きです。芥川もいろいろ読みます。そして、なるほど感銘はある。しかし、賢治の文体を読んでいると心が震えるんですね。波打ってくるんです。それはちょうど言葉をにらみながら、心の中には、例えばカルテットの弦楽の響き、あるいはピアノの微かなトレモロ、そういう繊細な音の響きが波立つようにして、私どもの耳に響いてくる。心に響いてくる。これは賢治を読んでいる時にだけ感じるすばらしいものですね。私は、今日は国際大会で日本代表ということですから、日本人の立場から言えば、賢治の言葉はすばらしい。賢治はそういう日本語、我々の母国語である日本語の持つ、最も繊細なもの、深いもの、開かれたもの、そういうものを見事に生かした、そういうすばらしい詩人だと思うんです。

そうすると、最近、賢治ブームでアニメが盛んに出ますね。私はいろんなところで、その賢治の特集がずっとテレビなどであるのを見ました。すぐ「銀河鉄道」などというとアニメ的な写真が出てくる。何か「銀河鉄道」の世界をアニメ的に列車が走っている。銀河鉄道が走っている。まあ、いろいろある。あの「風の谷のナウシカ」を作った人。そして「となりのトトロ」を作った人。あの宮崎駿さん。すばらしい人ですね。彼がある所で言っていた。「賢治の作品。とりわけ『銀河鉄道』とか、そういう賢治の作品は、絶対に自分はアニメに作ろうとは思わない。作れない。作らない方がよい」と言った。私はこれは名言だと思った。アニメで何でも表現できるようなすばらしい力を持った人が、あえて賢治の作品というものはアニメに作ってはいけないと言った。お分かりでしょうか。

アニメもすばらしい作品がある。でも、今私が言ったような言葉の描線が、あるいはその中身が震えるような響きを持っている。我々の心に波立ってくる。この繊細な力というものは、アニメなどに映したって駄目ですね。ですから、私は賢治の番組を見て、あの銀河鉄道のアニメなんかが走っているものを見ると、何だか空々しい、空しい感じがするんです。ということは、これは言葉の勝利であります。同時に、詩人の勝利です。彼が書いた童話というのは、単なる一つの物語を書いたのではないんです。言葉そのものが生きている。ですから、私は童話には詳しくはないが、小川未明その他、近代、現代ですばらしい童話作家が今でもいる。しかし、賢治は別格ではないでしょうか。あえて言えば、賢治一人いればよいという言い方も、そういうところから出てくるわけです。

賢治は、そういう意味で一人の表現者だった。賢治を見ようとすれば、賢治の生き方もあるが、賢治の生き方をただ変に偶像化したり聖化しないで、彼がすばらしい天才的な表現者だった、そういうことをまず見る必要がありましょう。

彼は詩を書き、童話を書いた。しかし、詩と童話とは別物ではありません。同じ根っこから生まれたものです。「銀河鉄道の夜」と「青森挽歌」。同じような根っこから、同じような時期に出ているわけですね。その根本には、後で触れる妹トシの問題があるわけです。

そして、彼の表現の最初の出発は短歌でありました。これは、高村光太郎でも朔太郎でも、中原中也でも、皆、若い時は取っ付きやすいということで短歌をやる。やがて短歌から離れて、朔太郎は朔太郎となる。光太郎となる。あるいは中也となる。しかし、この中で、賢治も最初は短歌を作っていた。一五歳の時から二三歳ぐらいまでの時。盛岡の中学の三年から高等農林の研究生くらいまでの間。短歌から始まっているが、この短歌はすばらしいですね。歌集として一冊編んでもすばらしい。あの時代のあの時点の中で、この短歌というのは、あの時期の短歌の一つのあり方の枠をはるかに飛び出ていこうとするパワーがあるわけですね。

本当は時間があれば、その初期短歌のことをいろいろ申したいんですが、一つ、二つ触れてみますとこういうのがあります。まず、短歌ですから三一文字です。

白きそらひかりを射けんいしころのごとくも
ちらばる丘のつちぐり

こういう七五調です。こういうのを作っておいて、最後にどう書くかというと、

白きそらひかりを射けんいしころのつちぐりに
あかつちうるうるとこゞえ
五七五を打ち破っていこうとする力がある。これは単なる調子を破った破調という以上の一つの力がある。
さらに極端な例をいいますと、こういうのがあるんです。
雲ははや　夏型となり　熱去りし
からだのかるさに　桐の花咲ける
五七調です。これが、こういう歌稿の前の所に一つ、彼が書き込んでいるものがある。どういうのかというと、
くもはいつか　ネオ夏型　おれのからだのねつはとれ
桐の花　かるかるとさいてゆるく
これはもう短歌ではないのです。つまり、何か彼の発想の中から沸き出るものがある。最初に取り付いたのが短歌だから、一応五七五七七の枠に収めようとするが、収まりきらない彼の中からあふれてくる言葉がある。力がある。これは当然、彼が短歌を捨てて詩にいく前提になるわけですね。そうすると、言うまでもなく、あの『春と修羅』の詩にいく前に「冬のスケッチ」というような短詩型のものが少しありまして、大正十一年の一月からの、ぁのユニークな『春と修羅』になるわけです。
皆さんは、賢治と言えば、どっちかというと一般の方はわりに童話の方をお読みになりますが、この根っこは一つです。そして、すばらしい詩人が書いた、そういう文体を持った童話ですから、これは根っこは・つとお考えになって、例えば「銀河鉄道の夜」を読むのであれば、絶対に「青森挽歌」であるとか「オホーツク挽歌」、その他、もろもろの詩もよんでいなければ、本当は見えてこないわけであります。
さて、時間がありませんから、本当は賢治の詩を幾つか読みたいのですがそれは読みませんけれども、一言で言

うならば、例えば、あの『春と修羅』に入っている「青森挽歌」にしろ、あるいは「小岩井農場」であれ何であれ、そいうものを見ると言葉の響きがシンフォニックですね。あるいはポリフォニックです。これは入沢康夫さんという、賢治の校本全集なんかを中心でやられた、こういう方もすでに言っておられます。彼の童話よりも、むしろ詩の中に非常にポリフォニックなものがある。たくさんの意識、たくさんの声がひしめいている。ポリフォニックと言ってもよいし、シンフォニックと言ってもよいわけでしょう。

こういうものがそうして生まれたか。その一つの起源には、彼が知り合った藤原嘉藤治という詩人であり音楽の先生。花巻の女学校の先生をしていたこの人と親しくなる。そうすると、藤原嘉藤治さんの影響などもあるんですが、彼はシンフォニーを聞き始める。それまでは、おじいさんなんかが聞いていた当時のラッパ型の蓄音機ですね。それで浪花節とか、浄瑠璃とか、そういうものを聞いていた。その彼に突然シンフォニーが飛び込んでくる。彼はお金が幾らでもあるわけですから、どんどん東京に注文してプラスチックのレコードを買うわけですね。そうすると、藤原嘉藤治さんが「音楽を聞いているのもおもしろいが、そのクラシックに聞きほれている賢治が、身振り手振り、体を震わせて、手を震わせて、頭を震わせながらクラシックを聞いている。それを見ている方がよっぽどおもしろい」と言った。それほど彼は熱中した。わけてもベートーベンが好きだというのはよく知られている。賢治の写真で、河原のような所をちょっとうつむいて、後ろに手を当てて歩いているものがある。あの賢治のポーズは、よく言われるんですが、ベートーベンにあれそっくりの姿があるので、それを真似たのではないかと言われるくらいであります。言われておかしくはない。賢治というのはなかなか色気のある人です。ダンディーです。さりげないようでなかなか美意識のある人でありました。つまり、確かにそういうものが、クラシックとの出会いが、賢治の短歌の時にあふれるようにみなぎっていたものに、一つの歌口を開いたということでしょうね。

盛岡中学校を出た一八歳の時に、法華経の経典に出会ったことで、それまでは父親の政次郎さんの影響で浄土真宗の、そういう宗教的なものに浸っていた彼が突然目が開いていく。そして、法華教の経典に出会うことで、あの熱烈な法華経の、つまり日蓮宗の信徒になる。それは、彼の中にある宗教的なものに本当の意味で火を付けたということですね。それは、一つには、法華教は知られているようにただ南無阿弥陀仏ではないわけでしょう。つまり、それは世界のすべてのものの救いのために自分の身を捧げていくという、実践的なものがあります。また、人を折伏していくことが一つの働きだ。同時に、一つの壮大な大きな宇宙観というものを持っている。そういうものが、賢治の心の琴線に触れてくる。彼の心を開いていく。

だから一八歳の時の法華経の経典との出会いが、まさに彼の魂を開く。同じように、やはり詩人としての彼の目を開いた一つのきっかけですね。それはやっぱりクラシックとの出会いである。ただし、それは彼の資質があってのことです。ですから、彼の詩は、いちいち挙げることはありませんが、皆さんがお読みになると分かるように、長い詩の中で一つの語り手が語っていく。そうすると別の内面の声が語る。もう一つ、全く別の声が語り始める。段落を下げる。括弧を付ける。そういうふうに、二重、三重の声がひしめいていくような詩。これは、それまでほとんど近代の詩人がやらなかったことですね。

私は近代詩になにほどか興味がありますから、ずっと最初の頃から見ていきますが、そして、近代詩の歴史の中で賢治だけは別格です。近代詩の歴史であるというと、新体詩から始まって、明治の象徴詩、口語自由詩、朔太郎が出てきた、白秋が出てきたということでしょう。賢治は出てこないんです。別格なんです。別格というのは偉いから別格じゃないんですね。全く別席に追いやられているという感じ。私は、こういう賢治が日本の近代詩の中に風穴を開けた、そういう試みを後の詩人たちがどうのようにまともに受け止めてみたかというと、やっぱり賢治をどうのように評価するかということが、近代詩史の中ではまだまだ片付かない大きい問題だと思うわけであります。

こういう賢治の詩の持っているポリフォニックなもの、シンフォニックなもの、型破りなもの。しかし、それはどこから生まれてくるかというと、もう一つある。それは実は、非常に彼に傾倒した詩人に、ご存じの中原中也がある。中原中也というのは非常に鼻っ柱の強い人ですね。そこで、彼がある時、弟分にしていた大岡昇平を連れて神田の古本屋へ行く。そうするとゾッキ本ですね、店先にずらっと安値の『春と修羅』が、売れなかったわけですからずらっと並んでいる。そうすると、中原中也がそれを五、六冊買い占めて「大岡、お前にも一冊やる。あとは俺の友人たちにもやる。宮沢賢治というやつは花巻なんて田舎にいるからあれだけれども、東京のど真ん中にいたら皆が注目するすばらしい詩人だぞ」と言った。大岡さんは、何であの鼻っ柱の強い中原中也がそう言うのかとけげんな思いをしたと書いておられる。しかし、中原という人はすばらしい人です。

ついでにちょっと宣伝しますと、もうご承知かと思いますが、中原中也記念館というのが二、三年前にできまして、中原中也賞というのも生まれまして、私どももそれに関わっているわけで、言うならば、中原中也は賢治の弟分であるとお考えくださって、賢治をご愛好の方々は中原中也ももう一度復活してください。かつては中原中也の方が読まれたんですよ。学生時代は。我々の学生時代というのは中原中也。それ以前もですが、中原中也の詩を暗唱したんです。ランボーやベルレーヌやボードレールの詩を暗唱するように暗唱したものなんです。大変なブームだった。それがある時、私は昔、中原中也の本を出しましたが、馴染みの本屋さんが「先生、もう駄目ですよ。中原中也はもう駄目です。今は何が何でも賢治です」とおっしゃる。けれども、もうちょっと中也はよくなります。来年は、角川からすばらしい、新しい全集が生まれるわけでありますから。

それで、まあ弟分なんですね。では、どういうところがあれかと申しますと、それはこういうことになるわけです。中原中也は体系的な詩論は書いていない。ただ一つ「芸術論覚書」というのを書いている。これはやっぱりすばらしいんですね。この中で、彼はこう言っている。詩というものは概念的な言葉から生まれない。概念、認識以前の言葉。物に名前を付ける。机とか椅子とか、そういう名前を付けた明示以前の世界、認識以前の世界。それを何と言うか。現識と言う。げんは現実の現。しきは知識の識。仏教の言葉でこれは「阿頼耶識」とも言います。今、よく使われますね。人間の意識の一番底にある阿頼耶識、無意識、深層意識という意味である。それで、この現職から生まれるものでなければ駄目なのだということを、彼は「宮沢賢治の世界」という文章の中で書いている。そして、たぶん宮沢賢治が詩論を書いたらこういうものを書くだろうという気持ちで書いたというのが「宮沢賢治の世界」という文章なんですが、その中で「賢治という人は、自分の心の印象の生滅する、生まれたり消えたりする。そのままに、自分の命が経験したことの、そのどの部分だってこぼしてはならないと分かり、彼はその新鮮な現識を書き付けた」。自分の印象に浮かんだものはどんなことだって全部かけがえのないものだ。だから、取りこぼさないで全部受け止めていく。それが認識以前の本当の現識から生まれてくるものだと、こう言います。そして「賢治という人は、感性の新鮮に泣いたのですし、いよいよ泣こうとしたのです」と、これはまた別の文章で言っている。彼は感性の新鮮さに泣いた。そして、いよいよ泣こうとした。非常によく賢治の詩というものを理解しています。だから、彼の「芸術論覚書」というものは、やはりこの文章をもう少しまとめたものでして、例えば「赤ん坊が手をヒラヒラすると笑う。赤ん坊は、手という名前も、手はどういうものかという概念も何もない。けれども無邪気に笑う、反応する。手という名前も概念もないところで感じる手。そこからことが始まらなければいけない。これが現識の問題だ」と、こういうふうに言うんですね。つまり、生命が、母親の体内に命が芽生えた時から感受したもの。その一切は、我々の一生の中で何一つ取りこぼされてはいない。記憶から消えたように見えるけれど、何一つ取りこぼされてはいない。そこの深いところから言葉が生まれてこなければいけないと言っている。これは、彼が賢治から学んだことだとも言える。そして、中原はそういう形で、彼の詩を作り始めたわけであります。

そして、賢治自身も言っている。それはどういうことかと言うと、やはり本当の無意識から生まれたものでなければ無力か欺瞞だ。詩の言葉というのは無意識から生まれなければいけない。全く中也と同じことを言っているわけであります。

こうして生まれたものが、彼の「心象スケッチ」であります。心に明滅するもの、点滅するもの、どういうものも取りこぼさない。その心象スケッチということであります。彼は童話も自分の心象スケッチと言った。詩もまたそうであると言いました。

さて、同時に、彼は自分の書いた詩を詩と呼ばなかった。心象スケッチと呼んだ。そして、これは生活の記録だと言った。彼は単なる芸術至上主義ではなかった。彼は、ある手紙の中で言っている。自分はある大きな心理学的な実験、そういう問題を考えている。そこにたどり着くまでのプロセスとしていろんなことをやっている。その一つとしてやっているのが、こういう心象スケッチと呼ぶもので、これは詩なんておこがましいものじゃない。生活の記録、その報告です。こういうふうに言っている。これを生活の記録といったところに眼目がありますね。つまり、彼は「単なる言葉を磨いて」という人ではなかったということであります。そういう賢治の詩が、今のような意味で、艶やかなものを持っている。現識から生まれてくる。そして、非常にポリフォニック、シンフォニックなダイナミックなものを持っているということが一つであります。

そういう彼が書いた童話は、詩人の童話であります。だから、童話のストーリーもすばらしいんですが、やはり言葉そのものに我々は酔うことができるわけで、さっきの講演の中でお話が出ましたが、鈴木三重吉の「赤い鳥」(大正7年7月)。すると、こういうものに促進されたような形で賢治も童話を書くわけです。そして、鈴木三重吉のところに送りますと、「これがロシアなら通用するだろうが、ここはロシアじゃないんだ」とはねつけられた。これはずいぶん賢治は傷ついたと思う。ただそれがドイツでも、イギリスでもないところがおもしろいですね。「ロシアなら通用するだろうが」というのがおもしろいと思います。

しかし、いずれにしろ、新しい児童文学の運動をやると言った鈴木三重吉は、賢治のこういう童話が分からなかった。それが当時の水準なんです。つまり、彼の童話は当時の童話の水準を破っているわけです。もっと言うならば、彼は近代詩を書けば、詩の底を踏み抜いていく。枠を打ち破るわけです。童話を書けば、これは子供のためだという童話の概念を打ち破っていくんです。底を踏み破る。枠を打ち破っていった。開いていった。それが賢治の働きであります。

菅谷規矩雄さんというすばらしい人が、数年前に亡くなられた。彼は「宮沢賢治序説」という本を書かれた。多くの本は賢治をべた褒めに褒めちゃう。でも彼は違うんですね。賢治は自分の世界はつくったかもしれないが、あの世間知らずの幼児性、それには我慢がならない違和感があるというところで、むしろ違和感を軸にして書き始められた。しかし、それは並の賢治論とは違った、非常に深いものがあった。しかし、その根本には真っ当な賢治批判というものもあった。その菅谷さんが亡くなる前に、最後に遺稿として残したものは何か。それは、ある兄弟の物語、つまり、あの「双子の星」から「銀河鉄道の夜」や「グスコーブドリの伝記」につながるような壮大な世界。つまり、賢治はファンタジーの世界を宇宙に向かって開いていった。現代では、小説はもはや命運尽きている。小説ごときものは書いているが、実は、小説家というものは何も信じていない。信じられなくなってしまった。つまり、もはや小説は現代では命運尽きている。その中で、ファンタジーの世界を宇宙に向かって開いた、すばらしいビジョン。彼はこれから生まれるであろう新しい文学の先駆者として、自分の目にはある。それを書いていきたい。神話の世界から解き起こして書いていきたい。というとば口のところで、彼の原稿は彼の命と共に中断されたわけですね。実に残念なことであります。しかし、賢治は世間知らずだ、幼児性だということを言ったその詩人が、批評家が、最後は賢治の文学こそ、二〇世紀の終わりを迎えるこういう時代の新しい文学の先駆であると言ったということは、やはりすばらしい、見落とすことのできないことであろうと思うわけであります。

だいたい賢治の童話は、童話というのが誤解されますね。子供が読むんじゃないんです。よく言われますが、子供も読めるんです。我々が読むんです。子供も読めると覚えてください。そして、これは賢治が言っているように、アドレッセンス中葉。青春前期ですね。高校生から大学の初めあたりでしょうか。その一番感受性が豊かでものが見える。そういうアドレッセンス中葉、青春前期に向かって彼は書いたのだと言っている。それが、大人の我々が繰り返し読んで感銘する。もちろん、幼い子供が読んでも、それなりのものがある。

じゃあ、なぜ彼は童話を書いたか。彼は小説も書いている。しかし、この小説は悪くはないが、残念ながら内にこもっている。微妙な繊細な自意識。そういう感覚が、彼が学生時代に、いわゆる地質学や何かの採集やいろんなことで行ったりする、民家に泊めてもらったりする。そういういろんな体験が書いてある。非常にデリケートな、繊細な神経が書いてある。内にこもっている。こういう調子では、やっぱり小説は書ききれていけないでしょう。やっぱり、彼は書くべくして童話を書いた。なぜ童話が書けたか。それは彼が人間だけを相手にしなかった。生きとし生けるものが皆兄弟であれば、童話の世界で、彼はその考えを奔放にダイナミックに解き放っていくことができる。賢治の中にある生きとし生けるものが皆兄弟だという、そういう一つの世界観が、童話であればこそ、彼の思いを解き放ってくれたということではないでしょうか。

私は、本当はいろんな作品で、さっきから申しましたような賢治の言葉の輝きということを言いたいんですが、時間がありませんので、一つだけちょっと賢治の童話の文体、それがそのまま一つの散文詩であるという例として見ていきたいと思います。それは、皆さんもたくさん読んでおられるでしょうが、「サガレンと八月」という作品です。これは未完で終わった。中絶したんです。

この「サガレンと八月」。これは皆さんご承知の、大正十一年十一月二十七日、最愛の妹トシが亡くなった。「永訣の朝」その他が生まれた。しかし、「永訣の朝」などもよいが、実はその翌年、彼は樺太への旅に出た。それは花巻の農学校の卒業生の就職先の開拓と言われているが、よく言われるように、実はいまだにトシのことを忘れることができない。その思いを晴らすセンチメンタルジャーニー、感傷旅行ですね。そして、彼は樺太へ行く。そして、栄浜という所に行く。オホーツク海を見渡す、そういう海岸ですね。その印象を「オホーツク挽歌」にも歌っており ますが、また「サガレンと八月」という作品の冒頭に書いている。そこを丸ごとではありませんが、ところどころ引きながら読んでみます。

「何の用でこゝへきたの。何かしらべに来たの。何か調べにきたの」

吹きくる風が私に聞く。私は農林学校の助手だが、標本を集めに来たのだと言う。その風はもう遠くへ行って、また別の風が聞く。「何の用でこゝへ来たの。何かしらべに来たの。しらべに来たの」

しかも、その風も答えを聞かずに行ってしまう。そして、向こうの海が孔雀石色と、暗い藍色と縞になっているその境の辺りで、どうも透き通った風どもが、波のために少し揺れながらぐるっと集まって、私から取っていった切れ切れの言葉をぼろぼろになった地図を組み合わせる時のように息をこらしてじっと見つめながら、いろいろにはぎ合わせているのがちらっと見える。

こういうすばらしいイメージを、他のどんな童話作家が書いたでしょうか。これは詩人の童話ですね。そして、さらに今度は、

私が貝殻を拾っていると、足下の波が「貝殻なんぞ何にするんだ。そんな小さな貝殻なんぞ何にするんだ。何にするのだ」と聞きます。私はムッとして、そんなに何でもかんでも、何かにしなければいけないものじゃないんだ。そんなことは分かっていそうなものだと言うと、波は少したじろいだように「おまえたちなら、きっと何かにしなけぁ済まへまないものと思ってたんだ」とぶつぶつつぶやくように答える。私はどきっとして赤くなり、まるで立ってもいてもいられないように思う。

こういう部分ですね。そして、こういう部分というのはもはや、よく言われる、賢治は自然の世界、風や波を擬

人化した。そんな擬人化なんて技法の問題じゃないです。比喩の問題じゃないです。もう丸ごと風の音、波の声の中に没入していっているわけですね。そして、彼はこう言います。

こんなオホーツク海のなぎさに座って、乾いて飛んで来る砂やハマナスの匂を送ってくる風のきれぎれのものがたりを聴いてゐると、ほんたうに不思議な気持ちがするのでした。それはもう、風が私にはなしたのか、私が風にはなしたのかもうさっぱりわかりません。ただ、そこから風や草穂のいゝ性質があなたがたのこころにうつって見えるならどんなにうれしいかしれません。

もうここをお聞きになれば思い出されるでしょう。先ほども触れましたあの『注文の多い料理店』の序の一文であります。その『注文の多い料理店』の序では、

ほんたうにかしはばやしの青い夕方を、ひとりで通りかかったり、十一月の山の風のなかに、ふるえながら立ったりしますと、もうどうしてもこんな気がしてしかたないのです。ほんたうにもう、どうしてもこんなことがあるやうでしかたないといふことを、わたくしはそのとほり書いたまでです。

そして、

これらのちいさなものがたりの幾きれかが、おしまひ、あなたのすきとほったほんたうのたべものになることを、どんなにねがふかわかりません。

「サガレンと八月」と、『注文の多い料理店』。いずれも12年の半ばの、ほぼ同じ頃に書かれているわけであります。そして、この最後の辺りの「お終いに、あなたの透き通った本当の食べ物になることを願う」。「食べ物になる」と言う。童話の世界が食べ物になる。これはエロス的な、肉感的な感覚ですね。物語の世界が一つの食べ物のように自分の肉体の中に入り込んでいく。

もっと言えば、賢治は自然との関わりというのは、単なるコミュニケーションではない。単なるコミットではな

い。お互いがぐーっと入り込んでいく。風の中に入っていく。風が自分の中に入っていく。だから、自分が語ったのか、風が語ってくれたのか分からないという形になるのでしょう。

今の文章は聞き様によっては単なるセンチメント、感傷的と見えるでしょうが、そうではない。セクシュアルですよ。官能的なんです。エロス的なんです。詩というものの文体は、どんなにすばらしいことを語っても、本当に読むものの心を震わせるような官能的な、肉感的な、心が震えてくるような、そういうものがなければいけない。そうすると、賢治の童話であれ詩であれ、特に童話なんかそうですが、読んでいるとエロス的ですね。官能的です。セクシュアルです。こちらの心が震えていく。それは、ある意味では開かれたセクシュアルな世界と言ってもよいでしょう。そういうものが、やっぱり我々の心をとらえてくるわけであります。

こういう賢治の文体というものは、言えば切りがないわけでありますが、この賢治の数あるすばらしい童話の中で最高のものは、やっぱり「銀河鉄道の夜」でしょう。なぜ最高か。これは未完で終わったんです。未完というのはすばらしいです。漱石の代表的な「明暗」は未完なんです。ドストエフスキーの「カラマーゾフの兄弟」は第一部で未完なんです。カフカの「城」も未完なんです。そういうすばらしい作家が残したものは、皆未完で終わってしまうんです。しかし、その未完で終わった中に、彼等の世界観なり何なり、思いが全部ある。彼が未完で終わらせたということは、大事なテーマがあるから、簡単に片付けようとしなかったんです。

彼は亡くなる前に「グスコーブドリの伝記」というのを書いた。これは書かねばいられなかった。自分のあるべかりし夢を童話という一つの物語の中に書ききって収めた。その「グスコーブドリの伝記」をいささか書き急いで書き終わったことを代償にして、「銀河鉄道の夜」は未完のまま、彼は放さなかった。抱えて逝った。だから、ここにはいろんな問題がある。いまだに何かといえば、「銀河鉄道の夜」がいろんな角度から言われているわけですね。

畑山博さんという人はすごいですね。もう作家の後半生はとことん賢治に入れ上げてしまう。あの銀河鉄道のジョバンニやなんかが乗っている客席全部に番号をくっつけて、どこの席がああだこうだということまでやっておられる。すごくマニアックな人も出てくる。しかし、その打ち込み方というのは、やっぱりすごいとは思うわけであります。

さて、「銀河鉄道の夜」の説明はするまでもない。ジョバンニという孤独な貧しい少年が、星祭りの日に丘の上でまどろむ間に銀河鉄道の世界を巡ってくる。そこで死んだ友人のカンパネルラにも出会う。そして帰ってくる。カンパネルラが犠牲の死を遂げたことを知る。ただ、この童話にこういう欄外に覚書のようなものがある。たくさんあるメモの中の二つです。

青年。白衣のひととポウロについてかたる。

これが一つ。もう一つは、

開拓功成らない義人に新しい世界現はれる。

この二つのメモがある。中村稔さんという、あの「宮沢賢治」というすばらしい本を昭和三十年代の初めに出された方が、この二つに注目された。しかし、なかなか解けない部分があるとおっしゃった。これは何でしょうか。まず「開拓功成らない」。いくら開拓しようとしても、それを成し遂げることができない。「義人に新しい世界現はれる」とは何だ。「義人」という言葉は、彼が生涯そうであったと言われる仏教からは出てこないんです。これは聖書から、キリスト教から出てくるんです。そして、賢治に大きな影響を与えた人に、花巻の人で後に東京へ出ますが、内村鑑三の弟子の斎藤宗次郎という人がいます。彼は、賢治と大正十年の一月から大正十五年の九月まで、斉藤さんが上京するまでの間、深い関わりがあった。斎藤さんは禅寺の生まれです。しかし内村鑑三に触れて、その弟子になる。そして、小学校の先生をしながら盛んにキリスト教的なことを言う。そこで、とうとう教師は免職される。辞めざるを得ない。以後二十二年間、新聞雑誌の取次、新聞配達などをやる。賢治が花巻の農学校で宿直なんかをしていると、最後にそこへ行って、そして茶飲み話などをしている。そういう深い関わりがあった。また宮沢家とも深い関わりがあった人です。

さて、この「義人」という言葉はどこから出るか。内村鑑三です。内村鑑三は近代を代表するすばらしい伝道者で、多くの文学者に影響を与えた。彼の『羅馬書の研究』。大正十三年に出ました。大正十年一月から十一年十月まで六〇回。彼の大手町講演と言われる数々の聖書に対する公開説教でも最大のものですね。そして、「義人は信仰によりて生くべし」という羅馬書。この言葉がローマ人への手紙、羅馬書を煮詰めた一部だということを言っておられる。そして、彼はその終いの方で終末論に触れたところがある。この世の最後のことです。そこのところで、こういうことを言った。「我らは時を知れり。今は眠りよりさむべき時なり」という羅馬書の言葉を引いた後で、こういう言葉がある。その最後の日ですね。「神の日には天焚毀体質焚鎔けん、然れども、我等は其約束に因りて新しき天と新しき地とを望み待てり。義、その中に在り」。最後の日がくる。世界は崩れて焼け落ちる。しかし、我らは神の約束によって、新しき天と新しき地とを望み待てり。義、その中にあり。この言葉はペテロ後書の三章から取った言葉が、この羅馬書の梗概の中に入れてある。ということは、これは同時に、初代教会の人たちが迫害された。その迫害された者たちへの深い慰めの書として、ヨハネ黙示録が最後にくっついているわけですが、内村鑑三はこの黙示録こそ、つまり迫害の只中に自分のペンを浸して書かれたヨハネのすばらしい言葉だと言っているわけですが、そうすると、内村鑑三が言っているところ、羅馬書の言葉、そこで引かれているペテロ後書の言葉、ヨハネ黙示録、これらが全部賢治に深い関わりを持っている。

どういうことか。私は、これは無理にキリスト教に引きつけていこうとするのではない。ただ、事柄を事柄として、そう見えるということであります。ということは、皆さんは「銀河鉄道の夜」をお読みになって矛盾をお感じになるでしょう。あれだけ熱烈な仏教徒と言われた彼が、最後の大作である「銀河鉄道の夜」の中では仏教的なものが出てこない。天上世界は極楽でも何でもない。あの「銀河鉄道」のイメージを思い起こせば分かるでしょう。汽車の外には輝く十字架がある。そして、その銀河鉄道の中にはたくさんのクリスチャンがいる。ハレルヤの声。ただし作中にはハレルヤではなくてハルレヤと書いてありますが、ハレルヤの声が響く。そして、またいよいよある駅に着く。皆降りる。クリスチャンですね。尼さんもいる。そうすると天の川を渡って行く。そうすると、向こうから白衣の人が来る。その白衣の人の前に皆がぬかずく。この白衣の人は、言うまでもなくキリストを表しているのでしょう。

そうすると、この「青年が白衣のひととかたる」とは何でしょうか。「青年」は、これもお読みになった方は分かるでしょう。北海の氷山にぶつかった船が難船する。家庭教師であった青年は、預かっている二人の子供を抱えて乗り込んで来る。この汽車には、多くの犠牲の死を遂げた者たちが乗り込んでいる。その青年との間のやり取りが出てくるわけですが、例えば「あなたの神様ってどんな神様ですか」と青年がとりすました形で言うと、「僕は本当によくは知りません。けれども、そんなんでなしに、本当のたった一人の神様です」。青年が「本当の神様はもちろんたった一人ですよ」と言うと、「ああ、そんなんでなしに、たった一人の本当の、本当の神様です」と言う。これは、賢治が胸を打ち叩かんばかりにしている。つまり、いかにもとりすまして、既成の宗教の枠の中にある一人のクリスチャンの青年が「本当の神様って一人ですよ」と言うと、「ああ、そんなんじゃない。本当の本当のたった一人の…」とこう言うこと。これは、まさに賢治の肉声が響いてくるところであります。

つまり、賢治の問いは、こういう聖書的なものに深く惹かれながらも、宗教は疲れている。それに代わるべき科学は冷たく暗い。どうすればよいのか。こういう大きな問題を抱えていたわけですね。こういう賢治の思いが集約されているのが、ご存じの「蝎の火」です。しばらく行くと、天上が真っ赤に燃える。蝎の火が見えている。それが天を赤々としている。ただ、その蝎の星。これは、彼がイタチに追っかけられて井戸に落ち込んで助からない。自分もたくさんの虫などを食ってきた。どうして今度は自分は黙ってイタチにくれてやらないんだろう。ああ、今度、この次に生まれる時は、この次はどうか。こんなに空しく命を終わらないで、皆の本当の幸いのために私の命を捧げたいと言った。その祈りが、やがてこの蝎が息絶えていく時に、真っ赤に燃える蝎の火、蝎の星になった。そういうお話です。

そうすると、この賢治の祈りを集約した「蝎の星」が、どのように書いてあるか。それはルビーよりも赤く透きとおり、リチウムよりも美しく酔ったようになって、その火は燃えていた。燃えきっているわけです。ところが、その前のところに、黒い煙が高く桔梗色の冷たそうな天を焦がしていた。燃えきっている火がどうしてそれをいぶすような黒い煙を発するんですか。これは描写の矛盾なんです。

だから、これは気になりますから、校本全集が出る頃に、私は天沢退二郎さんにお電話をしました。ずいぶんあちこち書き替えているがここはどうなっていますかと聞きましたら、天沢さんは調べてくださった。全部コピーを見ても、最初から最後までここはこの通りであります。そうすると、賢治は揺るがぬ思いを込めてこう書いた。これはなんでしょうか。つまり、冷たそうな天とは何でしょうか。キリスト教的なイメージで彩られた、既成宗教的なキリスト教の世界。それを燃えているけれども焦がすんです。それは、既成の宗教に向かって「あなた方が、本当にこの東北の農民たちの苦しみに対して、何をやってきたのか。何ができるのか」と突き出された、賢治の土まみれの一つの握り拳である。そういうようなイメージを、私は思うわけであります。

さて、これの後でジョバンニが言います。「僕は皆の幸いのためなら、僕の命なんか百遍焼かれても構わない」。カンパネルラもそうだ。百遍焼かれてもかまわないという賢治の祈りが作品になればグスコーブドリです。火山を爆発させるためには、自分は命懸けで命を捨てなければいけない。喜んでいるんです。つまり、「銀河鉄道の夜」に書かれているテーマを一つの物語にすれば「グスコーブドリの伝記」になる。

時間がきましたけれども、私が最後に一言だけ言いたいのは、こういうふうに話を引っ張っていくと、賢治はアガペー、つまり皆の幸いのために命を捨てた。これは悪くすると聖者伝説的になる。そうではない。最初に言ったように、彼の中には様々な混沌がある。それは何か。妹トシへの思いですね。生涯、自分は命を捧げるために娶らず、酒を食らわずと言った。その彼にとって妹は最愛の人だった。それはまるで恋人のような存在ですね。信仰的にも掛け替えのない伴侶だった。ある方が言っている。優れた詩人は、不在の妹に向かって書いている。妹が現実にいようといまいと、不在の妹に向かって優れた詩人たちは、作家たちは書いてきた。ところが、彼には現実の最愛の妹が与えられた。そして、それが奪われた。これは、賢治の生涯における最もドラマチックな、大きな出来事であります。そのトシへの思いが、どうしても捨てきれない。だから「青森挽歌」の次の八月二日。その時に宗谷海峡を渡る。この「宗谷挽歌」というのは、『春と修羅』には収めなかった。その中には生々しい彼の思いがある。もし、俺たちの行こうとする道が間違っているなら、お前は死者の世界の闇を破ってきて、私に告げてくれ。皆の本当の幸いのためなら、私たちは共に、この宗谷の暗い海に封じられても悔いることはない。皆の幸いのためというのはアガペーです。絶対的な愛です。しかし、それだけではない。そのためなら、この宗谷の暗い海の中にお前と俺とが抱き合って閉じ込められても構わないというのは、トシとともにありたいというエロス的な願望です。共生願望ですね。この共生願望はいろんなところに出てくる。例えば、「雨ニモマケズ」という最もエロス的なものと縁の遠いように見えるこの中にも、「松ノ林ノ蔭ノ小サナ萱ブキノ小屋ニヰテ」とこれは何でしょうか。「松の針」の詩を読めば分かる。あの熱に燃えるトシが、その松の葉を自分の燃えるような頬に当てて匂いをかぐ。あんなにも松の林に行きたかったんだ。風の音を聞きたかったんだ。そういう思いがあります。だから、もう一度、自分が生きてあれすることができるならば、松林のかげの小さな萱ぶきの小屋に、自分一人ではなく、見えなくなったトシが共にいるということです。それは、賢治という人は命というのをモナドと例えた。あるいは輪廻転生。モナドというのは、様々な命が決して消えるのではない。微妙な、細かな分子になる。しかし、それはやがてまた新しく結集して新しい命になる。ですから、彼の詩の中には「風のモナドはひしめき」という言葉がたくさん出てくる。つまり、見えざるトシが、自分と共に生きているという共生願望が、こういう詩の中にも出てくるわけであります。

まだまだ申したいことがありますが、時間がきました。

そして、最後に申し上げたいことは、今日は実は、黄瀛さんにお会いできることは大変嬉しい。本当は黄瀛さんにお会いした時、嬉しくて「黄瀛さんにお会いできて、本当に光栄です」と言おうと思ったんですが、すでに原子朗さんがそんなことを言いかけておられたんで、あんまり初めての方に洒落を言っては悪いと思ったんですが、本当に嬉しかった。それは、さっきもお話があったが、黄瀛さんが賢治をお訪ねになった。そして、大宗教ということを言われた。大宗教とは何か。これは私の勝手な考えです。賢治にはあらゆる宗教がある。確かに仏教に入った。死ぬ時には、この法華教の経典一千部をいろんな人にやってくれということを言った。けれども、彼は仏教だけで貫いた人ではありません。彼はキリスト教にも触れた。三十数年前、弟の清六さんに聞きますと、あなたのおっしゃるとおり賢治は教会へも行きました。内村さんのものもしっかり読んでいました。聖書も読んでいました。そういう証言を私は聞くことができた。また、斎藤宗次郎さんにもお会いして、いろんなことをお聞きした。賢治の中にキリスト教も入っている。しかし、キリスト教一つ、仏教一つではない。あらゆる宗教が、それぞれの真理と真実を抱えて共に開かれたものとして共生していく。あらゆる宗教が共に生きていく。そして、宗教だけではない。実は、科学も芸術も、あらゆるものが、その宗教の中に包含されていく。そういう大きな開かれた世界を、彼は願いつつ大宗教という形で言ったのではないでしょうか。

今年は生誕百年を迎えました。そして、今、世界はグローバルな時代であります。賢治はいよいよ読まれていくでしょう。ただ、できるならば、その翻訳などで国際的に理解される中で、あの賢治の持っている日本語の掛け替えのない艶やかな響き、美しさを、優れた翻訳者の方たちが紹介して欲しいものだと思う。そして、賢治の世界は、作品としてただ楽しんで読まれるだけではない。今日、地球の運命が問われているこういう時代の中に、やっぱり我々が生きとし生けるものとして、地球と共に生きていくというのは何かという、大きな問題をメッセージとして問い掛けている。そういう賢治の問いを、それこそ最初に言ったように、彼は全く独自な、しかも根源的な世界をつくったんですから、真っ正面から、真っ芯から受け止めていくことが、本当に賢治を読むということ。それが、私どもに課せられた一つの問い掛けではないでしょうか。

現代に生きる漱石

御紹介をいただいた佐藤でございます。大変過分な御紹介で恐縮しておりますが、きょうは漱石について語るということで、このような大会にお招きをいただきましてお話できることを大変うれしく、またありがたく思っております。

別に漱石はこの長州山口県と特別な関係があるわけではございませんが、いろいろ演題を考えまして、やはり私どもは当面教育の場にあるわけですが、実は教育の問題というのは、先ほども雑談の中でこちらのお世話くださいます先生方と話したんですが、すべてはただ教育という現場の問題じゃないんですね。社会構造全体の問題がある、そのひずみがある、また我々の一人一人の意識の変革、さまざまな問題があると。こういうことを考えますと、まさに漱石という近代一〇〇年を生きてきた大きな存在、多分漱石は文学者でありますが、ただ小説を書いた人ではありません。例えば、滝沢克己というすばらしい倫理学者がいた。九州大学の先生ですね、亡くなられました。この方が昭和十七年に「夏目漱石」って本を出された。それは倫理学を旧制の高等商業学校の学生に教える。ところが、日本ではどうも倫理学、哲学ってかた苦しいですね。若い学生が読んでもその訳文、あるいは原文などを読みましてもなかなか硬い、取っつけない。しかし、漱石の文学ということであれば、「猫」から「明暗」まで全部やっていけば、そこにあらゆる人間の生き方の普遍的な根本的な問題があるんじゃないかと、こういうことで倫理学のテキストとして漱石を扱って、それが名著としての「夏目漱石」って本になっております。

したがって、きょうも限られたわずかな時間で漱石の世界を考えるわけですが、多分そこに出てくるいろんな問題は、仮に小説という形を通しておりますけれども、漱石という人は小説を通して我々この時代に生きる人間の問題を語ってくれている。漱石は既に遠く大正5年に亡くなった人でありますが、まさに現代に生きている、恐らく二一世紀にまで漱石ってものは生きていく、そういう大きい存在だと思うわけであります。

最初の方から少し申したいんですが、私はやっぱり日本の文学者で一人選べば漱石と思います。実は先年、吉本隆明さん、御承知かと思いますが、戦後を代表する文学者、思想家ですね。昔から親しくしておりますんで、東京に出たときはよく寄って雑談などをするんですが、その吉本さんが一人選べば漱石だと。世界に相渡る文学者1人とは漱石だ。ところが、吉本さん、何もまとまったものをお書きにならない。ならばひとつ対談という形で漱石について語ろうと、そういう本を出しました。これが「漱石的主題」という題で出したものでありますが、この中で劈頭まず吉本さんが言っていることは、日本の近代の作家で人生苦、生活苦、こういうものを書いた作家は山ほどいる。けれども、文明苦、文明社会の中に生きる問題、文明社会に生きる苦悩というか、文明苦って問題を真正面から扱ったのは漱石だけではないか、こういうことをおっしゃった。この文明苦っていうのはおもしろい言葉ですね。私どもは確かに明治以来、この文明社会の中にいる。それをまともに引き据えて見詰めて問い詰めていったのが漱石ではないかということなんで、これ私も全く同感であります。

つまり漱石のその問題はどっから出てきたかというと、御承知のように英国に丸二年留学しました。これが明治三十三年、まさに一九〇〇年、二〇世紀になろうとする時期に出かけるわけですね。実はきのう私の手元に遠藤周作さんの追悼号を特集した「新潮」という雑誌が届きました。間もなく店頭にも出ますでしょう。私もそこに短いものを書きましたが、その中でたしか三浦朱門さん、遠藤さんの親友が留学のことについて、「鷗外とかいろんな人はそれなりのエリートとして突っ張って留学、それが作品になったりいろんなものになってる。けれども、漱石は本当に苦闘した人だ。向こうの文明文化にぶつかって本当に苦しんだ人だ、そこに漱石の意味がある」と言われる、そのとおりだと思います。漱石は大変な自負を持って出かけたが、英詩の一つ読んでも、自分の国の言葉でないという大きな壁にぶつかる。そもそも文学って何だ、こういうことで苦しんで留学半ばでは神経衰弱にまでなって、文部省から夏目がどうもおかしいということだから、おかしいようだったら引っ張って帰ってこいと言われ、友人が、やはり留学しておりました友人が遠くからはせつけて様子を見た。まあまあということでどうにか留学は終わって帰りました。

この漱石のいろんな問題が、例えば処女作の「吾輩は猫である」その他に出てきますね。漱石のロンドン留学の土産は、まず「倫敦塔」という作品があります。漱石には処女作が三つあるわけですね。「吾輩は猫である」の第1章、これは明治三十八年一月「ホトトギス」、それから「倫敦塔」、これはロンドン留学ですね。これは「帝国文学」、「カーライル博物館」、これは「学鐙」という雑誌、ですから一度に三つの作品が出て、いずれも処女作ですね。

処女作にすべてがあると申しますが、例えば「倫敦塔」はどうか。これはあこがれのロンドン塔に行ったことが中心ですが、その冒頭部分ですね。とにかくこの街は何だ。路は蜘蛛手のようにずっと四方八方に伸びている。その中を大勢の人間が、また車が、どんどん走っている。そして、これに巻き込まれていくと、もう何か目まいがするようだ。そして、下宿に帰ってきても、何か汽車や電車が突っ込んでくるような感じがする。こんなところに二年もいたら人間の神経は鍋の中のふのりのようにずたずたになる。自分はちょうど御殿場の山の中から東京の日本橋のど真ん中に投げ出された哀れな兎のような存在だというんですが、これは実感だと思います。決して誇張ではない。つまりそういう文明のすさまじさですね。ロンドンは世界で一番最先端を行っていた大都市であります。世界で最初に地下鉄などもできた。それから産業の問題でどんどんいろんなものができた。そうすると公害現象が出てくるわけですね。したがって、彼は日記の中で、ロンドンの連中は街でたんを吐く、つばを吐く、真っ黒だ。彼らはみんなその公害で、つまり肺の中を真っ黒にして歩いているんじゃないか。そして、日本人はこの文明国、先進国の後を後先考えずにしゃにむに追っかけている。追いつけ追い越せということなんですが、これ日本人はよほど真剣にまじめにならないと大変なことになるというようなことを日記などにも書いている、これが漱石の実感なんですね。

そしてまた「猫」の中にも出てきます。「猫」はロンドン土産ではないけれども、これは帰りましてから2年たって書いたものですが、この一番最後ですね。皆さんお読みでありましょうが、この一番最後です。苦沙弥先生の家にいろんな連中が全部集まって痛烈な文明批判をやるんですね。そうすると日頃無口な苦沙弥先生などもしゃべり出すんですが、どういうことか。例えば文明社会に生きるっていうことは、人間がばらばらになることだ。このばらばらになった、自分のことしか考えない人間の中で生きていくっていうのは、つまり焦熱地獄だ、身を焼かれる地獄だ、こういうことです。

例えばこの第二次大戦が終わった後の戦後、フランスの思想家、哲学者、文学者のサルトルのものがどっと入ってきて流行がありました。その中でサルトルは、「他者の中で生きるのは地獄だ」と言った。みんなそういう言葉をありがたがったわけです。ところが、漱石はそれよりも何十年も前に、「この文明社会の中で他者の中で生きるのはまさに地獄だ」ってことをはっきりと言ってるわけです。文明は人間をばらばらにしていく。実はこれは「猫」を書いているときの日記の断片にも書いている。どういうことか。彼は文明開化の開化といいます。開化の無価値なるを知るとき、初めて厭世観が生まれる、生きるのがむなしくなる。しかも、開化の無価値なるを知りつつも、これをまぬがるあたわざるを知るとき第二の厭世観を生ずる。ここにおいて発展の道絶ゆれば真の厭世的文学になると、こういうことを言ってますね。つまり文明開化は無価値だっていうんです。確かに世の中は便利になる、進化していく。しかし、人間は本当の意味でそこで救われているのか。そういう意味では無価値じゃないか。むしろ人間をばらばらにしていくだけだ。

そして、発展の道が絶えればといいます。じゃあ発展するってどういうことか。例えば人間は苦しければ一つの観念の世界に逃げてしまう。しかし、幾らそういうことを考えたって現実はびくともしない。どうすればいいのか。つまり漱石が問いかけたのは、文明社会は我々の魂を根本の意味で救わない、しかも免れることができない。とすれば我々はどう生きるか。これを悲観的に考えれば、一種のニヒリズムというふうになるわけですが、漱石はしかしこの文明社会をどう生きていくか、どう人間らしく生きていく道があるのか、これを問い詰めようとした。これが漱石の作家としての足かけ十一年ばかりの歩みであります。それが「猫」から出発するわけですね。そうすると「猫」は笑いの文学のように見えますが、御承知のように痛烈な風刺がある。それから、文明苦の中に生きるまさに人間の問題がある。

例えば今言ったように、独仙っていう男は、つまりこういう社会に生きていくことは焦熱地獄だと言う。そうするとまたほかの連中も口を合わせて言うわけですね。どういうことか。みんな生きることが苦しくなりますから、自殺をしたくなる。中学校で倫理の時間、修身の時間に自殺学っていう講義をしてくれる。それでも不器用で自分で自殺ができない者は、表札のわきに自殺志願の札を掛けておくと、お巡りさんがやって来てこん棒でぶん殴ってちゃんと死骸を片づけてくれる、これは一種のブラックユーモアですね。こういうことが書いてある。

それから、人間がばらばらになればどうなるか。子供は親の家に下宿する。今度は老いたる親は子の家に下宿する。子供も親も下宿感覚だ、こういうことを言います。それから夫婦はどうなるか。今までは妻はただ夫にかしずく、男のいうままに従う。しかしこれからはそうはいかない。はっきりと自己主張を持った女は、女学校時代には行灯袴をはいて牢固たる個性を鍛えて、束髪姿で家庭に乗り込んでくる。お互いが主張するから水と油ではじき合う。こうして天下の夫婦は別れる。みんな別れる。これが俺の未来記だと迷亭先生が言う。つまり天下の夫婦はみんな別れる。そのとおりですね。もう今日ではよく言われております。アメリカなどは離婚率は五〇％、六〇％を超えてるわけですね。日本もそれに近づきつつある。もう離婚っていう考え方は変わってきた。それから自殺の問題、親子が下宿感覚だという問題、これは笑いの文学だから大学教師の漱石っていうのがおもしろいことを書いてるねえと、当時の人は笑ったかもしれません。

しかし、この問題が我々の心に突き刺さってくるのはまさに今日、私どものこの現代の状況なんですね。漱石が、あの二〇世紀の初頭に書いたものが、実は今の我々の時代に突き刺さってくる。そして、この問題が恐らく二一世紀までつながっていく。つまりそういう問題を既に漱石はすべて書いている。ですから、私は漱石の言っていることの射程距離は、まさに二〇世紀、この一〇〇年を貫き、さらには二一世紀にまで伸びているというんです。これが漱石の問いかけです。

ですから、我々文学研究の仲間でも、漱石の研究っていうのが今圧倒的に多いんですね。ところが、漱石も余り読まれなかった時期もある。あるいは新聞小説の高等講談みたいなものだというふうに、批判された時期もある。しかし、文明社会の果てというか、今のこの逼迫した社会のひずみの中でこそ、漱石の問いかけたものが鮮やかに響いてくる。ですから、今では近代文学研究では、評論を含めまして漱石が圧倒的に論じられる。それは文学の問題を超えて、我々がこの文明社会をどう生きるという問題を根源的に問いかけているからですね。

こうして漱石の文明批判の問題を見て来たわけですが、同時に漱石の新しさってことがあります。時代を見る目が本当に新しい、それはまず小説という方法にあらわれているんです。ものを根源的に考えるということは、また根源的に新しいっていうことです。新しいっていうことは眼に見える、表層的に流れていく新しさじゃありません。本当の新しさというのは、根源性からあらわれてくる。漱石はまさにそうなんですね。

そうすると漱石の小説のどこが新しいかと申しますと、例えば「猫」一つをとってもそうですね。この「猫」は写生文として生まれました。写生文というのは彼の親友の正岡子規たちが中心で「ホトトギス」で展開した。明治三〇年代の初めです。漱石のロンドン留学時代に、正岡子規は既にカリエスで病床にいる。彼を慰めるために手紙を送っている。これが「倫敦消息」という題で「ホトトギス」に載る。そうするとどういうふうに書いているか。きょうは子規を慰めるために僕の一日の下宿生活を披露してみせよう。最初は僕はと言ってる。それがしばらくいくと吾輩になる。この吾輩への変化とはなんでしょう。僕とか私と言わないで吾輩と言い始めたときに、自分を批評する目が生きて来る。例えば私どもは人に向かって、「吾輩がきょう学校に来るとき」なんて言わないわけですから、それをもし吾輩と言ったら、これは自分を相対化する、対象化する。言うならば自分を舞台の上にぽんと投げておいて、もう一人の自分がそれを見ている、突き放して見ている、そういう目です。つまりこれは子規を慰めるために吾輩はとこっけいな語り口をしているようですが、実は漱石本来の自分というものを突き放して見る目、もちろん他者をもです。そういう人間ってものを自他ともに突き放して相対化し、対象化して見る。そういう批評的な目が根本にあるわけです。

この吾輩が今度は猫になるわけですね。「吾輩は猫である」というふうに始まるわけです。この「吾輩は猫である」っていうのは、最初はこれは漱石が神経衰弱になりまして、帰ってきて奥さんも大変だったんです。そこで、高浜虚子に奥さんが頼んで、少し書くことが気晴らしになるだろうから、ホトトギスに何か書くことでも勧めてみてください。こうして「猫」が書かれたわけですね。そうするとこれがとってもおもしろいわけです。最初は漱石は「猫伝」っていう題をつけたんですね。猫の伝記ですから「猫伝」。ところが、虚子がこの題はちょっとおかしいよ。最初の「吾輩は猫である」、この書き出しがおもしろいじゃないかということでこれがそのまま題名になった。一回で終わるつもりが二回、二回がさらに評判になって腰を据えて翌年夏まで十一回書いて、これが大変な評判になった。「ホトトギス」も大変売れたわけですね。そしてこれが上中下三巻で、これがまたベストセラーになる。大変な評判になったもんですから、まねをした者が続々と明治から大正の初めぐらいまで続きますね。「吾輩も猫である」「吾輩は犬である」、その他もろもろですね。あの当時の文献を見ると、まあそういうものが次々に出る。

けれども、考えてみたら、この諷刺小説は写生文だったんです。「倫敦消息」も写生文です。それから「猫」も写生文を書いたんです。写生文っていうのは自分が観察したり体験したことをあるがままに書くものです。そして、この写生文の運動っていうのは、非常に大きい意味を持つんです。これが盛んになりますと、当時の小中学校の先生方が子供たちに写生文としての文章の書き方を教える。あるいは文壇のプロの人たちも、今までの江戸時代から明治初期の美文ではない、開かれた新しい時代にふさわしい平明な文章、いうことで写生文。ですから文壇のプロも写生文、それから小中学校のつづり方というか作文なども写生文。写生文の功績というのは非常に大きいんです。漱石もその写生文として書いた。

ところが、全く写生文を超えてるわけですね、猫の眼っていうわけですから。苦沙弥先生の家はもちろん漱石がモデルになるわけですが、そこで起こった、現実に起こったことを猫の眼から徹底的に諷刺していく。猫という人間とは全く違った異質な他者の目から人間世界を丸ごとに笑いのめす。諷刺する、突っ放す。写生文でありながら漱石本来の鋭い根本的に物を見る批評的な目が、その写生文という枠を踏み抜いて、この「猫」っていう作品が出てきた。そして彼の文明社会を見る目は、さっき言ったような痛烈な文明社会に生きる人間の諷刺っていうことになります。

漱石がなぜこんなことをやったかというと、漱石は多分日本の近代の作家の中で、小説とは何かっていうことに対して最も早く目の開いていた人であります。彼はロンドンで勉強しましたが、専門は一八世紀のイギリス文学です、小説ですね。小説はどうして起こったか。一七世紀から一八世紀ぐらいにかけてフランス、イタリア、少し遅れてイギリス。この小説というのは中世の物語の枠を突き破って、近代の批評精神が生み出したものです。言うならば近代の批評精神が物語の腹を突き破って出てきた鬼っ子のような存在ですね。だから、批評的に生まれてきたものですから、今までの型にはまった物語じゃない。何を書いても、どんなふうに書いても全部小説だ、こういうことになるわけです。

ですから、例えば漱石が愛読したローレンス・スターンという牧師さんで作家でありますが、「トリストラム・シャンデーの生涯と意見」という、つまり頭もしっぽもどこが何だかわけのわからないという、得体の知れないような小説を書いている。そうすると漱石は「猫」についても同じことを言ってる。全くスターンの小説同様、これも頭もしっぽもない、どっちかわからないナマコのようなものだと。ですから、漱石は小説っていうのは近代の批評が生み出したもので、何をどんなふうに書いたって、小説はこうでなきゃいけないということはないんだ、そういう認識をはっきりもってますから、彼は「猫」で写生文でありながらあんな実験をするわけです。

それから、御承知の「草枕」だってあれは大変な実験なんです。漱石は非人情の世界、この文明社会に生きる苦しみをちょと逃れるための非人情の旅に出かける画工の眼を通して書くのですが、これは俳句を文章にしたようなそういう小説だ、非人情の世界を書いたんだと言います。けれども、それだけではないんですね。例えばグレン・グールドというカナダの生んだ二〇世紀の最大の音楽家と言われるピアニストがいます。これは一九八二年、今から15年ばかり前に五〇歳で亡くなりました。この人の演奏でバッハの演奏なんかみんな変わったと言われるぐらい、すごい現代的な演奏をした人です。このグレン・グールドっていう人がたまたま漱石の英訳本を旅先である人からいただいて、以来死ぬまで小さいときに両親が与えてくれた聖書とともにいつも枕頭に置かれている愛読書になった。そして、彼はこれは二〇世紀最大の小説だと言って、かれは電話魔でありますが、自分の親しいとこに一晩じゅう電話をかけて、英訳の「草枕」を全部読んで聞かせたっていうんです。

翻訳で読んだとは言いながら、この「草枕」のようなあの明治時代の小説をグレン・グールドという今の現代の最先端を行く感覚を持った人が愛読したかというと、それは「草枕」が大変な実験小説だからです。漱石は軽く俳句的な小説なんて言ってるけれども、本当はそうではない。ここに出てくる絵かき、画工はつまり漱石の目なんですね。別にキャラクターも人格も何もないんです。そのときそのときの意識の流れを自由自在に語っていくわけです。もちろん那美さんという女との出会いがありますが、問題はこの画工の眼、その意識のはたらきです。例えばこの画工は、あるときは浮世を超越した非人情の旅は現実なんか問題じゃない。また芸術とは現実をはなれた善の世界に遊ぶものだと言っているかと思うと、芸術家というものは正しい主張と正義感と意思としっかりした良識を持って生きていく、天下の公民、市民の模範となるべき存在だとも言う。そのときどきの場面で画工の意識は、語りは自由に変化する。つまりこれは漱石に言わせれば、まとまった人格とか個性なんてありゃしないんだ、ただ意識が自由に流れるだけだってことを実験してみたのが「草枕」なんです。そうするとそういうものを多分グレン・グールドは直感的に感じたわけですね。

つまりグレン・グールドの音楽っていうのは、バッハを弾いても何を弾いても、メロディアスに、一つのメロディーとしてとらえていく古い演奏じゃない。もっと音楽の構造っていうのを構造自体の中から突っ込んだ。彼は10代の初めにモーツアルトを弾いてるときに、本当にわかったと。それはふろ場でシャワーを浴びていると、耳に一つ一つの水の粒が飛んでくるような感覚、メロディーじゃない、音の一つ一つが粒だって自分の中に飛び込んでくる感じ、ここでモーツアルトの音楽とは何かが見えて来たというんです。そしてそれがやがてバッハの演奏にもつながる。ですからメロディアスではない。また単線的に流れる旋律でもない。つまりポリフォニックと言いまして、たくさんの声が旋律がひしめきながら流れていく、そういう一つの音楽としてとらえていった。つまりポリフォニーともいいますが、多声、つまりそういうことを初めてつかんで、二〇世紀の最大の最も新しい演奏家と言われたわけです。そのグレン・グールドですが、それが英訳ではありますが、「草枕」を読んで、これが二〇世紀最高と言ったのは、ただ一つの悲劇的なラブロマンスとかそういう意味じゃない。それまでのメロディアスな物語ではない、画工の、語り手の自在に変化する意識の流れ、まさにポリフォニックともいうべき、その語りの新しさといったものを直感的に彼はつかんだのだと思うんです。つまりこれが漱石のやったことですね。

ひいては「坑夫」という新聞小説になってからのものもあります。これは漱石をお読みになる方でも、余り「坑夫」っていうのはお読みにならない場合があると思うんですが、これは「虞美人草」の次に書いたんですね。漱石に小説の材料を提供してくれた十九歳の青年があるんですが、その青年から聞いた体験談を書いた。それは一人の男が東京で二人の女のはざまで苦しんで、死にたくなって東京を飛び出した。そうするとぽん引きの男に捕まって足尾銅山に連れられていく。もう坑夫になって身を埋めていいと思ったんだが、診療所で診てもらったら胸の病があるということで坑夫にはなれなくなって、しばらく飯場の帳面づけかなんかをして、やがて帰ってきた。その体験談を語ってくれる。それをメモしてあったのを書いた。

そうすると漱石はこの中の男と女っていうそんなメロディアスな話は全部取っ払っちゃって、何を書いたかというと、ただ意識の流れだけを書いた。ぽん引きの男に捕まって行く道中。山の中で一泊する、あくる日足尾銅山に着く。翌日坑内めぐりをする。その次の日診療所に行くと胸を病んでいるということで坑夫になることはあきらめることになる。そういう三泊四日ぐらいの話を意識の流れだけで書いてゆく。何の事件もない。ただこの主人公の意識の目の前に見えることだけを書いていく。

ですから、当時の新聞小説としての反響はゼロです。文壇の反響もゼロです。ただ数年前ニューヨークタイムズが、これは現代言われているポストモダンとか言われる小説のさらに先をゆくような非常に超モダンなすばらしい小説だといって推奨してるわけですね。つまり漱石はそういうことをやった。

この新しさというのは戦後ずっとたちまして、中村真一郎という非常に方法的な意識を持った作家が、これこそは戦後にあらわれた内向的な、内向っていうのは人間の自意識を拡大して、顕微鏡にかけて拡大して描いていくような小説ですが、それの本当の一番の先祖っていうか、最初は漱石がやったんじゃないか、つまり〈意識の流れ〉

小説の元祖のようなものじゃないかと言い、改めて注目されるようになった。つまり「猫」「草枕」、それから「坑夫」、こういうものを取り上げただけでも、漱石が小説はどう書いてもいいんだ、そういう非常に実験的なことをやったひとだということが、おわかりになると思います。ただ彼が「坑夫」を書くきっかけになったのは花袋の「蒲団」の出現でしょう。これは私の勝手な推測ですがそう思います。

漱石が「虞美人草」を書いてる途中の明治四十年九月、あの田山花袋という自然主義の作家ですが、これが「蒲団」という自己暴露的な自伝的な小説を書いた。これは中年の花袋をモデルにした作家の所に彼のファンの若い女性が来る。弟子として世話をしてやる。それが同じ関西の方から出て来た青年とくっついちゃう。それで親を呼んで返すんですが、最後はこの女のことが忘れられなくなって、この中年の主人公、作家は女が自分の家にいるとき寝ていた蒲団を昼の日中に出して、その蒲団にくるまって女の残した移り香をかぐという、身もふたもない自己暴露的なものを書いた。しかしこれが大変な評判になった。これこそが日露戦争後生まれたものとして、我々が望んでいた、つまり本当に胸にこたえるような自然主義的な小説だというふうに、花袋も思いもかけないような大変な反響になった。つまり日露戦争の前までは尾崎紅葉その他を中心にしたような、ああいう物語的な小説が中心だった。もうそんな時代じゃないというときに、花袋がそういうことをやったっていうんで評判になった。

漱石はそれを横目で見ながら、「虞美人草」では最初の新聞小説ということで、勧善懲悪のああいうサービスをした小説を書いた。ヒロインの藤尾は虚栄の毒によって倒れ、不幸な女性は救われ、利己的な男も本心に立ちかえるという、通俗的な結末になる。けれども、それを書いてる途中に花袋という、漱石から見ればそれほどの作家ではない、それまでは割に甘っちょろい小説を書いたのがあんなことをやった、それがもてはやされる。今はこういう時代だってことがわかったときに、彼は「虞美人草」が終わってすぐ矢継ぎ早に、次の注文を受けた時、この「坑夫」を書いたんです。そうだ、もういつまでも新聞小説だからってそんなサービスはできはしない。俺は俺流にやるっていうんで「坑夫」で思い切った実験をやった。これは反響ゼロですね。「坑夫」のような作品をまたやったとしたら、これはお払い箱でしょう。ですから、「坑夫」でもう実験はやめて、それからは「三四郎」、「それから」、「門」というようなあの三部作あたり、非常に脂が乗って、すばらしい読者を魅了するような小説を書いてゆくことになるわけです。

さて、この漱石の始まりが「猫」なんですが、この「猫」が上巻、中巻、下巻と出まして、大変よく売れたんです。ただおもしろいのは下巻の序です。下巻の序はどう書いてあるか。本屋が上巻、中巻はいいが、下巻を本にしてみるとページが足らん、もう少し何とか書き足してくれと言う。冗談じゃない。一遍甕に落ちて死んだ猫が、またのこのこ甕の中からはい出して何か語り始めるというのは猫の沽券にかかわると、これは漱石がしゃれを言うわけですね。

ただその後にこう書いている。この猫の甕に落ちる時分には、漱石先生も巻中の主人公苦沙弥先生と同じく教師であった。しかし、苦沙弥先生は、今ごろはもう休職か免職だろう。そして、自分ももはやそうではないと、作家ではないと。これは明治四十年のことですから、既にちょうど朝日に入ったときです。このように人の運命はどんどん変わるってことです。そうして最後に漱石はこう書きます。こうして世の中は猫の目玉のようにぐるぐる変わる。「ただとこしえに変わらぬものは甕の中の猫の中の目玉の中のひとみだけである」と。これは何を言ってるんでしょう。あるひとはロンドン留学の終わりころに死んでしまった、今は土の中で眠っている亡友正岡子規のことを思ったんじゃないか。それが甕の中に眠る猫の目とダブるとか、そのほかいろいろ言われているわけです。

ただ、私はこれをある時期に読んでおりまして、これはまさに甕の中の猫の目というのは漱石自身じゃないかと、こういうふうに思いました。つまり彼は既に新聞小説を書き始めようとしている。ならば新聞小説というのは猫の目のように変わる世の中を相手にして書いていくものだ。しかし、それを書く作家の目は、ただ世の中に巻き込まれていくんじゃない。芭蕉の言葉でいえば不易流行ですね。流行し移り行く姿は現実の姿です。しかし、それを根本的にきちっとつかんで表現する作家の目は不易でなきゃいけない。つまりはこれからいよいよ新聞小説の作家として立とうとしている漱石の一つの覚悟をあらわしたのがこの明治四十年五月、まさに「虞美人草」を書き始めるときに書かれた、この言葉だということです。

そして、今度は二度目にまた「猫」について書くときに、また、ある発見がありました。それはちょうど近代文学館から復刻版で漱石全集が出ました。私は余りそういうものをどうこうとは思わないんですが、漱石だからこれはちょっと高いけれども、一そろい買おうということで、置いてあるんですが、これは全部フランスとじで、一々ペーパーナイフで切らなきゃいけないので、面倒くさいから日ごろは使わなかった。ただたまま書くときにちょっとそばにあるそれを開いてみた。そうすると全集、岩波でずっと続いてきた全集と復刻版のこれと、一番肝心なところが違うんですね。どこか。それは最初に申しましたのは、猫の甕に落ちる自分は巻中の主人公、苦沙弥先生と同じくこの自分も教師だった、今は違うという。この「猫の」っていうのは、猫が甕に落ちたってことです。ところが、復刻のもとの形を見ると「猫と」なんです。猫と甕に落ちた自分はという、これは漱石のしゃれです。猫は最後にはビールの盗み飲みをして、そして甕の中でおぼれて死ぬ。しかし、それを書き終わったときに猫と一緒にこの自分も、この作家漱石も、猫と一緒に甕に落ちたっていうしゃれですね。漱石得意のしゃれです。

そのことに気がついてみると、さらに何とこの猫はかぎ括弧がついてる。かぎ括弧をつけるというのは単なる猫じゃないんです。我々でも文章を簡単にするときは一々「吾輩は猫である」とは言わない、ただ括弧して「猫」と書く。これは作品「猫」ということ。ですから括弧のついた「猫と」というのは、作品「猫」と一緒におれが甕の中に落ちたときはってことです。そうすると甕の中に眠る、世の中はどう変わっても変わらない猫の目っていうのは、作家としての自身の目っていうことを言っていることが改めて裏づけられると、そんな発見があったんです。

ただ、今度また新しい漱石全集が岩波から何度目かのものが出ました。ところがここは、やっぱり「猫の」でちっとも変わってない。これはとにかく原稿が残ってないし、前のままの形を踏襲したのでしょうが、その本来の形は復刻版に出てくる「猫と」であるべきではないでしょうか。

これは細かい些事であります。我々研究者がちょっとそういう細かいところをついていく、一つのささやかな発見でありますが、根本で申したいのは、漱石は新聞小説の作家になったが、ただ何かお話を提供して物語を書いて、読者を楽しませるなんて思ってなかった。彼があえて東京帝国大学の教師という当時としては超エリートの地位を捨ててこの世界に踏み込んだってのは、筆一本でやっぱり彼は自分の志とか、思うところを直接に多くの読者にぶっつけようとした。その志が今のところに出ているわけですね。

もう一つの猫にまつわる逸話を申し上げますと、それはこのモデルとなった猫が死んじゃったんですね。猫が死んだのは明治四十一年九月十三日です。大体この猫は漱石のとこに迷い込んできたわけですね。家の人はみんな猫が嫌いだから追い出す。何度たっても入り込んでくるから飼ってやれと。それから漱石が原稿書いたり寝っ転がったりすると、肩の上に座ったりひざの上に乗っかったりしてかわいいわけです。あるときこの猫が人間を観察して物を言い始めたらという素朴な発想がわいて出てきた。これが言うまでもなく「猫」になる。

おもしろいのは猫に名前をつけない。大抵我々は猫や犬を飼えば、いろいろとつけるんです。例えば私は自分の家で「三四郎」という小説がとっても好きですから、犬に「三四郎」って名前つけたんです。そうすると来られた方が、名前を聞かれる。「三四郎です」というと、「ああ、姿三四郎ですね」という方もあれば、「漱石ですね」とおっしゃる方もある。それでそのひとの教養がわかると、こういうしゃれを言った。それをあるとき新聞に書きましたが、これは差別になるから変えてくれと新聞社からいって来た。いや、ただ漱石を読んでくださいということですよというんですが、困るということで、趣味がわかると変えたんですが、まあ、それはともかく、「三四郎」は実に気持ちのいい作品なんです。

ところで、この猫には名前つけないんです。漱石は小説の題目はおもしろい題目をつけるくせに、面倒くさがって家の人だれも猫の名前をつけない。この無名の猫が明治四十一年九月十三日亡くなった。ここでまた漱石がひとつしゃれを演じるわけです。はがきに黒枠をつけまして、高浜虚子や親しい人にはがきを出す。御存じのあの猫がついに往生いたしましたと。埋葬も致しました。ただ、主人は目下「三四郎」執筆中につき、御会葬の儀には及びませんと、こう意味のことです。そうすると高浜虚子からのはがきがいいですね。追悼の一句、〈吾輩の戒名もなきすすきかな〉。いい句ですね。吾輩は名前をつけてもらわなかったんだから当然戒名もない。時は九月ですすきのころ。そこで、吾輩の戒名もなきすすきかな。やはり昔の文人のやりとりというのはいずれにしろ洒脱でおもしろいなあと思うわけです。

さて、その猫がいよいよ死ぬと家族が大騒ぎを始める。猫の墓をつくってくれってわけです。庭の片隅に埋めて、お墓を建ててくれっていうから、板切れを持ってきて猫の墓と書き、その裏っ側に追悼の一句を詠んだ。〈この下に稲妻起こる宵あらん〉、こういう句です。実は猫はだんだん弱ってきた。時には縁側の隅にうずくまっている。夕闇になると、あの猫の目だけが稲妻のようにきらっと光る、そして衰弱して死んだ、その稲妻です、猫の目の。そうすると今は土の下に埋められたが、〈この下に稲妻起こる宵あらん〉というわけです。これは私は大変強い句だと思います。単なる追悼じゃありません。猫は土の中に眠っているが、きらっきらっと土の中で、あの稲妻のような目が光る宵があるかもしれない。それは甕の中に眠る猫の目と作家としての自分の目を重ねた漱石の思いが、ここでもまたダブっているわけですね。

こういう漱石の目が、例えば一番かわいがられた弟子の芥川などにはどう受けとめられたか。芥川は漱石にかわいがられたが、また大変なプレッシャーを受けた。弟子になって一年足らずで漱石先生は亡くなった。もし漱石がずっと生きていたら、芥川のような弟子はあの漱石の目が作品の底からも稲妻のようにきらっきらっと光る、そういうものを感じたでしょう。また、私どもが漱石の作品を読むときも、その原稿の言葉の背後に、文字の背後に、あの漱石の目が、眼光がきらっきらっと稲妻のように光っているのを多分読み取ることができるわけでしょう。それが漱石の文学の深さや強さ、また鋭さということでありましょう。これは漱石の句でありますが、晩年は違って来る。

ヘクトーというおもしろい名前をつけた犬が死んだときは、〈秋風の聞こえぬ土に埋めてやりぬ〉という一句。もう寂しい秋風も聞こえない土の中に埋めてやったという、これはごく淡々とした追悼の句です。これに比べれば、〈この下に稲妻起こる〉と言ったときの漱石の眼というものは、まさに「三四郎」を書いた脂が乗っているときの作家魂というものが生き生きとしているところがある。こういうふうに漱石の言葉の端々に、そういう作家の思いってものを見ることができるように思うんです。

私は大学で先ほど御紹介いただいたように、最初は六こま持ってたんですね。今は四こまに減らしたんですが、一年生の文学という時間だけは、これは何が何でも持たせていただく。それは、私どもの学校は私学であります。私は私学っていうのは志を持った学、つまり私学は〈志学〉でもあると思っています。私どもの学校はキリスト教の信仰によって明治五年に長崎から出発した、ことしで一二五年目の学校であります。そうすると毎年、全く新しい新入生が入って来る。その学生たちに、あなた方が入って来たこの大学とは、どういう理念、どういう志を持った大学であるのか、そういうことをまともにぶつけていきたい。だから、これは合同授業にはなるけれども、どうしてもやりたいっていうんで、二百名から多いときは二百五、六〇名、そういう学生たちに私は一番力を込めて教えるわけであります。はじめに「こゝろ」をやり、その次に「三四郎」をやります。漱石を初めてきちっと読むような学生もいるんですが、喜んでくれる。

私はまた入学式のときに、よくこの「三四郎」のある部分を引きます。皆さん御承知のように、この「三四郎」は熊本の旧制の第五高等学校からあこがれの東京帝国大学に入る、そこから始まります。これは夏の終わりです。昔の大学は九月始まりでありました。いずれ将来九月になるっていうことも、このような国際化の時代になってくれば、ないとは言えないでしょうが、昔既にそうであったわけですね。そうすると「三四郎」はあこがれに胸を膨らませて上京する。車中で不思議な髭の男と会話が始まる。これが後の広田先生で東京で再び出会っていろんな影響を受ける。この髭の男が言う。日本は日露戦争に勝って世界の一等国になったなどと言ってるが、誇りに足りるようなまともなものは何もない。ただしばらく行くと富士山が見える。これは日本一、世界一だが、残念ながら天然自然で人間のつくったものじゃない。だから余り自慢にもならないという。三四郎がそこで、しかし、だんだんよくなるでしょうというと、髭の男はにべもなく「亡びるね」という。三四郎はびっくりする。熊本にいるときに日本が滅びるなんて言ったら袋だたきになっちゃう。おれが若いから馬鹿にしてるのかと思ってると、この男が言うには、いいかね、熊本より東京は広いだろう。東京より日本は広いだろう。日本より、日本より君の頭の中はもっと広いだろう。囚われちゃだめだ。贔屓の引き倒しになるばかりだと。この言葉を聞いたときに、三四郎は真実に熊本を出たような心持ちがした。そうして、今までの自分はまことにひきょうであったと悟ったという。これが漱石の言いたい所ですね。第1章の終わりに近いところです。

これが漱石の若者に向けたメッセージですね。これは九月一日から始まりました。三四郎たちが入る昔の大学はまさに九月一日から始まる。そうすると漱石っていう人は当時の旧制高校の学生たちに一番読まれた。そうすると自分の小説を読んでいるこういう若者たちを頭の中に置きながら、まさに九月一日、彼らが大学に入るその日付にあわせてこれが始まりますね。だから、若者たちはまるで自分が三四郎になったような、わくわくする気持ちでこれを読んだと思うんです。その若者たちに向かって、なるほど君たちがあこがれている東京。だが、それをいえば熊本より東京は広い、その東京より日本は広い、そしてもっと広いのは君自身の頭じゃないか。囚われちゃだめだという。この言葉を聞いたときに、三四郎は真実に熊本を出た。今までの自分はひきょうだと悟ったという。ひきょうだということは人の言うとおりに流されていたということです。ここで髭の男の一撃によって三四郎の目が開く。ここから東京での三四郎の物語が始まる。私はこれをよく入学式のとき、あるいは最初の授業のころによく使うわけです。

この熊本を出たというのは、これは象徴的な意味を持ちます。括弧に入れた熊本と考えた方がいいでしょう。現実の熊本ではありません。そうすると我々の中にはみんな古い意味での熊本がある。それは日本人のなかにある事大主義ですね。長いものに巻かれる、権威的なものに巻かれる、それがこの事大主義というもので、だから三四郎がかつての自分は大変ひきょうだったというのはそのことです。

つまり日本人は形はこういう近代国家になったけれども、一人一人が個としての確立が全くない、自覚がない。それでただ人の流れ、世の流れのままに、動いているんじゃだめだと。漱石が一番呼びかけようとしたのはこの日本人の事大主義を超えた、個の確立ということで、このことを彼は若者に向かって言い続けた、問い続けた。これが「三四郎」のテーマでもあります。

三四郎は結局は東京で美禰子さんという美しい女性に振り回されて失恋するお話ですが、その次に書かれたのが「それから」であります。これは映画にもなりましたが、代助っていう親の金でのうのうと生きている独身貴族ですね。これが学生時代に三千代という好きな女性を友人の平岡に譲ってしまう。ところが、その平岡の家庭が破綻し、やつれた三千代が訪ねてくるところから、最初は友人の妻だと遠慮していたけれども、だんだん三千代に引かれていく。おれの生活が空虚なのは本当の気持ちをごまかしていたためだ。自分を立て直すためにはどうしてもこの人が必要だということで、ついに三千代に愛を告白する。三千代も苦しみながら受けとめる。平岡にも告白する。平岡も仕方がないという。しかし、その平岡が代助の父親に密告したために代助は勘当される。今まではのうのうと生きて、働くことを軽蔑した彼が最後は錯乱状態になる。職業を探しに行ってきますといってとび出し、焦げる焦げると叫びながら夏の炎天下の街に飛び出してゆく。見るものが真っ赤に燃えて自分の頭の中へ飛び込んでくる。電車に乗って頭の焼け尽きるまでめぐっていくほかはないという。ここでこの作品は終わっているわけです。ここで漱石が問おうとしていることは何でしょうか。

実は武者小路実篤が「『それから』について」という評論を書きました。これが翌年、明治四十三年四月、「白樺」という雑誌の創刊号の巻頭を飾ります。尊敬する漱石先生の胸をかりて、あえて我々新しい世代の主張を書きますということで、いろんなことを言ってるんですが、その中に一つに、この小説は戦後の社会、日露戦後の社会を書いてるから、小説の流れがどんどん大きくなるかと思ったら、しりすぼみじゃないか。大きな流れと思ったのがだんだん追い詰められた男女の運命という細い流れになって、最後はあの場面はどっとそれが滝になって落ちていく、そこで終わってる。ところが、人の悪い作者は、その滝壷の、滝の落ちる滝壷のありかを明かしてくれないという、こういう注文をつけたわけです。これはなるほどということですね。

ところが、滝壷のありかは明かしてくれないと言ったが、武者小路には見えなかったんでしょうか。私はあると思うんですね。それはどういうことか。漱石がこれを書き終わって間もないころ、かれが一番信頼している林原耕三という実直な弟子に向かってぽつっと言った。あの結末は本当は宗教に持っていくべきだろうが、今のおれがそれをすると、うそになるからああするほかはなかったと。先生が珍しくそういうことを言ったという。これはおもしろいですね。あの最後の代助の悲劇です。あの結末は本当は宗教に持っていくべきだろう。しかし、今のおれがそれを無理にするとうそになるから、あそこで終わるほかはないという。

漱石の小説は、あの最初の新聞小説「虞美人草」では決着をつけましたが、後は一つもつけていないんです。ある人は、漱石の小説の最後っていうのはみんな片づいていない。とめ方が余り上手じゃないっていいますが、そのとおりです。漱石は承知の上でそう書いてる。どういうことか。漱石が書こうとしたことは、小説で物語をとじて見せることじゃない。むしろ問いかけです。読者に一つの大きな問いかけをする。後は読者が考える、その問いを受ける。これが漱石の作品ですから、ここでもそういうふうに打ち切られている。

じゃあ武者小路の言った滝壷とは何か。それが先のあの漱石の言葉です。この最後に破局的な運命を迎える代助が、行き着く先にもし開かれる道があるとするならば、それは宗教的な世界だ、こういうことです。ただしこの宗教というのは、実態的にキリスト教とか、仏教とか、そういうことじゃありません。漱石が一番親しんでいるのは仏教、しかも禅宗と言われます。けれども、漱石の実際に読んだものを見ると、「禅門法語集」といって禅宗のお坊さんなんかの言葉がずっと並んでるような本がある。そういうものの漱石の書き込みを見ますと、痛烈ですよ。禅の坊主どもが無だ、悟りだなんて言ってるけど、生身の人間がそんなに悟れてたまるものかといった調子で、たたきつけるようなことを書きつけてる。だから、それが禅であれ、何であれ、ちゃんとしたものはちゃんとしたもの、だめなものはだめなもの。漱石の宗教っていうのは、キリスト教とか仏教とかということじゃなくって、我々人間の魂がもっと根源的なものに対して開かれていく、そこに先ほど言いました文明社会の中に生きる人間の魂の救いの問題が出る。その本当に開かれた世界に人間の魂が解き放たれていく。それを漱石はやはり一つの宗教的な世界と考えたと、こういうふうに言うことができるかと思います。

ですから、滝壷のありかとは、まさにこの主人公の行く着くべきところですが、代助という男はこの文明社会の矛盾は鋭く批判するが、生活のために苦しんで泥まみれになっている人間の、他者の生活の苦しみは見えていない。お坊ちゃんであるから結局は自己中心で、愛を告白しても、自分を立て直すためにおまえさんが必要だという。しかし、必要だと言われた三千代は人妻ですから、結局は心労のために倒れて助からないかもしれないってことですね。つまりそういうエゴイストとして、しかし敏感な魂を持って新しい時代を生きた代助を描きつつ、その最後に残るものは宗教的な世界だというわけです。こうして漱石の作品は一作書くと、そこであるところに乗り上げるわけです。そうして、その乗り上げたところからまた次のテーマに入って行くわけですね。

そうすると、これを受けたのが言うまでもなく、次の「門」であります。この「門」の主人公は野中宗助ですね。長井代助に対して野中宗助、「ソウ」は宗教の「宗」ですが、その宗助です。これが京都の学生時代に友人安井が同棲していた、そのお米という女性と結ばれてしまう。気がついたときは大変な過ちを犯していた。もう彼は学業をやめて、広島、福岡と転々と六年ばかりの生活を送り、やっと東京に帰って来る。崖下の暗い家に棲み、陰者の身でお役所に通いながらという生活を続けていく、そういうお話です。

ここで漱石が言おうとしたことは何か。宗助とお米は確かに今で言えば不倫の罪を犯してしまった。彼らの前から安井はいなくなった。じゃあその罪の陰を引きずりながら、どうしたらこの罪から本当にいやされていく、救われていくのか、こういう問題を漱石は問い詰めていこうとしたわけです。

しかし、これは物語を書いたんじゃありませんから、解決はありません。彼らは罪の不安を抱えております。そうしていよいよ安井があらわれてくる。崖の上の家主さんの家にあらわれてくる。大陸から帰ってくる。家主さんの弟と一緒に安井っていう男が来るから、おまえさんに紹介しようと言われて、さあ宗助は大変だ。お米には、おれは少し疲れたから、禅寺に行ってちょっと休んでくるという。実は禅寺に行ってちょっと修行して、もっと肝っ玉をどしんと落ちつけようということです。もちろん失敗して帰ってくる。帰ってくるともう安井は既にいなかった。お米は、「もう春ですね」という。しかし、宗助はうつむいて、うん、しかしまたじき冬になるよという。じき冬になるっていうのは、不安な冬はまたこのままでは繰り返しやってくるってことを暗示して、この作品は終わっているわけです。

さあこれをどう読むかってことです。谷崎潤一郎さんは余り漱石好きではないんですが、武者小路とは違った意味でこれを厳しく批判しました。漱石先生は甘い。確かにそういう罪の影を引きずりながら、二人はもうこの世にまたとない一つになった、一体になったすばらしい夫婦というものを書いている。だが、我々若い世代からいったら、そんな甘ったれたことは考えられない。漱石先生は老獪な筆でそういう小説を書いて見せたけど、我々若い世代は納得がいかない。これはやっぱり漱石先生が小説はうそだとは言いながら、虚構とは言いながら余りにもうそっぽい。自分たちはどうも受けとめられないっていうようなかなり厳しい批評をした。そして、漱石先生が行き着くところは社会的には被告の身であっても、この二人の男と女が本当に結ばれているところ、ここだけに唯一の救いがあるっていうことを漱石は言おうとしてるんだというわけです。そこで評論家の江藤淳さんなども、谷崎さんが言うとおり、この小説は結局は理想的な、理想主義的な夫婦愛の小説と読むほかはないと言うわけです。

しかし、果たしてそうでしょうか。漱石はそんなことを書きたかったんでしょうか。私は違うと思います。確かに夫婦は一つに溶け合うほどむつまじく暮らしているということを強調しながら、同時にこの夫婦がお互いの胸の中の結核性の恐ろしいものを持ちながら、お互いに打ち明けることもできず、そしらぬ顔に向き合っているという。結核性の恐ろしいものとは、レントゲンに映る病巣のようなものでしょう。つまり罪の不安をお互い持っていながら、この二人はどうにも打ち明けることができない。だから、お米をだまして禅寺に行く。お米は二人の子供がみんな死んじゃう。結局苦しくなって易者の門をくぐって、おまえさんは人に申しわけないことをしたから罪のむくいだと言われて悩む。

つまり漱石が問い詰めていくのは、我々はすぐ肉親とか夫婦とか、人間的な情愛だけで最後はみんな救われていくように片づけていったりするが、果たしてそれで片づくのか。人間は本来個として生きているんだ。一つの存在として、実在として生きているんだ。ならばその究極の救いとはどこから来るのか。漱石はそれを問おうとしているわけです。

ですから、この「門」の書き出しが非常におもしろいんです。御承知のように日曜日という週にただ一回の休みの日。縁側で宗助は丸くなってひなたぼっこをしてる。障子の陰ではお米が針仕事をしてる。そうすると「近来」の「近」の字はどう書くかねと宗助が聞くと、「近江」の「近」の字でしょとお米がいう。いや、それがわからないんだよ。そうするとお米がそっと障子を引いて、持っていた物差しの先で宗助の前に「近」という字を書いてみせる。実にしっとりとした夫婦の情愛、そこから小説が始まるんです。

そうすると、漱石はそういうことをずっと書いていきたいかっていうと、違うんです。それは伏線なんです。次は何か。字というものは不思議なもんだなあ。こないだおれは今日の「今」の字、それを紙の上に大きく書いてじっとにらんでたら、なぜこれが「今」という字かわからなくなった。不思議なもんだと宗助がいう。少しあなた神経衰弱のようね、そうかもしれない、こういうやりとりがある。ここが漱石の言いたい所です。最初の「近代」の「近」の字とかっていうところは、その一つの伏線で次の段階。当たり前の簡単な字というものも、じっとにらんでいると、なぜそれがそうなのかわからない。おわかりでしょうか、漱石が言おうとしていることは。我々はいつでもそういうふうに生きてるわけでしょ。

これもサルトルの名前をもう一度出しますと、戦後、サルトルの文学が入ってきたときに、「嘔吐」という評判になった小説がある。ロカンタンという男がいつも道を通ってる。見なれた木の根っこがある。ちょっとグロテスクです。ところが、あるときその見なれた木の根っこ、グロテスクな木の根っこが、木の根っこという概念が取っ払われて、何とも不思議なものに見えてきた。不気味なものに見えたときに、彼は嘔吐を催すわけですね。つまり自明的な、これは木の根っこだという、我々はそういうことで習慣的に生きている。けれども、あるときそういうものが全部取っ払われて物の一番の本質が見えたとき、これは何という不気味なものか。そこを漱石は言おうとしてる。

そういうことか。我々は夫婦として何十年か生きる。親子として生きる。学生によく私はこういう作品を扱うときに言うんです。あなた方は例えば妹がいる。十何年か一緒に生きていた。あるときふとこの妹、いつも自分とけんかをしたり何かして十何年か生きてきた。この自分のそばにいつもいる女の子、これは一体何だろうとあるときじっと思ってその女の子を見ていると、本当はわかってるつもりで何もわからない。これは男と女でもそうでしょう。自分のそばに何十年か連れ添ってきたこの女とは何だろう、男とは何だろうと、あるときふっと思ったら、わかったようで実は何もわからない。

漱石は「虞美人草」の中で甲野欽吾という主人公に言わせる。人間は全部謎だっていう。親子も謎、夫婦も謎、兄弟も謎、友人も謎、自分も謎、その謎の上にまた妻という謎をどうして迎えることがあるか。おれは結婚しないというような言い方をする。つまり他者は不可解だということです。にもかかわらず、我々は他者とともにどうしたら心を開いて生きていくことができるか。これが漱石の大きなテーマ。「こゝろ」でも先生とKの問題は単なる友情じゃない。他者の不可解性、そういう問題が絶えず繰り返し出てくるわけです。宗助夫婦の場合もまたお互いそうです。また宗助は、この罪の不安も月日がたてば自然に消えていくだろう、こういうふうに思っていく。

しかし、それが片づかないわけです。漱石は「門」でこのような問題についてもまた、根本から問いかけています。これは宗助ばかりではない我々日本人の問題ではないか。我々もまたこういうときに、この宗助と同じように月日というもの、時間というものがやがて自分の傷もいやす、世間の目もやがて忘れていく、月日が救ってくれる、そう考えているのではないでしょうか。

しかし、その底にあるもっと根本的な問題に目の開くときはないのか。ただ物をあるがままに見ないで、もう一遍それを取っ払って、物の本質の根源のところを見詰めようということを暗示的に書いたのが、あの冒頭の一節でしょう。

ここで思い出すのは大野晋さんっていう大変すぐれた国語学者が岩波新書で昔、「日本語をさかのぼる」という本を書かれたことです。一つの民族のメンタリティー、心性というものは言葉の根っこ、語根を溯ると見えてくる。例えば幸福という言葉でいえばどうか。そうすると日本語では「幸」という言葉がある。君に幸あれという、この幸っていうのは本来物をとる、獲物をとる猟の道具、これが幸だった。今度はとった獲物の意味になった。そこで海の幸、山の幸という。それから、もう一つは「幸い」って言葉がある。これはさきわうという言葉がさきわいになる。さきわうとは農作物が生え広がるってこと、これがさきわう、さきわい、幸いになる。そうすると「幸」という言葉といい、「幸い」といい、要するに農産物であれ海の猟、山の猟であれ、それがたくさんとれればそれが幸いだ。食べるものがどっさりあれば幸いだ。それだけのことだ。日本人はもっと魂において、精神において何が本当の幸いであるかって言葉は残念ながら幾ら遡っていっても出てこない。出てくるのは今のような言葉だと、こういうことを言ってる。

次に日本人の時間に対する考えはどうか。また永遠の感覚はどうか。日本語では時間は時であります。時っていうのは「とく、とける」という言葉が時になります。そうすると物が溶ける、雪がとける、何がとける。そうしてその形がとけて流れていく、うつろっていく、それが時ですね。物すべてがうつろっていく。うつろっていく中でうつろはないものは何か。これがとこしなえですね。とこしなえっていうのはとこしえのことです。とこしなえっていうのはつまり床の上、土台の上、つまり物は全部うつろってゆくが、この上に乗っかっておれば安心だよという。それが日本人の永遠という、うつろいゆく時間に対しての永遠という感覚。こういうことをずっと言った後で後書きの中で大野さんは、一体日本人というのは何千年か、もっとさらに古く、一体何を本当に人間の生きる命の中身として、本質として一体考えてきたのか、大きな疑問だ、もう一遍考えなきゃいけない。それを自分は日本語というものの語根を遡ってみて日本人の語根ならぬ、心の根っこにふれたわけで、これは大いに考えなきゃいけない問題だと言っているわけです。

そうすると、それはまさに漱石が「門」の中で展開していることと同じですね。時はうつろい流れていく。やがて時とともに自分の不安も薄れる、人の目も薄れてくると、そういう考え方ですね。それに対してもっと根本的に目を開いて、物の本質的な根源的な問題というものをつかんでいかなければだめじゃないか、これが漱石の書いたものの中でも最も日本的な作品と言われる「門」という作品の中で問おうとしていることです。武者小路は、「それから」はうまいけれども、人工的な運河のような小説だ。私は運河よりも自然の川が好きですと批判した。まさに漱石は次の「門」では自然の川を季節とともにうつろい流れるような人生を淡々と描いてみせた。しかし、その自然の川のもう一つそこには、私に言わせれば存在の川、人間存在の、存在の川ともいうべきものが流れている。そこにどうして我々は魂の目を開いていかないかということを、多分漱石は「門」で問いかけていると思うんです。

そうして、一番最後に有名な場面が出てきます。宗助が禅寺から帰ってくるときです。彼は門を通る人ではなかった。また門を通らないで済む人でもなかった。彼は要するに門の下に立ちすくんで日の暮れるのを待つべき不幸な人であったと、有名な言葉が出てくる。彼とは宗助ですが、しかし、同時にこれを書いた漱石の問題でもある。彼は宗教の門をすっと通れる人でもない。それから要らないよと通り過ぎられる人でもない。要するに宗教の門の下に立ち尽くして日の暮れるのを待つ不幸な人。これは漱石、主人公以上に漱石自身の問題であったということが言えるでしょう。

ついでに言えば「三四郎」とか「それから」とかおもしろい題をつけましたが、「門」は漱石がつけたんじゃないんですね。これは弟子の森田草平たちがつけたんです。漱石は毎年一つ長編を書かなきゃいけないから、朝日から催促が来た。次の題目の予告を出したいという。面倒くさいからちょうど来ていた森田草平に、朝日がまた言ってきたから、おまえたち考えて何かつけろ、いいんですか、ああいいよということで引き受けたが、一人じゃ不安だから小宮豊隆さん、もう一人の同輩ですね、この二人でニーチェの「ツァラトゥストラ」って本をぱっと開いたら、「門」という字が飛び込んだから、あっ、門なら何か融通つくな、これでいいだろうということで、紙切れに書いて朝日に届けた。あくる日、漱石が朝日新聞を開いてみると、次の夏目漱石先生の長編小説の題目は「門」でありますとある。私は思うに、このとき漱石は小ひざをたたかんばかりにして、実によくぞつけてくれたと喜んだと思います。つまり代助の最後は宗教の問題だと言った。次の小説は主人公を変えても、その継続した宗教の問題を書こうとしていたところに、まさにぴしゃりと「門」という題をつけてくれた、こういうことです。

ところが、なかなか「門」が出てこないんですね。だから、森田草平たちは不安になった。おしまいのところで例の見事な一節が出てくるんで、やっぱり先生だなあと言った。ところが、実は既に漱石は予告してるんです。代助が既に「門」とぶつかっています。それはどういうことかっていうと、代助は平岡とはもう絶交になった。三千代さんは病に倒れている。だから、訪ねていこうと思って門の前まで行くけれども入れない。また夜の町をぱっと走る。石段があるから腰かける。ふと後ろを見ると黒い門が閉ざされている。代助は寺の入り口に座っていた。宗教の門の閉ざされた入り口に不安な代助が座っているという一節を漱石はきちっと書いてるんです。漱石の作品というのはいろんな捨て石がある、あるいは伏線があるんですね、ちりばめてある。だから、私も一度、二度読んだときはここは気がつかなかった。何度目か読んだときに、ああそうか、門の伏線だなあということが見えてきたわけです。

こういうふうにして「三四郎」、「それから」、「門」というふうにいきまして、この後漱石は実は「門」を書いているときに持病の胃潰瘍で苦しんだ。小説が終わると病院に通い続ける。それでもよくならないので、伊豆の修善寺の旅館で転地療養をします。このとき明治四十三年八月二十四日、金だらいにいっぱいの血を吐いて三〇分間意識を失った。これが俗に言う修善寺の大患と言われる出来事であります。漱石の生涯の最も大きな出来事です。これが「思ひ出す事など」という長編エッセイに書いてある。漱石はここのところをどう書いているかというと、俄然として死し、また俄然としてよみがえった、いや、よみがえったと人から言い聞かされるものは、ただ寒くなるばかりであると、こう言っています。俄然というのはにわかに自分が意識を失った。また、にわかに意識が灯った、いや、そうだと人から聞かされたときに、ただ寒くなるばかりだと言った。この寒さとは何でしょうか。漱石は非常に知的な人ですから、人間のいろんな意味づけを全部取っ払ったら最後に残るのは意識だけだと言っている。

ちょうど近代哲学の祖と言われるデカルトが「我思う、ゆえに我あり」、一切を疑っても、疑っているその自分の存在だけは、これは疑えないということでしょう。そうすると漱石の言葉も言いかえれば、「我意識す、ゆえに我あり」ですね。ということは既に彼は朝日に入ったときに、「文芸の哲学的基礎」というある講演を活字にしたものを読者に披露しています。人間の命って何だ。意味づけを全部取っ払ったら残るのはただ意識が続いてるというだけなんだ、こう言っています。そこにものがある、人がいるっていったって、自分の意識が目をつぶれば、ものはないのと同じだ。まことに不安定なものだ、こう言います。ただその意識は流れ続けるだけではない。そこにある一つの充実感を求めたい。これが真、善、美、壮、真実なるもの、善なるもの、美なるもの、壮厳になるもの、これを人間は求めるんだ。ならばこれを書き尽くさなきゃいけないということを言っている。真善美壮っていうのを通俗的に書いたのが「虞美人草」です。けれども、それを取っ払って意識の流れ、言わば真の部分だけを書いたのが、次の「坑夫」というふうに言えるわけでしょう。

漱石にとっては今言ったように、最後に残るのは意識だけだ。これだけは疑うことができない、自分という存在の証明だと言った。その自分のものであるはずの意識が突然消えた。そしてまた突然意識が灯ったとは何なのか。意識さえも自分のものでないとするならば、本当の命の根っことは何かという問題がそこで起こった。言うならば意識というむしろ一枚の上に座っていた。それが突然取っ払われてみると、下は無限の奈落である、闇である。これは魂が凍りつくような悪夢のような経験でしょう。ただ寒くなるばかりです。そして、その後に彼はその後書いた漢詩の一つをくっつけている。その漢詩の一節に〈帰来命根を覓む〉とある。帰来というのは帰ってくる。生き死にの境からもう一遍現実に帰ってきた。これから自分のやるべきことは命根、命の根っこを追求することだということです。だから、漱石の文学は以後、さらい命根を求め続けた文学ということも言えるわけです。

こうして小説はすぐは書けないので翌四十四年は休む。四十五年は大正元年に変わる。この年から後期の「彼岸過迄」、続いて「行人」「こゝろ」という三部作を書く。その次に大正四年、「道草」という自伝的作品を初めて書く。そうして最後は「明暗」を一八八回書いたところで彼は倒れたわけであります。

さて、この「彼岸過迄」「行人」「こゝろ」についても、いろいろ言うべきことはありますけれども、これに深入りしていきますと一時間半では絶対終わりませんから、少しとばしてゆます。私はよくいろんな大学に呼ばれて、漱石文学についてしゃべることがあるのですが、京大であるとか九大であるとか、そういうところで五、六日集中でしゃべったり、一年間かかってしゃべったりで、漱石を話してると幾らでもいろんなことが出てくるんですが、きょうは一時間半で、せっかく先生方がお集まりだから、何とか漱石のエッセンスと同時に、一応全体像について何かそれなりのことを申し上げたいと思うんで、さっきからかなり早口で申し上げてるんです。そこで「こゝろ」についてもいろいろ言いたい、「行人」についても言いたいんですが、その辺はひとまず飛ばしまして、ただ言えることは「こゝろ」では、自分の分身の先生を死なせるということは、明治という過ぎ去った自分にとってかけがえのない時代に彼を殉ぜしめることによって、生身の漱石は大正という時代をあえて生き抜こうとしたんだということです。

鷗外は反対ですね。明治が終り、乃木大将が殉死したときに、それを知った彼は何を書いたか。「興津弥五右衛門の遺書」という歴史小説の第一作を書いて、彼は歴史の世界に帰った。もう現代に目を向けなかった。言うならば鷗外は明治の終わり、乃木殉死とともに、乃木さんがここで出たということで長州の話になるわけですが、この乃木さんの殉死という事件に直面し、鷗外は以後、現代に目を向けないで歴史小説の世界に行った。鷗外は過去の世界に行った。「あれは鷗外だからいいんだよ」と、「どうして」と言ったら、「バック鷗外」ですよとしゃれを言ったりして、これは学生へのサービスですが、そういうしゃれを言っておくとそれだけは残るんですね。『ああ、そうか、乃木さんが殉死して明治が終わったときに、鷗外はもう過去に帰った、バック鷗外か、そうか」と、ここで覚えてくれる。

じゃあ漱石はどうかといえば、「こゝろ」で自分の分身の先生を明治に送って、生身の作家としては大正という時代に踏み込んでいく。そうして今までは全部実験的なものを書いて来た。今度は「道草」という自伝的な、言わば自分をまな板に置いてとことん分析してゆく、そういう初めての自伝的作品にとりくんでゆく。これは漱石の最高の傑作です。一番彼が骨身を削ったもので、東北大学の漱石文庫にある書きつぶしの反故の綴りを見ると、インキの飛び散った原稿用紙が何枚もつづってありますね。一番漱石が苦しんだ、また最高の傑作でしょう。すばらしいものです。

その「道草」を書いた。そしてそれを書き終わって「明暗」という最後の作品にいくんですが、この「道草」です。健三というつまり漱石の分身、ロンドンの留学から帰ってきたところから始まる。かつて漱石自身が十才になるときまで厄介になった養父母、塩原という人です。これが島田老人という形で金をせびりに来る。むげに断ることもできない。こういう両者の関係を書いた所で、注目すべきは、その四八章です。それは実にいやな強欲な老人です。長っちりで帰らない。ここで漱石はこう書きます。彼は神という言葉が嫌いであった。しかし、そのとき彼の心には確かに神という言葉が出た。そうしてもしその神が神の目から自分の一生を通して見たならば、この強欲な老人と大した変わりはないであろうと強く思われた。こういう一節です。これは普通「道草」を読むときに、軽く通り過ぎていくんです。私はここを何度か読んだときに、これはとても大事なことを漱石言ってるなってことが見えてきた。

どういうことか。彼、健三はっていうのは、漱石そのひとで、彼が神って言葉を口にするのは嫌いだという。しかし、このそきの健三には否応なく神という言葉が出た。そうしてその神の目から自分が見られたならば、この自分が疎んでいる強欲な老人と自分とは同じ存在ではないかという。これは自伝的作品「道草」を書きながら漱石が発見した所でありましょう。

実は、これが則天去私に結びついくんです。どういうことかと申しますと、則天去私は翌年大正五年「明暗」を書いてるときに弟子たちに言っています。おまえたちの書くものは我が我がという主張があるからだめだ。それじゃ人間は書けない。神のような公平な目で見なきゃいけない。それがおれの言う則天去私だ。おれは今そういう目で「明暗」を書いているんだと言っています。

つまり、作家のおれがおれがという主体が一遍砕かれなきゃいけないんですね。無にならなきゃいけないんです。そして自分が高見に立って書くんじゃない。全く人間同士、お互いが一つだ。それがこの健三という彼は留学帰りのエリートだという。彼は神なんて言葉は嫌いだ。だけど不思議に神という言葉が出た。その神の目から見られたときに同じだ。

これはちょうど則天去私の説明でこういうことを言ってる。その前に引き出されると、日ごろ偉そうなことを言ってるものも、大したことはない。日ごろちっぽけでとるに足りないように見えるものも、それなりの存在だ。その前に引き出されると、あらゆるものがみんな一視同仁、平等だ、これがおれのいう則天去私ということだと弟子たちに言っている。これはまさにあの「道草」でいう所と同じことでしょう。その前に引き出されるというのは、神の目から見られたならばということで、このエリートである自分も疎ましいこの老人も同じ存在だと健三は気づく。だから、翌年唱えた則天去私の中身は、「道草」という自伝的作品を書いて徹底的に自分を問い詰めていったときにあらわれてきたこの問題と地続きにつながっている。だから、私に言わせれば、則天去私とは、「道草」で書いた神の目からということでは、則神去私と言ってもいい。だが、神というとすぐあの当時では耶蘇教的な神というイメージが日本人一般にはダブってきますから、それで我々になじみの天という言葉を使って則神ではなくて則天去私と言っているので、問題は去私という所にあるわけですね。

こうして、「明暗」をつらぬくものは、この則天去私という思想だといえます。ただ、この言葉の出所はなかなか分からず、漱石の造語であろうかと言われた。ところが、これについて、あるときに教えられました。それは佐古純一郎さんという、今も健在ですが、文芸評論家、キリスト教の牧師にもなられた。そして、漱石がちょうど十五歳のとき一年間、第一中学校をやめて、好きな漢学をやるんだといって二松学舎に一年間学んだ。その漢学塾の二松学舎が後に二松学舎専門学校、大学となる。この二松学舎に佐古さんは学ばれた。漱石と同門ということになる。

そこで徹底的に仕込まれたのは言うまでもなく陽明学、王陽明の陽明学の教えでありました。王陽明の「伝習録」という、彼の言った言葉を弟子たちが書いたものがあります。その中にまさにこのもとがある。どういうことか。「則天去私」という言葉のもとは天理に純にして、人欲の私を去るという言葉だということです。天理に純にしてという、純というのは即すということです。私欲、我欲の私を去るのですから、我欲の私を去る、つまり去私となる。こうしてこれをつづめれば則天去私になる。これは自分たちがもう繰り返し教えられた陽明学のエッセンスになる。この言葉も漱石がたたき込まれて胸にあったはずだ。これは佐古さんと私が「漱石、芥川、太宰」という対談の本を数年前に出しました中で、「佐藤さん、則天去私の由来を知ってますか、私はこう思ってますよ」と教えてくださったことなんです。

さて、こうして「道草」は鏡子夫人をモデルにした妻のお住と健三の葛藤がずっと描かれ、最後は「猫」とは銘打っていないが、多分「猫」を書いた原稿料のようなもの一〇〇円を島田老人に渡してけりをつける。妻のお住はこれでけりがついたというが、健三は、いや、人生は片づくなんてものはない。片づいたように見えるけれども、人生に片づくものはない、と苦々しく言う。ちょうど「門」の最後と似た形で終りになる。

こうして漱石は片づかない人生を見詰め、問い続けた人であります。それは漱石の言葉で言えば、熊本の五高の教師時代の明治二十九年、「人生」という文章のなかで、吾人の心中には底なき三角形あり。二辺平行せる三角形あるをいかんせんと言っています。つまり、我々の心の中には底のない三角形、どこまでいっても二辺が平行した三角形があって、クローズしない、決着しないという。

だから、彼は作家になっても作品のなかで決着つけようとしなかった。作家とは人間そのものを問い詰めるんだ、二辺平行だという。これが小説の題名になると「明暗」なんです。二辺が平行するというのは〈明暗双双〉ということで、明というのは悟り、暗は迷い、闇ですね。あるいは逆に明は差別、暗は無差別と、二つの読み方がある、解釈がある。どちらに解釈してもいいわけで、つまり、どちらに解釈しようと明暗というのは明と暗、魂の救われた世界、開かれた世界と閉ざされた闇の世界、迷いの世界とが人間の心の中では二辺平行、どこまで行っても続いていくということで、これが明暗双双ということです。ですから、漱石は「明暗」を書いてるときに、午後は必ず漢詩を書いた。その八月二十一日の芥川などに与えた手紙の中にこの〈明暗双双〉という言葉が出てくる。明暗双双三万字、これは三万字もまだ書いてないけれど、まあ、ごろを合わせただけで、要するに〈明暗双双〉という精神でこの「明暗」を書いてるんだと言っているわけです。

だから、この「明暗」はどこまで行っても出てくる人物は悟り済ませた人物はいない。みんなある意味では俗っぽい、我欲を持っている。突っ張っている。そういう人間ばかりです。津田という男とお延という妻、それの新婚半年ぐらいたったころの物語ですが、津田には自分を裏切って離れてしまった清子という婚約者の問題が残っている。妻のお延は何か秘密がるとは思うが分からない。最後は津田はまだ病気の痔の十分治療がすまないのに、お延をだまして温泉場に行って清子に会う。昔ながらの美しい清子に出会う。ちょっとやりとりがある。そこで惜しくも「明暗」は終わっています。

さあ、この「明暗」の後、もう一〇〇回近く書かれるとしたら、もう一つ山が来るだろう。どうなるのか。津田には何か秘密があると思って、津田の愛を何とかして自分に引きつけたいと苦闘するお延はどうなるのか。病気もなかばで清子に会いに行った津田はどうなるのか。そこで待ち受けていた、待っていた清子って存在はどうなのか。こういういろんな問題があるわけですが、その続きはだれもわかりません。

いろんな方がいろいろ言ってるんですが、ここに一人、勇ましい女性がありまして、「明暗」があだこうだと言うけれども、それは書いてみるより仕方がない。続編を書いてみましょうと言って書いたのが、今から数年前、水村美苗さんっていう人の書いた「續明暗」という作品です、アメリカ帰りの三十代の帰国子女が数年かかって書いた「續明暗」っていう売り出しで評判になりました。大変おもしろいんですね。明暗の一八九回から二八八回まで、一〇〇回分、漱石そっくりの文体で書いたんです。これは見事なものです。

ただこれは漱石と違ってかなり通俗的におもしろく書いてある。どうなるか。お延が結局知って駆けつけますね。それから、津田の妹のお秀なんかも来る。そこでいろいろある。そうすると駆けつけた妻のお延は、案の定清子とデートをしている津田を見る。そのショックで、彼女は寝込んでしまう。そうしてある夜明け方、隣の部屋に寝ている病人のはずのお延の姿はない。夜明け方の闇の中を津田は、おれがこんなことをしてしまったから、お延は裏の滝に身を投げて死ぬんじゃないかと思って闇の中を追っかけていく。痔の手術も中途半端ですから、血をしたたらせながら、おれが悪かったというような痛切な思いでお延を探しに行く。お延は滝に身を投げようとしたが、それも出来ず山を登ってゆく。やがて夜が明ける。このとき、お延の心の中に、私は今までいつでも突っ張ってみせた。私どもはもうこれ以上ない幸せな夫婦であるようにふるまってみせた。人の目ばっかりで生きて来た。もういい、人が何と言おうと私は私だというふうに、そこでひとつ生まれ変わった気持ちで、目の開いたお延が山を下ってくるところで「続明暗」は終わっているんです。津田はどうなったか。水村さん、津田なんか知ったことじゃない。いい気味だとおっしゃる。私はひたすら裏切られたお延に身を寄せて目いっぱい書いたんだ。津田はあえて嫌らしく書いたんだという。

私はこれを読んでおもしろいと思った。漱石はあの世でやってるねと思ったでしょう。なぜか。「彼岸過迄」という小説の中に有名な言葉がある。恐れる男と恐れない女と漱石はいう。女は強い。これは一貫してるんです。「道草」だって健三はおたおたしてる。「三四郎」も「それから」もそうです。女性は本来野性的で、本当に強いのは女性だという。あの時代に、今我々は身にしみてわかっておりますが、あの時代に漱石は女は強い、男は弱いってことをちゃんと書いてるんですから、大したもんだと思うんですね。

そうして、漱石はおれの言ったとおりじゃないか。恐れる男どもはみんなおたおたしてる。例えば大岡昇平さんの最後の書いた小説は、「小説家夏目漱石」って本ですが、どう言っているか。お延は温泉場で清子と会っている津田を見る。けれども、津田が病気で倒れたときに大正の妻であるお延は、愛情は覚めたけれども、病気に倒れた最後をやっぱりみとってやるだろう、それが結末だという。大正の妻はそれでいい。ならば平成の妻はどうなるのか。ここで漱石流のしゃれを言えば、これは平静ではないということになるわけでしょう。この水村さんのような勇ましい方が、こういう思い切った、男性がだれも手をつけないところをやられた。

こうして、漱石は女性の強さを言った。「行人」をお読みになると、結婚という制度の中でたわめられている、押しつけられている女性たちの悲劇、苦しみというものを、お直という女性を中心にして書いている。そのことをもう少し深く入ってみてもいいんですが、フェミニズムだ何だと、いろいろ言っておりますけれども、あの時代の中で、男性中心的なあの社会の中で、結婚という制度の中でたわめられ、抑圧されている女の苦しみを真正面から取り上げている。これも私は漱石を何度か読んでいるうちに初めて見えてきたものです。

要するに文明の中に生きる人間の運命、そして人間はやっぱり個として本当に開かれていかなきゃいけない。と同時に、それがばらばらなエゴの主張になったらどうなるのか。文明は本当の意味で人間を救わない。にもかかわらず我々はその時代を生きねばならないとすれば、どうすれば人間らしく魂を開いていけるのか。ある意味では漱石のように開かれた宗教という問題もあるかもしれない。こうして漱石は我々に実に多くのことを問いかけて来たが、「明暗」一八八回という問いの半ばで倒れた。一八九というナンバーをつけた空白の原稿紙を残して、彼、漱石は明暗のかなたに消えていった。

しかし、漱石が残してくれたものは大きい。この問題は大きな問いかけとともに、二一世紀に向かっても、まさに現代に生きる漱石として我々に問いかけて来るものがある。私は今直接教育の問題については言いませんでしたが、文明社会に生きるさまざまな人間の問題を問い続けた漱石の言葉から、教育の問題も含め、多くの課題を解いてゆく、貴重な問いかけを与えられているのではないでしょうか。〈現代に生きる漱石〉と題してみた意味もまたそこにあると思います。

もう時間を五分も超過しましたが、せっかくの機会ということで、いささか駆け足で漱石の世界の全体を語ろうという、欲張ったお話を致しました。

最後に、私はいつもすべては漱石以後、また近代の多くの作品も、すべては「漱石以後」ということではないかということで、先ほど御紹介いただいた翰林書房というところから出た著作集にも、「漱石以後」のIとIIというものを書いたりしておりますので、また御関心があれば目にとめていただければと思います。大変雑駁な話でございいましたが、これで終わらせていただきます。御静聴ありがとうございました。

作家・作品の急所をどう読むか――漱石・賢治・太宰他と触れつつ

また今年もお招き頂きまして大変有難く思います。過分なご紹介を頂きましたけれども、年はくいましたけど、ぼつぼつやってます。私は佐藤泰正という名前で、「元気でやってるね」と言われるから、「名前どおりだ」と。まだ神様が休まさんとおっしゃるからもうちょっと頑張ろうかと。今、特任教授という形で、同僚では詩人の北川透さん、この方も特任教授です。いろんな雑務から少しは解放されまして、授業をやっております。思いは一つです。私どもが学部に入ってくる新入生を教える気持ちも先生方が高校で教えておられることも思いは一つで、繋がるところは一つですから、日頃から私が思っておりますことをざっくばらんに申し上げてみようと思います。

去年漱石の『こゝろ』について話しましたので、『こゝろ』だけでなく、本当に読むということは何かということをやったんですが、今年は少し広げて、漱石・賢治・太宰、それから堀辰雄、あるいは遠藤周作、中原中也と、そういう辺りのポイントになる所を見ていきたいと、あえて「作家、作品の急所をどう読むか」と題してみました。急所というのは肝心なところです。これをぴしっとつかまなきゃ駄目だ。もっと言うならば我々は『羅生門』であれなんであれ、芥川なら、芥川をやる。だけど本当は芥川という作家の急所、芥川の全ての業績、そういうものをきちっと踏まえて、初めて『羅生門』なら『羅生門』を読んだと言える。だけどそれはお互い必ずしもそれの専門ということではないわけですから、先生方も苦労しておられるでしょうが、願わくは教える時は少しでも作品だけでなく、何故この作家がこれを書いたか、という所をつかむ。そこに作家の急所があるんです。それが見えてくると作品の急所も見えてくる。

コピーをかなり用意しましたが、まずコピーに無いところで話しましょう。

私の教えた学生で、とても読書好きな素晴らしい卒業生がいました。ところがこの旦那になる人は普通の人で、推理小説しか読まなかった。そこが物足りなかった。ところがその彼が、『坊つちゃん』を初めて読んだ。読んですごく興奮している。感動して話をする時には涙ぐんでさえいる。どこか一人でいる時には泣いてたんじゃないか、つまり『坊つちゃん』を読んで何故泣いたか。皆さんは『坊つちゃん』を読んで泣かれますか。笑っても、泣かれることはあまりないと思います。ところが彼は泣いたというんです。私の主人はおばあちゃん子だから、おばあちゃん子で育ったから、多分あれを読んで泣いたんだという。これ正解です。おばあちゃん子と言えば『坊つちゃん』は早くして両親を亡くした、兄貴ともうまくいかないから兄貴と財産を分けてもらって兄貴は福岡に行った。自分は仕方がないから残った金で物理学校に行った。

そして四国の松山ですね。はっきり明示してはいないが、明らかに漱石が明治二十八年から一年いた松山を舞台にして書いている。痛快なお話しですね。あの赤シャツというのはそっくりかえったエリート、その彼がうらなりという寂しい影を持った善良な男の婚約者のマドンナを自分のものにするために彼を九州の果てに飛ばすんですね。もう我慢がならないといって山嵐と一緒になって朝まだき料亭から出てくる所を待ち受けて罵詈雑言ぶっつけて、最後は生卵ぶつけてやっつけるわけです。そういうことをしたから赤シャツと対立していた山嵐は当然辞める。坊つちゃんも当然辞めようとしたら、「おまえはもう少しいていいんじゃないか」「いや僕も辞めます」、そういって東京に帰っちゃう。そういうお話ですね。痛快なお話です。しかし彼を泣かした作者の本音はどこにあったんでしょうか。

実は『坊つちゃん』は映画にもドラマにもなった。ところが映画やドラマにした時にみんな省いている部分がある。どこか。坊つちゃんが帰ってからのところです。

「そうだ、清のことを書くのを忘れていた」と言って書かれていることは、清はおれの帰ってくるのを喜んで待ってくれた。けれどもまもなく肺炎で亡くなった。その最後にどう言ったか。「坊っちゃん、私はお墓の中で坊っちゃんの来られるのを楽しみに待っています」と。「だから清の墓は小日向の養源寺にある」。これが結びの言葉です。

清を本当は連れて行きたかった。こっちに来てみていいかげんな連中の多いなかで清のように心の純粋で温かいのはいない。連れて行きたかったが来れなかった。手紙を書きたいが、自分は筆無精だから書きかけても書けない。清の方がこっちにいる連中よりどんなに立派かしれない。こういう訳です。その清の所に帰ったから清は涙を流して喜んだが、間もなく亡くなった。お墓の中で待っているという。

もうおわかりでしょう。この清のイメージは漱石が数えで十五歳の時、明治十四年に亡くなった、千枝という名のお母さんとかさなっているわけです。父親は八番目の末っ子の自分を邪魔者扱いしてよそにやったんでしょう。里子にやられて、帰ってきてまた出されて十になる頃まで辛い思いをして育った。ただ救いは十から十五までの間で、お母さんは随分年取ってからだから自分から見たらおばあさんだけど、このお母さんが懐かしい。そのお母さんが死んだんだから自分が出世したってだれも喜んでくれるものもない。まして父親なんかダメだ。だったら俺はドロップアウトする。学校も辞めた。辞めたら今度はコースを変えるのか。違う。二松学舎という漢学を教える、好きな漢文を教える塾に入った。ここで一生終ってもいいと思った。ところが一年やってると文明開化の波の中で、こんな好きだけど古くさい世界にいたら取り残されるというんで、辞めたけれどもどうしていいか分からない。二年ばかりうろうろするんです。そしてやっと志を立てて、嫌いな英語だったけど、成立學舎という、今でいう予備校のような所で猛烈に勉強して力をつける。そして明治十九年大学予備門に入る。それからは教師も舌を巻くほどの英語の力ですね、最後は英語の研究者、そして留学もしますね、帰ってくると東大の講師になったりする。こういう漱石の背景って何でしょう。実はこの作品を解く鍵が三つある。作家を考える急所、『坊っちゃん』の急所であり、作家漱石の急所です。一つは何か、四国の松山にいたから松山が舞台になってる。道後温泉も出てくる。だったらそれを書きたかったんでしょうか、自分の松山時代のこと。違いますね。

半藤一利さんという方がいる。漱石の外孫で『漱石先生ぞなもし』という面白い本もある。この半藤さんが「漱石研究」という雑誌の座談の中で話している。

「私は日頃から思っているが、あの『坊っちゃん』の舞台は漱石の現実の松山ではありませんよ。彼は東大の講師をやりながら、あの権威主義的な周りの在り方に本当に胸くそが悪くなるくらい腹が立った。だから、その鬱憤を晴らすために書いたんだ」と。

考えてみれば『吾輩は猫である』(以下『猫』)も鬱憤を晴らしています。『猫』の笑いは痛烈な諷刺です。「今という時代は何だ」その鬱憤を晴らす形で書かれたのが『猫』です。その『猫』の連載も終わらない明治三十九年四月に同じホトトギスに『坊っちゃん』を書いた。大評判になった。『猫』と同様『坊っちゃん』も腹に溜まっている憂さ晴らしです。彼はある意味で職場では閉塞感というか、自分をどう伸ばしたらいいか、なんか上から押さえつけられています。例えばまだ講師です。教授会にも何にも出やしません。ところが学長から「今度の英語の入試にはお前も選考委員になってやってくれ」と。何と答えたか。「御免被ります」あっさり断っている。面白いですね。職場で学長から「今度委員をやれ」と言われて断るわけはない。ところが漱石は違う。日頃はそっぽを向いておいて、疎外しておいて手が足りない時だけお前も手伝えとは、御免こうむります。これが漱石的です。そういう手紙が残っています。だからそういう鬱憤がこの東大って何だ、御殿風、お役所風、お役人風、がんじがらめだ。こんな所におれるか。彼は学問が好きだ。教えることも嫌いじゃない。けれどもこんな権威主義的な抑圧的な所にいたくない。それがやがて彼が作家になっていく道でもあります。

漱石の手紙をお読みになるとよく分かる。『坊っちゃん』を書いた前後、明治三十九年の二月頃から、二月というのが学長に「御免被ります」といった時期ですが、この時期の『坊っちゃん』の前後を見ると、手紙は自分の友人や弟子達を相手に圧倒的に悪口を言ってる。「世間の犬ども、豚ども、ペン一本で戦ってやる、殺してやる。そのためなら、俺は礫になってもいい。礫の上から彼等を罵倒してやる。ペン一本で退治してやる。」そういう叩き付けるような言葉が一杯出てくるんです。それが『坊っちゃん』を書いている時だけすっと手紙から消える。何故なら手紙で発散していたことを『坊っちゃん』で発散しているからです。ですから『坊っちゃん』で痛快なことをやりますね、生徒に対してだって先生に対してだって、それはあの中で吐きだしていくものがある。

ですから半藤さんは、私はかねがね思っていたが、これは松山の体験や松山が舞台じゃない。舞台は借りているが、実はこれを書いている今の彼の身辺の問題、我慢ならないことを吐きだしている、そう考えるのが一番正解だと。

すると相手をしている研究者もそれぐらいのことは多分わかっているはずですが、半藤さんがまるで自分の発見のように言われるから、「そうですね」と相づちをうたれてますが、これはちゃんと漱石を読めば当然のこととして分かることです。

私の家内も漱石が好きなんですが、今度久し振りに読んだ。『坊っちゃん』ダメだった。「四国や道後温泉が出てくるのにちっともその雰囲気が感じられない。小説は描写でしょ、だったら何を書いてもいいけれども、その場所、場面はもうちょっとその所の雰囲気が出なきゃ。だからがっかりした」というから、「何を言ってるんだ。これは松山を借りてるけど、本当は漱石のやりたい内面の問題はあっちじゃないんだ。自分の今生きてる周りのことなんだ。それをあちらを舞台にして書いたんだから別に情景や雰囲気を書かなくてもいいんだ」と言っても、一度思いこんだものだから、いやおかしい、がっかりしたと言っているんです。これは小説を読む時に、ある意味では当然なことですね。小説ですからリアルに情景を書くことも大事ですが、ただ一番大事なことは、作家が何を書きたいか、止むに止まれぬ思いで何を書いたかということが見えなきゃだめで、そうするとまず漱石が止むに止まれぬ思いを『坊つちゃん』の中で叩きつけるように書いているということがわかります。

その次、もう一つの急所は何か、これは清の問題です。清は下女です。年取った下女です。漱石のお母さんも年とってからの子供ですから、思い出の中ではおばあさんです。それが清とダブルわけです。だから清がお墓の中で待っていますというのは、お母さんがお墓の中で待っていてくれるなあという思いとダブルわけです。これは間違いない。ただ、私は平岡敏夫さんが、これについて論じて、「お墓の中で待っている」というのは単なる肉親、兄弟そんなもんじゃないな、この世で添いとげることが出来なかったからあの世で待つ。お墓で待つということだから、多分彼が好きだった兄嫁の登世が亡くなった、その登世への思いが、せめてあの世では一つになりたい、そういう思いが重なっているんではないかと書いている。

私は違うと。これは一にも二にもお母さんへの思いがあそこにダブっていると思う、と言っているんです。ところが三好行雄さんがいろいろ言われているが、待って下さいよ、同じお墓の中で待っているんじゃないですよ、坊っちゃんのお寺に埋めて下さいと言ってるんだから。昔はよく忠義な侍が主君に仕える。そして最後は、主君の墓地の脇に自分の墓も建ててもらう、そういうこともある。つまり清は坊ちゃんのお墓の側に私の小さな墓もと言ったんじゃないですか。だから同じ墓じゃないですよと。それはそうだと。私も平岡さんも同じお墓で待っているようにとられる簡単な書き方をした。そこは三好さんがぴしゃっと言われた、それはその通り。けれどもやっぱり私は兄嫁でもなければ、三好さんの言われる忠節を尽くして主人に仕えた思い、それだけでもない、私はやっぱり一つ取れば母千枝への熱い思い、お墓の中で自分を待ってる母への思いがある、ならばこそ清は素晴らしく書いてある。そしてそれをおばあちゃん子である卒業生の主人が涙したんです。これが二つ目。

もう一つある、三つ目は何でしょう。ここは大事です。『坊っちゃん』のモデルがいろいろ言われるが、坊ちゃんの生のモデル、山口県のたしか三田尻から向こうに行った、結婚して間もない一人の若い人が漱石と全く同じ年に赴任してる、これがモデルだなどともいわれる。しかしモデルと言われるのは、そういう外面的な問題ではない。内面的に、精神的にどういう深い物を含んでいるかで初めてモデルとして生きるんです。どういうことか。漱石は『こゝろ』を書いた後、大正三年の秋、学習院で講演をしている。「私の個人主義」という有名な講演で、何といってるか。冒頭で、「あなた方は『坊つちやん』を読んだでしょ。坊つちやんのモデルは誰かとみんないう。それを言うならば、あの赤シャツこそ、そのモデルは漱石、私ですよ」と言った。みんなびっくりしたでしょう。

坊つちやんのあの激しい江戸っ子的気性、不正を許さない、傲慢なものを許さない、それは若いけれども、坊つちやんと漱石がつながるんじゃないかと思った。ところが一番疎ましい、赤シャツという威張りかえったあれが私だと言った。びっくりしますね。漱石は説明していきます。赤シャツは東京帝国大学を出て文学士様で地方に来た。英文学をやっている。おまけに帝国文学という赤い表紙のそういう雑誌をチャラチャラ持ってきてみせびらかしている。これは全部自分のことを赤シャツに移して書いている。だから赤シャツのモデルは私ですよと言っている。これは何でしょうか。ただ冗談で言っているんでしょうか。

こういう言葉が目に止まれば私達はしっかり考える必要がある。

作家は自分の自伝的要素も取り入れるんですが、それだけじゃない。小説の仕掛けの中で一つの構成をとってやっている。平岡敏夫さんも言ってるように、もう東京に帰った所で英雄坊つちやんは消えた。坊つちやんの四国での月給は四十円、ついでに言えば松山にいた現実の漱石の月給は八十円、当時の校長さんは六十五円、校長さんより高い。つまり外人教師の辞めたと同じ給料でその後に行った。だから偉いんです。漱石八十円、坊つちやん四十円、東京に帰ってどうなったか、彼は物理学校を出てるから東京の街鉄、今で言う都電の技師になった。月給二十五円、また半分になった。月給半分になって、東京の街の中にも名も無き無名の者として消えていくのが『坊つちやん』の最後の所です。

そういう『坊つちやん』を書いて何を言いたかったのでしょうか、漱石は。つまりものを読むというのはそこからこれは何だろう、漱石の思いは何だろうと、探っていくのがポイントです。

私にはこう見えます。

漱石はいま一人の自分を見ているんです。お母さんが死んだ時に二松学舎に止まっていれば、好きな漢文をやって卒業すれば漢文の力で自分の好きな漢学の塾でも開いて、ほそぼそと東京の街中で一生終わったかもしれない、好きな道で。そういう自分があり得た。

無名の一人の人として。一生を終わる。自分があの時二松学舎を辞めなかったら、そういう自分があったかもしれない。それが東京に帰って月給も半分になって街鉄の技師になる坊つちやんとダブってくるわけです。そういう自分があり得たかもしれない。

ところが今の自分はどうか、東大の講師です。『猫』で大いに文名が上がった。『坊つちやん』もみんな読んでくれるだろう。そうすればかなりエリートです。東大出て四国に来ている赤シャツですよ。

漱石が宿屋に行った。普通の所に泊めてくれた。

あくる日の新聞で辞令が紹介してある、「わー、校長さん以上の月給で東大を出てきた大変な人だ」ということで、とたんに格上の間に置いてもらうんです。こんな所は窮屈だと言ってその宿屋は間もなく代わりますけど。漱石は威張りかえること、エリートぶることが大嫌いです。それを終始批判した人です。でも漱石の半生の中のどこかに、田舎に行って東京帝国大学を出た文士様と言われる。するとそこが人間は矛盾ですが、威張ることは嫌い、傲慢も嫌いですが、どこかにそれに甘えて受け止めている所があるかもしれない。そういう自分の矛盾をもっと漫画的に拡大すれば赤シャツ的になる。赤シャツの向こうには何があるか、そこには漱石が一番嫌いだった権威主義的な人間がいっぱいいる。しかしそういうその自分もまた何と言おうと一般的には東大の講師、ゆくゆくは主任教授になるエリートですね、そういう赤シャツと、ひょっとしたらそうなったかもしれないもう一人の自分の姿である坊っちゃんの姿、この二つが対極的でしょ。この二つがつまり漱石の分身なんです。名も無きものとして消えていく坊っちゃんと、赤シャツとそれはどちらも自分がモデルだということになる。

そうすると、彼はまず自分の怒りをぶつけるように、鬱屈をぶつけるように『坊っちゃん』を書いた。次に母千枝への思いを清とだぶらせた。そして最後はあの時もし一生の選択で別な道を行ったら、あの『坊っちゃん』の最後とだぶったかもしれない。そして今の自分はどうだ。

この三つの問題がこの作品の中にストーリーを越えて内面的な問題としてあるということではないでしょうか。そこで次の問題です。最近、文学研究文でもテクスト論とか、いろんなものが入ってきまして、これも曲がり角に来てますが、つまり作品は作家のものじゃない、読者のものだから自由に読んでいい、とフランス文学者ロラン・バルトなどが言った。つまり〈作者の不在〉〈作者の死〉ということで、ある意味ではその通りです。確かにテクストは読者のものです。

けれども、それじゃ作者の手を離れたのか、作家の手を離れたのか、そう簡単には言えない。読者のものであると同時に、作家のものである。

これも家内の話を出して恐縮ですが、私はよく食卓でいろんな話を、頭の中にある事を喋るんです。すると「また演説、講演が始まった」というんですが、ある時何か話して、話の流れの中で、「じゃ、作者はどこにいるんだ」と聞いたら、家内は即座に「作者はどこにいる？作品の中にいるじゃない、当たり前じゃない」と言った。面白いことを言ってくれた。皆さんはどうお考えですか。

よく、『こゝろ』でも何でもいい、そういう作品を解く時に、作家漱石の問題をむやみに持ち込むな。作品は作品だという。作者、作家を持ち込むな。作品は作品の中の人物や語り手によって語られている。

作家とは夏目金之助という男。ペンをとれば漱石と名のって書く。じゃ作者はどうだろう、作者は作品の中にいる、どう証明できるのか。漱石が証明してみせている。それがコピーの№1の最初であります。これは大事なポイントだと思います。№1の②ですね、その中に入れた文章ですが、昨年の講演ではカットしましたからあえて触れます。

これ『猫』の上、中、下巻、大変なベストセラーになった。その下巻は序は次の通りです。

漱石はこう言っている。「猫」、「　」した猫は言うまでもなく作品『猫』です。「『猫』の甕へ落ちる時分は、漱石先生は、巻中の主人公苦沙弥先生と同じく教師であつた。」「主人苦沙弥先生も今頃は休職か、免職になつたかも知れぬ」。こうして「世の中は猫の目玉の様にぐるぐる廻転してゐる」。是からどの位廻転するかわからない」と言った後で、「只長（とこし）へに変らぬものは甕の中の猫の中の眼玉の中の瞳だけである」と言います。

これは言うならば、これを書いた明治四十年五月、彼はいよいよ東大を辞めて朝日新聞社に入社。新聞小説の作家になって『虞美人草』を書こうとしていた。職業作家としてこれからやる、背水の陣を敷いた。そういう自分の志、不退転の覚悟を語ったものであるとするならば、猫の目とは猫の目に作家漱石の覚悟、作家としての目が重なっていると当然読めるわけでありります。

私が最初に『猫』について書いた時は、この変わらぬ猫の目とは、世の中がどんなに変わったって変わらぬものは作家の目だと、猫の目と作家の目を結びつけた。ところがある時期にふたたび『猫』について書こうとした時に手元に全集が無かったので、そうだ買ってある復刻版を取り出してみた。復刻版はご承知かと思いますが、フランス綴じですからペーパーナイフで切らなきゃいけないから、こんなもの切っておれない。だから日頃は使わない。その時は何故かふっと思い出して下巻を取り出してナイフで切って序の所を読んだ。そうすると全集その他ではみんな「猫の甕へ落ちる時分」となっていたのが、「『猫』と甕へ落ちる時分」と書いてあるではないか。しめた、これでこそ私は甕の中の猫の目と漱石の目が重なるということが証明されていると思ったんですが、さらに漱石はここで何を言おうとしたのか、これは単なるシャレじゃありません。『猫』と甕に落ちたんです。何故『猫』と甕に落ちるんですか。

作者は作品の中に影なき形のないものとしていきている。作家の意識や声はまるごと形なき形、声なき声として作中のあらゆる場面、あらゆる人物、あらゆる存在の中にとけ込んで生きてます。それが作者が作品の中に生きてるということ。だから作品が終わったということは作品の中で生きた作家も終わったということ。だから『猫』の最後で猫が台所でビールの盗み飲みをして酔っぱらって甕に落ちて死んだ。ここで終わりになった。作品は終わった。しかし作品が終わったってことは、猫がお陀仏になったってことはその中に生きている作者も終わったということ。ここで「『猫』と」言った時に、漱石ははっきり作者って何だ、作品の中にまるごと生きてるんだと言っているわけです。

このごろは作中人物、語り手、その背後の作者とか作家とか、あれこれ言うな。これは漱石の生の声じゃない、漱石が用意した語り手の声だからすぐ漱石に結びつけるな、そういう論が多い。勿論テクスト論流行の影響です。

私はそれは違うと思う。なるほど語り手を用意している。しかし用意した語り手の背後にはまぎれもない漱石という作者の目が生きているし、もっと言えば背後の作家の目が生きていると言えるわけでしょう。そこを抜きにして本当は読めない。だから昨年も言いました、吉井由吉さんが『こゝろ』について書いた文章を私どもの講座論集にくれた。その中で「作品に声を聞け」と言った。声を聞くって何を聞くんですか、作中人物ですか、語り手ですか。実はこういう作品を書かずにおれなかった作家漱石の深い声を切り取らなきゃこれを読んだことにならないよとはっきり言っている。この作品は欠陥がある。無理な所がある。けれども作品に声を聞けば、この『こゝろ』という作品は、近代が生み出した最後のすばらしい作品だと言っている。その通りです。私が今言ってることも吉井さんに倣えば、作品に声を聞けということです。その声とは作中人物でも語り手でもない、その背後のそれを書かずにいられなかった深い作者の作家の声ということです。

さて、それがそうだとすれば我々は漱石の書いた端端に漱石の思いが伝わってくる。

この前、朝日新聞の天声人語に、猫の話、ちょっと猫の話をしてみたいと。名前のない猫、つまり漱石の『吾輩は猫である』のモデルになった猫がちょうど『三四郎』を書いていた明治四十一年九月十三日に亡くなった。その時に漱石はお墓を作って、猫の墓、裏に何か書いてくれと言われて、手向けの一句を書いた。それが「此下(このした)に稲妻起る宵あらん」という一句であった。

今の時代の世相、政治の世相を見ると、何かこの世相の裏には稲妻がピカピカ光っているのを見ているような、危なっかしいような、おどろおどろしいものがあるというような文章だったと思います。それはそれでいいです。いいけれども本来のこれは何でしょうか。手向けの一句として、「此下に稲妻起る宵あらん」これが手向けの句になるのでしょうか。名前も付けないが可愛がっていた猫が段々衰えて、縁側の端っこにいる。夕闇が迫ってくる。その中で猫の目が稲妻のように時々きらっきらっと時々光っている。その猫はとうとう死んで葬ってやった。そうすると土に埋めたが、「此下に稲妻起る宵あらん」激しい句でしょ。猫は一見眠って葬られたように見えるが、この下であの猫の稲妻のような目はきらっきらっと光る時もあるだろうかと。漱石は思いを込めて言ってます。これはすごいです。どういうことかというと、晩年ヘクトーという名前の犬が死にました。この時は漱石はさらっと「秋風の聞えぬ土に埋めてやりぬ」とあっさりですね。「お前も淋しかったな、もう秋風も聞こえない静かな土の中に埋めてやったよ」それだけの句です。もうここには晩年の漱石です。でも四十一年のこの句にはギラッとしたものがある。作家として心の中に何か昂ぶってくるものがある。そして今『三四郎』を書いている。そういう時でありますから、心の昂ぶりがこの猫である。「此下に稲妻起る宵あらん」すごい句です。

もっと言うなら、私どもが漱石の文体を読むということは、ストーリーを読むんじゃありません。その文体の背後にこれを書いている漱石の目が、稲妻のようにギラッギラッと光っているのが、こちらに訴えて来なければ読んだことにならない。小説を読むというのはストーリーでも何でもありません。この作家の切迫した声が思いがある一行、ある一つのフレーズの中にキラッと光る。だから我々が作品を読む時にストーリーもみんな忘れた。でもあのひと言だけは一生残っているというのはそういう言葉です。作品の中にそういう生きた言葉がある。それを読みとらなければ作品を読んだことにならない。

だから私も学生に、こういう句の「此下に稲妻起る宵あらん」、君たちもものを読む時に文章を読む時にストーリーだけじゃないよ、作品の底に優れた作家のキラッキラッと光る稲妻のような光が、声がある、それを読みとらなければダメだよと。

作品の中に作者は生きる、であればこそストーリーとか仕掛けとか語り手とか、そういうものを越えたもう一つ奥に作家の稲妻のような光がちらっちらっと見えてくる、それを読みとることが大事だということを申したいわけです。

さて、漱石についてそういうことを申しました。つまり作品の裏側には漱石には漱石の内面の心のドラマがあったことを今『坊っちゃん』で言いました。

今度は漱石が一番目をかけた作家の芥川について少し申してみたいと思います。これも作家のドラマがどういう形であるかということです。№2を開けて下さい。

№2の③芥川龍之介、『西方の人』、よろしいでしょうか。

これは芥川の晩年の絶筆、つまり彼は『西方の人』『続西方の人』の最後を書き終わって、そばに置いてあった聖書を持って死の床に着いたわけです。『西方の人』、そして『続西方の人』です。さて『西方の人』は昭和二年八月、

「改造」、『続西方の人』は同じく「改造」の九月、いわゆる彼の絶筆、遺稿となるわけです。

さて芥川という作家の急所をつかまないと芥川は見えません。『羅生門』をやろうと何をやろうと作家芥川が自分をどう見つめていたか、自分をどう批判していたか、どういうものを書かずにはおれなかったか、そういう急所を押えなければ作品は読めないんです。そうすると芥川の急所はどこにあるか。最後です。彼は最後の思いのたけを『西方の人』と『歯車』に書き込んだ。『西方の人』は彼が青年時代から聖書を読んで好きだった、私のキリストというのを自由に書いている。その中で三十六章でこういうことを言っている。それというのはキリストの一生です。「それは天上から地上へ登る為に無慙にも折れた梯子である。薄暗い空から叩きつける土砂降りの雨の中に傾いたま ま。……」という、有名な言葉で、きっとこれを読まれた方は心に残られたと思います。心に触れるフレーズです。

これは従来間違いじゃないかと言われた。天上から地上へ登る、そんな馬鹿なことはない、芥川は最後は心も体もボロボロになっていたから衰弱して充分推敲する間もなく、結局地上から天上へ登るというのを天上から地上へと書き間違ったんだ。だからおかしいよと。地上から天上へ登ろうとして敗れた、それが自分の挫折の人生だと言った。これでは芥川が全然見えていない。

芥川の生涯文学にかけた自分の反省も含めて言ってることは何か、彼はまさに天上から地上に登ろうとしたんです。これが芥川の急所です。天上とは何か。自分は頭と才能と知識とそういうもので地上の現実から離れたところで自由な物語を作った。しかしそれは人工の翼だ。人間の技術で作った人工の翼だと。その人工の翼を捨てて天上から地上に下っていく。そして一遍地上の人間の生きている現実をしっかり踏まえてやり直していかなければ自分の文学は本物にならない。これが芥川の痛切な思いです。

芥川はその前に何と言われたか。師匠の漱石に手紙の中で言われた、皆さんご存じでしょう。「あなた方はこれから伸びる人だ。だけど文士の才能を押してはダメです。牛のように根気よく押しなさい。文士を押すのではありません。人間を押すのです」漱石は芥川の才能をピカイチだと思ってみている。けれどもお前は文士の才に溺れがちだ。文士の才をひけらかすんじゃない。人間のそのものをとことん押していけと言った。当時漱石は『明暗』を書いていた。それこそ押していた。この言葉は芥川も肝に銘じたと思うんです。「漱石から人間を押せと言われた。そうだ先生はやっぱり俺の一番駄目な所を見ているな。俺はともすれば自分の才に溺れている所がある。才をひけらかしている所がある。そうじゃない、文士の才じゃない、つまり人間を押せと言われた」。これが終生ずっとあった問題であります。

そうすると彼は晩年作り上げた作品が山ほどある。もうあんなものはいい、もう筋も何にもない小説を書きたい、小説のエッセイ、詩的精神の燃えるようなものを書きたいと言って、谷崎潤一郎と過激な論争をやった。谷崎は「何を言っているんだ。小説は人間が面白い物語を構築することだろう」と。「違う、そんなものはどうでもいい。人間の精神が燃えていく、そういうもの、だからそれは筋も何もいらない、それが最後じゃないか、小説の一番純粋な形じゃないか」と言った。

さて、その彼が、だから自分がもう一ぺんやり直すためには、天上から地上に上る、何故上るというのか。険しい道だから、すらっと下るんじゃない、一歩一歩踏みしめる険しい道だから。

彼が何故志賀直哉に傾倒したか。志賀直哉のものは批判もされるがとにかく人間の地上の現実をしっかり踏まえて書いているところがある。かなわないな。自分はどこか言葉と才能で作っているところがある。そういう自分は天上から地上に一ぺんたどり着いていかなきゃいけない。それは登ると言いたい厳しい道だ。

問題はその後です。しかしそれは果たせないで折れた梯子です。そうして薄暗い空から叩きつける土砂降りの雨の中に傾いたままということはこの後半も注目して下さい。

土砂降りの雨の中、これはどういうことか。その次の④、それは私が『江戸の舞踏会』、つまり芥川の大正九年の一月の新年号に書いた『舞踏会』という彼の傑作、それについて、実はそれはピエール・ロティというフランスの文士で、日本に二度も来たことのある、『お菊さん』とか、いろんなものを書いた。日本を異国情調的に惹かれていった。彼が『江戸の舞踏会』という作品を書いている。それを下敷きにして彼は『舞踏会』を書いたわけです。『江戸の舞踏会』の方は鹿鳴館が出来て四、五年経ったころのことです。何となく追いつけ追い越せでチャカチャカやっているけれども、なんかとってつけたようなところがあるなあと冷やかしているんですが、芥川は珍しくロティの皮肉な面は捨てて、舞踏会の中に出てくる十七歳の少女明子をヒロインとして非常に甘美な美しい作品を作り上げました。

そして皆さん読んでお覚えでしょうが、鹿鳴館に父親に連れられて初めて来た明子、彼女が出会った一人の青い目をした海軍士官、それが実はロティだったんですね。そしてロティとの会話がある。「あなたは今何を考えていらっしゃるの」「私は花火のことを考えていたのです。我々の生のような花火のことを思っていたんだ」寂しげに海軍士官が言う。ロティが言う。あの美しいところで終わった。だから三島由紀夫はこの『舞踏会』が大好きだと文庫の解説に書いている。三島由紀夫は第二章には目もくれない。一章が甘美で実に美しいと言って、三島のロマンチシズムが芥川にかさねられている。

ところがこの作品をまるごと読もうとしたら第二章が急所なんです、芥川を知る急所なんです。

さて、第二章はあの少女明子が何十年か経って四十半ばの昔で言えば老婦人になっていた。鎌倉に行く。網棚の上には菊の花束がある。そこから思い出して、菊の季節の鹿鳴館の思い出の話になった。相手は見知り越しの顔なじみの若い青年作家、明らかに芥川をモデルとしていると言ってもいい。するとその青年がH老婦人、つまり後の明子に聞いた。「あなたは今鹿鳴館の思い出を言われた。じゃ奥様はそのフランスの海軍将校の名をご存じですか」すると婦人は言った。「存じて居りますとも。Julien Viaud と仰有る方でございました。」では「Loti だつたのでございますね。あの『お菊夫人』を書いたピエル・ロティだつたのでございますね。」と青年は興奮するんです。ところが婦人は不思議そうに相手を見て「いいえ、ロティと仰有る方はございませんよ。ジュアリン・ヴィオと仰有る方でございますよ。」と繰り返している。ここで終わっているんです。面白い。

「あの有名なロティか」と舞い上がるように興奮している芥川を思わせる青年作家と「そんなこと知りません。ただ私の踊った忘れがたい人はジュリアン・ヴィオという人でした」そこで終わっている。

ところがこれは始めそう書いたんじゃない。新潮の大正九年一月に発表した初出稿では、実はこうではない。そこでは「するとH老婦人が思いがけない返事をした」という。その後は「存じておりますとも。ジュアリン・ヴィオとおっしゃる方、あなたもご存じでしょ、あの『お菊夫人』をお書きになったピエール・ロティという方のご本名でございますから」。これが最初の文章で、ここで終るんです。これを読んだ水守亀之助という文士が翌月の文芸時評でするどく批判した。

「芥川的によく出来ているが最後が悪い。相変わらず読者をあっと言わせる落ちがついている。ところがこれは自分が言うんじゃなくて作中の夫人に言わせているんだから、何で夫人を使ってわざわざ第二章の場面を作るのか。彼がロティだったということを言いたいなら、二章なんか作らないで、一章の終わった後に一行空けて、「さて、この海軍将校とは実はあの『お菊夫人』などを書いたピエール・ロティその人であった」、そういう一行をくっつけりゃいいだろう、そこまでは言わないが、明らかにおまえの言いたいのはどんでん返しだろ、あっと言わせたいだろ、だったらなんで作中人物に言わせるんだ」というような意味のことを言った。芥川はやられたと思った。俺の悪い癖、読者の知らない落ちをつけてあっと言わせる、例の如くやって見せた。

「だってそれをやりたいんなら、作中の生きた人物におまえの口調を丸ごと移すようなそういうことを言わせることはいらないよ」と言われた。

そこで彼は書きかえた。どう書きかえるのか。二章をやめるのか。一章の最後にそれがロティその人であったと言うのか。違います。翌年三月、『夜来の花』という短編集に入れる時に彼は何と一八〇度転回させた。最初では全部自分が知っていると老夫人は言った。ところがここでは青年から「ピエール・ロティだったんですね」と言われると、「知りません、私の知っているのはジュリアン・ヴィオという人でした」と言い切る。全然場面が逆になる。何故芥川が書き換えたか。これが芥川の急所、またひいてはそれを反映した『舞踏会』の急所。だから三島さんのように第一章が甘美できれいだというだけでは収まらない。芥川は急所を刺された。おれは誰も知らない資料を読んだ。『江戸の舞踏会』なんて誰も読んでない。だからそれを踏まえて書いた。どうだというところがある。しかし反省を含めて書き換えた。書き換えに何があるか。

三好行雄さんはさすがです。青年はあの有名なロティですかと舞い上がって興奮する。それに対して、「いいえそんな人のことは知りません、ただ私の少女時代に鹿鳴館で踊ったあの人のことが忘れ難い」。夫人の中では一生の宝石のように輝く思い出です。そうであればあるほど、青年作家が興奮して舞い上がれば舞い上がるほど、落ち着いて昔のかけがえのない思い出を抱きしめている。その純粋な思い出は輝いてくる。そういうことだといっている。

私は一歩踏み込みたい。三好さんの言う通りだが、さらに一歩踏み込みたい。それは何か。

夫人の感動が純粋であればあるほど、「有名な人と踊ったんですね」と言って舞い上がっている青年作家とは芥川が自分を自己批判、自己諷刺しているんです。舞い上がっているお前って何だ。それが普通の人なら何て事ないんだろ、ロティだったからといってお前は舞い上がってるんだろ、つまりお前はそういう意味でこういう小説を最初に書いたんじゃないか。そういう自分を書き換えた時、この青年作家は痛烈な、作家芥川の痛烈な批判、自己諷刺の対象になっているんです。そこまで読んで行った時に書き換えの意味がはっきり見えて来る。

水守亀之助から言われて、自分の文士としての才能を押しているだけじゃないか、人間を押せと言われた、あの漱石の言葉も思い出された。その通りだ。俺は才気を誇ってこういうものを書いている、相変わらず。この辺でやる道を変えなきゃいけないという思いが、大正九年という曲がり角に来た辺りで時に芥川は反省した。だからこの作品の裏側には作家のドラマがある。書き換えた、痛烈に自分を問い返した作家の内面のドラマがある。それを見なければばこの書き換えの急所は見えない。つまりここでも作家の急所が生きてくるわけであります。

さてもう一つついでに芥川で言います。今度は『歯車』です。『西方の人』を書きました。『西方の人』とは私のキリストです。芥川はクリスチャンでも何でもないが、若い頃から実に熱心に聖書を読んだ。聖書の影響がある。だから最後にキリストをモデルにした『西方の人』『続西方の人』を書いた。

その前に『歯車』を書いた。これも死を覚悟して書いた自伝的な作品。

彼は晩年奥さんと暫くいた鵠沼の海岸から仕事を抱えて、ある知人の結婚式ということもあって、帝国ホテルに行って、そのまま終わって原稿を書いていた。その時のことを書いたのが『歯車』でありますが、その中に、孤独な主人公はふらふらっと幽霊のような姿で地下でしょうか、コック部屋に行くんです。コック部屋の外にぼんやり立っていると、白い帽子をつけたコックさん達がこっちをじろっと冷たい目で見返す。見返された時に俺は生きながら幽霊だと思った。そしてその時、口に上ったのは何か。「神よ我を罰したまえ、怒り給うことなかれ、恐らくは我滅びん」。彼は自分の落ちた地獄を感じながら、こういう祈りもこの瞬間にはおのずから僕の口に上らないわけにはいかなかったという。こういう言葉です。面白いです。自分を小さい時から知っているある老人の所を夜そっと訪ねると、「あなたは神を信じなさい」と言った。「悪魔なら信じられるがね」と皮肉なことを言った同じ主人公が、ここでは一人で「神よ。我を罰したまえ、怒り給うことなかれ。恐らく我滅びん」という。これは聖書にもどこにもない芥川が作り出した祈りの言葉です。

『歯車』を論じる人は傑作と言いながら、みんなここを飛び越えていきます。通り過ぎていきます。祈りとか宗教とかやばいよと。けれど『歯車』は見逃すことが出来ない傑作。いうならばその主人公が心の中から深い絞り出すようなこの祈りを避けて通ることはできない。だから芥川はここで、「神様私を罰して下さい、けれどもお怒りにならないで下さい。あなたが本当にお怒りになれば私は滅びるほかないでしょう。」と言うんです。

これはどこから取ってきたか、聖書の旧約聖書にある話で、ソドムという街の住民が腐敗堕落して神の教えに背いた。神の怒りによってソドムの住民は焼き亡ぼされたという話が旧約にある。それを聖書で読んで知っている彼は、今自分の最後の日々を書きながら、俺たち現代人は生きながらにしてソドムの連中と同じ。なるほど世の中は文明社会で或る程度盛んだが、みんな自分が欲や名誉の塊になって人間の心はみんな腐敗し、堕落しきっているじゃないか。そういう意味ではみんな我々は地獄の住民じゃないか。滅んでもおかしくないじゃないか。しかし神様どうか私の罪を罰して下さい。でもあなたが本気でお怒りになればソドムの住民たちと同じように滅ぶほかはないでしょう。なぜソドムか。最初の題が『ソドムの夜』なんです。でも『ソドムの夜』じゃ日本の読者は知らない人が多い。また聖書を知ってる人はまたバタ臭いものを持ってきたなあと思うだろう。そこで考えて『東京の夜』にした。これはなんか流行歌みたいだなとこれも止めた。『夜』にした。これはちょっといいな実存的で。こうして悩んでいる所に親友の佐藤春夫が来た。題で悩んでいる。じゃ原稿をよこせ。おしまいの方で主人公が神経衰弱で片方の目の中が歯車のように回っているじゃないか。これは神経性の病気だ。目の中で回っている歯車、とてもいいじゃないか。この主人公そのものだ。だから『歯車』という題をつけろと言われて『歯車』。

私は東京の近代文学館、駒場で見ましたが、その通り、『ソドムの夜』と大きく書いて、消して、『東京の』を消して、『夜』を消して『歯車』になった。しかし最初の題は『ソドムの夜』です。日本の作家の中で最初の題を『ソドムの夜』なんてつけようとした人は二人といない。それは芥川が若い頃から読んできた、聖書的な世界が、クリスチャンでも何でもないが、彼の中に生きている。我々の罪というのは人間世界のものじゃない、もっと絶対的なものから、もっと根源的なものから問われなきゃだめだという痛切な宗教的な思いを持ってた、それがこういう所に出ている。そしてそのあと『西方の人』を書くわけです。さらに『続西方の人』を書く。

この最後の作品『続西方の人』の終末には次のような言葉が書かれている。

「こうして我々もまた、エマオの旅人たちのように我々の心を燃え上がらせるクリストを求めずにはいられないであろう」と。これが最後の言葉となって、その時使った聖書を持って死の床に就いた。枕下にはその聖書が開かれていたということです。だから翌日新聞には「聖書を持って死の床へ」という見出しで芥川の死が報じられた。芥川を単なる才気の人、自分の才能を誇った人、それでは収まりません。あるいは知的な作家、敗北の文学だとも言われた。しかし芥川の中にこういう痛切な宗教的な魂があり、さらにそれを通して天上に舞い上がっている自分が、もう一度地上に帰って来なきゃ本当の作家とは言えないんだという痛切な自己反省も持っていた。そういう芥川を頭においた上で芥川のプラス、マイナスを見ていかなきゃいけないんじゃないでしょうか。

そうするとその芥川に傾倒した人は誰でしょうか。芥川が漱石に傾倒したように芥川に傾倒したのはズバリ太宰です。

太宰は晩年は志賀直哉なんかを罵倒しています。お前たちは何にもわかってない。愛というけれど、お前たちは自分のそばに寄ってくるものを愛撫してるだけだ。他者の痛みを知ること、本当に愛することをしてないだろう。自己中心的だ。お前さん達に芥川の苦しみがわかるか、聖書がわかるか、敗者の祈りがわかるか。芥川が聖書を痛烈に読みながら、無惨な最期を遂げたことを太宰は痛烈な思いをもって言っているわけです。

さて、その太宰の人生はどこで変わったか。これは弘前の旧制高校に入ったばかりの夏、昭和二年七月二十四日、芥川は亡くなった。ここでそれまで優等生志向だった太宰はがらっと変わる。完全に遊び人風になる。花街に遊びに行く。その後のいきさつは色々ありますが、これははぶきましょう。
問題は、太宰といえば『人間失格』ですね。私も必ず一年生の授業では漱石の『こゝろ』や、太宰の『人間失格』はかならずやります。近代のベスト3には毎年のように漱石の『こゝろ』『坊つちやん』、そして『人間失格』、この三つはだいたい入りますね。

さて太宰の『人間失格』はもう説明するまでもありません。大庭葉蔵という太宰の分身を思わせる主人公三つの手記を書く。非常に無惨な生涯です。彼は絵描きを目指したが生活的にとことん落ち込んで女を頼っては捨てられる。最後は精神病院にまで入る。無惨な最後ですね。するとこの作品を読む鍵は、学生がみんな言います。「道化」。彼は孤独だ、お金持ちの家に生まれたけど人とコミュニケーションがとれない。だからどうするか、わざとふざけてみせる。この「道化」が彼のコミュニケーションの道具なんだ。だから「道化」がこれを解く一つのキーワードだという。違う、キーワードという以上、作家がその作品を書かずにおれない思いを込めた深い所に出てくる言葉、それは「道化」でも何でもない。「難解」ということ、難しいということ、学生に聞きます。「難解」がキーワードだよ、何回出るか、だじゃれで言います。学生はきょとんとしてます。六回出るんです。

太宰の初期、昭和十年のあるエッセイの中に『難解』という題の文章があります。最初にある言葉はヨハネの福音書「はじめにことばあり、ことばは神とともにあり」以下ずっとありますがこれを引いて、私はこの文章を難解だと思った。だから方々に持って回って騒ぎ立てた。「この聖書をどう読めばいいの」。彼の親友で聖書に精しい山岸外史にも聞いた。わからない。けれどもある時ふっと角度を変えて考えてみたら、そこで眼がひらいた。「文学において難解はない。難解は自然の中にある」と。この自然というのは人間の心の中の捕らえがたい闇を指します。人間の中の捕らえがたい心の闇、それこそが難解だが、文学はその難解な自然の闇を、各々自己流の角度からスパッと切ったふりをして、その切り口の鮮やかさを誇ることに終わっているんじゃないかと言うんです。

これは実にいい言葉、これは太宰を解く鍵です。この文章を書いた昭和十年、彼はすでに最初の決定的な実験的な作品『道化の華』という、自分が鎌倉の海岸で心中未遂をやって相手の女は死んだというあの出来事を書いた、それをフィクションにした『道化の華』、これは傑作ですが、太宰の昭和十年の『道化の華』と同じ時に石川淳が『佳人』という作品、この二つは華々しく昭和の時代の新しい文学の実験的な作品の流れを示したものです。

さて、あれほど人をあっと言わせる、ついでに言えば『道化の華』で太宰は芥川賞を取りたかった。ところが選考のまた下読みをする瀧井孝作なんて人が、志賀直哉の弟子ですが、『道化の華』なんて読めるわけがない。だから『逆行』という別の作品を候補作として選んで出した。これはだめです。彼は絶対芥川賞をとって自分の生まれた家を見返したかったが駄目だった。

けれども自分で傑作と自負する、『道化の華』を書いて、これは発表する一年前には恐らく出来上がっています。そういうすごいものを書いて人にも誇った彼が一面どういうことを言っているか。「難解」なのはいかに優れた文学を技巧を凝らして書くか、そんな問題じゃない。「難解」とは作家が摑むべき人間の心の深い闇、自然そのもの、それをどう掴み抉りとって表現するか。それが出来ないから、みんなどういう格好をしてやっているか。何となく人間を書いたよ、自己流で切ったふりをして、その切り口の鮮やかさを誇っている。一方では『道化の華』で芥川賞を取りたい、と思いつつ、内面では自分を含めた作家の矛盾をするどくみつめている。そこに、生きた作家の真実があります。

さっき『舞踏会』で芥川の自分の才を誇っていた一面にある芥川の深い反省、同じ事が太宰にもあるんです、「難解」。

そうすると「難解」は『人間失格』の鍵です。生まれた時から立派な不自由のない家に生まれたが、とにかく人間がみんな「難解」なんです。親が難解、兄弟が難解、自分も難解、友達も難解、みんな難解だ、人間の正体が摑めない。「難解」だという言葉を繰り返している。

そして彼はゴッホの絵を見て、お化けの絵だなと。おれはお化けの絵を描くぞ、ゴッホが描いたような、ただ美しい絵じゃない、人間の真実に迫ったお化けの絵を描きたい。だからある意味では『人間失格』は太宰が自分の芸を捨てて人間の実態、お化けを書きたかった。人間の難解な闇を抉りたかった。でもそれは書けなかった。そこに太宰の限界があった。けれども難解な自然に挑もうとした。けれども結局やれなかった。やれなくなってどうなったかというと、主人公の大庭葉蔵は最後は現実の太宰がそうであったように、精神病院にも入れられる。だめになってまさに自分は人間失格だ。そしてこの手記をお読みになった方はどう思うか。私はもう白髪まじりだ。みんな四十過ぎに見えるだろうが実は私はまだ二十七歳だという。『人間失格』の三つの手記を書いた男はまだ二十七歳だという。

二十七歳とは何ですか、まさに太宰の数えで言えば昭和十一年、満でいえば昭和十年になります。この昭和十年から十一年と考えるとどういうことが起こったかというと、十年、東大の仏文科に行ってるけど授業料を出さないから除籍、卒業出来ない。したがって都新聞にせめて就職しようとしたが失敗、帰りがけに落胆して鎌倉の山の中で首を括って死のうとしたが失敗。せめて芥川賞を取ろうとしたがこれも六月失敗。そして腹膜炎を起こして鎮痛剤のパビナールの中毒になって、高価な薬を飲んで中毒。お金が足りないから友人やいろんな人にどんどん借金して、へとへとになってる。

そういう無惨な生活を、周りが見かねて東京の江古田病院という精神病院に一ヶ月入院させる。それは精神科の病棟ですが、自分は騙されたと言っているけど薄々わかってる。そしてその時のことを書いたのが、翌年三月発表した「ＨＵＭＡＮ　ＬＯＳＴ」。まさに、『人間失格』。俺はこの人間の倉庫のような所に入れられた生活をいつか「人間失格」と題して書いてみせるぞと言ったのがかなり経って最後に、『人間失格』になった。そういうことです。

そして太宰は何と言っているか。みなさんご存じでしょ。この作中人物はこう言っている。「聖書一巻によりて、日本の文学史は、かつてなき程の鮮明さをもって、はっきりと二分されている」。つまり聖書に照らせば本物か偽物が真二つに引き裂かれるという有名な言葉です。聖書的な、何もキリスト教絶対ではありませんが、聖書的な深い真実の前に出れば真二つ、いいかげんに作ったものか本物か真二つに分かれる。太宰の目の中にも深いものがあった。

太宰はある時期へとへとになって内村鑑三を読んだ。内村鑑三の弟子塚本虎二という人の「聖書知識」という雑誌もとってた。丸の内でやってる素晴らしい講演も聞きに行こうとして行かなかった。

私は学生時代の終わり頃、一年間友達に誘われて塚本虎二さん、内村鑑三より凄いと言われた講演を聴いて圧倒されました。ああいう時に太宰がちょっと顔を出していたら面白いですね。その時顔を出していたのは海軍士官です。短剣をぶら下げて、陸軍じゃなくて、海軍士官だけはさすがに世界を回ってるから、ヨーロッパ的な世界に対しても目が開いている。だから聖書の会にも出ていましたね。

とにかく芥川といい、太宰といい若い時から親しんだ聖書というものから照らされる。私は何もキリスト教絶対と言っているんじゃありません。いよゆるキリスト教の人達が絶対と言っているのは大嫌いです。私も教会の中にいる。しかしそれは徹底的に開かれなきゃいけない。ただ大事なことは根源的なところからの問いかけを受ける。お前達のやっていることは偽じゃないか、いいかげんじゃないか、自分を誇っているんじゃないかということを根源的な所から問われる。根源的な絶対者から問われる。その目を我々日本人はもたなきゃいけない。日本人は非常に優雅な国民性もある、優しさもある。だけど根源的な絶対的な他者から根本的に問われる目があるか。日本の自然主義の作家にあるかどうか。これが大問題、少なくともそれを漱石とか芥川や太宰は持っていた。それを作品で充分果たすことは出来なかったが少なくとも根源的なところで問われる目を持っていた。これはまた後で漱石などで触れてもいいです。

また太宰は『駈込み訴へ』というのを書いた。ユダって何だ。キリストを裏切ったユダって何だ。「左手もて何やら恐ろしきものをふせぎ、右手もてしっかと金袋をつかんでいる」そのユダの役を我に与えよと言っている。右の手ではしっかり金袋というのは会計係、彼は非常に真面目で賢いから信頼されて仲間の金、弟子たちの金を持ってた。けれども左の手では何やら恐ろしき物をふせいでいるユダとは何か。自分の心の闇と戦っている。根源的なものを求めようとして苦しんでいるユダの姿を、何やら恐ろしきものをふせぐ、そういうユダの役を私に譲ってくれと。自分はそのユダを書きたいと思った。書けたか。書けなかった。

彼が書いたのはあの傑作と言われる『駈込み訴へ』だが、イエスが好きで好きでたまらないのにイエスはそっぽを向いている。

そして死にたがっている。そんなに死にたがってるならイエスは私の手で殺してあげる、訴えてあげる。そういうことを綿々と裏切ったユダが役人の前で訴える。その一息に語ったのがこの作品です。

それも口述筆記です。奥さんに書かせた。凄いです。傑作と言われる。だけど何が書けなかったか。「何やら恐ろしきものをふせぎ」という心の中の深い闇、自然、それが書ききれなかったから、非常にエロス的な、愛するものが自分を向いてくれないなら、いっそ私の手で殺してあげるという、何やら心中ものの展開みたいになった。うまいんですけど、それが日本の文学の限界なんです。「何やら恐ろしきもの」は誰が書いたか。彼らがみんな傾倒したドストエフスキイの世界でしょう。芥川であれ太宰であれドストエフスキイにはかなわないと言っている。

つまり日本の作家達はいろんないいものを持っているけれども、根源的なものから問われる、そして人間の心の中の闇、自然、それをどれだけその中に表現できたかというのが残された大きな問題です。

今新しい作家達が出て、それに近いことをやろうとしているけれども、やっぱりまだどっかで感覚的なものに終わっている。ドストエフスキイが書いたような、太宰が願ったような心の深い闇、それはまだまだ書けてないというふうに思います。

それじゃその次です。堀辰雄。みなさんに聞きます。堀辰雄が割に好きだという人がおられたら手を挙げてください。『風立ちぬ』なんか読まれたことありますか、太宰、太宰と言いますけど、太宰とまったく同じ時期に『風立ちぬ』とかいろんな作品を書いてます。

堀辰雄はもっともっと或る意味で非常に新しいものをもっていたし、いいものを持っていた人として、太宰とは対照的な作家と見られています。河上徹太郎なんか堀辰雄は沢山の大事な可能性を残してくれたと言っています。

さて、そこで堀辰雄の急所に迫ります。

皆さんは堀辰雄の『風立ちぬ』、『聖家族』、『菜穂子』、ご存知でしょうか。彼の最後の作品は何か、『曠野』です。彼は昭和十六年の秋、大和に旅行しました。彼は結核で年中苦しんでいた。

私どもは早稲田の学生だったが、どういうわけか太宰とか堀辰雄が好きだった。だから『風立ちぬ』とかいろんな雑誌に出ると、すぐに読んでは感想を言い合ったものです。その堀辰雄が最後に書いたのが、昭和十六年十二月に「改造」に書いた『曠野』であります。大和に旅行して何か書きたい。たまたま手にした『今昔物語集』、その巻三十第四話の話、それをもとにして書いた。「中務大輔娘、近江郡司の婢と成ること」と題したものです。ある役人の娘が親もなくなって世話をする人もなくなった。そこでたまたま知り合った近江の国の郡司の男につれられて近江の国に行った。そして自分は晴れてそこで結婚して幸せな生活ができると思ったら、他の女と一緒に婢として使われた。そしてそこに近江守となった新しい役人が来る。夜ごとにそばに出ていっておもてなしをしなければならない。ところがその男こそは、自分の所に通っていたかつての夫で、自分を捨ててしまった男であることがわかる。

そうすると原文です。「女。然ハ此レハ我ガ本ノ夫也ケリト思ケルニ……」と、そこの原文は読みませんが要するに書いてあることは、「ああ、私が相手をしていた人は私の夫だったのか、恥ずかしい。それを知らないでゆきずりの人のように身を任せていた。その驚きと恥ずかしさのため男の腕の中で体も冷えてすくんで息もたえてしまう」。そうすると語り手は可哀想なことだ。だからこの夫は俺はお前を捨てたかつての夫だったことを言わないで、あるがままに受け止めて知らん顔をしていた方が女は幸せであったのに、ところが女はただ恥ずかしさに冷えすくんで死んだ、哀れな話である。これだけのことです。

さあこれを『曠野』ではどう書いたか。おしまいのところです。男は思わず女と目を合わせると急に気でも狂ったように女を抱きすくめた。「やっぱりお前だったのか、そして俺だということがわかったのか」。女は必死に逃れようとするが抱きしめる。そして急に女は何かを叫んだきり男に体をぐったりあずける。男は慌てて女を抱き起こす。しかし女に手を触れると男は慌てる。しっかりしてくれ、そしてやって今自分に返されたこの女、この女こそ自分にとってかけがえのない、これほど大事なものはいないと知った。この惨めな女。この女こそこの世で巡り会うことのできた唯一の女だと知った。しかし女は苦しそうに男に抱かれたまま、一度だけ目を大きく見開いて、男の顔を訝しそうに見つめたきり段々死に顔に変わってゆく。これが最後です。この最後をどう読むか、急所です。この急所をかつて多くの人は可哀想な女の話だ。男は最後に本当の愛に目覚め抱きしめたが、女は何が起こったかわからないままぐったりして死んでいった。実に哀れな話だという。そんな哀れな話を書くために書いたんでしょうか。原作は男が黙っていればよかった、可哀想だといっているが、ひっくり返した。男が本当の愛に目覚めた話に変えた。けれども最後は女はぐったり死んでいくじゃないか、愛は届かなかった、悲劇的な末路だ、哀れな話だという。まったく違います。

これも作品の背後に作家がどう動いていたか。大和の旅行で奈良に荷物を預けて移動した。そして彼は京都の古本屋で『今昔』の話を得た。そして東京に帰って急いでこれをモデルにして『曠野』を書いた。彼は疲れのためしばらく休んでいたが、矢も楯もたまらぬ思いで奈良のホテルに帰る。そしてすぐその足で倉敷の大原美術館に行った。何を見たか。エル・グレコのあの有名な「受胎告知」です。素晴らしい絵です。何故すぐ見に行ったんですか。『曠野』を書き終わった後に何が何でもというふうになぜ「受胎告知」を見たか。これはご覧になるとわかる。縦長の素晴らしい作品ですが、向かって右側で天使が上から、「あなたは神の子を授かった」という。それを見上げる向かって左の乙女のマリアは「私に何が起こったのか」と思って訝しむ、驚きの目で見張っている、そういう一つの構図、これが「受胎告知」という傑作です。それが頭の中にあった。「受胎告知」の、私に何が起こったんだろうかと訝しげな目をして自分にそれを告げる天使をみあげるのマリアの目、かつては画集とかで見たがそれが頭にあったが、どうしても現物を見ておかねばならない、そこで飛んで大原に行ったんです。

神のお告げを受けた時に私に何が起こったか訝しげな目を向けた乙女マリアのあの姿と重なるんです。何が起こったのか、私を捨てた薄情な男と思ってたのに、何とこの男は何かに目覚めたように私をしっかり抱きしめた。一体私の身に何が起こったのだろうと訝しげに見上げるが、すでに女は息絶えていく、そういう話です。受胎告知がだぶっている。真の愛に目覚めて自分を抱きしめる男を何が起こったのかといぶかし気に目をみはって見上げる。この構図はそのままあの「受胎告知」につながる。だからそれを確認のため大原にかけつけたのです。実は最初は別の作品を考えていたのです。

奈良の宿から奥さんの多恵子さんに宛てた手紙がある。

「私は今度は大和の村、万葉の時代を舞台にして、一人の乙女に神の世界の声が響く、入り込んでくる、そういう話を書きたい」と言った。しかしこれはお流れになった。さあ何を書こうかと思った時に京都の古本屋で『今昔』を見つけた。「これならいい、これはまさに日本的な話だ」。だからこれを書いた。だからお話は『今昔』だが、神の声が人間の世界に届いてくる、それを大和の時代、万葉の時代を舞台にして書こうとしたが無理だった。その代わりに『今昔』を下書きにして書いた時に、まさに神の声が一人の人間を通して伝わってくる。つまりこの薄情な女を捨てた男に、男も思いがけない自分の魂がふいに開かれて本当の愛に目覚めたということです。男は愛に目覚めたが、女は可哀想にも生涯を終える。その瞬間が書かれている。もっと言うならば、彼の代表作『風立ちぬ』、『菜穂子』、『曠野』、この三つの作品、全部本当の愛に目覚めた男たちの物語です。お読みになったらおわかりになる。本当の愛の目覚めた男の物語が『風立ちぬ』であり、『菜穂子』であり、『菜穂子』では黒川圭介です。そしてこの『曠野』が最後に来る。

昔の学生はいいですね、一年生にこの話をしたんです。そしたらその夏休みに大原の美術館に飛んでいって「受胎告知」と対面する。それを見事なレポートとして出した優秀な学生がいた。四年生のゼミの時に、そういう昔は一年生でもこんなことをやる学生がいたと言ったら、それは私のことですと。韓国の領事館の娘さんで優秀な人だった。昔は学部の一年生でも講義を聴くとすぐ刺激を受けて飛んでいく、調べて一生懸命書くような学生がいた。ということはその土台があるんですね。

だから今の学生達も中学、高校の頃からしっかり読書をするということが大事だということがすぐに分る。堀辰雄の急所はそこです。

奥さんはプロテスタントですが、クリスチャンです。そして夫は、芥川さんは切支丹ものを書いた。芥川さんを超える切支丹ものを書けたらと言っていたが、もしそれを書いたらきっと主人はキリスト教に入ったと思います、信仰を持ったと思いますと奥さんから丁寧なお手紙を昔頂きました。つまり奥さんは一番身近にいて、芥川譲りの堀辰雄の宗教性を見ている。だから芥川が死後、〈敗北の文学〉だなどと言ってずいぶん批判されたが、ただ一人堀辰雄だけは「お前さん達は何も分ってない。『歯車』のあの祈り、また『西方の人』を本当に読めば芥川さんがどんなに魂の問題で悩んだか分る」と言った。そして堀辰雄自身がこういう『曠野』という、ちょっと見れば『今昔』を下敷きにした哀れな話のようだが、一皮むけば実は受胎告知的なテーマがちゃんと生きているということがおわかりになる。そういう作家の急所、裏表。片面だけを見たらだめですね。芥川、太宰、堀辰雄みんなそうでしょ。

さあそういうふうに見てきたんですが、今度はもう一人、遠藤周作がいます。

私繋いで話してるんですよ。漱石の弟子が芥川、芥川の弟子が堀辰雄、芥川の弟子ではないが芥川に傾倒した太宰と流れがある。じゃ堀辰雄の弟子は誰か、遠藤周作です。

遠藤周作は戦争末期の一番苦しい時、追分にいた堀辰雄の所にいつも夜行で行き夜行で帰るようなことをして、いろいろ堀辰雄から大きな影響を受けている。

さあ、作家の急所、新入生には必ず『沈黙』を教えます。反応がいいですね。こんな作品はじめて読んだ、感動したとみんな言ってる。これは単なるキリスト教を舞台にして転んだという話でなく、人間が追い込まれた所での真実ということで、そして宗教的な本当の深い愛ってなんだろうという所に目が開くんです。

『沈黙』はロドリゴというポルトガルの宣教師が、切支丹が弾圧されている所に入り込んでくる。そして捕えられます。「お前がこの踏み絵を踏んで転ぶ、キリスト教の教えを捨てなければ今拷問を受けている連中は凄いことなる」と言われ、苦しみながらもついに、踏み絵の前に行った時に、「踏むがいい。お前達の痛みはわかる。お前たちと痛みを共に分かつため私は生まれ、私の十字架はあったのだ」という声を聞いて、震えながら踏み絵を踏む、あの場面です。非常に感動的。そうすると遠藤は結局許しの神を語ろうとする。キリスト教の神は本来概念的には父親的な厳しい神と言われたが、それでは日本人には通用しない。そこで母なる神、許しの神を書いた。もっと言えば伝統的なキリスト教からはるかに離れている。これはほとんど浄土真宗かなんかじゃないかと言われたりする。そんなことは何でもない。遠藤は日本人の中にいかに聖書の中の一番深いエッセンスが伝わるかどうか。どうもキリスト教はこうでなければならない、こうでなければだめだというような父なる神的に裁くような所がある。これでは日本人はついていけない。もっとすべてを包容する母なる神的なものでなければならないということを、彼は何と言われようとやった。そしてこの場面を書いたことで、あろうことか、神父・司祭が、踏み絵を踏んでキリスト教を捨てて、しかも神の愛に生きたなんてとんでもない、だからカトリックの教会から干してしまえ、遠藤の作品は読むなと言われた。禁書になった。それぐらいのことは覚悟で遠藤さんは書いたんですよ。覚悟して書いた。つまり文学者というのはどんな組織の中にあろうと、制度の中にあろうと、これが真実だと思ったら自分の魂の声を吐きだしていく、表現する、それが作家ですよ。国家の権力に対しても何に対してもまっすぐに、文学はそれなんです。漱石だってみんなやっている。

さて私に言わせれば、遠藤さんに何故つきあってきたか。それは遠藤さんが教会からほされてしまうまで、日本人には馴染みの薄いキリスト教を分らせようと、真っ向から何とか日本人にと思って書いた、禁書になることを覚悟で書いた。

それは今に始まったことじゃない、彼の戦後、昭和二十五年、初めて留学としてフランスに渡った。そして向こうでいろんなことを学んだ。どうも日本人である自分とは違うと大きな疎外感を持って帰ってきたことがことの始まりですが、そして彼は『アデンまで』とか『白い人』とか『海と毒薬』とか書いてきますが、私どもは『アデンまで』を処女作と思ったが、実は本当はフランスで書いた『フランスの異国の学生たち』というエッセイがありまして、それをそのまま題だけ変えて小説に仕立てて改めて発表したのが『フォンスの井戸』という作品です。『フォンスの井戸』とはフランスの南の片田舎の山の中にある。そこで第二次大戦の末期にドイツに抵抗した仲間の連中が争ってお互いを殺し合う、リンチをやる、そして相手のボスから殺された連中が山の中の『フォンスの井戸』の中にぶちこまれた。それを知った遠藤さんが留学生の仲間と一緒にどうしても見に行きたい、何故か、自分は文学をやっている、どうしても見に行きたいといって仲間と行く、これが『フォンスの井戸』です。

これを小説にしたのが『青い小さな葡萄』という『海と毒薬』の前に書いた最初の長編小説です。これは文庫にもありますから是非読まれるといい。『青い小さな葡萄』、ここで彼は何をやっているか。仲間同士がリンチで殺したこともですが、戦争の残虐さ、さらにアウシュビッツで象徴される、ドイツのナチスの弾圧で沢山のユダヤ人が殺された。この中に出てくるクロスヴスキイという成長が止まった男が出てくる。自分は小さな箱の中に入れられて成長が止まった。そのまま戦争が終わった。出てきた。でも私はそういう残虐な行為を受けたことをみんなに見せていつまでも戦争の傷跡、戦争が如何に残虐かを忘れさせないために自分があらわれたんだという、そういうコメントも出てきます。そしてそれに対して遠藤さんを思わせる作家の卵の主人公が言います。あの『フォンスの井戸』は実に人間の心の闇、残虐な闇を描いている。どうすればいいか。自分はペン一本でそれと闘う。人間の心の闇と闘い続ける、とそこで終わっています。『沈黙』だってペン一本です。転んだ連中は何だ。カトリックの教会はそんなものは恥だと抹殺してしまった。歴史の泥の中に埋めて沈黙を強いた。沈黙は神の沈黙だけじゃないです。私はあれが出て直ぐ〈二つの沈黙〉というエッセイを書いた。もう一つの沈黙とは何か。神の沈黙だ。「お前達は転びもんだ、恥しらずだ」ということで歴史の泥の中に埋められてしまった転んだ人達を歴史の泥の中から沈黙から復権させる。彼等の沈黙に声をあたえる。だから二つの沈黙だと。後で気がついたら三つの沈黙だ。もう一つは何か。教会も彼等キリシタンが転んだこと、それは教会の外にはじきだしてひと言も触れない。殉職者はたえる。けれどもそういう連中にはひと言もふれない。

教会も沈黙している。神の沈黙、疎外されてしまったものの沈黙、教会もそれについて知らん顔をして沈黙しているではないかと作者は言う。この三つの沈黙に対して黙っておれないと筆を執ったのが『沈黙』じゃないでしょうか。

そうすると遠藤さんは最初から〈アウシュビッツ以後〉という問題を『フォンスの井戸』という、自分の或る意味ではもう一つの処女作だということで書いています。

大江健三郎が〈広島以後〉ということをテーマにしたとすれば、遠藤さんの仕事は〈アウシュビッツ以後〉です。これは『フォンスの井戸』、『青い小さな葡萄』、『沈黙』と読んでくればわかる。だから私は遠藤さんは闘う作家と思っている。

今、小説を一貫して遠藤周作までいきました。今度は詩の方に行きます。宮沢賢治であれば『永訣の朝』とかを教えになるでしょ。私は近代詩人では朔太郎、中原中也、宮沢賢治が、賢治は童話も書きますが、この三人が傑出したもっとも独創的な凄い詩人だと思っております。ひところは朔太郎に傾倒しました。しかしある時期から親しんでいた中原中也はさらに凄いなと思いました。中原中也の生誕百年がすでにありました、去年です。私も『中原中也という場所』という、四十数年前から書いたものを全部集めた、中原中也論の集成という形で本を出しました。私が終始中原中也について言っていることは何か。皆さんは中原中也といえば、若い連中は好きですね、アンケートを取ると「サーカス」が一番好きです。天幕を張ったサーカス小屋でブランコが揺れてますね、ブランコが。いやーんよーん、いやーんよーん、これを中原が朗読すると素晴らしいということです。私は言いたい。あなた方は中原と言えば、あのサーカスが好きというのかね、そんなことを言われたら中原は「そんなことでおれがあれだと思ったらいやーんよーん」と。そう言うだろうと。これは余談になりますからやめましょう。

中原っていうのはすごい人ですよ。単なる抒情詩人じゃないですよ。ひと言で言えば彼の発想根拠には西田幾多郎の哲学がある。中原は生きた詩の言葉の生まれるのは概念や観念ではなく、〈現識〉〈仏教でいう〈アラヤ識〉〉から、言わば認識以前の純粋な直観層から生まれるものだという。これらは西田哲学から影響を受けたものであり、今の詩人たちはもっと西田の本を読むべきだと言っています。

また、その宗教的意識の根本には、幼い頃祖母に連れられて行った山口のザビエル教会。そのカトリックの世界が幼児の感覚にしみこんでいた所もあるかと言われてはいます。

日本ではキリスト教とか聖書というとみんなそっぽを向いちゃう。中原の友人の小林秀雄などは若い時からものすごく聖書を読んだ。でも日本じゃ駄目だ。日本の文壇で聖書とかキリスト教とかいうとみんなそっぽを向いて白けてしまうと言っている。その中で中原中也だけは手放しに神はあるんだ、何と言っても有るんだ、詩人の表現するものは神の表現の模倣だと、そういうことをはっきり言ってる。これはキリスト教的なものからも来ているし、哲学的なものからも来ている。そして西田幾多郎が哲学の行きつく所は何か。宗教だと『善の研究』の最後ではっきり言っている。哲学は人間とは何かと魂の底の底まで問いつめていけば最後は宗教、その宗教というのは制度としてのキリスト教とか仏教じゃない、人間の本来持っている宗教性というところまで突っ込んでゆくのだと西田さんはいった。中原の詩の中にも詩は突っ込んで最後はそこに行く所がある。それが次の詩篇です。

一つ詩を選べば『山羊の歌』という生前出した詩集の最後に「羊の歌」というパートがある。その最初に特に「祈り」と題をつけた短い詩がある。

祈り
死の時には私が仰向かんことを！
この小さな顎が、小さい上にも小さくならんことを！
それよ、私は私が感じ得なかつたことのために、
罰されて、死は来たるものと思ふゆゑ。
あゝ、その時私の仰向かんことを！
せめてその時、私も、すべてを感ずる者であらんことを！

もう何も言うことはないでしょう。ただこれがまた読む時急所をはずしている。どういうふうな読み方をしているか。私の非常に尊敬している実証的に調べている研究者が、詩人が感じえないということは詩人として失格だ、詩人の鋭い感性が足りなかった、詩人失格の表明だと言っている。とんでもない、中原はそんなことを言ってるんじゃないんです。

一番私の心に刺さったのは、最近中原中也の生誕百年を記念して「現代詩手帖」でアンケートを取った。一番好きな詩は何かといったらその筆頭に谷川俊太郎の名前が出ていた。

何を挙げているか。「祈り」を挙げている。中原が美の詩人ではない、倫理性を非常に大事にした詩人であることに共感する、敬服するという意味のことを書いている。うれしかったですね、谷川俊太郎さんはやっぱり本物だと思った。詩人失格じゃない、美的な失格じゃない、魂の問題だ、それを中原は言っている、だから中原のエッセンスはこの詩だと谷川さんが言ってくれている、嬉しいですね。

この詩ですべてをというのは美的な感覚ではありません。人間そのものの存在です。我々は本当に他者の痛み感じているでしょうか。中原は最後のところで私はどれだけ他者の痛みを感じたか、或いはそういう我々矛盾の固りである人間そのものを包んでいる、神の愛、神の恵み、神の問いかけについて私は魂を開いて感じていたであろうか。せめて最後の時にこそ魂を開いてそれらのすべてを感ずるものでありたいと言っている。これに谷川さんは感動すると言っている。単なる詩人じゃない、才能だけじゃない、これはすばらしい詩です。

さて中原はそういう意味でもういっぺん読み返して頂きたい。

次に中原がたった一人、日本の詩人で頭から傾倒したのが宮沢賢治です。

神田の古本屋に『春と修羅』という、宮沢賢治の第一の詩集が、ゾッキ本ですね、投げ捨て本のように店頭にさらされている。そこを通りかかった中原中也が友人の大岡昇平をつれて来てそれを安い値段で五、六冊買って、お前にもやる、後は俺の仲間の詩人たちに読んでもらいたいからやるんだ。彼は花巻だけど東京の真ん中にいたらこの賢治はすごい詩人になってるんだぞ、この詩を読まなきゃだめだ、と言ってる。それほど傾倒している。賢治の『永訣の朝』は皆さんご承知の通りで教科書などで教えたりしておられるから特に読みません。読んでおいてください。

これは大正十一年十一月二十七日、彼は生涯結婚しなかったが、彼の心の恋人であり、妹であり、同じ信仰を持つ道連れとも思った二つ違いの年下のトシが死んだ。だからこの詩の後には一九二二年十一月二十七日。特に日付が載っているのはそういうわけです。あとの二つ№4、「松の針」のところもやっぱり十一月二十七日、さらに「無声慟哭」が三番目にくる。いっぺんに創ったんじゃありません、何日かかかってる。でも十一月二十七日というその日を忘れることは出来ないと思って特に書き付けている。

なぜ「松の針」を取り上げたか、皆さんは「永訣の朝」ほど心にとめておらないかもしれませんが、この前半だけ言います。

松の針

　さつきのみぞれをとつてきた
　あのきれいな松のえだだよ
おお　おまへはまるで飛びつくやうに
そのみどりの葉にあつい頬をあてる
そんな植物性の青い針のなかに
はげしく頬を刺させることは

むさぼるやうにさへすることは
どんなにわたくしたちをおどろかすことか
そんなにまでもおまへは林へ行きたかつたのだ

あとは省きます。ここです。おまえは今熱に苦しみながら死にかかっている。彼が、そのみぞれを、「永訣の朝」に出てくるみぞれをとってきた。そのみぞれがあったその松の枝だ、みぞれが積もっていた、そのみぞれとともに松の匂いを嗅ぐと、松の葉を熱い熱に火照るあついほおにあてた。それほどおまえは林に行きたかった、松の匂いを嗅ぎたかった。これがポイント。これがどこに続くか。その下の段「雨ニモマケズ」です。「雨ニモマケズ」の全部は読みません。どこがポイントか。真ん中、

アラユルコトヲ
ジブンヲカンジョウニ入レズニ
ヨクミキキシワカリ
ソシテワスレズ
野原ノ松ノ林ノ蔭ノ
小サナ萓ブキ小屋ニヰテ

肝心なのはこの最後の野原の松の林の陰という部分です。賢治は東京に出たかったが、親はお前は長男だ、家業を継げと言った。それは出来なかった。自分は研究者としてやっていこうと思った。しかしそれも途中で駄目になっ

た。そこで羅須地人協会を作ったりして、あの地方の青年達を集めて新しい農業のことや人間として生きる道やあらゆることを学校を作ってやった。それもやがて潰れた。

そして鬱屈した心をぶちまけるように彼は沢山のほとんど発表されない詩や、特に童話を沢山書いてますね。それもやむにやまれず書いた。その彼が二度目の病気で昭和六年倒れた。やっと治って東京にまで行った。自分の関わっている東北の採石工場で宣伝と売り込みに行ったが、すぐ病気になって帰ってきた。もう立てないと思った。ところが十一月三日、ひょっとしたら元気が回復したからあるいはという思いがあった。それを彼は手元にあった小さな黒表紙の手帳に書いた。これは彼が死んだ後、弟の清六さんが見つけた。これが有名な「雨ニモマケズ」です。このほとんど殴り書きのように鉛筆で九ページに亘って書いている。注目すべきは「野原ノ松ノ林ノ蔭ノ／小サナ萱ブキ小屋ニヰテ」という、この部分です。

ある一人の研究者、批評家が、ここだけはこの教訓的にも見えるこの詩の中にふっと何か音楽的なメロディを聞くようだと言っている。

私はそれどころか、ずばり賢治の一番熱い想いがここに籠もっている。「野原ノ林ノ蔭」じゃないです。「野原ノ松ノ林ノ蔭」です。もういっぺん元気になったら前と同じように自分は家を出て、一人で小屋を借りてそこで住んでいきたい。その小屋とは、野原の松の林の陰です。もうおわかりでしょ。すでにトシは居ない。いないけれども見えなくなったこの世にいないトシとともにお前の好きだった松の葉の匂いのする松の林の陰でともにいたい。なぜそれが言えるか。

賢治を心から尊敬していた詩人の高村光太郎は戦争でアトリエが焼けた。宮沢家を知っているから、宮沢家を頼って花巻の郊外の山の中腹にあるみすぼらしい小屋で自炊生活をした。彼が愛していた智恵子さんは『智恵子抄』でもわかるように気が狂って死んだ。たった一人です。その中で彼は『智恵子抄』を書いた。その智恵子さんが死んだあと、「元素となった智恵子」、という詩を書いている。つまりこの世に智恵子はいない、元素になった。けれどもこの世にいた以上に見えない形となった智恵子は自分のまわりにいる、そのことをひしと感じる、これが〈元素となった智恵子〉です。

ここで賢治が言っているのも、〈元素となったトシ〉です。もうトシはいなくなった。でもトシと共にいたい。そしてトシはあれほど松の匂いが好きだった。だからお前の好きだった松の林の陰の小屋でお前とともにいたい。このトシに対する共棲願望、その熱い気持ちがこの中にはっきり出てる。

これは「松の針」と併せて読むとはっきり見えてくる。つまり詩を読むというのは、ああ、「雨ニモマケズ」ですか、有名ですね、教訓的ですね、ちょっとお説教ですね、イヤだという人も結構いる。違う。全部読んでみると、そういうところにちらっとトシに対する痛切な想いがある、そしてトシがどれほど大きな存在だったかがわかる。

ついでに言うと、トシは日本女子大に行った。成瀬仁蔵という日本女子大を作った人、クリスチャンです。アメリカに行って帰った。とらわれた制度的キリスト教じゃない開かれたキリスト教。だから日本女子大はクリスチャンの成瀬仁蔵が作ったが、キリスト教、キリスト教とは言わない。でも宗教的匂いはある。実践哲学という講義を成瀬さんみずから教えた。それを傾倒したトシは一生懸命に聞いた。そしてそういうことを兄にも伝えていると思う。そして成瀬さんは最後にキリスト教とか、イスラムとか仏教というが、世界で宗教は根元的には一つだ。だから一つに帰する帰一協会というものを作った。そして外国にも呼びかけた。それがトシの心を打った。兄さんは法華経に固まってお父さんと大論争して喧嘩する、友人とも決別する。だけどもそれは違うんじゃないのと言っていた。まだ解らなかった。

トシが死んでトシのことを思っている時に、宗教は開かれて一つだということがはっきり身にしみてきた。このときから彼は変わった。だから彼が晩年唱えたことは何か、〈大宗教〉。

黄瀛さんという詩人。中国人のお父さんと日本人のお母さん。日本に来て文化学院で学んで、詩の上で賢治も知っている。でも中国に帰る時に生身の賢治に会いたいということで病床を訪ねた。まあ上がれと言われ、すぐ帰る予定が一時間ばかり話した。その時にみんな覚えていないが、「大宗教」と言ったという。これが残っている。私はそれを読んで黄瀛さんに聞いてみた。「大宗教」って何ですか。

宮沢賢治の生誕百年で私も記念講演で東京の朝日ホールで、アメリカ、インド、中国の黄瀛さんと四人で講演しました。レセプションがあった。その時に黄瀛さんがそばにいるから「黄瀛さん、お会いできて光栄です」と思わずだじゃれを言った。「ついでにお聞きしますが、『大宗教』って何ですか」「僕にもわからん」という。その謎が解けました。

それは山根知子さんといって岡山のノートルダム清心女子大にいて、賢治をずっとやって賢治の奨励賞も取った。その本は『宮沢賢治、妹トシが拓いた道』とある。妹トシが賢治に影響を与えた。今までは賢治が与えた。妹トシが兄さんに遺したものは何か。兄さんは若いころから固まっていた、法華経とか日蓮宗に。もっと開かれなきゃいけないということが今にしてしみじみわかったという。

大宗教という言葉は誰の言葉か。実は成瀬仁蔵が言っていた言葉だ。それをトシからいつか聞いてた。それが最後の病床で黄瀛さんに向かっての「大宗教」という言葉になった。

宗教は開かれなきゃいけない。今日、さっきからキリスト教のことがいろいろ出てきますが、太宰だって芥川だって、堀辰雄だって、もちろん漱石だってキリスト教の信者でもなんでもない。でもイエスという人にはすごく惹かれている。開かれた宗教でなきゃ本当の人間の、すぐれた文学者の心に触れていかないんですね。そのことが大事です。賢治も法華経に固まっていた。日蓮宗に固まっていた。それがトシの影響で変わった。

この山根さんの論文は素晴らしいもので、私どもの学校で学位を取られましたね、これも嬉しいことでした。

さて時間が迫ってきましたので、今度は透谷に行きたいところですが、どうしても言っておきたいことばが二つあります。

いま『カラマーゾフの兄弟』、若者たちは「カラキョウ」と呼んで読んでいるが、ずいぶん売れた。もう百万部売れた、あの文庫本がすごいですね。ドストエフスキイブームです。

まもなく「カラキョウ」、『カラマーゾフ』を訳した亀山さんが今度は『罪と罰』が同じ本屋から出る。また若者はきっと今の時代から読むでしょう。もちろん『罪と罰』と秋葉原事件などを一緒にしてもらっちゃ困る、困りますが、ただ問題はある。佐藤優さんは皆さんご存じでしょ、いろんな評論書いてますね。外務省でいろんな事件があった、背任行為があったということで告訴された。それに対して自分も告訴している。裁判の結末は保留ですが、自由にものを書いたり、いろいろやっている。その佐藤さん、彼は同志社で神学部でクリスチャンですよ。信仰を持っている、同時にマルキシズム的な社会変革ということ、国家とは何かということでつっこんでいるすごく優秀な人です。

この佐藤さんと亀山郁夫さん、東京外国語大の学長ですぐれた学者ですが、しかしこの二人の対談の本を読んで私は唖然としたことがあるから、これだけは文学を読むということで言いたい。

『ロシア闇と魂の国家』という本が文藝春秋社の新書版で出た。つまり『カラマーゾフの兄弟』の要は何か、大審問官物語です。カラマーゾフの兄弟、ドミートリー、イワン、アリョーシャ、もうひとり腹違いのスメリジャコフというのがいる。問題はイワンという非常にクールなシャープな、ちょうどラスコリニコフのような世の中の矛盾を問いつめた男。神様は否定しないが、この世の中が神が作った世界というのは自分は御免被る、それは納得しない。戦争を見ろ。トルコの兵隊は戦争で敵の国の女が生んだ赤ん坊をぽんと放り投げて銃剣で突き刺して笑っている。あるいは子どもを身篭もっている女の腹を割いて赤子を取り出す。いくら戦争とはいえそんなむごいことを人間がやるのか、これでもこの世界は神が作った世界といえるのか、徹底的に否定する。

信仰深い弟のアリョーシャは「兄さん、イエスという人、キリストという人の存在を忘れてはいませんか」という。

どうして俺がそれを忘れているものか。もう長いこと活字にしてはいないが、ちゃんと腹の中に納めている。それを聞かせてやろう。

一つの物語、十六世紀のスペインのセヴィラの街。その時は異端を、つまり出来上がったキリスト教団が違った教えを説こうとする連中を今日は五十人、今日は百人というふうに火あぶりにする。そこに復活したイエスが突然現れた。人々はたちまちキリストの再来と思っていく。そこでいろんな奇跡が起こったりする。それを捕まえた九十に近い大審問官、宗教奉行ですね。牢にぶちこんで一人で訪ねて行く。「お前は何でこんな所に来たのか、本当にイエスの再来か。そうか何も言わないでいい。お前の言いたいことはわかっているが駄目だ。お前は人々に自由を訴えようとしている。しかし自由を持って生きていけるものはほんの一握りの人間だ。大部分の人間は自由なんて重荷を背負わされたら駄目だ。それよりも権力、神秘、奇跡を信じ、一つの制度に従って、パンを与えられて、それで初めて多くの人々は救われて平安な生活ができる。それが今お前がのこのこ来て、一人ひとりが自由だと今さら言って俺たちの仕事の邪魔をするな。俺たちは何万の人間より何十万何百万の人間を救うために使命感を持って戦っているんだ。もう出てくるな」と蕩々と言う。理路整然と素晴らしい話をする。

その間キリストはじっと染みいるような目で見ている。その老人が話し終わった時、近寄って無言の接吻を与える。無言の接吻を与えられた老人は体がわくわくするようなおそれを感じながら、もう二度とくるなと突き放す。

囚人キリストの声は彼の心を突き刺してきたけれども彼は自分の使命を捨てようとはしなかった。心は熱く燃えていたが今までの信念を変えることはない、ここでこの話は終わっています。

さあ、「無言の接吻」を皆さんはどうお考えになりますか。「無言の接吻」って何でしょうか。

ところがそれに対して佐藤さんと亀山さんは何と言っているか。いちいち読みません。要するに、「無言の接吻」とは何か。「もうお前のいう通りだよ、正しいよ、だからやれ」と。つまり「無言の接吻」は励ましているんだ、許しているんだ、この接吻は。もうおしゃべりはいらない。行動せよとこう言ってる。結局ここに出てきた接吻は励ましの接吻なんですね。二人とも「無言の接吻」はお前のいうことは正しいよ、今までどおりやれやれと励ましの接吻だと言っている。

皆さんはどう思いますか、読むという急所はここにある。読むってなんですか。そういうふうに読んでいいんですか。

一番簡単なミスを言いましょう。もしこのイエスの「無言の接吻」が、この老人、大審問官の心揺るがすような問いであったなら、彼はショックを受けているはずだ。けれども彼は今までの信念を変えなかったという。お前やれやれというなら何も信念を変えなかったという言葉は要らないんです。そうじゃない、無言の深い問いかけを受けて心が揺らいだが、やっぱり俺は今までどおりの使命を果たすぞとそういうことになる。だからこの結びの言葉は明らかに大審問官が「無言の接吻」から魂が震えるほどのショックを受けたことをさしています。そうでなければ最後のけれども今までの使命感、信念は変えないという言葉は矛盾する。

じゃこの「無言の接吻」は何か、私はもう四十何年も前に小林秀雄とドストエフスキイということで繰り返し読んでいたので、私が思ったことは、「無言の接吻」とはお前の言ってることは正しいよとか間違ってるよとかそういう問答ではありません。お前の一生懸命、時には自分の使命を達する為に一時は荒野に飛び出して修行して魂を開いていこうとしたが駄目だと思ったから今の仕事に帰ったんだ。だからもう出て来るなと言っている。それほど苦しみ揺れながらもお前は今自分の使命が何万よりも何十万、何百万が大事だと言っている。お前の使命感も責任感もつらいこともわかる。わかるけれどもお前のやっていることは究極それで正しいのか、そういう問いかけでしょう。問いかけられたら大審問官の心は揺らぐ。揺らぐけれどもやめない。そういうことです。問いかけ、「無言の接吻」とは抱きしめるようにして問いかけること。許されてるんじゃありません。お前の痛みも使命感も苦しみも全部わかる、だけどそれが絶対正しいことなのか、お前はようくもういっぺん自分を振り返ってみろ、許しと見えて問いかけです。これがドストエフスキイの凄いところ、小説とはそういうもんですよ。この一言の「無言の接吻」というところ、さすがにドストエフスキイは凄い。これで二人がどっちが勝った負けたの問答をしてるんじゃ浅いレベルになる。しかしお前の痛みがわかったうえで問いかける。問いかけて突き放すんじゃなくてそれを抱きとめる。ここにドストエフスキイの描こうとした彼の最後のキリストの理想像が現れています。

私はそういうことだと思います。それを文学に通じたちゃんとした人達が「もっとやれやれという許しだ、励ましの接吻だ」と言われたんじゃ困るんじゃないでしょうか、そんな薄っぺらなもんじゃないんじゃないでしょうか。もっと誰かがもっと大っぴらに問題にしてくれてもいいと思います。

そうすると遠藤周作の話が出ましたが、遠藤さんの「踏むがいい、踏むがいい、お前たちの痛みは全部わかるから、痛みを分かつために私の十字架はあった」というあの許しの言葉は、遠藤さんがどこかでドストエフスキイを読んで、「大審問官」を読んで、出てきた言葉ではないでしょうか。『沈黙』の中にあります。「踏むがいい、お前は踏んだことでいろいろ非難されるだろう。でもお前の苦しみはわかる、思いもわかる。だから踏むがいい。お前達と痛みを共にするために私の十字架はあるんだと」言った。

遠藤さんは「大審問官」を読んでた証拠は井上筑後守という宗教奉行が出てきます。これは『沈黙』と平行して書いた『黄金の国』というドラマにも出てくる。彼は悩んでいるんです。一人のところでつぶやく。「『俺もかつてはこのフェレーラたちのように荒野に出て修行したこともあった。でも間違っている、駄目だと思ったから引き返した。』これは誰から取ったんですか」とある批評家が聞いたら「大審問官」から取ったんだと言ってるのを見つけまして、ああ、こっちの指した通りやっぱり遠藤さんは「大審問官」から取ってるなとよくわかります。

「踏むがいい」という言葉と、「いいよ、お前たちの痛みはわかる」と言ったイエスの言葉と、「大審問官」の中の「お前がいろいろ勝手なことをいっているようだが、お前の痛みも使命感も苦しみは全部わかるぞ」と言って抱き止めた、抱き止めたがそこには実に深い問いかけがある。

私は遠藤さんがあの「踏むがいい」という、そして井上筑後守は「大審問官」から採ったということもわかった。私は遠藤さんと『人生の同伴者』で対談した時に、もし今言ったようなことに気がついたら、「遠藤さんは『大審問官』のあの「無言の接吻」のところをどこかで頭にあって『踏むがいい』というところがあったんじゃないですか」と、本当はあとでちらっと聞いてみたかったような思いがしますね。

遠藤さんもドストエフスキイは凄い、日本の作家はかなわない、まねをしようたってかなわないから、自分の仕事の世界を縮小してやっていくほかはない。こういうふうに実は日本の近代作家はドストエフスキイから多くの影響を与えられた。そしてその道を開いた人は北村透谷です。

あの明治二十年代の半ばに透谷という批評家が「瞬間の冥契」と言いました。神の声がちらっと冥契、見えない形でぱっと人間の頭にひらめく、それを受け止めた時に我々の魂は開く。開いた時に我々の姿、世界の姿がぱっと見える。だからそれをつかむことが大事だ。だから文学というのは人間だけじゃない。人間と無限とを研究する。探求するもの。それが本当の文学だと言って文学の世界を非常に大きく開いた。平面的じゃなくて垂直に開いた。

じゃ彼に兄事していた藤村はそれを受け継いだか。藤村以下自然主義の作家たちは誰も受け継がない。詩人たちも誰も受け継がない。それを受け継いだ一人にたとえば中原中也がいる。とにかく詩を書くというのは神に向かっての祈りです。そして神の問いかけを受けること。中原の詩を全部読んでいくと非常によくわかる。やっぱり中原という人が彼が開いた無限なるものからの問いかけ、それに対して答える。そういう中原の詩こそが垂直的に開かれたものとして唱われているなあということがあります。

ところが、加藤周一さんとか蓮實重彥さんとか日本の知識人を代表する文学者が、「やあ透谷なんてなんかキリスト教に入りながら汎神論的な変なところにいって中途半端だ」と。まったく読めていない。透谷のものをまったく読まないであっさりとかたづけている。文学者を読むということはとことん読み切って批判するなら批判して欲しい。

加藤周一さんはもちろん私も尊敬しているし、いろいろ読んで教えられるが、透谷に関しては少なくとも読まないで書いてることははっきりしている。ぱっと通り過ぎている。『日本文学史序説』という本のなかでたった二行で片づけている。私は透谷は置き去りになってると思う。私は今、私のところの生涯学習での講座で〈すべては透谷から〉ということでやっていて、そこに漱石も結びつくし、いろんなことも結びつく。

最後に一つだけ、下の段の③です。透谷の続きです。漱石の晩期の自伝的作品に『道草』がある。彼の最後の完成作品。主人公の健三という男はロンドンから留学して帰ったころの漱石をあらわし、そこにかつて養ってもらった親が金の無心に来るが、無碍に帰すことは出来ない。「ああこの老人は哀れだなあ。この老人はこうして一生終わるのか。じゃ自分はどうか」と思った時に、健三、その奥には漱石がいるわけですが、「彼は神という言葉が嫌いであった。然し其の時の彼の心にはたしかに神といふ言葉が出た。さうして、若し其神が神の眼で自分の一生を通して見たならば、此強慾な老人の一生と大した変りはないかも知れないといふ気が強くした」と書かれている。

日本の文学作品で自伝的な作品を書いて、一人の主人公が神なんて嫌いだ、でも神から問われた時に自分の目が開いたなんて書いた小説はない。全くない。漱石が書いた。漱石はキリスト教嫌いとか言われ、縁が遠いと思われているが、違います。神から問われることで健三は初めて自分が見える。今までは妻のお住とか周りの連中から問われ、自分の我が儘さ、特権意識が問われた。まわりから言わば水平的に問われた。だけど自分の存在がわかるのは垂直的に絶対的に問われた時に自分の存在とは何かが見えてくるのではないか。そのことを漱石はここで言っている。だから神なんて言葉を安易に持ち出すのは嫌いだが、ふいに神という言葉がひらめいた。そこから問われた時に、自分も疎ましいと思うこの強欲な老人も同じではないか。ここから、その翌年の『明暗』が始まります。

『明暗』の宗教性とは何か。吉本隆明さんと対談した時に「宗教性とは何か。それは『明暗』を見たらわかるだろう」と吉本さん。「あらゆる人間はみんな同じだ。そこでは誰もこれが偉いやつ、これが駄目なやつはない。みんな平等に描かれている。そういう開かれた目が漱石の行き着いたたぶん宗教性といえるね。」と吉本さんは言っている。それは確かに名言ですね。と同時に私に言わせれば、ここで開いた目が、健三が神から問われるその目が、『明暗』になると、津田とかお延とかあらゆるそこに出てくる人物。ただ差別する、批判するということでなくて、それぞれの人間、矛盾の塊としての人間というものを見事に開いて書いてみせたということになる。

そうするとここでも本当の文学は透谷が言っているように、〈人間と無限〉とを探究することですから、自然主義の作家はみんな水平的に世間とか言っているけれども、垂直的に根元的なところから問われるという目を持たない限り、日本の文学は明治以来近代文学、ヨーロッパの文学の真似をしたと言われるけれど、そんなものを遙かに飛び越えていくためには、我々の文学は新たに深くなっていくために垂直的に問われるということ。それを私は決して観念的な意味や狭義的なことや宗教絶対ということでは微塵も言っておりません。私は自分がキリスト教の中にいるけれども、そんな自分達だけが絶対だとそういうことをやっているから駄目だといつも批判しているわけです。もっと開かれなきゃだめ。遠藤さんがやった意味なんかもそこにあるんですね。ですから私はあと何年やるかわかりませんが、やろうとしているのは、開かれた宗教、開かれた文学、それが新たに起こって来なきゃだめというのが私が今改めていろんなものを読み返しながら、やっているところです。

そこまでのところは大急ぎでやりたいから四十分で終われというのを十五分超過しました。私は自分のところでは三十分くらい遙かに超過してやるので、そういう甘えもあるかもしれませんが、どうも堅い話でもっと冗談ぽい話もしたかったんですが、熱心に聞いて頂いてありがとうございました。

あとがきに代えて――回想風に

「〈文学の力〉と言えば、先ず思い浮かぶのは、あの二十世紀のドストエフスキイとも呼ばれたカフカの言葉で、文芸は所詮娯楽で、文学こそは人間の心をひらく。それは宗教へ傾くのかと言えばそうではない。心がひらけば〈祈りに傾く〉のだと言う。これは晩期の漱石が弟子の芥川や久米正雄に与えた、作家たるもの、ただ文士の才能を押すのではない、〈人間を押す〉のだと言った、あの言葉とまさに一体のものであろう。人間を押すとは、人間の限りない矛盾を押し続け、問い続ける事で、まさに漱石の遺した〈文学の力〉の何たるかが見えて来よう。さらに言えばその問いつくして行く心のひらかれた果てにこそ、我々人間の魂はひらかれて、おのずからに祈りに傾くものとなるのではないか。まさにあのカフカの遺した言葉と一致するものではあるまいか。十六歳の時、ドストエフスキイと出会い、文学の何たるかに心ひらかれた小生は、続く漱石との出会いを通して、まさに〈文学の力〉の何たるかに眼をひらかれたものである。」

こうして御覧の通り『文学の力とは何か』と題したこの一巻でも、漱石について繰り返し語り続けているが、同時に漱石のみならず、副題通り北村透谷や宮沢賢治などの切り拓いた世界にも強く魅かれるものがあったことはお分かりであろう。十六歳の時のドストエフスキイとの出会いから言えば八十二年、漱石などとの出会いから数えてもほぼ八十年近い人生を、只一筋に文学探究に打ち込んで来た、その歩みの一端を、ここにとりあげた長短とりまぜての七十篇近い作家論、作品論の奥に何があったかを取り上げて語ってみたい。

先ず第一章の数々は巻頭の漱石論と一葉論を除けば、すべて梅光学院の公開講座論集に掲載したもので、この論集も今年の宮沢賢治論の特集ですでに六十三巻となるが、この土台は小生が梅光学院大学の学長となった一九七一年から始めた生涯学習センターの一端とも言うべきもので、長年北九州の小倉で続けた公開講座の内容を編集したものである。小生もこの講座で編集また執筆を続けて来たが、この本の中で第四章後半の『文学における仮面とは』以下の『――とは』と名付けたものは「あとがきに代えて」と題して書いた短文（中には長いものも若干あるが）の数々である。第二章の『こゝろ』『道草』『明暗』の三篇は梅光の日本文学科の論集に載せたものだが、このほかはすべて講座論集のもので、改めて漱石探究への熱い想いを振り返っている所である。

続く第三章の中心はやはり『透谷とキリスト教』一篇にあり、副題通り「〈信〉と〈認識〉、その対峙相関」を語らんとしたもので、続いては「近代日本文学とドストエフスキイ」と題し、副題通り透谷、漱石、小林秀雄の論にふれたものだが、ドストエフスキイの核心に始めてふれた論考としては透谷を取り上げてみた。続いては小林秀雄が中心となるが、文字通りドストエフスキイ論の第一人者ともいうべきこの小林とドストエフスキイの両者を一体として論じた山城むつみの論は出色のものであり、山城さんとは年来格別の交わりを続けて来た小生としては、この書評は短文乍ら是非紹介しておきたいと念ったものである。続く遠藤周作論の上総英郎、山根道公、さらには柴崎聰氏などとも親しく、特に山根さんとは遠藤周作との対談『人生の同伴者』の続篇などでは格別の労をとって戴いたものである。

続く第四章は先にふれた通りで、次の第五章の中では遠藤周作論が中心で、かつては『人生の同伴者』と題した対談本一巻もあり、その独自のひらかれた宗教性を語っている所に、小生年来の志である〈ひらかれた文学と宗教の統合を求めて〉という根源的なテーマにつながるものとして心に深く残るものがある。

続く第六章冒頭の「芭蕉と蕪村と近代文学」一篇は、小生の最初の論集『蕪村と近代詩』などを土台としたものだが、この処女論集を通して吉本隆明氏との深いつながりが始まったことなども忘れがたいものがある。またこの章でふれた八木重吉と中原中也は共に、近代詩とキリスト教を主題として問い続けて来た小生にとっても、共に忘れがたい存在であり、また今は亡き吉本隆明さんと共に佐古純一郎さんも格別な親しみのあったひとで、吉本氏とは『漱石的主題』、また佐古さんとは『漱石、芥川、太宰』と題した一巻の対談があり、今も繰り返し読み取っている所である。

　さて最後の第七章は五篇の講演の採録だが、最初の『共に生きて、生かされて』は梅光学院同窓会でのもので、ここでふれた斉藤知明氏は長く我々の「キリスト教文学会」の会長もつとめ、格別に親しかった方であり、続く「宮沢賢治の遺したものは何か」は小生の宮沢賢治賞受賞の祝賀会があり、下関市長はじめ、山口県の各大学の学長なども参加され、そこではわずか三十分足らずの短い時間で一気に語った賢治論であり、続く『宮沢賢治とは誰か』は賢治生誕百年の記念行事として国際講演会があり、中国、インド、アメリカの代表的研究者と共に、日本代表者として小生も加えられた時の忘れがたいものである。また続く『現代に生きる漱石』は山口であった全国の高等学校の校長会で、約二千人近い方々を前に二時間余り語ったもので、教育の原点としての漱石の遺した〈文学の力〉の何たるかを熱い想いを込めて語ったもので、最後の『作家・作品の急所をどう読むか』一篇は熊本県の国語研究部会の総会で語ったもので、前年の漱石論に続いて招待を受けた時のものだが、ここでも先ず『坊つちゃん』に始まり『明暗』にふれて終るというように近代の作家、詩人を多様に論じつつも、その土台としてはやはり漱石を忘れることは出来ないという年来の熱い想いを要約したものと言ってよかろう。

　さて最後にひとつ余談を続ければ、この本の表紙の絵画は翰林書房の強い要望もあり、実は小生の家内が六十代の終りの頃に下関の美術館で二度目の展覧会を開き、その作品のすべてを収録したものだが、『花のある風景』と題しながら、主体となる人物はすべて旧・新約聖書の人物であり、その巻頭からの九枚ばかりは、すべて旧約聖書のはじめに語られる、あのカインが神に愛された弟アベルを嫉妬の余り殺して、神から追放され、苦しみ乍ら流浪の旅を続ける、そのカインをモデルに描いたもので、聖書の言葉をひとつひとつ取り上げながら、背景は日本の自然の美であり、言わば聖書の物語と日本的風景を組み合わせた独自のものとして、遠藤周作さんなども深く共感して序文的なメッセージを巻頭にしたためられたが、恐らくは後半の新約の世界は別として、カインをモデルとして取り上げたことに深く共感されたものと思う。あの有島武郎が内村鑑三の下から離れ、文学一筋の新たな道を踏み出そうとした時の画期の傑作とも言うべきものに『カインの末裔』があり、農夫であった主人公が地主との対決や数々の苦悩の果て、ついに流浪の旅に出る物語だが、敢てこれを『カインの末裔』と有島が題したのは、我々と共に人間たるもの、すべて〈カインの末裔（＝子孫）〉とも言うべき矛盾の塊りではないか。この人生の矛盾そのものをどう生き抜くか、それこそは〈文学の力〉の何たるかにあるのではないか。これが有島という作家のなみならぬ覚悟のひらめきであり、この家内の画集もまた東京の女子美の学生時代に愛読したというドストエフスキイや漱石などのことが心に深く残ったものと見え、私はカインがとても好きなんですと言って、牧師さんたちを前に驚かせた印象なども忘れがたいものがある。

いささか身内のことなどを語り申訳ないことだが、これは音楽であれ美術であれ、文学同様、自身の裡なる人間の矛盾の何たるかを見失わない時に、その表現の力もまた生まれて来るのではあるまいか。

いささか駄弁を弄して来たが、最後にこの一巻を出版して下さった翰林書房の今井肇・静江御夫妻には、心から感謝申し上げたい。かつて著作集十三巻を出して戴いたことに加え、今またその続刊ともいうべき一冊、それも九百頁に近い大著を出して戴くこと、またこれは学術書ならぬ、多彩なエッセイ風な短文なども交えた、ひらかれた文学としての意図なども汲み取って戴き、少しでも多くの方に読んでほしいという願いも受けとめられ、破格の低い定価をつけて戴いたことは望外の喜びというほかは無い。重ねて深く御礼申し上げたいことである。またこの多彩な論攷の数々を全部拾いつくして編集の労を共にとって戴いた中村睦美さんにも心からお礼申し上げたい。さらには多年にわたり、梅光の論集の刊行の労をとって戴いた笠間書院に対しては、このたびの巻頭の漱石論に次ぐ宮沢賢治論一篇も、この五月に出たばかりの第六十三巻の論集より採録させて戴いたもので、これも併せて心より御礼申し上げたいと念う。最後に数年前に出した『これが漱石だ』一巻のすばらしい編集をしてもらった桜の森通信社の柴田良一さんが、此度新しい一巻を読んだ後でこれも土台としながら、一年間に及ぶ小生の漱石から遠藤周作までの講座の論を自由に纏めましょうということで、これは共著として出すことが出来れば嬉しいことである。これが出れば文字通り、この九十八年の生涯の最後の労作として出すことになり、洵に有難いことで、これも併せて読んで戴くことが出来れば望外の喜びというほかはない。これら数々の想いと願いをしたためて、ひとまずこの稿を閉じさせて戴くことにしたい。

初出一覧

Ⅰ

漱石の遺した〈文学の力〉とは何か　書き下ろし

宮沢賢治の生涯を貫く闘いとは何であったか
「宮沢賢治の切り拓いた世界は何か」梅光学院大学公開講座論集63（笠間書院・以下同）　2015・5

〈文学の力〉の何たるかを示すものは誰か―漱石、芥川、太宰、さらには透谷にもふれつつ―
「文学の力」梅光学院大学公開講座論集62　2014・3

文学における女性の勁さとは何か　漱石の作品を中心に　「女流文学の潮流」梅光学院大学公開講座論集61　2013・3

透谷と漱石の問いかけるもの　時代を貫通する文学とは何か　「時代を問う文学」梅光学院大学公開講座論集60　2012・3

三島由紀夫とは誰か　尽きざる問いを巡って　「三島由紀夫を読む」梅光学院大学公開講座論集59　2011・3

松本清張一面　初期作品を軸として　「松本清張を読む」梅光学院大学公開講座論集58　2009・10

一葉をどう読むか　『にごりえ』を軸として　『日本文学研究』42　2007・1

『源氏物語』雑感　「源氏物語の愉しみ」梅光学院大学公開講座論集57　2009・6

Ⅱ

『こゝろ』から何が見えて来るか　漱石探求　一　『日本文学研究』38　2003・2

『道草』をどう読むか　漱石探求　二　『日本文学研究』39　2004・1

『明暗』をどう読むか　漱石探求　三　『日本文学研究』40　2005・1

漱石における空間　序説　「文学における空間」梅光学院大学公開講座論集9　1981・5

漱石　その〈方法としての書簡〉　「文学における手紙」梅光学院大学公開講座論集29　1991・8

漱石の文体　「文体とは何か」梅光学院大学公開講座論集27　1990・8

漱石における時間　「文学における時間」梅光学院大学公開講座論集6　1979・10

漱石における〈自然〉　「文学における自然」梅光学院大学公開講座論集7　1980・5

漱石の描いた女性たち　「表現のなかの女性像」梅光学院大学公開講座論集34　1994・1

〈漱石を読む〉とは　「漱石を読む」梅光学院大学公開講座論集48　2001・4

Ⅲ

キリスト教文学の可能性　ひらかれた文学と宗教を求めて　『キリスト教文学研究』29　2012

透谷とキリスト教　〈信〉と〈認識〉、その対峙相関を軸として　『キリスト教文学研究』24　2007

近代日本文学とドストエフスキイ　透谷・漱石・小林秀雄を中心に　「文学 海を渡る」梅光学院大学公開講座論集56　2008・7

戦後の小林秀雄　その〈宗教性〉の推移をめぐって　『日本文学研究』44　2009・1

山城むつみの評論を読んで――『小林秀雄とその戦争の時――『ドストエフスキイの文学』の空白』　『週刊読書人』2014・10・10

遠藤周作論二冊を読んで　上総英郎『遠藤周作へのワールド・トリップ』と山根道公『遠藤周作　その人生と『沈黙』の真実』　『キリスト教文学』24　2005

柴崎聰の石原吉郎論を読んで――『詩文学の核心』　『本の広場』2001・10

中也と賢治　その〈詩的血脈〉をめぐって　「宮沢賢治と中原中也」（特別企画展パンフレット　中原中也記念館）2004

Ⅳ

戦争文学としての『趣味の遺伝』　「戦争と文学」梅光学院大学公開講座論集49　2001・11

戦後文学の問いかけるもの　漱石と大岡昇平をめぐって　「戦後文学を読む」梅光学院大学公開講座論集55　2007・6

近代文学とフェミニズム　「フェミニズムあるいはフェミニズム以後」梅光学院大学公開講座論集28　1991・1

文学における明治二十年代　「文学における二十代」梅光学院大学公開講座論集26　1990・2

ドストエフスキイと近代日本の作家　「ドストエフスキーを読む」梅光学院大学公開講座論集36　1995・2

※

〈文学における仮面〉とは　「文学における仮面」梅光学院大学公開講座論集35　1994・7

〈文学における道化〉とは　「文学における道化」梅光学院大学公開講座論集37　1995・7

〈文学における表層と深層〉とは　「文学における表層と深層」梅光学院大学公開講座論集43　1998・10

〈文学における老い〉とは　「文学における老い」梅光学院大学公開講座論集30　1991・12

〈文学における狂気〉とは　「文学における狂気」梅光学院大学公開講座論集31　1992・6

言葉の逆説性をめぐって　梅光学院大学公開講座論集40　1997・3

〈文学における変身〉とは　「文学における変身」梅光学院大学公開講座論集32　1992・12

〈方法としての戯曲〉とは　「方法としての戯曲」梅光学院大学公開講座論集23　1988・8

〈異文化との遭遇〉とは　「異文化との遭遇」梅光学院大学公開講座論集41　1997・9

〈癒しとしての文学〉とは　「癒しとしての文学」梅光学院大学公開講座論集42　1998・4

V

戦後作家と漱石における夢――「闇のなかの黒い馬」と「夢十夜」を中心に　「文学における夢」梅光学院大学公開講座論集3　1978・4

宮沢賢治をどう読むか　「永訣の朝」を中心に諸家の論にふれつつ　「方法としての詩歌」梅光学院大学公開講座論集10　1981・11

遠藤文学の受けついだもの　漱石、芥川、堀、遠藤という系脈をめぐって　「遠藤周作を読む」梅光学院大学公開講座論集52　2004・5

「沈黙」の終わりをどう読むか　闘う作家遠藤周作をめぐって　『国文学　解釈と鑑賞』75巻9号　2010・9　952

『沈黙』『黄金の国』再読　〈神の沈黙〉をめぐって　『キリスト教文学研究』21　2004

『西方の人』　『国文学　解釈と鑑賞　48巻4号』特集　芥川龍之介　1983・3

漱石・芥川・太宰をつらぬくもの　アルス梅光公開セミナー　2009・11・14

VI

芭蕉と蕪村と近代文学　龍之介・朔太郎を中心に　「俳諧から俳句へ」梅光学院大学公開講座論集53　2005・7

近代詩と〈故郷〉　透谷・朔太郎・中也を中心に　「文学における故郷」梅光学院大学公開講座論集2　1978・1

近代詩のなかの子ども　八木重吉と中原中也　「文学における子ども」梅光学院大学公開講座論集20　1986・12

〈批評〉の復権、〈文学〉の復権――〈近代文学の終り〉という発言をめぐって　『これからの文学研究と思想の地平』（松沢和宏　田中実編　右文書院）2007・7

中原中也をどう読むか　その〈宗教性〉の意味を問いつつ　「中原中也を読む」梅光学院大学公開講座論集54　2006・7

〈語り〉の転移　水上勉と芥川龍之介　「語りとは何か」梅光学院大学公開講座論集11　1982・6

三島由紀夫における〈海〉　「文学における海」梅光学院大学公開講座論集14　1983・11

※

堀辰雄のこと、「四季」のこと　「雑誌『四季』と中原中也」（特別企画展パンフレット　中原中也記念館）2011

私のなかの中原　『現代詩手帖』2007・4

吉本隆明さんのこと　『現代詩手帖』2012・5

吉本隆明さんから受けたもの　『春秋』(539)追悼吉本隆明　2012・6
佐古純一郎さんのこと　『探究』創刊号　2015・5
中也のこと、透谷のこと　『月光』（中原中也シルルヴィル＝メジェールからの出発）1号　勉誠出版　2009・8

Ⅶ

共に生きて、生かされて　同窓会　復刻版　2009・6・15
宮沢賢治の遺したものは何か　第7回宮沢賢治賞受賞記念祝賀会記録集　1997・11・27
宮沢賢治とは誰か　その生と表現を貫通するもの　『世界に拡がる宮沢賢治』　宮沢賢治学会イーハトーブセンター生誕百年委員会記念館編（宮沢賢治国際研究大会記録集）宮沢賢治学会イーハトーブセンター　1997・9
現代に生きる漱石　『全国普通科高等学校長会　全普会報』第72号　1997・3・25
作家・作品の急所をどう読むか　『くまもと国語研究紀要』第43号　2009・10・16

著者紹介

1917年山口県生まれ。梅光学院大学大学院客員教授。早稲田大学文学部卒。文学博士。梅光女学院大学に長く勤め、教授・副学長に続いて学長職を1971年より2000年までの29年間務める。著作集第6巻『宮沢賢治論』で1997年に第7回宮沢賢治賞受賞。また著作集全13巻により2003年に第2回日本キリスト教文学賞受賞。

◉著書

詩集　『夜の樹』　佐藤泰正　1951
『蕪村と近代詩』　梅光女学院　1962
『近代日本文学とキリスト教・試論』　基督教学徒兄弟団　1963
『文学と宗教の間』　国際日本研究所　1968
『日本近代詩とキリスト教』　新教出版社　1968
『文学その内なる神　日本近代文学一面』　桜楓社　1974
『近代文学遠望』　国文社　1978
『夏目漱石論』　筑摩書房　1986
佐藤泰正著作集　全12巻別巻1　翰林書房　1994～2003
　❶『漱石以後Ⅰ』　1994・4　❷『漱石以後Ⅱ』　2001・6
　❸『透谷以後』　1995・11　❹『芥川龍之介論』　2000・9
　❺『太宰治論』　1997・10　❻『宮沢賢治論』　1996・5
　❼『遠藤周作と椎名麟三』　1994・10　❽『近代文学遠近Ⅰ』1999・10
　❾『近代文学遠近Ⅱ』　1998・12
　❿『日本近代詩とキリスト教』　1997・11
　⓫『初期評論二面』　1995・3　⓬『文林逍遥』　2003・12
　㊗『日本近代文学の軌跡』　2002・10
『中原中也という場所』　思潮社　2008
『これが漱石だ。』文学講義録　櫻の森通信社　2010
『文学が人生に相渉る時　文林逍遥75年を語る』　櫻の森通信社　2011

◉共著

『大正の文学―研究と鑑賞』　山本捨三・重松泰雄〈共編〉桜楓社　1975
『夏目漱石』シンポジウム日本文学14〈司会〉学生社　1975
『近代日本文学の軌跡』　聖文舎　1980　創造選書
『中原中也の詩の世界』　大岡昇平〈共著〉教文館　1985
『漱石的主題』　吉本隆明〈対談〉春秋社　1986
『現代の日本文学　二葉亭から大江まで』　遠藤祐・斎藤和明〈共編〉1988
『宮沢賢治必携』〈編〉学燈社　1989
『人生の同伴者』　遠藤周作〈対談〉春秋社　1991（のち新潮社文庫　講談社文芸文庫）
『漱石・芥川・太宰』　佐古純一郎〈対談〉朝文社　1992
『透谷と近代日本』桶谷秀昭・平岡敏夫〈共編〉翰林書房　1994
『透谷と現代　21世紀へのアプローチ』　桶谷秀昭・平岡敏夫〈共編〉翰林書房　1998
『文学は〈人間学〉だ。』　山城むつみ〈共著〉笠間書院　2013

文学の力とは何か
漱石・透谷・賢治ほかにふれつつ

発行日	2015年6月30日　初版第一刷
著　者	佐藤泰正
発行人	今井　肇
発行所	翰林書房
	〒101-0051 東京都千代田区神田神保町2-2
	電 話　(03)6380-9601
	FAX　(03)6380-9602
	http://www.kanrin.co.jp/
	Eメール●Kanrin@nifty.com
装　釘	須藤康子＋島津デザイン事務所
印刷・製本	メデューム

落丁・乱丁本はお取替えいたします

ISBN978-4-87737-384-9